KB253049

돈키호테 Ⅱ

세르반테스

일신서적출판사

차　　례

레모스 백작에게 드리는 말씀

지난번 각하(레모스 백작은 나폴리의 총독을 지냈으며 많은 문학가를 후원했다. 1576~1622 —역주)에게 상연 전에 인쇄된 저의 희곡집(신작 희극 8편과 막간극 8편—역주)을 보내 올렸을 때, 제 기억이 틀리지 않았다면, 돈키호테는 각하의 손에 입을 맞추러 가기 위해 서둘러 구두를 신고 있는 중이라고 말씀드렸습니다. 그러나 지금 그는 이미 박차를 가하여 벌써 출발했다고 말씀드리겠습니다. 그리고 만일 그가 그쪽에 도착하게 되면, 저도 각하께 얼마간의 봉사를 한 셈이 되겠다고 생각하고 있습니다. 왜냐하면, 후편의 이름 아래 숨어서 변장하여 이 세상을 헤매고 돌아다닌 또 하나의 돈키호테가 불러일으킨 불쾌감이나 혐오감을 깨끗이 씻기 위해 진짜를 보내 달라고 여기저기서 무척 다급한 재촉을 받고 있었기 때문입니다.

그중에서도 가장 이 일에 열의를 보여 온 것이 중국의 대제(大帝)였습니다. 한 달쯤 전일까요. 제 앞으로 한문으로 쓴 편지를 사자 편에 보내어 《돈키호테》를 보내 달라고 요구, 아니 요구라기보다 간청해 왔으니까요. 그 이유인즉, 황제는 카스티야 어를 가르치는 학원을 만들고 싶으며, 돈키호테 이야기책을 교재로 삼고 싶어하고 있기 때문이라는 것입니다. 게다가 저더러 그 학원의 원장직을 맡길 테니 찾아와 달라고 씌어 있었습니다. 그래서 그 편지를 들고 온 사자에게 폐하께서 저에게 얼마간의 여비를 보내 오시지 않았느냐고 물어 보았지요. 그러자 그는 그런 것은 생각지도 못했다고 대답했습니다.

「그렇다면,」하고 저는 말했습니다. 「귀하는 하루 10레구아를 가든 20레구아를 가든 파견되어 온 그 행정(行程)을 따라 중국으로 돌아가시오. 나는 그런 긴 여정에 오를 만큼 건강한 몸이 아니오. 건강이 좋지 않을 뿐더러 몹시 돈에도 궁해 있소. 그리고 내게는 황제 중의 황제, 군주 중의 군주이신 나폴리에 계시는 훌륭한 레모스 백작이 계시오. 그분은 학원이니 원장이니 하는 야단스러운 직위 없이도 나를 부양해 주시고, 보호해 주시며, 내가 바라는 것보다 훨씬 큰 은혜를 베풀어 주시고 계시오.」

이렇게 나는 그 사나이를 돌려보냈습니다만 Deo Volente(신이 용서해 주신다면), 앞으로 4개월이면 탈고할 예정으로 있는 《페르실레스와 시히스문다의 고생》(1617년에 출판된 세르반테스의 유작(遺作)—역주)을 각하께 올리기로 하고 이만 작별 인사드리겠습니다. 이 책은 물론 심심풀이의, 읽을 거리로서 하는 말입니다만 우리 나라 말로 씌어진 가장 나쁜 책이 되거나 아니면 가장 훌륭한 책이 될 것입니다. 아니, 『가장 나쁜 책』이라고 말씀드린 것을 실은 후회하고 있다고 고백하지요. 왜냐하면 제 친구들의 의견으로는 반드시 도달할 수 있는 극한에 이른 훌륭한 책이 될 것이라고들 말하고 있으니까요. 그럼 각하, 바람직한 건강을 누리시기를. 머지않아 『페르실레스』도 각하의 손에 입을 맞출 것이고, 저도 각하의 종으로서 발에 입을 맞출 것입니다.

1615년 10월 말일, 마드리드에서

각하의 종
미겔 데 세르반테스 사베드라 올림

독자에게 드리는 머리말

허허! 거룩하신 혹은 신분이 낮으신 독자여, 그대는 이 서문 속에 제2의 『돈키호테』, 다시 말해서 토르데시야스에서 잉태되어 타르라고나에서 태어난 것으로 전해지는 그 이야기의 작자에 대한 보복·욕설·공격이 보일 것으로 짐작하고, 아마 지금쯤은 조마조마하게 기다리고 계시리라.

그런데 정말이지 나는 그대에게 그 만족을 드릴 수가 없다. 모욕을 받으면 아무리 겸허한 사람의 마음에도 노여움이 눈을 뜬다고는 하나, 내 마음에는 이 법칙의 예외가 일어나게 되어 있으니 말이다. 독자는 내가 그 저자에게 당나귀, 바보, 혹은 분수를 모르는 인간이라고 욕을 해주었으면 하고 생각하는지도 모른다. 그러나 나는 아직 조금도 그러한 기분을 느낀 일조차 없다. 스스로의 죄에 부대껴라. 자기 빵은 자기 손으로 먹어라. 마음대로 어떻게 하건 내버려 두라는 것이 내 생각이다.

다만 내가 개의치 않을 수 없었던 것은, 내게는 시간이 흘러가지 않는 것처럼, 시간의 흐름을 막는 일이 내 힘에 미치는 일이기나 했던 것처럼, 또는 내 한쪽 팔의 불구(1571년 레판토 해전에서 왼쪽 가슴과 왼팔을 부상당했다—역주)가 과거와 현재의 여러 세기가 목격한, 아울러 미래의 여러 세기도 결국 목격할, 희망이 없다는 매우 숭고한 기회에 생겼는데도 마치 어느 목로주점에서나 일어난 것처럼 나를 늙었느니 외팔이니 하고 지적하고 있는 일이다. 그야 내 부상은 보는 자의 눈에는 눈부시게 빛나는 것이 아닐런지는 모르나 적어도 어디서 받은 것인가를 알고 있는 사람들의 평가로는 존경받고 있다.

병사는 도망하여 무사하기보다 싸움터에서 죽는 편이 훨씬 훌륭한 일이다. 더욱이 나는 이 일에 관해서는 확신이 있으므로, 만일 지금 누가 어떤 불가능한 일을 제의하여 실현해 주겠다고 말하더라도, 그 경이적인 전투에 참가하지 않고 상처 하나 없이 온전하게 있느니보다 오히려 그 전투에 참가했었기를 바랄 줄 안다. 병사가 얼굴이나 가슴에 드러내고 있는 상처는 다른 사람들을 명예의 천국으로, 마땅히 받을 만한 칭찬을 바라는 천국으로 인도하는 별이다. 그리고 여기서 명심해 주었으면 하는 것은 백발로 무엇을 쓸 수는 없고 오성(悟性)으로 쓰는 것이며 이것은 세월의 흐름에 따라 날카로워진다는 것이다.

이것 또한 내가 참기 어려웠던 일이지만, 그 저자는 나를 남을 부러워하는 자라고 부르면서, 마치 내가 무지한 사람인 것처럼, 선망이 무엇인가를 나를 위해 늘어놓고 있는 점이다. 정말이지 두 종류의 선망 가운데서 내가 알고 있는 것은 오직 깨끗하고 고귀하고 그러면서도 선의의 선망에 지나지 않는다. 그렇다면, 아니 그렇기 때문에 나는 어떤 성직자도 추궁할 필요가 없다. 하물며 그 사람이 종교 재판소의 객원(客員)을 겸하고 있다면 더더욱 그렇다. 만일 그 저자가 알고 있는 듯한 인물(그 당시 성직에 있던 로페 데 베가—역주)에 관해서 알았다고 해서 그런다면 그는 처음부터 끝까지 오류를 범하고 있다. 왜냐하면 나는 그 사람의 재주를 참으로 존중하고 있고, 그 사람의 작품에도, 그 부단하고 훌륭한 정진에도 경복하고 있기 때문이다. 그러나 이 저자가 나의 소설(1613년에 출판된 모범 소설집—역주)을 모범적이라기보다 풍자적이며 잘되어 있다고 평하고 있는 점에 대해서는 사실 나는 감사하고 있다. 그러나 그 양면을 다 갖추고 있지 않았더라면 잘될 수가 없었을 것이다.

독자는 혹 내 방식이 매우 고지식하며 소극적인 테두리 안에서 꾹 참고 있다고 말하지나 않을까 하고 생각한다. 나는 괴로워하는 자에게 다시 슬픔을 덮어씌워서는 안 된다고 알고 있을 뿐 아니라, 이 저자가 분명히 마음에 품고 있을 고통은 아마 클 것으로 알고 있기 때문이다. 왜냐하면 그 사나이는 마치 무언가 불경죄(不敬罪)라도 범한 것처럼 본명을 숨기고 고국을 속이며 툭 트인 장소나 맑은 창공 아래 태연히 나타날 용기가 없기 때문이다.

만일 어떤 기회에 그대가 그 사나이를 만나게 되거든, 제발 나 대신, 나는 상처를 입었다고는 생각지 않고 있다고 전해 주시라. 나는 악마의 유혹이라는 것이 어떤 것인가, 또 최대의 유혹의 하나는 자기도 책을 써서 출판할 수 있다, 그것으로 금전과 마찬가지로 명성을 얻고, 명성과 마찬가지로 금전을 벌 수 있다는 것을 사람의 머리에 납득시키는 것임을 잘 알고 있기 때문인데, 이것을 증명하기 위해 그대의 거침없고 교묘한 화술로 다음 소설을 들려 주기 바란다.

세비야에 한 미치광이가 있었는데 그는 이 세상의 미치광이가 행한 것 가운데서도 가장 우스꽝스러운 엉터리와 어처구니없는 망집(妄執)을 품었다.

그것은 끝이 뾰족한 갈대로 대롱을 만들어 그것을 갖고 가다가 한길이나 그 밖의 장소에서 개를 발견하면, 그 개의 뒷다리 하나를 발로 밟고 나머지 뒷다리를 손으로 잡아 벌려 그녀석에게 공기를 불어넣으면 개가 공처럼 동그랗게 부풀어오를 수 있는 장소에 그 대롱을 되도록 교묘히 꽂아 놓곤 했다. 그런 다음 불룩해진 개의 배를 가볍게 두 번쯤 탁탁 치고는 개를 놓아 주고, 언제나 반드시 주위에 몰려드는 많은 사람들을 향해서, 「자, 어떻소. 당신들은 개를 동그랗게 부풀리는 것쯤 아주 간단하다고 생각하겠소?」 하고 말하곤 했다. 「그런데 선생도 책 만드는 것쯤 아주 쉬운 일이라고 생각하십니까?」 하고 말이다. 만일 이 짤막한 이야기가 그 저자의 마음에 들지 않을 때는 친애하는 독자여, 이 또한 미치광이와 개가 나오는 다음 이야기를 들려 주시라.

코르도바에 다른 광인이 있었는데, 그는 납작한 대리석 조각이나 그다지 가볍다고 할 수 없는 돌조각을 머리에 이고 걷는 버릇이 있었다. 그렇게 걸어 가다가 뜻밖의 개를 만나면 그 곁에 다가가서 개 위에 똑바로 그 묵직한 돌을 떨어뜨리곤 했다. 그러면 개는 화가 나서 깽깽 짖어 대고 비명을 지르며 두어 마장 앞까지 한 번도 멈추지 않고 달아나 버린다.

그런데 한번은 이 미치광이가 돌을 떨어뜨린 개 가운데 우연히 모자 가게의 개가 끼어 있었는데, 주인이 무척 귀여워하는 개였는데, 돌이 개의 머리에 맞자 개는 비명을 질렀다. 이것을 보고 주인은 후끈 달아 자를 움켜쥐고 미치광이에게 덤벼들어 온몸을 성한 뼈 하나 남지 않도록 두들겨 팼다. 그리고 한 번 때릴 때마다, 「이 도둑개 같으니, 내 포뎅코(사냥개—역)를 왜 때려? 이 모진 놈아, 내 개가 포뎅코라는 것을 깨닫지 못했나?」 하고 소리쳤다. 그렇게 포뎅코라는 말을 몇 번이나 되풀이하면서 미치광이를 실컷 두들겨서 쫓아 버렸다.

미치광이는 진저리가 나서 집에 틀어박혀 한 달 이상이나 사람들 앞에 얼굴을 내놓지 않았다. 그러나 그만한 날짜가 지나자 다시 슬슬 여느 때의 그 꿍심이 고개를 들어 더 무거운 돌을 머리에 이고 나타났다. 그리고 개가 있는 곳에 슬금슬금 다가가서 가만히 내려다보다가, 돌을 떨어뜨릴 생각도 기분도 결심도 아직 하기 전에, 「이놈은 포뎅코다. 어이구 무서워라!」하고 중얼거렸다. 집 지키는 개건 발바리건 만나는 개마다 그는 모두 포뎅코라고 생각하게 된 것이다. 그래서 그후부터 그는 돌을 떨어뜨리지 않았다. 아마 이와 비슷한 일이 그 이야기의 저자에게도 일어날 것이 틀림없다. 두 번 다시 그의 두뇌 속에 괸 것을 저서에 다 쏟아 넣을 기분이 나지 않을 것이니까. 책이 워낙 심한 악서이고 보면 바위보다 더 딴딴한 것이다.

그리고 그 사나이는 자기의 저작으로 반드시 내 이윤을 가로채고 말겠다고 협박하고 있는데, 나는 예사로 생각한다고 전해 주시라. 다시 말해, 나는 저 유명한 막간극 《라 페렌뎅가》의 대사에 맞추어 「주군이시여, 24인의 만세를 빌고, 그리스도의 평안 우리와 더불어 있으라.」하고 대답하기로 한다. 위대한 레모스 백작 만세, 각하의 그 모르는 이 없는 그리스도 교도다운 광대 무변한 마음이야말로 나의 하찮은 운명으로 하여 입는 모든 타격에 맞서 나를 분기시키는 것이다. 다시 톨레도의 돈 베르나르도 데 산도발 이 로하스 각하의 드높은 자애가 장구할 것을 비는 바이다. 그리고 설혹 이 세상에 인쇄소가 없더라도, 설혹 《밍고 레블고》^(작자를 알 수 없는 풍자 시집—역주)의 노래의 글자 수보다 많은 서적이 나를 원수로 삼아 출판되더라도 상관없다. 이 두 귀인은 아첨이나 그밖의 찬사를 이용해서 부탁드린 것이 아니고, 오로지 자신의 인자하신 마음에서 나에게 자비를 베푸시고 보호해 주실 것을 약속하신 것이다.

운명이 흔해빠진 길로 나를 절정에 끌어올려 준 것보다, 이 일로 해서 현재의 나는 훨씬 행복하고 유복하다고 생각한다. 인간으로서의 긍지는 가난한 자도 가질 수 있다. 그러나 부덕한 인간은 가질 수 없다. 가난이 고귀한 기품을 흐리게 하는 일은 있어도, 완전히 암흑으로 만들지는 않는다. 그러나 덕이라는 것은 설령 어떤 장애가 있더라도 어떤 궁핍의 틈바구니에서라도 얼마간의 빛을 내는 것이므로, 높고 귀한 정신을 가진 사람들에게 존중받고 나아가서 비호를 받는다. 그런데 독자는 이 이상 그 저자에게 할 말도 없고, 나도 이 이상 독자에게 말할 생각이 없다. 다만 주의삼아 덧붙여 말하고 싶은 것은, 지금 그대 손에 건네 드리는 이 《돈키호테 후편》은 전편과 같은 기술자가 같은 천을 재단해서 만든 것이며 나는 이 속에서 후일의 돈키호테를, 이어 끝에 가서는 죽어 매장되는 돈키호테를 이야기하지만, 이것은 어느 누구에게도 그를 위해 새삼 다른 증언을 할 생각을 갖게 하고 싶지 않기 때문이다. 그 까닭은 이미 있는 증언으로 충분하고, 또 뿐만 아니라 한 사람의 올바른 인간이 이 멋있는 광태를 고스란히 보고해 버려서 다시는 더 그 광태에 관여하고 싶지 않다는 것이니, 그것으로 족하기 때문이다.

좋은 것이라도 너무 많으면 소중히 여겨지지 않는 법이고, 하찮은 것이라도 모자라면 얼마긴 소중히 여겨지는 법이다. 그대에게 말씀드리는 것을 잊었지만, 《페르실레스와 시히스문다의 고생》은 이제 거의 다 탈고가 되어 가고 있으니 기대하시라. 《갈라테아》의 후편도…….

제 1 장

신부와 이발사가 돈키호테의 병에 대해서 하는 이야기

시데 아메테 베넨헬리는 이 이야기의 후편, 말하자면 돈키호테가 세번째 집을 나가는 대목에서 다음과 같이 말하고 있다.

신부와 이발사는 지난 일을 새삼스레 생각하게 해서는 안 된다면서 근 한 달 가까이나 돈키호테를 만나지 않았다. 그러나 그의 조카딸과 가정부를 찾아가는 일은 빼놓지 않았으며, 주인을 잘 간호하게 하고, 특히 틀림없는 판단에 의하면 그의 불운은 모두 심장과 뇌에서 나오는 것이므로 정기가 좋아지고 심장과 뇌에 좋은 것을 먹이도록 하라고 주의시켰다. 두 여자는 그렇게 하고 있기는 하지만 요즘 주인이 이따금 완전히 제정신이 돌아온 듯한 기미가 보이기 시작하는 것 같으므로 열심히 더 주의해서 그렇게 하겠다고 말했다.

이 말을 듣고 두 사나이는 크게 만족했는데, 그것은 이 장대하고 정확한 이야기의 전편 마지막 장에 기술되어 있는 것처럼 그를 마법에 걸어 소달구지에 싣고 돌아온 것이 계획대로 잘 되었다는 생각이 들었기 때문이다. 그래서 그들은 돈키호테를 문병하여, 그가 완전히 회복한다는 것은 거의 불가능하다고 짐작은 하고 있었으나 회복 상태가 어떤가 직접 확인하기로 했다. 그리고는 편력의 기사도에 대해서는 결코 언급하지 말자고 서로 다짐했는데, 그것은 아직 아물지 않은 상처를 건드려서 다시 도지게 할 위험을 범하지 않기 위해서였다.

마침내 두 사람은 돈키호테를 문병하러 갔다. 마침 그는 초록빛으로 성글게 짠 나사천의 반소매 동의를 입고 붉은 모자를 쓴 채 침대에 걸터앉아 있었다. 너무 초췌하게 비쩍 말라서 마치 다랑어를 말린 것 같은 얼굴을 하고 있었으므로 아무리 보아도 미이라 바로 그것이었다. 그들은 무척 기쁜 영접을 받았다.

용태를 묻자 돈키호테는 매우 조용한 태도로, 그리고 제법 고상한 말투로 자기의 몸 상태며 건강의 양상에 대해서 대답해 주었다. 그리고 서로 이야기를 주고받는 동안에 국가를 위해서라든가 정부의 시책이라든가 하는 것을 논하는 단계에 이르렀는데 세 사람은 이런 폐단을 고치자고 말하는가 하면 저런 일을 비난하고 어떤 풍습을 실천하자고 주장하는가 하면 다른 풍습은 추방하자고 침을 튀기며 말하였다. 다 저마다 새로운 입법자 현대의 리쿠르구스, 갓 태어난 솔론이라도 된 양 국가를 새로 만들고 뜯어고치고 했으므로 그것은 국가를 대장간의 풀무 안에 넣고 아예 새로운 것으로 만들어 꺼내 놓는 것과 같았다.

그런데 돈키호테가 사람들이 이야기한 모든 문제에 대해서 매우 조리에 맞는 말을 했으므로 두 심사원은 그만 그가 완쾌되어 본디대로 제정신이 돌아왔다고 진심으로 믿어 버리고 말았다.

조카딸도 가정부도 그 자리에 동석하여 이 대화를 듣고 있었으므로 자기들의 주인이 이토록 똑똑한 이성을 보여 준 것을 목격하고 하느님께 아무리 감사를 드려도 모자라는 기쁨을 느꼈다. 그런데 신부는 처음 기사도에 관해서는 언급하지 말자던 배려를 바꾸어 문득 돈키호테의 회복 상태가 확실한 것인가 아닌가를 시험해 봐야 되겠다는 생각이 들었다. 그는 눈치채지 않도록 화제를 바꾸어 이윽고 수도에서 전해진 몇 가지 정보를 이야기하기 시작했다. 그중에서도 터키가 강대한 함대를 편성하여 내려올 것이 확실시되나 그들의 꿍심으로 빚어진 이 끔찍한 저기압을 어디서 터뜨릴 것인지 전혀 알 수 없다고 말했다. 다시 거의 해마다 되풀이되는 이 내습의 경보로 위협받는 불안 때문에 온 그리스도교 국가가 무장을 갖추고 있는데, 우리의 국왕 폐하도 나폴리와 시칠리아와 말타 섬 연안에 이미 방위 조치를 명령하셨다고 덧붙였다. 이것을 듣자 돈키호테가 대꾸했다.

「폐하께서 적에게 우리 편의 허를 찔리지 않도록 하기 위해 시기를 잃지 않고 방위 조치를 취하신 것은 참으로 심모원려(深謀遠慮)의 무장으로서의 수법이오. 그러나 만일 나의 진언을 받아들이신다면, 폐하께서 생각지도 못하실 만한 하나의 대책을 건의해 드렸을 텐데.」

이 말을 듣고 신부는 속으로 중얼거렸다. 「아아, 가엾게도 돈키호테여! 신의 손에 안기는 게 좋겠구나. 그대는 난심(亂心)의 절정에서 치우(痴愚)의 나락으로 뛰어든다고밖에 생각할 수 없으니!」

이발사도 신부와 같은 생각을 하며 돈키호테에게 진언해서 채용되었으면 좋았을 것이라고 말한 그 방위 조치라는 것이 대체 어떤 것이냐고 물으며, 「어쩌면 흔히 사람들이 상부에 올리는 그 숱한 터무니없는 건의 목록에 실릴 만한 엉터리인지도 모르겠군.」 하고 덧붙였다.

「내 것은, 수염 깎는 양반,」 하고 돈키호테가 말했다. 「터무니없는 것이 아니라 터무니있는 건의요.」

「아니, 그런 생각으로 말한 것이 아닙니다.」 이발사는 기를 쓰고 말했다. 「다만 여태까지의 예를 보면 폐하에게 올라간 건의 중 전부 다라고는 할 수 없으나, 아예 불가능한 터무니없는 엉터리거나 아니면 오히려 국왕이나 국가에 해를 끼칠 만한 것이 대부분이라서 그만 그런 말이 입밖에 나오고 말았습니다.」

「나의 건의는 불가능하지도 않을 뿐더러 엉터리도 아니오.」 하고 돈키호테는 대답했다. 「매우 용이하고 지극히 올바르며, 더욱이 참으로 간단하고 손쉽고 어느 책략가도 착안하지 못할 그런 것이란 말이오.」

「말씀하시는 데 매우 시간이 걸리는군요, 돈키호테 님.」 하고 신부가 말했다.

「아니, 아니.」 하고 돈키호테가 대답했다. 「내가 지금 여기서 말해 버리면 내일 새벽에는 벌써 틀림없이 그것이 고문관의 귀에 들어가 있을 거란 말이오. 그렇게 해서 애는 내가 쓰고 은상은 다른 녀석이 가로채게 되니 나는 그것이 싫단 말이오.」

「나를 두고 하시는 말씀이라면,」 하고 이발사는 말했다. 「여기서건 하느님 앞에서건, 당신이 말씀하시는 것을 국왕이건 로케(성상(城砦). 상기 용어는 한편의 대상을 말함 —역주)건, 이 세상 인간에게는 아무에게도 말하지 않겠다고 맹세하지요. 이것은 1백 도블라의 금화와 달리기를 잘 하는 당나귀를 훔쳐 간 도둑을 미사의 서창(序唱)을 빌려 국왕에게 알렸다는 성직자를 노래한 로망스에서 배운 맹세의 말입니다만.」

「그 얘기의 노래는 모르지만,」 돈키호테가 대꾸했다. 「그 서약의 좋은 점은 나도 알지. 이발사 양반이 정직한 사람이라는 것도 잘 알고 있소.」

「아니 비록 정직한 자가 아니더라도 내가 이 사람의 일은 보증하겠소이다. 이 일에 관해서 이발사 양반은 벙어리처럼 일체 지껄이지 않을 것이며 그것을 어기면 나라의 판결대로 벌금을 지불하도록 하겠다고 말이외다.」

「그렇다면 신부님, 당신은 누가 보증하오?」 하고 돈키호테가 물었다.

「나의 성직이 보장하지.」 하고 신부가 대답했다. 「비밀을 지키는 것이 나의 의무니까.」

「아아, 하는 수 없군!」 하고 돈키호테는 입을 열었다. 「국왕 폐하께서 천하에 포고를 내려, 스페인에서 돌아다니고 있는 모든 편력의 기사는 정해진 날 수도에 집합하라고 명령하시는 것 이외에 무슨 방법이 있겠소? 설혹 모이는 자가 대여섯 명에 지나지 않는다고 하더라도 그 가운데 혼자서 능히 터키 전군을 무찌를 만한 자가 없다고 말할 수는 없는 일이 아니오? 두 분 다 내가 말하는 것을 잘 듣고 내 뜻을 짐작해 주시오. 20만 군대가 마치 하나의 머리를 가진 것처럼, 혹은 적병을 모두 엿가래로 만드는 것처럼 일기(一騎)의 편력의 기사가 혼자서 무찌른다는 것이 그리 대단하게 신기한 일이라고 말하진 않을 테지. 그렇지 않다면 물어 봅시다. 그런 놀라운 행적에 찬 이야기가 얼마나 많소? 나에게 있어서 분한 일은 그 이름난 돈 벨리아니스나 하다못해 아마디스 데 가울라의 그 숱한 후예라도 몇 사람 오늘날까지 살아 있지 않다는 사실이오. 만일 그들 중에 한 사람이라도 살아 있어서 터키군을 맞이했다면 제아무리 적군이라도 위험한 변을 당했을 것은 틀림없는 일이오! 그러나 하느님은 자기 백성을 버리시지 않으시고, 설혹 그 옛날의 편력의 기사 같은 용감한 무사는 아니더라도 하다못해 그 의기에 있어서나마 조금도 그에 뒤지지 않는 누군가 한 사람을 지적하실 것은 틀림없소. 하느님만이 나의 뜻하는 바를 아실 테니 이 이상 아무 말도 하지 않는 것이 좋겠소.」

「어머, 어떡하지!」 하고 이때 조카딸이 외쳤다. 「숙부님은 다시 또 슬슬 편력의 기사가 될 작정이신가 봐, 틀림없어요!」

이에 대해서 돈키호테가 대답했다.

「나는 무슨 일이 있어도 편력의 기사로서 죽어야 할 사나이다. 터키 군은 언제든지 마음내킬 때 아무리 강대를 자랑하더라도 쳐내려오거나 쳐올라가거나 하게 하면 되는 거다. 되풀이해서 말하자면, 하느님만이 나를 아신다.」

이때 이발사가 끼여들었다.

「여러분, 내가 한 번, 세비야에서 일어났다는 짤막한 얘기를 하나 해드리죠. 여러분이 허락만 하신다면요. 이 경우와 꼭 맞는 얘기라서 들려 드리고 싶군요.」

돈키호테가 좋다고 했으므로, 신부를 비롯해서 모두 귀를 기울였다. 그러자 이발사는 이렇게 이야기하기 시작했다.

16

「세비야의 정신 병원에 어떤 사람이 들어 있었는데, 이 사람은 친척들이 상
궤를 벗어난 사람이라고 해서 거기 집어넣었답니다. 오수나 대학에서 교회법
(敎會法)의 학위를 받은 사람인데, 세상에서 말하기는 설혹 살라망카 대학을
나왔더라도 미치광이는 역시 틀림없는 미치광이라는 것이었지요. 그런데 이
대학을 나온 사나이는 몇 해인가의 감금 생활을 보낸 끝에, 자기는 이제 완전
히 나아서 제정신을 찾았다고 스스로 생각하게 되었습니다. 그래서 이런 망상
에 사로잡혀 대주교에게 탄원서를 내고는 현재 자기가 빠져 있는 이 비참한
처지에서 자기를 구출해 주십사 하는 부탁을 했는데, 참으로 조리 있는 문
장으로 절절한 심정을 호소했습니다. 하느님의 자비로 일단 잃었던 이성도 이
제 다 되찾았는데도 친척들이 자기 재산을 횡령하려고 이곳에 가두어 놨을 뿐
아니라 완쾌했다는 진실을 무시하고 죽을 때까지 미치광이로 만들어 두려
한다는 내용이었지요.

대주교는 몇 번이나 받은 이 매우 조리 있는 신중한 탄원서에 마음이 움직
여서 측근 사제를 한 사람 불러, 그 학사의 주장이 사실인지 어떤지 정신 병
원 원장한테서 사정을 듣고 오는 동시에, 본인인 그 광인도 만나 이야기를 해
보고 만일 제정신으로 보이거든 퇴원시켜서 자유로운 몸으로 해주라고 명령
하셨습니다.

사제는 분부대로 실행했지요. 그런데 원장이 말하기를 그 사나이는 아직도
여전히 미쳐 있다, 이따금 매우 훌륭한 판단력을 갖춘 사람처럼 말을 하지만
끝에 가서는 어처구니없는 넋두리를 늘어놓는다, 그리고 말수로 보나 말의 내
용으로 보나 미친 사람이 틀림없다는 것을 본인을 만나서 얘기를 나누어 보면
금방 알 수 있다고 말했습니다. 사제도 그렇다면 실제로 만나 볼 수밖에 없다
고 생각하고 미치광이를 데리고 오게 해서 한 시간이나, 아니 그보다 더 오랜
시간 이야기를 나누어 보았는데 그 동안 줄곧 미치광이는 단 한 번도 틀린 말
도 엉터리 소리도 하지 않는 게 아니겠습니까. 그뿐 아니라 매우 점잖게 말을
했으므로 사제도 이쯤 되면 제정신으로 돌아와 있다고 생각하지 않을 수 없었
지요.

미치광이가 한 여러 말 가운데 이런 것이 있었습니다. 원장은 자기에게 악
의를 품고 있다, 그 까닭은 『이제는 이따금 제정신을 차릴 때가 있으나 여전
히 아직 진짜가 아니다』 하고 원장이 다른 사람에게 말해 주는 사례로 친척들
한테서 받는 뇌물을 허사로 만들고 싶지 않기 때문이라는 것이었습니다. 이

사나이가 겪고 있는 불행 가운데 가장 큰 장애는 그가 갖고 있는 큰 재산이었는데, 그 증거로 재산을 제멋대로 요리하고 싶어서 적들은 우리의 주께서 그를 축생의 도에서 인간으로 되돌아오게 해주신 자비에 일부러 눈을 감고 믿으려 하지 않는다는 것이었습니다. 간단히 말해서 그는 원장이 수상하다, 친척들은 탐욕스럽고 냉혹하다, 더욱이 자기는 버젓이 분별을 갖추고 있다고 상대편으로 하여금 믿게 했으므로, 사제는 이 사나이를 데리고 돌아가서 대주교를 만나 보게 하여 이 사건의 진상을 친히 조사하도록 하자고 마음먹었습니다. 이렇게 굳게 마음을 정한 정직한 사제는 원장에게, 학사가 처음으로 이 병원에 왔을 때 입고 있던 옷을 돌려 주도록 지시해 달라고 부탁했습니다. 그러나 원장은 되풀이해서 학사가 아직도 난심 상태에 있는 것은 의심의 여지가 없으니까 제발 조심해 달라고 주의를 촉구했습니다. 그러나 원장의 이러한 주의도 경고도 사제가 광인을 데리고 가겠다는 생각을 단념시키기에는 아무런 소용이 없었습니다.

그것이 대주교의 명령이라는 것을 알았으므로 원장은 하라는 대로 학사에게 옷을 입혀 주라고 지시했습니다. 그 옷은 갓 맞춘 아주 말짱한 새 것이었습니다. 이윽고 광인이 옷을 벗고 보통 사람과 같은 옷으로 갈아입고 나서 사제를 돌아보고 제발 자비로 생각하시고 여태까지 동료였던 광인들에게 작별 인사를 하러 가게 해달라고 부탁했습니다. 그러자 사제도 당신을 따라가서 이 병원에 있는 환자들을 만나 보고 싶다고 말했습니다. 그래서 두 사람은 계단을 올라가고 그 자리에 있던 몇 사람도 역시 그들을 따라갔습니다. 그런데 학사는 한 광포한 미치광이가 있는, 하기야 그때는 침착하게 조용히 하고 있었습니다만, 철창 앞으로 다가가서 말을 건넸습니다.

『여보게, 나한테 뭐 부탁할 건 없나? 나는 마침내 집으로 돌아가게 됐네. 고맙게도 하느님께서는 광대 무변하신 자비로 보잘것없는 나에게 다시 본정신을 돌려 주셨다네. 이제는 나도 건강한 정신을 되찾았다네. 정말 하느님의 위력으로 보면 불가능한 일이라곤 하나도 없지. 나는 나를 옛 상태로 돌려 주셨으니, 하느님의 마음에 큰 희망과 믿음을 바칠 작정이네. 자네도 하느님만 믿으면 본디대로 해주실 걸세. 나는 되도록 자네에게 먹을 것을 넣어 줄 참이니까 어떻게든 먹도록 하게. 그런데 자네가 알아 주었으면 하는 것은, 무릇 우리들의 광기는 밥통이 텅 비고 머릿속도 온통 공기만 차 있는 데서 유래하는 것이라고 나는 생각하고 있다는 것일세. 힘을 내게나!

응, 힘을! 역경에서 낙심하면 건강을 해치고 죽음을 부르게 되니까 말이네!』

이 학사의 말을 처음부터 끝까지 그 광포성이 있는 광인의 철창 바로 맞은편의 철창 속에서 다른 광인이 듣고 있었는데 그는 그때까지 속옷 바람으로 낡아빠진 돗자리에 누워 있다가 벌떡 일어나더니, 건강을 되찾아서 제정신이 되어 나간다는 자가 대체 누구냐고 큰 소리로 물었습니다.

『나야, 여길 나가는 사람은 나일세. 이제 난 여기 있을 필요가 없단 말이야. 그래서 이런 관대한 은혜를 베풀어 주신 하늘의 여러 신에게 무한한 감사를 드리는 걸세.』

『말조심해라, 학사. 악마에게 속지 않도록 말이다.』하고 그 광인이 대꾸했습니다. 『다리를 휴식시키고 집안에 가만히 틀어박혀 있어야 할 게다. 그러면 이곳에 다시 되돌아오는 수고를 덜게 될 테니까 말이다.』

『내가 나았다는 건 내 자신이 잘 알아.』하고 학사는 대답했지요. 『이제 두 번 다시 주막에서 주막으로 떠돌아다닐 필요는 없네.』

『뭐, 네가 본정신이라구?』하고 광인이 말했습니다. 『좋아, 곧 알게 되겠지. 조심해서 가거라. 그러나 말이다, 나는 주피터에게 맹세코, 그 거룩한 위업을 이 지상에서 대행하기 때문에 말한다만, 너를 이 병원에서 내주고 네가 제정신이라고 믿는다는 세비야가 오늘 범한 오직 이 하나의 죄로 말미암아 나는 몇 천, 몇 만 년이나 잊을 수 없는 형벌을 이 도시에 내리지 않으면 안 된단 말이다. 알겠나? 이 가엾은 어리석은 학사야, 너는 내가 그런 것을 행할 만한 힘이 있는 줄 모르나? 그러니 이제 말한 것처럼 나는 벼락의 신 주피터란 말이다. 모든 것을 태워 버리는 뇌전을 구사하고 항상 이 세계를 뒤흔들어 파괴할 수 있단 말이다. 그러나 단 한 가지 이 무지한 도시에 벌을 내릴 테다. 다름이 아니라, 내 저주가 걸린 오늘 바로 이 시간부터 앞으로 3년 동안 세비야는 물론 그 주변 일대의 땅에 비를 내리지 않는다는 것이다. 너는 자유로운 몸이고 건강하고 제정신이라는데 나는 미쳤고 병들었고 묶여 있다니 말이 되나! 비가 오게 하느니 차라리 목을 매달아 죽어 버릴 테다!』

그 자리에 있던 사람들은 모두 이 미치광이의 고함 소리와 말투에 귀를 기울이고 있었습니다만, 우리의 학사님은 사제를 돌아보고 그의 두 손을 잡으며 말했습니다

『걱정하실 건 없습니다. 사제님. 이 미치광이의 말은 조금도 개의하실 것

없습니다. 이녀석이 주피터이고 비를 내리고 싶지 않다면, 나는 넵툰, 다시 말해서 물의 아버지이자 바다의 신이니 언제나 마음내킬 때, 필요할 때 비를 내리게 해보지요.』

이에 대해 사제가 대답했습니다.

『그건 그렇지만 말이오, 넵툰, 주피터를 화나게 해서는 안 되오. 당신은 이대로 당신 집에 가만히 있도록 하시오. 그러면 기회를 보아 형편이 좋고 한가할 때 모시러 올 테니까.』

원장을 비롯해서 그 자리에 있던 사람들이 웃음을 터뜨리고 그 웃음소리에 사제는 약간 얼굴을 붉혔습니다. 여럿이서 학사의 옷을 벗기고, 그는 철창 안에 다시 밀어 넣어졌으며, 이 이야기도 이것으로 끝입니다.」

「그렇군, 이발사 양반. 이 자리에 알맞으니 꼭 얘기해야 되겠다고 말씀하신 것은 바로 그 얘기였소? 헌데, 수염 깎는 이발사 양반! 키의 눈을 통해서 안 보인다는 사나이는 보통 장님이 아닌 거야! 대체 사람의 재능, 용기와 용기, 미모와 미모, 혈통과 혈통을 이것저것 비교한다는 것은 언제나 성가신 일이며, 누구나 다 싫어한다는 것쯤을 당신이 모르다니, 대체 어찌 된 일이오? 이발사 양반, 나는 바다의 신 넵툰도 아니고, 영리하지도 않으면서 영리한 사람으로 취급받으려고 안간힘을 쓰는 자도 아니오. 다만 편력의 기사도가 엄연히 행하여지고 있던 매우 좋은 시대를 재현하려 하지 않는 현대가 빠져 있는 미망을 세상으로 하여금 다시 깨닫게 하려고 애쓰고 있을 뿐이오. 나라의 수호와 처녀들의 비호와 고아나 어린 아이들의 원조와 오만한 자를 굻리는 일, 겸허한 사람들에 대한 보상을 모두 편력의 기사들이 맡아 두 어깨에 짊어지고 있던 좋은 시대가 누린 행복은, 이 오탁하기 짝이 없는 우리의 시대에는 도저히 얻을 수 없는 것이오. 지금 세상에서 볼 수 있는 기사의 대다수는 몸에 두른 갑주보다 치장한 금란, 비단, 그밖에 호화로운 천의 옷자락 스치는 소리만 요란하오. 머리 꼭대기에서 발끝까지 갑주로 무장하고 심한 풍설에도 굽힘이 없이 산야에서 자는 기사는 이제 자취를 감추었으며, 등자에서 발을 내려 놓지 않고 창에 기댄 채 편력의 기사가 하는 것처럼 말에 앉아 잠을 극복하려고 노력하는 자도 없소.

이 숲에서 나가 저 산으로 들어가 산에서 폭풍우를 품은 파도 심한 바다의, 적적한 인기척도 없는 바닷가로 내려가서 바닷가에 노도 돛도 돛대도 선구조차 없이 떠 있는 조그마한 배를 발견하고, 마음에 아무런 두려움도 없이 그 배로 깊이를 모르는 바다의 사나운 파도에 몸을 맡기면, 순식간에 하늘 높이 솟아오르는가 하면 금방 심연의 밑바닥에 끌려들어가곤 하면서 맹위를 떨치는 이 폭풍에 정면으로 도전해서 어느새 자기도 깨닫지 못하는 사이에 몸은 바닷가에서 3천 레구아 이상이나 떨어진 곳에 나가 있으며, 거기서 멀고 아득한 미지의 나라에 내려 양피지는 물론 청동에 새겨 길이 남길 만한 갖가지 사건을 살필 만한 그런 위장부도 오늘날에는 자취를 감추고 없소. 이에 반해서 오늘날에는 근면이 나태로 변하고, 덕의(德義)가 악덕에 자리를 비켜 주며, 용기가 오만으로 바뀌고, 황금 시대의 편력의 기사에만 성하고 빛났던 무예의 실천 대신에 입술의 이론이 때를 얻어 우쭐대고 있소. 그렇지 않다고 하신다면 질문하리다. 저 고명한 아마디스 데 가울라보다 겸손하고 용맹한 자가 또 있소? 팔메린 데 잉글라테르라보다 사려 깊은 자가 또 있소? 티란데 엘 블랑코보다 도량이 넓고 재능이 있는 자가 있소? 리수아르테 데 그레시아보다 멋있는 자가 있소? 돈 벨리아니스보다 상처를 많이 입고 많이 입힌 자가 있소? 페리온 데 가울라보다 대담한 자가, 펠릭스마르테 데 이르카니아보다 위험을 개의치 않는 자가, 에스플란디안보다 열심인 자가 어디 있소? 돈 시론힐이오 데 트라시아보다 대담한 자가 있소? 로다몬테보다 기개가 과격한 자가 있소? 소브리노 왕보다 신중한 자가 있소? 레이날도스보다 더 용맹한 자가 있소? 롤단보다 더한 불패의 용사가 있소? 아니, 뒤르팽 사제의 《우주지(宇宙誌)》에 의하면, 현재의 페르라 공작 집안의 시조 루헤로보다 용감하고 예의바른 자가 있겠소?

이들 모든 기사나 그밖의 이름을 예거해도 좋은 신부님, 무사들은, 모두 기사도의 빛이라 할 수 있고 명예라 할 수 있는 편력의 기사들이었던 것이오. 그리고 이러한 사람들이야말로 내가 건의하는 사람들이오. 만일 그렇게 되는 날에는 폐하를 위해서도 크게 공훈하게 될 것이고 막대한 비용도 절약할 수 있을 것이며, 반면에 터키 녀석들은 수염을 쥐어뜯으며 분해할 것이오. 그건 그렇고, 나는 내 집에 머무를 참이오. 왜냐하면, 그 이야기에 나온 사제가 나를 데리러 오지 않으니 말씀이오. 그러나 만일 이발사 양반이 말씀하신 것처럼 주피터가 비를 안 내리게 한다면 내가 여기 있는 이상 언제든지 마음이 내킬 때 비를 내리기로 합시다. 내가 이렇게 말하는 것은 당신에게 당신의 이야기를 잘 알아들었다고 말하고 싶어서 그러는 것이오.」

「아니 정말이지, 돈키호테 님.」 하고 이발사가 말했다. 「나는 그런 뜻으로 말씀드린 게 아닙니다. 하느님도 힘을 빌려 주소서. 난 그저 예사로 말씀드린 것이니, 그렇게 화를 내지 말아 주십시오.」

「화를 내서 좋은지 나쁜지는 내가 잘 알고 있소.」하고 돈키호테가 대답했다.

이때 신부가 입을 열었다.

「여태까지 나는 한 마디도 말하지 않았소. 그러나 지금 여기서 돈키호테 님이 말씀하시는 것을 들으니 마치 긁어 대는 듯한 양심의 아픔을 안고 이대로 잠자코 물러나 있을 수가 없을 것 같소.」

「그뿐 아니라, 다른 일이라도 신부님, 체면 차리실 건 없소.」하고 돈키호테가 대답했다. 「그러니 그 양심의 아픔을 털어 내 주시오. 그런 양심의 가책을 그냥 안고 있다는 것은 그다지 즐겁지 않을 것이오.」

「그렇다면 허락을 해주셨으니 말씀드리겠습니다만,」하고 신부가 시작했다. 「내 마음에 걸리는 것은 즉, 돈키호테 님, 당신이 예거한 그 많은 편력의 기사가 모두 사실상 틀림없이 뼈와 살을 갖추고 살아 있었다고는 암만해도 생각할 수 없다는 것이오. 오히려 그 모두가 조작한 일이요, 잠꼬대요, 거짓말이며, 눈을 뜨고 있는 인간들, 아니 절반 졸고 있는 인간들의 꿈얘기라고 생각하는 것이오.」

「그것이 또한 많은 사람들이 빠져 있는 몽매란 말씀이오.」하고 돈키호테가 대꾸했다. 「말하자면, 그런 기사들이 일찍이 이 세상에 있었다는 것을 믿지 않는 것이오. 그래서 나는 여러 사람들에게 몇 번의 기회에 걸쳐서 이 거의 공통적인 몽매를 진리의 빛 속으로 끌어 내려고 노력했었소. 그리하여 어떤 때는 내 뜻이 이루어지지 않은 일도 있었으나, 어떤 때는 진실의 어깨 위에 지지를 받아 뜻대로 된 적도 있었소. 그 진실이라는 것이 참으로 확실한 것이어서, 나는 이 눈으로 직접 아마디스 데 가울라를 보았다고 말해도 상관없을 정도인데, 그 사람은 키가 크고 흰 얼굴에 참으로 훌륭한 검은 수염을 길렀으며, 부드럽지만 어딘가 엄한 눈초리에 말이 없고 좀처럼 화를 내지 않으며, 화를 내더라도 금방 씻어 버리는 사나이였다오. 이 아마디스의 풍모를 묘사한 이런 방법으로 세상의 이야기에 나오는 모든 편력의 기사들의 모습을 묘사할 수 있을 것 같소. 왜냐하면 그들의 실록이 전하는 대로 그들이 어떤 인물이었는가, 내가 가진 인식에 입각해서 또 그들이 세운 공훈이나 그들의 사람됨에 입각해서 그들의 풍모도 얼굴빛도 몸매도 매우 정확하게 짐작할 수 있기 때문이오.」

「그렇다면, 돈키호테 님. 그 거인 모르간테는 얼마나 컸다고 생각하십니까?」하고 이발사가 물었다.

「그거인에 대해서는,」하고 돈키호테가 대답했다. 「대체 그가 실제로 있었는지 없었는지 여러 가지 의견이 있지만 조금도 진실에 어긋날 수 없는 성서가 그 엄청나게 큰 블레셋 사람 골리앗의 이야기를 전함으로써 틀림없이 그 거인이 존재했다는 것을 가르치고 있소. 키가 7큐피트 반이나 되었다니 정말 어처구니없이 크다고 할 수 있소. 또 시칠리아 섬에서 엄청나게 큰 정강이뼈와 어깨뼈가 발견되었는데, 그 크기로 보아서 뼈의 주인이 거인이었으며 탑처럼 큰 놈이었다는 것은 분명한 일이오. 왜냐하면 기하학이 이 사실을 의심할 여지가 없는 것으로 만들고 있기 때문이오. 그러나 그런데도 불구하고 모르간테가 얼마나 컸는지 나도 확답할 수 없소. 그리 큰 키는 아니었을 것으로 짐작되오만, 내가 이런 견해를 갖게 된 데는 이야기 속에서 그 거인의 활동을 조사한 대목에서 이따금 그가 지붕 밑에서 잠잤다는 것을 발견했기 때문이오. 왜냐하면 몸을 넣을 집이 있었다면 그자의 크기가 그렇게 엄청나지 않았다는 것이 분명하기 때문이오.」

「과연 그렇군.」하고 신부가 말했다.

신부는 이러한 어처구니없는 잠꼬대를 듣고 즐거워져서 레이날도스 데 몬탈반, 돈 롤단, 그밖에 프랑스의 열두 귀족의 용모에 대해서 어떻게 생각하느냐고 물었다. 열두 귀족이 모두 편력의 기사들이었기 때문이다.

「레이날도스에 대해서는,」하고 돈키호테가 대답했다. 「얼굴이 넓고 붉었으며, 끊임없이 움직이는 약간 튀어나온 눈, 괴팍스럽고 화를 너무 잘 내며, 도둑이나 불한당들과 교제한 사나이라고 말하고 싶소. 롤단은 로톨란도 또는 오를란도, 이 세 가지 이름으로 역사에서는 일컫고 있는데 키는 크지도 작지도 않고 어깻죽지는 넓으며 다리를 약간 벌리고 걷는 버릇이 있었고 거무죽죽한 얼굴에 수염은 붉었으며, 온몸에 털이 숭숭 나 있고 눈초리는 사납고 말은 적지만 태도가 매우 부드럽고 예의바른 사나이였다는 것이 내 의견이기도 하고 또한 확신하는 바요.」

「만일 롤단이 당신 말씀처럼 호남아가 아니었다면,」하고 신부가 받았다. 「미녀 안젤리카가 그를 무시하고 수염이 겨우 나기 시작한 무어의 젊은이가 아마 갖추고 있었을 것이 틀림없는 화려하고 멋있고 고상한 남자다움에 눈을 돌려 그에게 몸을 맡긴 것도 이상할 것이 없으며 억세게 생긴 롤단보다 부드러운 메도로에게 넋을 잃은 것도 현명한 태도였던 셈이구려.」

「그 안젤리카는 말씀이오, 신부님.」하고 돈키호테가 대답했다. 「경박하고, 엉덩이가 가볍고, 약간 변덕스러운 여자였소. 그러니 아름답다는 소문 못지않게 처치 곤란한 거동으로 세상을 깜짝 놀라게 했던 것이오. 천 명의 귀공자, 천 명의 용사, 천 명의 지혜 있는 자들을 뿌리치고, 친구에게 바친 우정으로 하여 의가 두텁다는 별명을 빼놓으면 재산도 없고 명성도 없는 허여멀건한 시동 같은 사나이로 만족했으니 말이오. 이 여성의 미모를 노래한, 그 이름 높은 대시인 아리오스토도, 이 여자의 천한 몸가짐 뒤에 일어난 일이 그다지 순결하지 않았기 때문이겠지만, 그것을 노래할 용기가 없었던지 혹은 노래할 기분이 안 났던지,

어떻게 카타이의 왕위에 올랐나는 나보다 슬기롭게 노래할 이 있으리라.

하고 노래하고는 이 여성에 관한 것은 그대로 포기하고 말았다오. 더욱이 이것이 틀림없는 예언이 된 것이오. 왜냐하면 시인을 바테라고 부르는데, 이것은 점쟁이를 뜻하기 때문에 이 사실은 뚜렷하오. 그 증거로 그후 안달루시아의 어느 유명한 시인이 그 여성의 눈물을 울면서 노래했고, 다른 또 유명한 희대의 시인도 이 여성의 미모를 노래하고 있기 때문이오.」

이때 이발사가 끼여들었다.

「돈키호테 님, 그렇게 칭찬한 많은 사람들 가운데서 한 사람쯤은 안젤리카 공주를 풍자한 시인이 있을 법도 한데요. 있었다면 가르쳐 주십시오.」

「글쎄.」하고 돈키호테가 대답했다. 「만일 사크리판테나 롤단이 시인이었다면 아마 이 여자를 마구 깎아내렸을 것이라고 나는 생각하오. 왜냐하면, 정말이지 노골적으로든 은밀하게든 그리워하는 여성으로 고른 귀부인으로부터 냉정한 대우를 받거나 거절을 당하거나 한 시인에게 있어서는, 그야 확실히 마음 넓은 사람들에게는 있을 수 없는 복수가 틀림없지만, 풍자문이자 중상으로 앙갚음을 한다는 것은 흔히 있을 수 있는 자연스러운 일이기 때문이오. 그러나 세상을 뒤집어엎을 만한 소란을 불러일으킨 안젤리카 공주를 중상하는 시구가 여태까지는 아직 내 눈에 띄지 않았소.」

「기적이군!」하고 신부가 말했다.

마침 그때 아까부터 그 자리에서 빠져 나가 있던 가정부와 조카딸이 안마당에서 큰 소리로 외치는 소리가 들렸으므로 사람들은 일제히 그쪽으로 달려 갔다.

제 2 장

여기서는 산초 판사가 돈키호테의 조카딸과 가정부를 상대로 한 주목할 만한 다툼과 그밖의 우스꽝스러운 갖가지 일을 다룬다.

실록이 전하는 바에 의하면 돈키호테와 신부와 이발사가 들은 것은 조카딸과 가정부가 산초 판사에게 큰 소리로 퍼붓고 있는 욕설이었다. 산초가 돈키호테를 만나러 들어가려는 것을 그들이 입구에서 막고 있는 것이었다.

「이 건달은 무슨 볼일로 이 집에 왔을까? 자기 집으로 냉큼 돌아가요. 우리 집 주인 어른을 꼬여서 교묘히 아첨해 가지고 근처 야산으로 끌고 나간 것이 바로 당신이지?」

이에 대해 산초가 대답했다.

「이 도깨비 할망구 같으니라구! 꾐에 넘어가 끌려 나가서 근처 야산을 헤매다닌 건 바로 나야. 주인 양반이 아니란 말야. 주인 양반이야말로 나를 여기저기 끌고 다녔단 말야. 당신들은 어처구니없는 오해를 하고 있군그래. 나리가 나를 꼬셔서 집에서 끌고 나가신 거야. 섬을 하나 준다는 약속이었는데 여지껏 목이 빠지도록 기다리게만 하고 있잖아.」

「그 빌어먹을 섬에서 죽을 변이나 당하라지, 이 바보 산초야!」하고 조카딸이 대꾸했다. 「섬이라니, 대체 뭘 말하는 거야? 뭔가 먹는 거겠지, 게걸스러운 먹보니까.」

「먹는 게 아니라오.」하고 산초가 대답했다. 「다스리고 재판을 하고 하는 것이지. 여기저기 흔해빠진 도회지보다도, 여기저기 흔해빠진 재판소의 판사보다도 더 잘 말야.」

「그렇다고 해서,」하고 가정부가 말했다. 「좋지 못한 꿍심으로 가득 찬 걸식 보따리를 여기서 안으로 들여 놓을 순 없어요. 자기 집이나 다스리고 자기 밭이나 갈러 가는 게 좋을 거야. 섬인지 선인지 모르지만 그런 걸 욕심내는 건 이제 그만둬요.」

신부와 이발사는 세 사람이 주고받는 말을 듣고 그만 재미있어졌다. 그러나 돈키호테는 산초가 속 검은 넋두리를 마구 지껄여서 자기의 신용에 관계되는 일까지 꺼내지 않을까 걱정이 되었으므로 그들을 불러 두 여자의 입을 다물게 하고 산초를 안에 들여 보내라고 말했다.

산초가 들어오자 신부와 이발사는 돈키호테와 작별을 했으나 그가 얼마나 어처구니없는 생각에 사로잡혀 있는가, 또 하찮은 편력의 기사도에 관한 어리석은 이야기에 넋을 잃고 있는가 목격했기 때문에 그의 건강 회복에 완전히 실망하고 말았다. 그래서 신부는 이발사를 돌아보고 말했다.

「어떻소, 이발사 양반. 이거 잘못하다간 우리 귀족 나리께서 다시 슬슬 뛰쳐나가게 생겼는걸.」

「그건 나도 의심치 않습니다.」 하고 이발사가 말했다. 「기사님의 광태도 놀랍지만 그 종자의 순진성에 비하면 문제도 되지 않는군요. 그때문에 아무리 험한 꼴을 당하더라도 저녀석 머릿속에서 그 생각을 지울 수는 없을 것 같은데요.」

「하느님께 고쳐 주시도록 기도합시다.」 하고 신부가 말했다. 「그리고 우리는 마음을 놓지 말고 감시해야겠소. 기사와 종자의 잠꼬대가 어떻게 엮어져 나가는가 두고 보기로 합시다. 두 사람이 다 똑같은 틀(型)에서 만들어 낸 인간으로밖에 보이지 않고, 주인공의 광태도 종자의 어리석은 행동 없이는 한푼의 가치도 없으니까.」

「정말입니다.」 하고 이발사가 대꾸했다. 「그건 그렇다 치더라도, 두 사람이 지금쯤 무슨 말을 하고 있는지 알고 싶군요.」

「그건 걱정없소.」 하고 신부가 대답했다. 「조카딸과 가정부가 나중에 틀림없이 알려 줄 테니까. 두 사람 다 듣지 않고 견딜 수 있는 사람들이 아니거든.」

한편 돈키호테는 산초와 함께 방안에 틀어박혔다. 두 사람만 남게 되자 곧 돈키호테는 말했다.

「산초, 그대는 내가 집에 가만히 있지 않았다는 것을 잘 알고 있으면서 그대를 집에서 끌어 낸 것이 나라고 했고 지금도 그렇게 말할 작정이겠지만, 그건 나로선 매우 난처한 말이다. 나와 그대는 함께 집을 나갔고 같이 걸었으며 더불어 편력을 했다. 같은 운명, 같은 숙명에 두 사람은 묶여 있는 거다. 사실 그대가 한 번이라면 나는 백 번이나 얻어맞고 두들겨맞고 하지 않았느냐? 그 점에서도 내가 위지.」

「그건 당연합니다.」 하고 산초가 대답했다. 「나리께서 말씀하신 대로 원래 재난이라는 것은 종자보다 편력의 기사를 따라다닌다고 하잖습니까요.」

「그것은 그대의 잘못이다, 산초.」 하고 돈키호테가 말했다. 「그 왜 quando caput dolet(머리가 아플 때는)……운운 하는 속담도 있잖느냐.」

「저는 우리 나라 말밖에는 모릅니다요.」 하고 산초가 말했다.

「다시 말해서,」 하고 돈키호테가 말했다. 「머리가 아플 때는 몸의 그밖의 부분도 모두 아프다고 말이다. 그래서 나는 주인이자 주군이니까, 즉 그대의 머리야. 그대는 나의 부하니까, 즉 나의 몸의 일부이니라. 이 도리에 따르면 머리에 일어나는 아니, 앞으로 일어날지도 모를 재난은 그대에게도 쓰라린 것이고, 그대의 재난은 나에게도 쓰라린 일이 될 것이다.」

「그렇잖으면 안 됩니다요.」 하고 산초가 대꾸했다. 「손과 발이 머리의 아픔을 나누어 가져야 한다면 머리 쪽에서도 수족의 재앙을 함께 괴로워해야 될 게 아닙니까요.」

「산초, 그대는 지금,」 하고 돈키호테가 받았다. 「그대가 담요 키질을 당했을 때 내가 괴로워하지 않았다고 말하고 싶은 게로구나? 만일 그렇다면 말하지 않는 편이 좋고 속으로도 생각지 않는 편이 낫다. 나는 그때 속으로 그대가 당한 것보다 훨씬 심한 고통을 느끼고 있었으니 말이다. 그러나 이에 관해서는 언젠가 충분히 의견을 나누어서 정당하게 평가할 때도 있을 테니까, 지금은 당분간 이대로 접어두기로 하자. 그런데 나의 벗 산초여, 말 좀 해주지 않겠느냐. 이 마을 사람들은 대체 나에 대해서 뭐라고들 말하고 있느냐? 아랫사람들의 평판은 어떠하며, 시골 귀족들과 기사들의 의견은 또한 어떻더냐? 나의 용기에 대해서는 뭐라고들 말하고 나의 공적, 나의 범절에 대해서는 무슨 말들을 하고 있느냐? 이미 다 잊혀진 기사도를 다시 세상에 소생시키기 위해 내가 손을 댄 이 일에 대해서 뭐라고들 말하고 있더냐? 요컨대 산초여, 이 일에 관해서 그대가 들은 말들을 내게 얘기해 주면 좋겠단 말이다. 특히 좋은 일이니까 덧붙이고 나쁜 것이니까 깎거나 하지 말고 얘기를 해주어야 한다. 아첨하느라고 덧붙이거나 쓸데없는 배려로 적당히 줄이거나 하지 말고 사실을 있는 그대로 주군에게 아뢰는 것이 충신의 도리니라. 그래서 산초, 그대에게 가르쳐 줄 것은, 만일 사실이 아부와 아첨의 옷을 입지 않고 벌거벗은 채 왕공들의 귀에 들어갔다면 옛날의 역사는 전혀 달라졌을 것이다. 과거의 세기는 우리의 세기보다 훨씬 철의 시대로 간주되고 있었던 모양이다. 왜냐하면 지금 우리가 사는 시대를 황금 시대라고 생각하기 때문이다. 이 경구를 마음에 새기고 내가 그대에게 질문한 일을, 그대가 알고 있는 갖가지 진실 모두를 신중하고 정직하게 내게 일러 주면 좋겠다.」

「그건 기꺼이 하겠습니다, 나리.」 하고 산초가 대답했다. 「그러나 말씀입니다요. 디만 제 말에 화를 내지 말아 주십사고 부탁드려 두겠습니다요. 제가 들은 것을 솔직하게 들은 대로 아무 옷도 입히지 않고 얘기하라는 말씀이시니까 말입니다요.」

「결코 나는 화를 내지 않겠다.」 하고 돈키호테는 대답했다. 「산초, 그대는 아주 자유롭게, 변죽치지 말고 말해야 한다.」

「그러시다면 먼저 말씀드리겠습니다요만…….」 하고 말하기 시작했다. 「아랫사람들은 나리를 기가 차는 미치광이로 보고 저는 그에 못지않은 천치라고 생각하고 있습니다요. 시골 귀족님들은 나리께서 시골 귀족의 신분에 만족치 못하여 제멋대로 『돈』이라는 칭호를 달고, 네 그루나 될까말까 하는 포도나무와 두 에이커의 밭을 가지고 있고, 누더기를 앞뒤로 너절하게 달고 있는 주제에 제법 기사입네 하는 얼굴을 하더라고 말하고 있습니다요. 기사님들은 기사님들대로 시골 귀족들이, 특히 구두에 그을음을 칠하거나 검은 양말 구멍을 초록 비단실로 깁거나 하는 종자와 하등 다를 바 없는 시골 귀족들이 자기들에게 대항한다는 것은 천만부당한 일이라고 못마땅해 하고 있습니다요.」

「그것은 나와 관계없는 일이다.」 하고 돈키호테가 말했다. 「나는 항상 단정한 복장을 하고 있으며 기운 것은 몸에 걸친 적이 없으니까. 타진 곳은 있을런지 모르지만 그것도 낡았기 때문이 아니라 갑주 제구 때문에 타진 게다.」

「그리고 또, 나리의 용기라든가 범절이라든가 명성이라든가, 큰일에 대해서는 평판이 갖가지입니다요.」 하고 산초가 말을 이었다. 「『미치광이지만 귀여운 데가 있다』 하고 말하는 자도 있고, 『용감하나 운이 나쁘다』 하고 말하는 자도 있으며, 『범절은 알지만 성급하다』 하고 말하는 자도 있어서 요즘은 이러쿵저러쿵 말들이 많고 나리도 나도 온전한 뼈 한 개 남지 못할 지경입니다요.」

「알겠느냐, 산초.」 하고 돈키호테가 말했다. 「덕이라는 것은 최고도에 달하면 어디서나 박해를 받기 마련이니라. 옛날의 이름 높은 인물로서 악의에 의한 중상 모략을 받지 않은 사람은 거의 없다. 아니, 한 사람도 없다. 율리우스 시저는 의기 왕성하고 사려가 깊으며 용맹 무쌍한 장군이었으나 야심가로 지목되고 복장이나 몸가짐에 있어서는 좀 깨끗지 못하다는 말을 들었다. 알렉산드로스는 그 위업으로 대제(大帝)라고 일컬어졌으나 약간 주정뱅이 기미가 있었다고 했고 수없는 노고를 거듭한 헤라클레스에 대해서는 호색가여서 일락에 빠져 있었다고 전해지고 있다. 아마디스 데 가울라의 아우 돈 갈라오르는 지나치게 싸움을 좋아했다는 욕을 들었으며, 또 형인 아마디스는 겁약했다고들 말하고 있다. 그러니 산초여! 뛰어난 사람들에 대한 이런 중상에 대해서 그렇게 신경을 쓸 것은 없다. 그대가 지껄여 댄 욕설보다 더 심하지 않다면 말이다.」

「그게 그렇게 되지 않습니다요, 정말이지!」 하고 산초가 대답했다.

「그렇다면 또 있단 말이냐?」 하고 돈키호테가 물었다.

「아직도 그 긴요한 꽁지의 껍질도 벗어지지 않았습니다요.」 하고 산초가 말했다. 「여태까지 것은 달콤한 과자나 색깔을 칠한 빵 같은 것입니다요. 하지만 나리가 들으시는 터무니없는 욕설을 깡그리 다 아시고 싶다면 그야말로 무엇 하나 남기지 않고 죄다 얘기해 줄 사람을 당장 이 자리에 데려오겠습니다요. 간밤에 바르콜로메 카르라스코의 아들로 살라망카에 공부하러 가서 석사가 되어 돌아온 사람에게 제가 인사를 하러 갔더니 나리의 전기(傳記)가 《재지 넘치는 시골 귀족 돈키호테 데 라 만차》라는 제목으로 책이 되어 나왔다고 했습니다요. 그리고 저에 관해서도 산초 판사라는 진짜 이름으로 나오고 둘시네아 델 토보소 공주에 관해서도 나리와 제가 둘이 주고받은 여러 가지 말과 함께 나온다고 합니다요만, 저는 그것을 쓴 작자가 어떻게 해서 그런 것까지 다 알게 되었는지 정말 놀라워서 성호를 다 그었습니다요.」

「나는 장담할 수 있다만, 산초.」 하고 돈키호테가 말했다. 「우리 이야기의 작자는 아마 마법을 쓰는 현인이 틀림없을 게다. 그런 사람들은 쓰고 싶다고 생각하기만 하면 꿰뚫어보이지 않는 일이 없으니까.」

「저런, 저런!」 하고 산초가 말했다. 「현인이고 동시에 마법사라는 것도 있습니까요? 하지만 석사 삼손 카르라스코, 아까 말씀드린 그 사람의 이름입니다요, 이 사람의 얘기를 들어 보면 그 책의 저자는 시데 아메데 베렝헤나라든가 뭐라든가 합니다요.」

「그건 무어 인의 이름이 아니냐?」

「그렇습니다요.」하고 산초가 대답했다. 「어디 가나 무어 인은 가지$\binom{베 렝 혜}{나 — 여주}$를 굉장히 좋아한다는 말을 듣고 있습니다요.」

「그대는 암만해도 그 『시데』라는 것이 덧붙이는 이름을 잘못 알고 있는 것 같구나. 그것은 아라비아 말로 『주군(主君)』이라는 뜻이거든.」

「그런지도 모르겠습니다요.」하고 산초가 대답했다. 「하지만 만일 나리께서 그 석사를 이리 데려오라고 하신다면 얼른 달려가서 불러 오겠습니다요.」

「그렇게 해준다면 더 기쁠 것이 없겠구나.」하고 돈키호테는 말했다. 「나는 그대의 말을 듣고 슬그머니 걱정이 된다. 죄다 들어 보지 않고는 무엇을 입에 넣어도 맛을 알지 못하겠구나.」

「그럼, 불러 오겠습니다요.」하고 산초가 대답했다.

그리고 주인을 뒤에 남겨 놓고 석사를 데리러 나갔는데 한참 있더니 그 사람과 함께 돌아왔다. 그리하여 세 사람 사이에는 실로 즐거운 대화가 나누어진다.

제 3 장

돈키호테, 산초 판사, 그리고 석사 삼손 카르라스코 사이에 오고간 우스꽝스러운 논의에 대해서.

돈키호테는 산초가 말한 것처럼 책에 씌어 있는 자기 자신의 평판을 들으려고 석사 카르라스코를 기다리면서 깊은 생각에 잠기고 말았다. 그런 이야기가 존재한다는 것이 아무래도 납득할 수 없었기 때문이다. 왜냐하면 자기가 무찌른 적의 피가 아직도 칼날에 마르지도 않았는데, 자기의 기사도에 관한 수많은 위업을 활자로 만들고자 한 사람들이 있었다니 말이다. 그러나 『어느 곳에 사는 적이나 혹은 이쪽 편의 현인이 환술(幻術)의 힘으로 그것을 인쇄시켰겠지. 만일 이쪽 편이라면 그 위업을 크게 찬양하여 오늘날까지 편력의 기사들이 이룩한 것 가운데서 가장 혁혁한 공적의 하나로 평가하자는 것일 것이고, 만일 적이라면 그 공훈을 되도록 깎아내려 어느 보잘것없는 종자에 관해서 씌어진 천하기 짝이 없는 소업의 하위에다 떨어뜨리려고 한 것이겠지.』하고 상상했다. 그런데 종자의 업적이 책에 씌어진 일은 한 번도 없다고 속으로 생각했다. 『그렇다 치더라도 만일 그런 이야기가 사실 있다면 그것은 편력의 기사를 다룬 것이니 필연적으로 격조 높고 숭고하고 유례 없이 호장하며 참된 것이어야 한다.』이렇게 생각하니 약간 위안이 되었다. 그러나 그 『시데』라는 칭호에서 미루어 『작자는 무어 인이다. 무어 인에게는 진실 따위를 조금도 기대할 수 없다. 왜냐하면 그들은 모두 기만가이자 거짓말쟁이이며 엉터리를 좋아하기 때문이다.』이렇게 생각하니 재미없어졌다. 자기의 그리운 정이 조금이라도 음란하게 다루어져서, 자기가 그리워하는 둘시네아 델 토보소 공주의 순결을 더럽히지나 않았는지 걱정이 되었다.

자기가 자연스러운 충동의 발작을 억제하고 왕비도 황후도 모든 신분의 처녀들도 모두 물리치고 오로지 공주에게 바친 성실과 순정이 뚜렷하게 표현되어 있기를 바랐다. 이렇게 이것저것 잇따라 떠오르는 공상에 휘말려 넋을 잃고 있는데 산초와 카르라스코가 나타났다. 돈키호테는 매우 정중하게 새로운 객을 맞았다.

이 석사는 삼손이라는 이름이었으나, 그다지 몸집이 큰 사나이는 아니었다. 그리고 매우 사람아 짓궂었다. 얼굴빛은 맑지 않았으나 제법 예리한 두뇌를 갖고 있었다. 많아야 스물네 살 정도, 둥근 얼굴에 안장코, 게다가 입이 커서 모두 짓궂은 해학과 우스개를 무척 좋아하는 성질을 나타내고 있었다. 그 증거로 돈키호테의 모습을 보자마자 그 앞에 무릎을 꿇고 말하는 것이었다.

「돈키호테 데 라 만차 님, 제발 저에게 그 손에 입맞추기를 허락해 주십시오. 저는 하급의 네 가지 품급밖에 누리지 못하고 있습니다만 지금 몸에 걸친 성 베드로의 법의(당시의 수도사의 신학생들이 입고 있던 법의 — 역주)를 두고 말씀드립니다. 당신이야말로 이 지구상 전역에 걸쳐 과거·미래를 통해서 존재한 가장 고명한 편력의 기사의 한 분으로 알아 모시겠습니다. 당신의 이야기를 저술해서 남겨 놓은 시데 아메테 베넨헬리에게 복 있으라. 그보다 널리 세상 사람들을 즐겁게 해주기 위해 그것을 아라비아 말에서 카스티야의 속어로 옮기는 수고를 아끼지 않은 기특한 인물 위에 복 있으라.」

돈키호테는 그를 일어나게 하고 말했다.

「그리고 보면 나에 관한 얘기가 있다는 것은 사실이구려. 그것을 쓴 사람이 무어의 현인이라는 것도?」

「그것은 사실일 정도가 아니라,」하고 삼손이 대답했다. 「방금 말씀드린 얘기는 이미 오늘날 1만 2천 부 이상이 출간된 것으로 알고 있습니다. 만일 못 믿으시겠거든 그 책이 인쇄된 포르투칼, 바르셀로나, 발렌시아에 가서 물어 보십시오. 그리고 안베르펜에서도 지금 인쇄중이라는 소문이 들립니다. 그러니까 그것을 번역하지 않는 나라나 언어가 있을 까닭이 없다고 나는 생각합니다.」

그때 돈키호테가 말했다.

「덕이 높고 뛰어난 인물에게 무엇보다도 큰 기쁨을 줄 것이 틀림없는 모든 일 가운데 하나는 아직 살아 있는 동안에 인쇄되고 출판되어 세상 사람들의 입에 그 아름다운 이름이 찬양받는 몸이 되는 일이오. 내가 『아름다운 이름을 찬양받는다 』고 말한 것은 그와 반대의 경우라면 그야말로 어떤 횡사거나 죽는 편이 낫기 때문이오.」

「드높은 영예, 아름다운 이름이라는 점에 있어서는,」 하고 석사가 가로막았다. 「당신은 모든 편력의 기사들의 영예를 독차지하고 계십니다. 왜냐하면 당신의 늠름함, 위험과 대결할 때의 대담 무쌍함, 역경에서의 참을성, 비운에도 상처에도 굽히지 않는 꿋꿋함, 나아가서는 당신과 공주 도냐 둘시네아 델 토보소와의 그 플라토닉한 연애의 깨끗함과 불변함 등을 무어의 현자와 그리스도 교도인 작가가 각자의 말로써 생생하게 눈으로 보는 것처럼 그려 주었기 때문입니다.」

「전 여태까지 한 번도,」 하고 이때 산초 판사가 끼여들었다. 「우리 둘시네아 님을 도냐 칭호로 부르는 것을 들은 적이 없습니다요. 그저 둘시네아 델 토보소 공주라고만 부를 뿐이었지요. 그러니 여기서 벌써 그 얘기는 틀려 들어가고 있습니다요.」

「그것은 그리 대단한 이론이 아니야.」 하고 카르라스코가 대꾸했다.

「그건 그렇소.」 하고 돈키호테가 받았다. 「그러나, 석사님, 그 책에서는 내가 세운 무훈 가운데서 어느 것이 가장 중요시되고 있는지 말씀해 주시지 않겠소?」

「거기에 대해서는,」 하고 석사가 대답했다. 「저마다 사람들의 취미가 다르듯이 여러 가지 주장이 있습니다. 당신 눈에 브리아레오나 그밖의 거인으로 비친 방앗간 풍차의 모험이 제일이라는 자도 있고, 나중에 양떼 무리로 변한 두 군대에 관한 대목이 제일 좋다는 자가 있는가 하면, 매장하기 위해 세고비아로 운반되어 가는 시체의 모험을 칭찬하는 자도 있습니다. 갤리 선으로 끌려 가는 죄수를 해방시킨 대목이 모든 모험 중에서 가장 뛰어나다고 한 사람이 말하면, 용감한 비스카야 인과의 싸움을 포함해서 성 베네딕트파 두 거인의 모험에 비길 만한 것은 없다고 한쪽에선 말하는 형편입니다.」

「잠깐, 석사님.」하고 이때 산초가 끼여들었다. 「거기엔 양구에스의 마바리꾼들과 벌인 모험이 나와 있습디까요? 그 왜 우리 마음 좋은 로시난테가 이상한 기분을 일으켰을 때 일 말입니다요.」

「현자의 잉크 병에는 무엇 하나 남아 있는 것이 없다네.」하고 삼손이 대답했다. 「모든 것이 깡그리 기록되고 적혀 있으니까. 멋있는 사나이 산초가 담요 안에서 폴짝폴짝 뛴 사건까지도 말이지.」

「나는 담요 안에서 폴짝폴짝 뛰진 않았습니다요.」하고 산초가 대답했다. 「그야 공중에선 뛰었지만요. 신물이 나도록 말입니다요.」

「내가 짐작컨대,」하고 돈키호테가 말했다. 「모름지기 이 세상 인간의 역사 중에 부침(浮沈)이 없는 것이 없으나 기사도를 주제로 한 것은 그중에서도 가장 심한 것이오. 그런 것이 경하스러운 무운으로만 가득 찬다는 것은 있을 수 없는 일일 것이오.」

「그건 그렇지만,」하고 석사가 대답했다. 「이야기를 읽은 사람들 가운데는, 여기저기서 일어난 결전 중에 돈키호테 님이 당한 그 수없는 곤봉 세례를 작자가 얼마간 잊어 주었더라면 좋았을 것을, 하고 말하는 사람도 있습니다.」

「거기에 얘기의 진실이 있는 게로군요.」하고 산초가 말했다.

「공정을 기한다는 점에서도 그런 것은 묵살해도 좋았을 텐데.」하고 돈키호테가 말했다. 「왜냐하면 별로 이야기의 진실을 바꾸는 것도 아니고 고치는 것도 아닌 그러한 사건들은 그것이 주인공의 명예를 해칠 경우에도 그것을 굳이 쓸 필요가 조금도 없기 때문이다. 아이네이아스는 베르길리우스가 묘사한 것처럼 인정 많은 사나이도 아니었고, 오딧세우스도 호메로스가 쓴 것처럼 지모에 뛰어나지는 않았다는 것이 확실하거든.」

「그건 그렇습니다.」하고 삼손이 대답했다. 「하지만 시인으로서 붓을 잡는 것과 사가로서 서술하는 것과는 다른 것입니다. 시인은 사실을 있는 그대로가 아니라 이러했더라면 하는 식으로 묘사하거나 읊어도 상관없습니다. 그러나 역사가가 되면 이러했더라면이 아니라 이러했다고, 진실을 아무것도 보태지도 줄이지도 않고 쓰지 않으면 안 되는 것입니다.」

「그렇다면, 그 무어 양반이 굳이 진실을 쓰려고 고집을 부렸다면 말씀이죠.」하고 산초가 참견했다. 「그럼 나리께서 당하신 빗발치는 곤봉의 사이사이에 내가 받은 곤봉의 빗발도 나오겠습니다요. 나리가 등을 두들겨맞고 있을 때 나는 온몸을 사정없이 두들겨맞지 않은 적이 없었으니까 말입니다요. 하지만 별로 놀랄 건 없습니다요. 나리께서 말씀하신 것처럼 머리의 아픔은 수족도 함께 나누어야 하니까 말씀입니다요.」

「약은 녀석이다, 산초는.」 하고 돈키호테가 응수했다. 「정말이지, 그대는 자기가 기억해 두고 싶은 일이 있을 때는 결코 잊지 않거든.」

「실컷 얻어맞은 몽둥이를 암만 잊으려 해도,」 하고 산초가 대답했다. 「옆구리에 아직도 뚜렷이 남이 있는 이 시커먼 멍울이 허락해 주지 않습니다요.」

「닥쳐라, 산초.」 하고 돈키호테가 말했다. 「그리고 석사님을 방해해서는 안 된다. 나는 이분이 책에 씌어 있는 나에 대한 이야기를 죄다 말씀해 주시기를 기대하고 있으니 말이다.」

「저에 관한 일도 겸해서 말씀입니다요.」 하고 산초가 받았다. 「들어 보니 저도 역시 그 얘기의 중요한 인생이 아닙니까요.」

「인생이 아니라 인물이야, 산초.」 하고 삼손이 말했다.

「이런, 또 남의 말 고치기를 좋아하는 양반이 나타났나?」 하고 산초가 응수했다. 「그런 일이나 실컷 하고 계시구랴, 당신도 끝장이 안 날 테니까.」

「당신이 이 얘기의 부주인공이라는 말이 틀린다면, 나는 하느님께 어떤 벌을 받아도 상관없다고 하겠어.」 하고 석사가 대답했다. 「게다가 이야기 전체 중에서 가장 현명한 인물의 말보다도 당신이 지껄이는 것을 듣는 편이 훨씬 재미있다고 말하는 사람도 있지. 하기야 여기 계시는 돈키호테 님이 약속하신 섬을 다스린다는 일을 사실 그렇게 될 것으로 믿고 있는 대목을 당신 치고도 너무 순진하다고 말하는 사람도 있지만.」

「아직도 해는 서쪽 담 위에 있다는 말도 있지 않느냐.」 하고 돈키호테가 말했다. 「좀더 나이를 먹고 말이다, 산초, 나이와 더불어 경험을 쌓으면 영주가 되는 데도 현재보다 더 적합하고 더 수완도 늘 것이 틀림없지 않느냐.」

「아닙니다요, 나리.」 하고 산초가 응했다. 「지금 제 나이로 다스릴 수 없는 섬이라면 설령 마쿠살렌(므두셀라. 969세까지 살았다는 노아의 조부—역주)의 나이가 되더라도 다스릴 수 있을 까닭이 없습니다요. 곤란한 것은 태평스레 딴짓을 하며 시간을 보내다가 그 섬이 어디 있는지 알지 못하게 되는 일이지 제가 다스릴 만한 재간이 있고 없고가 아닙니다요.」

「하느님께 기원을 드리는 수밖에 없구나, 산초.」 하고 돈키호테가 말했다.

「그러면 만사가 잘되고 아니, 아마도 그대가 생각하고 있는 것보다 더 잘될지도 모르지 않느냐. 하느님의 뜻이 아니면 나뭇잎새 하나 움직이지 않는 법이니라.」

「그건 사실입니다.」 하고 삼손이 끼여든다. 「만일 하느님이 그렇게 생각하신다면 1천 개의 섬이라도 산초로 하여금 다스리게 하실 것입니다. 하물며 섬 하나쯤은 문제도 되지 않지요.」

「영주라는 것을 여기저기서 여럿 보아 왔지만 말입니다요.」 하고 산초가 말했다. 「암만 봐도 내 발바닥에도 미치지 못할 인간들이 『각하』 소리를 들으면서 은그릇으로 음식을 먹고 있단 말입니다요.」

「그런 인간들은 섬의 영주가 아니야.」 하고 삼손이 응했다. 「좀더 다스리기 쉬운 다른 곳의 영주겠지. 섬을 다스리는 영주라면 적어도 그라마티가(문법)쯤은 알고 있어야 하거든.」

「나도 그라마(갯보리의 일종)라면 잘 알고 있습니다요.」 하고 산초가 말했다. 「하지만 티카는 상관하고 싶지 않군요. 원체 뭐가 뭔지 알 수가 있어야지요. 하지만 이 영주에 관해서는 저를 제일 일할 만한 자리로 돌려 주시도록 하느님께 맡겨 두기로 하고, 석사 삼손 카르라스코 님, 제가 말하고 싶은 것은 저에 관해서 씌어 있는 그 책의 어느 대목도 독자들이 화나지 않도록 작자가 잘 써주었다니 얼마나 기쁜지 모르겠다는 것입니다요. 저는 정직한 종자로서 맹세코 말씀입니다만, 조상 대대로 내려오는 그리스도 교도답지 않은 것이 씌어 있다고 생각해 보세요. 그야말로 귀머거리의 귀가 뚫리게 될 것입니다요.」

「그야말로 기적을 행하는 거나 마찬가지지.」 하고 삼손이 대답했다.

「기적이건 기적이 아니건,」 하고 산초가 계속했다. 「누구든 남의 일을 이러쿵저러쿵 말하거나 쓰거나 할 때는 잘 생각해 봐야지 문득 생각한 일을 닥치는 대로 마구잡이로 써서는 안 될 일입니다요.」

「그 이야기의 결점의 하나로 생각되는 것은,」 하고 석사가 말했다. 「작가가 〈분별 없는 호기심〉이라는 제목을 가진 소설을 거기에 첨가시킨 것입니다. 보잘것없는 작품이라서, 또는 줄거리가 제대로 통하지 않는 작품이라서 그렇다는 것이 아니라, 엉뚱해서 돈키호테 님의 얘기와는 아무런 관계도 없는 작품이기 때문입니다.」

「나는 내길 해도 좋지만,」 하고 산초가 말했다. 「강아지 녀석이 카베스와 바구니를 마구 섞어 놓았답니다.」

「그러고 보면,」 하고 돈키호테가 입을 열었다. 「내 이야기의 작가는 현자는커녕 무식하고 말만 많은 사나이였던 거요. 손으로 더듬어 아무런 사려없이 우베다의 화가 오르바네하 식으로 닥치는 대로 마구 쓰기 시작한 거요. 하기야 오르바네하에게 『무엇을 그리십니까?』 하고 물으면 『글쎄, 되는 게 되겠지요』 하고 대답했다고 하오만. 한번은 수탉을 그리고 있었는데 그것이 너무나 심하여 근처에도 안 간 것이었으므로 그림 한쪽에 『이것은 수탉이다』 하고 고딕 문자로 써놓아야만 했다는 거요. 나에 관한 이야기도 아마 그런 식이 틀림없을 것이니, 독자에게 이해시키려면 주석이 필요할지도 모르오.」

「그런 건 없습니다.」 하고 삼손이 대답했다. 「참으로 명료해서 고개를 갸웃거려야 할 대목은 한 군데도 없습니다. 그래서 아이들도 읽고 젊은이들도 읽으며 어른은 회심의 미소를 짓고 노인은 극구 칭찬을 하지요. 요컨대 이 얘기는 모든 사람들 사이에서 칭송을 받고 읽히고 친해져서 여위고 비루먹은 말을 보면 누구나 『저기 로시난테가 간다.』 하고 말할 정돕니다. 그중에서도 가장 읽고 싶어하는 것은 시동들이더군요. 《돈키호테》가 한 권쯤 놓여 있지 않은 영주님의 대기실은 없습니다. 한 사람이 놓고 일어서면 다른 사람이 금방 집어들지요. 남이 갖고 있는 것을 빼앗아 읽는 녀석이 있는가 하면 빌려 달라고 끈질기게 매달리는 자도 있지요. 요컨대 그 책은 여태까지 눈에 띈 것 가운데서 가장 재미있고 가장 해독 없는 즐거움입니다. 왜냐하면 전권 어디를 펼쳐 보나 음란한 말도 카톨릭의 가르침에서 벗어난 생각도 발견되지 않을 뿐더러 약간의 편린조차 보이지 않으니까요.」

「그것과 다른 식으로 썼다면,」 하고 돈키호테가 말했다. 「그것은 진실은커녕 거짓말을 쓴 것이오. 거짓말을 예사로 집어넣는 역사가는 위조 지폐를 만드는 사람과 마찬가지로 화형에 처해야 마땅하오. 그런데 나에 관한 것만으로도 쓸 일이 얼마든지 있는데도, 저자는 어떤 동기에서 아무런 관계도 없는 소설이나 이야기를 집어넣을 생각이 났는지 도무지 납득이 가지 않는군. 아마도 『짚이든 풀이든(······배는 부르다는 속
담에서 따온 말—역주)』 운운하는 속담에 따르는 것일 테지. 사실 나의 생각, 나의 한숨, 나의 눈물, 나의 고귀한 염원, 나의 활약을 그냥 기록하는 것만으로도 아마 쉽게 엘 토스타오의 전 작품보다 많거나 그와 비슷한 큰 책이 될 것이오. 사실 내가 이해하기로는, 이야기거나 그밖의 책이거나 어떤 종류의 것이건 그런 것들을 지으려면 뛰어난 판단력과 원숙한 분별이 필요하오.

그럴듯한 말을 하고 경묘한 것을 쓰는 것도 천재가 하는 일이오. 연극에서 가장 재간이 필요한 역할은 『느림뱅이』역이오. 왜냐하면 멍텅구리로 관객에게 보이고 싶은 사나이가 참말로 멍텅구리여서는 곤란하기 때문이오. 역사라는 것은 말하자면 신성한 것이오. 진실하지 않으면 안 되기 때문인데, 더욱이 진실이 있는 곳에는 진실에 관한 한 신이 계시는 것이오. 그런데도 마치 튀김과자라도 만들 듯 마구 책을 써서 마구 팔아대는 인간들도 있더란 말씀이오.」

「무엇 하나 볼 만한 것이 없는 그런 나쁜 책이란 있을 수 없지요.」하고 석사가 말했다.

「그건 의문의 여지가 없지.」하고 돈키호테가 말했다. 「그러나 자기가 쓴 것으로 말미암아 훌륭한 명성을 차지한 사람들이 그것을 출판하자마자 모처럼의 명성을 깡그리 잃어버리거나 잃어버리기까지는 않더라도 명성이 얼마간 퇴색해 버린 일례는 왕왕 있소.」

「그 까닭은 즉,」하고 삼손이 말했다. 「인쇄된 작품은 찬찬히 들여다볼 수 있는 것이니까 그만큼 결점이 쉽게 남의 눈에 띌 것이고, 작자의 명성이 높으면 높을수록 그만큼 결점을 찾으려는 눈초리도 날카로워지는 것이 통례니까요. 자기 스스로의 재간에 의해서 명성을 얻은 사람들, 훌륭한 시인, 저명한 역사가들은 자기 자신의 작품이 출판된 적도 없으면서 남의 작품을 비평하는 데 특이한 낙을 느끼는 사람들의 선망의 대상이 되고 있습니다.」

「그것은 조금도 놀라운 일이 아니오.」하고 돈키호테가 응했다. 「왜냐하면 자기 자신이 설교단에 서면 별로 신통치도 않으면서 남이 설교할 때는 결함이나 지나친 말을 발견하는 데 대한 능력을 발휘하는 신학자 선생도 많으니 말이오.」

「모두 그렇습니다, 돈키호테 님.」하고 카르라스코가 말했다. 「그러나 그토록 엄한 비평가들도 그렇게 나무라지만 말고 좀더 너그러이 그들이 비난의 대상을 삼는 작품에, 말하자면 찬란한 빛을 내는 태양의 표면에 있는 조그마한 흑점에 결점을 후벼파는 시선을 돌리지 말아 주었으면 좋겠습니다. 왜냐하면 뛰어난 호메로스도 때로는 잠잔다(aliquando bonus dormitat Homerus)는 말도 있으니까, 그 작품에 되도록 그림자를 적게 하고 빛나게 하기 위해서 작자가 얼마나 큰 눈을 뜨고 있었나 생각해 주었으면 합니다. 그렇게 하면 그들의 마음에 들지 않는 점이 사실은 까막사마귀였다는 그런 일도 있을 수 있으니까요. 왜냐하면 까막사마귀는 그 점이 붙어 있는 얼굴의 아름다움을 한층 더 돋

보이게 합니다. 그래서 저는 책을 출판하는 사람들이 직면하는 위험이 대단하다고 말씀드리는 것입니다. 읽는 사람들 누구에게나 만족을 주고 즐거움을 줄 만한 작품을 쓴다는 것은 그야말로 불가능 중의 불가능이니까요.」

「나에 관해서 쓴 책 따위에,」하고 돈키호테가 말했다. 「만족을 느낀 사람은 아마 거의 없었을 것이오.」

「그런데 그 반대입니다. 워낙 어리석은 자의 수는 한이 없다(stultorum infinitus est numerus)라는 말과 같이 그 얘기를 재미있어 한 사람도 수없이 많습니다. 개중에는 작자의 기억력이 부족한 것과 적당히 얼버무린 속임수를 들추어 낸 사람도 있었습니다. 이를테면 산초의 잿빛 당나귀를 훔친 도둑이 누구라는 기록이 없다는 것이지요. 거기에는 그 말은 없고 다만 도둑맞았다는 것이 문장에서 짐작될 뿐입니다. 그런데 당나귀가 발견되었다는 말도 없이 얼마 안 가서 산초가 같은 당나귀를 타고 있는 대목이 나오더란 말입니다. 게다가 시에르라 모레나의 산중에서 가방 속에 든 것을 발견한 그 백 에스쿠도를 산초가 어떻게 처분했나 하는 것도 빠졌다고 말하고 있습니다. 그후 한 번도 그 금화에 관해서는 나오지 않는데, 그 돈을 어떻게 했는지 무엇에 썼는지 알고 싶다는 사람이 많습니다. 이것은 그 작품에서 빠져 있는 중대한 점의 하나지요.」

그러자 산초가 대답했다.

「삼손 님, 나는 지금 무엇을 계산하거나 지껄이거나 할 기분이 나지 않습니다요. 뱃속이 묘하게 힘이 없어져서 해묵은 포도주 놈을 두서너 모금 마시지 않고는 그야말로 눈이 빙빙 돌아서 쓰러질 지경입니다요. 남겨 둔 것이 있지요. 마누라가 간직해 두었는데 말입니다요. 마시면 냉큼 돌아오겠습니다요. 그러면 당나귀가 없어진 데 대해서도, 백 에스쿠도의 용도에 대해서도, 당신을 비롯해서 세상 사람들이 듣고 싶어하는 것을 죄다 얘기해서 가슴속을 후련하게 만들어 드리겠습니다요.」

그리고 그는 상대편의 대답도 기다리지 않고 자기 쪽에서도 더 말을 덧붙임이 없이 자기 집으로 서둘러 가버렸다.

돈키호테는 석사에게 제발 더 머물러 조찬이지만 식사를 같이해 달라고 간청했다. 석사는 초대를 승낙하고 뒤에 남았다. 평소의 반찬에 두 마리의 비둘기 새끼가 덧붙여 나왔다. 식탁에서는 기사도에 관한 이야기가 나누어지고, 카르라스코는 주인의 기분에 발을 맞추었다. 식사가 끝나자 두 사람은 낮잠을 잤는데, 이윽고 산초가 돌아와 앞서 하던 이야기에 새로운 꽃이 피었다.

제 4 장

산초 판사가 삼손 카르라스코의 의문을 풀어 주기 위해 질문에 대답했으며, 그밖에 알아 둘 만한 것, 이야기할 만한 일들에 대해서.

산초는 돈키호테 집에 돌아와 아까의 그 화제로 되돌아가서 말했다. 「아까 삼손 양반이 누가 어떻게 해서 내 당나귀를 훔쳤는지 알고 싶다고 말씀하셨는데, 대답을 해드리겠습니다. 우리가 갤리 선으로 노를 저으러 가는 죄수들과의 달갑잖은 모험과 세고비아로 운반해 가는 시체의 모험을 겪은 뒤 성 동포회의 손에서 달아나려고 시에르라 모레나의 산악 지대로 들어간 밤의 일입니다요. 주인 나리와 제가 깊은 숲속에 기어들어간 것까지는 좋았는데, 그때까지 끊임없이 계속된 싸움 소동 때문에 지칠 대로 지쳐서 나리께서는 창에 기댄 채 저는 당나귀에 올라탄 채, 마치 새털을 넣은 이불을 넉 장이나 겹쳐서 깔아 놓은 잠자리에 누운 것처럼 깊이 잠들어 버렸습니다요. 특히 저는 아주 깊은 잠에 빠져 있어서 어떤 자가 살며시 다가와서 안장 네 귀퉁이에 막대기 네 개를 꽂아 놓고 저를 슬쩍 들어올리는 것쯤 문제없는 일이었습죠. 그래서 그녀석들은 저를 안장 위에 앉혀 놓은 채 제 밑에서 당나귀를 빼가 버렸는데 저는 조금도 모르고 있었습니다요.」

「그런 건 문제도 없지. 그다지 새로운 사건도 아니고. 그와 똑같은 일이 마침 알브라카 성 공략에 참가했던 사크리스판테에게 일어났었지. 그때 부르넬로라는 이름난 도둑이 그와 똑같은 수법으로 사크리스판테의 사타구니 사이에서 말을 빼갔거든.」

「새벽녘이었습니다요.」 하고 산초가 다시 계속했다. 「제가 부르르 몸을 떠는 순간 받쳐 두었던 막대기가 빠져서 저는 그만 땅바닥에 쿵 하고 떨어지고 말았습죠. 당나귀가 어디 갔나 하고 사방을 두리번거렸지만 흔적도 없었습니다요. 그러자 눈에 눈물이 솟아나서 저는 한바탕 한탄을 했습니다만, 우리들의 얘기를 쓴 작가가 어쩌다가 그 한탄하는 장면을 빼먹고 말았다면 좋은 것은 아무것도 쓰지 않았다고 생각해도 무방하겠습니다요. 그리고 며칠째인지는 모르지만 미코미코나 공주님을 모시고 걸어가다가 제 당나귀를 발견했습니다요. 그 당나귀에는 집시로 모습을 바꾼 그 히네스 데 파사몬테가, 주인 나리와 제가 쇠사슬을 끌러 준 그 사기꾼이자 형편없는 악당 녀석이 타고 있지 않겠습니까요.」

「틀린 곳은 거기가 아니야.」 하고 삼손이 말했다. 「당나귀가 아직 나타나지도 않았는데 산초가 같은 잿빛 당나귀를 타고 있었다고 작가가 써넣은 대목이라니까.」

「거기엔 저도 뭐라고 대답을 해야 좋을지 모르겠는뎁쇼. 역사가가 틀렸는지 아니면 인쇄소의 부주의였는지 그 둘 중에 하나라고 대답할 수밖에 없습니다요.」

「그럴 거야, 아마.」 하고 삼손이 대답했다. 「하지만 백 에스쿠도는 어떻게 되었나? 사라져 버렸나?」

그러자 산초가 대답했다.

「그 돈은 제가 제 자신을 위해서, 마누라와 아들을 위해서 썼습니다요. 제가 주인 돈키호테 님을 따라 산악 지대를 돌아다닌 것도, 마누라가 꾹 참고 있는 것도 다 그 돈 덕분입니다요. 그토록 오래 집을 비운 끝에 동전 한푼 안 갖고, 게다가 당나귀마저 잃고 집에 돌아왔다면 그야말로 큰일날 운명이 저를 기다리고 있었을 것입니다요. 그래도 저에 대해서 더 알고 싶은 일이 있으시거든 뭐든지 대답해 드리겠습니다요. 임금님께라도 똑똑히 대답해 드리겠습니다. 하지만 제가 갖고 돌아왔는지 안 돌아왔는지, 써버렸는지 안 써버렸는지 아무도 그런 것까지 일일이 걱정하실 필요는 없잖습니까요. 제가 전번에 돌아다녔을 때 얻어맞은 빗발치는 듯한 곤봉을 돈으로 값을 따져서 받는다면 한 번 얻어맞는 데 4마라베디씩만 계산하더라도 백 에스쿠도 같은 건 그 반값도 안 될 것입니다요. 그러니까 저마다 자기 가슴에 손을 대고 백을 흑이라고 하거나 흑을 백이라고 하거나 하지 말아 주었으면 좋겠습니다요. 누구나 하느님이 만드신 그대로의 인간입니다요. 아니, 더 나쁜 자도 더러는 있으니까 말입니다요.」

「내가 꼭,」 하고 카르라스코가 말했다. 「재판(再版)을 찍을 때는 훌륭한 사나이 산초가 방금 한 말을 잊지 말도록 저자에게 전해 주지요. 그러면 지금 것보다 훨씬 훌륭한 것이 될 거야.」

「그밖에 이 책에서 고칠 것은 없소?」 하고 돈키호테가 물었다.

「아마 틀림없이 있을 것입니다.」 하고 카르라스코가 대답했다. 「그러나 지금까지 든 것처럼 중요한 것은 이제 더 없을 것입니다.」

「그런데 필경,」 하고 돈키호테가 말했다. 「작자는 후편을 약속하고 있지 않겠소?」

「그럼요, 약속하고 있습니다.」 하고 삼손이 대답했다. 「그러나 아직 발견되지 않고 있으며 대체 누가 갖고 있는지 모르겠다는 말들입니다. 그래서 과연 나올지 우리도 반신반의하고 있지요. 그뿐 아니라『후편에 더 좋은 게 없다,』고 말하는 사람이 있는가 하면, 『돈키호테의 소업(所業)은 이미 씌어진 것만으로 충분하다.』고 말하는 자도 있어서 과연 후편이 나타날지 어떨지 의문시되고 있습니다. 하기야 우중충하고 음산한 것보다 밝고 명랑한 것을 좋아하는 사람들 가운데는『돈키호테식의 것을 더 보여 다오. 돈키호테여, 저돌적인 행동을 하라. 산초 판사여, 더 지껄여라, 뭐든지 상관없다. 그것만으로도 우리는 만족한다.』하고 말하는 자도 있습니다.」

「그런데 작자는 어쩔 작정으로 있소?」

「이야기를 발견하는 즉시로 출판하려고 혈안이 되어 있답니다. 출판을 하면 다시 칭찬을 얻는다기보다, 그것이 가져다 줄 이익에 마음이 동하고 있는 거겠지요.」

이 말을 듣고 산초가 참견했다.

「돈벌이를 노리고 있나요, 작자는? 그래 가지고 잘된다면 오히려 이상합죠. 왜냐하면 마치 부활절 전날의 양복쟁이처럼 마구 해치우는 일밖에 못 하니까요. 빨리빨리 서둘러서 마구 해치우는 일에 주문대로 말끔히 되는 일이 대체 어디 있습니까요? 무어 양반인지 누군지는 모르지만, 자기가 하는 일에 조심을 좀 해줬으면 좋겠습니다요. 우리 주인 나리는 모험이건 그밖에 더 다른 일이건 후편 한 권치 정도가 아니라 백 권치라도『예 있다』하고 쉽게 자료를 제공하실 테니까요. 아마 그 양반은 여기서 짚 속에 파묻혀 한가하게 잠이라도 자고 있는 줄로 알고 있는 모양입니다요. 그렇다면 말굽쇠를 박을 때처럼 우리 발이라도 들어 보라고 하시구랴. 그러면 어느 발을 절고 있는지 알 테니까요. 여기서 제가 똑똑히 말씀드릴 수 있는 것은, 만일 우리 주인 나리께서 제 충고를 들으셨더라면, 진작 우리는 어느 들판으로 나가서 훌륭한 편력의 기사의 관습대로 괴로워하는 자를 구하고 틀린 일을 고치고 있을 것입니다요.」

　이런 말을 산초가 다 끝냈을까말까 했을 때 그들 뒤에서 로시난테의 울음소리가 들렸다. 이 울음소리를 돈키호테는 매우 좋은 길조라고 생각했으므로 삼사 일 후에는 출발할 결심을 했다. 그래서 그는 그 결의를 석사에게 말하고 여행 일정을 어느 방면에서 시작하면 좋을까 의견을 들려 달라고 말했다. 그러자 그는 아라곤 왕국, 그 수도 사라고사로 가는 것이 좋을 것이라고 대답했다. 그곳에서는 앞으로 며칠 안 가서 성 조지의 축제일을 맞아 매우 엄숙한 기마 시합이 거행되게 되어 있으니까, 그 시합에서 아라곤의 기사라는 기사를 모조리 물리치고 빛나는 명성을 획득할 수 있을 것이며, 그것은 또한 온 세계 모든 기사의 으뜸 가는 명성을 획득하는 일도 될 것이라는 것이었다. 다시 석사는 돈키호테의 결의가 매우 성실하고 용감하다면서 극구 칭찬하고, 아울러 위험에 직면했을 때 여태까지보다 더욱더 신중하게 거동하라고 충고했는데, 그 까닭은 그의 생명은 그 혼자의 것이 아니라 비운 속에서 비호와 원조를 찾아 그를 필요로 하는 모든 사람들의 것이기 때문이라는 것이었다.

　「그건 전 찬성할 수는 없는 일입니다요, 삼손 양반.」하고 이때 산초가 끼여들었다. 「우리 주인 나리는 말씀입니다요, 갑주 제구를 몸에 두른 백 사람에게 대항하는 것이 마치 젊은 먹보 녀석이 반 다스나 주렁주렁 달린 수박에 덤벼드는 것 같아서 말씀입니다요. 정말 보고 있으면 손에 땀이 납니다요. 석사 양반! 공격하는 때가 있고 물러서는 때가 있다고 하는데 무엇이든 다짜고짜로 『산티아고! 덤벼라, 에스파냐!』(스페인의 수호성자 성 야곱, 즉 스페인 어로 산티아고이다—역주) 식이 되어선 안 되지 않습니까요. 게다가 저는 들은 적이 있습니다요. 제 기억이 틀리지 않는다면 우리 주인 나리한테서 들은 줄 압니다만, 말하자면, 겁과 겁을 모르는 두 끝의 한가운데쯤에 진짜 용기가 있다고 말입니다요. 그게 사실이라면 우리 주인 나리께서 아무렇지도 않는데 달아나시는 것도 재미없고 진짜 용기는 따로 필요한데 다짜고짜 뛰어나가시는 것도 나는 싫습니다요. 하지만 무엇보다도 주인 나리께 말씀드릴 것은, 만일 저를 다시 데리고 가시려거든 주인 나리는 싸움을 혼자서 도맡으시고 저는 입는 것이라든가 먹는 것이라든가 나리의 뒷바라지를 하는 것만으로 그치고 다른 일에는 조금도 묶이지 않는다는 조건이라야 되겠습니다요. 나리의 신변 뒷바라지라면 기꺼이 얼마든지 할 생각입니다요. 하지만 칼에 손을 대야 한다는 걸 생각하면, 설혹 도끼와 두건을 쓴 하찮은 악당놈들을 상대로 하더라도 생각만 해도 진저리가 납니다요. 저는 말입니다요, 삼손 양반, 용사의 명예 따윈 얻고 싶은 생각이 없습니다요. 여태까지 편력의 기사를 섬긴 가장 훌륭하고 가장 충실한 종자라는 영예만 있으면 되잖습니까요.

그래서 주인 돈키호테 님이 저의 성실하고 정성어린 봉사를 기특히 여기시고, 언제나 나리께서 어디선가 곧 발견될 것이라고 말씀하시는 섬 가운데 하나를 저에게 주시기만 하신다면 고맙게 받겠습니다요. 설혹 주시지 않더라도 저도 사람의 자식입니다요. 인간은 하느님도 아닌데 엉뚱한 것을 기대하고 살아서는 안 됩니다요. 그뿐 아니라 매일 먹는 빵도 섬의 영주가 아니더라도 된 거나 마찬가지로 아니, 그보다 더 맛있게 먹을 수 있을 것입니다요. 그리고 그런 지위에 오르면 악마 녀석이 무슨 함정을 만들게 되고 거기에 걸려 넘어져서 이빨을 분지를 일이 생길지도 모른다는 것을 제가 모를 줄 아십니까요? 저는 산초로서 태어난 이상 산초로서 죽을 작정입니다요. 하지만 그건 그렇더라도, 일이 잘되어 그다지 고생하지 않고 위험한 다리도 건너지 않고 어느 섬이나 혹은 그 비슷한 것을 하늘이 제게 주신다면 그것까지 거절할 만큼 저도 바보는 아닙니다요. 속담에 『송아지를 얻거든 고삐 잡고 달아나라』든가 『복이 오거든 집안에 가두라』고 하지 않습니까요.」

「이봐요, 산초 양반.」하고 카르라스코가 말했다. 「당신은 마치 대학 교수 같은 말을 하는군. 하느님과 주인 돈키호테 님을 믿어요. 돈키호테 님은 섬이 아니라 버젓한 왕국을 주실 것이 틀림없으니까.」

「지나친 것은 모자라는 것과 마찬가지입니다요.」하고 산초는 대답했다. 「하기야 주인 나리께서 저에게 왕국을 주신다고 하더라도 그건 결코 구멍 뚫린 자루에 집어넣는 거와 같진 않다고 카르라스코 님에게 말할 수 있습죠. 저는 제 자신의 맥을 짚어 보고 왕국을 통치하거나 섬을 다스릴 만큼 충분히 튼튼하다는 것을 알았습니다요. 이건 여태까지 몇 번이나 주인 나리에게도 말씀드렸습니다요만.」

「이봐요. 산초,」하고 삼손이 받았다. 「직업은 습관을 바꾼다고 하니까 당신도 영주가 되면 낳아 주신 모친도 모르는 체할 수 있을 것 같군.」

「그건 고얀놈한테나 맞는 말입니다요.」하고 산초가 대답했다. 「영혼 위에 조상 대대로 내려온 그리스도 교도의 기름기를 두세 치나 덮어쓰고 있는 사람에게는 당치 않은 말입니다요! 믿지 못하겠거든 가까이 와서 내 기질을 살펴보시구랴. 내가 남한테서 받은 은혜를 잊어버릴 인간인가 아닌가 금방 알 수 있을 테니까.」

「하느님의 손에 맡겨 드리기로 하자.」 하고 돈키호테가 말했다. 「영주가 되면 그것도 저절로 알게 될 게다. 그 영주 자리가 이제 바야흐로 눈앞에 다가온 듯하니 말이다.」

이렇게 말한 다음 석사에게, 만일 당신이 시인이라면 내 그리운 공주에게 바치는 이별의 시를 지어 줄 수 없느냐고 부탁했다. 시의 각 행 머리에 그녀의 이름 글자를 한 자씩 넣도록 해서 시가 다 되었을 때 각 행의 첫글자를 모으면 둘시네아 델 토보소(Dulcinea del Toboso)라고 읽을 수 있도록 해달라고 말했다. 그러나 석사가 대답하기를, 자기는 지금 스페인에 현존하는 이름난 시인도 아니고, 가장 저명한 시인은 세 사람 밖에는 없다고 하지만, 그러나 한 번 그런 시를 지어 보겠다, 공주의 이름을 형성하고 있는 글자가 열일곱 자인데 이것으로 시를 지으려면 적잖은 어려움이 있다, 사 행씩의 카스테야나 사 연(四聯)으로 하면 한 자 남고 데시마 또는 레돈디야라고 부르는 오 행씩으로 하면 석 자 모자란다, 그러나 아무튼 되도록 한 자를 잘 포함시켜서 사연의 카스테야나에 둘시네아 델 토보소의 이름이 들어가도록 연구해 보자는 것이었다.

「무슨 일이 있더라도 꼭 그렇게 해주시기 바라오.」 하고 돈키호테가 말했다. 「이름이 뚜렷하게 누구나 볼 수 있도록 나와 있지 않으면 아무리 둘시네아라도 이 시가 자기에게 바쳐진 것이라는 것을 믿을 수가 없을 것이오.」

이 일도 낙착이 되고 출발이 그로부터 1주일 후라는 것도 그들 사이에 의논이 마무리지어졌다. 돈키호테는 석사에게 이 일을 비밀로 해달라고 부탁했는데, 특히 마을의 신부와 이발사 니콜라스 양반, 자기 조카딸과 가정부에게는 자기의 진면목이자 용장한 결의에 훼방을 놓지 못하도록 제발 비밀을 지켜 달라고 당부했다. 이 일체의 것을 카르라스코는 약속했다. 그리고 카르라스코는 헤어지면서 돈키호테에게 나쁜 일이건 좋은 일이건 모든 사건을 전갈이 있을 때마다 자기에게 알려 달라고 부탁했다. 산초도 여행에 필요한 것을 마련하기 위해 물러났다.

제 5 장

산초 판사와 그의 아내 테레사 판사 사이에 나누어진 부담없고 그러면서도 재미있는 대화와 생각하기만 해도 즐거워지는 그밖의 일에 관해서.

이 이야기의 역자는 이제 제5장을 번역하기에 이르러, 이 장은 가짜 같다고 말하고 있다. 왜냐하면, 이 장에서는 산초 판사가 그의 둔한 두뇌에 기대할 수 있는 것과는 동떨어진 말투를 보여 주고 있을 뿐 아니라, 그가 알고 있으리라고는 도저히 믿을 수 없는 매우 섬세한 것까지 말하고 있기 때문이라고 한다. 그러나 역자가 의무로서 지고 있는 일을 완수하기 위해 이 장도 번역하지 않을 수 없었다. 그것은 다음과 같은 것이다.

산초는 즐거운 듯 부지런히 집으로 돌아왔다. 그래서 마누라도 큰 활의 화살이 닿을 만한 거리에서부터 남편의 기분이 몹시 좋다는 것을 알아챘다. 그리고 그 이유를 물어 보지 않을 수 없었다.

「어찌 된 일이에요, 여보. 그렇게 빙글빙글 웃으며 돌아오게?」

이에 대해 산초가 대답했다.

「귀여운 마누라님, 하느님만 용서해 주신다면 내가 이렇게 좋아하지 않고 있을 수 있다면 고맙겠는데.」

「무슨 말씀인지 나는 통 알 수 없어요, 여보.」 하고 마누라가 대답했다. 「하느님만 용서해 주신다면 이렇게 좋아하지 않고 있을 수 있다면 고맙겠다니, 대체 무슨 소린지 알 수가 있어야지. 내가 아무리 바보라도 즐거움이 없는 것이 좋다는 사람은 처음 봤네.」

「이봐 테레사.」 하고 산초가 말했다. 「나는 다시 한 번 돈키호테 나리를 모실 작정이라 마음이 들떠 있는 거야. 나리는 세번째 모험을 찾아서 떠나실 작정이시거든. 그래서 나도 나리를 따라 출발한단 말야. 나의 필요가 희망과 합쳐서 그렇게 하라고 재촉하기 때문인데, 벌써 다 써버린 그런 금화를 다시 백 에스쿠도 발견할 수 있으면 하고 생각하니 임자와 애들과 헤어지는 것은 슬프지만 한편 그만 기뻐지더란 말야. 발도 적시지 않고 집에 있으면서, 험한 산길이나 네거리 같은 데로 나를 끌어 내지도 않고 하느님께서 밥을 먹여 주실 생각이시라면 그건 힘드는 일도 아니고 마음만 먹으면 할 수 있는 일이니까 내 기쁨도 확실하고 빈틈없는 일임에는 틀림없지만, 뭐니뭐니해도 지금의 내 기쁨에는 임자를 남겨 놓고 가는 슬픔이 섞여 있거든. 그러니까 하느님만 용서해 주신다면 좋아하지 않는 편이 더 고맙겠다는 것은 틀림없는 말이잖아.」

「조심해요, 여보.」하고 테레사가 대답했다. 「당신은 편력의 기사들과 어울리고부터 이상하게 뱅뱅 돌려서 말을 하기 때문에 무슨 말을 하는지 도무지 알아들을 수가 없어요.」

「하느님만 알아 주신다면 그것으로 충분해, 마누라.」하고 산초가 대꾸했다. 「하느님은 무슨 일이고 죄다 아시는 분이거든. 그러니 이 얘기는 여기서 끊자구. 아무튼 임자에게 말해 두지만, 한 사흘 동안 저 잿빛 당나귀를 잘 돌봐서 싸움에 나갈 수 있도록 해줘요. 건초도 두 배로 늘려 주고 안장이나 그밖의 마구도 잘 살펴 주고 말야. 우리는 혼례에 초대받아 가는 게 아니거든. 천하를 돌아보고 거인이나 요괴들과 싸우며 횡횡 하는 소리, 울부짖는 소리, 신음하는 소리, 비명 같은 소리를 들으러 가는 거야.」

「나는 잘 알고 있어요, 여보.」하고 테레사가 대답했다. 「편력의 종자라고 거저 밥을 먹어서는 안 된다는 걸 말예요. 한시 바삐 그런 지독한 처지에서 당신을 빼내 주시도록 우리 주 그리스도에게 기원할 참예요.」

「임자에게 말해 두지만, 마누라.」하고 산초가 대답했다. 「내가 그리 머지 않은 장래에 어느 섬의 영주가 될 생각이 아니라면 여기서 넘어져 죽어도 좋아.」

「그건 안 돼요, 여보.」하고 테레사가 말했다. 「닭은 설혹 혀끝에 종기가 생기더라도 살아 있지 않으면 안 되는 거예요. 당신도 살아 있어 줘요. 이 세상에 얼마나 영주의 섬이 많은지 모르지만 악마가 모두 가져다 버리면 좋겠네. 영지 따위는 모르는 채 당신은 어머니의 배에서 태어난 거예요. 영지 따위를 모르고도 지금 이 시간까지도 살아 있잖아요. 그러니까 하느님이 부르시면 영지 따위는 생각지 말고 무덤으로 가는 거예요. 아니, 데려다 주십사고 부탁하는 거예요. 어쨌거나 세상에는 영지 따위를 모르고 사는 사람이 많아요. 그렇다고 해서 살기를 그만두는 것도 아니고, 인간의 숫자 속에서 빠지게 되는 것도 아니잖아요. 이 세상에서 제일 맛있는 반찬은 시장기랍니다. 이 시장기라는 것이 언제나 가난한 사람들을 따라다니니까 가난한 사람들은 언제나 맛있게 먹는 거예요. 하지만 여보, 만일 어쩌다가 어느 영지를 다스리게 되거든 나나 당신 아이들을 잊지 말아 줘요. 알죠, 여보. 산치코도 벌써 만 열다섯 살이에요. 만 열다섯 살이 되니까 만일 숙부이신 신부님께서 그애를 교회의 사람으로 만들어 주실 생각이시라면 학교에 보내야 옳다는 것도 잊지 말아 줘요. 또 당신의 딸 마리 산차도요. 이제 슬슬 시집을 보내도 결코 원망을 듣지 않을 나이라는 것도 잘 생각해 둬요. 마치 당신이 영지를 갖고 싶어 하듯이 암만해도 신랑을 갖고 싶어하는 모양을 나는 환히 알 수 있거든요. 그리고 뭐니뭐니해도 여자 아이는 호화로운 첩이 되느니보다 가난해도 버젓하게 결혼하는 편이 좋다고 나는 생각해요.」

「나는 맹세해도 좋지만,」 하고 산초가 대답했다. 「만일 하느님이 어쨌거나 영지 비슷한 것을 나한테 주신다면, 여보, 나는 마리 산차를 마님이라고 부르지 않고는 곁에도 못 갈 만한 훌륭한 곳에다 시집보낼 작정이야.」

「그건 안 돼요, 여보.」 하고 테레사가 대꾸했다. 「그애는 신분이 비슷비슷한 사람에게 출가시켜야 해요. 그게 제일 안심이거든요. 만일 그애에게 나막신을 코르크 바닥의 비단신으로, 넝마실로 짠 검은 스커트를 녹색 가장자리를 두른 종 모양의 스커트에다 긴 비단 망토로 바꾸게 하고 게다가 『마리카』나 『너』가 아니라 『도냐 아무개』니 『마님』이니 하고 불러봐요. 그애는 그야말로 얼떨떨해져서 어쩔 줄 모르고 노상 실수만 할 것이고, 타고난 꺼칠꺼칠한 바닥을 그대로 드러내는 게 고작일 테니까요.」

「그만둬, 바보야.」 하고 산초가 꾸짖었다. 「무슨 일이건 3년이면 다 익숙해지는 거야. 그뒤는 위엄이나 우쭐대는 거동이 모두 몸에 배게 돼. 설혹 몸에 배지 않더라도 무슨 상관이야. 그애를 『마님』으로 만들 테다. 뒤에는 어떻게 되든 상관없어.」

「분수를 지키는 게 좋아요, 여보.」 하고 테레사가 대꾸했다. 「너무 높아지려고 생각 않는 편이 좋아요. 『이웃집 아들 코 닦아서 네 집으로 데려가라』는 속담을 생각해 봐요. 정말이지 우리 마리아를 거창한 백작이나 지체 높은 기사에게 출가시키다니 천만의 말씀이에요. 언제 어느 때, 『저 여자는 농부의 딸이다』, 『흙을 파는 계집애다』, 『실을 잣는 여자의 딸이다』 하고 창피를 줄 생각이 나지 않는다고 할 순 없잖아요! 내 눈이 아직도 새까만 동안에는 그런 일 시키지 않겠어요! 나는 딸을 그럴 생각으로 기르지 않았으니까. 정말이야! 당신은 돈이나 갖다 줘요, 여보. 그리고 그애 시집 보내는 일은 나한테 맡겨 봐요. 후안 토초의 아들 로페 토초, 그 뚱뚱하게 살이 찌고 씩씩한 젊은이를 당신도 알죠. 그 젊은이가 우리 집 애를 사뭇 뜻있는 눈초리로 보고 있는 것을 나는 다 알고 있어요. 그 사람 같으면 지체도 우리와 비슷하니까 좋은 부부가 될 거예요. 게다가 언제나 들여다볼 수도 있었고, 부모도 자식도 손자도 사위도 모두 같이 살 수 있으니까 우리들 사이에 틀림없이 평화와 하느님의 축복이 찾아올 거예요. 그러니까 새삼스럽게 그애를 도시로 데려가서 그런 엄청난 집에 시집 보내질랑 말아 줘요. 그런 델 가면 아무도 그애를 돌봐 주지 않을 거구 그애도 당황해서 허둥거리고만 있게 돼요.」

「이리 와, 이 짐승아, 바라바(유월절에 그리스도 대신 빌라도의 북사로 놓여난 유대의 죄수—역주)의 여편네야.」 하고 산초는 호통쳤다, 「어쩌자고 나한테 자꾸 대들며, 모든 사람들이 주군이라 부를 손자를 나한테 낳아 줄 그런 사람에게 내가 딸을 출가시킨다는 데 뚜렷한 목표도 없이 방해만 하려고 하느냐. 이것 봐, 운이 찾아왔는데도 잡을 생각을 않고 있다가 지나가 버린 다음에 아무리 발을 굴러도 소용이 없다는 노인네들 말을 듣지도 못했나? 지금 행운이 우리 집 문을 두들기고 있는 데도 문을 닫아걸어 놓고 그냥 보내 버린다는 건 말도 안 돼. 우리 쪽으로 불어 오는 이 순풍에 돛을 올려야 한단 말야.」

이런 이야기와 이제 또 산초가 하는 말 등으로 미루어 이 이야기의 역자는 이 장(章)을 가짜라고 믿었던 것이다.

「어떻게 생각하나, 이 짐승아?」 하고 산초가 말을 이었다. 「우리가 진창에서 발을 뺄 수 있을 만한 수입 좋은 어느 영지를 뜻밖에도 내가 차지하게 되는 게 너는 싫단 말야? 마리 산차를 내가 좋아하는 상대에게 시집 보내 봐. 그렇게 되면 모두가 임자를 도냐 테레사 판사라고 부르게 될 것이고, 성당에 가더라도 마을 귀족 부인들은 분하겠지만 임자는 양탄자나 방석이나 모피 자리에 앉게 된단 말야. 그리고 어떤 일이 있더라도 임자는 벽걸이의 초상화처럼 크지도 작지도 않고 언제까지나 끄덕 없는 자기 자리를 지켜야 해. 자, 이 얘기는 이것으로 그치자구, 알겠어? 임자가 이 이상 무슨 소리를 하든 산치카는 백작 마님이 될 테니까.」

「자기가 하는 말이 무슨 말인지 당신은 알고나 있나요, 여보?」 하고 테레사가 대꾸했다. 「그렇다면 하고 싶은 대로 해요. 그애를 공작 부인으로 만들든지, 왕자님에게 드리든지 맘대로 하란 말예요. 하지만 이 말만은 해두겠어요. 그건 내 생각에서 나온 일이 아니고, 나는 거기에 동의하지도 않았다고 말예요. 나는 언제나 상하 구별이 없는 걸 좋아해요. 그래서 까닭없이 우쭐대는 건 도저히 잠자코 보고 있지 못해요. 나는 세례 때 테레사라는 이름을 얻었지요. 아무것도 보탠 것도 없고 공연히 덧붙인 것도 없고, 돈이니 도냐니 하는 장식도 없는 깨끗하고 산뜻한 이름을 말예요. 우리 아버님의 성은 카스카호지만 당신한테 시집 와서 테레사 판사가 된 거예요. 원래 같으면 테레사 카스카호라고 부르는 것이 옳지만 법률이 좋아하는 곳에 임금님도 계시니까 하는 수 없잖아요. 나는 이 이름이면 족해요. 이 위에다가 도냐니 어쩌니 하는 건 얹고 싶지 않아요. 무거워서 도저히 얹고 다니지도 못하고요. 그리고 내가 백작님의 마님이나 성주님의 마님 같은 복장으로 지나가는 것을 구경하는 사람들한테 이러쿵저러쿵 욕을 듣고 싶지도 않아요. 『저것 좀 봐요. 저 너절한 여자가 빼기는 꼬락서니 좀 봐! 어제까지만 하더라도 물레에 감은 삼을 실로 자았고, 망토 대신에 스커트를 뒤집어쓰고 미사에 나가던 주제에 오늘은 종 모양의 녹색 스커트에다 브로치를 달고 마치 우리가 자기를 모르는 것처럼 빼기고 걸어가잖아.』하고 금방들 말할 것이 틀림없거든요. 하느님이, 내가 가진 일곱 가진가 다섯 가진가, 아무튼 내가 가진 감각을 그대로 둬 두신다면 나는 그런 처지에 빠질 계기를 만들고 싶지 않아요. 당신은 영진가 섬인가 하는 곳에 나가세요. 그리고 실컷 빼겨요. 하지만 딸과 나는 돌아가신 어머니를 두고 맹세하지만, 이 마을에서 한 발자국도 나가지 않을 테니 그리 아세요.

여염집 여자는 발이 약해 집에 있고, 얌전한 처녀는 일이 낙이라고 하잖아요. 당신은 당신의 그 돈키호테 님과 함께 운을 찾으러 나가고 우린 불운하더라도 이대로 두어 둬요. 우리가 나쁜 여자만 아니라면 필경 하느님께서 운을 열어 주실 거예요. 그건 그렇고, 그 나리의 선대께서도 그 위의 선대께서도 달고 있지 않았던 『돈』을 대체 누가 붙여 주었는지 난 도무지 알다가도 모르겠어.」

「이제 알았다.」하고 산초가 말했다. 「임자의 몸에는 무슨 악마가 붙었구나. 큰일났군, 이 여편네는! 꼬리도 없고 대가리도 없는 것을 잘도 너절하게 늘어놓는구나! 카스카호니, 브로치니, 속담이니, 우쭐대느니 어쩌니 하는데 그게 내가 한 말과 무슨 관계가 있단 말야? 이리 와, 이 바보 같은 멍청이 여편네야. 이렇게 불리는 게 마땅해. 내가 하는 말을 도무지 알아듣지 못하고 행운에서 달아나려고만 하잖나. 만일 내가 딸을 탑 위에서 투신 자살이라도 시키려고 한다거나, 왕녀 도냐 우르라카 님이 하시려고 한 것처럼 정처없는 나그네길이라도 떠나라고 한다면 혹 임자가 내 말에 동의하지 않는다고 해도 할 말이 없겠지. 그러나 그야말로 혀를 두 번 놀리는 동안에, 아니 눈을 한 번 깜짝하는 것보다 빠른 동안에 임자의 딸에게 『도냐』와 『마님』을 씌워 받고 랑 사이에서 끌어 내다가 양산을 받쳐 주는 대좌에 앉혀, 모로코의 알모아다의 후예라는 무어 인이 가진 것보다 많은 비로드 방석이 있는 거실에서 살게 한다는데 어째서 임자는 동의하지 않는 거야. 어째서 내 생각에 고개를 젓느냐 말이야?」

「어째선지 알아요, 여보?」하고 테레사가 대답했다. 「속담에 나를 감추어도 나타난다는 말이 있잖아요? 가난한 사람은 누구나 슬쩍 봐버리지만 부자는 가만히 들여다보는 법예요. 그러니 만일 그 부자가 전에 가난뱅이였었다고 해봐요. 틀림없이 뒷공론이나 욕설, 남을 헐뜯는 자들이 짓궂게 따라다닐 것이 틀림없어요. 그렇게 남을 욕하는 인간들은 우리 주변 길바닥에 마치 꿀벌처럼 우글거리고 있단 말예요.」

「알겠나, 테레사.」하고 산초가 말했다. 「지금부터 내가 하는 말을 잘 들어 둬, 아마 임자는 이 세상에 태어나서 오늘 이 시간까지 이런 말은 들어 보지 못했을 거야. 나도 나 혼자 짐작으로 하는 말이 아냐. 다시 말하자면, 지금 내가 얘기하려고 하는 것은 바로 그대로 금년 사순절(四旬節) 때 마을에서 설교하신 설교사의 말씀이야. 그 수도사는, 내 기억이 틀림없다면, 이렇게 말씀하셨어. 우리들이 눈으로 보는 현재의 사물은 모두 지나간 사물보다 훨씬 뚜렷하고 힘차게 나타나고 존재하며 그리하여 우리의 기억에 남는다고 말야.」

여기서 산초가 꺼낸 이런 말은 산초의 능력을 넘는 것이어서, 역자가 이 장을 가짜라고 생각한다고 한 두번째의 말이다. 산초는 다시 말을 이었다.

「따라서 어떤 인물이 단정한 복장으로 훌륭한 옷을 입고 하인들을 거느린 당당한 모습을 보면 설혹 그 인물이 천했을 때의 일이 기억에 되살아나더라도 어쩔 수 없이 우리가 그분에게 존경심을 갖도록, 싫더라도 마음이 움직이고 유혹을 받는 듯한 기분이 드는 것은 그런 데서 나오는 거야. 그 사람의 열등감이 가난이건 혈통이건 이미 지난 일이면 그건 열등감이 아냐. 우리가 눈앞에 보는 것만이 말을 하는 거야. 게다가 천한 신분의 초안을 운명이 정서를 해줘서, 이건 수도사의 말투지만, 높은 번영에 이른 이 인물이 행동도 훌륭하고 인색하지 않고, 누구에 대해서나 정중한데다가 가문이 오래고 격식 높은 사람들과 서로 의가 상하는 일도 없다면 옛날은 어쨌느니 하고 생각하는 사람도 없을 뿐더러 현재의 성대함에 머리를 숙일 것이 틀림없다고 임자도 생각해야 해. 테레사, 하기야 이건 그 인간들이 시샘을 하지 않을 경우의 얘기야. 시샘을 하는 사람들에게 걸렸다간 제아무리 성대한 운도 이빨이 서지 않으니까.」

「나는 당신이 하는 말을 도무지 알아들을 수가 없어요.」테레사가 대답했다. 「뭐든지 마음내키는 대로 하세요. 이 이상 당신의 그 까다로운 잔소리로 골치 아프게 하지 말아 줘요. 자기가 꺼낸 말을 끝까지 밀고 나갈 절심이라면…….」

「결심이라고 하는 거야, 마누라. 절심이 아냐.」

「나완 이제 입씨름은 하지 맙시다, 여보.」하고 테레사가 대꾸했다. 「나는 하느님의 마음에 드시도록 얘기하고 있을 뿐이니까, 별로 군것을 덧붙일 생각은 없어요. 그리고 당신이 무슨 일이 있더라도 영지를 가질 생각이라면, 당신 아들 산초를 함께 데리고 가서 영주로서 영지를 다스리는 방법을 지금부터 가르쳐 주는 편이 나을 거예요. 사내아이가 부모의 장사를 이어받아 경험을 쌓는 것은 좋은 일이니까요.」

「영주가 되어 영지를 손에 넣기만 하면 당장,」하고 산초가 말했다. 「그애를 맞이하러 사자를 보내도록 하지. 임자에겐 돈을 보내 주고. 돈에 불편을 느끼는 일은 없을 거야. 설혹 영주가 돈을 안 가졌더라도 마련할 상대는 얼마든지 있을 테니까. 그보다 산치코의 지금 신분이 바닥이 감추어져서 나중에 되게 되어 있는 신분으로 보이도록 복장이나 주의해 줘.」

「돈만 보내 줘요. 그애에게 야자의 새싹처럼 껴입혀 놓을 테니까.」

「그럼 이것으로 의견이 일치된 셈이군.」하고 산초가 말했다. 「다시 말해서 우리 딸이 백작의 마님이 된다는 거 말야.」

「나는 애가 백작 마님이 되는 날을 그애를 매장하는 날로 생각하겠어요. 하지만 다시 한 번 말하지만 당신은 뭐든지 마음내키는 대로 해요. 여자라는 것은 비록 남편이 벽창호 같더라도 그 말에 따라야 하는 의무를 지니고 이 세상에 태어나는 것이니까.」

이렇게 말하고는 마치 산치카가 죽어서 묻히는 것을 보기라도 하는 듯이 참말로 울기 시작했다. 그러자 산초는 비록 딸을 백작 부인으로 만들게 되더라도 되도록 그 시기를 늦추겠다면서 아내를 달랬다. 이것으로 그들의 대화는 끝나고 산초는 출발 준비를 갖출 작정으로 다시 돈키호테를 만나러 갔다.

제 6 장

　돈키호테와 그의 조카딸과 가정부 사이에 일어난 일, 이것은 이 이야기 전체

중에서 중요한 장의 하나이다.

산초 판사와 그의 처 테레사 카스카호가 앞에서 말했듯이 서로 조심성 없는 대화를 나누고 있는 동안 돈키호테의 조카딸과 가정부는 한 사람에게는 숙부, 한 사람에게는 주인인 그가 세번째로 집을 나가서 그녀들이 보기에 곤란하기 짝이 없는 편력의 기사도를 실천하러 되돌아갈 생각으로 있다는 것을 여러 가지 조짐으로 눈치챘으므로 결코 한가로이 팔짱을 끼고 있을 수가 없었다. 할 수 있는 모든 수단을 써서 그런 고약한 생각에서 그를 빼내려고 애썼다. 그러나 모든 일이 사막에서 설교하고, 다 식은 쇠를 때리는 것과 마찬가지 결과로 돌아갔다. 그래도 그녀들이 그와 주고받은 많은 말 가운데서 가정부는 이런 말을 했다.

「참으로, 나리께서 두 다리를 꼿꼿이 딛고 서서 집에 가만히 계시지 못하고, 세상에선 모험이라 부른다지만 저는 불운이라 부르고 싶은 것을 찾아 마치 천당에 못 가는 망령처럼 산이나 골짜기를 헤매는 것을 그만두시지 않는다면, 저는 하느님과 임금님께 큰 소리로 울부짖어 어떻게 해주십사고 호소하지 않을 수 없겠어요.」

이에 대해서 돈키호테가 대답했다.

「할멈, 하느님이 할멈의 호소에 어떤 응답을 하실지 나는 모르겠다. 또 폐하가 어떤 대답을 하실지도 모르겠고. 다만 내가 임금님이라면, 매일 들이닥치는 수없이 많고 무례한 진정서에 대답하지 않겠다고 말할 것을 나는 알지. 어느 국왕에게도 여러 가지 어려운 일이 많지만, 그중에서도 가장 어려운 일의 하나는 여러 사람들의 말에 귀를 기울이고, 여러 사람들에게 대답을 해야 한다는 거야. 그리고 나는 나의 사사로운 일로 폐하를 성가시게 하고 싶지는 않다.」

그러자 가정부가 말했다.

「가르쳐 주세요, 나리, 임금님의 궁정에는 기사가 없나요?」

「그야 있지.」 하고 돈키호테가 대답했다. 「그것도 많이 있지. 왕공의 권세의 장식으로도, 국왕 폐하의 위엄을 과시하기 위해서라도 기사가 있다는 것은 당연한 일이지.」

「그렇다면, 나리.」 하고 가정부가 되물었다. 「나리께서는 궁정에 머무르면서 가만히 임금님을 모시는 기사의 한 사람이 되실 수는 없나요?」

「잘 들어 봐요, 할멈.」하고 돈키호테는 대답했다. 「모든 기사가 궁정에 근무하는 기사가 될 수도 없거니와 모두가 편력의 기사일 수도 없는 게야. 그러나 모두 기사이기는 마찬가지이나 양자 사이에는 엄청난 차이가 있단 말야. 궁정의 기사들은 그 거실에서 나오는 일도 궁정 문을 나서는 일도 지도를 보고 온 세계를 돌아다니는 일도 없으며 돈 한푼 들지도 않고 더위나 추위, 굶주림이나 목마름에 괴로워할 필요도 없지. 그런데 우리들 참된 편력의 기사는 햇볕에 타고, 추위를 견디며, 바람에 휘날리고, 모진 풍설에 괴로워하며, 밤낮없이 도보로 혹은 말을 타고 내 자신의 다리로 모든 땅을 답사하며, 그림의 적이 아니라 살아 있는 적을 알고, 모든 기회 모든 경우에 그들을 습격하며, 그러면서도 어처구니없는 관습이나 일대 일의 대결에 관한 규칙에도 태연하지. 창이건 칼이건 짧은 것을 찬다든가 안 찬다든가, 성자의 유물을 몸에 지닌다든가, 무언가 눈에 보이지 않는 기괴한 것을 몸에 단다든가, 태양을 한가운데로 나눈다든가 잘게 자른다든가 하는 일대 일의 대결에는 이런 종류의 그밖의 여러 가지 의식이 행해지는데, 할멈은 모르겠지만 나는 잘 알고 있어.

훌륭한 편력의 기사는 거인의 머리 열 개가 구름에 닿는다기보다 꿰뚫어 나가고, 저마다 탑과도 같은 거대한 두 다리로 버티어 섰는데, 팔은 커다란 병선(兵船)의 돛대를 닮았고, 두 눈은 거대한 물방아의 수레 같으며, 유리를 녹이는 노(爐)보다 더 훨훨 타는 그런 모습을 보더라도 추호도 놀라거나 무서워하지 않지. 그뿐 아니라 태연스럽게 안색 하나 변하지 않고 다부진 용기를 보이면서 그들에게 달려들어 가능하다면 짧은 시간에 놈들을 무찔러 승리를 거두지 않곤 물러서지 않는 게야. 비록 거인들이 다이아몬드로 만든 것보다 단단하고, 어떤 조개껍질로 몸을 덮고 칼 대신 다마스커스의 강철로 만든 날카로운 단검이나 혹은 나도 몇 번 본 적이 있는 강철의 날카로운 돌기가 달린 철봉을 들고 있더라도 하등 문제가 되지 않아. 내가 이런 말을 하는 것은 할멈, 두 종류의 기사 사이에 있는 차이를 할멈도 잘 알아 주었으면 하고 그러는 게야. 이 나중 것은, 좀더 정확하게 말해서 편력 기사라는 나중의 것에 경의를 표하지 않는 왕공은 한 사람도 없었다는 것이 당연한 일이라 할 수 있지. 왜냐하면 그들에 관한 이야기를 읽어 보면, 편력의 기사 중에는 한 왕국뿐 아니라 많은 왕국을 구한 자도 있었거든.」

「안 돼요, 외삼촌!」하고 이때 조카딸이 끼여들었다.

「편력 기사에 대해서 외삼촌이 말씀하시는 건 모두 지어 낸 얘기이고 엉터리라는 걸 아세요. 기사들의 얘기는 모두 태워 버리거나 아니면 저마다 삼베니토(이단 심문소에서 계고(戒告)를 받은 회개자가 입는 소매 없는 일종의 망토—역주)를 입히거나 무슨 표시를 해서 그것이 모두 부끄러운 책들로 세상의 올바른 풍습을 엉망으로 만드는 것이라는 걸 알리게 했으면 좋겠어요.」

「나를 보호해 주시는 하느님을 두고 말하는데,」 하고 돈키호테가 말했다. 「만일 네가 내 누님의 딸이라는 피를 나눈 조카가 아니었더라면 지금 네가 한 무례한 폭언의 보상으로 온 세계에 다 알려질 형벌을 주었을 게다. 겨우 열두 개의 레이스 뜨개바늘을 움직일 수 있을까말까 하는 여자인 주제에 편력의 기사에 관한 이야기를 비난하다니, 어찌 감히 그런 짓을 할 수 있느냐? 만일 아마디스 님이 그런 말을 들었더라면 무어라고 하셨겠느냐? 그러나 그분은 아마 너를 용서해 주셨을 게다. 그 시대의 가장 겸허하고 예의바른 기사였을 뿐 아니라 처녀들에게는 참으로 위대한 옹호자였으니까. 그러나 네가 한 말을 흘려듣지만도 않을 그런 자가 네 말을 귀담아들을 우려가 없는 것은 아니다. 그중에는 비겁한 자도 있고, 예의를 모르는 자도 있다. 스스로 기사라 자칭하는 자들이 모두 참된 기사랄 수는 없다. 순금도 있고 도금된 것도 있단 말이다. 더욱이 모두가 기사로 보이기는 하되 그 전부가 시금석에 견딜 수 있는 것은 아니다. 천한 태생이지만 기사로 우러러보이도록 열심히 노력하는 자도 있고 지체 높은 기사이면서도 일부러 천한 인간으로 보이려고 열심인 것 같은 인간도 있다. 전자는 야심이나 미덕으로 빼어나고 후자는 무기력이나 나쁜 버릇으로 영락한다.

이름은 같지만 그 행위에 천양지차가 있는 이 두 가지 기사를 분간하려면 명석한 예지를 움직이는 것이 긴요하니라.」

「어마! 어쩌면.」 하고 조카딸이 말했다. 「외삼촌은 퍽 여러 가질 알고 계시네요. 꼭 필요할 때는 설교단에 오르실 수도 있겠지요. 어느 길가에서 설교하실 수도 있겠구요. 그러면서도 끔찍스런 장님이, 분명한 바보가 되시고 말았어요. 그럴 수밖에, 노인이시면서 자기를 용사라고 생각하시고 병자이시면서 힘이 세다고 생각하시고 나이 탓으로 허리가 굽었는데 굽은 것을 고치려 하시고 아니, 무엇보다도 기사도 아니시면서 기사라고 생각하고 계시니 말씀예요. 하기야 귀족도 기사가 될 수는 있어요. 하지만 가난한 사람은 기사가 아니에요.」

「꽤 그럴듯한 말을 하는구나, 조카야.」 하고 돈키호테가 대답했다. 「그런

데 가문에 대해서는 네가 깜짝 놀랄 만한 것을 얘기해 줄 수도 있다만, 신에 속하는 것과 인간에 속하는 것을 함께 뒤섞고 싶지 않으니 말하지 않기로 한다. 잘 들어라, 여자들아. 이 세상의 모든 가계(家系)라는 것은 네 가지로 나눌 수가 있느니라. 너희들, 잘 들어 둬라. 그 네 가지라는 것은 이런 거다. 처음에는 미천했으나 차츰 신장하고 확대해서 마침내 권세의 정점에 이른 자, 처음부터 명문으로 숭앙받았고 그것이 지속되어 오늘날까지 당초와 변함없는 격식의 높이를 지탱하고 있는 자, 처음에는 컸으나 마치 피라미드처럼 차츰 처음의 크기가 축소되고 약해져 첨단의 점으로 끝나서 마치 피라미드의 꼭대기가 그 저변, 즉 바탕에 비하면 거의 무(無)에 가깝듯이 결국 볼 모양이 없이 되어 버린 자, 또 하나는 이것이 가장 많은데, 처음이 훌륭하지도 않고 중간에서도 대단치 않았으며 그리하여 평범한 서민의 가계로서 이름 없이 그치고 마는 자다. 제일의 것은, 다시 말해 처음에는 미천했다가 지금까지 번영을 누리는 권세의 예로서는 오토만 집안이 적당한 예다. 처음에는 신분이 낮은 일개의 양치는 처지에서 시작하여 오늘날 우리가 보듯이 정점에 이르렀으니 말이다.

제이의 가계, 즉 처음부터 훌륭했으나 그것을 두드러지게 더 강대하게 하지는 못하고 그것을 지탱하고 있는 예로는 여러 나라 군주들을 들 수 있겠지. 군주들은 왕위의 계승에 의해서 군주가 되고, 별로 강대해지거나 약해지지도 않은 채 저마다의 국경 안에서 무사히 권세를 지탱하고 있다. 처음 강대했다가 하나의 단순한 점으로 끝난 집안은 수천 수백 가지의 예를 들 수 있다. 이집트의 파라오 왕조와 프롤레마이오스 왕조, 로마의 시저 가문, 메디아, 앗시리아, 페르시아, 그리스 및 만족(蠻族)의 무수한 군주와 왕공의 무리들——이렇게 불러도 상관없다면 말이지만——이들은 가계도 영토도 깡그리, 그 왕조나 가계의 시조와 자손도 모두 다 점으로 끝나 무로 돌아가고 말았다. 그 까닭은 오늘날 그들의 자손을 한 사람도 발견할 수 없기 때문이다. 설혹 그 후예를 발견한다 하더라도 낮고 천한 신분으로 몰락해 있을 것이 틀림없다. 서민의 가계에 대해서는 다만 살아 있는 인간의 수를 늘렸다는 것 이외에는 아무런 말할 나위도 없다. 설혹 부를 누리고 번영한다 하더라도 명성이나 찬양을 받을 만한 것이 되지 못하더란 말이다. 내가 이만큼 말해 주었으니, 이 바보 같은 여자들아. 가문과 가문 사이에 있는 혼돈이 또한 매우 심해서, 다만 당주들의 덕의와 유복과 관용이 두드러진 가계만이 위대하고 현저하게 눈에 띈다는 것을 깨달아 주기 바란다. 덕의와 유복과 관용이라고 나는 말했는데, 악을 일삼는 사람들은 그 악이 높으면 높은 악인이고 관대하지 않은 부자는 욕심 많은 거지에 지나지 않는다. 부를 갖고 있다는 것만으로 그 소유가 행복하게 되는 것은 아니다. 그것은 마구 소비하는 것이 아니라 그 부를 올바르게 소비할 줄 알아야만이 그   소비자를   행복하게   만드는   법이니라.

　가난한 기사가 기사라는 것을 나타내기 위해서는 온화하고 인품도 점잖고 범절을 알고 조심스럽게 남의 일을 돌봐 주며 오만하지 않고 뻐기지 말며 뒤에서 불평을 늘어놓지 말고 특히 동정심이 깊으며, 요컨대 덕행이라는 길을 더듬어 가는 길밖에 도리가 없다. 불과 2마라베디의 돈이라도 기꺼이 가난한 자에게 희사한다면, 요란스런 선전과 더불어 돈을 내는 사람 못지않은 덕을 쌓는 것이 된다. 여태까지 말한 것 같은 미덕을 갖춘 사람은 누구의 눈에도, 비록 그때까지 한 번도 만난 적이 없는 사람이라도 가문이 천하지 않은 사람으로 보인다. 만일 그렇게 보이지 않는다면 그건 이상한 일이지. 칭찬이야말로 예나 지금이나 변함없이 덕행에 주어지는 포상이다만 덕이 높은 사람으로서 남의 찬양을 받지 않는 사람은 없다. 알아듣겠느냐, 여자들아, 사람이 부자가 되고 존중받게 되려면 걸어갈 길이 둘 있느니라. 그 하나는 문(文)의 길이고 다른 하나는 무(武)의 길이다. 나는 문보다 무에 통해 있다. 내가 무를 좋아하는 것을 보면 나는 마르스좌의 정기를 받고 태어났나 보다. 따라서 무의 길로 내가 나아간다는 것은 거의 어쩔 수 없는 일이며, 설혹 온 세상이 반대하더라도 이 길을 나가지 않을 수 없다.

　그러니 하늘이 기리시고, 숙명이 명령하고, 도리가 요구하며, 더욱이 무엇보다도 내 자신의 의지가 바라는 것을 나더러 싫어하라고 강요해 봐야 결국은 헛수고에 그치고 말 것이 아니냐? 사실 나는 내가 잘 알고 있지만 편력의 기사에게 반드시 따라다니는 무수한 고생을 아는 한편 또한 이 길에서 얻을 수 있는 무한한 행복도 알고 있다. 또 덕의 길은 극히 좁으며 악에의 길은 넓고 평탄하다는 것을 알고 있다. 이 두 가지 길의 끝과 종말이 큰 차이가 있다는 것도 잘 알고 있다. 넓고 여유 있는 악에의 길의 종말은 죽음이며, 좁고 험하고 고난에 찬 덕에의 길은 생명으로 끝난다. 그것은 언젠가는 다할 생명이 아니라, 다할 줄 모르는 생명의 길로 인도해 주는 것이다. 나는 우리 카스티야의 대시인(가르실라소 데 라 베가—역주)이 읊은 것을 알고 있다.

올라가면 내려갈 길이 없는 이 험난한 도정을 더듬어 가서 불멸이 사는 높이에 이른다.

「어마, 어쩌면 좋아!」하고 조카딸이 말했다. 「외삼촌은 시인이기도 하셔! 뭐든지 알고 계시고 뭐든지 하실 수 있으신 것 같아. 석수가 되시고 싶으면 돌을 가지고 새 집 같은 집을 지으실 수도 있을 거야, 틀림없이.」
「약속해도 좋다, 조카야.」하고 돈키호테가 대답했다. 「만일 이 기사도라는 생각에 나의 모든 오감(五感)이 끌려가 있지 않았다면 내가 하지 못할 일은 없을 것이고, 내 손으로 해내지 못할 진기한 세공도 무엇 하나 없을 것이다. 그중에서도 새 초롱과 이쑤시개 따위는 특히 말이다.」
마침 그때 밖에 찾아온 사람이 있었다. 그래서 누구시냐고 물으니, 「접니다.」하고 산초 판사가 대답했다.
가정부 할멈은 그가 온 줄 알자 그 얼굴도 보고 싶지 않아서 곧 달아나듯 모습을 감추었다. 그토록 그를 싫어했던 것이다. 조카딸이 문을 열어 주자 주인 돈키호테는 두 팔을 벌려 종자를 맞이하러 나갔다. 그리고 주인과 종자는 돈키호테의 거실에 틀어박혀 새로운 대화를 나누었는데 그것은 앞의 그것에 조금도 못지않은 것이었다.

제 7 장

돈키호테가 종자와 나눈 말과 그밖에 크게 호평을 받을 만한 일들에 대해서.

가정부는 산초 판사가 주인과 함께 틀어박힌 것을 보고 즉각 그들 두 사람이 무엇을 얘기하고 있는가를 짐작했다. 그리고 그 의논으로 두 사람이 세번째로 집을 나갈 계획이 세워지고 있다는 것을 알고 그만 슬픔과 우수에 잠겨 망토를 뒤집어쓰고는 석사 삼손 카르라스코를 찾으러 나갔는데, 그 까닭은 그가 제법 유수같이 말을 잘하는데다가 주인과 새로 사귄 친구이므로 주인의 도무지 걷잡을 수 없는 계획을 포기하도록 설득시켜 줄 수 있을지 모른다고 생각했기 때문이었다. 그를 발견한 것은 그가 마침 자기 집 안마당을 거닐고 있을 때였다. 그의 모습이 눈에 띄자마자 그녀는 땀을 흘리며 근심에 잠겨 그의 발 아래 비실비실 주저앉아 버렸다. 카르라스코는 그녀가 매우 괴로워하고 당황해 하고 있는 모양을 보고 물었다.

「어찌 된 일이오, 할멈? 대체 무슨 일이 일어났소? 마치 당신의 영혼을 누가 뽑아 버리기라도 한 듯한 모습이잖아.」

「아니, 삼손 양반. 아무 일도 아닌 게 아니라 우리 집 주인 나리가 또 나가신대요. 틀림없이 나가시고 말 거예요!」

「나가다니, 어디서 나가?」 하고 삼손이 물었다. 「주인님 몸뚱이 어디가 찢어지기라도 했나?」

「그저 나간다는 게 아니고, 늘 나가는 그 미치광이 문으로 나간단 말예요.」 하고 그녀는 대답했다. 「내 영혼과 같은 석사님, 다시 말해서, 주인 나리가 다시 한 번 가출할 생각을 하고 계시단 말이에요. 이번이 세번짼데, 여기저기 싸다니면서 『운』이라는 것을 찾을 참인 모양인데 어째서 그런 이름을 거기에 붙이는지 난 도무지 알 수가 없어요. 첫번째 나갔을 때 몽둥이로 실컷 두들겨 맞고 정신을 잃은 채 당나귀에 실려서 집으로 운반되어 오셨어요. 두번째 나갔을 때는 소달구지 위의 우리에 갇혀서 돌아오셨는데, 마법에 걸린 줄만 알고 계셨어요. 처량한 그 몰골이라니, 정말 낳은 어머니도 알아보지 못했을 거예요. 피골이 상접하고 누렇게 떠서 두 눈은 머리 안쪽으로 푹 꺼지고 말이에요. 그래서 조금이라도 주인 어른을 본대대로 해드리려고 나는 달걀을 6백 개 이상이나 썼답니다. 이건 하느님도 아시고 세상 사람들도 잘 알고 있는 일이지요. 우리 집 닭이 나를 거짓말을 하게 내버려 두진 않아요.」

「그건 틀림없는 사실일 테지.」 하고 석사가 대답했다. 「그렇게 훌륭하고 살이 찌고 잘 자란 닭인걸. 배가 찢어지더라도 흰 것을 검다고야 하겠나? 정말이지, 할멈. 그밖엔 아무것도 없지? 다만 돈키호테 님이 하시려고 하는 일이 걱정이라는 것 이외는 곤란한 일이란 아무것도 일어나지 않았지.」

「예, 아무 일도.」 하고 그녀는 말했다.

「그렇다면 아무 걱정도 할 필요 없어요. 그러니 안심하고 집으로 돌아가서 내게 줄 따뜻한 점심이라도 만들어 놓구려. 만일 알고 있다면 산타 아폴로니아의 기도(치통(齒痛)의 주문으로서 민간에 퍼져 있다—역주)라도 외면서 돌아가요. 나도 곧 갈 테니까. 잘 수습해 보자구?」

「가만 있자!」 하고 가정부가 말했다. 「산타 아폴로니아의 기도나 외라는 말씀이세요? 우리 집 주인 어른이 이빨이라도 아프시다면 그걸로 되겠지만 잘못된 건 머리인걸요.」

「아니, 나는 내가 무슨 말을 하는가 잘 알고 있어요, 할멈. 자, 어서 가봐요. 그리고 나와 말싸움을 할 생각만은 말아 줘요. 아시다시피 나는 살라망카 출신의 석사니까, 재잘재잘 지껄이는 것만으로도 족해.」 하고 카르라스코는 대답했다.

가정부를 먼저 보내고 나서 석사도 신부를 만나 의논하려고 집을 나섰다. 그 내용은 어차피 그때가 되면 이야기가 나올 것이다.

돈키호테와 산초가 방에 들어박혀 있는 동안에 주고받은 말을 실록은 매우 정확하고 진실된 이야기로서 전하고 있다. 산초가 주인에게 말했다.

「나리, 나리께서 저를 데리고 가시고 싶은 곳에 가실 수 있도록 저는 마누라를 납덕시켰습니다요.」

「납덕이 아니라 납득이다, 산초.」 하고 돈키호테가 말했다. 「납덕은 틀려.」

「한 번인지 두 번인지 모르지만 말씀입니다요.」 하고 산초가 대답했다. 「제 기억이 틀리지 않는다면, 나리께 부탁을 분명히 드렸을 것입니다요. 제가 하고 싶은 말이 무슨 뜻인가 아시기만 하셨으면, 말이 틀렸느니 어쨌느니 하시지 마시라고요. 못 알아들으실 때는 『이봐 산초』라든가 『이 악마야』라도 좋고, 『네 말은 알아들을 수가 없다』고 말씀해 주십사고 말입니다요. 그래서 만일 제가 똑똑히 설명을 못 해 드릴 때는 고쳐 주셔도 상관없습니다. 저는 무척 신진해서요…….」

「네 말은 알아들을 수가 없구나.」 그리고 돈키호테가 말했다. 「무척 신진하다니, 그건 또 무슨 뜻이냐?」

「무척 신진하다는 것은 즉,」 하고 산초가 대답했다. 「무척 그런 겁니다요.」

「점점 더 모르겠구나.」 하고 돈키호테가 따졌다.

「제가 하는 말씀을 모르신다면 어떻게 말해야 좋을지 모르겠습니다요. 저는 그 이상은 모르겠습니다요. 하느님의 도움을 부탁하고 싶습니다요.」

「음, 알았다.」 하고 돈키호테가 말했다. 「네가 하고자 하는 말은 정말로 순진하고 온순하고 다루기 쉬우며, 내 말을 받아들이고, 내가 가르치는 대로 순순히 따르겠다는 뜻이렷다.」

「저는 내기를 해도 좋습니다요. 나리께선 처음부터 짐작하시고 알고 계셨던 겁니다요. 그런데 저를 얼떨떨하게 만들어서 좀더 제 입에서 엉터리 같은 말이 나오게 하시려고 그러신 게 아닙니까요.」

「그런지도 모르지.」 하고 돈키호테는 대답했다. 「그래 테레사는 뭐라고 하더냐?」

「테레사는 말씀입니다요.」 하고 산초가 대답했다. 「나리와 저 사이에 미리 좀더 튼튼하게 약조를 해두는 것이 좋겠다, 적어 둔 것은 소용이 닿지만 말로만 약속한 건 소용없다, 그 까닭은 트럼프의 패를 섞은 자는 떼이는 자가 아니며, 『자, 가져라』와 같은 한 마디는 『언젠가 주마』라는 두 마디보다 값이 있기 때문이라는 겁니다요. 그래서 제가 하고 싶은 말씀은, 여자의 조언 따위는 뭐 들어 볼 것도 없으나 그 조언을 듣지 않는 자는 미치광이라는 것입니다요.」

「나도 그렇게 생각한다.」 하고 돈키호테가 대답했다. 「자, 말해 보라, 나의 벗 산초여. 말을 더 계속해도 좋다. 오늘 그대는 진주알 같은 말을 하는구나.」

「말하자면,」 하고 산초가 이었다. 「나리께서 훨씬 더 잘 알고 계시듯이 우리들 인간은 모두 죽습니다요. 오늘 살아 있어도 내일은 없고, 양 새끼도 어미양과 마찬가지로 눈 깜박하는 사이에 가버리는 것입니다요. 그리고 하느님께서 주실 생각을 하신 목숨의 길이보다 더 긴 목숨을 약속할 수 있는 자는 이 세상에 아무도 없습니다요. 그 까닭은 죽음의 신이라는 것이 귀머거리이기 때문입니다요. 게다가 우리의 목숨의 문을 두들기러 올 때는 언제나 잔뜩 다급해서 부탁을 해도, 힘으로도, 임금님도, 사제님도 이것만은 막을 수가 없습니다요. 이건 모르는 사람이 없고, 모두 말하는 그대로이며, 여기저기 설교단에서 흔히 듣는 그대로입니다.」

「모두 진실이로다.」 하고 돈키호테가 말했다. 「헌데 어디로 그 얘기를 끌고 갈 참인지 나는 도저히 짐작을 못 하겠구나.」

「제가 얘기를 끌고 가고 싶은 데는,」 하고 산초가 대답했다. 「말하자면, 제가 나리를 섬기는 동안 다달이 얼마간 저에게 주실 급료를 얼마라고 꼭 정해 주셨으면 하는 것입니다요. 그 급료는 나리의 댁에서 지불해 주셨으면 합니다요. 늦어지거나 모자라거나 아무것도 받지 않거나 하는 그런 급여는 재미 없으니 말입니다요. 자기 것이 있어야 비로소 하느님도 도와 주십니다요. 결국 저는 많고 적은 것은 아무래도 좋지만 제가 버는 액수가 얼마인지 알고 싶어서 말씀드리는 것입니다요. 또 알이 있는 곳에 알을 넣는 것이고, 티끌 모아 태산이니까 조금이라도 벌고 있는 한 결코 손해는 되지 않으니까 말씀입니다요. 사실을 말씀드리면 나리께서 제게 약속해 주신 섬이라도 주시게 된다면, 이런 말씀을 드린다고 해서 그걸 믿거나 거기에 기대를 걸고 있는 것은 아니지만 말씀입니다요, 그 섬에서 나는 수입이 일년에 얼마나 되는가 미리 계산해 보고 제 급료에서 강세하는 것을 싫어할 만큼 은혜를 모르지도 않고 인색한 사내도 아닙니다요.」

「나의 벗 산초여.」 하고 돈키호테가 말했다. 「때로는 강은 공과 마찬가지로 통용하기도 하는 모양이구나.」

「아, 알았다!」 하고 산초가 외쳤다. 「아마 강제가 아니라 공제라고 말해야 하는 걸 그랬나 봅니다요. 하지만 상관없습니다요. 나리가 알아들으셨으니까 말씀입니다요.」

「음, 잘 알았다.」 하고 돈키호테가 대꾸했다. 「네가 생각하는 바닥까지 알았다. 네가 잇따라 내뱉은 수수께끼의 화살이 어디를 겨누는지도 짐작했다. 잘 들어라, 산초. 만일 어느 편력의 기사 이야기에서건 종자가 다달이 혹은 해마다 얼마를 버는가 조그마한 틈바구니라도 엿보이게 하고 풍겨 준 예를 보았다면 기꺼이 그대의 급료를 정해 주마. 그러나 나는 기사들의 이야기를 죄다 아니, 거의 읽어 왔다만 어느 편력의 기사도 자기 종자에게 일정한 급료를 약속했다는 말은 듣지 못했다. 다만 알고 있는 것은 종자란 모두 이쪽에서 주고 싶은 급여로 봉사해 왔다는 것과 생각지도 않던 때에 주인의 무운이 피어서 섬이라든가 혹은 그와 비슷한 것이 주어지고 또 적어도 작위를 받아 귀족이 되었다는 것이다. 이러한 희망과 덤이 갖고 싶어서 산초여, 네가 다시 나를 섬길 생각이라면 참으로 가상할 만한 일이다. 그러나 그것이 내가 편력의 기사도가 갖는 옛 관습의 범위나 상도에서 벗어나야 하는 것이라면 그것은 결국 소용없는 생각이니라. 그러나 나의 다정한 산초여, 너는 집으로 돌아가서 나의 뜻을 테레사에게 전하라. 만일 또 내가 생각해서 그대에게 주는 급여를 너도 너의 아내도 응낙한다면 그것은 bene quidem(매우 좋다)이다. 그러나 동의하지 못하겠다면 옛날의 친구로서의 교제로 되돌아갈 뿐이다. 비둘기 집에 모이가 있으면 비둘기는 아쉽지 않을 게다. 그런데 너는 알아 두어라. 훌륭한 희망은 천한 소유보다 낫고, 좋은 탄식은 나쁜 지불보다 나으니라. 내가 이런 말을 하는 것은 알겠느냐, 산초, 나도 너 못지않게 속담을 비 오듯 지껄일 수 있다는 것을 너에게 깨우쳐 주고 싶어서이다. 요컨대 너에게 말하고 싶은 것은 아니, 말해서 들려 주는 것이다만, 만일 네가 이쪽에서 마음대로 주는 급여로써 나와 운명을 같이하고 싶지 않다면 너는 하느님과 더불어 한가하게 사는 편이 좋을 것이다. 나에게는 너보다 더 순종하고 더 눈치 빠르며 너처럼 우둔하지도 않고 말도 많지 않은 종자가 얼마든지 있을 테니 말이다.」

산초는 주인의 이렇듯 굳은 결심을 들었을 때, 하늘이 별안간 어두워져서 여태까지 모처럼 간직하고 있던 기세도 갑자기 흐물흐물 허물어지고 말았다. 온 세계의 재보를 다 준다고 하더라도 주인이 자기를 버리고 출발하리라고는 꿈에도 생각지 않았던 것이다. 그래서 멍하니 생각에 잠겨 버렸는데 삼손 카르라스코가 들어왔다. 그리고 그가 어떤 변설로 주인이 다시 모험을 찾아 떠나지 않도록 설득해 줄 것인가 들어 보려고 가정부와 조카딸이 따라 들어왔다.

희대의 냉소가 삼손은 성큼성큼 다가가서 처음 만났을 때와 마찬가지로 돈키호테를 얼싸안고 소리를 높여 말했다.

「오오, 편력의 기사도의 꽃, 오오, 무사도의 찬연한 빛이여! 오오, 스페인 국민의 명예이자 거울이여! 원컨대 전지전능 운운하시는 하느님의 뜻에 의해 당신의 세번째 출발을 막고 방해하려는 자, 또는 그자들이 그 소원의 미로에서 출구를 찾지 못하고, 그들이 갈망하는 바를 일찍이 이루는 일 없도록 해주시기를!」

그러고는 가정부를 돌아보고 말했다.

「할멈, 이제는 산타 아폴로니아의 기도를 더 외지 않아도 돼요. 왜냐하면 돈키호테 님이 그 고상하고 새로운 사상을 다시 실현하시는 일이 다름아닌 하늘의 뜻임을 알았기 때문이오. 그래서 이 기사의 힘과 씩씩한 의기의 올바름을 이 이상 오래도록 움츠리고 있게 하거나 만류해 두지 않도록 설득도 하고 권유도 하지 않는다면, 나는 양심의 가책에 못 견딜 것 같소. 왜냐하면 돈키호테 님의 출발이 지체되면 욕을 보는 자의 수치를 제거하는 일도, 고아들의 비호도, 처녀들의 정조도, 과부들의 원조도, 유부녀들의 의지도, 그밖에 편력의 기사도에 저촉되고 관계되고 의존하고 부속되는, 그리고 이에 유사한 온갖 것들을 그대로 방치해 둔 채 돌보지 않는 결과가 되기 때문이오. 자, 아름답고 용맹한 우리의 돈키호테 님, 당신은 내일로 미룰 것 없이 오늘이라도 당장 출발하십시오. 만일 드디어 거룩한 출발을 하시는 데에 있어서 무어든 부족한 것이 있으시다면 저는 그 보충을 위해서 일신과 재산을 제공하겠습니다. 종자로서 당신을 섬길 수가 있다면 저에게는 그보다 더한 영광이 없을 것입니다.」

이때 돈키호테는 산초를 돌아보고 말했다.

「산초여, 내가 너에게 말하지 않더냐, 종자는 얼마든지 있다고? 어떤 분이 종자가 되어 주겠다고 말씀하시는가 잘 보아라. 다름아닌 전대미문의 석사 삼손 카르라스코 님, 살라망카 대학의 교정을 번창하게 하는 일꾼, 사람을 웃기는 인기인, 몸은 건강하고 동작은 가벼우며 말은 적고 더위와 추위를 견딜 뿐 아니라 굶주림도 목마름도 예사로 참는, 편력의 기사의 종자에게는 없어서는 안 될 온갖 자질을 갖춘 분이다. 그러나 내가 내 좋은 것만 추구한 나머지 이 문학의 기둥을 자르고, 학문의 그릇을 깨고, 뛰어난 예술의 높은 야자수를 벤다면 하늘도 용서치 않으시리라. 현세의 삼손(용맹했던 구약 성서 속의 삼손을 두고 하는 말—역주)은 향토에 머물러 향토의 명예가 되고 아울러 연로하신 부모님의 백발의 자랑이 되시라. 나는 어떤 종자라도 참기로 하겠소. 산초가 나와 함께 가주지 않는다고 하니까.」

「아니, 가겠습니다요.」하고 산초는 감동하여 눈물을 글썽거리면서 말했다. 「나리, 저는 말씀입니다요, 『빵은 먹었다, 따라가긴 싫다』는 그런 인간들과 같다는 말을 듣고 싶지 않습니다요. 그러믄요, 저는 은혜를 모르는 혈통은 아닙니다요. 제가 태어난 판사 집안 사람들이 어떤 사람들이었나 하는 것은 이제는 세상 사람들은, 그중에도 마을 사람들은 다 알고 있습니다요. 그뿐이 아닙니다요. 저는 나리가 누차 베풀어 주신 친절과 그보다 더 친절한 말씀으로 미루어 나리께서 저한테 선물을 주실 생각으로 계신다는 것도 알고 있었고 짐작도 하고 있었습니다요. 제가 급여를 두고 이러쿵저러쿵 말을 꺼낸 것은 마누라를 기쁘게 해주고 싶어서였습니다요. 그 여자는 무슨 설득을 하려고 하기 시작하기만 하면, 아무리 큰 통의 줄을 죄는 나무망치라도 그 인간이 나를 졸라 대는 데 비하면 아무것도 아닙니다요. 하지만 역시 남자는 남자, 여자는 여자라야 됩니다요. 저는 어디를 가나 남자입니다요. 이걸 취소할 수는 없으니까 저는 집에서도 누가 뭐라든 남자로 있고 싶습니다요.

그러니 나리께서는 유언과 치부를 전도하지 못하도록 써주시기만 하면 됩니다요. 그리고 나서 삼손 님이 너무 걱정하지 않게 우리는 곧 떠나갑시다요. 그분의 양심이 나리에게 세번째의 편력에 나서도록 권하라고 한다니까 말입니다요. 그리고 저는 다시 나리께 옛날과 지금의 편력의 기사를 모신 어떤 종자에도 못지않을 뿐 아니라 그 위를 가도록 충실히 정한 법도에 따라 모시겠다고 약속드리겠습니다요.」

석사는 산초 판사의 말과 그 지껄이는 모양을 보고 놀랐다. 왜냐하면 이 사나이와 주인의 이야기의 전편을 이미 읽었는데 거기에 그려진 애교 있는 사나이와는 거리가 멀었기 때문이다. 그러나 지금 그가, 「유언과 추기(追記)를 개변하지 못하도록」하고 말할 것을 「유언과 치부를 전도하지 못하도록」이라고 하는 것을 듣고 이 사나이에 관해서 지금까지 읽은 것이 모두 사실이라고 생각했다. 그리고 우리 세기의 가장 장엄한 바보의 한 사람인 것을 확인했으므로 이들 주종과 같은 한 쌍의 미치광이는 이 세상에서 아무도 본 적이 없었을 것이라고 혼자 속으로 중얼거렸다.

돈키호테와 산초 판사는 서로 얼싸안고 완전히 화해했다. 그리고 그들로 봐서는 신탁과 같은 위대한 카르라스코의 의견과 동의에 의해서 그들의 출발을 사흘 후로 정했는데 그때까지는 여행에 필요한 것을 마련하고, 또 돈키호테가 무슨 일이 있더라도 쓰고 가야 한다고 우기는 얼굴 가리개가 붙은 투구를 구할 여유도 있을 것이 분명했다. 그것은 삼손이 맡아 주었다. 그의 친구의 한 사람이 그런 것을 가지고 있었는데 달라고 하면 싫다고는 하지 않을 것으로 알고 있었기 때문이다. 그런데 그것은 매끄러운 강철로 번쩍번쩍 빛나고 있는 것이 아니라 곰팡이와 녹으로 새까맣게 되어 있었다.

가정부와 조카딸 두 여자가 석사에게 퍼부은 저주는 대단한 것이었다. 그들은 자기 머리를 쥐어뜯고, 자기 얼굴을 할퀴고, 장례식에 와서 삯을 받고 울어 주는 여자(당시 스페인에서도 사람이 죽으면 여자들을 세내어 울게 하는 풍습이 있었다─역주) 빰치게, 주인의 출발이 마치 그의 죽음이기라도 한 듯 슬퍼했다. 그런데 삼손이 돈키호테에게 한 번 더 집을 나가라고 권한 계획은 이야기가 좀더 전개되면 알게 될 일을 실행하기 위해서였으며, 그것은 신부와 이발사의 지시에 의한 것이었다. 삼손은 그들과 한패였던 것이다.

아무튼, 그 사흘 동안에 돈키호테와 산초는 적당하다고 생각되는 것들을 손에 넣었다. 그리고 산초는 마누라를, 돈키호테는 조카딸과 가정부를 달래어 해거름에 마을에서 반 마장쯤까지 전송하겠다는 석사 이외는 사람의 눈을 피해 엘 토보소를 향해 출발했다. 돈키호테는 얌전한 로시난테를, 산초는 여느 때의 그 잿빛 당나귀를 타고 있었는데, 배낭에는 온갖 식량이 채워져 있었고, 지갑에는 돈키호테한테서 무슨 필요가 있을 때의 준비금으로 받은 돈이 들어 있었다.

삼손은 돈키호테를 얼싸안고 그들의 우정의 법칙이 요구하는 대로 좋은 일이나 궂은 일이 있을 때 자기에게 꼭 알려 달라고 부탁했는데, 그것은 좋은 소식은 기뻐하고 나쁜 소식은 슬퍼하기 위해서라는 것이었다. 돈키호테는 그렇게 하겠다고 약속했다. 삼손은 마을로 돌아가고 두 사람은 엘 토보소의 대도시를 향해 길을 재촉했다.

제 8 장

그리운 공주 둘시네아 델 토보소를 만나러 가는 길에 돈키호테에게 일어난 일이 다루어진다.

「전능하신 알라는 찬양받을지어다!」하고 아메테 베넨헬리는 이 제8장의 서두에서 말하고 있다. 「알라는 찬양받을지어다!」하고 세 번 되풀이하고, 이런 식으로 찬양하는 것은 이미 돈키호테와 산초가 넓은 들판에 나가 있다는 것, 또 그들의 즐거운 이야기의 독자들도 돈키호테와 그 종자의 공명과 애교가 이 순간부터 시작한다고 생각해도 좋다는 것을 알 수 있기 때문이라고 말하고 있다. 그리고 재지 넘치는 시골 귀족의 지난날의 기사 행각을 잊어버리고 지금부터 시작되는 기사 행각에 눈을 돌리기를 독자에게 권하고 있는데, 지난날 그것이 몬티엘의 광야에서 시작된 것처럼 지금부터 엘 토보소의 길에서 시작되는 것이다. 더욱이 그가 구하는 것은 약속한 것에 비해 결코 많지 않다. 그리고 다음과 같이 계속하고 있다.

돈키호테와 산초 두 사람만 남았다. 그리하여 삼손의 모습이 멀리 사라지자 로시난테는 소리 높이 울고 당나귀는 코를 킁킁거리기 시작했는데, 이것을 기사와 종자는 앞날에 행운이 있을 좋은 조짐으로 보고 상서로운 전조로도 보았다. 사실을 말한다면, 당나귀가 코를 킁킁거린 소리가 말의 울음소리보다 컸으므로 산초는 자기의 운이 주인의 운을 눌러 훨씬 더 낫겠다고 생각했는데, 이것이 그가 자랑하는 점성학(占星學)에 기초를 둔 것인지 어떤지는 이야기 자체가 밝히고 있지 않아 뭐라고 말할 수 없다. 다만 「만일 당나귀가 엎어지거나 넘어지거나 한다면 얻는 것이라곤 신발을 찢거나 갈비뼈를 분지르거나 하는 게 고작이거든.」하고 산초가 뇌까리는 소리가 들렸을 뿐이다. 좀 모자라는 사나이지만 이런 점에 대해서만은 별로 그렇지도 않았다. 돈키호테가 말했다.

「나의 좋은 벗, 산초여. 오는 동안에 어느새 밤이 차츰 다가왔는데, 날이 샐 때 엘 토보소를 바라보려면 어두운 밤길을 가야겠구나. 이번의 새 모험으로 들어가기 전에 그곳으로 가서 세상에 둘도 없는 둘시네아의 축복과 흔쾌한 허락을 얻을 생각이다. 그녀의 허락이 있으면 나는 아무리 위험한 모험도 완수하고 아주 좋은 성과로 마칠 수 있다고 생각할 뿐 아니라 확신하고 있다. 이 세상의 어떤 일도 자기가 그리워하는 귀부인의 지지를 얻는 것만큼 편력의 기사에게 용기를 주는 것은 없기 때문이다.」

「저도 그렇게 생각합니다요.」산초가 맞장구를 쳤다. 「하지만 나리께서 그분과 함께 얘기를 하시거나 얼굴을 맞대시거나 적어도 그분한테서 축복을 받으시려면 뒷마당의 흙담 너머로 아니면 무리라고 생각됩니다요. 제가 그분을 처음 본 것도 그렇게 해서였습니다요. 나리께서 시에르라 모레나의 산속에서 하신 어처구니없는 미치광이 소동을 알려 드리려고 쓰신 편지를 전하러 갔을 때 일입니다요.」

「그대에게는 그것이 뒷마당의 흙담으로 보였단 말이냐, 산초?」하고 돈키호테가 말했다. 「그 아무리 찬양해도 다 찬양할 수 없는 정숙하고 아름다운 임을 본 자리가 말이다. 그것은 반드시 호화롭고 훌륭한 전각의 회랑이나, 그 왜 긴 뭐더라, 아무튼 그런 곳이었을 것이 틀림없다.」

「그랬을는지 모릅니다요.」하고 산초가 대답했다. 「하지만 저한테는 흙담으로밖에는 보이지 않았습니다요. 제가 기억력을 잃어버린 사내가 아니라면 말씀입니다요.」

「어쨌거나 가보자, 산초.」하고 돈키호테가 말했다. 「나는 그분을 한 번 볼 수만 있다면 담 너머로건 창문으로건 문틈으로건 정원의 쇠창살을 통해서건 조금도 다를 것이 없다. 그분의 미의 태양에서 나오는 제아무리 가냘픈 빛이라도 내 눈에 이르기만 하면 나의 사려는 빛나고 나의 신기(神氣)는 더욱 왕성해질 것이다. 따라서 나는 지와 용, 어느 점에 있어서나 천하무쌍의 유일한 기사가 되는 것이다.」

「그렇다면 사실을 말씀드리지만,」하고 산초가 대답했다. 「둘시네아 델 토보소 님의 그 태양을 보았을 때 어떤 빛이라도 낼 수 있을 만큼 밝지는 않았습니다요. 아마 제가 전에 말씀드린 것처럼 그분은 밀의 키질을 하고 있었으므로 키에서 나오는 무지무지한 먼지가 구름처럼 일어 빛을 가리고 있었던 모양입니다요.」

「산초, 아직도 그대는, 」하고 돈키호테가 말했다. 「나의 그리운 공주 둘시네아가 밀을 키질하고 있었다고 말하고 그렇게 생각하며 그렇게 주장하느냐! 키질이란 것은 고귀한 분들이 평소에 하시는, 혹은 하셔야 하는 일과 아주 거리가 먼 작업이요 행위이며, 그분들에게는 큰 화살이 겨우 도착할 만한 먼 거리에서 보아도 그 고귀함을 알 수 있을 만한 각별한 취미라든가 파적거리가 다 마련되어 있다는 것을 모르느냐! 이봐라 , 산초여! 그대는 네 물의 정(精)이 수정의 집에서 하고 있던 일을 그려 보인 우리의 시인^{(가르실라소 데 라 베가의 (목가牧歌)—역주)}의 시구 따위는 필시 알지도 못하겠지. 그 요정들을 사랑하는 타호 강에서 나와 푸른 초원에 앉아, 재기발랄한 그 현란한 천에 수를 놓기 시작한 것이다. 그러니 그대가 그분을 보았을 때 나의 그리운 공주가 하고 있던 일은 그러한 유의 것이었음이 틀림없다. 그보다도 내가 하는 일마다 모두 어느 소가지 못된 마법사가 품은 시샘이 나에게 기쁨을 가져다 주는 모든 것을 본래의 모습과는 전연 다른 모습으로 바꾸어 버린단 말이다. 내가 이룩한 그 숱한 무훈을 출판했다는 그 책 속에서도 만일 어쩌다가 그 작자가 나에게 악의를 품은 현인이었다고 한다면, 어떤 사실을 다른 것과 대치하고 하나의 진실에 8백 가지 거짓을 섞어 진실된 이야기가 추구하는 일관된 일과는 전혀 관계도 없는 얼토당토않는 것만 늘어놓고 흐뭇해 하고 있지나 않은지 그게 걱정이로다.

오오, 시샘하는 마음이여! 한없는 악의 근원, 덕의 모든 것을 좀먹는 벌레! 모든 악행도 산초여, 잘은 모르지만 얼마간의 즐거움을 가져다 주는 법이다만, 그러나 시샘하는 마음이 가져다 주는 것은 불쾌와 원한과 노여움 이외에 아무것도 없느니라.」

「그것은 저도 역시 하고 싶은 말입니다요.」하고 산초가 대답했다. 「석사 카르라스코가 우리에 관해서 씌어 있는 것을 보았다고 말한 그 전설인지 얘긴지 하는 것 속에서도, 제 명예는 더러운 돼지나 뭐 그런 것처럼 아랫사람들이 말하듯 마구 길거리 진흙탕 위를 이리저리 끌려다니고 있음이 틀림없다고 생각됩니다. 전 여태까지 마법사 따위를 욕한 적은 한 번도 없습니다요. 남의 시샘을 받을 만한 돈도 갖고 있지 않습니다요. 올바른 인간으로서 맹세해도 좋습니다요. 그야 얼마간 소가지가 못된 점도 있고, 교활한 데도 조금은 있습니다요만, 그래도 그런 것은 언제나 제 분수대로 뻐기지 않는 저의 호인이라는 큼직한 망토가 폭 싸서 덮어 주지 않습니까요. 게다가 하느님과 거룩한 로마 카톨릭이 생각하시는 모든 일을 언제나 제가 믿듯이 굳게 진심으로 믿고, 제가 그런 것처럼 유태인은 목숨을 걸고 미워한다는 것밖에 볼 게 없는 사나이라면 얘기의 작자들도 제게 자비심을 베풀어서 쓴 것 가운데서도 적당히 관대하게 저를 다루어 줄 것이 틀림없잖습니까? 그래도 쓰고 싶은 것은 뭐든지 쓰라죠 뭐. 저는 발가숭이로 태어나서 지금도 발가숭이입니다요. 손해 볼 것도 없습니다요. 설혹 책에 실려서 세상 사람들의 손에서 손으로 건너가 사람들이 제멋대로 지껄여 대는 말을 듣게 되더라도 저는 아무 상관없습니다요.」

「그건 암만해도, 산초.」 하고 돈키호테가 말했다. 「현대의 유명한 어느 시인이 한 말과 닮은 것 같구나. 그 사람은 매춘부들에 대한 매우 악의에 찬 풍자시를 지은 적이 있는데 그중에 한 사람이 과연 그런 여자인지 어떤지 의심스러워서 풍자의 대상으로 삼지도 않았을 뿐 아니라 이름조차 듣지 않았단 말이다. 그런데 이 여자는 자기가 매춘부 명부에 올려 있지 않은 것을 알자 시인을 찾아가서 어디가 나빠 자기를 다른 여자들 속에 끼어 넣지 않았느냐, 그 풍자시를 좀더 길게 해서 자기도 그 속에 끼어 넣어 달라, 만일 그렇게 해주지 않을 때는 무슨 일이 일어날지 모르니 각오하라 하고 원망하고 호소했다는 거다. 시인은 그 소원을 들어 하녀의 우두머리도 입에 담지 못할 심한 것을 써주었는데 본인은 이름이 팔렸다고 해서, 가장 천한 이름이지만 매우 만족해했다는 이야기다. 이것은 세계의 일곱 가지 불가사의의 하나로 손꼽히는 저 유명한 디아나의 전당에 불을 질러 재로 만들어 버린 목동의 이야기와도 일치한다만, 그것이 다만 후세에 자기 이름을 남기기 위한 생각 때문에 한 일이었단다. 그래서 이 사나이의 목적이 이루어지지 못하게 아무도 그의 이름을 밝히지 못하고 그의 이름을 입밖에 내거나 써서도 안 된다는 엄한 금지령이 내렸다만, 그래도 역시 그자가 에로스트라투스라는 사나이였다는 것이 알려져 있지.

또 카를로스 5세 대제(大帝)가 로마에 계셨을 때 한 기사와의 사이에 일어난 이야기도 생각하게 하는구나. 황제는 유명한 라 로툰다의 전당을 구경할 생각을 하셨는데, 이 전당은 옛날에는 신들의 전당이라 불렀고 현재는 그보다 더 적절한 『제성전당(諸聖殿堂)』이라 부르지. 이교도가 로마에 건설한 신전 중에서 가장 완전한 형태로 남아 있는 건물일 뿐 아니라 창립자들의 장대하고 호화로운 명성을 유감없이 전하고 있는 건물이니라. 오렌지를 절반으로 자른

듯한 형태인데 그것이 매우 장대하고, 그 꼭대기에 있는 오직 하나의 창문, 창문이라기보다 채광구(採光口)로부터 조금밖에 빛이 들어오지 않는데도 내부는 매우 밝단다. 황제는 그 꼭대기에 서서 구경을 하시고, 한 로마 인 기사가 옆에 서서 그 호장하고 기억할 만한 대건축의 아름다움과 섬세함 등을 설명해 드렸다. 그런데 채광구에서 물러나왔을 때 기사가 황제에게 말하기를 『황공하오나 폐하, 신은 폐하를 껴안고 저 채광구에서 뛰어내리고 싶다는 생각을 몇 번이나 했는지 모르옵니다. 신의 불후의 이름을 세상에 남기고 싶어서 말씀이옵니다.』 그러자 황제는, 『그 생각을 실천에 옮기지 않은 것에 대해서 짐은 그대에게 감사한다. 앞으로 짐은 그대의 충성을 시험할 만한 기회를 두 번 다시 주지 않으리라. 앞으로 그대는 절대로 짐에게 말을 건네서는 안 된다. 그리고 짐이 있는 곳에 그대가 있어서도 안 된다.』 이런 말씀을 내리시고는 그 사나이에게 많은 은상을 베푸셨단다.

요컨대 산초, 명성을 얻고 싶다는 소원은 극히 강렬한 것이라는 말이다. 갑주로 몸을 감싼 호라티우스를 다리 위에서 테베레 강 깊숙히 밀어던진 자가 너는 누구였다고 생각하느냐? 무티우스의 한쪽 팔과 손을 태우게 한 자가 누군지 아느냐? 로마의 한가운데에 출현한 부글부글 끓는 심연에 쿠르티우스로 하여금 뛰어들게 유혹한 자가 누군지 아느냐? 모든 전조가 다 흉(凶)으로 나와 있는데도 율리우스 시저로 하여금 루비콘 강을 건너게 한 자가 누구냐? 나아가서 가까운 시대의 예를 들자면, 신세계에서 배 밑바닥에 구멍을 뚫어 물속에 가라앉히고는 매우 예의바른 코르테스(에르난 코르테스 멕시코를 정복했다—역주)에게 통솔된 용감한 스페인 인을 고립시킨 자는 누구냐? 이 모든 일이, 그리고 다른 위대한 갖가지 위협이 다 결국은 죽어야 하는 인간이 그 장대한 업적에 알맞은 보상으로써 혹은 불멸의 몫으로 갈구하는 명성이 시키는 일이었고, 또 시키게 될 것이다. 그러나 우리들 그리스도 교도이자 카톨릭 교도, 아울러 편력의 기사라는 것은 이 현재의 유한한 세상에서 도달할 수 있는 명성의 헛됨보다 드높은 천국에서 영원히 계속되는 후세의 영광을 찾지 않으면 안 되느니라. 현세의 명성이란 아무리 지속되더라도 정해진 종말이 있는 이 세계와 더불어 결국은 멸하지 않으면 안 되느니라.

그렇다면 이봐라, 산초여! 우리들의 소업은 우리가 믿는 그리스도교가 우리들에게 과하고 있는 한계를 넘지는 못한다. 우리가 죽이지 않으면 안 되는 것은 거인들의 오만, 관용과 기품이 있는 가슴에 깃드는 질투심, 냉정한 태도와 침착한 마음에 깃드는 노여움, 우리의 극히 드물게 취하는 식사와 우리가 마음의 주인으로 정한 여성들에 대한 충성에 있어서의 음탕한 정욕, 우리를 그리스도 교도일 뿐 아니라 나아가서는 이름난 기사로 만들어 줄 수 있는 기회를 찾아 이 세상 구석구석을 편력할 때의 나태 등이니라. 어떠냐, 산초, 훌륭한 명성에 스스로 따르는 훌륭한 칭찬을 얻을 방도를 너도 이제는 알 수 있을 테지?」

「나리께서 여태까지 말씀하신 것을 잘 알았습니다요.」 하고 산초가 말했다. 「그런데 말씀입니다요. 방금 불현듯 제 머리에 떠오르는 의심도 처치해 주셨으면 좋겠습니다요.」

「처리해 달라고 말하고 싶은 게지, 산초.」 하고 돈키호테가 대답했다. 「그럼 어디 말해 보아라. 내가 알고 있는 일이라면 무엇이든 가르쳐 주마.」

「그럼 가르쳐 주십쇼, 나리. 그런, 줄리오 (7월)인지 아고스토(8월)인지, 나리께서 말씀하신 그런 공훈을 세운 기사들은 이제 다 죽었겠지만, 대체 지금 어디에 가 있습니까요?」

「이교도의 기사들은 의심할 것 없이 지옥에 있을 것이고 그리스도 신자들은 만일 신앙이 두터운 사람들이라면 연옥(煉獄)에 있거나 천국에 있을 테지.」

「아, 그렇습니까요.」 하고 산초가 말했다. 「그리고 또 한 가지 알고 싶은 것이 있습니다. 그런 훌륭한 분들의 시체가 묻혀 있는 무덤은 그 앞에 은등잔이 있다든가, 제단 주위의 벽에 솔잎 지팡이며 수의며 머리카락이며 초로 만든 다리며 눈깔 같은 것이 장식되어 있습니까요? 그런 것이 없다면 무엇이 장식되어 있습니까요?」

이에 대해 돈키호테는 대답했다.

「이교도들의 무덤은 그 대부분이 장려한 전당이었다. 율리우스 시저의 유해는 어처구니없이 거대한 돌의 피라미드 꼭대기에 안치되었는데, 오늘날 로마에선 『성 베드로의 바늘(높이 25.5미터의 첨탑—역주)』이라고 부르지. 하드리아누스 황제(로마의 오현제—역주)는 웬만한 마을만큼 거대한 성이 묘소가 되어 있는데 당시에 몰레스 하드리아나라고 이름지어진 오늘날 로마의 성 안젤로 성이 바로 그것이니라. 왕비 아르테미시아가 남편 마우솔루스를 묻은 무덤은 세계의 일곱 가지 불가사의의 하나로 손꼽히었다. 그러나 지금 말한 무덤이나 그밖에 많은 이교도가 만든 무덤에는, 수의라든가 묻혀 있는 사람들이 성자라는 것을 나타낼 만한 헌납물이나 표지가 될 만한 것은 장식되어 있지 않다.」

「그것이 말입니다요.」 하고 산초가 대꾸했다. 「그렇다면 말해 버리겠습니다요만, 죽은 송장을 되살아나게 하는 것과 거인을 무찌르는 것과 어느 쪽이 위입니까요?」

「대답은 명백하다. 죽은 자를 소생시키는 것이 더 훌륭하지.」

「이제 알았다!」 하고 산초가 말했다. 「그러고 보면 죽은 사람을 되살아나게 하며 먼눈을 열고 절름발이 다리를 고치고 병자를 고친 이의 그 무덤 앞에는 은빛 등불이 빛나며 그 예배소에는 무릎을 꿇고 유물을 예배하는 신자들이 몰려오는데 이런 사람들의 명성이라는 것은 이 세상에 살아 있던 그 모든 이교도의 황제며 편력의 기사들이 남겼거나 남기려고 한 명성에 비해서 지금 세상으로 봐서나 앞으로의 세상으로 봐서나 훨씬 뛰어난 명예가 아니겠습니까요?」

「그것이 진실이라는 것도 고백해야 하겠지.」

「그러고 보면 성자분들의 유해나 유물에는 그런 명예나 신의 은총이나 특전이라는 것이 갖추어져 있다는 말씀이 아닙니까요.」 하고 산초가 말을 이었다. 「다시 말하자면, 어머니인 성 교회의 인가와 허가를 얻어, 등불이며 초며 수의며 솔잎 지팡이며 그림이며 머리카락이며 눈깔이며 다리가 장식되어 있는 그것으로 신앙심을 기르게 하고 그리스도교의 명예를 만들어 내자는 셈이군요. 성자분들의 유해나 유물은 임금님들도 어깨에 메시고, 그 유골에는 입을 맞추시며, 예배소나 가장 소중한 제단을 그것으로 장식하거나 훌륭히 꾸미거나 하시는 것입니다요.」

「너는 그런 말을 늘어놓고 산초, 대체 무슨 말이 하고 싶으냐?」

「제가 말씀드리고 싶은 것은,」 하고 산초가 말했다. 「한번 우리도 성자님이 될 생각을 해서 좀더 제각제깍 우리가 바라는 명예를 잡으면 어떨까 하는 것입니다요. 아시겠습니까요. 나리. 어젠가 그저껜가, 아무튼 극히 최근의 일이니까, 어떻게 말해도 상관없습니다만, 두 맨발의 성직자인가 성자인가가 복자(福者)인가로 모셔져 있는데, 그 양반들의 몸을 조여서 괴롭힌 쇠사슬에 입을 맞추거나 만지거나 하는 것도 이제는 대단히 거룩하고 고마운 일로 모두들 생각하고 있습니다요. 두 사람의 유해도, 아까도 제가 말씀드린 것처럼, 지금의 국왕님 무기고에 있는 롤단의 큰 칼보다 훨씬 거룩하고 고맙게 여겨지고 있습니다요. 그러니까 말입니다요, 나리. 용감한 편력의 기사보다 어떤 종파라도 좋으니까 훨씬 아래쪽의 성직자가 되는 편이 값어치가 있습니다요. 상대가 거인이건, 요괴건, 도깨비건, 2천 번이나 창을 휘두르는 것보다 수도(修道)의 채찍을 두 다스 맞는 편이 하느님께는 훨씬 효험이 있는 것입니다요.」

「그건 죄다 네 말이 옳다만,」 하고 돈키호테가 받았다. 「그러나 우리가 다 성직자가 될 수는 없는 일이고, 또 하느님이 백성들을 천국에 인도하시는 길도 여러 갈래가 있느니라. 기사도는 종교니라, 천국에는 성자가 된 기사도 계시니까.」

「그렇습니다요.」 하고 산초가 대답했다. 「히지만 들리는 애기로는 발씀입니다요, 천국에는 편력의 기사보다 성직자 쪽이 훨씬 많다고 하지 않습니까요!」

「그건 그렇지. 왜냐하면 기사의 수보다 성직자의 수가 훨씬 많거든.」

「편력의 기사도 많습니다요.」 하고 산초는 우겼다.

「많지, 그러나 기사라는 이름에 어긋나지 않는 자는 극히 적으니라.」

이러한 말과 이와 비슷한 의견을 주고받는 동안에 그날 밤과 이튿날은 별로 얘기할 만한 일도 없이 지나갔는데, 이것은 적잖이 돈키호테의 마음을 울적하게 만들었다. 결국 이튿날 해거름에 그들은 엘 토보소의 대도시를 멀리서 바라보게 되었다. 그것을 보자 돈키호테의 의기는 더욱 높아지고 산초의 의기는 소침해졌는데, 그것은 둘시네아의 집을 몰랐을 뿐 아니라, 그의 주인이 그녀와 만난 적이 한 번도 없는 것과 마찬가지로 그도 만난 일이 없었기 때문이었다. 이리하여 한쪽은 그녀의 얼굴을 보려고, 한쪽은 그녀의 얼굴을 본 일이 없기 때문에 매우 초조해 하고 있었다. 산초는 만일 주인이 엘 토보소에 심부름을 갔다 오라고 명령한다면 어떻게 해야 좋을지 아무 생각도 떠오르지 않았다.

마침내 돈키호테는 산초에게 밤이 되거든 시내로 들어가라고 명령하고, 그 때가 될 때까지 엘 토보소 근교에 있는 참나무 숲속에서 서성거렸다. 이윽고 시간이 되어 두 사람은 시내로 들어갔는데 거기서 이름이 붙을 만한 사건이 두 사람에게 일어난 것이다.

제 9 장

여기서는 읽으면 스스로 알게 되는 일이 다루어진다.

돈키호테와 산초가 숲을 뒤에 두고 엘 토보소에 들어간 것은 정각 12시, 아니면 그 전후였다. 시내는 조용했다. 주민들은 모두 잠들어 흔히 세상에서 말하듯이 두 다리를 내던지고 쉬는 중이었기 때문이다.

어슴푸레 밝은 밤이었다. 어둠을 자기 실수의 구실로 삼고 싶어 산초는 새까만 밤이기를 바라마지 않았지만. 온 시내에서 들려 오는 것은 개 짖는 소리뿐이었으며 그것은 돈키호테의 귀를 먹게 하고 산초의 기분을 적잖이 휘저어 놓았다. 이따금 어디서 당나귀가 울고 돼지가 꿀꿀거리는가 하면 고양이가 울음소리를 냈다. 그러한 여러 가지 울음소리가 밤의 정적 탓으로 한층 더 높아졌는데, 사랑하는 기사는 이 모든 것을 불길한 조짐으로 보았다. 그래서 그는 산초에게 말을 건넸다.

「나의 의좋은 산초여, 둘시네아의 저택으로 나를 안내해 다오, 아직 자지 않고 계셔서 만나 뵙게 되는지 모르니까.」

「어떤 저택에 안내해야 합니까요, 천만의 말씀입니다요.」 하고 산초가 대답했다. 「제가 공주님의 모습을 본 것은 보잘것없는 집이었는데 말씀입니다요.」

「그때는 아마 성의 별채에라도 물러앉아 고귀한 부인들이나 공주들이 흔히 하는 습관대로 수행 시녀만을 데리고 요양하고 계셨던 것일 게다.」

「나리.」 하고 산초가 말했다. 「제가 무슨 말씀을 드리거나 상관없이 나리께서 끝내 그렇게 하시겠다면, 둘시네아 님 댁을 저택이라 해도 상관없습니다요만, 이런 시간에 그 저택 문이 열려 있는 줄 아십니까요? 게다가 안에 있는 사람들이 우리가 온 것을 알고 문을 열어 모든 사람들이 큰 소동을 일으키도록 문고리를 철거덕거려도 괜찮겠습니까요? 아무리 늦어도 어떤 시각에나 찾아와서 두들겨 깨워 안으로 들어가는 정부(情夫)가 하듯이 우리가 정든 여자의 집엘 찾아오기라도 한 것입니까요?」

「아무튼 저택부터 찾아 놓고 보자.」 하고 돈키호테가 대답했다. 「그때가 되면 우리가 어떻게 하면 좋은가를 가르쳐 주마. 산초, 내 눈에는 희미하게 보이지만 저 커다란 검은 물체가 암만해도 둘시네아의 저택인 것 같구나.」

「그렇다면 나리께서 안내를 하시겠습니까요. 그런지도 모르겠습니다요. 저는 눈으로 보거나, 손으로 만지거나, 모두 지금을 한낮으로 믿듯이 믿을 작정입니다요.」

돈키호테는 앞장서서 한 이백 걸음쯤 갔을까 말까 했을 때 검은 그림자를 이루고 있는 덩어리와 마주쳤다. 거기에는 커다란 탑이 있었다. 그는 그 건물이 저택이 아니고 마을에서 제일가는 교회라는 것을 알 수 있었다. 그러자 돈키호테는 말했다.

「교회당에 부딪혔구나.」

「알고 있습니다요. 우리의 무덤에 부딪히지 않아서 다행입니다요. 이런 시각에 묘지 안을 돌아다녀서 그다지 좋은 일은 없을 겁니다요. 게다가 제 기억이 틀림없다면, 그분 댁은 막다른 골목 안에 있다고 나리에게도 벌써 말씀을 드렸으니 더더욱 그렇습니다요.」

「무슨 말을 하느냐, 이 숙맥 같으니.」 하고 돈키호테가 소리쳤다.

「지방 지방에 따라 저마다 관습이 다른 법입니다요. 아마 이 엘 토보소에서는 궁전이나 큰 건물을 막다른 골목 안에 세우는 것이 보통인 모양입니다요. 그래서 나리께 부탁드립니다요만, 저에게 닥치는 대로 근처의 거리나 골목을 찾아 보게 해주십쇼. 이 근처 어느 모퉁이에서 그 저택을 찾아 낼 것 같아서 말씀입니다요. 이렇게 우리를 돌아다니게 하고 고단하게 만드는 그 놈의 저택, 개나 물어 가라지!」

「말조심해라, 산초, 나의 그리운 공주에 관한 이야기를 할 때는.」 하고 돈키호테가 나무랐다. 「그리고 서로 무슨 일이고 부드럽게 해나가도록 해야 한다. 샘에 두레박을 떨어뜨리고 줄까지 집어넣는 행위는 하지 말아야 하느니라.」

「되도록 삼가지요.」 하고 산초가 대답했다. 「하지만 제가 우리 마님 댁을 본 것은 한 번뿐인데 언제까지나 그것을 기억하고 있다가 한밤중이라도 즉각 찾아 내야 한다고 나리는 말씀하시니 대체 얼마나 참고 들어야 합니까? 여태까지 백 번이고 천 번이고 보셨을 나리도 찾지 못하시는데 말씀입니다요.」

「너에게는 나의 인내로는 안 될 것 같구나, 산초.」 하고 돈키호테는 말했다. 「이리 오너라, 이 벌 받을 녀석아, 나는 이 세상에서 태어나 바로 이 날 이 시간까지 비할 데 없는 둘시네아를 본 적도, 그분의 궁정 안에 발을 들여 놓은 적도 없다. 다만 그분이 아름답고 슬기로운 부인이라는 말을 듣고, 오로지 그 평판만 들려 주지 않았느냐?」

「그건 처음 듣습니다요.」 하고 산초가 대답했다. 「나리가 그분을 보신 적이 없다면 저도 그분을 본 적이 없다고 말하겠습니다요.」

「그런 일이 어떻게 있을 수 있느냐.」 하고 돈키호테가 대답했다. 「적어도 너는 그분이 밀을 키질하고 계시는 모습을 보았다고 나한테 말하지 않았느냐.

너에게 쥐어 보낸 편지의 회답을 갖고 돌아왔을 때 말이다.」

「그 일은 말씀입니다요, 나리. 제가 만났다는 것도, 갖고 돌아온 회답이라는 것도, 모두 소문에 들은 것입니다요. 나리에게 말씀드립니다요만, 제가 둘시네아 님이 어떤 분인가 알고 있다면 말씀입니다요, 주먹으로 하늘을 두들겨 줄 수도 있을 것입니다요.」

「산초, 산초.」 하고 돈키호테가 말했다. 「농담을 하는 데도 때라는 것이 있다. 농담이 도무지 재미없을 때도 있는 법이다. 비록 내가 내 영혼의 그리운 공주를 만난 적도 말을 나눈 적도 없다고 하더라도 너마저 동조해서 그분을 만난 적도 이야기를 나눈 적도 없을 까닭이 없지 않느냐? 그것이 대저 사실과 정반대라는 것을 너도 잘 알고 있으면서 말이다.」

두 사람이 이런 말을 주고받고 있을 때, 마침 두 마리의 당나귀를 끌고 지나가는 사나이가 눈에 띄었다. 땅바닥에 질질 끌고 가는 쟁기가 내는 소리로 보아 먼동이 트기 전에 일어나 밭으로 나가는 농부가 분명하다고 짐작했는데 사실 그러했다. 농부는 로망스를 부르면서 오고 있었다. 그것은 이런 구절이었다.

> 론세스바이예스의 싸움에서는
> 실컷 혼이 났지, 프랑스 인.

「나는 그대에게 목을 주어도 좋다, 산초.」 하고 돈키호테는 농부의 노래를 듣고 입을 열었다. 「만일 오늘 밤에 우리에게 좋은 일이 일어나지 않는다면 말이다. 저 농부가 부르면서 오고 있는 노래의 가사를 듣지 않았느냐?」

「저도 듣긴 했습니다요.」 하고 산초가 대답했다. 「하지만 론세스바이예스의 싸움이 우리 계획과 무슨 상관이 있다고 그러십니까요? 칼라이노스의 로망스를 부르면서 왔더라도 마찬가지가 아닙니까요. 우리 일이 잘 되고 못 되는 것에 있어서는 말씀입니다요.」

이때 농부가 바로 앞까지 다가왔다. 돈키호테가 물었다.

「여보, 그대에게도 하느님이 행운을 내리시기를. 그런데 좀 가르쳐 주오. 이 근처에 비할 데 없는 왕녀 도냐 둘시네아 델 토보소의 저택이 어디 있는지 말이오.」

「나리.」 하고 젊은 농부가 대답했다. 「저는 타향 사람으로 불과 대엿새 전에 이 고장에 나와서 돈 많은 부잣집에서 들일을 보고 있습니다요. 바로 저 앞집에 이곳 신부님과 교회 일꾼이 살고 있는데 그 두 사람이면, 아니 두 사람 중의 어느 쪽이라도 그 공주님 일을 나리께 가르쳐 주실 겁니다요. 그 사람들은 엘 토보소의 주민 명부를 갖고 있으니까 말씀입니다요. 그러나 제가 알기로는 이 도시 어느 구석에도 공주님은 살고 있지 않는 것 같습니다요. 그야 공주님 같은 마님이라면 얼마든지 있습죠. 저마다 자기 집에선 공주가 될 수 있으니까요.」

「그러면 그런 분들 속에,」 하고 돈키호테가 응했다. 「내가 그대에게 물어보는 분도 계실 것이 틀림없다.」

「그럴는지도 모릅죠.」 하고 젊은이가 대답했다. 「그럼, 실례합니다요. 이젠 먼동이 트고 있어서요.」

그리고 그 이상 질문을 기다리지 않고 당나귀를 재촉해 갔다. 산초는 주인의 근심스럽고 무척 불쾌해 하는 모습을 보았으므로 말을 건넸다.

「나리, 이제 아침이 성큼성큼 재빠른 걸음으로 찾아옵니다요. 시내에서 그냥 태양 아래 드러난다는 것도 주변머리 없는 애깁니다요. 일단 마을 밖으로 나가는 편이 좋을 것 같습니다요. 그리고 나리는 어디 근처의 숲속에 숨어 계시고, 저는 낮에 다시 돌아와서 이 도시 일대를 뒤져서 우리 공주님의 집인지 저택인지 아니면 궁정인지 하는 것을 찾겠습니다. 이토록 모든 손을 써서도 찾지 못한다면 저는 무척 재수 없는 사나이일 겁니다요. 그리고 발견되면 곧장 그분과 얘기해서 그분의 명예나 평판에 조금도 상처를 입히지 않고 나리께서 공주와 만나시려고 어디서 어떻게 공주님의 지시나 생각을 기다리고 계시는가 말씀드릴 작정입니다요.」

「산초, 너는 극히 짧은 말수 속에 일천 가지 금언을 곁들여서 말했다. 지금 네가 나에게 준 충고를 나는 잘 음미하고 진심으로 기꺼이 받아들이기로 한다. 자, 가자. 내 아들아, 내가 숨을 자리를 찾으러 가자. 너는 앞에서 말한 대로 나의 공주를 찾아 만나 뵙고 이야기를 하기 위해 돌아가거라. 나는 기적과도 같은 호의보다는 그분의 영리함과 두터운 예절에 더 기대를 걸 테다.」

산초는 주인을 시내에서 끌고 나가려고 조바심했다. 그것은 둘시네아가 준 것이라면서 시에르라 모레나의 산중에 있던 주인에게 갖고 간 그 회답이 가짜라는 것을 추궁받고 싶지 않았기 때문이었다. 그리하여 시내에서 떠나기를 서

둘러 이윽고 도시를 벗어나 도시에서 약 2마야쯤 떨어진 곳에 있는 숲을 발견했으므로 돈키호테는 그속으로 몸을 감추고 산초는 둘시네아를 만나기 위해 시내로 되돌아갔다. 그 되돌아간 시내에서 새로운 주의와 새로운 신용을 필요로 하는 사태가 산초의 일신에 일어났던 것이다.

제 10 장

여기서는 산초가 둘시네아 공주를 마법에 거는 데 사용한 교묘한 수법과, 진실이기에 재미나는 그밖의 사건에 대해서.

이 위대한 이야기의 작자는 이 장(章)에 서술된 사건을 말하면서, 필경 독자들이 사실로 믿어 주지 않을 것 같아 그것이 두려워져서 가능하면 오히려 잠자코 간과해 버리고 싶었다고 말하고 있다. 그 까닭은 돈키호테의 광기가 여기서는 상상할 수 있는 최대의 한계에 이르렀으며, 아니 최대의 광기를 넘기기가 큰 활을 두 번이나 쏘아야 하는 거리에 이르렀기 때문이다. 결국 그러한 위구와 의심은 있었으나, 그가 종래에 해온 것처럼 진실의 미립자를 보태지도 깎지도 않고 또 자기에게 거짓말쟁이라는 이름이 뒤집어씌워질 듯한 비난에도 하등 개의치 않고 이것을 써버린 것이다. 이것은 당연한 일이었다. 왜냐하면 진실이라는 것은 여위지도 않고 약해지지도 않으며 항상 기름이 물 위에 뜨듯 거짓 위에 나타나기 때문이다.

그리하여 작자는 이야기를 계속해 나가서 다음과 같이 쓰고 있다.

즉, 돈키호테는 훌륭한 엘 토보소와 도시 근교에 있는 숲인가 떡갈나무 밭인가 원시림인가의 속에 몸을 감추고 즉각 산초에게는 다시 시내로 돌아가도록, 그리하여 자기의 사자로서 그리운 공주를 만나, 그대에게 사로잡힌 기사에게 부디 배안(拜顔)의 영광을 주시도록 부탁드리고 다시 그대의 힘으로 그 후 자기에게 일어날 모든 사건, 곤란한 계획들이 매우 예사롭게 성공을 거두기를 기대할 수 있도록 그대의 축복을 자기에게 주십사고 말씀드리기 전에는 자기 앞에 두 번 다시 나타나면 안 된다고 명령했던 것이다. 산초는 「명령대로 하겠습니다요.」 하고 말하고는 처음 답서를 가져왔을 때처럼 좋은 회답을 들고 오겠다고 다짐했다.

「다녀오너라, 내 아들아.」하고 돈키호테는 말했다. 「그리고 네가 지금부터 찾으러 가는 미의 태양 앞에 나가거든 얼떨떨하게 당황해서는 안 된다. 너는 세상의 모든 종자들 중에서 뛰어난 행운아로다! 잘 기억에 새겨 그분이 어떻게 너를 맞이하시는가 잊지 말도록 해라. 네가 내 말을 전하고 있을 때 혹시 안색을 바꾸시지나 않는가, 내 이름을 들으시고 침착성을 잃으시며 당황하시지나 않는가, 지체 높은 신분에 알맞게 호화로운 거실에 앉아 계시면 자리에 가만히 앉아 계시는가 어떤가. 또 서 계시거나 혹은 한쪽 다리에 몸의 무게를 두었다가 곧 다른 발로 무게를 옮기시는가 자세하게 관찰해야 한다. 또 네게 말씀하시는 대답을 두 번 세 번 되풀이하시는가. 부드러운 말투에서 엄한 말투로, 무정한 어조에서 정다운 어조로 바꾸시는가. 머리가 헝클어져 있지도 않은데 손을 들어 고치려 하시는가. 한마디로 말하여 내 아들아, 그분의 일거일동을 잘 주의해 봐야 한다. 만일 네가 그러한 일들을 있는 그대로 이야기만 해준다면 나는 내 사랑에 관계되는 일체의 일에 대해 그분이 가슴 깊이 간직하고 계시는 것을 그로써 짐작할 수 있을 것이다.

그것은 산초, 너는 모르는 일이니 꼭 알아 두어라, 사랑하는 사람끼리 서로의 마음을 전할 때 서로가 나타내는 일거일동은 영혼 깊숙히 오가는 일체의 소식을 전하는 가장 확실한 우편이니라. 자, 갔다오너라. 벗이여, 나의 행운보다 더한 행운이 너를 인도하도록 기도하라. 그리고 네가 나를 두고 가는 이 무정하고 황량한 장소에서 두려움과 기대를 아울러 품고 있는 나의 그것보다 훨씬 뛰어난 성공에 인도되어 돌아오도록 하여라.」

「다녀오겠습니다요, 곧 돌아오겠습니다요.」하고 산초는 말했다. 「나리께서는 개암나무 열매보다 작아졌을 간덩이를 풀어 놓고 계셔도 됩니다요. 그리고 흔히 세상에서 말하는 『큰 담력은 악운을 두들겨 깬다』는 속담을 생각하시는 게 좋습니다요. 『소금에 절인 돼지 고기가 없는 곳엔 걸어 둘 못도 없다』라는 말도 함께 말입니다요. 그리고 이런 말도 있습니다요. 『생각지도 않던 곳에서 토끼가 튀어나온다』는 것 말씀입니다요. 제가 이런 말을 하는 까닭은 우리 공주님의 궁전인가 저택인가가 간밤에는 찾을 수 없었으나 지금은 낮이니까 생각하지 않던 때에 찾을 수 있을 것 같은 기분이 들기 때문입니다요. 찾거든 그분과의 얘기는 저에게 맡겨 두시면 됩니다요.」

「산초, 정말 너는, 」하고 돈키호테가 말했다. 「언제나 내가 품은 소원에 하느님이 더 행운을 베풀어 주시면 좋겠다고 우리가 늘 서로 주고받는 얘기에 정말 꼭 부합되는 속담을 들어 주는구나.」

산초는 등을 돌려 잿빛 당나귀를 재촉했다. 돈키호테는 말에 올라앉은 채 발은 등자에, 상체는 창에 기대어 쉬면서 슬프고 착잡한 생각에 잠겼다. 여기에서 우리는 잠시 그를 그대로 두고 산초 판사를 따라가자. 그 역시 주인 못지않게 깊은 생각에 잠기면서 뒤에 남은 주인에게서 멀어져 갔다. 그러나 하도 마음이 정해지지 않아 숲속에서 빠져 나오자마자 뒤를 돌아보고는 돈키호테의 모습이 보이지 않는 것을 확인한 다음 당나귀에서 내렸다. 그리고 나무 밑에 앉아 혼자 자문자답했다.

「나는 알고 싶네, 형제 산초여. 자네 어딜 가나, 잃어버린 당나귀라도 찾으러 가나? 아니 천만에. 그럼, 뭘 찾으러 가나? 내가 찾으러 가는 것은 대단한 건 아니지만 공주님이야. 그 공주님에게서 미의 태양과 천국과 흡사한 것을 찾을 참이네. 그래, 자네가 말하는 그런 물건이 대체 어디 있나, 산초? 어디냐구? 저 큰 엘 토보소의 시내지 뭐. 그래, 그런데 누구 심부름으로 그걸 찾으러 가나? 이름난 기사 돈키호테 데 라 만차라고 하는, 비뚤어진 것을 고치고 목마른 자에게는 먹을 것을, 굶주린 자에게는 마실 것을 주는 분의 심부름이네. 그 참 모두 훌륭한 일이군. 그런데 그분의 집은 알고 있나, 산초? 우리 주인께서는, 그건 무슨 일이 있어도 왕궁이 아니면 당당한 저택일 거라고 말씀하시더군. 그런데 자네는 한 번쯤은 그분을 본 일이 있나? 나도 주인도 여태까지 한 번도 없다네. 그렇다면, 자네가 이 고장의 공주님들을 농락하고 귀부인들을 떠들썩하게 만들 꿍심으로 여길 찾아왔다고 엘 토보소의 사내들이 알았다가는 그야말로 우르르 몰려와서 자네의 그 갈빗대를 몽둥이로 두들겨서 성한 뼈는 하나도 남지 않게 되더라도, 그건 당연한 일이다, 훌륭한 일이다, 하고 자넨 생각하겠나? 잠깐, 그 사람들이 하는 것은 매우 당연한 일일 테지. 내가 단순한 사자 —— 사자라면 거기 그 양반, 당신에겐 죄가 없습니다요 —— 가 아니라고 생각한다면 말일세.

그런 걸 기대해서는 안 되네, 산초. 라 만차 인간들은 정직하고 성급하니까 누가 간지르면 그대로 가만히 있지 않네. 암만해도 수상하다고 눈치만 채는 날이면 치도곤을 당할 것이 틀림없다고 일러 두겠네! 하느님, 맙소사! 천둥아, 저쪽에 떨어져라! 아니지, 아니야. 나는 괴짜를 좋아하는 사람의 부탁으로 다리가 셋 있는 고양이를 찾고 있는 거야! 게다가 엘 토보소에서 둘시네아를 찾는다는 건 마치 라베나에서 마리아를 찾거나, 살라망카에서 석사를 찾는 거나 마찬가지지. 악마 그놈이지, 악마 그놈이야. 나를 이런 일에 휘몰아 넣은 것은 결코 다른 놈이 아니야!」

산초는 이런 말을 혼자 주고받다가 거기에서 끌어 낸 결론을 다시 중얼거렸다.

「그런데 무슨 일이든 수법은 다 있는 법이야, 없는 것은 죽은 것뿐이지. 우리는 누구나 한평생의 끝에 가면 싫거나 좋거나 이녀석의 멍에 밑을 지나가게 되어 있네. 우리 주인은 어느 모를 어디서 보나 에누리없는 미치광이지만 나도 웬만해선 그에 못지 않지. 그 증거로, 『네가 누구와 함께 걷고 있나 말해 보라. 네가 어떤 인간인가 말해 줄 테니』라는 속담이나, 『네가 뉘 집에 태어났나가 아니라, 누구와 함께 풀을 먹느냐에 달렸다』는 속담이 사실이라면 나는 주인 엉덩이에 붙어서 섬기고 있으니까 주인 나리가 무색한 미치광이라고 할 수 있지. 그래, 주인 나리는 저렇게 미쳐서 대개의 경우 어떤 것을 다른 것으로 생각하지. 백을 흑으로 흑을 백으로 잘못 보는 그 광기니까 풍차를 거인이라든가, 수도사의 당나귀를 낙타라든가, 양떼를 적의 군대라고 보는 등, 그밖에도 숱하게 여러 가지를 지껄이고 있어. 그러니 이 근처에서 처음 만나는 어느 농삿집 여편네를 둘시네아라고 여기게 한다는 것은 그리 어려운 일이 아닐 걸세. 그걸 믿지 않는다면 내가 맹세해 주지 뭐. 그쪽에서 맹세하면 나는 다시 맹세해도 상관없어. 그리하여 만일 주인이 고집을 피운다면 나도 그 이상 고집을 피울 참이네. 뭐가 어찌 되었건 언제나 이쪽 주장을 밀고 나가지 뭐. 아마 이렇게 이쪽에서 끝까지 주장하면 어차피 그리 신통한 대답을 들고 오지 못할 것을 알고 두 번 다시 이런 심부름에 나를 보내지 않는 똑똑한 결말이 지어지겠지. 아니면 내가 상상하는 대로 주인 나리에게 악의를 품고 있다든가 어떻다든가 하는 어느 나쁜 마법사가 우리 나리를 골탕먹이려고 그분의 모습을 바꾸어 버렸다고 생각하게 될는지도 모르지.」

이런 것을 생각하니 산초 판사는 기분이 편해지고 자기의 의무가 똑똑하게 정리된 듯한 기분이 들어서 엘 토보소에 갔다 오는 데 그만한 시간이 걸렸다고 돈키호테가 생각할 만큼 점심때가 넘도록 그 자리에 머물러 있었다.

그런데 모든 일이 참으로 잘 전개되어 갔으니, 그가 잿빛 당나귀를 타려고 막 일어섰을 때 마침 엘 토보소 쪽에서 오고 있는 세 사람의 농촌 아낙네들이 눈에 들어온 것이다. 그들이 암나귀를 타고 있었는지 수나귀를 타고 있었는지 작자는 그 점을 분명히 해놓지 않았다. 하기야 시골 아낙네들이 보통 타고 다니는 것은 대개 암나귀인 것 같다. 그러나 이것은 그다지 중요한 일이 아니므로 굳이 언제까지나 추궁할 것은 없다. 결국 산초는 세 사람의 농촌 아낙네를 보기가 무섭게 얼른 주인 돈키호테에게로 돌아갔는데, 바라보니 주인은 한숨을 쉬면서 사랑에 괴로워하는 탄식을 연발하고 있었다. 그러다가 종자를 보고 얼른 입을 열었다.

「어떻게 되었느냐, 나의 벗 산초여? 오늘은 흰 돌(옛 로마 인들은 길일에는 흰 돌을, 흉일에는 검은 돌을 놓아 표시했다―역주)로 표를 해두어도 좋은 날이냐, 아니면 검은 돌을 놓아야 하느냐?」

「그보다는,」 하고 산초가 대답했다. 「나리께서는 서로 강좌(講座)를 따는 경쟁을 벌일 때의 낙서처럼, 보는 사람에게 똑똑히 보이도록 빨간 표시를 하는 편이 나을 것입니다요.」

「그러고 보면, 좋은 소식을 갖고 돌아왔구나?」

「좋다뿐입니까.」 하고 산초가 대답했다. 「나리는 다만 로시난테에 박차를 가해서 둘시네아 님을 맞이하러 숲 밖으로 나가시기만 하면 됩니다요. 그분께서 지금 시녀 두 사람을 거느리고 나리를 만나러 오고 있습니다요.」

「가만 있거라! 뭐라고 말했지, 나의 벗 산초여?」 하고 돈키호테가 소리쳤다. 「알았느냐, 나를 속여서는 안 된다. 거짓 기쁨으로 나의 참된 슬픔을 없애려고 꾸며서는 안 된다.」

「나리를 속여서 제게 무슨 득이 있습니까요?」 하고 산초가 대답했다. 「더욱이 제가 말씀드리는 것이 사실인가 아닌가가 곧 밝혀질 이 마당에서 말입니다요. 자, 나리, 말에 채찍을 한 번 치고 어서 가십시다요. 그러면 우리 주인 나리의 공주님께서 의젓하게 차려 입으시고, 말하자면 그분의 지체에 알맞은 모습으로 오고 계시는 것을 보실 수 있을 것입니다요. 모시고 오는 시녀도 그분도 금덩어리와 진주알을 주렁주렁 달고 있습니다요. 다이아몬드는 번쩍번쩍, 루비는 반짝반짝, 입고 있는 옷은 열 겹의 금란(세 겹이 최상품이다―역주)입니다요. 등에 늘어뜨린 머리채가 바람에 나부껴 마치 햇빛 같습니다요. 그리고 타고 있는 말은 흑백이 얼룩진 카나네아로 여간 훌륭하지 않습니다요.」

「아카네아(왕비나 공주, 그밖에 귀부인들이 타는 훌륭한 말―역주)일 테지, 산초!」

「뭐, 별 차이 없잖습니까요. 카나네아나 아카네아나?」 하고 산초가 대답했다. 「아무튼 무엇을 타고 오든 상관없지만, 세 사람이 다 더 바랄 수 없을 만큼 꽃처럼 차려 입은 귀부인들입니다요. 그중에서 우리의 공주 둘시네아 님으로 말씀드리면, 바라보기만 해도 아찔해질 정도입니다요.」

「자, 가자, 내 아들 산초여.」하고 돈키호테가 서둘렀다. 「그리고 이 뜻밖의 좋은 소식을 가져다 준 사례로 내가 만난 최초의 모험에서 손에 넣는 가장 훌륭한 전리품을 너에게 내리마. 만일 그것으로 부족하다면 내가 가진 암말 세 필이 금년에 낳는 망아지도 주기로 하자. 너도 아다시피 우리 집 암말들은 새끼를 낳으려고 마을의 공동 목장에 가 있느니라.」

「망아지 쪽을 갖겠습니다요. 최초의 모험에서 얻는 전리품이 훌륭할지 어떨지는 확실치 않으니까 말씀입니다요.」

이미 이때 두 사람은 숲에서 나와 가까운 곳까지 다가와 있는 세 농촌 아낙네들을 발견했다. 돈키호테는 엘 토보소에 이르는 길을 멀리까지 살펴보았으나 보이는 것은 세 사람의 농촌 아낙네들뿐이었으므로 매우 곤혹을 느끼고, 공주님을 도시의 동구 밖에 남겨 두고 왔느냐고 산초에게 물었다.

「뭐가 동구 밖입니까.」하고 산초가 대답했다. 「나리의 눈은 뒤통수에 붙어 있습니까요? 저기 저 세 분이 대낮의 태양처럼 눈부시게 빛을 내뿜으며 이리로 오는 것이 보이지 않습니까?」

「나에게는 그렇게 보이지 않는구나, 산초.」하고 돈키호테가 말했다. 「다만 세 사람의 농촌 아낙네가 당나귀를 타고 오는 것이 보일 뿐이다.」

「이것 참 못살겠군!」하고 산초는 투덜댔다. 「잘 보세요, 아카네아인지 뭔지 마치 눈덩이처럼 흰 말이 세 필인데 나리에게 당나귀처럼 보인다니, 이런 일도 있을 수 있습니까요? 그게 사실이라면, 저는 이 턱수염을 쥐어뜯어 버리겠다고 하느님께 맹세해도 무방합니다요!」

「허나, 나는 말하겠다, 나의 벗 산초여.」하고 돈키호테가 말했다. 「저것이 암나귀가 아니면 수나귀라는 것은, 내가 돈키호테이고 그대가 산초 판사인 것처럼 틀림없다. 적어도 내 눈에는 그렇게 보인단 말이다.」

「그만두십쇼, 나리.」하고 산초는 우겼다. 「그런 묘한 말씀을 하시지 말고 눈을 크게 뜨시란 말씀입니다요. 그리고 나리의 그리운 공주님에게 인사를 하셔야 하지 않습니까요. 벌써 가까이 오셨습니다요.」

산초는 세 농촌 아낙네 앞으로 나서더니 당나귀에서 내려 아낙네 중 한 사람이 타고 있는 당나귀의 고삐를 잡고는 땅바닥에 무릎을 꿇고 입을 열었다.

「아름다움의 여왕님이시며, 공주님이고 공작님이시며, 더없이 높으신 마님께 부탁드립니다요만, 저기서 마님의 호사한 모습 앞에 나와 마치 대리석처럼 굳어지고 흥분해서 고동마저 멎은 듯 마님께 사로잡힌 기사를 마님의 부드러움과 정다움으로 만나 주시기 바랍니다요. 저는 종자 산초 판삽니다요. 이쪽은 고행으로 수척해진 기사 돈키호테 데 라 만차, 또 하나의 이름을 『우수에 찬 얼굴의 기사』라고 부르는 분입니다요.」

벌써 이때는 돈키호테도 산초와 나란히 무릎을 끓고 있었는데, 눈빛이 변하고 무척 혼란된 눈초리로 산초가 『여왕님, 마님』 하며 부른 여자를 가만히 쳐다보았다. 그러나 아무리 쳐다보아도 흔해빠진 농촌 여자로 얼굴이 둥글둥글하고 코가 뭉실해서 결코 예쁜 얼굴은 아니었으므로, 그저 아연해져서 입을 벌릴 힘도 없이 가만히 바라보고만 있었다. 농촌 아낙네들은 무릎을 끓고 앉은 이상한 두 사나이를 보고, 더욱이 그들이 자기들 일행 중의 한 사람을 가로막고 보내 주지 않으므로, 이들 또한 얼떨떨해 하고 있었다. 그러다가 길을 막힌 여자가 갑자기 침묵을 깨뜨리고 그 이상 더할 수 없이 애교 없는 멋없는 말투로 소리쳤다.

「냉큼 비켜서 우리를 지나가게 해줘요, 우린 길이 바쁘니까!」

이에 대해서 산초가 대답했다.

「오오, 엘 토보소의 세계를 다스리는 여왕님, 공주님! 마님의 광대한 마음은 편력의 기사의 기둥이 고귀한 당신 앞에 무릎을 끓고 있는 것을 보시고도 어째서 그리도 마음을 너그러이 잡숫지 못하십니까요?」

이 말을 듣고 나머지 두 사람 중의 한 사람이 입을 열었다.

「이게, 어랴, 어랴! 이 시애비 당나귀야, 가만 있으면 두들겨 줄 테다. 저것 좀 봐라, 못생긴 남정네들이 이런 때에 시골 여편네를 놀리려고 저러고 있는 꼬락서니를. 마치 이 고을에선 우리가 저런 인간들에게 안 질 만큼 심한 말을 할 줄 모르는 줄 아나 보지! 얼른 우리 길이나 가요. 우리가 지나가는 것을 내버려 둬요, 그게 무사할걸.」

「일어서라, 산초.」 하고 이때 돈키호테가 말했다. 「나의 불행에 아직도 만족하지 못한 운명은 이 육체 속에 깃든 가엾은 영혼에 조금이라도 즐거움이 찾아올 수 있는 길이란 길을 깡그리 막고 있다는 것을 이제 나도 분명히 알았다. 그러나 그대여, 오오 바랄 수 있는 장점의 극, 사람의 몸이 갖는 고귀함의 극한, 그대를 열애하는 이 비탄에 잠긴 마음의 유일한 구원인 그대여! 방금 사악한 마법사가 나를 박해하고 나의 두 눈동자에 구름을 덮어 비구름을 깔았으므로 다른 사람들의 눈은 몰라도 오직 나의 눈에는 그대의 비할 데 없는 아름다움과 얼굴 모습이 한 사람의 가난한 농촌 처녀로 비치도록 변형시

컸다오. 그러나, 만일 나의 모습이 이와 마찬가지로 그대의 눈에 시답지 않게 비치도록 무언가 요괴의 모양으로 바꾸어 놓지만 않았다면, 그대의 많이도 변한 아름다움에 대해 내가 바치는 이 공경과 예배로써, 내 영혼이 그대를 동경하는 갸륵함을 인정하시고 부드러운 애정의 시선을 나에게 쏟기를 멈추지 말아 주오.」

「어머, 어머, 얄궂어라!」 하고 시골 여자가 소리쳤다. 「나는 그런 멋진 연설을 들을 만한 여자가 아니에요. 그보다 저리 비키기나 해요. 우리를 지나게 해달란 말예요. 그럼 고맙다고 할 테니까.」

산초는 얼른 여자 앞에서 물러나 지나갈 수 있도록 해주면서 자기 계략이 잘 맞아들어간 것을 무척 기분 좋아하고 있었다. 둘시네아의 역할을 하고 있던 시골 여자는 길이 트이는 순간 그녀의 아카네아를 몽둥이 끝의 뾰족한 쇠붙이로 쿡쿡 찌르면서 초원의 저쪽으로 내달았다. 그런데 당나귀는 쇠붙이 끝이 평소보다 훨씬 심하게 아팠으므로 펄쩍펄쩍 날뛰다가 마침내 둘시네아 공주를 바닥에 내동댕이치고 말았다. 이것을 보고 돈키호테는 그녀를 안아 일으키려고, 산초는 산초대로 당나귀의 안장이 배 밑으로 미끄러져 내려왔으므로 이것을 바로 얹고 배띠를 조여 주려고 그리로 달려갔다.

그리하여 안장은 제자리로 돌아갔는데, 돈키호테가 마법에 걸린 줄 알고 있는 그리운 공주를 안아 당나귀의 등에 태우려 하자 그리운 공주는 스스로 땅에서 벌떡 일어나 모처럼 도와 주려는 남자의 손을 헛일로 그치게 했다. 그리고 그녀는 적당히 뒤로 물러나 총총걸음으로 달려가더니 두 손을 당나귀의 엉덩이에 대는 순간, 마치 독수리처럼 가볍게 살짝 안장 위에 올라 남자처럼 의젓이 걸터앉았다.

「저런! 놀랍다! 우리 공주님은 독수리보다도 몸이 가볍잖아. 코르도바나 멕시코 태생의 명수에게도 등자를 짧게 한 히네타 승마법을 가르칠 수가 있겠군! 안장 뒤쪽을 단숨에 뛰어넘고 박차도 없이 마치 얼룩말처럼 아카네아를 몬단 말야, 게다가 시녀들도 주인 못지 않은데, 모두 바람처럼 달려가잖아.」

그것은 사실이었다. 둘시네아가 당나귀에 올라타는 것을 보자마자 나머지 두 여자도 따라서 당나귀를 뾰족한 쇠로 쿡쿡 찔러 반 레구아 이상이나 멀어져 갈 때까지 뒤도 돌아보지 않고 정신없이 내달아 가버린 것이다. 돈키호테는 눈으로 그 뒤를 쫓고 있다가 이윽고 그녀들의 모습이 보이지 않게 되었을 때 산초를 돌아보고 말했다.

「산초, 얼마나 내가 마법사에게 미움을 사고 있는지, 너도 이제는 알 수 있을 게다. 그들이 나에게 품고 있는 악의의 원한이 어디까지 뻗치고 있는지 생각해 보라. 나의 그리운 공주를 본래의 모습으로 보고 느낄 기쁨마저도 놈들은 나에게서 빼앗으려 하고 있으니 말이다. 실로 나는 불행한 사나이의 표본이 되어, 악운의 화살을 날리는 표적이 되고 흙무덤이 되도록 태어났나 보다. 그리고 또 산초여, 그 배신자들은 단순히 우리 둘시네아 공주의 모습을 다른 것으로 바꾸는 것만으로는 부족해서 하필이면, 저런 시골 여자처럼 저토록 천하고 추한 모습으로 변형시켰을 뿐 아니라, 그만큼 고귀한 여성들은 반드시 몸에 배어 있는 것, 말하자면 용연향과 꽃에 싸여 있는 데서 오는 그 그윽한 향기마저 빼앗아 가버렸더란 말이다. 산초, 내가 둘시네아를, 너의 말대로 하면 아카네아에, 하기야 내 눈에는 암나귀로밖에 보이지 않더라만, 아무튼 거기에 태우려고 다가갔을 때 생마늘 냄새가 코를 쿡 찔러 나의 영혼은 멍청해져서 마치 중독이나 된 듯한 기분이 되었다는 사실을 그대에게 알려 주마.」

「오오, 천한 놈들 같으니라구!」하고 산초가 소리쳤다.

「오오, 밉살스러운 속 검은 마법사들 같으니라구, 마치 왕골에 꿴 정어리처럼 네놈들의 턱을 줄줄이 엮은 것을 보고 싶구나! 아는 것도 많고 뭐든지 할 수 있으니까 실컷 나쁜 짓만 한단 말야. 이봐, 이 다부진 놈아! 네놈들은 우리 공주님의 진주 같은 눈동자를 코르크 참나무의 송진 덩어리로 바꾸고 아름다운 순금의 머리카락을 황소 꼬리의 억센 털로 바꾸었을 뿐 아니라, 나중에는 얼굴의 이모저모 잘생긴 데를 온통 밉상으로 만들어 놓고, 거기다가 그 그윽한 향기에까지 손을 대지 않고는 만족할 수가 없었더란 말이냐? 하기야 사실을 말한다면 나는 그분의 추한 것은 보지 않고 아름다운 것만 보고 있었다. 그 아름다움을 더한층 돋보이게 한 것은 오른쪽 입술 위에 나 있는 검은 점인데 거기엔 수염처럼 일곱 가닥인가 여덟 가닥인가 길이가 1팔모나 되는 금실 같은 금발이 송송 나 있더란 말야.」

「그 검은 점을 두고 말한다면,」하고 돈키호테가 덧붙였다. 「얼굴의 검은 점과 몸의 점 사이에 있는 균형으로 둘시네아는 얼굴의 검은 점과 같은 쪽 사타구니 편편한 곳에 또 하나의 점을 가졌음이 틀림없다. 그러나 네가 지적한 그분의 털은 검은 점으로서는 좀 긴 것 같구나.」

「하지만 그분의 얼굴에 꼭 어울리더라는 말씀도 나리에게 드릴 수 있습니다요.」

「나도 그렇게 생각한다, 나의 친구여.」하고 돈키호테가 대답했다. 「자연은 불완전한 것이나 되다 만 무엇을 둘시네아에게 줄 까닭이 없다. 그분이 설혹 네가 말하는 그런 검은 점을 백 개나 갖고 있더라도 그분에게 있어서는 이미 검은 점은 점이 아니라 눈부시게 빛나는 달이나 별과 마찬가지일 게다. 하지만 산초여, 말해 보아라. 네가 고쳐 맨 그 안장은 부인용의 높은 안장이더냐?」

「아닙니다요.」하고 산초가 대답했다. 「그건 히네타 승법용 안장으로 여행용 덮개가 딸려 있었습니다요만, 어떻게 훌륭하던지 짐작컨대 왕국의 절반 값어치는 될 것 같습니다요.」

「그런데도 그런 것은 무엇 하나 내 눈에는 보이지 않더구나, 산초여!」하고 돈키호테가 한탄했다. 「여기서 다시 한 번 말하마. 아니 천 번이라도 말하겠다. 나는 모든 사람의 자식 가운데서 가장 불행한 자라고 말이다.」

너무나 보기 좋게 속아 넘어간 주인의 넋두리를 들으면서 짓궂은 산초 녀석, 솟아오르는 웃음을 감추느라고 무척 고심하지 않으면 안 되었다. 결국 다시 두 사람 사이에 오간 그밖의 많은 대화 끝에 그들은 저마다의 탈 것에 올라앉아 사라고사를 향해 걸음을 옮겨 놓았다. 그 유명한 도시에서 해마다 거행되는 성대한 제전에 참가할 수 있도록, 그곳에 너무 늦기 전에 도착하기 위해서였다. 그러나 그 땅에 도착하기 전에 여러 가지 일이 두 사람에게 일어났다. 차례차례로 잇따라 중대하고도 진기한 사건들이 일어났는데 그것은 모두 이제 알게 되듯이 기록해 두고 읽을 만한 가치가 충분한 것들이다.

제 11 장

『죽음』의 궁정의 수레, 아니 짐마차를 만난 용감한 돈키호테에게 일어난 기괴한 모험에 대해서.

돈키호테는 그리운 공주 둘시네아를 시골 여자의 심한 모습으로 바꾸어 놓는 등, 마법사들이 자기를 희롱한 악질적인 장난을 곰곰이 생각하면서 매우 골똘한 생각에 잠긴 채 길을 나아갔다. 그는 그분을 본래의 모습으로 돌리기 위해서 취해야 할 대책도 생각나지 않았다. 그리하여 이런 골똘한 생각 때문에 거의 정신이 없었으므로 저도 모르게 로시난테의 고삐를 놓고 말았는데, 로시난테 쪽에서는 자기에게 주어진 자유를 깨닫고 한 걸음 걷고는 멈추어 서서 그 들판에 풍성하게 자란 푸른 풀을 뜯기 시작했다. 주인의 이같은 심려에서 정신을 차리게 하기 위하여 산초는 말을 건넸다.

「나리, 슬픔이라는 것은 짐승을 위해서 있는 것이지 사람을 위해서 있는 것은 아닙니다요. 하지만 사람도 너무 슬퍼하고 있으면 짐승이 되고 맙니다요. 꾹 참으시고 본디의 나리로 돌아가서서 로시난테의 고삐를 잡으셔야 됩니다요. 그리고 힘을 내서서 눈을 크게 뜨시고 편력의 기사분들이 마땅히 갖고 계시는 그 늠름함을 보이셔야 됩니다요. 대체 어떻게 되신 일이십니까요? 그렇게 고개를 푹 숙이고 계시다니, 왜 그러십니까요? 우리는 지금 스페인에 있습니까요, 아니면 프랑스입니까요? 아무튼 이 세상에 둘시네아가 몇 사람있건 악마에게나 채어 가라지. 오직 한 사람의 편력의 기사의 건강이 온 세상의 마법이나 괴변보다 소중하니까 말씀입니다요.」

「닥쳐라, 산초.」하고 돈키호테가 그다지 무기력하지도 않은 소리로 대꾸했다. 「닥치란 말이다. 마법에 걸린 공주에 대해서 모독의 말을 뇌까리는 법이 아니다. 그분의 불행도 불운도 그 죄는 오로지 내게 있는 것이다. 나쁜 자들이 내게 품고 있는 시샘에서 그분의 불운이 생긴 거다.」

「저도 그렇게 생각합니다요.」하고 산초가 말했다. 「그분을 전에 본 자가 지금의 모습을 본다면, 울지 않을 사람이 어디 있겠습니까요.」

「그것은 너니까 할 수 있는 말이다, 산초.」하고 돈키호테가 받았다. 「너는 그분의 아름다움을 그대로 고스란히 보았으니 말이다. 마법사도 너의 눈을 속이고 그분의 아름다움을 너에게 보이지 않는 데까지는 이르지 못했거든. 오로지 내게 대해서, 내 눈에 대해서 그들의 독의 힘은 미치는 게야. 그것은 그렇다 치고 산초, 한 가지 깨달은 일이 있다. 그것은 네가 그분의 아름다움을 잘못 내게 묘사해 보였다는 거야. 내 착각이 아니라면 너는 그분이 진주 같은 눈동자를 가졌다고 말했는데, 진주처럼 보이는 눈동자는 귀부인의 그것이 아니라 도미의 눈인 것이다. 내가 믿기로는 둘시네아의 눈은 초록의 에메랄드로 영롱하게 뜨고, 두 개의 이루 말할 수 없는 아치가 눈썹을 형성하고 있어야 옳으니라. 그러니 네가 말한 진주는 눈에서 빼내어 이빨로 가져가는 게 좋겠구나. 의심할 여지도 없이 산초여, 너는 이빨을 눈동자와 착각하고 있는 것이 틀림없다.」

「그럴는지도 모르겠습니다요.」하고 산초가 대답했다. 「그 까닭은 나리께서 그분이 못생겨서 얼떨떨해지신 것처럼 저도 역시 그분이 아름다운 데 정신을 빼앗기고 말았었으니까 말입니다요. 하지만 이것도 저것도 하느님께 맡겨 두십시다요. 그분만이 이 눈물의 골짜기에 일어난 일을 모두 알고 계십니다요. 우리가 살고 있는 악의 세상에선 나쁜 마음이라든가 속임수라든가 교활한 것이 뒤섞여 있지 않는 게, 글쎄요, 없다고 보아야 하지 않겠습니까요? 다만 나리, 다른 것은 다 그만두고 한 가지 마음에 걸리는 게 있습니다요. 나리가 어느 거인인지 기사인지를 무찌르시고, 그녀석들에게 둘시네아 공주의 아름다운 모습 앞에 나타나 뵙도록 명령하셨을 때 말씀입니다요. 대체 어떤 방법으로 해야 하는가 잘 생각해 보셔야 하십니다요. 그 전쟁에 진 가엾은 거인이나 그 딱한 기사가 대체 어딜 가야 그분을 뵐 수 있겠습니까요? 그녀석들이 우리 둘시네아 공주님을 찾지 못해 엘 토보소를 마치 숙맥처럼 찾아 헤매는 모습이 보이는 것 같습니다요. 게다가 길 한가운데서 그분을 마주친다고 하더라도, 우리 아버지를 만난 거나 다름없이 누가 누군지 전혀 알지 못할 테니까 말입니다요.」

「아마도 산초.」하고 돈키호테가 응했다. 「그 내노라 하는 마법도 둘시네아를 인정하는 힘까지, 그 고배를 마시고 무릎을 꿇는 거인이나 기사들한테 빼앗지는 않을 테지. 이제부터 내가 패배시켜 그분 앞에 보내는 최초의 한두 사람을 가지고 과연 그들의 눈에 공주의 모습이 보이는지 안 보이는지 시험해 보도록 하자. 다시 말해서 그들에게 이 일에 관해서 일어난 일을 상세히 보고하도록 미리 명령해 둔단 말이다.」

「제 의견은 말씀입니다요, 나리.」하고 산초가 대답했다. 「나리께서 방금 말씀하신 것은 저도 좋다고 생각되고, 그런 수법을 쓰면 우리가 알고 싶은 일이 뚜렷해지긴 하겠지만 말입니다요. 만일 공주님의 모습이 나리에게만 보이도록 감추어져 있다면, 그분의 불행보다 나리의 불행 쪽이 더 심해지십니다요. 그러니 말입니다요, 나리. 둘시네아 공주가 몸성히 즐겁게 사시도록 우린 여기서 되도록 단념하고 되도록 참아 가면서 우리의 모험을 찾으며 그 일은 세월이 어떻게 해주도록 맡겨 두는 게 어떻겠습니까요. 세월이라는 것은 이런 병뿐 아니라 더 무거운 병까지도 고쳐 주는 명의니까 말씀입니다요.」

돈키호테는 산초 판사에게 대답을 하려 했으나, 그때 길을 가로질러 나타난 짐마차에 방해되어 그만두었다. 그 짐마차에는 상상할 수 있는 갖가지 이상한 인물과 모습들이 타고 있었다. 당나귀를 몰고 마바리꾼 노릇을 하고 있는 것은 하나의 보기 흉한 악마였다. 짐마차는 포장도, 나무로 엮은 지붕도 없이 하늘 아래 노출된 채 나타났다.

돈키호테의 눈에 비친 것은 다름아닌 죽음의 여신이었는데, 그 여신은 인간의 얼굴을 하고 있었다. 그 옆에는 큼직한 색깔 있는 날개를 단 천사가 타고 있었다. 그 맞은편 옆에는 보기에 황금으로 만든 왕관을 쓴 황제가 앉아 있었고, 죽음의 여신의 발 밑에는 큐피드라고 부르는 신이 눈은 가려져 있었으나 활과 화살과 화살통을 들고 있었다. 그리고 한 기사가 조금도 빈틈없이 무장했으나, 얼굴 가리개가 붙은 투구도 쓰지 않고 대신 갖가지 색깔의 깃장식을 한 모자를 쓰고 있었다. 이런 인간들 이외에 다시 잡다한 복장과 얼굴 모양을 한 인물들이 타고 있었다.

이러한 것들을 뜻밖에 발견하자 돈키호테는 약간 아연해졌으며 산초의 몸에는 공포가 번졌다. 그러나 곧 돈키호테는 무언가 새로운 위험에 찬 모험이 나타났다고 생각하고 기뻐했다. 그리고 이러한 생각과 어떠한 위험에도 물러서지 않는다는 결의로써 짐마차 앞을 막아서며 소리 높이 외쳤다.

「이봐라, 마부여, 그대가 악마건 뭐건 상관없다만, 어떤 자이며 어디로 가는지를 밝혀라. 게 섰거라. 그 다 찌그러져 가는 마차에 실려 온 자들은 뭘 하는 자들인가를 말하라. 그 마차를 흔히 보는 짐마차가 아니라 카론(지옥의 강인 스틱스의 나룻배 사공—역주)의 나룻배로 본 것은 내 잘못일까?」

이에 대해 악마는 매우 점잖게 짐마차를 세우고 대답했다.

「나리, 저희들은 앙굴로 엘 말로라는 극단의 배우들입니다. 저 언덕 뒤에 있는 마을에서 오늘 아침이 성체절(聖體節)의 팔일 축제라서『죽음의 궁전』이라는 신비극을 상연하고 오는 길입니다. 오늘 오후에는 같은 연극을 가지고 여기서 보이는 저 마을에서 공연하게 되어 있지요. 가까운 곳이기도 하고 의상을 벗고 입고 하는 수고를 덜 작정으로 이렇게 분장한 채로 가는 중입니다. 저기 저 젊은이가 죽음의 신, 또 한 사람이 천사, 저 여자는 단장의 마누란데 여왕으로 분장했고, 또 한 사람이 병사, 저쪽이 황제, 저는 악마의 분장을 하고 있습니다만, 이 신비극에서는 꽤 중요한 역할이지요. 이 일단의 주역을 맡고 있으니까 말입니다. 저희들에 관해서 달리 또 알고 싶은 일이 있으시면 물어 보십시오. 제가 하나하나 틀림없이 대답해 드릴 테니까요. 보시다시피 저는 악마니까 무슨 일이고 못 할 일이 없습니다.」

「나는 편력의 기사로서 맹세코 말하지만,」하고 돈키호테가 말했다. 「이 마차를 보았을 때는 금방 큰 모험이 닥쳐 오는 줄 알았소. 그래서 말하고 싶은 것은 사물의 깨달음을 열기 위해서는 눈에 보이는 모든 외관을 손으로 만져 보는 것이 중요하다는 것이오. 자, 그럼 어서 가세요. 모두 훌륭한 분들이오. 열심히 하시오. 그리고 무슨 일이건 그대들을 위해 내가 도움이 될 만한 일이 있나 없나 생각해 보시오. 기꺼이 맡아서 해드릴 각오로 있소. 나는 어릴 때부터 가면극을 좋아했으며 젊을 때는 유랑 극단의 배우 생활을 부러워하기도 했었지요.」

이런 말을 주고받고 있는데 운명의 장난으로 극단원 중의 한 사람이 어릿광대 복장에다 많은 방울을 달고 끝에 바람을 넣은 쇠불알 세 개를 단 막대기를 들고 나타났다. 그리고 돈키호테의 앞으로 가까이 오더니 막대기를 휘두르며 쇠불알로 땅을 치고 방울을 울리면서 폴짝폴짝 뛰기 시작했다. 그러자 이 기묘한 모습을 보고 로시난테가 겁에 질려 돈키호테가 미처 달랠 사이도 없이 재갈을 물고 그 외양으로는 도저히 상상도 못 할 속력으로 들판을 곧장 내닫기 시작했다.

산초는 주인이 당장 떨어질 듯한 위험에 직면한 것을 깨닫고 당나귀에서 뛰어내려 주인이 무슨 일이 있으면 큰일이라 재빨리 뒤따랐다. 그러나 그가 도착하기 전에 이미 주인은 땅바닥에 뒹굴고 그 옆에 로시난테도 의좋게 넘어져 있었다. 말하자면 로시난테가 힘과 무모함을 발휘한, 자주 본 그 일이 일어난 것이다.

한편 산초가 돈키호테에게 달려가려고 당나귀를 버리자 불알춤을 추던 어릿광대는 잿빛 당나귀에 뛰어올라 쇠불알로 당나귀를 후려쳤다. 얻어맞은 아픔보다 공포와 괴상한 소리에 놀란 당나귀는 극단이 지금부터 연극을 하러 간다는 마을을 향해 들판을 내달리기 시작했다.

산초는 자기 당나귀가 달려가는 것과 주인이 말에서 떨어지는 두 사건을 동시에 보았는데, 똑같이 긴급을 요하는 사건이라 어느 쪽으로 먼저 달려가야 할는지 작정을 못 했지만, 실은 훌륭한 종자이자 훌륭한 부하로서 주인에 대한 애정이 당나귀에 대한 자비보다 강했다. 그러나 쇠불알이 허공에 치켜올려졌다가 자기 당나귀의 엉덩이에 떨어지는 것을 볼 때마다 그는 죽을 것만 같은 고통을 느꼈으며 당나귀 꼬리에 털 한 가닥이라도 닿는 것보다 차라리 자기 눈동자를 얻어맞는 편이 훨씬 낫다고까지 생각했다. 이렇게 낭패스런 고민을 느끼면서 돈키호테가 있는 곳에 닿았는데, 주인은 생각한 것보다 훨씬 심한 꼬락서니였다. 그래서 그를 로시난테에 태워 주면서 종자는 말했다.

「나리, 그 악마 녀석이 제 당나귀를 타고 달아났습니다요.」

「어느 악마냐?」

「쇠불알 녀석 말입니다요.」

「그건 내가 찾아 주마.」 하고 돈키호테가 장담했다. 「설혹 지옥의 깊고 어두운 토굴 속에 당나귀와 함께 들어박혀 있더라도 말이다. 내 뒤를 따라라, 산초. 짐마차는 느릿느릿 나아가니까 짐마차의 당나귀로 네 당나귀의 벌충을 하기로 하자.」

「그 수고는 안 하셔도 되겠습니다요, 나리.」 하고 산초가 대답했다. 「나리께선 그 노여움을 거두시기 바랍니다요. 악마 녀석이 제 잿빛 당나귀를 버린 것 같습니다요. 그래서 그리운 이쪽으로 돌아오고 있습니다요.」

그것은 사실이었다. 돈키호테와 로시난테의 흉내를 내어 당나귀와 함께 한바탕 뒹굴고 난 악마는 걸어서 부락 쪽으로 가고 당나귀는 주인 쪽으로 돌아왔기 때문이다.

「그렇다고 하더라도,」 하고 돈키호테가 말했다. 「짐마차에 타고 있는 인간들에게는 누군가, 설혹 황제라도 상관없으니 그 악마의 무례에 대한 보복으로 혼을 내주어야겠다.」

「그런 생각은 버리시는 게 좋겠습니다요.」 하고 산초가 대답했다. 「제 말을 들어 보십쇼, 나리. 저네들은 귀여움을 받는 배우들이니까 저네들과 사단(事端)을 일으켜선 안 됩니다요. 전 배우가 사람을 죽이고 붙잡혔는데도 벌금도 물지 않고 풀려 나오는 것을 본 적이 있습니다요. 재미있게 떠들썩하니 세상을 보내는 인간들이라서 모두가 끌어 주고 도와 주고 소중히 해줍니다요. 나리도 알아 두시는 게 좋습니다요. 그런 인간들은 다는 아니지만, 거의가 옷이나 차림새가 내노라 하는 모습들을 하고 있습니다요.」

「그러나 그렇다고 하더라도 저 악마 배우를 그대로 우쭐대게 내버려 둘 수는 없지 않느냐. 설혹 온 인류가 다 그녀석 편을 들더라도 말이다.」

이렇게 말하고 이미 마을 가까이에 가 있는 짐마차 쪽으로 말을 돌려 소리 높이 외치면서 나아갔다.

「게 섰거라, 기다려라! 명랑하게 까불어 대는 인간들아! 편력의 기사의 종자가 타는 당나귀나 또는 다른 짐승을 어떻게 다루어야 하는가를 그대들에게 가르쳐 주마!」

  돈키호테가 외치는 소리는 참으로 높아서 짐마차를 타고 있던 사람들에게도 잘 들렸고 또 그 뜻도 분명히 알 수 있었다. 그래서 귀에 들려온 말로 미루어 소리치는 사람의 속셈을 깨달은 죽음의 신이 마차에서 훌쩍 뛰어내렸다. 그러자 이어 황제도 마차를 모는 악마도 천사도 모두 뛰어내렸으며, 여왕도 그리고 큐피드까지도 뒤에 처지지 않고 땅바닥으로 뛰어내린 그들은 돌멩이를 잔뜩 주워 모아 돈키호테에게 돌팔매의 소나기를 퍼부으려고 반원형으로 둘러서서 기다리고 있었다.

  이렇게 참으로 훌륭한 진영을 짜고 강력하게 돌팔매의 소나기를 퍼부으려고 팔을 치켜들고 서 있는 모양을 본 돈키호테는 그만 로시난테의 고삐를 끌어당기고 자기 몸에 되도록 위험이 미치지 않고 적을 습격하려면 어떻게 하면 좋을까 하고 궁리하기 시작했다. 이렇게 그가 걸음을 멈추고 서 있는 곳에 다다른 산초는 훌륭하게 대형을 짠 적을 향해 곧 공격을 개시하려고 하고 있는 주인의 태세를 보고 말했다.

  「이렇게 어처구니없는 일을 하려고 하시다니, 정말 옳은 정신이 아니십니다요. 잘 생각해 보십쇼, 나리님. 돌멩이의 소나기와 던져라, 던져라, 모자가 떨어진다, 하고 덤비는 녀석들에게 걸렸다간 청동의 종 속에라도 들어가 숨지 않는 한 그걸 막을 도구는 이 세상엔 없습니다요. 그뿐 아니라 죽음의 신이 있고 황제 자신이 싸우며 선의 천사, 악의 천사가 돕고 있는 저런 군세에 홀로 덤벼든다는 것은 용감하기는커녕 철딱서니없는 짓이란 걸 생각하셔야 합니다요.」

  「이번만은 정말,」 하고 돈키호테가 대답했다. 「산초, 이미 결정한 나의 각오를 바꾸게 하는, 아니 바꾸지 않을 수 없게 하는 때를 너는 맞추었구나. 여태까지 몇 번이나 너에게 말한 것처럼 나는 정식으로 서임된 기사가 아닌 자를 향해 칼을 뺄 수도 없고 또 빼서는 안 되느니라. 산초, 만일 너의 당나귀에게 가해진 굴욕의 복수를 하고 싶다면, 그것은 네가 할 일이니라. 내가 여기서 함성과 적절한 조언으로 너를 원조해 줄 테니까.」

  「누구의 복수건 할 필요가 없습니다요, 나리.」 하고 산초가 대답했다. 「모욕을 받았다고 해서 원수를 갚는다는 것은 그리스도 교도가 할 일이 아닙니다요. 차라리 저는 당나귀가 받은 치욕을 제 생각에 맡길 것 없이 당나귀에게 이해를 시킬 작정입니다요. 그 생각이라는 것은, 하늘이 저를 살려 두시는 한 조용히 산다는 것입니다요.」

「그게 그대의 결심이라면,」하고 돈키호테가 응했다. 「착한 산초여, 영리한 산초여, 그리스도를 믿는 산초여, 그리고 성실한 산초여, 우리는 저런 도깨비를 내버려 두고 더 훌륭하고 고상한 모험을 다시 찾기로 하자꾸나. 이 고장에서는 불가사의한 모험이 많이 일어날 것만 같이 나에게는 생각되는구나.」

돈키호테는 때를 놓치지 않고 고삐를 돌렸고, 산초는 잿빛 당나귀를 잡으러 갔으며, 『죽음의 신』은 그 이동 부대의 전원을 이끌고 마차로 돌아가 그들의 여행을 계속했다. 이 무서운 『죽음』의 마차의 모험은 이렇게 경하스러운 결말로 끝났는데, 그것은 모두 산초 판사가 주인에게 준 유익한 충고 덕분이었다. 그런데 돈키호테는 그 다음날 한 사람의, 사랑에 괴로워하는 편력의 기사를 만나 앞의 것에 못지않는 저도 모르게 손에 땀을 쥐게 하는 모험을 겪게 된다.

제 12 장

용감한 돈키호테에게 내리덮친, 기승한 『거울의 기사』와의 이상한 모험에 대해서.

『죽음』과 우연한 싸움이 있었던 날에 이은 밤을 돈키호테와 그 종자는 높고 그림자가 어두운 숲속 나무 아래서 보냈는데, 산초의 권유로 돈키호테는 잿빛 당나귀의 배낭에 넣어 두었던 것을 먹었다. 한창 저녁 식사를 하고 있을 때 산초가 주인을 보고 입을 열었다.

「나리, 제가 만일 행하로 주신, 그 암말이 낳을 세 마리의 말 새끼를 고르지 않고, 나리가 이룩하시는 첫 모험의 전리품을 고르기로 했더라면 큰일날 뻔했습니다요! 정말이지 날아가는 독수리보다 손에 든 참새가 낫습니다요.」

「그렇게 말은 하지만,」하고 돈키호테가 대답했다. 「산초여, 만일 그대가 내 생각대로 공격하게 내버려 두었더라면 적어도 전리품으로서 황후의 금관과 큐피드의 빛깔도 선명한 날개는 그대의 것이 되어 있었을 게다. 나는 억지로라도 그것만은 빼앗아 그대의 손에 넘겨 주었을 게다.」

「하지만 배우들이 가진 황제나 황후의 관이라든가 홀은 모두 순금이 아니고 놋쇠나 양철로 만든 것입니다요.」

「그건 사실이다.」하고 돈키호테가 대답했다. 「연극의 의상 도구가 진짜라는 것은 적당치 않다. 오히려 가짜가 겉보기에 적당한 것이니라. 연극 그 자체가 그렇듯이 말이다. 나는 그대가 연극에 친밀감을 갖고 호의를 느낌으로써 연극을 하는 사람들이나 희곡을 쓰는 사람들에게도 마찬가지로 그렇게 해주었으면 싶구나. 연극은 모두 인간 생활의 여러 장면을 생생하게 볼 수 있는 거울을 잇따라 우리 앞에 놓아 주고 사회에 큰 공훈을 하는 방편인 것이다. 우리가 어떤 자들인가, 우리가 어떻게 처신해야 하는가 하는 것을 매우 선명하게 묘사하는 점에서 연극과 배우들과 비길 만한 것은 없다. 그렇지 않다면 말해 보라. 그대는 왕이나 황제나 교황이나 기사나 귀부인이나 그밖에 온갖 인물 등이 나타내는 연극의 상연을 본 적이 있느냐? 한 사람이 불한당 역을 한다면 또 한 사람은 거짓말쟁이가 되고, 이쪽이 상인 역을 하면 저쪽은 병사 역을 맡고, 한 사람이 빈틈없는 『바보』 노릇을 하면 저쪽은 어리석은 『사랑을 하는 사나이』가 되고, 그런데 막상 연극이 끝나서 무대 의상을 벗어 버리면 모두가 다 똑같은 단순한 배우들이란 말이다.」

「물론 저도 본 적이 있습니다요.」

「그런데 같은 일이 이 세상의 실생활에서도 일어난단 말이다. 실생활에서도 어떤 자는 황제 역을 맡고 어떤 자는 교황 역을 맡는다. 그래서 결국 따져 보면, 연극에 등장시킬 수 있는 모든 인물이란 말이다. 그러나 결말이 오면, 즉 생명이 다했을 때 말이다. 그때까지 사람들에게 차별을 주던 의상을 『죽음』이 벗겨 버리면, 무덤 속에는 모두 평등하게 들어가게 되는 게야.」

「훌륭한 비교입니다.」하고 산초가 평했다. 「다만 자주 안 들을 만큼 새로운 얘기는 아니지만 말씀입니다요. 장기의 말의 비유처럼 말씀입니다요. 장기의 승부가 계속되는 동안은 저마다 말이 각기 다른 역할을 하지 않습니까요. 하지만 승부가 끝나면 모두 함께 뒤섞여서 뒤죽박죽 주머니 안에 들어가게 되는데, 이건 목숨이 다해서 무덤 속에 들어가는 것과 마찬가지입니다요.」

「산초여, 하루하루, 그대의 어리석음은 줄고 영리해져 가는구나.」

「그건 나리의 지혜가 얼마간 저한테로 옮겨 왔기 때문입니다요.」하고 산초가 대답했다. 「땅도 원래는 메마르지만 거름을 주고 가는 동안에 좋은 수확을 낳게 됩니다요. 다시 말씀드려서, 나리가 말씀하시는 여러 말씀이 저의 바짝 메마른 머리의 흙에 뿌린 거름이 된 것입니다요. 경작은 제가 나리를 섬기고 지껄이게 되고부터 오늘에 이르는 세월이고 말씀입니다요. 그래서 저는 말하자면 하느님의 축복이라고 할 만한 수확을 올릴 작정입니다요. 그건 바짝 말라 시든 저의 판단력이 나리께서 베풀어 주신 훌륭한 훈육을 잊지 않고 길을 잘못 가거나 옆으로 빠지거나 하지 않는 수확입니다요.」

돈키호테는 산초의 으스대는 말에 실소하기는 했으나 스스로의 향상에 대해서 그가 한 말은 사실이라고 생각했다. 왜냐하면 가끔 저도 모르게 감탄할 만한 말을 하기 때문이다. 하기야 산초가 마치 채용 시험의 후보자나 된 듯이 엄숙한 표정으로 지껄이기 시작하려 할 때는 언제나, 아니 대개의 경우 그의 말투는 우둔이라는 산꼭대기에서 무지라는 심연으로 전락하는 결과를 가져왔고, 그가 기품이 있는 그리고 기억력의 왕성함을 발휘하는 것은 얘기하고 있는 일에 맞거나 안 맞거나 열심히 속담과 격언은 끌어 낼 때였지만, 그것은 이 이야기를 통해서 아마 독자들이 이미 깨달았거나 지적했을 것이 틀림없는 일이다.

이런 대화나 그밖의 말을 주고받는 동안에 밤의 대부분이 지나가서, 흔히 졸릴 때 사용하는 말투대로 산초는 눈의 다락문을 내리고 싶은 욕망이 찾아와서, 잿빛 당나귀의 마구며 짐안장을 모두 벗겨 주고 많은 풀을 마음대로 먹게 해주었다. 로시난테의 안장은 벗기지 않았는데, 이것은 산야를 돌아다닐 때, 즉 지붕 밑에서 잠자지 않을 때는 로시난테를 발가숭이 말로 해두지 않도록 명령을 받고 있었기 때문이다. 다시 말해서 편력의 기사들에 의해 설정되어 지켜진 옛 습관대로 재갈은 벗겨서 안장 앞에 걸어 두지만 말의 안장을 벗기는 것은 『금지』되어 있는 것이다. 그래서 산초는 그대로 하여 잿빛 당나귀와 마찬가지로 자유를 주었는데 당나귀와 로시난테의 우정은 보기 드물게 매우 친밀한 것이어서 이 참된 이야기의 작자는 그것만을 주제로 몇 장인가를 썼으나 이런 용장한 이야기에 없어서 안 될 기품과 체제를 갖추려고 그 장들을 넣지 않았다고 부모님들에게서 자식들에게 전해지고 있다는 소문이다.

그래도 때로 이 배려는 등한시되어 「이 두 마리의 짐승은 함께 있으면 곧 서로 다가가 몸을 비비댄다. 그래서 흡족하고 피로해지면 로시난테는 목을 잿빛 당나귀의 목덜미에 열십자로 올려 놓는데 이것은 당나귀의 목이 2바라 정도 몸뚱이에서 죽 뻗어나 있기 때문이다. 이렇게 이 두 마리의 짐승은 땅바닥을 가만히 응시하면서 흔히 사흘쯤은 꼼짝도 하지 않는다. 적어도 그대로 방치되거나, 배가 고파 싫어도 먹을 것을 찾도록 채찍질을 받지 않는 동안에는 운운……」 따위로 씌어 있다.

다시 작자는 그들의 우정을 니소스와 에우리알루스(트로이의 젊은 이들―역주), 필라데스와 오레스테스(서로 사촌간이면서 친구―역주)의 우정에 비교했다고 기록해 두었다는 말이 있다는 것도 덧붙여 둔다. 만일 이것이 사실이라면, 서로 우정을 유지할 줄 너무나도 모르는 인간들이 얼굴을 붉히게 될 만큼 이들 두 평화로운 동물의 우정이 얼마나 확고부동한 것이었는가를 알 수 있다. 그래서 인간의 우정에 대해서는 「친구 따위가 있을 수 있나, 갈대도 금방 창이 된다」고 했고, 「친구와 친구 사이라도 신 포도즙을 눈에 뿌린다」 하고 노래 부른 자도 있다는 것이다.

그런데 이들 동물의 우정을 인간의 우정과 비교했다고 해서 작자가 약간 옆길로 빠졌다고 생각하면 곤란하다. 동물에게서 인간은 많은 경고를 받았고 많은 중요한 것을 배우고 있다. 이를테면 봉황으로부터는 관장(灌腸)을, 개로부터는 토사와 사은(謝恩)을, 학으로부터는 경계를, 개미로부터는 저축을, 코끼리로부터는 성실을, 말로부터는 충성을 배운 것과 같은 것이다.

결국 산초는 코르크참나무의 그늘 밑에서 잠들어 버렸으며, 돈키호테는 굵은 참나무 밑에서 눈을 붙였다. 그러나 얼마 지나지 않아서 등 뒤에서 일어난 소리로 잠이 깼다. 깜짝 놀라 일어나서 그 소리가 어디서 났나 하고 사방을 두리번거리며 귀를 기울였다. 바라보니 그것은 말을 타고 오는 두 사나이였는데 한 사람이 안장에서 미끄러지듯 내려오더니 동행에게 말했다. 「내려라, 친구여. 그리고 말의 재갈을 벗겨 주어라. 보아하니 이 장소는 말들이 먹을 풀도 충분하고 우리가 사랑의 상념에 잠기는 데 필요한 고요와 정적도 충분한 것 같구나.」

이런 말을 한 것과 땅에 드러눕는 것과 거의 동시였다. 그리고 몸을 땅바닥에 내던지는 순간 입고 있는 갑옷이 금속성의 소리를 냈다. 이것이 그가 편력의 기사임에 틀림없다고 돈키호테가 인정하게 된 분명한 근거가 된 것이다. 돈키호테는 세상 모르게 잠들어 있는 산초 곁으로 가서 꽤 힘이 든 끝에 그를 간신히 깨워 목소리를 낮추고 말했다.

「나의 형제 산초여, 드디어 모험이다!」

「좋은 모험이라면 고맙겠습니다요.」 하고 산초가 대답했다. 「그래 어디 있습니까, 나리, 그 모험님이?」

「어디냐구, 산초?」 하고 돈키호테가 되물었다. 「눈을 들어 보란 말이다. 저기 저 누워 있는 편력의 기사가 보이잖느냐. 내 짐작으로 저 기사는 지금 그다지 기분이 좋은 상태가 아닌 모양이다. 저 사람이 말에서 몸을 내던지듯 내려와 땅바닥에 뒹구는 것을 보았는데 웬지 언짢은 모양이더라. 그리고 구겨지듯 땅에 누울 때 갑옷 스치는 소리가 나더란 말이다.」

「하지만 어째서 이것을 모험이니 어떠니 하고 생각하십니까요?」

「나는 이것이 모험의 전부라고 말하지 않았다. 모험의 실마리라고 말한 거다. 모험이라는 것은 이러한 데서 일어나는 법이니라. 하지만 저걸 들어 보아라. 아마 라우드나 비우엘라(둘 다 그 당시의 현악기―역주)의 가락을 고르고 있는 모양이다. 게다가 침을 뱉기도 하고 기침을 하기도 하는 것을 보면 무언가 한 곡 할 모양이다.」

「확실히 그런가 봅니다요.」 하고 산초가 대답했다. 「게다가 저 사람은 사랑을 하고 있는 기사가 분명합니다요.」

「편력의 기사로서 사랑을 하지 않는 자는 한 사람도 없다.」 하고 돈키호테는 말했다. 「아무튼 저 사람의 노래를 들어 보기로 하자. 노래를 부르거든 그 시를 더듬어 가서 가슴의 울적한 생각의 실꾸리를 풀어 내기로 하자. 마음속이 가득 찼기 때문에 비로소 혀도 지껄이는 것이니라.」

산초는 주인에게 뭐라고 대답을 하려 했으나 『숲의 기사』의 심히 나쁘지도 않고 그다지 좋지도 않은 노랫소리에 막혀 버렸다. 그래서 두 사람은 가만히 귀를 기울이고 그가 노래하는 가사를 들었는데 그것은 이런 것이었다.

　　소네트

　　그대의 마음에 꼭 드는
　　걸어갈 길을 나에게 달라.
　　나의 마음은 그것을 찾아
　　조금도 어기지 않으리라.

　　슬픔을 입다물고 죽으라 하신다면
　　나를 죽은 자로 생각하소서.
　　슬픔을 말하라 하신다면
　　들어 주소서, 사랑의 말을.
　　괴로움으로 나는 어느새

연한 초, 딴딴한 금강석의 몸
사랑의 법도 마음에 새기고

부드러운 가슴, 딴딴한 이 가슴
그 위에 새겨진다면
그것을 나는 영원히 지키리라.

「아아!」하는 가슴속에서 터져 나오는 듯한 한숨을 쉬고 숲의 기사는 노래를 그쳤으나, 얼마 안 있어서 안타까운 목소리로 다시 입을 열었다.

「오오, 세상에도 아름답고 더없이 무정한 여성이여! 어쩌면 그대, 한없이 마음 차가운 카실데아 데 반달리아여. 그대는 그대에게 사로잡힌 이 기사가 끊임없는 편력과 심하고 험한 노고에 몸이 깎여 쓰러져 가는 것을 못 본 체하려 하는가? 그대가 세계 제일의 가인이라는 것을 나바르라의 모든 기사들에게, 레온의 모든 기사들에게, 타르테시오의 모든 기사들에게, 카스티야의 모든 기사들에게, 나아가서는 라 만차의 모든 기사들에게 확고히 인식시켜도 역시 부족하다고 생각하는가?」

「그것은 틀린다.」하고 이때 돈키호테가 말했다. 「나는 바로 라 만차의 기사지만, 일찍이 그런 것을 인정한 적이 없다. 나의 그리운 공주의 아름다움을 그토록 해치는 일을 인정할 까닭도 없거니와 인정할 수도 없는 일이다. 저기 저 기사가 잠꼬대를 한 것은 산초, 그대도 알겠지? 그러나 들어 보자, 아마 다시 또 여러 가지 말을 할 것이 틀림없으니.」

「그야 틀림없이 말할 것입니다요. 한 달 동안 쉬지 않고 설득을 해댄 모양이니까.」

그러나 그렇게는 되지 않았다. 숲의 기사는 가까이에서 누가 말을 하는 것을 듣고는 한탄을 그치고 일어나 잘 울리는 공손한 목소리로 말을 건네 온 것이다.

「뉘시오, 거기 계시는 분은? 어떤 분들이시오? 스스로에 만족하고 있는 사람 중의 한 분이시오, 아니면 비탄에 젖어 있는 사람 중의 한 분이시오?」

「비탄에 젖은 자의 한 사람이오.」

「그렇다면 저에게로 오십시오.」하고 숲의 기사가 대답했다. 「그러시면 비애 그 자체가 있는 곳에 오신 것을 아시게 될 것이오.」

이런 식으로 부드럽고 정중한 말투로 대답했으므로 돈키호테는 그가 있는 데로 갔다. 물론 산초도 함께였다.

한탄의 기사는 돈키호테의 팔을 잡고 말했다.

「여기 앉으시오, 기사님. 귀공이 기사요, 편력의 기사도를 신봉하는 분이라는 것은, 고독과 정적 이외에 아무 벗 없는 이런 곳에서 만나 뵌 것만으로도 충분히 알 수 있소. 고독과 정적이야말로 편력의 기사에게는 본래의 잠자리, 알맞는 거실이라 하겠소.」

이에 대해 돈키호테가 대답했다.

「나는 기사, 귀공이 말하는 그 길을 신봉하는 자요. 비록 내 가슴속에는 슬픔과 불행과 불운이 항시 도사리고 있기는 하나 그렇다고 이웃의 재난에 대해서 품고 있는 동정심이 가슴에서 달아나는 일은 없을 것이오. 아까 귀공이 노래하신 것으로 미루어 귀공의 불행은 사랑의 그것, 말하자면 탄식 속에서 그 이름을 드신 그 아름답고 동시에 무정한 여성에 대한 사랑의 그것으로 짐작하였소.」

이런 말을 하고 있을 때는 두 사람은 딴딴한 땅바닥에 앉아, 아침나절에 서로 머리를 깨는 일이 일어나리라고는 도저히 상상도 못 할 만큼 화기애애한 우정에 빠져 있었다.

「혹시 기사님은,」 하고 숲의 기사가 묻는다. 「사랑에 괴로워하시지나 않으시오?」

「불행히도 말씀하시는 대로라오.」 하고 돈키호테가 대답했다. 「그러기는 하나 어떤 분에게 바친 마음으로 말미암은 고통은 불행하기보다 하느님의 은총이라 생각하지 않으면 안 되는 것이오.」

「사실 그렇소.」 하고 숲의 기사가 말했다. 「우리의 이성과 판단력이 멸시로 흐트러지지 않는 한 그것은 그렇소만, 멸시가 너무 잦아지면 복수를 당하고 있는 것처럼도 여겨지지요.」

「나는 내가 그리워하는 공주에게 멸시를 받은 적은 단 한 번도 없소.」

「정말입니다요, 확실히 없습니다요.」 하고 바로 옆에 있던 산초가 끼여든다. 「그 까닭은 우리 공주님이 새끼양처럼 온순하고 버터처럼 연하시니까 말입니다요.」

「이 사람은 귀공의 종자인가요?」 하고 숲의 기사가 물었다.

「그렇소.」

「나는 일찍이,」 하고 숲의 기사가 말했다. 「주인이 이야기하고 있을 때 옆에서 예사로 참견하는 종자를 본 적이 없소. 적어도 저기 있는 내 종자는 제 아버지에 못지않게 거대한 사나이지만, 내가 말을 하고 있을 때 저것이 입을 여는 것을 본 사람은 없소.」

「그야 확실히,」 하고 산초가 말했다. 「나는 참견을 했습니다요. 그러나 참견을 해도 상관없습니다요. 이런 사람 앞이라면. 아니, 그만둬야지. 휘저어 놓았다간 더 나빠질 테니까.」

숲의 기사의 종자가 산초의 팔을 잡고 말했다.

「우리 두 사람은 우리 마음대로 종자답게 무슨 말이든지 할 수 있는 데로 가자구. 우리 주인 나리들은 서로의 사랑 얘기나 꺼내서 서로 대결이나 하도록 내버려 두자구. 틀림없이 얘기를 하기도 전에 날이 샐 거고 그대로 결말이 나지 않을 거야.」

「그거 잘됐다.」 하고 산초는 대답했다. 「그리고 나는 자네에게 내가 어떤 사람인가 얘기하고 가장 말 잘 하는 종자들과 어깨를 나란히 할 수 있는가 없는가 좀 봐주도록 부탁해야겠군.」

여기서 두 종자는 좀 떨어진 곳으로 갔다. 그리고 그들 사이에 매우 재미있는 대화가 나누어진 것에 지지 않게 주인들이 나눈 대화 역시 매우 진지했다.

제 13 장

여기서는 두 사람의 종자가 나눈 분별 있고 새롭고 부드러운 대화를 통해 숲의 기사의 모험이 계속된다.

기사들과 종자들은 두 패로 나뉘어져서 종자들은 자기들의 신세타령을 하고 주인들은 서로의 연애 이야기를 했다. 그런데 실록은 종자들의 대화를 앞에 들고 주인들의 대화를 그 뒤에 계속시키고 있다.

주인들한테서 좀 멀리 떨어졌을 때 숲의 기사의 종자가 산초에게 말했다.

「참말로 힘드는 생활을 꼽는다면 우리들 편력의 기사를 모시는 종자의 생활을 들어야겠지. 정말 우리는 이마에 땀흘리고 빵을 먹고 있지만, 이것은 인간의 시조에게 하느님이 퍼부은 저주의 하나야.」

「그리고 이렇게도 말할 수 있지.」 하고 산초가 덧붙였다. 「우리는 몸을 얼리며 빵을 먹는다고 말야. 편력의 기사의 처량한 종자만큼 더위와 추위를 잘 견디어 내는 사람도 없거든. 그것도 말야, 먹을 수 있다면 그래도 좋은 편야. 슬픔도 빵이 있으면 견디기 쉽거든. 하지만 우리들은 꼬박 하루나 이틀 불어오는 바람이 있을 뿐 아무것도 먹지 않는 일도 더러 있지.」

「그거나 이거나 어떻게든 참을 수는 있지.」 하고 숲의 기사의 종자가 말했다. 「포상을 받을 수 있다는 희망이 있기 때문이야. 왜냐하면 종자가 모시는 편력의 기사가 그리 심하게 불운하지만 않다면 적어도 어느 섬을 다스린다든가 빛 좋은 개살구 같은 어느 백작 영지쯤 그다지 힘들지 않고 얻을 수 있을 테니 말야.」

「나는 말야.」 하고 산초가 대답했다. 「어느 섬을 다스리게 되더라도 자신 있다고 우리 주인에게 벌써 말해 두었지. 우리 주인 나리는 참으로 고상하고 또 인색하지 않은 분이어서 몇 번이나 약속을 해주셨다네.」

「나는 말야.」 하고 숲의 기사의 종자는 말했다. 「잡역 수도사쯤만 되어도 내 봉사가 보람 있는 것이었다고 생각하겠네. 주인도 이미 한자리 마련해 두었다고 하시더군.」

「글쎄!」 하고 산초가 말했다. 「자네 주인 양반은 교회와 인연이 있는 기사가 틀림없군. 그러니 훌륭한 종자에게 그런 선물을 할 수 있는 거야. 거기에 비하면 우리 주인은 단순한 속인이지. 하기야 꽤 지혜 있는 사람들은, 내가 보는 바로는 꿍심깨나 속에 간직한 사람들인데, 그네들이 우리 주인더러 대사제가 되도록 노력하시라고 열심히 충고할 때의 일을 기억하고는 있지. 그런데 주인은 승낙하지 않고 황제가 되는 것밖에 바라지 않았단 말야. 나도 그때 주인이 성직자가 될 기분이라도 내지 않을까 하고 굉장히 떨었다구. 교회에서 급여를 받을 만한 자격이 나한테는 없거든. 그 까닭은 자네한테 실토하지만 사실 겉보기만 인간이지 짐승이나 다름없어. 성직자가 될 자격이 없어.」

「그렇다면 자넨 완전히 착각을 일으키고 있어.」 하고 숲의 기사의 종자가 말했다. 「섬을 다스린다는 것이 모두 유망한 것은 아니거든. 보통 수법으로 안 되는 섬도 있고 벌거숭이 섬도 있어. 또 음침한 섬도 있곤 해서, 간단한 얘기로 가장 출중하고 만사가 갖추어진 섬이라도 귀찮은 일, 골치 아픈 일, 성가신 일을 잔뜩 갖고 있어서 제비를 뽑은 불행한 녀석이 그것을 짊어지게 되는 거야. 우리들처럼 이런 하찮은 봉사를 하는 자는 집에 돌아가서 흔히 사람들이 말하듯 사냥을 하거나 고기를 잡는 그런 훨씬 몸에 편한 일로 적당히 세월을 보내는 편이 낫지. 아무리 가난뱅이라도 자기 마을에서 마음대로 살기 위한 여윈 말 한 마리 개 두 마리, 게다가 낚싯대 한 자루쯤 안 가진 종자가 이 세상에 있다면 만나 보고 싶어.」

「나는 그런 건 무엇 하나 부족하지 않아.」 하고 산초가 대답했다. 「그야 여윈 말은 갖고 있지 않지. 하지만 우리 주인 말의 두 배나 값이 나가는 당나귀가 있어. 만일 주인의 말에다 4파네가의 보리를 얹어 준다고 해서 내가 내 당나귀와 바꾸었다면 하느님이 아무리 나쁜 부활절을 주시더라도 불평하지 않을 거야. 이번에 오는 부활절이라도 말야. 자네는 농담인 줄 아나. 내 잿빛 털 값어치를? 잿빛 털은 내 당나귀의 털빛이야. 개는 워낙 우리 마을엔 남아 나도록 있으니까 별로 불편을 느끼지 않아. 더욱이 사냥이 가장 즐거운 때는 남의 비용으로 할 때야.」

「정말 그렇지.」 하고 숲의 기사의 종자는 대답했다. 「여보게 친구, 나는 이런 기사들의 이런 어처구니없는 소동에서 이젠 손을 떼고 고향 마을로 돌아 가서 아이들 뒷바라지나 하기로 굳게 결심했네. 내겐 말야, 동방의 진주 같은 세 아이가 있지.」

「나는 둘이야.」 하고 산초가 말했다. 「교황님이 직접 보셔도 괜찮을 애들 인데, 그중에서도 계집애는 하느님만 용서해 주신다면 제 어미의 반대 따위는 상관없이 백작 부인을 만들 생각으로 기르고 있지.」

「몇 살이야. 그 백작 부인감으로 기르고 있는 공주님은?」

「열다섯이야. 한두 살 많거나 적거나 하겠지만.」 하고 산초가 대답했다. 「그래도 창같이 늘씬하고, 사월 아침처럼 싱싱하며, 막일꾼 못지않는 힘을 가 졌다구.」

「그만큼 갖추어져 있다면,」 하고 숲의 종자가 맞장구를 쳤다. 「백작 부인 은 고사하고 푸른 숲의 요정이라도 될 수 있겠는걸. 오오, 매춘부의 딸 매춘 부! 튼튼한 몸을 하고 있겠지, 그 말괄량이 계집애는!」

이에 산초는 후끈 달아올라 대꾸했다. 「그앤 매춘부가 아니고 제 어미도 그렇지 않아. 내가 살아 있는 동안에 두 사람 다 그런 짓은 않는다. 말조심 해. 예의범절의 귀신 같은 편력의 기사들 속에서 자라난 게 틀림없다면 그런 얌전치 못한 주둥이를 놀리는 게 아니다.」

「자넨 칭찬할 때 둘러하는 말을 전혀 모르는군, 종자 친구! 어느 기사가 광장에서 창으로 보기 좋게 소를 찌른다든가 어느 인물이 무슨 일을 산뜻하게 하든가 할 때 구경꾼들은 흔히 『야, 매춘부의 자식아, 멋있게 해치웠구나!』 하고 소리치는 것을 어째서 모르나? 그런 경우에는 모욕이라고 여겨지는 말도 훌륭한 찬사가 되는 거야. 그러니 종자 친구, 부모들이 이런 칭찬을 남한테 들을 만큼 훌륭한 행동도 하지 못하는 아들이나 딸이라면 자식으로 인정하지도 말아야 해.」

「오오, 인정하지 않고말고.」 하고 산초가 대답했다. 「게다가 말야. 그런 식으로 그런 까닭이라면, 나한테도 내 자식들한테도 내 마누라한테도 얼마든 매춘부 소리를 해도 상관없는 걸 그랬군. 워낙 그녀석들이 하는 말이나 하는 짓은 그런 칭찬과 꼭 부합하거든. 그래서 다시 한 번 애들의 얼굴을 볼 수 있도록 대단한 죄로부터 나를 구해 주십사고 하느님께 나는 기도드리고 있지. 말하자면 이 종자라는 위험한 직업에서 나를 구해 주시면 하고 말이지. 이 직업에는 어느 날 시에르라 모레나 산중에서 주운 백 두카르가 들어 있는 지갑에 눈이 어두워져서 두 번이나 발을 들여 놓게 된 것인데 악마란 놈이 자꾸만 눈앞에다 도블론 금화가 가득 들어 있는 부대를 여기다, 저기다, 아니 저쪽이 아니라 이쪽이다, 하고 흔들어 보인단 말야. 그때마다 나는 손으로 그걸 만지고 그걸 얼싸안고 집으로 돌아가서, 그걸 연금으로 삼아 꼬박꼬박 이자를 타먹으면서 재상처럼 살고 있는 기분이 들곤 한단 말야. 게다가 그런 일을 꿈꾸는 동안은 우리 숙맥 주인과 함께 참고 견디는 고생이 대수롭잖고 참을 수 있을 만한 것이 되더란 말야. 우리 주인으로 말하면 기사라기보다 미치광이에 가깝다는 걸 알고 있거든.」

「바로 그거야.」 하고 숲의 기사의 종자는 대답했다. 「탐욕은 자루를 찢는다는 말은. 그러나저러나, 미치광이 얘기를 하려고 든다면 우리 주인보다 더 심한 건 아마 이 세상에 없을걸. 『남의 참견은 당나귀를 죽인다』라는 속담에서 말하는 바로 그런 인간 중의 하나거든. 왜냐하면 정신을 잃은 다른 기사를 구하려다가 자신이 미쳐 버렸단 말야. 그러고는 요행히 찾아내 봐야 큰 봉변이나 당할지 모를 그런 놈만 찾아다니고 있거든.」

「어쩌면 여자한테 반한 게 아냐?」

「바로 그거야. 상대는 카실데아 데 반달리아라든가 하는 세상 어디서나 볼 수 있는 가장 애교 없고 그러면서도 달콤한 맛이 있는 공주야. 그런데 여자가 무뚝뚝하다고 해서 고민하고 있는 건 아냐. 더 큰 간계가 뱃속에 도사리고 앉았는데, 그건 조금만 더 있으면 저절로 알게 될 거야.」

「아무리 편편한 길이라도,」하고 산초가 대답했다. 「발에 걸릴 돌멩이가 없고 틈이 벌어지지 않은 길은 없어. 옆집에서 완두콩을 찌면 우리 집에선 가마솥으로 몇이라도 찌지. 동료와 식객은 분별 있는 사람보다 미치광이한테 더 잘 생기는 모양이야. 하지만 고생도 동무가 있으면 견디기가 훨씬 낫다고 흔히 하는 말처럼 자네가 있어 줘서 고생도 좀 편하게 할 수 있을 것 같애. 자네도 우리 주인과 고만고만한 바보를 모시고 있는 모양이니까.」

「바보는 바보지만 용감하지.」하고 숲의 기사의 종자가 대꾸했다. 「아니, 바보스럽거나 용감하다기보다는 다부진 사람이야.」

「그건 우리 주인에겐 없어.」하고 산초가 대답했다. 「말하자면 다부진 데는 티끌만큼도 없단 말야. 그뿐 아니라 마치 물독 같은 영혼이야. 누구에게도 나쁜 짓을 못 하고 모든 사람에게 좋은 일만 하려고 들거든. 짓궂은 데는 조금도 없지. 그 양반에겐 애들이라도 대낮을 밤중이라고 속일 수 있어. 그 순진한 것으로 해서 나는 그 양반을 내 심장보다 좋아하게 되었고 아무리 바보 같은 짓을 하더라도 팽개치고 가버릴 기분이 되지 않는단 말야.」

「그야 그럴 테지, 형제.」하고 숲의 기사의 종자가 말했다. 「장님의 안내를 하다간 두 사람 다 구덩이에 빠질 위험이 있는 거야. 그보다는 얼른 집어치우고 그리운 옛집으로 돌아가는 게 제일이야. 모험을 찾아다니는 인간들이 언제나 반드시 좋은 모험만 만난다고 정해진 건 아니거든.」

산초는 끈적끈적한 물기 없는 침 같은 것을 줄곧 뱉고 있었는데, 그것이 인정 많은 숲의 기사의 종자의 눈에 띄자 그는 말했다.

「서로 너무 지껄인 탓으로 혓바닥이 입천장에 들어붙어 버릴 것 같군. 그런 걸 뜯어 내주는 것을 안장 뒤에 매달아 갖고 왔지. 아주 고급으로 말이야.」

그리고는 일어서서 가더니 곧 큼직한 포도주를 담은 가죽 부대와 길이가 반 바라나 되는 엠파나다(^{밀가루 반죽을 얇게 펴서 고기 같}_{은 것을 싼 파이 종류—역주})를 들고 돌아왔다. 이 길이는 결코 과장이 아니다. 왜냐하면 엄청나게 큰 흰 토끼로 속을 넣은 것이어서 그것을 만져 보았을 때 산초는 산양 새끼를 넣은 것이 아니라 수산양을 써서 만들었나 보다, 하고 생각했을 정도였다. 그것을 보고 산초가 말했다.

「아니, 이런 걸 갖고 왔었나, 자넨?」

「아니, 그럼 어떻게 생각했었나?」하고 숲의 기사의 종자가 물었다. 「나를 휙 불면 날아가 버릴 형편없는 엉터리 종자인 줄 알았나? 나는 장군 행차

때의 식량보다 더 고급 식량을 말 엉덩이에 달고 왔다구.」

자, 들게, 일일이 어쩌니 하는 말을 듣기도 전에 산초는 벌써 먹기 시작하여 말다리를 묶는 밧줄 매듭만한 것을 어둠 속에서 한입에 꿀꺽 삼키고 있었다. 그리고 말했다.

「정말 자넨 이 인심으로도 알 수 있듯이 성실하고 틀림없고 진짜 호사스럽고 아주 훌륭한 종자로군. 마법의 힘으로 여기 온 게 아니더라도 적어도 그렇게 보인단 말이야. 배낭에 기껏해야 거인의 대가리라도 깰 만한 딴딴한 치즈를 조금, 그밖에 매뚜기콩이 사오십 알, 그리고 개암과 호두가 역시 사오십 개 들어 있을 뿐인 우리거든. 하기야 이건 모두 주인 호주머니에 여유가 없다는 것과, 편력의 기사라는 것은 말린 과일이나 들판의 풀만으로 목숨을 이어 나가야 한다는 의견을 굳게 지키고 있는 그 법도 탓이지만. 이런 째째하고 운 나쁜 나 같은 사람은 도저히 자네와는 비교도 안 되겠는걸.」

「나는 맹세해도 좋지만, 형제.」 하고 숲의 기사의 종자는 대답했다. 「내 뱃속은 엉경퀴니, 야생의 배니, 산중의 나무 뿌리니 하는 것을 받아들이게는 안 되게 되어 있단 말야. 우리 주인들은 그 대단한 기사도의 의견이나 법도에 넋을 잃고 멋대로 좋아하는 것을 먹게 내버려 두면 돼. 나는 얼린 고기 바구니를 갖고 다니고 필요할 때를 위해서 이 가죽 부대를 안장 뒤에 달고 다니는데, 이거야말로 내 신앙의 표적이야. 무엇보다도 나는 이걸 좋아해서 이놈에게 입을 맞추고 끌어안고 하지 않는 시간이 거의 없을 정도야.」

이렇게 말하면서 산초에게 그것을 넘겨 주었다. 산초는 가죽 부대를 입에 대고 높이 쳐들어 15분쯤 하늘의 별을 쳐다보고 있더니 이윽고 다 마시고 나서 머리를 한쪽으로 기울이며 푸 크게 한숨을 쉬고 말했다.

「야, 이 매춘부의 아들 불한당아! 이렇게 훌륭한 게 또 있겠나!」

「아하!」 하고 『매춘부의 아들』이란 말을 들은 숲의 기사의 종자가 말했다. 「자네도 이 포도주를 『매춘부의 아들』이라고 칭찬하는군?」

「아, 그럼.」 하고 산초가 대답했다. 「사람을 매춘부의 아들이라고 부르더라도 그것이 칭찬하고 싶은 생각에서 나온 말이라면 욕이 아니라는 걸 알고 있지. 그런데 여보게, 자네가 가장 사랑하는 자의 목숨을 두고 말해 주었으면 좋겠네만, 이 포도주는 시우다드 레알(마드리드 남쪽에 있는 도시로 술과 피혁의 명산지—역주) 산 아냐?」

「술의 감식력이 대단하군그래.」 하고 숲의 기사의 종자가 칭찬했다. 「사실 다른 술이 아냐. 게다가 약간 묵은 술이기도 하구.」

「나한테 그런 말을 할 참야?」 하고 산초가 대꾸했다. 「내 포도주의 감정만은 틀림없다고 생각해 주게. 나는 술의 감정에 타고난 육감을 갖고 있단 말야. 어떤 술이고 냄새만 한 번 턱 맡으면 산지·계통·맛·햇수·술통을 바꾼 횟수, 그밖에 포도주에 관한 사정이라면 뭐든지 틀림없이 맞히지. 어때, 종자 친구, 대단하잖나? 그러나 놀랄 건 없어. 우리 아버지 혈통에는 오랜 세월 라 만차에서 잘 알려진 대단한 술 감정의 명수가 둘이나 있으니까 말야. 그 증거를 지금부터 내가 얘기해 주지. 어느 날 두 사람이 한 통의 포도주의 감정을 부탁받았지. 익은 상태·성질·전체의 질에 대해서 의견을 들려 달라는 부탁이야. 그러자 한 사람이 혀끝으로 맛을 보고 한 사람은 코를 가까이 가져간 것뿐인데 먼저 사람은 이 술에는 쇠맛이 난다고 말하고, 둘째 사람은 그 보다 산양 가죽의 맛이 난다고 말하잖겠나. 이 말을 듣고 술 임자는 통을 깨끗이 소제를 했고 술에는 쇠나 산양 가죽의 맛이 밸 만한 것은 아무것도 섞지 않았다고 말했는데, 그래도 두 이름난 술 감정가들은 자기들의 주장을 끝내 굽히지 않았다는 거야. 그런데 세월이 흘러 포도주가 다 팔리고 통이 비었을 때 통을 소제해 보니 통 밑바닥에 산양 가죽의 끈이 달린 조그마한 열쇠가 하나 떨어져 있더라잖아. 이런 혈통을 같이하고 있는 사람이 이런 일에 약간의 의견을 내도 괜찮은가 어떤가 자넨 알아줄 줄 알아.」

「그러기에 나는 말하잖나.」 하고 숲의 기사의 종자가 말했다. 「모험을 찾아다니는 일은 이제 서로 그만두자고 말야. 우린 큼직한 빵을 갖고 있어. 토르타(^{과 실 파}_{이 — 역주}) 따윌 찾을 필욘 없잖아. 우리 오두막집으로 돌아가자구. 하느님이 돌려보내실 생각이시라면 꼭 돌아갈 수 있을 거야.」

「우리 주인이 사라고사에 도착할 때까지는 모셔야지. 그후에 잘 얘길해서 결정하겠어.」

두 착한 종자들은 실컷 지껄이고 마음껏 마셨으므로 졸음이 그들의 혀를 묶고 그들의 목은 스스로 갈증을 달래지 않을 수 없게 되었다. 두 사람의 갈증을 아주 없앤다는 것은 도저히 불가능한 일이었으니까 두 사람은 이제 거의 빈 껍질만 남은 가죽 부대를 마주안고 입에는 먹다 만 음식물을 문 채 잠들어 버렸다. 여기서 우리는 잠시 그들을 이대로 두고 숲의 기사가 우수에 찬 얼굴의 기사를 상대로 나눈 대화를 이야기하기로 하자.

제 14 장

여기서는 숲의 기사의 모험이 계속된다.

돈키호테와 숲의 기사가 나눈 수많은 담화 중에서 실록은 숲의 기사가 돈키호테에게 다음과 같이 말했다고 적고 있다.

「결국 기사님, 나의 숙명이 숙명이기보다 나의 선택이 비할 데 없는 카실데아 데 반달리아를 연모하도록 나를 이끌었다는 것을 알아 주시면 좋겠소. 비할 데 없다고 말한 것은 몸집의 크기에 있어서나 신분과 아름다움이 두드러진 점에 있어서 비할 데가 없다는 것이오. 지금부터 상세하게 말씀드리겠지만, 이 카실데아라는 여성은 나의 올바른 생각과 조심스런 소원에 대해서 저 사생아 헤라클레스에게 헤라가 한 것처럼 내가 갖가지 위험에 부딪치는 것을 그 대가로 삼고 한 가지 곤란이 끝날 때마다 다음 위험이 끝나면 나의 소원을 들어 주겠다고 약속해 온 것이오.

그러나 나의 고난은 끝없는 쇠사슬의 고리처럼 이어져 있는 것 같고 언제나 되어야 내 소원을 이룰 날이 올 것인지 도무지 분간할 수 없는 오리무중과 마찬가지 형편이오. 한 번은 라 히랄다(세비야의 유명한 대사원의 탑 위에 있는 풍향상(風向像)—역주)라고 자칭하는 세비야의 저 이름난 여자 거인과 싸우러 가라고 나더러 명령합디다. 그 여자 거인은 매우 용감하고 강할 뿐 아니라 몸은 청동으로 되어 있고 한 장소에서 움직이는 일이 없는데도 세상에서 뛰어나게 변화무쌍하며 무척 변덕스러운 여자라오. 나는 그곳으로 가서 그녀와 대결하여 승리를 거두고 꼼짝없이 얌전하게 있지 않을 수 없게 만들어 버렸소. 그래서 칠 일 이상이나 북풍밖에 불지 않았지요. 어떤 때는 커다란 토로스 데 기산도(헤로니모 수도원의 포도밭에 있는 개의 화강암 덩어리—역주)의 고대 석상이 얼마나 무거운가를 재오라는, 기사에게라기보다 막일꾼에게나 시킬 일을 명령받은 적도 있소. 또 어떤 때는 카브라의 깊은 동굴에 뛰어들어 그 캄캄하고 깊은 밑바닥에 무엇이 잠겨 있나 살펴보고 상세히 보고하라는 전대미문의 억지 같은 명령을 받은 적도 있소. 이같이 나는 라 히랄다를 움직이고 토로스 데 기산도의 무게를 쟀으며 심연에 뛰어들어 그 밑바닥의 비밀을 밝혔는데도 나의 희망은 여전히 죽은 거나 마찬가지고 반면에 여자의 명령과 경멸은 더한층 활기를 띠어 가는 형편이라오.

그러면 끝에 내가 마지막으로 받은 명령은 스페인의 방방곡곡을 돌아다니면서 그곳을 헤매는 모든 편력의 기사들에게 사랑하는 여성만이 오늘날 살아 있는 모든 여성 가운데서 가장 아름답고, 또 나는 이 세상에서 가장 용기 있고 출중한 연모의 기사라는 것을 인정시키라는 것이었소. 이 명령을 받고 나는 오늘날까지 스페인의 대부분을 편력하면서 나의 주장에 대담하게 반대한 모든 기사를 무찔러 왔소. 그런데 무엇보다도 내가 긍지로 삼고 자랑으로 여기는 것은 그 유명한 기사 돈키호테 라 만차를 일대 일로 대결하여 쓰러뜨리고, 그에게 그의 둘시네아보다 나의 카실데아가 훨씬 뛰어나게 아름답다는 선언을 시킨 일이오. 나는 오직 이 승리 하나로 세상의 모든 기사들을 무찔렀다고 생각하고 있소. 그 까닭인즉 방금 말씀드린 돈키호테라는 자야말로 세상의 모든 기사들을 제패한 자이기 때문이오. 내가 그에게 승리한 이상 그의 영광, 그의 명성, 그의 자랑은 모두 나에게로 옮겨 와,

> 패한 자의 이름 세상에 높아
> 이긴 자의 영예 더더욱 높도다.

라는 말과 같이 앞에서 말씀드린 돈키호테의 수없는 위업은 이제 나의 것으로 통용되고 또한 나의 것이 되었다오.」

돈키호테는 숲의 기사의 말을 듣고 놀라서 「거짓말 말아.」 하고 천 번이나 소리칠 지경이었으며, 이미 「거짓말 말아!」의 한 마디가 혀끝에까지 나와 있었다. 그러나 상대편의 거짓말을 그 자신의 입으로 고백시켜야 되겠다는 생각으로 열심히 자신을 억제했다. 그리고 조용한 어조로 말했다.

「기사님, 귀공이 스페인뿐 아니라 온 세계 대부분의 편력의 기사를 무찔렀다는 데 대해서는 아무 말도 하지 않겠소. 그러나 돈키호테 데 라 만차에게 이겼다는 말씀에 대해서는 의문을 갖지 않을 수 없구려. 어쩌면 그와 비슷한 다른 자였는지도 모르지 않겠소? 하기야 그와 비슷한 다른 자라고는 거의 없겠지만.」

「그게 무슨 말씀이오?」 하고 숲의 기사가 반문했다. 「우리 머리를 덮는 하늘을 두고 말하지만 나는 돈키호테와 싸워 그를 쓰러뜨리고 굴복시켰소. 그는 키가 크고 얼굴은 여위었으며 팔다리는 길고 가늘며 반백의 머리에 매부리

코, 굵게 처진 검은 수염을 기른 인물이었소. 『우수에 찬 얼굴의 기사』라고 자칭하면서 싸우고, 산초 판사라는 농부를 종자로 거느리고 있었으며, 로시난테라는 명마의 등을 꽉 조여 고삐를 잡고, 그가 그리워하는 공주로는 둘시네아 델 토보소라는 여성을 정하고 있는데 이 여자는 한때 알돈사 로렌소라고 부르던 여자라오. 마치 내가 그리워하는 공주 카실다 공주를 안달루시아 태생이기 때문에 카실데아 데 반달리아라고 부르는 것과 마찬가지요. 이만한 증거를 들어도 나의 진실이 믿을 만하지 못하다고 한다면 나의 칼이 있소. 이것은 『회의(懷疑)』 그 자체에게조차 나의 진실을 믿게 하는 칼이라오.」

「고정하시오, 기사님.」 하고 돈키호테가 말했다. 「그리고 내가 하는 말을 들으시오. 그대가 말씀하시는 그 돈키호테는 이 세상에서 내가 가진 가장 친한 친구로서 내 자신의 그림자라고까지 생각하고 있는 벗이라 해도 상관없소. 게다가 그대가 그에 관해서 설명한 너무나도 정확하고 박진한 특징으로 미루어 그대가 승리한 사람이 그 기사가 틀림없다고 생각할 수밖에 없소. 그러나 한편 그자가 돈키호테 자신이라는 것은 도저히 있을 수 없다고 나는 이 눈으로 보고 이 손으로 만지듯이 확신하는 바요. 하기야 그 기사에게는 적의를 품은 숱한 마법사가 있는데 특히 그 가운데 하나는 늘 그를 따라다니고 있을 정도니까, 그 속에는 기사도의 갖가지 드높은 공적으로 대지의 표면 구석구석에까지 떨친 기사 돈키호테의 명성을 땅에 떨어뜨리려는 속셈으로 그의 모습으로 바꾸어 고의로 싸움에 진 마법사 하나쯤은 있음직한 일이오. 나아가 이것을 증명하기 위해서는 귀공도 알아 주셨으면 하오만, 또 아직 그로부터 이틀도 되지 않았으나 방금 말씀드린 것과 같은 나를 적대시하는 마법사들이 아름다운 둘시네아 델 토보소의 모습과 인품을 야비한 시골 여자로 바꾸어 버렸단 말이오. 따라서 이와 같은 수법으로 돈키호테도 모습을 바꾸게 한 것이 틀림없소. 만일 이만큼 말씀드려도 나의 말이 진실이라고 납득하기에 충분하지 않으시다면 여기 돈키호테 바로 그 자신이 있소이다. 돈키호테는 도보로나 마상에서나 그 어떤 방향으로든지 지금 여기 있소.」

그는 이렇게 말하고 나서 벌떡 일어나더니 칼자루를 꼭 쥐고 숲의 기사가 어떤 결의를 하는가 하고 대기했다. 그러자 상대편도 침착한 목소리로 대답했다.

「지불이 좋은 자에게는 담보도 괴롭잖다는구려. 돈키호테 님, 한 번 그대의 화신을 능히 무찔렀으니 진짜 그대를 정복하는 희망도 얼마든지 가질 수 있을 것이오. 그러나 기사쯤되는 자가 좀도둑이나 불한당처럼 어두움 속에서 칼부림을 한다는 것은 좋지 않으니 날이 새기를 기다렸다가 태양에게 우리의 활약을 보여 드림이 어떻소? 그리고 우리의 싸움은 패자는 승자의 뜻을 따르고 명령받는 일이 기사의 체면을 상하지 않는 이상 달게 승자의 어떤 의사도 따른다는 조건이 아니면 안 되겠소.」

「그 조건과 결정에 나도 크게 찬성하는 바요.」 하고 돈키호테가 대답했다.

이런 말을 마친 두 사람은 종자들이 있는 곳으로 갔으나 종자들은 잠에 못 이겨 그대로 쓰러져 코를 골고 있었다. 그래서 그들을 흔들어 깨워 말 준비를 하라고 지시했다. 날이 샘과 동시에 그들의 주인과 주인이 피비린내 나는 처참한 대결을 하게 되었기 때문이다. 이것을 듣자 산초는 아까 숲의 기사의 종자한테 그 주인이 용맹하다는 말을 들은 바 있으므로 주인의 신상이 걱정되어 놀란 나머지 아연해져 버렸다. 그러나 말없이 두 종자는 말과 당나귀를 찾으러 나갔는데, 세 마리의 말과 잿빛 당나귀는 서로 냄새를 맡아 한군데에 몰려 있었다.

그쪽으로 가면서 숲의 기사의 종자가 산초에게 말했다.

「잘 알아 두는 게 좋을 거야, 형제. 안달루시아의 싸움깨나 하는 친구들은 싸움에 입회했을 때 당사자들이 싸우고 있는 동안 팔짱을 끼고 멍청하게 서 있지 않는 것이 관례가 되어 있어. 내가 이런 말을 하는 것은 우리 주인 나리들이 싸우고 있을 때는 우리 역시 서로 싸우지 않으면 안 된다는 것을 알아 달라는 뜻에서 그러는 거야.」

「그런 관례는 종자 친구.」 하고 산초가 대답했다. 「자네가 말한 싸움깨나 하는 자들이라면 통용해도 상관없겠지. 하지만 편력의 기사의 종자들에게는 조금도 필요 없는 일이야. 적어도 그런 관례가 있다는 걸 나는 주인한테서 들은 적이 없어. 우리 주인은 편력의 기사의 법도라면 죄다 외고 계시거든. 설혹 주인들이 싸우는 동안 종자들끼리도 싸워야 한다는 것이 사실이고 또 법도에 있는 일이라도 나는 상관없어. 그런 법도 따위를 나는 지키고 싶지 않아. 그보다는 차라리 그런 싸움을 싫어하는 종자로서 벌금을 내놓겠어. 불을 켜는 초 두 근 값. 틀림없이 그 두 근 값이라도 나는 지불할래. 머리가 두 조각 난 셈치고 그 치료에 드는 삼베 조각 값보다 훨씬 싸게 먹힌다는 걸 나는 알거든. 또 있지. 나는 칼이 없으니 싸울래야 싸울 수도 없잖아. 생전 칼을 차본 일이 있어야지.」

　「그렇다면 내게 좋은 생각이 있어.」하고 숲의 기사의 종자가 말했다. 「다름이 아니라 여기 크기가 똑같은 부대를 둘 갖고 왔는데 자네와 내가 하나씩 갖고 무기처럼 부대 대결을 하면 어떨까?」

　「그런 거라면 고맙지.」하고 산초가 대답했다. 「그런 싸움이라면 다치기는커녕 먼지를 털어 줄 거거든.」

　「그렇게는 안 되지.」하고 숲의 기사의 종자가 말했다. 「왜냐하면 바람에 날리지 않도록 맨질맨질한 자갈을 여섯 개씩 똑같은 무게가 되도록 부대에 넣어야 하거든. 그래도 다치는 일은 없이 자주 싸움을 할 수 있을 거야.」

　「이봐, 농담 작작해!」하고 산초가 소리쳤다. 「흑담비의 부드러운 털이나 솜뭉치를 넣어 둔 것도 아닌데 대가리가 깨지거나 뼈가 부서지지 않고 끝나겠나? 설혹 풀솜을 채워 놓았더라도 나는 절대로 싸우지 않겠다는 걸 알아 두게. 주인끼리는 싸우려면 싸우라지. 그 사람들이 뭘 하건 상관할 바 아냐. 우리는 마실 거나 마시고 오래 사는 게 수야. 우리 목숨을 자르는 수고는 시간이라는 것이 해준단 말야. 그 시간이 와서 익어 떨어지기도 전에 떨어뜨려 달라고 재촉할 것까지는 없잖아.」

　「그래도, 30분쯤은 싸우지 않으면 안 될걸.」

　「그건 안 돼.」하고 산초가 우겼다. 「나는 함께 마시고 먹고 한 사람과 아무리 잠깐이라도 싸움을 하는 그런 예의도 은혜도 모르는 인간이 되고 싶지 않단 말야. 하물며 원한도 없는데 마구잡이로 싸우자는 놈이 세상에 어디 있어.」

　「그렇다면 내가 틀림없는 수법을 쓰기로 하지.」하고 숲의 기사의 종자가 말했다. 「말하자면 싸움을 시작하기 전에 살며시 자네 앞에 가서 서너 번 뺨따귀를 때려 내 발밑에 넘어뜨려 놓는 거야. 그러면 아무리 자네가 깊이 잠들어 있더라도 뱀이 눈을 뜰 게 아냐.」

　「그런 수법으로 나온다면,」하고 산초가 대꾸했다. 「나도 그에 지지 않을 만한 수법을 쓰지. 몽둥이를 하나 집어 와서 자네가 내 배알을 깨우러 오기 전에 자네 배알을, 저승에나 가기 전엔 눈도 뜨지 못할 만큼 잠재워 버리지 뭐. 내가 누구든 내 얼굴에 손을 대지 못하게 하는 사나이라는 것은 저승에도 알려져 있지. 자기 화살촉은 자기가 주우라는 말도 있잖아. 하기야 가장 틀림없는 것은 자기 배알은 자기가 잠재워 두는 것이겠지만 사람의 뱃속은 아무도 알 수 없는 것이고 양털을 깎으러 가서 자기 털을 깎이고 돌아오는 일도 흔하거든. 하느님은 평화를 축복하셨지만 싸움은 저주하셨지. 고양이도 쫓기고 갇히고 졸리고 하면 사자가 되는 것이니까 인간인 내가 무엇으로 변할 수 있는지는 하느님만이 알 수 있는 일이야. 그러니 종자 친구, 우리들의 싸움에서 일어나는 재화도 부상도 모두 자네 탓이지 나는 모르겠네.」

「좋아.」하고 숲의 기사의 종자가 대답했다. 「하느님이 날이 새게 해주실 거야. 그렇게 되거든 잘해 봄세.」

이때 숲의 나무라는 나무에서는 산뜻한 색깔로 오만 가지 새들이 벌써 재잘거리기 시작하고 있었으며 그 갖가지 즐거운 노랫소리는 신성한 여명에 축복을 보내고 인사를 하는 듯이 느껴졌다. 그 여명이 동쪽 문의 발코니에 아름다운 얼굴을 나타내고 머리카락에는 수많은 진주가 뿌려졌는데 그 부드럽고 감미로운 술이 뿌려지자 들판의 풀은 다시 싹이 트고 작고 흰 액체의 진주를 빗발처럼 받고 있는 듯이 느껴졌다. 여명이 찾아와 수양버들은 달콤한 이슬을 증류하고 샘은 보글보글 솟았으며 냇물은 졸졸 흐르고 환희에 찼으며, 초원은 더한층 초록빛을 더해 갔다.

아침빛이 사물의 모습을 분간할 수 있을 만큼 밝아지는 순간, 산초 판사의 눈에 제일 먼저 띈 것은 숲의 종자의 코였는데 그것은 그의 온몸에 그림자를 떨어뜨릴 만큼 거대했다. 그 코는 중간쯤에서 굽었고, 전체에 사마귀 같은 것이 솟아 있었으며, 가지처럼 자줏빛을 띠어 입 아래 한 치에까지 처져 있었다. 그 크기, 그 빛깔, 게다가 사마귀와 굽은 모양 따위가 더한층 얼굴을 추악하게 만들었으므로 산초는 한 번 보는 순간 경기를 일으킨 어린아이처럼 수족을 벌벌 떨었을 정도였다. 그래서 이런 도깨비와 싸우기 위해 노여움의 벌레를 깨우기보다는 차라리 뺨따귀를 한 2백 차례 맞는 편이 낫다고 속으로 결심했다.

한편 돈키호테는 상대편의 거동을 가만히 살펴보았는데, 이미 얼굴 가리개가 달린 투구를 푹 덮어쓰고 있었으므로 얼굴을 볼 수 없었다. 근육이 굳건하고 키는 그리 크지 않은 사나이 같았다. 갑옷 위에는 보기에 매우 가느다란 금실로 짠 웃옷을 걸쳤는데 반짝반짝 빛나는 조그마한 거울이 박혀 있어서 그를 뛰어난 무사처럼 보이게 했다. 투구 위에는 초록과 노랑과 흰색의 많은 깃이 꽂혀 흔들거리고 있었다. 나무에 걸쳐 세워 놓은 창은 끔찍하게 길고 굵었으며 1팔모나 되는 강철 창끝이 달려 있었다.

돈키호테는 이 모든 것을 살펴보았다. 그리고 우선 보기에 무섭게 힘이 세겠구나 하는 짐작이 갔으나 그렇다고 산초 판사처럼 떨지는 않았다. 오히려 늠름한 담력을 보이면서 거울의 기사에게 말을 건넸다.

「만일 싸울 생각이라면, 그리고 아직도 그대가 예의를 잊지 않았다면 예법에 따라 그 얼굴 가리개를 좀 올리기 바라오. 그대 얼굴의 늠름함이 과연 그 차림새의 화려함과 어울리는가 보고 싶어서 그러오.」

「이 대결의 승자가 되건 패자가 되건, 기사님.」 하고 거울의 기사가 대답했다. 「나를 볼 시간도 여유도 충분할 것이오. 지금 귀공의 요구를 내가 듣지 않는 까닭은, 내가 주장하는, 귀공도 이미 아는 일을 아직 귀공으로 하여금 인정시키지 못하고 얼굴 가리개를 들어 시간을 늦춘다는 것은 아름다운 카실데아 데 반달리아에게 너무나 심한 모욕을 주는 것이기 때문이오.」

「그렇다면 말에 올라타는 동안이라도,」 하고 돈키호테가 말했다. 「귀공이 넘어뜨렸다는 그 돈키호테가 과연 나였는지 아니었는지 말해도 상관없지 않겠소.」

「그 일이라면 대답하리다.」 하고 거울의 기사는 말했다. 「귀공은 마치 달걀과 닮았듯이 내가 쓰러뜨린 기사와 똑같소. 그러나 마법사들의 박해를 받고 있노라고 귀공도 말씀하셨으니 그대가 바로 그 당사자인지 어떤지는 말할 수 없구려.」

「귀공의 몽매를 믿기에는 그것만으로 충분하오. 그러나 그 몽매를 깨우쳐 드리기 위해서는 자, 말에 오르시오. 귀공이 얼굴 가리개를 드는 것보다 짧은 시간에, 만일 하느님과 나의 그리운 공주와 이 팔이 힘을 빌려 준다면, 나는 그대의 얼굴을 들여다보고 그대가 생각하는 패자 돈키호테가 바로 내가 아니라는 것을 깨닫게 하겠소.」

이것으로 그들은 주고받는 문답을 끝내고 말에 올랐다. 그리고 돈키호테는 되돌아서서 적과 정면으로 부딪치는 데 알맞는 거리를 잡으려고 로시난테의 고삐를 늦추었으며, 거울의 기사도 그렇게 했다. 그러나 돈키호테가 스무 걸음도 채 가기 전에 거울의 기사가 부르는 소리가 들렸으므로 쌍방은 다시 서로 다가섰고 거울의 기사가 입을 열었다.

「기사님, 우리의 결전의 조건으로 아까 말씀드린 패자가 승자의 뜻을 따르기로 한 것을 잊어서는 안 되오.」

「알고 있소.」 하고 돈키호테가 대답했다. 「패한 자에게 주어지고 명령된 사항이 기사도의 한계를 벗어나는 것이 아니라면 말이오.」

「그렇게 알겠소.」하고 거울의 기사가 대답했다.

마침 그때 그 종자의 괴상한 코가 돈키호테의 눈에 띄었는데, 그 또한 산초 못지않게 경탄을 금하지 못했다. 그 코가 너무 커서 무슨 괴물이 틀림없거나 아니면 이 세상에서는 그다지 볼 수 없는 새로운 인간인지 모르겠다고 생각했다.

주인이 말을 달릴 거리를 잡으려고 걸어나가는 것을 본 산초는 저 코로 자기 코를 한 번 얻어맞는다면 그 타격으로 혹은 그 공포로 땅바닥에 뻗어 싸움도 단번에 결말이 나겠다는 생각에 그만 무서워져서 로시난테의 등자 끈을 잡고 주인 뒤를 따라갔는데 말을 되돌려야 할 때쯤 되었을 때 주인에게 말했다.

「나리에게 부탁이 있습니다요. 대결하러 돌아가시기 전에 저를 좀 도와 저 코르크참나무에 올려 주고 가시면 좋겠습니다요. 저기 올라가 있으면 땅 위에 있는 것보다 나리가 저 기사와 벌이시는 훌륭한 결전을 더 잘 구경할 수 있을 테니까요.」

「그렇지는 않을 게다, 산초.」하고 돈키호테는 말했다. 「그런 게 아니라 그대는 위험 없이 싸움을 구경하려고 참나무에 올라가고 싶은 게지.」

「사실을 말씀드리면 말씀입니다요.」하고 산초가 대답했다. 「저 종자의 무시무시한 코를 보고 있으니 질려서 도저히 함께 있을 생각이 나지 않습니다요.」

「저건 대단한 물건이구나.」하고 돈키호테도 동의했다. 「바로 내가 아니었던들 역시 놀라 나자빠질 코로구나. 그렇다면 오라. 그대가 말하는 곳에 올려 줄 테니.」

마침 돈키호테가 산초를 코르크참나무에 올려 주려고 우물쭈물하고 있을 때 거울의 기사는 필요하다고 생각되는 거리를 잡은 뒤 돈키호테도 역시 그렇게 했으리라 믿고 나팔 소리나 그밖의 신호를 기다릴 것도 없이 고삐를 당겨 말머리를 돌렸는데, 그것은 로시난테보다 빠르지도 않고 보기에도 훌륭한 말도 아니었으므로 전속력으로, 전속력이라고 해야 보통 정도로 달리는 것이지만, 적과 정면으로 대결하고자 달리기 시작했다. 그러나 상대가 산초를 나무에 올려 주려고 정신이 팔려 있는 것을 보고 다시 고삐를 당겨 절반쯤 달려오다가 멈추었는데, 이때 더 몸을 움직이고 싶지 않은 형편이었던 말에겐 무척 고마운 일이었다.

돈키호테는 적이 벌써 날 듯이 습격해 오는 줄 알고 로시난테의 비쩍 마른 옆구리에 세게 박차를 주어 달려가게 했는데, 실록에도 이 대목에서는 다만 이때만은 얼마간 달린 것 같다고 말하고 있다. 다른 경우에는 언제나 분명히 발을 좀 놀리는 데 지나지 않았던 것이다. 이렇게 전대미문의 기세로 거울의 기사를 향해 달려갔는데, 거울의 기사는 박차가 박히도록 힘껏 말을 몰아 댔으나 말은 아까 질주를 멈춘 장소에서 다섯 치도 움직이지 못했다. 이 천재일우의 좋은 기회에 돈키호테는 적을 포착했지만, 적은 말이 움직여 주지 않는 데다가 창이 거추장스러웠다. 그것은 창을 옆구리에 가져가서 겨누지 못했거나 그럴 겨를이 없었기 때문이다. 돈키호테는 적이 빠져 있는 그런 궁지를 깨닫지 못했으므로 안전하게 아무 위험 없이 무서운 기세로 거울의 기사에게 부딪쳤으므로 가엾게도 상대는 말방둥이로 해서 땅바닥에 뒹굴어 떨어지고 말았다. 그런데 그 떨어진 품이 전혀 수족을 움직이지 않았으므로 아무리 보아도 죽었다고밖에 생각할 수 없었다.

적이 말에서 떨어지는 것을 보자 산초는 코르크참나무에서 미끄러져 내려와 허둥지둥 주인이 있는 데로 달려갔다. 주인은 로시난테에서 내려 거울의 기사를 위에서 내려다볼 수 있는 곳으로 가 상대가 과연 죽었는지 어떤지 확인하고 또 만일 살아 있다면 호흡을 편하게 해주려고 투구 끈을 잘라 투구를 벗겼는데…….

이때 돈키호테가 본 것은 과연 누구였을까. 어찌 이것을 듣는 사람으로 하여금 감탄과 경이와 경악을 주지 않고 이야기할 수 있으랴! 이때 돈키호테는 석사 삼손 카르라스코와 같은 얼굴, 같은 모습, 같은 모양, 같은 인상, 같은 풍모, 같은 풍채를 보았다고 실록은 전한다. 그것을 보자 돈키호테는 곧 큰 소리로 말했다.

「이리 와라, 산초. 보라, 눈으로 보더라도 믿어서는 안 되는 것을 보라! 빨리 내 아들아, 마법의 힘이 어떠한가를. 요술사나 마법사나 할 수 있는 힘이 어떤 것인가 잘 보아 두라!」

산초가 다가왔다. 그리고 석사 카르라스코의 얼굴을 보더니 갸우뚱거리며 천 번이나 성호를 그었다. 그러는 동안에도 늘어진 기사는 살아 있는 기미를 보이지 않았으므로 산초가 돈키호테에게 말했다.

「제 생각으로는 나리, 혹시나 하는 일도 있으니까 이 석사 삼손 카르라스코로 보이는 자의 입에 칼을 찔러 보면 어떨깝쇼? 그러면 혹시 나리의 원수인 마법사를 하나 죽이게 되지 않겠습니까요?」

「꽤 똑똑한 말을 하는구나.」하고 돈키호테는 말했다. 「적은 적을수록 좋다고 하니 말이다.」

그리하여 산초의 경고와 충고를 실천에 옮길 생각으로 막 칼을 뽑아드는데 거울의 기사의 종자가 그토록 그를 추악하게 보인 코를 잃어버린 채 달려와서 큰 소리로 말했다.

「나리, 지금 무슨 일을 하시려는 건지 잘 생각해 주십쇼. 돈키호테 님, 그 발 아래 쓰러져 있는 분은 나리의 친구인 석사 삼손 카르라스코 님이며 저는 그 종자입니다요.」

「아니, 자네 코는 어쨌나?」

「여기 있네. 내 호주머니에 말이야.」

그리고는 손을 오른쪽 호주머니에 넣어 마분지와 바니스로 제법 잘 만든 코를 꺼냈다. 산초는 그를 가만히 들여다보면서 매우 감탄한 듯이 소리쳤다.

「이게 어찌 된 일이야! 이건 우리 마을에 사는 내 친구 토메 세시알 아냐?」

「그렇다면 어떻게 할래?」하고 이제 코를 잃은 거울의 기사의 종자가 대답했다. 「나는 토메 세시알이야, 내 친구 산초 판사야. 나중에 내가 어떻게 해서 여기 와 있나 그 경위와 속임수와 음모를 얘기해 주겠다만, 그 전에 그 발 아래 쓰러져 있는 거울의 기사에겐 손도 대지 말고, 혼도 내지 말고, 상처도 입히지 말고, 죽이지도 않도록 자네 주인 양반에게 잘 부탁해 줘. 이 양반은 조금도 의심할 여지 없이 그 저돌적이고 남의 말 잘 듣는, 같은 우리 마을의 석사 삼손 카르라스코가 틀림없으니까.」

이때 거울의 기사가 정신을 차렸다. 그것을 보자 뽑아든 칼끝을 얼굴에 갖다 대면서 돈키호테가 말했다.

「기사여, 비할 데 없는 둘시네아 델 토보소가 귀공의 카실데아 데 반달리아보다 그 아름다움에 있어서 훨씬 뛰어나다는 것을 인정하지 않는다면 귀공의 목숨은 없소. 그뿐 아니라 만일 이 시합과 이 낙마에서 목숨을 건지려면, 엘 토보소 시로 가서 내가 파견한 자라고 공주 앞에 나아가 그분의 처분에 맡길 수 있다는 것을 약속해 주지 않으면 안 되겠소. 그래서 만일 그분이 귀공을 자유로이 용서해 주실 때는 다시 나를 찾아와서 나의 수훈과 공적이 내가 있는 곳으로 그대를 안내해 주는 이정표 역할을 하겠지만 그분이 말씀하신 것을 상세히 내게 보고하지 않으면 안되오. 이것은 우리가 싸우기 전에 결정한 것으로 미루어 보아 편력의 기사도의 한계를 벗어난 조건은 아닐 것이오.」

「그러면 나는,」 하고 낙마한 기사가 말했다. 「둘시네아 델 토보소 공주의 다 떨어진 더러운 신도 카실데아의 빗질은 하지 않았으나 깨끗한 머리카락보다 훌륭하다는 것을 인정하리다. 그리고 또 귀공의 그리운 공주 앞에 나아갔다가 다시 돌아와 방금 말씀하신 대로 상세하게 모든 것을 보고한다는 것도 약속하리다.」

「게다가 또,」 하고 돈키호테가 덧붙였다. 「귀공이 쓰러뜨렸다는 그 기사가 돈키호테 데 라 만차가 아니었으며, 그럴 까닭도 없다는 것을 인정하고 아울러 믿어 주지 않으면 안 되오. 귀공은 석사 삼손 카르라스코와 아주 흡사하게 보이지만 그를 닮은 다른 사람으로서, 나의 분노의 격렬함을 줄이고 부드럽게 하여 승리의 영광을 얼마간 덜 자랑하도록 하기 위해서 나의 적들이 삼손 카르라스코의 모습으로 바꾼 것이라고 나는 확신하고 있소.」

「모든 일을 귀공이 믿고 판단하고 느끼시는 대로 나 역시 인정하는 동시에 믿으리다.」 하고 쓰러진 기사가 말했다. 「부탁컨대 일어나게 해주시오. 무척 심한 변을 당한 낙마 때의 타격이 허용해 준다면 말씀이오.」

그를 일으키는 데 돈키호테와 거울의 기사의 종자 토메 세시알이 힘을 빌려 주었으며, 산초는 그 종자에게서 눈을 떼지 않고 여러 가지를 물었는데, 그 대답이 그의 말과 틀림없는 토메 세시알이라는 뚜렷한 증거를 나타내고 있었다. 그러나 마법사들이 거울의 기사를 석사 카르라스코의 모습으로 바꾸었다고 한 주인의 말이 산초의 마음을 꽉 붙잡고 있어서 자기 눈으로 보고 있는 사실도 도무지 믿을 수 없었다. 결국 주인도 종자도 끝까지 그렇게 믿고 말았으며, 거울의 기사와 그의 종자는 기가 죽어 고개를 푹 숙인 채 돈키호테 주종과 헤어져 갔는데 그것은 거울의 기사의 몸에 고약을 바르고 갈빗대에 널빤지를 댈 장소를 찾기 위해서였다.

돈키호테와 산초는 사라고사로 향하는 길을 다시 나아갔다. 그러나 여기서 실록은 이 두 사람을 그대로 두고 거울의 기사와 그 엄청나게 큰 코의 종자가 어떤 사람들인가 전하고 있다.

제 15 장

여기서는 거울의 기사와 그 종자가 어떤 인물이었던가가 다루어지고 그 정체
가 밝혀진다.

돈키호테는 거울의 기사를 참으로 용맹스러운 기사라고 생각하고 있었으므
로 그에게 승리를 거둔 데 대해 매우 흡족해 하고 코가 높아져서 자부심에 차
있었다. 그리고 그가 기사로서 맹세한 약속으로 말미암아 자기의 그리운 공주
가 걸려 있는 마법이 더 심해졌는지 어떤지 알 수 있게 되었다고 기대했다.
그 패배의 기사가 그녀와 만났을 때의 일을 상세히 보고하러 돌아온다는 약속
을 지킬 수 없을 때는 기사의 길에서 물러서겠다는 조건이었던 것이다. 그러
나 돈키호테의 생각과 거울의 기사의 생각은 달랐다. 하기야 거울의 기사가
우선 생각하고 있는 것은 앞에서도 말한 것처럼 오로지 몸에 고약을 바를 장
소를 찾는 일뿐이었다.
  그래서 실록은 다음과 같이 말하고 있다. 즉, 석사 삼손 카르라스코가 돈키
호테에게 일단 중지하고 있는 편력 기사의 길을 다시 계속하도록 충고한 것
은, 그전에 신부와 이발사를 만나 돈키호테가 어처구니없는 모험을 찾는답시
고 마음이 흔들리는 일 없이 자기 집에 조용히 발을 붙이고 살 수 있게 하려
면 어떤 수단을 써야 하겠는가 의논한 결과였다. 의논은 전원이 이의 없이,
그것도 카르라스코의 특히 열정적인 의견에 따라 돈키호테를 출발하는 대로
내버려 두자는 결론에 이르렀다. 왜냐하면 그를 만류한다는 것은 불가능하게
여겨졌기 때문이다.
  그리고 이런 계획을 세웠던 것이다. 즉, 삼손이 도중에서 편력의 기사로 변
장하고 나타나서 그에게 도전한다. 그 계기는 쉽게 발견될 것이다. 그리하여
돈키호테를 쓰러뜨리기로 하는데 이것 또한 쉬운 일로 여겨지므로 싸우기 전
에 패자는 승자의 뜻을 따른다는 계약과 조건을 정해 놓기로 한다. 그리하여
고배를 마신 돈키호테에게 기사 삼손이 고향으로 돌아가도록 명령하고 2년 동
안 혹은 다시 그가 허락할 때까지 집을 나와서는 안 된다고 명령해 둔다. 돈
키호테는 패배한 이상 기사도의 법도를 어기지 않으려고 그렇게 할 것은 분명

하며, 그렇게 칩거하고 있는 동안에 여태까지의 공명심을 잊어버리게 되거나 광기를 고칠 무슨 적당한 방법을 발견할 여유가 생길지 모른다는 것이었다.

이 계획의 집행을 카르라스코가 맡고, 산초 판사의 친한 친구이며 이웃에 사는 명랑하고 호들갑스러운 토메 세시알이 스스로 종자 역을 맡겠다고 나섰다. 삼손은 앞에서 묘사한 대로 무장을 갖추고, 토메 세시알은 진짜 코 위에다 이것 역시 앞에서 말한 것처럼 가짜 코를 달았는데, 이것은 친한 친구와 만났을 때 정체가 탄로나지 않도록 하기 위한 조심에서였다.

이리하여 두 사람은 돈키호테가 더듬고 있는 나그네길을 뒤따라 나아갔는데, 『죽음』의 수레의 모험 때 거의 따라붙었다가 마침내 숲속에서 그들과 만나게 되어 현명한 독자들이 이미 잘 아는 그런 일이 일어났던 것이다. 만일 그때 석사를 석사가 아니라고 생각한 돈키호테의 그 망상이 아니었던들 이 석사 양반, 새가 있다고 생각한 곳에 새집도 보이지 않듯이, 아마 영원히 학위를 얻지 못하고 말게 되었을는지도 모른다. 토메 세시알은 자기들의 계획이 보기 좋게 실패하고 편력이 비참한 결과로 끝난 것을 생각하고 석사에게 말을 건넸다.

「정말이지, 삼손 카르라스코 양반, 우린 당연한 응보를 받은 것입니다요. 아무렇지도 않다고 생각하고 일을 시작했지만 역시 잘 끝내기가 그렇게 쉬운가요. 돈키호테는 미쳤고 이쪽은 제정신인데도, 저쪽은 의기양양하게 웃고 있단 말씀입니다요. 당신은 혼이 나서 잔뜩 찌푸리고 계시구요. 그러니 영락없는 미치광이와 자기가 좋아서 미치광이 노릇을 한 자와 어느 쪽이 더 미치광이인지 모르겠습니다요.」

「그 두 종류의 미치광이의 차이는 이럴 거야. 영락없는 미치광이는 언제까지 미치광이일 것이고, 좋아서 미치광이가 된 자는 언제라도 마음내킬 때 미치광이를 그만둘 수 있다는 거겠지.」

「그렇다면,」 하고 토메 세시알이 말했다. 「나는 당신 종자가 되고 싶다고 생각했을 때는 좋아서 미치광이가 되었지만 이제 미치광이를 그만두고 집으로 돌아가고 싶습니다.」

「자네 좋을 대로 하게나.」 하고 삼손이 대답했다. 「그러나 내가 돈키호테를 몽둥이로 갈겨 주지도 않고 집에 돌아갈 생각을 한다는 것은 말도 안 되는 소리야. 앞으로는 그자를 정신차리게 해주기 위해서 찾는 게 아니라 그자에게 복수를 해줄 생각으로 찾는 거야. 갈빗대가 이렇게 아파서야 어디 자비심 따월 일으킬 수 있겠나.」

이와 같이 두 사람은 이런 말을 주고받으면서 나아갔는데 이윽고 어느 마을
에 이르자 다행히도 접골 의사를 찾을 수 있었으므로 재수 없는 삼손은 그 의
사의 치료를 받았다. 토메 세시알은 삼손을 남겨 두고 돌아갔으며, 남은 쪽은
이것저것 복수의 방법을 궁리하고 있었는데 실록은 돈키호테와 즐거움을 나
누는 것을 여기서 포기하고 싶지 않았으므로 삼손에 대해서는 언젠가 후일에
다시 다루기로 하고 있다.

제 16 장

돈키호테와 라 만차의 사려 깊은 신사 사이에 일어난 일에 대해서.

앞에서 말한 것처럼 기쁨과 만족과 만심을 안고 여행을 계속하고 있는 돈키
호테는 이번 승리로 자기가 그 무렵 세상에 있는 기사 중에서 가장 용감한 기
사임을 확인하고 앞으로 자기에게 일어나는 모든 모험이 훌륭하게 수행될 것
을 믿어 의심치 않았다. 마법이 다 뭐고 마법사가 다 뭘 하는 자들이냐라는
우쭐한 기분이 되어, 그가 기사도에 투신한 이래 그에게 퍼부어진 그 숱한 몽
둥이 찜질도, 이빨의 절반이 부러져 나간 돌팔매의 소나기도, 은혜를 원수로
갚은 갤리 선의 죄수의 행동도, 나아가서는 양구에스 인들의 오만과 우박인
양 쏟아진 곤봉의 세례도 모두 깨끗이 잊어버렸다. 그 위에다 다시 자기의 그
리운 공주 둘시네아를 마법에서 풀어 놓는 방법이나 수단을 발견하게 된다면,
지난 시대에 가장 행운의 혜택을 받은 편력의 기사들이 달성한, 혹은 달성할
수 있었던 큰 행복도 별로 부러워할 것이 없다고 혼자 중얼거렸다. 그가 이런
공상에 깊이 빠져 있을 때 산초 판사가 말을 건넸다.
「나리, 저는 지금도 제 친구 토메 세시알의 그 끔찍스럽고 엄청나게 큰 코
가 눈앞에 어른거립니다요. 이상하지 않습니까?」
「그럼 뭐냐, 산초. 너는 그 거울의 기사가 석사 카르라스코이고, 그 종자는
그대의 친구 토메 세시알이라고 믿는단 말이냐?」
「그 말씀으로 무슨 말씀을 하실 생각이신지는 모르지만 말씀입니다요.」 하
고 산초가 대답했다. 「다만 제가 알고 있는 것은 말씀입니다요. 그녀석이 우

리 집과 마누라와 아이들에 대해서 자세한 얘기를 해주었는데, 그녀석이 아니고는 말할 수 없는 이야기도 모두 해주었습니다요. 얼굴도 가짜 코를 떼니까 바로 토메 세시알 그녀석과 조금도 틀린 데가 없습니다. 한 마을에서 벽 하나를 사이에 두고 저는 늘 그 얼굴을 보아 왔습니다요. 게다가 말투도 바로 그녀석 그대로였습니다요.」

「한번 생각해 보자꾸나, 산초.」하고 돈키호테는 응수했다. 「내 말 좀 들어 봐라. 석사 삼손 카르라스코가 편력의 기사가 되어 공격 도구와 방어 도구를 몸에 지니고 나와 싸움을 하기 위해 찾아온다는 것이 있을 수 있는 일이냐? 또 내가 만에 하나라도 그 사람의 적이 될 만한 일을 한 적이 있단 말이냐? 내가 그의 경쟁자이기라도 하단 말이냐? 아니면 그녀석이 무도를 배우고 있어서 내가 무예로써 얻은 명성을 부러워하기라도 한단 말이냐?」

「그럼 어떻게 말하면 되겠습니까요, 나리?」하고 산초가 대답했다. 「그 기사가 누구이건 그토록 석사 카르라스코를 닮았고, 종자도 나의 친한 친구 토메 세시알과 꼭 같았다는 것을 말입니다요. 이것이 설혹 나리가 말씀하시는 것처럼 마법의 소행이라고 하더라도 세상에 두 사람이나 진짜와 똑같은 가짜가 있을 까닭이 없잖습니까요.」

「그게 모두 나를 따라다니는 사악한 마법사의 소행이요 흉계니라.」하고 돈키호테는 말했다. 「그녀석들은 내가 그 싸움에서 승리를 거둘 것을 알고 있어서 고배를 마신 기사가 나의 친구인 석사로 보이게 짜놓았던 것이란 말이다. 그것은 내가 석사에게 품은 우정을 나의 칼과 엄한 힘 사이에 들어가게 하여 내 가슴에 이는 정의의 노여움을 완화하려 한 것인데 그것은 그렇게 하면 거짓과 가짜로 나의 목숨을 빼앗으려 한 자도 목숨을 부지할 수 있다고 생각한 것이다. 그 증거로 오오, 산초여! 네가 거짓말을 하는 것도 속이는 것도 용서치 않는 경험으로, 어떤 사람들의 얼굴을 다른 사람들의 얼굴로 바꾸거나 아름다운 것을 추하게, 추한 것을 아름답게 하는 것쯤은 마법사들에게 있어서 얼마나 손쉬운 일인가 너도 이미 알고 있는 일이 아니냐. 실제로 너는 그 눈으로 비할 데 없는 둘시네아의 아름다움, 늠름함을 완전히 있는 그대로의 모습으로 보았다는데도, 나는 그 임을 눈은 구름이 낀 듯 흐리고 입에서는 악취가 지독했으며 거칠거칠한 시골 여자의 추하고 야비한 모습으로 본 지, 아직 이틀도 지나지 않았잖느냐. 그토록 대담한 둔갑조차 예사로 행하는 마법사들이니 승리의 영광을 나한테서 빼앗아 가려고 삼손 카르라스코와 네 친구로 둔갑을 했다고 하더라도 그렇게 이상할 것은 없지 않느냐. 아무튼 그것이 어떤 모습이었건 내가 적을 무찌른 승리자인 것에는 틀림이 없다.」

「하느님은 무슨 일이고 진실을 잘 알고 계십니다요.」 하고 산초는 대답했다.

그리고 그는 둘시네아의 둔갑이 자기의 장난이며 가짜였다는 것을 알고 있었으므로 주인의 말에 만족할 수는 없었으나 자칫 잘못 지껄였다가 자기의 음모가 탄로나면 큰일이므로 굳이 반대할 생각은 없었다.

이런 말을 나누고 있을 때 같은 길을 뒤에서 걸어온 사나이가 그들에게 따라붙었다. 그는 흑백이 얼룩진 훌륭한 암말을 타고 좋은 천으로 지은 초록빛 외투를 걸치고 있었는데, 그 자락에는 황갈색의 비로드 장식이 달려 있고 같은 비로드의 테 없는 모자를 쓰고 있었다. 말의 장구는 야외용 무어식이었으며 이것 또한 자줏빛과 녹색이었다. 폭 넓은 초록과 금빛 가죽끈으로 무어풍의 언월도(偃月刀)를 찼으며 편상화도 그 가죽끈과 같은 것이었다. 박차는 금빛이 아니고 파랗게 바니스를 칠한 것이었는데, 그것이 참으로 맨질맨질하고 윤이 나서 그의 모든 복장과의 균형으로 보아 오히려 순금 박차보다 훌륭해 보였다.

그는 두 사람 옆에 가까이 오더니 공손히 인사하고 그대로 말에 박차를 주어 지나가려 했다.

「여보시오, 복장도 아름다운 분이여.」 하고 돈키호테가 말을 건넸다. 「만일 우리들과 같은 길을 가시고 별로 바쁜 걸음이 아니시라면, 우리와의 동행을 응락하시지 않겠소?」

「사실을 말씀드리면,」 하고 암말을 탄 사람이 대답했다. 「제 암말이 같이 감으로써 그쪽 말이 사나워지지나 않을까 하는 염려만 없었더라면 이렇게 먼저 가버리려고 하지 않을 것입니다.」

「걱정 없습니다, 나리.」 하고 이때 산초가 입을 열었다. 「고삐를 꽉 끌어당기고 있어도 상관없습니다요. 워낙 우리들의 말은 이 세상에서 가장 행실이 좋은 이름난 말이니까 말입니다요. 단 한 번 그 방면에서 모반할 기분을 내는 바람에 주인 나리도 저도 엉뚱한 봉변을 당한 적은 있습니다요만 여태까지 이럴 경우에 실례를 한 적은 없습니다요. 다시 한 번 말씀드립니다요만, 나리가 그럴 생각이라면 함께 가셔도 걱정하실 건 없습니다요. 한 상 잘 차려 내놔도 이놈이 외면하리라는 것은 제가 장담합니다요.」

나그네는 고삐를 당기고 돈키호테의 온화한 인품과 얼굴 모습에 놀라움의 눈을 크게 떴는데, 마침 그때 돈키호테는 투구를 벗어 산초가 가방처럼 잿빛 당나귀의 안장 앞에 걸어 놓고 있었다.

초록빛 외투를 걸친 사람이 말똥말똥 돈키호테를 바라보았을 때 돈키호테는 그보다 더 열심히 그 초록빛 사람을 쳐다보았는데, 그는 참으로 사려에 찬 인물로 여겨졌다. 나이는 한 오십쯤 되어 보였으며 약간 백발이 섞였고, 갸름한 얼굴에 눈은 명랑하고 성실함이 깃들어 있었다. 요컨대 복장도 풍모도 훌륭한 인품을 말해 주고 있었다. 한편 녹색 옷을 입은 신사가 돈키호테 데 라만차에 대해서 생각한 것은 이런 모습과 이런 유형의 인물은 여태까지 한 번도 본 적이 없다는 것이었다. 목이 긴 것, 키가 후리후리하게 큰 것, 얼굴이 여위고 가늘고 누르스름한 것, 입은 갑주, 그 태도며 풍모 따위가 이 땅에서는 한번도 본 적이 없는 모습이었으므로 다만 놀랄 뿐이었다.

돈키호테는 나그네가 열심히 자기를 바라보는 것을 눈치채고 그 놀라움 속에서 자기에 대한 강한 호기심을 깨달았다. 그리하여 매우 예의바르고 너나없이 남을 즐겁게 해주기를 좋아하는 사나이인 그는 상대가 아무것도 묻기 전에 앞질러서 입을 열었다.

「귀공의 눈에 띈 내 모습이 보통 일반의 그것과는 너무나 다르고 신기하고 거리가 멀어서 귀공이 이상하게 생각하셨더라도 나는 조금도 이상하게 생각지 않소. 그러나 내가 지금부터 말씀드리듯이 나야말로 『모험을 찾아 나그네 길을 가는 사람이오』하고 세상 사람들이 말하는 기사라고 한다면 아마 귀공의 놀라움은 사라질 것이오. 나는 고향을 떠나 재산을 저당에 넣고 일신의 안락을 버린 채, 가장 소용이 닿는 곳으로 인도해 주십사고 운명의 팔에 오로지 몸을 맡기고 있는 터요. 나는 이미 쇠퇴해 버린 편력의 기사도를 부활시키겠다는 염원을 품고, 여기서 엎어지는가 하면 저기서 쓰러지고, 여기서 절벽으로부터 굴러떨어졌는가 하면 저기서 다시 일어난다는 식으로 과부를 구하고 처녀를 보호하고 유부녀·고아·집없는 사람들에게 구원의 손을 뻗는 등, 편력의 기사에게 알맞는 당연한 의무를 다하면서 내 희망의 태반을 완수하는 데 이미 오랜 세월을 보냈소. 그리하여 나의 용감하고 많은 그리스도 교도다운 공훈으로 말미암아 나에 관한 것은 거의 모든 나라, 아니 대부분의 나라에서 출판되어 널리 읽혀지고 있소. 벌써 나에 관한 이야기는 3만 부가 인쇄되었으며, 만일 하늘의 뜻이 저지하지만 않는다면 천 부의 3만 배가 인쇄될 것이오. 요컨대 모든 것을 간단한 말로 아니, 한마디로 줄여서 말한다면, 나는 돈키호테 데 라 만차, 또 하나의 이름은 『우수에 찬 얼굴의 기사』라는 사람이오. 자기 예찬은 천한 일이오만, 나는 감히 내 스스로의 예찬을 않을 수 없을 것 같소. 예찬받는 자가 그 자리에 없는 것으로 생각해 주기 바라오. 여기에 이르렀으니 훌륭한 분이여, 내가 누구이며 무엇을 천직으로 삼는 자인가 아셨으니 이 말도, 이 창도, 이 방패도, 이 종자도, 이 일체의 갑주 제구도, 내 얼굴이 누런 것도, 내 몸이 여위어 마른 것에 대해서도 이제 귀공은 경이를 느끼지 않으실 것이오.」

이런 말을 지껄이고 나더니 돈키호테는 입을 다물었다. 그러나 초록빛 외투의 신사가 잠시 대답을 하지 않은 것을 보면 아마도 대답하기가 거북했던 모양인지 잠시 있다가 그는 입을 열었다.

「기사님, 당신은 내가 가만히 쳐다보는 것을 보고 내 호기심을 눈치채실 수 있었습니다. 그러나 당신을 보고 내가 느낀 놀라움을 제거해 주실 수는 없습니다. 왜냐하면 당신이 어떤 분인가 알면 놀라움 따위는 사라질 것이라고 말씀하셨지만 그렇게는 되지 않았으니까요. 아니, 그 말씀을 들은 지금 오히려 얼떨떨해 하고 있습니다. 오늘날의 세상에 편력의 기사가 있고 게다가 진짜 기사도에 관한 인쇄된 이야기까지 있다는 것이 어찌 있을 수 있는 일일까요? 오늘 이 지상에서 과부를 돕고, 처녀를 보호하고, 유부녀를 지키고, 고아를 구하는 그런 사람이 있다는 것을 아무래도 저는 납득할 수 없습니다. 지금 당신이라는 분을 이 눈으로 직접 보지 않았더라면 도저히 믿지 않을 것이 틀림없습니다. 그러나 훌륭한 일입니다! 당신이 말씀하시는 인쇄되어 책이 되었다는 높고 참된 기사도 이야기가, 참으로 선량한 풍습을 해치고 훌륭한 이야기에 손해와 불신을 가져다 준 이 세상에 가득찬 많은 엉터리 편력의 기사 이야기를 깡그리 잊어버리게 했을 것이 틀림없으니까요.」

「편력의 기사들의 이야기가 과연 엉터리인지 어떤지 하는 문제에 대해서는 논의할 것이 많소이다.」

「그렇다면,」 하고 초록빛 외투의 신사가 대답했다. 「그런 이야기가 엉터리라는 것을 의심하지 않는 사람도 있을까요?」

「나는 의심하지 않소.」 하고 돈키호테가 대답했다. 「그러나 그 일에 관해서는 이 자리에서 말하지 않기로 합시다. 만일 우리가 좀더 오래 동행한다면, 기사 이야기가 확실히 진실이 아니라고 생각하는 사람들의 주장을 그대로 귀공이 받아들인다는 것은 잘못이라는 것을 귀공으로 하여금 깨닫게 할 수 있다는 것을 나는 신을 두고 확신하는 바요.」

이 돈키호테의 마지막 말로써 나그네는 이 자가 암만해도 살짝 돈 사람인 모양이라고 느꼈으므로 더 이야기를 듣고 그것을 확인할 것을 기대했다. 그러나 다른 화제를 가지고 더 말을 주고받기 전에 돈키호테가 자기의 생활과 신분은 이미 알려 드렸으니 당신은 어떤 분인지 말해 달라고 부탁했다.

「나는 『우수에 찬 얼굴의 기사님』, 만일 상관없으시다면 지금부터 식사에 모실까 생각하고 있습니다만, 곧 닿게 될 작은 마을에서 태어난 토박이지요. 나는 중간쯤 되는 부자보다 약간 위이며, 이름은 돈 디에고 데 미란다라고 합니다. 아내와 아이들, 그리고 친구들에게 둘러싸여서 세월을 보내고, 일이라야 사냥을 하는 정도입니다만, 매도 사냥개도 기르지 않는 대신 잘 훈련시킨 자고(鷓鴣) 새끼 한 마리와 잘 까부는 흰 족제비가 한 마리 있지요. 그리고 로망스 어로 된 것, 라틴 어로 된 것 등 약 70권의 책을 갖고 있는데, 역사물과 종교물이지 기사도의 책은 여태까지 우리 집 문간에 들어온 적이 없습니다. 나는 신앙에 관한 책보다 세속적인 책을 잘 펼칩니다만, 문장의 맛을 즐길 수 있고 창의에 감탄하며 마음을 끌어당기는 건전한 즐거움의 책이면 그만이라고 생각하지요. 하기야 그런 책은 스페인에서는 매우 적지만, 나는 이따금 이웃 사람들과 친구들과 회식하고 자주 그들을 집에 초대합니다. 내 초대는 간소하나 결코 양이 적지는 않지요. 뒤에서 쑥덕공론하는 것도 좋아하지 않고 내 앞에서 남의 이야기를 이러쿵저러쿵하는 것도 안 듣지요. 남의 생활을 꼬치꼬치 캐는 일도 없고 남의 행동에 눈독을 들여 감시하지도 않습니다. 날마다 미사를 드리고 내 제물을 가난한 사람들에게 나누어 줍니다만, 아무리 신중한 마음이라도 어느새 포로가 되고마는 위선과 허영이라는 강적을 내 마음속에 들여 놓지 않기 위해 자선적인 행위가 눈에 띄지 않도록 하고 있습니다. 서로 의가 상한 사람들을 보면 화해를 시키려고 노력도 하지요. 나는 성모 마리아께 깊이 귀의하고 있으며 우리들의 주 하느님의 무한한 자비에 항상 매달리고 있습니다.」

산초는 이 귀족이 즐긴다는 일상 생활의 즐거움에 관한 이야기에 가만히 귀를 기울이고 있었는데, 그것은 참으로 훌륭하고 깨끗하게 여겨졌으므로, 그러한 생활을 보내고 있는 사람이라면 아마 기적을 행할 것이 틀림없다는 생각에 잿빛 당나귀에서 뛰어내려 얼른 다가가서 그의 오른쪽 등자를 붙잡고는 경건한 마음으로 거의 눈물을 글썽거리면서 그 발에 몇 번이나 입을 맞추었다. 이것을 보고 귀족이 물었다.

「무엇을 하시오, 당신은? 그 입맞춤은 대체 어쩌자는 것이오?」

「제발 입을 맞추게 해주십쇼.」하고 산초가 대답했다. 「나리는 제가 태어나서 오늘 바로 이 시간까지 처음 뵙는 말을 탄 성자이십니다요.」

「나는 성자는커녕,」하고 귀족이 대답했다. 「죄 많은 인간이오. 당신이야말로 그래, 선량한 분 같군. 당신의 그 단순함이 무엇보다도 좋은 증거가 되겠소.」

산초는 다시 당나귀의 짐안장 위로 돌아갔는데 주인이 깊은 생각에 잠긴 것을 보고 저도 모르게 웃음을 되찾았고, 돈 디에고는 새로운 경탄을 느꼈다.

돈키호테는 돈 디에고에게 자녀는 몇이나 두었느냐고 묻고, 다시 참된 신은 몰랐지만 고대의 철학자가 최대의 행복이라고 간주한 것 가운데 하나는 타고난 재능·재산·많은 착한 아이를 갖는 것이라고 말했다.

「나는, 돈키호테 님.」하고 귀족이 대답했다. 「아들을 하나 가졌습니다만, 만일 이 아이가 없었더라면 지금의 나보다 행복했을 것이라고 생각합니다. 나쁜 아이라는 뜻이 아닙니다. 내가 희망하는 대로의 아이가 아니기 때문입니다. 나이는 열여덟이 됩니다만 6년 동안 살라망카에서 라틴 어와 그리스 말을 배웠지요. 그리고 내가 다른 학문을 배우게 하려고 했을 때는 이미 시학(詩學)에 몰두하고 있는 것을 알고, 시 따위를 학문이라고 불러도 상관없다면 말입니다만, 내가 공부를 해주었으면 하고 생각한 법률학에도, 모든 학문의 여왕인 신학에도 마음을 돌리게 할 수가 없었습니다. 나는 어떻게든 아들을 우리 일족의 우두머리로 만들고 싶었던 것이지요. 왜냐하면, 덕의(德義)에 맞는 올바른 학문을 높이 평가하는 왕실의 치세에 살고 있기 때문인데, 도덕을 잊어버린 문학 따위는 쓰레기통의 진주에 지나지 않지요. 온종일 아들녀석은, 호메로스의 《일리아스》 중에서 어느 운문은 좋으니 나쁘니, 마르디아르스도 무슨 풍자시에서는 주책이 없다든가 있다든가, 베르길리우스의 어느 운문은 이렇게 해석해야 한다든가, 저렇게 해석해야 한다든가 그런 것만 따지고 있지요. 요컨대 아들이 하는 얘기라고는 방금 말씀드린 시인들의 책, 그리고 호라티우스·페르시우스·유베날리스·티불루스 따위의 책에 관한 것뿐입니다.

그러면서도 현대의 로망스 어 시인들에 대해서는 그다지 관심이 없는 것 같아요. 현대 로망스 어의 시에 대해서는 그다지 관심을 보이지 않으면서도 살라망카에서 보내 온 사행시(四行詩)의 『글로사(주석 시―역)』 그것을 만드는 데 지금 머리를 쥐어짜고 있습니다만, 그것은 문예 경기 대회의 과제인 모양입니다.」

이에 대해서 돈키호테가 대답했다.

「자식이라는 것은 양친의 혈육의 일부분이오. 그래서 좋은 아이건 나쁜 아이건 우리의 생명을 부여해 주는 영혼을 사랑하듯 사랑하지 않으면 안 되는 것이오. 어릴 때부터 도덕과 좋은 훈육과 올바른 그리스도교의 풍습의 길로 그들을 나아가게 하는 것은 양친의 의무요만 이것은 다 컸을 때 양친의 노후의 지팡이로도, 기둥으로도, 자손의 긍지로도 되어 주기를 바라기 때문이오. 그런데 이 학문을 배우라, 저 학문을 해라 하고 자식들에게 강요한다는 것은 온당한 일이 아닌 줄 아오. 하기야 그들에게 납득시켜서 타이른다면 해는 되지 않겠지요. 학생이 pane lucrando(빵을 벌기 위해) 공부하지 않아도 될 경우, 즉 그것을 도와 줄 양친을 하늘이 내려 주시는 그런 복을 받았을 경우에는 그중에서 가장 타고난 경향에 맞는다고 생각되는 학문을 공부시켜야 한다는 것이 나의 의견이오. 하기야 시학은 실용이라기보다 즐기는 학문이오만 그것을 배운 자의 수치가 될 그런 학문은 아니오. 시학은 귀족님, 내 생각으로는 철없고 나이 어린, 마치 매우 아름다운 소녀와 같은 것으로 그밖의 모든 학문이라는 처녀는 이 시학이라는 소녀를 풍부히 하고 빛나게 닦아 주고 장식해 줄 의무가 있으며, 말하자면 시학은 다른 모든 학문을 스스로의 소용이 닿게 이용하고 다른 모든 학문은 시학에 의해서 권위를 높이지 않으면 안 되는 것인데, 이 시학이라는 소녀는 마구 다루어지거나 온 거리를 끌려다니거나 광장 모퉁이 또는 궁전의 한쪽 귀퉁이 같은 데서 공개되거나 하는 것을 싫어하는 법이오.

시학은 참으로 뛰어난 고급의 도금(鍍金)으로 되어 있어서 다루는 법을 아는 자라면 평가할 수 없을 만큼 순수한 황금으로 바꿀 수도 있을 것이오. 시를 자기의 것으로 하고자 하는 자는 그것을 정당한 범위 안에 꽉 움켜잡고 유지하고 무모한 풍자나 양심 없는 소네트 쪽으로 달아나지 않게 할 일이오. 용감한 서사시라든가, 비장한 비극이라든가, 즐거운 기교를 구사한 희극 같은 형태로 만드는 것이 아니라면 무슨 일이 있더라도 시는 파는 물건이 되지 않아야 할 필요가 있고, 수치를 모르는 사기꾼라든가 시 속에 숨어 있는 보배를 알지도 존중하지도 못하는 무지한 속물의 손에 맡겨져서는 안 되는 것이오.

방금 내가 속물이라고 부른 것을 단순히 하층의 천한 사람들만을 가리킨다고 생각지는 말아 주시오. 다시 말해서 사물을 모르는 인간들이라면 설혹 영주라 하더라도 왕공이라 하더라도 모두 속물의 숫자 속에 넣어도 좋고 또 넣지 않으면 안 되는 것이오. 그래서 아까 말씀드린 필요 조건을 갖추어서 시에 종사하는 사람이라면 그 이름은 이 세상 모든 문명 제국에 떨쳐 존경받을 것이 틀림없소. 그런데, 귀공은 자제가 로망스 어의 시를 그다지 존중하지 않는다고 말씀하셨는데, 이건 과녁에서 매우 벗어난 말씀이라고 나는 생각하오. 그 이유는 이러하오. 시성(詩聖) 호메로스는 시를 라틴 어로 쓰지 않았는데, 그것은 그리스 인이기 때문이었고, 베르길리우스는 그리스 어로 쓰지 않았는데 그것은 그가 로마 인이었기 때문이오. 다시 말해 고대의 시인들은 모두 어머니의 젖과 더불어 익힌 말로 썼으며, 자기 사상의 높이를 선전하려고 외국어를 빌려 가지는 않았던 것이오.

그런 까닭으로 이 풍속이 모든 나라에 퍼져 나가는 것도, 독일 시인이 그 나라 말로 썼다고 해서, 카스티야 시인은 고사하고 비스카야 시인이 그 나라 말로 시를 썼다고 해서 멸시받지 않아야 하는 것이 도리일 것이오. 그러나 내가 상상하는 일이오만, 자제께서는 꼭 로망스 어 시가 싫은 게 아니라 로망스 어 하나만을 알고, 타고난 시적 충동의 장식도 되고 그것을 눈뜨게도 해주며 조장도 해주는 외국어나 다른 학문에 대해 전혀 모르는 시인들이 싫다는 말일 것이오. 그러나 여기에도 과오가 있을 것 같소. 왜냐하면 참으로 진실을 전하는 주장이오만, 시인은 타고나는 것이라고 하는데, 그 말하고자 하는 뜻은, 천성의 시인은 어머니의 뱃속에서 나올 때 이미 시인으로, 하늘이 주신 경향에 의해 그 이상 배우는 것도 기교를 보태는 것도 없이 est Deus in nobis······ (신 우리들 속에 있느니라 운운) 하고 말한 시인을 과연 그렇구나 하고 감탄케 할 작품을 만들기 때문이오. 게다가 또 기교의 도움을 받는 천성의 시인은 간신히 기교만을 알고 시인인 체하는 자보다 훨씬 훌륭하고 뛰어나다고 나는 말하고 싶소. 그 까닭은 기교는 천성보다 뛰어난 것이 아니라, 천성을 완성시키는 것이기 때문이오. 그러니 천성에 기교가 첨가되고, 기교에 천성이 보태어져서 비로소 완벽한 시인이 나타나는 것이오. 그래서 귀족님, 결론적으로 말씀드리지만, 귀공은 아드님을 그 운명의 별이 손짓하는 길로 나아가게 하는 것이 좋을 것이오.

아드님은 반드시 그럴 것이 틀림없는 줄 아오만, 훌륭한 학생으로서 이미 어학이라는 최초의 단계에 무사히 올라섰고 그 어학을 힘으로 하여 혼자 인문학의 정상을 정복하게 될 것으로 믿소. 이 인문학은 보통의 겉옷과 칼의 신사에게는 매우 알맞은 것으로 주교의 모자처럼 혹은 법학자의 가운처럼 그 인물을 훨씬 돋보이게 하고 명예를 주며 위엄을 보태 주는 것이오. 만일 자제가 남의 명예를 손상하는 풍자시를 쓰거든 귀공은 나무라시오. 아니, 벌을 주어 작품을 찢어 버리실 일이오. 그러나 호라티우스풍의 훈계시(訓戒詩)를 써서 그 시인이 그토록 품위 있게 노래했듯이 악덕을 그 속에서 비난하고 있다면 크게 칭찬해 주시도록 하시오. 왜냐하면 시인이 질투심을 비난해서 쓰고 시속에서 시샘 많은 사람들을 나쁘게 쓴다는 것은 훌륭한 일이며, 이것은 그밖의 악덕에 대해서도 아무런 특정 개인을 가리키지 않는 한 마찬가지 일이오. 그러나 욕이 하고 싶은 나머지 폰투스 섬으로 추방당하는 위험을 무릅쓸 시인은 없을 것이오. 만일 시인의 일상 생활이 청결하다면 그 작품도 깨끗할 것이오. 펜은 마음의 혀인 것이오. 마음속에 싹튼 사상이 고상하면 작품 또한 고상한 것이 되는 것이오. 그래서 국왕이나 왕공이 사려 깊고 덕도 갖춘 성실한 신하에게서 시학의 드문 재주를 발견했을 때는 그것을 존중하고 그것을 풍부히 하여 나아가서는 천둥도 범하지 않는다고 전해지는 나뭇잎의 관(월계관을 가리킨다—역주)까지 씌워 주는 것인데, 그것은 이런 관으로 이마를 장식하고 영광을 안은 시인들이 그 어떤 사람에게도 침범당하는 일이 없다는 표시로부터 그렇게 하는 것이오.」

녹색 외투의 귀족은 돈키호테의 연설에 완전히 경탄하고 말았다. 산초는 듣고 있어 봐야 그다지 재미도 없었으므로 주인이 이야기하는 도중에 근처에서 양젖을 짜고 있는 몇 사람의 목자에게 젖을 좀 얻으려고 길에서 좀 떨어진 곳으로 갔다. 귀족이 돈키호테의 총명과 훌륭한 화술에 매우 만족해 하면서 막 말을 하려고 할 때, 돈키호테가 문득 얼굴을 들어 보니 자기들이 가고 있는 길 저편에서 왕가의 깃발을 무수히 세운 수레가 오고 있는 것이 눈에 띄었다. 그래서 이것을 필경 무슨 새로운 모험이 틀림없다고 생각하고 큰 소리로 산초를 불러 얼굴 가리개가 달린 투구를 달라고 말했다. 산초는 부르는 소리를 듣고 목자들이 있는 곳에서 뛰어와 부랴부랴 당나귀를 재촉하여 주인이 있는 곳으로 갔는데 그때 주인에게 놀라운 모험이 일어난 것이다.

제 17 장

여기서는 일찍이 들어 보지 못한 돈키호테의 기백이 이르고 또 이를 수 있었
던 최후의 점과 극한이 밝혀지며 아울러 행복하게 끝난 사자의 모험이 다루
어진다.

실록은 전한다. 돈키호테가 투구를 가져오라고 산초에게 큰 소리로 명령했
을 때 종자는 양치는 목자들에게서 응유(凝乳)를 사고 있는 중이었다. 주인에
게 너무 성급한 재촉을 받은 그는 응유를 어떻게 하면 좋을지 얼른 생각이 나
지 않았다. 응유를 어디에 넣어 와야 좋을지 몰랐으나 돈은 이미 지불했으므
로 버리기도 아까워 얼떨김에 주인의 투구에 담았다. 그리고 이 근사한 물건
을 사들고 무슨 일일까 하고 생각하면서 주인에게로 돌아왔다. 주인은 그가
돌아오자 곧 말했다.
「나의 벗 산초여! 그 투구를 이리 다오. 내가 모험을 모르는 사나이라면
모르되, 저기 보이는 것은 나로 하여금 무기를 잡게 하는, 아니 무기를 잡을
필요가 있는 무슨 모험인 게 분명하다.」
녹색 외투를 입은 귀족은 이 말을 듣고 이리저리 돌아보았으나 두서너 개의
조그마한 깃발을 세우고 자기들 쪽으로 오고 있는 짐수레 이외에는 아무것도
발견할 수 없었으며 그 조그마한 깃발로 미루어 그 수레가 국왕 폐하의 돈을
운반하는 수레가 틀림없는 것 같다고 돈키호테에게 말했으나, 그는 자기에게
일어나는 모든 일이 겹겹이 겹치는 모험이라고 평소부터 믿고 또 생각하고 있
었으므로 귀족의 말에 귀를 기울이지 않았다. 그리고 대답했다.
「방비 있는 자는 거의 이긴 거나 마찬가지요. 지금 방비를 굳혀도 잃을 것
은 아무것도 없소. 눈에 보이는 적과 보이지 않는 적이 있다는 것을 나는 경
험으로 알고 있는데, 그자들이 언제 어디서 어떤 때 어떤 모습으로 나를 습격
할지 모르는 일이 아니오.」
그리고는 산초를 돌아보고 투구를 달라고 했다. 산초는 응유를 다른 데 비
울 사이도 없이 그대로 넘겨 주지 않을 수 없었다. 돈키호테는 그것을 받아들
고 그 안에 뭐가 들었는지 깨닫지 못한 채 황급히 머리에 푹 덮어썼다. 그러

자 응유가 얼굴과 수염에 온통 흘러내렸다. 깜짝 놀란 돈키호테는 산초를 돌아보고 말했다.

「대체 이것은 어떻게 된 일이냐? 산초, 암만해도 내 두개골이 연해진 모양이로구나. 골이 녹아내렸거나, 아니면 머리 꼭대기에서 발끝까지 온통 땀을 흘리고 있는 모양 아니냐? 그러나 땀을 흘린다고 하더라도 겁에 질려서 흘리는 식은땀이 아닌 것만은 틀림없다. 의심할 여지 없이 바야흐로 내게 일어나려 하고 있는 모험이 무서운 것임을 나는 확신한다. 거기 뭐 닦을 것을 가졌거든 좀 다오. 엄청난 땀이라 앞을 못 보겠구나.」

산초는 잠자코 있었다. 그리고 천조각을 그에게 주면서 주인이 무슨 일이 일어났나 눈치채지 못한 것을 하느님께 감사했다. 돈키호테는 얼굴을 닦고 머리가 서늘하게 차가운 것을 느끼고 무엇인가 확인하려고 투구를 벗었다. 그리하여 투구 안에 있는 뭉클뭉클하고 끈적끈적한 것을 발견하고 코를 갖다 대어 냄새를 맡아 보더니 말했다.

「나의 그리운 공주 둘시네아 델 토보소 님의 목숨을 두고 맹세하지만, 여기에 그대가 넣은 것은 응유가 분명하구나. 이 배신자 같으니, 이 불한당의 종자 같으니라구.」

이에 대해서 산초는 느릿하게 시치미를 떼며 대답했다.

「그게 응유라시니 나리, 그걸 저한테 주십쇼, 제가 먹어 버리겠습니다… 아니, 아니, 그것을 악마에게 먹이십쇼. 거기다 응유를 넣은 것은 그놈이 틀림없으니까요. 제가 나리의 투구를 더럽히다니, 그런 엄청난 짓을 할 까닭이 있습니까요? 그 엄청난 녀석을 눈치채신 것은 대단한 안력이십니다요. 틀림없는 얘기가, 하느님께서 깨우쳐 주신 바로는 저에게도 마법사가 붙어서 나리의 부하이며 수족인 저한테도 장난을 치고 있는 것이 틀림없습니다요. 참을성 많은 나리가 다 화를 내시게 하다니, 여느 때처럼 제 갈빗대를 힘껏 두들겨 주시게 하려고 그 더러운 것을 거기에 넣은 것입니다요. 하지만 정말 이번만은 헛일이었습니다요. 저는 응유건 우유건 무엇이건 그와 비슷한 것은 아무것도 갖고 있지 않았었으니까 말입니다요. 만일 갖고 있었다면 투구에 넣기 전에 제 뱃속에 먼저 넣었을 것이 틀림없다고 생각하시리라고 저는 나리의 깊으신 사려를 꼭 믿고 있으니까 말씀입니다요.」

「그건 있을 수 있는 일이구나.」 하고 돈키호테는 말했다.

이 일의 자초지종을 귀족은 지켜보고 있었는데, 그저 입을 딱 벌릴 뿐이었다. 더욱이 돈키호테가 얼굴과 수염과 투구를 닦고 나더니 다시 덮어쓰고 등자를 꾹 밟고는 칼을 살펴본 다음 창을 쥐고 이렇게 말했을 때는 벌린 입이 더욱 다물어지지 않았다.

「이제야말로 어떤 자든 자, 덤벼라. 설혹 상대가 마왕이라도 일전을 불사할 각오로 나 여기서 기다린다.」

이때 깃발을 단 짐수레가 가까이 왔는데 당나귀에 올라앉은 마부 한 사람과 짐수레 앞에 걸터앉은 사나이 하나뿐이었다. 돈키호테는 그들 앞을 가로막고 물었다.

「그대들은 어디로 가는가? 이것은 무슨 수레며, 이 수레로 무엇을 운반하는가? 그리고 이 깃발들은 무슨 표시인가?」

이에 마부가 대답했다.

「수레는 내 것입니다. 수레에 실은 것은 우리에 넣은 두 마리의 성깔 사나운 사자인데, 오란 지방의 장군께서 국왕 폐하에게 진상하기 위해서 수도로 운반하는 중입니다. 깃발은 국왕 폐하의 깃발이고, 임금님의 물건이 여기 있다는 표적입니다.」

「그래, 사자는 큰 것들이냐?」 하고 돈키호테가 물었다.

「크다마다요.」 하고 짐수레의 문 앞에 앉아 있던 사나이가 대답했다. 「여태까지 아프리카에서 스페인으로 건너 온 사자 가운데서 이보다 더 큰, 아니 이렇게 큰 놈은 없었습니다. 나는 사자지기라서 여태까지 몇 마리나 운반해 왔지만 이번처럼 큰 놈은 처음이지요. 암수 한 쌍인데 수놈은 이 앞쪽 우리에 있고, 암놈은 뒤쪽 우리에 들어 있지요. 오늘은 아직 아무것도 먹이지 않아 놈들은 지금 시장해서 죽을 지경이지요. 그러니 여보시오, 길 좀 비켜 주시오. 먹이를 주는 곳으로 얼른 가야 합니다.」

이에 대해 돈키호테는 약간 빙그레 웃고는 말했다.

「나에게 사자라? 나에게 사자라니 우스꽝스럽구나. 더욱이 이런 때에? 좋아, 하느님을 두고 내가 사자 따위를 겁낼 인간인가 어떤가, 이런 것을 보내 온 높은 양반에게 보여 주어야겠다! 자, 그대는 내려라. 그대가 사자지기라면 우리를 열고 나에게 두 마리의 사자가 덤벼들도록 하라. 이 들판 한가운데서 돈키호테 데 라 만차가 어떤 사나이인가 보여 주마. 사자 따위를 내게 덤비게 한 마법사 녀석들에게 미안한 일이다만.」

「안 돼!」 하고 이때 귀족이 입속으로 중얼거렸다. 「우리의 훌륭한 기사님이 마침내 본성을 드러내는군. 응유가 확실히 두개골을 연하게 만들어서 골을 녹여 놓은 모양이지.」

거기에 산초가 가까이 와서 말했다.

「저 좀 보세요. 하느님이라는 분을 두고 부탁드립니다만, 우리 주인께서 사자를 상대로 싸우지 않도록 말려 주십쇼. 만일 사자를 상대로 소동을 벌였다간 여기 있는 우리는 모두 갈기갈기 찢어지고 맙니다요.」

「그러고 보면 뭔가가…….」 하고 귀족이 물었다. 「그대의 주인께서는 이런 맹수와 일을 일으킬 것이라고 그대가 진심으로 두려워할 만큼 미쳤느냐?」

「미친 게 아니라 앞뒤를 모릅니다요.」

「내가 어떻게 해서 앞뒤를 모르는 일이 없도록 해보지.」 하고 귀족이 대답했다.

그리고 사자지기에게 우리를 열라고 졸라 대고 있는 돈키호테 곁에 가서 말을 건넸다.

「기사님, 편력의 기사라고 하는 것은 성공할 가망이 있는 모험에는 대들지만, 아무리 생각해도 그 가망이 없는 모험에는 결코 뛰어들지 않는 법입니다. 왜냐하면 무모의 영역에 들어가는 용감성은 용기보다 만용에 속하는 것이기 때문입니다. 하물며 이 두 마리의 사자는 귀공에게 덤비기 위해서 여기까지 올 그런 것은 꿈에도 생각지 않고 있는 것입니다. 국왕 폐하께 갈 헌상물로써 오고 있는 것이니까 그 진로를 막거나 방해해서는 안 될 거요.」

「귀족님.」 하고 돈키호테가 대답했다. 「이것이 바로 나의 의무로 이 사자님들이 나를 찾아왔는지 그렇지 않은지는 내가 잘 알고 있다오.」

그리고 사자지기를 돌아보고 말했다.

「이 불한당 같으니라구, 끝내 우리 문을 열지 않겠다면 이 창으로 그대의 몸뚱이를 수레에 꽂아 주고 말 테다!」

마부는 이 투구와 갑옷을 입은 괴물이 꿈쩍도 하지 않을 결의를 품고 있는 것을 눈치채고 말했다.

「나리, 제발 자비를 베푸십쇼. 사자들을 끌어내기 전에 당나귀부터 수레에서 벗겨 데리고 달아나도록 해주셔야 되겠습니다. 만일 이 당나귀들이 죽는 날이면 저는 한평생 옴쭉달싹 못 하게 되니까요. 이 수레와 당나귀 이외에 나한테는 아무런 재산도 없습니다요.」

「오오, 이 믿음 없는 자여!」 하고 돈키호테가 대답했다.

「당나귀에서 내려 당나귀를 수레에서 끌러서 그대 좋을 대로 하려무나. 그러나 조금만 지나면 헛일을 했구나, 그런 고생은 하지 않아도 되었을걸 하고 후회하게 될 것이다.」

마부는 당나귀에서 내려 부랴부랴 당나귀를 수레에서 끌렀다. 그때 사자지기 사나이가 큰 소리로 말했다.

「여기 계시는 여러분들은 내가 마음이 내키지 않는데도 억지로 우리를 열고 사자들은 내놓았다는 것과, 이 맹수가 저지를 재난도 손해도, 그리고 내 급료와 이미 지불된 권리금도 깡그리 다 포함해서 이 양반의 부담이라고 내가 미리 선언했다는 산 증인이 되어 주십쇼. 저, 그럼 여러분은 내가 우리를 열기 전에 안전한 곳으로 달아나십쇼. 나를 해치지는 않을 것만은 틀림없으니까요.」

다시 한 번 귀족은 돈키호테에게 그런 미친 짓은 하지 마시오, 그런 어처구니없는 짓을 하려는 것은 하느님을 시험하려는 일이오 하고 설득했다. 이에 대해서 돈키호테는 자기가 하는 일은 자기가 잘 알고 있다고 대답했다. 귀족은 다시 되풀이해서 잘 생각해 보시오, 귀공은 지금 사리에 어긋난 짓을 하고 있는 줄 아오 하고 말했다.

「그렇다면, 귀족님.」 하고 돈키호테가 응수했다. 「귀공의 생각으로 비극이 틀림없는 이 모험의 입회인이 되기 싫으시거든 그 얼룩말에 박차를 주어 안전한 곳으로 달아나시는 것이 좋을 것이오.」

이 말을 듣자 산초는 눈물을 글썽거리며, 「그런 어처구니없는 짓은 그만두도록 하십쇼.」 하고 열심히 부탁하면서 이에 비하면 그 풍차의 모험도 직물을 표백하는 방망이의 모험도, 요컨대 오늘날까지 그가 도전한 모든 위업도 카스텔라나 무늬빵처럼 거저 먹기였다고 뇌까렸다.

「제 말 좀 들어 보십쇼, 나리. 여기엔 마법도 없고 그와 비슷한 것도 없습니다요. 저는 우리의 쇠창살 사이로 진짜 사자의 발톱을 보았습니다요. 발톱이 그렇게 큰 걸 보면 아마 동산보다 큰 사자 같습니다요.」

「겁쟁이」 하고 돈키호테가 대답했다. 「적어도 너로 하여금 세계의 절반보다 더 크다는 느낌을 갖게 할 테지. 뒤로 물러가 있거라, 산초. 나한테 상관 말아라. 만일 이 거리에서 내가 죽거든 우리의 묵은 약정을 기억하고 있을 게다. 너는 둘시네아에게 달려가거라. 그 이상은 말하지 않으마.」

그의 이 어처구니없이 상궤를 벗어난 계획을 중지시킬 희망은 이것으로 끊어지고 말았다. 녹색 외투의 귀족도 될 수만 있으면 어떻게든 훼방을 놓고 싶었으나, 서로의 무장이 엄청나게 차이가 있었고, 그 미치광이를 상대로 일을 벌인다는 것도 현명하다고는 생각되지 않았다. 이제 돈키호테가 완전히 돌아버린 미치광이라는 것은 더 의심할 여지가 없었던 것이다. 돈키호테는 다시 사자지기를 몰아세우면서 공갈 협박을 되풀이했고 귀족은 암말을, 산초는 당나귀를, 마부는 자기의 당나귀를 재촉하여 사자가 우리에서 튀어나오기 전에 되도록 수레에서 멀리 달아났다.

산초는 주인의 죽음을 슬퍼하며 울었다. 이번만은 사자의 발톱에 걸려 틀림없이 죽음을 면치 못하리라고 생각한 것이다. 그는 자기 운명을 저주하고, 돈키호테를 두번째로 섬길 생각을 했을 때를 악운의 시초라고 여겼다. 그러나 울고 한탄하고 하면서도 조금이라도 멀리 수레에서 떨어져 가려고 잿빛 당나귀를 채찍질하는 채찍의 손을 멈추지 않았다.

사자지기는 달아나는 사람들이 꽤 멀리 간 것을 보고 난 다음 다시 침이 마르도록 애원도 하고 요청도 하고 했으나 돈키호테는「그 말 다 알아들을 수는 있으나 이 이상 더 요청이나 애원을 지루하게 되풀이하지 말아라. 아무리 말해 봐야 아무 소용도 없다. 그보다는 얼른 우리 문을 열기나 해라.」하고 대답할 뿐이었다.

사자지기가 첫 우리를 열고 있을 때 돈키호테는 말을 타고 싸우는 것보다 내려서 싸우는 쪽이 낫지 않을까 하고 망설였다. 그리하여 결국 로시난테가 사자를 보고 놀랄 것을 우려하여 내려서 싸우기로 결심했다. 그는 말에서 뛰어내려 창을 집어던지고 방패를 팔에 걸고 칼을 뽑아 한걸음 한걸음 놀라운 담력과 무서운 기백으로 수레 앞에 다가가서 버티어 섰다. 동시에 마음 밑바닥에서는 신의 가호를 빌고 아울러 그리운 공주 둘시네아의 비호를 기원했다.

그런데 이 참된 이야기를 지은 작자가 이 대목에 왔을 때 다음과 같이 감탄하고 있다는 것을 알아 두어야 한다. 그것은 다음과 같다.

「오오, 억세고 모든 찬사가 미치지 못할 기백에 찬 돈키호테 데 라 만차여! 이 세상의 모든 용사들이 스스로의 모습을 거기서 찾을 거울, 제이의 새로운 돈 마누엘 데 레온(두 카톨릭 왕의 궁정에 아프리카에서 사자 네 마리를 헌상했을 때 여왕의 시녀가 사자 우리 속에 장갑을 떨어뜨린 일이 있는데 그때 거기 있던 돈 마누엘이 우리 속에 들어가 장갑을 주웠다 함―역주), 이 사람이야말로 스페인의 기사들의 영광이자 자랑이었던 것이다! 어떤 말로써 이토록 놀라운 공명을 다 이야기할 수 있을까? 또 어떤 언사를 나열하여 다가올 세기(世紀)로 하여금 이것을 믿게 할 수 있을까! 아무리 과장을 넘는 과장이라도 그대에게 맞지 않고 그대에게 합치되지 않은 찬가가 있을까! 그대는 걸어서, 그대는 홀로, 그대는 두려움 없이, 그대는 활달하게, 오직 한 자루의 날카로운 『강아지의 칼(칼날에 강아지가 새겨 져 있는 단검—역주)』 아닌 칼을 쥐고 눈부시게 빛나는 맑은 강철 아닌 방패를 든 채, 아프리카의 밀림이 일찍이 길러 낸 것 가운데서 가장 사나운 두 마리의 사자를 기다리고 섰다. 용감한 만차 인이여, 그대는 그대 스스로의 공훈으로 상찬을 받으라. 나는 그것을 칭찬할 말을 모르니, 찬사는 이것으로 그치노라.」

작가의 감탄의 말은 여기서 끝나고, 중단된 이야기의 실을 다시 이어 앞으로 나아가고 있다.

사자지기는 돈키호테가 자, 덤벼라 하는 듯이 버티고 서는 것을 보고, 저 사람이 하라는 대로 하지 않다가는 저 기세등등하고 앞뒤를 분간 못 하는 기사의 기분을 상하게 할 것이 분명했으므로 수사자를 내놓지 않을 수 없어 첫 우리의 문을 확 열어 제쳤다. 이 우리에는 앞에서도 말했듯이 수사자가 들어 있었다. 그것은 보기에도 무시무시하게 크고 끔찍스럽고 추악해 보였다.

사자가 제일 먼저 한 행동은 그대로 빈들빈들 누워 있던 우리 안에서 한 바퀴 몸을 뒤친 일이다. 그리고 앞발을 앞으로 쭉 뻗으며 기지개를 켰다. 이어 커다란 입을 벌리고 천천히 하품을 했다. 그 다음 거의 한 자나 되는 혀를 뽑아 눈의 먼지를 닦고 고루 얼굴을 핥아 세수를 했다. 이것이 끝나자 머리를 우리 밖으로 내밀고 마치 활활 타는 불꽃 같은 눈으로 사방을 노려보았는데, 그야말로 『대담무쌍』 그 자체가 벌벌 떨 만한 눈빛과 태도였다. 오직 한 사람 돈키호테만이 그것을 빈틈없이 지켜보고 있었는데, 당장 수레에서 뛰어내려 자기에게 덤비지 않나, 덤비기만 하면 두 손으로 박살을 내놓을 테다 하고 대기하고 있었다.

그의 전례 없는 광기는 마침내 극한에 이른 것이다. 그러나 사자는 관대하고 거만하다기보다 범절을 아는 듯 어린아이 같은 허세는 거들떠보지도 않고 앞에서 말한 것처럼 사방을 둘러본 끝에 뒤돌아서더니 돈키호테에게 엉덩이를 보인 채 다시 천천히 한가하게 우리 안에 누워 버렸다. 이것을 보자 돈키호테는 사자가 밖으로 뛰쳐나오도록 몽둥이로 두들겨 화를 내게 하라고 사자지기에게 명령했다.

「그런 짓은 못 합니다요.」 하고 사자지기가 대답했다. 「내가 만일 저녀석을 화나게 했다간 제일 먼저 찢어지는 건 바로 난걸요. 이 보세요, 기사 나리. 지금 하신 일로 만족하셔도 됩니다요, 용감하다고 할 수 있는 건 그 이상 없잖습니까요. 이 이상 두 번 운을 시험하는 건 그만두십쇼. 사자의 우리는 아직도 열어 놨으니까 나오건 나오지 않건 저녀석 마음대로입니다요. 그런데 지금 나오지 않는 걸 보면 하루 종일 나오지 않을 겁니다요. 기사님이 얼마나 대담하신가 하는 것은 이제 똑똑히 알았습니다요. 아무리 기세가 등등한 무사라도 내가 아는 한 적에게 결투 신청을 내놓고 시합 장소에서 대기하기만 하면 그것으로 면목은 서는 것입니다요. 그래서 상대편이 나오지 않는다면 그쪽의 수치가 되는 것이고, 기다리는 쪽은 승리의 영광을 차지하는 셈이 되는 것입니다요.」

「그건 사실이다.」 하고 돈키호테가 대답했다. 「그 문을 닫아라. 그리고 그대 눈에 비친 여기서의 내 행동을 되도록 훌륭히 증언해 다오. 다시 말하면 그대가 사자의 우리를 열었으므로 나는 그녀석이 나오기를 기다렸다. 그러나 사자는 나오지 않았다. 그래서 나는 다시 기다렸다. 그런데 그녀석은 다시 그 자리에 누워 버렸다. 그렇지 않으냐? 이 이상 내가 할 일은 없다. 마법 따위에겐 볼일이 없단 말이다! 도리와 진실과 참된 기사도 정신에 하느님이여, 가호를 내리소서! 그러면 돌아와서 그대 입으로 방금 있었던 공명을 듣도록 달아나 이 자리에 없는 사람들에게 내가 신호를 하는 동안 이제 말한 것처럼 사자 우리를 닫아라.」

그래서 사자지기는 하라는 대로 했으며, 돈키호테는 창끝에 응유로 축축히 젖은 얼굴을 닦은 천조각을 꽂고 모두 한덩어리가 되어 달아나며 뒤돌아보며 하고 있는 사람들을 큰 소리로 부르기 시작했다. 그러자 산초는 흰 천의 신호를 확인할 수 있었으므로 말했다.

「가만 있자, 우리 주인 나리가 저 맹수를 해치우지 못했다면 내 목을 줄 테다. 저봐, 우리를 부르고 계시잖아.」

모두 걸음을 멈추었다. 그리고 신호를 하고 있는 것이 돈키호테라는 것을 알았다. 공포심이 줄어든 그들은 자기들을 부르고 있는 돈키호테의 고함 소리가 똑똑히 들리는 곳까지 조금씩 돌아왔다. 이윽고 수레 있는 곳까지 돌아왔는데 그들이 돌아오자 돈키호테는 마부에게 말했다.

「자, 형제여! 그대의 당나귀를 다시 수레에 매고 여행을 계속하라. 그리고 산초, 나를 위해 시간을 허비한 보상으로 마부와 사자지기에게 에스쿠도 금화를 한 장씩 나누어 주어라.」

「그건 당장 주겠습니다요.」하고 산초가 대답했다. 「그런데 사자는 어떻게 되었습니까요? 죽었습니까요, 살아 있습니까요?」

이때 사자지기가 상세하게 띄엄띄엄 이어 가며 그의 능력으로 할 수 있고 또 능력이 허용하는 한도껏 돈키호테의 용맹스러움을 과장해서 싸움의 결말을 이야기했다. 돈키호테를 보자 사자는 겁에 질려 우리의 문을 꽤 오래 열어 놓았는데도 밖으로 나오려 하지도 않았고 나올 용기도 없었다. 돈키호테가 사자를 화나게 하라고 말했으나 억지로 끌어내려고 사자를 화나게 한다는 것은 하느님을 시험하는 거나 마찬가지라고 자기가 말하자 돈키호테는 매우 마음이 내키지 않아 하고 불만스러워하면서도 우리의 문을 닫는 것을 허락해 주었다고.

「이것을 어떻게 생각하느냐?」하고 돈키호테가 말했다. 「참된 용기에 대들 만한 마법이 있을까? 마법사들도 나의 행운을 빼앗을 수는 혹 있을지 모른다. 그러나 의기와 기백에는 꼼짝 못 하는 법이니라.」

산초는 두 사람에게 금화를 나누어 주었다. 마부는 당나귀를 수레에 맸으며, 사자지기는 받은 금화에 대한 인사로 돈키호테의 손에 입을 맞추고 수도에 닿으면 그의 용감한 공명을 국왕 폐하에게 직접 말씀드리겠다고 약속했다.

「그렇다면 만일 폐하께서 그 공훈을 세운 자가 누구냐고 물으시거든 『사나운 사자의 기사』라고 말씀드려라. 오늘부터는 지금까지 자칭해 온 『우수에 찬 얼굴의 기사』 대신 이 이름으로 부를 생각이다. 이로써 나는 편력의 기사의 옛 습관을 따르게 되는 셈인데, 그들은 자기들이 좋은 때에 혹은 적당한 때에 이름을 바꾸곤 했었다.」

수레는 목적하는 곳으로 떠나고, 돈키호테와 산초와 녹색 외투를 입은 신사는 그들의 길을 나아갔다.

그 동안 돈 디에고 데 미란다는 돈키호테가 하는 일, 지껄이는 말에 줄곧 주의를 기울여 지켜보면서 한 마디도 말을 하지 않았는데, 그에게는 그가 미쳤으면서도 제정신을 가진 인물이요, 온전한 정신을 가졌으면서도 미친 사람처럼 여겨지는 것이었다. 돈키호테 이야기의 전편에 관한 것은 아직 그의 귀에는 이르지 않고 있었다. 만일 그 이야기를 읽고 있었더라면, 그의 광기가 어떤 것인가 알고 있었을 것이니, 그가 하는 짓, 지껄이는 말에 그토록 경탄을 느끼지는 않았을 것이다. 그것을 몰랐기 때문에 어떤 때는 온전하다고 생각했고 어떤 때는 미쳤다고 생각하곤 했다. 그가 하는 말은 조리가 있고 기품이 있고 참으로 훌륭한 것을 지껄이는데, 그가 하는 짓은 참으로 지리멸렬하고 당돌하고 어처구니없었던 것이다. 그는 혼자 중얼거렸다. 『응유가 가득 들어 있는 투구를 쓰고 마법사들이 두개골을 물렁하게 만들어 버렸다고 해석하는 것보다 더 심한 광기가 또 있을까? 사자와 억지로 일전을 나누겠다고 생각하는 것보다 심한 무모와 엉터리가 또 있을까?』이런 생각에 잠겨 혼잣말을 중얼거리다가 돈키호테가 입을 여는 바람에 그는 정신을 차렸다.

「돈 디에고 데 미란다 님, 귀공이 나를 지리멸렬한 미친 사나이로 판단하고 계신다는 것을 의심할 사람이 어디 있겠소? 또 그렇다고 하더라도 그다지 이상할 것은 없는 일이오. 왜냐하면 내가 하는 일이 그렇지 않다는 증거를 보여 줄 수가 없기 때문이오. 그러나 나는 귀공이 생각하고 계실 것이 틀림없는 미치광이도 아니거니와 바보도 아니라는 것을 귀공이 알아 주시길 바라오. 보기에도 씩씩한 기사가 넓은 광장 한가운데서 더욱이 국왕이 보는 앞에서 사나운 소에게 멋지게 창을 꽂는 것은 훌륭한 것이오. 찬연히 빛나는 갑주를 입은 기사가 귀부인들이 구경하고 있는 영광의 경기장 안으로 울을 넘어 들어가는 것도 또한 훌륭한 것이오. 그리고 또 그들 모든 기사들이 결전의 연습이나 그와 비슷한 행사로 주군을 비롯하여 조신들과 귀부인들을 기쁘고 즐겁게 해주고, 다시 더 말해도 좋다면 그들의 자랑이 되는 것도 훌륭한 것이오. 그러나 이들 모든 기사들보다 뛰어난 한 사람의 편력의 기사가 오로지 영광스러운 불후의 명성을 얻고자 사막을, 황야를, 밀림을, 혹은 산악 지대를, 그 위험한 숱한 모험을 찾아 헤매는 것은 훨씬 더 훌륭한 일이 아니겠소? 편력의 기사가 어느 인적 드문 들판에서 한 사람의 과부를 구하고 있는 모습은 궁정 근무의 기사가 도시에서 젊은 여성에게 사랑을 구하는 모습보다 훨씬 뛰어나 보인다고 나는 말하는 것이오. 모든 기사는 저마다의 의무를 갖고 있는 것이오. 궁정에서 근무하는 기사라면 귀부인을 섬기는 것도 좋고 제복을 화려하게 입고 국왕의 궁전의 권위를 높이는 것도 좋고, 자기 식탁의 호화로운 식사로 가난한 기사를 길러 주는 것도 좋고, 시합에 출전하는 것도 좋고, 기마 시합을 개최하는 것도 좋고, 또 고귀하고 관용스럽고 의젓하게 훌륭한 그리스도 교도임을 나타내는 것도 좋을 것이오.

특히 그렇게 해야만 그들의 의무를 다하는 것이 된다고 할 것이오. 그러나 편력의 기사는 온 세계 구석구석을 헤매어 돌아다녀야 하오. 이루 말할 수 없이 복잡한 미로(迷路)에 발을 들여 놓아야 하오. 한걸음 한걸음 불가능한 것에 감연히 도전해 가야 하오. 인적 없는 황량한 땅에서 대낮의 타는 듯한 태양열을 견디고, 겨울에는 심한 풍설의 추위를 견뎌야 하오. 사자도 두려워함이 없고, 마물에도 놀람이 없으며, 괴물도 무서워함이 없게 되어야 하는 것이오. 이것을 찾고 저것에 부딪쳐, 그러면서도 모든 것을 제어하는 것, 이것이 그들의 중요하고 참된 의무인 것이오. 그러기에 나도 운명에 의해 편력의 기사도를 섬기는 사람들의 하나가 된 이상 내 임무의 범주에 들어간다고 생각되는 일이면 무엇이든 단호히 도전하지 않을 수 없는 것이오. 그러기에 방금 내가 사자에게 도전한 것도 너무나 무모한 일이라는 것은 알고 있었지만 그것이 바로 내가 할 일이었던 것이오. 이렇게 말하는 것도 용기라는 것은 겁약과 무모라는 두 악덕의 양단 중간에 있는 미덕이라는 것을 잘 알고 있기 때문이오. 용기 있는 자가 약간 지나쳐서 무모의 한계에 이르는 편이 아래로 떨어져 겁약의 한계에 접하는 것보다는 나을 것이오. 왜냐하면 낭비가가 물건을 아끼지 않는 사나이가 되는 것은 탐욕스러운 사나이가 되기보다 훨씬 쉬운 것과 마찬가지로, 저돌적인 사나이가 참된 용자가 되는 편이 겁약자가 참된 용기에 도달하기보다 훨씬 쉽기 때문이오. 그래서 모험에 감연히 도전하는 데 관해서는, 돈 디에고 님, 아시겠소? 이를테면 트럼프에서 적은 숫자의 패보다 오히려 많은 숫자의 패를 갖고 지는 편이 좋다는 말씀이오. 왜냐하면 『아무개 기사는 저돌적이고 막무가내로 덤빈다』는 말을 듣는 편이 『아무개 기사는 내성적이고 겁약스럽다』는 말을 듣는 것보다 듣는 사람의 귀에 좋게 들리는 것이기 때문이오.」

「내가 말하고 싶은 것은, 돈키호테 님.」 하고 돈 디에고가 대답했다. 「기사님은 하신 말씀과 하신 행위가 모두 같은 이론에 꼭 맞게 균형을 잡고 있군요. 그래서 편력의 기사도의 법도며 규율이 잊혀졌다고 하더라도 그 보관소나 고문서관(古文書館)과 같이 당신의 가슴속에서 볼 수 있다고 생각합니다. 그런데 꽤 늦어졌으니 좀 서둘기로 하십시다. 마을에 닿거든 우리 집에 드시어서 아까의 그 활동으로 피로하신 몸을 쉬시도록 하십시오. 육체적인 활동은 아니었다고 하더라도 그 정신적인 것이 언젠가는 몸의 피로에 영향을 끼칠 테니까요.」

「그 말씀을 매우 큰 은혜로 받아들이겠소.」

그리고 그때까지보다 세게 박차를 가하여 오후 2시쯤이나 되었을까, 돈 디에고의 마을 그의 집에 일동은 도착했다. 돈키호테는 돈 디에고에게 『녹색 외투의 기사」라는 이름을 붙여 주었다.

제 18 장

  녹색 외투의 기사가 사는 성. 다시 말해 그의 집에서 돈키호테에게 일어난 일
  과 그밖의 얼토당토않는 여러 가지 사건에 관해서.

  돈키호테는 돈 디에고의 집이 시골 생활인 만큼 시원하게 넓다는 것을 알
았다. 아무튼 소박하기는 했으나 거리에 접해 있는 입구 위에 걸린 문장(紋
章), 안마당의 술광, 입구의 아래 통로에 있는 지하광, 그 주위에 있는 많은
술독, 그리고 이 술독이 엘 토보소에서 구운 것이어서 마법에 걸려 변모하고
만 둘시네아의 기억을 생생하게 되살려 주었다. 그래서 한숨을 쉬며 자기도
무슨 소리를 하고 있는지 모르게 무의식적으로 또 누구 앞에 있는 것도 생각
지 않고 중얼거렸다.
  「오오, 내 슬픔 속에서 보는 정다운 그대, 신이 허락하실 무렵 정다웠노라.
오오, 엘 토보소의 술독이여! 그대들은 나에게 무엇보다도 큰 고통을 주고
나의 정다운 임을 생각나게 하는구나!」
  돈 디에고의 아들, 시인 대학생이 이 말을 귀담아들었다. 그는 어머니와 함
께 마중나와 있었는데 돈키호테의 이상한 모습을 보고 입을 벌렸다. 돈키호테
는 로시난테에서 내려 매우 정중하게 부인 앞으로 걸어와서 그 손을 구하여
입을 맞추었다. 그러자 돈 디에고가 입을 열었다.
  「여보, 평소와 같이 따뜻하게 돈키호테 데 라 만차 님을 맞이하시오. 당신
앞에 서 계신 분은 세계에서 가장 용감하고 가장 사려 깊은 편력의 기사이시
오.」
  부인은 도냐 크리스티나라고 했는데, 매우 애정 있고 예의바른 태도로 손님
을 맞이했으며, 돈키호테도 매우 예의바르고 세련된 말투로 신세를 진다고 인
사했다. 그와 거의 다름없는 정중한 인사가 아들인 대학생과도 나누어졌다.
그는 돈키호테가 하는 말을 듣고 꽤 사려 깊고 머리가 날카로운 인물이구나
하고 생각했다.
  여기서 작자는 돈 디에고의 집 모습을 자세하게 묘사하고, 농사를 짓는 풍

속과 시골 귀족의 집에 있는 모든 것을 그 속에서 그려내고 있는데, 이 이야기의 역자는 그런 자질구레한 것은 오히려 묵살하는 편이 좋겠다고 생각했다. 실록의 중요한 목적에 합치하지도 않고 실록은 재미도 없는 여담 따위보다 진실에 힘을 기울여야 하기 때문이었다.

돈키호테는 한 방으로 안내되었다. 산초가 갑옷을 벗겨 주어 헐렁한 바지와 영양 가죽의 동의 바람이 되었는데, 모두 갑옷에서 스민 기름땀으로 더러워져 있었다. 학생풍의 폭이 넓은 칼라는 풀도 먹이지 않았고 레이스 장식도 없었다. 장화는 대추색으로 발이 들어가는 부분에는 초가 칠해져 있었다. 훌륭한 칼을 차고 있었으며, 그것은 바다 표범의 가죽끈에 매달려 있었다——그는 오랜 세월 신장(腎臟)을 앓고 있었다는 소문이 있다(바다 표범의 가죽끈으로 칼을 차면 이런 병에 좋다는 미신이 있었다—역주)——그는 또 훌륭한 천의 회색 망토를 걸치고 있었다. 그러나 다섯 대야인가 여섯 대야의 물로, 숫자에 약간의 차이는 있겠지만, 머리와 얼굴을 씻었는데 그래도 물은 젖빛으로 흐려 있었다. 이것은 걸신든 산초가 산 쓸데없는 응유가 그토록 주인을 더럽혀 놓았기 때문이었다.

이런 복장을 하고 세련된 태도와 늠름한 몸가짐으로 돈키호테는 다른 방으로 나갔는데, 거기에는 식탁이 준비될 때까지 그를 상대하려고 아들인 대학생이 기다리고 있었다. 이런 훌륭한 손님을 맞은 도냐 크리스티나 부인은 자기 집에 찾아오는 손님들에 대한 환대의 방식을 잘 알고 있었으며, 또 그만한 능력도 있다는 것을 보여 주고 싶었기 때문이다.

돈키호테가 갑옷을 벗고 있는 동안 돈 로렌소는, 이것이 돈 디에고의 아들의 이름이었는데, 아버지에게 이렇게 물어 볼 여유가 있었다.

「아버지, 집에 모시고 오신 저분은 어떤 분입니까? 이름도, 풍모도, 편력의 기사라고 말씀하신 것도, 저나 어머니에게는 도무지 납득이 가지 않는 일입니다.」

「어떻게 말해야 좋을지 나도 잘 모르겠다.」 하고 돈 디에고가 대답했다. 「다만 내가 말할 수 있는 것은, 이 세상 최대의 미치광이가 할 만한 짓을 예사로 해내면서도, 그러한 행위를 모두 지워 버릴 수 있을 만큼 참으로 이론 정연한 말을 한다는 거야. 네가 직접 한번 말을 나누어 보렴. 그리고 저 사람이 얼마만큼 아는 것이 많은가 맥을 짚어 보렴. 너는 영리한 아이니까 저 사람의 재기나 어리석음에 대해서 정확한 판단을 내릴 수 있을 테니까. 사실을 말하면 나는 저 사람이 온전한 정신을 갖고 있다고는 생각지 않는다만.」

　이런 말을 주고받은 끝에 앞에서도 말한 것처럼 돈 로렌소는 돈키호테의 상대를 해주려고 나온 것인데, 두 사람이 나눈 여러 가지 담화 속에서 돈키호테는 돈 로렌소에게 이런 말을 했다.

「아버님 되시는 돈 디에고 데 미란다 님은 군이 갖고 있는 뛰어난 재능과 날카로운 천분에 대해서 말씀을 해주셨는데, 그중에서도 군이 대시인이라는 말씀이더군.」

「시인이라고는 할 수 있겠습니다.」 하고 돈 로렌소는 대답했다. 「하지만 대시인이라니, 생각도 못 할 일입니다. 제가 상당히 시를 좋아해서 훌륭한 시인의 작품을 읽은 것은 틀림없습니다. 그러나 아버지가 말씀하신 것처럼 대시인이라는 이름을 붙인다는 건 천부당한 일입니다.」

「그 겸손은 나쁘지 않다고 생각하네.」 하고 돈키호테가 말했다. 「오만하게끔 자기를 세계 최대의 시인이라고 자랑하지 않는 시인이 없거든.」

「예외 없는 규칙은 없습니다.」 하고 돈 로렌소가 대꾸했다. 「개중에는 대시인이면서 자기는 그렇게 생각지 않는 사람도 있을 테니까요.」

「극히 적지.」 하고 돈키호테가 대답했다. 「그러나 한번 듣고 싶은 것이 있네. 지금 손을 대고 있는 시, 그때문에 얼마간 초조해 하며 생각에 잠긴다고 아버지께서 말씀하시던데, 그거 어떤 시인가? 만일 주석시(註釋詩)라면 나도 다소 아는 것이 있으니 들려 주면 기쁘겠네. 그리고 만일 문예 경기 대회에 응모할 생각이라면, 이등상을 차지하도록 노력할 일이네. 일등상은 언제나 정해 놓고 신분이 고귀한 인물이 타게 되어 있는 것이니까, 이등이야말로 에누리 없는 진짜라 할 수 있네. 그러니 삼등이 이등이 되고 일등이 이 계산으로 한다면 삼등이 되는 셈인데, 여러 대학에서 수여하는 학위의 순위와 마찬가지지. 그러나 그건 그렇더라도 일등이라는 이름은 역시 대단한 것이기는 하지.」

『아직까지는,』 하고 돈 로렌소는 속으로 생각했다. 『당신을 미치광이로 단정할 순 없군. 자, 그럼 앞으로 더 나가 볼까.』

　그래서 입을 열었다.

「기사님은 공부를 하신 것 같은데, 무엇을 전공하셨습니까?」

「편력 기사도학.」 하고 돈키호테가 대답했다. 「이것은 시에 못지않을 뿐더러 약간은 더 뛰어난 학문이지.」

「글쎄요, 그게 어떤 학문인지 저는 잘 모르겠습니다만.」

　돈 로렌소가 반문했다.

「여태까지 한 번도 들어 본 적이 없습니다.」

그러나 돈키호테는 대답했다.

「이것은 이 세상의 모든 학문을, 혹은 대부분의 학문을 포함하고 있는 학문이네. 따라서 이것을 수학하는 자는 법률학자로서 저마다의 인간에게 저마다 소유물과 소유해도 좋은 것을 주기 위해 배분법(配分法)과 교환법의 여러 법칙을 알고 있지 않으면 안 되네. 자기가 믿는 그리스도교의 교의를 어떤 곳에서 질문을 받더라도 명료하게 뚜렷이 설명할 수 있게 되려면 신학자가 아니면 안 되네. 의학에 통하고 더욱이 인적도 드문 들판이나 황무지 한가운데서 상처를 고칠 힘이 있는 풀을 발견하려면 약초학자 또한 되지 않으면 안 되네. 또 별을 우러러보고 밤에 몇 시간이나 지났는가, 또 세계의 어느 곳 어떤 기후의 땅에 있는가 알려면 천문학자가 되지 않으면 안 되네. 수학도 무슨 일이 있을 때마다 그것이 필요한 사태가 일어날 것이 틀림없으니 역시 알고 있지 않으면 안 되네.

신학적이고 또 기본적인 모든 도덕을 몸에 지니고 있지 않으면 안 된다는 것은 새삼 말할 필요도 없지. 그밖에 사소한 것을 언급한다면, 물고기 니콜라스(페혜니콜라스는 15세기 전에 시칠리아와 이탈리아 사이를 헤엄쳐서 왕래했고 물 속에서 살기도 했다고 한다―역주)라든가 니콜라오라든가가 헤엄친 것처럼 수영법도 알고 있어야 하고, 말발굽을 바꾸고 안장이나 재갈을 고치는 방법도 알고 있어야 하네. 게다가 다시 높은 이야기로 되돌아가면 신에 대해서, 또 자기가 그리는 공주에 대해서 성실을 다하지 않으면 안 되네. 생각을 깨끗이 먹고, 말은 고상하게 하며 거동은 관용 있게, 행동은 용장하게, 가난을 견디고, 곤궁한 자에게 자비를 베풀며, 마지막으로 설혹 그때문에 목숨을 잃는다 하더라도 진실의 옹호자가 되지 않으면 안 되네. 이러한 위대한 것에서 극히 자질구레한 것에 이르는 자질을 고루 갖추어야 비로소 하나의 훌륭한 편력의 기사가 태어나는 것이네. 따라서 돈 로렌소 군, 이것을 배우고 이것을 본직으로 삼는 기사가 습득하는 것이 유치한 학문인지 어떤지, 신학교나 학교에서 가르치는 우쭐대는 학문에 필적할 수 있는지 없는지 군이 잘 생각해 보게나.」

「만일 그렇다면,」 하고 돈 로렌소가 대답했다. 「그 학문은 다른 모든 학문보다 뛰어나다고 할 수 있겠네요.」

「그게 무슨 뜻인가, 만일 그렇다면이라니?」 하고 돈키호테는 그 말이 귀에 거슬려서 물었다.

「제가 말하고 싶은 것은,」 하고 돈 로렌소가 대답했다. 「편력의 기사가,

더욱이 그만한 덕을 몸에 지닌 사람이 과연 과거에도 있었고 현재도 있을까 하고 의아하게 생각하고 있다는 것입니다.」

「내가 여기에서 되풀이하는 것은 여태까지 몇 번이나 말한 것이네.」하고 돈키호테가 받았다. 「즉, 이 세상 대부분의 사람들은 편력의 기사 따위는 이 세상에 존재하지 않았다는 견해를 갖고 있다는 것이네. 그러니 하늘이 기적적으로 그들이 과거에도 분명히 있었을 뿐 아니라 지금도 있다는 잔실을 사람들로 하여금 깨닫게 해주시지 않는 한 여태까지 나의 경험이 몇 번이나 이러한 사실들을 깨닫게 해준 것처럼 아무리 입에 침이 마르도록 설명해도 아무 소용 없다고 생각되네. 그러니 지금 새삼 군이 많은 사람들과 마찬가지로 그런 오류에 빠졌다고 하더라도 그 오류로부터 구해 줄 생각이 나지 않네. 지금 내가 하고 싶은 것은 하늘에 빌어 그대를 오류에서 빠져 나오게 하고 편력의 기사들이 과거의 세기에 얼마나 필요하고 고마운 존재였는가, 그리고 오늘날에도 만일 그것이 세상에 행해지고 있다면 얼마나 고마울 것인가 깨닫도록 해주십사 하는 것이네. 그러나 오늘날은 사람들의 죄로 말미암아 나태와 무위(無爲)와 포식과 안일의 전성 시대가 되어 버렸네.」

『우리의 손님은 드디어 정체를 나타내기 시작하는군.』하고 이때 돈 로렌소는 속으로 중얼거렸다. 『하지만 아무튼, 이 사람은 훌륭한 미치광이야. 만일 내가 이렇게 생각지 않는다면 나는 숙맥인 셈이야.』

여기서 그들의 대화는 끝났는데, 그것은 식사하러 나오라는 전갈이 왔기 때문이었다. 돈 디에고는 손님의 두뇌의 움직임에서 무엇을 깨달았느냐고 아들에게 물었다. 그러자 아들은 말했다.

「온 세계의 모든 의사와 지혜 있는 자들이 총동원해서 덤벼들더라도, 저분의 광기는 어떻게 할 도리가 없겠는데요. 저분은 혼돈된 미치광이고 기막힌 중절기(中絶期)가 자주 있습니다.」

모두들 식사하러 갔다. 식사는 돈 디에고가 자기 집으로 오면서 초대하는 손님에게 늘 내놓게 되어 있다고 말한 대로 깨끗하고 풍부하고 맛있는 음식들이었다. 그러나 무엇보다도 돈키호테를 기쁘게 한 것은 온 집안을 지배하고 있는 놀랄 만한 정적이었으며, 그것은 카르투지오 수도회(1086년 성 브루노가 프랑스의 그르노블 근처 알프스 산중에 창설한 계율이 엄한 수도회—역주)의 수도원을 연상케 할 정도였다.

아무튼, 식사가 끝나고 하느님께 감사를 드린 다음 손을 씻고 나자 돈키호테는 돈 로렌소에게 문예 경기 대회에 내놓을 시를 들려 주지 않겠느냐고 열심히 부탁했다. 그러자 그는 거절하고, 그런 부탁을 받지 않을 때 드러내는 그러한 시인들과 동류로 취급받고 싶지 않기 때문이라면서, 자작의 주석시를 들려 드리겠다, 그러나 이것으로 상을 탈 것을 기대하고 있는 것은 아니다, 다만 머리를 훈련시키기 위해 지어 본 데 지나지 않는다고 말했다.

「내 친구 중 꽤 머리가 좋은 사나이가 있는데,」하고 돈키호테가 입을 열었다. 「그 사람은 주석시 같은 것을 지어 함부로 정신을 피로시키는 것은 안 좋다는 의견이더군. 그 까닭은 주석시가 원시(原詩)의 경지에 도달하는 일은 절대로 없고 또 많은 경우라기보다 대개의 경우 주석시는 주석을 하도록 요구되는 취지와 목적에서 벗어나기 쉽기 때문이라더군. 게다가 주석시의 규정이 매우 까다로워서 의문형으로 만들어서는 안 되며, 『라고 말했노라』라든가 『라 말하리니』라는 말도 붙여서는 안 된다, 동사를 명사로 만들거나 말의 뜻을 바꾸어도 안 된다고 하더군. 그밖에 군도 잘 알 듯이 주석시는 만드는 사람들을 구속하는 꽤 까다로운 규정이 있기 때문이라고 했지.」

「사실을 말씀드리면, 돈키호테 님.」하고 돈 로렌소가 말했다. 「기사님이 말씀을 계속하시는 동안 뭔가 틀린 점을 혹 말씀하시지나 않나 하고 생각했습니다만, 기사님은 마치 장어처럼 미끄럽게 잘 빠져 나가셨어요.」

「도무지 모를 말씀이군.」하고 돈키호테가 대답했다. 「내가 빠져 나가다니 도무지 무슨 말인지 모르겠네. 어떤 뜻으로 하는 말인가?」

「곧 아실 수 있도록 해드리죠.」하고 돈 로렌소가 대꾸했다. 「그럼, 원시와 주석시를 들어 주십시오. 이런 것입니다.」

옛날이 현재가 되어 준다면
어째서 미래를 바라겠느냐.
시간이여, 재빨리 달려오라,
잇따라 찾아온 일들이여.

〈주석시〉
사물은 모두 지나가거늘
운명이 나에게 아낌도 없이
내려 준 행복도 사라졌노라,
추호의 차이도 없는 채로

다시 돌아올 길도 없어라.
보라, 운명이여, 오래도록
무릎을 꿇고 비는 내 모습.
행복한 이 몸으로 만드시라.
얼마나 즐거운 내가 되리,
『옛날이 현재가 되어 준다면』.

그밖의 즐거움도 영광도
높은 영예도 개선(凱旋)도
승리도 바라는 내가 아니며
추억마저도 울적해지는
옛 행복만을 그리노라.
운명이 나에게 지는 날의
평화로운 나날을 돌려준다면
애닲은 이 마음도 사라지리니
『어째서 미래를 바라겠느냐』.

불가능한 것을 나는 찾으니,
한번 사라진 시간마저
다시 돌아오라 바라는 것은
이런 소원을 이루어 줄
힘은 이 세상에 없는 것을
시간은 달려가니 날아가듯
가면 돌아오지 않는 것을
그를 희망함은 잘못이로다.
시간이여 지나가라, 그렇잖으면
『시간이여, 재빨리 달려오라』.

희망을 품고 두려워하며
당황하면서 살아감은
죽은 것과 마찬가지.

죽어서 가슴속 괴로움의
돌파구 찾는다면 더 좋으리.
나의 기쁨을 죽는 일로
생각한 것도 잘못이니,
나에게 공포를 품게 하여
살아가는 희망을 품게 해준
『잇따라 찾아온 일들이여』.

돈 로렌소가 주석시를 낭독하고 나자 돈키호테는 벌떡 일어나서 그의 바른 손을 꽉 잡고 거의 외치듯 큰 소리로 말했다.

「더없이 높은 분이 계시는 하늘이여, 기뻐하시라. 훌륭한 청년이여, 그대는 이 세상에서 가장 뛰어난 시인이다. 키프로스(사이프러스 섬—역주)나 가에타의 아카데미아에 의해서가 아니라, 지금은 이 세상에 없는 어느 시인(후안 바우티스타 데 비바르로 유명한 즉흥시인—역주)이 말한 것처럼 지금도 아직 이 세상에 있다면 아테네의 아카데미아에 의해서, 또 현재 있는 파리, 볼로냐 및 살라망카의 아카데미아에 의해서 월계관을 수여받을 시인이여. 그대에게 일등상을 주기를 주저하는 심사원들은 페보의 화살에 맞아 죽고, 그들 집의 문지방은 뮤즈가 결코 넘어 들어가는 일이 없도록 하며 그대를 하늘이 가상히 여기시도록 빌리라. 괜찮으면 무어든 긴 음절의 시라도 들려 주지 않겠나? 나는 군의 놀라운 재능을 이제 완전히 다 알게 되었네.」

돈 로렌소는 돈키호테에게 칭찬받고 비록 그가 미친 사람인 줄 알면서도 매우 기분이 좋았다고 전해지고 있는데, 우스운 일일까? 오오, 아첨의 위력이여! 그대의 넓어지는 범위가 얼마나 넓어지고, 그대의 흐뭇한 영역의 경계선은 얼마나 광대한가! 이 진리를 돈 로렌소는 증명해 주었다. 다름이 아니라 돈키호테의 부탁과 희망을 들어 피라무스와 티스베의 우화(偶話)인가 이야기인가에 붙인 다음의 14행 시를 낭독한 것이다.

소네트

피라무스의 남자다운 가슴을 찢어 놓은
아름다운 소녀는 흙벽을 부쉈노라,
아모르(큐피드이라고도 한다—역주)는 키프로스에서 나와 곧장 그 교묘하게 갈라진 좁은 금을 보러 갔노라.

그때 들리는 건 정적뿐, 목소리마저
그 좁은 틈에 들어가길 꺼려하였건만
마음만을 들어갈 수 있었으니 사랑이라는
어려움을 쉽게 하는 신기한 힘이여.

사랑의 마음 사납게 불타오르고
소녀의 마음 분별없어 사랑 때문에
스스로의 죽음 부른 슬픈 사랑의 이야기.

두 사람이 같은 장소, 기구한 인연이여!
한 자루의 칼, 하나의 무덤, 하나의 이야기,
두 사람을 죽이고, 두 사람을 묻어, 소생시켰노라.

「신은 숭앙할지어다!」하고 돈키호테는 돈 로렌소의 소네트를 듣고 소리
쳤다. 「세상의 그 많은 빈약한 시인들 속에서 나는 그대 같은 거의 완벽한
시인을 발견했구나. 방금 들은 그 소네트의 교묘함은 이렇게 나에게 가르쳐
주었네.」
　나흘 동안 돈키호테는 돈 디에고의 집에서 융숭한 대접을 받았는데, 그 나
흘째가 지나자 이 집에 끼친 신세와 후한 대접에 감사한다고 말하고 이제는
떠나가게 해달라고 허락을 구했다. 더욱이, 편력의 기사가 언제까지나 호사에
몸을 맡기고 있는 것은 좋지 않은 일이므로 모험을 찾아 자기의 본분을 발휘
하러 나가고 싶은데, 모험에 관해서는 이 지방에 풍부히 있다고 들었으니 자
기가 목적하는 사라고사의 무술 대회의 날이 올 때까지 이 지방에서 시간을
보내다가 가겠다, 그리고 무엇보다도 이 주변 일대에서 참으로 많은 이야기가
전해지고 있는 몬테시노스의 동굴에도 들어가 봐야겠고, 아울러 루이데라의
일곱 늪이라고 불리어지는 늪의 원천과 그 실제의 수원(水源)도 확인하고
싶다고 말했다.
　돈 디에고와 아들은 그의 훌륭한 결의를 칭찬했다. 그리고 이 집과 재산 가
운데서 마음에 드는 것이 있으면 무엇이든 주저 말고 가져가고, 자기들은 할

수 있는 모든 호의로써 도와 주고 싶은데 그것은 돈키호테의 훌륭한 사람됨과 자랑스러운 천직이 자기들로 하여금 그렇게 하도록 강요하기 때문이라고 말했다.

마침내 출발의 날이 왔는데, 돈키호테에게는 즐거운 날이었으나 산초 판사에게는 참으로 재미없는 울적한 날이었다. 산초는 돈 디에고 집의 유복한 생활에 무척 기분이 좋아져서 숲과 황야에서 겪어야 할 시장기며 준비도 부족한 보따리의 가난으로 다시 되돌아가는 것이 매우 싫었다. 그래도 그는 가장 필요하다고 여겨지는 것을 터지도록 부대에 쑤셔 넣었다. 이윽고 헤어질 때가 되었을 때 돈키호테는 돈 로렌소에게 말했다.

「군에게 한 번 말했는지는 모르지만, 말했다면 되풀이해서 말하게 되는 셈인데, 만일 군이 명성의 여신이 사는 전당에 이르는, 접근하기 어려운 정상에 올라가는 길과 고난을 피하고 싶다면, 그 좁은 시가(詩歌)의 길을 버리고 매우 험한 편력의 기사도의 길을 택하면 되네. 이 길은 눈 깜짝할 사이에 군을 문제없이 황제로 만들걸세.」 이러한 말로 돈키호테는 광기의 발작에 결말을 짓고 거기에 다시 덧붙였다.

「나는 돈 로렌소 군을 데리고 가서 순순히 따르는 자를 어떻게 용서해 주어야 하는가, 오만한 자를 어떻게 제압하고 무찔러야 하는가, 다시 말하여 내가 받드는 이 길에 따르는 덕행을 실제로 가르쳐 주고 싶은 생각이 간절하네. 그러나 군의 나이가 아직 어려 그것을 허락하지 않을 것이고 군의 칭찬할 만한 현재의 수업이 그것을 허용하지 않을 것 같아 군에게 이런 주의를 하는 것만으로 만족할 수밖에 없네. 다시 말해서 시인으로서 자기의 의견보다 남의 의견을 따른다면 반드시 뛰어난 시인이 될 것이네. 세상에 자기 자식을 추하다고 생각하는 부모는 없는 법, 하물며 자기의 정신이 낳은 자식이고 보면 그 몽매는 더할 것이 아니겠는가.」

또다시 아버지와 아들은 돈키호테의 때로는 참으로 사려 깊고 때로는 참으로 어처구니없는 뒤섞인 말과, 자기 염원의 종국으로 혹은 목표로 삼고 있는 하찮은 모험에 외곬으로 돌진하려 하는 그 집념 내지 망집에 새삼 감탄했다.

그리하여 서로 돕겠다는 제의와 정중한 인사가 되풀이되고, 성주의 부인이 내리는 유쾌한 허가를 얻어 돈키호테와 산초는 로시난테와 잿빛 당나귀에 각각 올라앉아 떠나갔다.

제 19 장

여기서는 사랑을 하는 목자의 모험과 참으로 재미있는 그밖의 사건이 다루어진다.

돈키호테는 돈 디에고의 마을을 떠나 얼마 가지 않았을 때 수도사인지 신학생인지 잘 알 수 없는 두 사람과 농부 둘이 네 마리의 당나귀를 타고 오는 것을 보았다. 한 신학생은 손가방처럼 싸든 삼베 보따리 속에 약간의 흰 나사천과 성글게 짠 얇고 긴 나사 양말 두 켤레를 갖고 있는 것 같았다. 또 한 사람은 검술용의 새 흑검(흑검(黑劍). 갈지 않아 광택이 없고 끝에 가죽 구슬이 달려 있다—역주) 두 자루와 칼끝에 대는 가죽을 들고 있을 뿐이었다. 농부들은 무언가 다른 것을 들고 있었는데, 그것은 어느 큰 도시에서 사가지고 자기 마을로 들고 가는 것이 분명했다. 신학생들도 처음 돈키호테의 모습을 보는 자는 누구나 느끼는 것과 마찬가지의 기이한 느낌을 가졌다. 그리고 다른 사람들의 풍모와는 아주 다른 이 인물이 대체 어떤 사람일까 하고 몹시 궁금해 했다.

돈키호테는 그들에게 눈인사를 하고, 그들이 가는 길을 물어 보고는 자기가 가는 방향과 같았으므로 동행하자고 제의하고 조금 보조를 늦추어 달라고 부탁했다. 그들의 당나귀가 그의 말보다 걸음이 빨랐기 때문이다. 그리고 그들의 주의를 끌기 위해 간단하게 자기가 어떤 사람이며, 자기의 의무와 본분은 세계의 방방곡곡을 모험을 찾아 헤매는 편력의 기사라는 것을 알려 주었다. 그리고 또 본명은 돈키호테 데 라 만차라고 하며 통칭『사나운 사자의 기사』라는 것도 말했다. 이 모든 말은 농부들에게 그리스 말이나 은어(隱語)처럼 들렸지만, 신학생들은 재빨리 돈키호테의 두뇌가 어떤 약점을 가졌다는 것을 눈치챘다. 그래도 놀라움과 경의를 표시하면서 그를 바라보고 쳐다보고 하다가 이윽고 한 사람이 입을 열었다.

「기사님, 모험을 찾는 사람들은 일정한 길을 가지 않는 법입니다만, 만일 기사님도 그러시다면 우리와 함께 가시지 않겠습니까? 그러면 라 만차는 물론이고 그 주변 몇 십 레구아 일대에서 오늘날까지 일찍이 있어 본 적이 없는 굉장히 호화로운 결혼식을 보실 수 있을 텐데요.」

「그토록 훌륭하고 호화롭다고 말하는 걸 보면, 필경 어느 영주의 혼례식이 겠지요?」하고 돈키호테가 물었다.

「그렇지 않습니다.」하고 신학생이 대답했다. 「영주가 아니라 농부와 농촌 처녀의 혼례입니다만, 신랑은 이곳에서 제일 가는 부자이고, 신부는 여지껏 사람들의 눈에 비친 여자 중에서 가장 아름다운 미인이지요. 그런데 그 혼례의 취향이 또한 매우 색다르고 진귀합니다. 신부의 마을 가까이에 있는 목장에서 예식을 올리게 되어 있는데, 신부는 굉장한 미인이기 때문에 미인 키테리아라 부르고, 신랑은 부자 카마초라고 하지요. 신부 나이 열여덟, 신랑은 스물한 살로 정말 잘 어울리는 한 쌍이지요. 온 세계의 가문을 다 암기하고 있는 호사가(好事家)의 말을 들어 보면, 미인 키테리아의 집안이 카마초의 집안보다 훨씬 좋다는군요. 그러나 이제 그런 것을 일일이 개의하는 사람은 없습니다. 돈이라는 것은 뿔뿔이 갈라져서 틈투성이가 된 것이라도 모두 깨끗이 납땜질을 해버릴 수 있으니까요. 정말 이 카마초라는 사람은 쩨쩨하게 아끼지 않는 사람이라서 목초지 전체에 나뭇가지를 짜서 덮개를 만들어 버렸으므로 태양도 그 지면을 덮고 있는 푸른 풀을 찾아 들어가는 데 상당히 애를 먹어야 합니다. 그리고 춤과 칼춤과 요령의 춤이 다 준비되어 있는데——그 마을에는 요령을 참으로 잘 흔드는 사람이 있거든요——신발을 손바닥으로 딱딱 치는 무용수에 관해서는 아무 말도 않겠습니다. 잘하는 사람들이 얼마든지 있으니까요.

그러나 제가 지금 말씀드린 것도 또 말씀드리지 않는 그밖의 것도, 실연한 바실리오가 이 혼례식에서 혹시 하지나 않을까 상상되는 일에 비하면 아예 문제도 되지 않습니다. 이 바실리오라는 사람은 키테리아와 같은 마을에 사는 젊은이인데, 키테리아의 양친 집과 벽 하나를 사이에 두고 서로 이웃에 살고 있었지요. 그래서 사랑[아모르]은 이제 모두 잊혀진 피라무스와 티스베의 사랑을 이 세상에 재생할 기회를 얻은 것입니다. 왜냐하면 바실리오는 어릴 때부터 키테리아에 대해 사랑을 품기 시작했으며, 처녀도 총각의 기분에 응해서 맑고 깨끗한 호의를 보였기 때문이죠. 그런 까닭으로 마을에서는 모두 바실리오와 키테리아 두 소년 소녀의 연애를 재미있어 하며 늘 화제에 올리고는 했답니다. 그러는 동안에 나이가 차자 키테리아의 아버지는 여태까지 자기 집에 마음대로 드나들게 내버려 두었던 평소의 출입을 바실리오에게 금지시킬 생각을 가졌습니다. 그래서 애를 태우거나 부질없는 고생을 피하게 하려고 딸을 돈 많은 카마초의 아내로 주기로 한 것입니다. 타고난 재능만큼 물질적인 재산이 없는 바실리오에게 딸을 주고 싶지 않았던 것입니다. 그런데 부러워할 것도 없이 사실을 말씀드리면, 그 청년은 우리가 아는 사람들 가운데서 가장 민첩한 청년으로 막대 던지기도 잘하고 씨름도 잘하며, 게다가 공치기의 명수라 노루처럼 잽싸게 달리고 산양처럼 잘 뛰며, 기둥 넘어뜨리기를 거짓말같이 잘하는가 하면 종달새처럼 노래도 잘 부르고, 기타를 치면 마치 기타가 말을 하는 것 같고 그중에서도 칼을 쥐어 주면 명인의 영역에 들어가지요.」

「그 기능 하나만으로도,」 하고 이때 돈키호테가 입을 열었다. 「그 젊은이는 미인 키테리아뿐 아니라 지금 살아 있다면 왕비 히네브라하고라도 결혼할 수 있는 충분한 자격이 있소. 란사로테를 비롯해서 훼방을 놓고 싶은 사람들에게는 매우 미안한 이야기지만 말이오.」

「우리 집 마누라쟁이에게 그 말씀을 해보십쇼!」 하고 이때까지 잠자코 듣고 있던 산초가 말했다. 「우리 집 사람은, 『양은 양끼리』라는 속담이 있듯이, 저마다 고만고만한 사람들끼리 내외가 되는 것 이상 좋은 게 없다고 했습니다요. 헌데 제 기분을 말씀드리면 그 바실리오는 어느새 내 마음에 꼭 들어 버렸는데 키테리아와 내외가 되는 게 좋겠습니다요. 서로 좋아하는 사람끼리 혼인하는 것을 훼방놓는 녀석은 천당에 가서 잘 살라고나 하지 뭐(실은 이 반대의 말을 할 참이었다).」

「그러나 좋아하는 사람끼리 모두가 다 결혼해야 한다면,」 하고 돈키호테가 말했다. 「자식들은 이러이러한 상대와 이러이러한 때에 결혼시켜야 한다는 선택의 권한을 부모들은 박탈당하게 되겠지. 또 사위를 고르는 일이 딸의 의사에만 일임된다면 부친을 모시고 있는 하인을 고르는 일도 일어날 것이고, 한길에서 지나다가 만나 첫눈에 반해서 겉보기에 씩씩하고 멋있어 보이는 사나이지만 기실 엉터리고 무슨 일이 있을 때마다 걸핏하면 칼이나 휘두르는 녀석을 고르는 일도 있겠지. 사랑이라든가 지나치게 좋고 싫은 것을 가리는 성질은 배우자를 고르는 데 극히 필요한 판단의 눈을 어김없이 장님으로 만드는 법이거든. 결혼의 선택은 참으로 과오를 범하기 쉬운 위험에 직면하기 마련이니, 그것을 잘 빠져 나가려면 뛰어난 직감과 특별한 하늘의 은총이 필요한 게야. 오랜 여행을 하기로 한 자는, 신중한 사람이라면 출전 전에 함께 가줄 믿을 만하고 온화한 동행을 찾지 않겠는가? 그렇다면 죽음의 종말에 이르기까지 한평생 계속 걸어가야 하는 자가 어째서 이와 같이 하지 않겠는가? 하물며 동행이라는 것이 아내와 남편의 그것처럼 잠자리에서도 식탁에서도 그밖의 어떤 곳에서도 손을 잡고 함께 가게 된다면 말이다.

아내라는 길동무는 한번 사고 나면 돌려주거나 바꾸거나 다시 다른 것으로 바꾸어 사거나 하는 물건이 아닌 거야. 분리할 수 없는 일이고, 생명이 계속되는 한 이어 나가야 하는 것이지. 다시 말해서 일단 목에 감기면 순식간에 고르디아스의 매듭(왕이 된 농부 고르디아스의 달구지 명에 채에 맨 밧줄 매듭—역주)으로 변하는 것이며, 죽음의 신의 낫이 잘라서 갈라 놓지 않는 한 풀 방법이 없는 게야. 이 문제에 대해서는 아직도 많은 말을 할 수 있지. 바실리오의 신상 이야기에 관해서 학생이 아직도 더 하고 싶은 말이 있는지 없는지 그것을 알고 싶은 내 소원을 방해하지 않는다면 말이지만.」

이에 대해서 수도사인지, 아니면 돈키호테가 부른 것처럼 학생인지 알 수 없는 사람이 대답했다.

「제가 말씀드리고 싶었던 것으로 아직 하지 않은 이야기는, 다만 아름다운 키테리아가 부자 카마초와 결혼하게 된다는 것을 알고부터 한 번도 바실리오가 웃거나 조리에 맞는 말을 하는 것을 본 사람이 없고, 언제나 골똘히 생각에 잠겨 쓸쓸해 보였으며, 혼자서 무슨 말을 중얼거리고 있는 품이 암만 보아도 머리가 이상해진 명백한 징조가 틀림없었습니다. 거의 먹지도 않고 잠도 안 자거든요. 먹는 것이라고는 과일뿐이고, 잠도 그것을 잠자는 것이라고 말한다면 마치 야수처럼 들판의 딱딱한 땅바닥에서 잡니다. 이따금 하늘을 쳐다보고 있는가 하면, 때로는 땅바닥을 응시하고 있고, 그것이 너무나 심한 방심상태라 바람에 옷자락이 휘날리는 옷 입은 조상(彫像)으로밖에는 보이지 않습니다. 바실리오가 언제 파열할지 모르는 마음을 간직하고 있다는 것은 누구의 눈에나 뚜렷했으며, 그를 알고 있는 우리들은 모두 내일 혼례식에서 미인 키테리아가 대답하는 『예』라는 말이 바실리오의 죽음의 선고가 되지나 않을까 하고 걱정을 하고 있답니다.」

「하느님이 잘 해주실 테죠.」 하고 산초가 말했다. 「하느님은 헌 데도 만들어 주시지만 약도 주시니까요. 누구에게나 앞날은 모르는 것입니다요. 한 시간에라도, 아니 눈 깜박하는 사이에라도 집이 뒤집혀지지요. 나는 한꺼번에 비가 내리면서 해도 쨍쨍 쬐는 것을 본 적이 있지요. 간밤에 아무 탈 없이 잠자리에 들어간 녀석이 다음날 꼼짝도 못 하는 일도 있구요. 뭣하다면 듣고 싶은데요, 운명의 수레바퀴에 못을 박았다고 자랑할 수 있는 자가 혹시라도 있을 줄 아십니까요? 아니, 있을 수 없습니다요. 게다가 나는 여자의 『예』와 『아니오』의 사이에 바늘 끝도 꽂을 용기가 없습니다요. 들어갈 까닭이 없으니까요. 나는 키테리아가 진심으로 마음속에서 바실리오를 좋아한다는 것으로 해두면 좋겠습니다요. 그러면 내가 그 사나이에게 행복의 주머니를 주겠습니다요. 내가 주워들은 바로는 사랑이라는 것은 구리가 금으로, 가난뱅이가 부자로, 눈꼽이 진주로 보이는 안경을 낀 것과 같다고 하니까 말입니다요.」

「이봐라, 그 이야기를 어디로 끌고 갈 참이냐, 산초? 곤란한 녀석이다.」 하고 돈키호테가 나무랐다. 「그대가 속담과 어처구니없는 이야기를 늘어놓기 시작하면, 그대에게 덮친 유다(그리스도를 판 자. 악마의 뜻으로도 통함—역주)라면 몰라도 아무도 도저히 잠자코 듣고 있지 못할 게다. 알았느냐, 이 짐승 같은 녀석아. 못이니 수레바퀴니 어쩌니저쩌니 하지만 그대가 대체 뭘 안단 말이냐?」

「아이고! 그럼 제 말을 모르시겠단 말씀이십니까요?」 하고 산초가 물었다. 「그러시다면 제 말을 엉터리라고 생각하시는 게 조금도 이상할 게 없습니다요. 하지만 상관없습니다요. 저는 제가 지껄인 말이 그렇게 엉터리가 아니라는 걸 알고 있으니까 말입니다요. 그보다 나리는 언제나 제가 하는 말, 하는 일의 검역관 노릇만 하십니까요?」

「검열관이라고 말하는 거다.」 하고 돈키호테가 받았다. 「검역관이 아니다. 좋은 말의 모독자 같으니라구. 하느님께 꾸중들을라.」

「나리, 일일이 그렇게 남의 말꼬리를 잡고 트집만 잡지 말아 주셨으면 좋겠습니다요.」 하고 산초가 대답했다. 「워낙 저는 도시에서 자란 것도 아니고, 살라망카에서 공부를 한 것도 아니니까 제가 쓰는 말에 쓸데없는 것이 붙었는지 떨어졌는지 제가 알 까닭이 없다는 것쯤 나리도 알고 계시지 않습니까요. 그러믄요, 참 기가 차서! 사야구에 태생에게 톨레도 태생처럼 지껄이라고 강요해 봐야 어쩔 수도 없는 일이고, 톨레도 사람이라도 옳은 말을 해야 할 때 어쩌다 잘하지 못하는 자도 있을 게 아닙니까요.」

「그건 그렇지요.」 하고 신학생이 말했다. 「테네리아스나 소코도베르(서민들이 모이던)* 에서 자란 사람들은 대사원의 회랑을 거의 온종일 왔다갔다 하는 사람처럼 훌륭한 말은 사용하지 못합니다. 그러나 양쪽이 다 톨레도의 주민이지요. 순수하고 적절하고 기품 있고 명료한 말투는 설혹 마할라온다 태생이라도 두뇌가 명석한 도시의 사람들 속에 있습니다. 내가 『두뇌가 명석한』이라고 한 것은 그렇지 않은 사람들이 많기 때문입니다. 그리고 두뇌의 명석이야말로 좋은 말투의 문법이며 이것이 일반의 관용과 결부되는 셈이지요. 여러분, 저는 우연히 살라망카에서 수사법을 배웠습니다만, 내가 하고 싶은 말을 뚜렷하고 알기 쉽고 뜻이 분명한 말로써 할 수 있다는 것을 약간 자랑으로 생각하고 있습니다.」

「만일 군이 말보다 지금 손에 들고 있는 시합용 흑검을 잘 사용할 수 있다는 것을 크게 자랑하지 않았더라면,」 하고 또 한 신학생이 끼여들었다. 「졸업 때 꼴찌였던 대신 일등이 되어 있었을 거야.」

「무슨 말을 하는 건가.」 하고 아까의 신학생이 대답했다. 「자네는 검술을 무용지물로 알고 있는, 이 세상에서도 도무지 그릇된 의견을 편드는 것이로군.」

「내게는 의견이 아니라 확실한 진리야.」 하고 코르추엘로(^{신학생 이}_{름─역주})가 대꾸했다. 「만일 자네가 그것을 실제로 증명해 달라고 한다면, 칼은 자네가 들고 있으니 마침 잘됐다. 나도 솜씨가 있고 힘도 세다. 게다가 그다지 약하지도 않은 기력까지 갖고 있으니 내가 틀리지 않다는 것을 인정시켜 주마. 자, 당나귀에서 내려, 그리고 자네 두 다리의 콤파스와 자네의 원(圓)과 각과 법칙(^{모두 검술 용}_{어─역주})을 이용하게. 나는 초심자답게 극히 자연스러운 기법으로 자네에게 대낮의 별을 보여 줄 테니까. 하느님 다음인 나의 이 비전문가적 기법에 나로 하여금 등을 돌리게 하는 자는 아직 태어나지 않았을 뿐더러 내게 찍혀 쓰러지지 않는 자는 이 세상에 한 사람도 없다는 기대를 걸고 있단 말이야.」

「등을 돌리고 안 돌리고는 내가 알 바 아니야.」 하고 검술가가 대답했다. 「하기야 자네가 처음 밟은 자리에 자네 무덤이 파일는지도 모르지. 이 뜻은 그 자리에서 자네가 얕잡아 본 기술로 죽어 버릴는지 모른다는 거야.」

「곧 알게 되겠지!」 하고 코르추엘로가 받았다. 그리고 부랴부랴 당나귀에서 내리더니 학생은 당나귀에 매어 놓은 칼 한 자루를 난폭하게 뽑아 들었다.

「그래서는 안 되오.」 하고 이 순간 돈키호테가 소리쳤다. 「내가 이 시합의 입회인이 되어 여태까지 여러 번 행해졌으나 아직 결정을 짓지 못한 문제의 심판을 해 드리리다.」

그리고 로시난테에서 내리더니 창을 움켜쥐고 길 한가운데로 나가 우뚝 섰다. 그때 검술가는 늠름한 태도와 걸음걸이로 코르추엘로를 향해 진격했다. 상대편도 흔히 세상에서 말하듯 눈에서 불꽃을 튀기면서 검술가에게 덤벼들었다. 함께 온 두 농부는 당나귀에서 내리지도 않고, 이 목숨을 건 비극의 구경꾼 역할을 하고 있었다.

　코르추엘로가 시도한 쳐들어가기·내지르기·내려치기·옆으로 베기·두 손으로 내지르기 등의 기법은 따라 셀 수가 없을 정도로 번개같이 빨랐다. 마치 사납게 성난 사자처럼 덤벼들었으나 검술가의 칼끝에 댄 가죽을 입 한가운데에 정통으로 받아 사납게 설치던 기세가 꼼짝도 못 하게 제압당하고 칼끝 가죽에 마치 성자의 유물인 양 입을 맞추었다. 하기야 성자의 유물에 입맞출 때 뺄 수 없는, 또 그것이 보통으로 되어 있는 그 경건함을 물론 나타내지 않았지만, 끝으로 검술가는 상대가 입고 있는 법의의 단추를 칼끝으로 찌르면서 하나하나 세어 나가더니 옷자락을 갈기갈기 찢어 문어 다리처럼 만들어 버렸다. 이어 그의 모자를 두 번이나 굴려서 떨어뜨리고 녹초로 만들어 버렸으므로, 그는 자포자기와 분노와 울화에 못 이겨 칼 손잡이를 꽉 쥐더니 있는 힘을 다해 허공에 집어던졌다. 그러자 구경하고 있던 농부의 한 사람이——그는 마을의 공증인이었다——칼을 주우러 가서, 나중에 그가 4분의 3 레구아나 멀리 칼을 던졌다는 증언을 했다. 이 증언은 힘이 기술에 이기지 못한다는 것을 아무런 에누리도 없는 진실로 알리고 인정시키는 데 도움이 되었다.

　코르추엘로가 지칠 대로 지쳐서 주저앉아 버리자 산초가 다가서서 말했다.

　「나는 진정으로 말하지만 학사 양반, 당신은 내 충고를 듣고 앞으로는 무슨 일이 있더라도 검술 시합을 아무와도 하지 않는 게 좋겠소. 그보다 힘을 겨룬다든가 막대기를 던진다든가 하는 경기를 하시오. 당신의 나이나 힘으로 보아 그게 꼭 알맞을 테니까. 『검술가』라고 호칭되는 사람들에 관해서 들어 보면, 칼끝을 바늘 귀에 넣는다는 말도 있습니다.」

　「그럼, 나는 만족하지요.」 하고 코르추엘로가 대답했다. 「말하자면 바보라는 당나귀에서 굴러 떨어졌다는 것과 아예 생각지도 않던 진실을 경험이 내게 가르쳐 준 데 대해서 말이오.」

　그리고 일어나더니 검술가를 두 팔로 껴안았다. 이리하여 두 사람은 여태까지보다 더한층 친밀한 친구가 되었는데, 칼을 주우러 달려간 공증인이 꽤 시간이 걸릴 듯이 보였으므로 기다릴 생각을 하지 않고, 키테리아의 마을에 일찍 닿으려고——그들은 모두 그 마을 출신이었다——여행길을 계속하기로 했다.

　그래서 마을까지의 나머지 여정에서 검술가는 사람들에게 실증적(實證的)

인 이론이며 수학적인 말투, 그리고 많은 증명을 동원해서 검도가 얼마나 훌륭한 것인가를 설명해 주었다. 덕분에 사람들은 이 기술의 고마움을 이해하고, 코르추엘로는 그의 완고한 생각에서 빠져 나올 수 있었다.

밤이 되었다. 그러나 마을에 도착하기 전에 마을 앞 하늘이 수없이 많은 별로 반짝이고 있는 것이 보였다. 그리고 피리, 작은 북, 살테리오(옛날의 현악기—역주), 알보게(풀잎피리—역주), 탬버린, 소나하(탬버린의 일종—역주) 등의 여러 가지 악기가 뒤섞인 부드러운 음악이 들려 오고 있었다. 이윽고 가까이 샀을 때 마을 입구에 인공으로 나뭇가지를 엮어 놓은 나무마다 불이 가득 켜져 있는 것이 보였는데, 불이 바람의 방해를 받지 않고 있었던 것은 그때 바람이 너무나 고요하고, 나뭇잎새를 움직일 만한 힘을 가진 바람조차 없었기 때문이다.

주악을 하고 있는 것은 혼례의 축하객들이었다. 그들은 여럿이 짝을 지어서 그 유쾌한 장소를 돌아다니면서 어떤 사람들은 춤추고, 어떤 사람들은 노래부르고 어떤 사람들은 앞에서 말한 것처럼 잡다한 악기를 켜고 있었다. 정말 온 목초지에 환희가 흐르고 만족이 출렁대는 듯이 여겨졌다. 그밖에 많은 사람들이 좌석을 만드는 데 열심이었는데, 그것은 다음날 부자 카마초의 혼례와 바실리오의 장례식을 엄숙하게 행할 이 장소에서 또한 열리게 되어 있는 연주와 무용을 천천히 편안히 구경하기 위한 자리였다.

그런데 농부와 신학생들이 열심히 권했으나 돈키호테는 마을에 들어가려 하지 않았다. 설혹 황금의 지붕 밑이라 하더라도 사람의 마을이 아닌 들판이나 숲에서 자는 것이 편력 기사의 습성이라는 그의 생각으로는 조금도 부족하지 않은 구실로 사양하는 것이었다. 그래서 길에서 조금 떨어져 갔는데, 돈 디에고의 성, 성이라기보다 집에서 맛본 기분 좋은 숙박의 기억이 되살아나 산초의 기분은 몹시 언짢아지고 말았다.

제 20 장

여기서는 부자 카마초의 혼례와 더불어 가난한 바실리오에게 일어난 일이 다루어진다.

새하얀 『새벽』이 그 황금의 머리카락에서 굴러떨어지는 진주를 빛나는 『태양신』의 타는 듯 따가운 광선에 말라 가는 대로 내맡겨 두는가 했더니, 돈키호테는 몸의 나른함을 뿌리치고 종자 산초를 불렀다. 그러나 그는 아직도 한창 코를 골고 있었다. 그것을 보고 돈키호테는 그를 깨우기 전에 뇌까리기 시작했다.

「오오, 그대, 대지의 표면에 살아 있는 모든 것 가운데서 가장 복된 사나이여, 그대는 남을 부러워하지 않고 남 또한 그대를 부러워하지 않으며 편안한 마음으로 잠자고 마법사의 박해도 받지 않으며 마법을 겁낼 것도 없는 그대여! 다시 한 번 말하지만, 아니 백 번이라도 말하지만 그대는 그리운 공주에 대한 질투로 밤마다 잠을 이루지 못하고 괴로워하는 일도 없고, 빌린 돈을 갚는다든가, 그대와 그대의 자질구레한 근심을 걱정하는 가족이 내일의 양식을 얻으려면 무엇을 해야 하나 하는 수심에 눈까풀이 감겨지지 않는 일도 없이 그대는 잠자는구나. 야심도 그대의 마음을 교란하지 않고, 세상의 헛된 영화 또한 그대를 괴롭히지 않으니, 그것은 그대의 욕망의 한계가 그대의 당나귀에 건초를 주는 것보다 위로 올라가지 않기 때문이다. 그대 스스로의 양식은 자연과 습관이 주인들에게 지우는 부담으로서 내 어깨에 얹혀 있기 때문이지. 하인은 잠자고, 주인은 하인을 어떻게 잘 먹이고 더 좋게 하며 하인에게 은혜를 베풀까 고민하고 잠도 이루지 못한다. 하늘이 적당한 비와 이슬로 땅을 적시지 않고 천둥의 무자비를 나타내는 것을 보았을 때의 괴로움도 하인을 슬프게 만들지는 않으며, 주인이 근심에 잠기는 것은 풍요한 수확 때 봉사해 준 하인을 흉작과 기근 때 부양하지 않으면 안 되기 때문이다.」

이런 술회에 대해서 산초가 아무 대답도 하지 않은 것은 잠들어 있었기 때문인데, 만일 돈키호테가 창자루 끝으로 그의 눈을 뜨게 하지 않았더라면 그는 쉽게 깨어나지 못했을 것이었다. 산초는 눈을 뜨고 아직도 졸리는 듯 나른한 모습으로 사방을 두리번거리더니 말했다.

「저 나뭇가지로 지붕을 엮은 쪽에서, 제가 잘못 생각한 게 아니라면, 황수선이나 사향초와는 다른 돼지 굽는 냄새가 흘러옵니다요. 이런 냄새로 시작하는 혼례라면, 맹세해도 좋지만, 맛있는 음식이 얼마든지 있을 것이고 인심도 좋을 것 같습니다요.」

「그만두어라, 이 걸신들린 녀석아.」 하고 돈키호테가 말했다. 「자, 가자, 혼례를 보러. 그리고 그 퇴짜맞은 바실리오가 무슨 짓을 하는가 보기로 하자.」

「하고 싶은 대로 실컷 무슨 짓이나 하라지요 뭐.」 하고 산초가 대답했다. 「그녀석도 가난하지만 않았던들 키테리아와 내외가 되었을 텐데. 그런데 무일 푼인 주제에 구름을 잡으려 한 것밖에 더 됩니까? 나리, 정말이지 가난뱅 이는 눈에 띄는 것으로 만족해야 하고, 바다 밑에서 돼지감을 찾는 그런 짓을 해선 안 된다는 게 제 생각입니다요. 저는 팔 하나쯤 걸어도 좋습니다요만, 카마초는 바실리오를 돈으로 적당히 구워삶을 것이 틀림없습니다요. 만일 그 렇다면 그것이 당연한 일이지만, 게다가 키테리아가 바실리오의 막대 던지기 나 칼을 쓰는 재주 쪽을 택하기 위해서 카마초가 준 것이 틀림없는, 또 줄 수 있는 훌륭한 의상이며 보석 따월 내동댕이친다면 이만저만 바보 아가씨가 아 닙니다요. 아무리 막대를 잘 던지고, 아무리 칼을 시원하게 잘 쓴다고 해도 선술집에서 1쿠아르티요(0.5 리터에 해당한다—역주)의 포도주도 얻어 걸리지 못하는 게 사실이 아닙니까요. 그런 교묘한 기술이나 잘생긴 인물이라는 것을 설혹 디를로스 백 작(샤를르마뉴 대제의 열두 용사 중 한 사람—역주)이 갖고 있다고 하더라도 아무도 사지 않습니다요. 하지만 그런 교묘한 기술을 돈을 쥐고 있는 사람이 가진다면 그야말로 우리도 갖고 싶을 만큼 근사하긴 할 것입니다요. 튼튼한 토대가 있어야 비로소 훌륭한 건 물이 서는 이치인데, 이 세상에서 제일 가는 토대, 제일가는 토대를 놓는 골 자는 돈입니다요.」

「하느님 자신을 두고 부탁한다만,」 하고 이때 돈키호테가 말했다. 「그대의 그 장광설을 이제 대강대강 끝마쳐 다오. 그대가 사사건건이 시작하는 장광설 을 잠자코 내버려 둔다면 그대에게는 밥먹을 시간도 잠잘 시간도 남지 않게 돼버리고 말겠구나.」

「나리의 기억력이 좋으시다면,」 하고 산초가 대답했다. 「이번에 저희들이 집을 나오기 전에 서로 약조한 조항을 기억하고 계실 줄 알고 있습니다요. 그 중의 하나는, 누가 남을 해치거나 나리의 면목에 먹칠을 하지만 않으면 어떤 말이건 제 맘내키는 대로 지껄이게 내버려 두신다는 것이었습니다요. 여태까 지 저는 이 조항을 어긴 적이 없다고 생각하고 있습니다요.」

「나는 그런 조항을 기억하고 있지 않다, 산초.」 하고 돈키호테가 대꾸했다. 「설혹 그렇다고 하더라도 잠자코 나를 따라오너라. 간밤에 우리가 들은 악기 소리가 다시 골짜기마다 흥겹게 울려퍼지고 있지 않느냐. 아마 혼례의 의식을 대낮의 더위를 피해서 아침 시원할 때 올릴 모양이로구나.」

산초는 주인의 분부대로 로시난테에게는 안장을, 잿빛 당나귀에게는 짐안장을 얹고, 두 사람은 그 위에 올라앉아 느릿한 걸음으로 나무를 엮어 만든 지붕 아래로 들어섰다.

제일 먼저 산초의 눈에 띈 것은 느릅나무 가지를 하나 고스란히 꼬챙이로 사용해서 송아지를 통째로 굽는 광경이었다. 그것을 굽기 위해서 사용하는 불은 산더미처럼 타는 장작이었다. 장작불 주위에 놓여 있는 여섯 개의 거대한 가마솥은 보통 가마솥 모양으로 만들어진 것이 아니었다. 그것은 절반으로 쪼갠 여섯 개의 흙으로 구운 큰 병이었으며 그 하나하나는 도살장의 고기가 깡그리 들어갈 만한 크기였으므로 그 안에 몇 마리인가의 양이 통째로 삶아지고 있었는데 마치 비둘기 새끼가 통째로 삶아지고 있는 정도로밖에 보이지 않았다.

나중에 가마솥에 던져 넣으려고 나무에 매달아 놓은 껍질을 벗긴 토끼와 털을 뽑은 암탉은 수를 헤아릴 수도 없을 만큼 많았으며, 그밖에 야생의 새와 갖가지 짐승도 수없이 나뭇가지에 매달려 바람에 식혀지고 있었다. 산초는 1 아르로바는 들어가고도 남을 가죽 부대를 60개 이상이나 세었는데 나중에 안 일이지만 모두 훌륭한 포도주가 가득가득 들어 있었다. 그리고 탈곡장에서 흔히 보는 산더미처럼 쌓인, 밀처럼 새하얀 빵 무더기가 몇 개가 있었다. 서로 엇갈려 쌓아올린 벽돌처럼 치즈가 벽을 이루었고, 염색 가게의 가마솥보다 큰 기름 냄비 두 개가 반죽한 밀가루의 과자류를 튀기는 데 사용되고 있었으며, 튀겨지자 큼직한 두 개의 삽으로 떠서 바로 옆에 벌꿀을 채워 놓은 또 하나의 냄비 속으로 던져지곤 했다.

남녀가 뒤섞인 숙수가 50명은 넘었으며, 모두 깨끗해 보이고 활발히 움직이고 즐거워 보였다. 송아지의 큼직한 뱃속에는 열두 마리의 말랑말랑한 돼지 새끼를 채워서 위쪽을 꿰매 놓았는데, 이것은 쇠고기에다 맛을 더 내고 연하게 하기 위해서였다. 가지각색의 향료가 있는데 그것은 근(斤)으로 산 것이 아니라 아르로바로 산 것으로 보였으며 큼직한 궤짝에 가득 들어 있었다. 요컨대 혼례의 준비는 시골식이었지만 그러나 일개 부대라도 먹일 만큼 풍성했다.

이런 모든 것들을 산초 판사는 남김없이 보고 남김없이 살피고 그리고 무척 흡족해했다. 그의 욕망을 사로잡아 속절없이 항복시켜 버린 것은 큼직한 가마솥에 삶고 있는 잡동사니 요리였다. 하다못해 중간치 크기의 냄비로 한 냄비만 얻을 수 있다면 얼마나 기쁠까. 그리고 가죽 부대의 술이 그의 기분을 몽롱하게 만들었다. 마지막으로 그를 매료시킨 것은 그 불룩한 토병을 프라이팬이라고 불러도 상관없다면, 그 프라이팬으로 튀긴 음식이었다. 그는 도저히 참지 못하고, 또 그의 손이 지금 다른 일을 한다는 것은 아예 바랄 수 없는 일이므로 열심히 일하고 있는 한 숙수 앞으로 다가가 정중히, 참으로 시장한 듯한 말투로, 빵조각을 잠깐 큰 가마솥에 적셨다가 꺼내 줄 수 없느냐고 부탁했다. 그 말을 듣자 숙수가 대답했다.

「이봐, 친구, 오늘이라는 날은 말이야, 돈 많은 카마초 덕분에 쫄쫄 굶은 배가 큰소리치는 날과는 다르단 말이야. 당나귀에서 내려 그 근처 어디 큼직한 국자가 없는가 찾아 보게나. 그래 가지구 거품이라도 뜨듯 통닭을 두어 마리 떠서 뜯어 먹게나.」

「도무지 어디 있는지 보이지 않는데요.」 하고 산초가 대답했다.

「잠깐 기다려.」 하고 숙수가 말했다. 「놀랐어! 당신같이 수줍어서 어디, 정말 머리가 안 도는군!」

이렇게 말하고 손잡이가 달린 냄비를 집어 가마솥에 푹 담그더니 닭 세 마리와 거위 두 마리를 건져 산초에게 내밀었다.

「자, 먹게나, 이따 식사를 할 때까지 이런 걸로 우선 아침 요기나 하게.」

산초가 이렇게 하고 있을 때 한편 돈키호테는 나뭇가지로 엮은 지붕 한쪽에서 열두 사람의 농부가 훌륭한 열두 마리의 암말을 타고 들어오는 것을 바라보고 있었다. 그 말들은 모두 훌륭했고 보기에도 화려한 야외용 마구를 달았으며, 가슴팍에는 많은 방울이 매달려 있고, 타고 있는 사람들도 화려하게, 경사스러운 날다운 치장들을 하고 있었다. 그들은 정연히 줄을 지어 목초지를 몇 바퀴나 달려 돌아가면서 기쁨의 환성을 질렀다.

「카마초와 키테리아 만세! 신랑님은 신부님의 아름다움에 못지않는 부자, 신부님은 세상에 둘도 없는 미인이시다!」

이 말을 듣고 돈키호테는 혼자 중얼거렸다.

「허, 저자들은 아직 우리 둘시네아 델 토보소를 본 적이 없는 모양이구나. 만일 보았다면 키테리아를 찬양하더라도 조금은 점잖게 했을 텐데.」

그리고 잠시 후 나뭇가지 지붕의 장내 여기저기에서 각종 무용단이 입장하기 시작했다. 그중의 일단은 늠름한 모습의 24명이나 되는 억센 젊은이들로 구성된 칼춤을 추는 사람들이었으며, 똑같이 엷은 천의 새하얀 삼베로 지은 옷들을 입고 가지각색 수를 놓은 얇은 비단두건들을 쓰고 있었다. 이 일단을 통솔하고 있는 것은 동작이 민첩한 청년이었다. 그를 향해서 아까 그 암말을 타고 들어온 사람 가운데 하나가 무용수들 중에 다친 사람은 없느냐고 물었다.

「고맙게도 아직까지 다친 사람은 없습니다. 모두 신이 나 있지요.」

그리고 곧 다른 동료들과 함께 마구 뒤섞여 칼춤을 추기 시작하더니 몇 번이나 빙빙 돌면서 훌륭한 묘기를 보여 주었다. 이런 무용을 여러 번 보아 온 돈키호테는 이토록 훌륭한 솜씨는 처음 보았다고 혀를 내둘렀다.

그리고 또한 훌륭하다고 생각된 것은 그때 입장해 들어온 모두가 놀랍도록 아름다운 처녀들의 일단이었는데, 모두 열네 살 아래도 없고 열여덟 살이 된 사람도 없는 소녀들뿐이었으며 모두 녹색 팔미야(일종의 비로드. 16, 7세기경 농촌 부인들이 나들이옷으로 잘 입었다—역주)의 옷을 입었고, 반은 머리를 세 가닥으로 땋았으며 나머지 반은 머리를 탐스럽게 내려뜨리고 있었다. 그것은 햇빛과 요염을 겨루는 굉장한 금발이었으며 그 금발 위에다 재스민, 장미, 맨드라미, 인동덩굴 같은 것으로 만든 꽃관을 쓰고 있었다. 이 일단을 지휘하고 있는 것은 훌륭한 노인과 기품이 있는 노파였는데, 나이에 비해 동작이 퍽 경쾌하고 자유로웠다. 그들의 반주는 한 자루의 사모라 풍적(風笛)이 맡고 있었으며, 소녀들의 얼굴과 눈에는 순결함을, 다리에는 경묘함을 보이면서 세상에서 훌륭한 무희들이라는 것을 잘 보여 주고 있었다.

이 일단에 이어 『사설(辭說) 춤』이라 부르는, 매우 멋을 부린 무용단이 나타났다. 그것은 여덟 명의 요정(妖精)으로 구성되어 두 줄로 나누어져 있었는데, 한쪽 줄의 선도자는 사랑의 신 큐피드였고, 나머지 줄의 선도자는 이익(利益)의 신이었다. 전자는 날개, 활, 화살통, 화살을 지니고 있었고 후자는 금과 비단의 색채도 풍부하고 화려한 의상을 걸치고 있었다. 『사랑의 신』을 뒤따르고 있는 요정들은 저마다 흰 양피지에 큼직한 글씨로 쓴 자기들의 이름을 등에 달고 있었다. 첫째 요정의 이름은 『시(詩)』, 두번째는 『사려』, 세번째는 『명문(名門)』, 네번째는 『용기』였다.

이와 마찬가지로 『이익』의 신을 따르고 있는 요정들도 이름들을 달고 있었다. 첫번째 이름이 『관용』, 두번째는 『선물』, 세번째는 『재보(財寶)』, 그리고 네번째의 이름은 『온화한 점유(占有)』라는 것이었다. 그들의 선두에 나무로 만든 성(城)을 네 사람의 야만인이 끌고 왔는데, 그들은 모두 덩굴과 녹색으로 물들인 삼베옷을 입고 있었다. 그것이 정말 야만인처럼 보였으므로 하마터면 산초는 겁을 집어먹을 뻔했다. 성의 정면과 네모난 그밖의 각 면에 『조심스러운 성』이라 씌어 있었다. 이 일단의 반주는 작은 북과 플루트의 네 명수였다. 『사랑의 신』이 춤을 추기 시작하여 두 절을 다 추고 나더니, 성 흉벽의 톱날 같은 오목한 틈새에 자리잡고 있던 처녀를 겨누어 화살을 재고 시위를 힘껏 잡아당기면서 처녀를 향해 말을 건넸다.

나는 공중과 땅 위에서
파도 사나운 바다에서
혹은 나락의 바다에서
혹은 무서운 지옥에서
힘을 자랑하는 신이로다.
공포라는 것 나는 모르고,
불가능하다는 것도
뜻대로 나는 할 수 있으며,
할 수 있는 모든 것에
명령하고, 빼앗고, 주고는 빼앗노라.

이 노래를 마치더니 성 꼭대기를 향해 화살을 날리고는 제자리로 돌아갔다. 그러자 이어『이익의 신』이 앞으로 나와 역시 두 절의 춤을 주고는 작은 북소리가 가라앉자 다음과 같이 노래불렀다.

나는 『사랑』보다 강한 것,
『사랑』이 나를 인도하지만,
지상에 하늘이 만들어 놓은
널리 이름나고 아주 드높은
비할 데 없는 혈통 자랑하노라.

나는 『이익』, 나로 인해서
좋은 일 하는 자 드물고
나 없이 한다는 건 위험하리라.
있는 그대로의 나 영원히
그대를 섬기리라, 신께 맹세코.

『이익』이 물러가고 『시』가 앞으로 나왔다. 그녀도 앞서의 두 사람과 마찬가지로 두 절을 춤춘 다음 성의 처녀를 응시하면서 노래불렀다.

　　높고 슬기롭고 자애로우며
　　더없이 정다운 생각 깃들어
　　더없이 정다운 『시』인 이 몸을,
　　무수한 소네트에 나의 영혼을
　　감싸고 그대에게 바치노라.

　　나의 말을 성가시게
　　생각지 않으시고 사람들에게
　　시샘을 받으신 그대이지만
　　그대를 나는 찬양하리라,
　　하늘에 높이 뜬 저 달처럼.

『시』가 그 자리를 물러나자 『이익』측에서 『관용』이 나와 춤을 춘 다음 이와 같이 노래했다.

　　줄 때는 낭비가 되지 않고,
　　우유부단을 말해 주는
　　째째하고 인색한 마음도
　　안 먹은 채 남에게 주는 것을
　　『관용』이라 남은 부른다.

　　그러나 오늘부터 그대 위해
　　낭비하는 사람 나는 되리라.
　　나쁜 일인 줄 알면서도
　　주어서 내 마음 알리려고
　　사랑이 저지르는 가벼운 범죄.

　이런 식으로 양쪽에서 차례로 앞으로 나와서는 다시 물러가곤 했다. 그리고 저마다 자기의 춤을 추고 자기의 시를 노래불렀는데, 어떤 자는 고상하고 어떤 자는 우스꽝스러웠다. 돈키호테는 기억력이 좋은 사나이였지만, 앞에 든 시구밖에 기억할 수가 없었다. 그리고 모든 요정들은 함께 뒤섞여서 아주 정숙한 자태와 자유분방한 움직임으로 서로 짝을 지었다가는 떨어지곤 했다. 『사랑』의 신은 성 앞을 지날 때마다 화살을 높이 쏘아올렸으며 『이익』은 금빛으로 칠한 토기 저금통을 성에 집어던져 부숴 버렸다.

　결국 오랫동안 춤을 춘 끝에 『이익』이, 얼른 보기에 돈이 가득 들어 있는 듯한 잿빛과 검은색의 줄무늬가 든 큼직한 고양이 가죽으로 만든 지갑을 꺼내어 성문을 향해 내던지자, 짜맞추어 놓았던 판자가 허물어져 내리고 안에 있던 처녀는 이제 가릴 것도 없이 모습을 나타내었다. 그러자 『이익』은 자기가 거느리는 무용수들과 함께 처녀 앞으로 가서 커다란 금사슬을 처녀의 목에 걸고 붙잡아 항복시키고 사로잡는 시늉을 했다. 이것을 본 『사랑의 신』과 그 동료들은 금사슬을 처녀의 몸에서 벗겨 주는 시늉을 했는데, 이 모든 동작은 조그마한 북소리에 맞추어 참으로 일사불란한 무용으로 표현되었다. 야만인들이 두 패 사이에 중재를 서서 부랴부랴 성의 판자를 다시 짜맞추어 본디대로 해놓았다. 그러자 처녀는 다시 성 안으로 들어가고, 동시에 구경하는 사람들의 요란한 박수 갈채 속에 춤도 막을 내렸다.

　돈키호테는 요정의 한 사람에게 이 무용은 누가 지었으며 누가 안무를 했느냐고 물었다. 그러자 이 마을에 있는 한 수도사의 솜씨인데 이런 착상에는 놀라운 재능을 가진 사람이라는 대답이었다.

　「나는 맹세코 말하지만,」 하고 돈키호테가 말했다. 「학사인지 수도사인지 모르지만 그 사람은 바실리오보다 카마초의 친구일 것이오. 뿐만 아니라 수도사라기보다 풍자의 재질을 가진 사람이 틀림없소. 그 무용 속에 바실리오의 재능과 카마초의 부를 아주 슬기롭게 삽입해 놓았거든.」

　이 말을 듣고 있던 산초가 말했다.

　「임금님이 내 수탉입죠(투계(鬪鷄) 용어에서 온 것인데, 두 사람이 싸울 때 자기 편을 보고 이렇게 말했다―역주). 전 카마초 편입니다요.」

　「요컨대,」 하고 돈키호테가 말했다. 「잘 알겠다, 산초, 그대는 시골뜨기다. 말하자면 『승리한 자, 만세!』라는 인간 중의 하나란 말이다.」

　「제가 어떤 인간 중의 하나인지는 모르겠지만 말씀입니다요.」 하고 산초가 대꾸했다. 「무슨 일이 있더라도 제가 카마초의 가마솥에서 건진 이 굉장한 거품을 바실리오의 솥에선 건질 수 없다는 건 알고 있습니다요.」

그리고 거위와 암탉으로 가득 찬 냄비를 보여 주고 그 가운데 한 마리를 집어 내더니 어처구니없는 애교와 식욕을 보이면서 뜯어먹기 시작했다. 그러고는 다시 지껄여 댔다.

「바실리오의 재주 따위가 한푼어치의 값어치나 있는 줄 아십니까요! 사람의 값어치는 그 사람의 주머니에 달려 있습니다요. 주머니가 두둑하면 그만큼 값이 나갑니다요! 우리 집 마누라쟁이가 늘 말하듯이 세상엔 가문이 둘밖에 없습니다요. 가진 가문과 안 가진 가문 말입니다요. 하기야 마누라쟁이는 가진 쪽 편이었습죠. 요즘 세상엔 말씀입니다요, 돈키호테 님, 많이 아는 것보다 많이 가진 것을 소중히 합니다요. 번쩍번쩍하게 치장한 당나귀 쪽이 짐안장을 얹은 말보다 더 돋보입죠. 그래서 전 카마초 편이라고 되풀이해서 말씀드리는 것입니다요. 이쪽 가마솥은 거위와 암탉, 산토끼와 집토끼의 거품이 넘치고 있습니다요. 그런데 바실리오의 가마솥이 만일 손에 들어온다면, 사실 들어와선 곤란하지만, 글쎄요, 물을 탄 싸구려 술이라도 들어 있을까요.」

「그대의 장광설은 이제 끝났느냐, 산초?」하고 돈키호테가 물었다.

「끝마친 것으로 해두겠습니다요.」하고 산초가 대답했다. 「나리께서 진절머리를 내고 계시는 걸 알 수 있으니까 말씀입니다요. 만일 이렇게 중간에 방해를 받지만 않는다면 사흘치는 충분히 마련되어 있습니다요.」

「지긋지긋하구나, 산초.」하고 돈키호테가 말했다. 「나는 그대가 잠자코 있는 것을 죽기 전에 한 번이라도 보고 싶구나.」

「이런 식으로 나간다면,」하고 산초가 대꾸했다. 「나리가 돌아가시기 전에 저는 무덤 속에서 흙을 씹고 있을 것입니다요. 그렇게 되면 이 세상이 끝날 때까지, 아니 하다못해 최후의 심판날까지 한 마디도 지껄이지 않고 아마 저도 입을 꼭 다물고 있을 것입니다요.」

「설혹 그런 사태에 이르더라도, 산초여!」하고 돈키호테가 받았다. 「그대의 침묵은 그대가 여태까지 지껄였고 지금도 지껄이고 있으며 앞으로도 목숨이 붙어 있는 한 계속해서 지껄여 댈 것에는 도저히 비기지 못할 게다. 그리고 내가 죽는 날이 그대가 죽는 날보다 먼저 온다는 것은 뭐니뭐니해도 역시 당연한 이치거든. 나는 그대가 입을 다무는 것을 보리라곤 생각한 적도 없다. 설혹 그대가 마시고 있을 때라도 잠을 자고 있을 때라도, 과장해서 이렇게 말해도 괜찮을 정도지.」

「정말이지, 나리.」하고 산초가 대답했다. 「그 해골, 다시 말해서 죽음의 귀신처럼 못 믿을 것도 없습니다요. 어미양도 새끼양도 마찬가지로 잡아먹어 버리니까 말씀입니다. 마을 신부님한테 들은 애긴데 말입니다요, 죽음의 귀신은 임금님이 사시는 높은 탑도, 거렁뱅이가 사는 초라한 오두막도 마찬가지 걸음걸이로 밟는다고 합니다. 그놈의 여편네는 귀엽다고 하기보다 아무튼 힘이 대단합니다요. 무엇이나 다 먹으면서 메스꺼워하지도 않습니다요. 뭐나 다 먹고, 무엇이나 다 하고, 나이의 차이도 신분의 상하도 상관없이 별의별 인간으로 자기 보따리를 가득 채웁니다요. 낮잠을 자는 풀 베는 일꾼과는 다릅니다요. 밤낮 움직이고 있으니 마른풀도 베고 갓 싹튼 풀도 벱니다. 자기 앞에 나타난 것은 무엇이건 씹지도 않고 통으로 삼켜 버립니다요. 그 까닭은 늘 쫄쫄 배가 고파 있고 그러면서도 언제 한번 이젠 됐다 할 만큼 먹어 본 일이 없기 때문입니다요. 배도 없으면서 마치 냉수라도 한 주전자 들이켜듯 그저 살아 있는 것의 생명만을 들이켜기 때문에 퉁퉁하게 물살이 찌고 그러면서도 언제나 목이 말라 못 견뎌하는 모양입니다요.」

「이제 그만해라, 산초.」하고 여기서 돈키호테가 막았다. 「그 정도에서 걸음을 멈추는 게 좋겠다. 헛딛지 말고 말이다. 사실을 말하면 그대가 그 흙냄새 나는 말투로 죽음에 대해서 한 말은 내노라 하는 설교가나 지껄임직한 말이다. 감히 말한다만 산초, 만일 그대가 타고난 호인답게 머리가 잘 움직이는 사나이였더라면 설교사의 직을 얻어 여기저기 꽤 훌륭한 설교를 하러 돌아다닐 수 있었을걸 그랬구나.」

「잘사는 자가 좋은 설교를 한다죠.」하고 산초가 대답했다. 「하지만 전 신학인가 뭔가 하는 건 모릅니다요.」

「그런 건 알 필요도 없다.」하고 돈키호테가 말했다. 「그러나, 아무래도 납득이 안 가고 알 수 없는 일은, 지혜의 일보는 첫째 신을 두려워하는 데 있다고 하는데, 신보다 도마뱀을 더 무서워하는 그대가 어째서 그토록까지 분별이 있는지 모르겠구나.」

「나리께선 말씀입니다요, 그 자랑하시는 기사도나 이것저것 비평하시란 말씀입니다.」하고 산초가 대답했다. 「남이 겁쟁이라든가 용기가 있다든가 하고 쓸데없는 참견일랑 안 하시는 게 좋습니다요. 전 이웃에 사는 어느 아들네와 다름없이 하느님을 두려워하고 있습니다요. 그러니 나리께선 제가 이 거품이나 깨끗이 먹어치우도록 내버려 두시기 바랍니다요. 그밖의 일은 모두 쓸데

없는 잔소리나 다름없는 것이고 어차피 저승에 가면 해명을 듣자는 말을 듣게 될 것입니다요. 」

이렇게 말하면서 대단한 기세로 냄비 안에 든 것에 공격을 가하기 시작했으므로 돈키호테는 저도 모르게 그만 끌려 들어가고 말았다. 그래서 계속하여 말을 하지 않으면 안 될 일이 그것으로 중단되고 돈키호테도 거품 처리에 손을 빌려 준 것은 두말할 나위도 없다.

제 21 장

여기서는 카마초의 혼례가 계속되면서 벌어진 즐거운 여러 가지 일들이 다루어진다.

돈키호테와 산초가 앞 장(章)에서 기술한 것 같은 말을 주고받는 데 정신이 없을 때, 왁자한 사람들의 말소리와 소음이 들려 왔는데, 그것은 암말을 탄 사람들이 외친 고함 소리와 그들이 일으킨 소음이었다. 그들은 환성을 지르면서 마구 말을 달려 신부와 신랑을 맞이하러 가는 중이었다. 신랑 신부는 갖가지 음악 소리로 엮은 온갖 취향 속을 마을 신부와 쌍방의 친척들, 이웃 마을의 유지들을 거느리고 나타났는데, 사람들은 모두 제법 축제일다운 나들이옷들을 입고 있었다. 산초는 신부를 보자 지껄이기 시작했다.

「이건 확실히 농사꾼 딸네미들의 의상이 아니라 아름다운 궁전의 귀부인 차림인데! 굉장하군. 내가 보건대 가슴에 단 장식은 근사한 산호가 틀림없고, 쿠앵카의 녹색 팔미야 천은 날실 삼십사(絲)의 비로드란 말이지! 헤헤! 저 가장자리 장식은 흰 마 조각이구나! 틀림없는 새틴인걸. 그런데 저 손 좀 보게, 홍옥 반지를 끼고 있잖아! 그것도 순금 반지가 아니라면 내 목을 주지! 게다가 한 알 한 알이 눈깔이 튀어나올 만큼 비쌀걸. 마치 우유 방울 같은 진주가 박혀 있네. 젠장, 매춘부의 딸 같으니라구! 참, 저 머리는 어때? 저게 가발이 아니라면 난 이 세상에 태어나서 여태까지 저렇게 길고 저렇게 고운 금발은 본 적이 없어! 아니지, 저 날씬하고 저 맵시 좋은 자색에 잔소리가 있다면 해보라지. 주렁주렁 열매를 달고 간들간들 흔들거리는 대추야자 같잖아. 머리와 목둘레에 달아 놓은 장식이 대추야자 송이와 꼭 같단 말이야! 내 영혼에 맹세코 말하지만, 정말 굉장한 여자야. 플랑드르의 여울(플랑드르 해안의 여울은 건너기 힘드는 곳이라, 칭찬할 때 이런 말을 쓴다—역주)도 거뜬히 건너 버리겠는걸!」

이 산초의 흙냄새 나는 찬사를 듣고 돈키호테는 그만 웃음을 터뜨리고 말았다. 그러나 그도 그리운 공주 둘시네아 델 토보소를 제쳐놓는다면 이 이상 아름다운 여자는 처음 보는 듯한 기분이 들었다. 그런데 그 아름다운 키테리아의 안색이 어쩌면 그렇게 우울해 보였는지. 그러나 그것은 일반적으로 혼례를 하루 앞둔 신부들이란 몸치장을 하느라 거의 그날 밤을 뜬눈으로 새운다는 예에서 벗어나지 않았기 때문인지도 모른다.

일행은 목초지 한쪽에 마련해 놓은 양탄자와 나뭇가지 따위로 장식한 무대 쪽으로 다가갔다. 거기서 혼례식이 거행되고 거기서 춤과 여흥을 구경하게 되어 있는 것이다. 사람들이 막 그 자리에 도착하려 할 때였다. 뒤쪽에서 웅성거리는 소리가 들리고 누군가가 외치는 소리가 들렸다.

「잠깐 기다려라, 소견 없고 경솔한 자들아!」

그 목소리와 그 말을 듣고 사람들은 일제히 뒤를 돌아보았는데, 보니 자락에 연짓빛 불꽃 모양의 천조각을 두른 검은 윗도리를 입은 사나이가 소리를 지르고 있었다. 그 사나이는 곧 알게 된 일이지만, 상을 당한 표시로 측백나무 가지로 엮은 관을 쓰고 손에는 큼직한 지팡이를 짚고 있었다.

더 가까이 왔을 때 그것이 당당한 바실리오라는 것을 모두 알았다. 사람들은 이런 자리에 그가 나타나서 무슨 불길한 일이라도 일어나지 않을까 하는 두려움을 품은 채, 아까 그가 한 말이 어떤 결과를 가져올까 궁금해 하면서 모두 입을 다물고 그 자리에 서 있었다. 이윽고 그는 피로한 모습으로 숨을 헐떡이며 다가와 신랑 신부 앞에 버티고 서더니, 지팡이를 땅에 푹 꽂았다. 그것은 끝에 뾰족한 강철이 달려 있는 지팡이였다. 그리고 얼굴빛이 변하면서 키테리아를 쏘아보고 떨리는 쉰 목소리로 지껄이기 시작했다.

「무정한 키테리아, 그대는 우리의 신성한 맹세에 따라 내가 살아 있는 한 남편을 가질 수 없다는 것을 알고 있겠지? 그리고 세월이 흘러 내 노력이 결실해서 재산이 생길 때까지 그대의 명예를 위해서 그대의 정조를 지켜왔다는 것도 모르지는 않을 테지? 그러나 그대라는 사람은 나의 올바른 희망에 마땅히 갚아야 하는 의무를 등지고, 내게 속해야 할 주인자리를 다른 남자에게 주려 하고 있는 거야. 그 남자의 재산이 흔한 행운이 아니라 굉장한 행운을 그 자에게 갖다 준 셈이다. 그래서 나는 그자가 더더욱 넘칠 만한 행운의 혜택을 받을 수 있도록, 그자에게 가치가 있다고 생각해서가 아니라 하늘의 뜻도 행운을 그자에게 주려 하고 있으니, 나는 내 손으로 그자의 행운에 훼방을 놓을지 모를 장애를 제거해 줄 참이야. 다시 말해서 나라는 존재를 없애 주겠단 말이다. 만세, 돈 많은 카마초여, 망은의 키테리아와 오래오래 행복한 세월을 보내려무나! 그리고 가련한 바실리오는 죽으련다, 영원히. 가난 때문에 행운의 날개를 잘려 무덤 속으로 들어가련다.」

이렇게 말하고 나더니 땅에 꽂아 놓았던 지팡이를 들었다. 그러자 지팡이의 반은 아직 그대로 땅에 꽂혀 있고 그의 손에는 길다란 칼이 들려 있었다. 그는 곧 칼자루를 땅에 거꾸로 꽂고 아무런 주저도 없이 태연스럽게 그리고 결연한 태도로 그위에 몸을 눌렀다. 다음 순간 등으로 칼끝이 튀어나오고 날카로운 칼날이 반 이상 나타났다. 이 가련한 사나이는 자기 칼에 찔려 자기 피를 덮어쓰고 땅바닥에 뒹굴었다.

그러자 바실리오의 친구들이 그의 비참하고 가엾은 최후에 마음 아파하며 우루루 주위에 몰려들었다. 돈키호테도 역시 로시난테에서 뛰어내려 달려가서 그를 두 팔로 안아 일으켰다. 아직 숨은 끊어지지 않고 있었다. 사람들이 칼을 뽑아 주려 하자 옆에 있던 사제가 참회를 할 때까지는 칼을 뽑으면 안 된다, 왜냐하면 칼을 뽑아 버리면 동시에 숨이 끊어질 것이기 때문이라는 것이었다. 바실리오는 얼마간 정신을 차리고 괴로운 듯 힘없는 목소리로 말했다.

「잔인한 키테리아, 만일 그대가 이 마지막 순간에 이르러 나에게 아내로서의 손을 내밀 생각이 되어 준다면, 나의 이 무모한 행위도 해명이 된다는 생각을 가질 수 있을 것 같다. 이 무모함으로 나는 그대의 것이 된다는 행복을 손에 넣은 셈이 되니까.」

사제는 이 말을 듣고 육신의 기쁨에 앞서 영혼의 구제에 마음을 쓰고, 여태까지 저지른 죄와 이번의 자포자기적인 결심의 용서를 진심으로 하느님께 빌라고 타일렀다. 이에 대해 바실리오는 무엇보다도 키테리아가 자기 아내라는 표시로 손을 주지 않는다면 절대로 참회는 하지 않겠다고 했다. 그 기쁨으로 말미암아 자기 마음도 고요히 가라앉을 것이고 참회를 할 기력도 솟아날 것이기 때문이라는 것이었다.

돈키호테는 상처입은 젊은이의 이 소원을 듣자, 바실리오는 참으로 올바르고 도리에 맞는, 그리고 쉽게 실행할 수 있는 일을 원하고 있을 뿐만 아니라 카마초 님도 용감한 바실리오의 미망인을 아내로 맞이한다면 그것은 그녀의 아버지에게서 직접 맞이하는 것과 조금도 다름이 없고 면목을 유지하게도 될 것이라고 소리 높이 자기 의견을 말했다.

「일이 여기에 이르렀으니 다만 『예』한 마디가 있을 뿐이오. 그것은 입으로 말하는 것 이외에 아무런 결과도 수반되지 않을 것이오. 왜냐하면 이 결혼의 침상은 무덤으로 정해져 있기 때문이오.」

이런 말을 한 마디도 빠짐없이 듣고 있던 카마초는 그만 정신이 뒤집히고 얼떨떨해져서 대체 어떻게 하면 좋은지 뭐라고 대답하면 좋은지 모를 지경이었다. 그러자 바실리오의 친구들이 격렬한 목소리로 키테리아가 아내로서 손을 바실리오에게 주는 것이 좋으며 절망 속에서 이 세상을 떠나는 그의 영혼을 멸망시켜서는 안 된다고 이구동성으로 부탁하였으므로 그 말에 움직여져, 움직여졌다기보다 거의 강요되다시피하여, 카마초는 만일 키테리아가 손을 바실리오에게 주고 싶다면 자기는 반대하지 않겠으며 그래봐야 자기 뜻의 충족을 기껏해야 잠시 동안만 더 지체시키는 데 지나지 않잖느냐고 말해 버렸다.

그러자 사람들은 즉각 키테리아 앞으로 몰려가서, 어떤 자는 설득하고, 어떤 자는 눈물을 흘리며, 또 어떤 자는 효과적인 이론으로 가련한 바실리오에게 손을 주라고 졸라 댔다. 그러나 그녀는 대리석처럼 굳고 조상(彫像)처럼 딴딴해져서, 한 마디의 대답이나 무슨 생각을 할 수도 할 기분도 나지 않는 듯한 모습이었다. 이때 만일 사제가 이런 경우 어떻게 해야 할 것인지를 빨리 결심하지 않으면 바실리오의 영혼은 지금 간신히 그의 이빨에 걸려 있으므로 언제까지나 우유부단하게 마음을 정하지 못하고 있을 여유가 없다고 타이르지 않았던들 도저히 대답을 하지 못했을 것이다.

이윽고 아름다운 키테리아는 애처로운 심정과 슬픔에 사로잡힌 모습으로 한 마디 대답도 없이, 이미 흰자위만 남은 눈으로 숨결도 다급하게 입속에서 키테리아의 이름을 중얼거리며 그리스도 교도로서가 아니라 이교도로서 막 숨이 넘어갈 듯한 바실리오 앞으로 다가갔다. 그리하여 그의 옆에 이르러 무릎을 꿇고 말로써가 아니라 몸짓으로 그의 손을 찾았다. 그러자 바실리오는 눈을 뜨고 그녀를 쳐다보며 입을 열었다.

「아아, 키테리아. 그대의 자비심이 나의 생명을 끊는 칼날 구실밖에 하지 못하는 이제야 간신히 자비심을 주는구나. 이제 나는 그대의 것으로 선택된 기쁨을 견디어 낼 힘도 없거니와 시시각각 내 눈을 덮쳐 오는 무서운 죽음의 그림자의 고통을 피할 기력조차 없다! 다만 그대에게 부탁하고 싶은 것은, 가련한 내 숙명의 별이여, 그대가 내게 요구하고 나 또한 그대에게 주고 싶은 손이 단순히 의례적인 것도 아니고, 다시 나를 속이기 위한 것도 아니며, 하등 그대의 뜻을 거역하지 않고 정당한 남편에게 주는 것으로서 내게 주고 내게 허용하는 것이라고 진심으로 고백해 주면 좋겠다. 이렇듯 절박한 때 나를 속이거나 그대에게 그토록 진실을 다해 온 남자에게 진실을 가장하거나 한다는 것은 좋지 않은 일이니까.」

이런 말을 하는 동안에도 그는 몇 번이나 까무러쳤다. 그래서 옆에 있던 사람들은 모두 그가 실신할 때마다 그의 영혼이 이제는 떠나는구나 하고 생각하곤 했다. 마침내 키테리아는 참으로 정숙하게, 무척 수줍은 듯 오른손으로 바실리오의 손을 잡으면서 입을 열었다.

「어떤 힘도 제 뜻을 굽힐 수는 없을 거예요. 저는 제가 가진 가장 자유로운 의사로, 참된 아내로서 내 손을 내밀고 당신의 손을 잡는 거예요. 그러나 당신 역시 너무나 경솔한 생각에서 자초하신 재난에 마음이 동요되시거나 배반당하시거나 함이 없이 당신의 자유로운 기분으로 손을 주셨을 경우에만 말씀이에요.」

「물론이지.」 하고 바실리오가 대답했다. 「마음이 흔들리거나 흥분되거나 함이 없이 하늘이 내게 주시려는 뚜렷한 의식으로 그대에게 내미는 거야. 그러니 나는 그대의 남편으로서 내 자유를 그대의 자유에 맡기고 그대에게 드릴 참이야.」

「저도 당신의 아내로서예요. 당신이 앞으로 오랜 세월 살아 계시건 제 두 팔이 당신을 무덤으로 모시고 가건 마찬가지예요.」

「이 젊은이는 매우 큰 상처를 입은 셈치고는,」 하고 이때 산초가 끼여들었다. 「굉장히 지껄이는군. 이제 설득은 그만하고 영혼 쪽을 마무리짓도록 해야 되겠는걸. 내가 보기에는 영혼은 이빨에 걸려 있는 게 아니라 혓바닥에 간신히 머물러 있는 것 같은데.」

바실리오와 키테리아가 서로 손을 잡고 있으므로 사제는 그만 감격해서 눈물을 글썽거리며 두 사람의 결혼을 축복해 주고 신랑의 영혼에 편안한 휴식을 주십사고 하늘을 향해 기도했다. 그러나 신랑은 축복을 받은 순간 눈 깜짝할 사이에 벌떡 일어나서 그때까지 자기 몸에 칼집 대신 꽂아 놓고 있던 칼을,

여태까지 아무도 본 적이 없는 매우 예사롭고 태연스러운 동작으로 쑥 뽑아 들었다. 그 자리에 있던 사람들은 모두 그저 침을 꿀꺽 삼킬 뿐이었다. 그러자 그중에서 사물을 꼬치꼬치 캐기를 좋아하기보다 단순한 인간들이 저마다 소리치기 시작했다.

「기적이다. 기적이다!」

그러나 바실리오가 대답했다.

「아냐, 아냐, 기적이 아니야, 꾸민 거야. 꾸민 일이란 밀이야!」

사제는 영문을 몰라 아연해진 채 다가가서 두 손으로 상처를 살펴보았다. 그리하여 칼은 바실리오의 육체나 늑골을 꿰뚫은 것이 아니고 피가 가득 들어 있는 철관 속에 들어가 있었다는 것을 알았다. 그것은 참으로 교묘하게 장치되어 있어서 나중에 안 일이지만, 혈액이 응고하지 않도록까지 연구가 되어 있었던 것이다. 요컨대 사제도 카마초도 그 자리에 있었던 대부분의 사람들과 함께 속절없이 속고 우롱당한 것이었다.

그런데 키테리아는 희롱당한 것을 분해하는 기미를 조금도 보이지 않았다. 오히려 사람들이 이 결혼은 가짜니까 효력이 있을 까닭이 없다고 말하는 것을 듣고, 그러면 자기가 다시 확인을 하겠다고 말했으므로, 사람들이 죄다 두 사람이 서로 기맥(氣脈)을 통해서 이런 계략을 꾸몄다고 추측했다.

카마초와 그에게 마음을 보내는 사람들은 이 사건에서 완전히 면목을 잃었으므로 무력에 호소해서 복수를 하겠다고 일제히 칼을 뽑아 바실리오에게 덤벼들었다. 그러자 바실리오 편을 드는 거의 똑같은 숫자의 사람들도 순식간에 칼을 뽑아 들고 맞섰다. 그때 돈키호테는 말을 탄 채 달려나가 창을 꼬나들고 방패로 몸을 지키면서 양자 사이에 공간을 만들게 했다.

한편 이런 소동을 한 번도 재미있다든가 즐겁다고 생각한 적이 없는 산초는 아까 그 고마운 거품을 건져 낸 가마솥 있는 데로 달려가서 몸을 숨겼다. 그 자리는 모두가 경의를 표할 것이 틀림없는 신성한 자리라고 생각했기 때문이었다. 돈키호테는 큰 소리로 외쳤다.

「여러분들, 진정하시오. 진정하시오. 애정 때문에 당한 굴욕에 복수하려고 하다니, 언어 도단이오. 사랑과 싸움은 같다는 것을 깨달으시오. 적에 임해서 적을 쓰러뜨리기 위해 책략을 사용하고 작전을 짠다는 것이 정당하고 있을 수 있는 일인 것처럼, 복잡한 연애에 있어서 바라는 목적을 달성하기 위해, 다만 사랑하는 자를 해치고 면목을 더럽히지 않는 한 어떤 계략이고 여하한 기만이고 아무런 상관도 없는 것으로 인정되어 있는 것이오. 하늘의 올바르고 고마운 배려에 의해 키테리아는 바실리오의 것, 바실리오는 키테리아의 것이었던 것이오. 카마초는 물론 부자이므로 언제라도 어디서나 바라는 대로 자기의 기쁨을 살 수 있을 것이오. 바실리오에게는 단 한 마리의 양이 있을 뿐, 아무리 힘을 자랑하더라도 이것을 그 사람에게서 빼앗을 수 없는 일이오. 신이 짝 맞추어 주신 두 사람을 인간이 떼어 놓을 수는 없는 것이기 때문이오. 그것을 만일 기도하는 자가 있다면 그보다 먼저 이 창끝에 꿰뚫리지 않을 수 없을 줄 아시오.」

이렇게 말하고 나서 힘껏 보기 좋게 수완을 과시하여 돈키호테를 모르는 그 자리의 많은 사람들의 간담을 서늘하게 만들었다. 한편 카마초의 가슴에는 키테리아의 자기에 대한 모욕이 선명하게 뿌리를 박았으므로 어느새 그리웠던 그녀의 인상도 기억에서 사라져 갔다. 그래서 사려도 깊고 선의에 찬 사람이었던 사제의 설득이 금방 주효해서 카마초와 그의 편들은 마음이 가라앉아 평정을 되찾게 되었다. 그들은 칼을 다시 자루에 꽂고 바실리오의 계략보다 키테리아의 변덕을 책망했다. 그리고 카마초는 만일 키테리아가 숫처녀로서 바실리오를 사랑하고 있었다면 비록 유부녀가 되더라도 바실리오를 연모할 것이 틀림없으므로 그런 여자를 얻는 것보다 차라리 잃게 해주신 것을 하늘에 감사해야 마땅하다고까지 생각하기 시작하고 있었던 것이다.

그래서 카마초와 그 편들은 마음이 가라앉고, 바실리오를 펀드는 사람들도 모두 마음의 평정을 되찾았는데, 부자 카마초는 이제 우롱당한 것을 분하다고도 그다지 중대시하고 있지도 않다는 것을 과시하기 위해 마치 혼례가 실제로 거행되고 있는 것처럼 축하 행사를 그대로 추진하고 싶어했다. 그러나 바실리오와 그의 아내와 그의 편들은 참석하기를 사절하고 바실리오의 마을로 돌아갔다. 가난한 자라도 덕이 높고 사려에 차 있다면 그 사람을 따르고 존경하고 편을 드는 자가 생긴다는 것은 부자에게 추종하고 따라다니고 하는 자가 있는 것과 조금도 다름이 없는 것이다.

그리고 사람들은 모두 돈키호테를 가슴에 털이 많은 사나이(용감한 사나이를 말함—역주)라고 생각하고 함께 데리고 갔다. 산초는 카마초의 훌륭한 음식과 축하, 그것은 밤중까지 계속될 것이었는데, 그것이 끝날 때까지 있지 못하게 되었으므로 마음이 조금도 밝아지지 않았다. 바실리오 일행과 함께 가는 주인의 뒤를 시들한 표정으로 시름없이 따라가는 그는 이집트의 잡동사니 냄비(잃어버린 지난날의 영화를 말함—역주)를 뒤에 두고 왔으나 그의 마음속에는 그 인상이 선명하게 새겨져 있었으며 냄비에 넣어 가지고 온 거의 다 먹어 없어진 거품이 그에게는 잃어버린 행복의 영광과 호화로움을 뇌리에 떠오르게 하는 것이었다. 그리하여 별로 시장하지도 않은데 무거운 마음을 안고 생각에 잠기면서 여전히 잿빛 당나귀에 올라앉아 터벅터벅 로시난테의 뒤를 따랐다.

제 22 장

라 만차의 중심에 있는 몬테시노스의 동굴에서 일어난 대모험. 이것을 용감한 돈키호테 데 라 만차가 보기 좋게 해치우는 것이 다루어진다.

이 신혼 부부는 돈키호테가 자기들의 편을 들어 준 것을 고맙게 생각하고 정성을 다하여 그를 환대했다. 그리고 용기와 더불어 그 사려가 깊은 것을 찬양하고, 무용에 있어서는 엘시드(스페인의 민족적 영웅 루이 디아스 데 비바르, 1030~1099 — 역주), 웅변에 있어서는 키케로의 재래(再來)라고 믿었다. 멋쟁이 산초도 사흘 동안 신혼 부부의 뒷바라지로 몸을 쉴 수 있었다.

그런데 거짓 자살은 아름다운 키테리아와 미리 짜서 한 계략이 아니고 바실리오 혼자서 꾸민 일이었으며, 실제로 일어난 것과 마찬가지 효과를 그녀에게 기대하고 있었다는 것이 신혼 부부의 입으로 밝혀졌다. 그러나 사실을 말하면 친구 중에 어떤 사람에게는 그의 기도가 미리 알려져 있어서, 무슨 일이 있을 때는 그에게 가담하여 그의 거짓을 도와 주게끔 되어 있었다고 고백했다.

「올바른 목적을 위한 책략을,」 하고 돈키호테가 말했다. 「거짓이라 부를 수는 없으며, 또 불러서는 안 되는 것이오.」

그리고 다시 이런 말을 했다. 즉「서로 사랑하는 두 사람이 결혼하고 싶어 하는 것은 가장 훌륭한 목적이긴 하나, 여기서 주의해 두고 싶은 것은 연애의 최대의 적은 공복과 부당한 궁핍이라는 것이오. 왜냐하면 연애는 일체가 기쁨이요, 즐거움이요, 만족이며, 이것은 사랑하는 남자가 사랑하는 여자를 자기 것으로 만들었을 경우에는 더더욱 그러한데 그 남자에게 공공연히 적대해 오는 것은 불여의(不如意)와 가난이기 때문이오. 내가 이런 말을 하는 것은 바실리오 님이 이름은 팔려도 돈이 되지 않는 기예에 몰두하는 것을 그만두고 이제는 올바르고 교묘한 수단으로 재산을 만드는 데 정신을 쏟아 주었으면 해서인데, 그 수단도 사려에 찬 근면한 인간이라면 결코 발견 안 될 까닭이 없소. 존경할 만한 가난한 자는, 만일 가난한 자가 존경받을 수 있다고 한다면, 아름다운 아내를 가졌다는 것으로 훌륭한 재보를 가진 것이 되오. 그런 남자에게서 아내를 빼앗으면 명예도 빼앗는 일이 되고 명예를 망치는 일이 되오. 가난한 남자를 남편으로 가진 아름답고 정숙한 여자는 정복과 승리의 월계관과 종려의 관을 쓸 만한 값어치가 있는 것이오. 아름답다는 것 오직 그것만으로 그녀를 아는 모든 사람의 욕망을 불러일으켜 맛있는 미끼처럼 독수리를 비롯하여 높은 하늘을 나는 새마저 날아 내려오는 것이오. 그러나 이 아름다움에 가난과 불여의가 보태어지면 까마귀·소리개, 그밖의 맹금류까지 덤벼들게 되어, 이런 많은 공격에도 끄떡없이 동요하지 않는 여자야말로 남편의 관(현녀(賢女)는 남편의 관이라는 구약 성서의 말에서 온 것—역주)이라 불러 마땅할 것이오.」

「알겠소, 사려 깊은 바실리오 님?」 하고 돈키호테가 덧붙였다. 「뭐라고 말했는지 기억이 없지만, 그 현인의 말에 온 세계에 마음 바른 여자는 단 한 사람밖에 없다는 말이 있는데, 남편된 자는 각각 자기 아내가 그 오직 하나밖에 없는 여자라고 생각하고 믿어라, 그러면 만족해서 살아갈 수 있을 것이라고 충고하고 있소. 나는 결혼하지 않았고 할 생각조차 가진 적이 없다고는 하나, 어떻게 결혼할 만한 여성을 구해야 하는가 그 방법에 대해서 내게 가르침을 구하는 사람이 있으면 감히 다음과 같이 충고할 참이오.

첫째, 여자의 재산보다 세상의 평판을 중시하라고 충고하겠소. 마음 바른 여자라도 다만 단순히 마음이 바른 것만으로 좋은 평판을 얻는 게 아니고, 마음이 바르다고 남의 눈에 비침으로써 좋은 평판을 얻는 것이기 때문이오. 말하자면, 공공연히 행하는 방종스럽고 너절한 행위는 은밀히 행하는 악행보다 여자의 평판을 해치는 것이오. 만일 그대가 마음 올바른 여자를 자기 집에 데려왔다고 가정하면 그 여자의 마음이 올바름을 그대로 지탱시키는 것은, 아니 향상시키는 것은 용이할 것이오. 그러나 성질이 고약한 여자를 데려왔다면, 그것을 고친다는 것은 쉬운 일이 아닐 것이오. 그 까닭은 한쪽 끝에서 다른 쪽으로 옮긴다는 것은 쉬운 일이 아니기 때문이오. 물론 나는 불가능하다고는 하지 않소. 그러나 곤란하다고는 믿고 있는 것이오.」

「우리 주인 나리는 내가 알맹이 있고 지혜 있는 말을 지껄이면 그대는 성직을 얻는다면 꽤 그럴듯한 말을 여기저기 돌아다니며 설교할 수 있겠구나 하고 흔히 말씀하시더라. 그런데 나리야말로 멋있는 말을 늘어놓고 남에게 충고하실 계제에 이르면, 설교사의 직을 하나가 아니라 손가락 하나에 두 개씩 손에 넣고 이곳저곳 광장을 돌아다니면서 입에서 나오는 대로 마구 지껄이고 다닐 수 있겠다고 말하고 싶군. 어쩌면 저렇게도 모르는 게 없는 편력의 기사가 다 있을까? 난 뱃속에서 그 자랑하는 기사도에 관한 것밖에 모르겠지 하고 얕잡아 보았었지. 그런데 천만에, 주인 나리가 숟가락을 대지 않는, 체면을 차리고 숟가락질을 하지 않는 일이란 아무깃도 없단 말이야.」

산초는 이 대목을 약간 소리내어 중얼거렸으므로 주인이 엿듣고 물었다.

「무엇을 중얼중얼 지껄이고 있느냐, 산초?」

「아무 말도 하지 않았고, 중얼중얼한 것도 없습니다요.」하고 산초가 대답했다. 「다만 말씀입니다요. 나리가 여기서 말씀하신 것을 제가 마누라쟁이와 만나기 전에 들었더라면 좋았을 것이라고 혼자말을 하고 있었습니다요. 그래서 이젠 『매여 있지 않은 소는 어디나 핥을 수 있다』고 말하고 싶은 심정입니다요.」

「너의 테레사는 그토록 나쁜 여자냐, 산초?」하고 돈키호테가 물었다.

「그렇게 나쁘지도 않습니다요.」하고 산초가 대답했다.「다만, 그렇게 훌륭하지 않을 뿐입니다요. 적어도 제가 바라는 만큼 말씀입니다요.」

「좋지 않구나, 산초.」하고 돈키호테가 나무랐다. 「자기 아내의 욕을 하는 것은 좋지 않아. 아무튼 네 자식들의 어머니가 아니냐?」

「뭐 우린 서로가 마찬가집니다요.」하고 산초가 대답했다. 「그 인간도 그때 그때의 기분에 따라 제 욕을 하는뎁쇼. 특히 샘이라도 났을 때는 악마의 임금님인 사탄도 아마 듣고 있을 수 없을 정도일 겁니다요.」

사흘 동안 그들은 신혼 부부와 함께 지내며 임금님이 시중을 받듯이 환대를 받았다. 돈키호테는 점술가인 학사에게 몬테시노스의 동굴에 안내해 줄 사람을 주선해 달라고 부탁했다. 그것은 그 일대에서 소문이 나 있는 불가사의의 갖가지가 과연 진실인지 아닌지 그 동굴 안에 들어가서 상세히 자기 눈으로 확인하고 싶다는 열망을 품고 있었기 때문이었다. 그러자 학사는 훌륭한 학도이며 기사도 이야기에 비상한 관심을 갖고 있는 자기 사촌을 소개해 주겠으며 그 사람은 기꺼이 동굴 입구까지 안내해 줄 것이고 나아가서는 온 라 만차뿐 아니라 스페인 전국에까지 이름난 루이데라의 늪도 보여 줄 것이라고 말했다. 또 그와 함께라면 심심풀이도 될 수 있을 터인데 왜냐하면 그는 책을 출판하여 왕공 귀인들에게 바치기도 하는 청년이기 때문이라고 덧붙였다.

그리하여 그 학사의 사촌이라는 사람이 짐안장에 화려한 줄무늬가 든 천을 덮은, 다시 말해서 성근 마포로 만든 언치를 덮은 새끼 밴 당나귀를 끌고 나타났다. 산초는 로시난테에게 안장을 얹고 잿빛 당나귀의 준비를 갖추어 둘로 갈라 안장 뒤에 걸치는 배낭에 식량을 가득 채우고, 역시 식량을 충분히 채운 학사의 사촌의 보따리도 함께 가져가기로 했다. 그리고 신에게 기원을 드리고 사람들에게 작별 인사를 한 다음 그들은 유명한 몬테시노스의 동굴을 향해 출발했다.

가면서 돈키호테는 학사의 사촌에게 그가 하는 일과 연구가 어떤 종류에 속하는가를 물었다. 그러자 그는 직업은 인문학자이며 일과 연구는 책을 써서 출판하는 것인데 사회에 매우 도움이 되는 동시에 그에 못지않게 재미도 있는 책이라고 대답했다. 그중의 하나에 《제복(制服)의 서(書)》라는 제목을 가진 책이 있는데, 거기에는 7백 3종류의 제복이 저마다 빛깔과 기장과 문장까지 묘사되어 있으므로, 궁정의 기사들이 무슨 행사나 축하 때 자기들의 희망이나 의도에 꼭 맞는 제복을 고르는 데 누구에게 머리를 숙이고 가르쳐 달라고 애원할 필요도 없고, 속된 말로 『뇌를 증류기에 걸』 필요도 없이 이 책에서 골라 낼 수 있다고 설명해 주었다.

「저는 질투심 많은 사나이에게도, 여자가 거들떠보지 않는 사나이에게도, 잊혀진 사나이에게도, 멀리 떨어진 사나이에게도, 저마다 알맞는 옷을 지정해 줍니다. 그것은 그들에게 매춘부가 잘 어울리듯이 어울릴 것이 틀림없습니다. 이밖에 《변형담(變形譚)》 또는 《스페인의 오비디우스》라는 제목을 붙일 작정으로 있는 책을 쓰고 있습니다만, 이것은 꽤 새롭고 색다른 착안이지요. 왜냐하면 저는 이 책에서 오비디우스의 해학(諧謔)을 흉내내어 세비야의 히랄다가 어떤 자인가, 막달레나의 천사는 어떤 자인가, 코르도바의 베싱게르라의 하수구가 어떤 것이며 토르스 데 기산도가 누구이고, 시에르라 모레나가 어떤 것이며 마드리드의 레가니토스와 라바피에스의 샘이 무엇이며 나아가서 엘 피호, 엘 카뇨 도라도, 라 프리오라의 샘에 관한 것도 빠뜨리지 않고 설명해 놓았지요. 거기에다 우의(寓意), 은유, 전의(轉意) 같은 것이 덧붙여 있으므로 이 책은 독자를 기쁘게 하고 독자의 기분을 끄는 동시에 가르치는 것도 됩니다.

또 하나 다른 책도 쓰고 있습니다만 저는 거기에 《베르길리우스 폴리도로 보유(補遺)》라는 제목을 붙였지요. 이것은 사물의 기원을 주제로 한 것인데, 내용이 충실한 폴리도로가 다 말하지 못하고 빠뜨린 것을 제가 찾아서 산뜻한 문체로 설명해 놓았으니 꽤 대단한 고증과 연구의 서적이랄 수 있지요. 베르길리우스는 세계에서 맨 처음 카타르를 앓은 자가 누구이며 연성하감(軟性下疳)을 치료하는 데 누가 제일 먼저 수은 연고를 사용했는가 하는 것을 빼먹었으므로 문자 그대로 내가 그것을 밝혀 25명이나 되는 저자를 인용해서 확증했지요. 그러니 제가 얼마나 노력했나 하는 것과 그 책이 세상에서 유익한가 어떤가 하는 것을 보아 주셨으면 고맙겠습니다.」

아까부터 인문학자의 말에 가만히 귀를 기울이고 있던 산초가 느닷없이 입을 열었다.

「한 가지 가르쳐 주시면 좋겠는데요. 난 당신 책이 인쇄가 돼서 크게 성공하기를 하느님께 빌겠습니다만, 무엇이나 다 알고 계시니 아마 이것도 아실 줄 아는데, 제일 먼저 머리를 긁은 사나이는 누구였나 가르쳐 주실 수 없을까요? 난 틀림없이 우리 조상 아담이었을 거라고 생각합니다만 말씀입니다요.」

「응, 그건 그럴 테지요.」 하고 인문학자가 대답했다. 「의심할 여지도 없이 아담의 머리에도 머리카락이 있었을 테니까 머리도 있고 머리카락도 있는 데다가 세계 최초의 인간이었으니까 때로는 머리쯤 긁적긁적 긁기도 했겠지요.」

「나도 그렇게 생각합니다요.」 하고 산초가 대꾸했다. 「그렇다면 또 한 가지 묻겠는데요. 세계에서 맨 먼저 곡예사가 된 사람은 누굴까요?」

「사실을 말하자면, 이 양반아.」 하고 인문학자가 대답했다. 「지금 여기서 누구라고 단정할 수 없어요. 잘 조사해 보기 전에는. 내 책이 있는 곳으로 돌아가면 즉각 조사해 보지요. 그리고 다음에 만날 때는 가르쳐 드리지요. 이것뿐 아닐 테니까.」

「그렇다면 아시겠습니까, 선생님.」 하고 산초가 말했다. 「이 일에 머리를 쓸 건 없습니다요. 내가 물은 것을 이젠 알게 되었으니까요. 세계 최초의 곡예사는 악마 왕 루시페르라고 기억해 두세요. 그녀석은 천국에서 쫓겨났는데, 쫓겨났든가 내동댕이쳐졌든가 했을 때 지옥 밑바닥까지 허공에서 재주를 넘으면서 떨어졌습니다요.」

「과연 그럴듯하군, 친구.」 하고 인문학자가 말했다.

그러자 돈키호테가 끼여들었다.

「그 질문과 그 대답은 그대가 생각한 일이 아니지, 산초? 누군가가 하는 말을 들은 모양이구나.」

「무슨 말씀이십니까요, 나리.」하고 산초가 대꾸했다. 「전 맹세해도 좋습니다만, 제가 질문을 해서 제가 대답을 했더라면 지금부터 내일까지 걸려도 끝이 안 납니다요. 그러믄요. 어처구니없는 질문을 해서 엉터리 대답을 하는데 이웃 사람의 힘을 빌리러 돌아다닐 것까진 없습니다요.」

「산초, 그대는 자기가 아는 것보다 훨씬 뛰어난 말을 했어.」하고 돈키호테가 말했다. 「세상에는 알게 되거나 조사하거나 한 후에 보면 알거나 기억해 둘 아무런 가치도 없는 것을 알고 싶어하고 조사하고자 해서 헛되이 정열을 소비하는 자가 무척 많으니까 말이다.」

이런 즐거운 말을 주고받는 가운데 날이 저물고 밤이 되었다. 그들은 어느 조그마한 마을에 묵었는데, 여기서 인문학자는 돈키호테에게 몬테시노스의 동굴까지 2레구아밖에 남지 않았으니, 만일 동굴에 들어갈 결심이 되었다면 몸을 묶어 깊은 바닥으로 내려가기 위한 밧줄을 준비해야 한다고 말했다. 그러자 돈키호테는 설혹 지옥까지 이어져 있더라도 끝내 규명을 하지 않고는 그만두지 않을 것이라고 대답했다. 그래서 약 1백50피트쯤 되는 밧줄을 사서 다음날 오후 2시에 동굴에 닿았는데 그 입구는 무척 크고 넓었다. 그러나 구기(枸杞), 산양딸기, 가시덤불, 잡초 같은 것이 무성하게 자라고 얽혀 동굴 입구를 완전히 막고 있었다. 그것을 보고 인문학자와 산초와 돈키호테는 말에서 내려 두 사람은 돈키호테를 밧줄로 묶었다. 그렇게 밧줄을 몸에 둘둘 말고 있을 때 산초가 말했다.

「저 좀 보십쇼, 나리. 하시는 일에 조심하셔야 합니다요. 산 채로 묻혀 버리거나, 샘에 담가서 차게 하려고 물 속에 내려 놓는 병처럼 되지 않도록 말씀입니다요. 암, 그러믄요. 지하 감옥보다 더 고약한 데가 틀림없는 이 동굴의 탐험자가 꼭 나리라야 한다는 법도 없으니까 말씀입니다요.」

「얼른얼른 묶어라, 군소리 말고.」하고 돈키호테가 대답했다. 「이런 계획은, 나의 친한 벗 산초여, 나를 위해서 마련된 일이니라.」

이때 안내자가 끼여들었다.

「돈키호테 님, 미리 부탁해 둡니다만, 눈알을 1백 개로 해서 이 안에 있는 것을 잘 보시고 조사해 오십시오. 필경 제가 쓰고 있는 《변형담》에 넣을 만한 것이 있을 테니까요.」

「판데로(주 탬버린—역)가 능숙한 손에 쥐어졌으니 고운 소리를 낼 것을 장담합니다요.」 하고 산초가 말했다.

이런 말을 하며 갑주 위에서가 아니라 갑주 밑의 가죽 등 위로 돈키호테의 밧줄 묶기가 끝났을 때 돈키호테가 말했다.

「조그마한 방울을 하나 준비해 오지 않은 것은 우리들의 부주의였구나. 내 몸에 달아 둔다면 내가 아직 내려가고 있다는 것과 아직 살아 있다는 것 따위를 방울 소리로 알 수 있었을 텐데. 하지만 이제 하는 수 없다. 하느님의 손이 인도해 주시는 대로 맡기는 도리밖에 없다.」

그리고는 무릎을 꿇고 나직한 소리로 하늘을 향해 기도를 올리고, 보기에 위험에 차고 진기한 이 모험에 가호를 내려 주시고 경사스럽게 성공할 수 있게 해주십사고 하느님께 빌었다. 그리고 목소리를 높여 말을 이었다.

「오오, 제가 하고 제가 행하는 모든 것을 다스리는 저의 주, 눈부시게 빛나는 비할 데 없는 둘시네아 델 토보소여! 만일 그대의 행운에 찬 연인의 이 소원이 그대의 귀에 이를 수 있다면, 그대의 비길 데 없이 아름다운 용모를 두고 들어 주십사 하고 부탁드리는 바요. 그것은 다름이 아니라 오로지 그대의 조력과 원조를 필요로 하는 지금, 그것을 나에게 거부하시지 마실 것을 부탁드리는 바요. 나는 지금부터 목전에 나타난 나락으로 내려가 깊이 파고들어 가서 몸을 가라앉히려 하는 것인데, 그것은 정성을 보태어 주기만 한다면, 내가 도전하지 못하고 내가 수행하지 못하는 불가능한 일은 없다는 것을 이 세상에 알리기 위해서인 것이오.」

이런 말을 마치자마자 깊은 구덩이 입구로 다가갔다. 그러나 완력을 휘두르거나 칼을 휘둘러 입구를 덮은 풀숲을 헤쳐 나가지 않으면 미끄러져 내려갈 수도 없고 입구를 발견하기조차 어렵다는 것을 알았으므로, 칼을 빼들고 후려치면서 동굴 입구에 무성하게 나 있는 덩굴이며 나무를 잘라 내고 베어 넘어뜨리기 시작했다. 그 무시무시한 소리에 놀라 동굴 안에서 큰 까마귀며 새들이 무수히 날아 나왔다. 그 밀집해 있는 사나운 기세에 밀려서 돈키호테는 땅바닥에 쓰러지고 말았다.

만일 그가 카톨릭 교도인 것과 마찬가지 정도로 미신을 믿는 사람이었다면 이것을 불길한 징조로 보고 동굴 속에 들어가는 것을 단념했을 것이다. 그러나 그는 일어나 까마귀며 그밖의 밤새, 이를테면 까마귀에 섞여서 뛰쳐나온 박쥐 같은 것이 그 이상 나오지 않는다는 것을 알자 인문학자와 산초에게 밧줄을 조금씩 늦추게 하여 무시무시한 동굴 밑으로 내려가기 시작했다. 돈키호테가 막 안으로 들어가기 시작했을 때 산초는 그를 축복하고 몇 번이나 성호를 그으면서 말했다.

「하느님께 인도를 받으십쇼, 라 페냐 데 프란시아 님과 라트리니다 데 가에타 님에게도요. 편력의 기사의 꽃이시고 정수이신 나리! 드디어 가십니까요, 세계에서 제일 원기가 왕성하시고 강철의 심장, 청동의 팔을 가지신 나리! 다시 한 번 말씀드립니다만 하느님께 인도를 받으십쇼. 일부러 자기가 좋아서 그 암흑 속으로 들어가려고 버리고 가시는 이 세상의 빛 속으로 무사히 자유롭게 되돌아오실 수 있도록 하느님의 인도를 받으십시오!」

이와 거의 비슷한 기도와 소원을 인문학자도 하느님께 올리고 있었다.

돈키호테는, 자 밧줄을 더 늦추어라, 더 늦추어라, 하고 소리치며 내려갔는데 두 사람은 그 말대로 조금씩 조금씩 밧줄을 늦추어 주었다. 그리하여 동굴 벽을 따라 들려 오던 고함 소리가 어느새 들리지 않게 되었을 때 그들은 벌써 1백 피트의 밧줄을 다 풀어 주고 있었다. 그래서 이 이상 밧줄을 내려 보낼 수 없으니 돈키호테를 끌어올리자고 두 사람은 의논했다. 그래도 30분쯤 그대로 있다가 다시 밧줄을 끌어올리기 시작했는데 그것이 무척 가볍고 아무런 무게도 느껴지지 않았으므로 돈키호테가 동굴 안에 그대로 머물러 있는 것이 아닌가 하고 두 사람은 생각하게 되었다. 산초는 틀림없이 그럴 것이라고 생각하고 눈물을 철철 흘리면서 한시바삐 사실을 확인하고 싶어 부랴부랴 밧줄을 끌어올렸다. 그러나 약 80피트쯤 끌어올렸을 때 무언가 느껴지는 것이 있었으므로 두 사람은 여간 기쁘지 않았다. 결국 한 10피트쯤 남았을 때 똑똑히 돈키호테의 모습을 볼 수가 있었다. 그래서 산초는 그 모습을 향해 소리쳤다.

「나리, 잘 돌아오셨습니다요! 우리는 그만 나리께서 동굴 바닥에 자손이라도 만드실 작정으로 주저앉게 되셨나 하고 생각했습니다요.」

그러나 돈키호테는 아무 대답도 하지 않았다. 다 끌어올려 놓고 보니 두 눈을 꼭 감고 분명히 자고 있는 모양이었다. 그래서 땅바닥에 뉘어 밧줄을 끌렀는데 그래도 눈을 뜨지 않았다. 그래서 몇 번이나 뒤집어엎기도 하고 움직이기도 하고 마구 흔들기도 하고 하자 꽤 시간이 지나서야 그만 간신히 정신을 차렸는데, 깊은 잠에서 깬 것처럼 기지개를 켰다. 그리고 이상한 듯이 주위를 두리번거리다가 입을 열었다.

「하는 수 없는 사람들이군. 그대들은 어떤 사람도 본 적이 없고, 경험한 적도 없는 참으로 상쾌하고 참으로 즐거운 처지와 조망에서 나를 끌어 내고 말았단 말이다. 실로 나는 이 세상의 모든 즐거움이 꿈처럼, 그림자처럼 사라지고 들꽃처럼 시들어 간다는 것을 이제야 간신히 깨달았구나. 오오, 무운도 덧없는 몬테시노스(스페인의 로망스에 등장하는 영웅—역주)여! 오오, 중상을 입은 두란다르테(몬테시노스의 사촌이자 친구—역주)여! 오오, 불행한 벨레르마여! 오오, 눈물에 젖은 과디아나여! 그리고 그대들, 아름다운 눈에서 흘러내리는 눈물을 그대들의 늪의 물에 보여 주는 박행한 루이데라의 딸들이어!」

인문학자와 산초는 가만히 귀를 기울여 돈키호테의 말을 듣고 있었는데, 그가 마치 단장의 심정으로 안타깝게 지껄이고 있었기 때문이다. 두 사람은 무슨 말을 하려고 그러는가, 또 그 지옥의 밑바닥에서 무엇을 보고 왔는가를 이야기해 달라고 졸라 댔다.

「뭐, 지옥이라고?」하고 돈키호테는 말했다. 「그렇게는 부르지 말아 다오. 어차피 그대들도 알게 될 일이지만, 지옥이란 이름은 도무지 적합치 않구나.」

이어 그는 무엇이든지 먹을 것을 좀 달라고 부탁했다. 그는 무척 시장해 있었던 것이다. 인문학자의 언치를 풀 위에 펼쳐 놓고 배낭에 넣어 가지고 온 것을 꺼내어 세 사람은 아주 의좋게 둘러앉아 점심과 저녁을 겸한 식사를 했다. 그리고 언치를 치운 다음 돈키호테 데 라 만차는 말했다.

「내 아들들아, 그 자리에 그대로 앉아서 내 말을 들어 보아라.」

제 23 장

다부진 돈키호테가 몬테시노스의 동굴 밑바닥에서 보았다고 이야기한 이상한 일들과 그 있을 수 없는 훌륭함 때문에 이 모험을 오히려 실없는 것으로 여기게 하는 일들에 관해서.

오후 4시쯤 되었을까, 해가 구름 사이에 들어가서 그다지 따갑게 비치지 않고 상쾌하게 빛을 던지고 있는 덕분에, 돈키호테는 더위에 괴로워함이 없이 기분 좋게 몬테시노스의 동굴에서 보고 온 것을 현명하고 뛰어난 두 청중에게 이야기할 수 있었는데, 그는 다음과 같이 말을 꺼냈다.

「이 지하 감옥으로 12길 내지 14길쯤 내려간 곳에 오른쪽으로 당나귀가 끄는 큼직한 짐마차가 넉넉히 들어갈 수 있는 넓은 동공이 하나 생겨 있다. 이 동공에는 어디 먼 지면에 뚫린 조그마한 구멍 혹은 틈바구니로부터 가냘프게 빛이 들어오고 있지. 이 동공을 내가 본 것은 마침 밧줄에 매달려 암흑 속을 어디로 가는 것인지 방향도 모르고 내려가는 데 진력이 나고 싫증이 났을 때였으므로 그 속으로 들어가 잠시 쉬기로 했다. 그런데 그대들에게 내가 소리칠 때까지 밧줄을 늦추지 말고 기다려 달라고 큰 소리로 외쳤지만 들리지 않은 모양이야. 그래서 나는 할 수 없이 그대들이 자꾸만 늦추어 주는 밧줄을 모아 동그랗게 타래를 틀어 쌓아 놓은 위에 걸터앉아, 이제 붙들고 내려 줄 사람도 없으니 어떻게 저 동굴 밑바닥까지 내려가야 하나 하고 시름에 잠기지 않았겠느냐. 그렇게 생각에 잠겨 있을 때 별안간 별로 내가 그렇게 하고 싶다는 생각도 없는데 깊은 잠이 들어 버렸단 말이다.

그리고는 생각지도 않게, 왜 그런지 왜 안 그런지 모르는 채 잠에서 깼는데, 문득 보니, 놀랍게도 자연의 창조도 미치지 못 하고 제아무리 현명한 사람도 도저히 상상할 수 없는 아름답고 쾌적하고 즐거운 초원 한가운데에 있지 않겠느냐. 나는 눈을 크게 뜨고 다시 눈을 비비고 해보았는데, 나는 잠들어 있는 것이 아니라 실제로 눈을 뜨고 있다는 걸 깨달았지. 그래도 역시, 거기에 있는 것이 내 자신인지 아니면 뭔가 실체가 없는 보기 흉한 유령인지 내 스스로 납득하고 싶어서 얼굴과 가슴을 만져 보곤 했다. 그러나 손으로 만져 본 것도, 기분도, 머릿속의 조리 있는 사고력도, 지금 이 자리에 있는 나와 조금도 다름 없는 내가 그때 그 자리에 있다는 것을 증명해 주더라.

그러자 곧 내 눈에 비친 것은 왕궁이랄까 성이랄까, 그 성벽은 투명한 수정으로 되어 있는 듯이 보였는데, 입구의 커다란 두 짝의 문이 열리더니 땅에 닿도록 긴 자줏빛 나사천의 헐렁한 웃옷을 입은 품위 있는 노인이 나타나 내 앞으로 다가오지 않겠느냐. 어깨에서 가슴에 걸쳐 학사답게 녹색 새틴천을 걸치고, 머리에는 검은 밀라노 모자를 썼으며, 새하얀 턱수염이 허리께까지 내려와 있었다. 무기는 아무것도 지니지 않았고, 손에는 묵주를 쥐었는데, 그 알은 보통의 호두알만큼 컸으며, 10개째마다 있는 큰 알은 보통의 타조알만큼 컸다. 그 풍모, 걸음걸이, 엄숙한 태도, 의젓한 모습은 그 하나하나를 보나 모두를 함께 합쳐서 보나 나는 아연해지고 오로지 경탄할 뿐이었다.

이윽고 노인은 내 앞에 다가오더니 제일 먼저 나를 꼭 껴안는 것이었다. 그리고는 이런 말을 하더구나. 『용감한 기사 돈키호테 데 라 만차 님, 마법에 걸려 이 인적 없는 곳에 있는 우리는 귀공을 만나려고 기다리기를 벌써 오랜 세월에 이르고 있소이다. 그것은 귀공이 들어오셔서 이 몬테시노스의 동굴이라 부르는 깊은 구덩이 속에 갇혀서 숨겨져 있는 일체의 소식을 세상에 알려 주시기를 바라고 있었던 것이외다. 이 공명은 오로지 귀공의 불패의 용기와 유례 없는 담력에 의해서만 수행되기를 기대할 뿐이오. 자, 나와 함께 가십시다. 발군의 기사여, 이 투명한 성중에 감추어져 있는 이상야릇한 갖가지를 그대에게 보여 드리리다. 나는 이 성의 수령, 종신 성주. 이렇게 말씀드리는 것은 나야말로 몬테시노스 바로 그 사람이기 때문이오. 동굴의 이름도 거기서 유래된 것이라오.』 하고 노인이 자기가 몬테시노스라고 나한테 알리길래 나는 이 윗세상에서 전해지고 있는 것이 사실인지, 또 맹우(盟友) 두란다르테(몬테시노스 와 두 란다르테는 사촌간으로 둘 다 샤를르마뉴의 12 용사 중에 들어 있었다―역주)의 가슴에서 조그마한 단검으로 심장을 따내어 이 친구가 마지막에 부탁한 대로 그것을 그가 그리워하는 공주 벨레르마에게 갖다 주었느냐고 물어 보았다. 그러자 하나에서 열까지 다 진실을 전하고 있으나 다만 단검도 아니고 조그마한 칼도 아닌 끝이 세모로 된 송곳보다 날카로운 비수였다고 대답해주더라.」

「그 비수는 아마,」 하고 이때 산초가 끼여들었다. 「세비야의 도검사 라몬 데 오세스가 만든 것일 겁니다요.」

「나는 모르겠다.」 하고 돈키호테가 대답했다. 「그러나 도검사가 만든 건 아닐 게다. 왜냐하면 라몬 데 오세스는 바로 어저께 사람이지만, 이 불행이 일어난 론세스바이예스의 싸움은 먼 옛날의 일이거든. 그 비수를 누가 만들었느냐 하는 것은 그리 중요한 일이 아니다. 그것이 역사의 진실이나 줄거리를 교란시키거나 바꾸어 놓지는 않을 테니까.」

「그건 그렇습니다.」 하고 인문학자가 받았다. 「말씀을 계속 하십시오, 돈키호테 님. 저는 이 세상의 누구보다도 기꺼이 귀를 기울이고 있습니다.」

「나도 당신 못지않은 기쁨으로 이야기하고 있소.」 하고 돈키호테가 대답했다. 「아무튼 그래서 기품 있는 몬테시노스는 나를 수정의 궁전으로 안내해 갔는데, 아래층의 매우 시원하고 온통 설화 석고로 만든 넓은 홀로 들어가니 온갖 기교를 다 부린 대리석 무덤이 있기에 보니까 그 위에 한 기사가 길게 누워 있는데, 그것이 흔히 묘 위에 놓여지는 상처럼 청동이라든가 벽옥 같은 것으로 만든 것이 아니라 틀림없는 진짜 뼈와 살을 갖춘 인간이었단 말이야. 바른손을 심장이 있는 쪽의 가슴 위에 올려 놓았는데, 내가 보건대 생전에 굉장한 장사였다는 것을 말해 주는 약간 털이 많이 나고 억센 팔이더군.

내가 묘 위의 기사를 놀라운 눈으로 바라보고 있는 것을 깨닫고 몬테시노스는 아무것도 묻지 않았는데 설명해 주더구나. 『이것이 나의 벗, 살아 있던 날 사랑에 괴로워하고 그토록 용감한 기사의 꽃이며 거울이었던 두란다르테 바로 그 사람이오. 악마의 아들이라고 세상에서 부르고 있는 저 프랑스의 마술사 메를린(프랑스 인이 아니라 영국인이다. 작자의 착각인 듯싶다—역주)이 나를 비롯해서 많은 남녀를 가두어 놓고 있듯이, 이 기사도 마법에 걸려서 여기 누워 있소만, 내가 믿는 바로는 메를린은 악마의 아들이 아니라 흔히 세상에서 말하듯 악마보다 털이 하나 많은 녀석이라오. 어떻게 해서 또 무엇 때문에 우리를 마법에 걸었는지 아무도 알지 못하오만 시간이 흐름에 따라 아니 나의 상상으로는 그것도 그다지 머지않아 스스로 뚜렷이 밝혀질 것이오. 다만 내가 이상해서 못 견디는 것은 두란다르테가 나의 팔에 안겨 그 생애를 마치고, 또 그가 죽은 뒤에 내 손으로 그의 심장을 따냈다는 사실을 지금이 대낮인 것처럼 내가 알고 있다는 것이오. 실제로 그 심장은 무게가 두 근은 되었을까.

왜냐하면 생물학자가 말하듯이 큰 심장을 가진 자는 조그마한 심장의 소유자보다 훨씬 큰 용기를 갖고 있기 때문일 것이오. 그렇게 이 기사는 틀림없이 죽었는데 어찌 된 까닭으로 지금도 마치 살아 있는 사람처럼 이따금 신음 소리를 내고 한숨을 쉬고 하는지 모르겠소.』하고 몬테시노스가 말했을 때, 가련한 두란다르테가 큰 소리로 읊지 않겠느냐.

> 몬테시노스 사촌이여, 들으시라,
> 임종의 내가 비는 말을.
> 혼백 내 몸에서 빠져 나가
> 이 내 목숨이 끊어졌을 때
> 단검으로든지 비수로든지
> 내 가슴속에서 뜯어 내어
> 나의 심장을 전해 주시라,
> 벨레르마 님이 계시는 곳에.

이 말을 듣더니 기품 있는 몬테시노스는 상처 입은 기사 앞에 무릎을 꿇고 눈물을 흘리면서 말하지 않겠느냐.

『벌써 오래 전에, 나의 가장 사랑하는 사촌 두란다르테여, 벌써 오랜 전에 아군이 대패한 그 불길한 날에 그대가 내게 부탁한 일은 다 완수했네. 나는 그대로부터 될 수 있는 한 교묘하게 심장을 따냈으므로, 그대의 가슴속에는 조그마한 찌꺼기 하나 남기지 않았네. 그래서 나는 레이스 손수건으로 심장을 깨끗이 닦아 그것을 들고 부랴부랴 프랑스로 달려갔는데, 그전에 그대의 시체를 땅 속 깊이 묻고는 얼마나 울었는지, 그때 흘린 눈물로 그대의 내장을 더듬을 때 피투성이가 된 내 손을 말끔히 씻었다네. 내 말의 더 확실한 증거를 말하란다면, 론세스바이예스를 뒤로 하여 제일 먼저 도착한 마을에서 그대의 심장에 소금을 조금 뿌린 것은, 싱싱한 것으로는 못 가져가더라도 간물로 해서 벨레르마 님 앞에 이르렀을 때 악취를 뿜는 일이 없도록 하기 위한 조심에서였다네. 벨레르마 님도, 그대도, 나도, 그대의 종자 과디아나도, 노시녀 루이데라도, 그 일곱 딸도, 두 질녀들도, 그밖에 많은 그대의 친구들도 벌써 오랜 세월 현인 메를린의 마법에 걸려 이곳에 붙잡혀 있네.

5백 년이 지난 오늘날에도 우리들 가운데서 죽은 자는 한 사람도 없다네. 다만 루이데라와 그 딸과 질녀들이 현재는 이곳에 없다네. 그 까닭은 그 여자들이 너무 심하게 울어 메를린도 그만 가엾어졌던 모양인지, 그들을 그 수만큼의 늪으로 바꾸어 버렸기 때문인데, 이것이 오늘날 생명 있는 자의 세상에서 라 만차 현에 있는 루이데라의 늪이라 불리어지고 있다네. 7개의 늪은 스페인 국왕의 소유가 되어 있으며, 두 질녀들의 늪은 산 후안이라는 신성한 교단(敎團)의 기사들 소유가 되어 있네. 그대의 종자 과디아나도 그대의 불행을 울어서 그 또한 같은 이름으로 부르는 강으로 바뀌어지고 말았네. 이 강이 땅 표면에 얼굴을 내밀고 다른 하늘에 빛나는 태양을 보았을 때, 그대를 뒤에 두고 온 것을 알았을 때의 슬픔이 너무나 심했으므로 다시 땅 속 깊숙히(루이데라 강에서 원류(原流)하는 과디아나 강은 16킬로미터쯤 지하에 잠류(潜流)하다가 나타난다 ─역주) 몸을 숨기고 말았다네.

그러나 스스로 자연의 흐름에 따르지 않을 수 없어 이따금 밖으로 나와서는 태양이나 사람들의 눈에 띄는 곳에 모습을 나타내곤 했다네. 앞에서 말한 늪이 이 강에 물을 쏟아 넣고 있는데, 이들 물과 그밖에 많은 물을 모아 가득 찬 강이 되어 포르투칼로 흘러 들어가고 있어. 그런데 이 강은 어디를 흐르나 스스로 슬픔과 우수를 나타내어 자기 속에 좋은 맛을 찬양받는 생선을 기르는 자랑스러움도 갖고 싶지 않은 듯 하찮은 맛없는 생선을 기르고 있는데, 이 점은 황금에 빛나는 타호 강의 그것과는 천양지차가 있네. 지금 내가 말한 것은 오오, 나의 사랑하는 사촌이여, 몇 번이나 그대에게 말한 사실인데, 그러나 그대가 대답을 해주지 않으므로 그대가 나를 믿어 주는지, 아니면 내가 하는 말이 들리지 않는지 그 어느 쪽이겠거니 하고 상상하고, 그때문에 신만이 아시는 서글픈 고통을 겪고 있었다네.

그러나 오늘은 그대에게 알릴 것이 있네. 하기야 그것으로 그대의 고통을 가볍게 하는 데 도움이 되지 않더라도 결코 그 고통을 더하게 하는 일은 없을 걸세. 알겠는가. 여기 그대 눈앞에 힘겨운 눈을 뜨고 바라보게. 현인 메를린으로 하여금 그토록 많은 예언을 하게 한 기사님이 계시네. 나는 감히 말하지만, 돈키호테 데 라 만차, 이미 잊혀진 편력의 기사도를 새로이 지난 세상보다 훨씬 슬기롭게 지금의 세상에 부활시킨 분인데, 이분이 취하시는 방책과 원조로 우리도 마법에서 빠져 나올 수 있을 것 같네. 왜냐하면 위대한 공명은 위대한 인물을 위해서 남겨 놓는 것이기 때문이네.』하고.

그러자, 『설혹 그렇게 되지 않더라도,』하고 깊은 상처를 입은 두란다르테가 힘없는 목소리로 나직이 대답하더라. 『설혹 그렇게 되지 않더라도, 오오, 사촌이시여! 단념하시라. 트럼프를 새로 쳐야겠소!』하고 말이다. 이 말만을 하고 돌아누워 여느 때의 그 침묵으로 돌아가 다시는 아무 말도 하치 않더군. 이때 드높은 비명과 울음소리가 들리고 뱃속에서 짜내는 듯한 신음 소리와 가슴이 찢어질 듯한 흐느낌이 잇따라 일어났는데, 내가 뒤돌아보니 수정벽을 통해서 참으로 아름다운 처녀들이 모두 상복을 입고 머리에는 흰 터번을 터키식으로 두르고는 두 줄로 줄을 지어 옆방으로 가고 있더구나.

그리고 줄 끝에는 엄숙한 거동으로 알 수 있는 한 귀부인이 따라갔는데, 그녀 역시 검은 옷을 걸치고 흰 베일의 긴 자락을 땅바닥에 끌 듯이 늘어뜨리고 있었어. 그녀의 터번은 다른 여자들 중에서 제일 큰 터번의 두 배나 되더구나. 미간이 좁고, 코는 약간 낮았으며, 입은 큰 편이었으나 입술은 빨갛고, 이빨은 어쩌다가 드러내 보였는데 제멋대로 나서 고르지 못하고 보기 흉했으나 껍질을 벗긴 편도처럼 하얗더구나. 두 손으로 얇은 마포를 쥐고, 그 안에는 내가 멀리서 보니 말라 비틀어져서 미라가 된 심장을 얹어 놓고 있었다. 몬테시노스는 행렬을 이루고 있는 여자들이 모두 두란다르테와 벨레르마의 하녀들로 그녀들 역시 두 주인과 같이 마법에 걸려서 여기 와 있는 것이며 마포에 얹은 심장을 손에 받쳐든 여성이 벨레르마 님인데, 그녀는 1주일에 나흘씩 시녀들과 함께 저런 행진을 하면서 두란다르테의 유해와 슬픈 심장에다 애가(哀歌)를 부른다, 아니 부른다기보다 통곡을 한다고 설명해 주었다.

그리고 벨레르마가 약간 보기 흉하거나 아니면 소문만큼 미인이 아닌 것처럼 내눈에 비쳤는지 모르나, 그것은 마법에 걸려 지내는 밤낮없는 고통 탓인데, 눈언저리의 검은 빛깔이며 안색이 나쁜 것을 보면 알 수 있을 것이라면서, 『저 살빛이 누래진 거나 눈언저리가 거멓게 된 것은 흔히 여성들에게 있는 월경 불순에 인한 것은 아니오. 그것은 벌써 몇 달 동안, 아니 몇 해 동안 잠시도 문간에 얼굴을 내민 적이 없기 때문이라오. 그보다 언제나 두 손으로 받쳐들고 있는 심장에 대한 슬픔과 일찍이 죽은 연인의 불행에 대한 추억이 항상 생각나고 되살아나는 고통 때문에 그렇소. 만일 그러한 일이 없다면 그 아름다움에 있어서, 그 요염함에 있어서, 그 날씬함에 있어서, 이 근처뿐 아니라 온 세계의 칭찬의 대상이 되어 있는 위대한 둘시네아 델 토보소도 가까스로 그녀에게 비견될 수 있을지 모르겠소.』이런 말을 하지 않겠느냐.

『그만두시오!』하고 그때 나는 말했지. 『몬테시노스 님, 귀공은 무슨 이야기를 하시려거든 마땅히 그래야 하도록 말씀하셔야 하오. 비교라는 것이 모두 바람직스럽지 못한 것이라는 것은 아무 뜻도 없는 일이오. 비길 데 없는 둘시네아 델 토보소는 그 나름의 여성이고, 도냐 벨레르마는 벨레르마대로 그 나름의 여성이었던 것이오. 그것만으로 충분하지 않소?』

이에 대해서 그는 대답하기를 『돈키호테 님, 부디 용서해 주십시오. 내가 잘못했다고 고백하리다. 둘시네아 님이 가까스로 벨레르마 님에게 필적될 것이라고 말한 것은 내 잘못이었소. 그대가 그 공주의 기사라는 것을 잘은 모르지만 그 어떤 징조로 짐작한 이상 그분을 하늘 그 자체와 비교한다면 모르되 다른 것과 비교한다는 것은 차라리 혀를 깨무는 편이 좋았을 것을 그랬소.』하잖겠느냐. 위대한 몬테시노스가 이렇게 내게 해명했으므로 나의 그리운 공주 둘시네아를 벨레르마와 비교하는 것을 들었을 때 마음속에 인 파도도 간신히 가라앉게는 되었다.」

「그런데 제가 그보다 이상해서 못 견디겠는 것은,」하고 산초가 끼여들었다. 「어째서 나리가 그 늙은이에게 덤벼들어 온몸의 뼈다귀를 가루가 되도록 걷어차고, 턱수염이 한 올도 안 남도록 뽑아 주지 않았는가 하는 것입니다요.」

「아니, 안 되지, 나의 벗 산초여.」하고 돈키호테가 대답했다. 「그런 짓은 내게 알맞지 않은 일이었다. 왜냐하면 우리는 설혹 상대가 기사가 아니더라도 노인에게는 경의를 표하지 않으면 안 되고, 하물며 노인이 기사인데다가 마법에 걸려 있다면 더욱 그러하느니라. 게다가 우리 두 사람 사이에 오고간 많은 문답에 있어서는 서로 빚진 것이 없는 사이라는 것을 똑똑히 나는 알고 있었기 때문이다.」

이때 인문학자가 입을 열었다.

「돈키호테 님, 기사님께서 저 아랫세상에 계신 그 짧은 동안에 어떻게 그렇게도 많은 것을 보시고 얘기하고 대답하고 하실 수 있었는지, 도무지 나는 알 수 없는데요.」

「내가 내려가고 얼마나 지났던가?」 하고 돈키호테가 물었다.

「이럭저럭 한 시간쯤 되었지요.」

「그럴 리가 없다.」 하고 돈키호테는 우겼다. 「왜냐하면 나는 저쪽에서 밤을 맞이하고, 낮을 맞이하고, 다시 날이 저물어 아침이 된 것이 세 번이나 되었거든. 따라서 내 계산으로는 우리 눈에 감추어진 아득한 장소에서 사흘 동안 있었던 것이 된다.」

「저의 주인 나리께서는 사실을 말씀하시는 것이 틀림없습니다요.」 하고 산초가 말했다. 「워낙 일어나는 일마다 모두 마법의 짓이니 아마 우리가 한 시간이라고 생각하는 것이 그쪽에선 사흘 낮 사흘 밤이 되는 모양입죠.」

「그런 모양이다.」 하고 돈키호테가 말했다.

「그런데 그 동안 기사님은 식사를 하셨던가요?」 하고 인문학자가 물었다.

「한 숟가락도 먹지 않았소.」 돈키호테가 대답했다. 「그뿐 아니라 시장기도 느끼지 않았고, 먹고 싶은 생각조차 떠오르지 않았소.」

「마법에 걸린 사람도 식사를 합니까?」 인문학자가 물었다.

「먹지 않지.」 하고 돈키호테가 대답했다. 「대변도 안 보고. 하기야 소문으로는 손톱이라든가 수염이라든가 머리칼은 자라는 모양이오.」

「그러면 마법에 걸린 사람들은 어쩌면 잠을 잘지 모르겠는뎁쇼, 나리?」 산초가 말했다.

「아니 결코.」 돈키호테가 대답했다. 「적어도 내가 그 사람들과 더불어 보낸 사흘 동안은 누구 하나 눈을 감지 않았고 나도 또한 마찬가지였소.」

「그렇다면 속담과 꼭 맞는 셈인뎁쇼, 나리.」 산초가 말했다. 「다시 말해서 『누구와 함께 있나 말해 보라. 그러면 네가 어떤 사람인가 말해 주마』라는 말이 있잖습니까요. 나리께서는 잠숫지도 않고 주무시지도 않는 마법에 걸린 사람들과 함께 계셨던 겁니다요. 그래서 그 사람들과 함께 계신 동안은 잡숫지도 않고 주무시지도 않았다고 해도 별로 이상할 건 없다고 생각하시면 됩니다요. 하지만 저희 주인님, 용서해 줍쇼. 나리가 말씀하신 것을 제가 조금이라도 사실이라고 생각한다면 하느님께, 실은 악마에게라고 말할 작정이었습니다만 말씀입니다요, 채어 가는 편이 훨씬 낫다고 말했다고 하더라도 말씀입니다요.」

「어째서 못 믿겠단 말이오?」 인문학자가 물었다. 「돈키호테 님이 거짓말을 하셨단 말이오? 설혹 거짓말을 할 생각을 하셨다고 하더라도 그토록 많은 거짓말을 지어내거나 생각하거나 하실 시간도 없잖았소?」

「난 우리 나리께서 거짓말을 하신다고 생각지 않지만 말입니다요……」 산초가 대답했다.

「그렇다면 어떻게 생각한단 말이냐?」

「제 생각으로는,」 하고 산초가 대답했다. 「나리께서 저 아래쪽에서 만나 말씀을 나누셨다는 그런 잡동사니들을, 마법에 건 그 메를린인지 마법인지 하는 자가 나리의 상상인가 기억인가의 속에, 여태까지 말씀하신 일과 지금부터 말씀하시려 하는 일을 모두 한꺼번에 쑤셔넣었다고 생각됩니다요.」

「그것도 얼마든지 있을 수 있는 일이다, 산초.」 하고 돈키호테가 받았다. 「그러나 사실은 그렇지 않다. 왜냐하면 내가 한 이야기는 처음부터 끝까지 내 눈으로 보고 이 손으로 만져 본 일이기 때문이다. 몬테시노스가 내게 보여 준 그밖의 무수한 일과 이상야릇한 일 가운데서──이런 일들은 이 자리에서 남김없이 말할 수 없는 일이니 언젠가 한가할 때 편력을 하면서 때에 따라 들려 줄 생각이다만──세 사람의 농촌 처녀를 내게 보여 주었는데, 그 처녀들은 그곳의 참으로 기분 좋은 초원을 마치 산양처럼 뛰고 달리고 있었다. 나는 처녀들의 모습을 보는 순간 그중의 한 사람은 비할 데 없는 둘시네아 델 토보소요, 나머지 두 사람은 엘 토보소의 동구 밖에서 우리가 만난 그 둘시네아와 함께 왔던 농촌 처녀들인 것을 알았다. 내가 이런 말을 하는 것을 그대가 어떻게 생각할지 모르지만, 그래서 몬테시노스에게 저 아가씨들을 아느냐고 물어 보았는데, 모른다는 대답이더라.

그리고는 그러나 어차피 마법에 걸린 어느 고귀한 여성들일 거다, 이 초원에 모습을 보이기 시작한 것은 극히 최근의 일이며 이러한 일은 조금도 놀랄 것이 없다, 그곳에는 과거의 세기와 지금의 세기의 귀부인들이 많은데 모두 마법에 걸려 갖가지 기괴한 모습으로 나타나고 있기 때문인데, 그러한 분들 가운데서 자기는 왕비 히네브라와 노시녀(老侍女), 브리타니아에서 오셨을 때의 란사로테에게 술을 따라 준 킨타뇨나를 알고 있다고 말해 주더라.」

주인이 한 이런 말을 들었을 때 산초는 자기의 머리가 이상해지거나, 너무나 우스워 웃다가 죽어 버리지나 않을까 생각했다. 왜냐하면 둘시네아가 마법에 걸렸다는 계략을 꾸민 진상을 알고 있고, 자기 자신이 둘시네아를 마법에 건 마법사 구실을 했으며, 또 그 증인 노릇을 한 것도 다름 아닌 자기 자신이었기 때문인데, 일이 이쯤 되니 이제 아무런 의심도 없이 주인이 본정신을 잃고 진짜 미치광이가 되었다는 것을 알았다. 그래서 저도 모르게 지껄였다.

「정말 좋지 않은 계제에, 기분 나쁜 때에, 재수 없는 날에, 우리 소중한 나리가 저 세상에 내려가셔서, 좋지 않은 장소에서 몬테시노스를 만나셨구나. 나리를 이렇게 만들어서 돌려보냈거든. 나리도 윗쪽의 이 세상에서는 하느님이 주신 올바른 분별을 갖추고 좋은 상태로 계시면서 한 걸음 내디디실 때마다 황금 같은 말씀과 충고를 해주시곤 했는데, 이젠 안 되겠네요. 도무지 상상도 하지 못할 잠꼬대를 늘어놓고 계시거든.」

「나는 그대라는 사나이를 잘 알고 있다.」하고 돈키호테가 대답했다. 「그대의 말은 문제도 삼지 않으련다.」

「저도 역시 나리가 하시는 말씀을 문제로 삼고 있지 않습니다요.」하고 산초가 대꾸했다. 「나리가 하신 말씀을 고치거나 틀린 데를 바로잡지 않으실 참이라면, 제가 이미 말씀드린 거나 지금부터 말씀드리려고 하는 말에 화가 나셔서 저를 해치거나 죽이거나 하셔도 상관없습니다요. 하지만 지금은 서로 싸움을 하고 있는 게 아니니까 나리, 말씀해 주십쇼. 그분이 둘시네아 님이라는 것을 어떻게 아셨습니까요? 게다가 만일 나리께서 무슨 말씀을 하셨다면 대체 무슨 말씀을 하셨으며, 무슨 대답을 하십디까요?」

「내가 그분을 알게 된 것은,」하고 돈키호테가 대답했다. 「그대가 나한테 가르쳐 줬을 때와 마찬가지 옷을 입고 계셨기 때문이다. 말을 건넸으나 한 마디도 대답은 없었다. 그뿐 아니라 내게 등을 보이고 재빨리 달아나셨는데, 얼마나 빠르던지 투창도 따라갈 수 없었을 게다. 나는 그 뒤를 따라가려고 했는데, 만일 이때 몬테시노스가 그런 데에 공연히 정력을 허비할 것 없다, 따라가 봐야 헛일이고 또 무엇보다도 내가 이 나락에서 탈출하는 데 알맞은 시각이 가까워지고 있다고 나한테 충고해 주지 않았더라면, 틀림없이 뒤를 쫓아갔을 게다.

몬테시노스는 자기와 벨레르마와 두란다르테와 그밖에 그곳에 있는 모든 사람들이 모두 풀려나려면 어떤 방법을 강구해야 하는가 내게 알려 주겠다고 말했다. 그러나 내가 그곳에서 보거나 주의가 끌리거나 한 여성들 가운데서 무엇보다도 쓰라린 생각을 갖게 한 것은, 마침 몬테시노스가 그런 말을 내게 하고 있을 때 나는 그 여자가 온 것도 깨닫지 못하고 있었는데, 불행한 둘시네아의 두 시녀 중의 하나가 두 눈에 눈물을 글썽거리며 나직한 목소리로 떠듬떠듬 이렇게 하는 말을 들은 것이다. 『저의 주인 둘시네아 델 토보소가 나리의 손에 입맞추고, 안녕하신지 문안 여쭈라고 말씀하셨습니다. 그리고 지금 매우 궁핍하셔서, 제가 갖고 있는 이 무명의 새 반스커트를 잡히고 6레알이나 아니면 나리께서 지금 갖고 계시는 돈을 빌려 주십사고 부탁하고 계십니다. 또 주인께서는 되도록 빨리 돌려드리겠다는 약속도 하셨습니다.』라고 말이다.

나는 이 말을 듣고 놀래어 몬테시노스 님을 돌아보고 묻지 않았겠느냐. 『몬테시노스 님, 마법에 걸린 고귀한 분들이 빈곤에 괴로워하시는 일도 다 있소?』 그러자 그분은 이렇게 대답하더라. 『아시겠습니까, 돈키호테 데 라 만차 님, 돈에 곤란을 느낀다는 것은 어디 가나 있을 수 있는 일이며, 어떤 일에도 따라다니고 누구에게나 일어나는 일이니, 설혹 마법에 걸린 자라고 하더라도 내버려 두지는 않을 것이오. 그러기에 둘시네아 델 토보소 님이 6레알의 돈을 빌리고 싶다며 사람을 보내신 것이오. 보건대 저당잡힐 물건도 훌륭한 것 같으니 변통을 해드리시구려. 의심할 여지도 없이 상당히 긴박한 궁지에 빠져 계신 것 같으니 말씀이오.』 그래서 나는 『담보는 받지 않겠소. 또 부탁하시는 6레알은 변통해 드릴 수 없소. 나는 단지 4레알밖에는 갖고 있지 않소.』 하고 대답했다.

그리고 4레알을 심부름 온 여자에게 주었는데, 그 돈은 며칠 전 산초 그대가 한길에서 거지를 만났을 때 적선을 하라고 내게 준 돈으로, 그때 나는 이런 말을 덧붙여서 했다. 『그대의 주인에게 내가 공주의 궁핍을 진심으로 슬퍼하고 도와 드리기 위해서는 푸카르 집안(^{15세기 중엽 스페인}_{에 나타난 재벌—역주})의 주인이라도 되고 싶은 심정이라고 전해 주오. 그리고 공주의 화려한 모습과 재기에 넘치는 말씀에 접하지 않으면 나는 결국 건강하게 살아갈 수 없고 또 기력도 없을 것이며, 이 사로잡힌 하인, 지칠 대로 지친 기사에게 얼굴을 보여 주시고 말씀 건네 주시도록 충심으로 부탁드리노라고 전해 주오. 그리고 또 만투아 후작이 산 속에서 숨이 넘어가는 조카 발도비노스를 발견했을 때 한 복수의 맹세를 본받아 나도 굳은 맹세를 했다는 사실을 생각지도 않은 때 남의 입을 통해 듣게 되실지도 모르나, 만투아 후작의 맹세란 복수를 할 때까지 식탁에 앉아 빵을 먹지 않는다는 것으로, 거기에는 이밖에 자질구레한 여러 가지 일이 덧붙여지지만, 나의 맹세는 공주를 마법에서 해방시켜 드릴 때까지 세계의 일곱 부분을 포르투갈 왕자 돈 페드로가 걸은 것보다 더 열심히 조금도 쉬지 않고 걷는 일이오.』

그러자 그 처녀는 『그런 것은 물론이지만 그것보다 더 많은 것을 나리께서는 제 주인을 위해 하시지 않으면 안 되세요.』하고 대답하지 않겠느냐. 그리고 4레알을 받더니 절을 하는 대신 빙그르 허공에서 공중 회전을 한 번 했는데 그건 땅 위에서 6척 이상의 높이는 충분히 되었을 게다.」

「아아, 이걸 어쩐담.」하고 이때 산초가 큰 소리로 말했다. 「대체 세상에 이런 일도 있을까! 세상에서 마법사나 마법의 힘이 이렇게 강해서 우리 주인님의 올바른 분별을 이런 어처구니없는 광태로 바꾸어 버리다니, 이걸 어떡하면 좋단 말인가? 오오, 나리! 나리! 제발, 나리, 자기 자신을 잘 좀 생각해 주십쇼. 자기 자신의 명예라는 것을 한 번 돌아봐 주십쇼! 나리의 머리를 엉망으로 만들고 바보로 만든 그런 잠꼬대를 믿어서는 안 되십니다요!」

「나를 생각해 주기 때문에, 산초여, 그대는 그런 말을 하는 것일 게다.」하고 돈키호테는 말했다. 「그리고 그대는 이 세상의 여러 가지 일에 경험이 없기 때문에 얼마간 곤란이 수반되는 일이면 모두 있을 수 없는 일로 그대에게 보이는 게다. 그러나 언젠가도 말했듯이 시간이 흐르면 알게 될 것이고, 나는 저 아랫세상에서 보고 온 일을 모두 그대에게 얘기할 테니, 그대는 지금 내가 한 얘기를 믿게 될 게다. 그것이 진실이라는 것은 반박도 항변도 허용치 않을 게다.」

제 24 장

여기서는 이 거창한 이야기의 정당한 이해에 필요 불가결하고 동시에 없어서는 안 될 갖가지 자질구레한 일들이 다루어진다.

이 거창한 이야기를 원작자 시데 아메테 베넨헬리가 저술한 원작에서 번역한 사나이는 다음과 같이 말하고 있다. 즉, 몬테시노스의 동굴에서 있었던 모험을 묘사한 장(章)에 이르렀을 때 그 장의 난 외에 아메테의 자필로 바로 다음과 같이 기입되어 있었다는 것이다.

「나는 앞장에 씌어 있는 일체의 사건이 그대로 정확하게 용감한 돈키호테에게 일어났다는 것을 이해할 수도 없고 납득할 수도 없다. 그 이유로는 여태까지 일어난 모든 모험은 아무튼 일어남직하고 진실인 듯한 것이었는데, 이 동굴의 모험은 너무나 합리적인 범위에서 벗어나 있어 이것을 진실이라고 생각할 여지를 정말 발견할 수 없었기 때문이다.

그렇다고 그 당시의 가장 성실한 귀족이자 가장 고귀한 기사였던 돈키호테가 거짓말을 했다고 생각한다는 것은 나로서는 도저히 불가능한 일이었다. 왜냐하면 설혹 화살에 맞아 죽는 한이 있더라도 그는 단 한 마디의 거짓말도 할 사람이 아니기 때문이다. 한편, 앞에서 말한 일체의 사항을 포함해서 그토록 구상이 큰 잠꼬대를, 더욱이 그토록 짧은 시간에 이야기하거나 날조하거나 한다는 것은 도저히 그로서는 할 수 없는 일이라고 생각하는 것이다.

그래서 내가 이 모험이 가짜라고 하더라도 그것은 나의 죄가 아니다. 그런 까닭에 그것을 거짓인지 진실인지 뚜렷이 확인하지 못한 채 이야기를 쓰고 있는 것이다. 그러니 그대 현명한 독자여, 이것을 좋을 대로 판단해 주기 바란다. 왜냐하면 나는 이 이상 책임도 없거니와 책임질 수도 없는 일이기 때문이다. 하기야 돈키호테는 마지막 임종 때 이 모험에 대한 이야기를 취소했다고 하며, 그것은 여태까지 애독해 온 여러 가지 모험과 일치할 뿐 아니라 빈틈없이 일치된다고 여겨지므로 그가 날조했다고 고백한 것은 확실한 것으로 되어 있다.」

그리고 그는 다시 다음과 같이 덧붙이고 있다.

인문학자는 산초 판사의 당돌한 태도에 대해서도, 그 주인의 인내력에 대해서도, 마찬가지로 놀라움의 눈을 크게 떴다. 그는 비록 마법에 걸려 있었다고는 하나 그리운 공주 둘시네아 델 토보소의 모습을 보는 데서 온 만족감으로 하여 돈키호테가 이때 그렇듯 온화한 태도를 보일 수 있었던 것이라고 판단했다. 만일 그렇지 않았더라면 산초가 주인에게 한 말이나 말투는 몽둥이로 실컷 두들겨맞을 만한 것이었기 때문이다. 사실 인문학자는 산초가 주인에게 지나치게 불손했다고 여겨졌으므로 돈키호테를 보고 말했다.

「돈키호테 데 라 만차 님, 저는 기사님을 모시고 다닌 이번 여행이 참으로 유익한 것이라고 생각하고 있습니다. 그것은 여행하는 동안에 네 가지 수확이 있었기 때문입니다. 첫째는, 기사님과 사귀게 되었다는 것인데, 이것이 가장 큰 복이라고 저는 생각하고 있습니다. 둘째는, 몬테시노스의 동굴 속에 갇혀 있는 것들과 과디아나 강 및 루이데라 늪의 변신에 대해서 알았다는 것입니다. 이것은 현재 제가 손을 대고 있는 《스페인의 오비디우스》에 상당히 도움이 될 것입니다. 셋째는, 트럼프가 옛날부터 었었다는 것, 적어도 샤를르마뉴 황제 시대에 벌써 트럼프 놀이가 있었다는 것을 안 일입니다. 그것은 두란다르테가 몬테시노스의 말을 듣고 한참 입을 다물고 있다가 간신히 눈을 뜨고, 『단념하시라, 트럼프를 새로 쳐야겠소.』 하고 말했다고 기사님이 하신 말씀에서 추측할 수 있지요. 이 문구와 지껄이는 말투는 마법에 걸린 후에 익힌 것일 까닭이 없습니다. 마법에 걸리기 전에, 아까 말씀드린 샤를르마뉴 황제 시대에 프랑스에 있을 때 익힌 것이 틀림없습니다.

그리고 이 연구는 내가 현재 쓰기 시작하고 있는 《베르길리우스 폴리도로의 고대에 있어서의 사물 기원고 보유(起源考補遺)》라는 또 하나의 저술에 꼭 들어맞습니다. 그리고 원저자는 제가 현재 취급하려 하고 있는 것처럼 서적 속에 트럼프의 기원을 삽입할 생각은 전혀 하지 못했다고 생각합니다만, 두란다르테 같은 엄숙하고 신뢰할 만한 사람을 인용하는 것이니까 특히 권위 있는 사항이 될 것입니다. 넷째로, 오늘날까지 세상 사람들에게 알려져 있지 않았던 과디아나 강의 기원을 확실히 알았다는 것입니다.」

「그대의 말에도 일리는 있소.」 하고 돈키호테가 말했다. 「그러나 그렇게 말하는 그대의 책이 다행히도 하느님의 은총으로 출판의 허가가 주어지게 된다 하더라도 나는 좀 궁금하게 생각되는 것이 있소. 대체 그것을 누구에게 바칠 참인지 듣고 싶소.」

「바칠 만한 왕궁이나 고귀한 분들은 스페인에 많지요.」

「많지는 않소.」 하고 돈키호테가 대꾸했다. 「그렇다고 바칠 만한 값어치 있는 분들이 적다는 말은 아니오. 그건 저자의 노력과 호의에 대해서 마땅히 지불해야 할 것으로 생각되는 감사를 표시해야 한다는 데 구애받는 것이 싫어서 그것을 허용하고 싶어하지 않는 사람도 있기 때문이오. 나는 어느 고귀한 분을 알고 있는데, 이분은 다른 귀족들의 결함을 보충할 수 있는 정도가 아니라 남을 정도이니, 만일 내가 기탄없이 말한다면 많은 도량 넓은 사람들의 가슴에도 질투심을 불러일으키게 될 것이오. 그러나 이 이야기는 이 정도로 그쳐 좀더 한가할 때 하기로 하고, 오늘밤 유숙할 곳을 찾지 않으려오?」

「여기서 그다지 멀지 않은 곳에,」하고 인문학자가 대답했다. 「은자(隱者)의 암자가 있습니다. 한 은자가 그곳에 살고 있습니다만, 그는 본래 병사 출신으로 꽤 훌륭한 그리스도 교도이며 매우 생각이 깊고 인자한 사람이라는 소문이 자자하지요. 그 암자 옆에 조그마한 집이 한 채 있는데, 그것은 이 은자가 자기 비용으로 세운 집이랍니다. 조그마하지만 몇 사람인가의 나그네를 휴식시키기에는 충분한 곳입니다.」

「그 은자는 필경 암탉을 기르고 있겠죠?」하고 산초가 끼여들었다.

「암탉을 기르지 않는 은자는 아마 극히 드물걸.」하고 돈키호테가 받았다. 「왜냐하면 오늘날의 은자는 야자수 잎을 몸에 걸치고 흙 속의 초근을 먹었던 이집트 사막의 은자들 같은 생활을 하고 있지 않기 때문이다. 내가 후자를 칭찬했다고 해서 오늘날의 은자를 나쁘게 말한 것으로 해석해서는 곤란하고, 오늘날의 은자들이 하는 고행은 그 옛날의 엄격 준열함에는 미치지 못한다고 말했을 뿐이다. 그렇다고 해서 오늘날의 은자들이 좋은 분들이 아니라는 말은 아니다. 적어도 나는 훌륭한 분들이라고 생각하고 있으니까. 아무리 나쁘게 보더라도 선인인 체하는 위선자 쪽이 공공연한 죄인보다 해가 적은 법이니라.」

이런 말을 하고 있을 때 그들 쪽으로 한 사나이가 창과 칼 같은 것을 실은 당나귀를 채찍질하면서 재빨리 오고 있는 것이 그들 눈에 띄었다. 그리고 그는 그들 앞에 이르자 인사하고 그대로 지나가려 했다. 그러나 돈키호테는 그를 불러 세웠다.

「기다리시오. 거기 좀 멈추시오. 그대는 그 당나귀의 걸음걸이로는 시간에 닿을 수 없을 만큼 바쁘신 모양이구려.」

「저는 멈추어 있을 수가 없습니다.」하고 그 사나이가 대답했다. 「보시다시피 여기 갖고 가는 무기는 내일 사용하게 되어 있어서 멈추거나 머무르거나 할 수가 없습니다. 그럼, 안녕히 가십시오. 그런데 제가 뭣 때문에 이것을 가져가는지 알고 싶으시거든 저 암자 저쪽에 있는 여인숙에 오늘 묵을 생각이니까 여러분들도 같은 길을 가실 참이라면 그 여인숙에서 저와 만나실 수 있습니다. 진기한 이야기를 들려 드리지요. 그럼 다시 한 번 안녕히 가십시오.」

그리고 여전히 바쁘게 당나귀를 재촉하며 사라져 갔으므로 그가 들려 주겠다는 진기한 이야기가 어떤 것인지 돈키호테는 물어 볼 겨를도 없었다. 본래 그는 호기심이 강하고 늘 무언가 새로운 것을 알고 싶어하는 욕망에 괴로워하는 사나이였으므로, 지금부터 곧 출발해서 인문학자가 말한 암자에 들르지 말고 그날 밤 여인숙으로 가서 묵자고 말했다.

그렇게 하기로 하여 저마다 자기 탈것에 올라앉아 세 사람은 곧장 여인숙으로 가는 길을 나아갔는데, 그들이 그곳에 닿은 것은 해가 지기 바로 직전이었다. 그 도중 인문학자가 돈키호테에게 잠깐 암자에 들러 한 잔 하고 가자고 제의했다. 그 말을 듣기가 무섭게 산초는 잿빛 당나귀의 머리를 그쪽으로 돌렸다. 돈키호테와 인문학자도 그 뒤를 따랐다. 그러나 산초의 고약한 숙명이 그렇게 명령했던 것일까. 은자는 마침 외출하고 없었다. 암자에 있는 여자가 없다고 대답했던 것이다. 그래서 그들이 반야탕(盤若湯)(술을 말함 ─역주)을 나누어 달라고 부탁하자, 암주는 「그런 것은 없습니다. 더 싼 물 같으면 기꺼이 드리겠습니다.」 하고 대답했다.

「물로 덜 수 있는 갈증이라면,」 하고 산초가 대꾸했다. 「길가에 샘이 얼마든지 있으니까 진작 목을 추겼겠지. 아아! 카마초의 혼례, 돈 디에고 댁의 융숭한 대접, 그것이 새삼스레 생각나는군!」

그래서 일행은 암자를 뒤로 하고 여인숙을 향해 말과 당나귀를 재촉했는데, 조금 가니 그들보다 앞을 천천히 걸어가고 있는 한 젊은이를 만나 곧 따라잡을 수가 있었다. 그는 어깨에 칼을 메고 거기에 옷보따리와 같은 것을 꿰었는데, 그것엔 바지나 혹은 긴 바지, 짤막한 망토와 속옷이 들어 있는 것 같았다. 그 증거로 새틴의 가장자리 장식이 붙어 있는 비로드 동의 자락이 밖으로 비어져 나와 있었다. 긴 양말은 견직이었으며 도시풍으로 꼭 맞는 신을 신고 나이는 열여덟이나 열아홉 살쯤 되었을까. 매우 밝은 얼굴로 얼른 보기에 무척 활발한 사람 같았다. 그리고 터벅터벅 걸어가는 괴로움을 달래려고 〈세기디야(민요에 사용된 짧은 시 ─역주)〉를 부르고 있었다. 그들이 그를 따라잡았을 때 그는 한 곡을 막 끝마친 참이었다. 인문학자가 그것을 기억하고 있었는데 이런 노래였다고 한다.

나는 가난해서 싸움터에 나간다.
돈이 있다면 누가 가겠나, 정말이지.

제일 먼저 젊은이에게 말은 건넨 것은 돈키호테였다.

「가벼운 차림으로 어딜 가시오, 젊은이? 만일 싫지 않다면 듣고 싶구려.」

젊은이가 대답했다.

「이렇게 가벼운 차림으로 걸어가는 것도 더위와 가난 탓이지요. 어디를 가느냐구요? 전쟁에 나가는 거지요, 뭐.」

「어째서 가난하다고 말하시오?」하고 돈키호테가 물었다. 「더위는 그럴싸하오만.」

「기사님.」하고 젊은이가 말했다. 「저는 이 동의와 함께 입는 폭넓은 바지를 이 보따리에 싸 갖고 있지요. 가다가 잘못해서 버리기라도 하면 도시에 들어가서 차려 입지 못하게 되니까요. 새 것을 사고 싶어도 그것을 사는 데 필요한 것이 없어서요. 하나는 이런 이유고, 또 하나는 시원해서 이런 복장으로 이제 20레구아도 안 남은 보병 중대에 닿을 때까지 걸어가려고 그럽니다. 거기 가서 입대할 참입니다만, 그렇게 되면 거기서 항구까지 타고 갈 군용 짐마차는 얼마든지 있겠죠. 승선지는 아마 카르타헤나가 될 것이라는 소문입니다. 저는 도시의 가난뱅이를 섬기느니 임금님을 주인으로, 주군으로 모시고 전쟁에 나가서 봉사하는 편이 훨씬 낫다고 생각하고 있지요.」

「당신은 아마 특별 수당을 받고 있나 보죠?」하고 인문학자가 물었다.

「만일 제가 스페인의 높은 양반이나 무언가 중요한 인물을 섬기고 있었다면 아마 틀림없이 받고 있었을 겁니다.」젊은이가 대답했다. 「다시 말해서, 그건 훌륭한 양반들을 섬겼을 때에만 받을 수 있으니까요. 세도가의 하인 식당에서 소위가 되고 대위로 출세하거나 수지맞는 연금을 얻는 일은 얼마든지 있으니까요. 그런데 저는 운이 나빠서 늘 직업을 찾느라고 눈에 핏대를 세운 면직자라든가 건달 같은 사람을 섬긴 덕분에 제가 매일 받는 식사대나 급료는 정말 이루 말할 수 없이 비참하며 옷깃의 품값을 치르고 나면 절반은 달아나는 형편이지요. 시동(侍童) 출신이 제법 큰 행운을 붙잡는다는 것은 기적으로밖에 생각할 수 없어요.」

「그렇다면 좀 상세한 것을 묻겠는데,」하고 돈키호테가 물었다. 「그대가 섬기고 있던 동안에 근무용 제복도 얻을 수 없었다는 것은 있을 수 없는 일이 아닐까?」

「두 벌 얻었지요.」하고 젊은이가 대답했다. 「하지만 수도사가 수도사의 맹세를 하기 전에 어느 종문에서 떨어져 나오면 그때까지 입고 있던 법복은 몰수당하고 옛날 입고 있던 옷을 돌려받는 것과 마찬가지로, 제가 섬기고 있던 주인들도 궁정에 출사하던 자신들의 근무가 끝나게 되자 곧 제가 그전에 입던 옷을 돌려주고는 다만 허영으로 입혀 준 근무용 제복을 뺏어 버리더군요.」

「이탈리아 말로 한다면 굉장한 스필로르체리아(주 구두쇠—역)구나.」 하고 돈키호테가 말했다. 「그러나 그렇다고 하더라도 그대가 그와 같이 훌륭한 뜻을 품고 고향을 뛰쳐나왔다는 것은 참으로 다행한 일이라고 생각하는 것이 좋소. 왜냐하면 첫째, 하느님께 봉사하는 것만큼 영광스럽고 유익한 일은 이 세상에 달리 없기 때문이오. 그 다음이 국왕, 즉 군주를 섬기는 것, 그중에서도 무기를 잡는 것을 본직으로 삼을 경우에는 더욱 그러한데, 무신(武臣)으로는 내가 여태까지 몇 번이나 말한 것처럼, 문관의 경우만큼 부는 얻지 못하더라도 적어도 훨씬 높은 명예를 얻을 수 있기 때문이오. 그야 무신으로 있는 자보다 정치에 종사하는 자가 세습 재산을 더 많이 만들지는 모르나, 그래도 역시 무에 종사하는 자는 문에 종사하는 자보다 어딘가 뛰어난 점이 있고, 어딘가 광휘 같은 것이 있는데, 이건 모든 자보다 뛰어난 점이오.

내가 지금부터 말하는 것을 잘 기억해 두면 그대의 장차의 근무에서 오는 고통과 괴로움에도 도움이 되고 구원도 되고 크게 소용도 있을 것이오. 그것은, 언젠가 그대에게 닥칠지도 모를 불운한 사태를 앞으로는 미리 이것저것 생각지 말라는 것이오. 모든 불운한 사태 가운데서 가장 나쁜 것은 죽음이지만, 그러나 훌륭한 죽음이라면 그 죽음은 무엇보다도 최고의 것이 되는 것이오.

저 용장한 로마 황제 율리우스 시저에게 어떤 죽음이 가장 훌륭한 죽음인지 사람들이 물었더니, 뜻밖의 죽음, 다시 말해서 예기치 않게 느닷없이 찾아온 죽음이라고 대답했다 하오. 이것은 참된 신을 모르는 이교도로서 대답했다고는 하나 인간 자연의 감정에서 벗어나기 위해서는 참으로 정곡을 찌른 말이라 할 수 있소. 그대가 첫 출전이나 충돌에서 살해될지도 모르고, 혹은 대포알에 맞아 죽을지도 모르고, 혹은 지뢰를 밟고 풍비박산이 되어 목숨을 잃을지도 모르오. 그러나 그런 것이 무슨 상관 있겠소? 요컨대 죽는다는 데는 변함이 없소. 그것으로 만사는 끝나는 셈이오.

게다가 테렌티우스(기원전 로마의 희극작가. 195~159 — 역주)의 말을 들어 보면, 싸움터에서 생명을 잃는 자는 달아나서 무사히 목숨을 유지한 자보다 훨씬 훌륭하게 여겨진다는 것이오. 훌륭한 병사는 대장이나 자기에게 명령을 내릴 수 있는 상관에게 순종하면 할수록 더더욱 명성을 얻는 법이오. 게다가 훌륭한 병사에게 있어서는 사향보다 초연(硝煙) 냄새가 더 좋다는 것을, 젊은이여, 명심하도록 하시오. 그리고 또 노년에 이르러서도 군직에 있을 경우에는 설혹 온몸에 상처를 입고 병신이나 절름발이가 되었다고 하더라도 그것이 그 사람으로부터 명예를 빼앗는 것도 아니며 가난 때문에 명예가 상하는 것도 아니오. 하물며 현재는 나이먹은 병졸이나 상이군인을 위로하고 구제하는 칙령까지 내려지고 있으니까.

그런 병사를 검둥이가 노년에 이르러 소용이 없어졌을 때 자유로이 해방시켜 주는 사람들과 함께 논해서는 안 되오. 그들은 흑인들을 해방시켜 준다는 미명 아래 자기 집에서 추방하여 결국 굶주림의 노예로 만들고 있는 것이오. 더욱이 그 굶주림이라는 것으로부터 빠져 나오는 길은 죽음 이외에는 없다는 것을 상상도 못 하고 있는 그들이오. 그러나 이 이상 여기서 말하고 싶지 않소. 자, 그보다 여인숙까지 내 말 뒤에 타시오. 그리고 거기서 우리들과 함께 저녁 식사를 하고 내일 아침 그대의 여행을 계속하도록 하오. 그대의 뜻에 알맞는 행운을 하느님이 아무 말없이 베풀어 주셨으면 하는 생각뿐이오.」

젊은이는 말 뒤에 타라는 권유는 사양했으나 여인숙에서 그와 저녁 식사를 같이하자는 초대에는 쾌히 응했다. 이때 산초는 속으로 중얼거렸다.

『거참, 이런 일도 있나! 방금 하신 것처럼 그런 훌륭한 말씀을, 더욱이 그토록 오래 지껄일 수 있는 분이 몬테시노스의 동굴에 관해서, 도저히 있을 것 같지 않은 엉터리를 확실히 보았다고 말씀하시다니, 이게 있을 수 있는 일일까? 그래, 좋아, 어차피 알게 될 테지.』

그리고 이럭저럭 하는 동안에 마침 해가 졌을 때 그들 일행은 여인숙에 닿았는데, 돈키호테가 여태까지처럼 그것을 성으로 생각지 않고 진짜 여인숙이라고 판단하는 것을 보고 산초는 역시 기뻤다.

그들 일행이 여인숙에 발을 들여 놓기가 무섭게 돈키호테는 창과 칼 같은 것을 당나귀에 싣고 온 사나이가 들지 않았느냐고 여인숙 주인에게 물었다. 주인은 마구간에서 당나귀를 돌봐 주고 있다고 대답했다. 인문학자와 산초도 당나귀와 말을 끌고 마구간으로 가서, 산초는 로시난테에게 가장 좋은 장소를 골라 주었다.

제 25 장

이 장(章)에서는 당나귀의 울음소리에 관한 모험과 괴뢰사(傀儡師)의 우스꽝
스러운 모험 및 점치는 원숭이의 기억할 만한 일이 다루어진다.

돈키호테는 무기를 나르던 사나이가 약속해 준 진기한 얘기라는 것을 들을
때까지는, 세상에서 흔히 말하듯이 빵이 구워지는 것도 못 기다릴 심정이
었다. 그래서 여인숙 주인이 가르쳐 준 그 사나이가 있는 곳을 스스로 찾아
나섰다. 그리하여 그 사나이의 얼굴을 보자마자 만사를 제쳐놓고, 아까 자기
가 물은 데 대해 나중에 얘기하마고 했는데 그 이야기를 지금 들려 줄 수 없
느냐고 부탁했다. 그러자 사나이가 대답했다.
「제가 아는 진기한 얘기란 편안히 앉아서 들으셔야지 그렇게 우두커니 서서
들을 성질의 것이 아닙니다. 나리, 제 당나귀의 뒷바라지를 마칠 때까지 기다
려 주십시오. 그러면 깜짝 놀랄 만한 이야기를 들려 드리지요.」
「그런 것으로 우물쭈물 지체하지 마오.」하고 돈키호테가 대답했다. 「내가
그대를 도와 주리다.」
그리하여 돈키호테는 정말 그 사나이를 위해서 보리를 체로 치기도 하고 구
유를 씻기도 했는데, 그 겸허한 태도에 감동한 사나이는 부득이 그가 듣고
싶다는 이야기를 기꺼이 해주지 않으면 안 되겠다고 생각했다. 그래서 그는
걸상에 앉아 돈키호테를 옆에 앉히고 인문학자와 젊은이, 산초 판사 그리고
여인숙 주인을 원로원(元老院) 내지는 청중으로 삼아 입을 열었다.
「이건 이 여인숙에서 4레구아 반쯤 되는 어느 마을에서 일어난 일이라는 것
을 알아 두십시오. 그 마을의 촌회 의원(村會議員) 한 사람 집에서, 젊은 하
녀의 잘못인지 혹은 일부러 꾸민 일인지는 모르나, 그것까지 얘기하면 길어지
니 자릅니다만, 기르던 당나귀가 별안간 없어졌습니다. 그래서 사방으로 찾았
으나 도무지 어떻게 되었는지 실마리를 잡을 수가 없었습니다.
사람들의 소문을 들으면, 당나귀가 없어지고 약 2주일쯤 지나서 당나귀를
잃어버린 촌회 의원이 마침 마을 광장에 있었는데, 역시 그 마을의 촌회 의원
을 하고 있는 사나이가 찾아와서 말을 건넸답니다. 『여보게, 나한테 한턱 내

게. 자네 당나귀를 찾았으니까.』 그러자 당나귀 임자는 『그렇다면 한턱 내고 말고, 얼마든지 내지, 대체 어디에 나타났나 가르쳐 주게나.』 『숲에서 오늘 아침 내가 봤다네. 짐안장도 마구도 아무것도 없이, 더욱이 비쩍 말라서 보기에도 딱하더군. 그래서 내가 가까이 가서 붙잡아 가지고 자네한테 끌고 오려고 했더니, 그놈이 그새 벌써 야성으로 돌아가서 사람을 무서워하게 되었는지 내가 가까이 가자 재빨리 달아나서 숲속 풀숲에 숨어 버렸단 말야. 만일 자네가 나와 함께 그녀석을 찾으러 가고 싶다면 이 암당나귀를 얼른 집에 갔다 매놓고 곧 돌아옴세.』 하고 당나귀 주인이 말했습니다. 『무슨 일이 있더라도 당나귀 값만큼은 자네한테 사례하겠네.』 아무튼 이런 식으로, 내가 지금 말한 것과 똑같은 말투로 이 사건의 진상을 알고 있는 사람들은 모두 이 얘기를 했습니다

　결국 두 촌회 의원들은 터벅터벅 걸어서 나란히 숲속으로 들어가 당나귀가 있음직한 장소를 찾아다녔습니다만 도무지 눈에 띄지 않았으며, 근처를 아무리 둘이서 뒤져 봐도 그림자도 없었습니다. 그러자 당나귀를 발견했다던 촌회 의원이 당나귀 임자 의원에게 말했습니다. 『이 사람아, 내 머리에 묘안이 떠올랐네. 이 수법을 쓰면 숲속은 말할 것도 없고 설혹 땅 속에 숨어 있더라도 반드시 찾아 낼 수 있을 걸세. 다름이 아니라 거짓말처럼 당나귀 울음소리를 흉내내는 건데 자네도 얼마간 해낼 수 있으면 일은 다 된 거네만.』

　『뭐, 얼마간이라고 그랬것다.』 하고 당나귀 임자가 말했습니다. 『정말이지 그건 나보다 더 잘하는 자가 없을걸. 진짜 당나귀도 나만 못할 걸세.』 『그건 어차피 알게 될 테지. 자네는 숲 저쪽에서 들어오고 나는 이쪽에서 접근해 가면서 숲을 빙빙 돌아다니고 여기저기 쑤석거리면서 줄곧 당나귀 울음소리를 내면, 만일 그녀석이 숲속에만 있다면 우리 울음소리를 듣고 대답을 안 할 까닭이 없지 않겠는가?』 이 말을 듣자 당나귀 주인이 대답하기를, 『거 참 훌륭한 일이네. 역시 머리 좋은 자네의 착안이라 다르군.』 하고 말했습니다. 두 사람은 헤어져서 거의 동시에 당나귀 울음소리를 내면서 접근해 갔습니다.

　그리하여 드디어 당나귀가 나타난 줄 알고 달려갔다가 서로 상대편의 울음소리에 속았다는 것을 알았습니다. 그래서 서로 얼굴을 맞대자 당나귀를 잃은 사나이가 말했습니다. 『여보게, 아까 운 것이 정말 내 당나귀가 아니었단 말인가?』 『내가 아니고 누가 그렇게 울었겠나.』 하고 상대가 대답했습니다. 그러자 당나귀 임자가 『이제야 말하네만, 당나귀와 자네 사이에는 울음소리에

관한 한 조금의 차이도 없네그려. 나는 이 세상에 태어나서 여태까지 그 이상 진짜와 똑같은 울음소리는 들은 적도 본 적도 없네.』하고 칭찬했습니다. 『나보다 자네한테 꼭 들어맞고 자네에게 바칠 말들일세. 나를 만들어 주신 하느님께 맹세코 말하지만, 자네는 지상 최고의 당나귀 울음소리의 명수보다 2할은 더 뛰어나네. 자네가 내는 목소리는 무척 높은데다가 그 높은 데에 이르러서는 참으로 적시에 박자가 잘 맞고 소리의 억양이 또한 매우 변화에 차고 톤이 급하더군. 그래서 결국 내가 졌다는 것을 분명히 인정하고 승리의 영광도, 이 특수 기능의 승리의 깃발도 모두 자네에게 양보하는 것일세.』

그러자 당나귀 임자가 『나도 이제부터는 내 자신을 좀더 높이 평가해서 나한테서도 얼마간의 재능이 있으니 이것으로 나도 약간 쓸모가 있다고 생각하기로 하겠네. 하기야 나도 당나귀 울음소리를 잘 낸다고 생각했지만, 자네 말처럼 그토록 뛰어나리라고는 한 번도 생각하지 못했지.』하고 대답했습니다. 『그런데 한 가지 더 내가 이 자리에서 말하고 싶은 것은,』하고 상대편의 의원이 덧붙였습니다. 『세상에는 파묻혀 있는 귀한 재능도 무척 많네그려. 더욱이 그런 재능이 용도도 모르는 사람들 가운데, 헛되이 이용도 못 하면서 그런 재능을 가지고 있는 사람이 많단 말이야.』이에 당나귀 임자가 『우리의 재능도 지금 내가 직면하고 있는 이런 경우가 아니면 아무런 소용도 없지 않겠는가. 하다못해 이런 경우에라도 소용이 되어 주었으면 좋겠네.』하고 대답했습니다.

그리고 그들은 다시 양쪽으로 갈라져 서로 당나귀 울음소리를 내기 시작했는데, 그때마다 서로에게 속아서 다시 서로 얼굴을 맞대게 되곤 했으므로, 마침내 자기들의 울음소리와 당나귀의 울음소리를 분간할 수 있는 신호로, 번갈아 두 번 연거푸 울기로 했습니다. 그래서 한 걸음 옮길 때마다 당나귀 울음소리를 두 번씩 내면서 온 숲을 구석구석 돌아다녔지만 도무지 잃어버린 당나귀는 대답도 하지 않고 그럴 기색도 보이지 않았습니다.

그것도 그럴 것이 그 가엾고 불운한 당나귀는 대답을 할 수 없게 되어 있었던 것입니다. 숲의 가장 깊숙한 곳에서 늑대에게 물려 죽은 당나귀를 두 사람이 발견했으니까요. 그것을 발견하자 당나귀 임자는 『이게 대답을 하지 않길래 아까부터 이상하다고 생각했었지. 만일 죽지만 않았던들 우리 울음소리를 듣고 저도 울지 않았을 까닭이 없거든. 그렇지 않다면 당나귀가 아니지. 그러나 이 당나귀 대신 자네의 그 무척 낭랑한 당나귀 울음소리를 들을 수가 있었으니, 당나귀는 비록 시체로 찾았지만 이것을 찾느라고 한 고생이 결코 헛수고는 아니었다고 생각하네.』하고 말했습니다. 『아니, 아니, 나야말로 그렇게 생각하네.』하고 상대편은 그를 추켜올렸습니다. 『그야 신부가 노래를 잘 부르면 복사(服事)도 지지 않고 잘 부른다는 속담이 있잖은가.』

그리하여 두 사람은 아무튼 시무룩한 표정으로 목이 마른 채 자기들의 마을로 돌아가서 당나귀를 찾을 때 그들이 겪은 경위를 자세히 이야기하고, 서로 상대편이 당나귀 울음소리를 잘 내더라고 떠벌리면서 친구와 이웃 사람, 친지들에게 지껄여 댔으므로, 이것이 죄다 이웃 여러 마을에까지 소문이 퍼지고 말았습니다. 그런데 잠시도 잠을 자지 않는 악마는 장소도 가리지 않는 바람 속에 욕설의 먼지를 일으켜 아무렇지도 않은 일에서 큰 소동이 일어나게 하여 알력과 분쟁과 말다툼의 씨를 뿌리기 좋아하는 놈이라, 다른 마을 사람들이 우리 마을 사람을 만나기만 하면, 마치 우리 마을 촌회 의원의 당나귀 울음소리 같은 소리로, 그 자리에서 당나귀 우는 흉내를 내도록 만들어 놓지 않았겠습니까. 한편 그러는 동안에 아이들도 그만 당나귀 우는 소리를 흉내내는 데 넋을 잃게 되어서, 마치 지옥에 있는 모든 악마의 손이 입에 옮기나 한 것처럼 당나귀 울음소리가 이 마을에서 저 마을로 번져 나갔으므로, 나중에는 우리 마을 사람들의 당나귀 울음소리를, 백인 속의 검둥이가 두드러지게 눈에 띄듯이, 금방 알아듣게 되었습니다.

이 농담으로 인해 놀림을 받은 사람들이 놀려 댄 사람들에게 무기를 들고 떼를 지어 이따금 패싸움을 걸어 들이닥치는 지경에까지 이르러 버렸습니다. 이렇게 되고 보니 이제 장군이건 말이건 공포건 수치건 도저히 이 사태를 막지 못했습니다. 아마 내일이나 모레쯤 또 우리 마을 사람들이, 다시 말해서 당나귀의 울음소리를 내는 마을 사람들이, 여기서 2레구아쯤 떨어진 마을로, 그중에서 가장 우리를 못살게 구는 마을입니다만, 그 마을 사람들을 상대로 출전하게끔 되어 있습니다. 그래서 충분히 준비를 갖추자는 의논이 되어 여러분이 보신 그 창이니 칼이니 하는 무기를 사가지고 운반해 가는 길이죠. 이게 여러분들에게 이야기하겠다고 제가 말씀드린 그 진기한 얘깁니다. 만일 여러분께서 진기하지도 재미있지도 않았다 하더라도 난 그밖에 달리 얘기가 없으니까요.」

이렇게 말하고 이 호인물은 이야기를 끝맺었는데, 마침 이때 여인숙 입구에서 장화와 폭넓은 바지와 동의를 모두 면양 가죽으로 만들어 입은 사나이가 들어와서 큰 소리로 불렀다.

「주인 양반, 방 있나? 여기 점쟁이 원숭이와 〈멜리센드라의 구출(救出)〉의 인형 극단을 끌고 왔네.」

「이게 누구시오!」하고 여인숙 주인이 외쳤다. 「페드로 영감이 다 오시다니! 오늘 밤은 아마 좋은 밤이 되려나 봅니다.」

이 페드로 영감이라는 사람은 왼쪽 눈을 거의 뺨의 절반에 이르기까지 녹색 호박(琥珀) 천으로 가리고 있었는데, 그것은 얼굴 거기에 무언가 상처가 있는 증거라는 것을 설명하기를 작가는 잊고 있었다. 여인숙 주인은 다시 말을 이었다.

「잘 오셨습니다. 페드로 영감. 그래, 점쟁이 원숭이와 인형 극단은 어디 있나요, 그 옆엔 보이지 않는데?」

「벌써 저기까지 와 있지.」하고 면양 가죽의 사나이가 대답했다. 「다만 방이 있는가 없는가 확인하려고 내가 먼저 왔을 뿐이야.」

「페드로 영감을 위해서라면 설혹 상대가 알바 공작(스페인의 세도가—역주)이라도 방을 비우게 해야지.」하고 여인숙 주인이 대답했다. 「원숭이와 극단을 데리고 와요. 마침 우리 집엔 인형극과 원숭이의 재주를 구경하는 돈을 치를 만한 분들이 오늘 밤엔 묵고 계시니까.」

「그거 고맙군.」하고 면양 가죽의 사나이가 말했다. 「그렇다면 구경값을 싸게 하지. 밥값만 치를 수 있으면 돼. 그럼 점쟁이 원숭이와 인형극 무대를 실은 짐수레를 이쪽으로 돌리도록 얼른 갔다 오지.」

그리고 사나이는 다시 여인숙에서 나갔다.

돈키호테는 즉각 여인숙 주인에게 저 페드로라는 사람이 무얼 하는 자이며 어떤 인형극과 어떤 원숭이를 데리고 다니느냐고 물었다. 이에 대해 여인숙 주인이 가르쳐 주었다.

「저이는 꽤 오래 전부터 이 아라곤의 만차에서 유명한 돈가이페로스가 지은 〈멜리센드라의 구출〉이라는 인형극을 보이면서 돌아다니고 있는 유명한 괴뢰사입니다. 이 인형극은 벌써 오랜 세월 이 지방에서 볼 수 있었던 가장 훌륭하고 가장 잘 상연된 얘기의 하나입죠. 또 저 양반은 원숭이 가운데서 그 유례가 없는, 아니 그만큼 영리한 사람도 좀처럼 볼 수 없는, 희대의 재능을 가진 원숭이를 한 마리 데리고 다닙니다. 그 원숭이는 누가 뭘 물으면 질문을 가만히 듣고 있다가 주인 어깨에 폴짝 뛰어 올라가서 주인 귀에 입을 갖다 대고 질문에 대한 대답을 속삭여 주지요. 그러면 페드로 영감이 그것을 곧 되받아 말해 줍니다. 그런데 그 원숭이는 지금부터 일어날 일보다 여태까지 일어난 일을 더 잘 알아 맞힌답니다. 언제나 모두 다 맞는다고는 할 수 없지만, 대개의 경우 틀리는 일이 없지요.

그래서 그 원숭이의 몸속에 악마가 깃들어 있지나 않나 하고 그만 믿어 버리게 될 정도지요. 질문마다 만일 원숭이가 맞추면, 다시 말해서 주인 귓전에 소곤거린 다음 원숭이 대신 주인이 대답을 하면, 그때마다 원숭이 주인은 2레알씩 받게 되어 있지요. 그래서 이 페드로라는 사람은 매우 큰 부자일 것이라고 모두들 믿고 있습니다. 게다가 그 사람은 이탈리아에서 말하는 것처럼『멋있는 사나이』이고『통하는 사나이』이며, 아마 이 세상에서도 가장 즐거운 생활에 몰두하고 있는 사람이라고 할 수 있을 겁니다. 대식가라서 6인분은 충분히 먹어치우고, 호주가(豪酒家)라서 12인분은 훨씬 넘게 마셔 버리는데, 이 모두가 그 사람의 변설과 원숭이와 인형극 덕분이지요.」

이런 말을 하고 있는데 페드로가 돌아왔다. 인형극 무대와 원숭이를 태운 짐수레도 함께 나타났는데, 원숭이는 큼직하게 생긴 것이 꽁지가 없고 엉덩이는 펠트처럼 벗어졌으나 얼굴은 그다지 흉하지 않았다. 이 원숭이를 보자마자 돈키호테가 질문을 퍼붓기 시작했다.

「한 가지 물어 보고 싶은 것이 있소. 점쟁이 양반. 우리는 무슨 고기를 잡게 되겠소? 즉, 우리는 어떤 궁지에 빠지게 될 것 같으냐 말이오. 자, 2레알, 예 있소.」

그리고 산초더러 그 돈을 페드로에게 전하라고 말하자 괴뢰사가 원숭이 대신 대답했다.

「나리, 이 짐승 녀석은 아직 일어나지 않은 미래의 일에 대해서는 대답도 않거니와 가르쳐 주지도 않습니다. 지나간 일이라면 다소는 알고 현재의 일도 웬만큼은 알지요.」

「그만두라지!」하고 산초가 말했다. 「나는 지난 일을 말해 줘봐야 동전 한푼 안 줄 테다! 그걸 나보다 더 잘 아는 자가 이 세상에 어디 있어? 자기가 알고 있는 것을 남이 말해 줬다고 돈을 치르다니 그야말로 얼빠진 숙맥이지 뭐야. 하지만 현재의 일을 알 수 있다니. 자, 내 몫도 여기 2레알 있소. 원숭이 주인장, 내 마누라 테레사 판사가 지금쯤 무얼 하고 있나, 무엇으로 소일하고 있나 들려 주구랴.」

그러나 페드로는 그 돈을 받으려 하지 않았다. 그리고 말했다.

「우선 이쪽 일이 끝나기 전에는 돈을 받고 싶지 않소.」

그리고 그가 오른손으로 왼쪽 어깨를 두 번 두들기자 원숭이는 폴짝 그쪽 어깨에 올라앉아 입을 주인 귀에 갖다 대고 위아래의 이빨을 바쁘게 따닥거리기 시작했다. 이 동작을 성경 한 구절을 욀 만한 시간 동안 계속 한 다음 다시 폴짝 마룻바닥으로 뛰어내렸는데, 그와 동시에 페드로는 허둥지둥 돈키호테 앞으로 다가가서 무릎을 꿇고 돈키호테의 두 다리를 두 팔로 감아 안으며 말했다.

「저는 헤라클레스의 두 기둥(지브롤터 해협의 아프리카 쪽과 유럽 쪽에 있는 아피라, 카르페의 두 산—역주)을 안 듯이 나리의 다리를 껴안습니다. 오오, 이미 오래 전에 잊혀졌던 편력의 기사도의 틀림없는 부흥자이시고, 낙심한 자에게 기력을 주시며, 쓰러지려 하는 자의 지주이시자 쓰러진 자들의 팔이시며, 불운한 자들의 지팡이이시자 위안이시기도 한, 아무리 찬양해도 못다할 기사 돈키호테 데 라 만차 님!」

돈키호테는 은근히 놀라고, 산초는 눈만 껌벅거렸으며, 인문학자는 아연해지고, 젊은이는 입을 딱 벌렸으며, 당나귀 우는 마을의 사나이는 바보처럼 되고, 여인숙 주인은 얼떨떨해졌으며, 요컨대 괴뢰사의 말을 들은 사람들은 한 사람도 남김없이 놀라 버렸는데, 장본인인 괴뢰사가 다시 말을 이었다.

「그리고 세상에서 뛰어난 종자로 세상에서 뛰어난 기사를 섬기시는 오오, 마음 올바른 산초 판사 님, 기뻐하시오. 당신의 착하신 부인 테레사 아주머니는 몸성히 계시고, 마침 지금은 1파운드의 삼실을 훑고 계시는 중이며, 더 확실하게 말씀드리자면 왼쪽 편에 가득 포도주가 들어 있는 이빠진 항아리가 놓여 있는데, 그것으로 작업의 울적함을 달래고 계시는구려.」

「틀림없이 그럴 줄 나도 알고 있었지.」 하고 산초가 대답했다. 「뭐니뭐니해도 그 사람은 행복한 여자야. 강짜만 세지 않다면, 우리 주인 나리의 말씀을 들어 보면, 어디 하나 흠잡을 데 없는 아주 훌륭한 여자라는 여자 거인 안단도나와도 나는 절대로 바꾸지 않지. 그리고 우리 집 테레사는 설사 자기 손자 것을 쓰는 한이 있더라도 궁색한 것을 가만히 참지 못하는 그런 여자지.」

「나는 이제야 말하지만,」 하고 이때 돈키호테가 입을 열었다. 「많은 책을 읽고, 넓은 지방을 여행하는 자는 여러 가지 일을 보기도 하고 알게도 되는 법이오. 내가 이런 말을 하는 것은 방금 내가 이 눈으로 보지 않았으면 사물의 진상을 금방 꿰뚫어보는 힘이 있는 원숭이가 이 세상에 있다는 것을 어떻게 납득할 수가 있었을까 해서 하는 말이오. 나는 이 뛰어난 짐승이 말한 것처럼 돈키호테 데 라 만차 그 사람이오. 하기야 나에 대한 칭찬의 말은 좀 도가 지나친 점이 없는 것은 아니나, 나라는 사람은 항상 그 누구에게든 선을 베풀고 해를 끼치지는 않는 성질에다 정답고 인자한 성격을 부여해 주신 하느님을 향해 감사를 바치고 있는 자이긴 하오.」

「만일 내게 돈이 있다면,」 하고 젊은이가 입을 열었다. 「이 여행길에서 내게 앞으로 어떤 일이 일어나게 되어 있는지 물어 보겠는데.」

이 말을 듣고 벌써 돈키호테의 발 아래에서 일어나 있던 페드로가 대답했다.

「이 젊은이야, 미래에 관해서는 대답하지 않는다고 내가 말하지 않았던가. 대답만 해준다면야 돈이 있건 없건 그건 문제가 아니야. 다시 말해서 여기 계시는 돈키호테 님에 대한 대접이라면 나도 어떤 돈벌이고 다 팽개칠 용의가 있단 말이야. 자, 그럼 이번에는 이 어른에 대한 나의 의무로서, 또 이 어른의 위안을 위해서 지금부터 인형극 무대를 짜맞추어서 이 여인숙에 계시는 여러분에게 무료로 즐기시도록 해드리겠습니다.」

이 말을 듣자 여인숙 주인은 무척 기뻐하며 어디에 무대를 놓으면 좋겠느냐고 이것저것 거들어 순식간에 무대 장치를 마쳤다.

그러나 돈키호테는 원숭이의 점이 아무래도 신통치 않게 생각되었다. 미래에 관한 것이든 과거의 일이든, 단순한 원숭이 한 마리가 그것을 알아맞힌다는 것이 암만해도 납득이 가지 않았던 것이다. 그래서 페드로가 인형극을 준비하고 있는 동안에 산초를 데리고 마구간 한쪽으로 물러가서 아무도 듣지 않게 말했다.

「보아라, 산초야, 저 원숭이의 재주에 대해서 가만히 생각해 보았다만, 의심할 여지 없이 저 페드로, 다시 말해서 원숭이 두목은 속으로나 입으로나 악마와 무슨 협약을 주고받은 것이 틀림없다.」

「무슨 약인지 속으로나 입으로나 악마한테 받은 것이라면,」 하고 산초가 말했다. 「아마 무척 퀴퀴한 약이겠습니다요. 하지만 저 페드로라는 인간에게 그런 약이 무슨 소용이 있겠습니까 ?」

「그대는 내 말을 알아듣지 못하는구나, 산초. 내가 말하는 뜻은 페드로와 악마가 무슨 흥정을 해서 저 원숭이에게 그런 이상한 재능을 불어넣게 하고는 그것을 수단으로 돈을 벌어 나중에 부자가 된 다음에는, 온 인류의 적인 악마가 언제나 갖고 싶어하는 영혼을 넘겨 주기로 되어 있는 것이 틀림없단 말이다. 저 원숭이가 지나간 일이라든가 현재의 일이 아니면 대답하지 않는다는데, 악마의 지혜라는 것은 그 이상의 것은 모르거든. 이렇게 생각하니 암만해도 내가 방금 말한 것처럼 그렇게 믿지 않을 수가 없구나.

모든 시간과 순간을 다 아시는 것은 오직 신뿐이며, 신에게 있어서는 과거도 미래도 없고 모두가 현재니라. 그렇다면, 아니 사실이 그렇다만 저 원숭이는 악마의 방식으로 말을 하고 있는 것이 분명하다. 여태까지 저자가 이단(異端) 심문소(審問所)에 제소되어 취조를 받고 어느 악마의 힘으로 점을 치고 있는가가 드러나지 않았다는 것이 이상하구나. 저 원숭이가 점성술(占星術)을 하는 것이 아닌 것은 주인도 원숭이도 별점이라고 해서 그 그림 간판을 세우지도 않고 또 세우는 방법도 모르는 것으로 보아 확실하거든. 그런 점은 현재 스페인에서는 무지한 여자나 시동이나 신발 고치는 늙은이나 모두 마치 땅바닥에 떨어진 트럼프의 잭이라도 줍듯이 점괘를 내놓을 수 있다고 큰소리칠 만큼 유행하고 있으므로, 그들의 거짓말과 무지 덕분에 학문의 훌륭한 진리도 타락하고 말았단 말이다.

어떤 여성이 자기가 기르고 있는 강아지가 과연 잉태할 것인가 안 할 것인가, 새끼를 낳을 것인가 안 낳을 것인가, 낳으면 몇 마리며 태어나는 새끼는 어떤 털빛을 하고 있을 것인가 하고, 그런 점쟁이 중 한 사람에게 물어 본 사실을 나는 알고 있다. 이에 대해서 그 점쟁이 선생은 점괘를 내놓은 다음 『이 강아지는 새끼를 밸 것이오. 세 마리를 낳을 것이오. 한 마리는 녹색, 한 마리는 빨간색, 마지막 한 마리는 얼룩인데, 낮이건 밤이건 상관없지만 11시부터 12시 사이에 수캐가 닿아야 하며 더욱이 그것이 월요일이나 토요일인 경우에 한한다는 조건이 붙는다』고 대답하더란 말이다. 그런데 그 이틀 후에 그 암캐가 소화 불량으로 죽어 버렸으니. 모든, 아니 대부분의 점괘를 내놓는 인간들이 그렇다만, 이 점쟁이 선생도 잘 맞추는 믿을 만한 점쟁이의 대가라고 온 마을에서 떠받들고 있는 그런 인간이었더란 말이다.」

「그건 그럴는지 모릅니다요만,」 하고 산초가 말했다. 「나리가 몬테시노스의 동굴에서 겪으신 일이 과연 사실인가 아닌가 하는 것을 페드로 영감에게 부탁해서 저 원숭이더러 좀 물어 보게 했으면 좋겠습니다. 저는 말입니다요, 나리께는 실례지만 말씀입니다요, 그건 모두 거짓말이거나 엉터리거나 아니면 적어도 꿈에서 보신 일이라고밖에 생각되지 않습니다요.」

「그럴는지도 모르겠구나.」하고 돈키호테가 대답했다. 「그러나 그대의 충고대로 하기로 하마. 다만 뭐라고 할까, 일말의 걱정이 아무래도 가시지를 않는구나.」

그러고 있는데 페드로가 돈키호테에게 인형극의 준비가 다 되었다는 것을 알리러 왔다. 보실 만한 것이 있으리라고 생각하니 제발 오셔서 구경해 주십사고. 그러자 돈키호테는 자기 생각을 이야기하고, 몬테시노스의 동굴에서 일어난 사건이 꿈에서 본 일인지 진실이었는지 그 원숭이에게 물어 봐 달라고 부탁했다. 자기는 그 어느 쪽인지 잘 알 수 없기 때문이라고 덧붙였다.

그러자 페드로는 돈키호테 말에는 대답도 않고 원숭이를 데리고 와서 돈키호테와 산초 사이에 앉혀 놓고 말했다. 「알겠느냐, 원숭이야. 이 기사 어른이 몬테시노스라고 부르는 동굴에서 겪으신 여러 가지 사건이 있는데, 그것이 가짜였나 진짜였나 알고 싶어하신단다.」

그리고 늘 하는 신호를 해보이자 원숭이는 페드로의 왼쪽 어깨에 올라가서 그의 귀에 무언가 속삭이는 듯했는데, 그리고 나자 페드로가 입을 열었다.

「그 동굴 안에서 기사님이 보신, 혹은 겪으신 사건의 일부분은 가짜고 나머지 부분은 사실이라고 원숭이는 말하고 있습니다. 물어 보신 일에 관해서 알 수 있는 것은 이것뿐이며 다른 것은 모르겠다, 그러나 기사님이 더 많은 것을 알고 싶어하신다면 돌아오는 금요일에 무엇이든 물어 주시면 대답하겠다, 지금은 점치는 힘이 다 없어져서 아까도 말씀드린 것처럼 금요일이 되지 않으면 회복되지 않는다고, 이렇게 원숭이는 말하고 있습니다.」

「제가 말씀드리지 않았습니까요.」하고 산초가 끼여들었다. 「그 동굴에서 일어난 일이라고 나리께서 말씀하시는 것이 모두가 아니 절반도 사실로는 여겨지지 않는다고 말씀입니다요.」

「시간이 흐르면 언젠가 뚜렷이 알게 될 테지, 산초.」하고 돈키호테가 대답했다. 「모든 사물의 껍질을 벗기는 『시(時)』라는 것은 설혹 땅 밑에 숨어 있는 것이라도 무엇이나 태양빛 아래로 끌어 내놓지 않는 것이 없느니라. 그러나 지금은 이만 해두기로 하자. 자, 슬기로운 페드로 영감의 인형극을 보러 가자꾸나. 뭔가 조금은 기발한 것이 있을 것이 틀림없다고 생각되니 말이다.」

「기발한 것이 조금은 있겠다구요?」하고 페드로가 받았다. 「제 무대에는 6만 가지 신기한 것이 가득 차 있습니다요. 저는 돈키호테 님, 이제는 이것이 세계의 온갖 것을 다 제쳐놓고라도 제일 먼저 보지 않으면 안 되는 상연물의 하나라고 말씀드리겠습니다. Operibus credite, et non verbis(말은 믿지 않더라도 나의 일을 믿어라)입니다. 자, 일을 시작하기로 하지요. 꽤 늦어진데다가, 행동하고 말하고 보여 주고 해야 할 일이 잔뜩 있으니까요.」

돈키호테와 산초는 그의 말대로 이젠 인형극의 무대가 다 완비되어 막이 올라 있는 곳으로 갔는데 여기저기 촛대가 서 있어 무대 앞은 훤하게 드러나도록 되어 있었다. 거기에 이르자 페드로는 무대 안쪽으로 기어 들어갔다. 꼭두각시를 놀리는 것이 그의 일이었기 때문이다. 바깥에는 인형극의 줄거리를 설명해 주는 페드로의 고용인인 소년이 서 있었는데, 그가 손에 짤막한 채찍을 들고 무대에 나타나는 인형을 가리키며 설명하는 것이었다.

여인숙에 있는 사람들은 모두 저마다 자리를 차지했는데, 개중에는 무대 바로 앞에 서 있는 자도 있었다. 돈키호테, 산초, 젊은이, 인문학자는 제일 상석에 자리를 차지했다. 설명을 맡은 소년이, 누가 읽어 주면 듣거나 자기 스스로 읽을 수 있는 사람이면 읽거나 하실, 다음 장(章)의 것을 지껄이기 시작했다.

제 26 장

여기서는 괴뢰사의 우스꽝스러운 모험이 계속되고 그와 더불어 그밖에 참으로 즐거운 일들이 다루어진다.

「티르(Tyre, 부유와 부패로 유명했던 페니키아의 항구—역주) 인, 트로이 인, 모두모두 입을 다물었노라.」내가 이런 말을 하는 뜻은 인형극을 보고 있는 모든 구경꾼들이 신기한 이야기를 설명할 소년의 입을 넋을 잃고 지켜보고 있었기 때문이다. 마침 이때 무대 안쪽에서 북과 트럼펫의 요란스런 소리가 들리더니 이어 대포 소리가 울려퍼졌는데 그 소음이 차츰 사그라지자 이윽고 설명을 맡은 소년이 낭랑하게 지껄이기 시작했다.

「지금부터 여러분께 보여 드리기 위해서 상연하는 이야기는 실록으로, 프랑스 연대기(年代紀)와 우리 주변 도시에서 사람들의 입에 오르내리고 아이들까지 흥얼거리는 스페인의 로망스에서 그대로 고스란히 따온 것입니다. 주제로 삼은 것은 돈 가이페로스 님이 스페인의 산수에냐 시, 오늘날 사라고사라고 부르는 도시를 당시에는 이와 같이 불렀습니다만, 여기서 무어 인들의 손에 붙잡힌 아내 멜리센드라를 구출하는 이야기입니다. 그러면 여러분, 저기 보시는 것은 돈 가이페로스 님이 주사위 놀음에 정신을 잃고 있는 모습입니다.

　　벌써 멜리센드라의 일을 잊어버리고
　　돈 가이페로스는 주사위 판 앞에 앉는다.

　하고 노래 가사에도 있듯이 말입니다. 그리고 저기 머리에 왕관을 쓰고 손에 홀을 쥐고 얼굴을 내민 것은, 저 멜리센드라가 아버지라고 부르는 샤를르마뉴 황제로서 황제는 서랑(壻朗)의 태만과 무관심을 보시고 기분이 상하셔서 꾸짖으시기 위해 나타나신 것입니다. 폐하께서 심하게 사위를 꾸짖고 계시는 것을 잘 보십시오. 당장에 대여섯 번 홀로 머리를 칠 듯이 보였을 뿐 아니라 치려고 생각하셨는데, 사실 치셨다고, 그것도 호되게 치셨다고 전하는 작자도 있습니다. 폐하께서는 사위가 아내를 구하러 달려가지 않고 있는다면 그 명예마저 더럽혀질 우려가 있을 것이라고 준엄히 꾸짖으신 끝에,

　　짐은 그대에게 충분히 말했노라,
　　명심하라.

　하고 말씀하셨다고 합니다. 그러면 여러분, 잘 보십시오. 폐하는 등을 돌리시고 괘씸하기 짝이 없는 돈 가이페로스를 뒤에 남겨 놓고 나가셨는데, 돈 가이페로스는 여러분이 보시다시피 분노를 달랠 길 없어 주사위 판을 멀리 내동댕이치고 부랴부랴 갑주를 가져오라 소리치고는, 사촌형인 돈 롤단 님에게 명검 두린다나를 빌려 달라고 부탁하셨는데, 돈 롤단 님은 지금부터 가시는 중대한 길에 자기도 동행하겠다고 말하면서 칼은 빌려 줄 수 없다고 거절합니다. 그러나 이쪽도 분노한 용사, 돈 롤단의 동행을 도무지 승낙하지 않습니다. 오히려 비록 땅 속 깊이 붙잡혀 있더라도 아내를 구출하는 것은 자기 혼자서 충분하다고 말합니다. 그리고 돈 가이페로스는 당장 원정의 장도에 오르려고 갑주를 몸에 두르고 물러납니다.
　그런데 여러분, 저쪽에 보이는 저 탑을 보십시오. 오늘날 라 알하페리아라고 부르는 사라고사 왕국의 누각이 하나 보입니다. 그리고 저쪽 무대에 무어

식 의상을 걸치고 나타난 저 귀부인이 비할 데 없는 멜리센드라인데, 거기서 프랑스로 가는 길을 바라보며 멀리 파리와 남편을 생각하고 유폐된 몸의 울적함을 달래고 있는 중입니다.

자, 지금 일어나는 일찍이 본 적이 없는 새로운 사건을 눈여겨 보십시오. 저기 입에 손가락을 대고 살며시 발자국 소리를 죽여 가며 멜리센드라의 뒤로 접근해 가는 저 무어 인이 보이지 않습니까? 저기 저 사나이가 멜리센드라의 입술 한가운데에다 입을 맞추는 모양과 멜리센드라가 상대편의 사나이에게 침을 뱉고 속옷 소맷자락으로 자기 입술을 닦고 있는 재빠른 동작을, 그리고 자기 일신의 불행을 한탄하며 마치 아름다운 머리에 남자를 유혹하는 죄라도 있는 듯이 머리카락을 쥐어뜯고 있는 저 모습을 보십시오. 그리고 또, 저기 저 회랑을 거닐고 있는 엄숙한 무어 인은 산수에냐의 마르실리오 왕입니다. 왕은 저 무어 인의 무례함을 보셨으므로 그자가 비록 왕의 친척이고 총애하는 측근이기는 했으나 당장에 그의 체포를 명령하여 2백 대의 곤장을 때리게 한 다음, 도시의 낯익은 거리 거리를,

앞에는 갈도(喝道), 뒤에는 경리(警吏)

하는 식으로 끌고 다니게 했습니다. 그런데 여기서는 죄를 저지르자마자 선고를 집행하는 사람들이 나옵니다. 그것은 무어 인 사이에선 우리들과는 달리 『원고와 피고의 대결』도 『증거와 유치』도 없기 때문입니다.」

「이봐라, 아이야.」 하고 이때 돈키호테가 소리쳤다. 「그대의 이야기를 일직선으로 진행시켜라. 빙글빙글 돌아 비틀거리거나 옆길로 빠지지 말고. 사실을 명백히 판별하는 데는 증거, 재증거가 필요하느니라.」

그러자 페드로 영감도 무대 안에서 말했다.

「이봐라, 꼬마야. 쓸데없는 소리는 말고 그 어른 말씀대로 해라. 그것이 제일 틀림없다. 네 노래를 있는 그대로 부를 일이지 이상하게 뽐내질랑 말아라. 너무 가늘면 끊어지기 마련이다.」

「여기 말을 타고 가스코뉴풍의 망토에 몸을 감싸고 나타난 이 인형은, 이것이야말로 바로 돈 가이페로스의 인형입니다. 한편 아내 멜리센드라는 도리에 어긋난 사랑을 한 무어 인의 뻔뻔스러운 행동에 원수를 갚고, 훨씬 침착하고 빼어난 얼굴빛으로 탑 망루에 올라앉아 어디서 온 나그네일까 하고 궁금해 하

면서 자기 남편과 말을 주고받기 시작했습니다. 그 로망스가 노래했듯이.

　　기사님이여, 프랑스에 가시거든
　　가이페로스의 소식을 알아 주오.

　너무 번거로워도 지루하실 테니, 여기서는 가사를 다 말씀드리지 않기로 하겠습니다. 다만, 돈 가이페로스 님이 얼굴을 나타내자, 멜리센드라가 기쁜 모습으로 남편임을 알았다는 몸짓을 우리들에게 보여 준다는 것만 보아 주시면 충분합니다. 아무튼 이번에는 그리운 임의 말 뒤에 타려고 노대에서 내려오시는 것이 보입니다.

　그런데 오호라, 불운하게도 속옷 자락이 노대의 쇠창살에 걸려 아래까지 내려오지 못하고 허공에 매달리고 말았군요. 그러나 자비로운 하늘이 어떠한 어려운 일에도 손을 빌려 주시는 모습을 보십시오. 돈 가이페로스 님은 다가가서 훌륭한 옷자락이 찢어지건 말건 멜리센드라를 꽉 껴안아 땅바닥에 끌어내리더니 번쩍 들어 말 뒤에 남자처럼 걸터앉게 하고는 자기도 가볍게 뛰어올라 아내에게 자기 등 뒤에서 두 손을 둘러 가슴팍에서 깍지끼도록 했습니다. 이것은 부인이 그런 식으로 말을 타는 데 익숙해 있지 않아 말에서 떨어지지 않게 하기 위해서입니다.

　자기 주인과 부인의 용감하고 아름다운 태도에 기뻐하는 말이 소리 높이 우는 모습을 보십시오. 두 분이 말의 방향을 바꾸어 도시에 나와 가슴 두근거리는 기쁨으로 파리를 향해 나아가시는 저 모습을 잘 보십시오. 그러면 제발 무사하기를, 서로 사랑하기 이를 데 없는 연인들이여! 두 분의 즐거운 여행에 운명이 아무런 사고도 일으키지 않고, 그리운 조국에 무사히 도착하시기를! 부디 두 분께서 앞으로의 생애를 저 네스토르의 생애를 본받아 조용히 평화롭게 사는 모습이 두 분의 친구들과 친척들 눈에 비춰지기를 기원해 마지않는 바입니다.」

　여기서 다시 페드로가 소리를 질렀다.

　「이봐라, 장식하지마, 장식하지마, 뻐기지 마라, 뻐기지 마, 뻐겨 봤자 민망하기만 하단 말이다.」

　그러나 설명하는 소년은 이에 대답도 않고 막무가내로 다시 말을 이어 갔다.

「항상 모든 것을 보고 있는 한가한 사람들의 눈이라는 것은 반드시 있는 법입니다. 멜리센드라가 노대에서 내려 말을 타는 것을 다 지켜보고 있다가 마르실리오 임금님께 알린 자가 있어서, 임금님은 당장 경종을 울리라고 분부를 내리셨으니, 보십시오, 모든 일이 얼마나 재빨리 이루어지는가를. 온 시내 여기저기서 종이 울리기 시작하는데 그것은 회교 사원의 탑이란 탑에서 마구 종을 치고 있기 때문입니다.」

「그건 안 된다!」하고 이때 돈키호테가 소리쳤다. 「이 종을 치는 대목에서는 페드로 님이 매우 그럴싸하지 않는 과오를 범하셨소. 무어 인들 사이에서는 종이 사용되지 않고, 그대신 북과 우리들이 쓰는 날라리 비슷한 일종의 나팔 피리가 사용되고 있소. 그러니 산수에냐에서 종이 울려퍼졌다는 것은 의심할 여지 없이 터무니없는 엉터리라 할 것이오.」

이 말을 듣자 페드로는 종치는 것을 중지하고 말했다.

「제발, 돈키호테 님, 사소한 일에 시선을 멈추시거나 도저히 이 속에서 미치지 못할 사물을 자상하게 묘사해 보일 것을 바라시지 말기를 바랍니다. 우리 주변에서는 거의 당연한 것처럼 얼토당토않은 엉터리 희곡이 수없이 상연되어, 그것으로 훌륭한 성공을 거두고 구경꾼들이 갈채 속에서 귀를 기울일 뿐 아니라 기쁨의 눈물까지도 흘리고 있지 않습니까? 이봐라, 계속해라. 무슨 말을 하건 개의치 말아라. 내 지갑이 가득 차기만 하면 태양 흑점보다 더 얼토당토않은 연극도 상연해 보이겠다.」

「글쎄, 그것도 일리는 있구나.」하고 돈키호테가 말했다.

그래서 소년은 다시 해설을 하기 시작했다.

「보십시오, 얼마나 많은 훌륭한 기마대가 마치 구름처럼 카톨릭 교도인 두 연인들을 쫓아 도시에서 몰려 나가고 있는가를. 저 무수히 울려퍼지는 요란스러운 나팔 소리, 마구 불어 대는 저 나팔 피리, 마구 울려 대는 저 심한 북소리. 그들이 두 사람에게 따라붙지나 않을까. 그리고 말에다가 그냥 꽁꽁 묶어 두 사람을 다시 끌어오게 되지나 않을까. 그렇게 되면 그야말로 보기에도 무참한 꼬락서니겠구나. 보고 있는 제가 안절부절못할 지경입니다.」

그런데 이토록 많은 무어 기마대와 울려퍼지는 소음을 눈으로 보고 귀로 듣고 있던 돈키호테는 두 연인을 돕는 것이 자기의 당연한 의무로 여겨졌으므로 별안간 벌떡 일어나 큰 소리로 외쳤다.

「듣거라, 내 목숨이 붙어 있는 한 내 면전에서 돈 가이페로스같이 세상에서 뛰어난, 더욱이 대담무쌍한 연모의 기사에게 다수의 힘을 빌려 행패를 부렸다간 그대로 두지 않겠다. 물러서라, 이 잘못 태어난 불한당들아. 그분의 뒤를 쫓아가지 말아라. 추적하지 말라. 그것이 싫거든 나와 싸움터에서 맞서라, 자!」

이렇게 말하기가 무섭게 그는 칼을 쑥 뽑더니 단숨에 무대 앞에서 뛰어가 버티고 서서 눈 깜짝할 사이에 여태까지 일찍이 본 적 없는 분노를 나타내며 무어 병정의 인형들에게 칼부림을 하기 시작했다. 쓰러지는 놈, 머리가 짜개지는 놈, 상처를 입는 놈, 갈기갈기 찢어지는 놈 등 그 수를 헤아릴 수 없는 형편이었는데, 이 어지러운 칼의 난무 속에서 쏜살같이 내려친 일격은, 페드로가 재빨리 몸을 땅바닥에 납작하게 엎드렸기 망정이지 그렇게 하지 않았더라면 그의 머리는 마치 편도를 넣은 과자빵처럼 속절없이 잘라졌을 것이 틀림없다. 페드로는 그러면서도 줄곧 외쳐 댔다.

「여보, 그만두시오, 돈키호테 님, 당신이 쓰러뜨리고 부수고 죽이고 하고 있는 것은 진짜 무어 인이 아니라 마분지로 만든 인형이오. 보시오. 아아, 이 일을 어찌 한담! 당신은 내 재산을 죄다 망쳐 놓고 말았소!」

그래도 여전히 돈키호테는 휘두르는 칼을 멈추려 하지 않고 두 손으로 쥐고 치고, 옆으로 내리치고, 거꾸로 올려치고 하는 칼부림을 계속했다. 그리하여 결국 무대 전부를 땅바닥에 넘어뜨려 소도구, 대도구, 인형 할 것 없이 모두 박살을 내고 말았다. 마르실리오 왕은 중상을 입었고, 샤를르마뉴 황제는 왕관도 머리도 두쪽이 나버렸다.

구경꾼들은 모두 혼란에 빠졌으며 원숭이도 여인숙 지붕으로 달아나고, 인문학자는 겁에 질렸으며, 젊은이는 벌벌 떨고, 산초 판사조차도 큰 공포에 휩싸이고 말았으니, 그럴 수밖에 없는 것이, 이 폭풍이 지나간 다음 그가 스스로 맹세한 것처럼 자기 주인이 이토록 엄청나게 화를 내는 것을 일찍이 본 적이 없었기 때문이다.

인형극의 파괴가 끝나자 돈키호테도 얼마간 기분이 가라앉아서 말했다.

「나는 지금 이 면전에서, 편력의 기사도가 이 세상에 얼마만큼 유용한 것인가를 믿지도 않고 믿으려고도 하지 않는 저 바보들을 남김없이 무릎을 꿇게 하고 싶단 말이오. 여러분들, 보시오. 만일 내가 이 자리에 없었던들 저 훌륭한 돈 가이페로스와 저 아름다운 멜리센드라는 어떻게 되었겠소. 지금쯤은 벌써 저 개들이 두 사람을 추적하여 난폭한 행위를 하고 있을 시간이오. 그것을 생각하면 할수록, 오늘날 이 지상에 살아 있는 그 무엇보다 훌륭한 편력의 기사도 만만세! 하고 외치고 싶소.」

「정말 만만세로군.」하고 이때 페드로가 힘없는 소리로 말했다. 「나는 만세는커녕 처량한 신세요. 나는 정말 불행한 자요. 그래서 저 돈 로드리고 왕과 함께 이렇게 말해도 좋을 것이오.

　어제는 스페인의 왕자였더니
　오늘은 내 것이라 부를 수 있는
　가슴가리개 하나 내게 없구나.

그도 그럴 것이 반 시간 전까지는 아니, 조금 전까지도 나는 임금님이나 황제의 소유주였으며, 내 마구간도 궤짝도 부대도 수없이 많은 말과 화려한 의상으로 터질 듯이 차 있었는데, 이제는 완전히 기가 죽어 초라한 가난한 거지가 되어 버렸소. 게다가 무엇보다 원숭이마저 없는 몸이 되지 않았소. 정말이지, 모든 것이 이 편력의 기사 양반의 분별 없는 분노에서 일어난 일인데, 세상에서는 고아를 보호하고 부정을 바로잡고 그밖에 여러 가지 인자한 일을 하느니 어떠니 하지만 나한테만은 이 양반의 그 관대한 기분이 암만해도 오다만 것 같군요. 저 높은 곳에 계시는 하늘의 여러 신은 참 고맙기도 하지! 간단히 말해서, 『우수에 찬 얼굴의 기사』님은 암만해도 내 얼굴까지를 이지러지게 하고야 말 양반 같단 말이오.」

산초 판사는 페드로 영감의 이런 넋두리를 듣고 가엾어져서 말했다.

「페드로 아저씨, 울지 마세요, 그렇게 한탄하지 마세요. 내 가슴이 찢어질 것 같습니다. 그래서 영감님에게 가르쳐 드리지만, 우리 주인 나리 돈키호테 님은 훌륭한 카톨릭 신자로 아주 자상한 그리스도 교도니까, 만일 당신에게 조금이라도 손해를 입혔다고 깨달으시기만 하면 그야말로 너무 많을 만큼 보상을 지불해서 당신이 만족하도록 처리하신다는 것을 나는 알고 있고, 또 그렇게 하고 싶어하는 분입니다요.」

「그야 돈키호테 님이 부숴 버린 내 인형의 얼마간이라도 보상을 해주시기만 한다면야, 나는 아무 할 말도 없고 또 나리도 그것으로 기분이 개운해지실 거요. 무엇보다도 남의 것을 주인의 뜻을 어기고 빼앗아서 돌려주지 않는 사람은 구제를 받지 못하는 법이거든.」

「그건 그렇소.」하고 돈키호테가 말했다. 「그러나 여태까지 나는 그대의 것을 빼앗은 적이 없소. 페드로 영감.」

「어쩌면 그런 말씀을 다 하시오?」하고 페드로가 대답했다. 「그렇다면 이 딴딴한, 풀 한 포기 나지 않는 땅바닥에 뒹굴고 있는 이 잔해가 그 억센 팔의 무적의 힘 탓이 아니라면, 이걸 마구 흐트려 놓고 엉망으로 만든 것은 대체 어디의 누구란 말인가요? 그뿐 아니라, 이런 잔해가 대체 내 것이 아니라면 어디 누구의 것이란 말인가요? 게다가 이것들의 덕분이 아니라면 대체 나는 여태까지 누구의 덕분으로 밥을 먹을 수 있었을까요? 얘기 좀 해보시라구요.」

「그러기에 나는 여태까지 몇 번이나 믿었던 것을 더욱 확신하게 되었소.」하고 돈키호테가 말했다. 「나를 박해하는 그 마법사들이 내게 한 것은 다름이 아니라, 지금 눈앞에 있는 이 인형들을 내 앞에 세워 놓은 다음 저희들 마음내키는 대로 모습을 변화시킨 것이 틀림없다는 것이오. 난 진심으로 내 말을 듣고 계시는 여러분에게 맹세코 말하지만, 아까 여기서 일어난 일은 모두 문자 그대로 멜리센드라는 진짜 멜리센드라로, 마르실리오는 진짜 마리실리오로, 돈 가이페로스는 진짜 돈 가이페로스, 또 샤를르마뉴는 진짜 샤를르마뉴로 보였었소. 그러기에 나는 노여움이 머리끝에 이르러 우리 편력의 기사도의 본분을 다하려고 달아나는 두 사람에게 가세할 생각을 가졌던 것인데, 이 기특한 의도에 입각하여 여러분이 보신 바와 같은 일을 한 것이오. 하물며 설혹 결과는 뜻에 어긋났다고 하더라도 그건 나의 죄가 아니라 죄는 나를 박해하는 나쁜 녀석들에게 있는 것이오. 그러나 그렇다고 하더라도, 설혹 나의 악의에서 일어난 일이 아니라고는 하나 나의 과실에 대해서는 보상금을 지불함으로써 내 스스로를 처벌할 생각이오. 페드로 영감, 부숴진 인형의 값으로 그대가 원하는 값을 부르시오. 나는 즉시 카스티야의 버젓한 화폐로 지불해 드리겠소.」

「모든 빈곤한 자와 곤궁에 빠져 궁핍할 대로 궁핍해진 자의 참된 옹호자이시자 보호자이신, 용맹 드높은 돈키호테 데 라 만차 님의 일찍이 듣지 못한 의협심이시니, 반드시 그렇게 나오실 줄 알았지요. 그렇다면 여기서 여인숙 주인 양반과 훌륭한 산초 님에게 나리와 제 중간에 서서 부숴진 인형이 얼마나 되며 얼마나 값이 나가는가를 정하는 조정 역과 평가 역이 되어 주시도록 부탁하겠습니다.」

여인숙 주인도 산초도 그렇게 하겠다고 말했으므로 즉각 페드로는 머리가 없어진 사라고사의 마르실리오 왕을 땅바닥에서 주워들고 말했다.

「이렇게 되어서는 이 임금님을 본디대로 만들기가 거의 불가능하다는 건 보시는 바와 같습니다. 그래서 더욱 훌륭한 판정자의 의견이 있으면 모르되, 이 임금님의 별세, 작고, 아니 붕어(崩御)에 대해서 4레알 반을 받고 싶은데요.」

「진행하시오.」 하고 돈키호테가 말했다.

「그렇다면 이 머리가 두 조각이 난 데 대해서는,」 하고 두 조각이 난 샤를르마뉴 황제를 집어들고 페드로가 말을 이었다. 「5레알과 4분의 1을 달라고 한대도 많지는 않겠지요?」

「그렇게 적지도 않네 뭐.」 산초가 말했다.

「말할 것도 없잖아.」 하고 여인숙 주인이 말했다. 「그럼, 그 중간을 쳐서 5레알로 할까?」

「5레알 4분의 1을 다 주도록 해라.」 하고 돈키호테가 말했다. 「이렇듯 큰 재난의 총액으로 본다면 4분의 1쯤 많건 적건 대수로울 것이 없다. 그리고 페드로 영감, 얼른얼른 처리하시오. 슬슬 저녁 식사 시간이 되었으니, 나는 약간 시장기를 느끼기 시작하고 있소.」

「이 인형은,」 하고 페드로가 말했다. 「이건 코도 없고 눈도 한쪽이 없고, 더욱이 이게 바로 그 아름다운 멜리센드라니까 에누리 없이 2레알과 12마라베디(스페인의 옛 화폐 단위. 1 레알은 34 마라베디—역주) 주셔야겠는데요.」

「그런 엉터리가 어디 있나!」 하고 돈키호테가 말했다. 「멜리센드라는 남편과 함께 적어도 프랑스의 국경까지 달아났을 것이 아닌가. 두 사람이 탄 말은 내가 보았을 때 달린다기보다 나는 듯했었소. 그러니 그런 코 떨어진 멜리센드라 따위를 내게 보이고 토끼 대신 고양이를 팔려고 해서는 못써. 또 한 사람의 진짜 멜리센드라는 지금쯤 프랑스에서 남편과 유유히 즐거운 생활을 영위하고 있을 게 분명하오. 하느님도 자기 것이 있으면 더 도움을 바라고 싶어지는 게야. 그러니 페드로 영감, 우리 함께 굳건히 올바른 희망을 품고 나아가도록 하십시다. 자 그럼 계속하시오.」

페드로는 돈키호테가 다시 슬슬 정신이 이상해져서 본디의 망상으로 되돌아간 것이 틀림없다고 생각하고 이를 놓쳐서는 안 된다는 듯이 다시 입을 열었다.

「이건 멜리센드라가 아니라 멜리센드라를 섬기고 있던 시녀의 누군가가 틀림없습니다요. 그러니 70마라베디만 받으면 나는 만족해서 잘 받았다고 생각하겠는데요.」

이런 식으로 그는 부숴진 그밖의 많은 인형 값을 불러 나갔으며, 그리하여 두 중개인이 서로 이의 없다고 해서 총액으로 40레알 4분의 3이라는 값이 정해졌다. 산초가 즉각 지불해 주자 페드로는 원숭이를 다시 붙잡는 수고료로 2레알을 더 달라고 말했다.

「지불해 주어라, 산초.」하고 돈키호테가 말했다. 「다만 원숭이를 붙잡는 임금으로가 아니라 술값으로 주는 거다. 그리고 지금 도냐 멜리센드라 님과 돈 가이페로스 님이 벌써 프랑스에서 친척들과 어울려 있다고 똑똑히 내게 말하는 자가 있다면 추가금으로 그 사람에게 2백 레알을 지불하겠다.」

「그 일이라면 내 원숭이보다 분명하게 말할 사람은 아무도 없습죠.」하고 페드로 영감이 대답했다. 「하지만 그녀석을 지금 붙잡을 수 있는 악마는 없습니다. 하기야 오늘 밤에는 사람이 그립고 배가 고파서 싫어도 나한테 돌아올 줄은 알고 있지만 말씀입니다. 이제 슬슬 날이 새는군요. 그럼 또 뵙죠.」

이리하여 마침내 인형극의 폭풍은 가라앉았다. 그리고 일동은 돈키호테가 베푸는 음식으로 화기애애하고 친밀한 분위기 속에서 저녁 식사를 했으니, 그가 매우 관대한 아량을 발휘한 것이었다.

그 창과 방패 따위를 나르고 있던 사나이는 날이 새기 전에 출발했고, 이미 날이 새자 인문학자와 젊은이가 돈키호테에게 작별 인사를 하러 왔다. 한 사람은 자기 마을로 돌아가고, 한 사람은 다시 여행을 계속한다고 했는데 돈키호테는 그에게 노자에 보태 쓰라고 12레알을 주었다. 페드로는 돈키호테의 사람됨을 잘 알고 있었으므로 그 이상 이것저것 말다툼하고 싶지 않아 해가 뜨기 전에 인형극의 잔해도 긁어모으고 원숭이도 붙잡아 자기의 모험을 찾아서 떠나갔다. 여인숙 주인은 돈키호테를 잘 몰랐으므로 그의 광태(狂態)와 더불어 그 관대함에 무척 놀라고 있었다.

마지막으로 산초는 주인의 분부로 여인숙 주인에게 과분하게 숙박료를 지불하고 작별 인사를 한 다음, 그들 주종은 이럭저럭 아침 8시쯤 해서 여인숙을 나와 그들의 나그네길에 올랐는데, 여기서 우리는 그들로 하여금 그대로 여행을 계속하도록 두자. 왜냐하면 이 훌륭한 이야기를 더한층 명확하게 하는 데 필요한 그밖의 것을 말하기 위해서는 그편이 좋기 때문이다.

제 27 장

　여기서는 페드로 영감과 그 원숭이의 정체가 무엇이었나가 밝혀지고, 덧붙여서 돈키호테가 바라고 생각한 것처럼 일이 끝나지 않은 당나귀 울음의 모험에서 그가 겪은 재난이 다루어진다.

　이 장대한 이야기의 기록자 시데 아메테는, 「나는 카톨릭 그리스도 교도로서 맹세한다……」라는 말로써 이 장을 시작하고 있다. 이에 대해서 역자는 다음과 같이 말하고 있다. 즉 시데 아메테가 무어 인이면서도, 아니 그가 무어 인이라는 것은 의심할 여지가 없는 사실인데도 불구하고 카톨릭 그리스도 교도로서 맹세한다는 것은, 본시 카톨릭 그리스도 교도가 맹세할 경우에는 진실이라는 것을, 또 자기가 말하는 일체의 모든 것이 진실이라는 것을 맹세하고 혹은 맹세하지 않으면 안 되기 때문이다. 이와 마찬가지로 그가 돈키호테에 관해서 쓰려고 생각한 것도, 아니 무엇보다도 페드로 영감의 정체가 무엇이었나, 그리고 이상한 점으로 그 지방 일대의 마을에서 경이의 대상이 되었던 그의 점쟁이 원숭이가 어떤 원숭이였나 하는 것을 서술하는 데 있어서, 마치 카톨릭 그리스도 교도가 맹세할 때처럼 진실을 서술한 것이라고 말하고 싶었던 데 지나지 않는 것이라고…….

　다시 역자는 계속해서 다음과 같이 말하고 있다. 즉, 이야기의 전편을 읽은 사람이라면 갤리 선으로 가는 다른 죄수들과 함께 시에르라 모레나에서 돈키호테가 해방시켜 준 그 히네스 데 파사몬테에 관한 것을, 더욱이 돈키호테의 그런 인정 많은 행위가 나중에는 그 질이 좋지 않고 버릇 나쁜 인간들한테서 은혜를 원수로 받는 최악의 보답을 받게 된 것과 더불어 잘 기억하고 있을 줄 안다. 히네스 데 파사몬테, 돈키호테가 히네시요 데 파라피야라고 부른(돈키호테가 아니고 그의 동료 죄수가 그렇게 소개했다—역주) 이자가 바로 전에 산초 판사의 잿빛 당나귀를 훔친 사나이다. 그것이 인쇄소 직공의 과실로 전편에서는 언제 어떻게 해서라는 설명이 빠져 어떻게 해석해야 좋을지 많은 독자들을 괴롭혔는데 독자들은 인쇄의 잘못을 작자의 기억력이 나쁜 탓으로 돌렸었던 것이다. 그러나 요컨대, 사크리판테가 알브라카 공략에 참전했을 때 브루넬로가 그의 두 다리 사이에서 말을 훔친 계략을 본받아 히네스는 산초 판사가 올라탄 채 잠들어 있는 틈을 타서 살며시 그의 다리 사이에서 당나귀를 훔쳤으며, 나중에 산초가 다시 되찾은 것은 이미 앞에서 서술한 대로이다.

아무튼 히네스는 그가 범한 숱한 장난과 악행 때문에, 사실 그가 저지른 짓은 대단한 수에 이르고 갖가지 종류에 걸쳐 있어서 자기 손으로 그것을 써서 두꺼운 책을 만들었을 정도이지만 그때문에 그를 처벌하려고 찾고 있던 사직 당국에 발각되는 것을 두려워하여 아라곤 왕국으로 잠입할 결심을 하고 왼쪽 눈을 천으로 가리고 꼭두각시를 놀리는 괴뢰사 직업을 택했던 것인데, 그것은 그가 꼭두각시를 썩 잘 놀리는 재주를 가지고 있고 요술에 참으로 능했기 때문이었다. 그러다가 어느 기회에 바바리에서 자유로운 몸이 되어 돌아온 몇 사람의 그리스도 교도로부터 원숭이를 사게 되었고 그 원숭이에게 일정한 신호를 하면 자기 어깨 위로 뛰어올라 귀에 입을 갖다 대고 무언가를 소곤거리는 것처럼 보이도록 가르쳤던 것이다.

이런 준비가 다 되자 인형극 도구와 원숭이를 이끌고, 먼저 어느 마을에 들어가기 전에 그 마을에서 가장 가까운 마을이나 혹은 그곳 사정을 잘 아는 사람을 찾아가서 그 마을에서 일어난 특히 색다른 일이며, 또 어떤 사람에게 무슨 두드러진 일이 일어났었는가를 미리 잘 알아 두었다가, 그 마을에 들어가서 먼저 인형극부터 보여 주는 것이었는데 그것은 많은 경우 같은 상연물이었으나 어쩌다가 다른 것을 내놓는 일도 있었다. 그것은 모두 명랑하고 즐겁고 눈에 익은 구경거리들이었다.

인형극이 끝나면 그 원숭이의 특기라는 것을 보여 주었는데 그때 그는 과거와 현재의 일이라면 무엇이든 점을 치지만 미래에 관한 것은 잘하지 못한다고 미리 구경꾼들에게 말해 두었다. 질문 하나에 2레알을 요구했는데, 어떤 질문에 대해서는 질문하는 사람들의 뱃속을 짐작한 결과에 따라 깎아 주기도 했다. 또 어떤 때는 그곳에 사는 사람들에게 일어난 사건을 자기가 미리 알아 둔 그런 집을 찾아가서 그 집 사람들이 요금을 지불하기 싫어서 아무 질문도 하지 않을 경우라도, 그는 원숭이에게 신호하고는 원숭이가 이런저런 말을 한다고 알려 준다. 이렇게 해서 그는 말할 수 없는 신용을 얻고 여기저기에서 대단한 인기를 얻었던 것이다.

또 그는 매우 영리한 사나이였으므로 어떤 때는 대답이 질문에 꼭 적중하도록 교묘한 대답을 하는 일도 있었다. 게다가 누구 하나 원숭이가 어떻게 하여 점을 치는지 들려 달라고 성가시게 졸라 대는 사람이 없었으므로 그는 속으로 사람들을 비웃으며 열심히 가죽 지갑을 부풀려 나가고 있었던 것이다.

그 여인숙에 한걸음 들여 놓은 즉시 그는 돈키호테와 산초를 알아보았다. 이 두 사람에 대해서는 아는 것이 많았으므로 아주 쉽게 돈키호테와 산초, 그리고 여인숙에 있던 모든 사람들을 놀라게 했으니 그것은 그에게는 아무런 수고도 안 드는 일이었다. 앞장에서 서술한 것처럼 돈키호테가 마르실리오 왕의 목을 자르고 이어 그의 전 기마대를 깡그리 무찔렀을 때 그의 손이 조금만 더 아래로 내려왔더라면 페드로는 아마 따끔한 변을 당했을 것이었지만.

페드로와 그 원숭이에 대해서 할 말은 이것으로 끝낸다. 그래서 돈키호테 데 라 만차 쪽으로 돌아가기로 하고, 나는 이렇게 말하고 싶다. 즉, 그는 여인숙을 나서자 사라고사 시에 들어가기 전에 먼저 에브로 강의 강변 지역과 그 주변 지역을 볼 작정을 했다. 그 도시에서 개최되는 마술(馬術) 시합 때까지는 수많은 날짜가 있어서 그에게 그만한 여가가 있었던 것이다. 이런 생각을 하고 그쪽으로 가는 길을 더듬어 나아갔는데 한 이틀 동안, 여기 기록할 만한 일은 일어나지 않았으나 사흘째 되는 날 어느 언덕으로 막 올라가려 하고 있는데 북, 트럼펫, 그리고 화승포의 총성까지 섞인 요란한 소리가 들려왔다.

처음에는 보병 연대의 병정들이 그 근처를 통과하고 있나 보다 하는 생각에 그것을 확인하려고 로시난테에 박차를 가해 언덕으로 올라가 꼭대기에 서서 바라보니 언덕 기슭에 약 2백 명 가량 되는 사람들이 농부용 창, 큰 활, 쌍날 칼, 무사용 창, 긴 창, 게다가 몇 자루의 화승총과 많은 방패 등 갖가지 무기를 들고 있는 것이 보였다. 그래서 산 아래로 내려가서 가까이 가보니 깃발 같은 것이 똑똑히 보이기 시작하고 그 색깔이며 깃발에 그린 도안 따위를 분간할 수 있었다. 그중에서도 특히 흰 새틴의 군기랄까 지휘기랄까 아무튼 그런 것에 사르디니아 산의 작은 당나귀가 고개를 쳐들고 입을 벌려 혓바닥을 쑥 내밀고 울고 있는 동작과 자세가 마치 살아 있는 듯이 그려 놓은 것이 하나 눈에 띄었다. 그리고 그 당나귀의 주위에 커다란 글씨로 이런 운문이 적혀 있었다.

　　어느 누구 못지않는 법관님의
　　당나귀 울음소리 헛되지 않으리.

이 깃발을 보고 돈키호테는 이들이 그 당나귀 우는 마을의 사람임에 틀림 없다고 판단했으므로, 그것을 산초에게 이야기해 주고 깃발에 씌어 있는 운문을 설명해 주었다. 그리고 이번 사건에 관한 것을 이야기해 준 사나이가 당나귀 울음소리를 흉내낸 것이 두 촌회 의원이라고 한 것은 정확하지 않으며 군기에 씌어 있는 운문으로 미루어 법관이었나 보다라고 덧붙였다. 그 말을 듣고 산초 판사가 말했다.

「나리, 그런데 신경 쓰실 건 없습니다요. 그때 당나귀 울음소리를 낸 촌회 의원이 나중에 그 마을의 법관이 되었다는 것도 얼마든지 있을 수 있는 일이니까요. 그러니 양쪽 다 그런 직함으로 불러도 상관이 없습니다요. 하물며 그게 촌회 의원이건 법관이건, 아무튼 두 사람이 당나귀 울음소리를 냈다는 얘기의 본 줄거리는 아무것도 다를 것이 없으니까요. 게다가 법관도 촌회 의원만큼은 당나귀 울음소리를 낼 수도 있지 않겠습니까요.」

결국 모욕을 당한 마을 사람들이 이웃 마을의 의리도 생각지 않고 지나치게 자기들에게 수치를 준 이웃 마을 사람들과 한탕 싸우려고 몰려온 것이라는 것을 두 사람은 알게 된 것이다. 돈키호테는 그 사람들에게 접근하려고 계속 나아갔는데 이런 궁지에 빠지는 것을 좋아한 적이 없는 산초는 적잖이 마음이 내키지 않았다.

그 대열을 짜고 있는 사람들은 돈키호테를 자기들 편이라고 생각했으므로 그 떼거리 한가운데로 그를 맞아들였다. 돈키호테는 투구의 차양을 치켜올리고 늠름한 기백과 풍모를 보이면서 당나귀 깃발이 있는 데까지 나아갔는데 이 무리의 주된 사람들은 모두 그를 처음보는 사람이면 누구나 갖게 마련인 여느 때의 그 경이의 눈초리로 놀라워하면서 자세히 보려고 그를 둘러쌌다. 모두가 자기를 뚫어져라 바라보면서, 더욱이 누구 하나 입을 여는 사람도 없고 말을 건네는 사람도 없는 것을 보자, 돈키호테는 이 침묵을 이용할 생각으로 먼저 자기가 침묵을 깨뜨리고 소리 높여 말했다.

「늠름한 분들이여, 나는 여러분들에게 좀 말씀드릴 것이 있소만 제발 흥이 깨져서 싫증이 날 때까지는 도중에서 방해를 하시지 말도록 미리 충심으로 부탁드리는 바요. 만일 그러한 사태에 이른다면, 아니 조금이라도 여러분에게 그런 기미가 보인다면 나는 이 입을 다물고 이 혀에 재갈을 물릴 작정이오. 」

사람들이 기꺼이 귀를 기울일 참이니 무엇이든 이야기해 달라고 말했다. 돈키호테는 승낙을 얻자 이런 식으로 말을 계속했다.

「여러분, 나는 편력의 기사이며, 본분으로 삼는 것은 무용의 길, 의무로 삼는 것은 구원을 청하는 사람에게 도움을 주고 궁핍한 사람에게 원조의 손을 내미는 일이오. 며칠 전 여러분의 재난과 여러분이 원수를 갚기 위해 무기를 들게 된 경위를 알게 되었고, 그래서 한 번이 아니라 여러 번 나는 여러분의 사건을 나의 이성에 호소하여 곰곰이 생각한 끝에 결투의 법도에 따라 여러분이 모욕을 받았다고 생각한다는 것은 여러분의 잘못이라는 것을 깨달았소. 왜냐하면, 비난을 받을 만한 배신 행위를 누가 저질렀는지 분명히 모르기 때문에, 전부 통틀어서 배신자라고 힐난할 경우라면 모르되, 어떤 개인이 한 부락을 모욕한다는 것은 불가능하기 때문이오.

이 실례로써 사모라의 시민 전부를 힐난한 돈 디에고 오르도네스 데 라라가 있소. 그는 그 국왕을 살해하는 반역을 저지른 것이 베이도 돌포스 한 사람이었다는 것을 몰랐던 탓으로 사모라의 온 주민을 힐난했던 것이오. 그리하여 누구나 용서 없이 비난하고 전부에게 복수와 보복이 미쳤던 것이오. 돈 디에고가 약간 도가 지나쳤으며 힐난의 한계를 넘었다는 말만으로는 안 될, 죽은 자를, 물을, 빵을, 아직 태어나지도 않은 자를, 그밖에 그의 전기에 뚜렷하게 기록되어 있는 보잘것없는 일에 이르기까지 힐난하고 보복했던 것이오. 그렇게까지 해야 할 까닭이 없었는데도 말이오.

그러나 어쩔 수 없는 일이구려! 분노가 한번 고개를 쳐들 때는, 그 혀에 아버지도 없고 이를 꾸짖을 보호자도 재갈도 없소. 그러니 다만 일개의 인간이 한 왕국을, 한 주(州)를, 한 도시를, 한 사회를, 한 부락을 모욕한다는 것이 불가능하고 보면 그런 모욕에 대한 힐난을 위해 보복하러 출동해야 할 까닭은 조금도 없다는 것이오. 왜냐하면 그것은 모욕이 아니기 때문이오.

만일 『시계』 마을(세비야의 에스파르태나스 마을―역주)의 주민들이 그렇게 자기들을 부르는 자와 언제나 서로 살생을 하려든다면 그야말로 우스꽝스러운 이야기가 아니겠소! 하물며 『도기장(바야 돌리드 사람―역주)』이라든가, 『가지 농사꾼(톨레도 사람―역주)』이라든가, 『고래잡이(마드리드 사람―역주)』라든가, 『비누 공작 직공(세비야 사람―역주)』이라든가 그밖에 아이들이나 부질없는 인간들의 입에 흔히 오르내리는 그런 이름이나 호칭도 마찬가지요! 이런 이름을 가진 도시의 사람들이 모두 모욕을 당했다고 해서 그 복수를 한다고 싸움을 벌여 항상 트롬본처럼 칼을 뽑아다넣었다 한다면 그야말로 재미있겠구려! 하느님도 용서치 않으실 것이고 가상케 여기지도 않으실 것이오.

사려 깊은 인사나 질서 있는 국가는 네 가지 일로 무기를 잡고 칼을 뽑고 그 생명과 재산을 위험 앞에 내놓는 법이오. 그 하나는 카톨릭의 신앙을 지키기 위해서, 둘째는 자기 생명을 지키기 위해서, 이것은 자연의 법칙과 하느님의 법도에도 맞는 것이오. 셋째는 자기의 명예와 가정이나 재산을 지키기 위해서, 넷째는 올바른 싸움으로 자기의 국왕을 섬길 경우 등이오. 만일 여기에 다섯째를 덧붙인다면 이것을 두번째로 세어도 좋소만, 자기의 조국을 수호하는 경우요. 이들 기본적이라고도 할 수 있는 다섯 가지에 다시 몇 가지를, 정당하고 도리에 맞고 우리로 하여금 무기를 잡지 않을 수 없게 하는 것을 덧붙여도 좋을 것이오.

그러나 아이들의 장난에 속하는 일, 모욕이라기보다 오히려 웃음을 웃게 하고 심심풀이가 될 만한 일 때문에 무기를 잡는다는 것은 그 무기를 잡는 인물이 도리에 맞는 사고력을 전혀 갖고 있지 않다는 것을 이야기하는 것뿐이오. 하물며 부당한 복수를 한다는 것은, 정당한 복수 따위란 있을 수도 없소만, 우리가 받드는 성스러운 법도에 그야말로 위배되는 일로써 그 성스러운 법도에는 우리의 적에게 선을 베풀고 우리를 미워하는 자를 사랑하라고 우리에게 명하고 있소. 이 명령은 지키기가 약간 곤란할 듯이 여겨지기는 하나 그것은 다만 이 속세간의 일을 신에 관한 것보다 더 마음에 두고 영혼에 관한 것보다 육체에 관한 것에 더 신경을 쓰는 사람들에게만 해당되는 일일 뿐이오.

왜냐하면 참된 신이자 인간이신 예수 그리스도는 일찍이 거짓말을 하신 일도 거짓말을 할 수 있었던 일도, 또 거짓말을 하실 수도 없었던 우리의 입법자로서, 나의 멍에는 쉽고 나의 무거운 짐은 가볍다고 말씀하셨소. 따라서 이행할 수 없는 일을 그가 우리에게 명령하실 까닭이 없소. 그러니 여러분, 여러분은 신과 사람의 법도에 따라 노여움을 가라앉히지 않으면 안 되는 것이오.」

「이런 우리 주인이 신학자가 아니라고 한다면,」 하고 이때 산초가 혼자 중얼거렸다. 「난 악마에게 끌려가도 상관없어. 만일 그렇더라도 달걀과 달걀처럼 그렇게 보인 걸 어떡하나.」

돈키호테는 잠시 숨을 돌렸다. 그리고 아직도 사람들이 끽소리 않고 잠잠하게 듣고 있는 것을 보고 자기의 연설을 더 진행시켜 나갈 생각을 했는데, 만일 이때 산초가 그 기민함을 발휘해서 막지 않았던들 그대로 이야기를 계속했을지 모른다. 산초는 주인이 중도에서 그친 것을 보고 말을 잇기 전에 선수를 쳐서 입을 열었다.

「한때는 『우수에 찬 기사』라고 부르시다가 지금은 『사나운 사자의 기사』라 부르고 계시는 우리 주인 나리 돈키호테 데 라 만차 님은 마치 대학을 나오신 학사처럼 라틴 말도 스페인 말도 잘 알고 계시며 사려도 깊은 시골 귀족이시라오. 주인 나리께서 하시는 말씀이나 권하시는 일은 모두 훌륭한 군인으로서 하시는 일이며 결투라고 부르는 법도나 규정이라면 무엇 하나 모르시는 것이 없습니다요. 그런 까닭이니, 나리가 말씀하시는 대로 맡겨 두시는 수밖에 도리가 없을 거요. 만일 그래도 틀린다면 내 탓으로 해두구려. 하물며 그저 당나귀의 울음소리를 들은 것만으로 욕을 먹었다고 생각한다는 건 어리석은 짓이라는 소릴 들어도 할 수 없을 거요.

나는 지금도 기억하고 있지만, 아직 코흘리던 어릴 때 마음만 내키면 언제나 당나귀 울음소리를 흉내내곤 했는데, 아무도 그걸 말리는 사람이 없어서 아주 능숙해져 가지고는 꼭 진짜처럼 울어 보였기 때문에 내가 당나귀 울음소리를 내기만 하면 온 마을의 당나귀가 일제히 울어 대곤 했었다오. 그렇다고 해서 내 양친의, 정말 성실하기만 한 내 양친의 아들이라는 점에 무슨 변함이 있었던 건 아니라오. 하기야 그 기술 때문에 나는 마을에서 제법 내노라 하는 녀석들의 시샘을 샀지만 그까짓 건 눈꼽만큼도 개의치 않았지요. 그러니 내가 하는 말이 사실이란 것을 여러분도 알아 주셨으면 하는데, 잠깐 기다리며 들어 보시오. 이 기술은 헤엄치는 것과 마찬가지로 한번 익히면 죽을 때까지 잊어버리지 않는 법이라오.」

그리고 즉각 코를 손으로 누르면서 굉장한 힘으로 당나귀 울음소리를 흉내내기 시작했으므로 가까운 온 골짜기에 그 소리가 울려퍼질 정도였다. 그러나 그 가까이에 있던 한 사나이가 자기들을 놀린다고 생각하고 손에 쥔 곤봉을 치켜들어 무시무시한 힘으로 일격을 가했으므로 산초는 끽소리도 못 하고 땅바닥에 나가떨어졌다.

돈키호테는 산초가 이런 심한 꼴을 당하는 것을 보고 공격을 가한 사나이에게 창을 겨누며 덤벼들었다. 그러나 그 사이에 뛰어든 사람의 수가 너무나 많았으므로 그에게 복수한다는 것은 도저히 불가능했다. 그뿐 아니라 무수한 돌멩이가 소나기처럼 쏟아지고 무수한 큰 활과 그에 못지않는 화승총의 표적이 되는 위험에 직면했으므로 로시난테의 고삐를 돌려 이 말이 낼 수 있는 최대의 속력으로 그들 사이를 빠져 나가, 이 위험에서 제발 구출해 주십사고 속으로 신에게 빌며 화승총의 총알이 등에 꽂혀 가슴팍을 꿰뚫고 나가지 않을까 줄곧 두려워하면서 일각일각 숨이 끊어질지 모른다는 생각으로 초조하게 호흡을 가다듬었다.

그러나 마을 사람들은 그가 달아나는 것을 보고 만족하여 그 이상 발포하지는 않았다. 그들은 간신히 정신을 차린 산초를, 그의 당나귀에 실어 주인의 뒤를 따르게 해주었다. 산초의 기력이 주인의 뒤를 따라갈 만큼 회복되지 않았으나 잿빛 당나귀는 로시난테의 발자국을 따라갔다. 당나귀는 로시난테 없이는 한 걸음도 나아갈 수 없었던 것이다. 돈키호테는 상당한 거리까지 달아나서 뒤를 돌아보고 산초가 따라오는 것을 발견하고는 그를 기다려 주면서 누구 하나 추적해 오는 자가 없다는 것을 알았다.

떼를 지은 사람들은 그 자리에서 밤이 될 때까지 기다리고 있다가 적이 싸움을 하러 나올 기색이 도무지 보이지 않으므로 유쾌히 즐거운 듯 자기들 마을로 철수해 갔다. 그들이 만일 그리스 인의 고대 풍습을 알고 있었더라면 그 자리에다 전승기념비를 세워 놓았을 것이다.

제 28 장

만일 읽는 사람이 주의를 기울여 읽는다면 그 진의가 어디에 있는가를 알게 될 것이라고 베넨헬리가 말하고 있는 일에 관해서.

본시 용사가 달아날 때는 적이 다수의 힘을 믿고 난폭한 행위를 할 것이 분명할 때이며, 최대의 기회를 포착하여 일신의 안전을 이룩하는 것은 지자(智者)의 상도이다. 어쩌다가 이 진리가 돈키호테에 의해서 사실이 되었다. 말하자면 마을 사람들의 분노와 그 일단의 적의를 그대로 두고 먼지를 일으키며 죽자사자 달아나서 산초에 관한 것도 그를 그 속에 버리고 온 위험도 머리에 떠올리지 않은 채, 이제는 안전하다고 여겨질 만한 거리까지 달아난 것이다. 산초는 앞에서 말한 것처럼 당나귀 위에 축 늘어져서 그 뒤를 따라갔다. 이윽고 따라붙었을 때는 벌써 제정신을 차렸으나 주인 앞에 다가가는 순간 잿빛 당나귀에서 로시난테의 발밑으로 굴러떨어지면서 곧 숨이 끊어질 듯 녹초가 되어 있었다. 그래서 그의 부상을 살펴보려고 돈키호테가 말에서 내렸는데 산초가 발끝에서 머리 꼭대기까지 상처 하나 입지 않은 것을 발견하자 은근히 화가 나서 말했다.

「너는 엉뚱한 자리에서 당나귀 우는 흉내를 냈단 말이다. 산초! 교수형을 받은 사람 집에서 밧줄 이야기를 해도 상관없다고 어디서 배웠느냐? 당나귀 울음소리의 음악에는 곤봉 다짐 이외에 어떤 반주를 해야 한다고 생각하느냐? 녀석들은 너에게 곤봉으로 십자를 그었는데, 언월도로 너에게 persignum crucis(성호를 긋다)를 하지 않았으니 산초, 하느님께 감사를 드려라.」

「전 대답할 기분도 안 납니다요.」하고 산초가 대답했다. 「마치 어깨로 말을 하는 듯한 기분이 들어서 말씀입니다요. 어서 말을 타고 여길 떠나도록 하십시다요. 그리고 저는 앞으로 절대로 당나귀 울음소리엔 입을 다물겠습니다요. 하지만 편력의 기사 양반이 달아나서 귀여운 종자를 적지의 한가운데다 내동댕이치고 떡방아나 밀가루 반죽 치듯 실컷 두들겨맞게 내버려 두신 데 대해는 입을 다물지 않겠습니다요.」

「후퇴하는 자는 달아나는 게 아니니라.」하고 돈키호테가 말했다. 「왜냐하면 산초, 잘 들어 두어라, 깊은 사려 위에 뿌리박지 않은 용기는 저돌의 용기라고 부른다. 하룻강아지 범 무서운 줄 모르는 용사가 세우는 공명이라는 것은 그 사나이의 담력이라기보다 요행 탓으로 돌리는 법이다. 그래서 내가 후퇴한 것은 나도 인정하지만, 그러나 달아나지는 않았다. 뿐만 아니라 이 일에 있어서는, 더 좋은 시기가 올 때까지 잠시 몸을 지킨 많은 용사들을 본받았을 뿐이며 그러한 예는 많은 이야기 속에 충만해 있다. 그러나 그런 이야기는 너에게는 필요도 없는 일이고 나도 기분이 내키지 않으니 지금 그것을 이야기하는 건 그만두기로 하자.」

산초는 돈키호테의 부축을 받아 당나귀에 올라타고, 돈키호테도 역시 로시난테에 올라앉아 거기서 4레구아쯤 되는 곳에 보이는 숲속으로 들어가 쉬려고 천천히 걸어 나갔다. 이따금 산초는 괴로운 듯 한숨을 내쉬고는 안타깝게 신음 소리를 내곤 했다. 그래서 그러한 고통이 어디서 일어나느냐고 돈키호테가 묻자, 등골 아래쪽 끝에서 목덜미의 오목한 데까지 거의 까무러칠 만큼 아프다는 대답이었다.

「그 아픔의 원인은,」하고 돈키호테가 말했다. 「아마 그대를 때린 그녀석들의 곤봉이 길고 쪽 곧았기 때문에 그런가 보다. 그것으로 그대의 등을 온통 마구 두들겨 놓았으니 맞은 자리가 죄다 아파 오는 게다. 그 몽둥이를 더 넓게 맞았더라면 더 아팠을 게다.」

「참 기가 차서!」하고 산초가 말했다. 「나리는 굉장한 의심 속에서 절 꺼내 가지고 아주 교묘한 말투로 그 의심을 설명해 주시는 겁니까요! 참 고마운 말씀이십니다요! 그때 곤봉에 맞은 자리가 남김없이 아픈 것이라고 일부러 제게 설명해 주셔야 할 만큼 제가 왜 아픈가 그 원인을 모를 줄 아십니까요? 설사 복사뼈가 아플 때, 그게 왜 아픈가, 점쟁이한테 가서 물어 보는 일은 있을지 모르지만 말씀입니다. 실컷 두들겨맞은 자리가 아프다는 데 점이고 깻묵이고 있을 게 없잖습니까요. 정말입니다요.

주인 나리, 남의 아픔은 자기 아픔보다 견디기 쉽다고 하잖습니까요. 저는 날마다 나리를 뫼시고 있어도 앞으로 그다지 큰 희망이 없다는 걸 알게 되었습니다요. 왜 그런고 하면 이번에는 몽둥이로 맞았으니 이담에는 그뿐 아니라 몇 백 번이나 그때 그 담요로 치켜올려진 그런 변이나 그밖에 별의별 희롱을 다 당할 것이 틀림없으니까요. 게다가 이번에는 등을 맞았지만 나중에는 눈을 맞을지 누가 압니까요? 생각해 보면 얼마나 다행인지 모릅니다요.

그야 전 아무것도 모르고 한평생 살아 봐야 좋은 일이라곤 아무것도 없을는지 모르지만 말씀입니다요. 그래도 전 집에 돌아가서 마누라와 애들 곁에서 하느님이 베풀어 주시는 것으로 그들을 먹여살리고, 그래서 나리 뒤를 따라 길도 없는 길을 오솔길인지 한길인지 마구 헤매며 그 심한 음식을 먹지 않아도 된단 말씀입니다요. 다시 한 번 되풀이합니다요만 그때가 얼마나 좋았는지 알 수 없습니다요.

게다가 잠잘 때는 또한 어떻습니까요! 이바라 종자야, 땅을 7자만 재라, 만일 더 필요하거든 7자를 더 재라, 그대가 실컷 자리를 차지할 수 있으니 몸을 쭉 뻗고 자도록 해라, 이렇습니다요. 그러니 편력의 기사도니 어쩌니 하는 것을 제일 먼저 생각해 낸 자가 말씀입니다요, 아니 옛날의 편력의 기사라는 자들은 모두 멍텅구리가 틀림없는데 하필이면 그런 바보들의 종자가 될 생각을 한 녀석들이 화형에 처해져서 가루가 되는 것을 차라리 내 눈으로 보고 싶습니다요. 오늘날의 편력의 기사에 대해선 아무 말도 않겠습니다요. 나리도 그중의 한 분이라 저는 존경하고 있으니까요. 왜냐하면 하시는 말씀, 하시는 생각이 악마보단 좀 낫다는 걸 저도 알고 있으니 말입니다요.」

「나는 말이다, 너와 내기를 해도 좋다, 산초.」하고 돈키호테가 대답했다. 「말하자면, 아무도 막는 자가 없어서 그렇게 지껄이고 있는 너는 지금 온몸에 아무 데도 아픈 곳이 없다고 보았는데, 내 말이 틀렸느냐? 지껄여라, 내 아들아, 무엇이건 머리에 떠오른 것, 입술에서 나오는 대로 모두 지껄여라. 그것으로 너의 아픔이 가라앉는다면 너의 무례한 말투 때문에 고개를 드는 나의 분노도 즐거운 것으로 보아야겠지. 게다가 만일 그토록 처자가 있는 집으로 돌아가고 싶다면 가거라. 그것을 내가 말린다면 하느님도 용서치 않으실 게다. 거기 네가 내 돈을 갖고 있지. 우리가 세번째 마을을 나오고부터 며칠이 되는가 계산해 보아라. 그리고 다달이 네가 얼마를 벌어야 하는가, 벌지 않으면 안 되는가 잘 계산해 보아라. 그리고 너의 손으로 너의 급료를 가져가도록 해라.」

「제가 동네의 카르라스코 댁에서, 나리도 잘 아시는 석사 삼손 카르라스코의 아버님 밑에서 일하고 있을 때는 먹고 한 달에 2두카트씩 받고 있었습니다요. 나리를 뫼시고 얼마를 받아야 하는진 전 모르겠습니다요. 하기야 농가에서 일하는 것보다 편력의 기사를 섬기는 편이 훨씬 힘이 든다는 건 알고 있습니다요. 말하자면, 우리들 농가에서 일하는 자는 낮에 아무리 일하더라도 설혹 아무리 고되더라도 밤에는 잠을 자거든요. 나리를 섬기고부터 전 한 번도 침상에서 자본 적이 없습니다요. 저 돈 디에고 데 미란다 댁에 묵었던 극히 짧막한 동안과 카마초 님의 가마솥에서 뜬 거품으로 배불리 먹은 성찬과, 바실리오 댁에서 먹고 마시고 한 것을 제쳐놓는다면 그 나머지는 날마다 딴딴한 땅바닥, 그것도 한데서, 흔히 세상에서 말하는 혹심한 세파(世波)라는 것 속에서 잠을 잤습니다요. 덕분에 치즈 조각과 빵 껍데기로 목숨을 이어 왔고 수도 없이 돌아다닐 길도 없는 곳에서 눈에 띈 시냇물과 샘물을 마시며 기갈을 면하곤 했습니다요.」

「나도 인정한다,」 하고 돈키호테가 말했다. 「네가 하는 말은 다 사실이라고 말이다. 산초, 그래서 토메 카르라스코가 준 것보다 좀 더 많이 지불하면 되겠느냐?」

「제 생각에는,」 하고 산초가 대답했다. 「한 달에 2레알만 더 보태 주시면 전 많이 받는다고 생각하겠습니다요. 하지만 이건 제가 일한 만큼의 급료입니다요. 나리께서 제게 어느 성의 영지를 주신다는 말씀이나 약속의 보상으로 6레알만 더 보태 주신다면 부족이 없을 줄 압니다요. 이것을 다 합치면 30레알이 되는 셈입니다요.」

「좋다.」 하고 돈키호테가 대답했다. 「그렇다면 우리가 마을을 떠나온 지 20일이 된다. 그러니 산초, 네가 스스로 정한 급료에 따라 분배해서 계산해 보아라. 그리고 얼마를 내가 그대에게 지불해야 하는가 잘 셈을 해서 앞에서도 말했듯이 그대 손으로 그 돈을 받도록 하여라.」

「아 참, 안 됩니다요!」하고 산초가 소리쳤다. 「이 계산으로는 나리께서 큰 잘못을 저지르게 되십니다요. 왜냐하면, 성의 약속에 관한 일은 나리께서 제게 말씀하신 첫날부터 우리가 있는 지금 바로 오늘까지 계산을 하지 않으면 안 되니까 말씀입니다요.」

「그렇다면, 내가 그대에게 그 약속을 하고부터 몇 달이 지났느냐, 산초?」 돈키호테가 물었다.

「만일 제 기억에 잘못이 없다면,」하고 산초가 대답했다. 「20년이 조금 넘습니다요. 사흘쯤 말씀이죠.」

이 말을 듣더니 돈키호테는 자기 이마를 손바닥으로 찰싹 때리고 기쁜 듯이 웃으면서 말했다.

「내가 시에르라 모레나의 숲속을 걸어다닌.것도, 우리가 바깥에 나와 있는 기간을 모두 합쳐도, 기껏해야 두 달이 되지 않았다. 그런데 너는 내가 성 약속을 한지 20년이 된다고 했겠다, 산초? 그러고 보면, 네가 거기 갖고 있는 내 돈을 그대로 고스란히 너의 급료로써 다 가져 버리고 싶어하고 있다는 것을 이제야 알겠구나.

그래 만일 그렇다면, 또 그것이 너의 소원이라면 지금 여기서 모두 다 너에게 줄 테다. 그것이 너에게 도움이 된다면 더 바랄 것이 없다. 너 같은 악질 종자와 함께 있느니 차라리 헐벗은 무일푼이 되더라도 나는 그편이 훨씬 기분이 개운하다. 다만 한 가지만 말해 보아라. 편력의 기사의 종자가 지켜야 할 법도를 어긴 녀석 같으니. 대체 편력의 기사를 섬기는 종자가 단 한 사람이라도, 『제가 모셨으니 이만큼 지불해 주셔야 합니다』따위의 흥정을 주인과 했다는 말을 대체 어디서 읽었으며 어디서 보았느냐? 자, 이 악당 녀석아, 게으름뱅이야, 덜 돼먹은 녀석아, 정말 너는 바로 그런 녀석이다, 알겠느냐? 나는 너에게 편력의 기사도 이야기의 『mare magnum(대양)』속에 들어가라고 말하고 싶다. 그래서 그곳에서 네가 방금 말한 것과 같은 말을 하거나 생각한 종자를 한 사람이라도 발견하면, 내가 똑똑히 납득할 수 있도록 내 면전으로 끌고 오너라. 그리고 내 얼굴에 손가락을 대고 코를 네댓 번 퉁겨 줘도 상관없다.

자, 네 당나귀의 고삐를, 아니 고삐라기보다 그 밧줄 부스러기를 돌려라,

234

그리고 냉큼 집으로 돌아가거라. 앞으론 한 걸음이라도 나를 수행하여 앞으로 나아가지 못한다. 오오, 제가 먹은 빵조차 잊을 녀석 같으니라구! 약속을 어기는 녀석 같으니라구! 이 짐승 같은 녀석아! 너라는 사나이는, 너의 아내에겐 안되었다만, 사람들이 너를 『나리』라 부르는 신분으로 만들어 주려고 내가 생각하고 있는 판에 작별을 고하고 떠나고 싶단 말이지? 세상에서 뛰어난 섬의 영주로 앉혀 주려고 내가 적극적인 굳은 결의를 품은 이 마당에 그대는 떠나가고 싶단 말이지? 요컨대 그대가 여태까지 몇 번이나 말한 것처럼 당나귀 주둥이에 운운(당나귀 주둥이에 꿀이라는 속담—역주)이로구나. 그대는 당나귀다. 앞으로도 당나귀일 것이고, 생애를 마칠 때도 그대는 역시 당나귀로 머물러 있을 게다. 왜냐하면, 그대가 나는 짐승이었구나 하고 회오하는 거의 마지막 순간보다 한 걸음 앞서서 죽음이 찾아올 것으로 나는 확신하기 때문이다.」

돈키호테가 이런 비난과 공격을 퍼붓고 있는 동안 산초는 말똥말똥 주인을 지켜보고 있었는데, 이제 새삼 깊은 회한의 감정에 사로잡혀 두 눈에 눈물마저 글썽거리며 괴로운 듯 울먹이는 목소리로 이런 말을 했을 정도였다.

「저의 주인 나리, 저는 바른 말을 하겠습니다요. 당나귀가 되려면 꽁지가 모자랄 뿐입니다요. 만일 나리께서 꽁지를 붙여 주신다고만 하신다면, 전 그걸 고맙게 생각하고 앞으로 목숨이 붙어 있는 한 나리를 섬기겠습니다요. 나리, 절 용서해 주십쇼. 지혜가 모자라는 저를 가엾게 여겨 주십쇼. 제가 사물을 모른다는 것과, 제가 쓸데없는 말을 지껄이는 것은 결코 악의가 있어서가 아니라 병이라고 관대히 보아 주십쇼. 과오를 범하고 회개하는 자는 하느님도 용서해 주신다지 않습니까요.」

「만일 그대가 말 속에다 무언가 비유하는 말을 섞지 않았다면 나는 오히려 이상하게 생각했을 게다. 산초, 좋다, 그대를 용서한다. 다만 그대가 회개해서 앞으로는 너무 자기 잇속만 생각지 않고 되도록 마음을 넓게 가져 내 약속이 진실로 실현되는 것을 힘을 내어 기다린다는 것을 조건으로 말이다. 하기야 약속의 실현은 설혹 늦어지는 일은 있더라도 헛되이 되지는 않을 것이니까.」

산초는 설사 없는 힘을 다 짜내고라도 그대로 하겠다고 대답했다.

이리하여 그들은 숲속으로 들어가서 돈키호테는 한 그루의 느릅나무 밑에서, 산초는 한 그루의 너도밤나무 밑에서 저마다 몸을 쉬었다. 이러한 나무들은 같은 종류의 다른 나무들과 마찬가지로 뿌리라는 발은 있어도 가지라는 손을 갖고 있지 않았다. 산초는 차가운 밤기운 때문에 몽둥이로 얻어맞은 자리가 다시 또 욱신거리기 시작하여 견디기 힘든 하룻밤을 보냈다. 돈키호테는 여느 때와 마찬가지로 생각에 잠겨 하룻밤을 지새웠다. 두 사람 다 어느새 잠이 들었다가 날이 샘과 동시에 그 이름난 에브로 강의 강변을 찾아 여행을 계속했는데, 그 강변에서 그들에게 일어난 일은 다음 장에서 다루어질 것이다.

제 29 장

마법의 배에 관한 이름난 모험에 대해서.

이리하여 언제나 변함없는 걸음걸이로 숲을 나가서 이틀 후에 돈키호테와 산초는 에브로 강에 닿았다. 이 강을 본 것은 돈카호테에게는 더없는 기쁨이었다. 암만 바라보아도 싫증이 나지 않는 강가의 아름다운 풍경, 맑은 강물, 유유히 흘러가는 물결, 수정처럼 맑은 넘칠 듯한 수량 따위가 그의 눈을 빼앗았는데, 이 무어라 형용할 수 없는 즐거운 조망으로 말미암아 어느새 그의 마음속에는 무수하고 유쾌한 추억이 생생하게 되살아났다. 그 가운데 몬테시노스의 동굴에서 본 것이 오락가락했다. 페드로 영감의 원숭이는 그 일을 절반은 진실이고 절반은 거짓말이라고 했지만, 모든 것이 엉터리라 생각하고 있는 산초와는 정반대로 돈키호테는 거짓이라고 생각하기보다 진실이라고 생각하는 쪽으로 훨씬 기울어져 있었다.

이렇게 나아가고 있는 동안에 노도 없고 그밖의 선구도 없는 한 척의 조각배가 물가에서 한 그루의 나무에 매여져 떠 있는 것이 눈에 띄었다. 사방을 둘러보았으나 사람의 그림자는 전혀 눈에 띄지 않았다. 돈키호테는 곧 로시난테에서 뛰어내리더니 산초에게도 잿빛 당나귀에서 내려 저기 있는 포플라인가 수양버들인지에 두 마리를 함께 꼭 매어 두라고 명령했다. 그렇게 갑자기 말에서 뛰어 내리거나 말과 당나귀를 함께 매어 두어야 할 까닭이 무어냐고 산초가 묻자 돈키호테는 대답했다.

「잘 알아 두어라, 산초. 여기 있는 이 배는 틀림없이, 아니 그렇지 않을 까닭이 있을 수 없다만, 내가 타고 누군지는 모르나 지금 매우 큰 곤란에 빠져 있는 것이 분명한 기사 혹은 신분 높은 분을 구하러 가라고 손짓하며 부르고 있는 배라는 것을 말이다. 기사의 이야기에 등장하여 활약하는 마법사들에 관해서 쓴 책에서 흔히 사용되는 형식이다. 다시 말해서, 어떤 기사가 무슨 고난에 빠져 있고, 더욱이 그 고난으로부터 빠져 나온다는 것은 다른 기사의 손에 의존하지 않고는 불가능하다 할 때, 비록 그 양자 사이가 3천 레구아, 아니 그보다 더 멀리 떨어져 있더라도 마법사들을 원조하러 달려오는 기사를 구름 속에 끌어넣어 감싸 버리기도 하고 유혹의 조각배를 주어 순식간에 하늘을 날거나 혹은 바다를 건너서 뜻하는 장소로, 그의 구조가 필요한 곳으로 날아간단 말이다. 그러므로 산초여, 이 조각배도 그와 같은 목적으로 여기에 매여 있는 것이다. 지금이 대낮인 것처럼, 이 일은 틀림없는 일이다. 그러니 날이 저물기 전에 잿빛 당나귀와 로시난테를 함께 매어 두고 신의 손이 우리를 인도하시는 대로 우리 몸을 맡겨 두기로 하자꾸나. 설혹 맨발의 수도회(성프란시스코 수도회를 말한다 — 역주)의 고행 수도사가 말리려고 아무리 설교를 하더라도 나는 결단코 이 배에 타는 것만은 중지하지 않을 참이다.」

「그러시다면,」하고 산초가 대답했다. 「나리께서 그러한, 광태라고 불러야 좋을지 어떤지는 모르겠지만 말씀입니다요, 그러한 일에 사사건건 넋을 잃고 싶어하신다면 『그대의 주인이 명령하는 일을 하라. 주인과 더불어 식탁에 앉아라』는 속담도 있으니 하라시는 대로 하는 수밖에 도리가 없겠습니다요. 하지만 저도 속시원히 나리께 한 말씀 드리겠습니다요. 제 생각으로는 이 배는 마법사의 것이 아니라 이 강 어부의 밴 줄 압니다요. 이 강에서는 세계에서 제일 좋은 송어가 잡히니까 말씀입니다요.」

이런 말을 하고 산초는 속으로 적잖이 안타까움을 느끼면서 말들을 매고 그들을 마법사의 보호에 맡겼다. 돈키호테는 말들을 이렇게 내버려 두는 것은 걱정할 필요가 없으며, 두 사람을 그런 원격의 길과 땅으로 데려가려고 하는 마법사가 그들의 먹이를 뒷바라지해 줄 것이라고 타일렀다.

「그 원겨가 무슨 뜻입니까?」하고 산초가 물었다. 「그런 말은 생전 처음 듣습니다요.」

「원격이라고 하는 것은 말이다.」하고 돈키호테가 대답했다. 「멀리 떨어진다는 뜻이다. 그러나 그대가 모르는 것이 조금도 이상할 건 없다. 라틴 어를 아는 체하면서 사실상 모르고 있는 사람들처럼 그대는 뭐 굳이 라틴 어를 알고 있어야 할 까닭도 없으니 말이다.」

「이녀석들을 다 맸습니다요. 이제 뭘 하면 됩니까요?」

「무슨 소리를 하느냐?」하고 돈키호테가 대답했다. 「성호를 긋고 닻을 올려라. 우리는 이 배에 오르고 매어 둔 밧줄을 잘라야 한다.」

그리고 그가 조각배에 뛰어오르자 산초도 그 뒤를 따랐다. 줄을 끊으니 조각배는 조금씩 기슭에서 떨어져 나갔다. 약 2바라쯤 강 가운데로 나온 것을 보고 산초는 벌벌 떨기 시작하면서 마침내 파멸이 온 것은 아닐까 하고 겁에 질렸다. 그러나 무엇보다도 그의 가슴을 아프게 한 것은 잿빛 당나귀의 울부짖는 소리와, 로시난테가 줄을 끄르려고 몸부림치는 모습을 본 일이었다. 그래서 주인을 돌아보고 말했다.

「잿빛 털이 우리가 없어진 걸 슬퍼하며 울고 있습니다요. 로시난테는 우리 뒤를 따라 강물에 뛰어들려고, 자유로운 몸이 되고 싶어 몸부림치고 있습니다요. 오오, 나의 귀여운 친구들아, 무사히 있거라. 그리고 우리를 너희들한테서 떼어 놓는 착란의 혼미가 풀려서 너희들 곁에 돌아가고 싶구나!」

이렇게 말하면서 구슬피 울기 시작했으므로 돈키호테는 기분이 언짢아 화난 어조로 소리쳤다.

「무엇이 걱정이냐? 이 겁쟁이 녀석 같으니라구. 무엇이 슬퍼서 우느냐? 이 울보 녀석아. 누가 너를 못살게 굴기라도 한단 말이냐? 까불대는 쥐녀석아. 아니면 무엇이 부족하단 말이냐. 재보 속에 파묻혀도 만족하지 못할 녀석아! 네가 리페아스의 험난한 산을 맨발로 터벅터벅 올라가고 있기라도 한다면 모르되 이 상쾌한 강의 고요한 물결을 대공작처럼 판자에 앉아, 그리고 곧 광활한 대양으로 나갈 참인데, 그게 무슨 짓이냐? 우리는 이미 적어도 7백 내지는 8백 레구아는 항해했을 것이 틀림없다. 만일 내가 여기 천체 관측기를 갖고 있어서 그것으로 북극성의 높이를 잰다면, 우리가 항해한 거리를 너에게 가르쳐 줄 수 있겠다만. 하기야 상반된 양극을 등거리로 양분하는 주야(晝夜) 평분선(平分線)을 이미 통과했는지, 곧 통과하게 되는지는 나도 잘 모르겠다.」

「그러시다면 나리가 말씀하시는 그 섬인가 선인가에는 언제 도착하게 됩니까?」하고 산초가 물었다. 「얼마만한 거리를 가야 됩니까요?」

「대단한 거리니라.」하고 돈키호테가 대답했다. 「프톨레마이오스라는 널리 알려진 최대의 우주학자가 측정한 바에 의하면 이 물과 뭍으로 되어 있는 지구상의 3백60도선 가운데서 내가 방금 말한 선까지 가면 그 절반을 넘는 것이 되느니라.」

「참으로 놀랐습니다요.」하고 산초가 말했다. 「나리는 증인으로서 그 우스꽝스러운 부뚜막에 오줌싸개인가 뭔가 하는 잘 알지도 못하는 말을 아래에 달고 있는 인물을 데리고 오셨습니다요.」

돈키호테는 우주학자 프톨레마이오스의 이름과 측정에 대한 산초의 논평을 듣고 그만 웃어 버렸다.

「잘 알아 두어라, 산초. 스페인에서 동인도를 향해 카디스에서 배를 타고 떠난 사람들이 아까 너에게 말한 주야 평분선을 통과했다는 것을 아는 데 사용한 증거의 하나는 배에 타고 있는 모든 사람들에게 붙어 있던 이가 모두 죽어 버렸다는 것이며, 설혹 금과 바꾸자고 온몸을 샅샅이 뒤져 봐도 이가 한 마리도 없더라는 것이다. 그러나 산초야, 샅 언저리를 손으로 만져 보아라. 만일 아직도 산 놈이 있다면 이 의문에서 빠져 나올 수 있을 것이고, 그렇지 않다면 우리는 벌써 통과한 셈이다.」

「전 암만해도 믿을 수가 없습니다요.」하고 산초가 대답했다. 「하지만 나리가 하라시는 대로 하겠습니다요. 하기야 그런 걸 시험해서 무슨 소용이 있는지는 모르겠습니다요만. 우리가 아직 기슭에서 5바라도 떨어지지 않았고 짐승들이 있는 장소에서 2바라도 내려와 있지 않다는 걸 제 눈으로 볼 수 있으니까 말입니다요. 그 증거로 로시난테도 잿빛 당나귀도 우리가 놔둔 장소에 그대로 있습니다요. 제가 지금 하고 있는 것처럼 목표를 정해 보시면 아십니다요. 개미가 걸어가는 속도만큼도 우리가 움직이고 있지 않다는 걸 누구에게나 맹세해도 상관없습니다요.」

「그대는 내가 하라는 대로 조사해 보아라. 다른 것은 개의할 필요가 없다. 무슨 소리를 해봐야 그대는 천체와 지구를 구성하고 있는 분지경선(分至經線)·적도·경도위도선·황도대(黃道帶)·황도·유성·황도 십이궁(黃道十二宮)·방위 측정 따위가 어떤 것인지 모를 것이니 말이다. 만일 이런 것을 전부 아니 일부라도 알고 있다면 얼마만한 위도를 우리가 통과해 왔는가, 얼마만한 황도궁을 보았는가, 얼마만한 성도(星度)를 뒤로 하려 하고 있는가를 그대도 똑똑히 볼 수 있었을 게다. 그러나 다시 한 번 되풀이해서 말한다만, 그대의 몸을 살펴보고 만져 보고 붙잡아 보아라. 내가 상상컨대 네 살결은 맨질맨질한 흰 종이처럼 훌륭할 것 같아서 하는 말이다.」

산초는 조심스러운 손짓으로 왼쪽 무릎의 뒤쪽으로 슬슬 손을 밀어 넣었다. 그리고 고개를 쳐들어 주인을 바라보며 말했다.

「이 실험이 엉터리거나 아니면 나리가 말씀하시는 곳엔 아직 도착 안 했습니다요, 아직 몇 백 레구아나 남았습니다요.」

「그러고 보면, 어떻다는 말이냐?」하고 돈키호테가 물었다. 「그래, 몇 마리나 잡았느냐?」

「몇 마리고 뭐고 없습니다요!」하고 산초가 대답했다.

그리고는 손을 빼어 물 속에 집어넣고 쓱쓱 씻었는데, 그 강의 한가운데를 조그마한 배는 천천히 미끄러지듯 움직여 갔다. 눈에 보이지 않는 영(靈)의 힘이니 눈에 보이지 않는 마법사니 하는 것이 움직이고 있는 것이 아니라, 물의 흐름 그 자체가 그때는 참으로 고요하고 미끄러웠다.

그러는 동안에 그들은 강 한가운데에 있는 몇 개의 커다란 물레방아를 발견했다. 이것을 발견하자마자 돈키호테는 큰 소리로 산초에게 말했다.

「그대 보이느냐? 저기, 오오, 나의 벗이여. 도시거나 성이거나, 아니면 요새가 보인다. 저곳에 학대받는 기사나 감금된 여왕이나, 아니면 공주가 있는 것이 틀림없다. 그분을 구하기 위해 나는 이리로 인도되어 온 것이다.」

「도시니, 성이니, 요새니 하며, 대체 무슨 바보 같은 말씀을 하십니까요, 나리.」하고 산초가 말했다. 「저것이 강에 있는 밀을 빻는 물방아라는 걸 모르십니까요?」

「닥쳐라, 산초!」하고 돈키호테가 외쳤다. 「저것은 물방아로 보이지만 물방아가 아니다. 여태까지 너도 보아 왔듯이 마법사들은 모든 사물의 그 본래의 모습을 바꾸거나 옮기거나 하는 것이다. 그렇다고 아주 다른 진짜로 바꾸어 버린다는 것이 아니라 마치 내 희망의 유일한 표적인 둘시네아의 변모의 경험이 그것을 증명해 주었듯이 그렇게 보인다고 말하고 싶단 말이다.」

이때 조각배는 물결 한가운데로 휩쓸려 들어갔으므로 여태까지처럼 천천히 흘러가지 않게 되었다.

조각배가 강을 내려와서 당장 물레방아의 거센 물결에 빨려들 듯한 것을 보고 물방앗간에서 방아 찧는 일꾼들이 손에 손에 긴 장대를 들고 조각배를 세우려고 부랴부랴 뛰어나왔다. 그들은 온통 가루투성이가 되어 얼굴이고 옷이고 하얗게 되어 있었으므로 얼른 보기에 무시무시한 몰골로 보였다. 그들은 큰 소리로 외쳤다.

「당신네들 어디로 가는 거요? 미쳤나? 자포자기가 되어 예까지 와서 빠져 죽고 싶나? 물방아에 부딪혀서 박살이 나고 싶나, 에?」

「내가 말한 대로지, 산초?」하고 돈키호테가 산초에게 말했다. 「우리는 나의 솜씨가 어디까지 이르는가 보여 주지 않으면 안 되는 곳에 이르렀다고 말이다. 어떤 비겁한 악당 녀석들이 우리에게 도전하러 나왔나 잘 보아 두어라. 얼마나 많은 괴물들이 나한테 덤벼들려 하는가 보아라. 얼마나 추한 면상들이 나의 약을 올리고 있나 보란 말이다. 이렇게 된 이상 혼을 내줄 테다. 이 불한당 같으니라구!」

그리하여 조각배 안에서 일어나 방아 찧는 일꾼들을 향해서 위압하는 어조로 외쳤다.

「이 사악하고 천한 놈팽이들아! 거기 그 요새인가 감옥인가 하는 곳에 너희들이 가두어 둔, 신분이 높은지 낮은지는 모르나, 그 인물을 석방하여 그 사람의 자유 의사에 맡기도록 하라. 나는 돈키호테 데 라 만차, 또 하나의 이름을 『사나운 사자의 기사』라는 자로서 드높은 하늘의 뜻에 의해 이 모험에 상서로운 결말을 가져오는 것이 내게 맡겨진 과업이니라.」

이렇게 말하면서 칼을 뽑아 들고 방아 찧는 일꾼들을 향해 헛되이 허공에 휘두르기 시작했다. 방아를 찧던 일꾼들은 그의 잠꼬대를 듣기는 했으나 무슨 소린지 도무지 영문을 알 수 없는 채로 물방아로 쏟아져 들어가는 거센 물결의 물구멍으로 빨려들어갈 듯이 된 조각배를 긴 장대로 막으려 했다.

산초는 무릎을 꿇고, 이 분명한 위험에서 벗어나게 해주십사고 갸륵하게도 하늘을 우러러 빌었는데 그의 기도는 장대로 조각배의 전진을 막아 배를 멈추게 해준 가루 빻는 일꾼들의 재빠르고 교묘한 활동으로 실현되었다. 그러나 아무리 교묘하게 한다고 해도 조각배가 뒤집히는 것을 막지는 못했으므로, 돈키호테와 산초가 물 속으로 굴러떨어지는 것은 어쩔 수 없었다. 그러나 다행히도 돈키호테는 마치 거위처럼 헤엄을 칠 수 있었으므로 갑옷 때문에 두 번이나 가라앉기는 했지만 방아를 찧던 일꾼들의 도움으로 두 사람은 육지로 향했다. 만일 그러지 않았던들 그들 두 사람에게는 그 자리가 트로이 최후의 날 (트로이 전쟁 때 그리스 병정들이 목마 안에 숨어 트로이로 들어가서 방화(放火)하여 멸망시킨 날—역주)이 되었을 것이다. 그래서 두 사람은 물이 마시고 싶어 못 견디기라도 했던 듯이 실컷 물을 마신 끝에 육지로 끌려 올라갔는데 산초는 무릎을 꿇고 두 손을 모아 하늘을 우러러 경건하고 긴 기도로써 앞으로는 자기 주인을 얼토당토않는 생각이나 계획에서 빠져 나오게 해주십사고 빌었다.

거기에 물방아에 부딪혀 산산조각이 난 조각배의 임자인 어부들이 찾아와서 조각배가 부서진 것을 보더니, 산초의 옷과 가진 것을 깡그리 벗기려 들고 돈키호테에게 배상금을 지불해 달라고 요구했다. 돈키호테는 아무 일도 아니라는 듯이 침착하게, 기꺼이 조각배의 대가를 지불하겠다고 방아를 찧던 일꾼들과 어부들을 향해서 말했다. 다만 거기에는 저 성에 감금되어 있는 한 인물 혹은 몇 사람의 인물들에게 자유를 주고 아무런 경계도 하지 않는다는 조건이 따른다고 말했다.

「누구 말입니까? 당신이 말하는 것은, 어느 성 말입니까?」하고 가루 빻는 일꾼 중의 한 사람이 물었다. 「이봐요, 미치광이 양반, 혹 당신은 이 물방앗간에 방아 찧으러 오는 사람들을 다른 데로 데려 가려고 그러는 게 아니오?」

「좋다, 그만둬라!」하고 돈키호테가 외쳤다. 「이 불한당 같은 놈들에게 부탁해서 무슨 좋은 일을 시킬 것을 바란다는 것은 사막에서 설교하는 거나 다름없다. 이 모험에는 용감한 두 마법사가 개재하고 있는 것이 틀림없다. 그래서 나에게 조각배를 제공해 주었는데 나머지 한 녀석이 그걸 반대한 것이다. 하지만 하느님이 틀림없이 도와 주시겠지. 대체로 이 세상은 서로 반발하는 속임수와 권모술수의 세상이다. 나 같은 사람은 도저히 따라갈 수가 없구나.」

그리고는 목소리를 높여 물방앗간 쪽을 바라보면서 말을 이었다.

「벗이여, 그대들이 뉘시건, 그 감방에 갇혀 있는 분들이여, 나를 용서하시라. 나의 불운과 그대들의 불운 때문에 나는 그대를 그 고난에서 구해 드릴 수 없게 되었소. 이 모험은 다른 기사들을 위해 보류되어 그 기사를 기다리게 되어 있는 모양이오.」

이렇게 말한 다음 어부들과 상의하여 조각배 대금으로 50레알을 지불했는데 그 돈을 산초는 억울한 듯이 어부들에게 건네 주면서 투덜거렸다.

「이런 조각배 소동이 두 번 일어났다간 우리 밑천은 바닥이 나고 말겠다.」

어부와 방아 찧던 일꾼들은 얼른 보기에도 범상한 사람들과 너무나 풍모가 다른 두 사람을 바라보며 아연해 했으며 돈키호테가 그들에게 한 질문이 무엇을 목표로 한 것인지는 도무지 알 수가 없었다. 그래서 두 사람을 미치광이로 단정하고 뒤에 남겨 놓은 채 방앗간으로 돌아가고 어부들은 그들의 오두막으로 철수했다.

할 수 없이 돈키호테와 산초도 로시난테가 있는 데로 돌아가서 다시 예전대로의 여정으로 들어갔는데, 이것이 그 마법에 걸린 조각배의 모험에 관한 결말이다.

제 30 장

아름다운 여자 사냥꾼을 상대로 하여 돈키호테에게 일어난 사건에 대해서.

　기사와 종자는 기가 죽은 채 뿌루퉁한 표정으로 말들이 있는 곳으로 돌아갔다. 특히 산초는 더욱 낙심하고 있었는데, 그 까닭은 자기가 지니고 있는 돈에 손을 댄다는 것은 자기 영혼에 손을 대는 일이었고, 자기가 가진 돈에서 얼마를 집어 낸다는 것은 그에게는 눈동자를 집어 내는 거나 마찬가지였기 때문이다.

　마침내 그들은 서로 말 한 마디 나누지 않고 제각기 말과 당나귀에 올라앉아 그 이름난 강을 뒤에 두고 떠나 돈키호테는 사랑의 생각에 잠기고 산초는 자기 출세에 관한 생각에 잠긴 채 길을 나아갔다. 산초는 우선 보기에 출세가 도저히 그의 손에 닿지 않는 아득히 먼 곳에 있는 듯이 여겨졌다. 아둔한 그에게도 자기 주인의 행동이 전부는 아니더라도 대부분 거의 상식을 벗어나고 있다는 것을 겨우 알게 되었으므로, 주인과 의논할 것도 없이, 작별 인사를 할 것도 없이, 언젠가 슬쩍 달아나서 자기 집으로 돌아갈 기회를 노리기로 했다. 그러나 운명은 그가 염려하고 있던 것과는 거의 정반대의 사태를 초래했다.

　그 다음날 해거름에 숲 하나를 빠져 나왔을 때 돈키호테는 눈앞에 펼쳐진 푸른 초원을 둘러보다가 그 초원 끝에 몰려 있는 사람들에게 가까이 가보고 매사냥을 하는 사냥꾼들이라는 것을 알았다. 다시 더 자세히 보니 그 사람들 가운데 미려하게 생긴 귀부인 하나가 녹색 마구에 은빛 안장을 얹은 새하얀 부인용 말을 타고 있는 것이 보였다. 부인 자신도 녹색 옷을 입었는데 그것이 하도 호화롭고 요염해서 마치 요정의 화신인 양 여겨졌다. 왼쪽 손에 한 마리의 큰 매를 앉혀 놓고 있어서 이것이 돈키호테로 하여금 이 부인을 어느 고귀한 여성이요, 이 매사냥의 여주인이 분명하다고 생각케 한 표적이었는데, 사실 그것은 틀림없이 그러했다. 돈키호테는 산초를 돌아보고 말했다.

「이봐라, 내 아들 산초여. 얼른 달려가서 저 부인용 말에 올라앉아 매를 들고 있는 귀부인에게 말씀드려라. 나『사나운 사자의 기사』는 부인이 허락하신다면 지금부터 달려가 아리따운 부인의 손에 입맞추고 내 힘이 미치는 한 부인께서 명령하시는 것이라면 무엇이든 도와 드리겠다고. 알았느냐, 산초. 말투에 조심하고 전해 올리는 말씀에는 그대가 가끔 잘 끄집어 내는 속담 따위를 끼어 넣지 않도록 주의해야 한다.」

「끼어 넣어서 나빴습니까!」하고 산초가 대꾸했다. 「저한테 새삼스레 그런 말씀을 하실 건 없습니다요. 암, 그렇구말구요, 이게 뭐 지체 높은 거룩한 마님들에게 말씀을 전하는 생전 처음 일도 아니겠구 말입니다요!」

「그대가 둘시네아 공주를 찾아간 사명을 제쳐놓으면,」하고 돈키호테가 응수했다. 「적어도 나를 섬기고부터 달리 그대를 그런 사명에 내보낸 기억이 없는 걸로 아는데.」

「그건 그렇습니다요.」하고 산초가 대답했다. 「하지만 지불이 좋은 사나이에게는 담보물도 걱정이 안 되고 비축이 있는 집의 저녁밥은 차리는 것도 빠르다 합니다요. 제가 말하고 싶은 것은, 이제 저한테는 이러쿵저러쿵 말하거나 주의하거나 할 필요가 없다는 말씀입니다요. 그 까닭은 저는 조금은 무어든 할 수 있고, 무슨 일이건 조금은 알고 있으니까 말입니다요.」

「나도 그렇게 알고 있다.」하고 돈키호테는 말했다. 「그럼, 잘 다녀오너라. 하느님의 인도를 빌겠다.」

산초는 잿빛 당나귀의 걸음을 부랴부랴 재촉했다. 그리하여 아름다운 여자 사냥꾼이 있는 곳으로 접근해 가서 그 앞에 이르자 당나귀에서 내려 무릎을 꿇고 입을 열었다.

「아름다운 마님, 저기 보이는 저 기사는『사나운 사자의 기사』라고 부르는 제 주인입니다요. 저는 그 종자로 집에서는 산초 판사라고 부르는 자입죠. 얼마 전까지『우수에 찬 얼굴의 기사』라고 부르던 저『사나운 사자의 기사』님이 저를 보내시며 마님께 말씀드리라고 하셨습니다요. 제발 마님의 생각과 허락과 승낙으로 우리 주인이 소원을 부탁드리러 와도 괜찮다는 허락을 받아 오라고 말씀입니다요. 이것은, 저의 주인의 말씀을 들어 보면, 또 저도 그렇게 생각합니다요만 다름이 아니라 아름다운 마님의 매사냥을 위해 봉사하는 일입니다요. 그뿐 아니라 마님께서 우리 주인에게 그것을 허락하시면 마님을 위해서도 좋고, 주인도 두드러진 은혜와 기쁨을 얻게 될 것이라는 이야깁니다요.」

「오오, 참으로 훌륭한 종자 양반이네.」하고 부인이 대답했다. 「당신은 이런 사자 노릇을 할 때 꼭 필요한 형식을 똑똑히 밟고 사절의 역할을 다했어요. 자, 땅에서 일어나요. 그분에 관해서는 벌써부터 이 근처에서 여러 가지로 소문을 듣고 있었어요. 『우수에 찬 얼굴의 기사』라는 훌륭한 기사의 종자쯤 되는 분이 그렇게 무릎을 꿇고 있어선 안 돼요. 자, 일어나요, 종자 양반. 그리고 이곳에 있는 우리 별장에서 나와 우리 주인 공작님을 어떻게든 도와주실 수 있도록 제발 와주십사고 당신 주인에게 전해 줘요.」

이 훌륭한 귀부인의 아름다움과 아울러 그 기품과 공손한 거동에 넋을 잃은 채 산초는 일어섰다. 그리고 마님이 자기 주인인 『우수에 찬 얼굴의 기사』에 관해서 알고 있다고 말한 데 더욱 놀랐는데, 마님이 주인을 『사나운 사자의 기사』라고 부르지 않은 것은 이 이름을 붙인 것이 극히 최근의 일이었기 때문임이 틀림없었다. 공작 부인은 다시 그에게 물었다. 하기야 그 부인의 이름은 아직도 알려지지 않고 있다.

「이봐요, 종자 양반, 가르쳐 줘요. 당신의 주인 어른은 요즘 출판되어 있는 〈재지 넘치는 시골 귀족 돈키호테 데 라 만차〉라는 이야기의 주인공으로, 둘시네아 델 토보소라는 분을 그리워하고 있는 분이 아니세요?」

「바로 그렇습니다요, 마님!」하고 산초가 대답했다.

「그리고 그 이야기에 나오는 아니, 꼭 나와야 할 산초 판사라는 종자가 바로 저굽쇼. 만일 나오지 않았다면 요람 속에서 바꿔치기 당했기 때문일 것입니다요. 제 말씀의 뜻은 인쇄할 때 저를 바꿔 버렸다는 것입니다요.」

「그 말을 들으니 난 정말 기뻐요.」하고 공작 부인이 말했다. 「자, 판사 양반 주인 어른께 잘 오셨습니다, 우리 영지에 꼭 와주십시오, 저에게는 이렇게 즐거운 일은 없습니다, 하고 말씀 전해 주어요.」

이런 즐거운 대답을 듣고 산초는 매우 기뻐하면서 신이 나서 주인이 있는 데로 돌아와 지체 높은 귀부인의 말을 전부 전한 끝에, 세상에 보기드문 마님의 아름다움, 상냥함, 예의바름 등을 시골뜨기다운 말투로 극구 칭찬했다. 돈키호테는 안장 위에서 옷매무시를 고치고 등자를 꾹 딛고는 투구의 얼굴 가리개를 매만진 다음 로시난테를 재촉하여 정중한 태도로 공작 부인의 손에 입맞추려고 달려 나갔다.

한편 공작 부인은 부군인 공작을 불러 와서는 돈키호테가 오고 있는 동안 그가 전한 말이며 그밖의 것을 죄다 이야기했다. 둘이 다 그 이야기의 전편을 읽고 돈키호테의 기이한 기질을 잘 알고 있던 공작 부처는 돈키호테를 빨리 보고 싶어 대단한 기쁨과 기대에 가슴을 두근거리면서 그의 도착을 기다리고 있었다. 여태까지 기사도 이야기를 많이 읽었을 뿐만 아니라 대단한 애호가인 그들은 돈키호테가 하는 대로, 그가 하는 말은 무엇 하나 거역함이 없이, 그가 자기들과 함께 머물러 있는 동안 바로 기사도 이야기에 나오는 예식대로 그를 편력의 기사로서 대우하자고 마음먹었다.

거기에 돈키호테가 투구의 얼굴 가리개를 들고 도착했다. 그리하여 말에서 내릴 기미를 보이자 산초가 달려가 등자를 잡으려고 당나귀에서 내리려다가 정말 운 나쁘게도 안장에 걸려 있던 밧줄에 한쪽 발이, 웬만해서는 잘 끌러지지 않을 만큼 복잡하게 엉겨 입과 가슴이 땅바닥에 닿도록 거꾸로 매달리고 말았다.

한편 등자를 잡히지 않고는 말에서 내리는 습관이 아닌 돈키호테는 이미 산초가 달려와서 등자를 잡고 있는 줄만 알고 단숨에 뛰어내린 것까지는 좋았으나, 말의 복대를 잘못 맸던 안장까지 그를 따라 미끄러져 내려와서 안장과 사람이 한덩어리가 되어 땅바닥에 굴러떨어지고 말았다. 그리하여 적잖이 창피를 당했을 뿐 아니라 그때까지도 발이 밧줄에 걸려 빠져 나오지 못하고 있는 산초에게 입속으로 마구 욕설을 퍼부어야 하는 형편이 되었다.

공작이 사냥꾼들에게 기사와 종자를 부축해 일으키라고 명령했으므로 사냥꾼들이 달려와 말에서 떨어져 꼴불견이 된 돈키호테를 붙잡아 일으켰다. 그러자 그는 절룩절룩 절면서도 되도록 애를 쓰며 고귀한 공작 부처 앞에 무릎을 꿇으려고 다가갔으나 공작이 아무리 해도 응하지 않았을 뿐 아니라, 자기쪽에서 말에서 내려 다가와서 돈키호테를 안으며 말했다.

「『우수에 찬 얼굴의 기사』님, 귀공이 우리 영내에 들어오신 첫걸음이 방금 본 그 불상사였다는 것을 마음 아프게 생각하오. 그러나 흔히 종자의 부주의가 이보다 더 나쁜 재액의 원인이 되는 수도 많으니, 그만 마음을 편히 잡수시오.」

「너무나도 정다우신 공작 각하, 각하를 뵙고 내가 겪은 이런 사건은 설혹 전락하여 나락 밑바닥까지 굴러떨어지는 한이 있더라도 그것이 결코 재액일 수는 없소이다. 그것은 각하를 뵙게 된 영광이 거기서 나를 일으켜 탈출시켜 줄 것이 틀림없기 때문입니다. 나의 못난 종자 녀석은 안장을 튼튼히 앉히기 위해 복대를 꽉 조르는 것보다 혀를 늦추어 쓸데없는 것을 지껄이는 편에 더

능한 자입니다. 그러나 아무튼 설혹 쓰러져 있건 일어나 있건, 땅을 딛고 서 있건, 마상에 있건 나는 각하와 각하에 걸맞는 영부인, 미의 왕이자 범절이 뛰어난 부인에게 봉사할 각오로 있습니다.」

「우선은 그 정도로 해두시오, 존경하는 돈키호테 데 라 만차 님!」하고 공작이 말했다. 「도냐 둘시네아 델 토보소 공주가 계시는 곳에서 다른 여성이 찬양을 받는다는 것은 올바른 일이 아닙니다.」

이때 이미 얽혀 있던 덫에서 빠져 나와 주인 가까이에 와 있던 산초 판사가 주인이 공작에게 대답하기 전에 불쑥 끼여들었다.

「제가 섬기는 둘시네아 델 토보소 님이 무척 아름답다는 것에 대해서 두말할 여지가 없다는 것은 사실입니다요. 하지만 생각지도 않던 곳에 산토끼가 튀어나온다고도 하고, 자연이라는 것은 흙으로 주발을 만드는 도기사와 같아서 고운 주발을 하나 만든 자는 둘이고 셋이고 백 개라도 만들 수 있다는 말을 들었습니다요. 제가 이런 말을 하는 것은 공작님의 마님은 제가 섬기는 둘시네아 델 토보소 님께 결코 못지않으실 것 같아서 그러는 겁니다요.」

돈키호테는 공작 부인을 돌아보고 말했다.

「부인께서는 이 세상의 모든 편력의 기사 가운데서 내 종자보다 더 잘 지껄이고 애교 있는 자를 일찍이 거느린 사람이 없었다는 것을 생각해 주십시오. 만일 부인께서 며칠이라도 저를 곁에 머물게 해주시고 봉사를 허락해 주신다면 반드시 이녀석은 그 솜씨를 남김없이 발휘할 것입니다.」

이에 대해서 공작 부인이 대답했다.

「나는 사람 좋은 산초 양반이 장난꾸러기라는 것을 높이 사겠어요. 그것은 재주가 있다는 증거거든요. 돈키호테 님, 잘 아시듯이 해학이라든가 말장난은 둔한 머리에는 깃들지 않는 법이랍니다. 사람 좋은 산초가 재미있는 말을 하고, 장난을 좋아하는 것 같아서 나는 재주 있는 사람이라고 말하는 거예요.」

「게다가 말도 많지요.」하고 돈키호테가 대답했다.

「더더욱 좋지요.」하고 공작이 말했다. 「해학이나 농담을 많이 하려면 말수가 적어서는 못 하지요. 그러나 이렇게 말만으로 시간을 허비할 것이 아니라, 자 『우수에 찬 얼굴의 기사님』…….」

「『사나운 사자의』라고 부르셔야 합니다요.」하고 산초가 말했다. 「이미『우수에 찬 얼굴』의 우자도 다 없어졌으니까 말입니다요.」

「그렇다면, 『사나운 사자의 기사』님.」하고 공작이 말을 이었다. 「내 말

은 여기서 가까운 우리 성으로 『사나운 사자의 기사』님을 초대하고 싶다는 것
이오. 귀공과 같은 훌륭한 분에게 알맞는, 나와 아내가 우리 성에 찾아오는
모든 편력의 기사들에게 하고 있는 환대를 해드리고 싶어서 그러오.」

이때는 벌써 산초가 로시난테의 복대를 다시 졸라 안장을 얹어 놓은 뒤
였다. 그래서 돈키호테는 애마에 올라타고 공작도 훌륭한 말에 올라앉아 부인
을 가운데에 세우고 성으로 향했다.

공작 부인은 산초에게 자기 옆으로 오라고 했다. 그것은 산초의 장난꾸러기
같은 요설이 무척 재미있었기 때문이었다. 산초는 부인의 재촉을 기다릴 것도
없이 세 사람 사이에 끼여들어가서 대화의 네 사람째가 되어, 자기 성에 이같
은 편력의 기사와 종자를 맞이하게 된 것을 커다란 행운으로 생각하고 있는
공작 부처의 흥을 돋우어 주었다.

제 31 장

여기서는 숱한 대사건이 다루어진다.

보아하니 자기가 공작 부인의 마음에 든 모양이라고 생각한 산초가 느낀 만
족과 기쁨은 대단한 것이었다. 언제나 안락한 생활을 좋아했으며 따라서 자기
앞에 대접을 받을 만한 기회가 찾아오기만 하면 어김없이 칼날을 붙잡는 사나
이인 그는 돈 디에고 댁에서나 바실리오 집에서 얻어걸린 환대를 공작의 성에
서도 받을 수 있겠다고 생각했기 때문이다.

아무튼, 실록은 이렇게 말하고 있다. 그 일행이 별장이랄까, 성이랄까 하는
곳에 도착하기 전에 공작은 혼자 한걸음 먼저 돌아가서 돈키호테를 어떻게 다
루어야 하는가를 하인들에게 일러 놓았다.

돈키호테가 공작 부인과 함께 성문에 도착하는 순간, 난데없이 자줏빛의 훌
륭한 공단 실내복을 발등까지 내려오게 입은 하인인지 마부인지 모를 두 사람
이 달려 나오더니 다짜고짜로 돈키호테를 양쪽에서 안아 내리고 말했다.

「각하, 제발 저희들의 여주인이신 공작 부인을 말에서 내려 드려 주십시
오.」

돈키호테는 물론 기꺼이 그렇게 하려고 하였으나 부인과 그 일을 두고 유별

난 인사와 사양의 응수가 계속되었다. 공작 부인은 이런 훌륭한 기사에게 그런 쓸데없는 수고를 끼칠 자격이 자기에게 없다면서 공작의 팔에 안길 때까지 말에서 내리려 하지 않았다. 결국 공작이 나와서 부인을 안아 내리고 이어 안마당으로 들어가자 두 아름다운 시녀가 다가와서 돈키호테의 어깨에 훌륭한 진홍색의 망토를 걸쳐 주었다. 다음 순간 안마당을 둘러싼 모든 회랑에서 공작 부처를 섬기는 남녀 하인들이 모습을 나타내어 서로 밀치면서 큰 소리로 외쳤다.

「어서 오십시오. 편력의 기사의 꽃이며, 정수이신 돈키호테 님!」

그리고 그들 전부가, 아니 거의가 몰려들어 돈키호테와 공작 부처의 몸에다 작은 병에든 향기 높고 맑은 액체를 뿌렸다. 이 모든 일에 돈키호테는 다만 놀랄 뿐이었다. 여태까지 책에서 본 대로, 왕년의 편력의 기사들이 받은 것과 조금도 다름없는 대우를 받았으므로 이날 비로소 그는 자기 자신을 가공의 것이 아닌 참된 편력의 기사라고 완전히 생각하고 굳게 믿게 되었던 것이다.

산초는 잿빛 당나귀를 버려 둔 채 공작 부인을 따라 성 안으로 들어갔다. 그러나 당나귀를 혼자 둔 것이 역시 양심에 찔려, 다른 시녀들과 함께 공작 부인을 맞이하러 나와 있던 엄숙한 표정을 짓고 섰는 한 늙은 여자 앞으로 다가가서 나직한 목소리로 말했다.

「곤살레스 님인지 누구신지는 모르지만요…….」

「나는 도냐 로드리게스 데 그리할바라고 해요.」하며 노시녀가 대답했다. 「그래서, 무슨 볼일이신가요?」

이에 대해서 산초가 말했다.

「미안합니다요만, 날 위해서 성 입구에 좀 나가 주시면 좋겠습니다요. 저기 가면 내 잿빛 당나귀가 있어요. 그걸 마구간으로 끌어 넣도록 누구에게 시키시든가 좀 끌어다 넣든가 해주시구려. 그 불쌍한 녀석은 매우 겁이 많아서 무슨 일이 있더라도 혼자 둘 수가 없어서 말입니다요.」

「주인이란 사람이 이 부하처럼 영리한 사람이라면,」하고 노시녀가 대답했다. 「정말 우리 꼴이 볼 만하군! 냉큼냉큼 가버려요. 당신도 당신을 데리고 온 사람도 우리에겐 볼일이 없어요. 당신 당나귀는 자기가 돌봐요. 우리들은 그런 일에는 익숙지 않아요.」

「정말,」하고 산초가 대꾸했다. 「난 여러 가지 얘기를 많이 알고 계시는 우리 주인 나리께서 란사로테 얘기를 들려 주실 때,

브리타니아에서 왔을 때는
귀부인 시중을 받고,
말(馬)은 노시녀들이 돌보았노라.

라는 말을 들은 적이 있는데, 내 당나귀도 란사로테의 말에 못지않은 것이라오.」

「이봐요, 만일 당신이 어릿광대라면,」 하고 노시녀가 말했다. 「그런 신소리는 소중히 잘 간수해 두었다가, 그것이 마음에 들어서 돈을 치를 사람이 있거든 그런 사람들 앞에서나 피력하도록 해요. 우리는 기껏해야 무화과(엄지를 쥐고 집게손가락과 가운뎃손가락 사이로 엄지손가락을 쑥 내미는 동작—역주)밖에 줄 게 없어요.」

「그래도 익긴 잘 익었을 테지.」 하고 산초가 대답했다. 「그 나이에는 키놀라(트럼프 놀이의 한 가지—역주)는 한 점도 지지 않겠구려.」

「이 화냥년의 자식 같으니라구!」 하고 노시녀가 시뻘겋게 화를 내며 소리쳤다. 「내가 늙은이건 말건 그건 하느님께나 알려 드릴 일이지, 너 같은 게 상관할 일은 아니다. 이 마늘 처먹는 악당 같으니라구!」

이 말을 큰 소리로 외쳤으므로 공작 부인의 귀에 들어가 부인은 그쪽을 돌아보고 노시녀가 몹시 흥분하여 충혈된 눈을 하고 있는 것을 보고 누구와 말다툼을 하고 있느냐고 물었다.

「여기서 이 숙맥과 싸우고 있습니다.」 하고 노시녀가 대답했다. 「이 사내는 저한테 부탁할 일이 그렇게도 없는지 하필이면 성 입구에 있는 자기의 당나귀를 마구간에 끌어다 넣어 달라고 하지 않겠습니까. 게다가 어디서 있었던 일인지는 모르지만 뭐 란사로테라나 하는 사람을 귀부인들이 여러 가지로 환대를 하고 노시녀들이 그 사람의 말을 돌보았다나 어쨌다나 하면서 저더러 예를 들어 얘기한 끝에 매우 고상한 말로 저를 할망구라고 말하지 않겠습니까.」

「그것은 나한테 무슨 말을 듣는 것보다 훨씬 심한 모욕이었군요.」 하고 공작 부인이 대답했다. 그리고 산초에게 말을 건넸다. 「저 우리의 의좋은 산초 양반, 도냐 로드리게스는 아직 아주 젊은 사람이에요. 저 두건은 나이가 많아서 쓴 것이 아니라 품위를 갖추고 또 습관에 따라서 쓰고 있다는 걸 알아 둬야 해요.」

「그런 뜻으로 제가 그런 말을 했다면,」 하고 산초가 대답했다. 「앞으로의 세월이 아무리 나쁘더라도 전 잔소리하지 않겠습니다요. 제가 그런 말을 한 것은 제가 당나귀를 무척 귀여워하기 때문이고, 도냐 로드리게스 님 같은 친절한 분이 아니면 부탁할 수 없다고 생각했기 때문이었습니다요.」

자초지종을 듣고 있던 돈키호테가 산초에게 말했다.

「그런 말투를 이런 자리에서 써도 괜찮다고 생각하느냐?」

「나리.」하고 산초가 대답했다. 「사람은 누구나 어디 있거나 하고 싶은 말은 해야 합니다요. 전 여기서 문득 잿빛 당나귀가 생각나서 그녀석에 관한 말을 한 것뿐입니다요. 마구간에서 생각났다면 아마 마구간에서 지껄였을 것입니다요.」

이 말을 듣고 공작이 입을 열었다.

「산초가 하는 말은 실로 틀린 말이 아니오. 그러니 산초에게 트집을 잡을 필요는 조금도 없습니다. 잿빛 당나귀는 실컷 먹이를 주도록 할 테니 산초, 안심하도록 하라. 그 당나귀도 그대와 마찬가지 대우를 받게 되어 있으니까.」

돈키호테를 제외하고 그 자리에 있는 사람들 모두에게 즐거운 이러한 대화가 나누어진 다음 모두 위층으로 올라가 돈키호테를 금란과 비단의 호사스러운 천으로 장식한 넓은 방으로 안내했다. 그리고 공작 부인한테서, 돈키호테가 편력의 기사로서의 대우를 받고 있다고 생각하고 또 상상하게 하려면 어떻게 해야 하며 어떻게 다루어야 하는가 미리 다 들었던 여섯 사람의 시녀들이 시동처럼 옆에 가서 그의 갑옷을 벗겨 주었다. 갑옷을 벗고 몸에 꼭 맞는 그레구에스코라는 바지에다 영양 가죽의 동의를 입은 돈키호테의 모습은 삐쩍 마르고 키가 컸다. 묘하게 거드름을 피우면서 뻣뻣이 서 있는데 두 볼은 양쪽이 안에서 서로 입이라도 맞추는 듯 앙상했으므로 이 몰골을 보고 그를 시중들고 있는 시녀들은, 아무리 우습더라도 절대로 웃어서는 안 된다는 지시를 받고 있지 않았더라면, 이것은 주인 부처한테서 받은 중요한 명령의 하나였는데, 아마도 깔깔거리며 배를 움켜쥐었을 것이었다.

시녀들이 셔츠를 입혀 드릴 테니 옷을 벗으라고 돈키호테에게 말했으나 편력의 기사에게는 예절 또한 용기 못지않게 필요한 것이라면서 아무리 해도 응하지 않았다. 결국 셔츠를 산초에게 주어 호화로운 침대가 놓여 있는 네모난 방에 산초와 둘이 들어가 옷을 벗고 셔츠를 갈아입었는데, 산초와 단둘이 남자 돈키호테는 입을 열었다.

「이 현대의 어릿광대 같으니라구. 이끼 낀 멍텅구리 같으니라구. 자 말해 보아. 그런 엄숙하고 그토록 존경할 만한 노시녀의 체면을 깎고 욕을 보인다는 것이 좋은 일로 생각되느냐? 그것이 너에게는 잿빛 당나귀 따위를 생각하는 데 알맞는 때였다고 말하느냐? 아니, 우리 두 사람을 그토록까지 정중히 대접해 주시는 이 댁 주인 부처가 우리의 마필을 아무렇게나 내버려 두실 분인 줄 아느냐? 하나님을 두고 부탁한다만 산초, 앞으로는 언동을 조심하고, 네가 본시 범절을 모르는 농민 출신이라는 것을 여기 있는 분들이 눈치채지 않도록, 자칫 잘못하다가 그대의 정체를 드러내지 않도록 해주기 바란다. 알겠느냐, 이 벌받을 녀석아. 성실하고 집안 좋은 부하를 데리고 있으면 그만큼 주인은 평판이 좋아지는 법이요, 왕공 귀족들이 보통 인간보다 훨씬 뛰어난 강점의 하나는, 주군 못지않는 훌륭한 부하들을 거느리고 있기 때문이라는 것을 생각하여라. 이것은 나의 불운이며 너도 쓰라릴 것이다만, 만일 네가 예의 범절을 모르는 농민이라든가, 어리석은 어릿광대라고 사람들이 보게 된다면, 자연 나까지 사기꾼이거나 가짜 기사로 간주된다는 것을 그대는 깨닫지 못하느냐? 아니, 안 된다. 안 돼. 나의 의좋은 산초여, 그런 무례에서 빠져 나오거라, 피하거라. 요술이라든가 어릿광대에 한번 빠진 인간은 자칫 발을 잘못 디뎠다가는 비참한 어릿광대가 되고 마느니라. 혀를 조심해라. 그리고 입에서 튀어나가기 전에 그 말을 잘 음미해서 반추해야 한다. 그리고 신의 은총과 나의 무용으로 반드시 명예에 있어서나 부에 있어서나 세 배, 네 배 더 늘려 나가게 되는 그런 곳에 우리가 와 있다는 것을 잘 명심해 두어라.」

산초는 진지하게, 나리 말씀대로 그 자리에 걸맞지 않는 무분별한 말을 지껄이느니 차라리 입을 꿰매 버리거나 혀를 깨물어 잘라 버리겠으며, 이 점은 안심해 주기 바란다고 약속했는데, 그것은 자기들의 신분이 어떻다는 것이 자기 입으로 밝혀질 일은 결코 하지 않을 작정이기 때문이라는 것이었다.

돈키호테는 옷을 다 입고 가죽끈에 칼을 차고는 새빨간 나사 망토를 아무렇게나 어깨에 걸친 채 시녀들이 내준 초록 공단 모자를 쓰고 큰 홀로 나갔는데 거기에는 많은 시녀들이 나란히 두 줄로 늘어서서 모두 손 씻는 물을 주려고 기다리다가 절과 인사를 되풀이하면서 그것을 돈키호테에게 내밀었다.

그런 다음 벌써부터 주인 부처가 기다리고 있었다면서 식당으로 안내하겠다고 시종장과 함께 12명의 시종이 다가왔다. 그리하여 그를 가운데 세우고 엄숙하게 다음 방으로 안내해 갔는데, 거기에는 네 사람분의 식기를 마련한 호화로운 식탁이 차려져 있었다. 공작 부처는 문간까지 그를 맞이하러 나왔으

며 그들 이외에 의젓해 보이는 사제가 있었다. 귀족 집안에는 정해 놓고 드나
드는 사제가 한 사람씩 있게 마련인데 공작 부처와 함께 돈키호테를 맞이하러
나온 이 오만해 보이는 사제는 그러한 사제의 한 사람이었다.

서로 야단스러운 인사가 나누어지고 이어 돈키호테를 가운데 세우고, 돈키
호테는 한참 사양했으나 공작의 끈질긴 권유로 결국 상좌에 앉지 않을 수 없
었다. 사제는 그의 정면에 앉고 공작 부처는 각각 양쪽에 자리를 잡았다.

그동안 줄곧 산초는 지체 높은 분들이 자기 주인에게 보이는 존경의 태도를
목격하고 넋을 잃어 멍청하게 있다가, 식탁의 상좌에 돈키호테를 앉히려고 공
작과 기사 사이에 오고간 범절이며 간청의 응수를 보고 입을 열었다.

「나리들께서 용서해 주신다면 그 좌석 때문에 저의 마을에서 일어난 일을
말씀드리고 싶습니다요.」

산초가 이렇게 말하는 순간 돈키호테는 필경 또 무슨 얼빠진 소리를 꺼낼
것 같아 저도 모르게 움츠러들었다. 그것을 보고 그는 주인의 기분을 눈치채
고 얼른 말했다.

「나리, 저는 결코 분부를 어기거나 이 자리에 맞지 않는 말은 하지 않을 테
니까 걱정하실 필요는 없습니다요. 방금 말이 많으니 적으니, 좋으니 나쁘니,
하는 것으로 저에게 주신 충고를 저는 아직 잊지 않고 있습니다요.」

「나는 그런 것은 전혀 기억하고 있지 않다.」 하고 돈키호테가 대답했다.
「무엇이든 하고 싶은 대로 말하려무나. 다만 간단하게 한다면 말이다.」

「그러시다면 제가 말씀드리고 싶은 것은,」 하고 산초가 말했다. 「틀림없는
사실입니다요. 원체 여기 계시는 우리 주인 돈키호테 님은 제가 거짓말하는
걸 그냥 두시는 분이 아닙니다요.」

「나에 관한 일이라면,」 하고 돈키호테가 응했다. 「네 마음내키는 대로 실
컷 거짓말을 해도 좋다, 산초. 결코 말리지 않을 테니까. 다만 자기가 무슨
말을 하고 있는가 조심해야 하느니라.」

「되풀이해서, 뒤집어서 다시 되풀이 생각한 끝이니까, 종치는 자는 위태롭
지 않은 곳에 있고, 준비는 만반으로 갖추어졌으니 결과만 보시라고 말씀
드리고 싶습니다요.」

「어떠실까요.」 하고 돈키호테가 공작 부처를 돌아보고 말했다.

「공작님의 생명을 두고,」 하고 공작 부인이 말했다. 「산초는 제 옆에서 조
금도 떠나 있을 수 없습니다. 저는 이 사람이 마음에 들었어요. 이 사람이 아

주 사려 깊고 조심성이 많다는 것을 저는 알 수 있어요.」

「성녀님 같은 마님께서는,」 하고 산초가 말했다. 「저에게는 그런 자격은 없습니다만요, 저를 믿어 주시니 조심스러운 나날을 보낼 수 있을 것이 틀림 없습니다요. 그런데 제가 얘기하고 싶은 것은 이런 것입니다요. 저희 마을에 한 사람의 시골 귀족이 있었는데, 사람들을 식사에 초대를 했답니다요. 이 사람은 매우 돈이 많고 게다가 집안이 좋은 분이었습죠. 메디나 델 캄포의 알라모 집안 출신으로 도냐 멘시아 데 키뇨네스와 결혼을 했는데, 산티아고 교단(敎團)의 기사 돈 알론소 데 마라논의 딸입죠. 그 아버지는 라 에르라두라의 항구에서 물에 빠져 죽었는데(1562년 라 에르라두라 항구에서 심한 폭풍으로 4천 명 이상이 빠져 죽었다—역주), 이 사람 때문에 몇 해 전엔가 우리 마을에서 그 싸움이 일어났던 것입니다요. 제가 알기로 우리 주인께서도 그 소동에 휘말려 들어가셨을 것입니다요. 이 소동으로 대장장이 발바스트로의 아들인 소가지 못된 토마시요가 다쳤지요…… 예, 나리, 이건 모두 사실이 아닙니까요? 제발 부탁이니, 그러면 그렇다고 말씀해 주십쇼. 여기 계시는 여러분들께서 저를 되는 대로 마구 지껄여 대는 거짓말쟁이라고 생각하시면 난처하니까 말입니다요.」

「지금까지로 봐서는,」 하고 이때 사제가 말했다. 「나는 그대를 거짓말쟁이라기보다는 수다쟁이라고 생각하네. 앞으로는 어떻게 생각하게 될지 모르지만.」

「네가 그렇게 덮어놓고 증인이다 증거다 하고 꺼내니까 나도 네가 진실을 말하고 있다고밖에 할 말이 없구나. 자, 그럼 나머지를 얼른 말하고 되도록 말을 줄이는 게 좋겠다. 그대로 나가다가는 이틀이 걸려도 끝나지 않을 것 같구나.」

「얘기를 그렇게 줄일 필요는 없어요.」 하고 공작 부인이 끼여들었다. 「나를 기쁘게 해줄 생각이라면 말이에요. 엿새가 걸려서 끝나더라도 이 사람이 하고 싶은 대로 얘기하게 내버려 두세요.」

「그러시다면 여러분들께 말씀드리겠습니다요.」 하고 산초가 말을 이었다. 「방금 말씀드린 그 시골 귀족이, 그이를 저는 내 손처럼 잘 알고 있습죠. 우리 집에서 그이 집까지 큰 화살이 닿을 정도밖에 떨어져 있지 않으니까요. 아무튼 그래서 그이가 가난하지만 정직한 어느 농부를 식사에 초대했던 것입니다요.」

「그 결론을 얼른 말하게, 형제.」 하고 이때 사제가 말했다. 「그대는 저 세상에 갈 때까지도 도저히 끝나지 않을 듯한 말투로 얘기를 하는군.」

「하나님의 가호가 계시면 그 반도 걸리지 않고 끝날 수 있을 겁니다요.」하고 산초가 대꾸했다. 「그렇다면 말씀드립니다만, 그 농부가 아까 말씀드린 그 귀족 집으로 갔는데……. 그 사람의 혼백이 편안히 있으면 좋겠습니다요. 벌써 죽어 버렸거든요. 무엇보다도 좋은 증거로는, 무슨 천재 비슷하게 죽었다는 얘깁니다요만, 저는 마침 그 자리에 없었습니다요. 그 까닭은 마침 그때 템블레케에 곡식을 거둬들이는 날품팔이 하러 나가 있었거든요……. 」

「진실로 부탁하겠네.」하고 사제가 말했다. 「템블레케에서 빨리 돌아와 주게. 그리고 그대가 그 장례식까지 할 생각이 아니거든 그 귀족의 매장은 그만두기로 하고, 그대 얘기를 그쳐 주면 좋겠네.」

「그래서 말하자면 이렇습니다요.」하고 산초가 받았다. 「두 사람은 막 식탁에 앉으려 하고 있었는데, 전 지금 그 두 사람의 모습이 눈에 선하게 보이는 것 같습니다요……. 」

산초가 이렇듯 너절하고 지루하게 이야기를 끌고 나가는 데 대해 사제가 보인 초조함과, 돈키호테의 노여움과 화를 참느라고 애가 타는 모습을 보고 공작 부처는 그저 재미있어 어쩔 줄을 몰라했다.

「그런데 말씀입니다요.」하고 산초가 다시 말을 이었다. 아까 제가 말씀드렸듯이 두 사람이 드디어 식탁에 앉게 되었는데, 농부는 귀족에게 식탁의 상좌에 앉으라고 권하고 귀족은 귀족대로 역시 농부에게 상좌에 앉으라고 우기는 것입니다요. 그러면서 귀족은, 이 집에선 자기가 명령하는 대로 따르지 않으면 안 된다는 것입죠. 하지만 농부는 예의범절을 큰 자랑으로 알고 있는 사나이라 아무리 해도 싫다는 것입니다요. 그래서 결국 화가 난 귀족은 농부의 어깨를 두 손으로 움켜잡고 억지로 상좌에 끌어다 앉히면서 말했습니다요. 『앉아라, 이 돌대가리야. 어디건 내가 앉는 자기가 바로 너보다 상좌란 말이다.』하고 말씀입니다요. 이게 제 얘깁니다요만 정말 엉뚱한 얘길 꺼낸 건 아니라고 저는 생각합니다요.」

돈키호테의 안색이 금방 파래졌다가 다시 붉어지면서 햇빛에 그을은 빛깔 위에 무늬진 대리석처럼 점점이 얼룩이 졌다. 공작 부처는 산초가 한 이야기의 저의를 알았으나 돈키호테에게 부끄러운 생각을 느끼게 하지 않으려는 배려로 터져 나오는 웃음을 간신히 참았다. 그리고 화제를 바꾸어 산초로 하여금 그 이상 터무니없는 이야기를 꺼내지 못하게 하려고 공작 부인은 돈키호테에게 둘시네아 님한테서 무슨 새로운 소식이라도 있었느냐, 그리고 그 뒤로도 또 많은 거인이나 악한을 무찌르셨을 텐데 요즘도 그런 자들을 그 공주님에게 보내고 있느냐고 물었다. 이에 대해서 돈키호테는 대답했다.

「부인, 나의 수많은 불운이 시초는 있어도 종말은 없는 것 같소이다. 많은 거인들을 무찌르고 비겁한 자와 악당들을 붙잡아 그분에게 보냈지요. 그러나 그녀석들은 어디에 가서 공주를 만난 것인지, 공주는 마법에 걸려 하필이면 상상도 못 할 추하기 짝이 없는 농삿집 여자로 모습을 바꾸고 있으니 말씀입니다.」

「제가 보기에는,」 하고 산초 판사가 끼여들었다. 「이 세상에서 제일 가는 미인입니다요. 적어도 몸이 가벼운 것과 높이 뛰어오르는 데 있어서는 곡예사도 그분에겐 당하지 못할 줄 저는 압니다요. 정말이지 공작 마님, 마치 고양이처럼 땅바닥에서 당나귀 위로 폴짝 뛰어오르시거든요.」

「그대는 마법에 걸려 있는 그분을 보았단 말인가, 산초?」 하고 공작이 말했다.

「아니, 어째서 또 제가 그분을 보았느냐는 그런 질문을 하십니까요!」 하고 산초가 대답했다. 「그 마법 소동을 착안한 게 바로 제가 아니고 누구겠습니까요? 그분은 우리 아버지처럼 마법에 걸려 있습니다요!」

사제는 거인이니 비겁자니 마법이니 하는 말을 듣고 이 사나이가, 늘 그 이야기를 공작이 읽고 있어 그런 상궤를 벗어난 것을 읽는다는 것은 그 자체가 상궤를 벗어난 일이라고 몇 번이나 말린 기억이 있는 바로 돈키호테라는 것을 확신했다. 그리고 자기가 걱정하던 것이 사실로 나타난 것을 알고 화가 나서 공작을 돌아보고 말했다.

「각하께서는 이 사람의 행동을 우리 주 그리스도께 보고하셔야 합니다. 이 돈키호테인지, 돈미치광이인지는 모르지만 각하께서는 앞으로 이 자가 더 그 터무니없는 소동과 바보짓을 계속해 나가도록 좋은 기회를 베풀어 주고 계시는데, 제가 보기에 이자는 그토록 숙맥은 아닌 것같이 생각됩니다.」

그리고는 돈키호테를 돌아보고 말했다.

「그런데 이 머릿속이 텅 빈 양반아. 그 골통 속에 당신이 편력의 기사이며 거인들을 정복했고 악당들을 사로잡았다는 어처구니없는 생각을 불어넣은 자는 대체 어디 사는 누구요? 발밑이 밝을 때 여기서 냉큼 나가는 게 좋을 거요. 이렇게 친절히 말해 줄 동안에 말이오. 당신 집으로 돌아가시오. 그리고 자식이 있거든 자식이나 돌보시오. 집안이나 보살피시오. 아무 소용도 없는 당신을 아는 사람 모르는 사람 할것없이 모두에게 웃음거리가 되어 여기저기 쏘다니는 것은 이제 그만두시오. 대체 어디서 당신은 편력의 기사 따위가 있었느니, 지금도 있느니 하는 얘기를 발견했소? 스페인의 어디에 거인이 있단 말이오? 아니 라 만차의 어디에 악당이 있소? 마법에 걸린 둘시네아니, 그 밖에 당신과 관련해서 얘기되고 있는 그 어처구니없는 일족들이 대체 어디 있단 말이오?」

돈키호테는 거만한 사제의 말에 가만히 귀를 기울이고 있다가 말을 다 마치는 것을 보자, 이제는 공작 부처에 대한 체면이고 뭐고 다 내동댕이치고 노여움에 얼굴빛을 변한 채 심상치 않은 표정으로 벌떡 일어나서 말하기 시작했는데, 이 답변만으로 다음에 계속되는 한 장을 이루기에 충분하다.

제 32 장

돈키호테가 자기를 공격한 상대에게 준 답변과 그밖에 엄숙하고 우스꽝스러운 사건에 대해서.

돈키호테는 벌떡 일어나더니 마치 수은 중독에 걸린 사람처럼 발끝에서 머리 꼭대기까지 와들와들 떨면서 다급하고 숨가쁜 소리로 지껄이기 시작했다.

「지금 내가 있는 장소나, 내가 지금 어느 분 앞에 있느냐 하는 사실이나, 그대가 갖고 있는 신분에 대해서 내가 과거에도 현재에도 변함없이 품고 있는 경의나, 이것들은 모두 나의 당연한 분노의 손을 막고 속박하는 것들이오. 방금 말씀드린 것으로도 또 법의를 입는 분의 무기는 여인들의 그것과 마찬가지로 혀라는 것을 알고 있는 까닭으로도, 나 또한 같은 혀의 무기로써 그대와 대등한 싸움을 할 작정이오만, 사실 그대로부터는 그런 모욕적인 언사보다는 부드러운 조언을 기대하고 있었소.

그러나 일이 이렇게 되었으니 그것도 하는 수 없는 일, 진심에서 우러나는 선의의 충고라면 지금과 다른 상황, 다른 형식이 필요한 것이오. 적어도 사람들 앞에서, 더욱이 그토록 신랄하게 나를 비난한다는 것은 선의의 비난의 한계를 넘는 것이오. 선의의 비난은 신랄한 말보다 부드러운 말에 깃드는 것이며, 비난을 가하는 죄에 대해서는 아무런 지식도 없이 함부로 죄인을 바보다 멍청이다 하고 욕하는 것은 좋지 않은 일이오. 그렇지 않다면 그대가 말씀해 보시오. 나의 어떠한 점을 바보로 보았기에 나를 비난하고 욕을 퍼부었으며, 더욱이 내게 처자가 있는지 없는지도 모르면서 집으로 돌아가 집이나 처자의 뒷바라지를 하라고 말씀하시었소? 어느 학생 숙사의 빈곤 속에서 자라 기껏 해야 사방 20레구아에서 30레구아인 좁다란 지방의 세계밖에 들여다본 적이 없는 주제에 느닷없이 기사도에 대한 정의를 내리고 편력의 기사에게 비평을 가하단 말씀이오? 오로지 이 세상의 편력에 온 정력을 다 쏟고 쾌락을 구하는 대신 고행의 길을 걸어, 뛰어난 사람이 불멸의 자리에 오른다는 것이 헛된 일, 무익한 시간의 낭비란 말씀이오?

만일 기사나, 높은 분들이나, 고결한 인사나, 지체 높은 분들이 나를 바보로 본다면 나는 이것을 돌이킬 수 없는 모욕이라 생각할 것이오. 그러나 기사의 길에 들어온 적도 없고, 기사의 길을 밟은 일도 없는 학생이나 수도사 따위가 나를 멍청이로 본다고 해도 나는 가렵지도 아프지도 않소. 나는 기사이며, 만일 하느님께서 기뻐하신다면 기사로서 생을 마칠 각오요. 어떤 자는 터무니없는 야심의 광야를 가고, 어떤 자는 비굴하고 천한 아첨의 들을 헤매며, 어떤 자는 어처구니없는 위선의 들판을 더듬으며, 어떤 자는 참된 종교의 뜰을 걸어가오. 그러나 나는 나의 숙명에 이끌려 편력의 기사도의 오솔길을 더듬는 자로서 그 본분에 따라 돈을 천시하고 명예를 높이 아는 자란 말씀이오. 나는 오늘날까지 욕본 자의 원수를 갚고, 그릇된 일을 바로잡고, 오만을 응징하고, 거인을 정복하고, 요괴를 짓밟아 왔소. 나도 사랑을 하고 있소만, 그것은 편력의 기사가 편력의 기사다우려면 그렇게 하지 않을 수 없다는 것 이외에 이유는 없소. 사랑을 하더라도 나는 지저분한 사랑은 하지 않소. 항상 변함 없는 플라톤풍의 사랑을 하는 자요. 내가 지향하는 것은 좋은 결과를 얻기 위해 힘쓰고, 모든 사람들에게 선을 베풀며, 그 누구에게도 해를 끼치지 않는 일이오. 이러한 일을 가슴에 새겨 이러한 일을 실천하며, 이러한 일에 정진하는 자가 과연 바보라는 이름을 들어야 하는가, 거룩한 공작 부인의 슬기로운 판단에 일임할까 하는 바입니다.」

「참 잘하시네. 참 잘하셔!」하고 산초가 소리쳤다. 「나리, 더 이상 말씀하실 것도 없습니다요. 나리, 우리 주인 나리. 나리의 말씀은 뒷받침할 것도, 생각할 것도, 버릴 것도 이 세상엔 없으니까 말입니다요. 그뿐 아니라 이 양반은 편력의 기사 따위는 옛날에도 없었고 지금도 없다고 아까 말씀하셨는데, 설혹 취소를 하려고 해도 자기가 한 말을 전혀 모르고 있다면 꼭 그렇게 해야 할 것도 없잖습니까?」

「혹시 그대는,」하고 사제가 말했다. 「주인이 섬을 준다고 약속했다는 그 산초 판사가 아닌가?」

「예, 그게 바로 접니다요.」하고 산초가 대답했다. 「어디 사는 누구나 마찬가지로 섬을 가져도 상관없는 인간입죠. 그리고『좋은 사람과 사귀어라. 그러면 너도 그런 사람이 된다』는 사나이고, 『함께 태어난 자보다 함께 풀을 먹은 자에게 붙어라』라는 인간의 한 사람이고, 『큰 나무에 기대는 자는 좋은 그늘에 싸인다』는 걸 아는 인간의 하나입죠. 저는 훌륭한 주인에 의지해서 몇 달 전부터 우리 나리를 모시고 돌아다니고 있습니다요. 하느님만 뜻이 계시다면 언젠가 저도 우리 나리처럼 될 겁니다요. 우리 나리도 오래 사시길 빌고, 저도 오래 살고 싶습니다요. 어차피 주인 나리도 다스리는 나라쯤 부족을 느끼지 않을 것이고, 저도 다스리는 섬쯤 부족하지 않을 테니까 말입니다요.」

「부족하지 않고말고, 틀림없다, 우리의 친한 벗 산초여.」하고 이때 공작이 말했다. 「내가 가진 것 중의 한 조각에 지나지 않지만 꽤 중요한 섬의 영주직을 돈키호테 님의 대리로서 그대에게 맡기기로 하겠다.」

「무릎을 꿇어라, 산초.」하고 돈키호테가 말했다. 「그리고 그대에게 베풀어 주신 선물에 대한 인사로 각하의 발에 입을 맞추어라.」

산초는 그대로 했다. 이것을 옆에서 보고 있던 사제는 화를 내며 식탁에서 벌떡 일어나 소리쳤다.

「내가 입고 있는 이 법의를 두고, 각하도 이들 벌받을 인간들과 마찬가지로 바보라 아니할 수 없소이다! 정신이 멀쩡한 사람들이 이들을 미쳤다고 장담하고 있는 이상, 이들은 미치광이가 분명한데 어째서 모르십니까! 나는 이 사람들이 여기 묵는 동안은 여기에 나타나지 않겠습니다. 내 손으로 고칠 수 없는 것을 이러쿵저러쿵 나무라고 싶지도 않소이다.」

그리고는 먹지도 않고, 붙잡는 공작 부처의 간청도 소용 없이 방을 나가 버렸다. 그러나 그의 무례한 격분이 너무 우스꽝스러웠으므로 그 웃음을 참는 것이 고작이었을 뿐 공작도 굳이 만류하지는 않았다. 겨우 웃음을 그치고 공작은 돈키호테를 돌아보며 말했다.

「그런데『사나운 사자의 기사』님, 귀공은 자신을 위해서 매우 당당하게 대답을 하셨소. 그쯤 했으면 이제 그 모욕에 대해서는 전혀 유감이 없을 것이오. 그러나 그것은 얼른 보기에 모욕 같기도 하지만 결코 그런 것이 아니었지요. 왜냐하면 귀공도 잘 아시듯이 여자의 말이 사람을 모욕하는 것이 되지 않는 것처럼 성직자의 말도 마찬가지거든요.」

「지당한 말씀이오.」하고 돈키호테가 대답했다. 「그리고 그 이유는 모욕을 받을 수 없는 자는 아무도 모욕할 수 없기 때문이오. 다시 말해서, 여자나 어린아이나 성직자들은 스스로 자기를 지킬 수 없는 자이므로 설혹 모욕은 받더라도 치욕을 받을 수는 없는 것이오. 그 까닭은 각하도 잘 아시듯이 모욕과 치욕 사이에는 이런 차이가 있기 때문이오. 말하자면 치욕은 자기도 남에게 치욕을 줄 수 있고 또 사실 치욕을 주며 이를 견딜 수 있는 자라야 비로소 할 수 있는 것이며, 모욕은 치욕을 주는 일도 없이 어디서나 오는 것이오. 예를 들어 말씀드리면, 한 사나이가 한길에서 멍청하게 서 있다고 합시다. 거기에 저마다 무기를 든 사람이 10명쯤 달려와서 덤벼들므로 그는 용감하게 칼을 뽑아 사나이로서의 당연한 의무를 수행하게 되는데, 그러나 다수를 믿고 마구 공격해 대는 바람에 분풀이를 하겠다는 첫 의지를 관철할 수가 없을 경우 그 사나이는 비록 모욕은 받았다고 하더라도 치욕을 입은 것은 아니오.

한 가지 더 예를 들면 이 점의 도리가 더 분명해질 수 있을 것이오. 한 사나이가 등을 돌리고 서 있는 곳에 다른 사람이 다가가 몽둥이로 때렸다고 합시다. 때린 다음 허둥지둥 달아나고 맞은 쪽이 즉각 그 뒤를 쫓는데, 결국 따라붙지 못할 경우, 이 맞은 사나이가 모욕은 받았지만 치욕을 입은 것은 아니란 말씀이오. 왜냐하면 치욕은 맞섬으로써 비로소 치욕이 되는 것이기 때문이오. 만일 때린 쪽의 인물이 설사 몰래 때렸다고 하더라도 칼까지 뽑아 그 자리에 멈추고 서서 적과 정면으로 대결하려 했다면, 맞은 쪽의 사나이는 모욕과 치욕을 함께 입은 것이 되는 것이오. 다시 말해서, 저도 모르고 있다가 맞았기 때문에 모욕을 받은 것이고, 아울러 때린 사나이가 자기의 행위를 더욱더 지지하여 등을 돌려 달아나지도 않고 그 자리에 버티고 서 있었기 때문에 치욕까지 당한 것이오.

그래서 그 지긋지긋한 결투의 법도에 따른다면 나는 모욕은 받았을는지 모르나 치욕을 받은 것은 아니오. 왜냐하면 아이나 여자들은 원수를 갚는다는 생각도, 달아날 일도, 버티고 서서 기다릴 이유도 없기 때문이오. 성 교회에 속하는 구성원도 이와 마찬가지니, 이 세 종류의 인간들은 공격이건 방어건 무기라는 것을 지니고 있지 않기 때문인데, 설령 싫더라도 몸을 수호한다는 것은 필연적인 일이나 그렇다고 남을 모욕하고 상처 입힐 의무는 지고 있지 않은 것이오. 그래서 조금 전에 나는 모욕을 받았을지 모른다고 말했는데, 지금은 여하한 의미에 있어서는 모욕을 받지 않았다고 다시 고쳐 말하고 싶소. 왜냐하면, 치욕을 받을 수 없는 자가 어떻게 치욕을 남에게 줄 수 있겠소? 이러한 이유로 나는 저 성직자가 내게 한 말씀을 유감으로 생각해도 안 되고 또 생각지도 않고 있다오. 다만 좀더 이 댁에 머물러 주었더라면 하고 생각할 뿐이오. 편력의 기사 따위가 옛날에도 있지 않았고 지금도 있지 않다고 생각할 뿐만 아니라 입밖에 내어 주장하는 그가 빠져 있는 오류를 깨닫게 해줄 수도 있었을 것이니 말씀이오. 게다가 만일 그러한 일이 아마디스나 그 무수한 후예들의 누군가의 귀에라도 들어가는 날이면, 저 성직자가 결코 좋은 꼴을 당하지 못하리라는 것을 나는 잘 알고 있소.」

「그건 제가 보증합죠.」하고 산초가 말했다. 「그 사람들은 단 한 칼로 석류나 잘 익은 멜론처럼 저 사제님을 머리에서 아래까지 짝 갈라 놓고 맙니다요. 워낙 그네들은 그렇게 까부는 걸 잠자코 보고 있지 않으니까요! 전 성호를 긋고 말씀드립니다만, 만일 레이날도스 데 몬탈반이 이 이상야릇한 말을 들었더라면, 그야말로 3년 동안은 말도 못 하도록 호되게 입을 두들겨 놓았을 것으로 믿습니다요. 아니, 그보다 그 양반이 그 사람들과 맞붙어 싸운다면 그네들의 손에서 어떻게 빠져 나올 수 있나 잘 알게 되겠습죠!」

공작 부인은 산초의 말을 듣고 우스워서 죽을 지경이었다. 그리고 그녀는 산초 쪽이 주인보다 더 우스꽝스럽고 더 머리가 돌았다고 생각했는데, 그때 그 자리에 있던 많은 사람들도 역시 그렇게 생각했다.

이윽고 돈키호테의 기분도 가라앉고, 식사가 끝나고 식탁보가 치워지자 4명의 시녀가 나타났다. 첫째 시녀는 은대야를 들고, 둘째 시녀는 은주전자를 들었으며, 셋째 시녀는 새하얀 수건을 두 어깨에 걸치고, 넷째 시녀는 두 팔을 걷어붙이고 그 하얀 손에 —— 그것은 확실이 하얀 손이었다 —— 나폴리 비누의 동그란 덩어리를 들고 있었다. 은대야를 든 시녀가 다가와서 정숙하고 분명한 거동으로 대야를 돈키호테의 턱아래다 갖다 댔다. 그는 이런 의식에 놀라 한 마디도 말하지 않고, 손을 씻는 대신 수염을 씻는 것이 이 지방의 풍습인가 보다 하고 생각했다. 그래서 되도록 멀리 턱을 내미는 순간 주전자에서 주르룩 물이 떨어지고 이어 비누를 쥔 시녀가 재빨리 비누를 칠하고 수염을 마구 주물렀다. 수염뿐 아니라 가만히 내맡기고 있는 얼굴과 눈에도 사정없이 거품을 일으켜 놓았다.

공작 부처는 이런 일에 대해서는 아무것도 들은 적이 없었으므로 이 기묘한 수염 세탁이 어떻게 되는가 호기심을 가지고 지켜보고 있었다. 비누 거품이 5치나 부풀어올랐을 때 이발 담당 시녀는 일부러 물이 다 없어진 체하면서 주전자 담당 시녀에게 물을 갖고 오게 부탁했다. 그리하여 시녀는 물을 가지러 가고, 돈키호테는 세상에서 기이하고 상상도 못 할 우스꽝스러운 모습으로 가만히 앉아 있었다. 그 자리에 있는 사람들은 대단한 인원수였는데 모두 돈키호테를 지켜보고 있었다. 보통보다 검은 목을 반 바라나 쑥 뺀 채 두 눈을 감고 비누 거품에 덮여 있는 그의 모습을 보고 있으면서 그들이 어떻게든 웃음을 누를 수 있었다는 것은 굉장한 기적이요, 여간 신중한 태도가 아니었다. 이 장난꾸러기 시녀들은 차마 공작 부인의 얼굴을 볼 용기까지는 없어 줄곧 눈을 내리깔고 있었으며, 공작 부처는 화가 나기도 하고 동시에 웃음이 솟아나 시녀들의 무례한 행위를 나무라야 좋을지, 이런 몰골의 돈키호테를 보여주어 재미있게 해준 것을 칭찬해야 좋을지, 이러지도 저러지도 못하고 있었다. 결국 주전자를 든 시녀가 아주 천천히 그의 얼굴과 수염을 말끔히 닦았다. 그리고 네 사람이 나란히 서서 함께 머리를 나직히 숙여 매우 정중한 절을 하고는 돌아서 나가려 했다. 그때 공작은 돈키호테가 장난을 눈치채지 않도록 대야를 든 시녀를 불러 말했다.

「물이 남았거든 나도 좀 씻어 다오.」

눈치 빠르고 영리한 시녀는 곧 가서 돈키호테에게 한 것처럼 공작의 턱 아래에 대야를 갖다 대고 재빨리 비누칠을 하여 씻은 다음 깨끗이 닦고는 역시 공손히 절하고 물러나갔다. 공작은 만일 그녀들이 돈키호테에게 한 것처럼 자기 수염을 씻지 않았다면 그녀들의 지나친 행위를 처벌할 결심으로 있었다고 나중에 밝혔다. 그녀들은 공작의 수염을 비누칠하여 씻은 덕분에 운좋게 처벌을 면한 셈이다.

산초는 이 수염 씻는 의식을 처음부터 끝까지 가만히 지켜보고 있었는데, 이윽고 혼자 중얼거렸다.

「정말이지! 기사 양반들과 마찬가지로 종자의 수염도 씻어 주는 것이 이 지방의 풍습이라면 참으로 좋을 텐데! 하느님께 맹세코 말하지만, 나한테야말로 그게 꼭 필요하거든. 거기에다 면도칼로 수염까지 깎아 준다면 더욱 고맙게 여기겠다만.」

「거기서 뭘 중얼거리고 있어요, 산초?」하고 공작 부인이 물었다.

「저는 이렇게 말했습니다요, 마님.」하고 산초가 대답했다. 「다른 나라 댁에서는 식탁보를 치우고 나면 손을 씻는 물을 준다는 말은 들었습니다요. 그러나 수염 세탁은 처음 봅니다요. 그러니 역시 오래 살고 봐야겠는뎁쇼. 별의별 것을 다 구경할 수 있으니까 말입니다요. 하지만 너무 오래 사는 것도 좋잖다는 말 역시 듣고는 있습니다요. 나도 만일 이런 수염 세탁을 당한다면 괴로울까, 아니 역시 기분이 좋겠구나 하고 말하고 있었습죠.」

「걱정할 것 없어요, 산초.」하고 공작 부인이 말했다. 「시녀들에게 그대도 씻어 주라고 할 테니까. 그리고 필요하다면 잿물도 넣도록 일러 둘게.」

「적어도 우선은,」하고 산초가 대답했다. 「수염만으로 족합니다요. 그때가 되면 어떻게 되는지 모르지만 말입니다요.」

「시종장, 알겠어요?」하고 공작 부인이 분부했다. 「이 산초 님이 말씀하시는 것을 듣고 원하시는 대로 해드려요.」

시종장은 「무슨 일이든 산초님의 말씀대로 하겠습니다.」하고 대답하고는 수염을 세탁하기 위해 산초를 데리고 물러났다. 식탁에는 공작 부처와 돈키호테만 남아서 여러 가지 이야기꽃을 피우며 시간을 보냈는데 이야기는 모두 무용에 관한 것이 아니면 편력 기사도에 관한 것뿐이었다.

공작 부인은 돈키호테에게, 「당신은 매우 기억력이 좋은 분 같으니 둘시네아 델 토보소 님의 아름다움과 용모를 자세하게 설명해 주시지 않겠어요? 그분이 아름답다는 것은 여기저기 소문이 나 있으며, 평판을 들어 보면 이 지상에서는, 아니 이 라 만차에서는 가장 아름다운 분이 틀림없는 줄 알고 있어요.」하고 부탁했다. 공작 부인의 요청을 듣고 돈키호테는 한숨을 쉬면서 입을 열었다.

「만일 내가 내 심장을 꺼내어 거룩한 부인의 눈앞에서 여기 이 식탁의 어느 쟁반에다 올려 놓을 수만 있다면, 거의 생각할 수도 없는 것을 말씀드리지 않으면 안 되는 고통을 혀에서 제거해 줄 수 있겠소이다만. 그 까닭은 부인, 그 심장에 똑똑히 그려져 있는 공주의 모습을 보실 수 있을 것이기 때문이외다. 그러나 여기서 내가 비할 데 없는 둘시네아의 아름다움을 점 하나 선 하나 허술히 함이 없이 충실히 그리기 시작해 봐야 무슨 소용이 있겠소이까? 그런 역할은 나보다 다른 사람들의 어깨에 지워져야 마땅한 것, 이 기획은 파라시우스(기원전 5세기 그리스의 화가—역주), 티만투스 및 아펠레스(둘 다 기원전 4세기 그리스의 화가—역주)의 화필에, 리시푸스(기원전 4세기의 그리스의 조각가—역주)의 끌로 그분의 모습을 그림으로 그리고 대리석이나 청동에 새기게 해야 하고, 그분을 찬양하려면 키케로니아나와 데모스테니아나의 수사학(修辭學)에다나 일임할 일이기 때문이외다.」

「데모스테니아나라는 것은 대체 뭐지요?」 하고 공작 부인이 물었다. 「그건 여태까지 한 번도 들어 본 적이 없는 말이에요.」

「데모스테니아나 수사서(修辭書)라는 것은, 데모스테네스의 수사서로 키케로니아나가 키케로의 수사서라는 것과 마찬가지로, 두 사람 다 세계 최대의 수사학자였지요.」

「그렇고말고.」 하고 공작이 말했다. 「그런 말을 물어 보다니, 임자도 어떻게 된 모양이군. 그건 그렇고, 돈키호테 님이 공주님의 모습을 묘사해 주신다면 우린 얼마나 즐거울지 모르겠소. 비록 대략의 윤곽만으로도, 미인들이 부러워할 그런 아름다운 분이라는 것을 알게 되겠지요.」

「그야 물론 말씀드리고 싶소이다.」 하고 돈키호테가 대답했다. 「만일 얼마 전에 그분에게 일어난 재난, 그것은 그분에 관해서 상세히 말씀드리고 싶기는커녕 울고 싶을 정도의 것이오만, 이것이 내 마음에서 그분의 모습을 지워 버리지 않는 한 말씀드릴 계제가 아니기 때문이오. 그것은…… 공작 내외분, 들어 주시오. 며칠 전의 일이오만, 이번 세번째 출발의 시작에서 공주의 손에 입을 맞추고 공주의 허락과 축복을 받으려고 내가 찾아갔다가 내가 만나고 싶어했던 분과는 전혀 다른 사람을 만났단 말씀이오. 다시 말해서, 마법의 힘으로 공주를 농삿집 처녀로, 아름다운 분이 추녀로, 천사가 악마로, 향기로운 여성이 마늘 냄새 풍기는 여자로, 귀부인다운 말투가 시골 말투로, 정숙한 여성이 까부는 여자로, 빛이 암흑으로, 요컨대 둘시네아 델 토보소가 사야고의 시골 여자로 바뀌어진 것을 이 눈으로 보았단 말씀이오.」

「저런!」 하고 공작이 큰 소리로 외쳤다. 「대체 그런 나쁜 짓을 이 세상에 대해서 한 자가 누구요? 이 세상을 즐거운 것으로 만든 아름다운 것을, 이 세상을 밝은 것으로 만든 화려한 것을, 이 세상을 평온한 것으로 만든 정숙한 것을, 이 세상에서 탈취해 간 자가 대체 누구란 말이오?」

「누구냐는 말씀이시오?」 하고 돈키호테가 대답했다. 「물론 전부터 나를 따라다니는 시샘 많은 다수의 마법사 중에서 속검은 녀석의 하나라는 것 이외에 달리 또 있을 까닭이 없지 않습니까? 정의의 인물이 이룩하는 공적을 흐리게 하고 말살하기 위해서 태어난, 악인들의 소행을 빛나게 하고 높이 치켜 올리기 위해서 태어난 무리들이오. 그들 마법사들은 여태까지도 나를 박해해 왔고, 지금도 박해의 손을 늦추지 않으며 앞으로도 나를, 나의 고결한 기사도를 망각의 심연에 던져 넣을 때까지 박해를 계속할 것이오. 더욱이 그녀석들은 내가 가장 고통을 느낄 만한다고 눈치챈 자리에 해를 주고 상처를 입히는 것이오. 왜냐하면 일개 편력의 기사로부터 그 연모하는 귀부인을 빼앗아 간다는 것은, 사물을 보는 두 눈을 빼앗고 빛을 펼쳐 주는 태양을 빼앗고 생명을 지탱하는 양식을 빼앗는 것과 마찬가지기 때문이오. 여태까지 몇 번이나 말씀드린 일이오만, 지금도 되풀이해 말씀드리자면 사랑을 바치는 귀부인을 갖지 않은 편력의 기사는 확실히 잎사귀 없는 나무, 기초 없는 건물, 던질 실체 없는 그림자와 비교할 수 있을 것이오.」

「그만큼 들으면 이제 알겠어요.」 하고 공작 부인이 말했다. 「그보다 얼마 전에 출판되어 많은 사람들의 갈채를 받고 있는 돈키호테 님의 이야기를 믿는다면 거기서 미루어 생각건대, 내가 잘못 기억하고 있는 것이 아니라면, 둘시네아 공주를 기사님은 여태까지 한 번도 보신 적이 없을 뿐 아니라 그런 분은 이 세상에 있지 않다, 기사님의 머릿속에서 만들어 낸 것이고, 또 기사님이 마음에 들도록 그런 정숙함이라든가 나무랄 데 없는 아름다움을 그려 낸 가공의 귀부인이라고들 말하고 있어요.」

「거기에 관해서는 여러 가지 말씀드릴 일이 있소이다.」 하고 돈키호테가 대답했다. 「둘시네아가 이 세상에 존재하느냐 안 하느냐, 또는 가공의 존재냐 아니냐 하는 것은 하느님이 아시는 일이외다. 이런 일은 두고두고 꼬치꼬치 캐어 규명해 나갈 일은 못 되지요. 그러나 내가 그분을 머릿속에서 만들어 내거나 낳거나 하지는 않았습니다. 하기야 한 여성 속에, 세상의 모든 아름다운 여성들 속에서 한층 그분을 두드러지게 하고 모든 미점을 한 몸에 겸비하는 그런 여성에 가깝게 그분을 내가 마음속으로 생각하고 있는 것은 사실이외다. 다시 말해서 무엇 하나 빠진 것 없는 아름다움, 오만으로 기울지 않는 엄격함, 정숙함이 수반된 깊은 애정, 예의바르기 때문에 감사를 잊지 않는 좋은 가훈에서 오는 정중함, 그리고 마지막으로 천한 태생의 아름다운 여성보다 뛰어난 혈통 위의 아름다움은 훨씬 고도의 완벽한 아름다움으로 빛난다는 이유로 해서 가문의 고귀함이라는 미점 등을 말씀이외다.」

「그건 그렇소.」 하고 공작이 말했다. 「다만, 돈키호테 님, 나는 귀공의 사적을 쓴 책을 읽고 꼭 하지 않을 수 없었던 말을 여기서 하게 된 것을 용서해 주시기 바라오. 그 이야기로 미루어, 물론 엘 토보소에 혹은 그 교외에 둘시네아 공주가 있고 더욱이 귀공이 우리에게 말씀하신 것처럼 굉장히 아름다운 분이라는 것은 인정한다고 하더라도 그분의 가계가 얼마나 높은가 하는 점에 있어서는 오리아나라든가, 알라스트라하레아라든가, 마다시마라든가 그밖에 귀공도 잘 아시는 이야기 속에 늘 나타나는 그런 분들과는 좀 겨룰 수 없을 것같이 여겨지는구려.」

「그 점에 대해서는 이렇게 말씀드릴 수가 있을 것이오.」 하고 돈키호테는 대답했다. 「말하자면 둘시네아는 스스로의 역량으로 이루어진 여성이며, 미덕은 혈통을 보충하고, 신분이 높고 부덕한 자보다 덕이 높고 신분이 얕은 자가 존중되고 중시되지 않으면 안 된다는 것이오. 둘시네아는 왕관과 왕홀(王笏)의 여왕으로서 받아들여질 만한 자질을 가진 여성이니 더 말할 나위도 없소. 아름답고 아울러 덕이 높은 여성의 공덕은 다시 더 큰 기적을 이룩하는 데까지도 달하는 것으로서 형식적이라기보다 실질적으로 그분은 자기 속에 커다란 행운을 품고 있는 것이오.」

「정말이지, 돈키호테 님.」 하고 공작 부인이 말했다. 「기사님은 무척 신중하고 조심스럽게, 흔히 말하듯『손에 심측추(深測錘)를 쥐고』말씀하시네요. 앞으로는 엘 토보소에 둘시네아 님이 계셔서 지금도 여전히 건강하시고 아름답고 돈키호테님 같은 훌륭한 기사님이 섬길 만한 훌륭한 태생이라는 것을 나는 물론 우리 저택의 모든 사람들도, 필요하다면 내 남편 공작님에게도 믿으시도록 하겠어요. 이것은 내가 할 수 있는 최대의 일일 거예요. 그런데 한 가지, 암만해도 마음에 걸리고 산초 판사에게 뭐라고 말하면 좋을까, 약간 원망스러운 기분이 들어서 못 견디겠는 일이 있어요. 그것은, 아까 말씀드린 책에 기사님의 편지를 산초가 그분에게 전달하러 갔을 때 그 둘시네아라는 분이 큰 부대에 가득 든 밀을 까불고 있는 중이었다고 씌어 있었고, 더욱이 더 확실한 증거로는 붉은 밀이었다고 씌어 있는 일이에요. 이 점이 나로서는 그분의 가문이 높다는 것이 암만해도 납득할 수 없는 점이랍니다.」

이에 대해서 돈키호테가 대답했다.

「공작 부인님, 내 몸에 일어나는 모든 일이, 아니 그 대부분이, 헤아릴 수 없는 숙명의 의사에 이끌려서인가 혹은 시샘 많은 어느 마법사의 악의에 의해서인가, 다른 편력의 기사들에게 일어나는 일과는 도무지 거리가 먼, 상궤를 벗어난 것임을 알아 주시기 바랍니다. 이름난 편력의 기사 모두라고는 하지 않더라도 그 대다수가, 혹은 마법에 걸리지 않는 천부의 힘을 가졌든가, 혹은 프랑스 12용사의 한 사람인 유명한 롤단이 그러했듯이 칼에 베어도 상처를 입지 않는 불사신의 육체를 가졌다든가 하는 것은 벌써 숨길 수 없는 사실이외다. 롤단은 왼쪽 발바닥을 제외하고는 상처를 입힐 수 없었으며 그것도 굵은 바늘끝이 아니면 상처를 입힐 수 없고 다른 어떤 무기에도 예사였다고 전해지고 있소이다. 그래서 베르나르도 델 카르피오가 론세스바이예스에서 그를 쓰러뜨렸을 때도 칼로는 도저히 이빨이 서지 않는다고 생각하고 헤라클레스가 대지의 아들이라 일컬어지던 그 용맹한 거인 안데온을 죽였을 때의 수법을 상기하여 두 손으로 롤단을 땅바닥에서 번쩍 들어 목 졸라 죽였던 것이외다.

지금 말씀드린 그런 것으로 나 자신도 무언가 그런 천부의 힘을 갖추고 있을지 모른다고 추측하고 싶소이다만, 나는 칼에 베어도 상처를 입지 않는 그런 힘을 갖고 있지 않소이다. 여태까지 몇 번이나 나는 부드러운 육체를 가졌고 물론 불사신도 아니거니와 마법에도 걸리지 않는 그러한 힘도 없다는 것을 경험으로 알았소이다. 실제로 나는 마법의 힘으로써 하지 않으면 누구 하나 그 안에 가둘 수 없을 그런 우리 속에 갇힌 적이 있소이다. 그러나 결국 거기서 무사히 탈출했으니 어느 누구도 나를 방해할 수 없다고 믿고 싶은 것이외다. 그런 까닭으로 내게 직접 저들의 흉계를 적용할 수 없다는 것을 눈치챈 마법사들은 내가 가장 사랑하고 있는 것에 그 분풀이를 한 셈이며, 내가 생명을 걸고 그분을 위해 살고 있는 둘시네아 공주를 못살게 굴고, 나아가서는 나의 목숨을 빼앗을 속셈인 것으로 짐작됩니다. 그래서 나의 종자가 공주에게 내 전갈을 들고 갔을 때 그들 마법사들은 그분을 하필이면 밀을 까부는 참으로 천한 일을 하는 농삿집 여자의 모습으로 바꾼 것으로 생각되는 것이외다. 그러나 앞에서도 말씀드린 것처럼 그것은 밀이 아니며 동양의 진주알이었던 것이외다. 이것이 사실이었다는 증거로 고귀하신 두 내외분께 말씀드리고 싶은 것은, 불과 며칠 전에 나는 엘 토보소에 가보았는데 끝내 둘시네아 공주의 저택을 발견할 수 없었단 말씀이외다. 더욱이 그 다음날 나의 종자 산초는 세상에서 빼어나게 아름다운 원모습 그대로의 그분을 보았으나, 나의 눈에는 그것이 무지하고 흉하고, 세상에서 드문 재원이신 공주인데도 말투도 천한 농삿집 처녀로 비쳤던 것이외다. 나를 마법에 걸 수 없다는 것을 알자 녀석들은 그분에게 나에 대한 분풀이를 한 것이니 나는 다시 원모습으로 돌아간 공주의 모습을 이 눈으로 볼 때까지 공주를 위해 언제까지나 눈물 속에서 살아갈 생각이외다.

내가 이런 것을 말씀드린 것은 둘시네아가 키를 들고 있었다든가 키질을 하고 있었다든가 하고 산초가 한 말을 어느 분도 중요시하지 않으시게 하기 위해서외다. 왜냐하면 그분의 모습을 내 눈에 달리 보이게 한 마법사이고 보면, 산초에게도 그분의 모습을 달리 보이게 한다는 깃은 조금도 이상한 일이 아니겠기에 말씀이외다. 둘시네아는 고귀한 명문의 출신, 즉 엘 토보소에 많이 있는 오래 된 매우 훌륭한 시골 귀족 출신임으로, 비할 데 없는 둘시네아 공주에게는 그러한 전통의 아름다운 미점이 적잖이 전해져 내려와 있다는 것은 두 말할 나위도 없을 것이외다. 그것은 마치 헬레네(스파르타 왕 메넬라우스의 비가 된 그리스 제일의 미녀. 트로이 왕자 파리스가 그녀를 유혹해 가는 바람에 트로이 전쟁이 일어났다—역주)에 의해서 트로이가, 라 카바(훌리안 백작의 딸 플로린다. 타호 강에서 목욕하다가 로드리고 왕에게 욕을 당했으며 이에 복수하기 위해 백작이 무어 인을 스페인에 끌여들였다고 한다—역주)에 의해서 스페인이 그러했던 것처럼 둘시네아 공주에 의해서 엘 토보소는 더한층 명성과 칭호를 높이게 되어 미래의 세기에 그 이름을 떨쳤다고 칭송될 것이외다.

그런데 이야기는 다르지만, 두 분께서 양해해 주셔야 할 것은, 저 산초 판사는 대저 편력의 기사를 섬긴 종자 중에서도 가장 장난기가 심한 종자의 한 사람이란 것인데, 그녀석에게는 이따금 참으로 신랄한 어리석음이 있어서 대체 이 사나이가 신랄한 것인지 어리석은 것인지 생각하는 것이 제법 버리고 싶지 않은 묘취(妙趣)가 있단 말씀입니다. 녀석에게는 악당의 낙인을 찍어 마땅한 간사스러운 지혜도 있고, 호인이라고 인정하지 않을 수 없는 무관심도 있소이다. 모든 일에 의심을 품는 한편 그것을 믿는다는 식이오. 이건 도저히 손을 댈 수 없는 바보가 되었구나 하고 생각하고 있으면 은근히 놀라며 쳐다볼 만한 기지의 편린을 보임으로써 바보의 구렁텅이에서 빠져 나와 있곤 한단 말씀이외다. 요컨대, 설혹 한 도시를 딸려서 준다고 하더라도 다른 종자와 저 녀석을 바꾸지는 않겠소이다. 각하께서 저녀석에게 영주라는 직책을 내리시고 파견하시는 일이 좋은 일인지 나쁜 일인지 나는 아직 판단을 내리지 못하고는 있습니다만, 그녀석에게는 통치를 하는 데 적합한 어떤 종류의 재능도 인정되므로 조금 그 머리를 연마해 준다면 국왕의 세금을 처리하는 정도는 그럭저럭 잘 해나갈 수 있을 것이외다.

영주가 되는 데는 그다지 대단한 재능도 학문도 필요하지 않다는 것을 수많은 경험으로 우리는 이미 알고 있는데 그 증거로 거의 낫 놓고 기억자도 모르면서 매처럼 민첩하게 통치하고 있는 영주가 우리 주변에 얼마든지 있으니 말이외다. 중요한 것은 선의를 가지고 무엇이건 훌륭하게 해내겠다는 사명감이며, 그렇게만 되면 마치 학식에 어두운 무인 출신의 영주가 보좌 역의 도움을 얻어 판결을 내리듯이 어떻게 처리해야 하는가를 조언하고 지도할 인물이 반드시 나타날 것이 틀림없을 것이외다. 나는 그녀석에게 이렇게 조언할 생각이외다. 즉, 뇌물을 먹지 말아라, 권리를 잃지 말아라 하고 말씀입니다. 그리고 내 뱃속에 아직 더 남아 있는 자질구레한 충고는 산초와 그녀석이 통치하게 될 섬의 이익을 위해서 즉시에 나오게 될 것이외다.」

공작 부처와 돈키호테의 대화가 여기까지 왔을 때, 저택 안쪽에서 많은 사람들이 떠드는 소리와 요란한 소리가 와자하게 들리더니 가루를 칠 때 쓰는 앞치마를 침받이처럼 턱 밑에 걸고 매우 흥분한 산초가 방안으로 뛰어 들어왔다. 그 뒤를 많은 하인들이, 하인들이라기보다 주방에서 일하는 놈팡이들과 그밖의 일꾼들이 우르르 따라 들어왔는데 그중의 한 사람은 물이 든 조그마한 통을 들고 있었으며 그 물의 빛깔과 더러움은 분명히 그릇을 씻은 구정물임을 말해 주고 있었다. 이 통을 든 사나이는 끈질기게 산초를 쫓아다니며 어떻게든 그 통을 산초의 턱 밑에 갖다 대려 했고 또 한 사람의 장난꾸러기는 산초의 수염을 씻으려고 덤벼들었다.

「대체 이게 무슨 일들이냐?」하고 공작 부인이 물었다. 「어찌 된 일이냐? 그 가엾은 분을 어떻게 하려고 그러느냐? 이분이 영주로 선임되었다는 것을 어째서 너희들은 생각지 않느냐?」

이에 대해서 짓궂은 이발사가 대답했다.

「이 어른은 수염을 못 씻게 하십니다요, 이것이 관습이라고 하는데도 말씀입죠. 돈키호테 님처럼 말씀입니다.」

「그야 나도 씻어 주길 바라지.」하고 산초가 투덜거렸다. 「하지만 더 깨끗한 수건으로, 더 깨끗한 물로, 좀 덜 더러운 손으로 해달라는 것뿐이야. 우리 주인 나리는 옥 같은 물로 씻겨 드리고서 나는 마치 악마의 잿물로 씻어야 할 만큼 나와 우리 나리가 그렇게 틀리진 않는단 말야. 그 지방의 관습이라든가 나리들의 저택에서 하는 관습이라는 것은 남을 불쾌하게 만들지 않으면 그만큼 고마운 거야. 그런데 여기서 하는 수염 세탁의 방식은 고행자의 채찍보다 더 심하잖아. 내 수염은 깨끗하니까 씻을 필요가 없어. 그러니 내 머리카락한 개, 아니 참수염 한 가닥이라도 가까이 와서 손을 대려 든다면 참으로 미안하지만 그놈의 대갈통에 주먹을 박아 놓을 테다. 이런 성가신 예의니 비누칠이니 하는 것은 손님을 환대하는 게 아니라 사람을 업신여긴 장난으로밖에 생각할 수 없단 말야.」

공작 부인은 산초가 화를 내는 모습을 보고 그 말을 듣고는 우스워서 죽을 지경이었으나, 돈키호테는 산초가 얼룩을 넣은 듯한 더러운 수건을 걸치고 많은 주방 놈팡이들에게 둘러싸여 있는 꼬락서니를 보니 매우 기분이 언짢았다. 그래서 마치 공작 부처에게 발언의 허가를 구하는 것처럼 공손히 절하고는 침착한 목소리로 놈팡이들을 향해서 말했다.

「이보오, 여러분들! 그대들은 그 사람을 놓아 주고 저마다 기어나온 구멍이나, 그게 싫거든 어디든 마음내키는 곳으로 냉큼 들어가시오. 나의 종자는 남 못지않을 만큼 깨끗해서 그런 물통은 방향(芳香) 흙으로 구운, 주둥아리 작은 잔처럼 이 사람에게는 어울리지 않소. 내 충고를 듣고 그 사람을 놓으시오. 그 사람도 나도 도무지 장난은 모르는 사람들이니 말이오.」

그러자 산초가 그 말을 받아서 계속했다.

「아니. 그보다 당신네들, 나같이 우직한 사람을 놀리려면 놀려 봐요. 나도 잠자코만 있진 않을걸. 자, 빗이건 뭐건 멋대로 가져와서 내 수염을 빗어 보란 말야. 그래서 턱수염에서 깨끗하달 수 없는 무어라도 발견될 때는 나를 호랑이 이발(여기저기 쥐어뜯듯 머리를 깎는 것—역주)을 시켜도 아무 소리 안 할 테니까.」

이때 여전히 웃고 있던 공작 부인이 말했다. 「이분의 말은 모두 사실이야. 그리고 앞으로도 이분의 말은 모두 사실일 것이 틀림없어요. 이분 말씀대로 깨끗하니까 씻지 않아도 돼요. 그리고 만일 우리의 관습이 싫다면 이분의 자유에 맡겨 드리는 거예요. 무엇보다도 청결을 첫째로 해야 할 사람들이 이런 분의 수염을 씻으려고 놋대야나 외국에서 수입한 수건을 가져온다면 몰라도 그릇 씻는 나무통에다가 부엌에서 쓰는 걸레 따위를 들고 나오다니 못됐다고 해야 할지 뭐라고 해야 할지 모르겠다만, 요컨대 근성이 바르지 않고 질이 잘못 든 나쁜 사람들이야. 그런 짓궂은 사람들이니까 편력 기사의 종자 양반에게 품고 있는 시샘을 어떻게든 드러내지 않고는 못 견디는 거예요.」

이 악당 같은, 잡일을 맡은 하인들과 함께 왔던 시종장이 공작 부인이 진심으로 하는 소리라 믿고 얼른 산초의 목에서 가루를 칠 때 쓰는 앞치마를 끌러 주자 모두 당황하여 겸연쩍은 태도로 물러갔다. 그러자 산초는 큰 위난에서 겨우 벗어났다고 생각하고 공작 부인 앞으로 가서 무릎을 꿇고 말했다.

「지체 높은 부인이라야 뭐니뭐니해도 큰 자비를 기대할 수 있는 것입니다 요. 오늘 마님께서 저에게 내려 주신 자비는 마님처럼 고귀한 부인을 평생토 록 섬기기 위해서 저도 정식 편력의 기사가 되어야지 하는 생각을 가짐으로써 은혜를 갚아 드리는 도리밖에 없습니다요. 저는 농부로서 산초 판사라고 하며 마누라가 있고 아이들도 있습니다요. 지금은 종자로서 일하고 있습니다요만, 무언가 이런 중에서도 마님에게 도움이 될 수 있는 일이 있다면 저는 마님의 분부에 당장 따르겠습니다요.」

「잘 알았어요, 산초 님.」 하고 공작 부인이 대답했다. 「당신은 범절을 가 르치는 학교에서 예의에 대한 방법을 배웠다는 것을 말이에요. 내 말은 즉 돈키호테 님이라는 정중함의 정수, 더욱이 의례가 아니고 당신이 말하는 예법 의 꽃이라고 해도 무방한 분의 가슴속에서 그만큼 훈육을 받았다는 것을 잘 알았다는 뜻이에요. 이런 주인 양반과 그에 못지않는 부하의 무운장구를 진심 으로 빌겠어요! 한쪽은 편력의 기사도의 지침, 한쪽은 종자로서 충실한 샛 별인걸요. 자, 일어나세요. 산초 님, 나는 당신의 예의바른 데 대한 사례로 남편인 공작님이 영주로 임명한다고 약속하신 선물을 되도록 빨리 실행하시 도록 재촉하겠어요.」

이것으로 그들의 대화는 끝났다. 그리고 돈키호테는 쉬기 위해 물러났으나 공작 부인은 산초에게, 만일 아직 잠이 오지 않는다면 아주 선선한 방에서 자 기와 시녀들과 함께 오후의 한때를 같이 보내러 와주지 않겠느냐고 부탁했다. 산초는 여름의 낮잠을 네댓 시간 자는 것을 습관으로 삼고 있는 것이 사실이 나 마님에게 도움이 되는 일이라면 오늘만은 열심히 자지 않도록 노력하여 분 부대로 하겠다고 했다. 한편 공작은 사람들이 옛 편력의 기사들을 대접한 방 식에서 조금도 벗어나지 않도록 돈키호테를 편력의 기사로서 대접하라고 집 안 사람들에게 새로운 명령을 내렸다.

제 33 장

공작 부인과 시녀들이 산초 판사와 나눈, 읽을 만하고 적을 만한 뜻깊은 대화 에 관해서.

　실록이 전하는 바에 의하면, 산초는 그날 오후 낮잠을 자는 대신 약속을 지키기 위해 점심을 마치자 곧 공작 부인을 찾아갔다. 부인은 산초의 이야기를 듣는 것이 재미있었으므로 그는 매우 범절을 아는 사나이라고 열심히 사양했으나 결국 부인 바로 옆에 있는 낮은 의자에 앉지 않을 수 없게 되었다. 공작 부인은 산초에게 「당신은 영주로서 자리에 앉고 말은 종자로서 해주어요. 왜냐하면 그 어느 쪽으로 보나 저 이름난 엘 시드루이 디아스 캄페아도르의 긴 의자에 앉아도 무방할 만한 사람이기 때문이에요.」 하고 말했다. 산초는 두 어깨를 쭈그리고 하라는 대로 했다. 그러자 공작 부인의 시녀들과 노시녀들이 그를 빙 둘러앉아 무슨 이야기를 꺼낼까 하고 숨을 죽이고 귀를 기울였는데 먼저 입을 연 것은 공작 부인이었다.

　「자, 이제 우리끼리만 남았고, 또 여기서는 우리 말을 듣는 사람이 아무도 없으니까, 저 위대한 돈키호테 님에 관해서 이미 출판된 이야기를 읽고 내 마음에 떠오른 몇 가지 의문을 영주님이 꼭 풀어 주셨으면 해요. 그 의문의 하나는 산초 님은 한 번도 둘시네아를, 아니 내가 말하는 것은 둘시네아 델 토보소 님을 만난 일도 없고 돈키호테 님의 편지를 그분에게 전달한 일도 없는데, 그 편지는 시에르라 모레나의 산속에 수첩에 적힌 채 떨어져 있었으니까 말이에요. 그것을 어쩌자고 예사로 회답을 조작하고 그분이 밀을 까불고 있을 때 마침 찾아갔느니 어쩌니 하고 장난삼아 거짓말을 해서 그 비할 데 없는 둘시네아 님의 훌륭한 이름을 더럽히는, 훌륭한 종자로서의 품격과 성질에 전혀 맞지 않는 그런 짓을 했을까 하는 거예요.」

　이 말을 듣더니 산초는 말없이 벌떡 일어나 몸을 앞으로 굽히고 손가락 하나를 입술에 대고는 발자국 소리를 죽이고 온 방을 돌아다니며 여기저기 드리워져 있는 커튼을 들쳐 보고 나서 다시 제자리로 돌아와 입을 열었다.

　「마님, 지금 여기서는 이 방에 계시는 분들 이외에 아무도 몰래 엿듣는 사람이 없으니까 무서워하거나 겁을 먹는 일 없이 물으시는 말씀과 지금부터 물으실지 모를 일에 대답해 드릴 작정입니다요. 우선 먼저 말씀드릴 것은 저는 주인 돈키호테 님을 손도 댈 수 없는 미치광이라고 생각하고 있다는 것입니다요. 하기야 이따금 제 생각뿐 아니라 주인의 말을 듣는 사람이라면 누구나 다 사려가 깊고 도리에 맞는다고 생각되는 말을 악마 사탄이라도 그렇게 잘 지껄일 수 없을 만큼 잘 하실 때가 있습니다만요. 그렇다고 하더라도 저는, 정말 주저없이 주인을 정신병자라고 부르는 것이 알맞다고 생각합니다요. 그렇기 때문에 저는 그 편지의 회답이라든가, 불과 7, 8일 전에 일어난, 이건 아직 책엔 나 있지 않습니다요만 알아 두시는 게 좋을 줄 압니다요. 둘시네아 공주가 마법에 걸려 있다는 것을 마치 저 먼 우베다의 언덕, 아니 구름을 잡는 듯한 애깁니다요만 나리께서 꼭 그렇게 해버린 둘시네아 님의 마법 사건처럼 밑도끝도없는 엉터리를 믿게 만들려고 했던 것입니다요.」

그러자 공작 부인이 그 마법인가 장난인가 하는 것을 상세하게 이야기해 달라고 부탁했으므로 산초는 사실 그대로의 경위를 들려 주었다. 그것을 듣자 사람들은 적잖이 재미있어 했으며 공작 부인은 다시 입을 열고 말했다.

「그 말을 듣고 보니 내 마음속에서 한 가지 걱정이 폴짝폴짝 뛰어다니는 듯한 기분이 들어요. 그리고 내 귓전에 하나의 속삭임이 이렇게 말하고 있는 소리가 들려요. 『돈키호테 데 라 만차 님이 미치광이이고 모자라고 바보라면, 종자 산초 판사는 그것을 알고도 그 사람을 섬기고 따라다니면서 구름을 잡는 듯한 약속을 소중히 간직하고 있으니 이도 틀림없이 주인 못지않는 미치광이이며 바보가 틀림없다. 사실이 그렇다면 공작 부인, 만일 그런 산초 판사에게 다스리도록 섬을 주시는 당신은 사려가 모자라는 사람이라고 할 수 있을 것이다. 자기 자신도 다스릴 줄 모르는 인간이 어떻게 남을 다스릴 수 있겠는가?』하고 말하는 거예요.」

「참으로, 마님.」하고 산초가 말했다. 「정말 그 걱정은 알맞게 나왔습니다요. 그 걱정에게 좀더 마음대로 지껄이라고 하십쇼. 그게 모두 옳은 말이라는 걸 저도 알고 있으니까 말입니다요. 제가 영리한 사나이라면 벌써 주인을 버렸을 겁니다요. 하지만 이게 제 팔잔걸요. 나빠도 제 팔자니까 어쩔 수 없이 주인을 따라다니지 않을 수 없습니다요. 우리는 같은 마을에 살고 저는 주인의 빵을 먹어 왔으며 또 저는 주인을 좋아합니다요. 주인도 고맙게 생각하시고, 저에게 당나귀 새끼를 주셨으며, 그보다 무엇보다도 저는 우직한 인간입니다요. 그러니 큰 괭이나 삽이라도 사용하지 않고는 우리 두 사람을 떼어 놓을 순 없습니다요. 그러니 만일 마님께서 약속하신 영주 자리를 저한테 주시기가 싫으시다면 그것도 하느님의 뜻이니까 억지로 그런 걸 받지 않는 편이 제 양심을 위해서도 더 좋을지도 모릅니다요. 저는 바보지만 『개미에 날개가 생긴 것이 일신의 파멸』이란 속담은 알고 있습니다요. 그리고 영주 산초보다는 종자 산초가 훨씬 천당에 가기도 빠를 겁니다요. 『여기서도 프랑스처럼 맛있는 빵을 만들 수 있다』이고, 『밤이 되면 고양이도 쥐빛이 된다』하며,

『오후 2시가 되어도 아침을 먹지 않는 사람은 매우 불행한 사람』이라든가, 『다른 사람보다 1팔모 큰 밥통은 없다』고 하며 흔히 말하듯이 밥통은 『짚이나 건초』로도 불릴 수 있는 것입니다요. 그리고 『들의 새는 하느님을 식량 보급인으로도 식량 담당 계원으로도 삼고 있다』이고, 『쿠엥카의 값싼 나사천 4바라는 세고비아의 고급 나사 4바라보다 따뜻하다』이며 『이 세상을 하직하고 땅 속에 들어갈 때는 임금님도 날품팔이도 마찬가지로 좁은 골목길을 간다』니까, 비록 신분의 상하는 있더라도, 『교황님의 몸뚱이가 교회 일꾼의 몸뚱이보다 땅을 더 차지하는 것도 아니다』라고 하잖습니까요?

우리는 모두 무덤 구덩이에 들어갈 때는 싫건 좋건 몸뚱이를 구덩이에 맞춰서, 아니 줄여서 맞추어 놓고는, 『자, 잘 쉬시오.』하게 됩죠. 그래서 다시 한 번 되풀이해서 말씀드립니다요만 만일 마님이 제가 바보라서 섬을 주시기가 싫으시다면, 저도 바보 아닌 사람처럼 하는 수 없다고 단념하는 것쯤은 할 줄 압니다요. 그리고 『십자가 뒤에 악마가 있다』는 것도, 『반짝이는 것이 모두 금은 아니다』라는 것도, 스페인의 임금님을 삼으려고 소와 쟁기와 멍에 속에서 농부 왐바(서고트 조의 왕. 재위 670~680—역주)를 끌어올렸다는 것도, 만일 옛날의 로망스의 노래 구절이 거짓이 아니라면 금란(金襴)과 환락과 호사로부터 로드리고를 끌어내다가 독사의 밥을 만들었다는 것도 듣고 있습니다요.」

「그건 정말이에요!」하고 이때 듣고 있던 사람들 속에 끼어 있던 노시녀 도냐 로드리게스가 말했다. 「로드리고 왕을 개구리와 도마뱀이 가득 들어 있는 무덤 속에 산 채로 집어던졌으므로 이틀 동안이나 임금님은 무덤 속에서 낮고 애통한 목소리로,

> 나를 뜯어 먹는다, 나를 뜯어 먹어
> 가장 죄 많이 지은 바로 그곳을.

하고 신음하셨다는 로망스가 있거든요. 그걸로 미루어 보면 그런 분이 벌레에 먹히는 정도라면 임금님이 되는 것보다 농부가 되고 싶다는 것은 참으로 지당한 말씀이에요.」

공작 부인은 이 노시녀의 순진함을 웃지 않을 수 없었으며 동시에 산초의 말과 속담을 듣고 새삼 놀라움을 금치 못했으므로 산초를 바라보고 말했다.

「산초 님도 알고 있듯이 기사라는 것은 일단 약속하면 설사 생명을 걸고라

도 꼭 지켜야 하는 거예요. 우리 주인 공작님은 편력의 기사는 아니시지만 기사이신 것만은 틀림없어요. 그러니 세상 사람들이 시샘을 하든 미워하든 반드시 약속한 섬에 관해서는 꼭 실행하실 거예요. 산초 님, 기운을 내세요. 생각지도 않은 때에 당신의 섬, 즉 자기 영지의 영주 자리를 차지하여 세 겹으로 포갠 금란 방석에 앉아 있던 영주 따위는 저 아래로 내려다보면서 그곳 통치를 마음대로 하게 될 거예요. 내가 부탁하고 싶은 것은 당신 부하들은 모두 충실하고 예의바라야 한다는 것을 마음에 새기고 그 사람들을 어떻게 다스려야 하는가 잘 생각해 두라는 거예요.」

「아랫사람들을 다스리는 일이라면,」 하고 산초가 대답했다. 「군이 저한테 부탁하실 건 없습니다요. 저는 본래가 인정이 많은 사람이라 가난한 사람들에게 동정심을 갖고 있습죠. 『밀가루를 반죽하여 굽는 사람한테서 빵을 훔치지 말라』고 하잖습니까요. 게다가 저한테는 속임수가 통하지 않습니다요. 저는 나이 먹은 개와 같아서 오라고 손짓하며 교태를 부리는 꿍심을 잘 알고 있고, 속이는 대로 가만두지 않으니까요. 저는 신발의 어디가 끼는가를 잘 알고 있습니다요. 제가 이런 말씀을 드리는 것은 정직한 사람은 얼마든지 저를 찾아 들어오게 하지만 나쁜 녀석들은 한 걸음도 들여 놓지 못하게 문간에서 쫓아 버릴 작정이기 때문입니다요. 그리고 다스리는 데 있어서 무엇보다도 중요한 것은 해본다는 것이며 영주가 되고 2주일만 지나면 그 일이 좋아서 못 견디게 되어 어릴 때부터 자라 온 들일보다 훨씬 더 잘 알게 될 것입니다요.」

「당신 말대로예요, 산초 님.」 하고 공작 부인은 말했다. 「누구나 교육을 받은 다음에 태어나는 것도 아니고 사제님도 근본을 따지면 보통 인간이지 결코 돌이 아니거든요. 하지만 조금 전에 우리가 얘기한 둘시네아 님의 마법 사건으로 되돌아 가서 산초 님이 주인을 속여서 농삿집 아가씨를 둘시네아 님으로 믿게 했다, 또 주인이 그분을 분간 못 하는 것은 둘시네아 님이 마법에 걸렸기 때문이라고 주인으로 하여금 믿게 했기 때문이라고 당신은 생각하고 있지만 실은 그러한 일은 죄다 돈키호테 님을 따라다니는 마법사들의 하나가 착안한 것이라는 것을 잘 조사해 본 끝에 나는 확실히 알고 있어요. 당나귀에 뛰어오른 시골 아가씨는 바로 틀림없는 둘시네아 델 토보소 공주 그분이에요. 사람 좋은 산초 님 당신은 속인 줄 알고 있지만, 실은 당신도 속은 거예요. 우리가 한 번도 목격한 적은 없지만 이 사실은 이 이상 의심의 여지가 없는 거예요. 우리한테도 마법사가 몇 있어서 우리에게 호의를 갖고 세상에서 일어난 일을 아무런 거짓도 꿍심도 없이 있는 그대도 솔직하게 우리에게 가르쳐 주고 있다는 것을 산초 판사 님도 알아 두어요. 그 말을 잘 타는 시골 아가씨가 둘시네아 델 토보소 공주였으며 지금도 그렇다는 것과 그분을 낳은 어머니와 마찬가지로 마법에 걸려 있다는 것을, 산초 님, 내 말을 믿어 주어요. 그야말로 생각지도 않은 때에 필경 진짜 모습의 그분을 보게 될 것이 틀림없지만, 그때가 되면 산초 님도 현재의 착각에서 벗어나게 될 거예요.」

「그건 정말 있을 수 있는 일입니다요.」하고 산초 판사가 말했다. 「그렇게 되면 우리 주인이 몬테시노스의 동굴 속에서 보셨다고 하신 말씀을 믿을 기분이 됩니다요. 그 동굴 안에서 제가 장난삼아 그분을 마법에 걸었을 때 제가 보았다고 말한 것과 똑같은 복장과 차림새의 둘시네아 델 토보소 님을 보셨다고 하잖습니까요. 마님께서 말씀하시는 것처럼, 모든 것이 필경 그대로가 틀림없습니다요. 그 까닭은 저같이 모자라는 지혜로 눈 깜박할 사이에 그런 그럴싸한 거짓말을 할 수 있다고 우쭐댈 수도 없고 우쭐대도 안 되며 저같이 힘도 모자라고 얼빠진 자의 꾐에 넘어가서 이런 빗나간 일을 아무리 우리 주인 나리가 미쳤더라도 그리 쉽게 호락호락 믿으시리라고 전 생각지 않습니다요. 하지만 마님, 그렇다고 마님께서는 저를 악당이라고 생각하시면 안 되십니다요. 저 같은 숙맥이 몹쓸 마법사 따위의 생각이나 그 간사한 지혜를 눈치챌 수 있을 리가 없으니까요. 다시 말씀드려서 전 주인 돈키호테 님의 꾸중을 듣고 싶지 않아서 그런 것을 멋대로 조작한 것이지 주인 나리에게 욕을 보일 작정으로 한 일은 아닙니다요. 하지만 그것이 마법사 놈들의 농간이라면 우리의 마음을 판정해 주시는 하느님이 하늘에 계십니다요.」

「그건 사실이에요.」하고 공작 부인이 말했다. 「하지만 당신이 말한 몬테시노스의 동굴이란 대체 어떤 것인지, 산초 님, 지금 이 자리에서 얘기해 줘야 해요. 꼭 듣고 싶으니까요. 필경 재미있는 얘기일 것 같아요.」

그래서 산초 판사는 앞에서 서술된 그 모험을 자세히 공작 부인께 얘기했다. 그것을 다 듣고 나서 공작 부인이 말했다.

「그 일로 미루어 보면, 산초 님이 엘 토보소의 동구 밖에서 본 것과 똑같은 농삿집 처녀를, 동굴 안에서 역시 돈키호테 님도 보셨다면 틀림없이 그것은 둘시네아 공주이며, 그 주변에는 매우 빈틈없는 그리고 약간 도가 지나칠 만큼 참견이 심한 마법사들이 우글대고 있다는 것을 짐작할 수 있어요.」

「저도 그렇게 말하고 있습죠.」하고 산초 판사는 말했다. 「말하자면 저의 마님 둘시네아 님이 마법에 걸리셨다면, 제일 곤란한 것은 그분입니다요. 하지만 전 저의 주인 나리의 원수들과 싸울 생각은 없습니다요. 그녀석들은 수도 많고 나쁜 녀석들이 틀림없으니까 말입니다요. 사실을 말씀드리면 제가 본 것은 농삿집 아가씨였습니다요. 그래서 저는 농삿집 아가씨라고 생각하고 농삿집 아가씨라고 판단했습니다요만, 만일 그것이 둘시네아 님이었다고 하더라도 제 탓은 아니고 제 죄도 아닙니다요. 오히려 사사건건이 트집을 잡습니다요. 『산초가 이렇게 말했다. 산초가 이렇게 했다. 산초가 저리 갔다. 산초가 돌아왔다』하고, 마치 산초가 다른 누구인 것처럼, 이미 책에 씌어져서 여기저기서 읽히고 있는 같은 산초 판사가 아닌 것처럼 말씀입죠. 책에 실려 있다는 건 삼손 카르라스코가 얘기해 주었습니다만요. 적어도 그 사람은 문득 변덕을 일으키거나 무슨 버젓한 이유가 없으면 거짓말을 할 까닭이 없습죠. 그런 까닭으로, 누구건 저한테 싸움을 걸 일도 없고, 워낙 평판도 좋으니까, 제 주인 나리의 말씀을 들어 보면 평판이 좋다는 건 큰 돌을 가진 것보다 더 낫다니까, 절 그 영주 자리에 한번 앉혀 보십쇼. 굉장한 걸 보실 수 있을 겁니다요. 훌륭한 종자였던 사나이는 훌륭한 영주가 될 수 있는 것이니까 말입니다요.」

「여기서 사람 좋은 산초가 한 말은,」하고 공작 부인이 말했다. 「한 마디도 남김없이 마치 카토(로마의 정치가. 기원전 243~149—역주)의 금언이나 적어도 『florentibus occidit annis (꽃다운 나이에 요절한)』 미카엘 베리노(이탈리아의 시인. 1483년 17세에 죽었다—역주) 그 사람의 뱃속에서 끌어 낸 명언들이에요. 말하자면, 당신식의 말투로 말한다면 『너절한 망토 아래 훌륭한 술꾼이 숨어 있다』고나 할까요.」

「정말입니다요, 마님.」하고 산초가 대답했다. 「전 생전 취할 생각으로 마신 적은 없습니다요. 저는 위선자 같은 데가 없으니까, 목이 마를 때는 얼마든지 있을 수 있는 일입죠. 저는 마시고 싶을 때 마십니다요만, 마시고 싶지 않을 때라도 남이 권할 때는 공연히 뻐긴다든가 예의를 모른다든가 하는 말이 듣고 싶지 않아서 마시곤 합죠. 친구들의 건배에 대해서 건배에 응하지 못할 만큼 마음씨가 차가워서야 되겠습니까요? 전 속옷을 입고 있지만 술이 취해서 더럽힌 적은 없습니다요. 그러나 편력의 기사의 종자쯤 되면 언제나 거의 물을 마십니다요. 숲이나 밀림이나 초원이나 산속이나 바위 위를 늘 돌아다니고 있어서 눈깔과 바꾸고 싶어도 포도주의 혜택만은 발견할 수가 없습니다요.」

「나도 그런 줄 알고 있어요.」 하고 공작 부인이 대답했다. 「그런데 이제 산초 님은 좀 가서 쉬는 게 좋을 거예요. 그런 다음 우리와 편안히 앉아 이야기해요. 그리고 영주직이 한시바삐, 이 사람의 말을 빌리면, 착 맞도록 명령해 두겠어요.」

산초는 다시 공작 부인의 손에 입을 맞추고 자기 『잿빛』의 뒷바라지를 잘 시켜 달라고 부탁하고는, 「잿빛은 바로 제 눈의 빛입니다.」 하고 덧붙였다.

「그 잿빛이라는 것이 대체 뭐예요?」 하고 공작 부인이 물었다.

「제 당나귀입니다요.」 하고 산초가 대답했다. 「저는 솔직하게 그 이름을 부르지 않고 언제나 『잿빛』이라고 부르고 있습죠. 제가 이 성에 들어왔을 때 여기 이 노시녀님에게 잿빛의 뒷바라지를 부탁했더니, 자기를 추한 할망구라고 불렀다고 화를 냈던 것입니다요. 노시녀라는 것은 방의 권위를 높이기보다 당나귀의 뒷바라지를 하는 편이 훨씬 어울리기도 하고 당연한 의무이기도 할 텐뎁쇼. 정말이지! 저의 마을 귀족이 얼마나 이런 으스대는 노시녀들을 미워했는지 모릅니다요!」

「그 사람은 아마 평범한 촌사람이 틀림없을 거예요.」 하고 노시녀 도냐 로드리게스가 말했다. 「만일 그 사람이 귀족이고 범절이 있는 분이라면, 노시녀라는 것을 달님의 현각(玄角) 높이보다 더 칭찬했을 겁니다.」

「그만, 그만.」 하고 공작 부인이 말했다. 「이제 그만하면 됐어요, 도냐 로드리게스도 입을 다물어요. 그리고 판사 님도 마음을 고쳐 갖도록 해요. 당나귀의 뒷바라지는 내가 맡을 테니까. 산초 님의 보배라는데, 내 눈동자 위에라도 얹어 놓을 테야.」

「마구간에만 있으면 그것으로 충분합니다요.」 하고 산초가 대답했다. 「당나귀나 저나 마님의 눈동자 위에 잠시라도 올라앉을 만한 자격은 없습니다요. 그런 말씀에 동의를 하느니 저는 차라리 단도로 제 자신을 한 번 쿡 찌르는 편이 낫습니다요. 예의라는 것으로 말하면 제 주인은 숫자가 적은 트럼프보다 숫자가 많은 트럼프를 갖고 있으면서도 승부에는 져야 한다고 말씀하십니다요만, 당나귀 예의란 손에 컴퍼스를 들고 있다가 적당한 때 일을 끝내야 하는 것입니다요.」

「산초 님, 그 당나귀를 영지로 데려가요.」 하고 공작 부인이 말했다. 「데리고 가면 얼마든지 귀여워해 줄 수도 있고 퇴직시켜 연금을 타줄 수도 있을 테니까.」

「마님께서 지나친 말씀을 하셨다곤 생각지 마십쇼.」하고 산초는 말했다. 「저는 전에 두 필의 당나귀가 영주의 의자에 앉는 걸 보았습죠. 그러니 제가 제 당나귀를 끌고 간다고 해서 조금도 이상할 건 없습니다요.」

산초의 이 말은 새로이 공작 부인의 웃음과 즐거움을 자아내게 했다. 부인은 산초에게 물러가 낮잠을 자라고 한 다음 공작에게로 가 산초와 주고받은 말을 들려 주고 내외는 돈키호테에 대해서 아주 재미있으면서도 기사도 이야기의 방식과 잘 합치하는 장난을 할 절차와 계획을 짰다. 이리하여 공작 부처는 기사도 이야기식의 아주 그럴싸하고 교묘한 여러 가지 장난을 꾸몄는데, 그것은 모두 이 위대한 실록에 수록된 가장 훌륭한 모험이 되었던 것이다.

제 34 장

이 장은 비할 데 없는 둘시네아 델 토보소를 마법에서 어떻게 풀어 내느냐 하는 방법을 알게 되는 경위를 다루고 있는데, 이것은 이 책 가운데에서도 가장 멋있는 모험 중의 하나이다.

공작과 공작 부인이 돈키호테와 산초 판사와의 대화에서 얻은 기쁨은 대단한 것이었다. 그래서 부처는 이 두 주종에게 제법 모험다운 양상과 조짐을 갖춘 몇 가지 장난을 꾸민다는 생각을 실행하기로 했는데 그중에서 한 가지 멋있게 꾸민 장난은 일찍이 돈키호테가 이야기해 준 몬테시노스의 동굴의 모험에서 실마리를 얻은 것이었다. 그런데 가장 공작 부인을 놀라게 한 것은 산초 자신이 말하자면 마법사였으며, 그 속임수의 장본인이었는데도 불구하고 둘시네아 델 토보소가 마법에 걸려 있다는 것을 어느새 움직일 수 없는 진실이라 믿게 된 그의 단순성이었다. 그래서 부처는 하인들에게 어떻게 해야 한다는 지시를 내리고 그로부터 엿새째 되는 날 국왕이 거느릴 만한 숱한 몰이꾼과 사냥꾼을 끌어 모아 돈키호테를 수렵에 데려가기로 한 것이다. 돈키호테에게 수렵복이 주어지고 산초에게도 훌륭한 고급 라사의 녹색 수렵복이 내려졌는데, 돈키호테는 어차피 무기를 잡는 거친 직무로 돌아가지 않으면 안 되므로 옷궤라든가 속옷 따위를 갖고 다닌다는 것은 도저히 할 수 없는 일이라고 받으려 하지 않았다. 그러나 산초는 가능하면 마지막에 찾아올 기회에 팔아먹

자는 속셈으로 주는 것을 물론 받았다.

드디어 그날이 되자 돈키호테는 투구와 갑주로 단장하고, 산초는 수렵복을 입고 설혹 말을 준다고 하더라도 놓고 싶지 않은 잿빛 당나귀를 타고 몰이꾼들 사이에 끼었다. 공작 부인은 늠름한 모습으로 나타났으며 예의바르고 정중한 돈키호테는 공작이 응낙하려 하지 않았으나 공작 부인의 말고삐를 잡았다. 그리하여 이윽고 일행은 두 개의 아주 높은 산 사이에 끼어 있는 숲에 도착하여 여기서 담당할 장소, 매복할 장소, 몰이할 길 등을 모두 정하였다. 사람들이 자기 자리로 흩어지자 와자한 소음과 고함 소리와 외치는 소리로 수렵이 시작되었는데, 개 짖는 소리와 각적 부는 소리가 뒤섞여 사람들은 서로 무슨 말을 하는지 알아듣지 못할 지경이었다.

공작 부인은 말에서 내려 끝이 날카로운 창을 쥐고 흔히 몇 마리씩 멧돼지가 잘 나타나는 것을 그녀가 잘 알고 있는 자리에 가서 섰다. 공작과 돈키호테도 말에서 내려 부인의 양쪽에 자리를 잡았다. 산초는 여러 사람들 뒤에서 당나귀를 탄 채 자리를 차지하고 있었다. 잿빛 당나귀에게 무슨 일이 일어날까 염려되어 떼어 놓을 용기가 나지 않았던 것이다. 이렇게 그들이 말에서 내려서 다른 많은 부하들과 날개 모양의 대형을 짜고 서서 기다리고 있는데 개들에게 쫓기고 몰이꾼들에게 몰려서 한 마리의 큰 멧돼지가 이빨을 갈고 거품을 뿜으면서 그들을 향해 달려오는 것이 눈에 띄었다.

그것을 보자 돈키호테는 방패를 팔에 끼고 칼을 뽑아든 채 맞이하러 나갔다. 공작이 막지 않았으면 공작 부인이 누구보다도 앞에 나가 있었을 것이었다. 산초는 이 맹수의 모습을 보자마자 잿빛 당나귀를 그대로 내버려 둔 채 죽자사자 달려 한 그루의 높다란 참나무에 기어오르려 했으나 잘 되지 않았다. 참나무의 절반쯤 올라가서 가지 하나를 붙잡고 나무 꼭대기로 기어오르려고 안간힘을 쓰다가 마침내 운이 나쁘고 가엾게도 매달린 가지가 딱 하고 부러지면서 아래로 떨어지는 바람에 다른 가지 끝에 걸려서 내려가지도 못하고 허공에 대롱대롱 매달린 채 녹색 수렵복이 찍 하고 찢어졌다. 산초는 그만 그 맹수가 자기를 물어뜯는 줄만 알고 죽는다고 소라지르면서 살려 달라고 악을 썼다. 그의 비명만을 듣고 모습을 보지 않은 사람들은 정말 그가 무슨 맹수에게 잡아먹히고 있는 줄 알았을 정도였다.

결국 그 무시무시한 이빨의 멧돼지는 앞에서 던지는 무수한 창에 찔려 쓰러졌다. 그때 돈키호테는 누군가 외치는 소리를 듣고 그 목소리가 산초라는 것을 알고 뒤돌아보았다. 산초는 참나무에 거꾸로 매달려 있고 잿빛 당나귀가 그 가까이에 가서 우두커니 서 있었다. 이 당나귀는 결코 곤경에 빠진 주인을 버리지 않았던 것이다. 그래서 시데 아메테도 「나는 잿빛 당나귀의 모습을 보지 않고 산초의 모습을 본 일은 거의 없으며 산초의 모습을 보지 않고 잿빛 당나귀를 본 적도 거의 없다. 양자 사이의 우정과 신뢰는 이토록 두터웠다.」고 말하고 있는 것이다.

돈키호테가 달려와서 거꾸로 매달린 산초를 끌어내렸다. 산초는 자유로운 몸이 되어 땅에 내려서자 수렵복의 찢어진 자리를 들여다보며 매우 원통하게 생각했다. 그는 이 옷을 마치 세습 재산이라도 손에 넣은 듯이 생각하고 있던 것이다.

한편 사람들은 그 엄청난 멧돼지를 암당나귀 등에 싣고 나뭇가지를 덮어 오늘의 승리의 전리품으로서, 숲 한가운데에 차린 큰 야영 천막으로 운반해 갔다. 거기에는 식탁이 마련되어 보기만 해도 주최자의 권세와 호사를 역력히 알 만한 산해진미가 차려져 있었다. 산초는 자기 옷의 찢어진 자리를 공작 부인에게 보이면서 말했다.

「만일 오늘의 사냥이 산토끼나 참새를 잡는 수렵이었더라면 제 옷도 이런 꼴이 되지 않았을 게 틀림없습니다요. 만일 그 이빨에 걸렸다간 목숨을 빼앗길지도 모를 그런 맹수를 기다리는 것이 뭐가 그리 재미있는지 저는 도무지 알 수가 없습니다요. 저는 사람들이 노래하는 옛 로망스를 듣고 지금도 기억하고 있습니다요만,

      이름 높은 왕자 파빌라처럼
      곰에 물려서 죽으려무나.

라는 것이었습죠.」

「그건 고트 족의 왕자이니라.」하고 돈키호테가 설명했다. 「사냥하러 나가서 곰에 물려 세상을 떠났지.」

「제가 말씀드리는 것도 그렇기 때문입니다요.」하고 산초가 이었다. 「저는 임금님이나 나리들이 재미로 그런 위험한 지경에 몸을 맡기는 걸 좋아하지 않습니다요. 재미로 보이지만 재미있을 까닭이 없잖습니까요. 그건 아무 죄도 없는 짐승을 죽이는 일이 아닙니까요.」

「아니, 그것은 그대가 틀린다, 산초.」하고 공작이 대꾸했다. 「수렵이라는 것은 다른 어떤 즐거움보다도 왕공에게 적합하고 또 필요한 거야. 수렵이라는 것은 전쟁을 흉내낸 것이지. 수렵에는 이쪽 편이 다치지 않고 적을 쓰러뜨리기 위한 작전과 음모와 계략이 있는 게야. 사냥에서는 심한 추위도, 타는 듯한 더위도 참아야 하고, 태만과 나태는 싫어도 제한되며, 힘은 증강되고 사지를 민첩하게 만드는 등 요컨대 누구에게도 해를 끼치지 않고 많은 사람들에게 즐거움을 줄 수 있는 훈련인 게야. 게다가 이 수렵의 가장 뛰어난 점은 다른 여러 종류의 사냥과는 달리 누구나 할 수 있는 것이 아니라는 점이지. 하기야 그중에서도 매사냥만은 또 다르지. 이것 역시 왕공이나 귀족들밖에 할 수 없는 일이야. 그러하니 산초! 그대는 의견을 바꾸어야겠군. 그리고 그대도 영주가 되거든 수렵을 하는 것이 좋을 거야. 그러면 세 끼 먹는 끼니처럼 도움이 된다는 것을 그대도 알게 될 거야.」

「그건 안 됩니다요.」하고 산초가 대답했다. 「마음씨 착한 영주는 발을 삐고 집에 있어야 합니다요. 용무가 있는 사람이 일부러 영주를 만나러 왔는데 영주는 산에 가서 사냥의 재미를 보고 있다니, 잘하는 일일 것입니다요! 그렇게 되면 영내의 통치가 잘될 까닭이 없습죠. 저는 정말 그렇게 생각합니다. 사냥이니 그밖의 한가한 일은 영주보다 게으름뱅이에게 적당하지요. 제가 생각하고 있는 심심풀이는 부활절에 남의 권유에 못 이겨서 하는 트럼프 놀이와 주일 축제 때의 볼로(木柱戱) 정돕니다요. 그 사냥이니 숭늉이니 하는 것은 제 성깔에 맞지도 않고 제 마음에도 들지 않습니다요.」

「제발 그래 주길 바라네, 산초. 왜냐하면 말하기는 쉬워도 행하기는 어렵거든.」

「어떻게든 되는 법입니다요.」하고 산초가 대답했다. 「왜냐하면 『돈을 잘 지불하는 자에게 담보는 걱정 없다』는 말도 있고, 『일찍 일어나는 자보다 하느님이 도와 주시는 자가 더 낫다』고도 하며, 『다리를 운반하는 것은 오장육부이지 다리가 오장육부를 운반하진 않는다』고도 하니까, 다시 말해서 제가 말씀드리고 싶은 것은, 만일 하느님이 도와 주셔서 제가 성심껏 성실하게 해야 할 일을 한다면, 제가 매보다 교묘하게 다스릴 수 있다는 건 의심할 여지가 없습니다요. 아니, 제 입속에 손가락을 넣어 보십쇼. 무는가 안 무는가 아시게 되잖겠습니까요.」

「신과 여러 현자들의 저주를 받으라, 얄미운 산초 녀석아!」하고 돈키호테가 소리쳤다. 「여태까지 내가 몇 번이나 말했지만 네가 속담을 빼놓고 보통처럼 똑똑하게 말을 하는 것을 보는 날은 대체 언제겠느냐! 공작 내외분 제발, 이 바보를 염두에 두지 마시오. 이녀석은 두 분의 마음을 둘이 아니라 2천 가지 속담으로 파묻어 버리려고 할 것이외다. 더욱이 그 속담이라는 것이 하느님께서 이 사나이에게 내려 주시고 이녀석의 말을 들으려는 내게도 베풀어 주시는 일체의 구원과 관계되는 얼토당토않는 때와 장소에 맞춰서 끌어 대는 속담이란 말씀이외다.」

「산초 님의 속담은,」 하고 공작 부인이 받았다. 「그리스의 기사 단장(_{엘르반 누니에스 데 구스만은 산티아고 기사 단장(騎士團長)이며 저명한 그리스 어 학자였기 때문에 이렇게 불렀다—역주})의 그것보다 많은데, 격언이 짧다고 해서 낮게 평가해서는 안 돼요. 나는 설혹 더 인용을 잘 하고 더 그 자리에 알맞는 것이라도 다른 속담보다 훨씬 재미있다고 생각해요.」

이런 즐거운 이야기며 그밖의 재미있는 말을 주고받으면서 그들은 천막에서 숲으로 들어가 여기저기 맡은 자리와 매복할 자리들을 돌아보았는데 그러는 동안에 어느새 밤이 되었다. 때는 마침 한여름이었으나 이 시절에 알맞게 밝고 고요한 밤이 아니라 일종의 안개가 밤과 더불어 끼었는데 그것이 공작 부처의 계획에 적잖이 도움이 되었다. 해거름이 되어 황혼이 조금 지났을 무렵 난데없이 숲의 사방팔방에서 불이 붙기 시작한 것처럼 보이고 여기저기서 요란스러운 뿔피리 소리를 비롯하여 온갖 군악기 소리가 들려와 마치 무수한 기병들이 통과해 가는 것처럼 느껴졌다. 그 훨훨 타는 불꽃과 울려퍼지는 군악기 소리는 그 자리에 있던 사람들뿐 아니라 숲속에 흩어져 있던 모든 사람들의 눈이 부시고 귀가 멍해지게 만들었다. 이어 무어 인들이 돌격할 때의 함성 렐릴리(_{「알라 이외에 신은 없다」의 축소된 말—역주})가 왁자하게 일더니 나팔 소리, 북소리, 비명 같은 피리 소리가 거의 동시에 일어나 부단히 몹시 다급하게 울려 댔다. 이런 잡다한 악기의 소연하고 잡연한 음향에 거의 감격을 잃지 않은 자는 그런 감각을 갖지 않은 자가 틀림없다고 생각될 정도였다.

공작은 아연해지고 공작 부인은 놀랐으며 돈키호테는 거의 망연해지고 산초는 벌벌 떨었으니, 요컨대 일의 발단을 알고 있는 자들조차 그저 당황할 뿐이었다. 이런 공포심에 사로잡혀 사람들은 입을 다물었다. 그러자 악마의 차림을 한 마부 한 사람이 거칠고 무시무시한 소리를 내는, 속이 텅 비고 엄청나게 큰 뿔을 불어 대면서 사람들 앞을 지나갔다.

「이봐요, 파발꾼.」 하고 공작이 소리쳤다. 「당신은 누구이며 어디로 가오?

이 숲을 지나가는 군대는 어디 군대요?」

이에 대해 파발꾼은 사납게 무례한 말소리로 대답했다.

「나는 악마다. 나는 돈키호테 데 라 만차를 찾으러 왔다. 이리로 진격해 오는 군대는 마법사의 6개군이며, 그들은 비할 데 없는 둘시네아 델 토보소를 전승의 수레 위에 싣고 오는 길이다.」

「그런데 당신이 말한 것처럼, 또 당신의 모습이 얘기하는 것처럼 악마라고 한다면, 당신 앞에 계시니까 벌써 그 기사 돈키호테 데 라 만차 님을 알아봤어야 할 것이 아니오?」

「신과 나의 양심을 놓고,」 하고 악마는 말했다. 「나는 전연 깨닫지 못했다. 워낙 너무 많은 일에 머리를 써서 그때문에 내가 목적하고 온 중요한 일을 깜빡 잊어버릴 뻔했단 말이다.」

「확실히 이 악마는 정직한 사나이이자 훌륭한 그리스도교 신자가 틀림없군.」 하고 산초가 말했다. 「만일 그렇지 않다면 저렇게 『신과 나의 양심을 놓고』 하고 맹세할 까닭이 없거든. 이제 나는 지옥에도 좋은 사람이 있다는 걸 믿게 됐어.」

그러자 악마는 말에 올라앉은 채 돈키호테를 바라보고 말했다.

「사나운 사자의 기사여, 그대가 사자의 발톱에 붙잡힌 모습을 보지 못한 것이 유감스럽기 짝이 없지만, 박행은 하나 용감한 몬테시노스 님이 나를 파견하셔서 그분 대신 그대에게 전하라는 말씀이다. 즉 몬테시노스 님은 둘시네아 델 토보소라고 부르는 여성을 데리고 오셔서 그분을 마법에서 풀어 주는 데 필요한 수단을 그대에게 가르쳐 주실 작정이니 그대가 나와 만난 자리에서 그대로 몬테시노스 님을 기다리라는 말씀이시다. 나는 다만 이 일 때문에 온 것이니 오래 있을 필요는 없다. 나의 동료 악마들은 그대와 더불어 있고 천사들은 이 부부와 함께 있으라.」

악마는 이 말을 마치더니 그 엄청나게 큰 뿔을 불어 대면서 누구의 대답도 기다림이 없이 등을 돌려 사라져 버렸다.

모두 놀라움을 새로이 했는데 그중에서도 산초와 돈키호테의 놀라움은 굉장한 것이었다. 산초는 진실을 무시하고 너나할것없이 둘시네아 공주가 마법에 걸려 있다고 단정해 버리려고 하는 것을 보았기 때문이었으며 돈키호테는 몬테시노스의 동굴에서 자기에게 일어난 일체의 일이 과연 진실이었는지 아니었는지 확신을 가질 수 없었기 때문이었다. 이런 생각에 잠겨 있는데 공작이 말을 건넸다.

「귀공은 기다릴 생각이시오, 돈키호테 님?」

「그래서는 안 될까요?」하고 그는 대답했다. 「여기서 나는 설혹 지옥의 전원이 일제히 공격해 오더라도 마음을 억세게 먹고 기다릴 작정이오.」

이때 밤은 더욱 깊어졌다. 그러자 숲속을 무수한 빛이 흐르듯 움직이기 시작했는데, 그것은 대지에서 발산한 마른 수증기가 흐르는 것 같았으며 보기에는 유성같이도 생각되었다. 동시에 황소가 끄는 소달구지의 튼튼한 수레바퀴가 내는 듯한 소리는 그것이 지나가면서 울린다면 승냥이도 곰도 모두 달아나 버릴 것이라고 말해도 과언이 아닐 정도였다. 이 소음에 다시 그것을 곱으로 한 듯한 심한 소리가 가해졌는데 그것은 이 숲의 사방에서 일시에 네 차례의 대결전이나 충돌이 일어난 듯이 여겨졌다. 저쪽에서는 놀랍도록 둔중한 대포의 굉음이 일어나고 이쪽에서는 쉴새없이 쏘아 대는 소총 소리가 일었다. 바로 가까이에서는 싸움의 함성이 들리고, 멀리서는 회교도들이 지르는 렐릴리의 절규가 되풀이해서 들려 왔다. 뿔피리·나팔·클라리넷·트럼펫·북·대포·화승총 따위가 함께 얼려 뒤죽박죽이 되어 뭐가 뭔지 분간을 못 할 무서운 굉음을 만들어 내고 있었는데 그 소란스러움을 견디어 내느라고 돈키호테는 있는 용기를 다 발휘하지 않으면 안 되었다. 산초는 완전히 혼이 달아나 까무러쳐서 공작 부인의 옷자락 끝 땅바닥에 거꾸러지고 말았다. 부인은 산초를 그대로 가만히 둔 채 얼른 얼굴에 물을 뿌리게 했다. 그가 물을 덮어쓰고 정신을 차렸을 때는 벌써 그 요란스러운 소달구지가 거기까지 와 있었다.

온몸을 시커먼 장식 천으로 감싼 4마리의 거대한 소가 느릿느릿하게 수레를 끌고 있었는데 소뿔에는 저마다 불이 켜진 굵직한 초가 꽂혀 있었다. 수레 위에는 높다랗게 자리가 마련되어 있고 그 좌석에는 눈보다 흰, 허리까지 처진 긴 수염을 기른 점잖은 노인이 앉아 있었다. 성글게 짠 검은 삼베로 지은 긴 옷을 입고 있었으며 수레에는 무수한 촛불이 켜져서 수레 위의 것을 뚜렷하게 분간할 수 있었다. 역시 검은 삼베옷을 걸친 두 마리의 보기 흉한 악마가 소달구지를 몰고 있었는데, 그 얼굴이 너무나 처참하고 추해서 산초는 한 번 보자 두 번 다시 보고 싶지 않아 눈을 감았을 정도였다. 이 소달구지가 그들이 있는 장소의 정면에 와서 멈추자 점잖은 노인이 높은 좌석에서 벌떡 일어나 큰 소리로 외쳤다.

「나는 현인 리르간테오다.」

그리고 그 이상 아무 말도 없이 소달구지는 앞으로 나아갔다. 그 뒤를 이어 역시 같은 소달구지가 이것 또한 높은 좌석에 앉은 노인을 태우고 다가왔다. 그 노인은 소달구지를 세우게 하여 앞의 노인 못지않는 엄숙한 목소리로 선언했다.

「나는 현인 알키페, 얼굴이 알려지지 않은 우르간다의 친구다.」

그리고는 앞으로 나아갔다.

이어 그 다음 소달구지가 다가왔는데 이번에는 노인이 아니고 근육이 굳건하고 얼굴이 천한 거대한 사나이였다. 그는 먼저 지나간 사람들처럼 벌떡 일어나 거칠고 나쁜 소리로 말했다.

「나는 마법사 아르칼라우스라고 하며, 아마디스 데 가울라와 그 일족들의 불구대천의 원수다.」

이렇게 말하고 앞으로 나아갔다. 이들 세 대의 소달구지가 좀 떨어진 곳에서 멈추었으므로 바퀴의 시끄러운 소리도 멎었다. 그러자 곧 이번에는 소음이 아니고 부드럽게 가락이 맞는 음악 소리가 들려 왔으므로 산초는 그만 기분이 좋아져서 이것을 길조로 받아들였다. 그래서 한 걸음도, 잠시도 그 곁을 떠나지 않은 공작 부인을 돌아보며 말했다.

「마님, 음악이 있는 곳에 나쁜 일이 있을 수는 없습니다요.」

「빛이 있는 밝은 곳도 그래요!」 하고 공작 부인이 대답했다.

그러자 다시 산초가 말했다.

「불은 빛나고, 화톳불이 있는 곳이 밝다는 것은 우리를 둘러싼 화톳불을 보아도 알 수 있습니다요. 하지만 저 불은 우리를 태워 죽일지도 모릅니다요. 음악이라는 것은 언제나 즐거움과 축제의 예고라고 하긴 합니다요만.」

「어차피 알게 될 게다.」 하고 산초의 말을 줄곧 듣고 있던 돈키호테가 받아 말했다.

다음 장에서 밝혀지듯이 그의 말은 옳은 것이었다.

제 35 장

여기서는 둘시네아를 마법에서 푸는 방법에 관해 돈키호테가 받은 소식이 그 밖에 놀라운 사건과 더불어 계속된다.

286

이 기분 좋은 음악에 따라 승리의 차라고 부르는 수레가 흰 천의 덮개를 쓴 6마리의 밤색 노새에 끌려 돈키호테 일행이 있는 곳으로 오는 것이 보였다. 6마리의 노새에는 각기 한 사람씩이 또한 흰 옷을 입은 『빛의 행자(두 종류의 고행자중 하나. 하나는 피의 행자—역주)』들이 손에 손에 불켜진 큼직한 초를 받들고 타고 있었다. 이 수레는 앞의 것보다 두세 배나 컸으며 양쪽 수레 위에는 눈처럼 흰 옷을 걸친 행자 12사람이 저마다 불이 켜진 굵직한 초를 들고 앉아 있어서 보기에도 괴이하고 무시무시했다. 한층 높은 좌석에는 은실로 짠 얇은 옷을 몇 겹이나 걸친 요정이 앉아 있었는데 얇은 옷은 금실로 놓은 수가 번쩍번쩍 빛나고 있어서 호화롭다고까지 보이지는 않아도 보기에 퍽 찬란했다. 투명하고 섬세한 면사로 얼굴을 가렸는데 그 올은 아무 방해도 되지 않고 소녀의 무척 아름다운 얼굴을 드러내 보였으며, 무수한 촛불빛으로 그 아름다움과, 보기에 스물에는 이르지 않았으나 열일곱은 더 되었을 나이를 뚜렷이 분간할 수 있게 하였다. 소녀 곁에는 로사간테라고 부르는 긴 옷을 발등까지 걸치고 얼굴을 검은 면사포로 가린 사람이 타고 있었다. 수레가 마침 공작 부처와 돈키호테의 정면에 이르니 나팔 소리가 멎고 이어 수레 안에서 들려 오던 하프와 류트 소리가 뚝 그쳤다. 그러자 긴 옷을 입은 인물이 벌떡 일어나더니 옷을 양쪽으로 싹 헤치고 얼굴의 면사포를 벗어 살이 빠지고 흉칙한 『사신(死神)』 그 자체의 모습을 똑똑하게 드러냈다. 이것을 보고 돈키호테는 불쾌해지고, 산초는 공포를 느꼈으며, 공작 부처도 약간 무서움을 느꼈다. 이 살아 있는 사신은 약간 졸리는 목소리로, 아직 잠이 덜 깬 나른한 어조로 입을 열었다.

나는 메를린(멀린. 아더 왕 이야기에 나오는 마법사—역주), 나의 부친은
악마라고 전해져 내려오지만,
그것은 때(時)가 만든 거짓말.
나는 마법의 왕자 조로아스터의,
학문의 깊은 지식, 배움의 군주,
예부터 편력의 기사를 사랑하고,
용감한 기사들이 세운 공훈이
흔적도 없이 사라지길 바라는 시간과
변천하는 시세(時世)를 미워한다.
마법사는 성깔 사납고

무정한 마음을 가졌다 하나,
나의 마음은 부드럽고 정다워
남에게 선을 베풀고 싶어한다.

어두운 명부(冥府)의 동혈에서
나의 혼백은 설형문자(楔形文字)의 괴상야릇한
모양 그리면서 파적하는데,
비할 데 없는 둘시네아 델 토보소의
비통한 한숨 소리 나에게 들리었다.
우아하고 고운 사람, 마법의 힘으로
천한 시골 여자로 뒤바뀐 것이
불운하고 가련하여
지긋지긋한 마법에 관한
수많은 고서 들추어 보고
소름끼치는 이 해골의
공동 속에 내 혼백 넣어,
그 불행 구해 주는 데
알맞은 길 알리러 나 여기 왔다.

오오, 그대는 강철과 금강석으로
몸을 감싸는 자의 빛과 영예,
헛된 잠과 붓 집어던지고
피투성이 된 무거운 무기의
참기 어려운 고행에 스스로를
바치려 하는 모든 사람들의
빛, 등불, 지침, 이정표!
일체의 찬사가 못 미치는
지용 겸비한 돈키호테,
라 만차의 빛, 스페인의 별,
비할 데 없는 둘시네아를
본래의 모습으로 바꾸는 방법,

오오, 그대에게 고하리라!
그대의 종자 산초 판사의
믿음직한 양쪽 엉덩이를
3천3백 차례, 벗겨서 매질하라,
심하게, 사정없이, 몹시 아프게
이는 공주를 불행에서 건지려고
모든 자들이 결정한 일이니,
사람들이여, 이를 고하러 나 여기 왔노라.

「맙소사!」하고 산초가 소리쳤다. 「3천 번까지 안 가더라도 세 번만 맞으면 칼로 세 번 찌르는 거나 마찬가지야! 그 따위 마법 푸는 방법은 악마나 주라지! 내 엉덩이와 마법이 대체 무슨 관계가 있어! 제발, 메를린 양반이 둘시네아 델 토보소 님의 마법을 푸는 방법을 달리 발견할 수 없다면 그분이 무덤에 들어갈 때까지 마법에 걸려 있어도 난 상관없어요!」

「이봐, 부추나 먹고 사는 농부 양반.」하고 돈키호테가 말했다. 「내가 너를 붙잡아 어머니가 낳아 주신 그 모습대로 홀랑 벗겨 나무에 묶어 놓고 3천3백 번이 아니라 6천6백 번을 때려 줄 테다. 3천3백 번 빗맞는 일이 없도록 침착하게 말이다. 나한테 말대꾸할 생각일랑 아예 말아라. 그대의 영혼을 뽑아 놓고 말 테니까.」

이 말을 듣고 메를린이 말했다.

「그렇게는 안 된다. 사람 좋은 산초가 받아야 하는 매질은 본인의 의사에 따르는 것이지 폭력으로 해서는 안 되며, 더욱이 본인이 마음내킬 때 하면 되는 것이요, 일정한 기한이 정해진 것도 아니다. 뿐만 아니라 채찍질의 고통을 반감하고 싶을 때는 약간 괴롭겠지만 남의 손에 맡겨도 상관없다는 허락이 나 있다.」

「남의 손이건 내 손이건, 괴롭건 괴롭지 않건,」하고 산초가 대답했다. 「어떤 손이건 나를 건드리게 내버려 둘 일이 아니지! 그분의 눈이 아름다워서 저지른 죄를 내 엉덩이로 갚아야 한다면 아니, 내가 둘시네아 델 토보소 님을 낳기라도 했단 말야? 우리 주인 나리 같으면 그분의 한 부분이나 다름없으니, 그 증거로 걸핏하면 그분을 『나의 생명』이니 『나의 영혼』이니, 나의 의지니, 나의 기둥이니 하고 불렀으니까 그분을 위해서 채찍질을 받아도 좋고, 또 그 마법을 푸는 데 필요한 수고를 해도 상관없고 또 그게 당연해. 그런데 왜 나에게 채찍질을 해? 싫다, 싫어!」

산초가 이런 말을 마쳤을 때 메를린의 혼백 옆에 있던 은실의 요정이 살며시 일어나 얇은 면사포를 얼굴에서 들치고 누구의 눈에도 뛰어나게 아름다운 것보다 더한층 아름답게 돋보이는 얼굴을 드러냈다. 그리고는 산초를 똑바로 바라보면서 남자처럼 소탈하게, 그리 귀부인같지 않은 억양으로 말했다.

「오오, 물병의 혼, 코르크참나무의 신, 돌멩이 창자의 불행한 종자아! 철면피의 도적아. 만일 너에게 높은 탑에서 뛰어내리라고 했다면, 이 인류의 원수야, 만일 너에게 12마리의 두꺼비와 2마리의 지렁이와 3마리의 뱀을 먹으라고 부탁했다면, 만일 또 너의 아내와 아이들을 날카롭고 잔인한 언월도(偃月刀)로 죽이라고 권했다면, 네가 우물쭈물 냉담한 태도를 보이더라도 별로 이상하지 않을 거야., 그러나 교의학원(敎義學院) 아이라도 웬만한 아이면 매일 맞는 3천3백의 채찍질을 꺼린다면, 그 말을 듣는 사람들의 점잖은 심정을, 그뿐 아니다, 시간이 흐름에 따라 그것을 전해 들은 모든 사람들의 마음을 놀라게 하고 아연케 하고 경악시키고 말 거야. 오오, 이 천하고 냉혹한 짐승아. 잘 들어라. 그 멍청하게 뜬 부엉이 눈을 밤하늘에 빛나는 별과 같은 나의 눈동자로 돌려라. 그러면 쉴새없이 줄을 긋고 다발이 되어 흘러내리는 눈물이 나의 아름다운 두 볼에 고랑을 짓고 길을 닦고 오솔길을 만드는 것을 보겠지, 이 간사하고 근성이 비뚤어진 도깨비야. 나는 아직 열아홉 살, 스무 살이 되지 않았으니 십대의 꽃다운 나이를 야비한 농삿집 아낙네의 껍질 속에서 헛되이 몸을 축내고 시들어 가는 데 대해서 조금은 마음을 움직여 보렴.

그리고 현재 나의 모습이 시골 여자로 보이지 않는다면, 그것은 여기 계시는 메를린 님이 오로지 나의 아름다움으로써 너의 마음을 부드럽게 하시려는 각별한 배려로 이렇게 만들어 주셨기 때문이야. 비탄에 젖은 미인의 눈물은 바위도 솜으로 바꾸고, 호랑이도 양으로 바꾸어 놓을 수 있기 때문이지. 자, 이 손도 댈 수 없는 짐승아. 매질을 해라, 매질을 해. 너의 그 커다란 엉덩이를 그리고 다만 먹는 것밖에 생각지 않는 천한 너의 용기를 여태까지 타성에서 분기시켜 내 살결의 보드라움, 내 성질의 얌전함, 내 얼굴의 아름다움을 본대대로 돌려 놓아라. 만일 나를 위해서 인정을 베풀거나 도리에 맞는 생각을 하기가 싫다면 네 옆에 계시는 그 가엾은 기사님을 위해서 그렇게 해라. 알겠느냐. 너의 주인을 위해서 그렇게 하라는 거야. 그분의 영혼이 내 눈에 환히 보인다. 그것은 지금 그분의 입술에서 손가락 10개의 폭밖에는 없는 목구멍에 거의 다 나와 있어서, 너의 대답이 완고한가 부드러운가에 따라서 금방 입밖으로 튀어나오거나 다시 뱃속으로 되돌아가거나 하려고 기다리고 있을 뿐이야.」

이 말을 듣고 돈키호테는 손으로 목을 만져 보며 공작을 돌아보고 말했다.

「이런, 공작님, 둘시네아 공주의 말씀은 사실이오. 나의 영혼은 마치 쇠뇌(弩)의 방아쇠처럼 목구멍에 걸려 있습니다그려.」

「그래, 당신은 방금 들은 얘기에 뭐라고 대답할 작정이에요?」하고 공작부인이 물었다.

「저는 마님, 이렇게 말하겠습니다요.」하고 산초가 대답했다. 「아까도 말했듯이 절사하겠습니다요.」

「사절이라고 해야 하는 거야, 산초. 틀렸어.」하고 공작이 끼여들었다.

「나리, 내버려 두십쇼.」하고 산초가 대답했다. 「저는 지금 그런 자질구레한 문자의 잘못을 생각할 기분이 안 납니다요. 나를 채찍질한다든가, 그것도 내가 내 손으로 해야 한다든가 하는 얘기 때문에 얼떨떨해져서 제 자신도 지금 무슨 말을 하고 있는지, 무슨 짓을 하고 있는지 모르니까 말입니다요. 다만 말씀입죠. 우리 마님 둘시네아 델 토보소 님에게 한 마디 묻겠는뎁쇼. 대체 어디서 그 따위로 부탁하는 방법을 배워 왔느냐 하는 것입니다요. 내 몸뚱이를 매질해서 상처를 입히려고 와놓고 나를 뭐 물병의 혼백이니, 뭐 손을 댈 수 없는 짐승이니, 악마라면 꼭 알맞을 고약한 이름을 늘어놓았는데, 내 몸뚱이는 청동으로 만들었나요, 아니면 당신이 마법에 걸리고 안 걸린 것이 나와 큰 관계라도 있단 말인가요? 나를 농락할 참으로 어디다가 흰 속옷과 셔츠와 두건과 양말 따위, 내가 쓰지도 않는 물건의 바구니를 두고 왔단 말인가요? 게다가 황금을 등에 진 당나귀는 가볍게 산을 오른다든가, 선물은 바위를 깬다든가, 쇠망치를 때리면서 하느님께 빈다든가, 『언젠가 주마』의 두 개보다 『자, 예 있다』의 한 개가 더 낫다는, 세상에서 흔히 말하는 속담을 잘 알고 있으면서 욕설을 늘어놓다니 그게 웬말인가요? 그리고 우리 나리도 나리시지, 나를 양털이나 튼 솜처럼 말랑말랑하게 만들 작정이라면 내 목덜미를 가볍게 탁탁 치면서 내 기분을 달래 주는 것이 당연한 애길 텐데, 뭐 나를 붙잡아다가 발가벗겨 나무에 묶어 놓고 곱으로 매질을 하겠다구요?

그리고 여기 계시는 인정 많은 두 분께서도 생각 좀 해보실 일입니다요.

제 몸뚱이를 매질하라고 말씀하시는 상대가 단순한 종자가 아니라 섬의 영주라는 것을 말씀입니다요. 그 왜, 『버찌로 한 잔하게(신 버찌로 포도주가 녀 맛있어 시는 데서 온 말. 상대편의 기분을 생각하고 부탁하라는 뜻—역)』하듯이 말씀입니다요. 어떻게 일을 부탁하고, 애원하고, 또 그러려면 어떤 예법이 필요한가 알아 주셨으면 합니다요. 부아통이 터지게시리. 잘 알아 주셨으면 합니다요. 때와 장소에 따라 다른 것이고, 인간이란 누구나 늘 기분이 좋지만도 않은 법이니까요! 내 녹색 옷이 찢어진 걸 보고 당장 가슴이 찢어질 것만 같은데, 스스로 엉덩이를 매질하라는 말을 하러 오다니. 내 생각은 그야말로 추장이 되고 싶은 거나 같으며, 아예 그 따위 생각은 추호도 없습니다요!」

「실은 말이야, 산초.」하고 공작이 말했다. 「만일 그대가 잘 익은 무화과처럼 연하지 않으면 영주 자리를 손에 넣을 수 없어. 잔인하고, 뱃속이 부싯돌처럼 완고하고, 비탄에 젖은 소녀들의 눈물에도 생각만 깊고 오만하며, 나이 먹은 마법사나 현인들의 소원에도 전혀 굽힐 줄 모르는 그런 영주를 내가 섬의 주민들에게 파견한다면, 그야말로 큰일 아니겠나! 그러니 아무튼, 산초, 그대가 자기 손으로 매질하거나, 아니면 누구 다른 사람에게 매질을 부탁하거나, 그렇지 않으면 영주가 되는 것을 그만두는 수밖에 없겠군.」

「공작 나리!」하고 산초가 대답했다. 「어느 것이 제게 가장 좋은 일인가 생각할 테니, 이틀만 여유를 주십쇼.」

「아니, 그건 안 된다.」하고 메를린이 말했다. 「여기서, 지금 이 자리에서 결정하지 않으면 안 된다. 말하자면 둘시네아가 농삿집 처녀의 모습으로 몬테시노스의 동굴로 돌아가거나, 아니면 현재 그대로의 모습으로 엘리세오의 들판(지상낙원. 덕이 높은 영혼이 행복하게 거주하는 곳—역주)으로 가서 거기서 채찍질이 끝날 때 까지 기다리거나 둘 중에 하나다.」

「보세요, 인정 많은 산초 님.」하고 공작 부인이 말했다. 「용기를 내요. 그리고 당신이 먹어 온 돈키호테 님의 빵에 은혜를 갚아요. 우리는 모두 이분의 훌륭한 인품과 고상한 기사도 정신에 감동되어 이분을 위해서는 무엇이든 아낌없이 기쁘게 해드리고 싶어요. 자, 훌륭한 사람이니 이 매질에, 『좋아』하고 대답해요. 그리고 악마는 악마에게, 겁약한 기질은 째째한 자에게 보내 버려요. 당신도 잘 알 듯이 용기는 불운을 이긴다고 하잖아요.」

이에 대해 산초는 참으로 어처구니없는 대답을 했다. 그는 메를린에게 말을 건네어 이렇게 물었다.

「메를린 님, 한 가지 가르쳐 주셨으면 좋겠습니다요. 그 악마 파발꾼이 여기 왔을 때 몬테시노스 님의 전갈이라는 것을 우리 주인 나리에게 전해 드렸는데, 그것은 둘시네아 델 토보소 님의 마법을 푸는 방법을 가르쳐 주러 올 테니 여기서 기다려 달라는 것이었습니다. 그런데 지금까지 우리는 몬테시노스 님도 그와 비슷한 사람도 보지 못했습니다요.」

이에 대해서 메를린이 대답했다.

「그 악마는 말이다, 산초, 대단한 벽창호 악당이다. 내가 그대의 주인을 찾으러 그자를 보냈었다. 몬테시노스가 보낸 것이 아니라 내가 보낸 것이란 말이다. 몬테시노스는 자기 동굴 속에서 마법이 풀리기만을 고대하고 있거든. 그리고 그 사나이는 꽁지의 가죽이 아직 남아 있어서 말이다. 만일 그 사나이가 그대에게 뭔가 신세진 것이 있다든가, 그대 쪽에서 무언가 그 사나이와 애기할 것이 있다면 내가 그 사나이를 데리고 와서 그대가 원하는 곳에 두고 가마. 우선 지금은 이 채찍을 승낙하는 게 좋을 게다. 이것은 그대의 영혼으로 보아서나, 육체로 보아서나 적잖이 이익이 될 것은 틀림없다. 다시 말해서 고행을 한다는 그대의 자비심으로 영혼의 공덕도 되고, 보아하니 다혈질의 몸이니까 약간의 피를 흘려도 해가 되기는커녕 오히려 몸에 이로울 것이다.」

「세상에는 어디를 가나 의사가 있습니다요만, 마법사까지도 의삽니까?」 하고 산초가 대답했다. 「모두 나한테 그렇게 말씀하신다면, 하기야 나한테는 그렇게 보이지 않지만 말입니다요, 날짜나 시간을 정하지 않고 언제라도 내 기분이 내킬 때 한다는 조건이라면, 그 3천3백 번의 매질을 내가 내 손으로 하기로 합죠. 그리고, 저도 되도록 일찍 맡은 일을 다해서 둘시네아 델 토보소 님의 아름다움을 세상 사람들에게 구경시켜 주도록 합죠. 암만해도 내가 생각한 것과는 반대로 저분은 아름다운 분 같으니까 말입니다요. 그리고 또 한 가지 조건이 있습니다요. 그건 매질을 하더라도 피를 흘릴 것까진 없다는 것과 매질 가운데 파리를 치는 정도의 것이 섞이더라도 역시 계산에 넣는다는 것입니다요. 또 한 가지 만일 숫자를 틀리더라도 메를린 님은 모든 것을 훤히 알고 계시니까 수를 정확하게 세어서 아직 몇 차례가 더 남았다든가, 몇 차례가 넘었다든가 하는 것을 저한테 가르쳐 주신다는 것입니다요.」

「넘은 것까지 그대에게 가르쳐 줄 필요는 없을 게다.」 하고 메를린이 받았다. 「정확하게 그 수가 차면 둘시네아 님이 순식간에 마법에서 풀려나 당장 고맙다는 인사를 하러 사람 좋은 산초를 찾아와서 그대에게 인사를 할 뿐 아니라 그대의 훌륭한 행위에 대해 보상을 내릴 것이다. 그러니 너무 많거나 모자라거나 하는 일에 신경을 쓸 것은 조금도 없다. 그리고 머리카락 하나라도 네가 사람을 속인다면 하느님이 용서치 않으실 게다.」

「그럼 좋아요, 하기로 합죠 뭐!」하고 산초가 선언했다. 「내가 재수가 없다고 생각하고 단념합죠. 물론 아까 말씀드린 조건을 다 붙여서 고행을 받는다면 말씀입니다요.」

산초가 이 마지막 말을 채 마치기도 전에 다시 온갖 치리미아(오보에 악기) 소리가 울리기 시작하고 무수한 대포가 발사되기 시작했다. 그리고 돈키호테는 산초의 머리를 얼싸안고 이마와 볼에다 몇 번이나 입을 맞추었다. 공작 부처를 비롯해서 그 자리에 있던 사람들도 매우 큰 기쁨을 느낀 것을 뚜렷이 나타냈고, 소달구지는 움직이기 시작했으며, 지나가면서 아름다운 둘시네아는 공작 부처에게 가벼운 인사를 보내고 산초에게는 공손하게 절을 했다.

이때 벌써 맑고 명랑한 새 아침이 재빠른 걸음으로 찾아오고 있었다. 들판의 꽃은 고개를 쳐들고 일어났으며, 여기저기서 흐르는 냇물의 수정 같은 물은 희고 검은 돌맹이 사이를 졸졸거리면서 그들을 기다리고 있는 강에 공물을 바치려고 흘러갔다. 기쁨에 넘친 대지도, 청명하게 갠 하늘도, 상쾌한 공기도, 조용한 빛도, 저마다 그리고 모두 함께 얼려 여명의 치맛자락을 밟고 오는 이날이, 고요하고 밝은 날씨가 틀림없다는 것을 분명히 일러 주고 있었다.

공작 부처는 이번 수렵에서도 자기들의 계획대로 교묘하게 훌륭히 일이 된 것에 무척 만족하여 다시 계속시킬 다음 장난에 대해서 생각하면서 성으로 돌아갔다. 그들에게 있어서 이만큼 즐거운 일은 다시 또 없는 것이었다.

제 36 장

여기서는 산초 판사가 그의 아내 테레사 판사에게 써보낸 편지에 관해서 이야기가 진행된다.

공작 집에 매우 장난을 좋아하고 재기가 넘치는 집사 한 사람이 있었는데 이 사나이가 메를린의 역할을 맡고 이번 모험의 줄거리도 도맡아서 꾸몄다. 시도 손수 짓고, 시동에게 둘시네아의 분장을 시켰던 것이다. 그는 다시 공작 부처의 도움 아래 상상도 할 수 없는 우스꽝스럽고 진묘한 새로운 모험의 취향을 생각해 냈다.

그 다음날 공작 부인은 산초에게 둘시네아 공주의 마법을 풀기 위해 그가 하게 되어 있는 고행을 시작했느냐고 물었다. 그러자 그는, 「예, 시작했습니다. 간밤에는 다섯 번 매질을 했습니다.」하고 대답했다. 공작 부인이 무엇으로 때렸느냐고 묻자, 손으로 때렸다는 대답이었다.

「그건 매질이 아니고 손바닥으로 살짝 때린 거예요!」하고 공작 부인이 따졌다. 「그런 싱거운 것으로는 현인 메를린이 만족하지 않아요. 그러니 산초 님, 끈을 여러 개 묶은 채찍이나, 좀 따끔하게 아프도록 끝에 매듭을 지은 굵은 밧줄로 쳐야 해요. 문자는 피를 흘리며 왼다고 하잖아요. 게다가 둘시네아 님처럼 그만큼 신분이 높은 공주님을 위해서가 아녜요? 그런 싼값으로는 자유롭게 될 수 없어요. 알겠어요, 산초 님? 미지근하고 시원찮게 하는 자비의 행위는 아무 소용도 없고 효력도 없다는 걸 생각해야 해요.」

「마님께서 매나 뭐 적당한 밧줄을 주십쇼. 그러면 그것으로 그다지 아프지 않게 해치울 테니까요. 저는 촌놈이긴 하지만 몸뚱이는 골풀보다도 솜에 가깝다는 걸 마님께서도 알아 주셨으면 합니다요. 게다가 남을 위해서 내 몸에 상처를 입힐 것까지야 없잖습니까요.」

「그만하면 돼요.」하고 공작 부인이 대답했다. 「내일 당신에게 꼭 알맞는, 당신의 보드라운 몸에 더없이 알맞을 채찍을 드릴 테니까.」

이에 대해 산초가 말했다.

「제가 진심으로 우러러 모시는 마님, 들어 보십쇼. 저는 마누라 테레사 판사에게 편지를 써서, 헤어진 후 여태까지 내게 일어난 일을 다 적어 놨습죠. 그 편지는 지금 제 품에 갖고 있는데, 겉봉만 쓰면 다 됩니다요. 마님이 이걸 한 번 읽어 주셨으면 좋겠습니다요. 제 생각으로는 영주답게, 제 말은 영주들이 쓰듯이 씌어 있다고 생각된다는 것입니다요.」

「그래, 누가 썼나요?」하고 공작 부인이 물었다.

「제가 쓰지 않고 누가 쓰겠습니까요? 아무리 제가 무능하더라도 말씀입죠.」하고 산초가 대답했다.

「아니, 당신이 그걸 썼단 말이에요?」하고 공작 부인이 다시 물었다.

「사실은 생각지도 못할 일입죠.」하고 산초가 대답했다. 「저는 겨우 이름만은 쓰지만, 읽지도 쓰지도 못하는 걸입죠.」

「그럼 이리 줘 봐요.」하고 공작 부인이 말했다. 「필경 그 편지에도 당신의 그 잘 움직이는 지혜가 그대로 충분히 나타나 있겠지요.」

산초가 품에서 봉하지 않은 편지를 꺼내 주자 공작 부인이 받아서 읽었는데, 이런 사연이 적혀 있었다.

테레사 판사 앞으로 보내는 산초 판사의 편지.

그리하여 나는 지독히 매를 맞고 기사답게 말을 타고 갔었소(태형을 받고 거리를 끌려다니는 것이 당시의 풍습이 있다—역주). 만일 훌륭한 영주 자리가 손에 들어온다면, 그것은 그 모진 매질의 대가인 것이오. 당신은 이 일에 관해서 잘 모를 줄 알지만, 언젠가 알게 될 것이오. 여보, 나는 당신이 마차를 타고 출입하도록 결정했다는 것과 이것을 유의할 것을 엄하게 말해 두는 바이오. 왜냐하면 다른 여하한 출입도 엉금엉금 기어다니는 것과 마찬가지기 때문이오. 당신은 영주의 아내이니 이러쿵저러쿵 남에게 쑥덕공론을 듣지 않도록 주의해 주기 바라오. 여기 녹색 사냥옷을 당신에게 보내오. 이것은 공작 부인께서 내려 주신 물건이니 뜯어고쳐서 산치카의 치마와 등옷을 만들어 주도록 하시오. 나의 주인 돈키호테 님은 이 지방 사람들의 말에 의하면 제정신을 가진 미치광이요, 애교 있는 바보라고 하며, 나도 그에 못지않다는 얘기들이오. 우리가 몬테시노스의 동굴에 갔더니 현인 메를린이 둘시네아 델 토보소, 즉 마을에서 알돈사 로렌소라고 부르는 분의 마법을 푸는 방법을 나에게 일러 주었는데, 내가 내 몸뚱이에다 3천3백 차례보다 다섯 차례 적은 매질을 하면 그분은 어머니의 뱃속에서 태어날 때의 모습대로 마법에서 풀려나게 될 거라고 말했소.

이것은 아무에게도 말하지 말아야 하오. 그 이유는 『그대의 그것을 남 앞에 드러내 보여라. 어떤 자는 희다고 말하고 어떤 자는 검다고 말한다』고 하기 때문이오.

나는 며칠 후 영지로 떠날 작정이며, 그곳에서 돈을 긁어모을 대망을 품고 가는 것이오. 들은 바로는 신임 영주란 모두 이와 같은 희망을 안고 부임한다고 하오. 나는 먼저 영지의 맥을 짚어 본 다음 당신이 나와 함께 살기 위해 와야 할 것인가, 오지 말아야 할 것인가 알려 줄 작정이오.

잿빛 당나귀는 잘 있으며 당신에게 안부 전해 달라는 얘기요. 나는 설혹 터키 대왕으로 앉혀 준다고 초청을 받더라도 이 잿빛만은 놓지 않을 생각이오.

나의 마님, 공작 부인께서도 당신의 손에 천 번이나 입맞춤을 내려 주셨으니, 당신도 마님의 손에 2천 번 돌려 드리도록 하오. 우리 나리의 말씀을 들어 보면, 훌륭한 예의만큼 밑천 안 드는 싼 것은 없기 때문이오.

하느님은 아직도 지난 번처럼 1백 에스쿠도가 들어 있는 가방을 내게 베풀어 주시지 않고 계시지만, 마누라여, 당신은 걱정할 필요 없소. 종 치는 자는 안전한 장소에 있고, 영주직에 관해서는 곧 만사가 뚜렷해질 것이오. 다만 한 가지 걱정거리는 사람들의 말에 의하면 한번 영주직 맛을 보고 나면 더한층 욕심이 많아져서 결국은 탐욕에 못 이겨 자기 손을 빠는 결과가 되어서, 잘못하면 그리 싸게 치이지도 않는다는 것이오. 하기야 수족이 시들거나 외팔이 같은 자는 구걸한 적선금으로 제법 수지를 맞춘다고 하오. 그러니 이것이 아니면 저것이라는 식으로 당신은 반드시 부자가 되어 행복해질 것이 틀림없소. 하느님이 하실 수 있는 데까지 행복을 내려 주시고 나를 당신과 더불어 해로하도록 오래 살게 해주시길 빌겠소. 이 성안에서, 1614년 7월 20일

당신의 남편, 영주
산초 판사 올림.

공작 부인은 편지를 다 읽고 나서 산초에게 말했다.

「우리 영주님은 두 가지 일이 조금 빗나갔네요. 저의 남편 공작님이 당신에게 영주직을 약속했을 때는 아무도 이 세상에 매질이 있다는 것조차 꿈에도 생각지 않았다는 것을 잘 알고 있으면서, 아니 이건 거짓말이라고 할 수 없을 거예요, 그러면서 이 영주직이 당신이 자기 몸을 매질함으로써 주어진 것이라고 말하고 또 그렇게 생각하고 있다는 점이에요. 또 하나는 자기를 매우 욕심 많은 사람처럼 쓰고 있다는 거예요. 나는 뜻밖의 결과가 되는 것이 아무래도 싫어요. 탐욕은 자루를 찢는다고 하잖아요? 욕심 많은 영주의 재판은 엉터리기 쉽지요.」

「저는 그런 말을 하지 않았습니다요.」 하고 산초가 대답했다. 「만일 이 편지가 제대로 씌어 있지 않다면 찢어 버리고 다른 것을 쓰면 됩니다요. 하지만 저더러 마음대로 쓰라면 아마 더 심한 것이 될는지도 모르겠습니다요.」

「아니, 아니.」 하고 공작 부인이 대답했다. 「이 편지는 아주 잘 되어 있어요. 공작님에게도 보여 드리고 싶어요.」

이렇게 말하고 그날 식사를 하게 되어 있는 정원으로 나갔다. 거기서 부인

은 공작에게 산초의 편지를 보여 주었는데 이것을 읽고 그는 매우 만족해했다. 그들은 식사가 끝나고 식탁보가 치워진 후에도 산초와의 회화로 상당한 즐거움을 나누었는데, 그때 별안간 무섭고 구슬픈 피리 소리와 기묘하게 맑고 요란스러운 북소리가 들려 왔다.

사람들은 이 어색하고 살벌하고 음울한 가락에 동요의 빛을 보였는데, 그중에서도 돈키호테는 무척 당황해 하면서 그 자리에 가만히 앉아 있지 못할 정도였으며, 산초에 이르러서는 오직 공포에 사로잡혀 이런 때의 도피 장소인 공작 부인의 곁, 아니 치맛자락 끝으로 달아났다고 하면 그것으로 족할 것이다. 사람들의 귀에 들린 음색은 무섭고 구슬프고 음울한 것이었다.

모두가 이렇게 아연실색하고 있는데 두 사나이가 거의 땅바닥에 끌 듯이 긴 상복을 입고 정원으로 들어와 성큼성큼 다가오는 것이 보였다. 그들은 검은 천으로 덮은 북을 저마다 울리면서 가까이 왔는데, 그들의 옆에서 시커멓게 칠한 피리를 부는 사나이가 따라오고 있었다. 이 세 사람 뒤를 거대한 몸뚱이의 인물이 따랐는데, 그 역시 칠흑의 법의를 입고, 아니 몸을 푹 감싸고 있고, 그 옷자락은 터무니없이 크고 넓게 퍼져 있었다. 이 법의 위에 역시 검은 가죽끈을 어깨에 걸치고 거기에다 장식도 칼집도 없는 검고 무시무시하게 큰 언월도를 차고 있었다. 얼굴은 검은 베일로 가렸으며 그것을 통해 눈처럼 희고 굉장히 긴 턱수염이 들여다보였다. 그는 북소리에 맞추어 장중하게 엄숙한 걸음을 옮겨 놓았다. 요컨대 그의 위엄, 의젓한 걸음걸이, 온통 시커멓기만 한 복장, 그 이상야릇한 동반자 등등, 그가 누구인지 모르고 보는 사람으로 하여금 누구나 아연하게 만들었던 것이다.

이윽고 그는 앞에서 말한 의젓하고 뻐기는 태도로 다른 사람들과 함께 기다리고 서 있는 공작 앞에 와서 무릎을 꿇었는데, 공작은 상대가 일어설 때까지 아무 말도 하지 않았다. 그 이상한 괴물은 일어나서 얼굴을 가린 베일을 벗고 여태까지 사람들이 본 적이 없을 만큼 많고 굉장히 흰 수염을 드러냈다. 그리고 공작 부처를 응시하면서 그 넓고 큰 가슴에서 엄숙하고 높은 목소리를 짜내어 말했다.

「더없이 고귀하신 각하. 저는 흰 수염의 트리팔딘이라고 하는 자이며, 트리팔디 백작 부인, 즉 『비탄의 노시녀』라고 부르는 분의 종자입니다. 그분의 분부로 마님께 전해 드릴 전갈을 갖고 왔습니다. 그것은 백작 부인이 몸소 이 자리에 나와 그 일신의 비운을 말씀드릴 수 있는 자격과 허락을 주십사는 부탁입니다. 주인의 그 비운이라는 것은 이 세상의 가장 불운한 사람도 도저히 상상하지 못 할 이상하기 짝이 없고 경탄할 만한 비운의 하나입니다. 그런데 제일 먼저 백작 부인께서 알고 싶어하시는 것은, 만일 이 성에 용감한 불패의 기사 돈키호테 데 라 만차 님이 머물러 계시지 않나 하는 것입니다. 백작 부인은 돈키호테 님을 찾아 멀리 칸다야 왕국에서, 실로 이것은 기적이나 마법의 힘이라 생각되는 것이 당연한 일이지만, 걸어서 마시지도 먹지도 않고 찾아오신 것입니다. 부인은 이 성, 이 저택의 문을 들어와도 좋다는 허락을 기다리고 계십니다. 이상이 제가 전해 드릴 전갈의 전부입니다.」

그리고 기침을 하고는 수염을 두 손으로 위에서 아래로 쓰다듬어 내리고 매우 점잖게 공작의 대답을 기다렸다. 공작은 대답했다.

「뛰어난 종자, 흰 수염의 트리팔딘, 우리가 트리팔디 백작 부인을 마법사들이 『비탄의 노시녀』라고 부르게 만든 재난을 들은 것은 꽤 오래 된 일이오. 자, 뛰어난 종자여, 주인을 어서 이리 드시게 하오. 용감한 기사 돈키호테 데 라 만차 님도 여기 계실 뿐 아니라 이분의 고결한 성품으로 보아 틀림없이 모든 원조와 보호를 기대해도 좋다는 뜻을 전하시오. 그리고 또 만일 내 원조가 필요하다면 그것을 베푸는 데 조금도 인색하지 않겠다고 나에 관해서도 말씀 드리시오. 기사라는 신분은 원조한다는 의무를 지고 있는 것, 모든 여성들에게, 특히 그대의 주인이신 그러한 의지할 곳 없는 비탄의 분들에게 구원의 손을 내미는 것은 지극히 당연한 일이오.」

이 말을 듣고 트리팔딘은 무릎을 굽히더니 피리 부는 사나이와 북 치는 사나이에게 눈짓하여 들어올 때와 마찬가지 주악과 같은 걸음걸이로 정원을 물러나 뒤에 남아 있는 모든 사람들을 그 태도와 풍채로써 경탄시켰다. 그러자 공작이 돈키호테를 돌아보고 말했다.

「훌륭한 기사님, 이제 악의와 무지의 어두움이 용기와 정의를 덮을 수도 흐리게 할 수도 없다는 것이 분명해졌구려. 귀공이 이 성에 오신 지 불과 엿새도 되지 않는데 벌써 고민에 잠기고 비탄에 젖은 사람들이 머나먼 곳에서, 마차나 낙타를 타지도 않고 걸어서, 먹지도 마시지도 않고, 오로지 자기들의 재액과 고난의 구제를 귀공의 유례 없는 힘에 의지하려고 찾아오기 시작했소이다. 그것은 이 지상에 널리 알려진 귀공의 위대한 갖가지 공명에 의한 것이 틀림없소.」

「공작 각하,」 하고 돈키호테가 대답했다. 「나는 전에 식탁에서 편력의 기사에 대해 매우 심한 편견을 품고 있다는 것을 보여 준 그 복된 성직자가 이 자리에 있어서, 그러한 기사가 이 세상에 필요한지 어떤지 직접 눈으로 보아 주었으면 좋았을 것을 하고 생각하고 있소. 적어도 중대한 위기나 커다란 불행으로 심히 비탄에 잠기고 마음 아파하는 사람들이라는 것은, 변호사의 집에도, 마을 성기(聖器)지기 집에도, 자기 마을의 경계 밖을 한 번 나가 본 일조차 없는 기사의 집에도, 사람들이 말하고 책에도 기록될 노력이나 공훈을 스스로 세우기보다 그것을 소문으로 옮기고 지껄이는 신기한 소식만 찾아다니는 게으름뱅이 궁정 기사들에게도, 결코 원조를 구하러 가지 않는다는 것을 손으로 만져 보듯 알게 되었을 것이오. 다시 말해서 슬픔의 위안도, 궁핍의 해탈도, 처녀들의 비호도, 과부들의 위로도, 어떠한 자들보다 편력 기사의 손이 그것을 해내기가 훨씬 수월한 것이오. 그러기에 나는 스스로 편력의 기사임을 한없이 하늘에 감사하고, 나아가서는 이토록 명예로운 임무를 수행함에 있어 내 몸에 내리덮치는 어떠한 재해도 고난도 오히려 기꺼이 감수할 작정이오. 그 부인도 여기 오셔서 무엇이건 부탁하시면 좋을 것이오. 내 힘과 내 용기의 불퇴전(不退轉)의 결의로 하여 그 부인의 구조책을 내 반드시 강구할 작정이오.」

제 37 장

여기서는 비탄의 부인이 겪은 훌륭한 모험이 계속된다.

공작 부처는 자기들의 계략에 돈키호테가 속절없이 걸려들기 시작하는 것을 보고 유쾌해 하는데, 마침 그때 산초가 입을 열었다.

「그 노시녀가 혹 내 영주직에 방해라도 되면 난 곤란합니다요. 흥, 방울새처럼 조잘거리는 트레이드의 약방에서 들었는데, 늙은 노파가 가운데 들어서 잘되는 일이 없답니다요. 정말 그 약방은 노파와는 원숩니다요! 그래서 전 생각합니다요만, 노시녀라는 것은 누구나없이, 가문이나 신분이 어떻든 간에 시끄럽고 뻔뻔스럽기 짝이 없는데 말입니다요, 소름이 끼치거나 추워서 으슬으슬해지는 그런 비탄의 노시녀가 괜찮을깝쇼?」

「닥쳐라, 산초여.」 하고 돈키호테는 말했다. 「이 노시녀님은 먼 곳에서 일부러 나를 찾아오셨으니 그 약방이 주워섬긴 그런 노파들과 같을 까닭이 없다. 하물며 이분은 백작 부인이다. 백작 부인이 노시녀로서 일하고 계신다면, 여왕님이나 왕후님을 모시고 계실 것이고, 자기 집에서는 다시 노시녀들의 시중을 받고 계시는 매우 고귀한 귀부인이 틀림없을 테니 말이다.」

이에 대해서 그 자리에 있던 도냐 로드리게스가 대답했다.

「저희 공작 부인께서도 만일 운명만 그럴 생각이었더라면, 백작 부인이었을지도 모를 노시녀들의 시중을 받고 계실 것입니다. 하지만 법도라는 것은 임금님의 생각 하나로 정해진다고 하지 않습니까? 노시녀들의 욕은 아무도 하는 법이 아닙니다. 개중에서도 연세가 많은 숫처녀들은 더더욱 그렇지요. 하기야 저는 그렇지 않습니다만, 과부 노시녀에 비하면 그대로 늙은 노시녀 쪽이 뛰어나다는 것은 저도 잘 알고 있고, 또 짐작도 할 수 있지요. 우리의 머리를 깎은 사람은 아직 가위를 손에 들고 있다니까, 남의 욕은 할 수 없는 거예요.」

「그럴는지도 모르겠습니다만,」 하고 산초가 대답했다. 「제가 잘 아는 이발사의 말을 들어 보면, 노시녀라는 것은 많이 깎아야 할 곳이 있다던가 어쨌다던가 해서요, 설혹 밥이 타더라도 가만히 둬두는 편이 낫답니다요.」

「언제나 종자라는 것은,」 하고 도냐 로드리게스가 받았다. 「우리의 적이에요. 언제나 대기실에 서성거리는 도깨비들이니까. 걸핏하면 우리를 감시하고, 또 기도드리는 시간을 빼고는 그런 데 소비하는 시간이 더 많으니까 그걸 우리 욕이나 하고 트집이나 잡는 데 보내고 있단 말예요. 다시 말해서, 우리 뼈를 파헤쳐서 우리의 평판을 묻어 버리려고 그러는 거지요. 당신들에게는 안됐지만 우린 설혹 죽도록 배가 고프거나, 부활절 행렬날 똥통에 뚜껑을 하든지 덮든지 하는 것처럼 우리의 보드랍거나 꺼칠꺼칠한 살결을 수녀처럼 검은 옷으로 감싸고 있거나 아무튼 이 세상에서, 아니 이 세상이라기보다 훌륭한 저택에서 살아가지 않으면 안 돼요. 저는 맹세코 말하지만, 만일 허락이 내리고 시간만 있다면, 노시녀는 갖추지 않은 미덕은 하나도 없다는 것을 여기 계시는 분들뿐 아니라 이 세상 모든 사람들에게 가르쳐 드리겠어요.」

「나도 친한 도냐 로드리게스가 한 말을 지당하다고 생각해요.」 하고 공작 부인이 입을 열었다. 「정말 지당한 말이라고 생각해요. 하지만 당신 자신뿐 아니라 다른 노시녀들을 보호해서 그 고약한 약방의 그릇된 생각을 고쳐 주고, 나아가서 이 대인물 산초 판사의 가슴속에 뿌리박고 있는 잘못된 생각을 뿌리째 뽑아 주려면 시간을 기다리는 것이 좋을 것 같아요.」

이에 대해서 산초가 대답했다.

「전 영주직의 냄새를 맡고부터 늘 겁을 먹는 종자의 버릇이 어디론가 사라져 버려서, 세상의 노시녀라는 노시녀가 한덩어리가 되더라도 그야말로 들판의 무화과 정도로밖에 생각지 않습니다요.」

이때 피리와 북소리가 다시 울려퍼졌다. 그것으로 모두 비탄의 노시녀가 들어온 것을 짐작했는데, 만일 그렇지 않았더라면 이 노시녀 논쟁은 더 계속되었을 것이 뻔한 일이었다. 공작 부인은 공작을 돌아보고, 뭐니뭐니해도 상대편은 백작 부인이고 고귀한 분이니까 이쪽에서 마중을 나가는 것이 좋지 않겠느냐고 물었다.

「백작 부인이라는 면에서 본다면,」 하고 산초가 공작이 아직 대답도 하기 전에 끼여들었다. 「두 분께서는 마중을 나가시는 편이 좋다고 생각합니다요. 하지만 노시녀라는 면에서 본다면 두 분은 한 걸음도 움직이지 않아도 상관없다는 것이 제 생각입니다요.」

「누가 그대에게 참견을 해도 괜찮다더냐, 산초?」 하고 돈키호테가 꾸짖었다.

「누가 참견을 해도 좋다 했냐고요, 나리?」 하고 산초가 대꾸했다. 「저는 참견해도 상관없으니까 참견을 했을 뿐입니다요. 범절에 있어서는 누구보다도 제일 정중하시고 예의바르신 기사님인 나리의 학교에서 여러 범절을 익힌 종자가 아닙니까요. 게다가 이런 일에서는, 나리에게 들은 바로는, 숫자가 많은 트럼프나 숫자가 적은 트럼프나 지는 것은 마찬가지고 말귀를 잘 알아듣는 상대편에게는 한두 마디로 통한다고 하잖습니까요.」

「실로 옳은 말이로다.」 하고 공작이 말했다. 「백작 부인의 상태를 본 다음 그에 맞는 범절을 지키도록 하자.」

이때 처음과 같이 북과 피리를 불던 사나이들이 들어왔다.

그리고 여기서 작자는 이 짧은 장은 마치고 장을 바꾸어 같은 모험에 관한 이야기를 계속하고 있는데, 이것은 이 이야기의 가장 주목할 만한 모험의 하나이다.

제 38 장

여기서는 비탄의 노시녀가 말한 그녀의 불운의 관해서 다루어진다.

이 세 사람의 악사를 따라 열두 사람이나 되는 노시녀들이 두 줄로 나뉘어 정원으로 들어오기 시작했는데, 그녀들은 모두 세루 천으로 보이는 폭넓은 검은 수녀복을 입고 엷은 카네킨의 수녀복 자락이 겨우 보일 만큼 길고 하얀 두건을 폭 덮어쓰고 있었다. 그녀들 뒤에서 흰 수염의 종자 트리팔딘의 부축을 받으면서 트리팔디 백작 부인이 들어왔다.

아직 보풀이 일지 않은 검정 고급 천의 옷을 입고 있었는데, 만일 보풀이 일어났더라면 틀림없이 보풀뭉치의 크기가 훌륭한 가루반소 콩 정도는 되었을 것이다. 그 검은 옷은 끝이 뾰족하게 세 자락으로 나누어져 있었으며, 그 세 끝을 역시 검은 상복을 걸친 세 시동이 저마다 두 손으로 받들었고, 그 세 끝이 형성하는 세 예각(銳角)에 의해 산뜻한 기하학적 조화를 이루고 있었다. 이 뾰족한 옷자락에 시선을 집중시키고 있던 모든 사람들은 이 옷자락으로 하여 트리팔디 백작 부인, 다시 말해서 『세 옷자락의 백작 부인』이라 부르는구나 하고 깨달았다.

원작자 베넨헬리도 이것은 사실이었다고 서술하고, 그녀의 본명은 그녀의 백작 영지에 많은 로보(늑대의 뜻―역주)가 자란다고 해서 로브나 백작 부인이라 불려지고 있었는데, 만일 늑대가 소르라(여우―역주)였더라면 소르나 백작 부인이라 불려졌을 것이다. 왜냐하면 그 지방에 사는 영주들은 자기 영내에 가장 많은 물건이나 사물에서 그들의 호칭을 따는 것이 관습이었기 때문이다. 그러나 이 백작 부인은 그 옷자락의 기묘함에 경의를 표해서 로브나를 버리고 트리팔디를 땄다고도 말하고 있다.

열두 노시녀와 부인은 엄숙한 걸음걸이로 조용히 들어왔다. 모두 얼굴을 검은 베일로 가렸으나, 그것들은 트리팔딘처럼 투명한 것이 아니고 훨씬 올이 촘촘한 것이었으므로 아무것도 속이 비쳐 보이지 않았다. 이 노시녀의 일행이 전부 모습을 나타냄과 동시에 공작 부처와 돈키호테, 그리고 이 엄숙하게 걸어오는 행렬을 지켜보고 있던 모든 사람들이 자리에서 일어섰다.

열두 노시녀는 걸음을 멈추고 두 줄로 나란히 서서 통로를 만들었다. 그 중앙을 트리팔딘에게 손을 잡힌 비탄의 노시녀가 걸어 나왔다. 이것을 보자 공작과 공작 부인과 돈키호테는 약 열두 걸음쯤 나아가서 그녀를 맞이했다. 그러자 그녀는 땅에 무릎을 꿇더니 부드럽고 섬세한 것이 아니라 거칠거칠하고 쉰 목소리로 말했다.

「부디 거기 계시는 거룩하신 분들께서는 이 천한 여자를 그토록 정중하게 응대하지 말아 주십시오. 저는 비탄에 젖은 여자이기에 마땅히 여기서 해야 할 예의를 도저히 다할 수가 없습니다. 이것은 모두 저의 이상야릇한, 여태까지 일찍이 일어난 적 없는 불행이 저의 사려와 분별을 빼앗아 갔기 때문인데, 더욱이 그것을 어디로 가져갔는지조차 모르고 있습니다. 그러나 아무리 찾아도 보이지 않는 것으로 보아 아마 아주 먼 곳으로 가져간 것이 틀림없는 것 같습니다.」

「아니, 사려와 분별이 없는 것은,」 하고 공작이 대답했다. 「백작 부인, 그것은 부인의 인품을 보고, 부인의 진가를 분별할 줄 모르는 인간들입니다. 부인의 진가는 첫눈에 예의범절의 정수, 품행이 고운 예절의 모든 꽃을 받으실 만한 분이라는 것을 알 수 있습니다.」

그리고는 백작 부인의 손을 잡아 일으켜서 공작 부인의 옆자리로 안내했다. 공작 부인도 마찬가지로 정중한 예의를 다하여 그녀를 맞이했다. 돈키호테는 잠자코 있었으나, 산초는 트리팔디 부인과 많은 노시녀들의 얼굴이 보고 싶어 못 견딜 지경이었다. 그러나 이것은 그녀들이 스스로 얼굴을 드러내 보이기 전에는 아무리 해도 불가능한 일이었다. 모든 사람들이 가만히 그 자리에 서서 입을 꾹 다물고 누가 이 침묵을 먼저 깰까 하고 기다리고 있었다. 먼저 침묵을 깬 것은 『비탄의 노시녀』로서, 그녀는 이런 말로써 침묵을 깨뜨렸다.

「권세 드높은 나리, 더없이 아름다운 부인, 그리고 사려 깊으신 그밖의 여러분들, 저는 저의 이루 말할 수 없이 깊은 슬픔이 여러분의 이루 말할 수 없이 넓은 가슴속에 관용스럽고 안타까운, 동시에 편안한 휴식의 자리를 발견할 수 있을 것이라고 굳게 믿고 있습니다. 왜냐하면 저의 슬픔은 대리석조차 부드럽게 하고, 다이아몬드까지도 연하게 만들며, 대체로 이 세상에서 가장 딴딴한 마음의 강철마저 녹이기에 충분한 것이기 때문입니다. 그러나 이것을 여러분의 귀라고 말하기는 죄송합니다만, 들으실 수 있는 자리로 끌어 내기 전에 이 모임에, 이 집회에, 이 동지들 속에 이루 말할 수 없이 순수 무구한 기사 돈키호테 데 라 만차 님과 종자 중의 종자, 이루 말할 수 없는 판사가 계시는지, 그것부터 가르쳐 주실 수 없습니까?」

「판사는 여기 있습니다요.」하고 다른 사람이 대답하기 전에 산초가 말했다. 「그리고 돈키호테 님도 계시다구요. 그러니 이루 말할 수 없이 비탄에 잠긴 노시녀 가운데서 이루 말할 수 없는 노시녀님, 이루 말할 수 없이 하고 싶은 말씀을 하십쇼. 저희들은 노시녀님의 이루 말할 수 없는 도움이 되고 싶어 마음의 준비 또한 이루 말할 수 없이 되어 있으니까요.」이때 돈키호테가 일어서서 『비탄의 노시녀』에게 말을 건넸다.

「슬퍼하고 고민하는 분이여, 당신의 비탄이 그 누군가 편력의 기사의 그 어떤 용기나 무력으로 고쳐질 수 있다는 얼마간의 희망을 기대할 수 있는 것이라면, 여기 나의 용기와 무력이 있소. 나의 무력도 용기도 취약하고 부족한 것이기는 하나 그대를 돕는 데 전력을 다할 생각이오. 나는 돈키호테 데 라 만차라고 하며, 나의 임무는 모든 궁핍한 사람들을 구조하러 달려가는 일이오. 그러한 까닭이니, 또 사실 그러하오만, 노시녀님, 당신은 친절한 마음을 구하실 필요도 긴 서두를 이것저것 찾으실 필요 없이, 있는 그대로 단도직입적으로 당신의 불행을 말씀하시면 되는 것이오. 당신의 이야기를 들은 사람들이 설혹 그것을 고쳐 드릴 수 없다고 하더라도 그 불행에 대한 근심을 함께할 수는 있을 것이기 때문이오.」

이 말을 듣자 『비탄의 노시녀』는 돈키호테의 발 아래 몸을 던질 듯한 모습을 보였을 뿐 아니라 실제로 몸을 던지고 상대편의 두 발을 두 팔로 얼싸안고 몸부림치면서 소리쳤다.

「오오, 언제나 패함이 없는 기사님! 이 발 아래 저는 몸을 내던집니다. 이 발이야말로 편력의 기사도의 초석이자 기둥입니다. 이 다리에 저는 입맞추고 싶습니다. 이 다리의 움직임에 저의 모든 불행의 구원이 걸려 있고, 또한 저는 의지하고 있습니다. 오오, 용감한 편력의 기사님이여, 기사님의 거짓 없는 위업은 아마디스, 에스플란디안, 혹은 벨리아니스 등이 세웠다는 가공의 공명 따위를 물리치고 찬란히 빛나고 있기 때문입니다.」

이어 그녀는 돈키호테는 그대로 두고 이번에는 산초 판사를 돌아보더니 두 손을 잡으면서 말했다.

「여보세요, 당신은 현세기는 물론 과거의 세기에 있어서도 일찍이 편력의 기사를 섬긴 자 가운데서 가장 성실한 종자이며, 그 친절심은 지금 제 옆에 있는 저의 시종 트리팔딘의 수염보다 많은 분이에요! 당신이 이 위대한 돈키호테 님을 모시고 있다는 것은, 이 세상에서 무기를 잡은 많은 기사 전체를 요약해서 섬기는 일이니, 얼마든지 자랑으로 여기게 될 거예요. 나는 당신의 오로지 성실하기만 한 친절심의 당연한 행위로써, 빨리 당신 주인 어른이 이루 말할 수 없이 천하고 이루 말할 수 없이 불행한 여자를 도와 주시도록 훌륭한 중개 역을 맡아 주시기를 진심으로 부탁합니다.」

「내 친절심이 말씀입니다요, 노시녀, 종자의 수염처럼 길고 굵다는 것은 저는 그다지 신경을 쓰지 않고 있습니다요. 다만 이 세상을 작별할 때 제 영혼에 턱수염에다가 콧수염까지 아울러 났으면 하는 것이 중요한 일이며, 이 세상에서의 수염에 대해서는 조금이 아니라 아예 신경도 쓰지 않습니다요. 하지만 그런 아첨이나 부탁이 없더라도 저의 주인 나리가 저를 귀여워하시고 더욱이 지금은 어떤 일 때문에 저를 꼭 필요로 하시니까 힘이 미치는 데까지 노시녀님을 도와서 힘이 되어 주시도록 주인 나리에게 부탁드리겠습니다요. 그러니 노시녀님께서도 근심 걱정은 자루에서 꺼내다가 우리에게 맡기십쇼. 그러면 서로 납득이 가지 않겠습니까요.」

공작 부처는 이런 모험을 시도한 당사자였으므로 솟아오르는 웃음으로 금방 입이 찢어질 지경이었다. 그리고 속으로 트리팔디 역을 맡은 사람의 기지와 시치미를 떼는 것에 혀를 내둘렀는데, 그 트리팔디가 다시 제자리에 앉아 입을 열었다.

「대 트라포바나 섬과 남해 사이에 있으며 코모린 곶에서 2레구아 저쪽에 있는 유명한 칸다야 왕국의 군주는 여왕 도냐 마군시아 님이었는데, 여왕님은 그곳 군주이시자 남편이신 아르치피엘라 왕의 후실로서 이 두 분 사이에는 왕국을 계승할 안토노마시아 공주님이 태어나셨습니다. 안토노마시아 공주님은 저의 보육과 감독 아래서 자라 성인이 되셨습니다. 제가 모후의 노시녀 중에서도 신분이 가장 높고 가장 나이를 먹었기 때문입니다. 그리하여 날은 가고 다시 와서 철없는 안토노마시아 님도 열네 살의 봄을 맞이하게 되셨고, 조화의 힘은 다시 거기에다 더 보텔 수 없을 만큼 완성된 아름다움을 공주님에다 나타냈습니다. 그러면 공주님의 지혜가 그저 어리기만 했느냐 하면 그것은 천만의 말씀이었습니다! 총명하시고 더욱이 아름다우시며 세상에 겨룰 사람이 없을 만큼 아름다운 공주님이시었는데, 시샘 많은 숙명과 무정한 운명의 여신들이 생명의 구슬끈을 끊지만 않았다면 지금도 여전히 아름답게 계실 것입니다.

하지만 그런 일은 있을 수가 없지요. 왜냐하면 이 땅 위에서 가장 아름다운 포도 송이를 채 익기도 전에 따버리는 그런 악행이 이 지상에서 행하여지는 일은 하늘의 여러 신이 용서치 않으실 것이기 때문입니다. 저의 서투른 입으로는 도저히 정당하게 칭찬할 수 없습니다만, 이 공주님의 아름다움에 국내는 물론 국외의 왕자님들까지 많은 분들이 연모를 하셨는데 그런 분들 가운데 궁정에서 근무하는 한 기사가 자기의 젊음과 미모, 많은 기능과 손재주, 뛰어난 재지, 그 경묘함 같은 것을 믿고 높은 울타리의 이 아름다운 꽃에 두려움도 없는 생각을 품게 되었습니다.

지루하지 않으시다면, 여러분, 들어 주십시오. 이 젊은이는 기타를 마치 말하듯 칠 수 있었을 뿐 아니라 시도 쓰고 춤에도 명수였으며, 게다가 새 초롱을 잘 만들어서 설령 생활이 궁핍하더라도 새 초롱만 만들면 실컷 생활해 나갈 수 있을 정도였습니다. 그러한 재능이나 손재주는 나어린 소녀는 말할 것도 없고 산도 뒤집어엎는 데 충분한 것이지요. 그러나 아무리 이 젊은이가 씩씩하고 말을 잘 하고 손재주가 있고 무엇이나 할 수 있는 재능이 있다고 하더라도, 이 뻔뻔스러운 도둑이 먼저 나를 농락하는 방책을 쓰지 않았더라면, 우리 공주님의 성채를 정복하는 데 아무런 소용도 없었을 것입니다.

우선 먼저 이 냉정한 악당 건달은 내 호의부터 차지해서 내 마음을 매수하고 나라는 나쁜 성지기로 하여금 내가 맡은 성채의 열쇠를 자기에게 넘겨 주도록 하려 했습니다. 한마디로 말해서 어떤 장식품이나 조그마한 보석을 내게 선사했는지는 모릅니다만, 이 젊은이는 내 분별심에 파고들어 내 의사를 제멋대로 조종하고 말았습니다. 그러나 무엇보다도 나를 굴복시키고 나를 전락시킨 것은, 어느날 밤 그가 살고 있던 골목에 면한 창문의 쇠창살로부터 그가 노래하는 시를 들은 것이었는데, 내 기억이 틀림없다면 그것은 이런 시였습니다.

그 상냥한 나의 원수로부터
나의 영혼에 상처 준 아픔은 태어나고,
아무리 괴로워도 그대의 소원은
아픔을 참고 아무 말 말라는 것이니.

이 시가 제게는 마치 진주처럼 여겨지고 젊은이의 목소리는 마치 당밀의 그 것처럼 달콤하게 여겨졌습니다. 그후부터, 아니 바로 그때부터지요, 나는 이런 시나 그밖의 이와 비슷한 운문 덕분에 내가 빠진 불행을 보더라도, 플라톤이 충고한 것처럼 시인은 적어도 연애 시인은 반드시 옳게 질서가 잡힌 나라에서는 추방돼 버리지 않으면 안 된다고 생각하게 되었습니다. 왜냐하면 아녀자들을 즐겁게 하고 눈물을 흘리게 하는 만투아 후작의 시와는 달리 그런 연애 시인들은 마치 부드러운 가시처럼 사람들의 영혼을 꿰찌르고, 또 마치 번개처럼 겉옷은 그대로 둔 채 사람의 영혼을 해치는 가혹한 시를 쓰기 때문입니다.

또 어떤 때는 이런 노래도 하더군요.

언제 왔는지도 모르도록
살며시, 죽음이여, 나에게 오라.
그러지 않으면 죽음이 미워
내 가슴에 살고 싶은 희망 싹트리니.

이와 같은 짤막한 시나 부르는 노래를 들으면 사람의 마음을 황홀하게 만들고, 쓴 것을 읽으면 사람의 마음을 흐트려 놓습니다. 그러니 그 무렵 칸다야에서 유행한, 그 사람들이 『세기디야』라고 부른 일종의 소곡(小曲)을 비굴하게 시류에 영합해서 만들어 내거나 했을 때는 대체 어떠했을까요? 거기에서 영혼은 춤을 추고, 웃음은 솟아나고, 몸은 잠시도 가만히 있을 수 없는, 그리고 결국 모든 감각이 수은처럼 초조히 침착성을 잃게 됩니다.

그러기에 여러분들, 이러한 시인들은 마땅히 도마뱀 섬으로나 추방되지 않으면 안 된다고 말씀드리는 것입니다. 하기야 실은 그분들이 나쁜 것은 아닙니다. 오히려 나쁜 것은 그분들을 칭찬하는 호인들이나 그분들이 쓴 것을 곧이듣는 어리석은 여자들이지요. 그래서 만일 내가 제대로 된 보통의 노시녀였더라면, 그 젊은이의 진부한 경구에 마음이 움직이는 일도 없었을 것이고, 『나는 죽어 가면서 산다』느니, 『나는 얼음 위에서 불처럼 타노라』, 혹은 『나는 불꽃에 떤다』느니, 『나는 희망을 품노라』느니, 『나는 나아가고, 또한 남는다』느니, 그밖에 이런 종류로 그 사람이 쓴 것 속에 가득 차 있는, 도저히 불가능한 시구를 그대로 진실이라고 믿을 까닭도 없었을 것입니다.

　그렇다면, 그런 분들이 아라비아의 불사조든가, 아리아드네의 왕관이라든가, 태양신(太陽神)의 말(馬)이라든가, 남해의 진주라든가, 티바르의 황금이라든가, 팡카야의 향유(香油) 같은 것을 약속하는 것은 뭐라고 생각하십니까? 말하자면, 여기서 그분들은 어쩌다가 붓이 좀 빗나갔을 뿐이며, 무슨 말을 해도 한 번도 실행할 생각을 한 적이 없고, 또 할 수도 없는 것을 약속한다는 것은, 그분들로 봐서 이렇게 돈 들지 않고 싸게 먹히는 일은 없지요.

　그것은 그렇다고치고, 어디로 내가 이 얘기를 끌고 갈 작정일까요? 아아, 나라는 사람은! 이렇게도 불행하다니! 자기의 과오에 대해서 말씀드려야 할 일이 많은데도, 남의 과오만 늘어놓고 있다니, 이 얼마나 미친 짓이며 이 얼마나 얼토당토않는 짓일까요? 다시 한 번 되풀이합니다만 아아, 나라는 사람은 얼마나 행운에 버림받은 여자일까요! 시가 나를 굴복시킨 것은 아닙니다. 나의 어리석음 때문이었지요. 음악이 내 마음을 느슨하게 만든 것은 아닙니다. 그것은 내 경솔함 탓이었지요. 나의 심한 무지와 부주의가, 돈 클라비호, 이것이 여태까지 말씀드린 그 기사의 이름입니다만, 그 사람이 나아가는 길을 열어 주고 오솔길의 방해물을 치워 준 것입니다.

　이런 까닭으로 내가 중개 역할을 해서 이 젊은이는 한 번뿐 아니라 몇 번이나 참된 남편이라는 명목 아래 젊은이에게라기보다 내게 희롱당한 안토노마시아 공주님의 방에 들어가게 되었습니다. 그 까닭은 아무리 내가 죄 많은 여자라도 공주님의 남편이 아니라면 공주의 신바닥 가죽끈조차 만지게 하지 못했기 때문입니다. 아니, 아니, 그건 다르지요. 내 재량으로 주선된 이와 같은 일에는 먼저 정식 결혼이 앞서서 이루어져야 했던 것입니다. 그러나 이 두 사람 사이에는 단 한 가지 장애가 있었는데, 위낙 돈 클라비호는 일개 기사에 지나지 않았고, 공주 안토노마시아 님은 앞에서 말씀드린 것처럼 왕국의 계승자였으므로, 간단히 말해서 신분의 불균형이라는 것이 가운데 가로놓여 있었습니다.

　그래서 이 정사는 한참동안 나의 조심스러운 주선으로 극비 속에 감추어지고 있었습니다만, 드디어 잘은 모르겠으나 안토노마시아 님의 불러 오는 배가 차츰 눈에 띄게 됨에 따라 언젠가 발각이 날 듯이 여겨졌으므로 이것이 무서워서 우리 세 사람은 얼굴을 맞대고 의논했습니다. 그 결과, 이 장난이 백일하에 드러나기 전에 공주 안토노마시아 님이 그의 처가 되기를 승낙했다는 서면을 증거로 삼아 돈 클라비호가 부사교(副司敎) 앞에 나가서 안토노마시아 님을 자기 아내로 삼고 싶다는 뜻을 청원하기로 결정했습니다. 더욱이 그 서면은 내가 지혜를 짜서 설사 삼손의 억센 힘으로도 찢을 수 없을 만큼 강력하게 적었지요. 필요한 수속을 다 밟은 뒤 부사교는 서면을 읽고 나서 공주님의 참회를 들으셨습니다. 공주님은 사실을 그대로 고백하셨습니다. 그러자 부사교는 공주님을 궁중의 매우 신뢰할 만한 관리의 집에 맡기고 말았던 것입니다…….」

이때 산초가 끼여들었다.

「역시 칸다야에도 궁중에 딸린 관리라든가, 시인이라든가, 세기디야 같은 것이 있군. 그런 것으로 미루어 보더라도 세계는 어디나 다 하나라고 생각해도 상관없다고 맹세할 수 있겠군. 그런데 트리팔디 님, 좀 서둘러 주세요. 이제 꽤 늦어졌고 저는 그 엄청나게 긴 얘기의 결말이 알고 싶어 못 견디겠으니까요.」

「예, 예, 그렇게 하지요.」 하고 백작 부인이 대답했다.

제 39 장

여기서는 트리팔디 부인이 그 근사하고 기억할 만한 이야기를 계속한다.

산초가 입밖에 낸 어떤 말도 공작 부인을 무척 기쁘게 한 데 반해서, 돈키호테는 그때마다 매우 조바심을 느꼈다. 그래서 그에게 잠자코 있으라고 명령했으므로 『비탄의 노시녀』는 말을 이었다.

「결국, 몇 번이나 질의 응답을 되풀이한 끝에 공주가 최초의 진술에서 이탈하지도 않고 그것을 변경하지도 않고 끝내 고집을 피우시므로, 부사교도 돈 클라비호에게 유리한 판정을 내려 공주님을 정당한 처로서 허락을 하게 되었습니다. 그러나 이 일로 공주 안토노마시아 님의 어머님 도냐 마군시아 여왕은 무척 화를 내시고 그때문에 사흘 후 우리는 여왕님을 매장하지 않으면 안 될 지경에 이르렀던 것입니다.」

「틀림없이 돌아가셨죠? 틀림없이?」 하고 산초가 물었다.

「그야 물론이지!」 하고 트리팔딘이 대답했다. 「칸디야 나라에서는 죽은 사람이 아니면 인간을 산 채로 묻지는 않거든.」

「여태까지 그런 예가 없는 건 아닙니다요, 종자님.」하고 산초가 대꾸했다. 「죽은 줄 알고 기절한 인간을 묻어 버린 일이 말씀입죠. 그래서 저는 마군시아 여왕님이 돌아가신 게 아니고 기절하신 게 틀림없다는 생각이 들어서요. 살아만 있다면 무슨 일이 있더라도 어떻게든 처리할 수 있는 것이고, 공주님의 실수 따윈 여왕님이 그토록 속을 썩여야 할 만큼 그리 대단한 일도 아니었으니까요. 그 공주님이 말씀입죠, 제가 사람들한테서 들은 바로는 무척 많은 공주님들이 하신 것처럼, 이를테면 시중드는 시종이라든가 궁중의 하인배들하고 일이 생겼다면 손을 댈 수도 없겠지만 지금 여기서 우리가 상세히 들은 것처럼 잘생겼고 무엇이나 잘할 수 있는 기사와 결혼했다는 것은, 그야 어리석은 일임에 틀림없지만, 그렇다고 사실 말이지, 남이 생각하는 것만큼 대단한 일도 아니었던 겁니다요. 왜냐하면 여기 계시는, 더욱이 제가 거짓말을 했다간 잠자코 보아 넘기시지 않을 우리 주인 나리의 법도에 따르면 학문 있는 사람이 사제님이 될 수 있는 것과 마찬가지로 기사님은, 더욱이 그게 편력하는 기사라면 국왕도 황제도 될 수 있으니까요.」

「그대의 말은 지당하구나, 산초.」하고 돈키호테가 말했다. 「왜냐하면 일개 편력의 기사는 불과 손가락 두 개만큼의 행운만 얻어도 이 세상 최대의 왕자가 될 수 있는 가장 가까운 가능성을 갖기 때문이다. 그런데『비탄의 노시녀』님, 이야기를 계속하시오. 내가 짐작컨대 여태까지의 감미로운 이야기가 갖는 쓰라린 대목은 지금부터 말씀하실 듯이 보이는군요.」

「그렇습니다. 쓰라린 것은 지금부터지요.」하고 백작 부인이 대답했다. 「그것과 비교한다면 쓴 오이도 달고 협죽도조차 오히려 맛있다고 여겨질 만큼 쓰라린 것입니다. 그래서 여왕님이 돌아가셨으므로, 기절하신 것이 아니에요, 우린 매장했지요. 그리고 여왕님의 유해에 흙을 덮는 마지막 작별의 인사를 드리고 났을 때, 『Quis talia fando temperet a lacrymis? (누가 이것을 듣고 눈물을 참을 수 있을까요?)』, 마군시아 여왕님의 피를 나눈 사촌 오빠, 거인 말람브루노가 여왕님의 무덤 위에 목마를 타고 나타났습니다. 이 사람은 잔인한 성질인데다가 마법사였으므로, 안토노마시아 님의 부정에 대한 불만을 누르지 못하고 자기와 피를 나눈 사촌누이의 죽음에 대한 보복으로 돈 클라비호의 대담무쌍함을 벌 주려고 두 사람에게 누이의 무덤 위에서 마법을 걸어, 공주님은 청동의 암원숭이로, 남자는 뭐라고 하는지는 모르지만 금속으로 만든 무시무시한 악어의 모습으로 바꾸어 놓고 말았습니다. 그리고 두 사람 사이에 금속의 비석을 세웠습니다. 거기에는 시리아 말로 문자가 새겨져 있었는데 그것을 칸다야 말로 옮겨 지금 다시 이 자리에서 카스티야 말로 옮겨 보면, 『이 두 빗나간 연인들은 용감한 만차 인이 와서 일전을 나누기 전에는 원모습으로 돌아가지 않으리라. 실로 숙명은 이 전대미문의 모험을 오로지 그의 위대한 용기를 위해 보유해 두노라』이런 선언이 씌어 있었습니다. 그것이 끝나자 말람브루노는 폭넓고 엄청나게 큰 언월도를 쑥 뽑더니, 한 손으로 내 머리카락을 움켜쥐고 당장 목을 쳐서 머리를 싹독 잘라 버릴 기세를 보였습니다. 나는 거의 내 정신이 아니었지요. 소리를 내려고 해도 목구멍에 걸려 나오지 않았습니다.

　나는 가슴이 찢어질 듯한 슬픔에 잠겼지만 그래도 있는 힘을 다해서 비통하고 떨리는 목소리로 여러 가지로 해명을 하고 호소를 하고 해서 그런 준열한 형의 집행만은 그럭저럭 중지시킬 수가 있었습니다. 결국 말람브루노는 궁정에 있는 모든 노시녀들을 자기 앞에 끌고 오게 하였습니다. 지금 이 자리에 있는 노시녀들이 바로 그들이지요. 그리고는 우리의 죄과를 들추어 내면서, 노시녀라는 것의 성질, 그 속검은 수법과 가장 나쁜 재질 따위를 극구 비난한 끝에 나 한 사람의 사형만은 면해 주지만 언제까지나 우리들로 하여금 사람들과 사귈 수 없게 되는 벌을 내린다고 선언했습니다. 그이가 이런 말을 마치는 거의 같은 순간에 우리는 한 사람도 남김없이 얼굴의 털구멍이 모두 열려 온 얼굴을 마치 바늘 끝으로 콕콕 찌르는 듯한 아픔을 느꼈습니다. 우리는 곧 얼굴에 손을 가져가서 보시는 것처럼 되어 버린 것을 알았지요.」

　그리고 즉각 『비탄의 노시녀』와 그밖의 노시녀들은 그때까지 얼굴을 가리고 있던 복면을 벗겨 얼굴을 드러냈는데, 어떤 사람은 붉고, 어떤 사람은 검고, 어떤 사람은 희고, 어떤 사람은 반백의 수염이 가득 나 있었다. 그것을 보자 공작 부처는 오로지 아연해 하고 놀라는 표정을 보이고, 돈키호테와 산초는 입을 멍하니 벌렸으며, 그 자리에 있던 그밖의 사람들도 망연실색하는 모습을 보였다. 그러자 트리팔디가 말을 이었다.

　「그 비열하고 소가지 못된 말람브루노는 우리의 보드랍고 말랑한 얼굴을 이렇듯 꺼칠꺼칠하고 억센 털로 덮어 버리는 수법으로 우리를 벌 준 것입니다. 우리의 얼굴을 덮고 있는 이 털북숭이로 우리의 얼굴빛을 어둡게 하느니 차라리 그 엄청나게 큰 언월도로 우리의 머리를 베어 잘라 주는 편이 얼마나 좋았겠습니까! 여러분, 우리는 이 일만 생각하면, 제가 지금부터 말씀드리고 싶은 것은 두 눈을 샘 같은 눈물에 잠기면서 말씀드리고 싶습니다. 그러나 우리의 불행을 생각하고 여태까지 비 오듯 실컷 울어 눈물의 바다도 이제는 한 방울 없이 마치 갈대밭처럼 말라 버렸으므로 눈물도 흘리지 못하고 말씀드리고 있습니다만, 제가 말씀드리고 싶은 것은 수염이 난 노시녀가 대체 어디로 갈 수 있을까요? 아버지나 어머니가 그런 여자를 가엾게 여겨 주실까요? 누가 그런 여자를 도와 주실까요? 이렇게 말씀드리는 것은 얼굴의 살결이 매끄럽고 여러 가지 수천 수백 종류의 화장품이나 크림으로 열심히 얼굴을 닦을 때도 정답게 사랑해 줄 사람을 거의 찾지 못했는데, 가시덤불 같은 얼굴을 드러낸다면 상대편은 과연 어떻게 대할까요? 오오, 노시녀분들, 내 동무 여러분들, 우리는 어쩌면 이렇듯 불행한 별 아래 태어났을까요! 우리의 양친들은 불길한 때에 우리를 낳으신 거예요!」

노시녀는 이렇게 말하고 나더니 금방 까무러칠 듯한 모습을 보였다.

제 40 장

이 모험과 이 기억할 만한 이야기에 관련된 여러 가지 일에 대해서.

이런 이야기나 이와 유사한 이야기를 좋아하는 모든 사람들은 원작자 시대 아메테가 우리에게 이야기할 때 그가 기울인 세심한 주의, 실록 속의 자질구레한 일이라도 하나도 빠뜨리지 않고 똑똑히 드러내 놓으려고 애쓴 그 노력에 진심으로 감사의 뜻을 표하지 않으면 안 될 것이다. 그는 사상이나 공상을 묘사하거나 나타내는 암묵의 질문에 대답하고 의문을 풀어 주는, 저마다의 이야기 속에 나오는 사건을 해결해 주는, 즉 한마디로 말해서 파헤치기를 좋아하는 그 어떤 독자의 궁금증을 그 어떤 것이라도 미세한 것에 이르기까지 명시해 주고 있는 것이다. 오오, 명성 높은 작자여! 오오, 행운의 돈키호테여! 오오, 훌륭한 둘시네아여! 오오, 애교 넘치는 산초 판사여! 그대들 모두가 함께, 또 저마다 한 사람씩, 살아 있는 모든 사람들의 기쁨과 아낌 없는 위안으로 무한의 세기(世紀)를 살아가시길 빈다.

아무튼 실록은 말하고 있다. 즉 『비탄에 젖은 노시녀』가 기절한 것을 보자마자 산초가 뇌까렸다. 「나는 정직한 사나이의 신앙을 두고라도, 우리 판사 집안 조상 대대의 생애를 두고 맹세해도 좋지만, 그와 같은 모험은 여태까지 한 번도 들은 적이 없고, 본 적도 없으며, 우리 주인 나리가 얘기해 준 적도, 주인 나리의 머릿속에 떠오른 적도 없어. 너를 저주하려고 그러는 건 아니지만 마법사이자 거인이라는 말람브루노, 천 마리의 악마에게 구해 달래지그래! 그러고, 이 죄를 지은 여자들에게 수염을 나게 하지 않더라도 달리 벌을 줄 방법이 생각나지 않았을까? 이 여자들에게 수염 따위를 나게 하기보다 좀 낑낑거리는 콧소리로 말을 하도록 그 억센 콧대를 절반쯤 꺾어 주는 편이 더 좋았을는지 모르지 않나. 그 편이 훨씬 적합하지 않았을까? 난 내기를 해도 좋지만, 수염을 깎아 줄 사람에게 지불할 돈도 아마 갖고 있지 않을걸.」

「그건 정말 그래요.」 하고 열두 노시녀 중의 한 사람이 대답했다. 「우린 수염을 깎을 돈도 없어요. 그래서 우리 가운데 몇 사람은 송진으로 만든 고약이라든가, 끈적끈적한 고약을 사용하는 싸구려 방법을 쓰는 사람도 있었어요. 말하자면 그것을 얼굴에 발랐다가 단숨에 탁 뜯어 버리면 그 자국이 돌절구의 밑바닥처럼 맨질맨질해지거든요. 게다가 칸다야에는 이집 저집을 돌아다니며 군털을 뽑아 주고, 눈썹을 다듬어 주고, 그밖에 여자가 사용하는 화장품을 만들어 주는 여자들이 있었지만, 우리들은 한 번도 그런 여자를 가까이할 생각을 가진 적이 없어요. 그런 여자들의 대부분이 세상을 속이는 뚜쟁이 냄새가 나기 때문이죠. 만일 돈키호테 님의 힘으로 구원을 받지 못한다면 우리는 수염을 단 채 무덤 속에 들어가게 될 것이 틀림없습니다.」

「그대들의 수염을 제거하지 못한다면,」 하고 돈키호테가 말했다. 「나는 무어 인의 땅으로 가서 내가 손수 내 수염을 뽑아 버릴 각오요.」

마침 이때 트리팔디가 깨어나서 말했다.

「그 약속의 말씀이, 용감한 기사님, 까무러쳐 있는 중에도 제 귀에까지 울려 왔으니 제가 실신에서 되살아나 감각을 되찾은 것도 그 덕분이었어요. 그러니 뛰어난 편력의 기사님, 불굴의 나리, 다시 한 번 부탁드립니다. 기사님의 호의에 찬 약속이 실제의 작용을 할 수 있도록 부탁드립니다.」

「내 전력을 다할 각오로 있소.」 하고 돈키호테는 대답했다. 「그런데 백작 부인, 내가 어떻게 하면 좋겠소? 나의 용기는 그대를 돕고자 충만해 있다오.」

「그건 이렇게 하면 됩니다.」 하고 『비탄에 젖은 노시녀』가 대답했다. 「여기서 칸다야 왕국까지 육로로 간다면 5천 레구아에서 2레구아가 조금 넘거나 적거나 합니다만, 그러나 공중을 일직선으로 간다면 3천2백27레구아가 됩니다. 또 운좋게 우리를 구해 줄 기사가 나타났을 때는, 말람브루노가 그 기사를 위해서 전세 말보다 훨씬 뛰어나고 훨씬 성질이 온순한 말을 보내 주겠다고 약속해 주었습니다. 그것은 저 용장한 피에르레스가 미인 마갈로나를 탈취해서 데려왔을 때 타고 있던 목마와 같은 것으로, 이 말은 이마에 붙은 목제 나사로 다루게 되어 있는데, 마치 악마가 날아오는 것처럼 보일 만큼 굉장한 속도로 공중을 날아오지요. 이 말은 옛날부터 전해 오는 얘기를 들어 보면, 저 현인 메를린이 만들어서 친구 피에르레스에게 빌려 준 것으로, 이 말을 타고 그는 굉장히 먼 여행을 한 끝에 말씀드린 것처럼 미인 마갈로나를 빼앗아 뒤에 태우고 아랫세상에서 멍하니 입을 벌린 채 바보처럼 쳐다보고 있는 모든 사람들을 뒤에 남겨 놓고 유유히 날아갔던 것입니다. 게다가 메를린은 자기가 좋아하는 사나이에게만, 그보다는 돈을 많이 주는 사람에게만 빌려 주었으므로, 피에르레스 이후 오늘에 이르기까지 이 말을 탄 자가 있는지 없는지 저희는 모릅니다. 말람브루노는 장기인 마법을 써서 그로부터 이 말을 훔쳐 지금은 자기 수중에 넣고 세계의 여러 곳으로 줄곧 나다니는 여행에 사용하고 있어서, 오늘 이곳에 있었는가 하면 내일은 프랑스에 가 있고, 그 다음날은 포토 시에 가 있다는 식이지요. 이 말의 뛰어난 점은 먹지도 않고 자지도 않으며, 발굽쇠가 닳지도 않고, 날개도 없는데 공중을 달릴 수 있는가 하면, 그 위에 타고 찻잔을 들고도 물 한 방울 흘리지 않고 들고 갈 수 있다는 점입니다. 그래서 미인 마갈로나는 이 말을 타고 가는 것을 여간 좋아하지 않았답니다.」

이 말을 듣고 산초가 끼여들었다.

「조용히 가볍게 가는 점에 있어선, 하늘을 나는 건 아니지만 제 잿빛 당나귀가 있습죠. 땅 위를 걸어가는 데 있어서는 온 세계의 탈것과 겨룰 만합죠.」

모두 와 하고 웃음을 터뜨렸으나 『비탄에 젖은 노시녀』는 다시 말을 이었다.

「그 말은――말람브루노가 우리의 불행에 종지부를 찍을 생각이 있다면――밤이 되면 반 시간도 되기 전에 우리 눈앞에 와 있을 것입니다. 우리가 찾던 기사님을 발견했다는 것을 알 수 있도록, 내가 보내는 신호로 그 말을 보내기로 되어 있는데, 어디에 가 있거나 신속히 쾌적하게 찾아오게 되어 있습니다.」

「그 말에는 몇 사람이나 탈 수 있지요?」하고 산초가 물었다.

그러자 『비탄에 젖은 노시녀』가 대답했다.

「두 사람이지요. 한 사람은 안장에 타고, 한 사람은 뒤에 걸터앉아서 말이에요. 만일 탈취한 처녀가 없을 때는 대개 기사와 종자가 탄답니다.」

「나는 꼭 알고 싶은뎁쇼, 『한탄의 마님』.」하고 산초가 말했다. 「그 말은 이름이 뭐죠?」

「이름은,」하고 『비탄에 젖은 노시녀』가 대답했다. 「페가수스라고 부르는 벨레로폰의 말 같지도, 부세팔루스라고 부르는 알렉산더 대제의 말 같지도, 그 이름이 부리야도로였던 미친 오를란도의 말 같지도, 레이날도스 데 몬탈반의 말이었던 바야르테 같지도 않고, 루헤로의 말처럼 프론티노도, 태양신의 말을 그렇게 부른다는 보테스도 페리토아도, 그리고 고트 족 최후의 왕인 불운의 로드리고가 타고 싸움터에 나아가 생명과 왕국을 잃은 오렐리아와도 달라요.」

「나는 내길 해도 좋습니다요만,」하고 산초가 말했다. 「사람들에게 많이 알려진 그런 말의 유명한 이름을 붙이지 않았기 때문에, 우리 주인 나리의 말 로시난테라는 이름을, 이게 꼭 알맞은 이름이라는 점에 있어선 방금 이름을 부른 그 모든 말보다 훨씬 뛰어나지만서도, 이 이름을 그 말에 붙이지 않았나 보죠.」

「그래요.」하고 수염 난 백작 부인이 대답했다. 「하지만 그래도 그 말에 아주 꼭 맞는 이름이랍니다. 괴속(怪速) 클라빌레뇨라고 하니까요. 그 이름은 나무로 되어 있다는 것과 이마에 나무 나사가 꽂혀 있다는 것과 경쾌하게 나아간다는 뜻이 매우 잘 합치되어 있어요. 이름에 관한 한 유명한 로시난테와 얼마든지 대항할 수 있지요.」

「그 이름은 싫지 않습니다.」하고 산초가 대꾸했다. 「그런데, 어떤 고삐나 재갈 끈으로 부립니까요?」

「아까도 말씀드렸잖아요.」하고 트리팔디가 대답했다. 「나무 나사로 부린다고 말예요. 타고 있는 기사가 이리저리 돌려서, 혹은 공중으로 혹은 지면에 닿을 둥 말 둥하게, 혹은 중간쯤을, 사람이 구해야 하고 버젓이 이치에 맞는 모든 행동에서 취해야 하는 것은 이것입니다만, 아무튼 자기 마음대로 몰아갈 수 있답니다.」

「한시바삐 보고 싶습니다요.」하고 산초가 대답했다. 「하지만 안장이건 엉덩이 위건 내가 그걸 타야 한다고 생각하니, 마치 느릅나무에서 배를 따려고 하는 것과 마찬가지인 기분입니다요. 난 내 잿빛 당나귀의 비단보다 부드러운 짐안장에 앉고도 간신히 타고 다니는데 방석도 받침도 없는 나무 판자의 엉덩이 위에 타야 하다니, 천만에 말씀입죠! 바보 같은 소리 그만두십쇼. 난 남의 수염을 뽑아 주기 위해 내가 쓰라린 꼴을 당하긴 싫습니다요. 저마다 가장 자기에게 알맞도록 수염을 깎아야 합니다요. 저는 그런 긴 여행을 주인 나리를 모시고 다니는 게 싫습니다요. 우리 마님 둘시네아 님의 마법을 푸는 데도 그랬는데 이 양반들 수염을 깎는 데 신경을 쓸 건 없습니다요.」

「아녜요. 당신이라야 해요, 의좋은 산초.」 하고 트리팔디가 우겼다. 「꼭 그러셔야 해요. 당신이 안 계시면 우리는 아무것도 못 한다고 생각하고 있을 정도니까요.」

「사람 좀 살려 주시오!」 하고 산초가 소리쳤다. 「일개 종자가 주인님들의 모험과 무슨 상관있습니까요? 주인님들은 이룩한 모험의 명예를 혼자 독차지하는 데 비하여 우리 종자들은 고생하기로 아예 정해져 있습니까요? 천만에 말씀입죠! 설사 얘기의 작자가 『기사 아무개는 이러이러하고 저러저러한 모험을 이룩했다. 다만, 그것은 종자 아무개의 조력에 힘입은 것이며 그자가 없었더라면 그것을 해내진 못했을 것이다』 하고 써준다면 또 모릅죠. 하지만 무뚝뚝하게끔 『돈 파랄포메논 데 라스 트레스 에스트레야스는 6마리 괴물을 퇴치하는 모험을 성취했노라』니 어쩌니 하고 쓰고는, 처음부터 끝까지 그 자리에 있었던 종자라는 인물은 마치 아예 이 세상에 없었던 것처럼 이름 하나 들지 않는다면 어떻겠습니까요! 그러니 지금 여기서 다시 한 번 되풀이해서 말합니다만요, 우리 주인 나리는 혼자 떠나가시면 됩니다요. 그러고 실컷 재미를 보실 일입니다요. 난 여기서 우리 마님 공작 부인과 함께 남겠습니다요. 그러다가 주인이 돌아오시면 둘시네아 님에 관한 일이 세 곱이나 다섯 곱 더 잘되어 있다는 걸 알게 되시겠지요. 한가히 아무것도 할 일이 없는 여가를 틈타서 부스럼 딱지에 털이 안 날 만한 채찍질을 내 몸에 상당히 할 생각이니까요.」

「그건 그렇지만, 사람 좋은 산초.」 하고 공작 부인이 말했다. 「만일 필요하다면 주인 어른을 수행해야 해요. 그것을 부탁하는 분들이 훌륭한 분이거든. 그리고 당신의 그 쓸데없는 겁 때문에 이분들의 얼굴에 난 수염을 그냥 내버려 둘 수는 없잖아요. 그건 확실히 등한시할 수는 없는 일이에요.」

「살려 줍쇼. 다시 한 번 말씀드리겠습니다요.」하고 산초가 대답했다. 「이 자비가, 갇혀 있는 처녀나 고아원의 여자애 때문이라면 누구나 사나이면 아무리 쓰라린 변을 당하더라도 위험한 모험을 감행하려 할 것입니다요. 하지만 늙은 여자들의 수염을 없애기 위해 고생을 해야 하다니, 싫습니다요! 가장 나이 많은 여자로부터 제일 젊은 여자에 이르기까지, 제일 애교 있는 여자로부터 제일 뻐기는 여자에 이르기까지, 모두 수염을 달고 있는 그대로의 모습을 보는 편이 전 좋습니다요.」

「당신은 노시녀들에게는 매우 냉정한 모양이네요, 의좋은 산초.」하고 공작 부인이 말했다. 「톨레도의 그 약방의 말을 그대로 곧이듣고 있는 모양이지? 그건 당신의 잘못이에요. 왜냐하면 지금 우리 저택에 있는 노시녀들은 노시녀의 본보기가 될 만한 분들이거든요. 현재 여기 있는 나의 도냐 로드리게스를 봐요. 이 사람이 그 누구보다도 좋은 본보기랍니다.」

「마님께서 그렇게 말씀하신다면, 그렇다고 해두죠 뭐.」하고 도냐 로드리게스가 말했다. 「하느님이 만사 사실을 알고 계세요. 우리 노시녀들이 좋건 나쁘건, 수염이 나 있건 맨질맨질하건, 다른 여자들과 마찬가지로 어머니의 뱃속에서 태어났답니다. 그리고 우리를 세상에 내보내 주신 것이 다름아닌 하느님이시니까, 그것이 무슨 목적을 위해서인가 하는 것은 하느님이 알고 계세요. 우리들은 하느님의 자비에 의지하고 있으니까 남의 수염 따위엔 신경을 쓰지 않아요.」

「로드리게스 님.」하고 돈키호테가 말했다. 「그리고 트리팔디 님을 비롯하여 수행원 여러분, 나는 하늘이 당신들의 곤란에 부드러운 자비의 시선을 쏟아 주실 것을 진심으로 희망하는 바요. 산초는 내가 명령하는 대로 하게 할 것이오만, 내가 한 가지 바라는 것은 일찍 클라빌레뇨가 달려와서 말람브루노와 얼른 대결하는 일이오. 내 칼이 말람브루노의 머리를 그의 어깨에서 쑥 베어 내리는 것만큼 쉽게 그대들의 수염을 깎을 면도칼은 없을 것이라는 것을 나는 잘 알고 있소. 신은 참고 있지만 악인들을 결코 언제까지 그대로 두지는 않을 것이오.」

「오오!」하고 이때『비탄에 젖은 노시녀』가 말했다. 「용감한 기사님, 제발 온 나라의 별이라는 별이 기사님께 자애에 찬 시선을 던져, 약장수들에게는 미움을 받고 종자들에게는 뒷공론의 대상이 되며 시동들에게는 희롱을 당하고 모욕을 받고 타격을 입은 노시녀족들의 방패와 기둥이 되실 수 있도록 기사님의 용기에 더한층의 활력과 용맹심을 불러일으켜 주시길 기도하겠어요. 수줍은 나이에 수녀가 되기는커녕 노시녀가 된 부정한 여자는 지옥에나 떨어져라! 하고 욕설들을 퍼부으니까요. 정말 불행해요, 우리들 노시녀들은! 그야 우리는 트로이의 헥토르에서 나와 남성(男性)에서 남성으로 곧장 전해 내려온 혈통을 이어받았는지는 모르지만, 우리가 섬기는 마님네들은 우리를 『너희들』이라고 부르시는 것은 여전하며, 그것으로 여왕님이라도 된 듯한 기분이 드시는 모양이에요! 오오, 거인 말람브루노, 당신은 마법사이기는 하지만 약속만은 지키겠지! 우리의 이 불행이 끝나도록. 자, 비할 데 없는 클라빌레뇨를 보내 줘요. 만일 더운 계절이 될 때까지 우리의 수염이 이대로 자란다면, 우리 운명을 생각하면 서글퍼져요!」

트리팔디가 이 말을 감격에 찬 어조로 말하자 그 자리에 있던 사람들은 모두 자기도 모르게 두 눈을 적셨다. 산초는 동정의 눈물을 흘리며, 만일 그렇게 함으로써 노시녀들의 얼굴에서 수염을 없앨 수만 있다면 이 세상 끝까지라도 주인을 모시고 따라가겠다고 마음속으로 몰래 결의를 품었다.

제 41 장

클라빌레뇨의 도착과 이 긴 모험의 결말에 관해서.

이러고 있는 동안에 밤이 되었다. 밤과 더불어 그 유명한 명마 클라빌레뇨가 찾아오기로 한 시각이 되었으나 그 도착이 늦어지고 있었다. 벌써 돈키호테는 초조해지기 시작하고 있었다. 왜냐하면 말람브루노가 목마를 보내는 것이 더딘 것은 자기가 이 모험을 행하게끔 정해진 기사가 아니기 때문이거나 혹은 말람브루노가 자기와의 대결을 주저하고 있기 때문이라고 여겨졌기 때문이다. 그러나 보라. 그때 아무런 전조도 없이 녹색 덩굴잎을 몸에 두른 네 사람의 만족(族)이 어깨에 커다란 목마를 걸머지고 정원으로 들어오지 않는가. 목마를 땅 위에 내려 놓고 그들 중의 한 사람이 입을 열었다.

「그럴 용기가 있거든 기사는 이 목마에 타시오…….」

「나는,」 하고 산초가 말했다. 「나는 탈 수 없어요. 워낙 용기도 없거니와 기사도 아니니까요.」

그러자 다시 만족이 말을 이었다.

「만일 종자가 있다면 엉덩이 쪽에 태우는 게 좋겠소. 그리고 용사 말람브루노가 차고 있는 칼을 제외하고는 다른 어떤 것으로도, 어떠한 다른 악의로도 상처 입지 않을 테니 그리 믿으시오. 그리고 목마에 타면 목에 붙어 있는 나무 나사를 돌리시오. 그러면 목마는 당신들을 싣고 하늘을 날아 말람브루노가 기다리는 곳에 데려다 줄 것이오. 그러나 먼 하늘 높은 여정에서 현기증을 일으키면 안 되므로, 목마가 울음소리를 낼 때까지 두 눈을 가리고 있지 않으면 안 되오. 울음소리가 그 여행이 끝난 신호가 될 것이오.」

이렇게 말하고 그들은 클라빌레뇨를 남겨 놓고 제법 씩씩한 태도로 들어온 곳을 통하여 물러나갔다.

『비탄에 잠긴 노시녀』는 목마를 보자 눈에 눈물마저 글썽거리면서 돈키호테에게 말했다.

「용감한 기사님, 말람브루노 님이 약속을 지켰습니다. 드디어 목마가 우리 있는 곳으로 왔습니다. 우리는 모두 길게 자란 수염 하나하나를 두고 기사님께 우리 수염을 깎아 주십사고 부탁드릴 뿐입니다. 왜냐하면 그것은 오로지 기사님이 종자를 거느리고 목마에 타시는 것으로써만 성취될 수 있는 일이기 때문이며, 제발 기사님의 새로운 여행이 즐거운 출발이 되기를 빕니다.」

「트리팔디 백작 부인님, 나는 진심으로 기꺼이 그렇게 할 작정이오. 방석을 마련하고 박차를 달 시간조차 지체하지 않고 떠나겠소. 그것은 부인, 부인을 비롯해서 모든 노시녀분들의 수염이 없어진 깨끗하고 산뜻한 모습을 보고 싶다는 나의 소원이 그렇듯 절실하기 때문이오.」

「난 그러고 싶지 않습니다요. 절대로 싫습니다요. 제가 목마의 엉덩이에 타지 않고는 이 수염 깎는 일이 완수되지 않는다면, 주인 나리는 함께 데리고 가실 다른 종자를 찾으시는 게 좋고, 이 여자 분들도 달리 얼굴을 매끈매끈하게 만드는 방법을 찾으면 되지 않습니까요. 전 하늘을 날아가는 것을 좋아할 만큼 악마와 약속을 나눈 마법사가 아닙니다요. 게다가 자기들의 영주가 바람 속을 걸어다닌다는 소리를 듣는다면 제 섬의 백성들은 뭐라고 말하겠습니까요? 그리고 또 있습니다요. 말하자면 여기서 칸다야까지는 3천 몇 레구아나 된다는데 도중에서 말이 녹초가 되거나 거인이 별안간 화를 내거나 한다면 우리가 돌아오는 데 5,6년은 걸릴지도 모릅니다요. 그렇게 되면 우리를 알아 줄 만한 섬도 섬 사람도 벌써 오래 전에 없어지고 말 겁니다요. 『우물쭈물하면 위험이 따른다』든가, 『송아지를 준다거든 밧줄을 들고 달려가라』고 흔히 세상에서 말하니까, 저는 이 여자 분들의 수염에 정말 용서를 빌겠습니다요. 『로마에 있기 때문에 성 베드로 사원은 무사하다』고 하니까요. 다시 말해서 제가 하고 싶은 말은 이 집에 있는 편이 훨씬 고맙다는 것입니다요. 여기 같으면 후한 대접을 받고, 저를 영주로 삼아 주겠다고 하신 만큼 이 댁 주인한 테서는 고마운 운을 바랄 수가 있으니까요.」

이에 대해 공작이 말했다.

「이봐라, 산초. 내가 그대에게 약속한 섬은 쉽게 움직이는 것도 달아나는 것도 아니야. 땅 속 깊숙히 뿌리를 박고 있으니 움직이거나 하지 못해. 이런 중대한 직위는 많든 적든 어떤 종류의 뇌물로써 충분히 얻을 수 있다는 것을 내가 잘 알고 있음을 그대도 알겠지. 그래서 이 영주직에 대한 뇌물로써 내가 그대에게 받고 싶은 것은, 그대가 주인 양반 돈키호테 님을 수행해서 이 기억할 만한 모험을 완수하고 결말을 지어 주는 거야. 그래서 그대가 클라빌레뇨를 타고 그 말의 속도가 약속해 주는 눈 깜박할 사이에 돌아오거나, 아니면 악운을 만나 순례자처럼 역참에서 역참으로, 여인숙에서 여인숙으로 돌아서 걸어오면 그대가 다스리게 될 섬을 볼 수가 있을 것이고, 그대의 영민(領民)도 그들이 언제나 품고 있는 것과 조금도 변함없는, 그대를 영주로서 맞이하려는 기분을 그대로 간직하고 있다는 것도 알게 될 것이다. 더욱이 이것이 또한 나의 뜻이기도 하단 말이야. 이 진실에는 의심을 품지 않는 게 좋을 거야, 산초. 그거야말로 내가 품고 있는, 그대를 돕고 싶어하는 생각에 대한 분명한 모욕이랄 수 있는 게야.」

「그만하면 족합니다요, 나리.」 하고 산초가 말했다. 「저는 보잘것없는 종자니까, 그런 정중한 예의를 도저히 물리칠 수가 없습니다요. 주인 나리께 목마에 태워 주십사고 부탁드리겠습니다요. 제 두 눈을 가려 주십쇼. 그리고 하느님께 제 일을 부탁해 주십쇼. 그리고 우리가 하늘 높이 날아갈 때는 우리의 주 그리스도에게 부탁을 드릴 수 있는 것인지, 아니면 제 일을 걱정해 주시는 천사 분들에게 부탁해야 하는 것인지 가르쳐 주십쇼.」

이에 대해 트리팔디가 대답했다.

「산초, 당신은 하느님께 부탁드려도 상관없고, 그밖에 누구든 좋아하는 분에게 부탁해도 상관없어요. 왜냐하면 말람브루노는 마법사이지만 그리스도 교도이고 게다가 누구 하나 해를 입히지 않고 매우 교묘하게 아주 신중히 마법을 행하거든요.」

「저런, 그런 거라면.」 하고 산초가 말했다. 「하느님께서도, 가에타의 라 산티시마 트리니다 사원의 신께서도 저를 도와 주십쇼.」

「그 기억할 만한 직물 표백의 모험이오.」 하고 돈키호테가 말했다. 「나는 지금처럼 공포에 사로잡히는 산초를 본 적이 없소. 그러니 내가 다른 사람처럼 미신을 믿는다면 저녀석이 무서워하는 모양은 얼마간 나의 용기에도 영향을 미쳤을 것이오. 그러나 산초, 이리 오라. 여기 계시는 분들의 허락을 얻어 나는 너에게 우리 두 사람만이 있는 자리에서 두어 마디 할 말이 있다.」

그리고 산초를 정원의 나무 사이로 데리고 가 그의 두 손을 잡으면서 말했다.

「이봐라, 형제 산초여, 우리를 기다리고 있는 이번 장도의 여행은 네가 보는 대로다. 게다가 대체 언제 우리가 그 여행에서 돌아올 수 있느냐 하는 것도, 이번 일이 우리에게 허용하는 여가나 편의도 하느님만이 아실 일이지 우리는 아무것도 모른단 말이다. 그러나 너는 도중에서 무언가 필요한 것을 찾으러 가는 체하고 네 방에 들어가서 네가 맡은 3천3백 차례의 채찍질 중에서 그 일부로 네가 좋다고 생각하는 숫자만큼, 하다못해 5백 차례 정도라도 좋으니 잠깐 사이에 스스로 채찍질을 좀 해주었으면 한다. 무슨 일을 시작한다는 것은 절반 성취한 거나 마찬가지이니까.」

「무슨 말씀을 하십니까요?」 하고 산초가 대꾸했다. 「나리는 암만해도 뇌의 골이 좀 모자라시는 모양입니다요. 『내가 애를 밴 것을 보고도 내가 처녀이기를 바라나요?』라는 속담과 마찬가지가 아닙니까요. 제가 겨우 노출된 판때기에 앉아 떠나 갈 생각을 하고 있는 이 마당에 나리께선 이번에 또 제 엉덩이를 상처 입히라고 말씀하십니까요? 정말이지, 나리의 말씀은 억지십니다요. 이번에는 그 노시녀들의 수염이나 깎도록 하십시다요. 돌아오면 나리가 만족하실 만큼 재빨리 제 의무를 다하겠다는 것을 제 나름으로 나리께 약속하겠으니까 말씀입니다요. 이 이상 아무 말씀도 하지 말아 주시기 바랍니다요.」

그러자 돈키호테가 받았다.

「그렇다면 마음 올바른 산초여, 그 약속으로 만족하기로 하자. 나는 반드시 그대가 그것을 실행하리라 믿는다. 그대는 바보이기는 하나 녹록지 않은 사나이니까.」

「저는 녹색이 아닙니다요. 거무죽죽한 편입죠.」 하고 산초가 대답했다.

「잡동사니 빛깔이지만, 약속은 지킵니다요.」

그래서 그들은 클라빌레뇨를 타려고 본래의 장소로 돌아갔다. 그리고 막 타려고 할 때 돈키호테가 말했다.

「눈을 가려라, 산초. 그리고 말에 올라타라, 산초. 그토록 먼 땅에서 우리를 위해 이것을 보내 준 사나이가 아니냐. 우리를 속일 생각은 없을 게다. 자기를 믿는 자를 속임으로써 얻는 명예라는 건 없다. 뿐만 아니라 모든 것이 내가 생각하는 것과 거의 정반대였다고 하더라도, 이 장거(壯擧)를 기도했다는 영예는 어떠한 악의도 흐리게 하지는 못할 게다.」

「그렇다면 가시기로 하십시다요.」 하고 산초가 말했다. 「이 여자 분들의 수염과 눈물이 제 마음에 꽂혀서 빠지지 않으니, 먹으나마나한 빵 한 입이라도 이 여자 분들의 매끈매끈한 본디의 얼굴을 볼 때까지는 전 먹지 않을 각오입니다요. 나리도 타십쇼. 그리고 먼저 눈을 가리십쇼. 저는 엉덩이에 타고 가게 되어 있으니, 안장에 타는 쪽이 먼저 타야 하는 것은 지극히 당연한 일입니다요.」

「그건 사실이다.」 하고 돈키호테가 대답했다.

그래서 호주머니에서 손수건을 꺼내어 『비탄에 잠긴 노시녀』에게 두 눈을 꼭 가려 달라고 부탁했다. 그리하여 일단 눈이 가려졌는데 돈키호테가 다시 그것을 벗기고 말했다.

「만일 내 기억이 틀림없다면 나는 베르길리우스의 작품 속에서 트로이의 팔라디움(트로이 사람들이 수호신으로서 숭앙한 미네르바 또는 팔라스의 상. 오디세우스와 디오메데스가 지하도를 파고 훔쳐 내고는 그 대신 거대한 목마를 만들어 그 속에 병사를 잔뜩 넣고 그걸 팔라디움에게 바치겠다고 속여 트로이의 도시 프리아모스를 함락시켰다—역주)에 관한 것을 읽은 적이 있는데, 그건 그리스 인들이 여신 팔라스에게 바친 목마(木馬)로서 그 뱃속에 무장한 많은 기사를 잉태하고 있었는데 이것이 나중에 트로이가 전멸하는 원인이 되었소. 그러나 이 클라빌레뇨는 뱃속에 무엇을 넣고 왔는가 먼저 점검해 보는 것이 좋겠소.」

「그럴 필요는 없어요.」 하고 『비탄의 노시녀』가 말했다. 「저는 이 목마를 신뢰하고 있고, 또 말람브루노에게는 짓궂고 못된 점이나 배신자의 기색이 조금도 없다는 것을 잘 알고 있습니다. 돈키호테 님은 아무 염려 마시고 타셔도 됩니다. 만일 무슨 일이 일어난다면 화를 입는 것은 저일 테니까요.」

자기의 안전에 대해서 더 이야기를 계속한다는 것은 자기의 용기를 해치는 것이 되는 것처럼 돈키호테는 여겨졌다. 그런 까닭으로 더 이상 논쟁을 하지 않고 클라빌레뇨에 올라앉아 나무 나사를 시험해 보았는데, 그것은 쉽게 빙빙 돌았다. 등자가 없었기 때문에 두 다리가 그냥 늘어뜨려져 마치 로마의 승전 때를 그리거나 수놓은 플랑드르의 양탄자에 있는 인물로밖에 보이지 않았다.

내키지 않는 마음으로 천천히 산초도 다가와서 목마에 올라앉아 목마의 엉덩이에 되도록 편하게 자리를 잡았으나 도무지 부드러운 맛이라고는 약에 쓰고 싶어도 없었으므로, 공작을 돌아보고 만일 할 수 있다면 무언가 깔개나 방석 같은 것을, 공작 부인의 방에 있는 것이거나 어느 시동의 침상에 있는 것이라도 빌려 달라고 부탁했다. 왜냐하면 이 목마의 엉덩이는 나무로 되어 있다기보다 대리석으로 되어 있는 것처럼 느껴졌기 때문이다. 이에 대해 트리팔디는 클라빌레뇨가 자기 몸에 어떤 종류의, 어떤 양식의 장식도 결코 허용하지 않을 것이라고 말했다. 그러니 할 수 있는 것은 여자처럼 옆으로 앉는 것이라 했다. 그러면 그다지 딴딴하게 느끼지 않을 것이라고 덧붙였다.

그래서 산초는 그대로 하고, 「그럼, 안녕히 계십시오.」 하고 말하고는 두 눈을 가려 주는 대로 가만히 있다가 가린 것을 다시 벗기고는 정원에 있는 모든 사람들을 상냥하게 눈물 어린 눈으로 돌아보고, 주의 기도와 성모경을 몇 번이나 되풀이하면서 이런 궁지에 빠진 자기를 도와 달라고 말했다. 그러면 그들이 자기와 마찬가지 위험에 직면했을 때는 그들을 위해 마찬가지로 기도를 해줄 만한 사람을 하늘이 보내 줄 것이 틀림없다고 그는 말하는 것이었다. 이에 대해 돈키호테가 받았다.

「이 좀도둑 같으니라구! 그런 호들갑스러운 기도를 올리다니, 너는 교수대에라도 올라와 있는 줄 아느냐, 아니면 생명이 다해 가는 임종이라도 다가왔단 말이냐? 무정한 겁쟁이 같으니라고. 너는 아름다운 마갈로나 공주가 걸터앉았던 바로 그 자리에 앉아 있지 않느냐? 더욱이 그 이야기가 거짓이 아니라면, 그분은 그 자리에서 무덤으로 가려고 내린 것이 아니라, 거기서 내려 프랑스의 여왕이 되셨단 말이다. 게다가 나도 이렇게 네 앞에 앉아 있는데, 지금 내가 걸터앉은 이 자리에 일찍이 걸터앉았던 용사 피에르레스와 내가 어깨를 겨룰 만하지 못하단 말이냐? 자, 눈을 가려라, 눈을 가려. 이 겁쟁이 짐승 같으니라구. 그 겁을 적어도 내 면전에서는 입밖에 내지 말도록 하라.」

「제 눈을 가려 주십시오.」 하고 산초가 대꾸했다. 「그리고 제가 하느님께 부탁하는 것도, 부탁하도록 부탁하는 것도 안 된다고 하시는데, 우리 주변에 우리를 페랄비요의 혈장으로 끌고 가려고 악마의 일단이 우글거리고 있지 않을까 하고 걱정하는 게 뭐가 그리 이상하다고 그러십니까?」

　이렇게 하여 그들은 눈을 가렸는데, 돈키호테는 제대로 차지할 위치를 차지했다고 느끼고 나무 나사를 손으로 만져 보았다. 그가 나무 나사에 손가락을 갖다 대는 순간, 노시녀들을 비롯하여 그 자리에 있던 모든 사람들이 큰 소리로 외쳤다.

「잘 다녀오세요, 용감한 기사님!」

「하느님이 보호해 주시기를, 대담한 종자님!」

「벌써 두 분은 화살보다 빨리 공기를 헤치면서 하늘 높이 날아가고 계시네요!」

「벌써 두 분은 땅에 서서 쳐다보고 있는 사람들을 깜짝 놀라게 하고 있습니다.」

「씩씩한 산초 양반, 조심하세요. 흔들흔들 흔들거리고 있네요! 떨어지지 않도록 조심하세요. 당신이 떨어지면 아버지의 태양 마차를 움직이려고 한 그 당돌한 젊은이(제우스가 뇌전(雷電)으로 죽인 파에톤—역주)보다 더 혼이 나요!」

　산초는 이런 소리를 듣고 주인에게 꼭 매달려 두 팔을 주인 몸에 감으면서 말했다.

「저 사람들은 우리가 높은 곳을 날고 있다고 그러는데, 목소리가 예까지 들려 오니, 아니 바로 우리 옆에서 지껄이고 있는 것처럼 여겨지니 이건 대체 어찌 된 일일까요?」

「그런 것은 개의치 말아라, 산초. 이런 일이나 공중을 날아간다는 것은 모두가 상도에서 벗어난 일이니라. 네가 바라는 것을 천 레구아나 먼 곳에서 볼 수도 있고 들을 수도 있으니 말이다. 아니 그렇게 믿지 말아라. 그래서는 네가 떨어질 것이다. 네가 무엇을 겁내고 왜 당황해 하고 있는지 나는 도무지 알 수 없구나. 감히 맹세한다만, 여태까지 온 생애를 통해서 이토록 동요 없는 걸음걸이의 말은 일찍이 타본 적이 없다. 마치 한자리에서 조금도 움직이지 않는 것처럼 여겨지니 말이다. 알겠느냐, 내 친구여, 그 공포심을 뿌리쳐라. 사물이란 모두 되게끔 되어 있는 대로 될 뿐이고, 바람은 순풍이라 우리를 날라 주고 있으니 말이다.」

「그건 말씀대롭니다요.」 하고 산초가 대답했다. 「그쪽에서 마치 천 개의 풀무로 불어 대듯 엄청난 바람이 저한테 불어 오고 있습니다요.」

　산초의 말대로였다. 실제로 몇 개의 커다란 풀무가 두 사람에게 바람을 불어 대고 있었고, 이 모험을 완전한 것으로 하는 데 필요한 조건을 무엇 하나

빠지는 것이 없도록, 이 모험은 공작 부처와 집사에 의해서 면밀히 계획되어 있었던 것이다.

그래서 바람이 불어닥치는 것을 느끼자 돈키호테가 말했다.

「산초여, 이미 우리는 우박이나 눈을 잉태한 하늘의 제이층에 도달한 것이 틀림없다. 뇌명이나 번개나 천둥은 제삼층에서 잉태된다. 그러나 이런 식으로 우리가 상승해 간다면 얼마 안 가서 불의 층에 돌입할 모양이구나. 그런데 우리를 불태워 버릴 경계에까지 올라가지 않게 하기 위해서는 이 나무 나사를 어떻게 조절해야 좋은 것인지, 도무지 짐작이 가지 않는구나.」

이때 끝에 불이 잘 붙고 금방 꺼지는 가벼운 대마 부스러기를 매달아 불을 붙인 장대가 멀리서 그들의 얼굴을 뜨끈하게 했다. 그러자 열기를 느낀 산초가 말했다.

「우리가 이미 그 불의 경계에 와 있지 않다면, 아니 그 가까이에 와 있지 않다면, 제 목을 드려도 상관없습니다요. 제 수염이 거의 .다 그을려 버렸습니다요. 그러나 나리, 전 이 눈가리개를 벗고 우리가 어떤 데 있나 볼까 합니다요.」

「그런 짓은 안 하는 게 좋을 게다.」 하고 돈키호테가 대답했다. 「그리고 학사 토르랄바(한 개의 막대기를 타고 하늘을 날았다는 에우헤니오 토르랄바 박사—역주)에 대한 이야기를 기억해 두어라. 듣건대 그 사나이는 한 개의 막대기를 타고 두 눈을 감은 채 공중으로 악마에게 끌려 날아갔는데, 그렇게 하여 12시간만에 로마에 도착하여 그 도시의 거리 중의 하나인 토르레 데 노나에 내렸다지 않느냐. 그리고는 부르봉(샤를르 부르봉 공작. 1490~1527년.—역주)의 패전과 습격과 전사의 경위를 모두 직접 보고, 다음날에는 벌써 마드리드로 돌아와 거기서 자기가 목격한 것을 보고했던 것이다. 이 토르랄바 학사는 이런 말을 하고 있다. 그가 공중을 비행하고 있을 때, 악마가 눈을 뜨라고 해서 눈을 떠보니 손을 뻗으면 잡을 듯하게 들의 구체(球體)처럼 보이는 것이 바로 가까이에 있었는데, 정신을 잃어서는 안 되므로 지구를 볼 기분이 나지 않았다고. 그러니 산초여, 우리의 눈가리개를 벗을 필요는 없다. 왜냐하면 우리를 운반해 갈 책임을 맡은 자가 우리의 모든 책임을 질 것이 틀림없으니 말이다. 그래서 마치 매라든가 큰 새가 제아무리 높이 날아올라 있더라도 백로를 잡으려고 단숨에 날아 내려오듯이 우리도 빙글빙글 돌면서 위로 위로 올라가다가 칸다야 왕국 위에서 단숨에 낙하할 작정인 모양이다. 게다가 그 정원을 출발해서 반 시간도 안 된 것처럼 느껴지지만, 아마도 긴 여행을 한 것이 틀림없다.」

「글쎄요, 저는 잘 모르겠습니다요.」하고 산초 판사가 대답했다. 「다만 제가 말씀드릴 수 있는 것은, 마가야네스 공주인지 마갈로나 공주인지가 이 목마의 엉덩이로 만족했다고 한다면 그 엉덩이의 살은 그다지 보드랍지 않았을 것이 틀림없다는 것입니다요.」

공작 부처를 비롯해서 정원에 있던 모든 사람들은 이 두 용사의 대화를 들으면서 대단한 기쁨을 느꼈다. 그리고 이제 슬슬 이 색다르고 교묘히 계획된 모험의 막을 내릴 생각으로 사람들은 클라비레뇨의 꼬리에 마 부스러기로 불을 붙였다. 그러자 목마의 뱃속에다 가득 채워 놓은 불꽃놀이 하는 폭죽이 터지기 시작했다. 돈키호테와 산초 판사는 무시무시한 소리와 함께 순식간에 공중으로 휘날려 날아갔다가 절반이 그을린 채 땅바닥으로 내동댕이쳐졌다.

이때 노시녀들의 수염 부대는 벌써 트리팔디와 함께 정원에서 모습을 감추고 없었으며, 정원에 있던 그밖의 사람들은 마치 기절한 것처럼 땅바닥에 쓰러져 있었다. 돈키호테와 산초는 처참한 모습으로 일어나 사방을 두리번거리다가 그들이 출발했던 정원에 자기들이 뻗어 있는 것을 보고 그저 멍청하니 입을 벌렸다. 게다가 녹색 비단끈에 의하여 한 장의 반들반들한 흰 양피지가 매달려 있는데, 큼직한 금문자로 다음과 같은 글이 거기에 적혀 있는 것을 보고 그들은 더한층 놀라고 말았다.

「트리팔디 백작 부인, 세상에 그 이름 떨친 기사 돈키호테 데 라 만차는 별명 『비탄의 노시녀』의 모험을 그대로 시도하여 종결하고 완수했노라. 말람브루노는 진심으로 만족하여 이의 없음을 인정하고 노시녀들의 턱은 이제 수염을 잃고 부드러우며, 돈 클라빌호 왕과 안토노마시아 여왕도 원래의 모습으로 복귀되었노라. 그리하여 종자 스스로가 하는 채찍질이 완료되는 날 흰 비둘기는 타기(唾棄)할 독수리의 박해를 벗어나 그리운 수피둘기의 손에 안기리라. 이상은 마법가 중의 대마법가 현인 메를린이 명령하는 것이니라.」

돈키호테는 양피지의 문자를 다 읽고 나서 그것이 둘시네아 공주의 마법 해탈에 관해서 말하고 있는 것임을 분명히 깨달았다. 그래서 이토록 작은 위험을 겪은 끝에, 비록 모습은 볼 수 없으나 존경할 만한 노시녀들의 얼굴을 이제 본디의 모습으로 환원시킨 대성과를 거둔 것을 하늘에 몇 번이나 감사를 드렸다. 그리고 아직 제정신을 차리지 못하고 있는 공작 부처 앞으로 가서 공작의 손을 잡으며 말했다.

「자, 자, 각하, 힘을 내시오, 기운을 내시오. 아무것도 아니오 ! 저 표지에 적혀 있는 문구가 뚜렷이 나타내고 있듯이 제삼자에게는 아무런 위해도 가하지 않고 모험은 이미 끝났소.」

공작은 조금씩, 마치 깊은 잠에서 깨어나는 사람처럼 정신을 차렸다. 공작 부인과 정원에 쓰러져 있던 모든 사람들도 공작과 마찬가지 거동을 했는데 교묘히 시치미를 떼면서 실제로 그런 일이 일어난 것처럼 보이게 하려고 이상한 듯한 놀라운 표정을 지었다. 공작은 절반 눈을 감은 채 양피지의 문자를 읽고 나서 두 팔을 벌려 돈키호테 앞으로 가서 그를 껴안고, 귀공은 어느 세기에도 일찍이 본 적 없는 가장 훌륭한 기사라고 찬양했다.

한편 산초는 수염이 없어진 노시녀들은 어떤 얼굴을 하고 있을지 궁금해 하였다. 제법 날씬한 몸매에서 짐작했듯이 수염이 없어지고 아름다운 여자가 되었는지 어떤지 그는 『비탄의 노시녀』를 찾아 돌아다녔다. 사람들의 말을 들으면, 클라빌레뇨가 공중에서 타면서 땅에 떨어지는 순간 트리팔디와 함께 모든 노시녀들의 일대는 사라져 버렸는데, 그때 이미 수염 같은 것은 얼굴에 없었다는 것이었다. 공작 부인은 산초를 향해, 그 긴 여행 동안 어떻더냐고 물었다. 이에 대해 산초는 대답했다.

「저는 말씀입니다요, 마님. 주인 나리 말씀대로 불의 층을 날아간 듯한 기분이 들었습니다요. 그래서 조그만 눈가리개를 벗고 싶은 생각이 들었습죠. 그래서 제가 눈가리개를 벗도록 허락을 해주십사고 주인 나리께 부탁드렸지만 허락해 주시지 않았습니다요. 하지만 저는, 뭐라고 말할까, 남보다 좀 호기심이 강한 편이라서, 사람들이 훼방을 놓거나 안 된다고 할 때는 더 알고 싶어하는 버릇이 있어서, 살며시 몰래 눈을 가린 천을 코 있는 데서 살짝 들어 지구 쪽을 보았습니다요. 제 눈에 지구 전체가 후추알보다 커 보이지는 않았고, 그 위를 걷고 있는 사람들도 개암 열매보다 더 크지 않게 보였습니다요. 그런 것으로 짐작하더라도 얼마나 그때 우리가 높은 곳을 날고 있었는가 아실 수 있을 것입니다요.」

이에 대해 공작 부인이 말했다.

「이봐요, 우리의 벗 산초, 당신 자신의 말에 조심을 해요. 암만해도 당신은 지구 쪽은 보지 않고 그 위를 걷고 있는 사람만을 보았나 보지. 만일 지구가 후추알처럼 보이고 인간이 개암 열매처럼 보였다면, 인간 한 사람에 의하여 지구 전체가 고스란히 감추어지고 말잖아요.」

「그야 그렇습죠.」하고 산초가 대답했다. 「하지만 그렇게 말씀하셔도 한쪽 끝에서 지구를 보았는데 완전히 다 보이던뎁쇼.」

「내 말 들어봐요, 산초.」공작 부인이 말했다. 「한쪽 끝에서는 당신이 잘 보았다는 것이 전부 잘 보이지 않는 법이야.」

「전 그렇게는 볼 줄 모릅니다요.」하고 산초가 대답했다. 「워낙 우리는 마법으로 날고 있었으니까, 마법으로라면 지구를 구석구석 볼 수도, 어디서 보거나 모든 인간을 볼 수도 있다는 걸 마님께서 알아 주시는 것이 제일이라고 저는 알고 있습니다요. 이 일로 저를 못 믿으신다면 제가 눈썹 근처에서 눈가리개를 벗겨 우리가 하늘의 무척 가까운 곳에 가 있고 저와 하늘과의 사이가 1팔모 반 정도밖에 안 됐다는 것도 마님은 역시 믿어 주시지 않으시겠죠. 하지만, 저의 마님, 저는 무엇을 두고라도 맹세할 수 있습니다요. 그건 엄청나게 큽디다요. 그러다가 7마리의 산양 새끼(하늘의 일곱 별—여우)가 있는 데를 지나가게 되었는데, 하느님과 제 영혼을 두고 맹세합니다요만, 전 어릴 때 우리 마을에서 산양치기를 해서 그런지 산양 새끼들의 모습을 보는 순간 저는 잠시 그녀석들과 놀고 싶은 기분이 불현듯 일어나지 않겠습니까요! 이 기분대로 하지 않으면 금방이라도 파열해 버릴 듯한 느낌이었습니다요. 그래서 제가 가까이 가서 어떻게 했다고 생각하십니까요? 아무에게도 말하지 않고, 저의 주인 나리에게도 말하지 않고 살며시 발자국을 죽여 클라빌레뇨에게서 내려 산양 새끼들과 놀았는데, 그녀석들은 마치 계란풀이나 무슨 그런 꽃 같았습니다요. 거의 45분 동안이나 그렇게 하고 있었는데, 클라빌레뇨도 같은 자리에서 움직이지 않고 앞으로 나아가지도 않습디다요.」

「그런데 선량한 산초가 산양과 놀고 있는 동안에,」하고 공작이 물었다. 「돈키호테 님은 무엇을 하면서 심심풀이를 하고 계셨던가?」

이에 대해서 돈키호테가 대답했다.

「무릇 이런 일이나 이러한 사건은 자기의 상도를 이탈하는 법이므로, 산초가 그런 말을 지껄이더라도 별로 이상할 것은 없소. 그러나 나에 관한 한 위로도 아래로도 눈가리개를 벗지도 않았거니와 하늘도 지구도 바다도 모래사장도 일체 보지 않았소. 내가 바람의 층을 지나 다시 불의 층에 닿았다는 것은 확실한 사실이 틀림없소만, 그보다 다시 앞으로 나아갔다는 것은 나도 믿지 못하고 있는 바요. 왜냐하면 불의 층은 달의 하늘과 공기의 마지막 층과의 사이에 있으므로, 산초가 말한 7마리의 양 새끼가 있는 천계(天界)에는 우리 몸이 타지 않고는 도저히 도달할 수 없기 때문이오. 그래서 산초가 거짓말을 하건 꿈을 꾸건 그다지 개의할 일이 아닌 것이오.」

「저는 거짓말을 하는 것도 꿈을 꾸고 있는 것도 아닙니다요.」하고 산초가 대답했다. 「그렇지 않다 하신다면, 그 산양의 특징을 저한테 물어 보십쇼. 그러면 제가 사실을 말하고 있는가 아닌가 아시게 될 게 아닙니까요.」

「그렇다면 그 특징을 말해 봐요.」하고 공작 부인이 말했다.

「그건 말씀입죠.」하고 산초가 대답했다. 「두 마리는 녹색이고, 두 마리는 살색이고, 두 마리는 청색이고, 한 마리는 얼룩말입디다요.」

「그건 매우 색다른 산양이군.」하고 공작이 말했다. 「즉, 내가 말하고 싶은 것은 이 지상의 우리 지역에서는 그런 털빛의 산양은 그다지 찾아볼 수 없지.」

「그야 뻔한 일입죠.」하고 산초가 말했다. 「그렇구말굽쇼. 하늘 위의 산양과 아랫세상의 산양이 다른 것은 당연합죠.」

「그렇다면 가르쳐 주게나, 산초.」하고 공작이 물었다. 「그 산양 가운데서 수산양도 보았는가?」

「아뇨, 나리.」하고 산초가 대답했다. 「하지만 한 마리도 달의 뿔 밖으로는 나가지 않는다는 말은 들었습죠.」

공작 부처는 그 이상 여행에 대해서 물어 보려 하지 않았다. 왜냐하면 산초는 이 정원에서 조금도 움직이지 않으면서도 마치 하늘 위를 구석구석 돌아다닌 것처럼 그곳에서 일어났다는 모든 일을 지껄여 댈 것 같았기 때문이었다. 요컨대 이것은 『비탄의 노시녀』의 모험의 종결이며, 이것은 공작 부처에게 이때뿐 아니라 평생에 걸쳐 웃음의 씨를 주었다. 그리고 만일 산초가 오래오래 산다고 하더라도 이 사건에 대하여 그에게 이야기하게 한다면 몇 백 년이나 걸릴 것이다. 돈키호테는 산초에게 다가가서 그 귀에 입을 대고 소곤거렸다.

「산초, 네가 하늘 위에서 보았다는 것을 사람들이 믿어 주었으면 싶거든, 내가 몬테시노스의 동굴에서 목격했다고 한 말을 너도 믿어 주었으면 좋겠다. 하지만 이 이상 너에게는 아무 말도 않으마.」

제 42 장

산초가 섬의 영주로서 부임하기 전에 돈키호테가 준 충고와 그밖의 신중히 고려된 일들에 관해서.

공작 부처는 『비탄의 노시녀』의 모험이 경하스럽고 우스꽝스럽게 결말지어진 데 매우 흐뭇한 기쁨을 느꼈으므로 다시 장난을 추진할 결의를 하고, 어디까지나 사실인 것처럼 여기게 하려면 어떤 적당한 주제를 골라야 할까 하고 이것저것 궁리했다. 그래서 계획이 짜여지자 시종들과 가신들을 불러 산초에게 약속한 섬의 통치에 있어서 그들이 산초에게 지켜야 하는 여러 가지 명령을 내렸는데, 클라빌레뇨의 비행날에 이은 다음날, 공작은 산초에게 섬의 영주로서 부임하기 위한 준비며 나들이옷을 마련해야겠다고 말했다. 왜냐하면 이미 섬의 주민들이 5월의 단비를 기다리듯 그가 도착하는 것을 학수고대하고 있기 때문이라는 것이었다. 산초는 공손히 머리를 숙이고 말했다.

「제가 하늘 위에서 내려오고부터, 즉 하늘의 높은 곳에서 지상을 내려다보고 그것이 엄청나게 작다는 것을 알고부터 여태까지 영주가 되고 싶다고 생각했던 욕망이 얼마간 쪼그라들어 버렸습니다요. 후추알 정도밖에 안 되는 것을 지배한댔자 그게 도대체 얼마나 훌륭한 일이겠습니까요? 기껏 개암 정도밖에 안 되는 인간들을, 그것도 제가 보건대 온 세계에 기껏해야 5,6명밖에 보이지 않았는데, 그것들을 통치한다는 것이 도대체 얼마나 위엄 있고 권력 있는 일이겠습니까요? 만일 나리께서 하늘의 조그마한 부분을 제게 주신다면 설혹 반 레구아도 안 되는 장소라도 저는 세계에서 가장 큰 섬을 주시는 것보다 훨씬 고마워하면서 받을 것입니다요.」

「알겠는가, 나의 벗 산초. 내게는 설사 오이 크기도 안 되더라도 하늘의 일부만은 누구에게도 줄 힘이 없다. 왜냐하면 그러한 사려나 자비는 오직 하느님께서만이 베풀 수 있는 것이거든. 나는 그대에게 줄 수 있는 것을 줄 뿐이야. 말하자면, 그것은 완전하고 나무랄 데 없는, 그리고 균형이 잘 잡힌 데다가 극히 기름지고 풍요한 섬인데, 거기서 그대는 조금만 궁리를 할 수 있다면 지상의 부를 가지고 하늘 위의 부를 손에 넣을 수도 있을 거야.」

「좋습니다요.」 하고 산초가 대답했다. 「그 섬을 받겠습니다요. 그리고 악당들에겐 안됐지만 저는 천당에 갈 만한 영주가 되기 위해서 힘껏 해보겠습니다요. 하지만 이건 뭐 가난에서 빠져 나오고 싶다든다, 높은 사람으로 출세하고 싶다든가 하는 욕심에서 하는 게 아닙니다요. 그보다 영주가 된다는 것이 어떤 것인가 좀 맛을 보고 싶은 생각에서 해보려는 것입죠.」

「한 번이라도 맛보게나.」 하고 공작이 말했다. 「사람들을 지배한다든가 누른다는 것은 참으로 멋있는 것이니까. 그 이상으로 영주직을 탐내게 될걸. 그대의 주인 어른이 황제가 되실 때는, 아니 이것은 그분의 신변에 일어나고 있는 여러 가지 상황의 진전으로 보아 황제가 되신다는 것은 의문의 여지가 없지. 그렇게 되면 마음대로 그분을 황제의 지위에서 끌어내린다는 것도 도저히 불가능한 일이지. 그리고 주인께서 황제가 되지 못하고 보내는 세월을 마음속으로 분하게 생각하고 계시는 것도 역시 틀림없는 일일 거야.」

「공작님.」 하고 산초가 대답했다. 「비록 가축 떼라도 그것을 지배한다는 것은 좋은 일이라고 저는 생각합니다.」

「나는 그대와 함께 묻어 주었으면 싶을 정도야, 산초. 워낙 그대는 모르는 게 없거든.」 하고 공작이 말했다. 「그대의 분별에서 기대할 수 있는 그런 영주가 되어 주었으면 하고 나는 크게 기대하고 있지. 그러나 이 얘기는 이만하고, 내일은 그대가 드디어 섬의 영주로서 부임하지 않으면 안 된다는 것을 명심해 두게. 오후에는 그대가 입게 되어 있는 지위에 알맞는 의상이며 출발에 필요한 모든 물건을 여러 가지로 마련해 놓을 게야.」

「뭣이든지 입혀 주시는 것을 입습죠 뭐.」 하고 산초가 말했다. 「왜냐하면 어떤 옷을 입고 있든 저는 역시 산초 판사일 것이니까요.」

「그건 그렇지.」 하고 공작이 동의했다. 「그러나 의복이라는 것은 그 인물이 종사하고 있는 직무라든가 지위에 꼭 맞아야 하는 법이야. 다시 말해서 법률가가 군인 같은 복장을 하고 있어도 안 되고, 군인이 성직자 같은 복장을 하고 있어도 곤란할 것이거든. 그대는 산초, 절반은 문관 절반은 군인 같은 복장을 하고 가는 것이 좋아. 왜냐하면 내가 그대에게 주는 섬에서는 무기도 문자에 못지않고 문자 또한 무기에 못지않게 모두 똑같이 필요하단 말이야.」

「문자는,」 하고 산초가 대답했다. 「거의 몸에 지닌 게 없습니다요. 왜냐하면 아·베·체도 모르니까요. 하지만 훌륭한 영주가 되려면 크리스투스(옛날 스페인의 학교에서 사용한 아, 베, 체, 연습상 앞에 그려 놓은 십자가ㅌ—역주)를 외고만 있으면 전 충분합니다요. 무기에 관해서는 사람들이 주는 무기를 이쪽이 쓰러질 때까지 그럭저럭 움직일 수 있습죠. 그 뒤는 하느님께 맡길 뿐입니다요.」

「그만한 기억력이 있다면야,」 하고 공작이 말했다. 「산초는 무슨 일이나 틀림없이 하겠군.」

그때 돈키호테가 와서 일의 진전과 갑자기 산초가 영주로 출발하게 되었다는 사실을 알고 공작의 허락을 얻은 뒤 산초가 그 직위에 앉아 어떻게 처신해야 하는가 충고를 줄 생각으로 그의 손을 잡고 자기 방으로 데리고 들어갔다. 방에 들어가자마자 문을 닫고 거의 폭력을 쓰다시피하여 산초를 자기 곁에 앉히고는 침착한 목소리로 입을 열었다.

「나의 벗, 산초여. 내가 무슨 행운을 만나기 전에 재빨리 행운이 그대를 맞이하고 그대를 만나러 나온 데 대해 하늘에 무한한 감사를 드린다. 나의 요행에 그대의 공로에 대한 보상을 맡기고 있던 나는 아직도 겨우 입신 출세의 실마리를 잡고 있는 데 반해 그대는 시기도 오기 전에 도리에 맞는 추이의 법칙을 어기고 그대의 희망이 어김없이 이루어지고 있는 것이다. 다른 사람들은 뇌물을 보내고, 성가시게 졸라 대고, 열심히 부탁하고, 기선(機先)을 제압하고, 죽자사자 애원하고, 끈질기게 버티고, 그러면서도 바라는 것을 쉬 얻지 못한다. 그러는 가운데 다른 사람이 불쑥 나타나, 더욱이 어떻게 된 일인지 모르지만, 그는 다른 많은 사람들이 노리는 직위나 직책에 앉는단 말이다. 『소원은 복불복』이라는 속담이 여기서는 참으로 꼭 들어맞는 말이니라. 그대는 내 눈으로 보면 의심할 여지 없는 멍텅구리요, 더욱이 아침에 일찍 일어나는 것도 아니고 밤을 새는 것도 아니며 무엇 하나 노력하는 것도 없는데, 그대에게 미친 편력의 기사도의 입김 때문에 뜻하지 않게 한 섬의 영주가 되는 것인데, 이것은 얼른 보기에 아무렇지도 않은 일 같으나 사실은 대단한 일이니라.

내가 이런 말을 하는 것은, 알겠느냐, 산초! 그대가 받은 이 은혜를 그대 자신의 공적에 의한 것이라는 생각을 가져서는 안 되며, 사물을 순리대로 운행하시는 하늘의 뜻에 감사를 해주기 바라는 마음에서이다. 아울러 편력의 기사도의 직무 속에 들어 있는 위덕에도 감사해 주길 바라서이다. 내가 여태까지 들려 준 말을 그대의 마음이 믿겠다는 심정이 되었거든, 오오, 내 아들이여! 그대에게 충고를 주어, 바야흐로 그대가 떠나려 하는 이 폭풍우를 머금은 거센 바다에서 안전한 항구로 인도하는 북극성과 이정표가 되어 주려는,

그대의 이 카토가 하는 말을 주의해서 들어 두어라. 왜냐하면 직무라든가 중대한 직책이라든가 하는 것은 파도 사나운 깊은 바다와 다름없기 때문이다.

오오, 내 아들이여! 우선 첫째, 그대는 신을 두려워하지 않으면 안 된다. 왜냐하면, 신에 대한 두려움 속에 예지가 있기 때문인데, 지자(智者)라면 무슨 일에 있어서나 과오를 범하는 일이 없기 때문이다.

둘째로, 그대 자신을 잘 알도록 노력하고, 그대가 어떤 인간인가 하는 데 눈을 돌리지 않으면 안 된다. 이것은 무릇 사람이 생각하는 것 가운데서도 가장 얻기 어려운 인식이다만, 그대의 분수를 아는 데서 황소처럼 크게 되려는 희망을 가진 개구리처럼 몸을 부풀리려는 야망은 생겨나지 않을 것이다. 만일 그대에게 그런 터무니없는 소망이 일어나거든, 그대가 전에 고향에서 더러운 돼지를 기르던 때를 생각할 일이다. 그러면 그것은 그대의 오만이라는 부채꼴로 펼쳐진 공작의 날개에 대한 공작의 더러운 사지 같은 역할을 해줄 것이다.」

「그건 사실입니다요.」하고 산초가 대답했다. 「하지만 그건 제가 아직 코를 흘리는 어린애일 때 얘깁죠. 그후 얼마간 어른이 된 다음에 제가 기른 것은 거위지 돼지가 아니었습니다요. 하기야 이런 건 제 생각으로는 이 얘기와 아무런 상관도 없습니다요. 왜냐하면 정치를 하는 자가 모두 임금님의 핏줄일 수는 없으니까 말입니다요.」

「그건 그렇지.」돈키호테가 대답했다. 「그러기에 고귀한 가문의 출신이 아닌 사람들은 자기가 종사하고 있는 직책의 엄격함에 하나의 연한 부드러움을 첨가하도록 애를 쓰지 않으면 안 되느니라. 깊은 사려에서 나온 이 부드러움은 어떠한 지위에 있더라도 피할 수 없는 악의에 찬 뒷공론을 모면시켜 주는 것이니라.

산초여, 그대의 가계가 천한 것을 자랑하라. 그리고 농민 출신이라는 것도 결코 스스로 비천하게 생각할 필요는 없다. 그 까닭은 그대가 부끄러워하지 않는 것을 보면 아무도 그대에게 수치를 주려고 하지 않기 때문이다. 그리고 지체 높은 죄인보다 신분은 낮으나 유덕한 사람이라는 것을 더한층 자랑으로 삼는 것이 좋을 게다. 천한 혈통에서 태어나 대사교라든가 황제 같은 높은 현직에 오른 사람들의 수는 무수하다. 이것이 진실이라는 것은 그대가 진저리가 나도록 많은 예를 들어 줄 수도 있다. 알겠느냐, 산초. 만일 그대가 덕으로써 스스로의 지침을 삼고, 덕의에 부합되는 행동을 자랑으로 삼는다면, 왕공 군주를 조상으로 가진 사람들을 부러워할 까닭이 조금도 없다. 왜냐하면 혈통은 계승되는 것이지만 덕은 스스로 터득하는 것이요, 덕은 그 자체로 혈통 따위가 도저히 미치지 못하는 가치를 갖고 있기 때문이니라.

그대가 섬에 있는 동안 만일 그대의 친척 중에 누군가가 그대를 만나러 찾아가더라도 그 사람을 쫓아 보내거나 모욕을 주어서는 안 된다. 오히려 그 사람을 맞아들여 대접하고 위로해야 하느니라. 이 행위로써 그대는 하늘의 뜻을 따르게 될 것인즉, 신은 스스로 만드신 것이 그 누구에 의해서나 멸시당하는 것을 좋아하지 않으시기 때문이고, 또 그것은 질서가 정연한 자연의 법칙에 순응하는 일도 되기 때문이니라.

만일 또 그대의 아내를 함께 데리고 간다면——정치에 참여하는 자가 오랫동안 아내 없이 지낸다는 것은 결코 좋은 일이 아니니라——잘 가르치고 타일러서 몸에 밴 범절 없음을 제거해 주어야 한다. 보통 사려 깊은 영주가 이룩하는 모든 것을 무모하고 어리석은 그의 아내가 엉망으로 만들어 버리는 일이 흔하니라.

만일 그대가 홀아비가 되었다고 한다면, 이것은 얼마든지 있을 수 있는 일이다만, 그리고 직무상 그때까지보다 훌륭한 배우자를 구하게 된다면, 그대에게 낚시바늘이라든가 낚싯대 같은 것을, 『필요 없어요』하고 내미는 탁발 수도사의 두건 구실밖에 하지 못할 그런 욕심 많은 여자는 취하지 말아야 한다. 왜냐하면 진실로 그대에게 말해 두지만, 재판관의 아내가 차지한 일체의 것을 남편은 최후의 심판 때 다 보고해야 하는 것이고, 생전에는 아무런 책임도 없었던 금액을 죽은 뒤에 배나 지불하게 되기 때문이다.

그대는 그때 그때 착안한 법률에 따라서는 안 된다. 그러한 법률은 흔히 자기 머리가 날카로운 줄 아는 무지한 자들이 잘 이용하기 때문이다.

가난한 자의 눈물이 부자의 주장보다 훨씬 그대의 마음속에 연민의 정을 발견하고 그리 심하지 않는 재결을 발견하게 되도록 노력해야 한다.

빈자의 흐느낌과 탄원의 성가심 속에서와 마찬가지로 부자의 약속과 선물 속에서도 진실을 발견하도록 노력해야 한다.

공정이라는 것이 행하여질 수 있고 또 행하여지지 않으면 안 될 경우에는 죄인에 대해서 법률의 준열함을 한도껏 부과하지 말아야 한다. 왜냐하면 준열한 재판관의 명성은 인정 많은 재판관의 명성보다 훌륭한 것이 아니기 때문이다.

만일 재판의 지팡이를 굽히는 경우에는 그것은 선물의 무게에 의해서가 아니라 자비의 무게에 의해서 해주기 바란다.

그대의 적이 관련된 소송을 재판하는 사태가 일어났을 때는, 그대가 받은 손해의 기억을 떨쳐 버리고 심사숙고를 사건의 진실에 쏟아 넣어야 한다.

남의 소송에서 그대가 저지르는 과오는 많은 경우 돌이킬 수 없을 것이다. 설혹 돌이킬 수 있다고 하더라도 그대의 신용뿐 아니라 어떤 때는 재산을 희생해야 비로소 돌이킬 수 있을 것이다.

만일 아름다운 여자가 그대의 재판을 구해서 찾아왔다고 한다면, 그 여자의 눈물에서 눈을 돌리고 그 여자의 울음소리에 귀를 막아야 하며, 만일 그 여자의 눈물에 그대의 이성이 빠지고 그대의 선의가 그 여자의 한숨으로 흐트러지는 것이 싫거든 여자가 호소하는 것의 본질을 차분히 고려해야 한다.

그대가 실형(實刑)으로 벌해야 할 상대를 말로써 학대해서는 안 된다. 왜냐하면 체형의 고통은 그대의 악담과 욕을 보태지 않더라도 그 불행한 사나이에게는 충분하기 때문이다.

그대의 사법권 아래 들어온 죄인은 우리들 사악한 인간성의 조건에 복종한 비참한 인간이라는 것을 생각해 주어야 한다. 그대의 직무에 관한 한 피고를 모욕하지 말고 인정 많은 관용을 보여 주어야 한다. 왜냐하면 신의 속성은 모두 공평한 것이나 우리 인간의 눈에는 자비의 속성이 정의의 속성보다 훨씬 빛나고 뛰어나 보이기 때문이다.

만일 그대가 이러한 교훈과 법칙을 따른다면 산초, 그대의 생애는 길고, 그대의 명성은 영원히 이어지며, 그대에 대한 보상은 넘치고, 그대의 행복은 말로써 형언하지 못하게 될 것이며, 그대는 아이들을 원하는 대로 결혼시키게 되고, 아이들도 손자들도 칭호를 얻어 그대는 백성의 평화와 시인(是認) 속에서 생활하게 될 것이다. 그리하여 인생의 마지막에 이르러 그 온화하고 원숙한 노년에 죽음의 발자국 소리가 그대를 찾아오면 그대 후손들의 부드럽고 섬세한 손이 그대의 눈을 감겨 줄 것이다.

내가 이제까지 그대에게 일러 준 것은 그대의 영혼을 장식할 교훈이다. 이번에는 몸의 장식으로써 도움이 될 것이 틀림없는 교훈을 듣도록 하여라.

제 43 장

돈키호테가 산초 판사에게 준 제이의 충고에 대해서.

돈키호테가 여태까지 한 이런 말을 듣고 그를 극히 사려에 차고 선의에 찬 사람으로 생각지 않는 사람이 있을까? 이 위대한 실록이 진전하는 동안 이따금 진술되듯 어쩌다 이야기가 기사도에 미칠 때에 한해서 그는 상궤를 벗어났는데, 그밖의 변설에서는 그가 명료하고 아무런 구김살 없는 이해력의 소유자라는 것을 나타내 보였다. 따라서 사사건건이 그의 행동은 그의 이성을 의심케 하고 그의 이성은 그의 행동을 의심케 했다. 그런데 이들 산초에게 준 제이의 훈계 대목에서는, 그가 뛰어난 기지를 갖추고 있다는 것을 보여 주고, 그의 사려가 얼마나 광기가 깊고 그러면서도 심한가 하는 것을 유감없이 극도로 발휘했다.

산초는 매우 주의 깊게 그의 말에 귀를 기울이고, 마치 그것을 충실히 지켜 그 충고에 의해서 자기의 통치라는 잉태에서 즐거운 출산을 얻으려는 사람처럼 그 여러 가지 충고를 기억에 단단히 새겨 두려고 애를 썼다.

돈키호테는 말을 이었다.

「어떻게 그대 자신과 집을 다스리지 않으면 안 되느냐 하는 문제에 있어서 산초여, 첫째 그대에게 주문할 것은 그대는 청결해야 한다는 것이다. 그리고 손톱을, 어떤 종류의 사람들이 하듯 자랄 대로 자라도록 내버려 두지 말고 꼭꼭 깎아야 한다는 것이다. 어떤 사람들은 그들의 무지로 말미암아 길게 자란 손톱은 손을 아름답게 보이게 한다고 생각하고 있다. 그들은 깎지 않고 있는 그 추잡하고 쓸데없는 손톱을 소중하게 생각하고 있는 모양이나, 실은 오히려 도마뱀을 잡는 독수리의 발톱 같은 것으로 더럽고 언어도단의 악벽이랄 수밖에 없다.

산초, 옷을 단정하게 입지 못하고 너절하게 걸친 채 걸어다녀서는 안 된다. 단정하지 못한 의복은 마음이 단정하지 못하다는 증거가 되기 때문이다. 하기야 율리우스 시저의 경우, 그렇게 해석되었듯이, 아무렇게나 복장에 신경을 쓰지 않은 것이 잘 계산된 약은 생각에서 온 것이라면 별문제다만.

그대의 직무에서 얼마만한 수입이 있는가 신중히 조사해 두는 것이 좋을 게다. 그리고 그대의 하인들에게 입혀 줄 제복을 지급할 만한 여유가 있거든 화려하고 겉보기에만 좋은 것보다 화려하지는 않으나 실질적인 것을 주는 편이 좋고, 또 그것을 하인과 빈민들에게 고루 나누어 주어야 한다. 다시 말해서 그대가 6명의 시동에게 옷을 입혀야 한다면 세 사람의 시동에게 그 옷을 입혀 주고 나머지 세 벌은 빈민들에게 입혀 주란 말이다. 그렇게 함으로써 그대는 천상과 지상에 시동을 갖는 것이 될 것이다. 허세를 부리는 인간들에게는 이 옷을 지급하는 새로운 방법 따위는 도저히 생각지도 못했을 것이다.

그대는 부추도 양파도 먹지 않는 것이 좋다. 그 냄새로 그대의 천한 출신이 발각되지 않도록 말이다.

천천히 의젓하게 걷고 침착하게 말을 하도록 하여라. 그렇다고 그대가 자기 말에 가만히 귀를 기울이고 있다고 상대편이 생각할 만한 말버릇은 피하는 것이 좋다. 어떠한 뜻으로도 뻐기거나 아첨하는 것은 좋지 않다.

점심 식사는 적게 먹고, 저녁 식사는 더 적게 먹도록 하여라. 온몸의 건강은 위의 공장에서 단련되기 때문이다.

과음한 포도주는 비밀을 흘리고 약속을 어기게 한다는 것을 잘 명심하여 마실 때는 언제나 덜 마시도록 조심하여라.

산초, 음식물을 입 가득히 쑤셔넣고 우물거리지 말고, 사람들 앞에서 기미를 보이지 않도록 조심하여라.」

「그 기미를 보이지 말라는 말씀이 무엇인지 전 모르겠습니다요.」 하고 산초가 말했다. 그러자 돈키호테가 대답했다.

「기미를 보인다는 것은, 산초, 트림하는 일이다. 이 말은 뜻을 잘 전하는 말이기는 하나, 카스티야 말 중에서 가장 더러운 말 가운데 하나일 게다. 그래서 점잖은 사람들은 라틴 말을 끌어 내서 『트림을 한다』라고 하는 대신에 『기미를 보인다』라고 말하고, 『트림』 대신 『기미』라고 말한다. 일부 사람들이 이런 말을 모른다고 하더라도 별일은 없느니라. 사용하고 있으면 시간이 흐르는 동안에 언젠가 그러한 말이 국어 속에 스며들어 쉽게 사람들이 이해할 수 있게 될 것이고, 이것이 또 국어를 풍부하게 하는 원인도 된다. 국어에는 일반 서민과 상용(常用)이 큰 힘을 미치기 때문이다.」

「정말입니다요, 주인 나리.」 하고 산초가 말했다. 「제가 잘 기억해 두려고 생각하고 있는 충고 말씀과 주의 말씀 가운데 하나는 트림을 해선 안 된다는 것입니다요. 워낙 저는 늘 이걸 하고 있어서 말씀입죠.」

「기미를 보인다고 말해라, 산초. 트림을 한다고 해서는 안 된다.」하고 돈 키호테가 주의시켰다.

「이번에는 기미를 보인다고 말할 작정입니다요.」하고 산초가 대답했다. 「무슨 일이 있어도 절대로 잊어버리지 않겠습니다요.」

「그리고 산초, 언제나 그대의 버릇이 되어 있는, 무슨 말을 할 때 함부로 속담을 섞는 것도 중지해야 한다. 하기야 속담이라는 것은 간결한 격언임에는 틀림없으나, 그대의 것은 격언이라고 하기보다 엉터리 방언이라고밖에 생각할 수 없고, 많은 경우 나무에 대나무를 잇는 듯한 말을 하기 때문이다.」

「이것만은 하느님이 아니면 고칠 수 없습니다요.」하고 산초가 대꾸했다. 「왜냐하면 전 책 한 권치보다 많은 속담을 알고 있어서 무슨 말을 하게 되면 언제나 입에서 늘 그녀석들이 튀어나오기 때문입죠. 서로 밀치고 떨치고 비비 대면서 먼저 나오려고 야단법석입니다요. 그리고 그 속담이 맞건 안 맞건 맨 먼저 눈에 띈 녀석을 혀끝이 제멋대로 끌어 내버리는 걸 어떡합니까요? 하지만 앞으로는 저도 제가 맡는 직무가 무거우니 그 무게에 알맞는 말을 할 생각입니다요. 다시 말씀드려서 물건이 가득 있는 집에선 저녁 식사 준비도 빠른 법이고, 트럼프를 떼는 자는 트럼프를 섞지 않는 법이고, 종을 치는 녀석은 위태롭지 않은 곳에 있는 법이고, 주는 것도 갖는 것도 뇌의 골수가 다 한다고 하니까 말입니다요.」

「바로 그거다, 산초!」하고 돈키호테가 말했다. 「속담을 상자에 넣고 뚜껑을 꼭 닫아 어디다 치워 놓도록 하여라! 그대의 속담은 아무도 막지 못하겠구나! 『엄마가 벌을 주더라도 나는 나팔 분다』로군! 내가 속담을 삼가라고 말한 침도 마르기 전에 벌써 그대는 속담 타령을 늘어놓고 있는 형편이니 말이다. 그래서야 우리는 『저 먼 우베다의 산너머』를 논의하고 있는 것과 하등 다름이 없지 않으냐? 알겠느냐, 산초. 나는 말하고자 하는 것과 꼭 부합되는 속담을 나쁘다고 말하는 것은 아니다. 그러나 엉터리 속담을 너절하게 끌어 내어 염주처럼 이어 놓는다는 것은 회화를 흥미없게 만들고 천하게 만드는 법이니라.

그대가 말을 탈 때는 몸을 안장 뒤쪽에 걸쳐놓고 가는 그런 짓은 하지 말아라. 두 다리를 쭉 뻗치고 말의 배에서 툭 튀어나온 듯이 앉아 있는 것도 좋지 않고, 단정치 못하게 타는 것도 안 된다. 그러다가는 잿빛 당나귀에 타고 있는 듯이 보일 게다. 같은 말을 타더라도 어떤 자는 기사로 만들고, 어떤 자는 말구종으로 만드는 법이니라.

잠도 적당히 자야 한다. 태양과 더불어 일찍 일어나지 않는 자는 낮의 고마움을 모른다. 게다가 잘 명심해 두어라, 산초. 근면은 행운의 어머니이지만 나태는 그 반대다. 훌륭한 희망이 구하는 목적에 이르지 못하게 한다는 것을 말이다.

내가 지금 그대에게 주고자 하는 이 마지막 충고는, 반드시 신체의 장식에 도움이 되는 것은 아니나, 여태까지 내가 그대에게 준 충고 못지않게 유익하다고 믿으니 잘 기억해 두면 좋겠다. 그것은 무슨 일이 있더라도 그대는 명문의 집안에 관해서 논의를 시작하지 말라는 것이다. 적어도 그러한 가문을 이것 저것 비교하지 말아야 하느니라. 왜냐하면 그렇게 되면 자연 비교되는 가문 중에서 한쪽이 훌륭하다는 결론에 이르지 않을 수 없게 된다. 그러면 그대가 나쁘게 평한 일족으로부터는 미움을 받을 것이고, 그대가 좋게 평한 일족으로부터도 아무런 보상을 받는 일이 없을 것이기 때문이다. 그대의 복장은 양말 겸용의 바지, 좀 긴 소매가 달린 동옷, 약간 긴 듯한 겉옷이 좋을 게다. 그러나 통이 헐렁한 바지는 아예 생각지도 말아라. 그것은 기사에게도 영주에게도 걸맞지 않을 것이니 말이다. 우선 이것이, 산초, 그대에게 충고하려고 내 마음에 떠오른 말들이다. 시간이 흐르는 동안에 기회가 있으면, 그대가 그때 그때 직면하고 있는 상황을 내게 알려 주는 일을 잊지만 않는다면, 이런 식으로 내 훈계를 전해 주마.」

「주인 나리.」 하고 산초가 대답했다. 「나리께서 제게 말씀해 주신 것 모두가 훌륭하고 고맙고 유익한 것이라는 것을 잘 알겠습니다요. 하지만 그런 걸 다 기억하고 있지 않는다면 무슨 소용이 있겠습니까요? 사실을 말씀드리면, 손톱이 길게 자라도록 내버려 둬서는 안 된다는 것과, 만일 기회가 있다면 다시 한 번 마누라를 얻어도 괜찮다는 것만은 제 머릿속에서 사라지지 않을 것입니다요. 하지만 그밖의 여러 가지 복잡하고 뭐가 뭔지 모를 일들은 옛날에 본 구름보다 기억에 없고, 생각지도 못할 것입니다요. 그런 까닭이라 종이에 똑똑히 써주시지 않으면 안 되겠습니다요. 전 읽을 줄도 쓸 줄도 모르지만, 그걸 고해 신부님께 드리고 필요한 일이 일어났을 때 제게 들려 주시거나 생각하게 하시거나 해달랠 작정입니다요.」

「오오, 기가 차서 말을 못 하겠구나!」 하고 돈키호테가 말했다. 「영주쯤 되는 자가 읽을 줄도 쓸 줄도 모른다는 것이 얼마나 보기 흉한 일인 줄을 모르느냐. 이봐라, 산초여. 일개 남자가 읽을 줄도 모른다든가 왼손잡이라든가 하는 것은 두 가지 일을 짐작케 한다는 것을 그대는 알아 주기 바란다. 말하자면, 너무나 천하고 지체 낮은 양친의 자식이든가, 아니면 훌륭한 가풍도, 뛰어난 훈육도 그자에게는 도무지 몸에 배지 않을 만큼 질이 나쁘고 처치 곤란한 인물이라는 것이다. 그대가 갖고 있는 결점은 대단한 결점이다. 하다못해 자기 이름을 서명하는 것만이라도 익혀 두면 좋겠구나.」

「제 이름을 서명하는 것쯤은 할 줄 압니다요.」하고 산초가 대답했다. 「그건 제가 마을 학원을 돌보고 있을 때 마치 짐에 찍는 소인(燒印)처럼 큼직한 글자를 쓰는 걸 익혔는데, 사람들이 말하길 제 이름으로 읽을 수 있을 만하다고 그랬습니다요. 더욱이 전 오른손을 못 쓰는 체하고 제 대신에 남에게 서명을 시킬 참입니다요. 죽는 것만 제외하고 인간만사 다 빠져 나갈 길은 있는 법입니다요. 저는 명령권과 권력을 나타내는 지팡이를 들고 있을 테니, 제가 하고 싶은 대로 할 작정입니다요. 법관 부친을 가졌으면(법관 부친을 가졌으면 빼기며 성에 나간다: 속담—역주) 어쩌고 하잖습니까요. 저는 영주니까 법관보다 위가 아닙니까요. 이봐, 이리와. 그 아가씨 좀 보여 봐라! 이런 식입죠. 아니, 그보다는 저를 경멸하려면 경멸해라, 처벌하려면 처벌해라지요. 『양털을 깎으러 가서 털을 깎이고 돌아온다』죠 뭐. 『신이 사랑해 주시면 그 집도 알아 주신다』고도 하고, 『부자의 잠꼬대는 격언으로써 세상에 통한다』잖습니까요. 게다가 저도 부자고 영주니까 그렇게 되고 싶다고 생각하고 있는 것처럼 배짱이 크면 남이 깨달을 만한 결점은 없을 줄 압니다요. 있을 까닭이 있습니까요. 『꿀이 되어라. 파리가 빨러 온다』. 『가진 것만이 그대의 값어치』라고 제 할머니가 늘 그러셨습니다요. 『논밭 가진 부자 상대로 분풀이는 못 한다』가 아닙니까요.」

「아아, 신의 저주를 받아라, 산초!」하고 이때 돈키호테가 소리쳤다. 「6만 마리의 악마에게 그대와 그대의 속담을 데려가도록 해야겠구나! 그대는 이 한 시간 동안 속담을 묵주처럼 꿰고 엮어서 그 하나하나로 나를 물고문에 걸었단 말이다. 나는 장담한다만 언젠가 그러한 속담이 그대를 교수대에 보내고 말 게다. 그런 속담 덕분에 그대의 부하들이 그대로부터 정권을 박탈하거나 아니면, 그들 사이에 폭동이 일어나고 말 게다. 자, 말해 보아라. 그대는 대체 어디서 그런 속담을 찾아오느냐? 이 벽창호야, 그리고 어쩌면 그대는 속담을 사용하는 방법을 그렇게도 모르느냐? 이 모자라는 녀석아, 나는 단한 가지의 속담이라도 교묘하게 사용하려고 마치 삽으로 구덩이를 파듯 땀을 흘리고 애를 쓰고 있는데?」

「하느님을 두고 말씀입니다요만, 주인 나리.」하고 산초가 받았다. 「나리는 정말 하찮은 일을 가지고 잔소리를 하십니다요. 제가 제 재산을, 재산이래야 어디까지나 속담이고 속담을 빼놓으면 무엇 하나 재산다운 재산도 갖고 있지 않습니다요만, 그걸 제가 제 마음대로 사용한다고 해서 어째서 그렇게 눈에 쌍심지를 세우셔야 하십니까요? 지금 제 머리에 네 가지 속담이 불현듯 떠올랐습니다요. 그것들은 지금 이 경우에 꼭 들어맞는 것들인데 말하자면 『바구니에 배』라고 할 만한 것들입죠. 하지만 말하지 않기로 하겠습니다요, 『입을 잘 다무는 자, 그는 산초라 부르노라(산초판사와 자기 이름 산
초를 바꾼 것—역주)』니까 말입니다요.」

「그 산초는 그대가 아니다.」하고 돈키호테가 말했다. 「그대는 잘 입을 다물 줄 아는 자가 아닐 뿐 아니라 처치 곤란하게 잘 지껄이고 끈질긴 사나이거든. 그건 그렇고 이 자리에 꼭 적합한 네 가지 속담이 그대 기억에 떠올랐다고 했는데, 대체 어떤 속담인지 들려 주지 않겠느냐? 이런 말을 하는 것은 내 기억을 구석구석이 뒤져 보아도, 더욱이 내 기억력은 꽤 좋은 편이다만 하나도 좋은 속담이 떠오르지 않기 때문에 그런다.」

「이런 것보다 더 좋은 속담이 있겠습니까요?」하고 산초가 말했다. 「『두 개의 지혜 있는 이빨 사이에 엄지손가락을 넣지 말라』그리고『우리 집에서 나가라는 말과 내 여편네에게 무슨 볼일이 있느냐는 말에는 대답할 말이 없다』또『항아리가 돌에 부딪히건, 돌이 항아리에 부딪히건 봉변을 당하는 건 항아리』라는 것인데, 모두 적합하지 않습니까요? 아무도 영주나 자기에게 명령하는 상대와 싸우는 자 없습니다요. 두 개의 지혜 있는 이빨 사이에 엄지 손가락을 쑤셔넣는 녀석처럼 봉변을 당하거든요. 하기야 지혜 있는 이빨이 아니더라도 어금니기만 하면 상관없습니다요만. 그리고 영주의 분부에는 마치 『우리 집에서 나가라』와『내 여편네에 무슨 볼일 있느냐?』는 것과 마찬가지로 할 말이 없습죠. 항아리와 돌의 비유는 장님도 알 수 있습니다요. 그러기 때문에『사신(死神)이 목 잘린 여자를 보고 깜짝 놀랐다』는 말을 듣지 않도록 남의 눈속에 든 먼지를 안다면, 자기 눈속에 든 대들보를 알아야만 합니다요. 게다가 남의 집의 지혜 있는 자보다 자기 집에 있는 바보 쪽이 더 아는 게 많다는 건 나리도 잘 아시지 않습니까요.」

「그건 다르다, 산초.」하고 돈키호테가 대답했다. 「바보는 자기 집에 있건 남의 집에 있건, 숙맥이라는 토대 위에는 그 어떤 지혜의 건물도 세울 수 없는 것이니 아무것도 모를 게다. 그런데 그 이야기는 이것으로 그치기로 하자, 산초. 그래, 만일 그대가 섬의 통치를 잘못할 때는 그것은 그대의 죄일 뿐 아니라 나의 치욕이 될 것이다. 그러기는 하나 나는 꼭 그대에게 충고해 두지 않으면 안 될 일을 되도록 성의와 지혜를 짜서 했다는 것으로 얼마간 위안이 되는구나. 이것으로 나도 내 의무와 약속의 짐을 내릴 수 있겠다. 하느님의 인도를 받아라, 산초. 그리고 그대는 백성을 다스림으로써 자기 일신을 다스려 언젠가 그대가 섬을 고스란히 뒤집어엎는 큰 소동을 일으킬지도 모른다는, 아직 내 가슴속에 남아 있는 염려로부터 나를 해방시켜 다오. 하기야 공작에게 그대의 사람됨을, 이 두둑하게 살이 찌고 낮은 키의 몸뚱이 속에는 속담과 간지가 터질 듯이 차 있는 큰 보따리밖에 들어 있지 않다고 숨김 없이 털어놓기만 하면 나는 그것으로 발뺌은 될 것이다만.」

「나리,」 하고 산초가 받았다. 「만일 나리께서 저라는 인간이 이 영주직에는 소용 없는 인간이라고 생각하신다면 저는 즉각 손을 떼겠습니다요. 전 내 몸 전체보다 손톱의 때만큼도 안 되는 제 영혼 쪽이 훨씬 소중한 줄 알고 있으니까 말입니다요. 그래서 영주가 자고새나 통닭을 먹고 살아가듯이 저는 빵과 양파만 먹고 목숨을 이어 가겠습니다요. 그뿐 아니라 인간은 잠자는 동안에는 높은 양반도, 하인도, 부자도, 가난뱅이도 모두 같으니까 말입니다요. 그리고 나리께서 조금만 생각해 보신다면 정치를 할 생각을 제가 갖게 한 것은 나리 한 분밖에 없다는 걸 아실 수 있을 겁니다요. 원체 전 섬의 정치에 대해서 그야말로 독수리보다도 몰랐으니까 말입니다요. 제가 영주가 되었다고 해서 악마가 저를 채어 갈 것이 틀림없다고 나리께서 생각하신다면, 저는 영주가 되어 지옥에 떨어지느니 그저 단순한 산초로 천당에 가고 싶습니다요.」

「허 그것 참!」 하고 돈키호테가 말했다. 「그대가 방금 말한 그 마지막 말만으로 그대는 천 개의 섬을 다스리는 영주가 될 자격이 있다고 나는 판단했다. 그대에게는 타고난 훌륭한 소질이 있다. 이것 없이는 학문 따위는 쥐뿔도 소용이 없느니라. 하느님께 맡기도록 하여라. 그리고 처음 먹은 뜻을 주저하지 말도록 노력하여라. 이런 말을 하는 뜻은, 그대의 확고한 결심을 언제나 품고 있으라는 말이다. 왜냐하면 하늘은 항상 선의에 은혜를 베푸시기 때문이다. 그러면 함께 식사를 하러 가자. 공작 내외분이 우리를 기다리고 계실 것 같다.」

제 44 장

　　산초 판사가 섬의 정청에 안내되어 간 상황과 성 안에서 돈키호테에게 일어난
이상한 모험에 대해서.

　전하는 말로는, 이 이야기의 원전에는 원작자 시데 아메테가 이 장을 쓴 대목을 그의 번역자는 그대로 번역하지 않았다고 써놓고 있다는데, 사실을 말하면 이 돈키호테 같은 매우 윤기 없고 답답한 이야기에 착수했다는 데 대해 이무어 인 원저자 스스로가 말한 이를테면 탄성 같은 것이었다. 왜냐하면 다른 더 심각하고 더 재미있는 탈선이나 삽화에는 감히 손을 뻗는 일도 없이 언제까지나 돈키호테와 산초에 관한 것만 이야기하지 않으면 안 되게 되었다고 작자는 여겨졌기 때문이다. 그래서 항상 사고도 손도 펜도 단 한 가지 주제를 쓰고 극소수의 인물들의 입으로 지껄이게 하는 데 집중해 간다는 것은 매우 견디기 어려운 노력이었다고 원작자는 말하고 있다. 더욱이 그 노력의 결과가 원작자에게 바람직한 결과를 가져온 것은 아니다. 그래서 이 불합리를 피하려고 원작자는 실록의 전편에서는 〈분별 없는 호기심〉의 소설이나 〈갤리 선의 죄수〉의 이야기처럼 실록의 원줄거리에서 몇 가지 소설을 삽입하는 기교를 부렸던 것이다. 하기야 이 이야기 속에서 다루어진 그밖의 짤막한 삽화들은 돈키호테 자신에게 일어난 사건이므로 이것을 쓰지 않고 둘 수는 없었다.
　다시 원작자는 그 자신이 쓰고 있듯이, 돈키호테의 갖가지 무훈에 주의가 끌린 많은 독자는 삽입된 소설 따위에는 주의를 기울이지 않을 것이고, 혹은 건성으로 혹은 혀를 차면서 대강대강 읽어 치웠을 것이 틀림없다. 더욱이 그런 소설 속에 포함되어 있는 매력이나 기교 따위에는 별로 주의도 기울이지 않을 것이나 그런 매력과 기교가 돈키호테의 광태나 산초의 우둔한 언동에 의존하지 않고 그것만 독립적으로 출판되었다면 아마 뚜렷하게 표현되었을 것이라고 말하고 있다. 그런 까닭으로 이 후편에서 원작자는 독립된 소설이건 원줄거리에 밀착된 소설이건 일체 삽입할 생각을 하지 않았던 것인데, 그러나 얼마간의 삽화는 설혹 삽입으로 보이더라도 진실이 제공하는 사건 자신에서

생긴 것이니 이것까지 생략하지는 않았으나 그것마저도 극히 제한해서 그것을 전하는 데 족한 소수의 말밖에 소비하지 않았다. 원작자는 온 우주를 주제로 할 만한 재능과 능력과 두뇌를 가졌으면서도 이야기의 옹색한 제한 속에 스스로를 억제하고 틀어박혀 있으니, 그의 노력을 경멸하지 말기를 바라며 또 그가 쓴 것에 대해서가 아니라 쓰지 않은 것에 대해서 칭찬을 보내 주었으면 바라는 것이다.

그리하여 원작자는 다음과 같이 말하자면 이야기를 계속하고 있다. 즉, 돈키호테는 충고를 준 날, 식사를 끝내고 오후에 종이에 충고를 열거해서 산초에게 주었다. 그러나 산초가 그것을 받다가 떨어뜨려 버렸으므로 그것이 우연히도 공작의 손에 들어갔다. 공작은 곧 부인에게 알리고 두 사람은 새삼 돈키호테의 광기와 재지에 놀라움을 새로이 했다.

그리고 공작 부처는 자기들의 장난을 다시 추진하기 위해서, 그날 오후 산초에게는 섬이어야 할 마을로 많은 수행원을 딸려 산초를 파견했다. 마침 산초를 안내해 가는 책임을 진 사람은 사려도 깊거니와 기지도 풍부한 인물인 공작의 집사 중의 한 사람이었다. 하기야 사려 없는 곳에 기지가 있을 까닭이 없지만, 그는 트리팔디 백작 부인의 역할을, 앞에서 말한 것처럼 보기 좋게 해낸 사나이였다. 그는 이 재치에다가 어떤 식으로 산초를 대해야 하는가를 주인 부처한테서 상세히 지시받고 이번 계획도 매우 훌륭하게 완수했던 것이다.

한편, 산초는 이 집사를 보는 순간 트리팔디의 얼굴이 문득 머리에 떠오르는 사태가 일어났다. 그래서 산초는 주인을 돌아보고 말했다.

「나리, 제가 정직한 신도로서 지금 있는 이 자리에서 악마가 저를 데려가려고 하고 있거나, 아니면 여기 있는 이 공작님의 집사의 얼굴이 『비탄의 노시녀』와 같은 얼굴이라는 것을 제게 실토케 해주셨으면 좋겠습니다요.」

돈키호테는 집사의 얼굴을 자세히 들여다보고 난 다음 산초에게 말했다.

「악마가 그대를 데려가는 일도 없을 것이고, 무슨 생각으로 그런 말을 하는지 납득이 안 간다만, 정직한 신도라는 말은 새삼 꺼낼 것도 없다. 과연 이 집사의 얼굴은 『비탄의 노시녀』의 얼굴과 닮았다. 그렇다고 『비탄의 노시녀』가 집사일리는 없지 않느냐. 만일 그것이 사실이라면 대단한 모순을 내포하게 되겠는데, 지금은 그런 것을 일일이 캘 때가 아닌, 즉 그런 짓을 하다가는 우리는 뭐가 뭔지 모르는 미로에 발을 들여 놓게 되는지도 모른다. 내 말을 믿어라, 나의 벗 산초여! 진심으로 우리의 주 그리스도에게 심보 고약한 요술사와 마법사들로부터 우리 두 사람을 해방시켜 주십사고 부탁드릴 필요가 있다.」

「농담이 아닙니다요, 주인 나리.」하고 산초가 우겼다. 「조금 전에 저 사람이 말하는 소리를 들었습니다요만, 트리팔디의 목소리가 제 귀에 고스란히 울려 오는 기분이 들었습니다요. 하지만 앞으로는 첫눈에 알 수 있는 그밖의 증거를 찾거나, 아니면 제 의심을 지워 줄 증거를 찾거나 잘 주의해 볼 참입니다요.」

「그렇게 해주면 좋겠다, 산초.」하고 돈키호테는 말했다. 「그리고 이 건에 대해서는 무언가 새로 발견하게 되거든 알려 주고, 또 정치를 하면서 그대에게 일어난 일도 죄다 내게 알려 주기 바란다.」

이리하여 마침내 산초는 많은 수행원을 거느리고 출발했는데, 그는 변호사 같은 복장을 하고 있었다. 위에는 파도처럼 윤이 나는 황갈색의 폭넓은 낙타 외투를 걸쳤고, 같은 감으로 된 두건을 썼으며, 등자를 짧게 하여 당나귀에 올라앉아 있었다. 그의 뒤에는 공작의 명령으로 새로 장만한 비단 마구와 장식을 단 잿빛 당나귀가 따라가고 있었다. 산초는 이따금 뒤로 고개를 돌려 잿빛 당나귀를 보았는데, 당나귀가 함께 와주는 것이 무척 흡족해서 설령 독일 황제를 시켜 준다고 하더라도 이 당나귀만은 놓고 싶지 않을 정도였다. 그는 공작 부처와 작별할 때 부처의 손에 입을 맞추고 주인 돈키호테의 축복을 구했는데, 주인은 눈물을 흘리면서 축복을 내려 주었고, 산초는 우는 얼굴로 흙 냄비처럼 두 볼을 부풀려 주인의 축복을 받았던 것이다.

친애하는 독자여, 사람 좋은 사나이 산초로 하여금 무사히 건강하게 여행을 계속하도록 빌어 주시라. 그리고 그가 영주가 된 뒤 어떤 짓을 하는가 들으셨을 때 독자 제위가 제공받게 될 2파네가(곡식을 다는 단위. 1파네가는 55리터 반—역주)의 웃음을 기대하시라.

그런데 그것은 잠시 제쳐놓고, 그날 밤 그의 주인에게 일어난 일에 귀를 기울이시라. 왜냐하면 돈키호테에게 일어난 사건은 감탄으로써 혹은 웃음으로써 받아들여져야 하는 성질의 것이니, 독자는 설혹 웃음을 터뜨려 가가대소까지는 하시지 않더라도, 적어도 원숭이 웃음처럼 저도 모르게 빙그레 입술을 벌리시는 것쯤은 해주실 것이 틀림없기 때문이다. 실록에 의하면, 산초가 출발하고 나자 곧 돈키호테는 무어라 말할 수 없는 고독감에 사로잡혔으므로, 만일 산초의 임명을 철회하여 영주직을 박탈할 수만 있다면 그렇게 했을지도

346

모를 정도였다.

공작 부인은 그의 우울한 기분을 알고, 어째서 그렇게 울적해 하고 있느냐고 물었다. 만일 산초가 떠나갔기 때문에 그런다면 이 저택에는 그의 기분을 충분히 풀어 줄 부하나 노시녀 시종들이 있다고 덧붙였다.

「사실을 말씀드리면, 부인.」하고 돈키호테가 대답했다. 「산초가 없어진데 대한 서운함을 느꼈기 때문이외다. 그러나 내가 울적해 하고 있는 듯이 보이는 주된 원인은 그뿐이 아니외다. 부인이 내게 말씀하신 그 숱한 고마운 제의에 대해서는 저에게 보여 주신 호의만을 고맙게 받을 생각입니다만, 나아가서 부인께 부탁드릴 일은, 내 방에서 나에게 시중드는 자는 오직 나 자신만으로 해주시는 데 대한 허락과 동의를 얻고자 하는 바이외다.」

「아니에요, 돈키호테 님.」하고 공작 부인이 말했다. 「그건 정말로 안 됩니다. 꽃처럼 아름다운 나의 시녀 중에서 4명을 골라 기사님을 시중들게 하겠어요.」

「아니, 나에게 있어서는,」하고 돈키호테가 대답했다. 「그분들이 꽃과 같다기보다 내 마음을 찌르는 가시와 같은 것이외다. 그 시녀들이 내 방에 들어온다면, 그럴 수는 없겠지만, 나는 날개가 돋쳐서 날아가 보이겠소이다. 부인께서 앞으로도 나에게 과분한 은혜를 베풀어 주실 생각이시라면, 제발 내가 하고 싶은 대로 내버려 두시고, 나를 내 방안 문이라고 생각해 주십시오. 다시 말씀드려서 나는 욕망과 범절 사이에 성벽을 구축하여, 부인께서 내게 보여 주시는 관용에 기댐으로써 이 습관을 잃지 않으려 하는 것이외다. 요컨대 누구든 내 옷을 벗겨 주는 대로 받아들이느니 차라리 옷을 입은 채로 잘 작정이외다.」

「그만하면 알겠어요, 그만하면, 돈키호테 님!」하고 공작 부인이 말했다. 「기사님의 방에 시녀 따위는 물론이고 파리 한 마리 들어가지 못하도록 엄하게 명령할 것을 약속드리겠어요. 저는 저 때문에 돈키호테 님의 점잖은 태도를 망치게 할 그런 여자가 아니에요. 제가 짐작컨대 기사님의 많은 미덕 가운데서도 한층 뛰어난 것은 조심성이라고 생각하니까요. 기사님의 마음에 드시도록 언제든지 좋을 때 혼자 옷을 벗고 입고 하세요. 누구 하나 그것을 말리는 사람은 없을 테니까요. 문을 닫고 주무시는 데 꼭 필요한 항아리도, 그 어떤 자연의 욕구 때문에 문을 열지 않으면 안 되는 일이 없도록 방에 갖다 놓게 하겠어요. 정말 둘시네아 델 토보소 님이 언제까지나 오래오래 사셔서 이

지구 구석구석에까지 그분의 명성이 떨치게 되기를 빌겠어요. 이렇게 용감하시고 그러면서도 이토록 품행이 깨끗하신 기사님의 사랑을 받을 만한 훌륭한 분이거든요. 이런 생각을 하니 더더욱 우리의 영주 산초 판사의 가슴속에, 인자하신 하늘의 마음이 그 뛰어난 공주의 아름다움을 다시 한 번 세상 사람들에게 보여 주시고 기쁘게 해주시기 위해서도, 그 채찍질의 고행을 빨리 끝마치려는 기분을 불러일으켜 주시도록 빌겠어요.」

이에 대해서 돈키호테가 대답했다.

「부인은 역시 인품에 알맞는 말씀을 하셨소이다. 하기야 훌륭한 귀부인의 입에서 나쁜 말이 나올 까닭은 없소이다만. 둘시네아 님도 고귀한 부인께서 극구 칭찬을 해주셨으니, 이 세상 최대의 웅변가가 그분에게 줄 수 있는 모든 찬사보다 훨씬 더 행운의 혜택을 받아 세상 사람들에게 다시 더욱 알려지게 될 것이외다.」

「그건 그렇고, 돈키호테 님.」 하고 공작 부인이 말했다. 「이럭저럭 만찬의 시간이 되었나 봐요. 아마 공작님이 기다리고 계실 거예요. 자, 가세요. 저녁 식사를 하십시다. 그리고 일찍 주무시도록 하세요. 내일 있을 칸다야의 여행은 결코 짧은 여정이 아니거든요. 얼마간 피로하지 않으실 리가 없습니다.」

「아니, 조금도 피로를 느끼지 않을 것입니다, 부인.」 하고 돈키호테가 대답했다. 「왜냐하면 나는 평생을 통해서 클라빌레뇨보다 조용하고 뛰어난 걸음걸이를 하는 짐승을 타본 적이 없다는 것을 부인께 감히 맹세하겠소이다. 그래서 말람브루노가 무엇에 유혹되어 그토록 빠르고 얌전한 말을 버리고 더욱이 그와 같이 분별 없이 태워 버렸는지 나는 도무지 이해할 수 없소이다.」

「그 일에 관해서는 이렇게도 생각할 수 있어요.」 하고 공작 부인이 받았다. 「내노라 하는 말람브루노도 트리팔디 님과 그 일당이라든가 그밖의 사람들에게 가한 악행이며 요술사·마법사로서 반드시 자행했을 죄악을 뉘우치고 그런 일에 사용한 일체의 도구를 모두 파괴할 생각으로 자기를 잠시도 한 자리에 정착시키지 않고 이쪽 땅에서 저쪽 땅으로 이리저리 헤매어 돌아다니게 한 클라빌레뇨를 태워 없앤 것은 아닐까 하는 생각도 드네요. 그러니 클라빌레뇨가 탄 재와 양피지의 전리품으로 대(大) 돈키호테 데 라 만차 님의 용기는 영원히 남게 되었어요.」

돈키호테는 다시 공작 부인에게 감사의 뜻을 표했다. 그리고 저녁 식사를 마치자마자 누구 하나 자기 뒷바라지를 하려고 들어와서는 안 된다고 일러 놓고 자기 방으로 들어갔다. 그는 편력 기사의 정수이자 아마미스의 고귀한 기상을 생각하고, 자기의 그리운 공주 둘시네아를 위해서 지키고 있는 깨끗한 정조를 잃게 하기 위해 그를 강요하고 유혹하는 기회를 이토록 두려워하고 있었던 것이다.

등 뒤의 문을 닫고 두 자루의 촛불빛으로 옷을 벗고 양말을 벗었을 때, 이만한 인물에 도무지 맞지 않는 불운이라고 할까, 그에게서 튀어나온 것은 한숨도 아니고 하물며 그의 몸가짐의 깨끗함을 떨어뜨릴 만한 어느 것도 아니었다. 한쪽 긴 양말의 실밥이 대여섯 군데 타져서 발(簾)처럼 되어 있었던 것이다. 우리의 사랑하는 신사는 극도의 비탄에 잠겨 버렸으므로, 이런 경우 약간의 초록 비단실을 손에 넣기 위해서는 1온스의 은이라도 기꺼이 내놓았을 것이 틀림없다. 작자가 초록빛 비단실이라고 한 것은 긴 양말이 초록빛이었기 때문임이 분명하다.

여기서 원작자 베넨헬리는 탄성을 울리면서 다음과 같이 쓰고 있다. 「그대, 가난이여, 빈곤이여! 저 코르도바 태생의 대시인(후안 데 메나를 가리킨다—역주)이 그대를 고맙다고 인사받는 일 없는 신성한 선물이라 말한 것은 무슨 이유고 마음이 그렇게 움직였는지 이해하기 곤란하구나! 나는 무어 족이지만 여태까지 그리스도 교도들과 교섭이 있었으므로 신성이라는 것은 이웃에 대한 사랑, 겸허한 마음, 신앙, 복종, 그리고 가난으로 구성되어 있다는 것을 십분 알고 있다. 그런데도 최대의 성자(성 바오로—역주) 한 사람이, 『너희들은 그러한 것들을 마치 안 가진 것처럼 모든 사물을 가져라』고 말했다는 그러한 빈곤이 아니라면, 그리고 사람들이 이것은 마음의 가난이라고 부르는 그런 빈곤이 아니라면 가난하면서도 만족할 수 있게 되는 자는 어지간히 신의 은총을 입는 자가 아닐 수 없다고 감히 나는 말하고 싶다. 그러나 제이의 빈곤이여, 내가 말하고 있는 것도 다름아닌 그대이다만, 그대는 어째서 다른 사람들보다 귀족이나 태생이 좋은 사람들에게 횡포를 부리려 하느냐? 무엇 때문에 그들로 하여금 신발의 해진 자국을 감추기 위해 검은 구두약을 칠하게 하고, 그들의 동옷 단추를 어떤 자는 비단, 어떤 자는 억센 털, 어떤 자는 유리로 된 것을 달도록 강요하느냐? 어째서 그들의 옷깃 장식은 본틀에 넣어 만든 것도 아닐 텐데 그 태반이 언제나 상추처럼 오글오글해야만 되느냐?」이로써 미루어 보더라도 깃 장식에 풀을 먹이고 깃을 반듯하게 하는 풍습이 얼마나 오랜 것인가 알 수 있을 것이다.

원작자는 다시 계속해서 말한다. 「소심하게 자기의 체면을 유지하기 위해 급급하고, 문을 꼭 처닫고는 맛없는 것을 먹고 이를 쑤실 만한 것을 먹은 것도 아닌데 공연히 이쑤시개를 물고 한길로 나가는 양반의 처참함이여! 두려운 표정으로 체면을 소중히 간직한 채, 구두를 꿰맨 자국, 땀에 절은 모자의 얼룩, 누더기 망토, 뱃속의 굶주림을 1레구아의 거리에서 남에게 들키지 않을까 공포를 품고 있는, 나는 감히 말하지만, 그러한 사나이의 가련함이여!」

이 모든 마음의 동요가 양말의 실밥이 타짐으로써 돈키호테의 마음속에 새로이 되살아난 것이다. 그러나 산초가 여행용 장화를 남겨 두고 간 것을 깨닫고, 내일은 그것을 신어야지 하는 생각으로 얼마간 마음을 달랠 수 있었다. 결국 그는 산초가 없어진 것, 양말의 손도 댈 수 없는 파손──그는 다른 색의 실로라도 꿰맬 생각을 했다──일개 귀족이 집요한 궁핍 생활에서 드러낼 수 있는 가장 큰 참상 가운데 하나인 이 두 가지 일로 그는 골똘히 생각에 잠기고 울적한 기분으로 자리에 들어 촛불을 껐다. 그러나 그날 밤은 더워서 잠이 오지 않았으므로 침상에서 일어나 아름다운 정원 쪽으로 나 있는 철창살의 창문을 조금 열었다. 창문을 열었을 때 누가 정원을 거닐고 있는 기척을 느꼈다. 그래서 가만히 귀를 기울였다. 그러자 바깥 소리가 조금 높아져서 서로 주고받는 말을 들을 수 있었다.

「그렇게 나더러 노래하라고 억지로 권하지 말아요, 에메렌시아! 그 타국 분이 이 성에 오시고 내 눈이 그분의 모습을 본 후부터 내가 노래는커녕 우는 것밖에 할 수 없게 되었다는 걸 당신도 잘 알고 있지 않아요. 그리고 마님은 깊이 잠드셔도 얼마나 잠귀가 밝으신지 설령 온 세계의 재보를 다 준대도 마님에겐 우리가 여기 있다는 걸 들키고 싶지 않아요. 그리고 마님은 깊이 잠드셔서 눈을 뜨시지 않는다고 하더라도 저 아이네이아스가 다시 태어난 것 같은 그분이 주무시고 계셔서 눈을 뜨고 들어 주시지 않는다면, 내 노래 따위가 대체 무슨 소용 있겠어요? 그분은 나를 비웃기 위해서 여기 오신 것밖에 안 되는 것 같아요.」

「그런 데 신경 쓸 것까진 없어요, 알티시도라.」 하고 상대가 대답했다. 「당신의 그 마음의 임이시고 당신의 영혼을 뒤흔들어 놓은 분을 제외하고는, 마님을 비롯해서 이 저택의 모든 분들이 다 주무시고 계실 게 틀림없어요. 그분이 계시는 방의 쇠창살의 문이 방금 조금 열리는 듯해 보였으니까, 필경 그분이 아직 주무시지 않고 계시는 것이 분명해요. 노래하세요, 참으로 가엾은 분, 낮은 소리로 부드럽게 그 하프 소리에 맞추어 노래하세요. 그러다가 만일 마님께서 우리가 여기 있는 걸 아셨을 때는 너무 더워서 여기 나와 있노라고 말씀드리기로 해요.」

「아니에요, 내가 걱정하는 건 그런 게 아니에요. 에메렌시아!」하고 알티시도라가 받았다. 「그런 것이 아니고, 내가 만일 노래를 부르면 내 마음이 고스란히 드러나서 사랑의 애닯고 억센 힘이 어떤 것인가 모르는 분들이 나를 변덕스럽고 들뜬 계집애로 보게 되면 어쩌나 해서 그게 싫은 거예요. 하지만 어찌 되었든 좋아요. 마음의 애닯음보다 얼굴에 나타나는 수치가 더 낫다고 하니까요.」

그러더니 얄밉도록 부드럽게 하프를 뜯는 소리가 들려 왔다. 그것을 듣고 돈키호테는 그만 멍청해지고 말았다. 여태까지 아찔해지도록 많은 기사도 책에서 읽어 온, 지금 막 일어나려 하고 있는 모험과 흡사한 창가와 쇠창살, 정원, 음악, 사랑의 속삭임, 현기증 등 수없는 모험이 그의 기억에 생생하게 떠올랐기 때문이었다. 그는 곧 공작 부인을 섬기는 시녀의 한 사람이 자기를 사랑하게 되었으나 얌전한 조심성에서 사모하는 생각을 가슴에 꼭 간직하고 있나 보다 하고 제멋대로 상상하고, 그 정에 질 것이 두려워 절대로 이끌려 가지 않겠다고 머릿속에서 굳게 결심했다. 그리하여 그는 꿋꿋한 정신과 용기를 발휘하여 그리운 공주 둘시네아 델 토보소를 마음의 의지로 삼으면서 그 음악을 듣기로 결심하고는 자기가 여기 있다는 것을 알리기 위해 일부러 재채기를 했다. 그것으로 두 사람의 시녀는 크게 기뻐했다. 그녀들은 오로지 돈키호테가 들어 주기만을 바라고 있었던 것이다. 그리하여 하프의 가락을 살펴보고 다 골라지자 알티시도라는 다음과 같은 로망스를 노래하기 시작했다.

    그대여, 그대는 잠자리에 누워
    올란다(네덜란드─역주) 제 이불을 덮으시고
    편안히 발 뻗은 채 단잠 주무시네,
    초저녁부터 다음날 아침까지.

    라 만차가 세상에 내놓은
    용맹 뛰어난 무사여,
    아라비아의 황금보다 나으라,

깨끗하고, 행복도 풍요하게.

유복하게 자라, 박행해진
상심의 소녀의 한탄 들으시라.
그대 두 눈동자의 태양
빛은 가슴속에 불같이 타네.

자기의 모험 찾아 나가
남의 불행을 부르는 그대,
남에게 상처를 입혀 놓고,
고칠 약 주실 줄 모르시네.

말하라, 용감한 젊은이여,
그대 희망의 행복일랑 빌라,
그대는 리비아에서 자라는가
하카의 산에서 자라는가.

그대는 큰 뱀의 젖으로 자라고,
그대를 기르는 유모들은
인적 드문 숲이런가,
무서운 산은 아니던가.

살집도 좋고 건강한
둘시네아는 사납기가
범보다 더한 그 용사
굴복을 시켰으니 자랑하라.

그리하여 그 이름은 전해지네.
에나레스에서 하라마 강,
티호 강에서 만사나레스,
피수에르가 강에서 아를란사 강까지.

그 임과 바뀔 수가 있다면,
내가 가진 가장 아름다운
스커트 그대에게 보내어
금실 장식으로 치장할 것을.

그대 팔에 안기진 못하더라도
그대 침상 곁에 다가가
그대 머리 내 손으로 갈라서
비듬을 말끔히 털어 드릴 것을.

내 꿈은 분수를 넘었고
그대의 정 받을 값어치도 없네,
다만 그대의 발 간지를 수 있다면
천한 이 몸 더 바랄 것이 없네.

어떤 헤어네트(여자 모자의 일종 —역주)를 그대에게 보낼까,
은으로 만든 값진 실내화
더없이 아름다운 비단 바지
올란다 망토도 곁들여서 !

하나하나가 나무 옹이 같은
아름다운 진주를 보낼까.
이에 비할 동류 없어서,
『고독』하다는 그 진주를 !

라 만차 태생의 네로 황제여
타르페야 언덕에서 보시지 말라,
내 가슴 태우는 이 불꽃을
그대의 노기로써 부채질 말라.

나는 수줍은 어린 꽃

　　나이도 열다섯이 아직 안 차서,
　　열네 살 하고 석 달의 소녀
　　내 영혼에 맹세코 말하리라.

　　나의 다리 아직 시들지 않고,
　　손에도 부족함이 없다.
　　백합을 닮은 내 머리채는
　　일어서면 땅 위에까지 물결치네.

　　입은 독수리를 닮고,
　　코는 약간 낮은 편
　　이빨은 황옥의 빛을 띠어도
　　이 몸의 미모 하늘에 이르네.

　　나의 노래 들으면 그대도 알 듯
　　아름다운 목소리 유례도 없네.
　　나의 키 너무 크지도 않고,
　　남보다 조금 낮은 편이네.

　　이렇듯 빼어난 아름다움을
　　그대의 노획물로써 바치네,
　　나는 이 댁에서 일하는 시녀,
　　알티시도라, 알아 주소서.

　여기서 상심한 알티시도라의 노래는 끝나고 구애를 받은 돈키호테의 놀라움이 시작되었다. 그는 큰 한숨을 쉬고 중얼거렸다. 「나를 한 번 보고 나에게 정을 두는 소녀가 한 사람도 없다면 얼마나 불행한 편력의 기사로 태어난 것이겠는가……. 비할 데 없는 나의 성실성을 한 사람도 받아들이지 않는다면 비할 데 없는 둘시네아 델 토보소는 얼마나 불행하게 태어난 사람이겠는가?……. 여왕들이여, 그대는 이 여성을 어떻게 하실 작정이시오? 왕후 폐하들이여, 무엇 때문에 그분을 박해하시오? 열네 살이나 열다섯 살의 소녀들이여, 무엇 때문에 그분을 책하시오? 내 마음을 그분에게 맡기고 내 영혼을 그분에게 맡기고 있듯이, 사랑의 신이 그분에게 주고자 한 운명에게 승리를 기뻐하고 그것을 향수하며 그것을 자랑으로 삼도록 그 박행한 분을 그대로 내버려 두시라, 그대로 내버려 두시라. 사랑을 하는 사람들이여, 나는 오로지 둘시네아에게는 빵의 반죽 덩어리나 사탕과자에 지나지 않지만, 그밖의 모든 여성들에 대해서는 지남철로 되어 있다는 것을 생각해 주오. 그분에게는 벌꿀이지만 그대들에게는 쓴 노회(蘆薈)라오. 오직 나에게 있어서 둘시네아는 아름답고 사려에 차고 청순하고 화사하고 혈통이 좋은 여성이지만, 다른 사람들에게 있어서는 추하고 어리석고 변덕스럽고 천한 가문의 사람이오. 대자연은 나를 그분의 것으로 하여 이 세상에 보냈으므로 다른 어떠한 여성의 것도 될 수가 없는 것이오. 우시거나 노래하시거나 그대 마음대로요, 알티시도라 님. 그분으로 하여 마법에 걸린 무어 인의 성에서 그녀로 인하여 내가 두들겨맞은 그 귀부인(전권 제16장의 여인 즉 하녀를 말함—역주)도 절망하시라. 나는 설사 몸이 익고 타는 한이 있더라도 이 세상의 모든 요술의 힘에도 굽힘이 없이 깨끗하게 예절을 지키고 절조를 간직하여 둘시네아 공주의 것이 되지 않으면 안 되는 것이오.」

이 말을 다 마치자 그는 창문을 쾅 닫아 버리고 마치 무슨 커다란 불행이라도 당한 것처럼 절망과 비통을 가슴에 안은 채 다시 침상에 들었다. 여기서 우리는 일단 그를 이 자리에 남겨 두기로 하자. 바야흐로 훌륭한 정치를 시작하려 하고 있는 산초 판사 나리가 우리를 부르고 있다.

제 45 장

대 산초 판사가 어떻게 그 섬을 자기 손에 넣고 어떻게 통치를 시작했는가에 대해서.

오오! 지구 반대쪽의 영원한 발견자, 이 세상의 횃불, 하늘의 눈, 포도주 냉각기를 움직이는 상냥한 사람, 여기서는 팀브리우스, 저기서는 페보, 여기서는 사수(射手), 저기서는 약사(藥師), 시(詩)의 아버지, 음악의 창시자, 언제나 솟아오르는 듯이 보이지만 결코 지는 일 없는 그대여! 나는 그대에게 말하노라. 오오, 태양이여, 그대의 힘을 빌려 인간은 인간을 낳는 것이라고!

나는 그대에게 부탁하노니, 대 산초 판사의 통치 이야기에서는 소상히 서술할 수 있도록 내게 힘을 주오. 내 재지의 어둠을 비춰 주시라. 나는 그대 없이는 불안하고 두려워 어찌 할 바를 모르는 기분이 들기 때문이다.

그러면 본 주제에 들어가기로 하자.

산초는 수행원 전원을 거느리고 인구 약 천 명에 이르는 공작의 영지 중에서도 가장 훌륭한 부락에 속하는 마을에 도착했다. 사람들은 여기를 『바라타리아 섬』이라고 부른다고 가르쳐 주었는데, 이 마을 이름이 바라타리아였거나 아니면 그곳 통치권을 푼돈 한푼 안 주고 얻었다는 말이었다.

성벽으로 둘러싸인 영지의 성문에 이르자 일단의 영토 관리들이 그를 맞이하러 나타났다. 종소리가 울리고, 온 주민들은 너나할것없이 모두 기쁨을 얼굴에 나타내고 있었다. 그들은 성대한 행렬을 지어 그를 대사원으로 안내해 가서, 신에게 감사를 드린 다음 몇 가지 어처구니없는 의식을 행한 후 도읍의 열쇠를 넘겨 주면서 이 바라타리아 섬의 영원한 영주로서 그를 인정했다. 신임 영주의 복장, 수염, 뚱뚱하게 살이 찐 작달막한 키 등은 일의 진상을 잘 알고 있는 많은 사람들마저 모두 놀랐을 정도였다. 마지막으로 사람들은 그를 사원에서 데리고 나와 정청의 상좌로 안내한 뒤 위자에 앉히고 공작의 집사가 입을 열었다.

「영주님, 이것은 이 섬에 옛날부터 내려오는 습관입니다. 이 이름난 섬을 영유(領有)하러 오신 분은 주어지는 한 가지 질문에, 비록 그것이 복잡한 난문이더라도 대답하시지 않으면 안 되게 되어 있습니다. 그 대답으로 주민들은 신임 영주의 지혜가 얼마만한가 알게 되고, 그것으로 영주의 부임을 기뻐하거나 혹은 슬퍼하거나 하게 되는 것입니다.」

집사가 이런 말을 하고 있는 동안 산초는 앉아 있는 의자의 정면 벽에 씌어 있는 크고 복잡한 글씨를 바라보고 있다가 저 벽에 그려져 있는 무늬는 대체 무엇이냐고 물어 보았다. 그러자 집사가 대답했다.

「저기에는 영주님께서 이 섬을 영유하신 날짜가 적혀 있으며, 명기에는 『모년 모월 모일의 오늘, 돈 산초 판사 공이 이 섬을 영유하시다. 원컨대 장구히 이 섬을 향유(享有)하시기를』 이렇게 씌어 있습니다.」

「돈 산초 판사라는 사람이 대체 누군가?」 하고 산초가 물었다.

「영주님이시지요.」 하고 집사가 대답했다. 「지금 그 의자에 앉아 계시는 분을 제외하고 판사라는 이름으로 이 섬에 들어오신 분은 한 분도 없습니다.」

「그렇다면 내 말 좀 들어 주게.」하고 산초가 말했다. 「나는 돈 따위는 갖고 있지 않고, 우리 혈통에 그런 것을 가졌던 사람도 없네. 다시 말해서 내 이름은 그저 산초 판사이고, 우리 아버지도 산초라고 했으며, 우리 할아버지도 산초였다네. 모두 한 사람도 남김없이 돈이니 도냐니 하는 덤이 없는 판사였단 말야. 생각건대 이 섬에는 돌멩이보다 돈이 우글우글하고 있는 모양이지. 하지만 이젠 지긋지긋하다. 내 생각은 하느님이 잘 아시지만, 만일 내가 나흘 동안 이 섬을 다스린다면 그 우글우글하는 모기처럼 성가신 돈을 싹 쓸어 보일 테다. 그래 아무튼 집사, 그 질문이라는 걸 진행시키게. 주민들이 낙심을 할지 안 할지는 모르지만 될 수 있는 대로 잘 대답해 볼 테니까.」

마침 그때 두 사나이가 정청에 들어왔는데, 한 사람은 농부 차림이고 한 사람은 재봉사 같았다. 왜냐하면 손에 가위를 들고 있었기 때문인데, 그 재봉사가 입을 열었다.

「영주님, 저와 이 농부는 어떤 일을 호소하려고 영주님 앞에 나오게 되었습니다. 이 양반이 저의 가게에 오셔서, 여기 계시는 여러분들에게 실례를 드립니다요만, 저는 면허증을 가진 재봉사지요. 하느님은 고마운 분입니다요. 그래서 이 양반이 약간의 천을 저한테 주면서 물었습니다요. 『주인 양반, 이 천으로 뾰족한 두건 하나를 만들 수 있을까요?』그래서 저는 천을 재보고 넉넉하다고 대답했지요. 그런데 제가 생각한 대로 이 양반도 생각하고 있었던 것이 분명할 것입니다요만, 또 제가 그렇게 생각한 것도 틀리지는 않았습니다요. 그것은 이 양반은 장난기로 저희 재봉 가게의 나쁜 소문을 기화로 해서, 제가 자기 천을 얼마간 슬쩍 잘라먹을 것이 틀림없다고 생각한 것입니다요. 그래서 이 양반은 두건 두 개를 만들 감은 되는가 봐달라고 묻습디다요. 저는 이 양반의 속셈이 환히 들여다보이길래 충분하다고 대답했지요. 그러자 이 양반은 근성이 새까만 첫 꿍심대로 밀고 나가서 자꾸만 두건 수를 늘여 가지 않겠습니까요. 그래서 저도 자꾸 『넉넉하다』고 대답해 마침내 두건이 다섯 개까지 늘어나게 되었는데, 조금 전에 이 양반이 두건 다섯 개를 찾으러 왔길래 다섯 개를 내놓았더니, 아, 글쎄 만든 삯은 고사하고 그 천 값을 지불하거나 아니면 본래의 천을 돌려 달라고 떼를 쓰는 게 아니겠습니까요.」

「방금 들은 얘기는 모두 사실인가?」하고 산초가 물었다. 「그런데 영주님, 이자가 저한테 만들어 준 그 다섯 개의 두건을 한 번 내보이라고 분부해 주십시오.」

「문제 없지.」 하고 재봉사가 대답했다.

그리고 즉각 겉옷 아래서 한쪽 손을 꺼내어 다섯 개 손가락에 씌운 다섯 개의 두건을 보이면서 말했다.

「이 양반이 저한테 주문한 다섯 개의 두건은 이겁니다요. 그리고 천은 조금도 남지 않았습니다요. 하느님과 제 양심에 맹세하지요. 그리고 저는 이 일로 동업 조합의 감정인에게 와보라고 부탁할 작정입니다요.」

그 자리에 참석한 사람들은 모두 두건의 수와 이 소송의 색다른 취지에 와 하고 웃음을 터뜨렸다. 산초는 잠시 생각하다가 말했다.

「내 생각으로는 이 소송으로 질질 시간을 끌 필요는 없으며, 오히려 보통 머리를 가진 사람의 판단으로 가릴 수 있는 것이라고 생각한다. 그래서 나는 판결을 내린다. 재봉사는 만든 두건을 잃고, 농부는 천을 잃으며, 다섯 개의 두건은 감옥에 있는 죄수들에게 나누어 주기로 한다. 그리고 이 이상 다투지 말기를 바란다.」

만일 가축 상인의 지갑에 관한 전번의 판결(세르반테스의 착각인지 편집의 잘못인지 순서가 바뀌었다—역주)이 주위 사람들에게 경탄을 느끼게 했다면, 이번 그것은 그들에게 웃음을 자아내게 했다. 그러나 결국 영주의 명령은 그대로 집행되었다.

다음에는 두 사람의 노인이 영주 앞에 나왔다. 한 사람은 갈대 줄기 같은 지팡이를 짚고 있었는데, 지팡이를 갖지 않은 노인이 말문을 열었다.

「영주님, 벌써 오래 전입니다마는, 이 늙은이를 기쁘게 해주고 도와 줄 생각으로 10에스쿠도의 돈을 모두 금화로 해서 언제라도 돌려 달랄 때는 돌려 준다는 약속으로 빌려 주었지요. 내가 이 늙은이에게 돈을 변통해 주었을 때는 이이가 매우 곤란할 때였으므로 나한테 돈을 돌려 주고 그것으로 다시 이 늙은이가 또 곤란을 겪으면 안 될 것 같아서, 돌려 달라는 재촉 한 번 없이 여러 날이 지났지요. 그러다가 이 늙은이가 아예 돌려 줄 생각이 없는 것처럼 생각되기에 한두 번이 아니라 몇 번이나 돌려 달라고 말을 했는데도, 이 늙은이는 돈을 돌려 주지 않을 뿐 아니라 그런 일이 없었다면서, 아 글쎄 나한테서 10에스쿠도를 빌린 기억이 없다, 만일 그만한 돈을 빌렸다면 벌써 갚았을 것이다, 이렇게 말하지 않겠습니까. 나는 빌려 준 돈, 받은 돈의 증서를 갖고 있지 않습니다. 그럴 수밖에는 없는 것이 이 늙은이는 아직 돈을 안 갚았으니까요. 영주님, 제발 부탁이니 이 늙은이에게 맹세를 좀 하라고 해주십시오. 그리고도 돈을 나한테 갚았다고 우긴다면 나는 하느님께 맹세코 이 늙은이에게 준 빚을 없는 것으로 하겠습니다.」

「방금 들은 말에 대해서 무슨 할 말이 있소, 지팡이를 든 노인?」하고 산초가 물었다.

이에 대해서 그 노인이 대답했다.

「저는요, 영주님, 이 늙은이가 나한테 돈을 빌려 주었다는 것을 고백합니다. 그런데 영주님의 그 직권의 지팡이(判杖 —역주)를 좀 내려 주십시오. 이 늙은이는 내가 맹세를 하면 없는 것으로 하겠다고 말하니까 나는 그 돈을 돌려 주었다, 정말 틀림없이 갚았다고 맹세할 작정입니다.」

그래서 산초는 직권을 나타내는 지팡이를 내렸는데, 그 동안에 지팡이의 노인은 그것이 매우 거추장스럽기라도 한 듯이 자기가 맹세를 하는 동안 자기 지팡이를 좀 갖고 있어 달라면서 갈대 지팡이를 상대편 노인에게 넘겨 주고, 산초의 직권 지팡이 손잡이에 있는 십자가에 손을 얹고, 자기더러 돌려 달라는 그 10에스쿠도의 돈을 빌린 것은 틀림없으나 분명히 자기 손으로 상대편 손에 돌려 주었는데 상대는 그것을 깨닫지 못하고 원금과 이자를 돌려 달라고 말했다.

이것을 보고 있던 우리의 위대한 영주는 채권자를 돌아보고, 상대편의 말에 대해 할 말이 없느냐고 물었다. 그러자 채권자는 자기 채무자가 의심할 여지없이 진실을 말하고 있는 것이 틀림없을 것이며 자기는 상대편 늙은이가 정직하고 훌륭한 그리스도 교도라는 것을 믿고 있으나 자기는 어떻게, 언제 돈을 돌려 받았는지 완전히 잊어버렸다는 것과 앞으로는 일체 그에게 돈의 반환을 청구하지 않겠다고 대답했다.

그러자 채무자 노인은 채권자의 손에서 자기 지팡이를 받아들고 머리를 꾸벅 한 번 숙이더니 법정에서 나가 버렸다. 황급히 사라지는 그의 태도와 채권자의 억지로 체념하는 듯한 모습을 본 산초는 머리를 가슴에 묻은 채 오른손 첫 손가락을 눈썹과 코 사이에 대고 잠시 생각에 잠기더니 곧 고개를 쳐들고 지팡이를 든 노인을 불러 오라고 명령했다. 관리들이 그를 데리고 돌아오자 산초는 그에게 말했다.

「노인, 내가 꼭 필요하니 그 지팡이를 이리 주오.」

「그러지요.」하고 노인이 대답했다. 「자, 여기 있습니다, 영주님.」

그리고 지팡이를 넘겨 주었다. 산초는 그것을 받아 한쪽 노인에게 주고 말했다.

「자, 기운을 내시오, 노인, 벌써 돈을 돌려 받았으니까.」

「제가 말씀입니까, 영주님?」하고 그 노인이 물었다. 「그렇다면 이 갈대 줄기가 10에스쿠도나 나간단 말씀인가요?」

「바로 그렇지.」하고 영주가 말했다. 「만일 그렇지 않다면 나는 이 세상에서 제일 가는 바보일 거야. 이제야말로 나는 나에게 왕국 전체를 다스릴 만한 재간이 있다는 걸 알게 되었다.」

그러더니 여러 사람들이 보는 앞에서 갈대 줄기를 꺾어 속을 내놓으라고 명령했다. 그래서 하라는 대로 하자 갈대 줄기 속에 금화 10에스쿠도가 들어 있는 것이 밝혀졌다. 사람들은 모두 깜짝 놀라면서 자기들의 영주를 솔로몬의 재래가 아닌가 하고 생각했다.

10에스쿠도의 금화가 갈대 줄기 속에 있다는 것을 어떻게 알았느냐고 그들은 물었다. 그는 맹세한 노인이 돈을 틀림없이 돌려 주었다고 맹세하는 동안 지팡이를 상대편에게 맡겨 놓더니 맹세가 끝나자 곧 지팡이를 돌려 달라고 하는 것을 보고, 그 지팡이 속에 재촉을 받는 돈이 들어 있다는 생각이 머리에 떠올라 그런 짐작을 하게 된 것이라고 대답했다. 이런 일로 해서, 위에 서서 정치를 하는 자는 설혹 얼마간 바보라 하더라도 하느님이 틀림없이 그 사람의 판단에 힘을 보태어 인도해 주신다는 것을 알 수 있고, 뿐만 아니라 산초는 자기 마을의 신부한테서 이번 사건과 비슷한 사건에 관해서 들은 적이 있다고 말했는데, 만일 그가 그것을 죄다 잊어버리지 않고 있다면 이 섬에서 그에 따라갈 만한 기억력을 가진 자는 없다고 할 만큼 그는 훌륭한 기억력을 갖고 있었던 것이다. 마침내 한쪽 노인은 부끄러워하고 한쪽 노인은 돈을 받고 물러나갔는데, 그 자리에 있던 사람들은 모두 경탄해 마지않고, 산초의 말과 실적과 행동 따위를 기록하는 사나이는 그를 바보로 기록할 것인가, 지혜 있는 자로 기록할 것인가 딱히 정할 수가 없었다.

이 소송이 해결되었는가 싶더니 곧 한 여자가 돈 있는 가축 상인 같은 복장을 한 남자를 꼭 붙들고 정청에 들어와서 큰 소리로 떠들어 댔다.

「재판을 부탁합니다요, 영주님, 재판을 부탁해요. 만일 이 세상에서 재판을 해주시지 않는다면, 천당에 가서라도 재판을 부탁하겠어요! 제 영혼의 영주님! 이 악당은 들판 한가운데서 저를 붙잡아 마치 더러운 걸레조각처럼 제 몸을 희롱했습니다요. 아아, 서글퍼라! 제가 23년 이상이나 소중히 지켜 온 것을 저한테서 빼앗아 갔습니다요. 무어 인한테나 그리스도 교도한테나, 고향 사람한테나, 타향 사람한테나 매우 소중히 지켜 온 것을 말씀예요. 저는 언제나 코르크참나무처럼 여물어서 불 속의 불과 그림자, 가시덤불 속의 양털처럼 깨끗하게 소중히 간직해 왔는데 그 모든 것을 이 미친 사나이가 이제 와서, 잘 먹었다는 식으로 그 탐욕의 손으로 저를 희롱하지 않았겠습니까.」

「그건 조사해 봐야지. 이 미남이 탐욕의 손을 가졌나 어땠나 하는 건 말이야.」 하고 산초가 말했다.

그리고 남자 쪽을 돌아보고, 이 여자의 호소에 무언가 대답할 말은 없느냐고 물었다. 그러자 남자는 무척 당황해 하면서 대답했다.

「영주님, 저는 하찮은 돼지 장수입지요. 실례를 무릅쓰고 말씀드리면, 오늘 아침 4마리의 돼지를 팔고 이 마을을 떠났습니다만, 세금을 내고 속임수에 넘어가기도 하고 해서 돼지 판 돈보다 조금 작은 금액을 다 빼앗기고 말았습니다. 그리고 나서 우리 마을로 돌아가는 도중에 이 호색한 여자를 만나게 되었지요. 그리고 모든 일을 휘저어 놓고, 모든 일에 불을 지르고 다니는 악마 녀석이 우리 두 사람을 함께 자게 만들어 버렸습죠. 저는 충분히 돈을 지불해 주었는데, 여자가 도무지 만족하지 않고 저를 붙잡고는 이 자리에 끌고 올 때까지 놓아 주지 않았습니다요. 제가 여자를 강제로 희롱했다고 합니다만 지금부터 할, 아니 할 생각으로 있는 맹세를 두고 말씀드립니다. 이 여자는 거짓말을 하고 있습니다. 제 말은 사실이고 추호도 숨김이 없습니다.」

이때 영주는 은화로 얼마나 돈을 가지고 있느냐고 그에게 물었다. 그러자 20두카트의 돈을 가죽 지갑에 넣어 품에 지니고 있다고 대답했다. 산초가 그것을 고스란히 호소해 온 여자에게 넘겨 주라고 명령하자 그는 떨리는 손으로 그대로 했다. 여자는 지갑을 받아들고 사람들에게 꾸벅꾸벅 절을 하고는, 그토록 난처한 처지에 빠진 고아 소녀와 처녀들을 걱정해 주는 영주님의 수명과 건강을 하느님께 빌고 나선 손으로 지갑을 움켜쥐고 법정을 나갔다. 물론 그 전에 지갑에 들어 있는 돈이 은화인가 아닌가 조사하는 것을 잊지는 않았다. 가축 상인의 두 눈에는 눈물이 글썽하게 괸 채 눈과 마음이 자기 지갑을 뒤쫓았다. 산초는 여자가 나가자 곧 그에게 말했다.

「이봐, 당신은 저 여자 뒤를 쫓아가요. 그리고 억지로 지갑을 빼앗아 버리란 말야. 그런 다음 여자와 함께 다시 이리로 돌아오란 말야.」

이 말을 들은 가축 상인은 바보도 귀머거리도 아니었다. 그는 번개처럼 잽싸게 뛰쳐나가 명령받은 일을 하기 위해 달려갔다. 그 자리에 있던 모든 사람들은 이 소송의 결말을 기다리면서 어떻게 될 것인가 마음을 졸였는데, 얼마 안 있어서 남자와 여자는 처음 들어왔을 때보다 더 서로 얽히고설킨 채 되돌아왔다. 여자가 스커트를 걷어올려 무릎 근처에다 지갑을 감추었으므로 남자는 그것을 빼앗으려고 필사적이었다. 그러나 여자도 그렇게 하게 내버려 두고 있지는 않았다. 있는 힘을 다해서 안간힘을 썼으므로 그것은 불가능했다. 여자는 큰 소리로 떠들어 댔다.

「하느님의 재판과 이 세상의 재판을 부탁드립니다요! 보세요, 영주님! 짐승처럼 염치도 없고 겁도 없는 이 사내가 동네 한복판에서 더욱이 길바닥에서 영주님이 제게 주라고 명령하신 지갑을 빼앗으려고 덤벼들었습니다요!」

「그래서 빼앗겼느냐?」 하고 영주가 물었다.

「왜 뺏기겠습니까요?」 하고 여자가 대답했다. 「지갑을 빼앗기느니 차라리 목숨을 빼앗기는 편이 낫겠습니다요. 설마하니 어린 계집애도 아니고! 이렇게 천하고 지긋지긋한 사내에게 당할 정도라면 고양이에게 턱을 물리는 편이 훨씬 나아요! 집게고, 망치고, 장도리고, 끌이고, 사자의 발톱이고간에 제 손톱에서 지갑을 빼앗아 갈 순 도저히 없어요. 그보다 제 몸뚱이 한가운데서 혼백을 빼 가는 편이 나을걸요!」

「이 여자가 하는 말은 사실입니다요.」 하고 남자가 말했다. 「저는 도저히 안되겠고 힘이 미치지 못한다는 걸 인정합니다요. 도저히 제 손을 가지고는 이 여자한테서 지갑을 빼앗는다는 건 생각지도 못할 일입니다, 정말입지요. 이제 이렇게 되면 단념하겠습니다요.」

이때 영주가 여자에게 말했다.

「너는 꽤 똑똑하고 용감한 여자로구나. 그 지갑을 좀 보고 싶구나.」

여자는 얼른 지갑을 그에게 주었다.

그러자 영주는 그것을 남자에게 돌려 주고, 이 폭행을 당한 여자, 아니 폭행을 휘두른 여자에게 말했다.

「이봐, 여자, 네가 이 지갑을 뺏기지 않으려고 보여 준 그 힘을, 그 엄청나게 센 힘과 기세를, 아니 그 절반이라도 네가 몸을 지키기 위해서 발휘했더라면, 헤라클레스 같은 힘이라도 너를 폭행할 순 없었을 거야. 자, 냉큼 나가라. 그리고 이 섬 안에서는 말할 것도 없고, 이 주변 6레구아 안에 머물러 있어선 안 돼. 만일 위반할 땐 2백 차례 채찍을 때릴 테니 그리 알아. 냉큼 꺼져, 이 말 많고 뻔뻔스럽고 엉큼한 여자 같으니라구!」

여자는 겁을 집어먹고 고개를 푹 숙인 채 물러나갔다. 그러자 영주는 남자를 돌아보고 말을 건넸다.

「이봐, 그 돈을 잃고 싶지 않거든 아무하고나 함부로 자고 싶은 기분을 내지 않도록 조심해야 해.」

남자는 매우 당황해 하면서 떠듬떠듬 인사하고 돌아갔다. 그 자리에 있던 사람들은 하나같이 신임 영주의 판단력과 판결에 놀라움을 새로이 했다. 그리고 이러한 일의 경위는 상세히 기록되어 일각이 여삼추로 기다리고 있는 공작에게 보내졌다. 그런데 우리의 사랑하는 산초는 잠시 여기서 머물러 있게 해야 하겠다. 알티시도라의 음악에 완전히 공포를 느낀 그의 주인 나리가 우리에게 자꾸만 손짓을 하고 있기 때문이다.

제 46 장

사랑에 괴로워하는 알티시도라의 호소 다음에 돈키호테가 당한 방울과 고양이의 굉장한 놀라움에 관해서.

우리는, 돈키호테를 사랑에 괴로워하는 알티시도라의 음악이 그에게 불러일으킨 여러 가지 상념 가운데에 가라앉게 한 채 그대로 놓아 두었다. 돈키호테는 그러한 상념을 품고 침상에 들어갔는데, 그러한 생각은 마치 벼룩처럼 그를 잠을 이루지 못하게 했을 뿐 아니라 잠시도 가만히 쉬게 해주지도 않았다. 게다가 양말의 타진 자국까지 한몫 거들었다. 그러나 『시(時)』는 빠른 것이어서 그것을 막을 방해물은 없으므로, 『시각』의 말을 타고 달려 눈 깜짝할 사이에 아침이 찾아왔다.

돈키호테는 부드러운 깃털 이불을 걷어차고 주저하는 기색도 없이 재빨리 면양의 동옷을 입고는 긴 양말의 재난을 감추기 위해 여행용 장화를 신었다. 새빨간 망토를 휙 어깨에 던져 얹듯 걸치고, 머리에는 은장식 끈이 달린 녹색 비로드 모자를 썼다. 오른쪽 어깨에는 그의 자랑인 날카로운 칼을 건 가죽끈을 비뚤어지게 걸치고, 언제나 손에서 놓은 적이 없는 큼직한 묵주를 거머쥔 채 무척 거드름을 피우면서 어깨와 허리를 흔들며 성큼성큼 응접실로 들어갔다.

거기에는 벌써 공작 부처가 말끔히 옷을 갈아입고 나와서 그를 기다리고 있었다. 그리고 그가 복도를 지나갈 때, 알티시도라와 동료 시녀들이 일부러 그를 기다리고 있었는데, 알티시도라는 돈키호테를 보자 까무러쳐서 쓰러지는 척했다. 그녀의 동료들은 쓰러지는 그녀를 스카트로 싸서 안고 재빨리 그녀의 가슴 앞단추를 끄르려고 했다. 그것을 본 돈키호테는 두 시녀 앞으로 다가가서 말했다.

「이 실신의 원인이 무엇인가 나는 잘 알고 있소.」

「저는 무슨 까닭인지 모르겠어요.」하고 그녀의 친구가 대답했다. 「알티시도라는 이 저택 안에서 제일 건강한 시녀거든요. 제가 이 사람을 알고부터 한 번도 한숨 짓는 걸 본 적이 없습니다. 이 세상의 편력 기사 따위 모두 실컷 혼이 났으면 좋겠어요. 모두 모두가, 벽창호란 말씀이에요. 기사님, 제발 떠나 주세요. 기사님이 여기 계시는 한 이 가엾은 여자는 제정신을 차리지 못할 거예요.」

이에 대해서 돈키호테가 대답했다.

「한 가지 부탁이 있소, 시녀님. 오늘 밤 내 방에 류트를 하나 준비해 주도록 주선해 주시면 좋겠소. 이 사랑에 괴로워하는 여성을 내가 가능한 한 힘을 다해서 위로해 드리고 싶어서 그러오. 사랑이 시작되는 시기에는 한시바삐 그 몽매에서 깨어나게 하는 것이 다시 없는 요법이오.」

그리고 거기 있는 시녀들이 자기의 차림을 깨닫지 못하도록 허둥지둥 떠나갔다. 그가 떠나자마자 기절했던 알티시도라는 일어나서 친구에게 말했다.

「저분에게 류트를 하나 마련해 드릴 필요가 있는 모양이네. 암만해도 이제 돈키호테는 우리에게 음악을 들려 줄 작정인가 봐. 저분 일이니 그리 서툰 음악도 아닐 거야.」

그리고 바로 공작 부인에게 일의 경위와 아울러 돈키호테가 류트를 구한다는 것을 상세히 보고하러 갔는데, 부인은 무척 기뻐하면서 공작과 두 시녀와 함께 돈키호테를 골릴 즐거운 장난을 이것 저것 의논하고 모두 밤이 되기를 고대했다. 밤은 낮이 재빨리 찾아온 것처럼 재빨리 찾아왔다. 낮 동안 공작 부처는 돈키호테를 상대로 부드러운 대화를 나누면서 보냈던 것이다.

그런데 공작 부인은 그날 산초 판사의 편지와 산초가 아내에게 보내 달라면서 남겨 놓고 간 옷꾸러미를 한 시동——이 사람은 전에 숲에서 마법에 걸린 둘시네아의 역할을 맡았던 시동이다——에게 들려 테레사 판사 앞으로 보냈는데, 부인은 그에게 산초의 아내와의 사이에 일어난 일체의 일을 상세히 자기에게 보고하라고 일러 놓았다.

그날 밤 11시가 되었을 때 돈키호테는 자기 방에서 류트를 발견했다. 그래서 류트의 줄을 고른 다음 쇠창살이 있는 창문을 여니 정원을 몇 사람인가 거닐고 있는 기미가 있었다. 그래서 있는 능력을 다해서 류트의 줄 위로 이리저리 손가락을 움직이며 한 번 침을 뱉고 목청을 가다듬어, 가락은 좋았으나 약간 쉰 목소리로 다음과 같은 로망스를 불렀는데 이것은 그가 그날 손수 지은 것이었다.

무료하게 하는 일 없어
문득 마음에 떠오르는
사랑의 힘은, 사랑의 힘은
마음의 테마저 벗겨 버린다.

바느질이나 깁는 일에
평소에 마음을 쏟으면
사랑이나 뜬 바람기의
독을 푸는 데 다시 없는 약.

결국은 남의 아내가 되려고
집에서 머무르는 처녀,
얌전한 몸가짐이 바로 지참금,
사람들의 찬사가 높아진다.

편력의 기사라는 인간은
궁중의 궁인들조차도,
희롱은 변덕스런 여자에게 하고
아내는 얌전한 여자로 택한다.

아침에 싹이 트는 사랑은
객지의 숙소에서 나누는 사랑.

저녁이면 좌우로 서로
헤어져 버리는 덧없는 사랑.

오늘 찾아와서 내일 떠나는
갑자기 싹튼 사랑이라면
마음 깊숙이 새겨 놓은
아름다운 모습 흔적도 없다.

초상 위에 다시 그리면
무엇을 그렸는지 뵈지 않는다.
아름다운 모습 위에 그려도
다른 모습 덧없어진다.

내 영혼의 화판 위에
그려진 아름다운 그 모습의
둘시네아 델 토보소,
그리운 그 모습 어찌 지우랴.

연인들의 정절 그것은 바로
무엇보다도 고귀한 것,
사랑의 신도 기적 베풀어
연인의 이름들 우러러뵌다.

　　돈키호테가 여기까지 자작의 노래를 불렀을 때——공작 부처와 알티시도
라를 비롯해서 이 성의 거의 모든 사람들이 그의 노래를 듣고 있었다——뜻
밖에도 돈키호테의 창살 창문 바로 위인 복도에서 한 가닥의 밧줄이 내려오고
그 밧줄에는 백 개 이상의 방울이 달려 있었다. 그 방울 다음에는 고양이를
넣은 큼직한 자루가 매달려 있고, 고양이 꼬리에도 저마다 조그마한 방울이
달려 있었다. 방울 소리와 고양이 울음소리가 너무 요란했으므로, 이 장난의
착안자인 공작 부처까지 저도 모르게 섬뜩했을 정도였다. 그 무서움에 돈키호
테는 그만 몸이 굳어지고 말았다. 더욱이 운명의 장난으로 두 마리인가 세 마

리인가의 고양이가 그의 방 창문으로 기어들어 마치 악마의 떼거리가 방안을 휘젓고 다니는 듯 이리저리 뛰어다녔다. 그러다가 방안에 켜져 있던 촛불마저 꺼뜨리고 어디론가 달아나려고 했다. 큼직한 방울을 단 밧줄은 여전히 출렁거리면서 방울 소리를 울려 대고 있었다. 일의 진상을 모르는 성안 사람들은 모두가 그저 멍청하니 놀랄 뿐이었다. 돈키호테는 일어나서 칼을 손에 잡고 창살 사이로 밖의 허공을 쿡쿡 찌르면서 외쳤다.

「꺼져라, 속검은 마법사들! 꺼져라, 요술사의 악당들! 나는 돈키호테 데 라 만차다. 이렇게 말하는 내게는 그대들의 흉계도 아무런 효험이 없거니와 아무런 힘도 없다!」

그리고 방안을 뛰어다니는 고양이들을 돌아보고 칼을 휘둘러 마구 후려쳤다. 고양이들은 창살에 뛰어올라 거기서 밖으로 달아났다. 그런데 한 마리가 돈키호테의 칼끝에 마구 몰리자, 그의 얼굴로 덤벼들어 코를 할퀴고 이빨로 물어뜯었다. 돈키호테는 너무나 아파서 죽는다고 소리를 질렀다. 그것을 듣고 공작 부처는 무슨 일이 일어났는가 하여 부랴부랴 그의 방으로 달려가 열쇠로 방문을 열고 뛰어 들어가서 가엾은 기사가 얼굴에 달라붙은 고양이를 떼어 놓으려고 안간힘을 쓰면서 분투하고 있는 꼬락서니를 보았다. 부처는 등불을 들고 안으로 들어가 이 균형 잃은 싸움을 바라보았다. 그리고 공작이 얼른 달려가서 싸움의 중개를 하려고 하자 돈키호테가 큰 소리로 말했다.

「그 누구든 이녀석을 나한테서 떼어 놓지 마라! 이 악마와 이 요술사와 이 마법사와 일대 일로 승부를 겨루게 하시라! 돈키호테 데 라 만차가 어떤 기사인가, 이자에게 똑똑히 알려 줄 참이다!」

그러나 고양이는 이런 위협도 아랑곳없이 더 사납게 공격을 가해 왔다. 그래서 결국 공작이 고양이를 떼내어 쇠창살 밖으로 내던졌다.

돈키호테는 얼굴이 상처투성이가 되었으며 코도 무사하지 않았다. 그러나 그는 그 악당 마법사와 그토록 심한 격투를 끝까지 하게 내버려 두지 않았다고 무척 분해했다. 공작은 아파리시오의 기름(16세기에 아파리시오 데 스비아가 발명한 외상용(外傷用) 기름 약—역주)을 가져오게 하여 알티시도라의 그 희고 아름다운 손으로 상처에 바르고 붕대를 감아 주게 했다. 붕대를 감아 주면서 그녀는 나직히 소곤거렸다.

「목석 같은 기사님, 기사님에게 일어난 이런 재난은, 모두 그 무정함과 고집 때문이에요. 제발 기사님이 그토록 사랑하고 계시는 그 둘시네아 님이 앞으로 결코 마법에서 달아날 수 없기를 바라겠어요. 적어도 기사님을 이토록 연모하는 제가 살아 있는 한은 두 분이 쾌락을 함께 나누거나 함께 신혼의 잠자리에 들지 못하시게 하기 위해서 제발 기사님의 종자 산초가 자기 엉덩이를 채찍질하는 것을 잊어버리도록 하느님이 내버려 두셨으면 좋겠어요.」

이런 말에 대해서 돈키호테는 다만 깊은 한숨을 내쉴 뿐 한 마디도 대답하지 않았다. 그리고 침대에 몸을 뉘고 공작 부처의 친절에 감사의 뜻을 표했다. 그러나 그것은 그 고양이의 모습을 한 악당, 방울을 울려 댄 마법사에 대한 공포 때문이 아니라 공작 부처가 자기를 도우러 와준 호의에 대한 것이었다. 공작 부처는 그를 조용히 쉬도록 해주고, 자기들의 장난의 불행한 결말을 후회하면서 방에서 나갔다.

돈키호테는 그후 닷새 동안 꼬박 방에 틀어박혀 누워만 있는 생활을 하게 되었으니 이 장난은 돈키호테에게는 참으로 안타깝고 값비싼 대가를 치른 것이었다. 그런데 이 침대에만 누워 있는 생활을 하는 동안 이미 여기서 말한 모험보다 훨씬 즐거운 다른 모험이 그에게 일어났다. 그러나 이 모험에 관해서 이 이야기의 작자는 지금 여기서 말하고 싶지 않다. 무섭게 섬의 통치에 열심이고, 그러면서도 우스꽝스럽기 짝이 없는 산초 판사가 있는 곳으로 가보기 위해서.

제　47　장

여기서는 산초 판사가 그의 정청에서 어떻게 처신했나 하는 것이 계속 다루어진다.

실록은 전하고 있다. 사람들은 산초 판사를 정청에서 호화로운 궁전으로 안내했는데, 그 광대한 홀에는 보기에도 근사하고 깨끗한 식탁이 마련되어 있었다. 산초가 이 홀에 한 걸음 발을 들여 놓는 순간, 클라리온(밝은 음색의 나팔의 일종—역주)의 취주악이 시작되고, 4명의 시동이 걸어나와 손 씻는 물을 받들어 올렸으므로 산초는 아주 의젓하게 그것을 받았다. 음악 소리가 그치고 산초는 식탁 윗자리에 앉았는데, 그것은 그밖에는 자리가 없었고 그릇도 거기밖에 마련되어 있지 않았기 때문이었다. 이어 산초 곁에 한 인물이 고래 수염으로 만든 가느다란 막대기를 들고 와서 대령했는데, 그가 의사라는 것이 곧 스스로 밝혀졌다.

과일을 비롯하여 갖가지 진수성찬을 담은 색색가지 쟁반을 덮었던 호화로운 흰 천이 벗겨지고, 학생풍의 사나이가 축복을 드린 다음 한 시동이 레이스 장식의 턱받이를 산초의 가슴에 걸어 주었다. 그리고 우두머리 시동이 산초에게 전채(前菜)의 과일 쟁반을 권했다. 산초가 막 먹을까말까 하는 찰나 곁에 선 사나이가 고래 수염으로 살짝 쟁반을 건드리자 무서운 속도로 쟁반이 그의 앞에서 치워졌다. 우두머리 시동이 곧 다른 음식물을 담은 쟁반을 갖다 놓고 권했다. 그러나 그가 손을 대기도, 맛을 보기도 전에 고래 수염이 쟁반에 닿고 시동이 또 앞서의 전채 쟁반 못지않은 속도로 들어내 버렸다. 산초는 아연해져서 사람들의 얼굴을 둘러보며 대체 저 음식물은 요술쟁이의 재빠른 솜씨처럼 빨리 먹어야 하느냐고 물었다. 이에 대해 고래 수염을 가진 사나이가 말했다.

「영주님, 영주님께서는 역시 영주가 있는 다른 섬에서도 습관 혹은 관례가 되어 있는 것 이외는 잡수실 수 없습니다. 저는 의사로서, 이 섬 역대 영주의 주치의로서 이 섬에서 봉급을 타먹고 있는 사람입니다. 그래서 저는 제 몸보다 영주님의 몸에 더 주의하여, 만일 영주님께서 병이라도 걸리실 때는 틀림없이 치료할 수 있도록 밤낮없이 영주님의 체질을 연구하고 이것 저것 진찰하고 있습니다. 그래서 제가 하는 주된 일은 점심때나 저녁 식사때 입회하여, 제가 괜찮다고 생각하는 것은 잡수시도록 두고, 반드시 영주님의 위를 상하게 하는 좋지 않은 음식물은 잡수시지 못하도록 물리는 것입니다. 아까 그 과일 쟁반은 약간 물기가 많은 듯하여 물리게 했습니다. 그리고 그 다음 음식물도 너무 뜨거운 데다가 지나치게 향신료가 들어 있어 갈증을 증진시키므로 물리도록 한 것입니다. 게다가 또 너무 잡수시는 분은 생명을 구성하는 근본 체액(體液)이라는 것을 죽여 근절시킬 우려가 있습니다.」

「그렇다면 저기 있는 저 구운 자고는 내 생각에 아주 맛있어 보이니 아무 탈도 없을 것 같은데.」

이에 대해 의사가 대답했다.

「저런 것은 제 목숨이 있는 한 영주님은 잡숫지 못하십니다.」

「건 또 왜!」 하고 산초가 물었다. 그러자 의사가 대답했다.

「그 까닭을 말씀드리자면, 의학의 지표이자 빛이라고도 할 수 있는 저희들의 선인 히포크라테스(의학의 아버지라 일컬어지는 그리스의 의학자. 기원전 460~375년경—여주)는 그 경구의 하나에서 『omnis satustio mala, perdicis autem pessima』라고 말하고 있습니다. 이것은 즉 『무릇 포식은 나쁘다. 그리고 자고의 포식은 가장 나쁘다』는 뜻입니다.」

「그게 사실이라면,」하고 산초가 말했다. 「의사 양반, 이 식탁에 올라 있는 모든 음식물 중에서 어느 것이 가장 내 몸에 좋고, 어느 것이 가장 나쁜가 봐주구려. 그리고 막대기로 건드리지 말고 그걸 내가 먹게 해주구려. 영주의 목숨을 두고, 마찬가지로 하느님의 생애를 걸고 내게 먹게 해주구랴. 지금 나는 배가 고파 죽을 지경이라 당신이 보기에 재미없더라도 나한테서 음식물을 빼앗는 서나 마찬가지야.」

「지당하신 말씀입니다, 영주님.」하고 의사가 대답했다. 「그러시다면, 제 생각으로는 거기 있는 스튜로 만든 토끼 고기는 털이 긴 짐승 고기니까 잡수시면 안 되겠습니다. 저기 있는 송아지 고기는 그와 같이 소스를 발라서 굽지만 않았더라도 그냥저냥 잡수실 수 있을 텐데, 이제 와서 말해 봐야 도리없습니다그려.」

그래서 산초가 말했다.

「저쪽 끝에 저 김나는 큰 쟁반은 잡동사니 요리로 보이는데, 저런 잡동사니 속에는 여러 가지가 들어 있으니까 내가 좋아하고 몸애도 좋은 것이 있을 것도 같다만.」

「천만의 말씀입니다!」하고 의사가 말했다. 「그런 좋지 않은 생각은 우리 곁에서 냉큼 사라지라고 말하고 싶습니다! 모름지기 이 세상에서 잡동사니 요리처럼 나쁜 음식은 없지요. 수도사라든가 학원 원장이라든가 시골 농부들의 혼례 때는 잡동사니 요리가 적합합니다만, 영주쯤 되는 분의 식탁에는 절대로 올라서는 안 되는 것입니다. 영주님들의 식탁에는 모두 깨끗하고 고상한 것만 나와야 합니다. 그 까닭은 단순한 약은 복잡한 약보다 언제 어디서나 어떤 사람에게도 환영을 받기 때문이지요. 단순한 약으로는 잘못이 일어날 수가 없지만, 혼합하여 복잡해진 약은 그 혼잡한 약품의 분량을 바꾸는 것만으로도 잘못이 일어날 수 있습니다. 영주님이 목하 건강을 유지하시고 나아가서 더 건강하시기 위해서 꼭 잡수셔야 한다고 제가 생각하는 것은 종이처럼 얇게 만쌀과자 약 백 개와 얇게 썬 마르멜로의 열매 대여섯 조각입니다. 이것은 위도 편하시고 소화도 잘 되실 것입니다.」

산초는 이 말을 들으면서 의자등에 기대어 의사를 가만히 쳐다보고 있다가 이윽고 정색을 하고, 그의 이름이 무엇이며 어디서 공부했느냐고 물었다.

「저는, 영주님, 도크토르 페드로 레시오 데 아구에로라고 하오며, 카라쿠엘과 알모도바르 델 캄포와의 중간 오른쪽에 있는 티르테아푸에라라고 부르는 마을에서 태어났습니다. 오수나 대학의 박사 학위를 가지고 있습니다.」

이에 대해서 산초는 노기로 얼굴이 벌개지며 소리쳤다.

「아 그래, 우리가 카라쿠엘에서 알모도바르로 갈 때 오른쪽에 있는 티르테아푸에라 마을 태생으로 오수나에서 학위를 땄다는 도크토르 페드로 레시오 데 말(나쁜, 사악한 등의 뜻이 있음—역주) 아구에로 선생, 냉큼 내 앞에서 꺼져라. 안 꺼지면 태양을 두고 맹세한다만, 몽둥이로 후려갈겨 너를 비롯해서 이 섬 전체에 적어도, 내가 보기에 아무것도 모르는 바보라고 짐작되는 그 따위 의사들은 한 놈도 안 남게 만들어 버릴 테다. 학문 있고 점잖고 분별 있는 의사님이라면 내 머리 위에 받들고 마치 신성한 분들처럼 숭앙하겠다. 그래서 되풀이한다만, 페드로 레시오, 여기서 나가라. 안 나가면 지금 내가 앉아 있는 이 의자로 네 대갈통을 박살내 놓을 테다. 그런 다음 사회의 사형 집행인인 악질 의사를 죽이고 하느님을 돕는 일을 했다고 말해서 무죄 석방되어 나와 보일 테니까. 자, 먹을 것을 내놔라. 못 내놓겠다면 이 영주 자리도 얼른 가져가라. 자기가 섬기는 주인에게 먹을 것도 못 주는 직책이라면 완두콩 두 알 값어치도 없다.」

도크토르는 격노한 영주를 보고 당황하여 홀에서 삼십육계를 놓으려고 했다. 그런데 마침 그 순간 거리에서 급히 달려온 말을 탄 기수가 부는 뿔피리 소리가 울렸으므로 시종장이 창문으로 내다보더니 돌아보고 말했다.

「공작님한테서 파발꾼이 왔습니다. 무언가 중요한 소식을 가져온 모양입니다.」

파발꾼은 땀을 뻘뻘 흘리면서 허둥지둥 들어와 품에서 종이 한 장을 꺼내어 영주에게 주었다. 산초는 그것을 집사에게 넘겨 주며 겉봉을 읽어 보라고 말했다. 거기에는 이렇게 씌어 있었다.

「바라타리아 섬의 영주 돈 산초 판사 님 친전 혹은 시종 전교.」

「여기서는 누가 시종인가?」 하고 산초가 물었다.

그러자 그 자리에 있던 사람 가운데 하나가 대답했다.

「영주님, 제가 시종입니다. 저는 읽고 쓸 줄 알 뿐만 아니라 비스카야 인(당시 시종으로서는 비스카야 인이 가장 신용 있었다—역주)입니다.」

「그런 재주가 있다면,」 하고 산초가 말했다. 「너는 황제의 시종관이라도 되겠다. 그 편지를 뜯어서 뭐가 씌어 있나 읽어 봐라.」

이 속성 시종은 분부대로 편지 사연을 읽어 보더니, 내밀히 말씀드려야 될 일이라고 말했다. 그래서 산초는 집사와 시종장만 남고 모두 나가라고 명령했다. 사람들과 의사가 물러가자 시종은 편지를 낭독했는데 거기에는 이런 사연이 씌어 있었다.

　돈 산초 판사 님, 근간 내가 탐지한 바에 의하면 나와 섬에 적의를 품은 자가 어느 날 밤이 될지 확실치 않으나 섬에 맹공격을 가할 계획이라고 하오. 기습을 당하는 일이 없도록 감시를 엄중히 하고 경계를 오로지 게을리하지 않기를 바라오. 그리고 나의 믿을 만한 첩자의 정보에 의하면, 그들은 귀공의 만만찮은 재능을 두려워한 나머지 귀공의 목숨을 빼앗으려고 네 명의 변장한 자객을 섬에 잠입시켰다 하니 명심하시기 바라오. 항상 눈을 크게 뜨고 귀공에게 무슨 진정을 가장하여 접근하는 자의 경계를 엄중히 하고, 남이 보내 온 물건은 무엇이든 입에 넣지 말도록 거듭 조심해 주기 바라오. 또 귀공이 만일 궁지에 빠지는 사태가 일어날 때는 만사를 제치고 원조해 드릴 작정이나, 만사 모두 기대할 만한 귀공의 명석한 판단대로 행동해 주기 바라오.
　　8월 16일 오전 4시

귀공의 벗, 공작

　산초는 얼떨떨해지고 말았다. 그러자 옆에 있던 사람들도 마찬가지로 멍청해진 체했는데, 산초는 집사를 돌아보고 말했다.
　「여기서 지금 해야 할 일은, 그것도 당장 하지 않으면 안 될 일은, 도크토르 레시오를 감옥에 집어넣는 일이다. 그 까닭은 나를 해치려는 자가 있다면 그자가 틀림없기 때문이야. 천천히 굶겨 죽인다는 아주 질이 좋지 않고 가장 뱃속 검은 살인 방법으로 나를 해치려고 했거든.」
　「그리고 영주님께서는,」 하고 시종장이 말했다. 「이 식탁에 차려 놓은 음식물도 일체 드시지 않는 것이 좋을 것 같습니다. 이 음식물들은 모두 수녀들이 바친 것이니까요. 그 왜 흔히 말하지 않습니까. 십자가 뒤에 악마가 숨는다고 말씀입니다.」
　「나는 그렇잖다고는 말하지 않겠다.」 하고 산초가 대답했다. 「그렇다면 우선 빵 한 조각과 포도를 4근쯤 갖다 주면 좋겠다. 설마하니 열매 속에는 독이 들어 있지 않겠지. 정말이지, 나도 이대로 먹지 않고 넘길 순 없고, 또 언제 시작될지 모를 이번 싸움에 빈틈없이 대비를 하고 있어야 한다면 배를 든든하게 채워 놓을 필요가 있단 말야. 창자가 용기를 낳는 것이지 용기가 창자를 낳는 것은 아니니까. 그런데 이봐, 시종. 우리 주인 공작님에게 답서를 써주면 좋겠다. 말씀하신 일, 분부하신 일, 조금도 어김없이 하겠다고 말씀드려라. 그리고 내가 사모하는 공작 부인님의 오른손에 내가 입맞춤을 보낸다고 말씀드리고는 또 내 편지와 옷보따리를 마누라 테레사 판사에게 잊지 말고 보내 주시도록 부탁을 드려라. 그렇게 해주시면 나는 진심으로 은혜를 잊지 않고 내 힘으로 할 수 있는 일은 무엇이든지 그분을 위해서 다 할 참이라고 말야. 아울러서 우리 주인 돈키호테 데 라 만차 님에게도 내가 먹여 주신 빵의 은혜를 잊지 않는 사나이라는 것을 알아 주시도록, 그리고 오른손에 입맞춤을 보낸다고 덧붙여서 말씀드려라. 그밖에는 당당한 시종 역으로서, 또 당당한 비스카야 인으로서, 네가 잘 생각해서 그중에서도 가장 적당한 말을 뭐든지 덧붙여서 써넣어라. 그럼, 그 식탁보를 치우고 내 먹을 것을 가져와라. 그런 다음 첩자건 자객이건 마법사건, 우리 섬을 습격해 오는 자를 누구든 적당히 해치워 보이마.」

마침 이때 한 시종이 들어와서 말했다.

「지금 이곳에 본인의 말에 의하면, 아주 중대한 용건에 관해서 영주님께 말씀드릴 것이 있다는 농부가 와 있습니다. 어떻게 하면 좋겠습니까?」

「용건을 가진 사나이라니 우스운 얘기가 아닌가.」하고 산초가 말했다. 「이런 시간은 무슨 용건을 말하러 와도 좋은 시간이 아니라는 걸 깨닫지 못할 만큼, 그녀석은 바본가? 어쩌면 그녀석은 우리처럼 정치를 하거나 재판을 하는 인간은 산 몸을 가진, 꼭 필요할 때는 쉬게 해줘야 하는 인간이 아니라 마치 대리석으로 만든 인간이면 좋겠다고 생각하고 있는 게 아냐? 내 통치가 계속된다고 한다면 —— 하기야 내 짐작으로는 계속할 것 같지도 않다만 —— 난 그런 용건으로 찾아오는 녀석을 하나도 남김없이 단단히 가르쳐 줘야겠다고 하느님과 내 양심에 맹세할 참야. 그러나저러나 그렇담 들어오라고 하려무나. 하지만 그녀석이 그 첩자 가운데 하나이거나, 아니면 나를 노리는 자객인지도 모르니 조심해야 해.」

「안심하십쇼, 영주님.」하고 시종이 대답했다. 「그는 마치 물병처럼 머리가 텅 빈 녀석 같으니까요. 하기야 그녀석이 빵처럼 착한 사낸지 어떤지는 잘 모르겠습니다만.」

「뭐 그리 겁을 내실 것은 없습니다.」하고 집사가 말했다. 「우리가 여기 다 있으니까요.」

「이봐, 여긴 지금 도크토르 페드로 레시오도 없으니까 빵 한 조각과 양파 한 개라도 상관없으니, 뭔가 먹은 듯하고 자양분이 있는 것을 먹어도 상관없을 테지?」

「오늘 밤 저녁 식사로 점심 식사의 부족을 보충하시면 됩니다. 그러면 만족하게 봉창을 하실 수 있을 것입니다.」하고 시종이 말했다.

「그렇다면 좋겠다만.」하고 산초가 대답했다.

거기에 농부가 들어왔는데 제법 풍채가 좋은 사나이였으며 천 레구아나 떨어진 곳에서 보더라도 호인이요 온순한 마음씨의 소유자라는 것을 알 수 있었다.

그는 들어서자마자 물었다.

「여기서 어느 분이 영주님이십니까요?」

「어느 분이랄 게 있나.」하고 시종이 대답했다. 「의자에 앉아 계시는 분이 아니고 누구겠어?」

「그러시다면 절을 받으십시오.」하고 농부가 말했다.

그리고는 무릎을 꿇고 상대편의 손을 구하여 입을 맞추려 했다. 그러나 산초는 손을 내놓으려 하지 않고, 일어서서 할 말이 있으면 하라고 말했다. 농부는 하라는 대로 곧 입을 열었다.

「저는, 영주님, 시우다드 레알에서 2레구아 거리에 있는 미겔 투르라 마을 태생의 농부입니다요.」

「저런, 또 그 티르테아푸에라 같은 일인가!」하고 산초가 말했다. 「자, 말해 봐. 내가 자네한테 말할 수 있는 건 내가 미겔 투르라를 잘 알고 있다는 것과 그 마을이 우리 마을에서 그다지 멀지 않다는 것뿐야.」

「그래서 문제는 영주님.」하고 농부가 계속했다. 「전 하느님의 자비로 로마 카톨릭 교회의 허락을 받아 결혼을 했습죠. 제겐 두 아들이 있는데 둘 다 학생입니다. 큰 녀석은 학사가 될 공부를 하고 있고, 작은 녀석은 석사입죠. 전 현재 마누라가 죽어서, 아니 그보다 나쁜 의사 녀석이 마누라를 죽였기 때문이라고 말하는 편이 낫겠습죠, 홀아비입니다. 그 의사란 녀석이 임신한 마누라에게 설사 촉진제를 주지 않았겠습니까? 하느님께서 무사히 애만이라도 낳게 해주었더라면 그녀석은 틀림없이 사내아이였을 겁니다. 전 그애가 석사와 학사 형들을 부러워하지 않도록 이번에는 박사를 딸 공부를 시키고 있었을 것입니다요.」

「그렇다면,」하고 산초가 말했다. 「만일 자네 부인이 죽지 않았더라면, 살해되지 않았더라면 자넨 지금처럼 홀아비가 아니겠지?」

「그야 영주님, 그렇구말굽쇼. 무슨 일이 있더라도 그렇습죠.」하고 농부가 대답했다.

「기가 차서 말도 못 하겠다!」하고 산초가 대답했다.「자, 말을 계속해. 알다시피 이 시간은 그런 용건보다는 자야 할 시간이니까.」

「그러시다면, 말하겠습니다요.」하고 농부가 말했다. 「말하자면, 석사가 되게끔 되어 있는 아들 녀석이 같은 마을의 큰 부자 농부 안드레스 페를레리노의 딸 클라라 페를레리나라는 처녀에게 반해 버렸단 말씀입니다요. 그런데 이 페를레리네스라는 이름은 조상한테서 물려받은 것도 그밖의 가문에서 온 것도 아니고, 이 혈통을 이어받은 자는 누구나 페를레리네스라고 부르게 된 것이랍니다요. 하기야 사실을 말씀드리면 그 처녀 아이는, 글쎄요, 동방의 진주(페를레리네스는 동방의 진주라는 뜻도 된다—역주) 같은 아이이긴 합니다요. 그래서 바른쪽에서 보면 마치 들에 피는 꽃 바로 그대롭죠. 왼쪽에서 보면 그렇지도 않지만, 그쪽은 마마를 앓을 때 퉁겨 나가서 눈이 없거든요. 게다가 얼굴엔 곰보 자국이 좍 깔렸고, 그 가운데 제법 큰 것도 있는데, 그애를 좋아하는 사내들 눈엔 그게 결코 곰보가 아니라 그 처녀를 사랑하는 사내의 영혼이 깃드는 무덤이니 어쩌니 말하고 있습죠. 그애는 무척 깨끗한 걸 좋아해서 얼굴을 더럽히지 않으려고 코를 세상에서 흔히 말하듯 위로 치켜올리고 있어서 아무리 보아야 콧구멍이 입에서 되도록 멀리 달아나려고 하고 있다고밖에 여겨지지 않습죠. 하지만 그래도 꽤 볼품 있는 처녀랍니다요. 왜냐하면 입이 큼직해서 만일 앞니와 어금니가 한 10개쯤 빠지지만 않았더라면 모양이 제대로 다듬어진 입과 비교하더라도 결코 뒤지지 않을 뿐더러 오히려 그보다 더 낫다는 소리를 들었을 테니까요. 그애 입술에 관해선 다시 할 말이 없습니다요. 어떻게 얇은지 만일 입술을 가지고 실을 잣는 게 유행한다면 이 입술로 한 가닥의 실을 자을 수도 있을지 모를 정도니까요. 다만, 보통 입술에서 흔히 보는 빛깔과 다른 빛깔을 하고 있어서 마치 거짓말 같습죠.

워낙 청색이 아니면 녹색이고 때로는 진자줏빛도 되고 얼룩도 지곤 하거든요. 그런데 영주님, 결국은 제 며느리가 될 애의 좋은 점을 제가 이렇게 자상하게 설명을 하더라도 제발 관대하게 봐주십쇼. 전 그애가 마음에 들고 조금도 보기 흉하다곤 생각지 않고 있으니까요.」

「자네가 좋을 만큼 실컷 늘어놓게나.」하고 산초가 말했다. 「자네 며느리의 모양에 관해서 자상하게 얘기를 듣고 나는 즐거운 생각을 하고 있으니까. 만일 내가 점심밥만 먹었더라면, 자네가 그려 보이는 그 얼굴에 관한 얘기만큼 맛있는 식후의 과자는 없었을 텐데.」

「그 식후의 과자는 아직도 나중에 나옵니다요.」하고 농부가 대답했다. 「하지만 우선은 형편이 나쁘더라도 언젠가 형편이 좋은 때가 오겠습죠. 그래서 말씀드립니다요만, 영주님, 만일 그애 몸매가 고상하고 날씬한 것을 마치 눈으로 직접 보듯이 말씀드릴 수 있다면 그야말로 놀라실 것입니다요. 워낙 그 처녀의 몸매가 마치 고양이처럼 심하게 굽고 쪼그라지고, 꼭 입과 무릎이 붙은 것처럼 되어 있어서 그럴 수가 없습니다요. 그래도 만일 그애가 일어설 수만 있다면 머리를 천장에 부딪힐 것이 틀림없다는 건 누구나 다 알 수 있습죠. 게다가 그애는 그럴 수만 있었다면 제 아들 석사에게 벌써 오래 전에 아내가 되겠다고 손을 내밀었을 것입니다요만, 실은 손이 오그라져서 펼 수가 없습니다요. 그리고 뭐니뭐니해도 그애의 길고 흰 손톱만 보아도 그애의 마음씨가 얼마나 부드럽고 맵시가 아름다운지를 뚜렷이 알 수 있습죠.」

「알았어.」하고 산초가 말했다. 「자넨 그애의 발톱에서 머리끝까지 자상하게 설명해 보였다는 걸 계산에 넣어야 해. 그래서 어떻게 해달라는 거야? 빙빙 내돌리고 옆길로 빠지고 조각이나 단편을 덧붙이진 일체 말고 얘기의 골자로 들어가 봐.」

「될 수만 있다면 부탁드리고 싶은 것은,」하고 농부가 말을 이었다. 「영주님께서 한 마디 그 처녀의 아버지 앞으로 추천장을 써주시고 그애도, 아들도, 재산도, 두 사람의 성질도 결코 어울리지 않진 않으니까 이 혼담이 이루어지면 좋을 줄 안다고 부탁해 주시면 은혜로 생각하겠습니다요. 사실을 말씀드리면, 영주님, 제 아들녀석은 악마에게 사로잡혀 있어서 말씀입죠. 하루에 서너 번씩 그 고약한 악마에게 부대끼지 않는 날이 없을 정도이고, 게다가 한 번 불 속에 엎어진 적이 있어서 얼굴은 양피처럼 쭈글쭈글하고 두 눈은 언제나 울고 있는 것처럼 눈물이 마르지 않는답니다요. 하지만 꼭 천사 같은 성질을 가진 아이라서 자기 몸을 자기 손으로 몽둥이로 때리거나 치거나 하는 고행을 하지 않더라도 성자님이 되고도 남을 것입니다요.」

「또 그밖에 뭐 해주고 싶은 건 없나?」하고 산초가 물었다.

「글쎄요, 좀 더 말씀드리긴 안됐지만 한 가지만 더 부탁드리고 싶습니다요.」 하고 농부가 말했다. 「하지만, 에라, 말해 버리자! 결국 이대로 가슴 속에서 썩힐 수는 없으니까. 어떻게 되건 모르겠다! 그럼 말해 버리겠습니다요만 영주님, 제 아들 석사의 결혼 경비에 보내게 3백 두카트나 6백 두카트의 돈을 좀 내려 주실 수 없습니까요? 제가 말씀드리고 싶은 것은 그녀석에게 집을 하나 사주고 싶어서 거기에 보태려고 그럽니다요. 왜냐하면 시부모의 뻔뻔스러움에 괴로워할 것 없이 녀석들 내외는 저희들 내외끼리만 사는 게 좋을 것 같아서 말입니다요.」

「그밖에 부탁할 건 없나 잘 생각해 봐.」 하고 산초가 말했다. 「형편이 나쁘다거나 좀 주저된다거나 해서 말 않을 건 없어.」

「아니, 이젠 아무것도 없습니다요.」 하고 농부가 대답했다. 그가 이 대답을 다 마치기도 전에 영주는 벌떡 일어나더니 그때까지 앉아 있던 의자를 움켜쥐고 소리쳤다.

「이봐, 이봐, 이봐! 이 시골뜨기야, 골수가 모자라는 농사꾼아. 냉큼 여기서 내 눈에 보이지 않는 곳으로 꺼져라. 그러지 않았다간 이 의자로 대가리를 부숴 놓을 테다! 이 매춘부의 자식아, 악당아, 악마의 환쟁이야. 뭐 이런 시간에 나한테 6백 두카트를 울궈 내러 왔다구? 그래, 내가 어디에 그만한 대금을 갖고 있는 걸로 보이느냐? 이 방귀벌레야, 설혹 내가 그런 돈을 갖고 있다손 치더라도 어쨌다고 그걸 너한테 줘야 하나? 이 약삭빠른 천치야. 그리고 미겔 투르라가 말이다, 페를레리네스 집안이 말이다, 나한테 뭐가 어쨌다는 거야? 내 앞에서 꺼지라고 말하고 있단 말이다! 그게 싫다면 내 주인 공작님의 생애를 두고라도 내가 아까 한 말을 그대로 실행하고 말 테다. 네가 미겔 투르라에 살 까닭이 없어. 그보다 지옥이 나를 유혹하려고 어느 악당이 너를 보낸 게 틀림없을 게다! 자, 실토해라, 이 귀신아. 내가 영주 자리에 앉고 아직 하루 반밖에 안 되는데, 넌 내가 6백 두카트란 돈을 가졌다고 벌써 생각하고 싶단 말야?」

이때 시종장이 농부에게 홀에서 나가라고 눈짓을 했으므로, 농부는 고개를 푹 숙이고 영주가 노여움을 그대로 실행할까 무척 두려워하는 듯한 모습을 보이면서 물러나갔다. 이 다부진 친구는 자기가 맡은 역할을 참으로 교묘하게 연출했던 것이다.

그러나 우리는 산초를 화가 난 채 잠시 이대로 두기로 하자. 사람들 사이에

평안 있으라 빌고, 우리는 돈키호테 쪽으로 되돌아가기로 하자. 우리가 남겨 놓고 온 돈키호테는 고양이에게 할퀴고 물린 상처 때문에 온 얼굴에 붕대를 감고 그것이 낫는 데 일주일이나 걸렸다. 그 1주일 동안의 어느 날, 시데 아메테가 이 실록 속의 사건이면 비록 그것이 아무리 사소한 일이라도 언제나 이야기하고 있듯이 정확과 진실을 깃들여서 이야기하겠다고 약속한 사건이 돈키호테에게 일어난 것이다.

제　48　장

돈키호테와 공작 부인의 노시녀 도냐 로드리게스에게 일어난 사건 및 문자로 남겨 영원히 기억할 만한 그밖의 여러 가지 사건에 대해서.

　무참히 상처를 입은 돈키호테는 얼굴에 붕대를 감고 신의 손이 아닌 고양이의 발톱 자국에 무척 의기소침해져서 울적해 있었는데, 이것은 편력의 기사도에는 꼭 따라다니는 재액이었다.
　엿새 동안 그가 사람들 앞에 얼굴을 보이지 않고 보내는 그러한 나날의 어느 날 밤, 잠을 이루지 못한 채 눈을 뜨고 자기의 불행이며 알티시도라의 집요한 구애 같은 것을 이것 저것 생각하고 있는데, 자기 방의 문을 열쇠로 여는 소리가 들렸다. 그 순간 그는 사랑에 미친 처녀가 자기의 정절을 위협하고 그리운 공주 둘시네아 델 토보소에 대해서 지켜야 하는 자기의 성실성에 어긋나는 궁지로 빠뜨리기 위해 찾아온 것이라고 멋대로 상상했다. 「아니, 안 된다.」 하고 그는 자기의 상상을 굳게 믿고 혼자 중얼거렸다. 그것은 사람이 듣고 있었다면 들릴 만한 소리였다. 「이 세상의 그 어떤 아름다운 여성도 내 마음 한가운데, 내 창자의 남모르는 안쪽에 선명하게 새겨져 있는 그분에 대한 연모를 막을 힘은 결코 있을 수 없다. 나의 그리운 그대여, 설혹 그대가 두둑하게 살찐 농삿집 아가씨의 모습으로 바뀌었다 하더라도, 혹은 황금빛 타호 강에서 요정이 되어 금실과 비단의 베를 짜고 있더라도, 아니면 메를린이나 몬테시노스가 멋대로 어느 곳에 그대를 가두어 두더라도 하등 상관없는 어느 끝에 가 있든 그대는 나의 그리운 사랑, 어느 끝에 가 있든 나는 그대의 것.」

여기까지 말한 것과 문이 열린 것이 거의 동시였다. 그는 엉겁결에 침대를 덮는 노란 공단 천을 몸에 걸치고 침대 위에서 벌떡 일어섰는데, 머리에는 귀까지 덮은 두건을 썼고 얼굴도 수염에도 붕대가 둘둘 감겨 있었다. 얼굴은 할퀸 자국 때문이고 콧수염은 아래로 축 처지지 않게 하기 위해서였는데, 이런 몰골을 하고 있었으므로 무릇 사람이 상상할 수 있는 한의 매우 기묘하고 우스꽝스러운 유령처럼 보였다.

두 눈을 문에 고정시킨 채 가만히 지켜보면서 문 틈으로 사랑에 시든 보기에도 딱한 알티시도라가 들어오는 것을 보려고 기다리고 있을 때, 무섭게 거만을 피우는 한 노시녀가 어처구니없게도 긴 흰 두건을 수선스럽게 쓰고 들어오는 것이 보였는데, 그 두건에서 처진 천이 너무나 길어 발끝에서 머리까지 덮어쓰는 망토를 입은 것처럼 보였다. 왼쪽 손가락에는 불이 켜진 반쯤 남은 초를 쥐었고, 오른손은 촛불을 가려 빛이 직접 눈에 닿지 않도록 막고 있었는데, 그 눈은 또한 엄청나게 큰 안경으로 가려져 있었다. 그녀는 발자국 소리를 죽이며 발걸음도 가벼이 다가왔다.

돈키호테는 자기 전망대에서 그녀를 가만히 지켜보고 있다가 그 복장을 보고 그 침묵을 깨닫고는 어떤 마녀나 요괴가 그런 몰골로 자기에게 무슨 사악한 장난질을 치려고 온 것이 틀림없다는 생각에 부랴부랴 성호를 긋기 시작했다. 요괴는 차츰 가까이 와서 이윽고 방 한가운데에 이르더니 눈을 들어 돈키호테가 정신없이 성호를 긋고 있는 모습을 보았다. 돈키호테가 그런 노시녀의 모습을 보고 공포에 사로잡혀 있었듯이 노시녀 쪽도 그의 모습을 보고 괴이하게 생각하며 겁에 질렸다. 그녀는 그의 무섭게 키가 크고, 또 그의 모습을 완전히 바꿔 놓은 침대의 덮개와 붕대로 무시무시해진 그 누런 모습을 보자 큰 소리로 외쳤다.

「어마, 무서워! 나는 뭘 보고 있는 것일까?」

그리고 너무나 놀래 당황하는 바람에 그만 초를 손에서 떨어뜨리고 말았다. 그리하여 캄캄해졌으므로 달아나려고 몸을 돌렸지만 너무나 겁에 질려 자기의 치맛자락을 밟고 그 자리에 나동그라지고 말았다. 이때 겁에 질린 돈키호테가 말했다.

「유령인지 뭔지는 모르나 그대에게 부탁한다. 그대가 어떤 자인가 말하라. 그대는 대체 나에게 무슨 용무가 있어서 왔느냐? 만일 그대가 지옥에서 벌을 받고 있는 망령이라면 말하라. 그러면 내 힘이 미치는 대로 내 그대를 위해 노력하마. 왜냐하면 나는 카톨릭 신자라서 선을 베풀기를 무엇보다도 사랑하기 때문이다. 말하자면, 그러기 위해서 현재 내가 받들고 있는 편력의 기사도의 길로 들어온 것이다. 편력의 기사의 행동은 지옥에서 괴로워하는 자에게도 선을 베풀 수 있을 만큼 범위가 넓은 것이다.」

몹시 기가 죽은 노시녀는 돈키호테의 말을 듣고 자기가 사로잡힌 공포로 미루어 돈키호테도 그런가 보다 짐작하고 슬픈 듯 나직한 소리로 대답했다.

「돈키호테 님, 저는 유령도 요괴도 아니고 지옥에서 괴로워하는 망령은 더욱 아닙니다. 저는 주인 공작 부인님의 명예 있는 노시녀 도냐 로드리게스입니다만, 항상 나리께서 구원의 손을 뻗으시는 그러한 곤궁의 하나를 나리께 부탁드리러 온 것입니다.」

「말씀하시오, 도냐 로드리게스 님.」 하고 돈키호테가 말했다. 「설마 그대는 무언가 중개 역할이라도 하려고 오신 것은 아닐 테지? 나는 비할 데 없는 나의 그리운 공주 둘시네아 델 토보소 님 아닌 다른 사람에게는 아무런 소용도 없는 사나이라는 것을 미리 알아 주셨으면 좋겠소. 그래서 도냐 로드리게스 님, 내가 말하고 싶은 것은 만일 그대가 가지고 온 사명이 사랑의 전갈이 아니라면 다시 한 번 초에 불을 켜고 이쪽으로 돌아오는 것이 좋을 것이오. 그러면 무엇이든 말씀하시고 싶은 일, 무엇이든 마음에 있는 일을 서로 이야기하도록 합시다. 다만 방금 말씀드렸듯이 사랑의 암시만은 제발 꺼내지 말아 주면 좋겠소.」

「제가 어느 누구의 심부름을 온 줄 아세요?」 하고 노시녀가 대답했다. 「기사님은 제가 어떤 여잔가 모르시고 계십니다. 그렇습니다. 아직 이래봬도 그런 유치한 수단을 쓰지 않으면 안 될 만큼 저는 늙지 않았어요. 그래도 하느님은 고마워요. 저는 아직도 영혼을 내 육체 안에 틀림없이 간직하고 있고, 내 입 안의 앞니도 어금니도 이 아라곤 땅에서는 극히 흔한 유행 감기 때문에 빠져 버린 몇 개를 제외하고는 아직도 고스란히 박혀 있거든요. 그러나저러나 기사님, 잠깐만 기다려 주세요. 촛불을 켜 올 테니까요.」

그리고 노시녀는 대답도 기다리지 않고 방에서 나갔는데 뒤에 남은 돈키호테는 그녀를 기다리는 동안 조용히 생각에 잠겼다. 그러자 곧 이제 막 시작되려 하고 있는 모험에 관해서 여러 가지 생각이 일시에 몰려 왔는데, 자기의 그리운 공주에게 한 맹세를 깨는 위험에 몸을 내맡긴다는 것은 좋지 않을 뿐 아니라 옳지 않은 일로 여겨졌으므로 그는 혼자 중얼거렸다.

「민첩하고 교활한 악마가 여태까지 왕후나 여왕이나 공작 부인이나 후작 부인이나 백작 부인으로는 하지 못했던 일을 이번에는 노시녀를 미끼로 나를 함정에 빠뜨리려 하고 있을지도 모르니 그야말로 마음을 놓을 수가 없구나. 그리고 또 악마는 될 수만 있다면 매부리코 여자보다 납작코 여자를 보낸다는 말을 몇 번이나 어진 사람들의 입으로 들은 적이 있다. 뿐만 아니라 이 고적함, 이 기회, 그리고 이 고요함이 내 몸속에 잠자고 있는 욕망의 눈을 뜨게 하고, 나의 이 만년에 여태까지 내가 일찍이 넘어진 적 없는 곳에 나를 떨어뜨리려 하고 있는 것은 아닌지 알 수 없는 일이다. 그리고 이런 경우 싸움을 앉아서 기다리느니 차라리 달아나는 편이 낫다. 그러나 가만 있자. 이런 어처구니없는 일을 중얼거리거나 생각하거나 하고 있는 것을 보면 나도 내 정신을 잃어버렸는지 모른다. 이 세상에서 도무지 정을 모르는 이 가슴에 공연히 길고 흰 두건을 쓰고 안경을 낀 노시녀가 음란한 생각을 일으키거나 그러한 기분으로 유혹하거나 할 까닭이 없지 않은가. 대체 만에 하나라도 이 세상에 살결 보드라운 노시녀가 있을까? 만에 하나라도 이 지상에 뻔뻔스럽지도 않고, 찌푸린 얼굴도 아니고, 묘하게 시치미를 떼지도 않는 노시녀가 있을까? 인간 세상의 즐거움에 아무런 소용 없는 노시녀들이여, 꺼져 버려라! 오오, 그러나 자기 거실 한쪽 구석에 안경을 끼고 조그마한 방석에 앉아 수를 놓고 있는 노시녀 모습의 두 인형을 놓아 두었다는 그 부인의 행위는 참으로 얄밉기도 하구나! 더욱이 그 두 시녀 인형은 그녀의 방에 권위를 돋우는 데 진짜 노시녀와 조금도 다름이 없었다지 않은가!」

이런 말을 마치고는 로드리게스를 들어오지 못하게 할 생각으로 문을 닫으려고 침대에서 뛰어내렸다. 그러나 그가 문을 닫으러 문간까지 갔을 때 벌써 로드리게스는 흰 초에 불을 켜들고 돌아왔다. 그리고 침대 덮개로 몸을 감싸고 두건이랄까 귀가리개가 붙은 모자랄까 그런 것을 머리에 쓰고 있는 돈키호테를 아까보다 더 가까이 와서 바라보더니 새삼 두려워졌던지 두어 걸음 뒷걸음치면서 말했다. 「안심해도 괜찮을까요, 기사님? 나리가 침대에서 일어나셨다는 것을 그다지 점잖게는 생각할 수 없는데요.」

「바로 그것이 이쪽에서 묻고 싶은 일이오, 노시녀님.」 하고 돈키호테가 대꾸했다. 「그렇기 때문에 기습을 당하거나 강간을 당할 그런 우려가 결코 없느냐고 내가 묻고 싶소.」

「그 보장을 누구한테서, 아니 누구에게 구하신단 말씀이십니까, 기사님?」

하고 노시녀가 반문했다.

「그대한테서, 아니 그대에게 구하는 것이오.」하고 돈키호테가 대답했다. 「왜냐하면 나도 물론 대리석으로 만든 인간도 아니고 그대 또한 청동으로 만든 인간이 아닐 것이오. 더욱이 시각은 낮 10시가 아니라 한밤중, 아니 내 생각으로는 한밤중이 조금 지난 시각이오. 뿐만 아니라 그 마음을 놓을 수 없는 대담무쌍한 아이네이아스가 아름답고 정숙한 디도에게 욕을 보였다는 동굴도 이러했을까 싶을 만큼, 아니 그보다 더할 듯이 은폐된, 남의 눈이 못 미치는 방안이 아니오. 그러니 그 손을 주시오, 노시녀님. 왜냐하면 나의 자제와 조심, 그리고 그대의 그 수선스럽기 짝이 없는 두건의 천이 보장하는 것보다 더 큰 보장은 구할 생각이 없어졌기 때문이오.」

이렇게 말하고는 노시녀의 오른손을 자기 손으로 잡아 입을 맞추었으며, 그녀도 또한 같은 예법에 따라 자기의 손을 주었던 것이다. 여기서 원작자 시데 아메테는 한 마디 곁들이고 있는데 이와 같이 두 사람이 손에 손을 잡고 입구에서 침대까지 걸어가는 장면을 한 번 보기 위해서라면, 「마호메트에게 맹세코 나는 내가 가진 두 벌의 큰 망토 중에서 훌륭한 쪽을 내놓아도 상관없을 것이다.」라고 말하고 있다.

결국 돈키호테는 침대로 들어가고 도냐 로드리게스는 여전히 안경의 베일을 벗지 않은 채 침대에서 약간 떨어진 의자에 앉았다. 돈키호테는 몸을 움츠리고 천으로 푹 덮어쓰고 있었으므로 나와 있는 것은 얼굴뿐이었다. 두 사람의 기분이 가라앉자 먼저 침묵을 깬 것은 돈키호테였다.

「이제야말로 도냐 로드리게스 님. 그대는 괴로운 가슴속에 품고 있는 모든 것을 남김없이 풀어헤쳐 토해 놓는 것이 좋을 것이오. 그러면 나의 더러움을 모르는 귀에 들어가 정다운 작용으로 그대도 도움을 얻게 될 것이오.」

「저도 그렇게 생각하고 있어요.」하고 노시녀가 대답했다. 「기사님의 그 훌륭하고 유쾌하신 모습을 뵈면 그런 참으로 그리스도 교도다운 대답 이외는 기대할 수가 없는걸요. 돈키호테 님, 그건 이런 일입니다. 나리는 제가 이 아라곤 왕국의 한가운데서 이런 의자에 앉아 초라하고 고달픈 제복을 걸친 모습을 보십니다만, 실은 저는 아스투리아스의 오비에도 태생으로 그 나라의 훌륭한 많은 집안과 이리저리 섞인 가문의 출신입니다. 그러나 제 운이 나빠 제가 철들기 전에 이미 가난해져 있었으며, 양친의 무관심으로 저는 수도 마드리드로 끌려가서 거기서 장래의 안정을 위해서나 그 이상의 불행을 초래하지 않기 위해 나는 어느 지체 높은 귀부인 밑에 바느질하는 시녀로 양친에 의해 들어가게 되었습니다. 여기서 기사님이 꼭 알아 주셨으면 하는 것은, 천의 가장자리를 자잔하게 장식하기 위해서 풀어 놓는다든가, 흰 마의 수를 놓는 데 있어선 누구 하나 나와 겨룰 사람이 아직은 내 평생을 통해서 한 사람도 없었다는 것입니다. 아무튼 양친은 남의 집에서 침모살이를 하는 나를 남겨 놓고 고향으로 돌아가더니 몇 해 안 가서 세상을 떠나고 말았습니다. 나는 고아가 되어 비참한 급료와 흔히 그런 큰 저택에서 천한 여자들에게 주는 새발의 피 같은 보수에 열심히 매달리게 되었지요. 그 무렵 별로 이쪽에서 계기를 만든 것은 아닌데 같은 집에 있던 종자가 나를 사랑하게 되었습니다.

그이는 나이도 상당한 연배였고, 수염이 짙은 꽤 당당한 인물이었으며 임금님과 마찬가지 귀족이었습니다. 그인 몬타냐 출신(몬타냐는 무어 족의 침입을 받지 않았기 때문에 그들은 자기들의 피의 순수함을 자랑으로 삼았다 —역주)이었거든요. 우리는 우리의 연애를 굳이 비밀로 하지 않았으므로 내가 섬기고 있던 마님의 귀에도 들어가지 않을 수 없었는데, 이러쿵저러쿵 소문이 나는 것을 피하기 위해 마님은 로마의 성 교회의 허가를 얻어 우리를 결혼시켜 주셨습니다. 그리하여 결혼했는데 계집아이 하나가, 만일 나에게도 얼마간의 행운이 있었다면 그 행운에 종지부를 찍기 위해, 계집아이 하나가 태어났습니다. 내가 해산을 하다가 죽었다는 애기가 아니라 달이 차서 해산은 어김없이 무사했습니다만, 그후 얼마 안 가서 남편이 세상을 떠난 것입니다. 남편이 세상을 떠나게 된 자초지종을 들으시면 기사님도 아마 깜짝 놀라시리라고 저는 확신합니다.」

여기서 그녀는 구슬프게 울기 시작하더니 다시 말을 이었다.

「기사님, 용서하세요. 돈키호테 님, 아무리 해도 제 힘으로는 참을 수가 없어서 그럽니다. 언제나 불행한 남편을 생각할 때마다 제 두 눈엔 눈물이 철철 넘쳐 흐르곤 하거든요. 정말 근사했답니다! 흑옥(黑玉)처럼 까맣고 힘센 말에 올라앉아 얼마나 위풍당당하게 뒤에다 우리 마님을 태우곤 했는지! 왜냐하면 지금은 그것이 유행이라고 합디다만 그 무렵엔 마차니 가마니 하는 것은 별로 사용되지 않고 마님네들은 종자의 말 뒤에 타고 다니시곤 했거든요. 제 훌륭한 남편은 아주 훈육이 좋았고 견실했습니다. 어느 날 마드리드의 산티아고 거리로 굽어 돌아가려고 했을 때 일인데, 이 거리는 좁은 편입니다만, 수도의 법관이 두 수행원과 함께 그 거리에 나타났습니다. 사람 좋은 제 남편인 종자는 그 법관의 모습을 보자 고삐를 돌려 그 뒤를 따라갈 듯한 기색을 보였습니다. 그러자 말 뒤에 타고 계시던 마님이 나직한 소리로 말씀하셨지요. 『뭘 하고 있느냐, 이상한 사람 다 봤네? 내가 여기 있다는 걸 모르냐?』하고 말씀이죠. 법관은 예의바른 남자였던 모양으로 자기 말고삐를 잡아당기고 제 남편에게 말했습니다. 『가던 길을 가시오. 거기 있는 분, 도냐 카실다 님에게 내가 양보하겠소.』하고 말씀이죠. 이것이 우리 주인 마님의 이름이었습니다. 그래도 제 남편은 손에 모자를 들고 끝내 법관을 먼저 보내려고 했지요. 마님은 그걸 보시고 그만 화가 나셔서 굵은 핀을 꺼내더니, 아니면 조그마한 상자에 들어 있던 대바늘인 줄 압니다만, 그것으로 남편의 등을 쿡 찔러 버렸습니다. 남편은 으악 소리를 지르면서 몸을 뒤틀며 마님과 함께 말에서 굴러떨어지고 말았지요. 마님의 두 하인이 달려와서 마님을 안아일으키고 법관과 두 수행원도 달려와서 그렇게 했습니다. 과달라하라 문에 대단한 소동이 일어났습니다. 아니, 제가 말씀드리는 것은 그곳에 있던 구경꾼들 말씀이지요.

마님은 걸어서 돌아가시고, 제 남편은 배가 꿰뚫렸다면서 이발소로 달려갔습니다. 남편의 예의바른 행동이 그만 온 세상에 퍼져서, 길거리에 나서면 아이들이 졸졸 따라올 정도였지요. 이런 일로 해서, 그리고 남편이 좀 근시이기도 하고 해서 마님은 남편을 해고하고 말았는데, 이것을 고민한 것이 의심할 여지 없이 남편의 죽음을 가져온 불행의 원인이 되었다고 저는 굳게 믿습니다. 그래서 저는 의지할 데 없는 과부가 된데다가 딸까지 거느리게 되었습니다만, 그러나 딸은 바다의 거품처럼 나날이 아름답게 성장해 갔습니다. 결국 저는 수예를 잘 한다는 소문이 크게 나 있어서 지금 부인이신 공작 부인께서, 그 무렵 공작 부인께서는 공작님과 갓 결혼하신 뒤였는데, 이 아라곤 왕국으로 저를 데려가고 싶다고 말씀하셔서 저도 딸과 함께 이곳에 와서 여기서 날이 가고 해가 바뀌게 되었습니다. 그동안 딸은 성장하여 그야말로 이 세상의 모든 경쾌함과 날렵함을 모두 몸에 지니게 되었습니다. 왜냐하면 노고지리처럼 노래하고, 사람의 사고처럼 가볍게 유희하며, 타락한 여자처럼 춤을 추며, 학교 선생처럼 읽고 썼으며, 노랭이처럼 계산하기 때문이지요. 딸은 지금 열여섯 살하고 다섯 달과 사흘, 그보다 하루가 적거나 많거나 할 것입니다. 비로소 말씀드립니다만, 내 딸에게 여기서 그리 멀지 않은 공작님 영내 마을의 돈 많은 농가의 아들이·사랑을 품게 되었습니다. 사실은 어떤 경위였는지 저는 조금도 모르겠습니다만, 두 사람은 육체 관계까지 맺었던 거예요. 그런

데 그녀석은 정식 남편이 되겠다는 약속으로 내 딸을 희롱해 놓고 이제 와서 그 약속을 지키지 않으려 하고 있답니다. 주인인 공작님도 이 일을 알고 계십니다. 제가 공작님에게 몇 번이나 호소했기 때문에, 그 농삿집의 아들에게 내 딸과 결혼하도록 명령을 내려 주십사 하고 부탁을 드렸습니다만, 마치 빚 독촉을 받는 상인의 귀와 마찬가지로 제 말을 들으려고도 하지 않습니다.

그 까닭은, 그 오입쟁이의 아버지가 큰 부자여서 공작님께 돈도 변통해 드리고 때로는 밀린 빚의 보증까지 서주곤 해서 공작님도 그 사람이 싫어하거나 조금이라도 불만을 사거나 하는 일은 하시고 싶지 않으신 거예요. 그러니 나리께서 설득으로 혹은 무력에 호소하거나 하셔서 이 굴욕을 씻을 수 있도록 도와 주셨으면 하고 부탁드리는 거예요. 세상에서 누구나 하는 말입니다만, 편력의 기사님은 굴욕을 씻어 주시고 억지와 무모함을 응징하시고, 가엾은 자를 도와 주시기 위해 이 세상에 있는 것이라고 하잖습니까? 그리고 나리께서는 제 딸이 아버지 없는 자식이고 얌전하고 아직 어린아이란 것과, 아까 말씀 드렸습니다만 딸이 가진 여러 가지 미점을 생각해 주세요. 하느님과 제 양심을 두고 말씀드립니다만, 우리 마님이 부리고 계시는 모든 시녀들 중에서 누구 하나 내 딸의 발바닥에도 미치는 사람이 없습니다. 그 알티시도라라는 애는 가장 영리하고 인물도 좋다고 모두들 생각하고 있는 처녀입니다만, 우리 딸과 비교한다면 2레구아나 멀리 떨어지고 말지요. 기사님, 눈부시게 빛나는 것이 모두 황금이 아니라는 것을 알아 주시기 바랍니다. 이 알티시도라는 아름답다기보다는 뻔뻔스럽고 정숙하다기보다 말괄량이 여자니까요. 게다가 그다지 튼튼한 편도 아닙니다. 그애의 숨결엔 뭔가 병적인 냄새가 나서 잠시도 그애 옆에 있을 수가 없을 정도지요. 게다가 공작 부인님으로 말하더라도 …… 아니, 이 이상 말씀드리고 싶지 않습니다. 흔히 벽에도 귀가 있다고 하니까요.」

「공작 부인님이 어떻게 하셨다는 거요, 도냐 로드리게스 님, 내 목숨을 두고 부탁이오.」하고 돈키호테가 말했다.

「그런 맹세를 하신다면,」하고 노시녀가 대답했다. 「진심으로 물으시니 대답하지 않을 수가 없군요. 깨달으셨습니까요, 나리께서는, 네, 돈키호테 님, 우리 마님 공작 부인의 아름다움을, 마치 반질반질하게 닦은 칼날 같은 얼굴의 살갗을, 한쪽 볼에는 태양, 한쪽 볼에는 달이 뜬 듯한 젖빛에 홍조를 띤 양쪽 볼을. 그리고 어디를 가시나 마치 건강 그 자체를 뿌리고 다니시는 듯한, 땅을 밟는다기보다는 땅을 차고 가시는 듯한, 그 씩씩하고 날씬한 걸음걸이를! 그러면 말씀드립니다만 나리, 마님은 이런 것을 먼저 하느님께 감사드려야 하고, 그 다음에 다리에 갖고 계시는 두 개의 인공 궤양(세르반테스 시대에는 가슴, 사타구니 등에 인공 궤양(人工潰瘍)을 늘어 나쁜 체액(體液)을 빼내어 건강을 지탱할 수 있다고 믿었다—역주)에 감사드려야 하십니다. 다시 말해서, 그걸로 나쁜 체액을 빼내고 있는데 의사들은 마님의 몸에 그런 나쁜 체액이 가득 차 있다고 말하고 있답니다.」

「하느님 맙소사!」 하고 돈키호테가 소리쳤다. 「우리의 공작 부인님이 그런 배농공(排膿孔)을 갖고 계시다니, 그런 일이 있을 수 있을까? 만일 그런 말을 한 것이 맨발의 수도사라면 나는 믿지 않았을 것이오. 그러나 도냐 로드리게스 님이니 그게 틀림이 없겠지요. 그러나 그러한 배농공이 더군다나 그런 장소에 있다고 한다면 나쁜 체액이 아니라 액체의 호박(琥珀)을 분비하는 것인지도 모르오. 아무튼 나는 이제야 그런 배농공을 만드는 것이 건강을 위해서 중요한 일이 틀림없다는 것을 겨우 믿게 되었소.」

이때 별안간 요란한 기세로 방문이 덜커덕 열렸다. 그 무서운 기세에 깜짝 놀란 도냐 로드리게스가 초를 떨어뜨렸기 때문에 늑대의 입속처럼 깜깜해져 버렸다. 그리고 가련한 노시녀는 누군가가 자기 목을 두 손으로 움켜쥐는 것을 느꼈는데, 그것이 무시무시한 힘이므로 비명조차 지를 수가 없었다. 그러자 이번에는 다른 인물이 아무 말도 없이 재빨리 그녀의 스커트를 걷어올리고 덧신 같은 것으로 마구 두들기기 시작했는데, 그것은 참으로 동정할 만한 일이었다.

돈키호테는 노시녀에게 동정은 했으나 침대에서 꼼짝도 할 수가 없었다. 이러한 일이 대체 무슨 일일까 하고 영문을 모르는 채 한 마디도 하지 않고 입을 다물고 있으면서 다시 무수한 구타가 자기 쪽으로 건너오지 않을까 하고 전전긍긍하는 형편이었다. 그 염려는 근거 없는 것이 아니었다. 실컷 두들긴 다음——노시녀는 이제 불만을 뇌까릴 힘조차 없게 되어 있었다——침묵의 집행인들은 다시 돈키호테에게 달려들어 이불을 벗기더니 연거푸 사정 없이 꼬집어 댔으므로 그는 주먹을 휘둘러 몸을 지키지 않으면 안 되었는데, 이것이 처음부터 끝까지 놀라운 침묵 속에서 행하여졌던 것이다. 싸움은 거의 반 시간이나 계속되었으며 이윽고 요괴들은 물러가고 도냐 로드리게스는 스커트를 내리면서 스스로의 불행을 투덜거리며 돈키호테에게는 한 마디 말도 없이 밖으로 나가 버렸다. 한편 돈키호테는 안타깝게 마구 꼬집힌 채 의기소침해져 생각에 잠기면서 혼자 남았는데, 여기서 우리는 자기를 이런 궁지에 빠뜨린 성질 못된 마법사가 대체 누구였을까 하고 무척 알고 싶어하는 돈키호테를 그대로 남겨 두기로 하자. 이것은 때가 되면 밝혀질 것이다. 그보다도 산초 판사가 우리를 부르고 있고, 이 이야기가 갖추려는 균형이 그것을 원하고 있다.

제 49 장

산초 판사가 그의 섬을 순시하는 동안에 일어난 사건에 대해서.

우리는 자질구레한 것까지 소상하게 한 처녀를 묘사한 싱거운 농부에게 그만 화를 내어 불쾌해진 위대한 영주를 그대로 내버려 두었었는데, 그 농부는 집사의 말을 듣고, 집사는 모두 공작의 지시에 따라 산초를 놀리려고 그렇게 한 것이었다. 그런데 바보인데다가 무모하고 두둑하니 살은 쪘으나, 누구에게건 일단 말을 꺼내면 결코 뒤로 물러서지 않는 우리의 산초는 자기와 함께 있던 사람들과 공작의 편지를 가져온 사람들을 모두 물러나게 하고는 다시 방에 들어온 도크토르 페드로 레시오를 향해 말했다.

「재판관이니 영주니 하는 것은, 어느 때건 무슨 일이 있건 상관없이 내 말을 들어 다오, 내 사건을 처리해 다오, 다른 것은 모르니 내 용건만 들어 다오, 하고 와글와글 몰려드는 진정인들의 뻔뻔스런 태도를 예사로 여길 수 있게 되려면 청동으로 만들어져야 하겠고, 또 그게 당연하다는 걸 이제사 나는 겨우 밑바닥으로부터 알게 되었네. 가엾은 재판관이 아무리 해도 자기 손으로는 처리할 수 없었다든가, 마침 호소를 들어 주기 위해 정해 놓은 시간이 아니었다든가 하는 이유로 그네들의 말을 들어 주지 않았다고 해보게나. 금방 욕을 얻어먹고 불평을 듣고 뼈다귀까지 갉아먹힐 뿐만 아니라 출신 성분까지 트집을 잡히고 말 것이 틀림없어. 이봐, 남의 사정을 몰라 주는 진정인아, 지혜가 모자라는 진정인아. 그렇게 서둘지 말아라. 사건을 가져오는 데도 시간과 때를 기다려야 하는 거야. 남의 밥먹을 시간이라든가 잠잘 시간에 오는 게 아냐. 재판관들도 뼈와 살을 가진 산 인간이잖아. 자연이 그 사람들에게 요구하는 것을 있는 그대로 채워 주어야 한단 말야. 하기야 이렇게 말해도 난 그렇잖지. 무엇을 먹는다는 내 자연의 요구를 채워 주지 않았거든. 그것을 내 앞에 있는 이 도크토르 페드로 레시오 티르테아푸에라 선생 덕분에, 이 선생은 나를 굶겨 죽일 작정으로, 굶어죽는 것을 뭐 훌륭하게 사는 방법이니 어쩌니 고집을 피고 있으니 이 선생이야말로 그렇게 사는 방법을 하느님한테서 얻어걸렸더라면 좋았을 걸 그랬단 말야. 게다가 이 선생의 동족이란 것들이 또한 그러더란 말야. 내가 말하는 것은 악질 의사의 무리들을 두고 하는 말이지만, 훌륭한 의사님들은 승리의 종려잎과 월계관을 받을 자격이 있거든.」

산초 판사를 알고 있는 모든 사람들은 그가 이런 식으로 지껄여 대는 훌륭한 말투를 듣고 경탄해 버렸는데, 중대한 직무나 임무라는 것이 사람의 분별을 보충하고 마춰시킨다는 점을 제외한다면, 대체 이것을 무슨 탓으로 돌려야 할 것인지 사람들은 짐작할 수가 없었다. 결국 도크토르 레시오 아구에로 데 티르테아푸에라는 그날 밤 히포크라테스의 모든 경구에서 벗어나긴 하지만 저녁 식사를 드리겠다고 약속했다. 이것으로 영주는 크게 만족해 하며 빨리 저녁 식사를 들 시간이 되기를 대단한 기대로 기다렸다.

그리하여 그의 생각으로는 한군데 머물러서 꼼짝도 않는 것으로밖엔 여겨지지 않았으나 그래도 학수고대하던 시각이 와서 양파가 든 냉동 쇠고기 샐러드 요리와 너무 자란 송아지 앞다리 고기를 삶아 낸 저녁 식사가 나왔다. 설령 밀라노의 메추라기, 로마의 꿩, 소렌토의 송아지 고기, 모론(세비야의 한 산지(山地). 이곳은 질이 좋은 많은 자고가 노유하다—역주)의 자고, 혹은 라바호스의 거위 요리가 나왔다고 하더라도 이토록 기뻐하지는 않았으리라고 여겨질 만큼 흐뭇해 하면서 게걸스레 마구 먹었다. 이 저녁 식사를 들면서 산초는 도크토르를 돌아보고 말을 건넸다.

「알겠나, 의사 양반. 앞으론 너무 신경을 써서 골라 낸 요리만 먹여 주려고 마음 쓸 필요는 없어. 왜냐하면 내 평소의 밥통의 보조만 헝클어지고 말거든. 고기, 무, 양파 따위에 길들어 있어서 어쩌다가 나리네 요리라도 들어가는 날이면 아첨으로도 받아들이고 메스꺼워하면서도 받아들이지. 주방장이 만들어 줘도 상관없는 건 잡탕이라고 부르는 바로 그거야. 부글부글 끓이면 끓일수록 냄비도 더 좋아지고, 그거라면 먹을 수 있는 거면 뭐든지 마음대로 넣을 수도 있고 또 나도 그걸 고맙다고 생각할 것이고 하니까. 언젠가는 주방장에게 그만한 인사는 할 참야. 그러니 누구든 나를 놀려선 안 돼. 우린 있거나 없거나, 아무튼 모두 오래 살면서 서로 의좋게 먹어야 하는 거야. 이렇게 말하는 건 하느님이 새벽을 만들어 주시면 모두 새벽을 맞이하게 되기 때문이야. 난 권리는 버리지 않지만 뇌물은 받지 않고 이 섬을 다스릴 참야. 그러니 모두 눈을 똑똑히 뜨고, 자기 일은 자기가 해야 해. 그러기에 난 그녀석들에게 『악마는 칸티야나에 있다』는 것과 만일 그녀석들에게 내게 그런 기분만 일으켜 놓는다면 되게 혼이 난다는 걸 알려 줄 참이야. 아니, 그보다 『자기가 꿀이 되면 파리가 빨리 온다』잖아 !」

「사실이십니다, 영주님.」 하고 시종장이 말했다.

「참으로 지당하신 말씀이십니다. 저는 이 섬의 전 주민을 대신해서 영주님께 성실하게 애정과 호의를 바치며 섬기겠다는 것을 약속드립니다. 영주님이 당초에 보여 주신 부드러운 통치 방법으로 주민들이 영주님에 대해서 고얀 짓을 하거나 할 생각들이 모두 없어졌습니다.」

「나도 그렇게 생각해.」 하고 산초가 대답했다. 「만일 주민들이 그와 다른 짓을 하거나 생각한다면 그녀석들은 바보가 틀림없지. 그래서 되풀이해서 말해 두지만, 내가 먹을 음식과 내 잿빛 당나귀가 먹을 사료에 조심해 주면 좋겠어. 이건 이 일에 있어선 매우 중요하고 시기에 맞는 일이니까. 그리고 때가 되거든 우리 순시하러 나가자구. 내 생각으론 이 섬에서 더러운 건 죄다 쓸어 내야 하겠단 말야. 부랑자, 게으름뱅이, 놈팡이 같은 녀석들을 싹싹 쓸어 내 버리잔 말야. 왜냐하면 내 친구인 당신들이, 이 사회에서 아무것도 하지 않고 빈들빈들 놀고 있는 게으름뱅이들은 꿀벌통의 수펄과 마찬가지라는 걸 알아 주었으면 싶어서 그러는 거야. 수펄이라는 건 일벌들이 만들어 주는 꿀을 가만히 앉아서 먹기만 하거든. 나는 농부들을 돌봐 주고, 귀족들에게 그 특권을 유지하게 해주며, 행실이 올바른 자들에게 보상을 주고, 그중에서도 종교와 신부님들의 체면을 존중해 줄 참이야. 당신들은 어떻게 생각하나? 어때, 주문이 좀 많다고 생각하나?」

「영주님, 저는 영주님의 말씀을 듣고,」 하고 집사가 말했다. 「영주님처럼 전혀 학문도 없는 분이, 아니 저는 학문을 전혀 안 하신 줄 알고 있기 때문에 그럽니다만, 그런 분이 이런 격언과 충고에 찬 매우 훌륭한, 저희들을 여기에 파견한 분들이나 이곳에 온 우리들이 영주님의 재능에서 기대했던 것과 전연 다른 말씀을 듣고 무척 놀라고 있습니다. 날마다 세상에서는 무언가 새로운 것을 볼 수 있는 것이고, 장난이 어느새 진실이 되며, 놀리는 자들이 어느새 거꾸로 놀림을 당하게 되는군요.」

저녁 식사를 끝내고 밤이 되고 순시 준비가 되어서 그는 집사와 시종과 시종장과 그의 행적 일체를 기록할 기록계, 그리고 서기 등 적당히 많은 떼거리를 지을 만한 무리를 거느리고 출발했다. 산초는 직권을 표시하는 지팡이를 들고 그들 한가운데에 있었는데, 그것은 참으로 대단한 구경거리였다. 얼마 가지 않아서 그들은 시내의 거리에서 별안간 칼을 휘두르며 싸우는 소리를 들었다. 부랴부랴 그 자리에 달려가 보니 두 사나이가 칼을 맞대고 싸우고 있었는데, 그들은 관리들이 달려오는 것을 보고 싸움을 중지했다. 그리고 그중의 하나가 소리쳤다.

「하느님과 임금님의 이름을 두고 말씀드립니다! 이 도시의 거리 한가운데서 도둑질을 하고 한길에서 강도질을 하려고 뛰쳐나온 것을 어떻게 가만히 보고 있겠습니까?」

「조용히 해야 한다, 정직한 자는 말야.」 하고 산초가 말했다. 「이 싸움의 원인이 대체 뭐였는지 나한테 얘기해 주면 좋겠다. 나는 영주다.」

상대편 사나이가 말했다.

「영주님, 내가 간단히 말씀드리죠. 이 인간은 말입니다, 저기 저 건너편에 있는 도박장에서 1천 레알 이상을 정말 어처구니없이 잘 맞아서 톡톡히 벌었다는 걸 나리는 아셔야 합니다. 정말입니다. 그때 나는 바로 그 자리에 있으면서 몇 번이나 이쪽 양심을 어기고까지, 이럴까저럴까 손을 쓰지 못하고 있을 때, 이 사람에게 덕을 뵈는 적당한 조언을 해주지 않았겠습니까? 그런데 이 사람은 딴 것을 혼자서 몽땅 다 먹으려고 한단 말입니다. 말하자면, 우리처럼 재미가 있건 없건 심심풀이를 하면서 무법적인 일도 뒤를 밀어 주고, 싸움이 일어나면 뜯어말리고 하는 도박장의 놈팡이로 그래도 제법 얼굴이 팔린 놈에겐 얼마간 내놓는 게 관례라 끝전 몇 에스쿠도라도 내놓을 줄 알았는데 딴 돈을 지갑에 다 털어넣더니 도박장에서 성큼성큼 나가 버리지 않겠습니까.

그래서 나도 그만 배알이 틀려서 이 사람 뒤를 따라나가서는 그야말로 정중하게 얌전한 말투로, 하다못해 8레알이라도 줘야 하지 않느냐고 했어요. 나는 멀쩡한 인간으로 직업도 없고 수입도 없다는 걸 알아 주십시오. 우리 부모가 일도 가르쳐 주지 않았고 유산 같은 것도 남겨 주지 않아서요. 그런데 카크스(로마 신화에 나오는 대도적—역주)만한 큰 도둑도 아니고 안드라디야 같은 사기꾼도 아닌 이 째째한 악당이 4레알 이상은 동전 한푼 더 내놓지 못하겠다니, 얼마나 염치없고 비양심적인 녀석인지 영주님, 잘 좀 생각해 보십시오! 만일 나리께서 나타나시지 않았더라면 난 무슨 일이 있어도 이녀석이 딴 돈을 전부 토해 내게 하고 몸에 톡톡히 스미도록 교훈을 가르쳐 줄 작정이었죠.」

「넌 무슨 할 말이 없나?」 하고 산초가 물었다.

그러자 그 사나이는 상대편이 한 말은 모두 사실이지만 워낙 여태까지 몇 번이나 돈을 주어서 4레알 이상은 주고 싶지 않았으며, 또 끝전을 얻어먹고 싶은 인간이라면 좀더 공손해야 하고, 사람이 준다면 기쁜 얼굴로 받는 것이 당연하며, 이쪽이 사기꾼이라든가 번 돈이 속임수로 벌었다는 것을 확실히 모르는 한 이러쿵저러쿵 트집을 잡는 건 천만부당한 일이며, 그리고 녀석이 아까 말한 것처럼 자기가 도둑이 아니고 정직한 사람이란 것은 내가 이자에게 푼돈 한푼 주려고 않는 것이 무엇보다도 좋은 증거로, 사기꾼이라는 것은 서로 얼굴을 잘 알고 언제나 승부를 보고 있는 인간들에게 뇌물을 주는 법이기 때문이라고 대답했다.

「그건 그렇군.」 하고 집사가 말했다. 「영주님, 이 두 사람을 어떻게 처리하면 좋은지, 어떻게 하면 좋겠습니까?」

「해야 할 일은 이거지.」 하고 산초가 대답했다. 「자네, 그 이긴 쪽은 훌륭한 사나이건 나쁜 사나이건 이것도 저것도 아닌 인간이건 상관없으니 상대편에게 지금 당장 1백 레알을 줘라. 그리고 덤으로 감옥 안에 있는 가난한 사람들에게 30레알을 지갑에서 빼 줘라. 그리고 이쪽, 직업도 없고 일정한 수입도 없고 이 섬에서 빈들빈들 놀고먹는다는 자네는, 얼른 그 1백 레알을 받아라. 그리고 내일 안으로 이 섬에서 나가라. 10년 동안의 추방형이다. 만일 그대로 하지 않을 때는 내가 자네 목을 잘라서 효수장에 매달거나, 적어도 내 명령으로 사형 집행인이 그렇게 할 테니, 잘못하면 저승에 가서야 명령을 지키는 궁지에 빠지게 된다. 어느 쪽이고 나한테 말대답일랑 하지 말아라. 그렇지 않으면 혼을 내줄 테다.」

이렇게 해서 두 사람을 보내고 나서 영주는 말했다.

「이젠 그런 도박장은 두들겨 부숴 놓을 테다. 그것을 못 한다면 내 권력도 뻔하지. 난 이런 장소는 해독을 끼친다고밖에 생각지 않거든」

「적어도 이 도박장은,」 하고 서기가 끼여들었다. 「영주님이라도 없앨 순 없습니다. 원체 대단히 높은 양반의 소유이고, 그분이 1년 동안에 잃는 액수가 이 도박장의 수입보다 비교 못 할 만큼 많으니까요. 그밖의 조그마한 도박장에 대해서라면 영주님의 힘을 과시하실 수도 있습니다. 하기야 더 많은 해독을 흘리는 것도, 대단한 악을 감추어 놓고 있는 것도 그런 도박장이지요.

왜냐하면 유명한 귀족이나 대감댁에서는 이름난 사기꾼이라도 감히 속임수를 쓰질 못하니까요. 그리고 도박하는 악습도 오늘날엔 극히 일반적인 노름이 되어 버려서, 한밤중이 지나면 가엾은 찌르레기를 산 채로 껍질을 벗기는 그런 서민들 집에서 하는 것보다 버젓한 귀족들 자택에서 하는 게 제일이지요.」

「그 일이라면, 서기, 할 말이 얼마든지 있다는 것쯤 나도 잘 알고 있지.」 하고 산초가 말했다.

마침 그때 한 관리가 젊은이 하나를 붙잡아 끌고 와서 말했다.

「영주님, 이 젊은이는 우리 쪽으로 오다가 영주님의 행차를 보자마자 금방 획 돌아서서 마치 노루처럼 도망쳤는데, 이건 필경 무슨 나쁜 짓을 한 틀림없는 증거로 보입니다. 그래서 제가 쫓아갔습니다만 이녀석이 넘어져 뒹굴지 않았던들 도저히 따라가지 못했을 것입니다.」

「어째서 너는 달아났느냐, 젊은이?」 하고 산초가 물었다.

이에 대해 젊은이가 대답했다.

「영주님, 관리들이 하는 여러 가지 질문에 대답하고 싶지 않았기 때문입니다.」

「넌 무슨 장사를 하느냐?」

「직물 직공입니다요.」

「그래 뭘 짜냐?」

「영주님의 허락을 얻었으니 말씀드립니다요만, 그것은 창끝이지요.」

「너 꽤 재미있는 녀석 같구나. 농담을 하나? 좋아! 그래, 아까는 어딜 갈 참이었나?」

「영주님, 바람을 쏘일려구요.」

「그래, 이 섬에선 어디를 가면 바람을 쏘일 수 있나?」

「바람이 부는 곳이죠 뭐.」

「잘한다! 너 꽤 맥을 짚는 대답을 하는군! 꽤 머리가 좋아, 젊은이. 헌데, 넌 내가 널 고물 쪽에서 바람을 불어 가지고 감옥 속에 밀어넣어 버리는 바람이란 걸 알아 줘야겠다. 이녀석을 묶어, 자, 끌고 가. 오늘밤엔 바람 없이 감옥에서 잠재워 버릴 테니까.」

「농담하시지 마세요!」 하고 젊은이가 말했다. 「절 감옥 속에서 잠재우다니, 그건 절 임금님으로 만들어 주는 거나 같습니다요!」

「아니, 어째서 내가 너를 감옥에서 잠재울 수 없단 말야?」 하고 산초가 물었다. 「내가 너를 붙잡아서 언제라도 내 마음이 내킬 때 석방시킬 권한이 없단 말이냐?」

「아무리 영주님한테 권력이 있더라도, 」하고 젊은이가 대꾸했다. 「나를 감옥 속에서 잠재울 만한 권력은 갖고 있지 않습니다요.」

「어째서 없다는 거야?」하고 산초가 물었다. 「이녀석을 제 눈으로 착각을 깨달을 만한 자리로 끌고 가라. 옥사장이 잇속으로 관대한 처리를 하려고 해선 안 된다. 만일 옥사장이 널 감옥에서 한 걸음이라도 밖에 내놓을 땐 2천 두카트의 벌금을 그녀석에게 물릴 테다.」

「그런 건 정말 한낱 웃음거리에 지나지 않습니다요.」하고 젊은이가 대답했다. 「다시 말해서 이 세상에 살아 있는 인간이 모두 한꺼번에 덤벼들어도 나를 잠재울 순 없다는 겁니다요.」

「이봐, 말해 보란 말야. 이 개구쟁이야.」하고 산초가 말했다. 「너를 구출해 줄 천사라도 붙어 있어서 너한테 채울 족쇄를 벗겨 주기라도 한단 말야.」

「영주님.」하고 젊은이가 매우 발랄하게 대답했다. 「여기서 우리 한 번 서로 잘 생각해서 본 주제로 들어가십시다요. 영주님은 저를 감옥에 넣도록 명령하셔도 상관없습니다요. 또 감옥 안에서 족쇄나 쇠사슬을 채우도록 명령하셔도 좋고 옥사장에게 토굴 속에서 나를 내놓는다 하여 그에게 엄벌을 주거나 또 옥사장이 영주님의 분부를 그대로 실행한다 하여도 좋습니다요. 아무리 그런 짓을 하시더라도 내가 밤새도록 눈을 뜬 채 잠을 자고 싶어하지 않는다면 아무리 영주님의 권력일지라도 나를 잠재울 수가 과연 있겠습니까요?」

「그건 안 될 겁니다.」하고 시종이 끼여들었다. 「그리고 이녀석은 암만해도 고집을 끝내 피울 것 같은데요.」

「그러고 보면,」하고 산초가 말했다. 「넌 다름아닌 자기 의사로 잠을 안 잔다는 것이지, 내 의사를 어긴다는 것은 아니란 말이렷다?」

「그렇습니다요.」하고 젊은이가 말했다. 「영주님께 거역할 생각은 해본 적도 없습니다요.」

「그렇다면 잘 가거라.」하고 산초가 말했다. 「네 집에 가서 자거라. 하느님이 너를 깊이 잠재워 주시도록 빌겠다. 그리고 난 네가 잠자는 것을 방해할 생각은 털끝만큼도 없어. 다만 너한테 충고해 두겠는데, 앞으로는 관리를 놀리지 않도록 해야 해. 어쩌다가 네 대가리에다 인사를 해줄 관리를 안 만난달 수도 없으니 말야.」

이리하여 젊은이가 사라지고, 영주는 순시를 계속했는데, 그후 얼마 안 있어서 두 관리가 어떤 사나이를 붙잡아 끌고 왔다. 그리고 말했다.

「영주님, 이녀석은 사내처럼 보이지만 사내가 아니고 여자입니다. 그것도 예쁜 여자가 꼴불견의 남자 복장을 하고 있습니다.」

서너 사람이 그의 눈앞에 등불을 갖다 대자 불빛 속에 열여섯 살을 조금 넘었을까말까 하는 여자의 얼굴이 드러났는데, 머리칼을 함께 모아 금빛과 초록빛의 비단 머리망을 씌운 모습이 진주처럼 아름다웠다. 사람들은 그녀의 모습을 위아래로 가만히 훑어보았다. 그녀는 빨간 비단의 긴 양말을 신고 거기에 황금과 좁쌀 같은 진주의 술장식이 달린 하얀 호박의 양말 대님을 하고 있었다. 폭넓은 바지는 초록빛 금란이었으며, 같은 천의 반외투를 걸치고 그 밑에는 금빛과 흰색의 고급 천으로 지은 동옷을 입었으며 신은 남자신이었다. 칼은 차지 않았으나 참으로 훌륭한 단검을 꽂고 손가락에는 여러 개의 매우 훌륭한 반지를 끼고 있었다. 요컨대 이 소녀는 누구의 눈에도 호감을 주는 모습으로 비쳤으나, 그녀의 모습을 본 사람 가운데 누구 하나 그녀를 아는 사람이 없었고 이 지방 태생의 사람들조차 이 소녀가 누구인지 알아보지 못했다. 뿐만 아니라 가장 놀란 것은 산초를 웃음거리로 만들려는 계획을 알고 있는 사람들이었다. 이 사건은, 말하자면 이 뜻하지 않은 수확은 그들이 미리 짜놓은 일이 아니었기 때문이다. 그래서 반신반의하면서 이 사건이 어떻게 낙착될 것인가 지켜보고 있었다.

산초는 소녀의 아름다움에 멍청해지면서도 그녀가 어디에 사는 누구이고 어디로 가는 길이며 또 어떤 동기에서 남장을 하게 되었는가 물었다. 그러자 소녀는 매우 얌전하고 수줍은 태도를 보이면서 눈을 땅바닥에 내리깔고 대답했다.

「영주님, 비밀로 해두어야 한다는 것이 저한테는 매우 중요한 일이라서, 이렇게 많은 분들 앞에서는 도저히 말씀드릴 수가 없어요. 다만 한 가지 알아주셨으면 하는 일이 있어요. 저는 도둑도 아니고 죄를 지은 자도 아니에요. 다만 질투심에 못 이겨 면목을 망쳐 버린 불행한 계집애랍니다.」

「사람들을 물리라. 이 소녀가 부끄러워하지 않고 속에 있는 말을 할 수 있도록.」

영주는 명령했다. 집사와 시종장과, 그리고 시종만 남겨 두고 그밖의 사람들은 멀리 물러났다. 예들만 남자, 소녀가 말을 이었다.

「여러분, 저는 페드로 페레스 마소르카라는, 이 지방에서 양모세를 받는 관리의 딸인데, 그분은 이따금 저의 아버지 집에 오세요.」

「그건 이상한데, 아가씨.」하고 집사가 말했다. 「나는 페드로 페레스를 잘 아는데, 그 사람에게는 사내아이건 계집아이건 자식이 없다는 것도 알고 있거든. 그뿐 아니라 아가씨는 그이가 아버지라고 해놓고, 금방 또 이따금 당신 아버지 집에 온다고 덧붙였단 말이야.」

「나도 그 점을 깨닫고 있었지.」하고 산초가 거들었다.

「여러분, 전 지금 매우 당황해서 제 자신도 무슨 말을 하고 있는지 모르겠어요.」하고 소녀가 대답했다. 「실은 전 디에고 데 라 야나의 딸예요, 이분은 여러분 중에서도 틀림없이 아는 분이 계실 거예요.」

「이번엔 괜찮군.」하고 집사가 대답했다. 「왜냐하면 디에고 데 라 야나라면 나도 알지. 꽤 신분이 높은 돈 많은 시골 귀족이고, 사내아이와 여자아이가 있지. 부인이 별세한 뒤로는 그분의 따님의 얼굴을 본 사람이 없으며, 태양도 그 따님의 얼굴을 볼 틈이 없을 만큼 딸을 아주 심장 깊숙히에서 기르고 있다는 것도 난 잘 알고 있지. 소문에 들으면 그 따님은 굉장한 미인이라는 얘기야.」

「그건 사실이에요.」하고 소녀가 대답했다. 「그 딸이 바로 저예요. 제가 아름답다는 소문이 거짓말인지 아닌지 여러분이 이제 절 보셨으니, 여러분의 판단에 맡기겠어요.」

이렇게 말하고 소녀는 훌쩍훌쩍 울기 시작했다. 그것을 보자 시종은 시종장의 귀에 입을 갖다 대고 나직히 소곤했다.

「필경 이 가엾은 아가씨에게 무슨 큰일이 일어난 게 틀림없어요. 저런 복장으로 이런 시간에, 더욱이 그토록 지체 놓은 분이 집 밖을 어슬렁거리고 돌아다니고 있으니 말입니다.」

「그건 의심할 여지가 없어요.」하고 시종장이 대답했다. 「더욱이 저 눈물이 더한층 그러한 의심을 확실하게 해주는데.」

산초는 될 수 있은 대로 적절한 말을 다해서 그녀를 위로하고 아무것도 무서워할 것이 없으니 일신에 일어난 일을 얘기해 달라고 타일렀다. 여러 사람이 함께 힘을 모아 되도록 좋은 방법을 찾아서 무슨 일이고 바로잡도록 힘써 주겠다고도 했다.

「이런 까닭이 있었어요, 여러분.」하고 소녀가 대답했다. 「다시 말씀을 드리자면, 아버지는 저를 10년 동안이나 가두어 놓고 은둔 생활을 시키셨습니다. 그 세월은 어머니가 흙 속에 묻히고부터의 세월이랍니다. 미사도 집안에 있는 호화로운 교회당에서 드리니까 저는 그 세월 동안 낮에는 태양, 밤에는 달이나 별밖에 본 적이 없어요. 거리가 어떻게 생겼는지 광장도, 사원도, 사람조차도, 아버지와 남동생과 양모세를 받아들이는 페드로 페레스를 제외하고는 아무것도 아는 것이 없었으니까요. 이분은 언제나 집에 오시기 때문에, 진짜 아버지 이름을 말하고 싶지 않아서 문득 그분을 우리 아비지라고 말할 생각이 났던 거예요. 그 감금 생활에, 교회에 가기 위해 집을 나가는 것마저 금지당하는 생활에 벌써 몇 달 전부터 저는 도저히 견디지 못하게 되었어요. 저는 이 세상, 세상이라기보다 하다못해 내가 태어난 거리라도 한 번 보고 싶다고 생각했는데, 이런 소원이 버젓한 집안의 딸들이 스스로 지켜야 하는 훌륭한 품격에 위반되는 일이라곤 아무리 해도 생각할 수 없었어요. 투우(鬪牛)라든가 투창 시합이라든가 연극이 상연되는 것이라든가를 사람들이 말하는 것을 들을 때마다 저는 저보다 한 살 아래인 남동생에게 그런 것이 대체 어떤 일이며, 그밖에 내가 여태까지 본 적이 없는 많은 것을 애기해 달라고 부탁하곤 했어요. 동생은 자기가 알고 있는 것을 될 수 있는 대로 자세히 가르쳐 주었습니다만, 그것은 오히려 그것을 보고 싶다는 희망을 더 부채질할 뿐이었어요. 전 제 파멸의 애기를 간단히 말씀드리기 위해서 하는 말입니다마는 저는 동생에게 부탁도 하고 애원도 하고 했는데, 그런 것을 부탁하거나 애원하거나 하지 않아어야 했는지도 모르겠어요……」

그리고 소녀는 새로 눈물을 흘렸다. 그러자 집사가 말했다.

「말을 계속해요, 아가씨, 그리고 어떤 일이 일어났나 우리한테 탁 털어놔 버려요. 아가씨의 말과 눈물로 우리는 모두 마음이 여간 조마조마해져 있지 않으니까요.」

「눈물은 끝이 없지만 드릴 말씀은 이제 얼마 남지 않았어요.」 하고 소녀가 대답했다. 「잘못 품은 욕망에선 어차피 이런 비참한 결과밖에 나오지 않는 모양이지요.」

이 소녀의 아름다움이 시종장의 마음속에 깊이 새겨졌다. 그래서 다시 한 번 그녀를 보려고 칸델라 불빛을 갖다 댔는데, 그에게는 그녀가 흘리고 있는 것이 눈물이 아니라 진주알이나 초원의 이슬처럼 보였다. 아니, 차라리 동방의 진주라고까지 여겨졌다. 그래서 그녀가 당한 불행이 그녀의 눈물이나 한숨이 말하듯 심한 것이 아니기를 마음으로 빌었다.

한편 영주는 소녀의 말이 느리고 지루해서, 「사람들을 그토록 조마조마하게 만들지 마라. 이제 시간도 어지간히 늦어졌고 돌아봐야 할 곳도 많다.」고 말했다. 그러자 그녀는 솟아오르는 흐느낌과 누를 수 없는 한숨을 섞어 가며 말했다.

「제 불행과 제 불운은 그저 이것뿐이에요. 저는 동생한테 부탁해서 그애 옷 한 벌을 저한테 입혀 남장을 시켜 가지고, 하룻밤 아버지가 주무시는 동안에 나를 밖으로 데리고 나가서 거리를 구경시켜 달라고 부탁했었죠. 동생도 제가 하도 열심히 부탁하니까 그만 못 이겨 마침내 제 소원을 들어 주어, 저는 동생 옷을 입고 동생은 제 옷을 입었는데, 그것이 동생을 위해서 일부러 만든 것처럼 꼭 맞지 않겠어요. 동생은 아직 턱수염 같은 것이 하나도 나지 않았고, 어찌 보면 여자애처럼 아주 예쁘게 생긴 애거든요. 그렇게 해서 오늘 밤 이럭저럭 한 시간쯤 전일까요, 우리는 살며시 집을 빠져 나와서 우리의 젊고 어리석은 생각에 이끌려 이 도시를 여기저기 돌아다니고 나서 막 집으로 돌아가려고 하는데 많은 사람들이 우르르 오는 것이 보였어요. 그러자 동생이 저한테 말하지 않겠어요. 『누나, 저건 순시하는 관리들이 틀림없어. 빨리 가. 발에 날개를 다는 거야. 날 따라 달려와요. 눈치를 채면 큰일이야. 들키면 그야말로 큰일나.』이렇게 말하기가 무섭게 휙 돌아 달리기 시작했어요, 달리기 시작했다기보다 퉁기듯이 달음박질쳐 갔어요. 저는 고작 여섯 걸음도 달려가기 전에 너무 당황해서 넘어지고, 그러고 있는데 관리 한 사람이 달려와서 이렇게 나리 앞으로 끌고 온 거예요. 그렇게 해서 이처럼 많은 분들 앞에서 나쁘고 철없는 계집애로서 부끄러운 생각을 갖게 된 거예요.」

「그렇다면, 아가씨.」하고 산초가 말했다. 「정말 그밖에는 아무 재난도 일어나지 않았단 말이지? 아가씨가 일신에 관해 얘기를 꺼냈을 때 말한 것처럼 집을 빠져 나온 것은 질투 때문이 아니란 말이지?」

「아녜요, 아무 일도 일어나지 않았어요. 질투 때문에 집을 빠져 나온 것도 아녜요. 다만 세상이 어떻게 생겼나 한 번 보고 싶은 생각뿐이었어요. 그것도 이 도시의 거리를 한 번 보고 싶다는, 다만 그것뿐이었어요.」

거기에 그녀의 동생을 잡은 관리들이 달려와서, 소녀가 한 말이 사실이었다는 것을 뚜렷하게 증명해 주었다. 동생은 누나와 헤어지고 달려가다가 관리 한 사람에게 붙들리고 말았던 것이다. 동생은 호화로운 짧막한 스커트에 아름다운 금장식의 끈이 달린 파란 린네르의 망토를 입고 있을 뿐이었으며, 맨 머리에 두건도 장식도 쓰고 있지 않았지만, 곱슬곱슬한 훌륭한 금발이 금고리라도 쓰고 있는 듯했다. 영주와 집사와 시종장이 동생을 데리고 한쪽으로 가서 누나가 듣지 못하도록 무슨 까닭으로 그런 복장을 하고 있느냐고 묻자 그는 아무런 수줍음도 주저도 없이 그의 누나가 먼저 한 것과 똑같은 말을 했으므로, 이 말을 듣고 이미 사랑을 느끼기 시작하고 있던 시종장은 적잖이 기쁨을 느꼈다.

영주가 그들에게 말했다.

「너희들, 이건 정말 어린애 같은 얘기야. 이런 어처구니없고 분별 없는 말을 하는 데 뭘 그리 꾸물대고 대단하게 눈물을 흘리고 요란스럽게 한숨을 짓고 하느냐? 『우리는 아무개 아무개인데 다만 사소한 호기심 이외에 아무 목적도 없이 심심풀이로 집을 빠져 나왔습니다.』 이렇게 간단히 말했더라면 얘기는 웃음 속에서 끝났을 게 아냐? 신음할 것도 훌쩍거릴 것도 없는 걸 가지고 그랬단 말야.」

「그건 그래요.」 하고 소녀가 대답했다. 「하지만 그때는 그만 얼떨떨해서 어떻게 해야 좋을지 아무 생각도 떠오르질 않던걸요. 그걸 영주님도 알아 주세요.」

「하지만 큰 잘못이 일어나지 않아서 무엇보다 다행이다.」 하고 산초가 대답했다. 「자, 가자. 너희들을 아버지 집에 바래다 주마. 아직은 너희들이 없어진 걸 깨닫지 못하셨을 게야. 하지만 앞으론 이런 어린애 같은 일이나 세상을 보고 싶으니 어쩌니 하는 생각을 갖지 말아야 해. 『얌전한 처녀는 다리가 약하니 집안에 있거라』라는 말도 있고, 여자와 암탉은 돌아다니다가 몸을 버린다고 하여, 구경 좋아하는 여자는 남이 보아 주길 바라는 여자란 말도 있어. 이 이상 아무 말도 더는 하지 않을 테다.」

젊은이들은 자기들을 집까지 바래다 주겠다는 은혜에 대해 영주에게 고맙다고 인사했다. 그리하여 거기서 그다지 멀지 않은 그들 집으로 갔다. 일행 두 사람이 집에 도착하자 동생이 돌멩이를 쇠창살에 던졌다. 그러자 하녀가 나와 두 사람에게 문을 열어 주었다. 그래서 두 사람은 집안으로 들어갔는데, 이 누나와 동생의 고상함, 아름다움, 그리고 시내에서 한 걸음도 밖으로 나가지 않고 한밤중에 세상을 보고 싶어했다는 두 사람의 소원에 뒤에 남은 사람들은 모두 경이의 눈을 둥그렇게 떴으며 이것이 다 두 사람이 나이가 어리고 철이 없는 탓이라고 사람들은 생각했다.

시종장은 사랑에 심장이 꿰뚫려 내일이라도 소녀의 아버지에게 아내로 달라고 청혼할 결심을 했다. 자기가 공작의 가신이니 설마 딸을 주지 않겠다는 말은 하지 않겠지 하는 자신이 있었다. 한편 산초는 그 젊은이에게 자기 딸 산치카를 시집보내야겠다는 소원과 가냘픈 예감이 싹터 오고, 언젠가 기회가 있으면 실현해야겠다고 결심했다. 누구라도 영주의 딸을 싫다고 할 까닭이야 없을 것이라고 그는 혼자 속으로 생각했다.

이것으로 이날 밤의 순서는 끝나고 다시 그후 이틀째에 그의 정무도 끝나게 되었느니, 그 이유는 이제부터 밝혀지겠지만, 그와 더불어 산초가 품었던 모든 계획도 좌절되고 말살되어 버렸던 것이다.

제 50 장

여기서는 노시녀를 매질하고 돈키호테를 꼬집은 마법사와 집행인이 누구였는가가 밝혀지고, 아울러 산초 판사의 처 테레사 판사에게 편지를 갖고 간 시동에게 일어난 사건이 다루어진다.

이 믿을 만한 이야기의 세밀한 점에 이르기까지 알뜰히 파헤친 시데 아메테는 다음과 같이 말하고 있다. 도냐 로드리게스가 돈키호테의 방에 가려고 자기 방을 나왔을 때 그녀와 한방에서 자고 있던 또 하나의 노시녀가 눈치를 챘는데, 모든 노처녀의 예에서 벗어나지 못하고, 이 여자 또한 알고 싶어하고, 듣고 싶어하고, 냄새 맡기를 좋아하는 여자였다. 그녀는 우리의 호인물 로드리게스가 깨닫지 못하게 발자국 소리를 죽여 가며 그녀 뒤를 밟았다. 그리하여 로드리게스가 돈키호테의 방에 들어가는 것을 보자, 그녀 역시 쑥덕공론이라는 모든 노시녀들이 가진 보편적인 습성에서 남에게 뒤지지 않았으므로 곧장 공작 부인에게 달려가, 도냐 로드리게스가 돈키호테의 방에 들어갔다는 사실을 일러바쳤다.

부인은 이것을 공작에게 말하고, 그 노시녀가 돈키호테에게 무슨 볼일이 있는지 알티시도라와 둘이서 가보고 와도 좋으냐고 허가를 구했다. 공작이 허가했으므로 두 사람은 매우 조심스럽게 소리 없이 살살 돈키호테의 방문으로 다가가서 귀를 갖다 대고 안에서 지껄이는 말을 모두 들을 수 있었다. 그런데 공작 부인은 로드리게스가 자기의 인공 궤양 아랑후에스(마드리드 근처에 있는 궁전. 정원과 많은 샘으로 유명하나. 인공 궤양은 그 샘 — 에스파냐 왕실 역주)를 폭로하는 말을 듣자 도저히 분을 참을 수 없었다. 알티시도라 또한 그에 못지않았으므로 두 사람은 무섭게 분격하여 어떻게든 분풀이를 하려고 느닷없이 방안으로 뛰어들어가 앞에서 말한 것처럼 로드리게스를 마구 두들겨 주고 돈키호테를 실컷 꼬집어 놓았던 것이다. 이 두 여자의 미모와 자손심에 정면으로 가해진 모욕이 그녀들의 가슴에 대단한 분노를 불러일으키고 복수심을 불태워 놓았던 것이다.

공작 부인이 일의 경위를 공작에게 이야기하자 공작도 무척 고소해 했다. 공작 부인은 돈키호테를 놀림감으로 하여 계속 파적거리로 삼자는 생각에서 산초 판사가 정치에 바빠서 완전히 잊고 있는 둘시네아의 마법을 푸는 의논이 되었을 때 바로 둘시네아의 역을 맡았던 시동을 산초의 처, 테레사 판사에게 보내어 남편 산초의 편지와 부인 자신의 편지, 그리고 훌륭한 산호 묵주를 선물로 전하게 했다. 그래서 실록은 다음과 같이 전하고 있다.

이 시동은 매우 영리하고 눈치 빠른 젊은이로 항상 주인 부처를 돕겠다는 생각을 갖고 있었으므로 기꺼이 산초의 마을을 향해 떠났다. 그는 마을에 들어가기 전에 냇가에서 빨래를 하고 있는 많은 여자들이 눈에 띄었으므로, 돈키호테 데 라 만차라는 기사의 종자로 산초 판사라는 분의 부인인 테레사 판사라는 분이 이 마을에 살고 있는지 가르쳐 줄 수 없느냐고 물었다. 그러자 역시 빨래를 하고 있던 젊은 여자 하나가 일어나면서 대답했다.

「우리 어머닌데요? 그 산초라는 분은 우리 아버님이고, 그 기사는 저희들의 주인 어른이시죠.」

「그렇다면 함께 가주실 수 있습니까, 아가씨?」하고 시동이 말했다. 「가서 어머님을 좀 가르쳐 주십시오. 아버님이 전하는 편지와 선물을 갖고 왔으니까요.」

「기꺼이 가드리죠, 손님.」하고 소녀가 대답했다. 소녀의 나이는 열네 살 안팎으로 보였다.

그녀는 그때까지 빨고 있던 속옷가지를 옆에 있던 여자에게 맡기고 모자도 신도 없이, 다시 말해서 맨발로 머리가 헝클어진 채 시동의 말 앞을 폴짝폴짝 뛰어가면서 소리쳤다.

「따라오세요, 손님. 우리 집은 마을 입구에 있어요. 어머닌 며칠 전부터 우리 아버지 소식을 몰라 무척 걱정하면서 집안에 있어요.」

「내가 아주 좋은 소식을 어머님께 갖고 왔지요.」하고 시동이 말했다. 「하느님께 감사를 드리셔야겠군요.」

그리하여 뛰고 달리고 달음박질치고 한 끝에 소녀는 마을에 도착했다. 그리고 집안에 채 들어서기 전부터 큰 소리로 외쳤다.

「나와요. 엄마, 나와. 아버지한테서 편지랑 뭐랑 갖고 어떤 손님이 오셨어.」

이렇게 외치는 소리를 듣고 어머니 테레사 판사가 한 뭉치의 삼실을 풀면서 나타났다. 그녀는 검은 스커트를 입고 있었는데 그 길이가 너무 짧아 치부 언저리에서 잘려 버린 것 같았다(옛날에는 부정한 여자의 스커트를 잘라 벌을 주는 풍습이 있었다—역주). 그리고 역시 검은 동옷과 속옷을 입고 있었다. 마흔 살은 넘은 듯이 보였으나 그다지 늙지는 않았다. 아주 원기 있어 보이고 튼튼했으며, 신경도 무딘 듯했고 햇빛에 검게 그을어 있었다. 그녀는 자기 딸과 말을 탄 시동을 번갈아 보더니 딸에게 말했다.

「왜 그러지, 애야? 이분은 어디서 온 분이냐?」

「도냐 테레사 판사 님의 볼일을 봐 드리는 종복입니다.」하고 시동이 대답했다.

그리고는 말에서 뛰어내려 무척 공손히 테레사 부인 앞으로 나아가 무릎을 꿇으면서 말했다.

「도냐 테레사 님, 바라타리아 섬의 정식 영주 돈 산초 판사 님의 정당하고 개인적인 마님으로서 제발 그 손에 입을 맞추게 해주십시오.」

「어마, 손님, 일어나세요. 그런 짓은 말아 주세요!」하고 테레사가 말했다. 「나는 궁정에서 근무하는 여자도 아무것도 아니에요. 가난한 농삿집 아낙네들이며, 흙을 파는 여자예요. 편력의 종자의 여편네지, 영주님의 마님이라니 천부당만부당해요!」

「마님은,」하고 시동이 대답했다. 「매우 존엄하신 영주님의 숭고하신 마님이십니다. 그것이 사실이라는 것을 증명하기 위해서 제발 이 편지와 선물을 받아 주십시오.」그러더니 양쪽 끝에 황금 장식이 달려 있는 산호 묵주를 꺼내어 테레사의 목에 걸어 주며 말했다.

「이 편지는 영주님한테서 온 것이고, 제가 들고 온 또 한 통의 편지와 산호 목걸이는 저를 이리 보내신 우리 주인 공작 부인님이 보내신 것입니다.」

테레사는 그만 놀라 버렸고, 딸도 그에 못지않게 아연해졌다. 딸이 말했다.

「이 일엔 아마 우리 주인 어른 돈키호테 님이 관계하고 계시나 봐. 그렇지 않다면 난 죽어도 좋아. 아마 돈키호테 님이 여태까지 아버지한테 몇 번이나 약속하신 영지나 백작령을 주셨나 봐.」

「바로 그렇습니다.」 하고 시동이 말했다. 「돈키호테 님에 대한 경의에서, 이 편지를 보시면 아시듯이 산초 님은 지금 바라타리아 섬의 영주님으로 계십니다.」

「여보세요, 손님, 그 편지를 좀 읽어 주세요.」 하고 테레사가 말했다. 「저는 실을 자을 줄은 알지만 읽을 줄은 몰라서요.」

「저도 읽을 줄 몰라요.」 하고 산치카가 거들었다. 「하지만 여기서 잠깐 기다려 주세요. 신부님이나 석사 삼손 카르라스코 님이나 누구든지 이걸 읽어 주실 분을 불러 올 테니까요. 그분들은 우리 아버지 소식을 들으려고 얼른 달려오실 거예요.」

「아무도 불러 오실 필요는 없습니다. 저는 실 자을 줄은 모르지만 읽을 줄은 아니까, 읽어 드리지요.」

그리고 산초 판사의 편지를 처음부터 끝까지 읽어 주었다. 그 사연은 앞에서 이미 말했으므로 여기서는 생략하기로 한다. 이어 그는 공작 부인의 편지를 꺼냈다. 그 사연은 이러했다.

친애하는 테레사 님

부인의 바깥어른 산초 님의 인품과 갖가지 재능의 뛰어난 점에 감동되어 나의 남편 공작이 가진 많은 섬 가운데서 한 곳의 영주직을 맡아 주시도록 부탁하지 않을 수 없었어요. 지금 소문을 들으니 바깥어른은 마치 독수리처럼 통치하고 계시는 모양이어서 저는 매우 기뻐하고 있으며, 우리 주인도 마찬가지입니다. 그래서 그러한 통치를 맡기기 위해 그분을 고른 것이 그릇된 일이 아니었다는 것을 깊이깊이 하느님께 감사드리고 있지요.

테레사 님, 이 세상에서 훌륭한 영주를 발견하기란 매우 어렵다는 것과 산초 님처럼 틀림없이 다스려 주는 분을 하느님이 발견하게 해주셨다는 것을 알아 주셨으면 합니다. 여기, 양쪽 끝에 황금 장식이 붙은 산호 묵주를 보내 드립니다.

만일 이것이 동방의 진주라면 저는 더 기쁘겠습니다. 그러나 당신에게 뼈를 주는 사람은 당신이 죽는 모양을 보고 싶어서 그러는 것이 아니라는 말도 있지 않아요? 머지않아 우리는 서로 사귀게 되고 교제할 날도 오겠지요. 그것은 하느님만이 알고 계십니다. 따님 산치카 양에게 안부 전해 주세요. 그리고 언젠가는 나의 주선으로 결혼하게 될지도 모른다고 전해 주세요. 생각지도 않은 때에 꼭 훌륭한 중신을 해드릴 작정입니다. 소문에 들으니 그곳에는 큼직한 개암이 난다고 하더군요. 제발, 한 20개쯤 보내 주세요. 부인이 손수 보내 주시는 것이니 매우 감사하게 생각하겠어요. 그리고 긴 편지를 주세요. 부인의 건강과 생활에 대해서 알려 주셨으면 합니다. 또 무슨 곤란한 일이 있으시면, 입을 크게 벌리실 필요도 없습니다. 부인의 입은 어김없이 채워질 테니까요.

　　하느님이 부디 부인을 지켜 주시도록.
　　이 마을에서 부인을 무척 그리워하는 벗

공작 부인 올림

「어머나!」하고 테레사는 다 듣고 나서 소리쳤다. 「아주 상냥하시고, 뻐기지 않고, 겸손하신 마님이시네요. 이런 훌륭한 마님이라면 난 함께 묻혀도 한이 없어요. 하지만 이 근처 마을의 대가댁 마님들이라면 싫습니다. 그 사람들은 대가댁 마님이랍시고 바람도 자기들에겐 닿아서는 안 된다고 생각하고 있거든요. 그리고 마치 여왕님이 된 듯이 사원에 나가고, 농사 짓는 아낙네들을 보는 것만도 수치인 줄 알고 있는 모양이거든요. 그런데 이 훌륭하신 마님 좀 보세요. 공작 부인님이시라는데 나를 친구라고 부르시고 꼭 자기 동류같이 대하잖아요. 나한테는 라 만차의 제일 높은 종루를 바라보는 거나 마찬가지 분인데, 참, 손님, 개암나무 열매는 너무 커서 구경하러 올 만한 굵직굵직한 놈을 1셀레민(약 4.6리터—여주)쯤 보내 드리겠어요. 참, 산치카야, 이분 대접을 해드려. 그 말을 받아서 매고 마구간에서 알을 가져와. 소금에 절인 돼지고기도 듬뿍 잘라 오고. 왕자님처럼 자실 것을 많이 갖다 드려야 해. 이렇게 반가운 소식을 전해 주셨고, 무엇을 해드려도 아깝잖을 만큼 훌륭한 인물이신걸. 그 동안 나는 이 기쁜 소식을 아줌마한테나 너의 아버지의 친한 친구시고 옛날에도 그랬던 신부님과 이발사 니콜라스 아저씨에게 알려 드리고 올 테니까.」

「응, 그렇게, 엄마.」하고 산치카가 대답했다. 「그런데 그 산호 묵주의 절반은 나한테 줘야 해. 그걸 몽땅 엄마한테만 보낼 만큼 공작님 마님은 바보가 아닐 거야.」

「몽땅 너한테 주마.」하고 테레사가 대답했다. 「하지만 며칠 동안만은 내 목에 걸어 두자. 정말이지 너무 기뻐서 가슴이 두근두근한다.」

「기뻐하실 일은 그것뿐이 아닙니다. 이 가방 안에 넣어 온 보따리를 끌러 보십시오. 이것은 영주님이 수렵에 나가셔서 하루만 입으신 아주 훌륭한 천으로 지은 옷인데 이걸 고스란히 산치카에게 보내신 것입니다.」

「정말, 아버지는 천 넌이라도 사시면 좋겠다.」하고 산치카가 대답했다. 「그리고 이것을 들고 오신 분도 그만큼 아니, 더 필요하시다면 2천 넌이라도 사시면 좋겠다.」

그리하여 테레사는 목에 산호 묵주를 걸고 두 통의 편지를 마치 탬버린처럼 마주치면서 집 밖으로 나갔다. 그녀는 곧 신부와 삼손 카르라스코를 만났으므로 달려가면서 지껄여 댔다.

「정말이지, 이젠 우리도 가난한 친척은 없어졌어요. 약간의 영지를 갖게 됐으니까요! 아니, 제일 뻐기고 돌아다니던 대가댁 마님이라도 나한테 덤벼 보라지. 납작하게 만들어 버릴 테니까!」

「왜 그러시오, 테레사 판사? 그게 무슨 광태요? 대체 무슨 뜻으로 하는 말이오?」

「광태라니, 다름이 아니라 이 두 통의 편지는 공작 부인님과 영주님이 보내 온 거랍니다. 목에 건 이것은 아주 최고급 산호 묵주이구요. 연금(延金)의 숫자 세는 구슬이죠. 그러니 나는 영주 마님이랍니다.」

「하느님이라도 되지 않고서야 당신이 대체 무슨 말을 하고 있는지, 뭘 생각하고 있는지 알 수 없구려, 테레사.」

「이걸 보시면 두 분도 알게 되실 거예요.」하고 테레사가 대답했다.

그리고 그들에게 편지를 내주었다. 신부는 그것을 삼손 카르라스코가 들을 수 있도록 소리내어 읽었다. 그리고 삼손과 신부는 자기들이 읽은 사연에 놀라 서로 얼굴을 바라보았다. 그러다가 석사는 이 편지를 누가 가져왔느냐고 물었다.

「나와 함께 집으로 가세요. 그러면 꼭 금비녀 같은 시동을 만날 수 있을 테니까. 그분은 아주 훌륭한 선물도 갖고 왔습니다.」하고 테레사가 대답했다. 신부는 그녀의 목에서 산호 묵주를 벗겨 몇 번이나 살펴보았다. 그리고 상당히 훌륭한 것이라는 것을 알고 다시 한 번 놀라며 말했다.

「나는 나의 이 법의를 두고 이 편지와 이 선물에 대해서 뭐라고 말해야 좋을지, 어떻게 생각해야 좋을지 모르겠군. 이 훌륭한 산호를 눈으로 보고 손으로 만지는 한편 공작 부인쯤 되는 분이 개암 20개를 보내 달라고 써보낸 편지를 읽고 있으니 말이야.」

「뭐가 뭔지 영문을 모르겠군!」하고 카르라스코도 말했다. 「그렇다면 이 편지를 가져온 사람을 만나 봅시다. 그 사람한테서 이 편지에 씌어 있는 사연에 대한 설명을 들어 보기로 합시다.」

그렇게 하기로 하여 테레사는 그들과 함께 집으로 돌아갔다. 마침내 그들이 갔을 때 시동은 자기 말에게 귀리를 조금 주고 있는 중이었으며, 산치카는 달걀과 함께 빵 사이에 넣기 위해 소금에 절인 돼지고기를 썰어 손님에게 줄 음식물을 장만하는 중이었는데, 시동의 풍모와 훌륭한 차림새가 두 사람에게 퍽 만족스러웠다. 그래서 서로 정중하게 인사를 나눈 다음 삼손은 돈키호테와 산초 판사의 소식을 들려 달라고 부탁했다. 산초와 공작 부인의 편지를 읽기는 했으나 산초의 영지가 대체 어떤 것이며 또 지중해에 있는 모든 섬들은 아니, 대부분의 섬들은 국왕 폐하의 영유인데 한 섬의 영주가 되었다는 것도 이해가 가지 않아 납득할 수가 없었다. 이에 대해서 시동은 대답했다.

「산초 판사 님이 영주라는 것은 조금도 의문의 여지가 없습니다. 그분이 다스리고 계시는 것이 과연 섬인지 아닌지에 대해서는 아무 말씀도 드리지 않겠습니다. 다만, 인구 1천을 넘는 마을이라는 것만으로 용서해 주십시오. 또 개암나무 열매에 대해서는, 우리 주인 공작 부인님이 매우 평민적이고 상냥한 분이라서 농삿집 아낙네에게 개암을 달라고 부탁하실 뿐 아니라 어떤 때는 근처 여자에게 빗을 다 빌려 달라고 하실 정도라는 것만 말씀드리지요. 아라곤의 귀부인들은 지체 높은 분들입니다만 카스티야 분들처럼 도도하고 어렵게 거동하지 않고 일반 서민과도 참으로 소탈하게 어울리신다는 것을 여러분들께서 알아 주시기 바랍니다.」

이렇게 말하고 있는데 산치카가 달걀을 스커트에 싸가지고 달려나와 시동에게 말했다.

「저 가르쳐 주세요. 손님, 우리 아버지는 혹시 영주님이 되시고 나서 레이스로 꾸민 승마용 바지를 입고 계시지 않아요?」

「그 점은 저도 깨닫지 못했습니다.」하고 시동이 대답했다. 「그러나, 필경 그런 옷을 입고 계실 것입니다.」

「어마! 어쩜.」하고 산치카가 소리쳤다. 「그런 바지를 입은 아버지는 참으로 훌륭해 보일 거야. 나는 언제나 그런 바지를 입은 아버지의 모습을 한 번 보고 싶다고 생각했었는데, 헛일이 아니었네요.」

「아가씨께서 살아만 계신다면 얼마든지 그런 것을 입으신 아버지의 모습을 보실 수 있을 것입니다.」하고 시동이 대답했다. 「그분의 영주직이 두 달만 계속되면 그 동안에 파파이고 두건(볼과 얼굴의 일부는 악천후로부터 보호하기 위해 쓰는 두건—역주)을 쓰시고 여행도 하시게 될 것이구요.」

신부와 석사는 시동이 반은 농담조로 말하고 있다는 것을 눈치챘다. 그러나 훌륭한 산호와 산초가 보내 온 수렵복이 그것을 뒷받침하지 않았다. 어느새 테레사는 그들에게 그것을 보여 주었던 것이다. 그러나 산치카의 소원과 더욱이 테레사가 이렇게 말했을 때는 저도 모르게 웃음을 터뜨리지 않을 수 없었다.

「신부님, 둥근 종 모양의 스커트를 유행형으로 아주 잘 만든 것 중에서도 제일 훌륭한 것을 마드리드나 톨레도에 가서 사다 줄 사람이 없는지 좀 찾아 봐 주세요. 뭐니뭐니해도 우리 영감 직분을 내 힘이 미치는 데까지 훌륭하게 보이도록 해드려야겠어요. 그러니 싫지만 나도 영주 관저로 가야겠고, 다른 사람들처럼 마차도 타야 할 테니까요. 영주를 남편으로 가진 여자는 마차쯤은 살 수 있을 게고 또 넉넉히 지탱해 나갈 수 있잖겠어요?」

「왜 안 되겠어? 엄마!」하고 산치카가 말했다. 「우리가 엄마와 그런 마차에 타고 있는 걸 본 사람들이, 『마늘만 잔뜩 먹던 계집애가, 저 어처구니 없는 꼬락서니 좀 봐, 마치 여자 교황처럼 마차에 떡 버티고 앉아 있는 저 꼴을.』하는 소리를 듣는 한이 있더라도 내일이 아니라 오늘 당장 그랬으면 좋겠어. 그런 사람들은 진흙을 밟으면서 걸어가라지. 나는 마차에 앉아서 흙에 발도 대지 않고 갔으면 좋겠어. 이 세상에서 남의 욕만 하는 사람들은 신통한 일도 얻어걸리지 말았으면 좋겠어. 그러면 나는 뜨뜻하게 앉아서 세상 사람들을 웃어 주지 뭐. 그렇지, 엄마?」

「어쩜 넌 그런 근사한 말을 다 하지!」하고 테레사가 맞장구를 쳤다. 「그리고 이런 행복과 더 멋있는 행복은 우리 집 훌륭한 산초 나리가 벌써부터 예언하고 있던 거야. 내가 백작 부인처럼 되는지 안 되는지 여러분도 아시게 될 거예요. 우리가 행복해지든지 안 되든지 모두 시초에 결정되거든요. 내가 몇 번이나 훌륭한 네 아버지한테서 들었듯이 워낙, 그인 네 아버지이기도 하지만 속담의 아버지라고도 할 수 있거든. 송아지를 준다거든 밧줄을 가지고 달려가고, 영지를 준다거든 받아 두고, 백작령을 준다거든 붙들고 놓지 말고, 좋은 것을 주겠다고 손짓하거든 얼른 달려가서 한입 물어라. 그것이 싫다면 자는 게 좋아. 그러곤 문간에서 부르는 행복이나 행운에는 대답도 할 필요 없는 거야!」

「그건 그래요.」 하고 산치카가 덧붙였다. 「내가 시치미를 떼고 뻐긴다고 멋대로들 삼베 바지를 입은 개는(삼베 바지를 입은 개는 옛 친구를 / 나도 모르는 체한다는 속담—역주)……어쩌니저쩌니해도 난 아무렇지도 않아.」

이 말을 듣고 신부가 끼여들었다. 「내가 보기엔 암만해도 이 판사 집안의 피를 받은 사람들은 저마다 큼직한 속담 보따리를 몸 안에 지니고 태어난 것 같아. 이 집 사람은 모두 아침부터 밤까지 무슨 말을 하더라도 속담을 섞지 않는 걸 본 적이 없거든.」

「그렇습니다.」 하고 시동이 말했다. 「영주 산초 님도 무슨 일이 있을 때마다 속담을 말씀하십니다. 그 대부분이 그 자리에 꼭 부합된다고는 할 수 없습니다만, 그래도 매우 재미있어서 제가 모시는 공작님 내외분은 여간 기뻐하시지 않으십니다.」

「그래, 당신은 아직도 사실이라고 말씀하십니까?」 하고 석사가 끼여들었다. 「산초 영감이 영주가 되었다는 얘기며, 아주머니에게 선물을 하고 편지를 보내고 한 공작 부인이 실제로 이 세상에 살아 있는 분이란 말입니까? 선물을 손으로 만져 보고 편지를 읽어 보고 했지만 우리는 도무지 믿을 수가 없군요. 모든 일이 마법에 의해서 행해진다고 생각하는 우리 마을 돈키호테가 마련한 그 잠꼬대의 하나가 아닌가 하는 생각이 듭니다. 그래서 당신이 환상 같은 사자인지 아니면 뼈와 살을 갖춘 산 사람인지 확인하기 위해서 당신을 손으로 만져 보고 쓰다듬어 보고 싶을 정돕니다.」

「여러분, 저에 대해서는, 그밖의 일은 모르겠습니다만,」 하고 시동이 대답했다. 「다만 내가 진짜 사자이고, 산초 판사 님이 진짜 영주이며, 내가 모시는 공작님 내외분은 그런 영지를 주실 수도 있고 또 여태까지도 주셨다는 것만은 틀림없는 사실이라고 말씀드릴 수 있습니다. 뿐만 아니라 산초 판사 님은 영주직에 앉고부터 참으로 거뜬하게 일을 하고 계신다는 말을 듣고 있다는 것밖에 말씀드릴 수가 없습니다. 이 가운데 마법이 개재하는지 어떤지는 여러분들끼리 의논해 보십시오. 나는 내 부모님의 생애를 놓고 맹세합니다만, 공작님 내외분은 틀림없이 살아 계시고, 나는 그분들을 사랑도 하고 숭앙도 하고 있다는 것 이외에는 모르니까요.」

「그건 과연 그럴는지 모릅니다.」 하고 석사가 말했다. 「그러나 dubitat Augustinus(아우구스티누스는 의심한다)니까요.」

「의심하는 수밖에 없지요.」 하고 시동이 대답했다. 「하지만 내가 말씀드린 것은 진실입니다. 진실이라는 것은 물 위의 기름처럼 언제나 허위 위에 떠 있지요. 만일 그렇지 않다면『operbus credite et non verbis(나의 말보다 나의 소행에 믿음을 두라)』고 하니까요. 그러니 여러분 가운데 누구든지 저와 함께 가십시다. 그러면 들어서 믿지 못하실 일을 직접 눈으로 보실 수 있을 테니까요.」

「거기 가는 데는 제가 제일 적합해요.」 하고 산치카가 말했다. 「손님, 나를 데려다 줘요. 손님의 말 엉덩이에 태워서 말예요. 그래도 나는 기꺼이 우리 아버질 만나러 갈 테예요. 」

「영주의 공주님은 혼자서 여행하시는 게 아닙니다. 호사스러운 마차를 타고 가마나 많은 수행원을 거느리고 떠나는 법입니다.」

「어마, 어쩌지?」 하고 산치카가 대답했다. 「나는 마차를 타거나, 당나귀를 타거나 마찬가지인데. 손님은 내가 멋을 부리는 애라고 생각하시나 봐.」

「잠자코 있어, 이 말괄량이야.」 하고 테레사가 말했다. 「너는 지금 네가 무슨 말을 하고 있는지도 모른다. 이 손님이 말씀하시는 대로야. 때에 따라서 행동하라고 하잖아. 말하자면, 아버지가 산초일 때는 너는 보통 산치카지만 아버지가 영주님일 때는 공주님인지 뭔진 몰라도 아무튼 그렇게 하는 거야.」

「테레사 부인께서는 생각하시는 것보다 훌륭한 말씀을 하시는군요.」 하고 시동이 말했다. 「그런데 뭔가 먹을 것을 좀 주셨으면 좋겠습니다. 그리고 빨리 준비를 해주시면 고맙겠습니다. 오늘 저녁때 돌아갈까 생각하고 있으니까요.」

이에 대해 신부가 말했다.

「당신은 나와 함께 조촐한 것을 자시러 가십시다. 왜냐하면 테레사 부인은 이런 큰 손님을 대접할 땐 보석보다 더 아름다운 마음을 가지시기 때문이오.」

처음에 시동은 사절했다. 그러나 결국 자기의 앞일을 위해서라도 받아들이지 않을 수 없었다. 신부는 돈키호테와 그의 여러 가지 무훈에 대해서 찬찬히 물어 볼 여유를 갖고 싶어서 기꺼이 그를 자기 집으로 데리고 갔다. 한편 석사는 테레사를 위해서 답장을 써주겠다고 말했다. 그러나 그녀는 석사를 약간 짓궂은 사람으로 알고 있었으므로 자기 일에 그가 참견하는 것이 그다지 마땅치 않았다. 그래서 그녀는 글자를 쓸 줄 아는 어린 수도사에게 롤 빵 한 개와 계란 한 개를 주고, 한 통은 그녀의 남편 앞으로 한 통은 공작 부인 앞으로, 그녀 자신의 사근사근한 머리에서 우러나는 대로 받아쓰게 했다.

이리하여 두 통의 편지가 완성되었는데, 그것은 위대한 이야기에 삽입된 것 가운데서 가장 서툰 편지가 아니라는 것이 이제 앞으로 차차 밝혀질 것이다.

제 51 장

산초 판사가 베푸는 정치의 진전 및 제법 좋은 그밖의 사건에 관해서.

영주가 순시한 밤에 이은 날이 샜다. 시종장은 그 남장한 처녀의 고운 얼굴과 그 발랄함과 아름다움을 생각하면서 잠도 이루지 못하고 밤을 지새웠다. 집사는 그 밤의 나머지를, 산초 판사의 말뿐 아니라 그 행동에도 완전히 감탄하여 그의 언행을 상세히 공작 부처에게 써 보내는 데 소비했다. 사실 그의 말과 행위는 분별력과 어리석음의 조짐이 뒤섞여 있었다.

마침내 영주 나리는 잠이 깨셨으며, 도크토르 페드로 레시오의 지시에 따라 설탕에 절인 약간의 과일과 찬 물에 만 네 숟갈 정도의 아침밥을 그에게 권했는데, 산초에게는 빵 한 조각과 포도 한 송이와 바꿀 수 있다면 바꾸어 주었으면 싶은 음식물이었다. 그러나 그것은 자기의 의사보다 훨씬 강하다는 것을 알아차리고 상당한 마음의 고통과 뱃속의 서글픔을 느끼면서 참기로 했다. 페드로 레시오가 극히 소량의 가벼운 음식물은 사람의 재능을 왕성하게 하는 것이라고 믿게 했기 때문이다. 이것은 사람 위에 서서 명령을 내리는 사람들이나 중요한 직책에는 육체적 힘뿐 아니라 정신적인 힘도 사용되지 않으면 안 되기 때문이라고 말했다.

이 궤변 덕분에 산초는 허기를 참아야 했으므로 속으로 영주직을 저주하고 나아가서는 그것을 자기에게 준 사람까지 저주할 정도였다. 아무튼 이 허기와 이 설탕 절임만으로 그날도 재판을 시작하게 되었다. 그리하여 제일 먼저 그의 앞에 제기된 것은, 집사를 비롯하여 그밖의 많은 신하들이 보고 있는 앞에서, 한 타국인이 그에게 던진 질문이었다. 그것은 이런 것이었다.

「영주님, 수량이 풍부한 강이 한 영지를 두 부분으로 분할해 버렸습니다. 영주님께서는 주의하셔서 잘 들어 주십시오. 이 사건은 꽤 중대할 뿐 아니라 상당히 어렵기 때문입니다. 아무튼 들어 보십시오. 이 강에는 하나의 다리가 걸려 있었습니다만, 한쪽에는 교수대와 말하자면 재판소 같은 것이 있었습니다. 그리고 이 재판소에는 언제나 네 사람의 판관이 있어서 강과 다리와 영토의 군주가 내리는 법률을 다스리고 있었습니다.

그것은 이런 것이었습니다. 『만일 이 다리 한쪽에서 저쪽으로 건너가고자 하는 자는 먼저 어디로 가며 무슨 목적으로 가는가를 맹세하지 않으면 안 된다. 그 맹세가 진실이라면 건너가도 좋다. 만일 거짓말을 하는 자라면 그 죄가에 의해 조금도 용서 없이 저기 보이는 교수대에서 사형에 처한다.』이 법률과 그 엄격한 조건이 알려진 이래 많은 사람들이 여기를 지나갔습니다만 그들의 맹세가 사실이라는 것을 알면 판관들은 곧 자유롭게 통과시켜 주었습니다.

그런데 한 사나이가 맹세를 하려고 나서더니, 자기는 저기 있는 저 교수대에서 죽고 싶다는 것을 서약하며, 그밖의 일은 생각지도 않는다고 말하고 선언도 했습니다. 그래서 판관들은 이 맹세를 여러 가지로 검토해 본 끝에 말했습니다. 『만일 이 사나이를 무사히 통과시켜 준다면 그는 자기 맹세에 거짓말을 한 것이 된다. 따라서 법률에 의해서 죽어야 한다. 그러나 만일 우리가 그를 교수형에 처한다면 이자는 저 교수대에서 죽고 싶다고 맹세했으므로 사실을 맹세한 것이 된다. 따라서 이 법률에 의해 무사히 석방되지 않으면 안 되는 것이다.』그래서 영주님, 그 판관들은 이 사나이를 어떻게 하면 좋을지 모르겠다고 영주님께 물어 온 것입니다. 오늘에 이르기까지 어떻게 한다는 결정을 못 내리고 있다가 영주님의 의견을 듣기로 하자고 판관들이 저를 이렇게 보낸 것입니다.」

이에 대해 산초는 대답했다. 「확실한 애긴가. 그대를 나한테 보낸 그 판관들은 그렇게 하지 않아도 될 걸 그랬군. 나는 어느 쪽인가 하면 머리가 날카롭기보다는 골이 우둔한 사나이거든. 그건 그렇고 내가 잘 알아들을 수 있도록 다시 한 번 그 사건을 설명해 줄 수 없나? 그러면 아마 중요한 대목을 파악하게 될지도 모르니까.」

그래서 질문한 사나이는 자기 이야기를 몇 번이나 되풀이했다. 그리고 나서 산초는 말했다.

「이 사건은 내 생각에 즉각 판결을 내릴 수 있어. 그건 그런 거야. 그 사나이는 교수대에서 죽고자 한다고 맹세를 했으니 만일 교수대에서 죽는다면 사실을 맹세한 셈이야. 그러니까 법률에 따르면 자유로이 다리를 건너가도 상관없는 일이야. 하지만 만일 그 사나이를 교수형에 처하지 않는다면 거짓말을 맹세한 것이 되니까 바로 그 법률로 그 사나이를 교수형에 처해도 되는 셈이야.」

「그것은 영주님이 말씀하시는 대롭니다.」하고 사자가 말했다. 「그리고 이 사건에 대한 완전한 지식을 갖는다면 이 이상 더 부탁할 일도 의심할 일도 없는 셈입니다.」

「그렇다면 지금부터 말하겠는데,」하고 산초가 대답했다. 「그 사나이 가운데서 진실을 맹세한 부분은 무사히 통과시켜 주면 되는 것이고, 거짓말을 맹세한 부분은 교수형에 처하면 되는 거야. 이렇게 하면 문자대로 법조문은 만족하게 이행되는 셈이지.」

「그렇다면, 영주님.」하고 질문자가 말했다. 「그자가 거짓말을 한 부분과 진실을 말한 부분, 두 부분으로 나뉘어지지 않으면 안 되겠지요. 만일 둘로 나눈다면 싫으나 좋으나 죽어야 하지 않습니까? 그렇게 된다면 법률이 요구하는 점은 조금도 이루어지지 않는 셈이 됩니다. 더욱이 법률에 의해서 긴급히 결정될 필요가 있는 일입니다.」

「가만 좀 기다려요.」하고 산초가 말했다. 「자네가 말한 그 통행인은, 내가 우둔하건 그렇지 않건, 그자는 죽을 만한 이유도 있고 살아서 다리를 건널 만한 이유도 있는 셈이야. 왜냐하면 진실이 이 사나이를 구한다면 마찬가지로 거짓이 그를 벌하거든. 사실이 그렇다면 나의 의견은 나한테 자네를 보낸 그 판관들에게 이렇게 말하면 될 거야. 이게 내 의견이니까. 그 사나이를 벌하는 까닭도 그 사나이를 석방하는 까닭도 종이 한 장의 차이니까 무사히 통과시켜 주는 편이 좋을 거라고 말야. 나쁜 짓을 하는 것보다 좋은 일을 하는 편이 언제나 칭찬을 받는 법이거든. 만일 내가 서명할 수 있다면 내 이름을 서명해 줘도 좋아. 나는 이 사건에 관해서 내 생각대로 말하고 있는 게 아냐. 이 섬의 영주가 되어 오기 전날 밤, 우리 주인 돈키호테 님이 내게 하신 여러 가지 충고 가운데서 문득 한 교훈이 머리에 떠오른 거야. 그건 판단이 위태위태할 경우에는 자비 쪽에 매달리는 편이 좋다는 거야. 그래 지금 이 사건에 꼭 부합되도록 하느님이 생각나게 해주신 거야.」

「정말입니다.」 하고 집사가 거들었다. 「제 생각으로는, 라케다이몬 인들에게 법률을 시행한 리쿠르구스라도 방금 위대하신 판사 님이 말씀하신 것 같은 판결은 내리지 못했을 것이 틀림없습니다. 그럼, 이것으로 오전 법정은 폐정합니다. 그리고 저는 영주님께서 마음껏 식사를 하실 수 있도록 지시해 놓겠습니다.」

「나도 그러기를 바란다. 적당한 속임수나 가짜는 용서 안 해!」 하고 산초도 말했다. 「자, 밥을 먹여 다오. 그리고 사건이건 질문이건, 소나기처럼 마구 쏟아져라. 즉각 해결해 보일 테니까.」

집사는 약속을 지켰다. 이토록 총명한 영주를 굶겨 죽인다는 것은 양심의 짐이 될 것 같았기 때문이었다. 그뿐 아니라 수행하도록 미리 지시받고 있는 마지막 장난을 그날 밤으로 실행하고 그에 대한 장난은 그것으로 끝내야겠다고 생각했다. 그리하여 산초는 티르테아푸에라 박사의 규정과 경구를 어기고 그날은 실컷 먹었다. 그런 뒤 식탁을 치울 무렵에 영주 앞으로 돈키호테가 보내 온 한 통의 편지를 갖고 파발꾼이 들어왔다. 산초는 그 편지를 읽으라고 시종에게 명령했다. 그리고 그 편지에 비밀로 할 일이 씌어 있지 않거든 큰 소리로 낭독해 달라고 덧붙였다. 비서는 그대로 했는데 먼저 대강 훑어보고 말했다.

「이 사연이라면 낭독해도 상관없을 것 같습니다. 돈키호테 님이 영주님께 써보낸 이 편지는 그야말로 인쇄에 붙여서 금문자로 써놓아야 할 만한 것이기 때문입니다. 그럼, 읽겠습니다.」

바라타리아 섬의 영주 산초 판사 앞으로 보내는 돈키호테 데 라 만차의 편지

삼가

나는 혹 그대의 실수와 불미스러운 거동에 관한 소식이나 듣지 않을까 하고 걱정하고 있다가, 그대가 사려 깊고 분별 있게 처신한다는 소식을 듣고 오로지 하늘을 향해 감사드리는 바요. 무릇 하늘은 항상 더러운 땅에서 가난한 자를 끌어올리시고, 어리석은 자 가운데서 슬기로운 자를 끌어올리시는 법이오. 듣건대 그대는 어디까지나 인간답게 통치하고 아울러 그대의 행동이 서민적이어서 마치 짐승처럼 정다운 사람이라는 소문이오.

그런데 그대에게 충고하고 싶은 것은, 직무의 권위로 봐서 이따금 마음의 겸양과 반대되는 행동을 하는 것이 적당하고 또한 필요한 일이라는 것이오. 왜냐하면 무거운 직책을 지닌 사람의 훌륭한 몸가짐은 그 직책이 요구하는 바에 따라야 하며 타고난 천한 성격이 나가는 대로 이끌려 가서는 안 되는 것이기 때문이오.

복장을 단정히 하오. 무릇 나무 인형도 차려 입으면 단순한 나무 인형으로 보이지 않는 법이오. 그렇다고 하여 비단을 걸치라는 말은 아니오. 법관이면서 군인처럼 차려 입으라는 말도 아니오. 다만 그대의 직책이 요구하는 바 올바른 복장을 하라는 것이오. 다만 청결하고 단정한 것을 사용하라고 말하는 것뿐이오.

그대가 다스리는 백성들의 뜻을 얻으려면 무엇보다도 다음 두 가지 일을 해야 할 것이오. 하나는, 이것은 이미 말한 일이지만, 누구에게나 예의바르게 행동할 것. 둘째는 식량이 풍부하도록 노력할 것. 왜냐하면 가난한 사람들의 마음을 가장 괴롭히는 것은 굶주림과 물가가 오르는 것 이상 가는 것이 없기 때문이오.

많은 포고를 하는 것도 중요한 일이오. 만일 포고를 할 때는 좋은 포고, 특히 사람들이 지키고 따를 만한 것을 발포하도록 해야 할 것이오. 사람들이 지키지 않는 포고란 있으나마나한 일이오. 그렇게 되면 포고를 제정한 사려와 권위를 가진 군주에게 사람들로 하여금 그 포고에 따르도록 할 만한 용기가 없다고 백성들이 생각할 것이 고작일 것이오.

그러나 백성들에게 공포를 느끼게 하고 실천을 시키지 못하는 법률은 마치 개구리 임금님이 가진 『말뚝』과 같은 것이 되고 말 것이 분명하오. 처음에는 개구리들도 그것을 두려워했으나 시간이 흐름에 따라 그것을 경멸하고 결국은 그 위에 기어 올라갔다는 이야기요.

다음으로, 덕행의 아버지가 되고 악덕의 계부가 되라는 것이오. 항상 엄격하지도 않고, 항상 관대하지도 않는 이 양자의 중도를 택하도록 하시오. 사려와 분별의 요점은 여기에 존재하는 것이오. 그대는 이따금 감옥, 도살장, 시장을 순시하시오. 실로 그러한 장소를 영주가 방문한다는 것은 극히 중요한 일이오. 석방이 가까워지는 것을 기다리는 죄수들을 위로하는 것이 되고, 또 푸주한들에게는 요괴와 같은 결과를 낳게 되는 것이오.

왜냐하면 푸주한들은 이때 근량을 정확하게 하는 법이기 때문이오. 마찬가지 이유로 시장의 여자 장사치들에게도 공포의 표적이 될 것이오. 비록 그대가 탐욕스럽더라도, 나는 그렇다고 믿고 있소만, 탐욕, 호색 내지는 대식가라는 기미를 보이지 않는 것이 중요하오.

　백성들이나 그대의 측근자들은 그대의 어떤 성벽을 발견할 때는 거기를 노려서 포진을 치고 마침내 파멸의 심연으로 그대를 떨어뜨리고 말 것이오. 그대가 영주직에 부임하기 위해 이곳을 출발하기 전, 내가 그대에게 써준 충고와 훈계를 되풀이해서 숙독해 주기 바라오. 만일 충고와 훈계에 세심한 주의를 기울인다면 반드시 그 속에서 통치자가 항상 부딪치는 곤란과 난문(難問)에서 그대를 구해 줄 훌륭한 수단을 발견하게 될 줄 믿소.

　다음으로 그대의 주군 공작 내외분에게 편지를 써서 감사를 드리는 것이 중요한 일이오. 왜냐하면 망은은 오만의 딸이며 무릇 사람이 아는 큰 죄악 가운데 하나이기 때문이오. 나에게 은혜를 베푼 사람들에 대한 감사를 잊지 않는 사람은 또 신에 대해서도 감사를 잊지 않는 사람이오. 신은 항상 숱한 행복을 늘 우리에게 보내 주시기 때문이오.

　공작 부인께서는 한 사람의 사자를 파견하여 그대의 의복 및 그밖의 선물을 그대의 아내 테레사 판사에게 보내셨소. 우리는 그 답서를 학수고대하고 있는 중이오.

　나는 느닷없이 덤벼든 고양이에게 코를 약간 할퀴여 불쾌감을 느끼고 있으나 별로 대단하게는 생각지 않소. 나를 괴롭히는 마법사들이 있다면 또 나를 지켜 주는 마법사도 있을 테니까 말이오.

　그대와 기거를 함께하는 집사가 노시녀 트리팔디와 무슨 관련이 있는지 없는지 알려 주기 바라오. 그리고 그대에게 일어난 일체의 일을 나에게 보고해 주기 바라오. 실지로 그다지 먼 거리도 아니오. 나는 현재의 나태한 생활을 되도록 빨리 청산할 작정이오. 나는 이러한 생활을 위해서 태어나지 않았기 때문이오.

　나에게 일어난 한 사건에 대해서 공작 내외분 사이에 반드시 반목이 일어날 것이 틀림없을 것으로 믿고 있소. 그러나 내게 심한 타격을 주는 것이라 하더라도 나는 조금도 개의치 않을 것이오. 요컨대 공작 내외분의 기분보다 오히려 내 본분을 완수하는 것을 의무로 알기 때문이오.

　다시 말해서, 『Amicus Plato. sed magis amica veritas(벗은 플라톤, 더 좋은 벗은 진리)라는 격언대로요. 나는 그대가 영주가 된 이상 이미 라틴 어를 배우는 것으로 짐작하기 때문에 이렇게 라틴 어를 이용했소. 그러면 하느님께서 그대를 어느 누구의 연민의 대상으로도 만들지 않으시기를 빌면서.
  그대의 벗
  돈키호테 데 라 만차

  산초는 매우 주의 깊게 이 편지에 귀를 기울였다. 또 이것을 듣고 있던 모든 사람들은 새삼 이 편지에 감탄하고 거기에 씌어 있는 총명에 감동했다. 이윽고 산초는 식탁에서 일어나 시종을 부르더니 그와 함께 한방에 틀어박혀 조금도 지체할 것 없이 주인 돈키호테에게 답서를 내려 했다. 그래서 뺄 것도 없이 자기가 부르는 대로 써나가라고 말했으므로 시종은 그 명령에 따랐다. 그 답서의 사연은 다음과 같은 것이었다.

  돈키호테 데 라 만차에게 보내는 산초 판사의 편지

  제가 맡은 직무가 어떻게 바쁜든지 머리를 긁을 여지가 없고 손톱을 깎을 틈도 없는 형편이어서, 덕분에 하느님께서 어떻게 해주셔야 할 만큼 손톱이 자라났습니다. 저의 소중하신 나리, 제가 이런 것을 말씀드리는 것은 이 영주직에 있으면서도 잘하고 있는지 어떤지 오늘까지 알려 드리지 않았더라도 나리께서 놀라지 않으시도록 하기 위해섭니다.
  영주직에 앉고부터 여태까지 나리와 단둘이 숲속이며 인적 드문 들판을 돌아다닐 때보다 훨씬 배를 주리고 있습니다. 주인 공작님이 전날 저에게 편지를 주셔서 몇 사람의 자객이 저를 죽이려고 이 섬에 잠입했다고 알려 주셨습니다. 그러나 오늘까지 이곳에 부임해 오는 영주를 죄다 죽여 버리려고 이곳에서 급료를 받고 있는 그 의사 이외에는 그런 자를 발견하지 못하고 있습니다. 그는 도크토르 페드로 레시오라는 자로 티르테아푸에라 태생이라고는 합니다만, 그놈의 손에 내가 죽어야 하는지, 겁을 먹고 있는 자가 누구인가 나리는 알아 주셨으면 합니다.
  이 의사 선생은 자기 입으로, 설혹 병에 걸렸더라도 병은 고치지 않고 다만 병에 걸리지 않도록 예방할 뿐이라고 말하고 있습니다. 그래서 그자가 쓰는 약이란 처음부터 끝까지 절식하는 것뿐이며, 나중에는 마치 열병에 걸리느니 굶어서 바짝 마르는 편이 낫기라도 한 것처럼 사람이 피골이 상접할 지경이 되어 버리겠습니다. 간단히 말씀드려서 이 사나이는 저를 굶겨 죽일 작정이며 저도 기가 죽어서 차츰 죽어 가는 듯한 기분이 되고 있습니다. 영주직에 앉으면 따뜻한 것을 먹을 수가 있고, 찬 것을 마실 수 있고, 네덜란드 삼실로 만든 이불을 덮고, 깃을 넣은 요 위에서 편히 몸을 쉬게 될 줄 알고 있었는데, 실은 꼭 은둔자처럼 먹는 둥 마는 둥 하는 고행을 하러 온 거나 다름이 없으니까요. 게다가 이건 제가 좋아서 하고 있는 것이 아니니까, 결국은 악마놈이 저를 데려가 버리겠구나 하는 생각이 듭니다.

여태까지 세금에도 손을 대지 않았고 뇌물도 받지 않고 있습니다만, 이것이 어떤 결과를 가져오는가를 저는 도통 알 수가 없습니다. 왜냐하면 여기서 사람들한테 들어 보면 이 섬에 오는 역대 영주들은 이 섬에 오기 전에 이곳 주민들한테서 많은 돈을 받거나 빌리거나 하는 것이 상례가 되어 있다고 하며, 더욱이 이것은 무슨 정치에 관한 직위에 앉으려고 하는 모든 사람들에게는 당연한 관례가 되어 있다고 합니다. 그리고 또 이것은 이 섬에만 있는 일이 아니라고 합니다.

어제 저녁 순시를 하고 있을 때 남자 복장을 한 매우 예쁜 아가씨와 여자 옷을 입은 그 동생을 만났습니다. 그 처자에게 우리 시종장이 열을 올려 버려서, 그의 말을 들어 보면 자기 아내로 삼기로 했다는 것이며, 저는 저대로 동생 쪽인 젊은이를 제 사윗감으로 골랐습니다. 오늘 우리 두 사람이 이 형제의 아버지와 만나 우리 생각을 의논하고 실현시킬 작정입니다만, 그 아버지라는 사람이 디에고 데 라 야나라고 하는 매우 훌륭한 시골 귀족이고 옛날부터 내려오는 그리스도 교도라고 합니다.

나리의 충고대로 저는 시장을 돌아보고 있습니다. 어제는 햇개암을 팔고 있는 여자 장사치를 발견했는데 조사해 보니 1파네가의 새 개암과 똑같은 양의 해묵고 속이 비고 썩은 개암을 섞어서 팔고 있지 않겠습니까. 그래서 개암 전부를 몰수하여 고아원 아이들에게 나누어 주었습니다. 그 아이들 같으면 햇것과 묵은 것을 구별할 수 있을 것입니다. 그리고 저는 그 여자에게 2주일 동안 시장에 출입을 못 하도록 금지해 놓았지요. 이것은 꽤 잘한 일이라고 사람들은 말하고 있습니다. 제가 나리에게 똑똑히 말씀드릴 수 있는 것은 이 지방에서 시장의 여자 장사치들보다 나쁜 인간들은 없다는 소문이 자자하다는 것입니다. 그 까닭은 그들이 염치도 없고 인정사정없는 뻔뻔스러운 인간들이기 때문인데 다른 지방에서 여태까지 제가 보아 온 인간들로 미루어 보아도 틀림없을 것 같습니다.

우리의 주인 공작 부인께서 마누라 테레사 판사한테 편지를 내시고 나리가 말씀하시는 것처럼 선물까지 주셨다니 저는 여간 기쁘지 않습니다. 그래서 곧 감사하다는 말씀을 써올릴까 합니다. 저 대신 제발 나리께서 그분의 손에 입을 맞추시고 제가 이렇게 말하더라고 여쭈어 주십시오. 마님은 결코 구멍 뚫린 부대에는 넣지 않으셨으며, 언젠가는 그것을 알게 되신다고 말씀입니다.

나리께서 공작 내외분과 재미없는 사건을 일으키신다는 것은 저로 봐서는 암만해도 재미없는 일이군요. 왜냐하면 만일 나리께서 그분들에게 화를 내신다면 그 해는 싫어도 저한테 미칠 것이 틀림없기 때문입니다. 게다가 저한테 해주신 충고 가운데 감사한 마음으로 잊지 말라고 하셨는데, 그런 나리께서 그만큼 은혜를 입고 그 거성(居城)에서 그토록 후한 대접을 해주신 분에게 감사를 하시지 않는다는 것은 결코 좋은 일이 아니십니다.

또 고양이에게 할퀴였다는 그 일은 도무지 무슨 이야기신지 모르겠습니다. 언제나 나리에게 엉큼한 마법사들이 저지르는 그 장난의 하나가 틀림없다고 생각합니다. 장차 만나 뵙게 되면 뚜렷이 알게 되겠지요.

될 수 있으면 나리 앞으로 무언가 보내 드리고 싶습니다만, 이 섬에서 만드는 매우 신기한 방광 세척용 대통이나 부쳐 드리면 좋을는지, 그밖에 뭐가 좋은지 모르겠군요. 만일 이 직무를 계속하게 된다면 무언가 보내 드릴 만한 것을 찾을 작정입니다.

만일 마누라 테레사 판사가 저에게 편지를 보내 오거든 나리께서 제발 운임을 지불하시더라도 저에게 보내 주십시오. 저는 우리 집 소식이 알고 싶어 죽을 지경입니다. 그러면 이만하고, 하느님께서 심술궂은 마법사들로부터 나리를 구해 주시고, 저는 저대로 이 영주직에서 평화스러이 무사히 물러날 수 있도록 해주십사고 기도드리겠습니다만, 이 영주직은 암만해도 위태위태합니다. 왜냐하면 도크토르 페드로 레시오의 저에 대한 태도로 미루어 어떻게든 살아서 그만두고 싶은 생각이 간절하기 때문입니다.

나리의 종자

영주 산초 판사 올림

시종은 편지를 봉하고 즉각 파발꾼을 내보냈다. 그런 다음 산초에 대한 장난을 꾸미고 있는 자들이 모여서 어떤 방법으로 그를 영주직에서 추방하느냐 하는 방법을 의논했다.

한편 산초는 그날 오후를 자기 생각으로 섬이 틀림없는 이 땅의 선정에 관한 몇 가지 방법을 제정하는 데 보냈다. 그에 의하면 영내에서는 식료품의 소매를 일체 금지한다. 영내에서는 어느 곳의 포도주나 마음대로 수입해도 좋다. 다만 그 품질, 평가 및 평판에 따라 값을 정하기 위해 어느 곳 포도주인가를 명백히 한다는 조건이 붙는다. 물을 섞거나 상표를 바꾸거나 한 자는 사형에 처한다. 다음으로 신발 종류는 모든 값을 내렸는데 특히 구두 값은 너무나 엄청나게 값이 올라 있다고 생각되었기 때문에 이것을 끌어내렸다. 그리고 하인들의 급료에 표준을 정했다.

왜냐하면 그들은 욕심의 길을 재갈도 없이 걷고 있었기 때문이다. 다음으로 밤이건 낮이건 외설스럽거나 무질서한 노래를 부르는 자는 엄벌에 처한다. 그리고 어떠한 장님도 그것이 진실이라는 근거 있는 증거를 제시하지 않는 한 그들의 노래 속에서 기적을 노래부르면 안 된다고 금지했다. 왜냐하면 맹인들이 부르는 대부분의 노래가 엉터리이며 진실 그 자체에 해를 끼친다고 생각되었기 때문이다.

그리고 거지들을 위한 담당 관리를 두었는데, 이것은 그들을 박해하기 위해서가 아니라 사실 그들이 걸식을 하지 않으면 안 되는가 어떤가, 그 실정을 조사시키기 위해서였다. 왜냐하면 가짜 외팔이와 엉터리 궤양(潰瘍) 뒤에 도둑의 팔과 주정뱅이의 건강이 숨어 있었기 때문이다. 요컨대 그는 참으로 훌륭한 법률을 제정했으므로 오늘에 이르기까지 그 법률은 그곳에서 그대로 보존되어 있으며 『위대한 영주 산초 판사 헌법』이라 일컬어지고 있는 것이다.

제 52 장

여기서는 노시녀 도냐 로드리게스의 모험이 다루어진다.

시데 아메테는 다음과 같이 말하고 있다. 이미 돈키호테는 지금 이 성에서 보내고 있는 생활이 그가 받드는 기사도의 모든 법도에 어긋난다고 생각하고 있었으므로 공작 부처에게 사라고사로 출발하는 허락을 얻을 결심을 했다. 그곳 들판에서 개최되는 무예 시합이 가까워지고 있었으므로 그 시합에 출전하여 그런 행사 때 상으로 주는 갑주를 차지할 생각이었던 것이다. 그래서 어느 날, 공작 부처와 식탁에 앉았을 때 그는 자기 결심을 실천에 옮길 허가를 얻으려 하였다. 그런데 그때, 어찌 된 일인지 뜻밖에도 그 큰 홀의 입구에서 머리 꼭대기부터 발끝까지 새까만 상복을 두른 두 여자가 들어왔다. 그중의 한 사람이 돈키호테 앞으로 오더니 그의 발 아래 몸을 내던지고 돈키호테의 발에 입술을 대고는 매우 슬프고 안타까운 신음 소리를 냈으므로, 그 소리를 귀로 듣고 그 모습을 눈으로 보는 사람들은 모두 깜짝 놀라고 말았다. 이것은 시종들이 돈키호테에게 하려는 장난의 하나이겠거니, 하고 공작 부처는 생각하고 있었으나, 그 여자가 한숨을 쉬고 신음을 하고 울고 하는 모습을 가만히 바라보고 있으니 웬지 불안한 의문이 생겼다.

이윽고 마음이 움직여진 돈키호테가 그녀를 바닥에서 일으켜 눈물에 젖은 얼굴을 덮은 가리개와 망토를 벗게 했다. 그러자 뜻밖에도 나타난 것은 이 저택의 노시녀 도냐 로드리게스의 얼굴이었다. 또 한 사람의 상복을 입은 여자는 돈 많은 농삿집 아들에게 희롱을 당한 그녀의 딸이었다. 그녀를 알고 있는 모든 사람들은 아연실색했는데, 그중에서도 특히 놀란 것은 공작 부처였다. 여태까지 그녀를 마음 착하고 얌전한 여자로만 알고 있었는데 착하고 얌전하기는커녕 이렇듯 미친 짓까지 하려 하고 있으니 말이다. 이윽고 도냐 로드리게스는 주인 부처를 돌아보았다.

「제발 주인님, 부탁이니, 잠시 동안 이 기사님과 이야기하는 것을 허락해 주십시오. 어느 악의에 찬 시골뜨기의 건방진 행위 때문에 지금 제가 직면하고 있는 복잡한 일에서 벗어나려면 이것이 가장 좋은 방법이기 때문입니다.」

그러자 공작은 자기에게는 이의가 없으니 그녀가 좋은 대로 돈키호테와 이야기를 하라고 말했다. 그래서 그녀는 돈키호테 쪽으로 얼굴을 돌리고 말했다.

「며칠인가 전에 한 못된 농사꾼이 제가 진심으로 소중히 여기고 귀여워하는 딸에게 난폭하게 못된 짓을 했다는 말씀은 이미 드렸지요. 용감하신 기사님, 여기 있는 애가 바로 그 불행한 딸애입니다. 이애에게 가해진 악행을 바로잡고 이애를 위해 이야기를 다시 본래대로 돌려 놓겠다고 나리께서는 저한테 약속을 해주셨습니다. 그런데 나리께서는 하느님이 내려 주시는 훌륭한 모험을 찾아 이 성을 출발하실 생각이시라는 소문을 들었습니다. 그래서 나리가 산야의 길로 모습을 감추시기 전에 이 처치하기 곤란한 촌놈을 혼을 내주어 그놈이 딸과 관계하기 전에 정식 남편이 되겠다고 한 약속을 지켜 제 딸과 결혼하도록 해주십사고 이렇게 찾아왔습니다. 이런 말씀을 드리는 까닭은 제가 모시고 있는 공작님이 저를 위해 공정한 재판을 해주시리라 기대하는데, 그때 기사님께도 똑똑히 말씀드렸듯이, 결국은 너도밤나무에 배를 구하는 거나 마찬가지기 때문입니다. 그것으로 필경 우리의 주 그리스도는 나리님을 몸성히 해주실 것이고, 저희 모녀도 버리시지 않으실 줄 알고 있습니다.」

노시녀의 말을 듣고 돈키호테는 매우 엄숙하고 위엄 있게 대답했다.

「가엾은 노시녀님, 그대의 눈물을 거두시오. 아니, 닦으시고 그대의 한숨을 누르시오. 그대의 따님에 대한 처리는 내가 기꺼이 맡아 드리겠소. 무엇보다 따님이 연애하는 남자들의 약속을 그렇게 간단히 받아들이지 않았더라면 좋았을 것이오. 아무튼 남자들의 약속이란 대부분 극히 가벼운 기분으로 하는 것이고, 그 약속을 수행한다는 것은 매우 무거운 일이오. 그러면 주군 공작님의 허가를 얻어 어쨌거나 그 무도한 젊은이를 찾으러 나가도록 합시다. 그를 발견하여, 그에게 도전해서 약속한 말을 지키려 하지 않고 핑계를 댈 때는 베어 버리겠소. 내 의무의 본분은 겸손한 자를 용서하고 오만한 무리를 처벌하는 것이오. 그 뜻은 괴로워하는 자를 돕고 강한 자를 누르는 것이오.」

「이 가련한 노시녀가 호소하는 그 촌놈을 찾는 수고를 귀공이 일일이 하실 것은 없소.」 하고 공작이 끼여들었다. 「그리고 또 귀공이 그에게 도전하기 위한 허가를 일부러 나한테 구할 필요도 없소. 나는 귀공이 그에게 결투를 신청한 것으로 인정하고, 이 결투를 그녀석에게 알리는 책임을 질 것이며, 아울러 그에게 그 일을 승낙시켜 몸소 이 성으로 대답하러 오도록 하겠소. 이 성 안에 시합장을 만들어 이런 시합에 있어서 일반적으로 지켜지고 또 지키지 않으면 안 되는 모든 조건을 갖추게 하여, 영내에서 대결하는 자에게 자유로운 시합장을 마련해 주는 것은 모든 군주가 의무로서 지켜야 하듯, 쌍방에게 똑같은 공정을 기하도록 하겠소.」

「그러시다면 그 보증과 공작 각하의 반가운 허락 아래,」 하고 돈키호테가 대답했다. 「이번에는 나의 시골 귀족으로서의 특권을 포기하고 그 가해자의 천한 신분에 필적하는 신분으로 떨어짐으로써 그가 나와 대결할 수 있도록 한다는 것을 여기서 똑똑히 선언하겠소이다. 그러면 적은 이 자리에 없지만 이 가련한 처녀를 배신하는 악을 저질렀다는 이유로 하여 그에게 결투를 신청하고 도전하는 바요. 이 아가씨는 순결한 처녀였으나, 그녀석의 죄악으로 말미암아 이제는 처녀가 아니오. 그러니 그녀석은 정당한 남편이 되겠다던 약속을 틀림없이 지키거나 아니면 싸움에서 찾지 않으면 안 되오.」

이렇게 말하고 그는 한쪽 장갑을 벗어 홀 한가운데로 던졌다. 그러자 공작은 앞에서 말했듯이 자기 자신의 이름으로 이 결투를 응낙한다고 말하면서 그 장갑을 집어들었다. 그리고 날짜는 오늘부터 엿새째로 정해지고 장소는 이 성의 광장, 무기는 기사도의 관례에 따라 사용하기로 정해졌다. 말하자면 창, 방패, 일체의 부속물을 갖춘, 자유로이 움직일 수 있는 갑주, 그리고 모든 속임수, 가짜, 혹은 부적 따위를 금하고 싸움터의 판관에 의해서 검열된 것에 한한다는 것이었다. 그러나 무엇보다도 필요한 것은 이 가엾은 노시녀와 그 장난기 많은 딸이 돈키호테의 손에 그 판결의 권리를 맡긴다는 것이었다. 그렇게 하지 않으면 모처럼의 결투로 마땅히 얻을 효과를 거둘 수가 없고, 효과를 거두지도 못하게 될 것이라는 공작의 말이었다.

「저는 기꺼이 맡겨 드리겠습니다.」 하고 노시녀가 대답했다.

「저도.」 딸이 눈물에 젖어 수줍어하면서 마치 아주 몸둘 바를 몰라하는 태도로 덧붙였다.

그리하여 이것이 받아들여져서 공작은 이런 경우 어떻게 해야 할 것인가를 생각한 끝에 상복을 입은 두 여자를 물러가게 했다. 공작 부인은 앞으로 이 두 사람을 자기 하녀로서가 아니라 이 집에 판결을 구하러 온 용감한 여성으로서 대접하도록 명령했다. 그래서 그들을 위해 방 하나가 마련되고, 마치 다른 데서 온 여자처럼 하녀들은 그들을 대접하게 되었다. 이것은 도냐 로드리게스와 그녀의 불행한 딸의 어리석고 무궤도한 행동이 어떤 결과를 가져오는지 짐작도 할 수 없었던 다른 하녀들에게 적잖은 놀라움이었다.

이때 마침, 이 축제 소동을 성대하게 종결짓고 이 희극에 화려한 막을 내리기 위해서이기라도 한 듯이 영주 산초 판사의 처 테레사 판사에게 편지와 선물을 들고 갔던 시동이 홀 안으로 들어왔다.

이 시동의 도착을 공작 부처는 무척 기뻐했으며, 이번 여행에서 그에게 일어난 일체의 것을 알고 싶어했다. 시동은 이렇게 많은 사람들 앞에서는, 더욱이 짧은 말로서는 도저히 이야기할 수 없으니 사람들을 물려 주시고, 그 동안에 이 편지를 재미있게 읽어 보시라고 대답했다. 그리고는 두 통의 편지를 꺼내어 공작 부인에게 주었다. 한 통의 겉봉에는 『어디 사시는지 알지 못하는 공작 부인 아무개님에게』 다른 한 통에는 『바라타리아 섬의 영주, 남편 산초 판사 님에게, 하느님 제발 저보다 오래오래 영화를 누리게 해주소서.』라고 씌어 있었다. 공작 부인은 그 편지를 다 읽어 버리기까지는 세상에서 흔히 말하듯 도저히 빵이 다 구워지기를 기다릴 수 없었다. 그래서 피봉을 뜯어서 읽었는데, 이 정도라면 공작을 비롯하여 측근에 있는 사람들에게 들리도록 읽어도 상관없다고 생각했으므로 다음과 같은 사연을 읽어 나갔다.

테레사 판사가 공작 부인에게 보내는 편지

　마님께서 저에게 써 보낸 편지는 매우 기뻤습니다. 정말 바라지도 못할 편지였습니다. 산호 구슬 묵주는 여간 훌륭한 것이 아니었습니다만, 제 남편의 사냥옷도 그에 못지않게 훌륭했습니다. 제 바깥양반 산초를 마님께서 영주로 임명하신 데 대해 온 마을이 기뻐하고 있습니다. 하기야 그것을 곧이듣는 사람은 없습니다만, 그중에서도 신부님과 이발사 니콜라스 님과 석사 삼손 카르라스코 님은 더욱 그런 편의 기수들입니다. 저는 그까짓 것 아무렇지도 않습니다. 사실이 바로 그러니까 저마다 제멋대로 지껄이게 내버려 두면 그만이니까요.

　하기야 사실을 말하라고 하신다면, 산호 묵주와 수렵복이 오지 않았더라면 저도 역시 그대로 믿진 않았을 것입니다. 왜냐하면 이 마을에서는 너나할것없이 저의 남편을 거의 바보로 알고 있기 때문에 기껏해야 산양떼를 지키는 일이라면 모르지만 어떻게 영주 구실을 할 수 있는지, 상상도 할 수 없는 일입니다. 하느님이 그렇게 해주시고, 아이들을 위해서 도움이 되도록 인도해 주실 것을 빌 뿐입니다.

　진정으로 사모하는 마님, 저는 마님의 허락을 얻어 이 즐거운 날을 저의 집에만 꾹 간직해 둘 참입니다. 그리고 궁정으로 가서 마차 위에 떡 버티고 앉아 부러워하는 이 마을의 몇 천 주민들을 깜짝 놀라게 해주고 싶습니다. 그러니, 제발 마님, 저의 남편에게 돈을 좀 부쳐 주라고 명령해 주십시오. 어차피 조금은 있어야겠습니다. 그쪽에서는 여러 가지 격식이 대단하니까요. 그리고 빵이 1레알, 고기 한 근이 30마라베디나 한다니 놀라운 일입니다. 만일 제 남편이 제가 안 가도 괜찮다고 한다면 즉각 알려 주십시오. 얼른 떠나고 싶어서 저는 벌써 마음이 들떠 있으니까요. 게다가 저의 친구나 이웃 사람들의 말을 들어 보면, 저와 딸이 그쪽에 가서 시치미를 떼고 멋있게 차려 입은 채 걸어다닌다면 제가 남편 덕분에 그런다기보다 제 덕분에 남편이 더한층 유명해

질 것이며, 그것은 많은 사람들이 반드시 이렇게 물을 것이 틀림없기 때문이랍니다. 『저 마차에 탄 귀부인들은 누구신가!』하고 말씀이지요. 그러면 제 하녀가, 『바라타리아 섬의 영주 산초 판사 님의 마님과 따님이어요.』하고 대답하겠지요. 이런 식으로 남편은 사람들에게 알려지고 저도 사람들에게 존경을 받게 되어 모든 것이 로마까지라는 식이 될 것입니다.

그런데 분해서 못 견딜 만큼 원통한 것은, 금년에는 이 마을에 개암이 그다지 열리지 않았다는 것입니다. 그래도 반 셀레민쯤 부쳐 드리겠어요. 이것은 제가 산에 가서 하나하나 골라 주운 것입니다. 저는 타조알만한 것이 있었으면 하고 바랐습니다만 이 이상 더 큰 것은 눈에 띄지 않았습니다.

공작 부인님께서도 저에게 편지 주실 것을 잊지 말아 주시도록 부탁드립니다. 저도 건강 상태며 마을에서 알려 드릴 만한 것은 죄다 알려 드릴 작정입니다. 마을에서 저는 우리 주 예수 그리스도께서 마님을 지켜 주시도록 기도드리고 있으니까 저의 일도 잊지 말아 주세요. 딸 산치카와 아들이 마님의 손에 입맞춤을 보내 드리고 있습니다. 마님께 편지를 올리기보다 마님을 직접 뵙기를 바라고 있는 마님의 하녀 테레사 판사 올림.

이 테레사 판사의 편지의 내용을 듣고 있던 사람들은 모두 기쁨을 감추지 않았다. 그중에서도 공작 부처의 기쁨은 더 큰 것이었다. 공작 부인은 영주 앞으로 보내는 편지는 더 훌륭할 것이 틀림없으리라 생각하고 뜯어 보아도 괜찮겠느냐고 돈키호테의 의견을 물었다. 돈키호테는 공작 부처가 기뻐하시도록 자기가 봉을 뜯겠다고 하면서 봉을 뜯었다. 편지 사연은 이런 것이었다.

테레사 판사가 남편 산초 판사에게 보내는 편지

나의 영혼인 산초 님, 당신 편지를 잘 받아 보았습니다. 저도 카톨릭의 그리스도 교도로서 당신께 약속하고 맹세해도 아무 일 없지만, 너무나 기뻐서 미칠 지경인데 손가락 두 개의 폭이 모자랄 정도였어요.

여보, 당신이 영주가 되셨다는 소식을 들었을 때, 저는 너무나 기뻐서 그 자리에 넘어져 죽지나 않나 생각할 정도였답니다. 당신도 아시다시피 큰 슬픔과 마찬가지로 갑자기 너무나 기쁜 일이 생기면 사람이 죽는다고 하잖아요. 아 글쎄, 산치카년 좀 보세요. 너무나 기뻐서 그만 오줌을 찔끔 싸버렸다고 하잖아요.

당신이 보내 주신 사냥옷을 들고, 공작 부인께서 저한테 보내 주신 산호 묵주를 목에 걸고, 두 통의 편지를 쥐고 있으니, 편지를 가지고 온 사람이 그 자리에 있는데도, 저는 눈에 보이는 것도 손에 만지는 것도 모두가 꿈만 같아 아무것도 믿을 수도 생각할 수도 없었답니다. 여보, 생각해 보세요. 일개 산양치는 목자가 섬의 영주님이 되었다는 것을 말예요. 누가 감히 생각이나 하겠어요! 여보, 당신도 아시듯이 여러 가지 일을 구경하려거든 오래 살고 봐야 한다고 제 어머님이 늘 말씀하셨지요. 제가 이런 말을 하는 것은 만일 더 오래 산다면 더 많은 여러 가지 일을 볼 수 있겠다고 생각하기 때문이지요. 저는 당신이 큰 지주나 세금을 징수하는 징수관쯤까지 올라가 주었으면 하고 생각하고 있거든요. 그런 사람들 가운데는 그 자리를 악용해서 악마에게 붙들려 가는 자도 있지만, 뭐니뭐니해도 늘 돈을 다루는 직책이니까요.

공작 부인께서는 아마 제가 섬의 궁정에 가고 싶어하고 있다는 것을 당신한테 알려 드릴 거예요. 잘 생각해 보시고 당신 의견을 들려 주세요. 저는 마차를 타고 돌아다니면서 당신의 면목을 높여 드릴 작정으로 있으니까요.

신부님도 이발사도 석사도 수도원에서 심부름하는 아이까지 당신이 영주가 되었다는 말을 믿으려 하지 않고 있어요. 그리고 모든 일이 속임수이며, 당신의 주인 어른 돈키호테 님에게 일어나고 있는 여러 가지 일처럼 마법의 짓이라고 말하고 있답니다. 그리고 삼손 님은 당신을 찾아 내어 머릿속에서 영주라는 말을 쫓아 내지 않으면 안 되며 또 돈키호테 님의 머리로부터는 광기를 두들겨 쫓아 버리지 않으면 안 된다는 소리를 하고 있어요. 저는 그저 웃으면서 산호 묵주를 들여다보기도 하고, 당신의 사냥옷으로 산치카의 옷을 만들어 주려고 이것 저것 궁리를 하고 있을 뿐이지요.

개암을 조금 공작 부인에게 보내 드렸습니다. 저는 이 개암이 금이었으면 좋았을 것이라고 생각했지요. 당신도 만일 그 섬에서 유행하고 있다면 진주 목걸이나 하나 저에게 보내 주세요.

마을 소식은 이렇습니다. 라 베르루에카는 딸을 피라미 화가와 결혼시켰습니다. 신랑은 닥치는 대로 그림을 그리려고 마을에 왔었지요. 촌회에서는 의사당 문에 국왕님의 문장을 그려 달라고 이 사람에게 주문했습니다. 그러자 2두카트를 달라고 해서 선금으로 지불했는데 1주일 동안 일을 하는가 싶더니 그후에 보니 아무것도 그린 것이 없었어요. 그리고는 도저히 이렇게 복잡한 것은 자기 손으로 그릴 수 없다면서 돈을 돌려 주었습니다. 그러면서 꽤 훌륭한 관리입네 하고 떠들어 대면서 결혼까지 했지요. 사실은 이제 화필을 버리고 그 대신 괭이를 쥐고 마치 도회지 사람 같은 행색으로 밭에 나가곤 해요.

페드로 데 로보의 아들은 장차 신부가 될 작정으로 첫 위계와 머리 깎는 식을 올렸지요. 밍고 실바토네 손녀 밍기야가 이것을 알고 자기와 결혼할 약속을 했었다면서 그를 고소했습니다. 소문을 들으니 그애는 그 남자 때문에 임신까지 했다고 욕하는 사람도 있다는군요. 하지만 남자 쪽에서는 완강하게 거짓말이라고 말한답니다.

금년에는 올리브 열매가 도통 열리지 않아요. 게다가 온 마을을 찾아 보아도 식초가 한 방울도 없습니다. 얼마 전 우리 마을을 한 중대 병정이 지나갔는데 그때 마침 마을 처녀 아이 셋을 데려가고 말았습니다. 그것이 누구 누구라는 것은 말하지 않겠어요. 틀림없이 돌아오겠지요. 좋고 나쁘고는 고사하고 새것이 아니더라도 그애들을 신부로 맞이할 남자들도 있을 테니까요.

산치카는 레이스 장식을 짜고 있답니다. 하루에 8마라베디는 꼭꼭 벌어서 결혼 비용의 일부로 한다면서 저금통에 넣고 있지요. 그러나 이제는 영주님의 따님이니까 그애가 벌지 않더라도 당신이 지참금을 내주시겠지요. 마을 넓은 마당의 분수가 말라 버렸습니다. 벼락이 마을 탑에 떨어졌습니다. 하지만 그런 것은 제가 알 바 아니지요.

이 편지와 제가 그리로 가고 싶다는 결심에 대한 회답을 기다리고 있겠어요. 이만하고 다음은 하나님께서 나보다, 아니 꼭 같이 당신을 오래 사시게 해주시도록 기도드립니다. 왜냐하면 내가 죽고 당신만 이 세상에 남겨 두는 것은 싫으니까요.

당신의 아내 테레사 판사 올림

이 두 통의 편지는 모든 사람의 호평을 얻었으며, 웃음을 자아내고 감동의 표적이 되어 사람들의 마음을 감탄시켰다. 그리고 이에 대답이라도 하듯 산초가 돈키호테에게 보낸 편지를 들고 온 파발꾼이 도착했다. 이것 또한 여러 사람들 앞에서 낭독되었는데, 이 편지로 사람들은 영주가 바보라는 것을 새삼 의심스럽게 여기게 되었다.

공작 부인은 시동에게 산초의 마을에서 일어난 일이 듣고 싶어 물러나갔는데, 시동은 상세한 것을 하나도 빠뜨리지 않고 모두 부인에게 아뢰었다. 그리고 개암과 테레사가 보낸 치즈를 내놓았는데, 이 치즈는 아주 훌륭한 것이어서 트론 촌 치즈보다 질이 좋았다. 공작 부인은 매우 기뻐하며 그것을 받았는데, 이렇듯 기뻐하는 부인은 일단 이대로 두고 모든 섬의 영주의 꽃이자 거울인 대 산초 판사의 통치의 결말을 이야기하기로 한다.

제 53 장

지칠 대로 지친 산초 판사의 통치의 결말에 대해서.

「이 인생에 있어서 이에 속하는 모든 사물이 항상 같은 상태로 지속된다고 생각하는 것은 참으로 무익한 생각이다. 오히려 인생은 모두 원을 그리며, 아니 차례로 빙글빙글 돌아가는 것으로 생각된다. 실제로 봄은 여름에 이어지고, 여름은 초가을에 이어지고, 초가을은 가을에 이어지고, 가을은 겨울에 이어지고, 그리하여 겨울은 다시 봄에 이어지는 것이다. 이와 같이 시간은 이 멎을 줄 모르는 바퀴를 타고 빙글빙글 돌아간다. 오로지 사람의 생명은 그 종국을 향해서 바람보다 빨리 사라져 간다. 더욱이 제한하는 아무런 경계도 없는 후세에서가 아니면 아무것도 새로이 할 희망조차 없이.」

회교도의 철학자 시데 아메테는 이렇게 말하고 있다. 현재의 재빠름과 덧없음, 그리고 후세의 무한한 계속을 이해하는 데 많은 사람들은 신앙의 빛도 없이 자연의 빛으로 이것을 이해해 왔다. 그러나 우리의 작자가 이런 말을 하고 있는 것은 산초 정부가 신속히 결말을 고하고 소멸, 붕괴하여 그림자나 연기처럼 사라져 버린 것을 말하고 싶었기 때문임에 틀림없다. 산초는 그 통치 7일째 되는 날 밤, 빵과 포도주에 진력이 나서가 아니라, 사람을 재판하고 의견을 내놓고 법령과 칙령을 만드는 데 싫증이 나서 침대에 누워 있었다. 배가 고팠으나 잠 때문에 차츰 눈까풀이 닫히기 시작했을 때 섬 전체가 당장 가라앉아 버릴 듯이 요란한 종소리와 사람 소리가 들려 왔다. 그는 침대에서 일어나 앉아 이 소란한 소리가 대체 무엇 때문인가를 확인하려고 가만히 귀를 기울였다. 그러나 무슨 일인지 도무지 알 수 없었을 뿐 아니라, 사람의 고함 소리와 종소리에 이어 연거푸 나팔 소리와 북소리까지 들려 왔으므로 더욱 불안해져서 공포와 놀라움으로 어찌 할 바를 모르게 되었다. 그래서 방바닥이 축

축했으므로 덧신을 신고 실내복은커녕 그와 비슷한 것조차 몸에 걸치지 않은
채 방문께로 갔다. 마침 그때 복도를 20명이 넘는 사람들이 손에 손에 횃불과
칼을 들고 큰 소리로 외치면서 달려오는 것이 보였다.

「무기를 잡으시오, 무기를 잡으시오, 영주님! 무기를 잡으시오, 수없는 적
군이 이 섬에 침입해 들어왔습니다. 만일 각하의 지혜와 용기가 우리를 구해
주시지 않는다면 우리는 멸망하고 맙니다.!」

이런 고함 소리와 광란과 소란을 피우면서, 귀로 듣고 눈으로 보는 것에 아
연히 넋을 잃고 있는 산초 앞으로 다가왔다. 그리하여 드디어 바로 앞에 이르
자 그중에 한 사람이 말했다.

「만일 모두 무너져서 온 섬이 멸망하는 것이 싫으시거든, 영주님, 빨리 무
장하십시오!」

「무장을 해서 나는 어떻게 하면 좋단 말야.」하고 산초가 물었다. 「난, 무
기에 관해서나 방위전에 관해서나 도무지 아는 것이 없다고 말했는데. 이런
건 차라리 우리 주인 돈키호테 님에게 맡겨 드리는 게 제일이야, 그러면 눈
깜짝할 사이에 처치해서 안전하게 해주실 텐데, 나는 하느님에겐 미안하지만
이렇게 다급한 일은 아무것도 처리할 줄 모른단 말야.」

「아아, 영주님!」하고 또 한 사나이가 말했다. 「 그 우물쭈물하는 태도는
무엇입니까? 각하, 무장을 하십시오. 여기에 우리가 공격 겸 방어용 무기를
갖고 왔습니다. 자, 저 광장에 가서 서십시오. 그리고 우리 군의 지휘자, 우
리 군의 대장이 되어 주십시오. 각하는 우리의 영주님이시니 마땅히 그것은
각하가 맡으실 직책입니다.」

「그렇다면 멋대로 무장시켜 다오.」하고 산초가 대답했다.

그러자 사람들은 즉각 준비해 둔 큰 방패를 두 개 가져왔다. 그리고 다른
의복을 입을 여유도 주지 않고 느닷없이 셔츠 위에다 방패를 하나는 앞에, 하
나는 등에 대고 미리 만들어 둔 구멍으로 두 팔을 꺼내고는 끈으로 둘둘 묶어
버렸다. 마치 바디처럼 뻣뻣하게 무릎을 굽힐 수도, 한 걸음 내디딜 수도 없
이 두 개의 방패 사이에 끼인 산초는 두 손에 쥐어 주는 창에 의지하여 간신
히 서 있을 수 있었다. 이와 같이 묶고 나더니 사람들은 늠름하게 걸어나가서
자기들을 지휘해 달라고 부탁했다. 그가 선도자가 되고, 등불이 되고, 새벽의
샛별이 되어 준다면 이 소동은 잘 수습이 될 것이라는 것이었다.

「어떡하면 걸어갈 수 있나, 이 비참한 내가?」하고 산초가 물었다. 「원체

이 두 개의 방패가 내 몸에 딱 들어붙어 있으니 무릎 하나 움직일 수 없잖아. 그러니 자네들이 해줘야 할 것은 나를 안아다가 어느 입구에 눕히거나 세우거나 해줘야 되겠다는 거야. 그러면 나는 이 창으로 혹은 내 몸으로 그 입구를 어떻게든 지킬 수 있을지도 모르니까.」

「자, 힘을 내세요, 영주님!」하고 한 사나이가 말했다. 「각하께서 걸어가실 수 없다는 것은 그 두 개의 방패 때문이 아니라, 무서워서 그러시죠? 그런 말씀 마시고 서둘러 주십시오. 이미 늦었으니까요. 게다가 적은 사꾸만 불어나고 함성도 더 높아지고 있으니 위험은 점점 눈앞에 다가오고 있습니다.」

이런 격려인지 비난인지 모르는 말을 듣고 하는 수 없이 가엾은 영주님은 어떻게든 움직여 보려고 안간힘을 썼다. 그러다가 무서운 소리를 내면서 방바닥에 넘어졌으므로 박살이 나지 않았나 생각했을 정도였다. 이리하여 그는 껍질 속에 갇힌 거북 같은, 맷돌 사이에 낀 소금에 절인 돼지고기 같은, 혹은 모래 위에 올라온 나룻배 같은 모양이 되어 버렸다. 더욱이 이 장난꾸러기 인간들은 그가 넘어지는 것을 보고도 가엾다는 생각 따위는 전혀 하지 않았다. 오히려 그들은 횃불을 끄고 다시 요란스럽게 외치면서 제법 다급하게 무기를 잡으라고 되풀이하면서 산초를 짓밟고 넘어가며 방패를 몇 번이나 칼로 내리쳤다.

만일 두 장의 방패 사이에서 몸을 오므리고 목을 움츠리지 않았던들 가엾게도 영주님께선 어떤 무참한 변을 당했을지 모른다. 당사자인 영주님은 이 갑갑한 껍질 속에서 몸을 움츠리고 땀을 뻘뻘 흘리면서 오로지 이 궁지에서 구해주십사고 하느님께 비는 수밖에 도리가 없었다. 어떤 자는 그의 몸에 걸려 넘어지고, 어떤 자는 그의 위에 쓰러졌으며, 또 그의 몸뚱이 위에 꽤 오래 올라가 있는 자도 있는데, 이 사나이는 마치 망루에라도 올라가 있는 것처럼 그 위에 올라서서 군대를 지휘하며 큰 소리로 외쳐 대는 것이었다.

「자, 너희들 모두 이리 오라. 이쪽 방면으로 드디어 적군이 공격해 온다. 저 통용문을 지켜라. 그리고 이쪽 문을 닫아라. 저쪽 예단을 뜯어 버려라. 화염탄을 가져오라. 펄펄 끓는 기름 냄비에 송진을 넣어서 가져오라. 길거리에는 이불로 참호를 만들어라.」

요컨대 이 사나이는 도시를 공격으로부터 방비할 때 흔히 사용되는 자질구레한 전쟁 용구의 이름을 열심히 모두 외고 있었던 것이다. 한편 거의 숨이 다 넘어갈 지경이 된 산초는 이것을 들으면서 오로지 견디어 내려고 안간힘을 쓰면서 혼자 중얼거리고 있었다. 「오오, 만일 하느님의 마음이 이 섬을 괴멸시키시려 하신다면, 저를 죽이시거나 이 심한 고통에서 빠져 나가게 하시거나 해주십시오.」

그러자 하늘이 그의 소원을 들어 주었다. 그야말로 뜻하지 않았을 때 사람들이 저마다 외치는 소리가 들려 온 것이다.

「이겼다. 이겼다! 적군은 달아나고 있다. 자, 영주님, 일어나십시오. 그리고 승전의 기쁨을 맛보십시오. 그리고 각하의 당할 자 없는 솜씨의 힘으로 적군한테서 빼앗은 전리품을 사람들에게 나누어 주십시오.」

「나 좀 일으켜라.」 하고 지칠 대로 지친 산초가 안타까운 소리로 말했다. 그래서 그를 안아일으켜 주었으므로 산초는 간신히 일어나서 말했다. 「내가 무찔렀다는 적이 있다면 그놈을 내 이마빼기에다가 부딪쳐라. 나는 적의 전리품 따위를 분배하고 싶지도 않다. 그보다 누가 내게 조금이라도 호의를 가진 자가 있다면, 그자에게 부탁하고 싶은 것은, 목이 말라 죽겠으니 포도주나 한 잔 마시게 해주고, 막 물에서 나온 것처럼 철철 흐르는 이 땀이나 좀 닦아 달라는 거다.」

그래서 사람들은 그의 땀을 닦아 주고 포도주를 먹여 주고 두 개의 방패를 끌러 주었다. 그러자 그는 침대에 걸터앉더니 그때까지의 심한 공포와 놀라움, 그리고 심려 때문에 까무러치고 말았다. 이렇게 되니 장난을 꾸민 사람들도 그 짓궂은 장난이 좀 지나쳤다는 것을 깨닫고 미안한 생각이 들었다. 그러나 곧 산초가 정신을 차렸으므로 그가 기절해 있는 동안 그들이 느꼈던 미안한 생각도 약간 사라졌다. 산초는 대체 몇 시인지 물었다. 벌써 새벽이라고 사람들이 대답했다. 산초는 잠자코 한 마디의 말도 없이 침묵 속에서 옷을 입기 시작했다. 사람들은 그를 지켜보면서 저렇게 빨리 옷을 입고 대체 어떻게 할 작정일까 하고 침을 삼켰다. 이윽고 옷을 다 입고 난 산초는 워낙 심하게 짓밟혔으므로 성큼성큼 걸어나가지 못하고 느릿느릿 마구간 쪽으로 걸어갔다. 그 자리에 있던 사람들도 그의 뒤를 따랐다. 이윽고 그는 잿빛 당나귀에게 다가가 당나귀를 두 손으로 얼싸안고 이마에 입을 맞추면서 눈물을 흘리며 말했다.

「이리 온. 동료야, 내 친구야, 나와 고생과 가난을 같이 해온 너. 내가 너와 마음이 꼭 맞았을 때는 너의 마구를 수선하는 데 정신을 쏟는다든가, 네 조그마한 몸을 어떻게든 길러 주자는 생각밖에는 없었지. 정말 오는 때, 오는 날, 오는 해가 모두 행복했었지. 하지만 내가 너를 버리고 야심과 오만의 탑 위에 오르고부터는, 내 영혼 속에 수천 가지 슬픔과 고생과 한없는 불안만 들어오더라.」

그가 이런 말을 하면서 당나귀에 안장을 얹고 있는 동안 아무도 그에게 말을 건네는 사람이 없었다. 안장을 다 얹고 나자 간신히 당나귀 위에 올라앉은 그는 집사며 시종이며 시종장이며 의사 페드로 레시오와 그밖에 그 자리에 있던 많은 사람들을 향해서 입을 열었다.

「여러분, 길을 비켜 주오. 그리고 옛날의 자유로운 생활로 돌아가게 해주오. 지금의 이 죽음과 같은 생활에서 되살아나고 싶으니 옛날의 생활을 찾으러 나가게 해주시오. 나는 영주가 되려고,·또는 공격해 오는 적으로부터 섬인지 거리인지를 방비하려고 태어난 사람이 아니라오. 법률을 만들거나 주니 나라니 하는 것을 만들기보다 밭을 갈고 구덩이를 파고 포도 가지를 전지하고 꺾꽂이를 하는 것을 나는 훨씬 더 잘 알고 있다오.

성 베드로는 로마에 있는 것이 제일 좋소. 다시 말해서 내가 말하고 싶은 것은 저마다 타고난 일을 하는 것이 제일 어울린다는 것이오. 나는 영주의 권위를 나타내는 지팡이보다 낫을 손에 쥐는 편이 훨씬 기분에 맞소. 나를 굶겨 죽이려 하는 악질 의사에게 혼이 나기보다 차라리 가스피초(더울 때 먹는 서민적인 일종의 차가운 수프 — 역주)나 실컷 마시고 싶소. 갑갑한 영주직 따위에 올라앉아 네덜란드 이불을 덮고 자거나 검은 수달피 옷을 입거나 하기보다 여름에는 참나무 그늘에서 뒹굴고 겨울에는 양 새끼의 모피를 덮고 자유롭게 생활하는 편이 훨씬 더 내 성격에 맞소. 당신네들은 안온하게 사시오. 그리고 공작님에게 전하시오. 나는 발가숭이로 태어났으니 발가숭이가 되었고, 손해 본 것도 없고 덕 본 것도 없고, 나는 무일푼으로 이 섬에 들어와 무일푼으로 나가니 다른 영주가 나갈 때와는 전혀 다르다고 말이오. 그럼 비키시오. 그리고 나를 보내 주시오. 오늘 밤 내 몸뚱이 위를 산보한 적들 덕분에 갈빗대라는 갈빗대는 모두 빠개진 듯한 기분이 들어서 고약을 바르러 나가는 거요.」

「그렇게 하실 필요는 없습니다, 영주 각하.」 하고 도크토르 레시오가 말했다. 「제가 타박상이나 멍든 상처에 듣는 물약을 드리겠습니다. 그러면 곧 본디대로 원기 있고 건강한 몸이 되실 것입니다. 그리고 식사도 각하께서 좋아하시는 것을 무엇이든 실컷 잡수실 수 있도록 해드리고 여태까지 제가 하던 방침을 바꾸겠다는 약속을 하겠습니다.」

「엿새의 창포격이지(엿새는 5월 6일, 즉 단오 다음날이라 때가 지나 쓸모 없게 되었다는 뜻—역주.).」하고 산초가 대답했다.「내가 나가는 걸 그만두는 것은 내가 터키의 임금님이 되는 거나 마찬가지야. 이런 장난은 두 번 다시 되풀이하는 게 아냐. 정말이지 내가 여기 남거나 다른 영주직으로 옮겨 가거나 한다면, 설혹 진수성찬으로 밥을 먹더라도 그건 날개 없이 하늘을 나는 거나 마찬가질 거야. 난 판사 집안의 혈통을 받은 사람이야. 판사 집안의 인간들은 모두 완고해서, 한 번『홀』이라고 말하면 설혹 그게 짝이건 아니건 세상이 무슨 말을 하건, 『홀』이라야 하는 거야. 제비나 참새 밥이 되는 한이 있더라도 나를 하늘에 날려 준 개미 날개는 이 외양간에 남아 있는 게 좋아. 난 다시 한 번 땅을 힘차게 밟고 걸을 참이야. 장식이 달린 코르도바 가죽구두는 못 신더라도 삼으로 만든 딱딱하고 거친 샌들은 얼마든지 있을 거야. 암양은 암양끼리라는 말도 있고 아무도 요 길이 밖으로 발을 내밀지 말라지 않나. 이제 슬슬 늦어질 것 같으니 나를 보내 주구려.」

이에 대해서 집사가 말했다. 「영주님, 각하를 잃는다는 것은 저희들로 봐서 매우 쓰라린 일입니다만, 기꺼이 출발하시도록 해드리겠습니다. 각하의 훌륭하신 재능과 참으로 그리스도 교도다운 그 거동을 보고 어찌 각하를 사모하지 아니할 수 있겠습니까? 그러나 어느 영주고 다스리던 땅을 떠날 때는 우선 먼저 그때까지의 업적을 총결산해야 한다는 것이 이미 뚜렷한 일입니다. 각하께서 영주가 되신 이래 열흘 동안의 업적을 보고해 주시고 무사히 떠나가 주십시오.」

「아무도 나한테 그런 건 요구 못 해.」하고 산초가 대답했다. 「나의 공작님이 명령하신 분이면 몰라도. 나는 지금부터 공작님을 뵐 생각이니까 그분에게 모두 말씀드리지. 내가 이렇게 발가숭이로 나간다면, 내가 천사처럼 정치를 했다는 것을 똑똑하게 보여 드리기 위해서 다른 증거는 아무것도 필요 없을 거야.」

「정말 대 산초 님이 말씀하시는 것은 지당하십니다.」하고 도크토르 레시오가 말했다. 「저도 각하께서 그대로 출발하시는 데 찬성합니다. 공작님도 각하를 만나시고 더없이 기뻐하실 것이 틀림없을 테니까요.」

다른 사람들도 그 의견에 찬성했다. 그리하여 수행하겠다고 나서기도 하고, 산초 자신의 위안을 위해서나 여행 동안의 필요를 위해서 뭐든지 필요하다고 생각되는 것을 드리겠다고 말하면서 그를 떠나도록 내버려 두기로 했다. 산초는 다만 당나귀를 위해서 소량의 귀리, 자기 자신을 위해서 치즈 반 조각과 빵 반 조각 이외에는 필요 없다고 대답했다. 길이 그리 멀지 않아 많은 식량도 훌륭한 음식도 필요 없었기 때문이다. 사람들은 번갈아 그를 포옹하고 그도 또한 눈물을 흘리면서 그들을 포옹한 다음, 그가 한 말뿐 아니라 이토록 단호하고 사려 깊은 그의 결심에 대해서 새삼 감탄하고 있는 사람들을 뒤에 두고 떠나갔다.

제 54 장

여기서는 이 이야기에 관계 있는 일을 다루었으며, 다른 어떤 이야기와도 관계가 없다.

공작 부처는 돈키호테가 이미 앞에서 말한 이유로 영내의 젊은이에게 신청한 결투를 추진할 결심을 했다. 그러나 당사자인 젊은이는 도냐 로드리게스를 장모로 삼고 싶지 않아서 이미 달아나 플랑드르에 가 있었으므로, 그 젊은이 대신 토실로스라는 가스코뉴 출신의 하인을 철저하게 훈련시켜서 내세우기로 했다. 그후 이틀이 지나서 공작은, 돈키호테에게 오늘부터 나흘째 되는 날 결투 상대가 찾아올 것이다, 그는 기사처럼 무장하고 결투장에 나타나게 되어 있는데, 그 처녀가, 저 사람이 자기에게 결혼 약속을 했다고 똑똑히 단언하면 그 젊은이는 저 여자는 수염 절반(부엽에는 수염을 두고 맹세했다—역주)으로, 아니 수염 전부로 거짓말을 하고 있다고 주장할 것이 틀림없다고 말했다. 돈키호테는 이런 소식을 적잖은 기쁨으로 들으면서 이번 일로 근사한 활약을 해보겠다고 속으로 굳게 맹세했다. 그리고 그런 고귀한 분들이 자기의 억센 무력의 정도가 얼마만한 것인가 직접 보아 주는 기회가 생겼다는 것은 실로 드문 행운이라고 믿었다. 그러므로 매우 큰 기쁨과 만족을 느끼면서 나흘을 고대했는데, 그의 조급한 마음의 계산으로는 그 나흘이 마치 4백 세기나 되는 듯이 여겨졌다.

그래서 다른 여러 가지 일을 일찍이 우리가 그대로 간과해 버렸듯이 이번에도 이들을 잠시 이대로 두고 산초 판사와 함께 걷기로 한다. 그는 자기 주인을 찾아 당나귀 등에 올라앉아서 기쁨과 슬픔이 교차하는 가슴을 안고 길을 나아가고 있었다. 사실 주인과 다시 함께 있게 된다는 것은 이 세상의 모든 섬의 영주가 되는 것보다 훨씬 행복했다.

  그런데 그가 다스리던 섬에서 그다지 멀리 오지 않아서——그는 한 번도 자기가 다스리는 곳이 섬인지, 도시인지, 부락인지, 혹은 조그마한 거리인지, 아니면 마을인지 조사해 보지 않았다——우연히 그가 나가고 있는 길 저쪽에서 6명의 순례자가 지팡이를 짚고 오는 것이 보였다. 노래를 부르며 희사를 구걸하며 돌아다니는 외국인 순례자들이었다. 그들은 산초에게 다가오더니 별안간 두 줄로 나뉘어 모두 함께 큰 소리로 만일 희사라는 또렷이 발음된 말이 없었더라면 무슨 뜻인지 전혀 알아들을 수 없는 그들 자신의 모국어로 노래를 부르기 시작했다. 그래서 그들이 노래로 요구하고 있는 것이 희사라는 것을 알았다.

  시데 아메테의 말을 들어 보아도, 원래 산초는 남에게 매우 인정 많은 사나이였으므로 당나귀의 안장과 배낭에서 준비해 온 빵 반 조각과 치즈 반 조각을 꺼내 주며 이것 이외에 아무것도 드릴 것이 없다고 손짓으로 말했다. 그러자 그들은 기꺼이 그것을 받으면서 저마다 소리쳤다.

  「겔트! 겔트(독일어의 Geld(돈)에서 온 말—역주)!」

  「안 되겠어요.」하고 산초가 대답했다. 「당신들이 원하는 게 대체 뭔지 난 영문을 모르겠소.」

  이때 순례자 중의 하나가 호주머니에서 지갑을 꺼내어 산초에게 보였으므로 그들이 돈을 달란다는 것을 알았다. 산초는 엄지손가락을 목에 갖다 대고 한 손을 위로 올려 동전 한푼 갖고 있지 않다는 것을 그들에게 알려 주었다. 그리고 잿빛 당나귀를 재촉하여 그들의 줄을 헤치고 나아갔다. 그리하여 막 통과해 나가려고 했을 때 그중의 한 사람이 그를 빤히 쳐다보더니 별안간 그에게 덤벼들어 허리에 두 손을 감고 매달리며 큰 소리로, 더욱이 유창한 카스티야 말로 외치는 것이었다.

  「이런, 이런! 내가 지금 보고 있는 사람이 대체 누구야? 내 두 팔에, 친한 친구이자 이웃에서 의좋게 지낸 산초 판사를 안고 있다니, 이건 도대체 어떻게 된 일이지! 그래, 틀림없어. 그 증거로, 나는 잠을 자고 있는 것도 아니고 술에 취한 것도 아니거든!」

  산초는 자기 이름을 듣고 이어 외국인 순례자가 매달리는 바람에 깜짝 놀랐다. 그래서 한 마디 말도 못 하고 다만 상대편을 빤히 들여다보고 있었으나 그가 누군지 도무지 분간할 수 없었다. 순례자는 그가 멍청해지는 것을 보고 말했다.

「이봐요, 산초 판사. 자네 집 옆에 사는 무어 인 리코테를 모르는가. 자네 마을에 사는 장사치를 모르다니, 대체 어떻게 된 셈이야.」

이때 산초는 더 자세히 들여다보고 그 모습을 이모저모 살핀 끝에 간신히 그가 누구라는 것을 알았으므로 당나귀에 탄 채 그의 목에 두 팔을 감으며 말했다.

「자넬 알아 볼 사람은 아무도 없겠네, 리코테. 그런 기묘한 옷을 입고 있으니 말야! 자, 말해 봐, 자네를 그런 프랑스 인으로 만든 게 대체 누구의 머린가? 어쩌자고 겁도 없이 스페인으로 되돌아왔나? 여기서 붙잡혀서 정체가 드러나면 어떻게 될지 모르잖아!」

「자네도 나를 못 알아 봤잖아, 산초.」하고 순례자가 대답했다. 「이 옷을 입고 있으면 아무도 나를 알아 보지 못해. 그것은 틀림없어. 아무튼 저기 보이는 저 나무 밑에서 옆길로 빠지세. 저기서 우리 동료들이 밥을 먹으며 쉬자고 그러네. 자네도 함께 가서 먹세. 그리고 자네도 들었겠지만 불쌍한 우리 동포들을 무시무시하게 협박한 국왕님의 포고(1609~1913년, 무어 족이 표면으로는 그리스도교로 개종했으나 은밀히 그들의 종교 의식을 행하여 사회에 해독을 끼쳤다는 죄목으로 즉시 그들을 스페인에서 추방하라는 포고가 내렸었다—역주)에 따라 내가 마을을 떠난 후 나에게 일어난 일을 자네에게 얘기해 줄 수도 있잖겠나.」

그래서 산초는 그의 말대로 하기로 했는데, 리코테는 동료 순례자들에게 말하고 저만큼 보이는 숲속, 국도에서 훨씬 떨어진 곳으로 들어갔다. 그들은 지팡이를 집어던지고 겉옷이며 어깨에 걸치는 망토를 벗어 편안한 모습이 되었는데 모두 아직 젊고 꽤 기품 있는 사람들이었다. 그러나 리코테만은 상당히 나이 먹은 축에 들었다. 저마다 등에 보따리를 지고 있었는데, 그 보따리에는 많은 음식물과 적어도 2레구아 거리에서 목마름을 느끼게 하는 이른바 자극물이 들어 있었던 모양이다. 그들은 땅바닥에 드러누워 풀을 자연의 식탁보로 삼고 그 위에 빵, 소금, 칼, 호두, 치즈 조각, 뼈가 붙은 깨끗한 햄, 씹어 먹기에는 어려울지 모르나 적어도 뜯어 먹는 데는 상관 없을 물건들을 늘어놓았다. 마찬가지로 카비알이라고 부르는 어란으로 만든 몹시 갈증을 느끼게 하는 검은 음식물도 그 위에 놓았다. 그밖에 올리브 열매도 빠지지 않았는데 이 것은 말려서 아무런 가공도 하지 않은 것이었으나 제법 맛이 있었다.

그러나 이 회식의 자리를 압도한 것은 저마다 등에 진 보따리에서 꺼낸 여섯 개의 포도주 가죽 부대였다. 무어 인이면서 게르만 인인가 독일인인가로 변장을 하고 있는 사람 좋은 리코테도 자기 가죽 부대를 꺼내 놓았는데, 그것은 크기에 있어서 능히 다른 다섯 개에 필적하는 것이었다.

그들은 무척 맛있게 천천히 음미하면서 먹기 시작했다. 조그마한 것을 포크 끝에 찍어 한 입씩 음미하면서 씹고, 모두 한꺼번에 두 팔과 가죽 부대를 위로 치켜 올려 저마다 입에 가죽 부대의 주둥이를 갖다 대고 두 눈으로 허공의 한 곳을 응시하곤 했는데, 그건 마치 하늘을 겨누고 있는 것처럼 보였다. 그리고 좌우로 머리를 움직이고 있는 것은 그들이 대단한 진미를 즐기고 있다는 것을 말해 주고 있었다. 이렇게 하여 오랜 시간 그들은 자기들 뱃속에 가죽 부대의 알맹이를 부어 넣었다.

산초는 모든 것을 바라보고 있었다. 그러나 조금도 고통을 느끼지 않았다. 『로마에 가면 로마 인들이 하는 대로 하라』는, 그가 잘 알고 있는 속담을 실행하려고 리코테에게 가죽 부대를 달래서 그도 또한 다른 사람들처럼 하늘을 향하여 그들 못지않게 일락을 즐겼던 것이다. 가죽 부대는 네 차례 하늘로 치켜올려져서 허공을 겨눌 여유가 있었다. 그러나 다섯번째는 불가능했다. 왜냐하면 이미 가죽 부대는 에스파르토(풀―잎)처럼 여위어 쭈글쭈글해져 있었기 때문이다. 동시에 그것은 그때까지 보인 즐거움을 오므라들게 하는 것이기도 했다.

이따금 그들 가운데 한 사람이 오른손으로 산초의 오른손을 잡고 말했다. 「스페인 사람, 독일 사람, 모두 하나의 친구.」 그러자 산초도, 「좋은 친구, 정말.」 이렇게 대답하고 한 시간이나 계속되는 웃음을 웃곤 했다. 이때 그는 이미 자기 영지에서 일어난 일을 무엇하나 생각지 않고 있었다. 왜냐하면 사람이 먹고 마시고 하는 그런 시간 위에 구차한 생각이라는 것은 권한을 갖지 못하는 법이기 때문이다.

결국 포도주의 종말은 사람들을 덮친 낮잠의 시초가 되었으며, 식탁이자 식탁보였던 바로 그 자리에서 모두 그대로 곯아떨어지고 말았다. 다만 리코테와 산초만은 눈을 뜨고 있었다. 왜냐하면 다른 사람들보다 많이 먹었으나 덜 마셨기 때문이었다. 리코테는 단잠에 떨어진 순례자들을 그 자리에 두고 거기서 조금 떨어진 너도밤나무 아래로 산초를 데리고 가서 앉았다. 리코테는 무어 사투리도 없이 순수한 카스티야 말로 이야기하기 시작했다.

「여보게, 이웃에서 의좋게 살던 산초 판사. 국왕님이 우리 동족에게 대해서 포고를 내린 것이 우리에게 얼마나 큰 공포와 놀라움을 느끼게 했는지 자네도 잘 알고 있겠지. 적어도 나는 무척 놀라서 우리에게 스페인을 떠나라고 준 기한이 다 끝나기 전에 벌써 나와 애들의 신상에 벼락이 떨어진 듯한 기분이 들었을 정도야. 그래서 나로서는 아주 약게, 말하자면 현재 살고 있는 집을 부득이 몰수당하게 되었을 때 지장 없이 들어가 살 수 있는 다른 집을 약삭빠르게 준비해 둘 수 있는 그런 사람처럼 약아질 생각을 했었지. 그래서 먼저 가족을 두고 혼자 마을을 떠나 다른 녀석들이 나갈 때처럼 허둥대지 않고 빈틈없이 가족들을 데려갈 장소를 물색해 둘 생각을 했던 거야. 왜냐하면 그런 포고는 어떤 사람들이 말한 것처럼 단순한 공갈이 아니라 일정한 시간에 틀림없이 실행되는 진짜 법률이라는 것을 난 알고 있었고, 우리 옛날 조상들도 알고 있었거든.

그건 우리 동족들이 품고 있던 당돌한 계획을 내가 알고 있었다는 것이 나로 하여금 사실이라고 믿게 했단 말야. 그래서 임금님이 그런 빛나는 결심을 실행에 옮기려 하신 것은 오히려 훌륭한 생각이라고까지 여겼었지. 하기야 우리 동족이 다 죄를 저지른 건 아냐. 그중에는 신앙이 깊은 진짜 교도도 있었으니까. 하지만 그런 사람들은 워낙 수가 적어서 진짜 그리스도 교도가 아닌 사람들에게 반대할 수 없었단 말야. 게다가 집안에 적을 두거나 품안에 뱀을 기른다는 것은 칭찬할 만한 일이 못 되었지. 요컨대 도리에 맞는 이유로 해서 우리는 추방형이라는, 어떤 사람들에게는 너무 관대하고 미지근한 처형을 받고 벌을 받게 된 거야.

하지만 우리들에겐 그 이상 무서운 형벌은 없는 것 같았어. 우리는 어딜 가나 스페인이 그리워서 울었다네. 뭐니뭐니해도 스페인에서 태어났으니 우리들의 고국이 아닌가. 어느 곳에 가도 우리의 불행을 달래 줄 만한 대우는 해주지 않더군. 바아바리나 그밖에 아프리카의 여기저기서 우리는 받아들여지고 환영받고 위안을 받을 줄 알고 있었지만, 거기만큼 우리를 학대하고 못살게 군 데는 없었다고 생각하네. 사람은 행복이라는 것을 잃어버릴 때까진 행복이라는 것을 알지 못하는 거야. 그리고 우리 모든 사람들이 품고 있던 스페인으로 돌아가고 싶다는 생각은 굉장한 것이었어. 특히 나처럼 말을 모르는 자의 대부분은, 이게 또한 꽤 많았단 말이야, 스페인으로 돌아와 있어. 마누라나 아이들은 저쪽에 내동댕이치고. 말하자면 그토록 스페인에 애정이 크단 말이야. 그래서 이제서야 조국애라는 것이 과연 어떤 것인가 하는 것을 알게 되었고, 경험했다네.

아까도 말한 것처럼 나는 마을을 떠나 프랑스로 갔었지. 거기서는 꽤 우리를 환대해 주었지만 나는 여기저기 구경하고 싶었던 거야. 그래서 이탈리아로 건너가 다시 독일로 들어갔지. 그리고 거기 같으면 자유롭게 살 수 있다는 생각까지 했었네. 그곳 사람들은 이것 저것 사람들의 신상을 파헤치진 않거든. 저마다 자기 마음대로 살고 있고 어딜 가나 자유라는 의식을 갖고 살고 있기 때문이야.

아우구스부르크에서 가까운 한 부락에 집을 한 채 샀는데 거기서 이 순례 친구들과 만난 거야. 이 사람들은 대개 해마다 스페인에 와서 이곳 저곳 사원을 순례하고 있는데 그들은 그런 곳을 자기들의 아메리카나 되는 것처럼 알고 가장 확실한 돈벌이 장소, 가장 틀림없는 구걸 장소로 생각하고 있는 거야. 스페인의 도시 대부분을 돌아다니는데 세상에서 흔히 말하듯이 먹을 것 마실 것을 주지 않는 마을이란 거의 없고 적어도 돈으로 1레알은 얻을 수 있으니까 여행이 끝날 무렵에는 1백 에스쿠도쯤은 주머니에 남아 있지. 이것을 금으로 바꾸어서 지팡이 속이라든가, 어깨에 걸친 천의 실밥 사이라든가 그밖에 저 친구들이 할 수 있는 온갖 수단을 부려서 이 나라 밖으로 들고 나가서, 감시소나 감시인의 눈을 피해 자기 나라로 갖고 들어가는 거야.

그런데 산초, 내가 지금 생각하고 있는 것은, 옛날에 묻어 둔 큰 돈을 파내는 거야. 그건 이 부락 동구 밖에 있는데, 아무런 위험도 없이 할 수 있고 발렌시아에서 내 딸과 마누라에게 편지를 쓰거나 건네 줄 수 있을 거야. 가족들이 지금 알제이에 있다는 것을 알고 있으니까 프랑스의 어느 항구로 데려오도록 연구해서 거기서 독일로 데려가서 그 다음엔 하느님의 뜻에 맡겨 두자는 거야. 요컨대, 산초, 우리 딸 리코타와 마누라 프란시스카 리코타가 버젓한 카톨릭 교도라는 걸 나는 잘 알고 있어. 하기야 나는 그리 대단치 않지만, 아직 그리스도 교도다운 데보다 무어 인다운 데가 더 많으니까. 그래서 언제나 마음의 문을 열어 주십사고 하느님께 부탁도 드리고, 어떻게 하면 애써 하느님을 섬겨야 하는가 가르쳐 주셨으면 하고 생각도 하고 있지. 그런데 아무래도 이상해서 못 견디겠는 건, 어째서 내 마누라와 딸년이 프랑스에선 그리스도 교도로서 살 수 있을 텐데 그것을 버리고 바아바리로 갔는가 하는 거야.」

이에 대해 산초가 대답했다.

「그건 말이야, 리코테. 아주머니 마음대로 되지 않았던 거야. 왜냐하면 아주머니의 오빠 되는 후안 티오피에요가 데려갔거든. 그녀석은 철저한 무어 인이 틀림없으니까. 제일 가기 쉬운 곳으로 간 셈이지. 그런데 자네한테 한 마디 할 말이 있어. 자네가 묻어 둔 걸 찾으러 가봐야 헛일일 거야. 조사를 받아야 했을 때 자네 처남과 아주머니한테서 많은 진주와 금화를 몰수했다는 소문을 들었거든.」

「얼마든지 있을 수 있는 일이야.」하고 리코테가 대답했다. 「하지만 말야, 산초. 내가 묻어 둔 걸 놈들이 손을 대지 않았다는 것만은 난 잘 알고 있어. 무슨 재난이 일어날까 두려워서 그게 어디 있나 하는 것을 놈들한테는 밝히지 않았거든. 그래서 만일 자네가 나와 함께 그것을 파내 가지고 다시 숨겨 놓는 일을 거둘어 줄 생각이 있다면, 산초, 자네한테 2백 에스쿠도를 주겠네. 어때? 그만한 돈만 있으면 자네 지금의 고생은 안 해도 될 텐데 말야. 자네도 알고 있듯이 자네가 곤란하다는 걸, 그것도 무척 곤란하다는 걸 알고 있거든.」

「나도 그러면 좋긴 하겠지만,」하고 산초는 대답했다. 「하지만 나는 욕심 많은 사내가 아냐. 만일 욕심이 많았다면 오늘 아침 내가 내 손으로 훌륭한 직위를 버리지도 않았지. 그건 우리 집을 금으로 벽을 바를 수 있고, 반 년이 지나기 전에 은쟁반으로 밥을 먹을 수도 있을 만한 직위였어, 2백 에스쿠도가 아니라 설령 이 자리에서 4백 에스쿠도를 현금으로 준대도 자네하곤 가지 않겠어.」

「그래? 그런데 자네가 버렸다는 그 직위라는 게 대체 뭔가?」하고 리코테가 물었다.

「나는 어느 섬의 영주직을 팽개치고 왔단 말야.」하고 산초가 대답했다. 「정말이지, 그리 간단히 발견할 수 없는 훌륭한 섬이었어.」

「그런데, 그 섬이 어디 있나?」하고 리코테가 물었다.

「어디냐고?」하고 산초가 대답했다. 「여기서 2레구아쯤 가면 바라티리아라는 섬이 있지.」

「바보 같은 소리 작작해, 산초.」하고 리코테가 말했다. 「섬이란 바다 가운데 있는 거야, 이 사람아. 이런 육지에 섬이 대체 어디 있나?」

「어째서 없다고 그러나?」하고 산초가 물었다. 「똑똑히 말하지만 말야, 이웃에서 의좋게 살던 리코테야, 나는 오늘 아침 바로 그곳에서 떠나왔어. 어제까지 마치 반인반마(半人半馬)의 신처럼 거기서 내멋대로 정치를 했단 말야. 그런데도 거길 버리고 떠나왔지. 영주직이란 매우 위험한 직위라는 것을 깨달았거든.」

「그래, 영주 노릇해서 뭘 벌었나?」 하고 리코테가 물었다.

「내가 번 건 말야.」 하고 산초가 대답했다. 「나라는 사내는 산양이나 양떼를 제외하곤 뭘 다스리는 데는 맞지 않는다는 것과 그런 직책으로 손에 넣는 돈은 천천히 쉬거나 자면서 버는 게 아니라 먹을 것도 제대로 먹지 않고 그 덕에 번다는 걸 깨달은 거야. 왜냐하면 그런 섬에선 영주는 아주 조금밖에 먹어선 안 되거든. 특히 건강을 살펴 주는 의사가 있을 땐 더욱 그렇지.」

「나는 자네가 무슨 말을 하는지 도무지 알아들을 수가 없군, 산초.」 하고 리코테가 말했다. 「자네 말은 처음부터 끝까지 엉터리로밖에 생각할 수 없단 말야. 첫째, 자네가 다스릴 섬을 이 세상의 대체 어느 놈이 자네한테 주겠나? 이 세상에 자네보다 영주로서 훨씬 수완 있는 자들이 아무도 없단 말인가? 아무 소리도 말아, 산초. 정신 차려. 그리고 내가 아까 말한 것처럼 내가 숨겨 놓은 재보를, 이건 정말이지 재보라고 불러도 좋은 거야, 그 재보를 꺼내러 가는 나나 도와 달라구. 잘 생각해 봐. 그러면 아까도 말했듯이 자네가 일평생 편안하게 살 수 있을 만한 걸 줄테니까 말야.」

「아까도 말했지만, 리코테, 난 싫네.」 하고 산초가 대답했다. 「그보다 내 입으로 자네가 발각되지 않는다는 것만도 만족하게 생각하게나. 그리고 무사히 여행이나 계속하길 바라네. 또 내 여행도 이대로 계속하게 해줘. 옳게 번 것도 없어지는 수가 있지만, 나쁘게 번 것은 번 돈뿐 아니라 번 사람마저 없어질 수가 있다는 걸 나는 잘 알고 있거든.」

「나는 뭐 굳이 강요하지는 않겠어, 산초.」 하고 리코테가 말했다. 「그런데 가르쳐 주게나. 내 마누라와 딸과 처남이 마을에서 나갈 때, 자넨 아직 마을에 있었나?」

「있었구말구.」 하고 산초가 대답했다. 「그리고 자네한테 말할 수 있는 것은, 자네 딸이 하도 귀여운 얼굴을 하고 나가는 바람에 온 마을 사람들이 모두 그애를 한 번 보려고 밖으로 뛰쳐나가서, 저마다 이 세상에서 제일 예쁘다고 말했었지. 그애는 울면서 제 동무와 아는 사람과 그밖에 그애 곁에 가까이 간 사람들에게 매달리면서 하느님과 성모 마리아에게 자기를 위해 기도해 달라고 부탁하더군. 그런 태도가 얼마나 가엾던지, 본시 그다지 잘 울지 않는 나지만 그만 울고 말았지. 사실을 말하자면, 그애를 감추어 주려고 도중에서 뛰쳐나가 그애를 채 갈 생각을 한 사람도 많았는데 임금님의 명령을 어겨서는 안 된다는 두려움 때문에 모두 주춤하고 말았던 거야. 그중에서도 자네도 잘

아는 돈 많은 부잣집 아들 돈 페드로 그레고리오가 제일 열심이었던 모양이
야. 사람들 말을 들어 보면 그 사람은 자네 딸에게 넋을 잃고 있었다는데, 그
애가 떠난 후로는 우리 마을에 딱 발을 끊고 말더군. 그래서 우린 모두 그애
를 훔쳐 내려고 따라간 것이 틀림없다고 생각했는데, 아직까지는 아무런 소식
도 못 듣고 있어.」

「나도 언제나 그걸 걱정했었지.」 하고 리코테가 말했다. 「그 도련님이 내
딸년 뒤를 따라다니고 있다는 걸 말야. 하지만 내 딸 리코타의 기질을 믿고,
그 사람이 넋을 잃고 있다는 걸 알아도 나는 아무 걱정 않기로 했었지. 자네
도 들은 적이 있는 줄 알지만, 산초, 무어의 처녀들은 거의 다, 아니 무슨 일
이 있어도 옛 그리스도 교도와는 반했느니 좋아하느니 하는 잘못을 저지르지
않으니까. 내 딸년은 사랑 따위에 넋을 잃기보다 훌륭한 그리스도 교도가 되
고 싶어하고 있으니까, 그 도련님 따위의 달콤한 말은 거들떠보지도 않을 거
라고 나는 믿고 있는 거야.」

「그렇게 되는 게 제일 좋지.」 하고 산초가 대답했다. 「아니면 서로 불행해
지거든. 그런데 이제 나를 떠나게 해주게나. 의좋은 리코테, 오늘 밤 안으로
우리 주인 돈키호테 님이 계시는 곳에 닿았으면 하고 생각하고 있어서 말야.」

「그럼, 몸성히 가게나, 산초. 마침 우리 동료들도 슬슬 움직이기 시작하는
모양이군. 우리도 이젠 일어설 시간이야.」

그리고 두 사람은 서로 얼싸안았다. 산초는 자기 당나귀에 올라타고 리코테
도 자기 지팡이에 의지하여 두 사람은 좌우로 헤어졌다.

제 55 장

도중에서 산초에게 일어난 사건과 그밖의 괄목할 만한 일에 대해서.

리코테와 함께 시간을 지체한 탓으로 산초는 그날 안에 공작의 성에 도착할
수 없게 되었다. 성에서 불과 반 레구아 떨어진 거리까지 도착했으나 거기서
해가 저물어 버렸다. 꽤 캄캄하고 흐린 밤이었지만, 마침 여름이어서 밤이 되
었다고 해도 그다지 걱정할 필요는 없었다. 그래서 밤이 새기를 기다리자는
생각에서 길 옆으로 비켜 들어갔다. 그런데 되도록 편하게 몸을 쉴 자리를 찾

아다니다가 그의 구질구질하고 불행스러운 숙명이 시키는 짓인지, 잿빛 당나귀와 함께 무척 깊고 캄캄한 구덩이에 굴러떨어지고 말았다.

그것은 옛날에, 아주 옛날에 서 있던 건물 사이에 파인 깊은 구덩이였는데, 그는 거기에 떨어지는 순간, 나락 밑바닥에 도달할 때까지 영영 멎지 않으리라 체념하면서 속으로 하느님의 가호를 빌었다. 그러나 그렇게는 되지 않았다. 사람 키의 약 3배 조금 더 될까말까 하는 정도에서 당나귀는 바닥에 닿고 그는 당나귀에 그대로 올라앉은 채 상처 하나 입지 않은 것이다. 그는 자기 몸이 아무렇지도 않은지, 혹은 어디 구멍이라도 뚫어졌는지 여기저기 더듬어 보면서 숨을 죽였다. 그리하여 몸이 완전히 무사하고 변함없이 원기왕성하다는 것을 알자 하느님께서 베풀어 주신 은혜에 진심으로 감사를 드렸다. 그는 의심할 여지 없이 자기 몸이 박살이 날 것으로 체념하고 있었던 것이다.

혹시 이 구멍에서 남의 도움을 받지 않고 빠져 나갈 수는 없을지 그는 구덩이 둘레의 벽을 손으로 더듬어 나갔으나 모두 매끌매끌하고 손을 걸 만한 자리 하나 없었다. 산초는 깊은 슬픔을 느꼈다. 거기다 잿빛 당나귀의 불안한 듯, 슬픈 듯, 한탄하는 듯한 울음소리까지 들으니 한층 더 깊은 슬픔에 잠겼다. 사실, 그것은 그럴 만한 일이었다. 웬만한 일로 한탄하고 있었던 것이 아니었다. 실로 그는 대단한 궁지에 빠져 있었던 것이다.

「큰일났다!」하고 산초는 혼자 중얼거렸다. 「비참한 세상에 살고 있는 사람들에게 어쩌면 이렇게도 뜻하지 않는 일이 잇따라 일어나는 것일까! 어제는 섬의 영주라는 높은 직위에 올라앉아 하인이나 시종들을 턱으로 부려먹던 사내가, 오늘은 이렇게 깊은 웅덩이 밑에 산 채로 빠져서 누구 하나 도와 줄 사람도 없고 도와 주려고 달려오는 하인도 시종도 없다니, 누가 이렇게 될 줄 알았겠나! 결국 나와 내 당나귀 녀석은 어디든지 부딪혀서 그리고 나는 나대로 마음의 슬픔으로 죽기까지야 않더라도, 어차피 굶어 죽을 게 틀림없어.

아무튼 나는 주인 돈키호테 님처럼 행복하진 않은 모양이지. 그분이 마법에 걸린 몬테시노스의 동굴로 내려가셨을 때는 집에 계실 때보다 친절하게 대접해 준 사람이 있어서, 식사는 얼마든지 실컷 집어 잡수세요, 침대는 자, 언제라도 주무세요 하는 듯한 그런 자리에 다녀오신 것 같거든. 나리는 그곳에서 아름답고 상냥한 환상을 보셨는데, 나는 여기서 기껏해야 두꺼비나 뱀밖에 볼 게 없을 것 같단 말야. 나도 불행한 녀석이지! 어리석음과 몽상이 이런 결말을 가져오다니! 하늘의 뜻으로 누가 나를 발견할 때는 깨끗이 하얗게 바래져서 퍼석퍼석해진 내 백골과 얌전한 우리 잿빛 당나귀의 뼈다귀를 주워 올리게 되겠지. 그래도 우리가 누구라는 건 알게 될 거야. 적어도 산초 판사는 당나귀와 헤어져 있는 적이 없고, 당나귀도 산초 판사한테서 떨어진 적이 없다는 걸 들은 사람은 알겠지.

다시 한 번 말하지만, 우리는 서로 불행한 자들이야! 우리의 서글픈 이 세상의 인연이, 우리가 태어난 땅에서 우리의 가족들이 보는 앞에서 죽게 해주지 않으니 말야. 거기 같으면 우리의 불행을 도와 줄 방법은 발견되지 않는다 하더라도 우리 불행을 슬퍼해 주고 이윽고 우리가 저승으로 떠나는 마지막에 가서는 우리 눈을 감게 해줄 사람이 한둘은 있을 거거든! 이봐, 나의 의좋은 친구 당나귀야! 너는 나를 그렇게 잘 섬겨 주었는데, 나는 너한테 이 무슨 심한 값을 치르고 있는 것이냐! 용서해 다오! 그리고 말야, 네가 할 수 있는 제일 좋은 방법으로 지금 우리가 빠져 있는 이 비참한 곤경에서 건져 주십사고 행운의 신에게 부탁해 다오. 그렇게 해주면 네 머리에 계관 시인(桂冠詩人)처럼 보이는 훌륭한 계수나무 관을 씌우고 먹이도 두 배로 늘려 주겠다고 약속하마.」

이와 같이 산초가 신세 타령을 할 때 당나귀는 한 마디 대답도 없이 그저 주인의 말에 가만히 귀를 기울이고 있을 뿐이었다. 이 가엾은 짐승이 빠진 궁지와 고뇌는 그토록 급박한 것이었다. 결국 처량한 한탄 가운데 하룻밤이 지나 아침이 되었을 때 산초는 그 밝은 빛으로 이 웅덩이에서 남의 손을 빌리지 않고 나간다는 것은 도저히 불가능하다는 것을 알았다. 그래서 다시 그는 한탄하면서 누가 자기 목소리를 들어 주는 사람이 없을까 하고 큰 소리를 지르기 시작했다. 그러나 그가 지르는 소리도 모두가 황야에서 지르는 하나의 부르짖음에 지나지 않았다. 왜냐하면 그 주변에 그의 목소리에 귀를 기울일 만한 사람이 하나도 없었기 때문이다. 그때 그는 이제 죽었다고 단념할 수밖에 없었다.

당나귀는 반듯이 드러누워 산초 판사가 일으켜 세우려 했지만 거의 서 있을 수 없는 형편이었다. 산초는 전락의 운명을 같이한 봇짐 속에서 한 조각의 빵을 꺼내어 당나귀에게 주었다. 그것은 당나귀에게 결코 해롭지 않은 것이었다. 산초는 마치 당나귀가 자기의 말을 알아듣기라도 하는 듯이 지껄였다.

「어떤 고생도 빵이 있으면 훨씬 견디기 쉬우니라.」

이때 그 깊은 구덩이 한쪽으로 우묵하게 파인 곳을 발견했다. 몸을 굽히면 사람 하나가 능히 들어갈 만했다. 산초 판사는 그곳으로 가서 몸을 굽혀 안으로 들어갔다. 들여다보니 널찍한 내부가 있고 만일 천장이라고 부를 수 있다면 그 위쪽에서 모든 것을 비춰 주는 햇빛이 들어오고 있었으므로 두루 살펴볼 수 있었다. 그 안쪽은 다시 다른 널찍한 구멍 쪽으로 터져 있는 것을 알았다. 이것을 발견한 산초는 당나귀 있는 곳으로 되돌아나와 돌을 주워 흙을 쳐서 허물기 시작했다. 그러자 곧 당나귀가 쉽게 들어갈 만큼 넓어졌다. 그는 당나귀의 고삐를 잡고 동굴 안으로 들어갔다. 어디 갈 만한 구멍은 없나 하고 살피면서 빛이 조금도 비치지 않는 암흑 속을 한참 나아가는 동안 겁에 질려 머리가 쭈뼛쭈뼛 했다.

「전지전능하신 하느님 도와 주십쇼.」하고 그는 입속에서 중얼거렸다. 「나한테는 대단한 재난이지만 이런 것이 우리 주인 돈키호테 님에게는 아주 좋은 모험이 될 테지. 그분에게는 이 깊은 지하 감옥이 꽃밭이나 갈리아나의 궁전처럼 느껴질 것이고, 이 캄캄하고 좁은 곳에서 꽃이 만발한 어느 초원으로 나갈 수 있을 것이라고 생각하시겠지. 하지만 불행한 나는 충고를 해줄 사람도 없는데다 내 자신이 기가 질려 버렸으니 말이야. 한 걸음 내디딜 때마다 발 아래 이보다 더 깊은 구멍이 있어서 나를 삼켜 버릴 것 같은 기분이 드는걸. 불행도 혼자서 찾아온다면 어서 오게 하고 말할 수 있겠다만.」이런 생각을 하면서 약 반 레구아나 나아갔을 때 그는 흐릿한 빛을 발견했다. 그것은 낮의 햇빛 같았으며 어디선가 비쳐 들어오고 있는 듯, 그에게는 저승으로 가는 길처럼 느껴졌으나 그것은 다른 길로 뚫려져 있다는 것을 말해 주는 것이었다.

여기서 시데 아메테 베넨헬리는 산초를 잠시 이대로 두고 돈키호테에 대한 서술로 되돌아갔다. 돈키호테는 도냐 로드리게스의 딸의 명예를 훼손한 자와 벌일 싸움의 날짜를 매우 기쁘고 만족한 마음으로 기다리고 있었는데, 그것은 그 딸에게 무참히도 가해진 난폭하고 방자한 행위를 혼내 줄 생각이었기 때문이다.

그래서 어느 날, 만약의 경우 해야 할 행동을 똑똑히 익히고 연습해 두기 위해 밖으로 나왔다. 그리하여 로시난테에게 달리는 방법과 습격하는 방법을 해보게 하면서 어느 구덩이 바로 가까이까지 접근해 갔는데, 만일 이때 힘차게 고삐를 잡아당기지 않았던들 그 구덩이에 빠지고 말았을 것이었다. 그러나 그는 말을 정지시켜 낙하를 면했다. 그래서 말에 올라탄 채 조금 더 가까이 가서 그 깊은 구덩이를 들여다보았다. 그때 구덩이 안에서 큰 소리로 지껄이는 소리가 들려 가만히 귀를 기울여 보니 그 말뜻을 간신히 알아들을 수 있었다.

「아아, 위에 계시는 분, 제 말씀을 들어 줄 만한 그리스도 교도는 안 계십니까요? 불행하게도 정치도 제대로 못 하고 산 채로 여기에 빠져 있는 이 비참한 사내에게 동정해 주실 만한 어느 자비로운 기사는 안 계십니까요?」

돈키호테는 산초 판사의 목소리를 들은 듯했으므로 아연해지고 말았다. 그래서 되도록 큰 소리로 물었다. 「그 밑에 있는 사람이 누구요? 한탄하고 있는 사람이 누구요?」

「대체 누가 이런 데 있겠습니까요, 누가 이런 데서 한탄하고 있겠습니까요?」하고 밑에 있는 자가 대답했다. 「자기의 죄와 자기의 악운으로 바라티리아 섬의 영주가 되었으며, 이름난 기사 돈키호테 데 라 만차 님의 옛 종자 산초 판사가 결국 도달하고만 가엾은 몰골이 아니고 뭐겠습니까요.」

이 말을 듣자 돈키호테는 새삼 다시 놀라고 더더욱 경탄하면서 산초 판사는 아마 죽은 것이 틀림없고 그리고 저 아래서 영혼의 채근을 받고 있는 것이 분명하다는 생각이 들었다. 그래서 자기의 상상을 좇아 말했다.

「나는 카톨릭 교도로서 할 수 있는 모든 서약으로, 그대가 누구인가 말해 달라고 부탁하고 있는 것이오. 만일 그대가 채근을 받고 있는 영혼이라면, 대체 내가 어떻게 하면 되는가 말해 보오. 왜냐하면 이 세상의 모든 곤궁에 빠진 자에게 구원과 원조의 손을 뻗는 것이 나의 본분이며, 또한 저 세상에서 곤궁에 빠진 자들에게도, 만일 스스로의 손으로 구제를 받지 못할 때는, 마찬가지로 원조의 손을 내미는 것이 나의 본분이기 때문이오.」

「그 말씀을 들으니,」하고 아래의 사나이가 대답했다. 「저한테 말씀을 하시고 계신 분은 저의 주인이신 돈키호테 데 라 만차 님이 틀림없군요. 그 목소리를 들으니 다른 분이 아닙니다요.」

「나는 돈키호테로다.」하고 돈키호테가 대답했다. 「즉, 살아 있는 자에게도 죽은 자에게도 곤경에 빠진 경우 구조의 손을 내미는 것을 본분으로 삼고 있는 자. 그러니 그대도 무얼 하는 자인가 말하라. 그대는 나를 아연실색시키고 있으니 말이다. 그대가 나의 종자 산초 판사이고 이미 죽어 있다면 악마들에게 끌려가지 않기 위해서라도 하느님의 자비에 매달려 연옥(煙獄)에다 몸을 두는 것이 좋을 게다. 그러면 지금 그대가 겪고 있는 고통에서 빠져 나올 만한, 우리의 거룩한 어머니, 로마 카톨릭 교회의 자비를 얻을 수 있을 게다.

나도 또한 힘이 미치는 한 교회와 힘을 합해서 그것을 기원하마. 똑똑히 그대의 정체를 밝히는 게 좋을 게다.」

「맹세코 말씀드립니다만,」하고 아래의 사나이가 대답했다. 「돈키호테 데라 만차 님, 저는 어느 분이고 나리께서 좋아하시는 분의 생일을 두고 말씀드립니다요. 저는 나리의 종자 산초 판사가 틀림없고, 절대로 저는 죽지 않았습니다요. 죽기는커녕 더 천천히 하지 않으면 말씀드릴 수도 없을 만큼 여러 가지 일이 일어나서 그 영주직을 내던지고 간밤에 지금 있는 이 구덩이에 빠졌습니다. 잿빛 당나귀도 저와 함께 있으니 절대로 거짓말이라 할 수 없습니다요. 무엇보다 좋은 증거인 당나귀가 지금 여기 저와 함께 있다는 것입니다요.」

있는 정도가 아니었다. 당나귀는 산초의 말을 알아들었다고밖에 할 말이 없었다. 왜냐하면 이 순간 느닷없이 울기 시작했기 때문인데 그 울음소리가 너무나 커서 동굴 안이 쩌렁쩌렁 울릴 정도였다.

「훌륭한 증인이다!」하고 돈키호테가 말했다. 「내가 낳은 아이의 목소리처럼 그 울음소리는 기억이 나고 그대의 목소리도 들린다. 산초, 그대로 기다리고 있거라. 여기서 그리 멀지 않은 공작의 성으로 가서, 그대의 깊은 죄로 말미암아 떨어졌다고밖에 볼 수 없는 그 동굴에서 그대를 끌어 내줄 사람들을 데려올 테니까.」

「어서 다녀오십시쇼, 나리.」하고 산초가 말했다. 「제발 부탁이니 얼른 돌아와 주십쇼. 저는 산 채 여기 묻혀서 이렇게 죽도록 무서운 생각에 사로잡혀 있긴 이젠, 싫습니다.」

돈키호테는 그를 남겨 놓고 성으로 돌아가 공작 부처에게 산초 판사의 사건을 이야기했다. 그러자 공작 부처는 적잖이 놀랐으나, 옛날부터 그런 동혈이 거기 있다는 것을 알고 있었으므로, 산초 판사가 그곳을 떨어졌나 보다 하고 금방 짐작했다. 그러나 자기들에게 되돌아온다는 것도 알리지 않고 어째서 그가 영주직을 버리고 왔는지 아무리 해도 납득이 가지 않았다.

어쨌든 많은 사람들이 새끼와 밧줄을 들고 가서 대단한 노력 끝에 당나귀와 산초 판사를 그 햇빛도 비치지 않는 암흑에서 끌어올려 주었다. 한 학생이 그의 모습을 보고 말했다. 「세상의 악질 통치자 놈들은 저런 꼬락서니로 정부에서 빠져 나온 것이 틀림없어. 마치 이 바보가 죽도록 배를 곯고 흙빛이 되어 무일푼으로 기어나온 것처럼 말이야.」

이 말을 귀담아듣고 산초가 말했다. 「이봐, 입정 사나운 젊은이, 내게 주어진 섬에 내가 가서 여드렌가 열흘밖에 안 되지만 그 동안 나는 한 시간도 빵을 배불리 먹어 본 적이 없다. 그 동안 의사는 의사대로 나를 못살게 굴었고, 적은 적대로 내게 골병을 들여 놓았다. 뇌물을 받아먹을 시간도, 세금을 징수할 겨를도 없었다. 그런 까닭에, 사실이 그랬지만, 내 생각으로는 네가 그런 식으로 나와야 할 까닭은 없을 게다. 하지만 인간이 신청을 하면 하느님이 처리를 하신다. 하느님은 제일 좋은 일과 각자에게 알맞은 일을 알고 계신다. 무슨 일이고 때에 따라 해야 하는 거다. 그리고 누구 하나『이 물을 나는 안 마시겠다』고는 말하지 못하는 거다. 그리고는 소금에 절인 돼지고기가 있다고 생각하는 곳엔 걸어 둘 갈고리가 없는 법이다. 하느님은 나를 잘 알고 계시니까 그것으로 족해. 할 말은 많지만 이것으로 그만둔다.」

「무슨 말을 들었다고 해서 성급하게 화를 내거나, 불쾌해지거나 해서는 안 되느니라, 산초. 그렇지 않으면 끝이 없으니까. 마음을 침착하게 가져야 한다. 지껄이고 싶은 자에게는 실컷 지껄이게 내버려 두면 돼. 험구쟁이의 혓바닥을 묶으려 한다는 것은 들판에 대문을 세우려고 하는 거나 마찬가지니라. 만일 영주가 부자가 되어 그 직책에서 쫓겨난다면 저놈은 도둑이라는 소문이 날 것이고, 만일 가난한 채 그만두면 저 사나이는 바보이고 무능하다는 소리를 듣게 되는 법이다.」

「정말입니다요.」 하고 산초가 대답했다. 「말하자면 이번 경우, 저는 도둑이라는 소리를 듣기보다 바보 멍청이라는 소리를 들을 것이 틀림없습니다요.」

이런 말을 주고받으면서 아이들과 그밖에 많은 사람들에게 둘러싸여 성에 도착했다. 공작 부처는 성 밖까지 나와서 돈키호테와 산초 판사를 기다리고 있었는데 산초는 무엇보다도 먼저 당나귀를 마구간으로 끌고 가서 쉬게 해주지 않으면 안 되었으므로 공작을 만나러 가지 않았다. 왜냐하면 구덩이 속에서 거의 한잠도 자지 못하고 밤을 새웠기 때문이었다. 그러나 이윽고 산초는 공작 부처를 만나러 올라가서 두 사람 앞에 무릎을 꿇고 말했다.

「공작님, 마님, 저는 이렇다할 자격이 없는 사람입니다요만, 두 분의 뜻으로 바라타리아 섬의 영주가 되어 갔습니다요. 거기 갈 때 발가숭이로 가서 지금도 발가숭이올시다. 무엇하나 얻은 것도 없고 잃은 것도 없습죠. 제가 잘 다스렸느냐 못 다스렸느냐 하는 것은 얼마든지 증인들이 있으니까 제멋대로들 지껄이겠죠. 저는 여러 가지 문제를 해결하기도 하고 소송에 판결을 내리기도 했지만 섬의 영주를 돌보는 의사, 티르테아푸에라 태생의 도크토르 페드로 레시오의 생각 덕분에 죽도록 허기만 느끼다가 왔습니다요. 간밤에 적들이 우리 있는 곳을 습격해 와서 우리가 어떻게 될지 모를 궁지에 빠졌습죠. 하지만 섬 사람들의 얘기를 들어 보면 무사히 모면했고 더욱이 내 솜씨로 승리를 얻었다고 합니다요.

만일 그이들의 말이 사실이라면 하느님께 그 사람들을 지켜 주십사고 기도 드릴 뿐입니다요. 간단히 말씀드려서 그때, 제가 짊어지고 있는 직분이며, 의무며, 정치를 한다는 것을 여러 모로 생각해 보았습니다요. 도저히 그런 것은 제가 어깨에 짊어질 만한 짐이 못 되고 제 등에는 너무나 무거워서 화살을 넣는 전동도 저한테는 너무 무겁다는 것을 알았습니다. 그래서 정치가 저를 뒤집어 놓기 전에 제가 먼저 정치를 뒤집어 놓자고 생각하고, 처음 갔을 때와 똑같이 거리며 집이며 지붕이 고스란히 그대로 있는 섬을 어제 떠나왔습죠.

저는 아무에게도 부탁도 하지 않았고 돈벌이하는 일에 말려들지도 않았습니다요. 하기야, 얼마간 도움이 될 만한 법령을 만들 생각을 했습니다요만 아무도 지키는 자가 없으면 안 될 것 같아서 그만둬 버렸습죠. 다시 말해서 지키지 않는다면 만들지 않는 거나 마찬가지니까요. 방금 말씀드린 대로 저는 당나귀 이외에 아무도 데리지 않고 섬을 떠나왔습니다요.

그리고는 깊은 구덩이에 빠져서 안쪽으로 곧장 들어가서 오늘 아침 햇빛이 비치는 입구를 발견했는데 너무 깊어서 도저히 손이 위에 닿지 않았습니다요. 만일 하느님이 우리 주인 돈키호테 님을 보내 주시지 않았더라면 저는 이 세상이 끝날 때까지 거기 있었을 것입니다.

공작님, 그리고 마님, 여기 영주였던 산초 판사가 있습니다요. 이자는 영주 직에 앉은 지 불과 열흘 동안에 영주직이라는 것이 설혹 그게 섬 하나가 아니고 온 세계의 섬 전부의 영주라고 하더라도 아무 소용도 없다는 걸 깨달았습니다요. 그런 생각으로 두 분의 다리에 입맞추고 폴짝 뛰어 우뚝 서라는 아이들의 유희를 본받아 정치에서 폴짝 뛰어내려 돈키호테 님을 다시 섬기기로 한 것입니다요. 결국, 늘 위태하게 빵을 먹어야 하더라도 돈키호테 님을 섬기고 있으면 아무튼 배불리 먹을 수 있습니다요. 그리고 저는 말씀입니다요, 배불리만 먹으면 자고건 인삼이건 하등 다를 바 없습니다요.」

이렇게 산초는 그의 장광설을 마쳤는데 그 동안 돈키호테는 산초가 엉터리를 지껄일까 봐 조마조마해 하고 있었다. 그러나 비교적 엉터리가 그다지 많지 않았으므로 속으로 하늘에 감사했다. 공작은 산초를 포옹하고 그가 이토록 빨리 영주직을 그만둔 것을 유감으로 생각한다고 말했다. 그리고 자기 영토 중에서 가장 책임이 가볍고 수입이 많은 직분을 맡게 되도록 힘써 보겠다고 덧붙였다. 공작 부인도 마찬가지로 산초를 얼싸안고 난 다음 분명히 봉변을 당하고 고생만 하고 온 것 같으니 잘 돌봐 주라고 시동들에게 지시했다.

제 56 장

노시녀 도나 로드리게스의 딸을 옹호하기 위해 돈키호테 데 라 만차와 하인 토실로스 사이에 일어난 일찍이 본 적이 없는 싸움에 대해서.

공작 부처는 산초 판사를 영주직에 앉히고 그에게 가한 장난에 대해서는 조금도 후회하지 않았다. 오히려 그와 같은 날 그들의 집사가 돌아와서 그날 아침 산초가 말했거나 한 언동을 그대로 자세하게 보고하고 마지막으로 성의 습격, 산초의 공포, 그의 출발 등에 관해 떠벌려 댔으므로 두 사람은 적잖은 기쁨을 느꼈다. 아무튼 그 뒤에 실록은 다음과 같이 말하고 있다.

이윽고 정해진 싸움의 날이 다가왔다. 공작은 몇 번이나 되풀이해서 하인 토실로스에게 돈키호테를 죽이지 않고 상처를 입히지 않고 이기려면 어떻게 해야 하는가 가르쳐 주고, 창끝을 없애게 했다. 한편 돈키호테에게는 이번 결투가 매우 위험성이 크고 생명을 위험 앞에 내놓게 되는 것을 귀공은 높이 평가하고 있으나 그것은 신앙의 교의가 용서치 않는 일이므로 이런 결투를 금하고 있는 종교 회의의 결정 사항에 어긋나기는 해도 다만 자기 영지 안에 결투장을 마련해 준 것만으로 만족해 주기 바라며 또 이번 싸움을 두고두고 밀고 나가는 데는 찬성하지 않는다고 말했다. 그러자 돈키호테는 이번 일에 있어서는 모든 것을 각하가 가장 마음에 드는 대로 처리해 주기 바라며 무슨 일이고 각하의 지시에 따르겠다고 대답했다.

무서운 날이 되자 공작은 성의 광장 앞에 넓은 관람석을 만들도록 명령했다. 거기에는 결투장의 심판관, 노시녀들, 로드리게스 모녀가 앉게 되어 있었고, 또 인근 모든 마을에서, '이 근처에서는 살아 있는 사람은 물론, 이미 죽은 사람들조차 듣도보도 못한 이 결투를 구경하려고 이미 많은 사람들이 몰려들고 있었다. 결투장에 제일 먼저 들어간 자는 이 의식의 책임자였으며, 그는 혹시 무슨 부정한 수단, 발이 걸려 넘어지게 하는 숨은 장치 같은 것이 있어서는 안 된다고 장내를 샅샅이 살피고 돌아다녔다. 이어 로드리게스 모녀가 들어와서 정해진 자리에 앉았는데, 두 눈은 물론 가슴팍까지도 망토로 덮고 있었다.

결투장 안에 돈키호테가 나타난 것을 전후하여 적잖이 웅성거리는 기미가 일었다. 이어 곧 나팔수를 거느리고 늠름하게 올라앉아 장내를 위압하는 기세로 위대한 하인 토실로스가 투구의 얼굴 가리개를 깊숙히 내린 채 거창하게 번쩍이는 갑주를 몸에 두르고 한쪽 팔꿈치를 옆구리에 찌른 자세로 뻐기면서 나타났다. 덩치가 좋은 잿빛 말은 분명히 프리즐란드(네덜란드 북부의 주 一 역주.) 산이었으며 네 다리는 무시무시한 털로 덮여 있었다. 이 용감한 전사는 그의 주군 공작으로부터 용감한 돈키호테 라 만차를 상대로 어떻게 행동해야 하는가 누누이 주의를 듣고 나왔다.

그것은 어떤 일이 있더라도 상대를 죽여서는 안 되며, 만일 정면으로 대결한다면 그럴 우려가 충분히 있는 죽음의 위험을 피하기 위해 첫번째의 충돌을 피하라는 것이었다. 그는 장내를 한 바퀴 돌고 로드리게스 모녀가 있는 자리로 가까이 가서 자기를 남편으로서 요구하고 있는 딸의 얼굴을 한참 바라보았다. 그때 이미 결투장 안에 나타나 있던 돈키호테를 결투장의 집행관이 불러 토실로스와 함께 모녀에게 말을 건네서, 그들의 주장 일체를 돈키호테 데 라 만차 님에게 일임할 것을 승낙하겠느냐고 물었다. 모녀는 이구동성으로 승낙한다고 말하고 그 자리에서 돈키호테가 하는 일체의 행동은 훌륭하고 확실하며, 효력이 있는 줄 안다고 단언했다.

벌써 이때는 결투장 위에서 내려다보는 높다란 관람석에 공작 부처가 자리를 차지하고 있었는데, 울타리 위에는 무수한 사람들이 주렁주렁 매달려 이 일찍이 보지 못한 격전을 구경하려고 기다리고 있었다. 두 전사(戰士)의 조건은 만일 돈키호테가 승리를 거두면 상대편은 도냐 로드리게스의 딸과 결혼해야 하고, 돈키호테가 지면 상대편은 실천을 강요당하고 있는 약속에서 해방되어 그밖에 아무런 보상도 할 필요가 없다는 것이었다.

집행관은 두 전사가 햇빛을 똑같이 받게 하고 대기할 위치에 세웠다. 북소리가 울려퍼지고 나팔 소리가 창공에 메아리쳤으며, 대지는 발밑에서 떠는 것 같았다. 관중들의 심장은 어떤 자는 두려워하고 어떤 자는 일각이 여삼추로 학수고대하여 두근거리고 있었다.

마침내 돈키호테는 진정으로 예수 그리스도와 그리운 공주 둘시네아 델 토보소의 가호를 빌면서 정해진 돌격의 신호를 기다리고 있었다. 그런데 공작의 전사늡 이와는 전혀 다른 생각을 품기 시작하고 있었다. 말하자면 지금부터 필자가 서술하고자 하는 것밖에 생각지 않고 있었던 것이다. 일의 실마리는 그가 자기의 적인 처녀를 바라보았을 때 그녀가 평생 처음 보는 아름다운 여자로 비친 데서 비롯된 것이다. 그리고 세상에서 보통 아모르(사랑의 신, 그리스 신화의 에로스, 로마 신화의 큐피드와 같다—역주)라고 흔히 부르는 눈먼 어린 소년은 이 하인의 영혼을 정복하여 자기 전리품 목록에 보탤 수 있는 기회를 놓치려 하지 않았던 것이다.

아모르는 아무에게도 모습을 들키지 않고 살며시 토실로스에게 다가가 가련한 하인을 겨누어 왼쪽에서 두 자쯤 되는 활을 쏘아 심장을 똑바로 꿰뚫고 말았다. 아모르가 이토록 훌륭히 성공한 것은 그의 모습이 눈에 보이지 않았기 때문이고, 들어가고 싶은 곳에 마음대로 드나들고 그러면서도 누구 하나 그가 하는 짓에 이러쿵저러쿵 잔소리를 할 수가 없었기 때문이었다고 필자는 말하고자 한다.

이윽고 돌격의 신호가 울렸을 때 우리들의 하인은 넋을 잃고 있었으며, 그의 마음의 자유를 빼앗는 주인이 되어 버린 여자의 아름다움만을 생각하고 있을 때 돈키호테는 나팔 소리를 듣기가 무섭게 일전을 벌이려고 로시난테의 안간힘이 허용하는 전속력으로 적을 향해 달리기 시작했다. 그가 달려가는 것을 보고 그의 훌륭한 종자 산초가 큰 소리로 외치기 시작했다.

「하느님에게 인도를 받으십시오, 편력의 기사의 정수이자 꽃이신 나리! 나리 쪽이 정당하시니까 하느님께 이기게 해주십사고 부탁하십쇼!」

토실로스는 자기를 향해 돈키호테가 돌격해 오는 것을 보았다. 그러자 그는 큰 소리로 집행관을 불렀다. 집행관이 무슨 용건인가 하고 가까이 가자 그가 물었다.

「이 결투는 내가 저 처녀와 결혼하느냐 않느냐를 가지고 싸우는 거죠?」

「그렇소.」 하고 집행관이 대답했다.

「그렇다면 저는,」 하고 하인이 말했다. 「저는 양심의 가책이 무섭습니다. 이 싸움을 계속한다면 그 무게는 점점 더해질 것입니다. 차라리 저는 싸움에서 진 것으로 하고 저 처녀와 결혼하고 싶습니다.」

집행관은 토실로스의 말을 듣고 놀라 버렸다. 더욱이 그는 이번 사건의 속임수를 알고 있는 사람의 하나였으므로 어떻게 대답해야 좋을지 몰랐다. 돈키호테는 적이 덤벼들지 않는 것을 보고 돌진하는 도중에 기세를 멈추었다. 공작은 결투가 왜 진행되지 않는지 그 이유를 금방 알지 못했다. 집행관이 와서 토실로스의 말을 전했을 때 공작 역시 아연해졌을 뿐 아니라 매우 화를 내고 말았다. 그러는 동안에 토실로스는 도냐 로드리게스가 앉아 있는 자리로 가서 큰 소리로 말했다.

「노시녀님, 저는 따님과 결혼하고 싶습니다. 평화롭게, 하등 생명의 위험을 느끼지 않고 손에 넣을 수 있는 것을 싸움이나 결투로 손에 넣고 싶진 않습니다.」

이 말을 듣자 용감한 돈키호테가 말했다.

「일이 이렇게 된 이상 나는 나의 약속에서 해방된 것이오. 경사롭게 결혼하시오. 그리고 우리의 주 하느님께서 축복을 내려 주시는 것이니 성 베드로도 그녀를 축복하실 것이오. 」

공작은 이미 성의 광장에 내려서서 토실로스에게 다가가 말했다.

「사실이냐? 그대는 졌다는 것을 인정한단 말이냐? 그대의 겁먹은 양심에 짓눌려 저 처녀와 결혼할 생각을 했느냐?」

「그렇습니다, 나리.」 하고 토실로스가 대답했다.

「그것 참 훌륭한 일이군.」 하고 이때 산초 판사가 말했다. 「『쥐에게 줘야 할 것이라면 고양이에게 줘라. 그러면 고양이가 걱정을 덜어 준다』라고 하거든.」

토실로스는 투구의 끈을 풀면서 빨리 도와 달라고 했다. 그는 마음의 침착을 잃었을 뿐 아니라 그런 갑갑한 것을 덮어쓰고 오래 있을 수가 도저히 없었기 때문이었다. 사람들이 재빨리 그를 도와 투구를 벗기니 하인의 얼굴이 안에서 나타났다. 그것을 보자 도냐 로드리게스와 그녀의 딸이 큰 소리로 외치기 시작했다.

「이건 속임숩니다, 속임수예요! 공작님의 하인 토실로스를 저의 진짜 남편 대신 내세운 것이에요. 사기라고까진 않더라도 이런 심한 장난은 하느님과 국왕님의 재판을 받으셔야 할 거예요!」

「그렇게 한탄할 건 없소, 젊은 여인.」 하고 돈키호테는 말했다. 「이것은 장난도 아니고 속임수도 아니오. 만일 그렇다고 하더라도 그것은 공작 각하의 탓이 아니라 항상 나를 박해하는 뱃속 검은 마법사들의 소행일 것이오. 그녀석들은 내가 이 승리의 영광을 차지하는 것을 시샘하여 그대의 주인 얼굴을 그대가 방금 말한 공작님의 하인 얼굴로 바꾸어 놓은 것이오. 나의 충고를 듣도록 하시오. 나의 적들의 악의 따위는 아는 체하지 말고 이 사람과 결혼하시오. 일찍이 그대가 남편으로서 출가하려 했던 그분이 틀림없을 것이오.」

이 말을 듣고 공작은 여태까지의 노여움이 솟아오르는 웃음에 지워져서 말했다.

「돈키호테 님에게 일어나는 모든 상황은 참으로 이상하여서 하마터면 나도 내 하인을 이상한 인물로 볼 뻔했소. 그러면 이런 책략과 방안을 사용하기로 합시다. 즉 만일 이의가 없다면 이 결혼을 2주일 동안 연기해서 의심쩍게 여겨지는 이 인물을 감금해 두기로 합시다. 2주일 동안에는 아마 그가 원모습으로 되돌아올지 모르니까. 왜냐하면 마법사들이 돈키호테에게 품고 있는 원한도 그리 오래 계속될 까닭이 없고, 게다가 이런 속임수나 사람의 모습을 바꾸는 따위는 그들에게는 도움도 되지 않는 일이니까요.」

「오오, 나리, 정말입니다요!」하고 산초가 말했다. 「원체 그 악당들은 우리 주인에 관한 일이라면, 늘 모두 바꿔 버리거나 이것과 저것을 바꿔치기 하거나 하는 수법을 쓰니까요. 얼마 전에 나리께서 무찌르신 거울의 기사란 사람도 우리 마을 태생으로 주인 나리와 매우 친하신 석사 삼손 카르라스코의 모습으로 바꿔 버렸고, 우리 주인의 공주님이신 둘시네아 델 토보소 님도 촌티나는 시골 아낙네로 바꾸어 놓았으니까요. 그래서 저는 생각합니다요만 이 하인은 한평생 하인으로 살다가 죽어 버릴 것이 틀림없습니다요.」

이때 로드리게스의 딸이 말했다.

「제 남편이 되어 주시겠다고 나선 분이 누구시든 상관없어요. 저는 매우 기뻐요. 훌륭한 신사의 첩이나 업신여김을 받는 여자가 되기보다, 하인이라도 그 사람의 참된 아내가 되는 편이 얼마나 좋은지 몰라요. 하기야 저를 농락한 남자는 신사가 아닙니다만.」

요컨대 이런 이야기와 사건의 결과로, 토실로스는 그의 변모가 어떤 결과에 이르는가 알게 될 때까지 갇혀 있게 되었다. 사람들은 돈키호테의 승리라 찬양했으나 많은 사람들은 그렇게 고대하던 결투를 구경하지 못해 배신이라도 당한 듯 낙심하는 모양이었다. 그것은 마치 기다리고 있던 사형수가 원고측이나 법정에서 사면을 받아 교수형장에 나타나지 않았을 때 구경하러 모인 아이들이 낙심하는 것과 마찬가지였다. 모였던 군중은 흩어져 가고, 공작과 돈키호테는 성으로 돌아갔으며, 토실로스는 갇혔지만, 도냐 로드리게스와 딸은 어쨌거나 이번 사건이 결혼으로 낙착될 것이 틀림없다는 것을 알고 여간 만족해 하지 않았다. 더욱이 토실로스 또한 그에 못지않게 그것을 고대하고 있었다.

제 57 장

여기서는 돈키호테가 공작과 작별하는 경위와 공작 부인의 시녀, 영리한 장난 꾸러기 알티시도라 사이에 일어난 사건에 관해서.

돈키호테는 이제 이 성에서 보내고 있는 이런 안일한 생활에서 빠져 나오는 것이 좋을 것같이 여겨졌다. 공작 부처가 편력의 기사로서 그에게 베풀고 있는 수없는 환대와 일락(逸樂) 사이에 갇혀 무위하게 세월을 보내고 있는 것이 자기 자신으로 봐서 큰 과오라는 생각이 들었기 때문이었다. 그래서 이런 나태한 은둔 생활을 청산하겠다고 하늘에 고하지 않으면 안 된다는 생각이 들었다. 그리하여 하루는 공작 부처에게 출발 허가를 해달라고 부탁했다. 공작 부처는 그가 자기들을 버리고 떠난다는 것이 자기들 마음에 얼마나 쓰라린 일인가를 호들갑스럽게 표시한 다음 마침내 그것을 허락했다. 그리고 공작 부인이 테레사에게 온 편지를 산초 판사에게 주자 그는 그 편지를 보고 울면서 말했다.

「내가 영주가 되었다는 소식은 마누라의 가슴에 그토록 엄청나게 크고 높은 희망이었는데 내가 지금 우리 주인 돈키호테 데 라 만차 님의 먹는 둥 마는 둥하는 모험으로 다시 되돌아가는 일로 낙착될 줄이야 대체 누가 생각이나 했을까! 그건 그렇고, 마님께 개암을 보냈다니 과연 내 마누라 테레사다운 일을 한 것 같아서 기쁘구나. 만일 개암을 보내지 않았더라면 나는 매우 낙심했을 것이고 마누라는 마누라대로 은혜를 모르는 인간이란 걸 남에게 보이게 되었겠지. 그리고 마음이 편해지는 것은 이 선물에 뇌물이라는 명칭을 붙일 수 없다는 거야. 그 까닭은, 마누라가 개암을 보냈을 때 난 벌써 영주가 되어 있었거든. 게다가 설혹 보잘것없더라도 무언가 은혜를 받은 인간이 고마운 마음을 또렷이 나타낸다는 것은 도리에 맞는 일이지. 정말이지, 나는 발가숭이로 영주가 되어 발가숭이로 나왔어. 그러니 무엇 하나 마음에 거리낄 것 없이 말할 수 있지. 그리고 이건 결코 하찮은 일이 아니란 말야. 『나는 발가숭이로 태어나 지금도 발가숭이. 손해 본 것도 없고 덕을 본 것도 없다』 바로 이거야.」

산초는 출발하는 날 혼자 이렇게 중얼거리고 있었다. 이미 공작 부처와는 작별 인사를 했으므로 어느 날 아침 돈키호테는 성의 광장에 갑주를 입고 나타났다. 여기저기에서 성의 모든 사람들이 그의 모습을 지켜보고 있었으며 공작 부처도 그를 전송하려고 나와 있었다. 산초는 비축 식량 따위를 안장 부대로 실은 잿빛 당나귀에 만족스러운 얼굴로 올라앉아 있었다. 왜냐하면 공작의 집사로, 트리팔디 백작 부인의 역할을 맡았던 사람이 도중에서 필요할 때 쓰라고 2백 에스쿠도를 넣은 조그마한 지갑을 그에게 주었기 때문인데, 이것을 돈키호테는 아직 모르고 있었다.

모든 사람들이 돈키호테를 바라보고 있을 때 공작 부인의 노시녀들과 시녀들 사이에서 영리한 말괄량이 알티시도라가 별안간 소리 높이 슬픈 가락으로 노래를 부르기 시작했다.

> 들으시라 무정한 기사여
> 잠시 고삐를 당기시라.
> 공연히 박차를 주지 마시라,
> 버릇 좋지 않은 그대의 말에.
>
> 어째서 달아나려 하시오,
> 무서운 독사라면 모르되
> 양보다 더 순한
> 젊고 상냥한 이 몸인데.
>
> 산에서 디아나가 보았다는
> 숲에서 베누스(비너스—역)가 보았다는
> ·소녀에 못지않은 이 몸을
> 버리고 가는 그대, 차가워라.
> 그대는 비정의 비레노(《미친 오를란도》에서 그는 연인 올림피아를 무인도에 버리고 간다—역주)인가
> 아니면 달아나는 아이네이아스

바라바 그대와 함께 있으라,
그대의 앞길 내 모르노라.

무정한 그대 그 손톱에
사랑에 고민하는 젊은 여자의
부드러운 마음을 찢어다가
쥐고 가다니 참혹하여라.

머릿수건이 밤모자가 셋, 매끈매끈한
대리석과도 같은 발에 신는
양말 대님의 희고 검은 것
그대는 빼앗아 사라지는가.

그대 안고 가는 내 한숨이
만일 불이라면 2천 개의
트로이 도읍을 태워 버리리
트로이 도읍이 2천 있다면
그대는 비정의 비레노인가
아니면 달아나는 아이네이아스
바라바 그대와 함께 있으라,
그대의 앞길 내 모르노라.

종자 산초의 완고하고
인정을 모르는 마음 때문에
둘시네아에 걸려 있는
마법을 풀 길 아직 없노라,
나에게 가해진 그대의 죄
가련타, 응보를 받으시라,
올바른 자가 죄지은 자의
보상을 하는 것은 세상의 상도.

그대의 늠름한 모험도
덧없는 불행이 되어 버리고
그대의 기쁨도 꿈이 되어
사랑의 맹세도 잊어버리라,
그대는 비정의 비레노인가
아니면 달아나는 아이네이아스
바라바 그대와 함께 있으라,
그대의 앞길 내 모르노라.

세비야에서 마르체나
그라나다에서 로하까지
런던에서 영국 구석구석까지
그대의 거짓말 알려지리라.
『레이나도(카드 놀이의 으뜸 패—역주)』, 『백점』, 『일점』
트럼프 놀이를 하실 때는
왕의 패짝 못 가지시고
칠과 일의 패 그대 못 보리.

발에 박힌 티눈을 뗄 때는
상처의 피 철철 흘러라,
어금니를 뽑으려 하실 때는
뒤에 남으라, 큰 이뿌리.

그대는 비정의 비레노인가
아니면 달아나는 아이네이아스
바라바 그대와 함께 있으라,
그대의 앞길 내 모르노라

  비탄에 잠긴 알티시도라가 이렇게 신세타령을 하고 있는 동안 돈키호테는 가만히 그녀를 바라보고 있다가 이윽고 한 마디 대답도 없이 산초를 돌아보고 말했다.

「나는 그대 조상의 생애를 두고 부탁한다만, 그대 진실을 말해 다오, 산초여. 어떠냐, 그대 혹시 이 사랑에 괴로워하는 시녀가 취침 때 쓰는 머릿수건 세 개와 양말 대님을 갖고 있지 않느냐?」

이에 대해서 산초가 대답했다.

「머리에 쓰는 거라면 세 개 갖고 있습니다요. 하지만 양말 대님은 아예『우베다의 언덕 너머』나 마찬가지지, 전 알지 못합니다요.」

공작 부인은 알티시도라의 이 천연덕스러움에 은근히 놀라고 말았다. 그녀는 대담하고 기지가 있으며 좀 뻔뻔스럽다고는 생각하고 있었으나 이토록까지 천연덕스럽게 예사로 할 줄은 생각지 못했고 더구나 이번 장난은 그녀가 지시한 것이 아니므로 놀람을 부채질할 생각이 났다.

「이것은 암만해도 그다지 훌륭하다고는 생각지 못하겠구려. 기사님. 내 성에서 이만한 환대를 받은 분이 시녀의 양말 대님에다가 부인의 머릿수건을 세 개나 가지고 가시다니, 뜻밖이오. 이건 아무리 보아도 귀공의 평판에 걸맞지 않는 엉큼한 행동을 보여 주신 것 같소. 양말 대님을 돌려 주시기 바라오. 만일 싫으시다면 내가 결투를 신청하겠소. 귀공과 대결하려던 자의 얼굴을 내 하인 토실로스의 그것과 바꾼 것처럼 극악한 마법사들이 내 얼굴을 바꾸건 말건 나는 조금도 두려워하지 않겠소.」

「이만한 은혜를 베풀어 주신 고귀한 공작님에 대해서,」 하고 돈키호테가 대답했다. 「내가 칼을 칼집에서 뽑는다는 것은 도저히 신이 용서치 않을 것이오. 밤에 쓰는 물건은 돌려 드리리다. 산초가 그것을 가졌다고 하니 말씀이오. 그러나 양말 대님은 불가능하겠소. 왜냐하면 나도 받은 기억이 없고 산초 또한 갖고 있지 않기 때문이오. 그것은 만일 저 시녀가 여기저기 숨겨 두는 장소를 찾는다면 반드시 나타날 줄 믿는 바요. 공작 각하, 나는 일찍이 도둑이었던 적이 없고, 만일 신이 나를 버리지만 않으신다면 한평생 도둑이 될 생각은 없소이다. 저 시녀는 스스로 자기 입으로 말했듯이 사랑에 괴로워하고 있다고 하오. 그러나 그것은 나의 죄는 아니오. 그러니 굳이 시녀에게나 공작 각하에게 용서를 빌 필요는 조금도 없을 것이오. 그리고 각하께서는 나에 관한 것을 좀더 선의로 받아 주시고 다시 나의 여행을 계속하도록 허락해 주시기 바라오.」

「하느님께서 기꺼이 허락해 주실 거예요.」 하고 공작 부인이 말했다. 「돈키호테 님, 우리는 언제나 기사님의 훌륭한 공훈에 관한 즐거운 소식을 듣고 싫어하고 있습니다. 늠름하게 출발하세요. 기사님이 여기 머물러 계시면 계실수록 그 모습을 바라보는 시녀들의 가슴속에 타는 불꽃은 점점 더 거세질 테니까요. 시녀에게는 앞으로 눈짓이건 말이건 두 번 다시 예절 없는 짓은 하지 않도록 엄하게 일러 둘 참입니다.」

「다만 한 마디만 제 말씀을 들어 주세요. 오오, 용감하신 돈키호테 님.」하고 이때 알티시도라가 끼여들었다. 「양말 대님을 도둑맞은 일에 관해서 기사님에게 용서를 빌고 싶어요. 하느님과 제 영혼을 두고 맹세코 양말 대님은 멀쩡히 제가 매고 있었어요. 저는 『당나귀에 앉아서 당나귀를 찾았다』는 사나이처럼 멍청해 있었던 거예요.」

「그봐, 내가 뭐랬소.」하고 산초가 말했다. 「내가 물건을 훔쳐서 숨겨 놓다니, 정말 사람 죽일 노릇이지. 내가 만일 그런 짓이 하고 싶었다면 영주를 하고 있을 때 그럴 기회가 얼마든지 있었단 말야.」

돈키호테는 머리를 숙이고 공작 부처를 비롯하여 주위에 있는 모든 사람들에게 인사를 했다. 그리고는 로시난테의 고삐를 돌려 잿빛 당나귀에 올라탄 산초를 뒤에 거느리고 사라고사로 가는 길을 찾아 성문을 나섰다.

제 58 장

여기서는 갖가지 모험이 꼬리를 물고 돈키호테에게 소나기처럼 덮친 경위를 다룬다.

돈키호테가 알티시도라의 성가신 구애의 손에서 벗어나 광활한 들판에 몸을 놓았을 때, 이윽고 화려한 무대에 올라선 듯한 느낌이 들었다. 또 그의 정신은 다시 기사도의 본분을 계속하려고 새로 분기하는 것을 느꼈다. 그래서 산초를 돌아보고 말했다.

「산초여, 자유라는 것은 하늘이 우리 인간에게 주신 가장 귀한 선물의 하나이니라. 대지 속에 파묻혀 있는 재보로도, 바다 밑바닥에 숨겨진 재보로도, 결국 이것을 살 수는 없느니라. 자유를 위해서라면 명예를 위한 것과 마찬가지로 생명을 걸어도 상관없고 또 마땅히 걸어야 하느니라. 이에 반해서 유폐된 몸이라는 것은 인간에게 덮칠 수 있는 최대의 불행이다. 내가 이런 말을 하는 것은 산초여, 아까 우리가 뒤에 두고 온 그 성에서 우리가 환대를 받은 융숭함이나 호화로운 음식을 그대로 잘 보고 왔기에 그런다. 왜냐하면 그 진수성찬의 만찬과 눈처럼 차가운 온갖 마실 것 속에서도 나는 굶주림의 고통 속에 몸을 두고 있는 듯한 기분이었기 때문이다. 그것은 자유로이, 마치 자기의 것처럼 맛볼 수 없기 때문이다. 받은 호의나 은혜에 대해서 갚아야 한다는 의무 관념이 마음을 자유롭게 만들어 주지 않는 속박이 되기 때문이다. 하늘로부터 한 조각의 빵을 얻고, 하늘을 제외하고 그 무엇에도 감사할 것을 갖지 않는 사람이야말로 행복하여라.」

「나리의 말씀은, 그야말로 지당하십니다요만,」 하고 산초가 말했다. 「하지만 공작님의 집사가 조그마한 지갑에 넣어서 제게 준 금화 2백 에스쿠도에 대해서 우리가 인사를 하지 않는다는 건 좋지 않습니다요. 이 돈은 위안물이나 고약처럼 제 심장 바로 위에 갖고 있습니다만, 언젠가는 크게 소용이 있을 겁니다요. 왜냐하면 언제나 꼭 우리를 대접해 줄 성이 반드시 있는 게 아니니까요. 그보다 자칫 잘못하다간 또 몽둥이 찜질을 당할 그런 여인숙에 들 것이 틀림없습니다요.」

이런 말을 주고받으면서도 편력의 기사와 종자는 앞으로 계속 나아갔다. 그런데 1레구아쯤 갔을까말까 했을 때, 문득 푸른 초원 위에 외투를 깔고 열두 명쯤 되는 농부 같은 사나이들이 점심을 먹고 있는 것이 눈에 띄었다. 그들 옆에는 무엇인가 흰 보자기로 싼 것이 여러 개 놓여 있었는데, 따로따로 세워 놓기도 하고 뉘어 놓은 것도 있었다. 돈키호테는 이 식사를 하고 있는 사람들에게 가까이 가서 먼저 공손히 인사한 다음, 저 베로 싼 것이 무엇이냐고 물었다. 그러자 그중의 한 사람이 대답했다.

「나리, 이 보자기에 싼 것은 우리 마을에서 만들고 있는 것인데 제단 뒤에 장식하는 조상(彫像)과 물건들입니다. 윤이 날아가면 안 되므로 이렇게 싸놓았지요. 부서지면 안 되기 때문에 어깨에 메고 나르는 중입니다.」

「만일 지장이 없다면,」 하고 돈키호테가 말했다. 「그것을 좀 보여 줄 수 없을까, 그토록 소중히 다루는 조상이라면 의심할 여지 없이 훌륭한 물건이 틀림없을 테니까.」

「그야 뭐 새삼 훌륭하다니 어쩌니 할 것도 없을 만큼 굉장하지요.」 하고 또 한 사람이 말했다. 「만일 그렇지 않다고 하신다면 돈이 얼마나 들었는가 물어 보십시오. 정말이지, 50두카트 안 준 건 하나도 없습니다. 이게 사실이란 걸 나리에게 보여 드릴 테니 잠깐 기다리십시오. 그리고 눈으로 직접 똑똑히 구경하십시오.」

그는 음식을 먹다가 말고 일어서더니 첫번째 것을 끌렀는데, 그것은 말탄 산 호르헤(성 조지. 270~303년경의 기사—역주)의 조상이었다. 발 아래는 용이 굽이치고 그 입에는 창이 꽂혀 있는, 흔히 세상에서 잘 그리는 그 모습대로 처참한 양상을 보여 주고 있었다. 세상에서 흔히 말하듯 조상 전체가 후광에 싸여 있는 것 같았다. 돈키호테는 그것을 바라보고 말했다.

「이 기사는 하느님의 군대가 가진 가장 훌륭한 편력의 기사의 한 사람이었지. 돈 산 호르헤라는 사람인데, 처녀들의 보호자이기도 했지. 그럼, 다음 조상을 보여 주실까.」

사나이가 두번째 포장을 벗기었다. 그것은 말을 탄 성(聖) 마틴의 조상으로 보였는데, 가난한 사람과 망토를 함께 쓰고 있는 모습을 나타내고 있었다. 그것을 보자 돈키호테가 입을 열었다.

「이 기사 또한 그리스도교의 모험자의 한 사람이었으며, 용감한데다 다시없이 관용스러운 분이었다고 나는 생각하지. 그대도 보면 알 수 있듯이 산초여, 가난한 사람과 망토를 함께 쓰고 있는데 그 절반이나 내주지 않았느냐? 그러니까 아마 계절은 겨울이었던 모양이다. 그렇지 않다면 자비로운 분이었으니 다 벗어 주었을 것이 틀림없을 텐데.」

「그렇잖습니다요.」 하고 산초가 말했다. 「그보다 『주는 데도 갖는 데도 두뇌가 필요하다』는 속담을 따르고 계시는 것이 틀림없습니다요.」

돈키호테는 저도 모르게 웃어 버렸다. 그리고 다음 포장을 열어 보여 달라고 부탁하자 거기서는 말을 탄 스페인 수호성자의 모습이 나타났는데, 손에는 피가 철철 흐르는 칼을 쥐고 무어 인들을 무찌르며 머리를 짓밟고 서 있었다. 이것을 보고 돈키호테가 말했다.

「이거야말로 틀림없는 기사이며, 그리스도교 군에 속하는 분이다. 이분은 돈 산 디에고 마타모로스(성 야곱. 스페인에서는 그리스도의 열두 사도의 한 사람인 야곱을 수호성자로 삼는다—역주)라는 분으로, 이 세상에 계셨고 또 하늘에 계시는 가장 용감한 성자이시자 기사의 한 분이니라.」

그리고 다음 포장을 풀었는데 그것은 산 바블로(성 바울—역주)가 낙마하는 모습이 었으며 이 성자의 개종 장면에 흔히 그려지듯 주위의 배경까지 갖추고 있었다. 그리고 마치 그리스도가 그에게 말을 건네고 바블로가 대답하고 있는 것처럼 생생한 모습을 하고 있었다.

460

「이것은,」 하고 돈키호테가 말했다. 「그 시대의 우리 그리스도 교회로 봐서는 최대의 적이었으나, 나중에는 교회가 갖게 된 최대의 수호자이시다. 살아서는 편력의 기사였고, 죽어서는 틀림없는 성자로 우리 주의 포도밭을 경작한, 지칠 줄 모르는 경작자이자 이교도의 교사였으며, 천국은 학교, 그 학교의 교수 및 교장은 예수 그리스도, 바로 당신이었던 것이다.」

이제 그밖에는 조상이 없었다. 그래서 돈키호테는 다시 그것을 포장하게 하고 조상을 나르는 사람들에게 말했다.

「방금 본 것을 좋은 길조라고 나는 생각하오. 왜냐하면 이 성자분들, 기사분들은 내가 지금 받들고 있는 것과 마찬가지 것을 받드셨기 때문인데, 그것은 무기를 잡는 의무를 말하는 것이오. 다만 나와 그분들의 차이는 그분들이 성자이시고 참으로 성자다운 싸움을 하셨으나 죄 많은 나는 인간으로서 싸운다는 것이오. 그분들은 무력에 의해서 천국을 정복하시었소. 천국이 폭력 아래서 신음하고 있었기 때문인데, 나는 지금까지 내 활약의 힘으로 무엇을 정복했는지 도무지 알 수 없구려. 그러나 그리운 공주 둘시네아 델 토보소가 지금 참고 계시는 고통에서 빠져 나오신다면 나의 운도 차츰 피고 나의 판단도 차츰 날카로워져서 현재 내가 더듬고 있는 것보다도 훨씬 뛰어난 길을 걷게 될 것이오.」

「그건 하느님은 들으셔도 좋지만 악마 녀석들은 듣지 않았으면 좋겠습니다요.」 하고 산초가 말했다.

사람들은 돈키호테의 몰골뿐 아니라 그의 말을 듣고 놀랐으며 더욱이 그가 무엇을 말하려 하고 있는지 절반도 이해하지 못했다.

그들은 식사를 마치자 조상들을 어깨에 메고는 돈키호테에게 작별 인사를 하고 여행을 계속해 갔다.

산초는 마치 여태까지 자기 주인을 잘 모르고 있었던 것처럼 그가 만사를 잘 알고 있는 것을 보고 새삼 놀라움의 눈을 크게 떴는데 돈키호테가 손바닥을 들여다보듯 말하는, 혹은 기억에 새겨 놓지 않은 이야기나 사건은 아예 이 세상에 없었던 것이 틀림없다고 여겨졌으므로 물었다.

「주인 나리, 만일 오늘 우리에게 일어난 사건을 모험이라 부를 수 있다면 우리의 편력 동안에 일어난 여러 가지 사건 중에서도 아마도 제일 기분 좋고 즐거운 것이었던 것만은 사실입니다요. 몽둥이로 두들겨맞지도 않았고, 깜짝 놀라지도 않았고, 칼에 손을 가져가지도 않았을 뿐 아니라, 땅바닥에 몸을 내동댕이치지도 않았고, 배를 쫄쫄 곯지도 않았고, 무사히 빠져 나올 수 있었으니까 말입니다요. 제 눈으로 직접 그런 걸 볼 수 있었다는 것은 정말 고마우신 하느님의 배려이십니다요.」

「그대 제법 좋은 말을 하는구나.」하고 돈키호테가 말했다. 「그러나 언제나 같은 일은 없고 똑같이 일이 진행되는 것이 아니라는 것을 잘 명심해 두어라. 속인은 흔히 이것을 전조라고 부르지만, 이것은 하등 자연의 도리에 입각한 것이 아니다. 사려 깊은 사람에 의해서 길조라고도 여겨지며 또 판단되는 일이다. 어떤 미신가의 한 사람이 아침에 일어났다고 하자. 그리고 집을 나가서 고마운 성 프란체스코 파의 고행 수도사를 만나면 마치 반 독수리, 반 사자의 괴수라도 만난 것처럼 허둥지둥 발걸음을 돌려 집으로 돌아온단 말이다. 또 어느 미신가가 잘못해서 식탁에 소금을 떨어뜨리면 그자의 마음에 금방 우울한 기분이 퍼진다는 것이다. 말하자면 자연이라는 것이 방금 말한 것처럼 보잘것없는 일로 미래의 불행을 알리는 전조를 나타내지 않으면 안 된다는 것과 같다. 그러나 분별 있는 그리스도 교도는 하늘이 행하려 하고 있는 이러한 사소한 것에 결코 개의치 않는 법이니라. 일찍이 스키피오(카르타고의 한니발을 격파한 고대 로마의 장군. 기원전 247~184 —역주)가 아프리카에 도착했을 때 육지에 뛰어오르려다가 넘어졌는데 그의 부하 병졸들은 그것을 흉조로 생각했었지. 그러나 스키피오는 땅을 두 손으로 두들기며 『아프리카여, 그대는 내 손에서 달아날 수 없다. 왜냐하면 내가 두 팔 사이에 그대를 꽉 붙잡고 있기 때문이다』하고 말했다고 한다. 그러니 산초여, 그런 조상을 우연히 만났다는 것은 내게 있어서는 매우 상서로운 사건이었던 것이다.」

「저도 그렇게 생각합니다요.」하고 산초가 대답했다. 「그런데 한 가지 가르쳐 주셨으면 하는 것이 있습니다요. 스페인 사람들이 전쟁을 시작하려고 할 때는, 그 산디에고 마타모로스를 외면서, 『산티아고, 닫아라, 스페인!』하고 말하는데 이건 어디서 연유된 것입니까요? 어쩌면 스페인이 훤하게 열려 있었기 때문에 그걸 닫아야 했다는 겁니까요, 아니면 이건 무슨 예식입니까요?」

「어지간히도 무식한 사나이로구나, 산초.」하고 돈키호테가 대답했다. 「알겠느냐? 하느님은 이 붉은 십자의 훌륭한 기사를 스페인의 수호성자, 옹호자로서 특히 스페인인들이 무어 족과 싸우고 있던 그 험난한 존망의 때에 보내 주신 것이다. 따라서 그들이 나아가는 모든 싸움터에서 옹호자로서의 이 성자 이름을 외고 또 불렀던 게야. 그뿐 아니라 이따금 싸움터에서 이 성자의 모습은 본 자도 적지 않다. 더욱이 회교도의 군대를 무찌르고, 짓밟고, 쫓고, 베는 모습을 말이다. 이것은 스페인의 참된 역사책에 씌어 있는 것이니, 얼마든지 그 실례를 그대로 볼 수 있을 게다.」

산초는 화제를 바꾸어 주인에게 말했다.

「그건 그렇고 나리, 그 공작 부인님의 시녀, 알티시도라의 뻔뻔스러움에는 전 깜짝 놀라고 말았습니다. 아마도 아모르라던가 그 앞못보는 아이가 눈꼽투성인지, 아니면 전혀 보이지 않는다고 하는 편이 나을지도 모르지만 남의 심장을 노리면 아무리 조그마한 심장이라도 화살을 꼭 맞혀서 꿰뚫어 버린다는 그녀석에게, 필경 그 시녀도 보기좋게 꿰뚫려서 상처를 입은 것이 틀림없다고 전 생각합니다요. 하지만, 젊은 여자의 수줍음과 얌전함은 사랑의 신이 쏘는 화살촉을 부러뜨리거나 무디게 만들어 버린다는 말도 듣고 있습니다요. 그런데 알티시도라는 화살촉이 부러지기는커녕 더 날카로워진 것처럼 보입니다요.」

「산초, 이런 것을 기억해 두는 것이 좋을 게다.」 하고 돈키호테가 말했다. 「사랑이라는 것은 분별은 거들떠보지도 않고, 그 과정에 있어서는 이성(理性)의 구속 따위를 인정하지 않으므로, 이 점에서는 죽음과 똑같은 성질이라는 것을. 다시 말해서 왕궁의 호화로운 궁전에도, 양치는 오두막에도 똑같이 덮치고, 우선 먼저 하는 것은 공포나 부끄러움을 모두 사람한테서 빼앗아 가버린다는 것이다. 그러기에 알티시도라는 부끄러움도 체면도 없이 자기가 생각한 것을 노골적으로 지껄인 것이며, 이것은 내 가슴에 가엾다기보다 곤혹을 느끼게 했다는 편이 옳을 게다.」

「무던히도 잔인한 마음이십니다!」 하고 산초가 말했다. 「그렇게 인정을 모르는 분은 들은 적도 없습니다요! 나라면 조금이라도 귀여운 말을 듣기만 하면 두 손을 바짝 들고 그 말을 다 들어줬을 것이 틀림없습니다요! 체, 어쩌면 그렇게 대리석 같은 마음이실까! 놋쇠 같은 배짱이고, 횟가루 같은 영혼이실까! 그리고 내가 도무지 생각할 수 없는 것은 나리한테서 그 여자가 대체 무엇을 보았기에 그토록 반해 가지고 넋을 잃었는지 모르겠다는 겁니다요. 똑똑한 데가 어디 있길래, 훌륭한 데가 어디 있길래, 태도가 어디 좋길래, 얼굴이 어디 마음에 들길래, 이런 게 하나하나가 다 좋아서 그랬는지 아니면 이걸 전부 뭉친 것이 다 좋아서 그랬는지, 그 여자가 그토록 반했다니,

정말이지 전 몇 번이나 나리를 발끝에서 머리끝까지 살펴보고 들여다보고 했는지 모릅니다요. 제 눈엔 반하기는커녕 놀랄 일만 잔뜩 보였으니까 말입니다요. 게다가 여자가 반한다는 것은 아름다움이라는 것이 제일 중요한 점이라고 사람들은 말하던데, 나리에겐 대체 이렇다 할 아름다운 데도 없는데 어째서 그 가엾은 여자가 홀딱 반해 버렸는지 도무지 알 수가 없더란 말씀입니다요.」

「알아 두어라, 산초.」 하고 돈키호테가 대답했다. 「아름다움에는 두 종류가 있다. 하나는 마음의 아름다움이고 하나는 육제의 아름다움이다. 마음의 아름다움이란 것은 깊은 분별과 조심성, 점잖은 태도, 관용, 몸에 밴 범절 따위에 나타나는 것으로서, 이런 미점이라는 것은 얼굴이 못생긴 사나이도 가질 수 있고 또 존재할 수 있느니라. 이 아름다움에 눈을 돌릴 때 육체적인 그것과는 달리 격렬하고 더욱이 훨씬 뛰어난 애정이 생기는 게 상도이니라. 산초여, 나는 잘생긴 사나이가 아니라는 것을 잘 알고 있다. 그러나 그렇게 심하게 못생기지도 않았다는 것도 알고 있다. 마음이 올바른 사나이에게 있어서는 아까도 말한 영혼의 자질이라는 것을 갖고 있다면 여자의 사랑을 받는 데는 도깨비가 아닌 한 충분한 것이니라.」

이런 이야기를 주고받으면서도 그들은 길가의 숲속으로 들어갔다. 그런데 뜻밖에도 문득 돈키호테는 자기들이 녹색 실로 엮은 그물 속에 갇혀 버렸다는 것을 깨달았다. 그물은 나무와 나무 사이에 걸려 있었다. 대체 이것이 무얼까. 짐작도 채 못하고 산초를 돌아보면서 돈키호테는 말했다.

「산초여. 보아하니 이 그물망은 사람이 상상할 수 있는 것 가운데서 진기하기 짝이 없는 모험의 하나가 될 듯한 기분을 느끼게 하는구나. 이것이 항상 나를 박해하는 마법사들이, 내가 알티시도라에게 보인 그 냉정함에 대한 보복으로써, 그물 속에 나를 가두어 내 갈 길을 막으려 하는 것이 아니라면, 내 목을 주어도 아깝지 않겠다. 비록 이 그물이 녹색 실로 짠 것이라 하더라도, 설혹 이것이 다이아몬드보다 더 딴딴한 것으로 되어 있다 하더라도, 설혹 질투에 미친 대장장이 신(로마 신화의 불카누스를 말한다—역주)이 베누스와 마르스를 붙잡은 것보다 더 튼튼한 실로 짠 것이라 하더라도, 마치 바다의 해조(海藻)나 무명실 부스러기로 만든 것처럼 금방 해어져 버리리라는 것을 그들에게 똑똑히 말해 두겠다.」

그리고 앞으로 나아가기 위해서 막 그물에 찢어 헤치려 하고 있는데 뜻밖에도 그들의 앞쪽 나무 사이에서 두 사람의 참으로 아름다운 목녀(牧女)가 모습을 나타냈다. 참으로 훌륭한, 견사를 넣어 파도 무늬로 짠 짧은 스커트를 입고 있었고, 어깨에 드리워진 금발이 태양빛과도 아름다움을 겨루고 있었다. 그 머리 위에는 녹색 월계수 잎으로 만든 것과 붉은 맨드라미로 만든 두 개의 화관을 쓰고 있었다. 나이는 얼른 보기에 열다섯은 넘었고, 열여덟은 넘지 않은 듯했다. 그 모습을 보고 산초도 놀라고, 돈키호테도 아연해지고, 태양마저 이 두 소녀를 보려고 그 운행을 멈추어 주변 일대는 이상한 침묵에 감싸였다.

제일 먼저 입을 연 것은 두 목녀 가운데 한 사람이었으며, 그녀는 돈키호테를 향해서 말했다.

「잠시 기다려 주시오, 기사님. 그건 기사님께 해를 끼치기 위해서가 아니라 다만 저희들의 위안을 위해서 친 그물이니, 제발 찢지 말아 주세요. 무엇 때문에 그물 따위를 쳤느냐고 필경 물어 보실 것이고, 또 저희들이 어떤 사람들인가도 반드시 물어 보실 것을 알고 있으니, 간단히 말씀드리겠어요. 여기서 2레구아쯤 떨어진 마을에 꽤 지체 높은 분들과 시골 귀족님들과 돈 많은 분들이 많이 살고 있습니다만, 그분들의 친구와 친척들 사이에 그 자식들이나 부인들이나 딸들이나 그밖에 이웃 사람들과 친구들과 친척들이 이 자리에 놀러 오기로 의논이 되어 있는 거예요. 이곳은 이 근처 일대에서 가장 기분 좋은 장소의 하나라서, 모두 이곳을 새로운 목가적인 아르카디아(그리스 중에서도 가장 비옥한 나라. 펠로폰네소스의 일부—역주)로 만들어서 우리 여자들은 목녀의 모습을, 남자들은 목자의 모습을 하기로 한 거예요. 우리는 두 편의 목가극(牧歌劇)을 연습했는데, 그 하나는 저 유명한 시인 가르실라소가 지은 것이고, 다른 한 편은 훌륭한 카모에스가 지은 포르투갈 원어로 된 것입니다만, 아직은 상연하지 않고 있어요. 어제가 저희들이 이곳에 온 첫날이었지요. 그래서 나뭇가지 사이에 여러 개의 천막을 쳤는데, 그것은 들판에서 쓰는 천막으로 이 근처 초원을 적셔 주는 물이 풍부한 냇가에 있답니다. 어젯밤 저희들은 이 근처 나무에다 그 그물을 쳤지요. 그건 우리가 내는 소리에 들떠서 이 그물에 잡히는 바보 같은 참새들을 속이기 위한 것이었어요. 기사님, 만일 저희들의 초대가 싫지 않으시다면 꼭 정중히 대접해 드리겠어요. 왜냐하면 지금 이 자리에는 슬픔이나 근심이 들어올 까닭이 없으니까요.」

그리고 입을 다물고는 더 이상 아무 말도 하지 않았다.

이에 대해서 돈키호테가 대답했다.

「아름다운 아가씨들, 악타에온이 뜻밖에도 물속에서 목욕하는 디아나의 모습을 보았을 때 느낀 놀라움도 내가 그대들의 아름다움을 보았을 때 아연해진 데는 도저히 미치지 못할 것으로 짐작하오. 그대들의 즐거운 착상도, 그리고 초대도 감격스럽기 짝이 없고 깊이 감사드리는 바이오. 만일 그대들에게 도움이 되는 일이라면 무슨 일이고 꼭 해드릴 테니, 무엇이건 분부하시오. 나의 본분은 모든 사람들에게, 특히 그대들의 인품이 말하는 것처럼 고귀한 분들에게 감복하고 무슨 일이든 도움이 되는 일을 해드리는 것 이외에는 없소이다. 여기 있는 이 그물은 극히 좁은 장소를 차지하고 있는 것이 틀림없으나, 만일 이것이 지구 전체를 덮을 만한 것이었다면, 나는 그것을 찢고 통과하지 않기 위해 새로운 세계를 찾았을 것이오. 나의 이 표현이 조금이라도 과장된 것이라고 생각하신다면, 보시오, 적어도 그대들에게 그런 약속을 하는 자가, 만일 이 이름이 그대들의 귀에 이르렀다고 한다면, 돈키호테 데 라 만차라는 것을 알아 주시오.」

「어마, 이 일을 어쩌지.」 하고 다른 목녀가 말했다. 「어쩜 우리에게 이런 근사한 행운이 날아왔을까. 보세요, 우리 앞에 계시는 이분은, 당신이 꼭 알아 두셔야 할 것은, 이분의 온갖 무훈에 관해 현재 출판되어 나도 읽은 그 이야기가 거짓이나 엉터리가 아니라면, 이분은 현재 이 세상에 살아 있는 가장 용감하고, 가장 사랑에 괴로워하고, 가장 예의바른 분이라는 거예요. 그리고 함께 계시는 이 아저씨는 종자 산초 판사라는 분이 틀림없을 거예요. 이분이 얼마나 우스꽝스럽고 재미있는지 도저히 따라갈 분이 없을 거예요.」

「그건 사실이지.」 하고 산초가 말했다. 「말하자면 내가 바로 그 어릿광대요. 아가씨가 말씀하신 그 종자이며, 이분이 우리 주인 어른, 다름아닌 그 얘기의 주인공이신 아까도 말씀드린 돈키호테 데 라 만차, 바로 그분이지요.」

「어마, 이 일을 어쩌나.」 하고 또 한 아가씨가 말했다. 「저, 여기 머물러 계시도록 부탁드리기로 해요. 아마 우리 부모님과 형제들도 굉장히 기뻐하실 거예요. 그리고 저도 당신이 말한 것처럼 이분의 용기와 또 한 분의 재치를 사람들한테서 들어 알고 있지만, 그보다 참으로 영리하고 참으로 충실한 연인이 계시다고 들었어요. 이분이 그리워하는 공주는 둘시네아 델 토보소라든가 하는 분인데, 온 스페인이 그분에게 아름다움의 승리를 나타내는 종려잎을 바치고 있다는 얘기였어요.」

「그대의 비할 데 없는 아름다움이 그것을 약간 주저시키기는 하오만,」 하고 돈키호테가 말했다. 「둘시네아 공주가 승리의 종려잎을 받는 것은 당연한 일이오. 그러나 두 분은 나를 붙들기 위해서 신경을 쓰지 마시오. 왜냐하면 나의 본분으로서의 다급한 의무가 어느 곳에서나 나를 천천히 쉬게 하지 않기 때문이오.」

이때 네 사람이 있는 곳에 목녀 가운데 한 사람의 동생이 찾아왔는데, 그도 마찬가지로 양치는 복장을 하고 있었다. 이 동생도 두 목녀의 그것과 걸맞는 매우 화려한 복장을 하고 있었다. 두 처녀는 자기들 앞에 있는 분이 그 용감한 데 라 만차 님이고, 또 한 사람은 그 종자 산초라는 말을 했으며, 동생도 이미 그 이야기를 읽고 있어서 돈키호테에 관해서는 잘 알고 있었다. 이 수려한 양치기 소년은 그에게 인사하고 함께 자기들의 천막으로 가자고 말했다. 이 말에는 따르지 않을 수 없었으므로 돈키호테는 안내해 주는 대로 따라 갔다.

이때 마침 새를 몰아넣는 시간이 되어 그물 안에는 그 빛깔에 속아서 날아 드는 여러 가지 새가 가득 차게 되었다. 그 자리에 모두 화려한 양치기 복장 이며 목녀의 차림을 한 30명이 넘는 사람들이 모여들었다. 그리고 금방 돈키 호테와 그 종자가 어떤 사람들인가를 알고 모두 적잖이 만족해 했다. 왜냐하 면 이미 그들은 그 이야기에 의해서 그 둘의 소문을 듣고 있었기 때문이다. 그들은 천막 안으로 들어갔는데, 거기에는 풍족하고 훌륭하고 청결한 식탁이 준비되어 있었다. 사람들은 돈키호테에게 상좌에 앉는 명예를 주었다. 모두 그의 모습을 바라보았으며, 보면 볼수록 새로운 놀라움을 주었다. 이윽고 식 탁보가 치워지자 돈키호테는 침착한 어조로 말했다.

「사람이 범하는 가장 큰 죄가 무엇인고 하면, 어떤 사람은 오만이라고 말하 겠지만 나는 흔히 세상에서 말하는 『지옥은 배은망덕의 무리들로 가득 찼다』 라는 말에 따라 배은이라고 하고 싶소. 이 죄악을, 나는 될 수 있는 모든 힘 을 다해서, 겨우 이성(理性)을 사용하게 된 순간부터, 어떻게든 모면하려고 애써 온 사람이오. 만일 나에게 주어진 훌륭하고 착한 행동을 내가 훌륭한 행 동으로 갚지 못할 경우에는 그것을 하고자 원하는 마음으로 그것에 대신하고 있소. 또 그것으로도 모자랄 경우에는, 그 기분을 밝히기로 하고 있소. 왜냐 하면 자기가 받은 남의 선행을 입에 올리고 남 앞에서 발표하는 자는, 동시에 가능하면 다른 선행으로 이를 갚을 수 있는 사람이기 때문이오. 남에게서 선 행을 받는 사람은 많은 경우, 주는 사람보다 아래에 서는 사람이오. 그러기에 신은 모든 것 위에 서시는 것이오.

이렇게 말하는 것은 신은 모든 사람에게 주는 분이기 때문이오. 따라서 사람이 줄 수 있는 것은 결국 신의 그것과는 비교할 수 없는 것으로, 천양지차가 있는 것이오. 그러나 이 모자라기 쉬운 인간이 주는 힘도 감사의 기분으로 보충할 수 있는 것이오. 그래서 나는 이 자리에서 내게 베풀어 주신 은혜에 감사하면서도 도저히 그것을 갚아 드릴 수 없는 자라, 내 능력의 좁은 범위에서 그런 대로 내가 할 수 있고 또 내 본질에 알맞는 일을 여기에 바치고자 하는 것이오. 나는 내 말에 귀를 기울이는 분들의 허락을 얻어서, 나의 오직 한 사람의 그리운 공주, 비할 데 없는 둘시네아 델 토보소를 제외하고, 여기 세 시는 목녀의 모습을 한 분들은 이 세상에서 가장 아름답고 가장 상냥한 처녀들이라는 것을 사라고사로 가는 큰 길의 한가운데에 서서 이틀 동안 주장하기로 하겠소.」

산초는 그의 말을 한 마디도 빠뜨리지 않으려고 귀를 기울이고 있다가 큰 소리로 말했다.

「이런 우리 주인 나리를 미치광이라고 예사로 말을 하거나 다짐하는 인간이 대체 이 세상에 있어도 괜찮을까요? 양치는 여러분들, 말씀 좀 해보세요. 아무리 영리하거나 공부를 많이 했더라도, 우리 주인 나리가 말씀하신 것 같은 그런 말을 할 마을 신부가 있을까요? 아무리 용기가 있느니 어떠니 소문이 났더라도, 여기서 우리 주인 나리가 말씀하신 것과 같은 말을 꺼낼 만한 편력의 기사가 또 있을까요?」

돈키호테는 산초를 돌아보았다. 그리고 얼굴을 불꽃처럼 벌겋게 해가지고 화난 듯이 소리쳤다.

「이봐라, 산초. 이 세상이 넓다고 하더라도 너는 바보에 칠갑을 한 사나이고, 게다가 악의에 찼으며 악당이라는 덤까지 붙어 있지 않다고 말할 사람이 대체 있을 줄 아느냐? 누가 네게 내 말에 참견하라고 하더냐, 내가 영리하다든가 바보라든가 하는 것을 일일이 따지라고 말하더냐. 닥쳐라, 네게 말대답은 허락하지 않는다. 그보다 만일 로시난테에 안장을 얹지 않았거든 냉큼 가서 안장이나 얹어라. 나는 내 주장을 실행하기로 한다. 누가 무슨 말을 하더라도, 도리가 내편에 있는 이상, 내게 반대하려고 하는 자들은 모두 승산이 없는 줄 알라.」

돈키호테는 대단한 분노와 노여운 모습을 보이면서 의자에서 벌떡 일어났다. 뒤에 남은 사람들은 모두 어리둥절해져서, 대체 돈키호테를 미치광이로 생각해야 좋은지, 올바른 정신의 소유자라고 보아야 할지 역시 의심하지 않을 수 없었다. 결국 그들은 그런 말을 실천에 옮길 것까지는 없다, 왜냐하면 자기들은 기사님의 고마운 생각을 잘 알고 있고, 이제 새삼 기사님의 용감한 마음을 알리기 위해 새로운 행동을 할 것까지는 없다, 기사님의 갖가지 무훈을 전하는 그 책으로써 충분하다고 말하면서 그를 달랬으나 돈키호테는 자기의 초지를 관철하겠다고 로시난테에 올라타서 방패를 팔에 걸고 창을 옆에 낀 채 나아가 그 푸른 초원에서 그다지 멀지 않는 곳에 있는 길 한가운데에 가서 버티고 섰다. 산초도 잿빛 당나귀를 타고 그 뒤를 따랐으며, 그 뒤에서 목자 생활을 즐기고 있는 사람들이 그의 기승스러운, 더욱이 전대미문의 도전이 어떤 결과를 가져오는가 보려고 줄줄 따라갔다.

돈키호테는 길 한가운데에 버티고 서서 주위의 공기가 쩌렁쩌렁 울릴 만큼 큰 소리로 외쳤다.

「내 말을 들으시오. 앞으로 이틀 동안 이 길을 지나가는, 혹은 지나가고자 하는 사람들이여, 나그네길을 걷는 사람들이여, 기사들이여, 종자들이여. 걸어가는 분들도, 말을 타고 가는 분들도 모두 들으시라! 편력의 기사 돈키호테는 이 자리에서 나의 그리운 공주 둘시네아 델 토보소를 제외하고, 이 초원과 이 숲에 사는 요정에게 깃든 아름다움과 기품은 이 세상의 모든 아름다운 기품에 훨씬 능가하는 것이라고 내 무력을 두고 주장하고자 이렇게 버티고 서 있는 것이오. 그러니 이에 반대하는 의견을 가진 사람은, 자, 여기 있으니 상대하시라.」

그는 이런 말을 두 번 되풀이했으나 두 번 다 이 말을 들은 모험자는 한 사람도 없었다. 그런데 어쩔 수 없이 그를 위해 좋으라고 일을 진행시켜 온 운명 덕분인지 얼마 안 되서 말을 탄 많은 사람들의 일단이 길에 나타났다. 그들의 대부분은 손에 손에 창을 들었으며 모두 한덩어리가 되어 바쁘게 달려오고 있었다. 돈키호테와 함께 있던 사람들은 그들의 모습을 보기가 무섭게 금방 몸을 돌려 길에서 멀리 떨어진 곳으로 달아났다. 만일 그들이 오는 것을 그대로 멍청하게 서서 기다리고 있다가는 어떤 위험이 덮칠지 모른다고 생각했기 때문이다. 오직 돈키호테만은 다부진 용기를 발휘하여 조용히 그 자리에 서 있었으며, 산초 판사는 로시난테의 엉덩이를 방패삼아 몸을 도사렸다. 이윽고 창을 든 사람들이 바쁘게 다가왔다. 그리고 제일 앞장선 사람이 큰 소리로 돈키호테에게 소리쳤다.

「이봐, 비켜! 목숨을 아낄 줄 모르는 인간아, 우물쭈물하다간 황소들에게 짓밟혀 박살나고 만다！」

「이 상놈 같으니라구！」하고 돈키호테가 외쳤다. 「설혹 하라마 강변에서 자란 아무리 사나운 황소라도 나는 끄덕하지 않는다！ 이 악당·녀석들, 내가 여기서 선언한 것을 그대로 곧이듣고 진실이라 고백하라. 그것이 싫다면 나와 일전을 나눌 각오를 하는 게 좋을 게다.」

소몰이꾼들이 이에 대답할 겨를도 없었고, 돈키호테가 설령 길을 비키고 싶었어도 그럴 여가가 없었다. 사나운 황소와 집에서 기르는 온순한 소떼를 가운데 에워싸고 내일 투우 대회가 개최되는 마을로 몰고 가는 소몰이꾼들과 그밖의 사람들이 사태처럼 돈키호테와 산초와 로시난테와 당나귀 위를 휩쓸고 갔으므로, 두 인간과 두 마리의 짐승은 땅바닥에 깔려 몸부림쳤다. 산초는 마구 짓밟히고, 돈키호테는 아연해졌으며, 당나귀는 걷어차이고 로시난테도 결코 무사하지 않았다. 그래도 결국 그들은 일어났다. 돈키호테는 허둥지둥 엎어지며 자빠지며 이리갔다 저리갔다 허덕거리면서 소떼를 따라다니며 큰 소리로 외쳐 댔다.

「멈추어라, 게 섰거라, 이 상놈들 같으니. 단 한 사람의 기사가 여기 그대들을 기다린다. 더욱이 그 기사는 『달아나는 적에게는 은다리(銀橋)를 만돌라는』는 그런 자들과는 유가 다르단 말이다.」

그러나 갈 길이 바빠 서둘고 있는 그 일단은 걸음을 멈추지도 않았고 그의 공갈 따위는 지난해의 구름만치도 개의치 않았다. 돈키호테는 피로 때문에 그 자리에 섰다가, 복수당한 것보다 더 심한 분노에 못 이겨 길바닥에 주저앉아 산초와 로시난테와 잿빛 당나귀가 오기를 기다렸다. 이윽고 그들이 가까이 오자 주인과 종자는 저마다 말과 당나귀에 올라앉아 가짜의, 혹은 엉터리 아르카디아 인들에게는 작별 인사도 없이 만족이라기보다 굴욕감에 사로잡힌 채 자기들의 길을 계속 나아갔다.

제　59　장

여기서는 돈키호테에게 닥친 모험이라고 보아도 무방할 이상한 일이 다루어진다.

　돈키호테와 산초는 신선한 숲 그늘에서 발견한 맑은 물이 솟아나는 샘에서 먼지를 털고 피로를 풀 수 있었다. 샘가에서 당나귀와 로시난테의 재갈끈과 고삐를 끌러 편히 해주고, 피로한 주인과 종자도 그 자리에 앉았다. 산초는 얼른 식량을 넣은 부대를 끌어당겨 그가 언제나 군량이라고 부르는 것을 꺼냈다. 돈키호테는 양치질을 하고 세수를 했으며 차가운 물 덕분에 지칠 대로 지친 정신을 간신히 되찾았다.

　그러나 돈키호테는 마음의 아픔 때문에 무엇 하나 먹으려 하지 않았으므로 산초도 눈앞에 있는 음식을 주인에 대한 체면상 손에 대지 못하고 주인이 먼저 먹기를 기다렸다. 그러나 주인이 골똘히 생각에 잠겨, 빵을 입에 가져가는 일도 입을 벌리는 일도 잊어버리고 있는 것을 보자 모든 예의범절을 내동댕이치고 눈앞의 빵과 치즈를 닥치는 대로 뱃속에 쑤셔넣기 시작했다.

　「먹어라, 나의 벗 산초여.」 하고 돈키호테가 말했다. 「생명을 길러라, 그것은 나보다 너에게 더 중요한 일이다. 그리고 나는 이 깊은 상념과 이 불행으로 인해 이대로 죽게 내버려 다오. 산초여, 나는 죽으면서 살기 위해 태어났고 그대는 먹으면서 죽기 위해 태어났다. 내가 하는 말이 사실이라는 것을 그대가 알기 위해서는, 나에 관한 것을 잘 생각해 보아라. 나는 책이 되어 출판되고, 무력에 있어서 이름을 떨치며, 행동거지는 예의바르고, 고귀한 분에게는 존경을 받고, 여자들에게는 사랑을 받으며, 더더욱 화려한 무훈으로 승리의 종려의 영광을 차지하려고 의기충천해 있던 터에, 오늘 아침 그 불결하기 짝이 없는 짐승들의 발에 짓밟히고 걷어차이고 얻어맞고 했단 말이다. 이렇게 생각하니 나의 이빨은 둔해져서, 어금니조차 쓰지 못하게 되었으며 손마저 우둔해져서 무엇을 먹고 싶다는 생각은 깡그리 사라지고, 모든 죽음 가운데서 가장 참혹한 굶주림에 의해 이대로 죽어 버리고 싶구나.」

　「그런 까닭이시라면,」 하고 산초가 여전히 바쁘게 입을 우물거리면서 말했다. 「나리는 『마르타는 죽어도 좋지만 실컷 먹여서 죽이라』는 속담엔 찬성하시지 않는단 말씀이십니까? 저는 어차피 내 손으로 죽을 생각은 없습니다요. 그보다 자기 이빨로 가죽을 물고 필요한 만큼 끌어당기는 신발 고치는 녀석들처럼 할 작정입니다요. 말하자면 먹으면서 하느님이 정해 주신 끝장이 날 때까지 목숨을 끌고 갈 참입니다요. 나리, 아시겠습니까요, 나리처럼 자포자기가 되어 죽는 것처럼 바보 같은 짓은 없습니다요. 제 말씀을 깊이 들으시고 배를 좀 채우신 다음, 이 풀의 초록 이불 위에 편히 좀 쉬면서 한숨

주무시도록 하십쇼. 그리고 눈을 뜨셨을 때는 얼마간 기분이 편해져 계실 테니까 말입니다요.」

산초의 말이 바보의 말이 아니라 철인(哲人)의 그것처럼 여겨졌으므로 돈키호테는 그렇게 하기로 하고 말했다.

「오오, 산초여. 지금부터 내가 그대에게 하는 말을 만일 나를 위해서 들어 줄 생각이 된다면 더한층 힘이 날 것도 확실하고, 묵직한 나의 이 가슴도 얼마간 가벼워질 것이 틀림없다. 그것은 내가 잠자고 있는 동안 여기서 멀리 가서 로시난테의 고삐를 손에 쥐고 그대의 엉덩이를 까내려 둘시네아 님의 마법을 풀기 위해 그대가 스스로 그대 몸에 하지 않으면 안 되는 3천3백 차례의 매질 중에서 우선 3백 차례나 4백 차례쯤만 두들겨 달라는 것이다. 그대의 무관심과 나태 때문에 저 가엾은 공주가 아직도 마법에 걸려 있어야 한다는 것은 적잖이 유감스러운 일이로구나.」

「그 일에 대해서는 저도 할 말이 많습니다요.」 하고 산초가 대답했다. 「하지만 지금은 우선 둘 다 참이나 자도록 합시다요. 그 뒤에 어떻게 하라고 하느님이 일러 주시지 않겠습니까요. 나리께서 알아 주셔야 할 일은, 자기가 예사로 자기 몸을 매질한다는 것은 정말 쓰라린 일입니다요. 하물며 맛있는 것도 신통하게 먹지 못한 몸에 매질을 할 때는 더합죠. 둘시네아 공주님께 좀더 참아 주시라고 할 수밖에 없습니다요. 그러면 정말 뜻하지 않은 때에 매질로 체처럼 구멍투성이가 된, 제 몸을 보실 수 있게 될 겁니다요. 죽을 때까지는 아무튼 살아야 하지 않습니까요? 다시 말해서 제가 말씀드리고 싶은 것은, 저는 약속한 것은 해야 하겠다고 생각하면서 아직도 살아 있다는 것입니다요.」

돈키호테는 그에게 고마움을 표하고 조금 음식을 먹었으며 산초는 실컷 뱃속을 채우고서, 주종이 나란히 누워서 잠을 청했다. 그 동안 로시난테와 잿빛 당나귀의 언제나 떨어질 줄 모르는 한 쌍의 친구는 근처의 풍부한 풀을 마음껏 제멋대로 뜯어먹을 수 있었다.

두 사람은 얼마간 늦어져서야 잠이 깨어 저마다 말과 당나귀에 올라타고 거기서 1레구아쯤 떨어진 곳에 보이는 주막을 향해 길을 더듬어 나아갔다. 여기서 주막이라고 한 것은 돈키호테가 언제나 어떤 주막이고간에 성이라 부르는 습관을 따르지 않고 한 말이다.

그들은 그 주막에 도착했다. 거기서 하룻밤 잘 수 있느냐고 주인에게 물었다. 「주무실 수 있는 정도가 아니라 사라고사에나 가지 않으면 보지 못할 기분 좋고 대접 좋은 주막입니다요.」하고 주인이 대답했다. 그들은 말에서 내렸고 산초는 주막 주인한테서 열쇠를 받아 방안에다 짐을 날랐다. 그리고 마구간으로 말과 당나귀를 끌고 가서 건초를 준 다음 벤치에 앉아 있는 돈키호테에게 다른 볼일은 없을까 하고 다가갔다.

그리고 주인 눈에 이 주막이 성으로 보이지 않은 데 대해 하느님께 특별히 감사드렸다. 이윽고 저녁 식사 시간이 되었으므로 두 사람은 방으로 들어갔다. 산초가 저녁 식사에 무엇을 먹여 줄 참이냐고 주막 주인에게 묻자, 주인은 「손님들의 구미 여하에 달렸습니다.」하고 대답했다. 「무엇이든 잡숫고 싶은 것을 말씀하시기만 하면 하늘을 나는 새, 땅을 걷는 새, 바닷속에 있는 생선에 이르기까지 이 주막에는 무엇이든지 다 마련되어 있습니다.」하고 주인이 덧붙였다.

「그럴 것까지는 없어.」하고 산초가 대답했다. 「병아리를 한두 마리를 구워 주면 돼. 주인 나리는 여위셔서 얼마 자시지도 않고, 나도 그렇게 터무니없는 식충이는 아니니까.」

그러자 주막 주인은 「병아리는 소리개란 놈이 깡그리 채가서 지금은 한 마리도 없습니다요.」하고 대답했다.

「그렇다면 주인장, 암탉 어린 놈을 구워 주게, 연하기만 하면 상관없으니까.」하고 산초가 말했다.

「암탉 어린 놈요! 이거 참!」하고 주막 주인이 말했다.

「사실을 말씀드리면, 어제 시내로 50마리 이상이나 보내 버렸지요. 하지만 암탉 어린 놈 이외의 것이라면 뭐든지 말씀해 주십쇼.」

「그렇다면 송아지 고기나 산양 새끼 고기는 있겠지.」

「지금 집에는,」하고 주인이 대답했다. 「완전히 다 떨어져서 한 조각도 없는뎁쇼. 하지만 내주에는 남아돌아갈 만큼 있을 것입니다요.」

「뭐라구, 기가 차서 말도 못 하겠군!」하고 산초가 투덜거렸다. 「그런 식으로 없는 것밖에 없는 가운데서 남는 것을 뺀다면 결국 소금에 절인 돼지고기와 달걀뿐이라는 얘기가 되잖아?」

「내 참,」하고 주인이 대답했다. 「암만해도 손님의 머리는 둔하게 생기신 것 같군요. 내가 암탉 병아리도 없다고 했는데 달걀이 없느냐고 말씀하시니. 만일 괜찮으시거든 무언가 다른 맛있는 걸 생각해 보십쇼. 그렇게 없는 것만 찾으시지 마시고 말입니다요.」

「제기랄, 빨리 결정해 버리자.」하고 산초가 말했다. 「그러면 뭐가 있는가 말해 봐요. 쓸데없는 잔소리만 늘어놓지 말고!」

그러자 주막 주인이 말했다. 「정말 틀림없이 집에 있는 것은 꼭 송아지 발처럼 보이는 쇠발톱 두 개, 말하자면 쇠발톱처럼 보이는 송아지 다리가 두 개 있습죠. 이것을 콩과 양파와 소금에 절인 돼지고기 같은 것과 섞어서 부글부글 지지게 했으니까 아마 지금쯤은 『자, 먹어다오』하고 재촉하고 있을 겁니다요.」

「그건 내 거다.」하고 산초가 말했다. 「아무도 손을 대선 안 돼. 다른 녀석보다 값을 더 쳐줄 테니까. 왜냐하면 발이건 발톱이건 난 그 이상 좋아하는 게 없고, 다른 것과는 비교할 수도 없거든.」

「그걸 손댈 사람은 아무도 없습니다요.」하고 주막 주인이 말했다. 「지금 오시는 손님들은 지체 높은 분들이라서 자기 요리사와 식량 담당관과 식량 따위를 모두 갖고 다니니까요.」

「지체 높은 것으로 말한다면,」하고 산초가 말했다. 「우리 주인 나리만한 분은 아무도 없을걸. 하지만 우리 주인 나리가 하시는 일이 식량이나 술병 따위를 들고 다니지 못하게 한단 말이야. 우린 풀밭 한가운데서 자고 개암이나 비파 열매를 배불리 먹거든.」

산초가 주막집 주인을 상대로 나눈 대화는 이야기를 앞으로 더 진행시켜 나가서 대답해야 하므로 귀찮아서 끊어 버렸다. 왜냐하면 주막 주인이 벌써 주인 어른은 무슨 일을 하고 계십니까, 하고 물었기 때문이다. 한편, 저녁 식사 시간이 되어 돈키호테가 방에 돌아오니 주막 주인이 앞서 말한 것처럼 잡동사니 냄비를 들고 들어왔다. 그래서 즉시 식탁에 앉아 먹기 시작했다. 그때 얇다란 판자로 칸막이를 한 옆방에 지껄이는 말소리가 들려 왔다.

「돈 헤로니모 씨, 제발 부탁이니 저녁 식사를 갖고 오는 동안 《돈키호테 데 라 만차 후편》을 한 대목만 더 읽읍시다.」

돈키호테는 자기 이름을 듣자 벌떡 일어나서 옆방 사람들이 무슨 말을 하는가 귀를 기울였다. 그러자 돈 헤로니모라는 이름으로 불린 사나이가 대답하는 소리가 들렸다.

「그따위 아무 짝에도 쓸데없는 것을 뭘 하려고 읽소. 돈 후안 씨! 《돈키호테 데 라 만차》애기의 전편을 읽은 사람은 후편에 흥미를 느낄 까닭이 없잖습니까?」

「그렇게 말씀하시지만,」하고 돈 후안이 말했다. 「읽을 만한 가치는 있습니다. 조금도 좋은 점이 없는 나쁜 책이란 없으니까요. 그런데 이 후편에 가장 재미없는 것은, 벌써 둘시네아 델 토보소에 대한 사랑이 식어 버린 돈키호테(아베야네다의 위작 《돈키호테》에서는 돈키호테가 『사랑이 식은 기사』라 말하고 있다—역주)를 그리고 있다는 점입니다.」

돈키호테는 이 말을 듣자 노여움과 분함에 못 이겨 큰 소리로 외쳤다.

「돈키호테 데 라 만차가 둘시네아 델 토보소를 잊어버렸느니, 잊어버리고 있는 것 같다느니 하고 말하는 사람이 어디 사는 누군지 모르나 그것이 진실과는 아주 멀다는 것을 결투로써 가르쳐 드리겠소. 돈키호테가 비할 데 없는 둘시네아 델 토보소 공주를 잊어버릴 까닭이 없거니와, 그의 가슴에 망각 따위가 스며들 리는 절대로 없고, 돈키호테가 표방하는 문장(文章)은 확고부동이라는 것이며, 그 본분은 매우 부드럽게 그리고 아무 힘도 사용함이 없이 그분을 수호하는 일이오.」

「우리들의 말에 대답을 하신 분은 뉘시오?」하고 옆방에서 물었다.

「돈키호테 데 라 만차 그 자신을 제외하고 누가 있겠습니까.」하고 산초 판사가 대답했다. 「그리고 주인 어른은 일단 입밖에 낸 것은, 아니 지금부터 말씀하시려 하는 것도 꼭 실행하시는 분입니다. 다시 말해서『지불이 좋은 사람에게는 담보물에 신경을 쓰지 않는다』고 하니까요.」

산초가 이렇게 말하자 옆방 문이 열리고 풍채로 보나 어느 모로 보나 점잖아 보이는 두 사나이가 들어왔는데, 그중의 한 사람이 돈키호테의 목에 두 팔을 감고 말했다. 「당신의 모습은 당신의 이름을 정말 잘 나타내고 있고 당신의 이름은 참으로 당신의 모습과는 잘 어울리는군요. 의심할 여지 없이 당신이야말로 여기 내가 갖고 있는 책의 저자가 말했듯이, 당신의 이름과 당신의 무훈을 가로채려는 자들에게는 참으로 안됐지만 편력의 기사도의 북극(北極)이자 샛별이요, 참으로 틀림없는 돈키호테 데 라 만차 님이 분명합니다.」

그리고 친구가 들고 있는 한 권의 책을 돈키호테에게 건네 주었다. 돈키호테는 아무 말 없이 팔랑팔랑 책장을 넘기기 시작하더니 곧 돌려 주면서 말했다.

「지금 잠깐 읽어 보아도 저자가 쓴 것에는 세 가지 비난 받을 만한 대목이 눈에 띄는구려. 첫째 서문 속에서 읽은 몇 마디 말투요. 둘째는 전체에 사용된 말이 이따금 관사 없이 씌어 있는 것을 보면 아라곤 사투리라 할 수 있으며 셋째로는 이것이 가장 저자의 무지를 나타내는 것이오만 이야기의 가장 중요한 대목에서 과오를 범하거나 진실에서 멀리 떨어져 있다는 것이오. 왜냐하면 이 책에서 나의 종자 산초 판사의 아내를 마리 구티에르레스라고 부르고 있는데 사실은 그런 이름이 아니라 테레사 판사라고 하오. 이렇게 중요한 대목에서 과오를 범하는 저자라면 이 이야기의 도처에서 잘못을 저지르고 있을 것으로 의심해도 상관없는 줄 아오만.」

이에 대해 산초가 말했다.

「터무니없는 작자구나! 우리 집 마누라 테레사 판사를 마리 구티에르레스라고 부르는 걸 보니 우리한테 일어난 일도 어지간히 잘 알겠군. 나리, 다시 한 번 그 책을 봐주시지 않겠습니까요. 그리고 제가 그 안에 들어 있나 없나, 제 이름도 바뀌어 있나 좀 살펴봐 주시면 좋겠습니다요.」

「당신 말을 듣고 생각해 보니,」 하고 헤로니모가 말했다. 「당신은 돈키호테 님의 종자, 산초 판사가 틀림없군.」

「바로 맞았어요.」 하고 산초가 대답했다. 「그리고 나는 그걸 자랑으로 생각하죠.」

「이 새 저자는,」 하고 신사가 말했다. 「당신의 인품에서 넘쳐흐르는 순수성 따위는 조금도 묘사하고 있지 않은 게 사실이오. 이 저자는 당신을 대단한 식충이요, 바보요, 조금도 재미없는, 말하자면 당신 주인에 관한 얘기의 전편에 씌어 있는 산초와 전혀 다른 인물로 묘사하고 있으니까.」

「하느님께 용서를 비는 게 좋을 거다.」 하고 산초가 말했다.

「나 따위는 조금도 생각지 말고 가만히 내버려 둬 주었으면 좋겠군. 종을 치는 방법을 아는 자에게 종치는 일은 맡겨 두면 될 것이고, 성 베드로는 로마에 있기 때문에 그렇게 끄덕없이 있을 수 있는 것이거든.」

두 신사는 자기들과 같이 저녁 식사를 하자며 자기들 방으로 와달라고 청했다. 왜냐하면 이 주막에는 그만한 인물에 알맞는 음식이 없다는 것을 알고 있었기 때문이다. 언제나 예의바른 돈키호테는 그 청을 받아들여 그들과 함께 식사를 했다. 산초는 흙냄비의 전부를 도맡고 뒤에 남았다. 식탁 윗자리를 차지하고 주막 주인도 동석했는데 그도 산초 못지않게 소의 뒷다리며 발톱을 굉장히 좋아했기 때문이다.

저녁 식사를 하면서 돈 후안은 돈키호테에게, 둘시네아 델 토보소 공주로부터 소식이 있었느냐, 공주는 이미 결혼했느냐, 혹은 임신했느냐, 아이가 태어났느냐, 아니면 아직까지 처녀를 지켜 돈키호테 님을 마음에 새기고 정절과 순결을 지탱하고 있느냐 등등을 물었다. 이에 대해 돈키호테는 대답했다.

「둘시네아 님은 지금도 순결하시고, 나의 생각도 그전 이상으로 확고하다오. 하지만 두 사람 사이의 교제는 예나 다름없이 소원하오. 더욱이 그 아름다운 모습은 지금 천한 농삿집 아가씨의 모습으로 바뀌어 버렸소.」

그리고 둘시네아 공주가 마법에 걸린 경위를 상세하게 이야기하고 몬테시노스 동굴에서 겪은 사건이며 현자 메를린이 그녀의 마법을 풀기 위해 가르쳐 준, 즉 산초의 매질에 관한 이야기 등을 덧붙였다. 돈키호테가 자기 일신에 일어난 이상한 사건들을 들려 주자 두 신사는 여간 기뻐하지 않았다. 그뿐 아니라 돈키호테가 그러한 것을 이야기할 때의 그 멍청한 태도와 더불어 그 화술이 세련되고 우아한 데 놀라고 말았다. 어떤 때는 그를 지능이 뛰어난 사나이라 생각했고 어떤 때는 숙맥이 아닌가 하는 기분이 일어나곤 해서 이 사리 분별과 광기 사이의 어디쯤에 그를 두어야 하는지 판단을 하지 못하곤 했다. 산초는 저녁 식사를 마치고 취해 쓰러진 주막 주인을 그대로 남겨 둔 채 주인이 있는 방으로 들어가서 말했다.

「나리들, 만일 나리들이 갖고 계시는 그 책의 저자가 저와 의좋게 지낼 생각만 갖는다면 저는 죽어도 상관없습니다요. 그리고 손님들이 말씀하신 것처럼 저는 식충이라는 말을 듣는 편이 주정뱅이라는 소리를 듣는 것보다 얼마나 좋은지 모르겠습니다요.」

「그래, 술벌레라고 불렀더군.」 하고 돈 헤로니모가 말했다. 「귀에 거슬리는 말투였는데 더욱이 지금 이 자리에 있는 상냥한 산초 님의 표정으로 미루어 보더라도 터무니없는 거짓말을 나열해 놓고 있는 것만은 틀림없소만, 어떻게 썼던가는 기억이 안 나는데.」

「손님들, 이것만은 믿어 주셔야겠습니다요.」 하고 산초가 말했다. 「그 책에 나오는 산초나 돈키호테는 시데 아메테 베넨헬리가 쓴 얘기 속에 나오는 진짜 우리들과는 딴 인간들이 틀림없다는 것입니다요. 말하자면 우리 주인 어른은 용감하고 슬기롭고 사랑에 괴로워하시고, 나는 애교 있는 어릿광대지만 식충이도 주정뱅이도 아니거든.」

「나도 그렇다고 생각하고 있어요.」 하고 돈 후안이 말했다. 「만일 할 수만 있다면, 마치 알렉산더 대왕이 아펠레스를 제외하고는 아무도 자기 초상을 그려서는 안 된다고 명령했듯이 대 돈키호테 님에 관한 일은 원작자 시데 아메테를 제외하고는 누구든 손을 대는 건방진 행위는 용서치 않는다고 명령을 내리면 좋겠습니다요.」

「누구든 쓰고 싶은 사람은 쓰는 게 좋아.」 하고 돈키호테가 말했다. 「그러나 나를 나쁘게 묘사해서는 곤란하지. 인내도 너무 많은 모욕을 받아들이면 찢어지기 쉬운 법이니까.」

「돈키호테 님을 상대로 해서야,」 하고 돈 후안이 말했다. 「무슨 모욕을 가했다간 혼이 나지 않고는 못 배기죠. 하기야 그것을 돈키호테 님이 인내의 방패로 받아내지 못할 경우의 일입니다만, 제가 보기에 당신의 인내는 매우 강하고 큰 것 같습니다.」

그날 밤 그들은 이런 이야기 저런 이야기로 시간을 보냈다. 돈 후안이, 「좀더 그 책을 읽어 보시고 어떤 것이 씌어 있나 살펴보십시오.」 하고 권했으나 끝내 성공을 하지 못했다. 그는 자기가 그것을 완전히 읽어 보고 참으로 보잘것없는 것이 틀림없었다고 확인한 것으로 해두자, 또 만일 자기가 그 책을 손에 들었다는 것이 저자의 귀에 들어가서 자기가 그것을 읽은 양 기뻐하는 것은 자기의 본의가 아니다, 왜냐하면 모든 외설스럽고 추잡스러운 일에서 되도록 생각을 멀리해 두어야 하는 것이고 특히 자기들의 눈은 더더욱 그래야 한다고 말했다. 이어 두 사람은 이제 어느 쪽으로 가실 생각이냐고 묻자, 돈키호테는 사라고사로 가서 그 도시에서 해마다 개최되는 기마 시합에 참가할 작정이라고 대답했다. 그러자 돈 후안이, 그 신작 이야기에도 돈키호테인지 누구인지가 역시 사라고사의 창던지기 시합에 참가하고 있는데, 착안도 빈약하고 문장도 서투르며 표현도 매우 힘이 없어 어리석은 소리만 잔뜩 늘어놓았더라고 말했다.

「그렇다면?」 하고 돈키호테가 대답했다. 「나는 결단코 사라고사에는 한 걸음도 발을 들여 놓지 않기로 하겠소. 그러면 그 신작 이야기의 작가가 늘어놓은 거짓말이 널리 세상에 폭로되어 사람들은 그가 그리는 돈키호테가 진짜 내가 아니라는 것을 알게 될 것이오.」

「그게 좋겠습니다.」 하고 돈 헤로니모가 말했다. 「그리고 바르셀로나에서도 같은 기마 시합이 있으니까 그쪽으로 가셔서 돈키호테 님의 무용을 보여 주실 수도 있겠지요.」

「내가 생각하는 것도 바로 그것이오.」 하고 돈키호테가 말했다. 「그런데 여러분의 허락을 얻어서 이제 나는 시간도 되었고 하니 침실로 물러갔으면 하오. 제발 나를 여러분의 새로운 친구나 종의 무리 속에 보태 주시기 바라오.」

「저도 역시 부탁드립니다요.」하고 산초가 말했다. 「아마 무슨 도움이 될지도 모르니까요.」

이것으로 그들은 서로 헤어져 뛰어난 분별과 광기 사이에 이상한 교차를 목격하고 완전히 놀라 버린 돈 후안과 돈 헤로니모를 뒤에 남겨 놓고 돈키호테와 산초는 자기들의 방으로 물러갔다. 낯선 두 사람은 이들이야말로 진짜 돈키호테와 산초가 틀림없고 그 아라곤 태생의 저자가 쓴 것은 가짜라는 것을 알게 되었다.

다음날 돈키호테는 새벽같이 일어나 옆방의 칸을 막은 벽을 두드려 두 나그네에게 작별 인사를 했다. 산초는 주막 주인에게 돈을 치르고, 앞으로는 주막에 저장해 둔 음식물을 좀더 넌지시 자랑하거나 아니면 그만큼 풍부히 갖다 놓으라고 충고했다.

제 60 장

돈키호테가 바르셀로나로 가는 도중 일어난 일에 대해서.

돈키호테가 주막을 나선 것은 상쾌한 아침이었으며, 낮에도 마찬가지로 시원할 것 같은 기미를 보이고 있었다. 사라고사에 들르지 않고 바르셀로나로 가는 가장 가까운 길을 미리 알아 놓았는데, 자기를 마구 헐뜯는 글을 써놓았다는 그 신작 이야기의 저자가 늘어놓은 거짓말을 폭로시키겠다는 그의 심기는 그토록 험악했던 것이다. 아무튼 그로부터 엿새 뒤에, 이렇다 하게 적을 만한 일도 일어나지 않은 엿새째 마지막에, 길에서 옆으로 빠져 참나무인지 코르크참나무인지 모르는 숲 사이를 나아가고 있을 때 밤이 되었다. 하기야 이 점에 대해서는 원작자 시데 아메테도 평소에 다른 상황을 적을 때와는 달리 그다지 정확하다고는 할 수 없다.

주인과 종자 두 사람은 말과 당나귀에서 내려 나무 밑에서 쉬었는데, 이미 그날 점심을 잔뜩 먹어 둔 산초는 서둘러 잠의 문 안으로 들어가 버렸다. 그러나 허기보다 잇따라 일어나는 온갖 상념 때문에 돈키호테는 눈을 붙일 수가 없었다. 그뿐 아니라 오히려 그는 그 상념과 더불어 여기저기 온갖 장소를 왔다갔다하고 있었다. 어떤 때는 몬테시노스의 동굴에 가 있는 듯한 기분이 들었고, 어떤 때는 농삿집 여자로 모습이 바뀐 둘시네아가 당나귀에 풀쩍 뛰어오르는 모습을 보고 있는 듯한 느낌도 들었으며, 또 어떤 때는 둘시네아의 마법을 풀기 위해 행해야 하는 조건이나 방법을 가르쳐 준 현인 메를린의 말이 귀에 쨍쨍 울려 오고 있는 듯한 기분도 들었다.

그러자 그는 자기 종자의 나태와 무자비가 생각나서 갑자기 신경질이 났다. 그가 믿기로는 산초는 기껏해야 다섯 번인가 자기 몸을 매질했을 뿐일 것이며, 그것은 아직 남아 있는 숱한 매질에 비하면 참으로 균형이 잡히지 않도록 적은 숫자였다. 이것으로 그만 속이 상하고 부아가 나서 혼자 생각했다.

『알렉산더 대왕이 자르거나 끄르거나 마찬가지라면서 고르디안의 매듭을 잘랐지만, 그러면서도 결국 전 아시아 최대의 군주가 된 것을 보면 저녀석에게는 안됐지만 만일 산초를 내가 매질한다고 하더라도 둘시네아의 마법을 푸는 데 있어서는 그와 마찬가지의 효과가 있을 것이다. 왜냐하면 이 마법을 푸는 조건이 산초가 3천3백 차례의 매를 맞는 데 있다면, 저녀석이 자기 손으로 매질을 하건 남이 매질을 하건 나로 봐서는 마찬가지 아닌가. 누구의 손으로 맞든지, 요컨대 저녀석이 그만한 매를 맞는다는 그 자체가 중요한 점이거든.』

이런 생각을 하고 먼저 로시난테의 고삐를 끌러 그것으로 채찍질을 할 수 있도록 만들어 가지고 슬금슬금 산초에게 다가가 그의 바지끈을 끄르기 시작했다. 소문에 의하면 그는 앞쪽에만 끈을 달아 거기에 폭넓은 반바지를 매달고 있었다고 한다. 그러나 그가 가까이 가자마자 산초는 눈을 뜨고 정신을 차려 말했다.

「이건 뭐야. 나한테 손을 대고 바지끈을 끄르는 건 누구야!」

「나다.」 하고 돈키호테가 대답했다. 「그대의 태만을 보충하고 내 마음의 고민을 줄이기 위해서 왔다. 산초여, 그대를 매질해서 그대가 지고 있는 빚을 가볍게 해주기 위해서 왔다. 둘시네아는 지금 괴로워하고 있다. 그대는 끄떡없이 살아 있다. 나는 기다리다가 죽을 지경이다. 그러니 자기의 의사로 바지를 벗어라. 나의 뜻은 적어도 인기척 없는 장소에서 2천 번쯤 그대를 매질할 생각이다.」

「그건 안 됩니다요.」 하고 산초가 말했다. 「나리는 조용히 하고 계십쇼. 그렇지 않으면 진짜 하느님을 두고 내 목소리가 귀머거리에게도 들릴 만큼 큰 소리를 내고 말 테니까 말입니다요. 그리고 제가 맞아야 할 매질은 납득을 시켜가며 해야지 힘으로는 안 됩니다요. 그런데 지금 당장 내 자신에게 매질할 생각은 없습니다요. 그러니 제가 그럴 기분이 되었을 때 마구 매질한다는 약속을 해드린 것만으로 족하잖겠습니까요.」

「그대의 범절에 그걸 맡겨 둘 수 없다, 산초.」 하고 돈키호테가 말했다. 「왜냐하면 그대의 마음은 완고하고 농사꾼인 주제에 몸은 매우 부드러운 사나이라서 말이다.」

그리고 돈키호테는 산초의 바지끈을 끄르려고 안간힘을 썼다. 그러자 산초 판사는 일어나서 주인에게 매달려 힘껏 그를 껴안고 번쩍 들어 반듯하게 땅바닥에 내동댕이쳤다. 그리고 가슴을 오른쪽 무릎으로 꾹 누르고 두 손으로 상대편의 두 손을 꽉 쥐어 버렸다. 이에 주인은 몸을 움직일 수도 숨을 쉴 수도 없게 되었다. 돈키호테가 소리쳤다.

「대체, 이 무슨 짓이냐? 이 배신자! 그대의 주인이자 주군인 나에게 대항하느냐, 그대에게 빵을 베풀어 주는 자에게 적대하느냐!」

「저는 임금님을 쓰러뜨리지도 않거니와 세우지도 않습니다요.」 하고 산초가 대답했다. 「그보다 저를 도우려는 것입죠. 제 주인은 제 자신이니까요. 나리는, 조용히 하겠다, 지금은 매질하지 않겠다고 약속해 주십쇼. 저는 나리를 놓지도 않고 풀어 드리지도 않을 테니까요. 만일 그렇지 않다면,

　　도냐 산차의 원수이자 모반자
　　그대는 여기서 죽으리라.

가 되고 맙니다요.」

돈키호테는 그렇게 약속하고, 내 그리운 공주의 목숨을 두고, 그대의 옷깃에도 손대지 않겠다, 언제라도 형편이 좋을 때, 그것도 그대의 자유 의사에 따라 매질을 하게 하겠다고 다짐했다. 산초는 일어나서 좀 떨어진 곳으로 몸을 피했다. 그리고 나무에 기대려고 하는데 머리에 무엇인가 닿은 것을 느끼고 손을 들어 만져 보니, 신과 양말은 신은 사람의 두 다리였다. 그래서 질겁을 하고 다른 나무로 물러갔는데, 거기서도 역시 같은 일이 일어났다. 그는 살려 달라고 소리를 질러 돈키호테를 불렀다. 돈키호테가 와서 무슨 일이냐, 무엇을 그렇게 무서워하느냐 묻자 이 근처의 나무란 나무에는 모두 사람의 다리가 주렁주렁 매달려 있다고 대답했다. 돈키호테는 그 다리들을 만져 보고

곧 그것이 무엇인가 알았으므로 산초를 돌아보고 말했다.

「뭐 아무것도 무서워할 필요는 없다. 그대가 손으로 만져 보지 못한 이들 사람의 다리는 의심할 여지 없이 이 나무에서 교수형을 받은 도망자나 도둑들이 틀림없다. 이 근처에서는 그런 자를 잡으면 20명이면 20명, 30명이면 30명을 함께 처형하는 것이 관례가 되어 있느니라. 이런 일로 미루어 바르셀로나 가까이에 와 있는 것이 분명하다.」

사실 그가 상상한 대로였다.

날이 샌 뒤 머리 위를 쳐다보니 근처의 나무에 매달려 있는 것은 모두 도둑들의 시체였다. 이미 이때는 환하게 날이 밝은 뒤였는데, 시체가 두 사람을 놀라게 한 것에 못지않게 뜻밖에도 그들을 에워싸고 카탈라니아 말로, 「두목이 올 때까지 꼼짝말고 게 섰거나.」 하고 외치면서 40명 가까운 살아 있는 산적들이 그들을 놀라게 했다. 돈키호테는 맨땅에 서 있는데다가 말의 재갈을 끄른 채였으며, 창은 나무에 세워 놓았으니, 요컨대 아무런 방비 태세도 되어 있지 않았다. 그래서 좋은 기회가 올 때까지 팔짱을 끼고 고개를 숙인 채 얌전하게 있는 것이 상책이라고 생각했다. 도둑들은 당나귀가 있는 데로 가서 이것 저것 뒤져 보더니, 실어 놓았던 안장 부대며 가방 속에 넣어 둔 것을 하나도 남김없이 모조리 꺼냈다.

그러나 산초로 봐서 다행한 일은 공작한테서 받은 에스쿠도도 자기 집에서 가지고 온 에스쿠도도 모두 복대 속에 넣어 두었다는 점이었다. 이 행실 좋은 인간들은 그를 발가벗겨 피부와 살 사이에 숨겨 둔 것까지도 찾아 낼 기미를 보였으나 마침 그때 그들의 두목이 나타났으므로 겨우 화를 면할 수가 있었다.

두목이라는 자는 34세쯤 되어 보였으며, 다부지게 생기고 중키보다 조금 크고 눈초리가 날카로운 거무데데한 사나이였다. 튼튼한 말을 타고 사슬 갑옷을 몸에 둘렀으며 이 지방에서 새총이라고 부르는 4자루의 권총을 옆에 차고 있었다. 그가 자기의 부하들이 산초를 약탈하려 하고 있는 것을 보고 그만두라고 명령했으므로 덕분에 복대는 무사했다. 창은 나무에 기대어 세워져 있고 방패는 땅바닥에 놓여 있었으며 무장한 채 생각에 잠긴 돈키호테의 비통하기 짝이 없는 우울한 표정을 보고 그에 적잖이 놀랐다. 그래서 성큼성큼 돈키호테 앞으로 다가가서 말을 건넸다.

「그렇게 슬퍼할 건 없소. 그대는 폭군 오시리스(외래자를 제우스의 제단에 희생으로 바치기를 상습으로 한 그리스 신화의 브시리스의 잘못인 것 같다—역주) 같은 인간에게 잡힌 것도 아니고, 엄하다기보다 차라리 인정 많은 로케 기나르트(페로토 로케 기나르트라고 하며 17세기 초 카탈라니아 지방에서 설친 실제의 도적—역주)에게 붙잡혔으니 말이오.」

「나의 우울은 그대의 손에 잡혔기 때문이 아니다.」 하고 돈키호테가 말했다. 「오오, 용감한 로케 님, 그대의 명성은 널리 퍼져서 멎을 줄을 모른다. 그러나 나의 우울은 싱겁게 그대의 부하들에게 잡힐 만큼 마음을 놓고 있었다는 데 있다. 하물며 내가 반드시 편력의 기사도의 법도에 따라 24시간 내내 스스로의 보장이 되어 항상 경계하면서 살아가야 할 나로서는 더하지. 오오, 위대한 로케여, 만일 내가 마상에 있어서 창과 방패를 들고 있었다면, 나를 항복시킨다는 것은 그리 쉽지 않았으리라는 것을 그대는 알아 주었으면 한다. 공명과 수훈이 천하에 떨치고 있는 돈키호테 데 라 만차가 바로 나다.」

로케 기나르트는 즉각 돈키호테의 약점이 허풍을 떠는 용기보다 오히려 광기에 있다는 것을 눈치챘다. 여태까지 몇 번인가 그의 이름을 사람들의 입을 통해서 듣고는 있었으나 그의 갖가지 기행은 곧이들은 적도 없고 그런 우스꽝스런 생각이 한 사나이의 마음을 차지한다는 것도 납득할 수 없었다. 그러나 여태까지 멀리서 듣던 인물을 가까이 만난 것이 여간 반갑지 않았다. 그래서 그는 말했다.

「용감한 기사님, 당신이 지금 빠져 있는 이 불행한 운명에 그렇게 신경을 쓸 것도 없고 비운으로 생각할 것도 없습니다. 오히려 이 좌절로 당신의 비틀린 운이 바로잡힐 수 있을지도 모르니까요. 하늘은 도저히 인간의 상상이 미치지 못하는 신기하고 본 적도 없는 곡절을 거쳐 전락한 자를 일으켜 세우고 가난한 자를 부자로 만드는 것이 보통이거든요.」

돈키호테가 막 그에게 감사의 뜻을 표하려 했을 때, 등 뒤에서 다급한 일단의 말발굽 소리가 들려 왔다. 그러나 실은 단 일기(一騎)였으며, 스무 살이 될까말까하는 젊은이가 전속력으로 달려오고 있었다. 금실의 장식 끈이 달린 녹색 공단 의복, 폭넓은 바지, 짧은 외투, 네덜란드풍으로 삐딱하게 깃장식이 나부끼는 모자, 초를 먹인 꼭 맞는 장화, 금빛으로 빛나는 박차, 단도, 칼을 찬데다가 손에는 한 자루의 소형 총, 두 겨드랑이 밑에는 두 자루의 권총을 차고 있었다. 그 소리에 로케가 얼굴을 돌려 이 아름다운 모습을 보고 있는데 젊은이가 가까이 와서 말했다.

「오오, 용감한 로케 님, 제 불행의 구제까지는 안 되더라도 짐이라도 덜어 주셨으면 하고 찾아 뵈러 왔습니다. 언제까지나 당신을 궁금하게 만들지 않기 위해서 이름부터 말씀드리겠어요. 저는 클라우디아 헤로니마라고 하며 로케 님의 친구 시몬 포르테의 딸이에요. 아버지는 클라우켈 토르레야스와 앙숙인데 이자는 로케 님으로 봐서도 반대당의 한 사람이고 적인 줄로 알고 있어요. 로케 님도 아시다시피 이 토르레야스에게는 돈 비센테 토르레야스라고 부르는, 혹은 적어도 2시간 전까지는 부르고 있던 아들이 있습니다.

저의 불행한 얘기를 간단히 줄여서 제 신상에 일어난 일을 몇 마디 말씀드리겠어요. 이 젊은이는 저를 한번 보고 저에게 접근해 왔으며 저도 그의 말에 귀를 기울여 아버지의 눈을 속여 가며 사랑을 했습니다. 아무리 집안에만 틀어박혀 얌전하게 살고 있더라도 앞뒤 분별과 사랑의 상념을 상대편에게 호소하고 실현하려는 시간까지 없는 여자는 없으니까요. 그래서 그분은 제 남편이 되겠다, 저는 그분의 아내가 되겠다고 약속했지요. 하지만 그 이상 진전된 일은 두 사람 사이에 없었어요. 그런데 어제 일입니다만, 그분이 제게 한 약속을 잊어버리고 다른 여자와 결혼한다는, 더욱이 오늘 아침에 혼례식이 거행된다는 소식이 들려 오지 않겠어요? 이 소식으로 저는 그만 흥분해서 앞뒤 분별을 잃고 말았답니다. 다행히 아버지가 이곳에 안 계셔서 지금 보시듯이 아버지의 옷을 입고 이 말의 걸음을 재촉하여 여기서 1레구아쯤 되는 곳에서 돈 비센테에게 달라붙어 원망스러운 말 한 마디도 하지 않고 그쪽의 변명도 들음이 없이 그분에게 이 총을 쏘고, 이 두 자루의 권총을 쏘아 댔습니다. 제 생각에 그분의 몸에 두 발 이상의 총알이 박혔을 것이 틀림없어요.

다시 말씀드려서, 이렇게 제 명예가 피투성이가 되어 빠져 나오는 출구를 그분의 몸에 뚫어 놓고 만 거예요. 저는 하인들에게 그분을 남겨 놓고 왔습니다만, 하인들은 그분을 돌보려고 일어설 용기조차 없었습니다. 그래서 저는 프랑스로 건너갈 도움을 주십사고 로케 님을 찾아 이렇게 왔습니다. 그쪽에 가면 신세를 질 친척이 계십니다. 그리고 또 돈 비센테의 많은 패거리들이 아버지에게 무법적인 복수를 하지 못하도록 아버지를 지켜 주십사고 부탁하려고 이렇게 찾아 뵈러 온 거예요.」

아름다운 클라우디아의 이 늠름하고 씩씩하고 늘씬한 몸매, 그리고 일어난 사건 등에 눈이 둥그래진 로케가 입을 열었다.

「자, 갑시다, 아가씨. 나와 함께 당신의 원수가 과연 죽었나 확인하러 갑시다. 그런 다음에 당신을 어떻게 도와 드릴 수 있는가 생각해 보기로 합시다.」

클라우디아의 말과 로케 기나르트의 대답에 줄곧 가만히 귀를 기울이고 있던 돈키호테가 입을 열었다.

「이 처녀를 수호하기 위해 다른 사람이 일부러 나설 것은 없소. 내가 몸소 맡으리다. 말과 무기를 내게 주시고, 잠시 이곳에서 기다리시오. 나는 그분을 찾아가서 여하를 막론하고, 이와 같이 아름다운 처녀에게 맹세한 말을 틀림없이 실행시키도록 하겠소.」

「아무도 이 말씀을 의심해선 안 됩니다요.」하고 산초가 거들었다. 「왜냐하면 우리 주인 어른은 결혼 중개에 대단한 수완을 갖고 계시니까 말입니다요. 그 증거로 얼마 전에도 역시 아가씨에게 약속을 취소한 어떤 사내를 결혼시키셨습니다요. 만일 우리 주인 어른을 따라다니고 있는 마법사 녀석들이 그 젊은이의 진짜 모습을 하인의 모습으로 바꾸어 놓는 짓만 하지 않았더라면 지금쯤 그 아가씨는 이제 아가씨가 아닐 것입니다요.」

로케 님은 아름다운 클라우디아의 사건으로 머리가 가득 차 있었으므로 이 주인과 종자의 말 따위는 귀도 기울이지 않았다. 그리고 자기 부하들에게 당나귀에서 빼앗아 온 것을 남김없이 산초에게 돌려 주게 하고는 다시 간밤에 묵었던 장소로 모두 철수하라고 말했다. 그리고 클라우디아와 함께 전속력으로 상처를 입었거나 아니면 죽었을 것으로 여겨지는 돈 비센테를 찾아서 출발했다.

그리하여 클라우디아가 그를 만난 장소에 도착했을 때 거기에는 얼마 전에 흐른 핏자국이 있을 뿐 그의 모습은 보이지 않았다. 그러나 여기저기 돌아보다가 한 언덕 위에 몇 사람의 그림자가 눈에 띄었다. 돈 비센테의 일행으로 죽었는지 살았는지 알 수 없으나 하인들이 그를 치료하거나 혹은 매장하려 하고 있는 듯했다. 과연 그러했다. 두 사람은 그들에게 따라붙으려고 말에 속도를 가했는데 저쪽 사람들이 느릿느릿 나아가고 있어서 쉽게 따라붙을 수가 있었다. 보니 돈 비센테는 하인들의 팔에 안겨 지쳐서 힘없는 목소리로 이 상처의 아픔으로는 도저히 더 나아갈 수 없으니 여기서 이대로 죽게 해달라고 애원하고 있었다.

클라우디아와 로케는 각각 말에서 뛰어내려 돈 비센테에게 달려갔다. 하인들은 로케의 모습을 보고 겁에 질렸으며 클라우디아는 돈 비센테의 모습을 보고 마음의 동요를 누르지 못했다. 그래서 반은 상냥하게 반은 정색한 표정으로 그의 두 손을 잡으면서 말했다.

「만일 우리의 약속대로 당신이 이 손을 내게 주셨던들 이렇게는 되지 않았을 것을.」

상처를 입은 사나이는 거의 감겨진 눈을 간신히 뜨고 클라우디아라는 것을 알자 대답했다.

「착각을 일으킨 아름다운 아가씨, 나를 해친 것이 당신이라는 것을 잘 알고 있소. 그러나 이런 심한 변을 당해야 할 내 마음이 아니었소. 마음뿐 아니라 실제의 행동에 있어서도, 나는 한 번도 당신에게 상처를 입힐 생각을 해본 적이 없고 또 그렇게 할 수도 없었소.」

「아니, 그럼 오늘 아침 돈 많은 발바스트의 따님 레오노라와 결혼하게 되어 있었다는 것은 사실이 아니었나요!」하고 클라우디아가 소리쳤다.

「전혀 그런 일은 없었소.」하고 돈 비센테가 대답했다. 「그런 소식을 당신에게 가져가서 당신이 질투에 사로잡혀 내 생명을 빼앗도록 한 것은 결국 나의 악운 탓이 틀림없소. 나는 당신의 두 손과 두 팔에 내 생명을 맡겨 오히려 행운이라고 지금은 생각하고 있소. 이것이 진실이라는 것을 똑똑히 알고 싶다면, 이 손에 힘을 주어 나를 당신의 남편으로서, 싫지 않다면 받아들여 주시오. 당신이 나한테서 받았다고 생각하고 있는 그 굴욕에 대해 내가 할 수 있는 해명은 이것밖에 없으니까.」

클라우디아는 그의 손을 꼭 쥐었다. 그러자 그녀의 심장이 죄어져서 돈 비센테의 피투성이 가슴팍에 그대로 엎어져 까무러치고 말았으며 돈 비센테는 임종의 경련을 일으켰다. 로케는 곤혹에서 헤어날 바를 몰랐다. 하인들은 얼른 물을 길어와서 두 사람의 얼굴에 끼얹었다. 클라우디아는 정신을 차렸으나 비센테는 끝내 회복하지 못하고 이미 숨이 끊어져 있었다. 클라우디아는 그것을 보고 정다운 남편이 이제 이 세상에 없다는 것을 확실히 깨닫자, 사방의 공기를 휘저어 놓는 한숨과 하늘에도 닿을 울음소리를 내면서 자기의 머리를 쥐어뜯어 머리칼은 바람에 휘날렸다. 또 자기 손으로 얼굴을 할퀴면서 비탄에 젖은 마음은 상상할 수 있는 한의 격렬한 괴로움과 비탄의 모습을 그대로 드러내며 진정할 줄을 몰랐다.

「아아! 어쩌면 나는 이렇게도 잔인하고 철딱서니없는 여자일까!」하고 그녀는 소리쳤다. 「그런 그릇된 생각을 어쩌면 그렇게도 경솔하게 실행할 기분이 들었을까! 아, 미친 듯 사납게 설치는 질투의 힘이여, 가슴속에 그대를 받아들일 자를 어쩌면 이렇게도 자포자기의 종말로 이끌어 가느냐! 아아, 나의 그리운 임아, 나를 사랑하신 탓으로, 당신의 불행한 숙명 탓으로, 결혼의 침상에서 곧장 무덤으로 가버리시다니!」

클라우디아의 한탄은 가슴을 후벼파듯 참으로 비통하기 짝이 없었으므로, 어떤 경우에도 눈물을 흘리는 일이 없었던 로케마저 마침내 눈물을 흘렸을 정도였다. 하인들도 울고 클라우디아가 끊임없이 까무러치곤 했으므로 이 지역 일대가 슬픔의 들판처럼, 불행의 땅처럼 여겨질 정도였다. 이윽고 로케 기나르트는 하인들에게 거기서 멀지 않은 그의 부친이 사는 마을로 돈 비센테의 시체를 운반해 가서 무덤에 매장하라고 명령했다. 클라우디아는 자기의 숙모가 원장으로 있는 수도원에 들어가서, 또 한 사람의 보다 훌륭한 영혼의 남편을 섬기며 생애를 마치고 싶다고 로케에게 말했다.

그러자 로케는 그녀의 훌륭한 결의를 칭찬하고 그녀가 가고 싶다는 곳까지 바래다 주겠다고 했다. 그리고 그녀의 아버지를 돈 비센테의 친척들은 말할 것도 없고 누구든 위해를 가하고자 하는 자에게서 수호해 주마고 약속했다. 그러나 클라우디아는 그가 함께 가주는 것이 암만해도 싫었으므로 되도록 정중한 말로 그의 제의를 거절했다. 그리하여 돈 비센테의 하인들은 주인의 시체를 운반해 가고 로케는 자기 부하들이 있는 곳으로 돌아갔다.

클라우디아 헤로니마의 사랑은 이렇게 결말이 지어졌다. 그러나 그녀의 슬픈 사랑 이야기의 줄거리를 엮어 낸 것이 이기기 어려운 질투의 사나운 힘이고 보면 하등 이상할 것도 없는 일이다.

로케 기나르트가 돌아와 보니 부하들은 그가 명령해 둔 장소에 집합해 있었고 돈키호테는 로시난테에 올라앉아 그들에게 영혼을 위해서나 육체로 보아서나 이런 위험에 찬 생활은 그만두는 것이 좋다는 일장의 연설을 늘어놓고 있는 중이었다. 그러나 그들의 대부분이 가스코뉴 사람들로서 무모하고 타락한 인간들이었으므로 돈키호테의 말 따위에는 아예 코방귀를 뀌는 형편이었다.

로케는 그곳에 이르자 즉각 당나귀에서 빼앗은 산초의 귀중한 보물을 되돌려 주었느냐고 부하들에게 물었다. 그러자 산초가, 돌려 주기는 했으나, 3개의 도시만한 값어치가 있는 3개의 머릿수건만은 아직 돌려 받지 않았다고 대답했다.

「이봐요. 무슨 소리야. 어처구니없게!」하고 부하 한 사람이 말했다. 「그건 내가 갖고 있는데 기껏해야 3레알 값어치나 될까말까한 물건 아냐.」

「그것은 맞다.」하고 돈키호테가 말했다. 「그러나 그것을 우리에게 준 분이 준 분이니만큼 나의 종자는 방금 말한 대로 소중히 여기고 있는 게야.」

로케 기나르트는 곧 그것을 돌려 주라고 명령했다. 그리고는 부하들을 한 줄로 나란히 서게 하고 저마다 옷에 지닌 귀중품이며 돈이며 최근의 분배 이후에 빼앗은 것을 모두 앞에 내놓으라고 명령했다. 그리고 그것들을 재빨리 값을 쳐 나가더니 나눌 수 없는 것은 돈으로 바꾸어 공정히 갈라 조금이라도 많거나 모자라거나 하는 일이 없도록 매우 정확하고 신중히 전원에게 분배했다. 그것이 끝나고 모두가 돈을 받아 만족해 하고 있을 때 로케는 돈키호테를 돌아보고 말했다.

「만일 이 분배를 이런 식으로 정확하게 하지 않는다면 도저히 이 인간들과 같이 살아갈 수 없지.」

이 말을 듣고 산초가 말했다.

「내가 보아도, 설령 도둑놈들 사이라도 공평하게 하지 않으면 안 되니까. 역시 공평이라는 것은 좋기는 좋은 일인가 보죠.」

부하 하나가 이 말을 듣고 화승총 개머리판을 휘둘렀다. 만일 이때 로케 기나르트가 소리를 질러 중지시키지 않았다면 산초의 머리는 박살이 났을 것이 틀림없었다. 산초는 저도 모르게 간이 콩알만해져서 이런 인간과 있을 때는 섣불리 입을 열지 말아야 되겠다고 속으로 다짐했다.

마침 그때 이곳 저곳의 한길에 배치되어 있던 감시꾼 몇 사람이 돌아와서 로케에게 보고했다.

「두목. 여기서 그다지 멀지 않은 바르셀로나 가도(街道)로 꽤 많은 사람들이 오고 있는뎁쇼.」

그러자 로케가 대답했다.

「그래 우리를 찾으러 나온 인간들인가, 아니면 우리가 찾고 있는 인간들인가, 어느 쪽인지 알고 있나?」

「우리 쪽에서 찾고 있는 인간들입죠.」하고 부하가 대답했다.

「좋아, 모두 나가라.」하고 로케가 받았다. 「그리고 당장 이리로 그들을 끌고 오는 거다, 한 사람도 놓쳐서는 안 돼.」

부하들이 나가자 돈키호테와 산초와 로케 세 사람만이 남아 부하들이 어떤 자들을 데리고 오나 기다렸다. 이렇게 기다리고 있는 동안 로케는 돈키호테에게 말을 건넸다.

「아마 돈키호테 님은 우리의 생활이나 모험이나 사건이나, 이 모든 위험한 일을 참으로 색다르고 진기하다고 생각하셨겠지요. 그렇게 생각하셨다고 하더라도 조금도 이상할 것은 없습니다. 사실 털어놓고 말합니다만, 우리 생활처럼 늘 불안하고 조용하지 못한 것도 없거든요. 내가 이런 생활에 들어온 것은 아무리 온순한 마음의 소유자라도 휘저어지지 않을 수 없는 심한 복수의 일념이 있었기 때문입니다. 나는 원래 눈물이 많은 상냥한 사람이었지요. 그러나 방금 말한 것처럼 어떤 사람에게서 받은 굴욕에 대한 복수를 하겠다는 일념이 운순한 내 성질을 고스란히 진흙칠해서 나는 양심을 어기고 이런 생활을 감수해야 됐습니다. 그러나 하나의 심연이 다른 심연을 부르고 하나의 죄악을 부르듯이, 복수가 복수에 이어져 이제 나의 복수뿐 아니라 남의 복수까지 맡게 되었습니다. 그러나 고마우신 하느님의 뜻으로 나는 이렇게 너절한 미로의 한가운데 있으면서도 여기서 안전한 항구로 나가고 싶다는 희망만은 지금도 잃지 않고 있지요.」

돈키호테는 로케가 이렇게 훌륭하고 도리에 맞는 말을 하는 것을 보고 은근히 감탄했다. 왜냐하면 이렇게 남의 것을 훔치거나 사람을 해치거나 강도질을 하거나 하는 것을 업으로 삼는 인간들 사이에 멀쩡한 머리를 가진 사람이 있을 까닭이 없다고 생각하고 있었기 때문이다. 그래서 대답했다.

「로케 님, 건강의 시초는 자기의 병을 알고 아울러 의사가 처방해 주는 약을 먹고자 생각하는 곳에 있는데, 그대는 앓으면서도 자기의 병을 잘 알고 계시는구려. 그런데 하늘은, 아니 더 적절하게 말하면 신은 우리의 의사님이시라, 아마 그대에게도 병을 고치는 약을 주실 것이 틀림없소. 그런 약은 보통 서서히 효력을 나타내는 것으로 결코 갑자기 듣거나 기적으로 고쳐지거나 하는 일은 없는 법이오. 게다가 사려 깊은 죄인이라는 것은 어리석은 죄인보다 올바른 길로 되돌아가는 것이 빠른 법이오. 그런데 그대의 말을 들어 보니 꽤 사려의 깊음을 보여 주었으므로 오직 용기를 갖고 양심의 병이 낫기를 기다리면 될 것으로 아오. 만일 그대가 지름길로 가서 구원의 길로 한시바삐 들어가기를 바라신다면 나를 따라오시오. 편력의 기사가 되고자 하는 길을 내가 가르쳐 드리겠소. 그 길에는 이겨 내야 할 숱한 고난과 불행이 있는데 그걸 고행(苦行)이라고만 생각한다면 금방 그대는 천국으로 들어갈 수 있을 것이오.」

로케는 돈키호테의 충고를 듣고 빙긋이 웃고는 화제를 바꾸어 클라우디아 헤로니마의 비극적인 사건을 이야기했다. 그것을 듣고 산초는 몹시 슬퍼했다.

그는 그 처녀의 아름다움과 발랄함과 씩씩함에 마음이 끌렸기 때문이다.

이때 사람들을 데리러 갔던 부하들이 말을 탄 두 기사와 도보로 걸어오는 두 순례자, 걷는 사람 말 탄 사람 해서 여섯이나 되는 종복을 거느린 부인들이 탄 한 대의 마차, 그리고 두 신사가 데리고 있는 당나귀를 모는 두 젊은이를 끌고 왔다. 부하들은 그들을 한가운데에 에워싸고, 붙잡은 사람도 붙잡힌 쪽도 끽소리 없이 로케 기나르트가 입을 열기를 기다렸다. 로케는 먼저 기사들을 향해 이름이 무엇이며, 어디로 가는 길이며, 돈은 얼마나 가졌느냐고 물었다. 그들 중의 하나가 대답했다.

「우리는 스페인의 보병대 대위요. 우리 부대는 지금 나폴리에 있소. 거기서 우리는 시실리로 가라는 명령을 받고 바르셀로나에 정박하고 있다는 4척의 갤리 선을 타려고 가는 길이오. 돈은 한 2,3백 에스쿠도 갖고 있지요. 우리 생각으로는 이만하면 부자라 생각하며 만족해 하고 있다오. 군인은 가난하므로 이에 더한 축재는 도저히 허용되지 않으니까요.」

이어 로케는 대위들에게 한 것과 같은 질문을 두 순례자에게 했다. 그러자 로마로 가는 배를 타러 가는 길이며, 가진 돈은 두 사람이 합해 봐야 고작 70레알쯤 될 것이라는 대답이었다. 다시, 마차를 타고 가는 분들은 어디로 가는 길이며, 돈은 얼마나 가졌느냐고 묻자 종자 하나가 대답했다.

「마차에 타고 계시는 분들은 나폴리의 종교 재판소장 부인이신 도냐 기오마르 데 키뇨네스 님과 어린 아씨들과 시녀들과 노시녀입니다. 우리들 여섯 사람의 하인이 이분들을 수행하고 있는 돈은 약 6백 에스쿠도 가지고 있습니다.」

「그러고 보면,」 하고 로케 기나르트가 말했다. 「벌써 우리는 이 자리에 9백 에스쿠도 70레알을 가지고 있는 셈이다. 우리 부하는 이럭저럭 70명쯤 될 테니까. 나는 돈 계산은 잘못하는 편이니, 한 사람 앞에 얼마씩 되겠는가 가르쳐 주기 바란다.」

도둑들은 이 말을 듣고 큰 소리로 외쳤다.

「로케 기나르트 만세! 두목의 파멸을 꾸미는 도둑놈들에게는 안됐지만 만수무강하십쇼!」

자기들의 재산이 몰수되는 것을 보고 두 대위는 무척 실망하는 모습을 보였으며, 재판장 부인은 비통한 표정을 지었고, 순례자들 또한 결코 기쁜 얼굴은 아니었다. 로케는 이런 식으로 잠시 사람들의 마음을 조마조마하게 만들었으나, 그들을 언제까지나 불안한 상태로 둘 생각은 없었다. 그들의 불안은 화승총의 총알이 닿는 거리에서 보아도 분명했기 때문이었다. 그래서 그는 두 대위를 돌아보고 말했다.

「대위님들, 나한테 한 번 호의를 베푸셔서 70 에스쿠도만 빌려 주지 않겠소? 그리고 재판소장 나리의 마님께서는 나를 따르고 있는 이 일단의 인간들을 기쁘게 해주시기 위해서 80에스쿠도만 빌려 주십시오. 수도사도 노래를 불러야 끼니가 얻어걸린다지 않습니까? 그렇게만 해주신다면 내가 드리는 통행권을 갖고 자유로이 아무런 방해도 받지 않고 여행을 계속하실 수 있을 겁니다. 이 일대에 분산시켜 놓은 내 부하들의 어느 일단과 만나더라도 이 통행권만 있으면 아무 위해도 받지 않을 겁니다. 그리고 나는 군인 양반이나 여자 분들에게, 특히 지체 높은 여자 분들에게 위해를 가할 생각은 조금도 없으니까요.」

이 참으로 이치에 맞는 말을 듣고 대위들은 로케의 겸양에 감사해 했으며 특히 자기들에게 돈을 돌려 주었으므로 그 관용에 감사했다. 도냐 기오마르 데 키뇨네스는 위대한 로케의 발과 손에 입을 맞추려고 마차 밖으로 몸을 내던지려 했으나 로케 쪽에서는 끝내 그것을 허용치 않았다. 그뿐 아니라 자기의 죄 많은 직업상 부득이하다고는 하나 자기가 그녀에게 준 모욕을 용서해 달라고 말했다. 재판소장 부인은 하인 한 사람에게 즉각 자기에게 할당된 80에스쿠도를 내놓으라고 분부했으며 대위들도 이미 70에스쿠도를 내놓았다. 순례자들도 얼마 안 되는 돈을 전부 내놓으려 했으나, 로케는 그대로 가지고 가라고 하고 부하들을 돌아보고 말했다.

「이만한 돈으로 한 사람 앞에 2두카트씩은 돌아간다. 따라서 20두카트는 남게 돼. 그중 10두카트는 이 순례 양반들에게 드려라. 나머지 10 두카트는 이번 일을 널리 선전해 주실 여기 계시는 이 훌륭한 종자 양반에게 드리도록 해라.」

그리고 언제나 준비되어 있는 붓이나 펜을 가져오게 하여 부하인 소두목들 앞으로 통행권을 써서 사람들에게 나누어 주었다. 그리고 그들에게 작별 인사를 하고 자유로이 출발시켰는데, 사람들은 그의 고상함과 그 시원시원한 태도, 그리고 흉내낼 수 없는 거동 따위에 완전히 감탄하여 도적이라기보다는 오히려 알렉산더 대왕같이 여겨졌던 것이다. 이때 그의 부하 한 사람이 가스코뉴 말과 카탈라니아 말을 섞어서 중얼거렸다.

「우리 두목은 산적질을 하기보다 차라리 고행 수도자가 되었으면 좋았을 텐데. 앞으로 그렇게 통이 큰 것을 과시하고 싶거든 우리 돈이 아니고 자기 돈으로 해줬으면 좋겠어.」

이 불행한 사나이는 이 말을 그리 나직한 소리로 하지 않았으므로 로케의 귀에 들리고 말았다. 로케는 금방 칼을 쑥 뽑아 상대편의 얼굴을 거의 두 조각을 내다시피하면서 말했다.

「못돼먹은 놈에 대한 내 처벌은 이런 거다.」

부하들은 끽소리 못 하고 입을 다물었으며 누구 하나 말을 하는 자가 없었다. 이토록 그들은 그에게 복종하고 있었던 것이다.

그런 다음 로케는 조금 떨어진 곳으로 가더니, 바르셀로나에 있는 친구 한 사람에게 편지를 써서, 지금 돈키호테 데 라 만차라는 소문이 자자한 편력 기사가 자기와 함께 있는데, 세상에도 진기하고 우스꽝스러운데다가 꽤 박식한 인물로서 오늘부터 나흘째, 즉 성(聖) 요한 축제일에 돈키호테는 갑주를 몸에 두르고 애마 로시난테에 올라앉고 종자 산초는 당나귀를 타고 바르셀로나의 해변 한가운데에 나타날 것이다, 이것을 한패인 니아르로스 당(黨) 사람들에게 알려 실컷 즐겨 주기 바란다. 그리고 적인 카멜르 당 사람들에게는 이 즐거움을 나누어 주고 싶지 않지만, 돈키호테의 광기와 뛰어난 지능, 종자 산초 판사의 해학은 온 세계 사람들에게 갖은 기쁨을 주지 않고는 못 견딜 것이니 어쩔 도리가 없겠지, 운운하고 써 보냈다. 이 편지를 부하 한 사람에게 들려 보냈는데, 그는 도둑의 옷을 벗어 농부 옷으로 갈아입고 바르셀로나로 달려가 편지를 전달했다.

제 61 장

바르셀로나에 도착했을 때 돈키호테에게 일어난 사건 및 그럴듯하다기보다 진실성을 띤 그밖의 여러 가지 일들에 대해서

돈키호테는 사흘 낮 사흘 밤을 로케와 함께 지냈는데, 설혹 3백 년을 그와 함께 살았다고 하더라도 그의 생활 방식에서 눈이 둥그래지는 일, 놀라운 일들이 다 없어지지는 않았을 것이다. 그들은 여기서 새벽을 맞이하는가 하면

다른 자리에서 점심을 먹고, 어떤 때는 뚜렷이 누구랄 것도 없는 상대를 피해 달아나는가 하면 어떤 때는 누구를 기다린다는 것도 없이 숨어 기다린다. 선 채로 잠을 자고, 자는가 하면 금방 두들겨 깨워서 이리저리 이동한다. 밀정을 내보내고 보초를 세우며, 화승총의 화승불을 분다. 하기야 대부분이 권총을 사용하고 있었으므로 화승총을 쓰는 자는 얼마되지 않았다. 로케는 언제나 밤에는 부하들과 떨어져 지냈는데 그것은 이리저리 옮기는 자기의 거처를 부하들에게 알리지 않기 위해서였다. 그 까닭은 바르셀로나의 총독이 그의 사형을 선고한 많은 포고를 내놓고 있었기 때문인데, 그때문에 늘 불안과 공포를 느껴 부하들이 자기를 죽이지나 않을까, 혹은 관리에게 인도하지 않을까, 하는 두려움으로 아무도 믿을 수 없었기 때문이다. 참으로 비참하고 구차한 생활이었다.

결국 폐도(廢道)와 지름길과 오솔길로 하여 로케와 돈키호테와 산초는 부하 6명을 데리고 바르셀로나로 출발했다. 그들은 어두워진 후에 성 요한 축일 전야의 바르셀로나의 바닷가에 도착했다. 그러자 로케는 돈키호테와 산초를 얼싸안고 그때까지 주지 않고 있던 약속의 10에스쿠도를 산초에게 주고는 인사를 나눈 다음 그들 곁을 떠나갔다. 로케는 떠나가고 돈키호테는 그대로 말 위에 앉은 채로 날이 새기를 기다렸는데, 얼마 안 있어 동쪽 하늘에 뿌옇게 새벽이 얼굴을 나타내기 시작하여 귀를 즐겁게 해주지는 않았지만 풀과 여러 꽃들을 기쁘게 해주었다. 그러나 많은 나팔 소리와 북소리, 요령 소리, 「자아, 비켜, 비켜라, 비켜.」 하고, 분명히 시내에서 들려 오는 통행인 소리가 귀를 기쁘게 해주었다. 이윽고 새벽이 길을 비켜 주자 태양이 둥근 방패보다 훨씬 큰 얼굴로 지평선에 닿을까말까 하게 차츰차츰 솟아올라왔다.

돈키호테와 산초는 여러 곳을 둘러보았다. 그때까지는 본 적이 없는 바다를 바라보았다. 그들이 전에 라 만차에서 본 루이데라의 늪보다 넓고 크고 풍요한 듯했다. 해변에 정박한 무수한 갤리 선을 보았는데 모두 갑판 위의 천막을 내리고, 수면에 입을 맞추거나 닿거나 하고 있는 깃발이며 긴 삼각기가 바람에 나부끼고 있었다. 배 안에서 나팔과 트럼펫과 치리미아 소리가 울려퍼져서 사방의 공기를 아름답고 웅장한 메아리로 가득 채워 놓고 있었다. 이윽고 갤리 선이 움직이기 시작하여 고요한 해면에서 일종의 전초전을 벌이기 시작하자, 이에 호응이라도 하듯 화려한 제복을 입은 무수한 기병들이 훌륭한 말을 타고 시내에서 나타났다. 갤리 선의 수병들이 쉴새없이 대포를 쏘아 대자 시내 성벽과 요새의 병사들이 이에 맞장구를 치며 발포했다. 큰 대포가 끔찍한 굉음을 내면서 공기를 찢고, 갤리 선의 현문(舷門)에서는 함포가 이에 호응했다. 즐거운 바다, 미소짓는 대지, 이따금 대포의 연기로 약간 흐려질 뿐인 맑디맑은 하늘, 그것들이 모든 사람들에게 순식간에 기쁨을 채워 넘쳐흐르게 하는 것처럼 보였다. 산초는 바다 위를 움직여 가는 저 거대한 배가 어째서 저토록 많은 발을 갖고 있는지 상상할 수 없었다.

이렇게 돈키호테가 넋을 잃고 멍하니 서 있는데, 고함 소리며 함성을 지르면서 제복을 입은 일단의 기사들이 달려왔다. 그 가운데 한 사람은 로케에서 전언을 들은 인물로 그는 큰 소리로 돈키호테에게 말을 건넸다.

「어서 오십시오. 모든 편력의 가사도의 거울이요, 이정표요, 등불이요, 안내의 별이자 북극성이라 할 수 있는 분이 이 시에 오시다니, 되풀이해서 말씀드립니다만 참으로 잘 오셨습니다. 요즘 우리 눈에 띄는 거짓 애기의 날조된 가짜와는 달리 실록 저자의 꽃이라 할 수 있는 시데 아메테 베넨헬리가 그린 틀림없는 진짜, 정당하고 용감한 돈키호테 데 라 만차 님!」

돈키호테는 한 마디도 대답하지 않았으며 기사들 쪽에서도 대답을 기다리지 않았다. 뿐만 아니라 따라온 다른 기사들과 함께 돈키호테를 중심으로 빙글빙글 원을 그리면서 행진하기 시작했다. 돈키호테는 산초를 돌아보고 말했다.

「이 사람들은 우리를 잘 알고 있는 모양이다. 나는 맹세해도 좋다만, 우리에 관한 이야기를 읽었을 뿐 아니라 요즘 출판된 아라곤 인의 책까지 읽은 모양이구나.」

아까 그 기사가 돌아와서 돈키호테에게 말을 건넸다.

「돈키호테 님, 우리와 함께 가주십시오. 우리는 한 사람도 예외 없이 귀공의 종입니다. 로케 기나르트의 친한 친구들이니까요.」

이에 대해 돈키호테가 대답했다.

「만일 예의라는 것이 예의를 낳는 것이라면, 기사님, 귀공의 예의는 대 로케가 지닌 예의의 딸이 아니면 매우 가까운 친척이랄 수 있을 것 같구려. 어디든지 나를 데려다 주시오. 나의 의향은 귀공의 의향 이외의 것을 가질 생각은 없고, 거기다 나를 위해 무언가 힘써 주시려는 의향이시라면 더더욱 그러하오.」

그러자 기사는 돈키호테의 말에 조금도 못지않은 정중한 말투로 그에게 대답하고, 모두 돈키호테를 가운데 둘러싸고 나팔과 북소리에 발맞추어 시내를 향해서 나아갔다. 이윽고 시내에 들어서려고 할 때, 모든 악을 꾀하는 악마, 악마보다 훨씬 장난이 심한 것은 어린아이들인데, 그 장난이 심하고 천지를 모르는 개구쟁이 둘이 사람들 사이에 끼여들어 한 녀석은 당나귀의 꼬리를 치켜들고 한 녀석은 로시난테의 꼬리를 치켜들어 각각 한 다발씩 가시나무를 그 밑에 쑤셔넣었다. 가련한 동물들은 이 새로운 형의 박차가 가해지는 것을 느끼자 꽉 힘을 주어 꼬리를 조였으므로 불쾌감이 더 심해져서 몇 번이나 마구 뛰어오르는 바람에 그만 타고 있던 주인들을 땅바닥에 내동댕이치고 말았다. 돈키호테는 면류관을 잃고 치욕을 당한 채 여윈 말꼬리에서 따가운 장식들을 빼냈으며, 산초 역시 당나귀에서 그것을 빼냈다. 돈키호테를 안내하던 사람들은 아이들의 이 대담무쌍한 장난을 혼내 주고 싶었으나 뒤따르고 있는 1천 명이나 됨직한 군중 속에 모습을 감춰 버렸으니 그것은 불가능한 일이었다.

다시 돈키호테와 산초는 말에 올라 아까와 마찬가지로 장엄함과 음악 속을 지나서 어느 저택에 도착했는데, 그 저택은 제법 장대하고 호사스러운 건물, 즉 돈 있는 귀족의 집이었다. 그러면 시데 아메테의 뜻으로 여기에 돈키호테를 머물게 하기로 한다.

제 62 장

여기서는 마법의 모험이 다루어지고 아울러 자질구레한 일이기는 하나 말하지 않고 넘어갈 수 없는 일들이 전해진다.

돈키호테를 초대한 인물은 안토니오 모레노라는 사람으로 부자인데다가 꽤 사려 깊은 기사로 순진하고 그다지 악랄하지 않은 장난을 좋아하는 사람이었다. 그는 돈키호테가 자기 집에 와주었으므로 어떻게 하면 상대편을 해치지 않고 그의 광태를 사람들에게 드러낼 수 있을까 이것 저것 그 방법을 궁리했다. 왜냐하면 상대편에게 고통을 주는 농담은 농담이 아니며, 제삼자를 해치는 일 따위는 위안이란 이름에 알맞지 않기 때문이었다. 제일 먼저 그가 계획한 것은 돈키호테로 하여금 갑주를 벗고 여태까지 몇 번이나 설명하고 묘사한 것처럼 몸에 꼭 맞는 면양 가죽의 복장 차림으로 시내의 제일 번화한 거리

위에 불쑥 튀어나온 노대 위에 나오게 하여 어른들과 아이들에게 구경시키는 일이었는데, 사람들은 마치 원숭이라도 구경하듯 그의 모습을 쳐다보았다. 마침 그때 화려한 제복을 입은 기마대가 돈키호테 앞을 다시 질주해 갔는데, 그날의 축제에 흥을 돋우기 위해서가 아니라 오로지 돈키호테 한 사람을 위해서 화려한 제복을 입고 있는 것 같았다.

한편 산초는 여간 만족해 하지 않았는데, 그 까닭은 알 수 없으나 웬지 그저 제이의 카마초의 혼인 잔치, 제이의 돈 디에고 데 미란다의 저택, 제이의 공작 저택이 출현한 듯한 느낌이 들었기 때문이다.

그날 돈 안토니오를 비롯해서 몇 사람의 친구들이 향연을 베풀어 주었는데, 너나없이 경의를 표하고 편력의 기사로서 대접해 주었으므로 돈키호테는 그만 우쭐해지고 코가 높아져서 어찌 할 수도 없는 형편이었다. 산초의 우스꽝스러운 말 또한 대단한 것이어서 이 집의 모든 하인들과 그의 말을 듣고 있던 모든 사람들은 그저 그의 입에서 눈을 떼지 못했을 정도였다. 식사중에 돈 안토니오가 산초에게 말했다.

「산초 양반, 당신은 닭 백숙과 경단만 보면 정신이 없고, 만일 남을 때는 다음날 먹으려고 품안에다 슬쩍 쑤셔넣고 간다는 소문이던데.」

「천만에요, 나리, 그렇지 않습니다요.」 하고 산초가 대답했다. 「저는 식충이라기보다 깨끗이 먹는 편입니다요. 게다가 여기 계시는 우리 주인 나리 돈키호테 님도 잘 아시지만, 우리는 한 주먹의 개암이나 호두로 1주일씩도 견뎌내곤 한 일이 흔했죠. 그야 만일 송아지를 주신다면 고삐 잡고 달립죠. 다시 말해서 주시는 것은 먹고, 좋은 기회가 얻어걸리면 내버려 두진 않습죠. 제가 굉장히 많이 먹고 주둥이가 천하다고 말하는 사람이 있다면, 그녀석은 엉터리를 지껄이고 있다고 생각하시면 됩니다요. 만일 제가 이 식탁에 앉아 계시는 훌륭한 분들의 수염을 봐서 체면을 차리지 않았다면, 저는 아마 다른 말투로 이런 말을 했을지도 모릅니다요.」

「아니, 확실히,」 하고 돈키호테가 말했다. 「산초가 무엇을 먹을 때 얼마나 적게 먹고 입이 얼마나 깨끗한가 하는 것은, 청동판에 새겨 다음에 세기의 영원한 기억에 남겨 두어도 좋을 정도요. 하기야 그가 시장할 때는 별안간 많이 먹는 듯이 보이는 것만은 사실이오. 그것은 다급히 게걸스레 쑤셔넣고 씹기 때문이오. 그러나 평소에는 깨끗이 먹을 만큼 먹고, 게다가 영주였을 때는 꽤 고상한 식사법도 배웠죠. 포도알이나 석류씨까지 포크로 먹을 만큼 대단했었다오.」

「뭐라구요, 산초 님이 영주였다고요?」하고 돈 안토니오가 물었다.

「그렇믄요.」하고 산초가 대답했다. 「바라타리아의 섬의 영주였었죠. 열흘 동안이나 저는 훌륭히 그곳을 다스렸답니다. 그 열흘 동안에 마음이 편한 적은 한 번도 없었고, 이 세상의 영주라는 영주가 참으로 하찮다는 것을 느꼈습죠. 거기서 달아나서 동굴에 떨어져 죽는 줄만 알고 있었는데 기적적으로 살아서 기어나올 수 있었습니다요.」

돈키호테는 산초가 정치를 하고 있을 때의 모든 일을 자세히 이야기했으므로 듣고 있던 사람들의 기쁨은 여간한 것이 아니었다.

식사가 끝나서 식탁보가 치워지자 돈 안토니오는 돈키호테의 손을 잡고 함께 어느 거실로 들어갔는데, 그 방에는 얼른 보기에 얼룩진 대리석으로 만든 테이블 이외엔 아무런 장식물도 없었다. 그 테이블은 같은 대리석의 외다리로 지탱되어 있었으며, 테이블 위에는 로마 황제의 반신상 같은 청동으로 만든 흉상이 놓여 있었다. 돈 안토니오는 돈키호테와 함께 온 방을 돌아다니면서 몇 번이나 테이블 주위를 돈 끝에 말했다.

「그런데, 돈키호테 님. 우리 얘기를 듣는 자는 아무도 없고, 방문도 꼭 닫혀 있는 여기서 당신에게 거의 상상도 못 할 이상한 모험의 하나를, 정말 웬만해서는 상상도 할 수 없는 이상한 일을 얘기해 드릴까 합니다. 다만 한 가지 조건이 있는데 지금부터 들으시는 것은 비밀의 제일 안쪽 구석에 간직해 두시라는 것입니다.」

「그대로 하리다.」하고 돈키호테는 대답했다. 「그것을 더한층 확실하게 하기 위해 서약한 말에다 돌을 하나씩 눌러 놓기로 합시다. 돈 안토니오 님——이미 그는 상대편의 이름을 알고 있었다——귀공은 듣기 위한 귀는 갖고 있으나 말하기 위한 혀는 갖지 않은 자와 이야기하고 있다는 것을 알아주시오. 그러면 안심하고 귀공은 그 가슴에 간직한 것을 내 가슴에 옮기시오. 그것을 침묵의 심연 속에 던져 넣는다고 생각하시오.」

「그 약속을 믿고,」하고 돈 안토니오가 대답했다. 「나는 당신이 눈으로 보시고 귀로 들으시는 것으로 깜짝 놀라게 해드릴까 하는 생각과, 또 아무도 믿을 만한 사람이 없어 나의 이 비밀을 털어놓을 사람을 찾지 못하는 데서 오는 이 괴로움을 조금이라도 덜어 볼까 하는 생각을 갖고 있습니다.」

돈키호테는 이렇게 조심스러운 서두가 대체 어떤 결과에 이를 것인가 하고 조마조마한 기분을 느꼈다. 그러자 돈 안토니오는 돈키호테의 손을 잡아 청동의 흉상이며 테이블이며 그것을 지탱하고 있는 얼룩진 대리석의 다리를 남김없이 쓰다듬게 한 다음 말했다.

「이 조상은, 돈키호테 님, 이 세상 최대의 마법사이자 요술쟁이에 의해서 만들어진 것입니다. 그 마법사는 폴란드 태생으로 여러 가지 이상한 얘기가 전해지고 있는 저 유명한 에스코티요의 제자였던 모양입니다. 이 사람은 저희 집에 있으면서 내가 지불한 1천 에스쿠도의 돈으로 이 조상을 만들었는데, 이 머리의 귀에 입을 대고 질문을 하면 무엇이든 대답해 주는 이상한 힘을 갖고 있습니다. 그자는 방향을 보고 도표를 그리고 별을 관찰하고 방위를 살피고 한 끝에 마침내 이런 완전무결한 것을 만들어 냈습니다만, 당신이 그것을 직접 보시려면 내일이라야 됩니다.

왜냐하면 금요일에는 잠자코 있게 되어 있으므로 오늘은 무엇을 물어도 대답을 하지 않는 날이니까 내일까지 기다리지 않으면 안 되는 것입니다. 그러니 그때까지 당신은 무엇을 물어 보시고 싶은가 미리 생각해 두실 수 있겠지요. 제 경험으로 보아 대답은 전부 틀림없다는 것을 알고 있습니다.」

돈키호테는 이 흉상이 가지고 있다는 특성과 힘에 놀랐으나 아무래도 돈 안토니오의 말이 믿어지지 않았다. 그러나 그것을 시험해 볼 시간도 아니므로 다만 그런 큰 비밀을 자기에게 털어놓아 준 데 감사한다는 것만을 말할 뿐 그밖의 말은 하지 않기로 했다.

두 사람이 방에서 나와 안토니오가 열쇠로 문을 잠그고 홀로 돌아가니 거기에는 다른 사람들이 그들을 기다리고 있었다. 마침 산초가 그들에게 자기 주인이 겪은 많은 모험이며 사건을 들려 주고 있는 중이었다.

그날 저녁때 사람들은 돈키호테를 산책에 데리고 나갔는데, 여느 때처럼 무장을 하지 않고 산책복에다 그 무렵의 계절인 여름에는 땀을 흘릴 황갈색 나사로 만든 긴 외투를 걸치고 있었다. 한편 하인들에게 산초를 잘 구슬려서 집 밖에 나가지 못하게 하도록 일러 놓았다. 돈키호테는 로시난테를 타지 않고 발걸음도 경쾌한 잘 훈련된 큼직한 당나귀를 타고 있었다. 사람들은 긴 외투의 어깨 언저리에 그가 깨닫지 못하도록 양피지 한 장을 꿰매어 거기에 큼직한 글씨로 『이 사람은 돈키호테 데 라 만차』라고 써놓았다. 산책을 시작하자마자 그를 보려고 모여든 모든 사람들의 눈이 이 쪽지를 발견하고 소리내어 「이 사람은 돈키호테 데 라 만차다.」 하고 읽었으므로, 그의 모습을 바라보는 사람은 모두 그의 이름을 부르고 어김없이 알고 있는 것이 되어, 돈키호테는 놀라고 말았다. 그래서 자기와 나란히 걸어가고 있던 돈 안토니오를 돌아보고 말했다.

「편력의 기사도가 간직하고 있는 특권이라는 것은 참으로 광대하지 않소. 그 증거로 지상 어느 구석을 가더라도 기사도를 받드는 자는 금방 인정을 받아서 유명해지기 때문이오. 만일 그렇지 않다면, 돈 안토니오 님, 보시오, 이곳 어린아이들에 이르기까지 나를 본 적이 없는데도 내 이름을 다 알고 있지 않소.」

「정말입니다, 돈키호테 님.」하고 돈 안토니오가 대답했다. 「말하자면, 불을 감추거나 가두거나 하지 못하는 것과 마찬가지로 덕이라는 것도 알려지지 않고는 못 배기는 법이군요. 무기를 잡는 직책으로 얻는 덕이라는 것은 다른 모든 덕 위에 두드러지게 빛나는 것이구려.」

그런데 돈키호테가 위풍도 당당하게 나아가고 있을 때, 마침 한 카스티야 남자가 등에 붙여 놓은 쪽지를 읽고 큰 소리로 말했다.

「돈키호테 데 라 만차라, 흥 악마에게나 채어가라지! 여태까지 실컷 등허리에 얻어맞은 그 무수한 몽둥이 찜질에도 끄떡없이 어쩌면 저렇게 죽지도 않고 예까지 찾아왔나? 당신은 미치광이야. 당신이 혼자서 자기 광기의 문 안에서 미치광이 노릇을 하고 있다면 그거야 그래도 괜찮지. 그런데 당신은 옆에서 당신을 사귀는 사람들까지, 누구라도 없이, 모두 미치광이나 바보로 만드는 성질을 가졌단 말야. 그렇잖다면, 당신을 수행하고 있는 이 나리를 좀 보란 말야. 바보 같으니라구, 냉큼 자기 집으로 돌아가요. 그리고 집안과 처자식이나 돌보란 말이야. 그리고 당신의 그 대갈통을 좀먹고 분별을 엉망으로 만드는 그 어처구니없는 잠꼬대는 이제 집어치우란 말야.」

「이봐.」하고 돈 안토니오가 말했다. 「당신은 자기 갈 길이나 가요. 부탁하는 사람도 없는데 쓸데없는 충고는 하지 않는 게 좋아. 돈키호테 데 라 만차 님은 어디까지나 올바른 정신이시고, 수행을 하고 있는 우리도 결코 바보가 아니란 말야. 덕이라는 것은 어떤 곳에 있더라도 틀림없이 사람들이 경의를 표하는 법이야. 악운이나 짊어지고 냉큼냉큼 사라져. 오라지도 않은 불청객이 괜한 자리에 나타나는 게 아니란 말야.」

「쳇, 당신 말은 이치가 맞아요.」하고 카스티야 인이 대답했다. 「원래 저런 바보에게 충고한다는 건 가시를 차는 거나 마찬가지거든. 그렇긴 하나 소문을 들으면 이 반숙맥은 모처럼 여러 가지 훌륭한 재능을 가졌으면서도 그것을 그 잘난 편력의 기사도인가 뭔가 하는 것에 마구 낭비하고 있다니, 정말 딱해서 못 보겠단 말야. 당신이 내게 한 그 악운인가 뭔가 하는 말은 나뿐 아니라 내 손자에 대해서도 하는 말일 테니 비록 므두셀라보다 오래 산다 하더라도 오늘부턴 이제 누가 부탁해도 충고 같은 건 안 할 테다.」

이 충고자는 사라져, 갔다. 그리고 산책은 여전히 계속되었는데, 쪽지를 읽는 아이들과 모든 사람들의 웃음소리가 차츰 심해졌으므로, 돈 안도니오는 뭔가 다른 것을 떼내듯이 슬쩍 쪽지를 뜯어 버리지 않을 수 없었다.

밤이 되어 그들은 집으로 돌아갔다. 집에서는 귀부인들의 무도회가 열렸다. 돈 안토니오의 부인은 꽤 집안이 좋고 쾌활하고 영리하고 아름다웠는데, 그녀가 빈객에게 경의를 표하고 또한 일찍이 본 적 없는 돈키호테의 광태를 충분히 즐기러 오라고 친구 귀부인들을 초대한 것이었다. 그래서 귀부인들이 찾아오자 산해진미를 다한 만찬을 함께한 다음 무도회는 이럭저럭 10시쯤 해서 시작되었다. 귀부인들 가운데 말괄량이로, 품행은 좋은 편이나 순진한 장난을 즐기기 위해서라면 제법 정도를 벗어나기까지 하는 두 여자가 있었다. 이들이 싫어하는 돈키호테를 억지로 춤을 추자고 끌어 내어 몸뿐 아니라 정신마저 녹초가 되도록 끌고 돌아다녔다. 키가 흐늘흐늘하게 크고 여윈데다가 얼굴빛은 누렇고 몸에 꼭 맞는 옷차림이 도무지 볼품없을 뿐더러 경쾌한 맛이라고는 손톱만큼도 없는 돈키호테의 춤추는 모습이란 참으로 가관이었다. 두 젊은 부인은 살며시 그에게 달콤하게 소곤거리고, 그 또한 살며시 두 여자를 경멸했다. 그러나 두 여자가 점점 추근추근하게 굴자 마침내 그는 거친 목소리로 외쳤다.

「Fugite partes adversae! (사라져라, 악마들아!) 더러운 생각으로부터 나를 해방시켜 주오. 당신들은 저쪽으로 가서 하고 싶은 생각을 실컷 마음대로 즐기시오. 내 그리운 여왕님, 비할 데 없는 둘시네아 델 토보소 공주님은 자기 이외의 생각에 내가 귀를 기울이는 것을 용서치 않으시오.」

이렇게 말하면서 익숙하지 못한 무도 때문에 지칠 대로 지쳐서 홀 한가운데 마룻바닥에 주저앉아 버렸다. 그래서 돈 안토니오는 사람들에게 그를 부축하여 침상으로 데려가게 했는데, 제일 먼저 그를 안아일으키려 한 것은 산초였다. 그는 말했다.

「저의 나리, 아주 좋지 않은 때 춤을 추셨습니다요! 나리께선 용사라는 것이 모두 무용수고, 편력의 기사는 모두 춤을 출 줄 안다고 생각하십니까요? 제가 이런 말씀을 드리는 것은, 만일 나리가 그렇게 생각하고 계신다면 그건 잘못이라는 걸 지적해 드리려는 생각에서입니다요. 물구나무서기보다 더 쉽게 예사로 거인을 베는 사람도 있습니다요. 만일 신발을 탁탁 치는 춤을 춰야 한다면, 제가 나리 대신 해드릴 수도 있습니다요. 워낙 저는 그 춤을 독수리처럼 잘 추니까 말입니다요. 그런데 이 무도라는 것엔 도무지 맥을 못춥니다요.」

이런 말로 산초는 무도회에 와 있는 사람들을 웃겼는데, 이윽고 주인을 침상에 데리고 가서 뉘어 무도에서 차가워진 몸을 따뜻하게 감싸 주었다.

다음날 돈 안토니오는 마법에 걸려 있는 머리를 실험하기에는 안성맞춤이라고 생각했으므로 돈키호테, 산초, 그의 친구 두 사람, 그리고 무도회에서 그를 실컷 애 먹인 두 부인——그녀들은 간밤에 돈 안토니오의 아내와 함께 이 집에서 묵었다——이런 사람들과 함께 머리가 놓여 있는 방으로 들어갔다. 그리고 그 머리가 가진 특성을 들려 주고 비밀을 간직하도록 부탁하고는, 오늘이 이 마법에 걸린 머리를 시험하는 첫날이라고 말했다. 돈 안토니오의 두 친구를 제외하고 아무도 마법의 장치를 알고 있는 사람은 없었다. 만일 돈 안토니오가 두 친구에게 먼저 그 비밀을 밝혀 놓지 않았던들 그들도 다른 사람들과 마찬가지로 놀랐을 것이 틀림없었다. 그토록 이 머리는 교묘하게 장치되어 있었던 것이다.

제일 먼저 머리의 귀에 입을 갖다 댄 것은 돈 안토니오 자신이었는데, 그는 나직한 소리로, 그러나 다른 사람들이 간신히 알아들을 수 있도록 말했다.

「머리여, 그대 속에 잠겨 있는 마력에 의해서 대답하라. 대체 나는 지금 무엇을 생각하고 있느냐?」

그러자 머리는 입술도 움직이지 않고 사람들이 잘 알아들을 수 있는 맑고 뚜렷한 소리로 대답했다.

「나는 사람의 생각은 판단하지 않는다.」

이것을 듣고 사람들은 아연해졌으며, 더욱이 방안에는 물론 테이블 주위에도 이런 대답을 할 만한 그림자도 없다는 것을 확인했을 때 그 놀라움은 더 컸다.

「지금 이 자리에 몇 사람이 있는가?」 하고 다시 돈 안토니오가 물었다.

그러자 아까와 마찬가지 목소리가 침착하게 대답했다.

「거기에는 그대와 그대의 아내, 그대의 두 친구, 아내의 두 여자 친구, 돈 키호테 데 라 만차라고 부르는 이름난 기사, 그리고 그 이름을 산초 판사라고 하는 그의 종자가 있다.」

여기에 이르러 사람들의 놀라움은 더 커졌다. 그들은 도무지 공포와 놀라움에 질려 머리끝이 쭈뼛하게 곤두섰다. 이어 돈 안토니오는 머리에서 떠나며 말했다.

「총명한 머리여, 말을 하는 머리여, 대답하는 머리여, 참으로 불기사의한 머리여, 이것으로 이 머리를 내게 판 사람에게 속지 않았다는 것이 분명해졌다.」

일반적으로 여자는 성미가 급하고 무엇이든 알고 싶어하는 것으로, 제일 먼저 앞으로 나온 것은 역시 돈 안토니오의 처의 여자 친구였다. 그녀가 물었다.

「머리님, 가르쳐 주세요. 가장 아름다워지려면 어떻게 하면 될까요?」

그러자 머리가 대답했다.

「좀더 얌전해지면 된다.」

「나는 이 이상 묻지 않겠어요.」 하고 질문을 좋아하는 여자가 말했다.

이어 또 한 사람의 여자 친구가 앞으로 나와 물었다.

「머리 양반, 내 남편이 나를 사랑하고 있는지, 사랑하지 않는지 그게 알고 싶어요.」

그러자 머리가 대답했다.

「주인이 그대를 어떻게 다루는가 조심해서 보면 스스로 알 수 있을 게다.」

이 유부녀는 다음과 같은 말을 하면서 머리 앞에서 물러났다.

「그런 대답이라면 들을 필요 없어요. 그야, 정말이지, 자기가 받는 대접으로 상대의 기분을 뚜렷이 알 수 있는 법이거든.」

이어 돈 안토니오의 친구 한 사람이 앞으로 나서서 머리에게 물었다.

「나는 누구일까?」

그러자 대답이 들렸다.

「그것은 그대가 제일 잘 안다.」

「나는 너에게 그런 말을 물은 게 아니다.」 하고 그가 말했다. 「그보다도 네가 나를 잘 알고 있는지 어떤지 말해 주면 좋겠다.」

「그래, 나는 알고 있다. 그대는 돈 페드로 노리스다.」

「이 이상 나는 알 필요가 없다. 네가 뭐든지 다 알고 있다는 것을 확인하려면 이것만으로 충분하겠다.」

그리고 뒤로 물러서자 또 한 사람의 친구가 나서며 물었다.

「머리여, 가르쳐 다오. 내 뒤를 이을 아들은 대체 어떤 희망을 갖고 있을까?」

「내가 아까도 말했듯이,」 하고 머리가 대답했다. 「나는 사람이 품은 희망 따위는 판단하지 않는다. 그러나 이것만은 말할 수 있다. 그대의 아들이 품고 있는 희망은 그대를 매장하고 싶다는 것이다.」

「저런! 눈으로 보는 것을 손가락으로 꼭 짚는 거나 마찬가지군.」 하고 신사가 말했다.

그리고 그는 질문을 마쳤다. 이번에는 돈 안토니오의 부인이 앞으로 나서며 물었다.

「나는 너에게 무엇을 물어야 좋을지 모르지만, 다만 나의 훌륭한 남편과 앞으로 오랜 세월을 해로할 수 있을지 어떨지 그것을 가르쳐 주면 좋겠어.」

그러자 머리가 대답했다.

「그렇다. 오랜 세월을 해로할 수 있을 것이다. 왜냐하면 그대 남편의 건강과 일상 생활의 절제가 장수를 약속하고 있기 때문이다. 많은 사람들은 절제 없는 생활로 흔히 수명을 줄이고 있으니까.」

이어 돈키호테가 앞으로 나서면서 물었다.

「그대 대답하는 자여, 내가 몬테시노스의 동굴에서 겪었다고 이야기한 일은 과연 사실이었는가, 아니면 꿈이었는가? 다음으로 나의 종자 산초의 매질은 틀림없이 실행될 것인가? 또 둘시네아 공주의 마법은 풀 수 있을 것인가, 이것을 가르쳐 다오.」

「동굴의 질문에 대해서는,」 하고 머리가 대답했다. 「할 말이 많다. 즉, 그 어느 쪽이라고도 할 수 있기 때문이다. 다음 산초의 매질은 서서히 실행될 것이 틀림없다. 마지막으로 둘시네아가 마법에서 빠져 나오는 일은 언젠가는 성취될 것이다.」

「내가 알고 싶은 것은 그것뿐이다.」 하고 돈키호테가 말했다. 「왜냐하면 마법에서 풀린 둘시네아를 내가 볼 수만 있게 된다면 모든 행운이 일시에 내게 몰려왔다고 나는 생각할 것이 틀림없기 때문이다.」

마지막 질문자는 산초였는데, 그는 물었다.

「이봐요, 머리 양반. 나는 무슨 계제에 다시 한 번 영주가 될 수 있을까요? 나는 이 답답한 종자의 신분에서 빠져 나갈 수 있을까요? 그리고 다시 한 번 마누라와 아이들의 얼굴을 볼 수 있을까요?」

이에 대한 대답이 들려 왔다.

「그대 집안에서 영주가 될 것이다. 또 그대가 만일 집으로 돌아간다면 아내와 아이들의 얼굴을 볼 수 있을 것이고, 이런 일을 그만둔다면 종자의 직업에서 빠져나올 것은 틀림없다.」

「정말 훌륭한데?」 하고 산초 판사는 말했다. 「그런 대답이라면 나도 하겠다. 예언자 페로그루요도 그런 말은 못 했을 걸.」

「이 바보가.」 하고 돈키호테가 말했다. 「그대는 무슨 대답이 듣고 싶었느냐? 이 머리는 받은 질문에 분명히 대답했는데 그래도 무엇이 부족하단 말이냐?」

「충분하기는 합니다요만,」 하고 산초가 대꾸했다. 「하지만 저는 좀더 똑똑하고 좀더 상세한 말이 듣고 싶었습니다요.」

이것으로 모든 질문과 대답은 끝났다. 그러나 도무지 결말이 나지 않은 것은, 사정을 알고 있는 두 친구는 제쳐놓고 나머지 사람들이 빠져 있는 놀라움이었다. 사건의 진상을 무슨 요술과 비슷한 괴이한 힘이 이 머리에 깃들어 있다는 식으로 생각하여 세상 사람들이 의혹에 빠져도 곤란하므로, 시데 아메테 베넨헬리는 이것을 즉각 밝혀 둬야 되겠다고 생각했다. 그래서 다음과 같이 서술하고 있다. 즉, 돈 안토니오는 마드리드에서 본 어느 조각가가 만든 흉상을 흉내내어, 첫째는 자기 집의 재미를 위해, 둘째는 무지한 사람들을 놀라게 해주기 위해서 이 흉상을 만들었던 것이다.

그리고 그 속임수는 다음과 같다. 테이블은 목재였으나 얼룩진 대리석으로 보이도록 채색하여 니스를 칠했고, 그 테이블을 받치고 있는 다리도 큰 무게를 지탱할 수 있도록 아래쪽은 네 개의 독수리 발톱 모양을 하게 했는데 역시 목재였다. 얼른 보기에 로마 교황의 흉상과 비슷한 이 청동석의 머리는 실은 속이 텅 비어 있고 테이블과 판자도 역시 속이 비어 있는데, 여기에 얼른 보아서는 모르도록 목이 꼭 끼어 있었다. 테이블을 받친 다리도 절반 속이 비어 있었고 그 공동은 목구멍과 가슴과 연결되어 다시 이것이 방 바로 아래에 있는 다른 방으로 연결되어 있었다.

그리고 이 다리와 테이블과 흉상의 목과 가슴에 연결되는 공동에는 양철 대롱이 사람의 눈에 띄지 않도록 끼워져 있었다. 그 아랫방에서는 대롱에 입을 대고 대답을 해줄 사람이 있어서 마치 전성기(傳聲器)처럼 소리가 위에서 아래로, 아래에서 위로 똑똑히 통하게 되어 있었던 것인데, 이런 장치를 깨닫기란 불가능한 일이었다. 학생으로서 꽤 재치가 있고 머리가 날카로운 돈 안토니오의 조카가 대답을 하는 역할을 맡았는데, 그는 이날 그 머리를 놓아 둔 방에 들어가게 되어 있는 사람이 누구누구라는 것을 미리 숙부에게 듣고 있었으므로, 첫 질문에 재빨리 정확하게 대답하는 것은 조금도 힘들지 않았다. 그 밖의 질문에는 추측으로, 더욱이 머리가 좋은 학생이라 적절히 대답했던 것이다.

다시 시데 아메테는 말하고 있다. 이 이상한 속임수는 열흘인 열이틀 동안 그대로 있었다. 그러나 돈 안토니오네 집에는 마법의 머리가 있어서 무슨 질문이나 대답한다는 소문이 온 도시에 퍼졌으므로, 그리스도교의 빈틈 없는 감시인들 귀에 들어가지나 않을까 겁이 나서 이단 심문소의 높은 나리들에게 사실을 알리고 의논했더니, 무지한 백성들이 떠들어 대면 곤란하므로 언제까지나 그대로 두지 말고 부숴 버리라는 명령이었다. 그러나 돈키호테와 산초 판사의 생각으로는, 머리는 여전히 마력을 가지고 질문에 대답하는 것이었으므로, 이것은 산초보다 돈키호테에게 한층 더 만족감을 주었다.

이 도시의 신사들은 돈 안토니오를 위로하고, 돈키호테를 대접하여 더더욱 그의 광태를 세상에 드러낼 기회를 만들 생각으로 그로부터 엿새 후에 말을 타고 고리에 창을 던져 맞추는 경기를 개최하기로 했으나, 이것은 앞에 가서 밝혀지는 이유로 말미암아 끝내 이루어지지 못하고 말았다.

한편 돈키호테가 말을 타고 돌아다니면 아이들이 줄줄 따라올 것이 틀림없을 것 같았으므로 시내를 가벼운 마음으로 어슬렁어슬렁 걸어서 산책할 생각이 났다. 그래서 그와 산초는 돈 안토니오가 딸려 준 두 하인을 거느리고 산책길에 나섰다. 그런데 우연히도 어느 거리를 거닐고 있을 때 돈키호테가 문득 위를 보니 한 집의 문간 위에 큼직한 글씨로 『서적 인쇄소』라고 씌어 있는 것이 눈에 띄었으므로 그는 적잖이 기뻐했다. 왜냐하면 여태까지 한 번도 인쇄소를 본 적이 없어 대체 어떤 것인가 알고 싶다고 늘 생각하고 있었기 때문이다. 수행원을 거느리고 안으로 들어가니, 한쪽에서는 인쇄를 하고 있었고, 다른 쪽에서는 정판을 하고 있었으며, 이쪽에서는 활자를 짜는가 하면, 저쪽에서는 판을 바꾸고 있는 등, 요컨대 큼직한 인쇄소에서 볼 수 있는 전반적인 시설을 볼 수 있었다. 돈키호테가 한 활자 상자 앞으로 다가가 여기서 하는 일은 어떤 것이냐고 물으니, 공원들이 가르쳐 주었으므로 그는 감탄해 하면서 다시 앞으로 나아갔다. 다시 한 공원에게 다가가 어떤 일을 하느냐고 물으니 그가 대답했다.

「여기 계시는 이분이,」 하고 말하면서 꽤 풍채가 좋고 의젓하고 훌륭했으며 얼마간 까다로워 보이는 인물을 가리켰다. 「토스카나 말(토스카나 왕국은 일찍이 이탈리아의 일부였으므로 즉 이탈리아 말—역)로 된 책을 우리 카스티야 말로 옮겨 주셨으므로, 그것을 인쇄하려고 지금 조판을 하고 있는 중입니다.」

「그 책의 제목은 뭐라고 하오?」 하고 돈키호테가 물었다.

이에 대해 저자가 대답했다.

「이 책은 토스카나 말로 《레 바가텔레(La bagatelle)》라고 합니다.」

「레 바가텔레는 카스티야 어로 무엇에 해당되지요?」 하고 돈키호테가 다시 물었다.

「레 바가텔레라는 것은,」 하고 저자가 말했다. 「스페인 어로 말한다면 『잡동사니』쯤 될까요. 이 책의 표제는 시원찮지만 내용은 꽤 훌륭하고 충실하게 씌어 있지요.」

「나는 얼마간 토스카나 말을 알고 있어서 아리오스토 몇 절쯤 노래할 수 있는 것을 자랑으로 삼고 있지요.」 하고 돈키호테가 말했다. 「그러나 귀공에게 물어 보고 싶은 것은, 뭐 그렇다고 귀공의 실력을 시험해 보자는 것이 아니라 다만 단순한 호기심으로 말씀드리는 것이오만, 그 책의 어딘가에 『pignata』라는 말은 씌어 있지 않소?」

「몇 번이나 있지요.」 하고 저자가 대답했다.

「그런데 귀공은 그 말을 카스티야 말로 무어라 옮기셨소?」 하고 돈키호테가 물었다.

「『잡탕』이라고밖에 달리 어떻게 옮기면 좋을지 모르겠습니다.」 하고 저자가 대답했다.

「훌륭하시오, 훌륭하시오!」 하고 돈키호테가 말했다. 「귀공은 참으로 토스카나 어에 정통하고 계시는구려. 나는 맹세해도 좋소만, 토스카나 말로 『piace』면 귀공은 『기쁨』으로 옮기실 것이고 『piu』라고 있으면 『보다 더』, 또 『su』라고 있으면 『위에』, 『giu』라고 있으면 『아래에』로 옮기실 것이 틀림없을 것이오.」

「그건 틀림없이 그렇습니다. 왜냐하면 그것이 가장 적합한 역어니까요.」 하고 저자가 대답했다.

「나는 감히 단언하오만,」 하고 돈키호테가 말했다. 「확실히 귀공은 세상에 그다지 이름이 알려져 있지 않은 분 같소. 세상이란 흔히 훌륭한 재능이나 칭찬할 만한 노작에 항상 그에 적합한 보답을 주는 데 인색한 법이오. 이 세상에는 얼마나 많은 재능이 헛되이 묻혀 있는지 모르오. 한쪽 구석에 잊혀진 천재도 있소. 조금도 보답을 받지 못하는 두뇌가 있소. 아무튼 한 국어를 다른 국어로 옮긴다는 것은 언어의 여왕이라고도 할 그리스 어, 라틴 어로부터가 아니라면, 마치 플랑드르의 벽 장식용 수(繡)를 뒤에서 바라보는 것과 마찬가지로 무늬의 윤곽은 볼 수 있으나 그것을 모호하게 만드는 실이 보풀투성이라 결국 표면에서 보는 그 매끄러움과 빛은 볼 수 없는 것이오. 그리고 쉬운 국어를 번역한다는 것은 한 문서를 다른 문서로 베껴 쓰거나 다시 쓰거나 하는 것과 마찬가지로 하등 역자의 재능이나 문장의 솜씨를 보여 주는 것은 아니오. 그렇다고 번역하는 일이 칭찬할 만한 값어치가 없다는 말씀은 아니오.

왜냐하면 사람들은 이보다 훨씬 천하고 더 수지 안 맞는 일에 종사하지 않는 것도 아니기 때문이오. 저 유명한 두 번역자, 한 사람은 《목인(牧人) 피도》를 옮긴 크리스토발 데 피게로아 박사, 또 한 사람은 그가 옮긴 《아민타》에 있어서의 돈 후안 하우레기, 이 두 사람은 방금 한 말에는 물론 해당되지 않지만, 이 두 사람의 번역은 어느 쪽이 번역이고 어느 쪽이 원서인지 의심할 만큼 훌륭한 것이오. 그런데 물어 보고 싶은 것은, 이 책은 자비로 출판하시는 것이오, 아니면 어느 서점에 판권을 파시었소?」

「나는 자비로 출판하고 있습니다.」 하고 그 저자가 대답했다. 「그리고 초판에서 적어도 1천 두카트는 벌 생각입니다. 초판은 2천 부 출판할 예정이고, 한 권에 6레알의 정가를 매길 작정인데, 그야말로 날개돋친 듯이 팔아 볼 작정입니다.」

「귀공의 계산은 참으로 훌륭하시오.」 하고 돈키호테가 말했다. 「출판자의 수입도 지출도, 이 양자 사이에 있는 균형도 모르시는 모양이구려. 나는 약속해도 좋소만, 2천 부의 책을 짊어진다면 아마도 깜짝 놀랄 만큼 귀공의 몸도 괴로워질 것이오. 하물며 그 책이 약간 보잘것없고 어딘가 콕콕 찌르는 맛이 없는 책이라면 더더욱 그러할 것이오.」

「뭐라고 말씀하셨소?」 하고 저자가 말했다. 「당신은 기껏해야 3마라베디

정도밖에 인세를 주지 않는, 더욱이 그것으로 은혜를 베푼다고 생각하는 출판사에 이 책을 넘겨 주란 말씀이오? 나는 굳이 세상에 문명(文名)을 높이려고 내 책을 출판하는 건 아닙니다. 하기야 저술에 따라 얼마간은 내 이름도 세상에 알려져 있지요. 나는 이익을 얻고 싶습니다. 이것이 없으면 좋은 평판 따위는 한푼어치의 가치도 없으니까요.」

「그러시다면 하느님께 운을 열어 주십사고 부탁이나 하시구려.」 하고 돈키호테가 말했다.

그리고 다음 상자 앞으로 가서 《영혼의 빛》이라는 표제의 책 가운데 한 장을 정판하고 있는 것을 보고 말했다.

「이런 종류의 책은 많지만, 출판할 만한 책이기는 하오. 세상은 숱한 자들을 위해서 무수한 광명이 필요하기 때문이오.」

다시 나아가니 사람들이 또 다른 책을 정판하고 있었다. 표제를 물어 보니, 토르데시야스에 사는 아무개라는 사람이 쓴 《재지 넘치는 시골 귀족, 돈키호테 데 라 만차》의 후편이라는 대답이었다.

「나는 이 책에 관해서 이미 들은 바 있는데,」 하고 돈키호테가 말했다. 「내 양심을 두고, 매우 무례한 책이라고 하여, 벌써 불살라져서 재가 되어 있는 줄만 알고 있었소. 그러나 돼지 한 마리 한 마리에 닥치는 것처럼 언젠가는 그 책의 성 마틴(11월 성 마틴 축일에는 돼지를 통으로 구워 먹는 습관이 있는데, 여기서는 결국 최후의 날이 온다는 뜻—역주)이 오게 될 것이오. 왜냐하면 가짜 이야기가 잘 씌어져서 즐겁고 재미있는 것이면 그럴수록 참된 이야기나 혹은 그와 유사한 것에 가까워지는 것이며, 참된 이야기라는 것은 훌륭하면 훌륭할수록 다시 더더욱 참된 것이 되기 때문이오.」

이런 말을 하면서 약간 불쾌한 표정을 보이며 인쇄소를 나왔다. 같은 날 돈 안토니오는 마침 해변에 정박해 있는 갤리 선을 구경시켜 주려고 그들을 안내하게 되었는데, 이것은 무척 산초를 기쁘게 해주었다. 그는 아직 한 번도 갤리 선을 타본 적이 없었기 때문이다. 돈 안토니오는 제독에게 자기 집에 묵고 있는 유명한 돈키호테 데 라 만차를 갤리 선 구경에 데려가게 되어 있다고 알려 놓았다. 물론 돈키호테에 관해서는 제독도, 이 도시의 모든 시민들도 이미 듣고 있었다. 갤리 선에서 일어난 사건은 다음 장에서 다루기로 한다.

제 63 장

갤리 선을 방문했을 때 산초 판사에게 일어난 재난과 아름다운 무어 아가씨의 진기한 모험에 대해서.

돈키호테는 마법의 머리가 한 대답에 관해서 무척 골똘히 생각했으나 그 속임수에 대해서도 도저히 생각이 미치지 못했을 뿐 아니라, 모든 생각은 그가 진실이라고 믿고 있는 둘시네아의 마법을 푸는 약속 위에 집중하고 있었다. 그래서 그것을 이리저리 궁리하면서 그 완성을 눈앞에 곧 보게 된다고 믿고 속으로 은근히 기뻐서 못 견딜 지경이었다. 한편 산초는 앞에서도 말한 것처럼 영주가 된다는 데는 싫증이 나 있었으나, 그래도 다시 한 번 명령을 내리고 남을 복종시키고 하는 일을 해보고 싶다는 생각은 버리지 않았다. 설혹 그것이 농담에 지나지 않는다 하더라도 권력이라는 것은 이렇듯 곤란한 효과를 가져오는 것이다.

아무튼 그날 오후 주인 역의 돈 안토니오와 그의 두 친구는 돈키호테와 산초를 데리고 갤리 선으로 갔다. 이미 이 영광된 방문을 알고 있는 제독은 유명한 돈키호테와 산초 두 사람을 만나게 되는 것을 무척 기다리고 있었다. 그들이 해변에 나타나자 모든 갤리 선은 천막을 내리고 나팔 소리를 요란스레 울려 댔다. 이어 훌륭한 새빨간 비로드 방석 따위로 덮인 조그마한 배가 해상에 내려져서 이윽고 돈키호테가 올라타자 기함(旗艦)에서는 현문의 대포를 발사하고 그밖의 갤리 선도 이에 따랐다. 돈키호테가 오른쪽 뱃전의 계단을 올라갔을 때 갤리 선을 젓고 있는 모든 죄수들은 일제히 갤리 선에 지체 높은 분이 방문할 때의 습관에 따라 「우, 우, 우!」 하고 세 번 소리쳐서 인사했다. 신분이 높은 훌륭한 기사인 제독은 돈키호테에게 손을 내밀고 두 팔로 껴안으며 말했다.

「돈키호테 데 라 만차 님을 만나 뵈었으니, 오늘이란 날을 내 생애의 가장 훌륭한 날로 생각하여 흰 돌로 이날을 기념하고 싶습니다. 때마침 편력의 기사의 모든 정화가 이 오늘이라는 날에 한꺼번에 나타난 듯이 느껴집니다.」

그러자 이에 못지않은 정중한 말투로 돈키호테가 대답했는데, 그는 이런 왕공에 대한 대접을 받고 여간 흡족하지 않았다. 모두들 고물 쪽으로 갔는데, 거기는 모두 깨끗이 정돈되어 있었으며 그곳에 있는 긴 의자에 모두 자리를 잡았다. 갑판을 죄수 감독이 왔다갔다 하면서 죄수들에게 옷을 벗으라고 휘파람으로 신호하자 순식간에 그들은 발가숭이가 되었다. 산초는 이렇게 많은 사나이들이 발가숭이가 되는 것을 보고 아연해졌으나, 그들이 순식간에 천막을 치는 것을 보았을 때는 많은 악마가 거기서 일하고 있는 것처럼 여겨져 더더욱 놀라움을 새로이 했다.

그러나 지금부터 설명하려는 일에 비하면 이런 것쯤은 기껏해야 카스테라나 과자빵 정도에 지나지 않았다. 마침 산초는 오른쪽 뱃전 후미에서 노를 젓는 죄수 가까운 기둥 옆에 앉아 있었는데, 그 죄수는 미리 지금부터 할 일을 지시받고 있었으므로 느닷없이 산초를 붙잡아 두 손으로 번쩍 쳐들었다. 그러자 다른 죄수들도 벌떡벌떡 일어나고 그는 앞에 선 죄수에게 산초를 던져 주었다. 그리하여 잇따라 죄수의 팔에서 다른 죄수의 팔로 현기증이 날 만큼 재빨리 옮겨졌으므로 가엾은 산초는 눈도 뜨지 못할 지경이 되어, 악마들이 자기를 가지고 장난을 치는 것이 틀림없다고 생각했다. 이 인체(人體) 릴레이는 오른쪽 줄에서 왼쪽 줄로 옮겨져서 원래의 자리에 그를 내려 놓을 때까지 계속되었다. 딱하게도 산초는 처참한 꼬락서니가 되어 숨을 헐떡이며 땀에 흠뻑 젖어, 대체 무슨 일이 일어났는지 거의 모를 지경이었다. 돈키호테는 산초가 날개도 없는데 죄수들의 팔에서 팔로 날아가는 것을 보고, 이것은 처음으로 갤리 선에 올라온 사람들에 대한 의식이냐고 제독에게 물었다. 본디 갤리 선을 타는 해군이 될 생각을 해본 적이 없는 돈키호테는, 만일 이것이 의식이라고 하더라도 자기로서는 그런 것을 겪을 생각은 조금도 없었다.

그리고 만일 자기를 산초처럼 놀려 주려고 누군가가 가까이 오기만 하면 그 녀석의 혼백을 걷어차 주겠다고 하늘에 두고 맹세하면서 벌떡 일어나 칼을 꾹 움켜쥐었다.

마침 이때 천막이 내려지고 이어 무시무시한 소리를 내면서 돛을 단 활대가 와르르 내려졌다. 산초는 하늘의 경첩이 벗겨져서 자기 머리 위의 하늘이 떨어지나 하고 무서워서 머리를 두 다리 사이에 처박았다. 돈키호테도 다리를 떨며 어깨를 움츠리고 얼굴빛을 바꾸었다. 이때 죄수들은 내렸을 때와 마찬가지 속도로 무시무시한 소리를 내면서 활대를 위로 끌어올렸는데, 그 동안 두 사람 다 말도 못 하고 숨도 못 쉬는 듯 줄곧 입을 다물고만 있었다. 감독이 닻을 올리라고 신호하고 채찍을 들어 갑판 한가운데로 뛰어올라가 죄수들의 등을 철썩철썩 때리기 시작하자 배가 차츰 앞바다 쪽으로 움직여 갔다. 전에 갤리 선이 많은 색깔 있는 다리를 움직이고 있다고 생각한 것은 이 노였다. 그래서 그는 혼자 중얼거렸다.

「이거야말로 진짜 마법의 일이지, 우리 주인 나리가 말씀하신 것과는 달라. 녀석들은 무슨 짓을 했을까? 게다가 휘파람 불면서 왔다갔다 하고 있는 저자는 어쩌면 저렇게도 많은 사람들을 예사로 후려칠까? 이제야말로 난 말하겠다만, 이거야말로 지옥이다. 지옥이 아니라면 연옥(煉獄)이야.」

돈키호테는 산초가 사방을 열심히 두리번거리고 있는 것을 깨닫고 말했다.

「오오, 나의 의좋은 산초여, 그대가 싫지만 않다면 상반신을 벗고 저분들 사이에 앉아 둘시네아 님의 마법을 풀기 위해 매를 맞는 것이 아주 쉽고 빠른 길이라고 생각지 않느냐? 이토록 많은 사람들과 아픔을 함께하는 것이니, 너도 그다지 자기의 아픔을 느끼지는 않을 것이 아니냐? 뿐만 아니라 현자 메를린도 이런 숙련된 손으로 매를 맞는 것이고 보면, 네 자신이 네 몸뚱이에 가해야 하는 매질의 10배쯤은 지금의 저 한 차례 한 차례의 채찍질을 계산해 주지 않을 것도 아닐 것 같으니 말이다.」

제독은 그 채찍질이란 무엇이며, 또 둘시네아의 마법을 푼다는 것은 대체 무슨 말이냐고 물어 보고 싶었으나, 마침 이때 수부(水夫)가 와서 말했다.

「서해안 가까이 배가 한 척 보인다고 몽후이(바르셀로나 시를 한눈에 내려다보는 당시의 요새―역주)로부터 신호가 왔습니다.」

이 말을 듣자 제독은 갑판 위로 뛰어올라가서 소리쳤다.

「자, 너희들, 그 배를 놓치지 말아라. 망루에서 우리에게 신호해 준 것은 아마 알제리아의 마스트 두 개짜리 해적선이 틀림없다.」

그러자 다른 세 척의 갤리 선도 기함의 명령을 받기 위해 다가왔다. 제독은 「두 척의 갤리 선은 앞바다 쪽으로 나가고, 한 척은 연안으로 육지를 따라가라, 그러면 그 배는 달아날 수 없을 것이다.」하고 명령했다. 죄수들은 열심히 노를 저어 갤리 선의 속력을 높였으므로 배는 마치 나는 듯이 나아갔다. 앞바다 쪽에 나간 두척의 갤리 선은 약 2마일쯤 되는 거리에서 그 배를 발견했는데, 보기에 14개나 15개의 노를 가진 것 같았으며, 그것은 사실이었다. 그 배는 갤리 선의 모습을 보자 그 빠른 속력을 믿고 달아나려고 했다. 그러나 그 계획은 실패로 끝났다. 갤리 선의 기함은 바다를 가는 모든 배 가운데서도 가장 속력이 빨랐기 때문에 금방 상대편의 배를 습격했다. 상대편 배는 분명히 달아날 수 없다고 단념하고 이쪽 갤리 선대를 지휘하는 제독의 노여움을 사지 않도록 노를 버리고 항복할 생각을 했다.

그러나 운명의 힘이었을까. 일은 그렇게 되지 않고, 이미 기함은 바로 가까이에 접근하여 항복하라고 외치는 소리가 들릴 정도로 다가갔을 때 열두 명의 동료들과 함께 그 돛대 두 개짜리 배에 타고 있던 술취한 터키 인이 화승총을 발포했으므로 이쪽 이물의 망루 위에 올라가 있던 두 수병이 쓰러지는 결과를 가져오고 말았다. 이것을 보자 제독은, 저 배에 탄 전 승무원을 붙잡기만 하면 살려 두지 않겠다고 소리치며 전속력으로 달려들었으나 상대편은 이쪽 노 밑으로 빠져 나가 버렸다. 갤리 선은 그대로 통과해 버렸다. 적선(敵船)은 이제 만사가 다 틀렸다고 생각했는지 갤리 선이 방향을 바꾸고 있는 동안 다시 돛과 노의 힘으로 달아나려 했다. 그러나 그들의 이 노력은 아무런 소용이 없었을 뿐 아니라 오히려 그들의 대담무쌍한 행동으로 더 큰 타격을 받게 되었다.

왜냐하면 반 마일쯤 되는 곳에서 기함이 따라붙어 마침내 노를 나란히 직선에 걸치고 전원을 생포할 수 있었기 때문이다. 거기에 다른 두 척의 갤리 선도 달려와서 생포한 배를 이끌고 네 척의 갤리 선은 해안 쪽으로 돌아갔는데, 그곳에는 벌써 많은 사람들이 그들이 잡아온 것을 구경하려고 몰려나와 있었다. 육지 가까이에서 닻을 내리게 한 제독은 해변에서 이 시의 부왕(副王)(국왕대리. 총독과 같음―역주)이 나와 있다는 것을 알았다. 그래서 부왕이 배에 찾아올 수 있도록 조그마한 배를 내리게 하고, 이어 적선의 선장을 비롯하여 터키 인들을 곧 교수형에 처할 수 있도록 큰 삼각돛의 가름대를 내리라고 명령했다. 생포된 자들은 36명이나 되었는데, 모두 상당히 늠름해 보이는 사나이들이었으며, 그중에서도 화승총을 발사한 터키 인은 매우 수려한 얼굴을 한 사나이였다. 제독이 선장은 누구냐고 묻자, 포로 가운데 하나가, 나중에 그는 회교에 귀의한 스페인 사람이라는 것을 알았지만, 스페인 말로 대답했다.

「이 젊은이입니다. 여기 있는 이 사람이 우리 선장입니다.」 그러면서 사람들이 상상할 수 있는 한에서 가장 아름답고 수려해 보이는 한 젊은이를 가리켰다. 나이는 보아 하니 스무 살도 안 되었을 것 같았다. 제독은 그 청년에게 물었다.

「이 당돌한 개야, 너는 결국 달아날 수 없다는 것을 알고 있었을 텐데, 무슨 생각으로 내 부하를 죽였느냐? 그것이 대체 기함에 대한 예의라고 생각하느냐? 저돌적인 행동은 용기 있는 자가 할 일이 아니라는 것을 너는 모르느냐? 조금이라도 희망이 있으면 사람이라는 것은 대담해지기는 하되 저돌적이 되는 것은 아니다.」

선장은 이에 대답하려 했으나 제독이 마침 그때 벌써 갤리 선에 올라온 부왕을 맞이하려고 그 자리를 떴으므로 대답할 수 없었다. 부왕은 몇 사람의 수행원과 시의 관리를 거느리고 들어왔다.

「꽤 훌륭한 소득이구나.」하고 부왕이 말했다.

「아니올시다, 아직은.」하고 제독이 대답했다. 「그러나 지금 당장 이 가름대에 매달아서 훌륭한 것을 보여 드리겠습니다, 각하.」

「그건 또 어째서?」하고 부왕이 말했다.

「그 까닭은,」하고 제독이 대답했다. 「싸움의 모든 법도, 모든 도리와 습관을 어기고 이 갤리 선에 타고 있던 수병을 저녀석들이 죽였기 때문입니다. 그래서 저는 사로잡은 모든 자들을, 특히 이 배의 선장인 이 젊은이를 교수형에 처할 작정입니다.」

이렇게 말하고 이미 두 손이 묶이고 목에 밧줄이 걸려 사형이 집행되기를 기다리고 있는 젊은이를 가리켰다. 부왕이 젊은이를 보니 참으로 아름답고, 씩씩해 보이고 그러면서도 매우 얌전한 청년이었으므로, 그 아름다움이 금방 무엇보다도 훌륭한 추천장이 되어 그를 사형에서 구해 주고 싶은 기분이 솟아 젊은이에게 물었다.

「한 가지 물어 보고 싶다. 너는 터키 인으로 태어났느냐, 아니면 무어 인이냐, 혹은 회교도가 된 스페인 사람이냐?」

이에 대해서 젊은이는 카스티야 말로 대답했다.

「저는 타고난 터키 인도 아니고 무어 인도 아니고 배교자(背敎者)도 아닙니다.」

「그러면 너는 어떤 자냐?」하고 부왕이 물었다.

「그리스도교를 믿는 여자올시다.」하고 젊은이가 대답했다.

「뭐, 여자라고? 더욱이 그리스도 교도라? 그런 모습을 하고 더욱이 이런 자리에 있으면서? 그것은 도저히 믿을 수 없는 놀라운 얘기로구나.」

「여러분, 잠시 동안만 유예를 주십시오.」하고 젊은이가 말했다. 「제가 여러분에게 제 신상에 일어난 얘기를 하는 동안만 보복을 잠시 연기해 주시기 바랍니다.」

　이런 말을 듣고 감동하지 않는, 아니 적어도 이 가련하고 비참한 젊은이가 얘기하려 하는 말에 귀를 기울이려 하지 않는, 그런 차가운 마음을 감히 누가 가질 수가 있을까? 제독은 무엇이든 하고 싶은 말이 있으면 하라, 그러나 자기의 뚜렷한 죄를 용서받을 수 있다는 기대는 갖지 말라고 다짐했다.

　「저는 분별이 깊다기보다 오히려 불행한, 더욱이 요즘에는 산더미처럼 큰 불행에 시달리는 무어 족의 양친에게서 태어난 사람입니다. 무어 족의 불행이 계속되는 동안 저는 외삼촌을 따라 바아바리로 갔습니다만, 저는 거짓말을 하거나 겉으로만 내세우는 신자가 아니라 진짜 카톨릭 교도입니다.

　그러나 아무리 그렇다고 주장해도 하등 그 보람이 없었습니다. 또 우리의 비참한 추방을 다스리고 있는 관리들에게도 이 진실을 아무리 말해 봐야 아무런 소용이 없었으며, 저의 두 외삼촌조차 아예 귀를 기울이려 하지 않았습니다. 그뿐 아니라 오히려 제가 태어난 땅에 그대로 머물러 있고 싶어서 조작한 거짓이겠거니 생각하고는 모두 그래서 제 의사라기보다 완력으로 저를 데리고 간 것입니다. 저의 어머니도 그리스도 교도였고, 아버지도 역시 사려 깊은 그리스도 교도였습니다. 실은 어머니의 젖과 함께 카톨릭의 신앙을 마시고 자란 거나 마찬가지죠. 저는 엄한 훈육을 받으면서 자라났으므로, 말이나 행동거지가 무어 족의 여자 같은 데는 조금도 없었던 것으로 생각됩니다. 이런 미점, 저는 미점이라고 믿고 있습니다만, 이 미점에 따라 저의 아름다움도, 만일 얼마간이나마 아름답다고 한다면, 저의 아름다움도 점점 더해 간 듯이 여겨집니다.

　그런데 그렇듯 틀에 박힌 생활을 하던 제가 돈 가스파르 그레고리오라는 젊고 지체 높은, 역시 저의 마을 바로 가까이에 이웃을 가진 훌륭한 분의 장남 되는 분의 눈에 띄게 되었습니다. 어떻게 해서 그분이 제 모습을 보셨는지, 어떤 말을 서로 주고받았는지, 어떤 식으로 저를 보시고 넋을 잃게 되었는지, 또 어떤 식으로 제가 그분에게 끌려갔는지 하는 것을 일일이 말씀드리자면 길어지고, 또 언제 이 혀와 목 사이를 이 무서운 밧줄이 졸라맬지 모른다는 생각에 가슴이 떨려 이런 경우에는 도저히 더 말씀드릴 수가 없습니다. 그래서 저는 다만 돈 그레고리오가 추방되는 저를 따라오려고 하셨다는 것만 말씀드리겠어요.

　그분은 아라비아 말을 잘 하셨으므로 다른 마을에서 나온 무어 인들과 함께 어울렸으며 여행하는 동안에는 저를 데리고 가는 두 숙부와도 사귀어 친구가 되었습니다. 저의 아버지는 조심성이 많고 눈치 빠른 분이었으므로, 우리들의 첫 추방을 듣자마자 마을을 떠나 우리를 인수할 수 있는 은신처를 외국에서 찾으시려고 떠나가셨습니다. 그리고 이 일은 저만 알고 있었습니다만, 어떤 장소에 많은 진주며 값비싼 보석이며 크루사도와 도블론 등의 금화를 얼마간 묻어 놓고 왔던 것입니다. 아버지는 당신께서 돌아오시기 전에 우리가 추방되더라도 결코 이 묻어 놓은 재보에는 손을 대지 말라고 저에게 일러 놓고 가셨지요.

그래서 저도 그렇게 하고, 앞에서도 말씀드린 것처럼 숙부들과 그밖의 친척들과 친한 사람들과 함께 바아바리로 건너갔는데, 우리가 주거지로 정한 것은 알제이었습니다만, 주거라고는 하지만 마치 지옥 속에 있는 거나 마찬가지였습니다. 그런데 알제이 왕이 제가 아름답다는 것과, 이것은 어느 의미에서는 다행한 일이었습니다만, 제 재산에 관한 소문을 들으시고 저를 궁궐에 부르셔서 스페인의 어느 곳에서 태어났으며 어떤 돈과 어떤 보석류를 갖고 왔느냐고 물으셨습니다.

그래서 저는 마을 이름을 말씀드리고, 보석류와 돈은 그 마을에 묻어 놓고 왔습니다, 그리고 제 자신이 찾으러 가면 쉽게 손에 넣을 수 있을 것입니다, 하고 대답했지요. 제가 이런 것을 왕에게 얼른 말씀드린 것은, 돈에 대한 욕심보다 제 아름다움에 눈독을 들여서는 큰일이라고 무서워했기 때문입니다.

제가 이런 말을 하고 있는데 시종 하나가 오더니, 저 외에 상상도 못 할 만큼 참으로 늠름하고 아름다운 젊은이가 또 한 사람 있다고 말씀드렸던 것입니다. 그건 아마 돈 가스파르 그레고리오가 틀림없다고 저는 금방 깨달았지요. 그분의 미모는 아무리 과장해서 칭찬해도 미치지 못할 만했으니까요. 저는 돈 그레고리오가 빠지려 하고 있는 위험을 생각하고 여간 걱정이 되지 않았습니다. 왜냐하면 그 야만스런 터키 인들 사이에서는 아무리 아름다운 여자라도, 고운 소년이나 청년 쪽이 훨씬 중요시되고 높은 평가를 받고 있었으니까요. 왕은 얼른 그 사내를 보고 싶으니 데리고 오라고 명령하시고, 부하들이 말한 그 젊은이 얘기가 사실이냐고 저한테 물으셨습니다. 그때 저는 거의 하늘의 계시라도 받은 듯이 그렇다고 대답하고 그러나 그 젊은이는 남자가 아니고 저와 마찬가지로 여자입니다. 그러니 그분의 아름다움이 완전히 발휘될 수 있도록 또 이전에 부끄러운 생각을 품고 나오는 일이 없도록 그분에게 여자다운 복장을 시키게 저를 내보내 달라고 부탁했습니다.

그러자 왕은, 얼른 갔다 오너라, 그리고 파묻은 재보를 찾으러 스페인에 돌아가려면 어떤 방법을 써야 하는가에 대해서는 내일 의논하자고 말씀하셨습니다. 그래서 저는 돈 가스파르에게, 남자 복장을 하고 있으면 위험한 꼴을 당할지 모른다고 전하고, 무어 아가씨의 옷을 입혀 그날 저녁 즉각 왕 앞으로 데리고 나갔지요. 그러자 왕은 그분을 보고 그만 놀라면서, 터키 황제에게 이 여자를 선사하기 위해 그대로 붙잡아 놓자는 생각을 하시게 되었습니다. 그래서 후궁에 두면 다른 여자들한테서 받을지 모를 위험이 있고 또 왕 자신도 마음이 놓이지 않으므로 그런 것을 피하기 위해 어느 무어의 귀부인들이 있는 저택에 데려다가 돌보라고 명령하셔서 그분은 곧 그쪽으로 안내되어 갔습니다. 제가 그분을 사모하고 있다는 것은 분명했습니다만, 그때 우리 두 사람이 느낀 고통은 서로 사랑하면서도 헤어져 있어야 하는 사람들의 상상에 맡기기로 하겠어요. 이어 왕은 이 돛대 두 개짜리 배로 스페인에 다녀오라고 주선을 해주고 두 터키 인을 제 수행원으로 붙여 주셨는데, 이 사람들이 아까 여러분의 수병을 죽인 사나이들이지요.」

여기서 처녀는 맨 먼저 입을 연 사나이를 가리키면서, 「이 배덕자인 스페인 인도 역시 저와 함께 왔습니다만, 실은 이 사람은 숨은 그리스도 교도로서 바아바리로 돌아가기보다 이 스페인에 머물러 있고 싶어했다는 것을 저는 잘 알고 있지요. 이 배의 노를 젓는 그밖의 사람들은 다만 노를 젓는 것 이외에는 아무런 소용도 없는 무어 인과 터키 인들입니다. 탐욕스런 터무니없는 생각을 가진 두 터키 인은 저와 함께 이 배덕자를 제일 먼저 도착한 스페인 땅에서 미리 준비해 온 그리스도 교도 같은 복장을 시켜 상륙시키라는 명령을 지키지 않고, 가능하다면 이 근처의 해안을 약탈해 얼마간의 소득을 손에 넣을 생각을 했던 것입니다. 그래서 만일 우리를 먼저 상륙시키면 우리 두 사람에게 무슨 뜻하지 않는 사건이 일어나서, 이 근처의 해적에게 돛대 두 개짜리 배가 있다고 우리가 일러바치지나 않을까 하고 두려워하고 있었지요.

그리고 만일 이 근처에 갤리 선이라도 있다면 필경 붙잡히게 될 것이라는 공포감도 있었구요. 간밤에 우리는 이 해안을 발견했습니다. 그러니 이런 네 척의 갤리 선이 있다는 것은 조금도 몰랐으므로 즉각 발견되어 아까 보신 바와 같은 그런 결과가 일어난 것입니다. 결국 돈 그레고리오는 지금 언제 탈선할지 모를 위험에 직면한 채 여자들 사이에서 여장을 하고 계시고, 저는 저대로 두 손을 묶여 이제 저로 봐서는 아무래도 좋은 이 생명이 끊어지기를 기다리고, 아니 두려워하고 있는 것입니다. 여러분, 제가 여러분께 부탁드리는 것은, 그리스도 교도로서 죽게 해달라는 거예요. 왜냐하면 앞에서도 말씀드린 것처럼 저는 우리 나라 사람들이 저지른 죄와는 조금도 관계가 없는 몸이기 때문이에요.」

이렇게 이 그리스도 교도의 무어 처녀가 그 진기한 이야기를 하고 있는 동안, 부왕이 갤리 선에 올라왔을 때 따라온 한 늙은 순례자가 지그시 그녀의 얼굴을 들여다보고 있었다. 그리고 처녀가 이야기를 다 마치자마자 노인은 처녀의 발 아래 몸을 내던지며 두 다리를 얼싸안으면서 눈물과 한숨으로 떠듬떠듬 소리쳤다.

「오오, 나의 가엾은 딸 아나 펠리스야! 나다, 네 애비 리코테다. 나는 귀여운 너 없이는 도저히 살아갈 수 없어서 너를 찾으러 되돌아왔단다.」

이 말을 듣고 산초는 눈을 둥그렇게 뜨고는 그때까지 죄수들에게 당한 재난을 생각하며 푹 숙이고 있던 얼굴을 번쩍 들어 순례자의 얼굴을 가만히 들여다보고, 자기가 영주직을 그만두고 나오던 날 만났던 그 리코테라는 것을 깨닫는 한편 거기 있는 처녀가 그의 딸이라는 것을 알아보았다. 딸은 벌써 묶였던 포박이 끌려 아버지를 껴안고 있었으며, 아버지와 딸은 서로의 눈물에 흠뻑 젖어 있었다. 이어 리코테가 제독과 부왕을 돌아보고 말했다.

「여러분, 애는 제 딸입니다. 온갖 사건으로 제 이름보다 훨씬 불행해진 애올시다. 아나 펠리스(펠리스는 『행복』이라는 뜻 — 역주)가 애 이름이고, 성은 리코테인데, 제 재산과 마찬가지로 어디 우리 한 가족을 받아들여 도와 줄 만한 곳은 없을까 하고 외국을 여기저기 찾아다니다가 간신히 독일에서 그것을 발견했으므로, 다른 독일 사람들과 함께 이 순례자의 복장을 하고 딸을 찾고 동시에 숨겨 둔 많은 재산을 파내 가려고 되돌아온 것입니다.

그런데 재보는 찾아서 지금 제가 몸에 지니고 있습니다만, 딸은 찾지 못하고 있었는데 지금 여러분도 보시듯이 이 신기한 인연으로 제 귀여운 딸이라는, 무엇보다도 저를 훨씬 큰 부자로 만들어 줄 보물을 만난 것이죠. 만일 우리가 죄를 짓지 않았다는 것과 애와 저의 눈물이 여러분의 엄한 판정에 자비의 문을 열게 할 수만 있다면, 제발 저희들에게 자비를 베풀어 주십시오. 우리는 한 번도 여러분을 해칠 생각을 품은 적도 없고, 우리 동포들이 꾸민 일을 티끌만큼도 거들은 적이 없으며, 오히려 그 사람들이 추방당한 것은 당연한 일이라고 생각하고 있을 정도입니다.」

이때 산초가 입을 열었다.

「이 리코테를 잘 알고 있습니다요. 또 아나 펠리스가 이 사람의 딸이라는 말이 사실이라는 것도 잘 알고 있구요. 왔다갔다 한 것과 좋은 생각을 가졌나 안 가졌나 하는 것까지는 아무 말도 할 수 없습니다요.」

그 자리에 있던 모든 사람들이 이 이상한 사건에 놀라고 있을 때 제독이 입을 열었다.

「아무튼 그대들의 눈물을 보고서는 내 뜻을 그대로 밀고 나갈 수가 없겠다. 아름다운 아나 펠리스, 그대는 하늘이 베풀어 주신 수명을 다하도록 하라. 저지른 죄의 형벌은 그것을 저지른 당돌한 자들이 지면 되겠지.」

그리고 즉각 두 수병을 죽인 두 터키 인을 돛의 가름대에 매달아 교수형에 처하라고 명령했다. 그러나 부왕은 그들이 저지른 죄는 당돌한 데서 왔다기보다 일종의 광기에서 온 것이니 그들을 교수형에 처하지 말라고 제독을 달랬다. 제독도 부왕의 말을 받아들였으니, 보복이라는 것은 냉정한 마음으로는 할 수 없는 것이기 때문이다.

이어 사람들은 현재 돈 가스파르 그레고리오가 빠져 있는 위험에서 그를 구출해 낼 방법을 이것 저것 의논했다. 그러자 리코테는 그 일을 위해서라면 자기가 가진 진주와 보석으로 2천 두카트 이상 제공하겠다고 제의했다. 여러 가지 방책이 제의되었으나, 그 배교자인 스페인 인이 제안한 것이 가장 훌륭했다. 이 배교자는 여섯 개의 노를 갖춘 조그마한 배에 그리스도 교도로서 노 젓는 사람을 태워 알제이로 돌아가자고 제의했다. 그는 어디에서 어떻게 언제 상륙할 수 있는지, 또 상륙해야 하는지, 그리고 돈 가스파르가 현재 있는 집도 알고 있기 때문이었다.

그러나 제독과 부왕은 이 배교자를 믿는다는 것과, 노를 젓는 그리스도 교도를 이 사나이에게 맡긴다는 것을 주저했으나, 아나 펠리스가 보증을 서고, 아버지 리코테도 만일 그 그리스도 교도들이 고난을 당할 때는, 그 몸값을 지불하러 자기가 가겠다고 제의했다. 그래서 이 제안에 모두 찬성하여 부왕은 배에서 내려가고, 돈 안토니오 모레노가 무어 인 부녀를 데리고 돌아갔는데, 부왕이 그에게 되도록 두 사람의 뒤를 잘 돌봐 달라고 간곡히 부탁했던 것이다. 뿐만 아니라 부왕 자신도 두 사람을 대접하기 위해서라면 자기 집에 있는 것은 무엇이든지 제공하겠다고 말했다. 아나 펠리스의 아름다움이 부왕의 가슴에 불어넣은 호의와 자비는 이토록 컸던 것이다.

제 64 장

여기서는 이때까지 돈키호테의 일신에 일어난 모든 일보다 가장 깊은 상처를 그에게 입힌 모험에 대해서.

돈 안토니오 모레노의 부인은 자기 집에 아나 펠리스가 찾아온 것을 무척 만족해 했다고 실록은 전하고 있다. 그녀는 처녀의 아름다움에 반했을 뿐 아니라, 처녀가 영리한 데도 반했으므로 무척 기꺼운 마음으로 그녀를 받아들였다. 왜냐하면 이 아름다운 무어 아가씨는 아름다움에 있어서나, 영리함에 있어서나 그 유례가 드문 처녀였기 때문이다. 그래서 마치 울리는 종소리에 이끌려 오듯 이 처녀를 한 번 보려고 이 마을의 모든 사람들이 몰려들었다.

한편 돈키호테는 돈 안토니오에게, 돈 그레고리오를 구출하기 위해 사람들이 채택한 방책은 시기에 맞다기보다 너무 위험에 차 있으니 결코 안전한 방법이라고 생각되지 않는다, 그보다 무장하고 말을 탄 자기를 바아바리로 파견하는 편이 훨씬 나을 것이다, 그러면 온 무어 군에게 좀 안됐지만 돈 가이페로스가 그의 처 멜리센드라를 구출한 것처럼 그를 살려 내오겠다고 장담했다.

「나리, 잊으시면 안 됩니다요.」 하고 이때 이 말을 듣고 산초가 말했다. 「돈 가이페로스 님이 마님을 구출해 나온 것은 육지로 이어진 땅에서 한 것이고, 육지로 이어진 길을 따라 프랑스로 데리고 가셨던 것입니다요. 하지만 돈 그레고리오를 우리가 끌어 내온다 해도 한가운데 바다가 있으니 그리 손쉽게 스페인에 데려올 길이 없습니다요.」

「죽음만은 어쩔 수 없지만, 이 세상에 방법이 없는 일은 없느니라.」 하고 돈키호테가 대답했다. 「그러니 해변에서 배가 접근해 온다면, 설혹 온 세계의 무리들이 방해를 하더라도 우리는 승선할 수 있을 게다.」

「나리께서는 아무렇지도 않은 듯이 말씀하십니다요만,」 하고 산초가 대꾸했다. 「하지만 말하는 것과 실천하는 것과의 사이에는 큰 거리가 있는 법입니다요. 저는 그 배교자의 편을 들겠습니다요. 제가 보건대 정직하고 무척 뱃속이 깨끗한 사나이 같으니까 말입니다요.」

돈 안토니오는 만일 그 배교자가 일을 실수했을 때는 돈키호테에게 바아바리로 건너가 줄 것을 부탁하는 방법이 취해질 것이 틀림없다고 말했다.

이틀 후, 여섯 개의 노를 갖춘 속력이 빠른 조그마한 배가 모두 억센 노젓는 일꾼들을 태우고 출발했다. 다시 이틀이 지나자 갤리 선대가 동부 해안으로 출발했다. 제독은 부왕에게 돈 그레고리오의 구출과 아나 펠리스의 일에 관해서 일어난 일을 죄다 자기에게 알려 달라고 간곡히 부탁했으며, 부왕은 그대로 시키겠노라고 약속해 주었다.

어느 날 아침, 돈키호테는 갑주를 몸에 두르고 바닷가를 산책하러 나갔다. 그런 복장으로 나간 것은 흔히 그 자신이 말하고 있듯이, 「갑주 제구야말로 나의 외출복, 나의 휴식은 싸움이다.」라는 것이었으므로 잠시도 무장을 하지 않고는 있을 수 없었기 때문이다. 문득 그는 저쪽에서 역시 머리 꼭대기에서 발끝까지 완전히 무장한 기사 하나가 이쪽으로 오고 있는 것을 발견했는데, 그 방패에는 눈부신 달이 그려져 있었다. 기사는 말소리를 알아들을 만한 거리에 이르자 돈키호테를 향해서 큰 소리로 말했다.

「거기 계시는 훌륭한 기사, 아무리 칭찬해도 모자랄 돈키호테 데 라 만차 님, 나는 『은달의 기사』로 그 전대미문의 공훈은 아마 귀공의 기억에 남을 것이오. 내가 여기 나온 것은 나의 그리운 공주가 귀공의 그리운 공주 둘시네아 델 토보소보다 비교도 안 될 만큼 아름답다는 것을 귀공으로 하여금 인정시키고 고백시키기 위해, 귀공과 싸워 귀공의 무력을 시험하기 위해서요. 만일 이 진실을 똑똑히 귀공이 고백한다면 귀공의 목숨도, 그리고 귀공의 목숨을 빼앗는 수고도 덜 수 있을 것이오. 만일 귀공이 나와 결전하여 내가 귀공을 쓰러뜨릴 때는, 무기를 버리고 이 이상 모험을 구하는 일을 삼가고, 앞으로 1년 동안 귀공의 마을로 돌아가서 조용히 집안에 들어앉아 일체 칼을 손에 쥐지 말고 얌전하게 몸을 아껴 살지 않으면 안 되오. 이 일은 귀공의 자산을 풍부하게 하고 귀공의 영혼을 구제하게 될 것이오. 나는 다만 그 이상의 만족은 구하지 않소. 하나 만일 귀공이 나를 쓰러뜨릴 때는 나의 목은 귀공의 재량에 맡기고 나의 갑주와 말은 귀공의 전리품으로 드리겠소. 그리고 나의 무한한 공훈의 명성은 귀공에게로 옮겨갈 것이오. 자, 어느 쪽이 귀공을 위해서 바람직한 일인가 얼른 대답하시오. 이 결전을 처리하기 위한 나의 기한은 다만 오늘 하루뿐이오.」

돈키호테는 은달의 기사의 오만한 태도와 아울러 자기에게 도전하는 이유를 듣고 놀랄 뿐이었다. 그래서 침착하고 엄숙한 태도로 대답했다.

「거기 그 은달의 기사님, 귀공의 공훈에 대해서는 나는 여태까지 한 번도 들은 적이 없소. 또 나는 감히 맹세하지만, 귀공은 여태까지 거룩한 둘시네아 공주를 본 적이 없을 것이오. 왜냐하면 한 번이라도 공주를 보았다면, 이런 제안을 하겠다는 터무니없는 생각을 가질 까닭이 없다는 것을 나는 잘 알고 있기 때문이오. 그것은 공주의 아리따운 얼굴을 한 번이라도 보았다면, 그에 맞설 만한 아름다움이 일찍이 있은 적도 없고 있을 까닭도 없다는 것을 깨달았을 것이기 때문이오. 귀공이 거짓말을 했다고는 하지 않겠으나, 다만 자기가 무엇을 꾀하고 있는가 스스로 모르고 있다고 말하고 싶소. 귀공의 도전에 대해서는 기꺼이 응하겠소. 귀공의 한정된 시간을 헛되이 보내지 않게 하기 위해서라도 즉각 승부를 하기로 하는 것이 좋겠소.

다만 귀공의 공훈에 관한 명성이 내 위로 옮겨온다는 조건만은 사절하겠소. 그 까닭은 그것이 어떤 것인가 나는 전혀 알지 못하기 때문이오. 나는 나 자신의 공훈으로 있는 그대로 만족하기 때문이오. 그러면 귀공이 좋은 대로 거리를 잡으시오. 나도 또한 나의 거리를 잡겠소. 필경 신이 나를 도와 주시고 성 베드로가 축복을 내려 주실 것이 틀림없소.」

이미 시내에서는 은달의 기사가 돈키호테 데 라 만차와 말을 주고받은 것을 부왕에게 보고한 자가 있었다. 부왕은 돈 안토니오 모레노나, 아니면 이 도시의 어느 신사가 생각해 낸 새로운 모험이 틀림없다고 생각하고, 돈 안토니오와 그밖에 많은 기마 무사들을 거느리고 해안으로 달려갔는데, 마침 그때는 필요한 만큼 거리를 잡으려고 돈키호테가 로시난테의 고삐를 돌리는 참이었다. 그래서 부왕은 두 기사가 막 서로를 향해 질주할 태세를 갖추고 있는 것을 보고 그 사이에 들어가, 이런 뜻밖의 결판을 내려고 하기까지 두 사람을 움직인 동기는 대체 무엇인가고 물었다.

그래서 은달의 기사는 쌍방이 그리워하는 공주의 아름다움이 어느 쪽이 더 하고 덜한가가 원인이라고 대답하고, 먼저 자기가 돈키호테에게 한 것과 똑같은 말을 간단하게 되풀이하고는, 쌍방에서 동의한 도전과 조건을 덧붙여 설명했다. 부왕은 돈 안토니오를 불러, 대체 저 은달의 기사는 누구냐, 그리고 이것은 누가 돈키호테를 상대로 꾸민 일종의 장난이 아니냐고 나직이 물었다. 그러자 돈 안토니오는 자기도 그가 누구인지 모르며, 이 결전이 농담인지 진담인지 그것조차도 모른다고 대답했다. 이 대답을 들으니 부왕은 두 사람을 그대로 싸우게 할 것인가, 아니면 중지시킬 것인가 쉽게 판단이 나지 않았다. 그러자 암만해도 진짜 싸움 같지 않았으므로 이렇게 말하고 그 자리에서 물러났다.

「그렇다면 두 기사님들, 이제 이 마당에 이르러서는 상대편의 말을 그대로 인정하든가 아니면 죽든가 이 둘밖에 길이 없소. 뿐만 아니라 돈키호테 님도 한 걸음도 양보를 하지 않고 은달의 기사께서도 끝내 고집을 꺾지 않으시는 이상 오직 하느님 손에 맡기고 승부를 결판내도록 하시오.」

그러자 은달의 기사는 정중하고 상냥한 말투로 자기들에게 주어진 허락에 대해서 감사했으며 돈키호테도 같은 인사를 했다. 이어 돈키호테는 언제나 싸움을 시작할 때 하는 습관에 따라 하느님께는 진심으로 가호를, 그리운 둘시네아 공주에게는 비호를 빌면서 아까보다 좀더 거리를 두려고 말머리를 돌렸다. 그의 적이 그렇게 하고 있는 것을 보았던 것이다. 그리고 두 사람은 덤비라는 나팔 신호나 웅장한 음악 소리가 들린 것도 아닌데 꼭 같은 시각에 말머리를 다시 돌렸다. 그런데 은달의 기사가 탄 말이 훨씬 민첩했으므로 그는 전 거리의 3분의 2쯤 되는 곳에서 돈키호테에게 접근했다.

그러나 그는 창으로 상대를 찌르지 않고, 그는 일부러 창을 높이 쳐들고 있는 듯이 보였다. 무서운 기세로 상대에게 부딪쳤으므로 돈키호테와 로시난테는 무참히 땅바닥에 나가 뒹굴었다. 다음 순간 은달의 기사는 돈키호테에게 다가가 투구의 얼굴 가리개에 창끝을 갖다 대며 말했다.

「귀공이 졌소, 기사님. 우리가 정한 도전의 조건을 인정하지 않을 경우 그대의 목숨을 받아야겠소.」

돈키호테는 나가떨어져서 정신이 몽롱하여 얼굴 가리개도 들추지 않고 마치 무덤에서 말하듯이 힘없이 서글픈 목소리로 대답했다.

「둘시네아 델 토보소 공주는 세계에서 제일 가는 아름다운 여성이고, 나 또한 이 세상에서 가장 무훈이 뛰어난 기사요. 그러나 내가 약한 탓으로 이 진실을 굽히지 않으면 안 된다니 분하오. 귀공은 단숨에 그 창을 눌러 나의 목숨을 앗아 가시오. 귀공은 나의 명예를 빼앗아 갔소.」

「아니, 그것은 내가 결단코 사절하겠소.」 하고 은달의 기사는 말했다. 「그리고 둘시네아 델 토보소의 아름다운 명성도 전과 다름없이 힘 하나 없는 온전한 모습으로 영속하리라고 말하겠소. 다만, 우리가 이 싸움을 시작하기 전에 쌍방이 동의한 대로, 훌륭한 돈키호테 님이 1년 동안, 혹은 내가 알려드리

522

는 시기까지, 고향 마을에 은퇴하신다는 것만으로 나는 충분히 만족하겠소.」

부왕을 비롯하여 돈 안토니오와 그밖의 모든 사람들이 이 말을 한 마디도 빠짐없이 듣고 있었을 뿐 아니라, 마침내 돈키호테가 만일 둘시네아 공주의 격하를 요구하지 않는다면 그밖의 것은 일체 의리를 존중하는 참된 기사로서 약속을 지키겠노라고 대답하는 말도 들었다. 이 선언을 다 듣고 나더니 은달의 기사는 말고삐를 당겨 말머리를 돌려서 부왕에게 고개를 숙여 인사한 다음 곧장 말을 몰아 시내 쪽으로 사라져 버렸다.

부왕은 돈 안토니오에게 그를 따라가 꼭 정체를 알아 오라고 명령했다. 사람들이 돈키호테를 안아일으켜 투구를 벗기고 얼굴을 드러내 보니 창백해진 채 땀에 흠뻑 젖어 있었다. 로시난테도 형편없는 몰골로 한참 동안 꼼짝도 하지 못했다. 산초는 그만 기가 죽어서 뭐라고 말을 해야 좋을지, 무엇을 해야 좋을지 정신을 차리지 못할 지경이었다. 그리고 이번 일은 모든 것이 꿈속에서 일어난 사건같이, 모든 계략이 마법의 소행으로밖에 생각되지 않았다. 그는 승부에 져서 1년 동안 일체 무기를 잡지 못하도록 강요된 주인의 모습을 본 것이었다. 주인이 세운 갖가지 공훈의 영광의 빛이 흐려지고, 그에게 주어진 새로운 약속의 희망도 마치 연기가 바람에 날리듯 순식간에 사그라지는 것을 상상했다. 그는 로시난테가 평생 병신이 되어 버리지나 않을까, 주인도 뼈가 빠지지나 않았을까 하고 무척 걱정이 되었으나, 만일 주인이 뼈가 빠졌을 정도라면 그것은 적잖은 다행이 틀림없다고 생각했다. 결국 사람들은 부왕이 가지고 오게 한 가마에 태워 그를 시내로 운반해 갔으며, 부왕도 돈키호테를 이런 비참한 지경에 빠뜨린 은달의 기사가 대체 누구인가 확인하고 싶은 생각에 쫓겨 역시 시내로 돌아갔다.

제 65 장

여기서는 『은달의 기사』가 누구라는 것이 밝혀지고 아울러 돈 그레고리오의 구출과 그밖의 사건이 다루어진다.

돈 안토니오는 은달의 기사의 뒤를 쫓아갔으며 많은 아이들도 역시 그 뒤를 따라갔는데, 아니 추적해 갔는데, 이윽고 그는 시내의 어느 여인숙으로 들어

갔다. 그러자 한 종자가 은달의 기사를 맞이하여 그의 갑주를 벗겨 주려고 나왔다. 그는 아래층 홀로 들어가고, 돈 안토니오도 그가 어떤 자인가 알 때까지 안온하게 빵이 구워지기를 기다릴 수 없어 그와 함께 홀로 들어갔다. 그래서 은달의 기사는 그가 도저히 자기를 놓아 주지 않을 것을 깨닫고 입을 열었다.

「여보시오, 나는 당신이 무엇 때문에 여기까지 오셨는지 잘 알고 있습니다. 내가 어떤 사람인가 정체가 알고 싶으신 거지요. 그러시다면 굳이 숨길 필요도 없으니까 내 하인이 갑주를 벗겨 주는 동안 이 사건의 진상을 하나도 감추지 않고 말씀드리기로 하지요. 그럼 우선 내가 석사 삼손 카르라스코라는 사람이라는 것을 미리 알아 두십시오. 나는 돈키호테 데 라 만차와 같은 마을에 사는 사람으로 그의 광태와 숙맥 같은 행동에, 그를 잘 아는 우리 모두가 딱하게 생각지 않을 수 없었습니다만, 그중에서도 특히 그를 딱하게 생각하는 사람들 가운데 나도 끼어 있습니다.

그리고 그를 회복시키려면 안정이 필요해서 그가 태어난 고향에 있는 자택으로 데려가 정양시키는 것이 상책이라고 생각했기 때문에 그를 집에 돌아가게 하는 방책을 생각한 것입니다. 그래서 약 석 달 전에 나는 스스로 『거울의 기사』라고 자칭하면서 편력의 기사로서 그와 맞부딪치려고 여행길에 나섰지요. 다시 말해서 그와 일대 일로 승부를 겨루어 상대방에게 상처를 입히지 않고 이겨서, 패배한 자는 승리한 자의 말을 듣는다는 조건을 붙여 그것을 실행할 생각이었던 것입니다. 그때 내가 그 사람에게 요구할 생각으로 있었던 것은, 그건 그가 질 것을 틀림없다고 판단했기 때문입니다만, 그는 고향 마을로 돌아가서 꼭 1년 동안 거기서 나오지 않는다는 것이었습니다. 그 동안에는 병도 낫겠지 하는 생각에서였지요.

그런데 운명이 짓궂은 것이어서 그렇게는 일이 진행되지 않더군요. 왜냐하면 돈키호테가 오히려 나한테 이겨서 나를 말에서 떨어뜨렸기 때문인데 그래서 내 계획은 성공하지 못했습니다.

그는 여행을 계속하고, 나는 싸움에 져서 면목을 잃은 채 낙마로 상처를 입고, 더욱이 상당한 중상을 입고 비참한 꼬락서니로 돌아갔지요. 그러나 나는 다시 그를 찾으러 나섰는데, 마침 오늘 보셨듯이, 그를 쓰러뜨리자는 소원이 늘 염두에서 떠나지 않았습니다. 그는 편력의 기사도의 정신을 지키는 데 있어서는 참으로 고지식하므로 자기의 약속을 이행하기 위해서 오늘 나와 맺은 약속을 그대로 실천하리라는 것은 조금도 의심할 여지가 없습니다. 이것이 이번 사건의 진상이고, 이밖에는 당신에게 얘기해야 할 일은 아무것도 없습니다.

그런데 여기서 당신께 부탁드리고 싶은 것은 그에 대한 나의 모처럼의 호의가 좋은 결과를 가져오기 위해서도, 또 기사도에 관한 어처구니없는 생각이 그한테서 사라져, 그처럼 원래 훌륭한 사려를 갖춘 사람이 지난날의 이성을 되찾기 위해서도, 나에 관한 얘기를 폭로하거나 내가 누구라는 것을 돈키호테에게 말하지 말아 주십사 하는 것입니다.」

「이런, 이런!」하고 돈 안토니오는 말했다. 「세상에 보기 드문 우스꽝스러운 광인을 정상으로 되돌려 놓으려 함으로써 당신이 세상에 끼치는 손해는 도저히 용서받을 수 없습니다. 제정신을 차린 돈키호테가 갖다 줄지도 모를 이점 따위는 그 사람이 정신착란으로 말미암아 사람들에게 주는 근사한 재미에는 도저히 미치지 못한다는 것을 모르십니까? 석사님이 모처럼 여태까지 애를 쓰셨지만, 이렇게 시간이 지나서 쇠버린 미치광이를 정상으로 돌려 놓는다는 것은 벌써 늦은 감이 없지 않습니까? 이렇게 말하면 무정하게 들릴지 모르지만, 나는 돈키호테가 결코 제정신을 차리지 말아 주었으면 하고 말하고 싶을 정돕니다.

왜냐하면 그 사람이 정신을 차리면 단지 우리는 돈키호테의 우스꽝스러운 재미를 잃을 뿐 아니라 그의 종자 산초 판사의 애교까지 잃게 되거든요. 그녀석의 사소한 언동도 그야말로 우울 그 자체를 다시 한 번 즐겁게 만들어 놓는 힘이 있기 때문입니다. 그건 그렇고, 아무튼 모처럼 카르라스코 님이 애쓰신 일이 결국 허사가 되고 말 것이라는 나의 생각이 과연 맞나 안 맞나 하는 것을 확인하기 위해서라도 나는 아무 말도 하지 않겠습니다. 아무 말도 돈키호테에게는 하지 않기로 하지요.」

그러나 삼손 카르라스코는, 이번 일이 틀림없이 운좋게 진행되고 있으므로 성공하게 될 것을 자기는 기대한다고 대답했다. 돈 안토니오는, 무엇이든 부탁만 해주시면 힘닿는 데까지 도와 드리겠다고 말하고 그와 작별했다. 이리하여 삼손 카르라스코는 갑주를 당나귀 등에 묶고 결전장에 타고 갔던 말에 올라 그길로 그날 안에 그곳을 출발하여, 이 진실을 전하는 실록에 수록될 만한 사건도 일으키게 하지 않은 채 고향으로 돌아갔다.

돈 안토니오는 카르라스코가 자기에게 들려 준 이야기를 죄다 부왕에게 말했는데, 부왕은 그것을 듣고 그다지 기뻐하지 않았다. 왜냐하면 만일 돈키호테가 은둔 생활에 들어가 버린다면 그의 광태에 관한 소문을 듣는 모든 사람들이 마땅히 그 덕분에 받을 즐거움을 잃을 것이 틀림없었기 때문이다.

엿새 동안 돈키호테는 자리에 누워 있었는데, 그 동안 그는 자기가 패배한 불운의 사건을 다시 생각하고 고쳐 생각하고 하면서 번민 속에서 울적한 마음에 잠겨 풀지 못할 애달픈 생각에 괴로워하고 있었다. 산초가 곁에서 이것 저것 그를 위로해 주었는데, 여러 가지 말 가운데서 이런 말을 했다.

「나리, 얼굴을 드십쇼. 그리고 할 수 있으시다면, 기분을 명랑하게 가지셔야 합니다요. 게다가 나리는 땅바닥에 굴러떨어지기는 했어도 갈빗대 하나 부러지지 않으셨으니 하느님께 감사드려야 합니다요. 그리고 나리도 『인과응보는 세상의 상도』라는 건 알고 계시고, 『나무 못이 있는 곳에 반드시 소금에 절인 돼지고기가 있는 법은 아니다』라고 하니까, 이 병만은 의사 따위가 도통 아무 소용도 없으니 의사 따위는 뒈지라고 하고, 집으로 돌아가서 우리를 전혀 모르는 고장이나 마을로 모험을 찾는답시고 싸다니는 것은 이제 그만두기로 합시다요. 아무리 생각해 봐도 제일 호된 변을 당하신 건 나리인지도 모릅니다요만, 여기서 제일 수지 안 맞게 된 것은 접니다요. 저는 영주가 되고, 이 이상 다시 영주가 될 기분은 버렸습니다요만, 백작이 되고 싶은 기분은 아직도 버리지는 않고 있습니다요. 만일 나리께서 기사도의 수행을 그만두시는 바람에 국왕이 되시는 것마저 그만두신다면 제 희망도 이젠 도저히 이루어질 수 없는 것이 아닙니까요. 그러니 저의 희망도 결국 연기 같은 것이 되고마는 셈입니다요.」

「입을 다물어라, 산초, 내가 집안에 틀어박히는 것도, 은둔 생활을 하는 것도, 1년 이상은 계속되지 않는다는 것을 그대도 알고 있지 않느냐. 그러니 머지않아 나의 영광스러운 원직무로 되돌아가서 왕국을 하나 손에 넣거나 그대에게 줄 백작령을 손에 넣거나 하는 것은 틀림없는 일일 게다.」

「하느님께 들려 드리고 싶습니다.」 하고 산초가 말했다. 「『바로 악마는 벙어리가 돼라』지요. 그 까닭은 말씀입니다요. 제가 듣기로, 『쓸데없는 것을 손에 쥐고 있기보다 즐거운 희망을 갖고 있는 편이 낫다』고 하잖습니까요.」

이런 말을 하고 있는데 돈 안토니오가 매우 기쁜 듯한 표정으로 들어와서 말했다.

「한턱 하십시오. 돈키호테 님, 좋은 소식을 가지고 왔습니다! 돈 그레고리오와 그를 데리러 갔던 배교자가 해변에 도착했어요! 아니, 해변이 아니라 지금쯤은 부왕 궁에 도착해서 곧 이리로 올 것입니다.」

돈키호테도 역시 얼마간 기쁜 모습을 보이며 말했다.

「사실을 말씀드리면, 나는 하마터면 그것이 거꾸로 되었더라면 얼마나 기뻤을까 하고 말할 뻔했소이다. 그렇게 되면 부득불 나는 바아바리로 건너가야 할 것이고, 나의 힘으로 돈 그레고리오 님은 말할 것도 없고 그리스도 교도로서 바아바리에 포로로 잡혀 있는 사람들을 깡그리 자유로운 몸으로 만들어 주었을지 모를 일이니 말이오. 그러나 처참해진 내 주제에 감히 무슨 말을 할 수 있을까? 나는 패배자가 아니오? 쓰러진 자가 아니오? 나는 앞으로 1년 동안 무기를 잡아서는 안 될 몸이 아니오? 내가 무슨 약속을 할 수 있겠소? 칼을 잡느니 차라리 물레가락이나 잡는 편이 어울리는 주제에, 내가 무엇으로 긍지를 삼겠소?」

「나리, 그런 말씀 마십쇼.」 하고 산초가 말했다. 「『혓바닥에 종기가 생겨도 암탉은 살려 두라』고 하고, 『오늘은 너의 것, 내일은 나의 것』이라고도 하잖습니까요. 그리고 이런 충돌이니 몽둥이질이니 하는 것을 꼼꼼하게 생각하실 건 없습니다요. 『오늘 쓰러진 자도 내일이면 일어날 수 있다』니까요. 자리에 누워 있기를 바라지 않는 한, 다시 말해서 제가 말씀드리고 싶은 것은, 요다음 싸움을 위해서 새로운 힘을 회복하지 않고 기력도 잃은 채 그대로 있지만 않는다면 말씀입니다요. 그보다 나리, 일어나셔서 돈 그레고리오를 맞이하십쇼. 다급한 사람들의 발자국 소리가 들리는 것 같습니다요.」

사실 그러했다. 출발에서 귀착에 이르는 경위를 부왕에게 보고하고 나서 아나 펠리스를 만나고 싶어 안절부절못하는 돈 그레고리오가 배교자와 함께 돈 안토니오의 집으로 달려온 것이다. 그가 알제이에서 구출되었을 때는 여자의 복장을 하고 있었는데, 배 안에서 그와 함께 탈출한 포로의 옷으로 갈아입었다. 그러나 어떤 복장을 하더라도 사람들의 애착을 받고 봉사를 받고 존경을 받을 만큼 그는 출중하게 아름다운 젊은이였으며, 나이는 열일곱이나 열여덟로 보였다.

리코테와 딸이 그를 맞이했는데, 아버지는 눈물 속에서, 딸은 얌전하게 그를 맞았다. 그들은 서로 껴안거나 하지는 않았다. 서로 진정으로 애정을 느끼고 있을 경우에는 오히려 천한 거동을 하지 않는 법이다. 돈 그레고리오와 아나 펠리스 두 사람은 막상막하로 아름다워 그 자리의 모든 사람들은 오로지 신기하게 여기며 경탄할 뿐이었다. 이 자리에서 연인들 대신에 말을 나눈 것은 호젓한 침묵이었으며, 두 사람이 서로 바라보는 눈이 서로의 기쁨과 정숙한 기분을 전하는 말이었다. 배교자가 돈 그레고리오를 구출하는 데 사용한 수단과 방법을 사람들에게 피력하자, 돈 그레고리오는 여자들과 함께 살고 있을 때 자기가 빠진 위험과 궁지를 지루하지 않도록 간단히 요령 있게 이야기했는데, 그 말만 들어도 그의 사려나 분별이 나이보다 훨씬 어른스럽다는 것을 알 수 있었다. 리코테는 배교자와 노를 저어 준 사람들에게 아낌없이 후한 사례를 했다. 배교자는 그리스도 교도로 복귀하는 허락을 얻어, 고행과 회개에 의해서 탈락자의 자리에서 깨끗한 신도로 되돌아왔다.

이틀 후 부왕과 돈 안토니오는 아나 펠리스와 그의 아버지가 스페인에 이대로 머물러 있으려면 어떤 방법을 써야 하는가 의논했는데, 그토록 순수한 그리스도 교도의 딸과 아무리 보아도 올바른 마음의 소유자가 틀림없는 아버지가 스페인에 머물러 있는 데는 지장이 없을 듯이 보였다. 돈 안토니오는 다른 용무로 꼭 수도에 가야 했기 때문에 자기가 수도에 가면 이 일도 처리해 주겠다고 제의했는데, 그곳에서는 특별한 조치나 뇌물로 꽤 어려운 사건도 해결된다는 것을 은근히 풍겼다.

「아니, 특별한 배려나 뇌물 같은 것에 기대해 봐야 소용 없을 것입니다.」하고 이때 두 사람의 말을 듣고 있던 리코테가 끼여들었다. 「국왕님이 우리의 추방을 위임하신 그 높으신 살라사르 백작, 돈 베르나르디노 데 벨라스코 님한테는 애원도 약속도 뇌물도 아무 소용 없습니다. 그야 그분이 공정한 판정에 자비를 섞으시는 것은 사실이지만, 그분은 우리 동족 전체가 감염해서 썩고 있다고 보고 계시니까, 이것이 도지는 고약을 바르느니 차라리 단숨에 인두로 지져 버리는 것이 낫지요. 그분은 깊은 사려와 기민한 머리와 부지런함, 그리고 사람들에게 품게 하는 공포심 따위로 그 굳건한 어깨에 이 대정책의 무거운 짐을 지고 보기좋게 실행하사는 것입니다. 우리들의 잔재주도, 계략도, 청원도, 속임수도 그분의 아르고스(1백 개의 눈을 가지고 잘 때도 50개씩 번갈아 뜨고 있었다는 전설상의 괴물—역주) 같은 눈을 속일 수는 없지요.

왜냐하면 우리들 가운데 한 사람도 놓치지 않도록, 이제는 많은 우리 동족이 빚어 내던 공포를 일소하고 말끔한 스페인이 되었지만, 이 스페인에, 마치 땅 속에 숨은 뿌리가 시간이 지남에 따라 이윽고 싹이 트고 열매를 맺을 것을 두려워하듯이, 우리 동족은 한 사람도 숨는 일이 없도록 그분의 눈은 줄곧 감시하고 있거든요. 그러니 필립 3세 대왕께서 이 일을 돈 베르나르디노 데 벨라스코 님에게 일임하셨다는 것은 대영단이었으며 역사가 시작한 이래 가장 용의주도한 처사였다고 할 수 있겠지요！」

「그러나 아무튼 내가 저쪽으로 가면 되도록 여러 가지 수단을 강구해 보도록 하지요. 그 나머지는 하느님의 뜻에 맡겨 드릴 수밖에 없습니다.」하고 돈 안토니오가 말했다. 「그리고 돈 그레고리오 님은 오랫동안 집을 비워 아마 양친께서도 무척 걱정하고 계실 테니까 그분들을 위로해 드리기 위해서 나와 함께 갑시다. 아나 펠리스 님은 내 집에서 아내와 함께 있어도 좋고, 어느 수도원에 들어가 계시는 것도 좋겠지요. 그리고 리코테 님은 내 주선이 어떤 열매를 맺을지 알게 될 때까지 부왕님 궁정에 머물러 계시면 부왕께서도 좋아하실 것을 나는 알고 있습니다.」

부왕은 이 제안에 전면적으로 동의했으나, 돈 그레고리오는 일의 경과를 듣고, 무슨 일이 있더라도 도냐 아나 펠리스를 남겨 놓고 갈 수는 없고 또 그럴 생각은 가질 수도 없다고 말했다. 그러나 아무튼 양친을 만나고 싶은 생각은 크고, 또 그녀를 데리러 돌아올 계획도 세울 수 있을 것 같아 제의된 결정에 따르기로 했다. 이리하여 아나 펠리스는 돈 안토니오의 아내와 함께 머물고, 리코테는 부왕 궁정으로 가기로 했다.

돈 안토니오가 출발할 날이 오고, 그후 이틀이 지나서 이번에는 돈키호테와 산초 판사가 떠날 날이 왔다. 말에서 떨어졌을 때의 부상으로 더 빨리는 여로에 오를 수가 없었던 것이다. 돈 그레고리오가 아나 펠리스와 헤어질 때는 눈물과 한숨, 그리고 실신과 흐느낌의 되풀이였다. 리코테는 만일 싫지만 않다면 1천 에스쿠도를 주겠다고 돈 그레고리오에게 말했으나 그는 받으려 하지 않고 5에스쿠도만 달라고 했다. 돈 안토니오가 5에스쿠도를 빌려 주었으므로 수도에 가서 갚아 드리겠다고 약속했다. 이리하여 두 사람은 떠나가고, 돈키호테와 산초는 앞에서 말한 것처럼 그들보다 늦게, 돈키호테는 갑주를 입지 않은 여행 차림으로, 산초는 잿빛 당나귀에 그 갑주를 싣고 출발했다.

제 66 장

읽는 자는 눈으로 보게 되고, 남에게 읽어 달라고 부탁하는 자는 귀로 듣게 될 사항에 대해서.

돈키호테는 바르셀로나를 떠날 때 다시 한 번 자기가 낙마 한 장소를 바라보면서 말했다.

「여기가 바로 나의 트로이였어! 여기서 나의 겁약 때문이 아니라 나의 불운이 내가 도달한 영광을 낚아 가버린 게야. 여기서 운명의 여신은 나에게 등을 돌리고 역전해 버린 게야. 여기서 나의 모든 공훈에 음달이 낀 게야. 여기서 결국 나의 행운이 두 번 다시 일어나는 일 없는 붕괴를 하고 만 게야.」

이 말을 듣고 산초가 말했다.

「저 보세요, 나리. 융성할 때 기뻐하는 것과 마찬가지로 낙망했을 때 참는 것은 용감한 마음의 소유자에게 적합한 일입니다요. 저는 제 경험으로 생각합니다요만, 제가 영주였을 때 즐거웠다고 해서 지금 이렇게 터벅터벅 걸어가야 하는 종자의 신분을 그다지 슬프게 생각진 않습니다요. 왜냐하면 세상에서 『운명의 여신』이라 부르는 것에 대해 들어 보니, 주정뱅이에다 변덕스러운 여자로, 더욱이 거리에서 노래를 부르고 돌아다니는 눈먼 여자라고 하니까 자기가 한 일을 볼 수 없을 뿐더러 누구를 넘어뜨렸는지, 누구를 끌어올렸는지도 모른다고 하잖습니까요.」

「그대는 상당한 철학자로군, 산초.」 하고 돈키호테가 말했다. 「누구한테 배웠는지 모르지만 그대는 꽤 사리를 잘 아는 말투로 말하는구나. 그러나 내가 그대에게 할 수 있는 말은 이 세상에는 『운명의 여신』 따위는 있지도 않거니와 세상에서 일어나는 사물이라는 것은 좋은 일이건 나쁜 일이건 결코 우연히 생기는 것이 아니고 하늘의 특별한 섭리에 의해서 생긴다는 것이다. 세상에서 흔히 말하는, 『사람은 저마다 자기 운명을 만드는 자』라는 속담도 여기서 나온 것이다. 나는 나의 운명을 만드는 자였는데 필요한 신중성이 모자랐던 게야.

그래서 나의 자만이 호된 타격을 받은 게야. 나는 그 『은달의 기사』의 억세고 튼튼한 말에 로시난테의 약체가 도저히 견딜 수 없다는 것을 마땅히 생각했어야 옳았던 것이다. 즉, 나는 무모한 짓을 했단 말이다. 나는 전력을 다해서 일에 부딪쳤다. 그러나 보기좋게 적에게 지고 말았다. 그래서 나는 명예를 잃었다 하더라도 내가 맺은 약속은 지킨다는 절조는 잃지 않았으며 또 잃을 수 있는 것도 아니다. 내가 대담무쌍하고 용기에 찬 편력의 기사였을 무렵에

530

는 나의 손과 나의 활약을 내 무훈의 보증으로 삼곤 했었다만, 내가 터벅터벅 걸어다니는 일개 종자로 전락한 지금에 이르러서는, 하다못해 내가 약속하여 상대편에게 준 말만은 지켜 내 말에 신용을 두고 싶구나. 자, 떠나기로 하자, 나의 의좋은 산초여. 우리 마을에서 수도사의 수습 같은 1년을 보내기 위해 떠나기로 하자꾸나. 그 은둔 생활 동안에 나로서는 한 순간도 잊을 수 없는 그 무기를 잡는 수련으로 되돌아갈 영기(英氣)를 기르도록 하자꾸나.」
　「나리.」하고 산초가 대답했다. 「이렇게 터벅터벅 걸어서 여행을 한다는 것은 그다지 즐거운 일은 아닌뎁쇼. 오랜 여행을 할 기분 따위가 나기는커녕 아예 깡그리 꺼져 버렸습니다요. 이 갑주는 누군가 교수형을 당한 사내처럼 어느 나뭇가지에 매달아 놓기로 하면 어떨깝쇼? 그래서 잿빛 당나귀 등에 올라앉아 땅에서 두 다리를 들어올리게만 된다면 나리가 바라시는 대로, 예정하시는 대로 여행을 할 수 있을 것입니다요. 터벅터벅 걸어서, 더군다나 긴 길을 걸어가야 한다는 건 도저히 생각할 수도 없는 멍청이 같은 생각입니다요.」
　「그래 제법 그럴듯한 말을 하는구나, 산초. 내 갑주를 전승 기념 대신에 매달아 두기로 할까. 그리고 그 밑에다 그 주위의 나무에 롤단의 갑주 전승 기념에 씌어 있는 말에 새겨 놓도록 할까.」

　　어느 누구도 이것을 움직이지 못한다,
　　롤단과 힘을 겨룰 자가 아니라면.

　「그건 마치 진주처럼 들립니다요.」하고 산초가 말했다.
　「그리고 앞으로 로시난테가 꼭 필요하지만 않다면 이녀석도 갑주와 함께 매달아 놓고 가는 편이 좋을지도 모르겠습니다요만.」
　「그러나, 로시난테도 갑주도,」하고 돈키호테가 대답했다. 「매달아 두고 싶지 않구나. 그 까닭은, 『충실한 봉사에 무정한 보답』이라는 말을 듣고 싶지 않기 때문이다.」「나리의 말씀은 매우 훌륭하십니다요.」하고 산초가 말했다. 「그 까닭은 사리를 아는 분들의 말에 따르면, 『당나귀의 죄를 짐안장 탓으로 돌려서는 안 된다』고 하니까, 이런 사건에선 죄는 나리에게 있으니 자신을 벌주셔야 옳습니다요. 그 분풀이를 이미 다 부서져서 피투성이가 된 갑주나 얌전한 로시난테나, 보통 이상으로 걷게 해서 약해진 내 다리에 할 생각일랑 아예 말아 주시기 바랍니다요.」

이런 말을 주고받는 동안에 그날도 지나가고, 다시 그들의 여행을 방해하는 일은 아무것도 일어나지 않은 채 나흘이라는 날짜가 흘러갔다. 닷새째 되는 날, 어느 마을 입구의 여인숙 앞에 많은 사람들이 몰려 있는 것을 보았는데, 마침 축제일이었으므로 마을 사람들이 거기서 놀고 있는 중이었다. 돈키호테가 그리로 가까이 가자 한 농부가 큰 소리로 말을 건네 왔다.

「이리 오시는 두 분은 어느 쪽 편도 아니실 테니까, 우리 내기를 어떻게 판정해야 좋은지 두 분 가운데 어느 분이든지 한 번 말씀 좀 해주시지 않겠습니까?」

「그런 거야 틀림없이 말해 줄 수 있지.」하고 돈키호테가 대답했다. 「그 내기라는 것을 똑똑히 말해 주기만 하면 공정하게 판단해 주지.」

「그건 이런 문제입죠.」하고 그 농부가 말했다. 「말하자면 이 마을에 사는 사내로 몸무게가 11아르로바나 되는 뚱뚱보가, 역시 이 마을 사람으로 고작 5아르로바밖에 무게가 안 나가는 사내에게 한 번 내기를 하자고 말했잖습니까요. 그런데 그 조건이라는 것이 1백 걸음의 거리를 같은 무게로 달린다는 것입니다요. 그래서 상대편의 경쟁을 하자는 사내가 무게를 어떻게 똑같이 하느냐고 물으니까, 너는 무게가 5아르로바니까 6아르로바의 쇳덩이를 지고 달리는 거야. 그러면 빼빼가 11아르로바가 되어 뚱보의 11아르로바와 같은 무게가 되잖느냐고 대답한 것입니다요.」

「그건 안 되지.」하고 이때 산초는 돈키호테가 채 대답도 하기 전에 끼여들었다. 「나는 세상 사람들이 다 알고 있듯이 얼마 전에 영주직과 판관의 직책을 내동댕이치고 온 사람인데, 이렇게 판단하기 어려운 문제를 조사하거나 여러 가지 다툼에 의견을 내놓는 것이 내 본직이야.」

「잘 대답해야 한다, 의좋은 산초여.」하고 돈키호테가 격려했다. 「나는 요즘 판단력이 헝클어지고 복잡해져서 도무지 고양이에게 빵조각을 하나 제대로 줄 것 같지 않구나.」

이 허락을 얻어 산초는 자기 주위에 꽉 들어서서 입을 멍하니 벌리고 자기 입에서 나오는 판결을 기다리고 있는 농부들을 돌아보고 말했다.

「여러분, 그 뚱뚱보 녀석이 꺼낸 얘기는 말도 안 되고 공평의 공자도 없는 얘기야. 왜냐하면 세상에서 하는 말이 사실이라면, 도전을 받은 쪽은 무기를 고를 수 있는 법인데, 도전한 녀석이 상대편의 승리를 방해하거나 훼방놓거나 할 그런 무기를 제멋대로 고르다니 말도 안 된단 말야. 그래서 내 생각으로는, 그 도전한 뚱보 녀석의 몸의 군살을 잘라 내고 깎아 내고 도려 내고 갈아 없애고 해서, 자기에게 제일 맞는, 이쯤되면 괜찮겠지 할 만큼, 몸뚱이 여기 저기서 6아르로바의 살을 도려 내는 거야. 그렇게 하면 몸의 무게도 5아르로 바가 되어 버릴 테니 상대편의 5아르로바와 비슷비슷해질 것이고, 그렇게 되면 경중의 차이 없이 두 사람은 겨룰 수 있지 않느냐 이 말씀야.」

「굉장하시군!」하고 산초의 판결을 가만히 듣고 있던 한 농부가 소리쳤다. 「이 나리는 마치 성자님처럼 말씀을 하셨고, 교회의 참사원처럼 판결을 내리 셨잖아. 하지만, 그 뚱뚱보가 6아르로바는 고사하고 1온스라도 몸의 살을 줄 일 것을 응낙할 까닭이 없다는 것도 틀림없는 얘기야.」

「제일 좋은 건 두 사람이 달음박질하지 않는 거야.」하고 또 한 사람이 말 했다. 「그러면 삐삐가 무거운 추 아래서 녹초가 될 일도 없고, 뚱보가 살을 줄이지 않아도 되잖아. 그리고 어때, 내기의 절반을 술값으로 만들면? 그리 고 이 나리들을 제일 좋은 술을 마실 수 있는 주막으로 모시면? 내……에는 (「내 영혼에는」이라는 말 이 생략된 것―역주) 『비가 올 때 비옷을 씌우라』고 하잖나.」

「나는 말씀이오. 여러분.」하고 돈키호테가 대답했다. 「호의는 고맙지만 조금도 우물쭈물하고 있을 형편이 못 되오. 왜냐하면 슬픈 생각과 슬픈 사건 때문에, 대단히 무례하게 보일지 모르나 서둘러 가야 할 몸이기 때문이오.」

그리고 그는 로시난테에게 박차를 가하여 앞으로 나아갔는데, 뒤에 남은 사 람들은 그의 이상한 몰골과 그의 종자가 보여 준 깊은 사려를 생각하고 은근 히 놀라고 있었다. 그들도 역시 산초를 종자로 보고는 있었던 것이다.

그러자 농부 가운데 한 사람이 입을 열었다.

「종자가 저만큼 지혜가 있으니 주인 쪽은 얼마나 영리할까? 난 내길 해도 좋은데, 만일 저 사람들이 살라망카에 가서 공부를 한다면 금방 왕궁에서 일 하는 법관이 될 거야. 그러나 모든 게 내기지. 그저 공부에 공부를 하면 말 야. 재수와 운을 잡는 거지. 그러면 본인도 모르는 새에 손에 직함을 나타내 는 지팡이를 들게 되거나, 머리에 사교님이 쓰는 관을 쓰게 될 테니 말야.」

주인과 종자는 그날 밤을 들판 한가운데, 아무런 덮개도 없는 밤하늘 아래 서 보내고, 그 다음날 다시 나그네의 길을 계속하고 있었는데, 문득 저편에 보따리를 목에 걸고 손에는 창인지 가지 꽂은 몽둥이인지 분간할 수 없는 것 을 들고 얼른 보기에도 파발꾼같이 보이는 사나이가 그들 쪽으로 성큼성큼 걸 어오는 것이 눈에 띄었다. 사나이는 돈키호테 가까이 오더니 별안간 걸음을 빨리해서 거의 달리듯이 하여 그에게 다가와서 그의 오른쪽 허벅다리를 두 팔로 껴안고——그 위에까지 손이 미치지 못했던 것이다——무척 반가운 표정으로 소리쳤다.

「돈키호테 님 아니십니까요? 저의 주인 공작님이 나리가 성으로 돌아오신다는 걸 아신다면 얼마나 기뻐하실는지요! 공작님은 마님이신 공작 부인님과 함께 거기 계십니다요.」

「글쎄, 도무지 그대가 기억이 안 나는구나.」 하고 돈키호테가 대답했다. 「누구인지 말해 주지 않으면 이름도 모르겠는걸.」

「아이고, 돈키호테 님.」 하고 파발꾼이 대답했다. 「공작님의 하인 토실로스입니다요. 그 왜 도냐 로드리게스의 딸과 결혼하고 싶어서 나리와 싸울 것을 거부한 녀석 말씀입니다요.」

「아, 그렇구나, 이거 놀랍군!」 하고 돈키호테가 말했다. 「나의 원수인 마법사들이 그 싸움의 영광을 내게 주지 않으려고, 그대가 방금 말한 그 하인의 모습으로 바꾼 것이 그대였다니, 그런 일이 있을 수 있을까?」

「무슨 말씀을 하십니까요, 나리는?」 하고 파발꾼이 대답했다. 「마법이니 얼굴을 바꾸느니 그런 일은 손톱만큼도 없었습니다요. 저는 하인 토실로스 바로 그대로의 모습으로 울안에 들어가서 토실로스 바로 그대로의 모습으로 거기서 나왔으니까요. 저는 그 처녀가 바로 무척 마음에 들어서 싸우는 대신 결혼해야지, 하는 생각이 들었던 것입니다요. 그런데 제 생각과는 전혀 반대의 사태가 되어 버렸습죠. 나리께서 성을 떠나시고 나니까 금방, 제가 그 싸움에 나가기 전에 지시를 받은 명령을 어겼다고 해서 주인 공작님에게 채찍 1백 대를 맞았으니까요.

그리고 결국 그 처녀는 수녀가 되어 버리고 도냐 로드리게스는 카스티야로 돌아가 버리고, 저는 저대로 바르셀로나의 부왕님께 주인님이 보내시는 편지 뭉치를 갖고 떠나게 되었습죠. 그런데 만일 나리께서 한잔 하시고 싶은 생각이 계시면, 좀 뜨뜻해지기는 했지만 맛은 변하지 않은 이 좋은 술을 호리병에 가득 넣어가지고 갖고 있습니다요. 게다가 트론츠의 치즈도 몇 조각 있으니까 만일 나리의 마시고 싶은 욕심이 잠자고 있다면, 이건 술의 갈증을 깨우는 데 그만입니다요.」

「나는 『이리와, 이리와』엔 언제나 응하지.」 하고 산초가 받았다. 「예의범절의 『나머지 패짝』은 내동댕이쳐요. 토실로스 양반, 인도 지역에 아무리 마법사가 우글우글하건 말건 난 상관없으니 술이나 한 잔 따르구려.」

「결국, 산초.」하고 돈키호테가 말했다. 「그대는 이 세상에서 제일가는 식충이요, 이 세상 제일가는 바보로다. 이 파발꾼은 마법에 걸려 있고, 이 토실로스는 모습이 변형되어 있다는 것을 그대는 납득하지 못하고 있으니 말이다. 이 사나이와 함께 남아서 실컷 마셔라. 나는 그대가 오기를 기다리면서 천천히 가고 있을 테니까.」

하인은 저도 모르게 웃음을 터뜨리고는, 표주박을 꺼내고 치즈 조각과 비틀린 빵을 꺼내더니 산초와 함께 푸른 풀밭에 앉아 의좋게 부지런히 주워 먹어 금방 보따리를 빈 걸로 만들어 버렸다. 치즈 냄새가 난다고 해서 편지 묶음까지 빨고 나서 토실로스가 말했다.

「이봐요. 산초 양반, 당신 주인은 미쳐서 덕을 보고 계시네요.」

「어째서 덕을 보나?」하고 산초가 대꾸했다. 「나리는 아무에게도 빚이 없어. 무슨 일에고 돈을 지불하시지. 미치광이가 돈 대신 통용되는 곳에선 더해. 난 그걸 내 눈으로 똑똑히 봤거든. 내가 나리에게 그런 말을 하지만 무슨 소용 있겠나? 그게 요즘엔 더 심해서 정말 손을 댈 수 없을 정도야. 『은달의 기사』한테 져버렸거든.」

토실로스는 돈키호테에게 일어난 그 일의 자초지종을 얘기해 달라고 부탁했으나, 산초는 주인을 오래 기다리게 하는 것은 실레니까 언젠가 다시 만나게 되면 그럴 여가도 있지 않겠느냐고 대답했다. 그리고 옷을 털고 수염에 묻은 빵 부스러기를 쓰다듬어 내리고 일어나서 잿빛 당나귀를 앞세우고「잘 가게.」하고 말하고는 토실로스를 남겨 놓은 채 주인을 쫓아갔다. 주인은 어느 나무 아래서 그를 기다리고 있었다.

제 67 장

돈키호테가 약속한 1년이 지나는 동안 양치기가 되어 들판에서 살고자 결심한 일과, 아울러 그밖에 참으로 흥미진진한 즐거운 일에 관해서.

고배를 마시기 전에도 많은 생각에 잠기고 온갖 상념에 괴로워하곤 하던 돈키호테는 굴욕을 당한 후부터는 더더욱 골똘한 생각에 잠기게 되었다. 앞에서도 말한 것처럼, 그는 어느 나무 그늘에 앉아 있었는데, 이때도 마치 꿀에 파리가 끓듯 갖가지 잡념이 몰려와 그를 쿡쿡 찔렀다. 어떤 때는 둘시네아의 마법을 푸는 일을 생각하고, 어떤 때는 앞으로 그가 싫어도 하지 않으면 안 되는 은둔 생활로 생각이 옮겨갔다. 그러고 있는 데 산초가 와서 하인 토실로스의 관대한 성격을 칭찬해 댔다.

「아직도 그대가 그 사나이를 진짜 하인이라고 생각하고 있다니, 좀 믿을 수가 없구나. 산초! 농촌 처녀의 모습으로 바뀐 둘시네아 공주를 본 것도, 석사 카르라스코의 모습으로 바뀐 『거울의 기사』를 본 것도 이제 그대의 머리에서 사라지고 없는 모양이구나. 그러한 일은 모두 나를 박해하는 마법사들의 짓이니라. 그런데 여기서 한 가지 말해 주지 않겠느냐, 그대가 말하는 그 토실로스에게, 그후 알티시도라는 대체 어떻게 되었는가 물어 보지 않았더냐? 내가 없어진 것을 알고 눈물에 젖어 슬퍼하고 있다든가 아니면 내가 그곳에 있을 때 그 여자를 괴롭힌 사랑의 마음도 벌써 깡그리 망각의 손에 다 맡겨 버렸다든가 하는 것을 말이다!」

「제가 생각하고 있는 것은,」 하고 산초가 대답했다. 「그런 터무니없는 것을 물어서 쓸데없는 시간을 소비하는 일이 아니었습니다요. 뭡니까요! 나리, 지금의 나리가 남의 생각 따위를, 더욱이 사랑이니 뭐니 하는 것을 이것 저것 캐고 물을 형편이십니까?」

「잘 들어라, 산초.」 하고 돈키호테가 말했다. 「사랑 때문에 한 행위와 고마워서 한 행위의 사이에는 천양지차가 있다. 기사된 자는, 사랑은 거들떠보지 않는 냉정한 태도는 하등 상관없으나, 뭐니뭐니해도 은혜를 잊는 망은의 무리여서는 결코 안 되느니라. 알티시도라는 보기에 나를 무척 좋아했던 모양이다. 내게 머릿수건을 세 개나 주었는데, 그것은 그대도 알고 있는 일이 아니냐. 내가 출발할 때 눈물도 흘리고 말이다. 사람들 앞에서 부끄러움도 없이 내 욕을 했고, 원망도 했다. 이건 모두 나를 사랑하고 있었다는 증거니라. 연인의 초조한 분노는 대체로 욕설로 나타나는 법이거든. 나는 그 여자에게 희망을 품게 할 생각도 없었고, 그 여자에게 제공할 재보도 없다.

왜냐하면 내가 품게 할 희망은 깡그리 둘시네아에게 바쳤기 때문이고, 대체로 편력의 기사의 재보라는 것은 두엔테(^{도깨비-역})의 재보와 마찬가지로 겉보기 뿐이고 서글픈 것이거든. 그래서 내가 그 여자에게 줄 수 있는 것은 기껏해야 그 여자에 관해서 내가 간직하고 있는 추억 정도인데, 그것도 내가 둘시네아 공주에 대해서 간직하고 있는 추억을 방해하지 않는 한도 내의 것이다. 그런 데 그대는 스스로 자기 몸에, 나는 그것을 늑대가 뜯어먹는 것을 보고 싶다 만, 그 육체에 채찍을 가하는 일을 공연히 지체함으로써 그분을 해치고 있는 데, 그대의 그 육체는 그 가엾은 여성을 돕기 위해서가 아니라 구더기에게 먹이기 위해서 소중히 지키고 있는 것이렸다.」

「나리.」 하고 산초가 대꾸했다. 「만일 사실을 말씀드려야 한다면, 제 엉덩이에 채찍질하는 것과 마법에 걸려 있는 사람의 마법을 푸는 것과의 사이에 그 어떤 관계가 있다는 건 도저히 저로서는 승복할 수 없는 얘깁니다요. 그건 『만일 네 머리가 아프거든 무릎에 고약을 붙여라』는 것과 마찬가지입죠. 적어도 나리가 여태까지 읽으신 편력의 기사도에 관한 모든 얘기 속에서 채찍질로 마법이 풀린 인간을 하나도 볼 수 없다는 걸 전 맹세해도 좋습니다요. 그러나 저러나 어쩌다 제가 그럴 마음이 내키거나, 혹은 내 자신에게 채찍질하는 데 알맞은 때가 되면 채찍질을 시작할 작정입니다요.」

「그래 주면 좋겠구나.」 하고 돈키호테가 말했다. 「나의 그리운 공주를 구출한다는 것이 그대가 띤 의무이기도 하고 책임이기도 하다는 것을 그대가 깨달도록, 하늘의 뜻이 그대에게 힘을 보태 주실 것을 빌 뿐이다. 그대는 내게 속하는 사람이니 그분은 그대의 것이기도 하기 때문이다.」

이런 말을 주고받으면서 길을 나아갔는데, 그러다가 전에 황소들에게 짓밟혔던 바로 그 자리에 이르렀다. 돈키호테는 그 자리를 똑똑히 알아 보고 산초에게 말했다.

「여기가 그 목가적인 아르카디아를 부활시키고 모방할 생각을 하고 있던 화려한 복장의 목녀와 멋쟁이 양치기들을 만난 바로 그 목초지로구나. 그건 색달랐을 뿐 아니라 꽤 운치 있는 착상이었는데. 어떠냐, 산초여! 만일 그대가 괜찮다면, 그들을 본받아 하다못해 내가 싫어도 틀어박혀 있어야 하는 그 기간이나마 우리도 양을 치면 어떨까 생각하는데, 그대의 생각은 어떠냐? 나는 양이나 그밖에 양치는 일에 필요한 여러 가지 물건을 사겠다.

그리고 나는 『목인(牧人) 키호티스』라 부르고, 그대는 『목인 판시노』라 부르도록 하고 말이다. 우리는 산이나 숲이나 초원을 돌아다니면서, 여기서 노래를 부르고 저기서는 애가의 눈물을 흘리고, 샘이나 맑은 냇물이나 물 풍부한 강의 수정 같은 물을 마시는 게야. 참나무는 아낌없이 풍부하게 맛있는 열매를 줄 것이고, 매우 딴딴한 코르크참나무는 앉을 의자를, 수양버들은 그늘을, 장미는 향기를, 넓은 풀밭은 색색가지 색조로 짠 양탄자를, 맑고 깨끗한 공기는 호흡을, 밤의 암흑에도 지지 않을 달과 별은 빛을, 노래는 즐거움을, 눈물은 기쁨을, 아폴론은 시를, 사랑은 감상적인 사상을 저마다 우리에게 줄 것이다. 그리하여 우리는 현세뿐 아니라 다음 세기에까지 유명해지고 불후의 몸이 될 수 있지 않겠느냐?」

「근사합니다요.」하고 산초가 말했다. 「그런 생활이야말로 저한테는 꼭 맞는 정도가 아니라 바로 직중입니다요. 석사 심손 카르라스코나 이발사 니콜라스 영감은 그걸 보기가 무섭게 흉내내서 우리와 함께 양을 칠 생각을 하게 될 것이 틀림없습니다요. 어쩌면 마을 신부님도 명랑한 편이고 재미있는 것을 무척 좋아하는 양반이니까, 역시 양 우리에 들어갈 생각을 갖지 않는다고는 볼 수 없습니다요.」

「꽤 재미있는 말을 하는구나.」하고 돈키호테가 말했다. 「석사 삼손 카르라스코가 만일 양치는 한패거리가 되려고 한다면, 아니 의심할 여지 없이 그렇게 될 것이 틀림없는데, 그때는 『목인 삼소니』라도 좋고 『목인 카르라스코』라고 불러도 좋겠지. 이발사인 니콜라스는 마침 옛날 보스칸(스페인 시인 후안 보스칸. 1493~1542 —역주)이 스스로 『네모로소』라고 자칭한 것처럼 『니콜로소』라고 호칭해도 상관없을 게다. 신부님께는 어떤 이름을 붙이면 좋을지 모르겠다만, 그이가 살고 있는 장소의 이름을 따라 『목인 쿠리암브로』라고 해도 되겠지. 우리의 연인이 될 목녀들은 마치 배(梨)라도 따듯 쉽게 이름을 고를 수가 있을 게다. 사실 나의 그리운 공주의 이름은 목녀의 이름에도 고귀한 공주의 이름에도 꼭 적합한 것이니 이 이상 그분에게 적절한 다른 이름을 굳이 찾으려고 헛되이 정력을 소비할 필요도 없겠지. 산초여, 그대도 그대가 그리워하는 사람에게 좋아하는 이름을 붙여 주는 것이 좋을 게다.」

「저는 테레소니라는 이름 이외에 다른 이름은 붙일 생각이 없습니다요.」하고 산초가 대답했다. 「이거라면 마누라쟁이의 커다란 몸집에도 꼭 알맞고, 그 사람의 테레사라는 진짜 이름에도 꼭 맞으니까요. 저는 시구로 그 사람을 칭찬해서 제 기분이 깨끗하다는 걸 보여 줄 작정입니다요. 저는 밀보다 훌륭한 것으로 만든 빵을 굳이 다른 집에까지 가서 찾을 생각은 없습니다요. 그런데 신부님은 훌륭한 모범을 보여 주시기 위해서도 양치는 여자는 안 가지는 게 좋을 것 같습니다요. 이발사가 갖고 싶다면, 얼마든지 그렇게 하십쇼, 지만 말입니다요.」

538

「훌륭하다. 산초!」하고 돈키호테가 말했다. 「우리는 그 얼마나 근사한 생활을 하게 되겠느냐! 추룸벨라(^{지리미아와 비슷한 탄}
^{주 악기—역주})의 소리가 얼마나 정답게 우리 귀에 들려 오겠느냐! 얼마나 사모라의 풍적(風笛)이나 탬버린이나 두 장의 금속을 서로 마주치는 소리나, 삼현금(三絃琴)의 소리가 우리의 귀를 즐겁게 해주겠느냐! 게다가 이런 갖가지 음악에 섞여 알보게 소리가 들려 온다면 어떻겠느냐! 거기서는 목가풍의 거의 모든 악기가 다 갖추어질 것이니 말이다.」

「알보게가 뭡니까요?」하고 산초가 물었다. 「전 여태까지 한 번도 그런 이름을 들은 적도 없고 본 적도 없습니다요.」

「알보게라는 것은,」하고 돈키호테가 설명했다. 「놋쇠의 촛대같이 생긴 두 장의 판금으로, 서로 엇바꾸어서 우묵하게 들어간 곳을 부딪쳐 소리를 내는데, 그다지 즐겁고 가락이 좋은 것은 아니나 그다지 불쾌한 것도 아니니라. 그리고 풍적이나 탬버린 같은 시골풍의 악기에는 참으로 잘 맞는다. 이 알보게라는 이름은 무어 말이다만, 우리 카스티야 말 al로 시작되는 거의 모든 말이 무어 말에서 온 것과 마찬가지이다. 아울러 알아 두어라. almohaza(말빗), almorzar(점심을 먹다), alhombra(양탄자), alguacil(警吏), alhucema(라벤다), almacén(창고), alcancia(저금통), 이밖에도 이와 동류의 말이 좀더 있을 게다. 카스티야 말에는 무어 말에서 와서 i로 끝나는 것은 불과 세 개밖에 없는데, 그것은 borcegui(편상화), zaquizami(다락방), maravedi(마라베디) 등이다. alheli(계란풀)와 alfaqui(법학박사)는 al로 시작되고 있을 뿐 아니라 i로 끝나고 있으므로 아리비아 말에서 왔다는 걸 알 수 있지. 이것은 알보게라는 말이 우연히 나와서 문득 생각난 것인데 아울러 그대에게 말해 준 게야.

그런데 이번 일을 훌륭하게 완수하는 데는 그대도 알고 있듯이 내가 시인이라는 것과 석사 삼손 카르라스코가 이 또한 대단한 시인이라는 것이 크게 공헌해 줄 것이 틀림없다. 신부에 대해서는 아무것도 할 말이 없다. 그러나 그 양반에게서 시인 냄새가 조금 난다는 것을 나는 맹세해도 좋다. 그리고 니콜라스 영감에게도 그러한 조짐이 있다는 것은 전혀 의심할 여지가 없다고 보고 있지. 왜냐하면 이발사는 모두, 아니 그 대다수가 기타를 칠 줄 아는 엉터리 시인이거든. 나는 연인의 부재를 한탄하기로 하마. 그대는 마음 변치 않는 연인으로서 자기를 찬양하기로 하려무나. 목인 카르라스코는 여자에게 거절당한 것을, 신부 쿠리암브로는 뭔가 자기 마음에 드는 것을 읊겠지. 이리하여 일은 빈틈없이 나아갈 테니 그 이상 바랄 것은 없을 게다.」

이에 대해 산초가 대답했다.

「나리, 저는 무척 재수 없는 사내라서 그런 일을 착수하는 날이 도저히 오지 않을 것 같은 기분이 듭니다요. 하지만 제가 양을 치는 목자가 되기만 한다면, 번쩍번쩍 빛나는 숟갈을 만들겠습니다요! 근사한 튀김 빵이며, 크림이며, 꽃장식이며, 그밖에 양치기다운 자질구레한 것도 말씀입니다요! 말하자면, 그렇게 되면, 저는 영리하다는 평판은 듣지 못하더라도 연구를 잘 한다는 평판을 얻지 못할 까닭은 없을 줄 압니다요. 제 딸년 산치카가 목장에 우리 도시락을 갖고 오겠습죠. 하지만, 가만 있자! 그녀석은 이제 껍질이 한풀 벗겨졌으니, 양치기 가운데는 착한 사람보다 장난꾸러기가 많으니까, 그애가 『양털을 깎으러 가서 깎이고 돌아온다』는 그런 짓은 시키고 싶지 않습니다요. 게다가 사랑하는 마음과 그다지 착하지 않은 생각은 시골이건 도시건, 양치기 오두막이건 임금님의 궁전이건, 어디서나 어슬렁거리고 있는 법이니까 말입니다요. 그래서 『원인을 끊으면 죄도 없어진다』고도 하고, 『눈이 안 보이면 마음도 안 찢어진다』, 그리고 『훌륭한 사람들의 기도보다 풀숲에서 뛰어나오는 편이 낫다』고도 하지 않습니까요.」

「속담은 이제 그만해라, 산초.」하고 돈키호테가 말렸다. 「그대가 지금 늘어놓은 속담 중의 어느 하나만으로도 그대가 생각하고 있는 것을 전하는 데 족하니라. 나는 여태까지 몇 번이나 그렇게 무턱대고 속담을 함부로 휘두르는 게 아니라, 속담을 사용하려거든 좀더 가감을 해야 한다고 그대에게 충고해 두지 않았느냐? 그러나 암만해도 『황야에 설법』하는 것처럼 여겨지는구나. 『엄마는 잔소리를 하지만 나는 팽이를 칠란다』는 격이란 말이다.」

「제가 보건대,」하고 산초가 대답했다. 「나리는 암만해도 『프라이팬이 솥을 보고 말하기를, 저리 가라, 이 검정 엉덩이야』라는 속담과 꼭 같습니다요. 저한테 속담을 쓰지 말라고 꾸짖으시고 침도 마르기 전에 나리는 속담을 두 개나 엮어 내셨으니까 말입니다요.」

「알겠느냐, 산초.」하고 돈키호테가 말했다. 「나는 속담을 적절한 곳에서 끌어 낸다. 그래서 내가 속담을 쓰면 마치 반지가 손가락에 맞듯이 꼭 들어맞는단 말이다. 그런데 그대는 속담의 머리칼을 움켜쥐고 질질 끌 듯이 끌어 내니까, 그건 속담을 인도하는 것이 아니라 끌고 오는 거나 마찬가지다. 만일 내 기억이 틀림없다면, 속담이라는 것은 옛날의 우리 성현들이 겪은 경험과 사색에서 나온 짧은 격언이라는 것을 전에도 그대에게 말했을 게다. 적절하게 꼭 맞지 않는 속담은 격언이라기보다 잡소리니라. 그러나 이 이야기는 이만두기로 하자. 벌써 날도 저물었으니 국도에서 좀 떨어진 곳으로 들어가 밤을 보내기로 하자꾸나. 내일 어떤 일이 일어날 것인가 하는 것은 하느님만이 아시느니라.」

그래서 두 사람은 국도에서 좀 벗어난 곳으로 물러가, 늦은 그리고 빈약한 저녁밥을 먹었는데, 그것은 아예 산초의 기분에는 안 맞는 것이었다. 때로 돈 디에고 데 미란다의 저택이라든가 부자 카마초의 혼례라든가 돈 안토니오 모레노의 저택에서처럼 성이나 저택에서 풍족한 생활을 맛보는 일이 있긴 했으나, 이 가난한 저녁 식사는 산초에게 숲과 산속에서 겪는 편력의 기사도의 모든 궁핍을 가슴에 아프게 상기시켜 주는 것이었다. 그러나 그는 언제나 인생은 낮만 있는 것도 아니고 밤만 있는 것도 아니라고 생각했다. 그래서 그날 밤 그는 잠 속으로 빠져들어갔고, 그의 주인은 온 밤을 뜬눈으로 새웠다.

제 68 장

돈키호테에게 덮친 돼지의 모험.

하늘에는 달이 있었으나 눈에 보이는 곳에 있지 않아 어두운 밤이었다. 아마 디아나 공주가 반대쪽으로 산책을 나가는 바람에 산과 골짜기를 어둡게 해둔 모양이다. 돈키호테는 첫잠만은 자연의 법칙에 따랐으나, 두번째는 잠을 이룰 수가 없었다. 이것은 두번째 잠을 결코 잔 적이 없다는 산초와는 정반대였다. 그는 밤부터 아침까지 첫잠이 계속됐는데, 그것을 보아도 그의 튼튼한 체질과 고생을 모르는 성질이 나타나 있었다. 돈키호테의 심로는 끝내 그 자신을 잠재우지 않았을 뿐 아니라, 마침내 산초까지도 깨우게 되어 이런 말을 했다.

「산초여, 나는 그대의 무신경에 매우 감탄했다. 그대는 대리석이나 아니면 딴딴한 청동으로 되어 있어서, 마음의 움직임이나 감정 따위가 거의 들어갈 여지가 없는 듯하구나, 나는 그대가 자는 동안 깨어 있다. 그대가 노래를 부를 때 나는 눈물을 흘린다. 그대가 무엇을 배에 가득 쑤셔넣고 식곤증에 씩씩

거리고 있을 때 나는 절식을 하여 현기증을 일으킨다. 주인의 걱정을 나누고 슬픔을 함께 느낀다는 것은 훌륭한 종자의 의무니라. 설혹 그것이 체면상으로 하는 것이라도 말이다. 보아라, 우리를 감싸고 있는 이 밤의 고요함, 이 정적, 이것은 우리가 잠든 사이에 조촐한 밤의 기도를 그 사이에 끌어넣으려고 서로 다투고 있는 듯하구나. 제발 부탁이니 일어나 다오. 그리고 여기서 조금 저쪽으로 가서 용기를 다하여 고맙다는 생각으로 둘시네아 공주의 마법을 풀기 위한 채찍질의 일부로써 3백 대나 4백 대 그대 몸에 매질해 다오. 이것은 내가 간곡히 부탁하는 일이다. 전번처럼 그대에게 완력을 휘두를 생각은 없다. 워낙 그대는 다부진 팔을 가졌거든. 그대가 채찍질을 그치고 나면, 그 뒤에 나는 나대로 그리운 공주가 이 자리에 안 계시는 것을, 그대는 그대대로 올바른 정절을 노래하면서 이 밤을 보내자꾸나. 그리고 지금부터 어차피 우리의 이상촌(理想村)에서 하게 되어 있는 그 양치는 일을 착수하지 않겠느냐?」

「나리.」 하고 산초가 대답했다. 「저는 절반 졸면서 일어나 자기 몸에 채찍질하며 고행하는 그런 고행 수도사도 아니고, 또 채찍질의 아픔에서 금방 돌아서서 음악을 한다는 건 도저히 납득이 가지 않습니다요. 나리, 저를 그대로 자게 내버려 두십쇼. 그런 채찍질하는 것 따위로 저를 못살게 굴지 마십쇼. 그건 제 몸뚱이는 말할 것도 없고 옷의 보풀 하나도 건드려선 안 된다고 제게 맹세를 시키는 거나 마찬가지입니다요.」

「오오, 이 돌 같은 마음의 소유자여! 오오, 이 인정 없는 종자여! 내가 여태까지 그대에게 베풀어 왔고 베풀려고 하고 있는 은혜와 빵에 대해서, 고맙다고 즐겁다고 생각지 않는 망난이 같으니! 내 덕분에 그대는 영주도 되었고 내 덕분에 자작(子爵)이 되거나, 그와 맞먹는 칭호를 지니게 되거나 할 수 있는 가까운 희망을 가질 수 있는 것이고, 더욱이 그것이 실현되는 것도 늦어야 금년을 넘기지 않을 것이다. Post tenebras spero lucem(암흑 뒤에 나는 빛을 기다리노라)이란 말이다.」

「그건 도무지 전 모르는 일입니다요.」 하고 산초가 대답했다. 「다만 제가 알고 있는 것은, 잠자는 동안에는 무서움도 고생도 희망도 명예도 아무것도 없다는 것뿐입니다요. 이 사람의 근심이라는 근심을 덮어 주는 외투, 시장기를 덜어 주는 요기, 목마름을 쫓아 주는 물, 추위를 데워 주는 불, 더위도 잊게 해주는 냉기, 간단히 말해서 무엇이나 다 살 수 있는 온 세계에 통용되는 돈, 임금님도, 양치기도, 영리한 자도, 어리석은 자도, 똑같이 만들어 주는 저울이나 추라고 할 수 있는 잠이라는 것을 만들어 주신 분에게 정말 고맙다고 생각합니다요. 하기야 잠에도 한 가지 흠이 있는데, 전 사람들한테 듣고 있습니다요만, 그것은 흔히 죽는 것과 비슷하다는 것인데, 실제로 자고 있는 녀석이나 죽어 넘어진 녀석이나 거의 비슷비슷하니까 말입니다요.」

「나는 여태까지 일찍이 그대가 이토록 고상하게 말하는 것을 들은 적이 없구나, 산초.」 하고 돈키호테가 칭찬했다. 「덕분에 그대가 이따금 입에 올리는, 『함께 태어난 녀석보다 함께 풀을 먹은 녀석과 닿는다』는 속담이 진실이라는 것을 알게 되었다.」

「원, 나리께서도, 무슨 일이십니까 ! 」 하고 산초가 대답했다. 「속담을 줄줄 엮어 내는 건 우선은 제가 아닙니다요. 나리의 입에서도 역시 저보다 더 두 개씩 속담이 튀어나오고 있으니 말입니다요. 다만 제 속담과 나리의 속담이 다른 것은 나리의 것은 꼭 알맞을 때 튀어나오고 제 것은 엉뚱할 때 튀어나온다는 것뿐입니다요. 하지만 그래도 어차피 속담은 속담이 아닙니까요.」

이렇게 두 사람이 이야기하고 있을 때, 땅이 둔하게 울리는 소리와 불쾌한 울음소리가 들려 왔는데, 그것은 근처 일대의 골짜기에 울려퍼지는 듯이 느껴졌다. 돈키호테는 벌떡 일어나 손을 칼로 가져갔고, 산초는 잿빛 당나귀의 배 아래로 기어들어가 몸을 움츠리고 양쪽에 갑주 포갠 것과 당나귀 짐안장을 놓고는, 돈키호테가 섬뜩해 하는 것에 못지않게 무서움에 벌벌 떨었다. 소리는 시시각각 커져서 차츰 무서움에 떨고 있는 두 사람 쪽으로 가까이 왔다. 한쪽은·이미 용기로써 사람들에게 알려진 사나이인 것이다.

그것은 몇 사람이 6백 마리가 넘는 돼지를 시장에 내다 팔려고 하필이면 이런 시간에 몰고 지나가는 소리였다. 그들이 내는 발자국 소리며 꿀꿀거리는 울음소리는 굉장한 것이어서 돈키호테와 산초의 귀는 거의 감각을 잃고 대체 그것이 무엇인지 분간을 못 할 정도였다. 이윽고 온 천지에 가득 찬 돼지의 떼는 파도처럼 밀려와 돈키호테의 권위에도 산초의 그것에도 하등 경의를 표함이 없이 두 사람 위를 마구 통과해 갔으므로, 산초의 방어진은 무너지고 돈키호테는 쓰러져 짓밟혔으며, 로시난테마저 넘어져 뒹굴었다. 이 더러운 동물들이 비비대기치면서 무서운 신음 소리를 내며 놀라운 속도로 통과해 간 뒤에, 모든 것은 엉망진창이 되어 짐안장, 갑주, 당나귀, 로시난테, 산초, 돈키호테가 여기저기 땅바닥에 나자빠져 있었다. 이윽고 산초는 간신히 일어나 그 인간들과 무례한 돼지들을 반 다스는 죽여 주겠다면서 주인에게 칼을 빌려 달라고 했다. 그러자 돈키호테가 그를 향해서 말했다.

「참아라, 참아, 나의 벗 산초여. 이 굴욕은 나의 죄에 대한 형벌이다. 패잔의 편력의 기사가 들개에 물어뜯기고, 새와 벌에 쫓기어 죽고, 돼지에게 짓밟힌다는 것은 틀림없는 하늘의 배제(配劑)니라.」

「그러고 보면 이것도 역시 천벌입니까요.」하고 산초가 물었다. 「패배한 기사의 종자가 파리에 빨리고 이에 물어뜯기고 시장기에 시달리고 하는 것도 말씀입니다요. 우리들의 종자가 섬기는 기사의 아들이나 기사와 극히 사까운 친척이라면, 주인의 형벌이 사대(四代)에까지 내렸다고 해도 하등 이상할 게 없습니다요만, 판사 집안과 돈키호테 집안이 무슨 관계가 있습니까요? 그건 그렇고, 다시 한 번 옷매무시를 고치고 얼마 남지 않은 밤의 나머지 시간을 자도록 하십시다요. 하느님 덕분에 날이 새면 얼마간 좋아질지도 모릅니다요.」

「그대는 자거라, 산초.」하고 돈키호테가 말했다. 「워낙 그대라는 사나이는 잠자기 위해서 살아왔으니까. 나는 지금부터 날이 샐 때까지의 시간을 내 상념의 고삐를 조여 그것을 하나의 목가(牧歌)로 분출시키기로 하련다. 이것은 그대는 모르는 일이겠지만, 간밤에 머릿속에서 지어 본 것이다.」

「제 생각엔 말씀입니다요.」하고 산초가 대답했다. 「노래를 지을 만한 여가가 있는 생각이란 그리 대단한 게 아닌 줄 압니다요. 나리는 얼마든지 실컷 노래나 지으십쇼. 저는 열심히 잘 테니까요.」

그리고 곧 산초는 자기에게 필요한 만큼의 지면에 면적을 차지하여 몸을 움츠리더니, 담보도 없고 빚도 없고 훼방을 받을 필요도 없이 쿨쿨 잠들어 버렸다. 한편 돈키호테는 느릅나무 밑인지 코르크참나무 밑인지(이 점에 관해서 시데 아메테 베넨헬리도 분명히 써놓고 있지 않다), 그 둥치에 기대어 다름아닌 한숨을 반주삼아 노래를 불렀다.

　　사랑이여, 그대로 하여 내 가슴에 이는
　　이 무서운 고민을 생각하면
　　내 오로지 죽고 싶어하노라
　　괴로움의 종말을 찾아서.

　　그 괴로움의 큰 바다의

> 항구인 좁은 해협에 닿으니
> 가슴속에 삶의 기쁨 솟아
> 해협 건너갈 마음 사라졌노라.
>
> 살아 나가면 죽음을 생각하고
> 죽음 찾으면 살기를 원하는
> 생과 사를 서로 번갈아서
> 희롱하는 기구한 인연이여 !

그리고 이 노래의 1절마다 패전의 아픔과 둘시네아가 이 자리에 없는 데 대한 슬픔으로 가슴이 꿰뚫려 신음 소리를 내는, 자못 그 당사자답게 빈번히 한숨과 적지않은 눈물을 반주로 삼았다.

이럭저럭 하는 동안에 날이 새어 햇빛이 산초의 눈을 찔렀으므로, 그도 어쩔 수 없이 눈을 뜨고 기지개를 켜면서 나른한 팔다리를 움직였다폈다 했다. 그리고 식량의 비축에 돼지떼가 남긴 무참한 파괴의 자국을 보면서 돼지떼와 다시 그것을 몰고 온 사람들에게 저주를 뱉었다.

이윽고 두 사람은 다시 나그네길에 올랐는데, 해질 무렵 그들 쪽으로 10명 가량의 말을 탄 사람과 5명쯤의 걸어오는 사람들의 모습을 발견했다. 돈키호테의 심장은 고동치기 시작하고, 산초의 마음은 무서움에 동요가 심해졌다. 왜냐하면 그들 쪽으로 가까이 오고 있는 사람들이 창과 방패를 지니고 마치 싸움터에 나가는 복장들이었기 때문이다. 돈키호테는 산초를 돌아보고 말했다.

「만일 내가 내 무기를 마음대로 쓸 수 있고, 아울러 약속에 의해서 내 팔이 묶여 있지 않다면, 우리 쪽으로 습격해 오는 저 군세 따위는 내게 기껏해야 파이나 과자 정도에 지나지 않을 게다. 우리가 생각하고 있는 것과는 전혀 다른 것인지도 모르긴 하지만.」

마침 이때 말을 탄 두 사람이 접근해 와서 저마다 창을 꼬나들고 한 마디 말도 없이 돈키호테를 둘러싸고는, 창을 등과 가슴에 들이대고 당장 죽일 듯한 기세를 보였다. 그러자 걸어오는 사나이 하나가 입에 손가락을 갖다 대고 잠자코 있으라는 신호를 하고는, 로시난테의 재갈을 잡고 길 밖으로 끌어냈다. 이어 다른 도보의 인간들이 산초와 당나귀를 앞으로 몰아 내면서 모두 기이한 침묵 속에 돈키호테의 뒤를 따랐다. 돈키호테는 그들이 어디로 데리고 가는가, 또 대체 무슨 용건이 있는가, 두세 마디 물어 보려고 했으나 그가 입술을 움직이려 할 때마다 금방 창끝이 위협을 주어 입을 다물지 않을 수 없었으며, 산초 또한 마찬가지였다. 그가 지껄이기 시작할 듯한 기미를 보이기만 하면 걸어가고 있는 사람 중의 하나가 창끝을 쿡 갖다 대곤 했는데, 당나귀마저 마치 무슨 말을 하려는 것처럼 하다가 같은 변을 당했다. 완전히 날이 저물자 일행은 발걸음을 빨리했다. 그리고 사로잡힌 두 사람들의 불안은 더한층 높아졌으며, 더욱이 그들이 이런 말을 지껄이고 있는 것을 엿들었을 때는 더욱 그러했다.

「어서 걸어, 이 트로글로디타(혈거인—역주)들아!」

「닥쳐, 이 바르바로(야만인—역주)들아!」

「혼 좀 나봐라, 이 안트로포파고(식인종—역주)들아!」

「군소리 말아, 스키티아 인(이란계 유목 기마 민족—역주)들아! 눈 뜨지 말아, 이 살인 폴리페모스(외눈깔의 거인 포세이돈의 아들—역주)들 같으니! 이 사람 잡아먹는 사자야!」

그리고 이와 비슷한 그밖의 이름을 외쳐 댔으므로 가엾은 주종은 더욱 고민했다. 산초는 속으로 자문 자답했다.

「우리가 토르톨리타(산비둘기. 혈거인과 발음이 비슷하다—역주)라구? 우리가 어째서 바르베로(이발사—역주)란 말야? 에스트로파호(걸레—역주)란 말이야? 『노적가리 보릿단에 나쁜 바람 분다』구나. 개 한 마리에 몽둥이 소나기라더니 나쁜 일이 다발로 몰려 오잖아. 될 수 있는 일이라면, 이 반갑잖은 모험이 몽둥이로 두들겨맞는 결과를 가져오지 않아야 좋을 텐데!」

돈키호테는 자기들에게 퍼부어진 이 비난에 찬 이름들이 대체 무엇일까, 하고 짐작해 볼 생각도 하지 않고 정신없이 걸어가고 있었다. 그리하여 거의 한밤중의 1시쯤 되어 일행은 어느 성에 도착했는데, 그곳은 공작의 거성으로 얼마 전까지 두 사람이 묵고 있던 곳임을 돈키호테는 금방 깨달을 수 있었다.

「이게 대체 어떻게 된 일일까?」하고 그는 성을 발견하는 동시에 말했다. 「어찌 된 일일까! 이 저택에서는 그야말로 모든 일이 예의와 범절로 가득 차 있었는데, 패전의 몸에는 행복이 불행으로 바뀌고 불행은 다시 겹치는 것일까?」

일행은 성의 안마당에 도착했다. 보니 두 사람의 놀라움을 더한층 증대시키고 그들의 공포를 배가시키도록 모든 것이 준비되어 있었는데, 그것은 다음

장에서 보는 것과 같은 것이다.

제 69 장

이 위대한 이야기의 전 과정에 있어서 돈키호테에게 일어난 가장 보기 드물고
가장 기이한 사건에 대해서.

말을 탄 사람들은 말에서 내려 걸어온 사람들과 함께 느닷없이 산초와 돈키
호테를 붙잡아 번쩍 들고 안마당으로 들어갔는데, 안마당 주위에는 대 위에
세운 1백 개나 될 듯한 횃불이 타고, 주위 복도에도 5백 개에 이르는 등불이
켜져 있었다. 꽤 어두운 밤이었는데도 낮의 빛이 거의 필요치 않을 정도였다.
안마당의 중앙에는 땅에서 2바라쯤 높이에 관이 놓여 있고 그것을 검은 비로
드의 큼직한 덮개가 가리고 있었다. 그 주위의 계단에는 1백 개 가량 되는 은
촛대에 흰 촛불이 휘황하게 켜져 있었다.

앞에서 말한 관 위에는 죽음 그 자체조차 그 아름다움에 의해서 아름답게
여겨질 만한 아름다운 소녀의 시체가 보였다. 색색가지 향기로운 꽃으로 엮은
관을 쓰고 금란의 베개 위에 머리를 얹고 있었으며, 두 손을 가슴 위에서 깍
지끼고, 손 사이에는 승리를 상징하는 노란 종려 야자의 나뭇가지가 하나 놓
여 있었다. 안마당 한쪽에는 무대가 마련되어 있고, 두 인물이 앉아 있었는
데, 머리에 왕관을 쓰고 손에 홀을 쥔 것을 보면 진짜거나 가짜거나 어느 국
왕이라는 것을 알 수 있었다. 무대에는 몇 층의 층계가 걸려 있고 층계 가까
이에 두 개의 의자가 놓여 있었으며, 거기에 사로잡힌 돈키호테와 산초가 끌
려 가서 앉혀졌다.

이러한 일들은 모두 침묵 속에서 이루어졌고, 두 사람도 잠자코 있으라는
신호를 받았는데, 설혹 그런 신호가 없더라도 눈앞에 전개되는 모든 놀라움이
그들의 혀를 꽉 묶어 아마 한 마디도 할 수 없었을 것이다. 이때 많은 수행원
을 거느린 두 지체 높은 사람이 무대 위로 올라갔는데, 돈키호테는 곧 그들이
전에 신세를 진 공작 부처라는 것을 알 수 있었다. 두 사람은 제법 국왕다운
두 인물 옆에 있는 호화로운 의자에 가서 앉았다. 이런 것을 보고 놀라지 않
는 사람이 있을까? 하물며 관 위에 놓여 있는 시체가 아름다운 알티시도라라

는 것을 돈키호테가 알았다고 한다면 말이다! 공작 부처가 무대 위에 올라갔을 때, 돈키호테와 산초가 일어나서 공손히 머리를 숙이자 공작 부처도 역시 얼마간 머리를 숙이고 인사를 받았다.

이때 옆쪽에서 하인 하나가 걸어나와 산초 앞에 다가가더니 전체에 불꽃 무늬가 그려진 검은 린네르 망토를 몸에 걸쳐 주었다. 이어 그의 두건을 벗겨 버리더니 마치 이단 심문소에서 계고(戒告)를 받은 고행자가 쓰는 것 같은 종이로 만든 뾰족한 고깔 모자를 머리에 얹었다. 그리고 귀에 입을 갖다 대고 「말을 하지 말아라, 그렇지 않으면 재갈을 채우거나 죽여 버릴 테다.」 하고 소곤거렸다. 산초는 자기의 모습을 위에서 아래로 훑어보았다. 망토에는 불꽃이 타고 있었으나 자기를 태우는 것이 아니었으므로 문제가 되지는 않았다. 고깔 모자를 벗어 보니 많은 악마의 모습이 그려져 있었으므로 다시 고쳐 쓰고 혼자 중얼거렸다.

「좋아, 이 불도 나를 태우지 않을 것이고, 이녀석들도 나를 데려가진 않겠지.」

돈키호테도 산초의 모습을 바라보았다. 비록 공포 때문에 아직 감각이 본디대로 돌아가지는 않았으나, 산초의 모습을 보고는 저도 모르게 웃지 않을 수 없었다. 이때 관 아래쯤 되는 곳에서 나직하고 듣기 좋은 플루트 소리가 들려오기 시작했다. 사방은 침묵 그 자체 같은 정적이 차지하고 있어서, 거의 사람들의 목소리에 방해를 받지 않고 그것은 참으로 부드럽고 정답게 들렸다. 그리고 곧 그 시체로 보이는 것의 머리맡에서 난데없이 로마풍의 복장을 한 아름다운 젊은이 하나가 나타나 손수 타는 하프 소리에 맞추어 매우 낭랑하고 부드러운 목소리로 다음 두 절의 노래를 불렀다.

> 돈키호테가 무정하여, 숨 끊어진
> 알티시도라가 되살아나는 그 동안에,
> 마법의 마당에 귀한 부인들 모여
> 산양 털로 짠 거친 옷 입는 그 동안에,
> 마님이 노시녀들에게 성근 모직물
> 입히시는 그 동안에,
> 그대의 슬픈 아름다움, 트라키아 태생의 가인(가인(歌人). 야수도 달랬다는 오르페우스를 말한다―역주)은 현보다
> 곱게 노래하리라.

그러나 노래하는 이 행위는
　이 세상 것만은 아니리니
죽어서 차가운 입으로도
나는 노래하리, 그대 위에서,
이 세상 떠난 내 영혼이
명부(冥府)의 호수 건너가면서
노래 부르는 목소리에
망각의 냇물도 멈추리라.

　「이제 그만해도 좋다.」 하고 이때 임금님 같은 인물 가운데 하나가 말했다. 「신성한 가수여, 이제 그만두어라. 비할 데 없는 알티시도라의 죽음과 정다움을 이 이상 나에게 상기시킨다는 것은 아무리 되풀이해도 끝이 없는 일이 아니겠느냐? 알티시도라는 무지한 세상 사람이 생각하고 있듯이 죽은 것이 아니다. 말하자면 『명성(名聲)』의 말 속에 살고 있으니, 이 잊어버린 빛을 이 세상에 소생시킬 수 있느냐 없느냐 하는 것은 산초 판사가 받아야 할 고행에 달려 있다. 그러니 나와 더불어 디스 파테르(명부의 왕 플루토의 별명─역주)의 음산한 동굴 속에서 이 사건을 재판한 그대 라다만투스(제우스와 에우로페의 아들─역주)여, 이 처녀가 되살아나는 데 있어 예측할 수 없는 운명의 여러 신에 의해 결정된 일체를 알고 있는 그대이니, 이 처녀의 부활로써 우리 모두가 고대하고 있는 행복을 더 이상 늦추지 말고 즉각 그것을 선언하시라.」
　라다만투스의 동료인 판관 미노스(라다만투스의 형제. 입법자로서 알려졌다─역주)가 이렇게 말하자 라다만투스는 벌떡 일어나서 말했다.
　「자, 이 댁에 근무하는 하녀들이여, 신분의 상하를 불문하고 노소에 상관없이, 잇따라 달려나와 산초의 뺨을 스물두 번 후려치고, 열두 번 꼬집고, 팔과 허벅지를 여섯 번 바늘로 찔러라! 오로지 이 의식에 알티시도라의 생사는 걸려 있느니라!」
　이 말을 듣자 산초 판사는 금방 침묵을 깨뜨리고 소리쳤다.
　「천만에 말씀이다. 내가 뭐 무어 인이라도 된 줄 아는가? 가만히 앉아 뺨따귀를 얻어맞아 손자국을 남기고 얼굴을 쥐어박게 가만히 둘 줄 알아? 무슨 소릴 하고 앉았어? 내 얼굴을 주물러 대는 것과 이 계집애가 살아나는 것과 무슨 상관있단 말야. 『할망구는 시금치라면 정신을 못 차리고 마른 잎이건 푸른 잎이건 깡그리 남기지 않는다』는 속담도 있다. 둘시네아를 마법에 걸어 놓고 그걸 풀기 위해 나를 때리고 알티시도라는 하느님의 뜻으로 병들어 죽었는데, 내 따귀를 스물두 차례나 힘껏 때리고, 바늘로 찔러 몸에 구멍을 내고 팔을 꼬집어 멍을 만들고 해서 되살려야 한다구! 그런 농담일랑 처남한테나 가서 해라. 나는 늙은 개라서 오라고 손짓한다고 얼른 달려가진 않아!」

「목숨이 없는 줄 알라!」하고 라다만투스가 호통쳤다. 「얌전히 있지 못하겠느냐, 이 호랑이야! 말을 들어라, 이 건방진 넴브로트(니므롯. 창세기에 나오는 최초의 권력자—역주)야! 그리고 참고 입을 다물어라. 그리 불가능한 일을 바라는 것도 아니다! 게다가 이 일이 어렵고 어렵지 않고를 따질 것 없다. 너는 뺨을 맞아야 한다. 바늘로 찔려야 한다. 꼬집히고 신음해야 한다! 자아, 다시 한 번 말한다만, 모두들 내 명령을 집행하라. 그러지 못할 때는 진지한 사나이의 신앙을 두고 혼을 내줄 테다!」

마침 이때 앞마당을 6명의 노시녀들이 줄을 지어 잇따라 나타났는데 그 가운데 네 사람은 안경을 끼었고, 모두 요즘의 유행에 맞추어 손목을 길게 보이려고 네 치쯤 드러낸 오른손을 높이 쳐들고 있었다. 그들의 모습을 보는 순간 산초는 황소처럼 노호하기 시작했다.

「누가 얼굴을 만져도 좋다. 하지만 노시녀들이 만지는 건 못 참는다. 그건 안 돼. 우리 주인 나리가 이 성에서 할퀴었듯이 얼굴을 할켜도 상관없다. 시퍼렇게 날을 세운 단도 끝으로 내 몸을 찔러도 상관없다. 나는 그걸 참고 이 사람들이 하는 말도 듣겠다. 하지만 설혹 악마에 끌려 지옥으로 갈지라도 노시녀들이 내 몸에 손을 대는 것만은 참지 못한다.」

이때 돈키호테도 침묵을 깨뜨리고 산초에게 말했다.

「착하지, 참거라. 그리고 이분들을 만족시켜 드려라. 뿐만 아니라 그대의 몸에 그런 이상한 힘을 주신 하늘을 우러러 감사를 드려라. 그 이상한 힘의 고행으로 마법에 걸린 자들의 마법을 풀고, 죽은 자들을 소생시킬 수 있으니 말이다.」

이미 노시녀들은 산초 가까이에 와 있었는데, 산초는 조금 전보다 얌전해져서 단념했는지 의자 위에 고쳐앉아 제일 먼저 다가온 노시녀에게 얼굴과 턱을 내밀었다. 그러자 노시녀는 충분히 손자국이 남도록 뺨을 후려치고는 공손히 절을 했다.

「노시녀 양반, 절과 화장은 대강대강 하구려.」하고 산초가 말했다. 「확실

550

히 당신 손에선 시큼한 분냄새가 나는걸!」

요컨대 모든 노시녀들이 그에게 손바닥의 자국을 남겼고, 그밖에 이 집의
많은 사람들이 그를 꼬집었다. 그러나 아무리 해도 참을 수 없었던 것은 바늘
로 찔리는 일이었다. 그래서 노골적으로 뿌루퉁해진 표정으로 의자에서 일어
나더니 옆에 있는 불붙은 장작개비를 움켜쥐고 노시녀들과 그밖의 집행인들
의 뒤를 따라가면서 외쳤다.

「꺼져라, 이 지옥의 사자들아! 나는 이렇게 어처구니없이 다뤄도 아프지도
가렵지도 않을 만큼 놋쇠로 만든 몸뚱이가 아니란 말야!」

마침 이때 알티시도라가 오랫동안 반듯이 누워 있어서 피로했던지 옆으로
돌아누웠다. 그러자 주위에 있던 사람들이 이것을 보고 거의 이구동성으로 소
리쳤다.

「알티시도라가 살아났다! 알티시도라가 살아났다!」

라다만투스가 산초를 향해서, 자기가 바란 목적이 이미 성취됐으니 노여움
을 가라앉히라고 명령했다.

돈키호테는 알티시도라가 움직거리는 것을 보기가 무섭게 산초 앞으로 달
려가 무릎을 꿇고 말했다.

「자, 이제는 나의 종자로서가 아니라 나의 소중한 아들로서의 산초여, 그대
가 둘시네아의 마법을 풀기 위해 맡고 있는 채찍질의 몇 대를 그대의 몸에 가
하라. 그대의 이상한 힘이 마침 충일되어 있는 이 시간이기에 하는 말이다.
더욱이 사람들이 그대에게 기대하고 있던 훌륭한 일을 수행한 그 공덕에 의해
서도 말이다!」

이에 대해 산초가 대답했다.

「그건 제가 보건대 속임수 중에서도 가장 큰 속임수로밖엔 보이지 않습니다
요. 이건 도저히 튀긴 쌀과자에 올려 놓은 꿀벌 정도가 아닙니다요. 실컷 꼬
집고 두들기고 바늘로 찌르고 한 끝에 이번에는 채찍질을 하라시니, 정말 훌
륭하십니다요. 그보다 차라리 해주시려거든 큼직한 돌에 제 목을 묶어 번쩍
들어서 샘 속에라도 처넣어 주십쇼. 그편이 남의 나쁜 것을 고치기 위해서 혼
례 잔치의 암소(혼례 때 일부러 암소를 투우식
켜 웃음거리로 만드는 일—역주)가 되기보다 훨씬 나을 겁니다요. 내버려 두
십쇼, 안 그러시면 나중에사 어떻게 되든 터무니없는 짓을 해치우고 말 테니
까요.」

이때 벌써 알티시도라는 관 위에 걸터앉아 있었는데, 그 순간 나팔 소리가

울려퍼지고 이어 플루트가 가담하여 모든 사람들이 기쁨의 소리를 질렀다.

「알티시도라 만세! 알티시도라 만세!」

공작 부처, 미노스와 라다만투스의 두 왕이 돈키호테, 산초와 함께 알티시도라를 맞이하여 관에서 내리기 위해 가까이 갔다. 그녀는 이제 막 정신을 차린 체하면서 공작 부처와 왕 앞에 머리를 숙이고 곁눈으로 돈키호테를 보면서 말했다.

「무정한 기사님, 하느님에게 용서나 받으세요. 기사님의 무정한 태도 때문에 전 저승에 갔었으니까요. 제 느낌으로는 천 년 이상이나 가 있은 듯한 기분이에요. 이 세상에서 제일 인정이 많으신 종자님, 제가 이렇게 살아나게 된 것을 정말 당신께 감사드려요. 저, 산초 님, 당신께 제 속옷 여섯 벌을 드릴 테니 오늘부터 입어 주세요. 그것을 고치면 셔츠가 여섯 벌 될 거예요. 하기야 다 말짱한 것은 아니지만 적어도 모두 깨끗이는 빤 거랍니다.」

산초는 거기서 그녀의 손에 입을 맞추었는데, 손에는 종이 모자를 들고 땅바닥에 무릎을 꿇고 있었다. 공작은 그의 모자를 회수하고 자기 모자를 돌려주도록, 그리고 불꽃 무늬가 들어 있는 망토를 벗기고 자기 옷을 입히라고 명령했다. 그러나 산초는 망토와 종이의 고깔 모자를 그대로 두면 좋겠다고 부탁했다. 이런 본 적도 없는 사건의 표시와 기념으로 고향에 가지고 가고 싶다는 것이었다. 그러자 공작 부인이 가져가라고 승낙했다. 그는 공작 부인이 자기에게 얼마나 호의를 가지고 있는가 알고 있었다. 공작은 앞마당을 치우고 모두 저마다의 방으로 돌아가게 했다. 그리고 돈키호테와 산초를 이미 그들에게 낯익은 방으로 안내하게 했다.

제 70 장

여기서는 제69장에 이어 이 이야기를 분명히 하기 위해서는 생략할 수 없는 일들이 다루어진다.

산초는 그날 밤 돈키호테와 같은 방에서 나직한, 바퀴가 달린 침대에서 잤는데, 그것은 가능하면 사양하고 싶은 일이었다. 왜냐하면 그의 주인이 무엇을 묻거나 대답하거나 해서 자기를 잠재우지 않을 것이 틀림없기 때문이었다.

그리고 아직 생생하게 느껴지는 오늘의 순난(殉難)의 아픔으로 그다지 혀를 놀리고 싶지 않아 도저히 무슨 말을 지껄일 기분이 나지 않았기 때문이다.

이 훌륭한 방에서 두 사람이 자느니 혼자서 오두막에서 자는 편이 얼마나 나은지 몰랐다. 그의 이러한 걱정은 바로 그대로 되었고 그의 염려도 그대로 들어맞았다. 주인이 침상에 눕기가 무섭게 말을 건네 온 것이다.

「어떤 기분이 드느냐, 산초, 오늘 밤의 그 사건은? 그건 그런데, 사랑에 대한 냉정한 태도라는 것은 참으로 위대하고 강력한 힘을 갖고 있구나. 그대도 직접 죽은 알티시도라를 보았겠지만, 죽인 것은 화살도 아니고 칼도 아니고, 그밖에 무기도 아니었으며 치명적인 독약도 아니었다. 다만 내가 언제나 그 여성에게 보여 준 엄하고 냉담한 태도였으니 말이다.」

「그런 여자는 제멋대로 언제라도 죽어 버리면 좋겠습니다요.」 하고 산초가 대답했다. 「그리고 전 집안에 그대로 내버려 두었어야 옳았다고 생각합니다요. 저는 한 번도 그 여자에게 반한 일도 없고 좋아한 적도 없었으니까 말입니다요. 알티시도라라는 얌전하기는커녕 말괄량이인 계집애가 되살아나거나 영영 죽거나 하는 일이, 앞에서도 말씀드린 것처럼, 산초 판사의 재난과 관계가 있다니 도무지 전 생각도 못할 일입니다요. 이렇게 되고 보니 이 세상에 마법사다 마법이다 하는 것이 참말로 있다는 걸 똑똑히 알게 되었습니다요. 그래서 그런 녀석한테서 어떻게든 하느님의 힘을 빌려 도망치고 싶습니다요. 도저히 저 혼자서는 달아날 수 없으니까 말입니다요. 그건 그렇고, 나리, 제발 절 자게 해주십쇼. 이 이상 아무것도 묻지 말아 주십쇼. 그게 싫으시다면 저는 이 창으로 뛰쳐나가겠습니다요.」

「자거라, 산초.」 하고 돈키호테가 대답했다. 「바늘로 찔린 자국이나, 꼬집힌 자리나, 뺨을 맞은 아픔이 그대를 잠재워 준다면 말이다.」

「아무리 아프더라도 얼굴을 얻어맞은 부끄러움만 못합니다요.」 하고 산초가 대꾸했다. 「그것도 때린 상대가 노시녀들이기 때문에 더합니다요. 그런 인간들은 모두 혼구멍이 났으면 좋겠습니다요. 나리, 다시 부탁드립니다요만, 제발 저를 재워 주십쇼. 잠은 눈 뜨고 있을 때 느낀 처참한 기분을 고쳐 주는 것이니까 말입니다요.」

「오냐, 오냐, 하느님께 곁에 계셔 주시도록 부탁드리려.」 하고 돈키호테가 대답했다.

이리하여 두 사람은 깊은 잠에 빠져들었는데, 이 기회를 이용해서 이 위대한 이야기의 원작자 시데 아메테는 공작 부처가 앞에서 말한 것처럼 매우 복잡하고 어처구니없는 속임수를 만들어 낼 생각을 하게 된 것은 대체 무엇 때문이었는가 하는 것을 여기서 서술하고 아울러 증명할 생각을 했다. 그래서 다음과 같이 말하고 있다.

석사 삼손 카르라스코는 거울의 기사로서 돈키호테에게 고배를 마시고 쓰러져서 그 패배와 실패가 그때까지 그가 꾸며 온 일체의 계획을 엉망으로 파괴해 버렸다는 것을 잊지 않았으므로, 다시 한 번 자기의 무력을 시험하고 그 전보다 좋은 결과를 기대하여 권토중래(捲土重來)를 노리고 있었다. 그러다 산초 판사의 처 테레사 판사에게 편지와 선물을 전달하러 온 시동한테서 돈키호테가 현재 어디에 있는가를 듣고, 새 갑주와 말을 구하여 방패에는 하얀 달의 문장을 넣어서 이런 것들을 한 마리의 당나귀에 실어 한 농부에게 끌고 가게 했던 것이다. 옛날의 종자 토메 세시알을 데리고 가지 않은 것은 산초와 돈키호테에게 눈치채이지 않게 하기 위해서였다.

이리하여 그는 공작의 성에 도착했는데, 여기서 돈키호테가 사라고사의 기마 시합에 출전할 목적으로 떠나간 노정을 들었다. 동시에 공작으로부터 둘시네아의 마법을 푸는 방법이라면서 돈키호테에게 한 장난이며, 둘시네아의 마법을 푸는 열쇠가 산초의 엉덩이를 희생함으로써 성취되게 되어 있다는 말을 들었다. 그리고 둘시네아가 마법에 걸려 농촌 여자의 모습으로 바뀌었다고 주인으로 하여금 믿게 한 것은 산초의 장난이며, 그의 처 공작 부인이 산초에게, 속고 있는 것은 너다, 왜냐하면 둘시네아는 정말로 마법에 걸려 있기 때문이다, 하고 이번에는 산초로 하여금 믿게 한 경위도 들었다.

석사는 이런 사정을 듣고 새삼 산초가 약고 단순하며 동시에 돈키호테의 광기가 얼마나 심한가를 생각하고 놀라움을 새로이 했다. 공작은 석사에게 그가 돈키호테를 만나 그를 쓰러뜨리거나 쓰러뜨리지 못하거나 꼭 다시 이곳으로 돌아와서 일의 결과를 알려 달라고 부탁했다. 그래서 그는 그렇게 한 것이었다. 즉, 그는 돈키호테를 찾아 출발해서 사라고사에서는 발견하지 못했으므로, 다시 더 나아가 마침내 앞에서 말한 사건을 일으키게 된 것이다. 이리하여 그는 공작의 성으로 돌아가서 모든 것을 이야기하고 결전의 조건까지 덧붙여 설명했으며, 돈키호테는 이미 지금쯤은 훌륭한 편력의 기사로서 1년 동안 자기 마을에 틀어박혀 있겠다는 약속을 지키기 위해 되돌아오고 있을 것이 틀림없고 그 1년 동안에 그의 광기도 나을 것이라고 석사는 말했다. 이것이 그가 그런 변장까지 하게 된 목적이었던 것이다.

왜냐하면 돈키호테 같은 참으로 사리를 잘 아는 시골 귀족이 미치광이라는 것은 너무나 딱한 일이었기 때문이다. 이것으로 그는 공작에게 작별 인사를 하고 자기보다 뒤에 돌아올 것이 틀림없는 돈키호테를 기다리기 위해 마을로 돌아갔다.

이런 일로 해서 공작은 다시 그런 장난을 할 기회를 잡은 것이다. 산초와 돈키호테에 관한 일이면 모든 것이 재미있어 못 견디었기 때문이다. 그래서 당나귀와 도보의 많은 하인들로 하여금 성에서 멀리 혹은 가까이에 돈키호테가 돌아오면서 지나갈 만한 길에 배치해 놓고 만일 그를 발견하면 폭력으로든 달래어서든 어떻게든 해서 성으로 데려오라고 명령했다. 사실 그들은 돈키호테를 발견하고 공작에게 보고했다. 공작은 어떤 조치를 취할 것인가 이미 만반의 준비를 갖추고 있었으므로 그의 도착 소식을 듣자 곧 횃불을 켜고 안마당의 등불을 밝히게 하고는 관 위에 알티시도라를 뉘고 그밖에 앞에서 말한 일체의 무대 장치를 갖추게 한 것이다. 모든 것이 참으로 실감나게 교묘히 행하여졌으므로 진실과 속임수 사이에 거의 차이가 없을 정도였다.

다시 시데 아메테는 이렇게도 말하고 있다. 자기 생각으로는 장난을 건 자나 장난에 걸린 자나 모두 난형난제(難兄難弟)의 미치광이들이다. 사실 공작 부처도 한쌍의 바보들을 희롱하기 위해 그토록 이상하리만큼 열의를 쏟은 것을 보면, 바보로 보인 자들과 겨우 손가락 두 개의 차이밖에 없었다. 아무튼 그 두 바보는, 한 사람은 다리를 쭉 뻗고 편안히 잠들어 있고 한 사람은 이것 저것 생각에 잠겨 거의 잠을 이루지 못한 채, 이윽고 날이 밝았다. 돈키호테에게 싸움에 지거나 이기거나 구차스러운 침상은 바람직한 것이 못 되었다.

그때 돈키호테의 공상에 의하면 일단 죽었다가 살아난 것으로 되어 있는, 알티시도라가 주인 부처의 변덕스러운 기분에 따라 관 위에서 쓰고 있던 그 화관을 쓰고 금실로 수놓은 꽃무늬를 새긴 겉옷을 걸치고 머리칼은 어깨 위에 그대로 늘어뜨린 채 검고 가느다란 흑단 지팡이에 의지하여 돈키호테의 방으로 들어왔다. 그는 이 모습을 보고 그만 얼떨떨해져서 몸을 움츠리고 이불 속에 몸을 감추었다. 혀도 자유를 잃어 인사도 하지 못했다. 알티시도라는 침대 머리맡에 있는 의자에 앉더니 크게 한숨을 쉰 다음 구슬프고 힘없는 목소리로 입을 열었다.

「지체 높은 여자나 정숙한 처녀가 체면을 팽개치고 모든 장애를 부수려고 마구 지껄이며 가슴속에 간직한 비밀을 사람들 앞에서 예사로 털어놓게 되었을 때는 그 여자는 이미 각오가 단단히 되어 있을 땝니다. 저는, 돈키호테 데 라 만차 님, 몰리고 얻어맞으면서 오로지 사랑에 불타고 있는 그런 여자의 한 사람입니다. 하지만 그러면서도 가만히 꾹 참고 정조를 올바르게 지탱하고 있는 여자입니다. 그러나 그렇게 다만 침묵을 지키고 있기가 너무나 괴로워 제 영혼은 찢어져 마침내 목숨을 잃게 되었습니다. 기사님이 제게 보여 주신 참으로 냉담한 마음 때문에 —— 나의 한탄에도 대리석 못잖은 차가움 때문에 —— 이틀 전에, 무정한 기사님, 저는 죽어 있었던 것입니다. 아니, 적어도 저를 보신 분들이 그렇게 생각하신 것입니다. 그래서 사랑의 여신이 저를 가엾이 여기시고 이 인정 많은 종자님의 수난이라는 구제 방법을 제게 주시지 않았던들, 지금쯤은 벌써 저승에 가 있었을 것입니다.」

「사랑의 여신이 내 당나귀의 수난에서 구제법을 발견해 주셨어도 좋았을 텐데.」 하고 산초가 말했다. 「하지만 한 가지 묻겠습니다요만, 하느님께서 우리 주인 나리보다 더 정다운 연인을 당신한테 내려 주셨으면 좋을 법도 한데, 아무튼 저승에 가서 당신은 무얼 보셨던가요? 지옥엔 뭐가 있습니까요? 울화통이 터져 죽은 인간은 좋으나 싫으나 거기 가서 살아야 하니까 말입니다요.」

「사실을 말씀드리면,」 하고 알티시도라가 말했다. 「저는 정식으로 죽은 것이 아니었나 봐요. 지옥엔 들어가지 않았으니까요. 만일 그곳에 들어가 있었다면, 아무리 나오고 싶어도 도저히 나올 수 없었을 것입니다. 사실 저는 그 문 앞까지 갔었지요. 보니까 12마리쯤 되는 악마들이 모두 바지와 동옷 바람으로 플랑드르의 레이스 장식이 달린 발론풍의 깃을 달고 마찬가지로 뒤집은 레이스를 커프스 대신으로 하여 손을 길게 보이려고 팔을 네 치쯤 드러내고는 불의 라켓으로 테니스를 치고 있었습니다. 그중에서도 제일 놀란 것은 공 대신에 속에 공기와 털부스러기를 채운 책을 사용하고 있는 일이었어요. 참으로 색다르고 진기하게 여겼는데, 그보다 더 놀란 것은, 보통 같으면 테니스를 하는 사람들은 이긴 쪽이 기뻐하고 진 쪽이 실망하는 법인데, 지옥의 테니스에서는 모두가 투덜거리고 화를 내고 저주하고 욕설을 퍼붓고 하는 일이었어요.」

「그런 건 그다지 신기할 것도 없어요.」 하고 산초가 대답했다. 「악마들은 테니스를 하거나 말거나, 이기거나 지거나 결코 즐겁지 않을 거거든.」

556

「그건 아마 그럴는지 모르겠어요. 」하고 알티시도라가 대답했다. 「하지만 그밖에도 제가 놀란 것은, 제가 그때 놀란 것은, 한 번 받아친 공은 결코 아래로 떨어져 내려오지 않을 뿐 아니라 두 번 다시 되받아칠 수 없다는 것이었어요. 그래서 새 책과 헌 책이 잇따라 나타나서, 보고 있어도 참으로 진기한 광경입니다. 그중의 어떤 책은 새것인데 번쩍번쩍 빛나고 장정도 잘된 것을 그들은 마구 두들겨서 속이 터져나와 주위에 여기저기 흩어졌습니다.

그러자 악마 하나가, 저희 동료한테 물었습니다. 『이봐, 저건 무슨 책야?』 그러자 한쪽 악마가 『저건, 《돈키호테 데 라 만차 이야기》의 후편인데, 첫 작자 시데 아메테가 쓴 것이 아니고, 뭐 토르데시야스 태생이라고 자칭하는 그 아라곤 사람이 쓴 거야.』하고 대답했습니다. 그러자 다시 한쪽 악마가, 『그런 건 여기서 내동댕이쳐 버려. 그리고 지옥 나락 속에 집어넣는 거야. 다시는 보고 싶지 않다.』그러자 한편이, 『그렇게 심한가?』하고 물으니까 첫 악마가, 『심하고 뭐고, 내가 일부러 더 나쁜 걸 쓰려고 해도 도저히 못 쓸거야.』하고 대답합니다. 그리고 그들은 테니스를 계속해서 다른 책이 잇따라 날아갔습니다만, 저는 제가 그렇게 넋을 잃고 사랑을 바친 돈키호테라는 이름을 듣고 이 환상을 똑똑히 새겨 둬야지 하고 생각했었죠.」

「그것은 의심할 여지 없이 환상이 틀림없소.」하고 돈키호테가 말했다. 「왜냐하면 세상에 또 한 사람 내가 있을 까닭이 없기 때문인데, 이미 그 이야기는 이리저리 많은 사람들의 손에 건너다니고 있으나, 하나도 어느 손에고 멈추어 있는 것은 없소. 누구나 없이 모두 그 책을 걷어차 버리기 때문이오. 내가 유령처럼 나락의 암흑 속에 헤매고 있다든가 이 세상의 빛 속을 어슬렁거리고 싸다닌다든다 하는 말을 들어 봐야 조금도 동요할 것은 없을 것이오. 그 이야기에 나오는 인물은 내가 아니니까. 만일 그 이야기가 훌륭한 것이고 충실하게 진실을 전하는 것이라면 몇 세기에 이르는 생명을 가질 것이 틀림없지만, 만일 나쁘다면 태어나자 바로 곧장 무덤으로 갈 것이 틀림없소.」

다시 알티시도라가 돈키호테에게 원망의 말을 계속하려 했을 때 돈키호테가 말했다.

「여태까지도 몇 번이나 말한 것처럼, 나와 같은 사람을 그대가 생각하게 되었다는 것을 역시 나는 무척 고통스럽게 생각하고 있소. 왜냐하면 나는 비록 감사히 받아들일지언정 갚아 드릴 수는 결코 없기 때문이오. 나는 둘시네아 델 토보소의 것으로 태어났으니, 만일 운명을 다스리는 신이 있다면 그 신들이 나를 그분에게 바치신 것이오. 따라서 다른 아무리 아름다운 여성의 모습도 그분이 차지하고 있는 내 영혼의 소재를 점령한다는 것은 도저히 있을 수 없는 일이오. 이만큼 말씀드리면, 그대가 정숙함의 범위 안으로 물러서시는 데 충분하리라 생각하오만, 불가능한 것을 강요할 수는 결코 없는 일이오.」

알티시도라는 이 말을 듣자 금방 노기를 드러내어 안색을 바꾸고 소리쳤다.

「이게 뭐야, 대체, 이 덜 돼먹은 대구야, 우유 항아리 귀신아, 대추 야자의 씨 같은 인간아, 아무리 부탁해도 한 번 마음먹으면 꼼짝도 않는 농군보다 고집센 벽창호 같은 기사야. 만일 내가 당신한테 덤벼들기만 하면 그 눈깔을 빼내고 말 테다. 이렇게 말해도, 이 몽둥이로 얻어맞고 고배를 마신 양반아, 아직도 내가 당신한테 죽도록 반했는 줄 알아? 오늘 밤 당신이 본 그 모든 일은 속임수였단 말야. 약대 같은 당신 때문에 죽기는커녕, 손톱의 때만큼도 괴로워할 그런 계집이 나는 아니란 말야.」

「나도 그럴 줄 알았지.」 하고 산초가 끼여들었다. 「사랑을 하는 인간이 죽는다는 건 웃음거리거든. 하기야 사랑을 하는 녀석들은 일찍 죽는다지만, 참말로 죽을 줄은 유다나 믿을까 아무도 믿지 않지.」

이런 이야기를 주고받고 있는데 간밤에 안마당에 두 절의 시를 노래한 가수겸 시인인 음악가가 들어와서 공손히 돈키호테에게 절하고 말했다.

「기사님, 제발 저를 부하로 삼아 주시지 않으시겠습니까? 저는 며칠 전부터 기사님의 명성과 훌륭한 공훈 때문에 기사님을 진심으로 숭앙하고 있습니다.」

돈키호테가 대답했다.

「실례지만, 당신이 누구인가 말해 주시오. 그 신분에 알맞는 예의를 지켜야 할 테니까.」

그러자 젊은이는 음악가이자 간밤에 칭찬의 노래를 부른 사람이라고 대답했다.

「그렇군.」 하고 돈키호테가 대답했다. 「과연 당신은 훌륭한 목소리를 가졌소. 그러나 부른 노래는 그다지 그 자리에 맞는 것이었다고는 생각지 않소. 대체 가르실라소의 시구와 이 여성의 죽음과 무슨 관계가 있단 말이오?」

「그런 건 하등 놀라실 것 없습니다.」 하고 음악가가 대답했다. 「요즘의 신출내기 시인들 사이에서는 저마다 제멋대로 쓰고 자기가 표현하고 싶은 것이 맞거나 안 맞거나 함부로 누구한테서건 남의 작품을 훔치는 것이 큰 유행이 되고 있으니까요. 노래부르고 쓰고 한 어떤 엉터리 작품이라도, 나라에서 자작시라고 인정받지 않는 것이 없으니까요.」

돈키호테가 대답하려고 했으나 마침 그때 그를 만나러 들어온 공작 부처 때문에 대답할 수 없었다. 그후 그들 사이에는 길고 즐거운 이야기가 오갔는데, 그 동안에도 산초가 잇따라 우스꽝스러운 말과 짓궂은 이야기를 꺼냈으므로 공작 부처는 그의 단순하고 동시에 이따금 날카로운 지혜가 번뜩이는 데 새삼 혀를 내두르지 않을 수 없었다. 돈키호테는 그날 당장 출발할 허락을 공작 부처에게 구했다. 왜냐하면 자기와 같은 패전의 기사에게는 이런 선미(善美)를 다한 궁전보다 돼지 우리에 사는 편이 훨씬 어울리기 때문이라는 것이었다. 그래서 부처는 쾌히 허락을 내렸는데, 공작 부인은 돈키호테에게 알티시도라는 마음에 들더냐고 물었다. 그러자 그는 대답했다.

「부인께서 알아 주셨으면 하는 것은, 이런 젊은 여자의 모든 착각이라는 것은 한가히 놀고 있는 데서 생기는 것이므로 그 구제법은 진지하고 그러면서 연속하는 일에 전심하게 하는 것입니다. 이분은 아까 지옥에서도 레이스 장식을 사용하더라고 말했는데, 이 여성이야말로 레이스 장식을 짜는 방법을 익혀 결코 손에서 놓지 않을 필요가 있지요. 즉, 편물 바늘을 움직이는 데 오로지 정신을 쓰고 있었더라면 머릿속에 연모하는 남자의 모습 따위가 돌아다니지 않았을 것이기 때문입니다. 이것은 틀림없는 말이며, 이것이 나의 의견이기도 하고 충고이기도 합니다.」

「제 충고도 바로 그것입니다요.」 하고 산초가 덧붙였다. 「레이스를 짜는 처녀가 사랑 때문에 죽었다는 말은 아직 들은 적이 없으니까요. 일손이 바쁜 처녀는 반했느니 어쨌느니 하는 생각보다 빨리 일을 마치고 싶은 생각만으로 가득 차 있는 법이니까요. 이건 제 경험에서 하는 말입니다요만, 제가 땅을 파고 있는 동안에는 집에 있는 여편네, 다시 말해서 제 마누라 테레사 판사 따윈 아예 생각도 나지 않으니까요. 전 그 사람을 두 눈의 눈동자보다 더 사랑하고 있습니다요.」

「산초, 아주 좋은 말을 했어요.」 하고 공작 부인이 말했다.

「그래서 나도 앞으로는 알티시도라가 무언가 바느질 일에 열중하도록 타이르겠어요. 그애는 그런 일에 아주 능숙하거든요.」

「마님, 그런 치료법을 일부러 쓰실 필요는 조금도 없으세요.」 하고 알티시도라가 대답했다. 「이 떠돌이 악당이 저한테 한 냉정한 태도만으로, 달리 무슨 재주를 부리지 않더라도 제 기억에서 사라져 버릴 거예요. 마님의 허락이 계시면 여기서 나가고 싶어요. 이『우수에 찬 얼굴』은커녕 못생기고 매스꺼운 얼굴을 가까이서 보고 있을 기분이 나지 않는걸요.」

「이쯤되면 흔히 세상에서 말하는, 『이토록 독설을 퍼붓고 있으니 용서하는 것도 멀지 않겠다』는 속담이 생각나는군.」 하고 공작이 말했다.

알티시도라는 손수건으로 눈물을 닦는 체하면서 공작 부처에게 인사하고 방에서 나갔다.

「안됐군.」 하고 산초가 말했다. 「가엾은 처녀가, 되풀이해서 말하지만, 안됐단 말이야. 워낙 등심초같이 바짝 마른 영혼과 참나무처럼 딱딱한 마음에 반했거든. 이게 만일 상대가 나였더라면, 다른 수탉이 울어 댔을 텐데!」

이렇게 하여 이야기가 일단락지어지자 돈키호테는 채비를 하고 공작 부처와 식사를 같이했다. 그리고 그날 저녁때 출발했다.

제 71 장

돈키호테가 산초와 함께 마을로 돌아가는 길에서 일어난 일에 대해서.

고배를 마시고 수척해진 돈키호테는 몹시 골똘한 생각에 잠기면서 여행을 계속했는데, 한편에서는 은밀한 기쁨을 느끼기도 했다. 골똘한 생각은 패배에서 왔으며 기쁨은 알티시도라의 부활로써 보여 준 산초의 이상한 힘에서 왔다. 물론 얼마간의 의심쩍은 생각은 있었으나, 사랑에 괴로워한 그 처녀가 정말로 죽은 것이라고 믿고 있었기 때문이다. 한편 산초는 조금도 마음이 들뜨지 않았다. 그것은 속내의를 준다는 약속을 알티시도라가 지키지 않은 데서 기인한 것이었다. 그래서 그 일을 속으로 자문 자답하면서 생각하다가 주인을 돌아보고 말했다.

「나, 저는 이 세상의 의사 중에서도 가장 수지 안 맞는 의삽니다요. 세상에는 자기가 치료하고 있는 환자를 죽여 놓고도 치료비를 청구하는 의사가 얼마든지 있습니다요. 치료야 약 처방전에 글씨를 몇 자 써넣을 뿐이고 그 약도 자기가 조제하는 것이 아니라 약방에서 하니까 속은 자만 억울합죠.

그런데 저는 남의 나쁜 곳을 고치기 위해 피를 흘리기도 하고 뺨을 맞기도

560

하고 더욱이 매까지 맞았는데, 그러면서도 돈 한푼 지불하는 자가 없잖습니까요? 그러니 앞으로는 누가 저한테 병자를 데리고 온다면 고쳐 주기 전에 얼마간의 사례라도 내놓게 하리라고 하느님께 맹세하고 있습니다요. 수도사도 노래를 불러야 밥을 얻어 먹는다니까, 저는 하느님이 남의 병을 공짜로 고쳐 주라고 이상한 힘을 저에게 내려 주셨다곤 생각하고 싶지 않습니다요.」

「그대 말도 일리는 있다, 나의 벗 산초여.」 하고 돈키호테가 받았다. 「하기야, 그대 몸에 붙은 이상한 힘은 gratis data(거저 얻는 것)니까. 그것을 위해서 따로 공부를 한 것도 아니고, 공부는커녕 기껏해야 고통을 참는 정도가 고작 아니냐? 그러나 만일 둘시네아의 마법을 풀기 위한 매질에 대해서 대가를 받고 싶은 생각이 있다면 그거야말로 어김없이 지불할 것을 나는 약속하마. 지불한 만큼의 효과가 틀림없이 있느냐 하는 것도 모르겠고, 또 사례를 했기 때문에 그 효과가 없어질지 모른다는 걱정도 있기는 하지만. 하기야 실험해 본다고 해서 손해볼 것도 없다는 생각도 든다만, 아무튼 산초, 얼마나 받고 싶은가 생각해 본 다음 즉각 자기 몸을 매질해서, 내 돈은 그대가 갖고 있으니 현금으로 그대 마음대로 가지면 될 게 아니냐.」

이 제의를 듣더니 산초는 손바닥 넓이만큼 눈을 크게 뜨고 귀를 쫑긋 세워 그야말로 원하던 바라 자기 몸에 매질하려고 혼자 속으로 고개를 끄덕이고, 주인을 바라보며 말했다.

「그런 말씀이시라면 나리. 제게 도움이 되는 일이라면, 나리가 희망하시는 대로 해드려도 무방하다고 생각합니다요. 그 까닭은, 저도 처자 귀여운 줄 아는 탓으로 조금은 지나친 욕심을 내게 될는지도 모르니까요. 그럼, 나리, 제 몸에 한 번 매를 맞는 데 얼마나 주시겠습니까요?」

「글쎄다, 산초.」 하고 돈키호테가 대답했다. 「내가 만일 이 치료법의 훌륭한 성질에 알맞도록 그대에게 지불해야 한다면 베네치아의 부(富)도, 포토시 광산의 은도 그대에게 지불하기에는 모자랄지 모른다. 그대가 갖고 있는 나의 돈을 살펴보아라. 그런 다음 매질 값을 정하기로 하자꾸나.」

「매질의 수는 3천3백 대하고 얼마였습니까요?」 하고 산초가 말했다. 「그 중 다섯 대는 이미 끝났습니다요. 그러니 그것을 제한 것만큼 아직 남아 있는 셈인데, 이 다섯을 3천3백 얼마 속에 넣는다면 대강 3천3백 대가 되는 셈입죠. 매 한 대에 1레알의 4분의 1 친다면, 누가 뭐래도 이보다 적은 돈으론 참지 않을 작정입니다요만, 꼭 3천3백의 4분의 1레알이 됩니다요. 이중에서 3천 레알은 5백 하고 그 반 레알이 되니까, 말하자면 7백50레알이 되는 셈입죠. 그리고 3백의 4분의 1 레알은 1백50의 반 레알이니까 75레알이 되는 셈이구요. 여기에 아까 그 7백50레알을 보태면 도합 8백20레알이 되는 셈입니다요.

그래서 제가 갖고 있는 나리의 돈에서 이 액수만큼 제외하기로 한다면 매야 실컷 맞겠지만 이렇게 되면 부자가 돼서 기분좋게 집으로 돌아갈 수 있겠습니다요. 『바지를 적시지 않고는 홍송어를 잡을 수 없다』고 하니까 말입니다요. 이제 저는 할 말이 없습니다요.」

「오오, 고맙다, 산초! 오오, 기특한 산초여!」하고 돈키호테가 소리쳤다. 「그렇게 되면 둘시네아와 나는 하늘이 우리 두 사람에게 허락해 주시는 생애의 세월 동안 어떻게든 그대에게 무슨 일이고 돌봐 주지 않으면 안 되겠지! 만일 그분이 본디의 모습으로 돌아가게 된다면, 아니 본디의 모습으로 돌아갈 수 없을 수가 없지만, 여태까지의 불행은 행복으로 바뀔 것이고 나의 패배도 극히 경사스러운 승리로 바뀌는 셈이 될 것이다. 그런데, 산초여! 그대는 언제부터 매질을 시작할 참이냐? 그대가 드디어 시작해 준다면 1백 레알을 더 보태 줄까 해서 그런다.」

「언제부터냐굽쇼?」하고 산초가 대답했다. 「틀림없이 오늘 밤부텁니다요, 나리. 오늘 밤엔 한데의 들판에서 주무시도록 해보십쇼. 그러면 몸에 매질의 상처를 내놓을 테니까 말입니다요.」

돈키호테는 오직 대단한 초조감으로 학수고대하던 밤이 찾아왔으나 그에게 있어서는 마치 서로의 뜻을 마음껏 이루지 못하는 연인들처럼 아폴론의 수레바퀴가 부서지지나 않았나, 하루해가 보통보다 더 길어지지나 않았나 하고 여겨질 정도였다. 마침내 두 사람은 길에서 조금 옆으로 빠진 기분좋은 숲 사이로 들어가서 로시난테와 잿빛 당나귀의 안장이며 짐안장을 끌러 주고, 푸른 풀밭에 뒹굴면서 산초가 간직해 둔 음식물로 저녁 식사를 들었다. 그리고 산초는 당나귀의 밧줄 동강이와 재갈 끈으로 튼튼하고 휘청휘청한 채찍을 만들어 주인이 있는 자리에서 20걸음쯤 떨어진 너도밤나무 사이로 기어들어갔다. 돈키호테는 그가 조금도 질리는 기색없이 용감하게 나가는 것을 보고 말을 건넸다.

「조심해라, 의좋은 산초여, 자기 매로 몸을 박살내지 않도록 말이다. 몇 차례 매질을 하거든 그 다음 매질을 기다릴 만한 여유를 두는 것이 좋을 게다. 매질 중간에 숨이 차거나 하는 일이 없도록 너무 성급히 공을 세우려 하지 말아라. 내가 하고 싶은 말은 정해진 매질의 수에 이르기 전에 그대가 목숨이라도 잃는 날이면 큰일나니까 너무 호되게 때리지 말라는 것이다. 숫자가 많은 트럼프거나 적은 트럼프거나, 그대가 그것으로 승부에 져서는 안 되는 일이니, 나는 여기 앉아 그대가 때리는 매질의 수를 이 묵주로 세고 있으마. 그대의 훌륭한 뜻에 알맞도록 하늘이 그대에게 행운을 주실 것을 기도할 뿐이다.」

「나리, 『호기 있게 지불하는 자의 담보물은 상하지 않는다』고 하잖습니까요.」 하고 산초가 대답했다. 「저는 죽지 않도록, 아프지 않도록 몸에 매를 대겠습니다요. 여기에 이 주문(呪文)의 요긴하고 중요한 점이 있을 테니까 말입니다요.」

그는 즉각 상반신을 벗더니 매를 쥐고 스스로 자기 몸에 매질을 하기 시작했다. 돈키호테는 매수를 세어 나갔다. 여섯 차례인가 여덟 차례 매질했을 때 산초는, 이 장난이 좀 지나치다는 생각과 또 값이 너무 싸다는 기분이 들기 시작했다. 그래서 잠시 매질하던 손을 멈추고 주인을 돌아보며, 이 고행은 매질 한 차례에 4분의 1레알이 아니라 반 레알은 주실 만하니까 아까 무심코 약속한 것은 취소하고 싶다고 말했다.

「계속해라, 의좋은 산초여, 낙심할 것 없다.」 하고 돈키호테가 대답했다. 「값은 두 배로 올려 줄 테니.」

「그러시다면, 모든 것을 하느님의 손에 맡기고 매질의 소나기를 퍼붓기로 하겠습니다요.」

그러나 이 약은 사나이는 자기 등에 매질하는 것을 그만두고, 옆에 있는 나무를 두들기며 땅이 꺼져라 한숨을 내쉬고 신음했는데 그 하나하나가 마치 영혼의 밑바닥에서라도 우러나듯, 장단을 맞추었다. 돈키호테는 은근히 놀라면서 산초가 그것으로 목숨을 잃고 그의 무분별로 말미암아 모처럼의 자기 뜻이 이루어지지 않게 되지나 않을까 두려워 그에게 말을 건넸다.

「제발 의좋은 산초여, 그 고행을 그 정도로 그치면 어떻겠느냐? 이 약은 암만해도 나에게는 좀 도가 지나치는 모양이니 슬슬 해주는 것이 좋겠다. 사모라는 한 시간에 함락시키기는 못 했으니 말이다. 만일 내가 잘못 세지 않았다면 벌써 그대는 1천 번 이상은 때렸을 게다. 우선은 그것으로 족하겠다. 말하자면, 좀 천한 말투 같다만, 『당나귀는 보통 짐은 견딜 수 있어도, 산더미 같은 짐은 견디지 못한다』고 하니까 말이다.」

「그런 말씀 마십쇼, 나리.」 하고 산초가 대꾸했다. 「저는 『돈은 받았으나 팔을 분질러 버렸다』는 말은 안 들을 테니까요. 나리, 좀더 저쪽으로 가셔서 하다못해 앞으로 1천 번은 더 때리게 내버려 두십쇼. 이 정도의 짐이라면 두 행보면 해치울 수 있습니다요. 그리고도 우수리가 남지도 않습니다요.」

「그대가 그토록 갸륵한 마음씨라면,」 하고 돈키호테가 말했다. 「하늘의 도움도 있을 것이니 때리도록 하라. 나는 이쪽에 물러나 있을 테니.」

산초는 무서운 기세로 다시 작업을 개시했는데 벌써 많은 나무 껍질을 벗겨 놓았다. 그토록 심하게 그는 매질을 하고 있었던 것이다. 그리고 다시 한 번 큰 소리를 지르면서 너도밤나무를 모질게 때려 놓고 부르짖었다.

「자, 삼손도 그녀석의 친구도 모두 뒈져라!」

돈키호테는 이 비참한 소리를 듣고 얼른 달려가서 산초가 매 대신에 쓰고 있던 꼬은 밧줄을 붙잡고 말했다.

「나의 소중한 산초여, 내 욕심 때문에 그대가 생명을 잃는다면 결코 하느님이 용서치 않으신다. 그대 목숨은 그대의 처자를 먹여 살리기 위해서 사용되어야 하느니라. 둘시네아 님에게는 좀더 좋은 시기를 기다려 주시도록 하자꾸나. 나는 나의 희망이 그리 멀지 않다는 범위 안에서 만족할 작정이고 이 일을 하나하나 즐겁게 그칠 수 있도록 그대가 새로운 힘을 되찾기를 기다릴 생각이다.」

「저의 나리, 나리께서 그렇게 생각하신다면,」 하고 산초가 대답했다. 「하는 수 없는뎁쇼. 워낙 땀을 흠뻑 흘려서 감기 들기는 싫으니까요, 제 등에 나리의 짤막한 망토나 덮어 주십쇼. 경험 없는 고행자는 흔히 이것으로 감기에 걸리는 위험한 꼴을 당하기 쉬우니까요.」

돈키호테는 그 말대로 자기의 외투를 벗어 산초에게 입혀 주었다. 그리고 산초는 이튿날 태양이 깨워 줄 때까지 푹 잤다. 그리고 그들은 다시 길을 더듬어 나갔는데, 거기서 3레구아쯤 떨어진 어느 마을에서 그들의 여행도 일단 종말이 지어졌다. 그들은 어느 여인숙 앞에서 말을 내렸는데, 돈키호테는 그걸 지금까지처럼 깊은 연못과 탑과 내리닫이 창살 대문과 조교(吊橋) 따위를 갖춘 성으로서가 아니라 보통의 여인숙으로 인정한 것이다. 그는 고배를 마신 이래 여러 가지 사항에 대해서 훨씬 멀쩡한 판단력으로 생각하게 되어 있었으며 이 점에 대해서는 곧 밝혀질 것이다.

그들은 홀로 안내되었는데 이런 촌락에서 흔히 볼 수 있듯이 모로코 가죽의 벽걸이 대신 그림을 그린 몇 가지 낡은 능직 벽걸이가 걸려 있었다. 그 가운데 한 장에는 무척 서툰 솜씨로 남편 메넬라우스한테서 아내 헬레네를 대담한 손님이 탈취해 가는 장면이 그려져 있었고, 또 한 장에는 디도와 아이네이아스의 이야기가 그려져 있었는데 그녀가 높은 탑 위에서 프라가타 선인지 마스트 두 개짜리 배로 달아나고 있는 사나이에게 절반으로 접은 시트로 신호를 하고 있는 장면이었다. 이 두 그림 이야기에서 눈에 띈 것은 헬레네가 그다지 싫은 얼굴도 하지 않고 끌려 가고 있다는 것이었으니, 그것은 그녀가 감사하게 몰래 미소를 머금고 있었기 때문이다. 한편 아름다운 디도는 두 눈에서 호두만한 눈물을 흘리고 있는 중이었다. 이것을 보고 돈키호테가 말했다.

「이 두 여성은 지금 시대에 태어나지 않았다는 점에서 참으로 불행한 분들이고 나는 나대로 그 시대에 태어나지 않았다는 점에서 그 누구 못지않게 불운한 사나이지. 내가 만일 이런 여성들을 만났다면 토로이도 재가 되지 않았을 것이고 카르타고 또한 파괴되는 일은 없었을 게야. 왜냐하면 내가 파리스를 죽인다는 단지 그 하나만으로 그런 커다란 재액은 모면될 수 있었을 것이 틀림없거든.」

「저는 내길 해도 좋습니다요.」 하고 산초가 말했다. 「지금부터 얼마 안 있으면 우리의 공명과 수훈에 관한 얘기를 그린 그림을 걸어 놓지 않은 주막도, 여인숙도, 이발소도, 없을 줄 압니다요. 하지만 욕심을 말하란다면, 이 집의 이 그림을 그린 사내보다는 좀더 솜씨가 나은 화가가 그려 주었으면 좋겠습니다요.」

「그대의 말은 지당하도다, 산초.」 하고 돈키호테가 받았다. 「이 화가는 저 먼 우베다에 있었다든가 하는 오르바네하라는 화가와 동류인 모양이다. 그 오르바네하에게 무엇을 그리느냐고 물었더니 그려 보고 완성되는 것을 그린다고 대답하더란다. 만일 닭을 그릴 때는 그 밑에 『이것은 닭이로다』라고 쓰곤 했단다. 여우로 보이지 않기 위해서지. 얼마 전에 출판된 그 새로운 돈키호테 이야기를 발표한 화가인지 작자인지 하는 자들은, 이런 말을 하는 것은 본시 화가나 작자나 다 비슷비슷하기 때문인데, 역시 아까 말한 화가와 동류로 여겨지는구나. 그려 보고 완성된 것을 그 사나이는 그렸다 아니, 썼을 것이 틀림없거든. 아니면 옛날 궁정에 출입하던 마울레온이라는 시인과 같은 자들이 있었는지도 모르지. 이 시인은 누가 무엇을 물어 보아도, 그때 그때 아무렇게나 대답했는다는데, 한 번은 라틴어의 Deum de Deo(신 가운데 신)은 무슨 뜻이냐고 물었더니, Dé donde diere(이러나저러나)라고 대답했다니 말이다. 그러나

이 이야기는 이 정도로 하자. 산초, 그대는 오늘 밤도 역시 상당한 채찍질을 할 생각으로 있는지 어떤지, 그리고 천장이 있는 장소가 좋은지 아니면 들판이 좋은지 말해 주면 좋겠구나.」

「당연합니다요, 나리.」 하고 산초가 대답했다. 「제가 제 몸에 채찍질을 할 생각으로 있으니까 집안이건 들판이건 마찬가집니다요만, 하지만 역시 나무 사이 쪽이 더 고맙겠습니다요. 제 고생을 자라는 나무들이 이상할 만큼 돌봐 주고 도와 줄 것 같은 기분이 들어서 말입니다요.」

「그러나 그것만은 그만두어 줬으면 좋겠구나, 의좋은 산초여.」 하고 돈키호테가 말했다. 「그보다 그대가 더 힘을 되찾을 수 있도록 우리 마을에 도착할 때까지 그것을 연기하는 게 좋겠다. 우리 마을에는 아무리 걸려 봐야 이제 내일모레는 도착할 것이 틀림없으니 말이다.」

산초는 좋으실 대로 하십시다, 하고 대답했다. 그러나 되도록이면 흥분해서 해치우고 싶어, 몸이 근질근질할 때 재빨리 마쳐 버리면 좋겠다고 생각한다, 왜냐하면 모름지기 무슨 일이나 우물쭈물하면 많은 경우 위험이 더해지는 법이니까, 게다가 하느님은 비는 것이고 망치는 때리는 것이며, 『언젠가 주마』의 두 개보다 『자, 예 있다』의 하나 쪽이 훨씬 낫고, 『날아가는 독수리보다 손에 쥔 참새가 덕이다』 하고 운운하며 대답했다.

「이제 그것으로 속담은 충분하다, 산초. 단 한 분의 하느님을 두고 말이다.」 하고 돈키호테가 말했다. 「암만해도 그대는 다시 sicut erat(원래의 버릇)으로 되돌아간 모양이구나. 더 쉽게 복잡하지 않도록 하라고 내가 누차 말했었지. 그러면 『그대에게 단 1개의 빵이 1백 개의 값어치』는 될 텐데 말이다.」

「이게 무슨 액운인지 모르겠습니다요.」 하고 산초가 대답했다. 「저는 속담 없이 말을 할 수 없고 속담도 저에게는 말이라고밖에 생각되지 않습니다요. 하지만 되도록 고쳐 보도록 하겠습니다요.」

그리고 이것만으로 그 자리의 대화는 끝났다.

제 72 장

어떻게 하여 돈키호테와 산초가 그들의 마을에 도착했는가에 대해서.

그날 온종일 밤이 되기를 기다리면서 돈키호테와 산초는 여인숙에 묵고 있었다. 한 사람은 제 몸을 매질하는 고행을 인기척 없는 들판에서 해야겠다고 생각하면서, 한 사람은 그 매질에 자기의 소원이 걸려 있는 결과가 보고 싶다고 생각하면서 그러고 있는데 여인숙에 말을 탄 나그네가 3, 4명의 하인들을 데리고 도착하더니, 하인 중의 하나가 주인으로 보이는 사람을 향해 말했다.

「돈 알바로 타르페 님, 나리는 여기서 낮잠을 주무십시오. 이 여인숙은 깨끗하고 시원해 보입니다.」

돈키호테는 이 말을 듣고 산초에게 말했다.

「이봐라, 산초, 나에 관해서 쓴 그 후편을 잠깐 들춰 봤을 때 이 돈 알바로 타르페라는 이름을 본 듯한 기억이 나는구나.」

「아마 틀림없이 그럴지도 모릅니다요.」 하고 산초가 대답했다. 「그 사람이 말에서 내리기를 기다립시다요. 그런 다음 그 일을 물어 보는 게 좋겠습니다요.」

그 신사가 말에서 내리자 여인숙 주인은 마침 아래층의 돈키호테가 들어 있는 방 바로 건너편 방으로 안내했는데, 그 방도 돈키호테의 방에 걸려 있는 것과 같은 벽걸이가 장식되어 있었다. 막 도착한 신사는 여름에 알맞는 옷으로 갈아입고 시원하게 넓은 여관 앞으로 나갔다. 마침 그때 돈키호테가 그 앞을 거닐고 있었으므로 그는 물었다.

「당신은 어디까지 가시는 길입니까?」

「여기서 그다지 멀지 않은 어느 마을로 가는 길이오. 나는 거기서 태어났지요. 그런데, 당신은 어디로 가는 길이시오?」

「그라나다로 가는 길입니다.」 하고 신사가 대답했다. 「거기가 내 고향이지요.」

「호오, 좋은 고향을 가지셨구려!」 하고 돈키호테가 받았다. 「그런데 실례지만 당신의 성함을 들려 주실 수 없겠소? 왜냐하면 당신의 성함을 안다는 것은 좀 말씀드리기 어려울 만큼 나에게는 중대한 일같이 여겨져서 그러오.」

「내 이름은 돈 알바로 타르페라고 합니다.」

이에 대해 돈키호테는 말했다.

「나는 추호의 의심도 없이 당신은 새로운 작가의 손으로 최근에 인쇄되고 출판된 저 《돈키호테 데 라 만차 이야기 후편》에 나오는 그 돈 알바로 타르페 님이 틀림없는 줄 아오만.」

「그렇습니다, 바로 그렇습니다.」 하고 신사가 대답했다. 「그 이야기의 주인 공 돈키호테는 나와 극친한 친구입니다. 그 사람을 고향에서 끌어 낸 것도 나이고 나아가서 사라고사에서 개최된 기마 시합에 참가하도록 부추긴 것도 나이며, 나도 그곳에 갔었지요. 게다가 실제에 있어서 그 사람에게는 여러 가지로 친절하게 해주었는데, 그 사람이 너무 난폭해서 붙잡혀 가지고 집행인에게 등을 곤봉으로 두들겨맞는 것을 내가 말해서 살려 주곤 했지요.」

「그런데 돈 알바로 님, 어떠시오. 내가 어디인가 당신이 말씀하시는 그 돈키호테와 닮지 않았나 좀 가르쳐 주시지 않겠소?」

「아니오, 천만에요, 전연 다릅니다.」 하고 돈 알바로는 말했다.

「그런데 그 돈키호테는,」 하고 우리의 돈키호테가 말했다. 「산초 판사라는 종자 하나를 데리고 있던가요?」

「그래요, 데리고 있습니다.」 하고 돈 알바로가 대답했다. 「매우 우스꽝스러운 사나이라는 소문이었는데, 한 번도 우스꽝스럽다고 느낄 만한 경구를 지껄이는 것을 들은 적이 없어요.」

「그건 나도 역시 그렇게 생각합니다요.」 하고 이때 산초가 끼여들었다. 「그 까닭은 말씀이죠. 누구라도 아무에게나 우스꽝스런 말을 할 수 있는 게 아니니까요. 당신이 말씀하시는 그 산초는 아마 어느 터무니없는 악당이고, 재미도 없는데다가 도둑놈이 틀림없습니다요. 어째서 그러냐 하면요. 진짜 판사는 바로 나니까요. 나는 소나기 퍼붓듯이 얼마든지 우스꽝스러운 소릴 할 수 있지요. 그렇잖다고 한다면 당신 자신이 시험해 보시라구요. 적어도 1년만 내 뒤를 따라다녀 보라구요. 그러면 무슨 일이 있을 때마다 뛰어나가서, 대개 내 자신은 무슨 말을 하고 있는지 모르지만, 연거푸 우스꽝스러운 말을 쏟아 놓기 때문에 내 말을 듣는 사람들이 모두 배꼽을 쥐고 웃어 버린다는 걸 알게 될 테니까요.

그리고 그 이름 높고, 용감하고, 분별 있고, 사랑에 고민하며, 남이 받은 굴욕을 제거해 주시고, 고아들과 의지할 곳 없는 사람들의 보호자요, 과부들의 기둥이요, 아가씨들을 녹이는 인물이요, 자신의 오직 한 사람의 그리운 공주로서 비할 데 없는 둘시네아 델 토보소 님을 갖고 계시는 진짜 돈키호테 데 라 만차 님은 여기 계시는 바로 이분으로 나의 주인 어른이라오. 이분과 다른 돈키호테나 산초 판사라는 것들은 모두 적당히 꾸며 낸 엉터리 얘기가 아니면 꿈속에서 일어난 사건이나 다름없는 것입니다요.」

「정말이지, 나도 그런 줄 알았습니다.」하고 돈 알바로도 맞장구쳤다. 「왜냐하면 당신은 불과 얼마 안 되는 말 가운데서도 그쪽 산초 판사가 지껄이는 것을 내가 들은, 그 무척 많은 말을 함께 뭉친 것보다 훨씬 재미있는 말을 했으니까요. 그쪽 산초는 말을 잘 한다기보다 잘 먹는 밥벌레요, 어릿광대라기보다 훨씬 더 바보라서 나는 필경 착한 돈키호테를 박해하고 있는 마법사가 또 한 사람의 악인 돈키호테를 가지고 나를 못살게 군 것이라고 확실히 생각하고 있었지요. 하지만 뭐라고 말해야 좋을지 모르겠는데 나는 그 사나이를 톨레도의 엘 눈시오 정신 병원에 치료를 시키기 위해 넣어 놓고 왔다는 것만은 맹세해도 좋습니다만, 지금 눈앞에 내가 아는 사람과 전혀 다르기는 하되 또 한 사람의 돈키호테가 이 자리에 불쑥 나타났으니…….」

「내가 과연 그 훌륭한 쪽의 돈키호테인지 어떤지는 모르겠소만,」하고 돈키호테는 말했다. 「그러나 내가 악인이 아니라는 것만은, 이것만은 똑똑히 말할 수 있소. 그 증거로 돈 알바로 타르페 님, 나는 여지껏 사라고사에는 발도 들여 놓은 적이 없다는 것을 알아 주기 바라오. 그뿐 아니라, 그 괴상야릇한 돈키호테가 그 도시의 기마 시합에 참가했다는 말을 듣고, 그자의 엉터리를 세상 사람들의 면전에 폭로해 주자는 뜻에서 나는 사라고사에 들어가기를 싫어했던 것이오.

그리고 나는 바르셀로나로, 말하자면 예의의 보관소, 이국인의 유숙처, 가난한 자들의 구제의 땅, 용사들의 조국, 모욕받은 자들의 복수의 자리, 그리고 굳은 우정의 유쾌한 교환 장소, 더욱이 위치에 있어서나 아름다움에 있어서나 오직 하나밖에 없다고 할 수 있는 바로셀로나로 곧장 달려간 것이오. 하기야 거기서 내가 겪은 사건은 결코 유쾌한 것이 아니었소. 유쾌하기는커녕 참으로 서글픈 것이었소만, 그러나 오직 그 도시를 볼 수 있었다는 것만으로 그것을 그다지 쓰라리게 생각지 않고 그 사건을 참고 견딘 것이오. 요컨대 이름을 사칭하고, 나의 착안을 이용해서 자기 일신의 영예를 장식하려 한 그 천박한 사나이와는 다르오.

그래서 신사로서의 당신의 면목을 두고 부탁하오만, 이곳 촌장 앞에서 당신은 오늘날에 이르기까지 한 번도 나를 본 적이 없거니와 그 후편에 나오는 돈키호테는 나와 전혀 다른 사람이며, 나의 종자 산초 판사도 당신이 알고 있는 그 종자와 전혀 다르다는 것을 진술해 주지 않겠소?」

「좋습니다. 진심으로 기꺼이 그 일을 맡겠습니다.」하고 돈 알바로가 대답했다. 「하기야 이름은 같지만 하는 일이 전혀 다른 두 사람의 돈키호테, 두 사람의 산초를 거의 동시에 보게 되어 깜짝 놀라고 있는 것만은 사실입니다. 하지만 다시 되풀이해서 똑똑히 말하지요. 내 눈으로 본 것은 실은 보지 않은 것이고, 내게 일어난 일도 실은 일어나지 않았다고 말입니다.」

「당신이 마치 내가 섬기는 둘시네아 델 토보소 님처럼 마법에 걸려 있다는 건 틀림없는 일인데요.」 하고 산초가 끼여들었다. 「하지만 당신이 마법을 푸는 방법을 마치 둘시네아 님을 위해서 내 손으로 내 놈에 매실하는 것처럼 다시 한 번 3천3백 대 내 손으로 내 몸에 매질하게 되었으면 좋겠습니다요. 그러면 나는 아무 욕심도 없이 매질을 해드릴 수 있을 텐데요.」

「나는 그 매질이라는 것이 도무지 무슨 말인지 못 알아듣겠는걸.」 하고 돈 알바로가 말했다.

그러자 산초는 이야기가 길어지므로 만일 같은 길을 함께 가게 된다면 이야기해 드리겠다고 대답했다. 마침 그때 점심 시간이 되었으므로 돈키호테와 돈 알바로는 식사를 같이했다. 그 자리에 이 마을의 촌장이 공증인 한 사람을 데리고 불쑥 들어왔다.

그래서 돈키호테는 한 통의 청원서를 제출하여「여기 계시는 신사 돈 알바로 타르페 님은 역시 이 자리에 있는 돈키호테 데 라 만차와 조금도 면식이 없었을 뿐 아니라 나아가서는 토르데시야스 태생의 아베야네다라는 자가 쓴 《돈키호테 데 라 만차 후편》이라는 제목의 실록에 등장하는 돈키호테와는 전혀 다른 사람이라는 것을 귀하의 면전에서 돈 알바로 님으로 하여금 선언시켜 주시오. 그것이 나의 권리에 적합한 일이오.」 하고 촌장에게 청원했다.

결국 촌장은 정식으로 이것을 수리해 주었다. 그리하여 이런 경우에 하게 되어 있는 모든 법적 효력을 가진 구술서(口述書)가 작성되었는데, 돈키호테와 산초는 이것으로 이런 구술서가 그들에게 있어서 매우 중요하며, 또 자기들의 언동만으로는 두 사람의 돈키호테와 두 사람의 산초 사이를 밝히기에 부족하기라도 한 것처럼 여간 흡족해 하지 않았다.

그리고 돈 알바로와 돈키호테 두 사람은 서로 정중한 인사며, 도와 드릴 일이 있으면 뭐든지 하겠다는 따위의 호들갑스러운 제의를 서로 나누곤 했는데, 그러한 말투의 여기저기에서 우리의 위대한 라 만차의 용사는 사려가 깊다는 것을 여실히 나타내어 돈 알바로가 그때까지 빠져 있던 몽매를 열어 주었던 것이다. 그러자 돈 알바로는 이토록 서로 다른 두 사람의 돈키호테를 직접 만나 보게 되었으니 자기는 암만해도 마법에 걸린 것이 틀림없나 보다고 실토했다.

저녁때가 되어 그들은 이 마을을 출발했다. 그리하여 약 반 레구아쯤 갔을 때 길이 두 갈래로 나누어졌는데 한쪽은 돈키호테의 마을로 가는 길이고, 한쪽은 돈 알바로가 가야 할 길이었다. 이 짤막한 도정에서 돈키호테는 자기의 처참한 패배와 둘시네아가 마법에 걸려 있는 일, 그것을 푸는 방법 등에 대해서 이야기했는데, 이윽고 돈 알바로는 돈키호테와 산초를 얼싸안은 다음 그가 가야 할 길을 더듬어가고, 돈키호테도 자기가 가야 하는 길로 나아가 그날 밤은 산초가 매질할 수 있도록 숲속에서 보냈다.

산초는 지난번과 마찬가지로 자기 등보다 너도밤나무의 껍질을 실컷 희생시켜 매질을 끝마쳤는데 자기 등은 설령 파리가 앉아 있었다 하더라도 채찍으로 때리지 않을 만큼 소중히 했다. 속고 있는 돈키호테는 단 한 번의 매질도 빠뜨리지 않았으므로 지난번의 매질과 합하니 꼭 3천29번이 되어 있었다. 태양도 이 희생을 구경하려고 일찍이 일어난 듯했다. 그 햇빛과 더불어 그들은 다시 길을 떠났다. 그리고 두 사람은 돈 알바로의 착각과 그가 관헌 앞에서 정식으로 신고하는 일을 얼마나 기꺼이 맡아 주었나 하는 이야기를 서로 나누었다.

그날과 그날 밤은 다만 산초가 그날 밤에 매질을 완료했다는 것을 제외하면 이야기할 만한 사건도 일어나지 않은 채 여행을 계속해 갔다. 산초가 의무를 다한 것에 돈키호테는 여간 만족해 하지 않았으며, 이미 마법이 풀린 그리운 공주 둘시네아와 한길에서 딱 마주치는 일도 있을지 모른다고 그날이 오기를 고대하며 길을 나아갔다. 그러나 메를린의 약속이 엉터리일 까닭이 없다고 믿으면서도, 과연 둘시네아 델 토보소가 틀림없다고 분명히 인정할 만한 여자는 한 사람도 만나지 못했다. 이런 생각과 희망을 품은 채 그들은 언덕길을 올라갔다. 그 언덕 위에 올라서 자기들의 마을을 보자마자 무릎을 꿇고 소리쳤다.

「그리운 고향아, 눈을 떠다오. 그리고 네 아들 산초 판사가 그다지 부자는 아니지만 매만은 실컷 맞고 돌아온 것을 잘 좀 보아다오. 그리고 한 번 두 팔을 벌려 역시 네 아들인 돈키호테 님을 맞이해 다오. 돈키호테 님은 다른 녀석의 손에 패배는 하셨지만 자기 자신에겐 이기고 돌아오셨다. 이것은 나리의 말씀을 들어 보면, 그게 사람이 바랄 수 있는 제일 좋은 승리라는구나. 나는 돈을 가졌지. 실컷 매는 맞았지만 보다시피 버젓이 말을 타고 있단 말야.」

「그런 얼빠진 소리는 하지 않는 게 좋다.」하고 돈키호테는 나무랐다. 「떳떳이 우리 마을로 들어가자꾸나. 그리고 도착하거든 우리가 하고자 하는 목인(牧人) 생활에 대해서 생각이 가는 대로 계획을 세우자꾸나.」

이리하여 그들은 언덕을 내려가 고향 마을로 향했다.

제 73 장

돈키호테가 고향 마을로 들어가려 할 때 겪은 흉조와 이 위대한 실록을 분식(粉飾)하고 다시 광채를 보태는 그밖의 사건에 대해서.

시데 아메테가 서술해 놓은 바에 의하면 마을 입구에서 돈키호테는 마을 탈곡장에서 두 사내아이가 서로 싸우고 있는 것을 보았다. 한쪽 아이가 말했다.

「암만 말해 봐야 소용 없어, 페리키요. 넌 평생 걸려도 두 번 다시 못 볼 거야.」

이 말을 듣고 돈키호테가 산초에게 말했다.

「그대도 들었지, 산초, 저 아이가 『평생 걸려도 두 번 다시 못 볼거야』 하고 말하는 것을?」

「글쎄요. 그런 말을 저 꼬마들이 했다고 해서 그게 어쨌다는 겁니까요?」

「무엇이?」하고 돈키호테가 말했다. 「그 말을 내 생각에 끼워맞추면, 즉 나는 앞으로 결코 둘시네아 공주와 만날 수 없다는 뜻이 된다는 것을 그대는 모르겠느냐?」

산초가 이에 대답하려 할 때, 산토끼 한 마리가 많은 사냥개와 사냥꾼들에게 쫓겨 들판을 가로질러 이쪽으로 뛰어오는 것이 보였다. 산토끼는 당황한 나머지 당나귀 발밑에 뛰어들어 웅크렸다. 그것을 산초가 쉽게 붙잡아 돈키호테에게 내밀자 그는 중얼거렸다.

「Malum signum! Malum sigum(흉조로다, 흉조로다)! 산토끼가 달아나고 사냥개가 그 뒤를 쫓으니, 둘시네아는 나타나지 않겠구나!」

「나리는 우스운 분이십니다요.」하고 산초가 평했다. 「이 산토끼가 둘시네아 델 토보소 님이고, 산토끼를 쫓아오는 사냥개들이 그분을 농삿집 아낙네로 바꾼 소가지 못된 마법사라면 생각해 보십쇼. 그분은 달아나셨습니다요, 그걸 제가 붙잡아서 나리 손에 넘겨 드렸습니다요, 나리는 그분을 지금 가슴에 안고 그렇게 보호하고 계십니다요, 그런데 뭐가 나쁜 징조입니까요? 여기서 어떤 나쁜 소식을 생각할 수 있습니까요?」

아까 다투던 두 아이가 산토끼를 보려고 가까이 왔으므로 그중의 한 아이에게 산초가 무엇을 다투고 있었느냐고 물었다. 그러자 「평생 걸려도 두 번 다시 못 볼거야.」 하고 말한 아이가 다른 애한테서 귀뚜라미 바구니를 빼앗았는데 그 바구니를 죽을 때까지 돌려 주지 않을 참이라고 대답했다. 그러자 산초는 품에서 쿠아르토 동화 네 개를 꺼내어 아이에게 주고 바구니를 받아 돈키호테에게 넘겨 주면서 말했다.

「나리, 이제 그런 나쁜 조짐은 엉망으로 부숴지고 말았습니다요. 첫째, 바보지만 제가 생각하건대, 그건 옛날의 구름만큼도 우리 사건과는 관계가 없어졌습니다요. 그리고 제가 잘못 생각하고 있지 않다면, 우리 마을 신부님이 그런 어처구니없는 일에 신경을 쓰는 자는 훌륭한 그리스도 교도가 아닐 뿐더러 상당한 생각을 가진 인물도 아니라고 말씀하시잖았습니까요. 이제 이런 일에 더 이상 신경을 쓰지 마시고 어서 우리 마을로 들어가기로 하십시다요.」

그러고 있는데 사냥꾼들이 다가와서 자기들의 산토끼를 돌려 달라고 말했다. 돈키호테는 그것을 돌려 주고, 다시 앞으로 나아가서 마침 동구 밖의 약간 널찍한 풀밭에 이르렀다. 여기서 그들은 기도를 올리고 있는 신부와 석사 카르라스코와 딱 마주쳤다. 그런데 여기서 알아 둘 것은 산초 판사는 알티시도라가 소생한 날 밤, 공작의 성에서 그에게 입혀 준 불꽃 무늬의 마직 겉옷을, 문장(紋章)이 든 덮개처럼 당나귀와 당나귀가 등에 지고 있는 한 묶음의 갑주 위에 폭 덮어 놓고 있었다는 것이다. 그리고 당나귀 머리에는 종이의 고깔 모자를 씌웠는데 이것은 여태까지 이 세상의 당나귀에게서는 볼 수 없었던 무척 색다른 변장이자 나들이옷이었다.

두 사람은 금방 신부와 석사의 눈에 띄었으므로 그들은 두 팔을 벌리고 달려왔다. 돈키호테는 말에서 내려 두 사람을 얼싸안았다. 한편 삵괭이처럼 무엇 하나 빼먹는 법이 없는 개구쟁이들은 즉각 당나귀의 고깔 모자를 발견하고 이것을 구경하려고 몰려와서 서로 지껄여 댔다.

마침내 그들은 아이들에게 둘러싸인 채 신부와 석사를 따라 마을로 들어갔다. 그들이 돌아온다는 소식이 벌써 전해져서 문 앞에 가정부와 돈키호테의 조카딸이 나와서 기다리고 있었다. 물론 산초의 아내 테레사 판사에게도 이 소식은 전해져서 그녀는 머리를 헝클어뜨린 채 옷도 제대로 입을 사이도 없이 손으로 딸 산치카를 붙잡아 끌면서 남편의 얼굴을 보려고 달려왔다. 그리고 남편이 영주님이 되었다는 자기 생각과는 조금도 걸맞지 않는 몰골을 보고 마구 지껄여 대기 시작했다.

「아니, 여보 그 꼴이 뭐죠? 걸어서 지친 다리를 질질 끌며, 영주님이라기보다 마치 집 없는 떠돌이 같은 몰골을 해가지고 뭘 하러 왔어요?」

「무슨 말을 하는 거야. 테레사?」하고 산초가 대답했다. 「말하사면, 대개의 경우『갈고리 있는 곳에 소금에 절인 돼지고긴 없다』야. 아무튼 집으로 돌아가자구. 집으로 돌아가서 굉장한 얘길 들려 줄게. 나는 돈을 갖고 왔단 말야. 더욱이 중요한 건 내 재간으로 벌었지. 아무한테도 신세를 지지 않은 돈이란 말야.」

「돈을 가져온 건 좋은 소식예요, 여보.」하고 테레사가 말했다. 「여기저기서 번 돈이라도 상관없어요. 어떻게 벌었거나 이 세상에 없는 일을 한 것도 아닐 테구 말예요.」

산치카는 아버지를 끌어안고, 「내겐 뭘 갖고 왔어요. 나는 5월에 비 기다리듯 아빠를 기다렸어요.」하고 말했다. 그러자 산초는 딸의 허리를 번쩍 들어안고 아내의 손을 잡았다. 그러자 산치카가 얼른 당나귀의 고삐를 잡고, 그들 일가족은 집으로 돌아갔다. 돈키호테는 조카딸과 가정부가 감시하는 집에 신부와 석사와 함께 남았다.

돈키호테는 장소도 시간도 아랑곳없이 그 자리에서 즉각 석사와 신부를 데리고 방에 들어가서 자기가 패배한 일과 앞으로 1년 동안 마을에서 한 걸음도 나가지 않는다는 의무를 지고 있다는 이야기를 들려 주고, 편력의 기사도의 엄격함과 법도에 묶여 있는 일개의 편력 기사로서 그것을 문자 그대로 추호도 어김없이 지킬 작정이며, 그 1년 동안은 양을 친다든가 들판의 적막한 천지에서 마음을 달래고 목가적이며 도리에 맞는 생업을 영위하면서 사랑의 추억에 실컷 잠길 생각이라고 말했다. 그리고 만일 여러분들이 그다지 바쁘지 않거나 무슨 중대한 용무로 방해를 받지 않는다면, 자기의 동료가 되어 줄 수 없겠느냐고 부탁했다. 이어 그는 양치는 목자의 이름에 부끄럽지 않은 양과 그밖의 가축을 충분히 살 참이며, 그리고 알아 주어야 할 것은 이 일 가운데서 가장 중요한 것은 이미 되어 있는데 그것은 여러분들에게 꼭 알맞는 이름을 생각해 두고 있는 것이라고 말했다. 신부가 그것을 가르쳐 달라고 말했다.

　그러자 돈키호테는 다음과 같이 자기 자신은 『목인 돈키호테』라고 부를 생각이고 석사는 『목인 카르라스콘』, 신부는 『목인 쿠리암브로』, 산초 판사는 『목인 판사시노』라는 것이었다. 이 말을 듣고 두 사람은 돈키호테의 새 광기가 얼마만한 것인가 깨닫고 새삼 놀라기는 했으나, 다시 기사도를 좇아 마을에서 나가 버리면 곤란했으므로, 앞으로 1년이면 광기도 고쳐지리라 여기고 돈키호테의 새로운 착안에 동의했을 뿐 아니라 그의 광기를 오히려 재미있는 계획으로 보고 자기들도 동료가 되어 주겠다고 확답했다.

　「그뿐 아닙니다.」 하고 삼손 카르라스코가 말했다. 「이제는 세상 모든 사람들이 다 알고 있듯이 나는 이래 봬도 제법 한다는 시인이니까 얼마든지 목가풍의 시나 혹은 연가(戀歌), 그밖에 내게 알맞는 것을 만들어서, 어차피 우리는 인적 드문 쓸쓸한 곳을 헤매고 다니는 것이니까 그때의 파적으로 삼을까 생각합니다. 그런데 가장 필요한 것은 저마다 그 시 속에서 찬미하고 싶은 목녀(牧女)의 이름을 고르는 일입니다. 그리고 사랑에 괴로워하는 목자들의 풍습에 따라 목녀의 이름을 내걸거나 새기거나 하지 않은 나무는 아무리 딴딴한 나무라도 한 그루도 없도록 했으면 합니다.」

　「잘 말씀하셨소.」 하고 돈키호테가 대답했다. 「하기야 나는 그런 거짓 목녀의 이름을 찾는 일은 면하고 싶소. 그 까닭은 저기 저 강가의 영광이자 저 목초지의 꽃이며, 미의 화신이자, 요염한 모습의 정수, 요컨대 설령 그것이 과장이라도 그 어떤 찬미의 언어가 미치지 못하는 비할 데 없는 둘시네아 델 토보소 공주가 있기 때문이오.」

　「그건 사실이지.」 하고 신부가 말했다. 「하지만, 우리는 어디서 우선 알맞는 목녀부터 찾아야겠는걸. 꼭 맞지는 않더라도 웬만큼 맞는 것을 말이야.」

　이에 대해 삼손 카르라스코가 덧붙였다.

　「만일 생각이 나지 않을 때는 온 세계에 흔해빠진 인쇄된 책 속에 나오는 이름으로 지으면 되지요. 이를테면 필리다, 아마릴리스, 디아나, 플레리다, 갈라테아, 그리고 벨리사르다 같은 것을 말입니다. 원래 이런 이름은 광장에서 팔고 있고 얼마든지 우리도 살 수 있는 것이니까 자기 것으로 만들어도 아무 상관없을 겁니다. 만일 목녀가 우연히도 아나라는 이름이라면 아나르다라는 이름으로 칭찬해 주는 겁니다. 만일 프란시스카라면 프란세니아라고 부르지요. 루시아라면 루신다, 이런 식이지요. 만일 산초 판사가 한몫 낀다면 그 사람은 아내 테레사 판사를 레사이나라는 이름으로 칭찬해 주면 됩니다.」

돈키호테는 이런 식으로 이름짓는 방법에는 저도 모르게 웃음을 터뜨려 버렸으며, 한편 신부는 돈키호테의 그 훌륭하고 우아한 결심을 극구 칭찬하고, 신부로서 부득이한 의무가 없는 한가할 때는 언제라도 동료로서 한몫 끼겠다고 다시 한 번 다짐했다. 이런 이야기만으로 두 사람은 돈키호테와 헤어졌는데, 그들은 돈키호테에게 제발 몸조리를 잘 하고, 되도록 자양분 있는 음식물을 먹으라고 부탁도 하고 충고도 했다.

세 사람이 주고받는 말을 엿듣고 있던 조카딸과 가정부는 두 사람이 나가자마자 곧 나란히 돈키호테의 방으로 들어가 조카딸이 먼저 입을 열었다.

「대체 어떻게 되신 거예요, 외삼촌? 모처럼 우리는 이번에야말로 외삼촌이 집안에 틀어박혀 조용히 진지한 생활을 하시게 될 줄 알고 있었는데, 또다시 들판의 새로운 덩굴 속으로 들어가실 작정이세요? 그리고,

> 그대는 가는가, 양치는 사람,
> 그대는 오는가, 양치는 사람.

이런 일을 하시려고 그러시는 거죠? 하지만 사실을 말씀드리면, 보리피리를 만들기에는 너무 딴딴해졌어요!」

이 말에 다시 가정부가 덧붙였다.

「그리고 영감님께서는 한여름의 쨍쨍 내리쬐는 햇볕이며, 겨울밤의 냉기며, 멀리서 짖는 늑대의 울음소리 같은 것을 들판 한가운데서 견디어 내실 수 있을 줄 아세요? 천만에요. 그런 일은 기저귀를 차거나 요에 싸여 있을 때부터 단련을 받은 굳건한 사내들이나 하는 일이랍니다. 같은 값에 좋지 않은 일을 하시려면 양치는 일보다 편력의 기사 쪽이 그래도 나아요. 아시겠어요, 영감님, 제 말을 잘 들어 주세요. 저는 빵과 포도주를 배불리 먹고 마시고 한 끝에 이런 말씀을 드리는 게 아니에요. 오히려 굶는 거나 마찬가지 형편에서 50이나 먹은 나이 위에 서서 말씀드리는 거예요. 집에 계세요. 그리고 집안도 좀 돌보시고, 이따금 참회도 하시고, 가난한 사람들에게 친절도 베푸시고 하세요. 만일 그렇게 안 되면 제 영혼에 맡겨 두세요.」

「무슨 소릴 하고 있는 거야, 이 여자들이.」 하고 돈키호테는 두 사람에게 대답했다. 「무슨 일을 해야 하는가는 내가 잘 알고 있다. 아무튼 나를 침대에 데려가 다오. 암만해도 몸이 시원치 않은 것 같다. 그리고 편력의 기사로

남아 있건, 내가 양치는 목자가 되어 돌아다니건, 너희들이 하고자 하는 일은 어떻게든 뒤를 돌봐 줄 작정이다. 이건 어차피 두고 보면 알게 되겠지.」

그래서 이 선량한 여자들은——의심할 여지 없이 가정부와 조카딸은 선량한 여자였다——곧 그를 침대로 운반해 가서 먹을 것을 차려 내고, 이것 저것 뒷바라지를 해주었다.

제　74　장

돈키호테가 병들어 눕게 된 것과 그가 만든 유언과 그의 죽음에 대해서.

인간과 연관된 일은 모두가 영구불변이 아니다. 항상 그 시초부터 마지막 결말에 이르기까지 하강을 계속하는 것이며 특히 사람의 생명에 이르러서는 더더욱 그렇다. 그리하여 돈키호테의 생명도 그 과정을 멈추게 하는 하늘의 특별한 면제를 받은 것도 아니었으므로, 그 자신이 생각지도 않고 있을 때 그의 마지막이 찾아온 것이다.

고배를 마신 데서 유래한 우울증 때문인지, 혹은 하늘의 뜻인지, 그는 지독한 열병에 걸려 엿새 동안 자리에서 일어나지 못했다. 그 엿새 동안 이따금 신부와 석사와 이발사 등 그의 친구들이 찾아왔고, 그의 선량한 종자 산초는 머리맡을 떠나는 일이 없었다. 이 사람들은 그가 패배의 쓰라림을 당한 슬픔과 둘시네아가 마법에서 풀려나 자유로운 몸이 된다는 그의 소원이 끝내 이루어지지 않은 데 대한 고통이 그를 이런 궁지로 몰아 넣었다고 믿고 있었으므로 어떻게든 그의 기분을 돋우어 주려고 석사는, 「힘을 내어 당신이 말한 양치는 일에 착수하도록 얼른 일어나십시오. 나는 벌써 양치는 생활을 위해 산나자로(이탈리아 시인 자코포 산나자로. 1456~1530 — 역주)가 여태까지 지은 모든 작품에 못지않은 훌륭한 목가를 하나 만들었습니다. 그리고 양을 지키게 하려고 내 돈으로 훌륭한 개 두 마리까지 사 놓았답니다. 하나는 바르시노, 하나는 부트론이라는 이름인데, 킨다나르의 어느 목장주한테서 샀지요.」 하고 말하곤 했다. 그러나 돈키호테의 쓸쓸한 기분은 좀처럼 밝아지지 않았다.

친구들이 의사를 불러와서 의사가 그의 맥을 짚어 보았는데 조금도 만족할 만한 상태가 아니었다. 「무엇보다도 영혼의 명복을 비시오. 왜냐하면 육체

쪽의 그것은 상당히 어려울 것 같으니까.」하고 말했다. 돈키호테는 의사의 말을 참으로 조용한 기분으로 듣고 있었지만 신부나 조카딸이나 종자는 도저히 냉정한 마음으로 듣고 있을 수가 없었다. 그들은 이미 죽은 돈키호테를 눈앞에 보기라도 하듯이 심하게 울기 시작했다.

마음의 우수와 무의미함이 그의 생명을 앗아가는 것이라고 의사는 진단했다. 그러자 돈키호테는 좀 자고 싶으니 혼자 있게 해달라고 부탁했다. 그래서 사람들이 물러가자 그는 6시간이 넘도록, 세상에서 흔히 말하듯 죽은 듯이 잤으므로 가정부와 조카딸은 그대로 긴 잠을 자게 되는 것은 아닐까 하고 걱정했을 정도였다. 그만큼 자고 나더니 그는 눈을 뜨고 큰 소리로 뇌까렸다.

「전능하신 신은 고맙구나. 나에게 이런 은혜를 베풀어 주시니. 요컨대 신의 자비에는 한도라는 것이 없고, 인간의 죄악 또한 이 자비를 줄이거나 방해하지는 못하는 것이다. 」

조카딸은 외삼촌의 말에 가만히 귀를 기울이고 있었는데, 그것은 적어도 그가 병들어 누운 후에 지껄인 어떤 말보다도 훨씬 조리가 서 있는 것 같았으므로 그에게 물었다.

「외삼촌, 방금 무슨 말씀을 하셨죠? 뭔가 새로운 일이라도 있었어요? 그 자비라는 것이 대체 무엇이고, 인간의 죄악이라고 하신 것은 무엇을 가리키는 말씀이세요?」

「자비라는 것은 말이야,」하고 돈키호테는 대답했다. 「아가야, 말하자면 이 순간에도 하느님이 내게 베풀어 주신 바로 그것을 말하는 거야. 내가 아까 말한 것처럼 나의 온갖 죄도 그 자비를 막지는 못했어. 나는 지금 자유롭고 밝은 이성을 되찾은 거야. 어리석게도 그 기사도에 관한 지긋지긋한 책을 쉬지 않고 탐독한 탓으로 내 이성에 덮여 있던 무지라는 안개가 그림자도 없이 깨끗이 가셨거든. 이제 비로소 나는 그런 책이 어처구니없다는 것과 그 기만을 겨우 알겠구나. 그런데 다만 원통하기 짝이 없는 것은 이 몽매에서 눈뜨는 것이 너무 늦어 영혼의 빛이 될 다른 책을 읽고 얼마간이나마 보상을 할 시간이 이젠 남지 않았다는 거야. 나는 말이다, 아가야, 곧 죽을 것만 같구나. 그러니 할 수만 있다면 미치광이라는 이름을 남길 만큼 내 생애가 불행한 것이 아니었다는 것을 사람들에게 알려 줄 수 있는 그런 죽음을 맞고 싶구나. 과연 나는 오류를 범하기는 했지만 이 마지막 마당에 이르러서는 그것이 정말 그랬었다고 사람들로 하여금 인정시키고 싶지는 않구나. 아가야, 내 친한 벗들을 불러 주지 않겠느냐, 신부님과 석사 삼손 카르라스코와 이발사 니콜라스 영감을 말이다. 참회하고 유언서를 만들고 싶어서 그런다.」

그러나 이때 세 사람이 함께 방에 들어왔으므로 조카딸은 일부러 부르러 가지 않아도 되었다. 돈키호테는 그들의 모습을 보자 곧 말했다.

「여러분들, 기뻐해 주게나. 나는 이제 돈키호테 데 라 만차가 아니네. 언제나 항상 지켜온 언동으로 해서 『착한 사람』이라는 별명을 듣고 있던 알론소 키하노로 되돌아왔네. 이제 나는 아마디스 데 가울라나 그밖에 숱한 그 일족들의 적이 된 걸세. 이미 내게는 편력의 기사도에 관한 모든 모험 얘기가 지긋지긋한 것이 되고 말았네. 이제야 내 자신의 우둔함과 그런 책을 읽고 내 스스로 빠져 있던 위험을 잘 알게 되었네. 이제야 신의 광대무변하신 자비에 의해서 내 자신의 머리는 깨끗이 씻겨졌으므로 그러한 책에는 이제 구역질을 느끼게끔 되었다네.」

그가 이런 말을 하는 것을 보고 세 사람은 이건 틀림없이 그가 새로운 광기에 사로잡혔다고 생각했다. 그래서 삼손 카르라스코가 돈키호테에게 말했다.

「돈키호테 님, 우리는 조금 전에 둘시네아 공주가 마법에서 풀려났다는 소식을 들었는데 그런 말씀을 하십니까? 더욱이 우리들이 양치는 목자가 되어 마치 왕공 귀족처럼 인생을 노래하며 살려고 하는 이 마당에, 당신은 은자(隱者)가 될 참입니까? 제발 그런 말씀 마시고 정신을 차리십시오.」

「여태까지의 그러한 잠꼬대가,」 하고 돈키호테가 대답했다. 「나를 해친 진실이었는데, 하느님의 도움으로 내 죽음이 그런 잠꼬대를 무엇보다도 고마운 약으로 바꾸어 놓았다네. 여러분들, 나는 곧 죽는다는 것을 잘 알 수 있네. 그러니 그런 농담은 이제 그만두고, 내 참회를 들어 줄 고해 신부와 나를 위해 유언을 만들어 줄 공증인을 불러다 주게. 알겠는가. 이런 마지막에 이르러 뜻있는 사람은 결코 농담을 하는 게 아니네. 그러니 신부님이 내 참회를 들어 주시는 동안 공증인을 불러 주도록 부탁하고 싶네.」

그들은 돈키호테의 이 말에 놀라 서로 얼굴을 쳐다보고는 아직 얼마간의 의문은 남아 있으나 그의 말을 믿자고 생각했다. 그리고 그가 드디어 죽어 가고 있다고 그들이 추측한 근거의 하나는 그가 이렇게 빨리 광기에서 본정신으로 되돌아왔다는 것이었다. 뿐만 아니라 앞의 말에다가 다시 참으로 훌륭하고 어디까지나 그리스도 교도다운 이론 정연한 말을 많이 덧붙였으므로 그들도 그때까지 품고 있던 의심을 깨끗이 씻고 그가 실제로 제정신을 차렸다고 믿지 않을 수 없었다.

신부는 다른 사람들을 잠시 물러가게 하고 돈키호테와 단둘이 남아 그의 참회를 들었다. 석사는 공증인을 부르러 가서 곧 공증인과 산초 판사를 데리고 돌아왔다. 이때 이미 자기 주인의 용태를 석사에게 들어 알고 있던 산초는 눈물을 흘리고 있는 가정부와 조카딸의 모습을 보고 그만 울상이 되더니 눈물을 철철 흘리기 시작했다. 이윽고 참회가 끝났으므로 신부가 나와서 말했다.

「착한 사람 알론소 키하노는 정말 죽어 가고 있는 중이며, 또 진실로 본정신을 되찾았소. 그러니 그분이 유언을 하실 수 있도록 우리 모두 함께 들어갑시다.」

이 통고는 가정부와 조카딸과 그의 훌륭한 종자 산초 판사의 눈물 괸 눈에 더욱 눈물이 솟게 했다. 그들의 눈에는 끊임없이 눈물이 흘러내리고, 그들의 가슴에서는 쉴새없이 깊은 한숨이 새어 나왔다. 언젠가도 말했듯이 단순한 선인 알론소 키하노였을 때나 돈키호테 데 라 만차였을 때나 사실 그는 항상 성정이 온화하고 사귐성이 있고 기분 좋은 사람이었던 것이다. 그때문에 그의 집을 찾는 사람들뿐 아니라 그를 아는 모든 사람들에게 참으로 사랑을 받고 있었던 것이다. 여러 사람들과 함께 온 공증인이 들어가서 유언장의 머리말을 쓴 다음, 그리스도 교도로서 이와 같은 모든 경우에 필요한 형식을 거쳐 돈키호테가 영혼을 하느님께 바치겠다는 뜻을 쓰고는 본문으로 들어갔을 때 돈키호테가 말했다.

「첫째, 나의 광기 시대에 종자로 고용한 산초 판사가 소유하고 있는 얼마간의 금전은, 나와 그와의 사이에 대차 계정이 존재하고 있었으므로, 그 돈에 대해서는 추호도 그의 책임을 추궁하거나 혹은 그에게 얼마간의 청구를 해서는 안 된다는 것이 나의 의사이다. 그보다 나의 부채를 다 갚고 난 뒤에 얼마간의 잔금이 남을 경우에는 깡그리 그에게 주기 바란다. 얼마 안 되는 돈이지만 그에게 도움이 될 것을 빈다. 내가 광인이었을 때 섬의 영주직을 그에게 주기 위해 진력한 것이 나였다면, 내 정신을 되찾은 현재에는 한 왕국을 줄 수 있다면 꼭 주고 싶은 생각이다. 그의 성질의 단순함과 그의 사람의 충실함은 충분히 그만한 값어치가 있다.」

그리고 그는 산초를 돌아보고 말했다.

「나의 벗 산초. 이 세상에 편력의 기사라는 것이 일찍이 있었고 지금도 있다는, 내가 빠져들어간 그릇된 생각에 자네까지 끌고 들어가서 자네가 나와

580

마찬가지로 광인 취급을 받게 하는 기회를 준 데 대해서 제발 용서해 주기 바라네.」

「아아, 나리!」 하고 산초가 울먹이며 대답했다. 「나리, 저의 소중한 나리, 돌아가시지 마십쇼. 그보다 제 충고를 들으시고 오래오래 살아 주십쇼. 그건, 뭔고 하니, 이 세상에서 인간이 인간에게 할 수 있는 제일 엄청난 미친 짓은 아무에게도 살해되지 않고 가슴속의 근심밖에는 그 사람을 졸라 죽이는 것이 없는데도 괜히 죽는다는 것입니다요. 저 좀 보십쇼, 나리. 그렇게 나른한 모양을 하시지 말고, 그 침대에서 일어나십쇼. 그리고 우리 둘이서 의논한 것처럼 양치는 복장을 하고 함께 들판으로 나가십시다요, 나리. 필경 어느 풀숲 뒤에는 마법에서 풀려난 도냐 둘시네아 님이 계실지도 모르잖습니까요. 만일 나리께서 싸움에 지신 것이 분해서 돌아가신다면, 나리가 넘어지신 건 제가 로시난테의 복대를 꽉 졸라매지 않고 느슨하게 맺기 때문에 그렇게 된 거라고 말씀하시면서 제 탓으로 돌리십쇼. 그리고 나리께선 필경 그런 기사도 책 속에서 어떤 기사가 다른 기사를 넘어뜨리는 일이란 흔해빠졌고, 오늘 진 사람이 내일엔 승자가 되는 일도 나리께선 얼마든지 보셨을 게 아닙니까요, 예, 나리.」

「그렇습니다.」 하고 삼손이 말했다. 「사람 좋은 산초 판사는 이번에 아주 참된 말을 했습니다.」

「여러분들, 그렇게 당황할 건 없어요.」 하고 돈키호테가 말했다. 「왜냐하면 지난해의 둥우리에 금년에는 새가 안 사는 법이니까. 나는 미치광이였지만 이제 이렇게 내 정신을 되찾았소. 전에는 돈키호테 데 라 만차였지만, 지금은 아까도 말했듯이 착한 사람 알론소 키하노야. 그래서 나의 후회와 이 진심이 일찍이 내게 갖고 계시던 존경을 되찾아 주기를 바랄 뿐이오. 그리고 공증인 양반, 계속해 주시오. 둘째, 내 재산은 내가 지금부터 지시하는 일을 수행하는 데 필요한 것만큼 기본 재산에서 공제하고 나머지는 모두 지금 이 자리에 있는 나의 질녀 안토니아 키하나에게 양도한다. 다음 내가 해주기를 바라는 제일의 보상은, 나를 섬겨 준 가정부에게 오랜 세월 밀려 있는 급료를 모두 지불하라는 것이고, 그밖에 20두카트를 의복대로 지불하라는 것이다.

그리고 여기 계시는 신부님과 석사 삼손 카르라스코 님에게 유언 집행인이 되어 주실 것을 부탁하고 싶다. 셋째, 질녀 안토니아 키하나가 결혼을 희망할 때는 상대편 남자가 기사도의 책이 어떤 것인가 전혀 모른다는 것을 먼저 확인한 다음 결혼하기를 바란다. 그리고 기사도의 책을 알고 있다는 것이 명백해졌음에도 불구하고 나의 질녀가 그 남자와 결혼하고자 할 때에는 내가 질녀에게 양도한 모든 권리를 상실하고 결혼해야 한다. 그런 경우 나의 유언 집행인은 그들의 재량으로 자선사업에 기부해도 좋다. 넷째, 앞에서 말한 유언 집행인들에게 부탁할 것은 만일 다행히도《돈키호테 데 라 만차의 공훈, 업적 후편》이라는 제목으로 우리 주변에 나돌고 있는 실록을 썼다는 저자를 만나면 내 대신 아무리 과장해서 말해도 상관없으니, 모르고 있었다고는 하지만 그에게 그 책에 씌어진 그토록 엄청난, 더욱이 터무니없는 거짓말을 쓰자는 생각을 갖게 하는 기회를 내가 그에게 주게 된 것을 용서해 달라고 말해 주기 바란다. 나는 그에게 그런 것을 쓰게 하는 기회를 주었다는 꺼림칙한 생각을 안은 채 이 세상을 떠나게 되었다.」

이렇게 말하고 그는 유언을 마쳤다. 그러자 그는 실신 상태에 빠졌다. 모든 사람들은 놀라고 당황하여 그를 살피러 몰려들었다.

유언장을 만든 그날부터 사흘 동안 돈키호테는 살아 있기는 했으나 줄곧 혼수 상태에 빠져 있었다. 집안에는 다급한 분위기가 가득 찼다. 그러나 조카딸은 음식을 잘 먹었고, 가정부는 포도주를 잘 마셨으며, 산초는 어딘지 즐거워 보였다. 얼마간이라도 유산이 양도되면 죽는 자가 마땅히 남기고 갈 슬픈 추억이 유산을 받은 사람들의 마음속에서 얼마간 지워지거나 완화되는 것이다.

마침내 돈키호테의 마지막이 왔다. 형식대로 마구 깎아내린 다음——마침 그 자리에 공증인이 입회하고 있었는데, 편력의 기사로서 돈키호테만큼 이토록 조용히, 참으로 그리스도 교도답게 잠자리에서 생애를 마친 인물은 여태까지 어느 기사도 이야기에서도 읽은 적이 없다고 그는 말했다——돈키호테는 그 자리에 참석한 모든 사람들의 슬픔과 눈물 속에서 마침내 자기 영혼을 내놓았다. 즉, 내가 말하고 싶은 것은, 그는 죽은 것이다.

이것을 보자 신부는 공증인을 돌아보고, 일반적으로 돈키호테 데 라 만차라고 호칭되고 있던 착한 사람 알론소 키하노가 이 세상을 떠나 생애를 마쳤다는 증인이 되어 달라고 부탁하면서, 이런 증언을 부탁하는 것은 시데 아메테 베넨헬리 이외의 다른 작자가 무례하게도 그를 다시 소생시켜 그의 공훈에 관한 이야기를 수없이 써 나갈 기회를 끊어 버릴 생각에서 그러한 것이라고 설명했다.

재지 넘치는 라 만차의 시골 귀족은 이와 같이 임종을 맞이했는데, 시데 아메테는 뚜렷하게 그 마을을 명시하려 하지 않았다. 왜냐하면 마치 호메로스 때문에 그리스의 일곱 도시가 서로 싸운 것처럼, 그를 자기 고장의 사람, 자기들의 사람으로 만들고 싶어서 라 만차의 모든 도시와 모든 촌락을 서로 싸우게 하고 싶지 않았기 때문이었다.

그리고 또 산초와 조카딸과 돈키호테의 가정부의 비탄에 관해서도, 그의 새로운 묘비에 관해서도 여기에는 쓰지 않지만, 삼손 카르라스코는 그를 위해 이런 비명을 지었다.

> 용감한 시골 귀족 이곳에 잠들다.
> 탁월한 그대의 용기
> 죽음의 신도 그대 목숨
> 죽음으로써 빼앗지 못했다고
> 세상 사람들, 전하도다.
> 살아서는 세상 하찮게 보고,
> 온 세상이 그대 두려워
> 오로지 겁에 질려 떨었도다.
> 그리하여 행복 찾았도다.
> 광인으로서 세상을 살다가
> 본정신으로 세상 떠났으니.

그리고 총명하기 짝이 없는 시데 아메테는 자기의 펜에 대해서 이렇게 쓰고 있다. 「그대는 선반의 철사에 매달려 쉬는 것이 좋겠구나. 나는 나의 거위 펜인 그대가 잘 깎여 있는지 혹은 서툴게 깎였는지 모르겠다만 앞으로 그 자리에서 오랜 세기를 그대는 살게 될 것이다. 만일 건방지고 마음씨 나쁜 실록 작가들이 그대를 모독하려고 그대를 끌어내리지 않는 한은. 그러나 그들이 접근하기 전에 그대는 할 수 있는 최선을 다하여 다음과 같이 주의시키고 타일러 주도록 하려무나.

> 멈추어라, 게 섰거라, 나태한 자들아!
> 아무도 손을 대지 못한다.
> 국왕은 이 기획을

오직 나에게만 허락해 주셨다.

돈키호테는 오로지 나를 위해서 태어났으며 나 또한 그를 위해서 태어났다. 그는 행동할 수 있었고, 나는 그것을 기록할 수 있었다. 오직 우리 두 사람은, 그 조잡하고 더욱이 보기 흉한 타조 펜으로 나의 용감한 기사가 이룩한 갖가지 무훈을 쓰겠다고 외람되게 기획했거나 혹은 기획해 온 그 엉터리 토르데시야의 저자에게는 매우 안됐지만 양자가 하나로 융합되어 있다. 왜냐하면 이런 기획은 그의 어깨에 지울 일도 아니고, 감기 든 그의 재능에 알맞는 주제도 아니기 때문이다.

만일 그대가 우연히 그를 알게 되거든, 돈키호테의 지칠 대로 지쳐서 이미 썩은 뼈는 그 무덤 속에 조용히 쉬게 할 일이지 죽음의 모든 엄숙함을 어기고 그를 무덤에서 끌어 내어 카스티야 라 비에하로 운반해 가고 싶은 희망 따위는 아예 갖지 말도록 충고하여라. 그의 유해는 무덤 속에 길게 누워 있어서, 네번째의 새 출발을 기도한다는 것은 불가능한 일이며, 뿐만 아니라 많은 편력의 기사들이 빚어 낸 그 무수히 많은 어리석은 소행을 비웃으려면 그가 행한 세 차례의 편력으로도 족하다.

더욱이 그것은 그 소문을 들은, 국내는 물론 여러 외국 사람들의 기호에 맞아 갈채를 받고 있다고도 일러 주어라. 그렇게 함으로써 그대를 미워하는 사람들에게도 좋은 일을 충고해 주면서 그리스도를 섬기는 그대의 직분도 다 할 수 있을 것이다.

그리고 나는 내가 쓴 것의 열매를 내가 바라던 대로 유감없이 맛볼 수 있었던 최초의 인간이라는 것을 만족하게 그리고 자랑스레 생각한다. 왜냐하면 내가 최초에 품은 소원은 기사도에 관한 책에 씌어진 가짜의 엉터리 이야기를 사람들로 하여금 혐오를 느껴 싫어하게 한다는 것 이외에 아무것도 없었으니까. 이제 나의 돈키호테에 관한 참된 실록으로 말미암아 그들은 이미 비틀거리고 있으니, 그들이 완전히 쓰러져 사라지는 것은 의심할 여지 없는 사실이다. 」Vale(안녕).

원제(原題) SEGUNDA PARTE DEL
    INGENIOSO HIDALGO
    DON QUIJOTE DE
    LA MANCHA

□ 감상과 해설

편집부

《돈키호테》는 세르반테스가 쓴 것이 아니라 후세(後世)가 쓴 것이다.

이것은 스페인의 문학자 아도린의 역설(逆說)이지만 《돈키호테》가 셰익스피어의 《햄릿》이나 괴테의 《파우스트》 등과 더불어 세계 문학의 지보(至寶)로서 진가를 인정받게 된 것은 19세기에 들어와서이며 더욱이 맨 처음 《돈키호테》의 가치를 인정한 것은 쉐링, 하이네, 프로벨, 투르게네프 등 모두 외국의 비평가나 작가들이었다.

따라서 작자 세르반테스의 전기 따위도 거의 등한히 여겨져서 인멸되어가고 있었다. 영국의 남작 카트레트 경의 권유로 마드리드 왕실 도서과장인 그레고리오 마얀스가 최초의 세르반테스 전기를 쓴 1735년경에는 자료가 전혀 없어서 세르반테스의 작품을 닥치는 대로 뒤적여 작자 자신과 관계가 있다고 생각되는 말들에 근거하여 논증적(論証的)으로 204페이지의 평전을 겨우 써냈다고 전해지고 있다.

그로부터 오늘날까지 많은 작자들이 노력한 결과 세르반테스의 생애는 꽤 상세하게 밝혀졌지만 그러나 아직 현재까지도 많은 의문에 싸여 있는 것이 사실이다.

미겔 데 세르반테스 사베드라(Miquel de Cervantes Saavedra)는 1547년 10월 9일 일요일에 마드리드 동쪽에 있는 유명한 대학 도시 아르카라 데 에나레스의 산타 마리아 성당에서 세례를 받았다. 태어난 것은 그로부터 며칠 전, 즉 성(聖) 미겔의 날인 9월 29일일 것이라고 하지만 확실한 것은 모른다. 아버지는 로드리고 데 세르반테스, 어머니는 레오노르 데 코르티나스라고 했다. 외과 의사였던 아버지 로드리고는 불행하게도 무자격 의사였다. 게다가 세르반테스의 아버지는 진득한 데가 없었던 사람인 모양으로 아르카라에도 오래 머물지 못하고 이곳 저곳으로 옮겨다니며 별로 빛을 못 보는 직업에 종사했다. 거기에다 자녀는 많아서 안드레스, 안드레아, 루이사, 미겔, 로드리고, 막달레나, 프완 등 아들 넷에 딸 셋을 두고 있었다.

세르반테스가 4세 때에는 당시의 수도 바라드리드에 있었다. 1561년에는 수도가 마드리드로 옮겨지자 세르반테스 일가 역시 마드리드로 옮겼고 3년 후에는 또다시 세빌리아로 옮겼다.

스페인 국민 연극의 시조 로페 데 루이다 극단이 시 광장의 가설 무대에서 공연하는 희극을 보고 그가 평생 연극에 대한 정열을 품게 된 것도 아마 이 세빌리아에 살고 있던 때의 일일 것이었다.

그후 일가는 또다시 마드리드로 이주했고 세르반테스는 로페스 데 오요스라는 사람의 사숙에서 배운 것으로 생각된다. 1568년에 국왕 페리페 2세의 세 번째 왕비 이사벨 드 바로와가 죽어 그 장엄했던 장례식 기록을 위촉받은 것이 바로 로페스 데 오요스 선생이었다.

이듬해에 출판된 이 《기록》에 젊은 세르반테스의 소네트 1편, 5행시 5편, 왕비의 죽음을 슬퍼하는 애도시 1편이 수록되었고 로페스 데 오요스는 그 책의 서문에서 세르반테스를 가리켜 『나의 사랑하는 비장의 제자』라고 부르고 있다. 물론 작품 그 자체는 세르반테스의 최초로 인쇄된, 또는 현재 남아 있는 가장 오래 된 작품이라는 것 이외에는 높이 살 만한 것이 없는 것 같다. 뿐만 아니라 이 사숙에도 그렇게 오래 있지는 않았던 것 같다. 이 《기록》이 출판된 것은 1569년인데 그 전년에 세르반테스는 이탈리아에, 당시의 문화의 중심이며 르네상스 발상의 땅에 건너가 있었다.

1569년 8월 24일. 당시 국토에 태양이 지는 일이 없다고 자랑하고 있던 대제국 스페인의 황태자, 페리페 2세와 포르투칼 태생의 마리안 왕비 사이에 태어난 병약한 돈 카를로스가 죽었는데 이는 마드리드 왕궁의 밀실에 감금되어 미쳐서 죽은 것이다.

이 불행한 사건은 페리페 2세를 한층 더 엄격하고 냉혹한 군주로 만들었을 것이 틀림없다. 이때 로마 교황 피오 5세는 왕의 슬픔을 애도하여 줄리오 아크와비바를 특사로서 스페인에 파견했으나 페리페 2세는 이 교황의 특사조차도 끝내 만나려 하지 않았다. 그래서 아랑페스 궁전에서 귀국 여권을 받아가지고 헛되이 로마로 돌아갔다.

그 다음해에 아크와비바는 추기경이 되었는데 그 시복으로서 세르반테스는 봉사하고 있었다. 언제부터 봉사했는지, 언제 이탈리아로 건너왔는지도 모른다. 다만 1569년 말이거나 또는 1570년 봄에는 22세의 세르반테스가 추기경의 시복으로서 로마에 있었던 것이 틀림없다.

세르반테스가 이탈리아로 건너간 데 대해서는 어떤 사건이 계기가 된 것이 아닌가 하고 생각되는 대목도 없지 않다. 그것은 1569년 9월 15일의 날짜로 마드리드에서 안토니오 데 시르라라는 사나이에게 상처를 입힌 혐의로 미겔 데 세르반테스라는 사나이에 대해 오른손을 절단하고 10년간의 주방에 저한나는 결석 재판의 판결이 내려졌다는 기록이 발견되었기 때문이다. 그러나 이 미겔 데 세르반테스가 《돈키호테》의 작자인지 어떤지는 단정을 내릴 수가 없다. 그러나 《페르시레스와 시히스문다》, 《집시의 딸》 그리고 《스페인의 멋쟁이》라는 희극 등에는 젊은 사나이와 결투 끝에 상대방에게 상처를 입히거나 살해하여 관헌을 피해다니는 장면이 자주 묘사되고 있다.

그러나 그런 것들보다 좀더 중요한 것은 이 감수성이 풍부한 젊은이가 당시 문화가 가장 발달된 이탈리아에서 살았다는 사실일 것이다. 말년에 와서도 그는 이 이탈리아 시대를 그리워하며 작품 속에서 회상하고 있다. 예를 들면 《모범 소설》속의 한 편 〈비드로 학사〉에서도 상공업이 융성하고 온갖 미술품이 넘쳐 있던 이탈리아의 도시가 얼마나 그에게 놀라움을 안겨 주었는지, 또 이탈리아의 여인숙, 각 고장의 포도주가 얼마나 기가 막힌지를 주인공 토마스 로다하의 회상을 빌려 서술하고 있다.

그리고 이 땅에서 이탈리아 문학의 여러 걸작을 접할 수가 있었던 것이다. 그 중에서도 산나자로, 프르치, 아리오스트는 《돈키호테》뿐만 아니라 그밖의 여러 작품에 자주 인용되어 있는 작가·시인들이었는데 그의 르네상스 정신을 형성하는 데도 이들 작품이 많은 영향을 준 것은 간과할 수 없는 사실이다.

세르반테스가 아크와비바에게 봉사한 것은 수 개월간의 짧은 기간뿐이고 곧 이탈리아에 주둔하고 있는 스페인 군대에 입대했다. 그 다음해인 1571년에 당시 강대함을 자랑하고 있던 터키 해군의 야망을 스페인이 중심이 된 연합 함대가 쳐부순 역사상 유명한 레판트의 해전이 일어났다. 이 해전은 이른바 도형수들이 젓는 갤리 선으로 편성된 함대끼리의 가장 대규모적인 마지막 해전일 뿐 아니라 이른바 마지막 십자군이라는 점에서 보아도 특필할 만한 대사건이었다.

이 일전에 의해 터키 해군은 재기 불능의 타격을 입었을 뿐만 아니라 해상의 패권을 상실하여 동지중해 지역들에 대한 야망도 버리지 않을 수가 없었던 것이다.

그 해전에는 크게 말하면 유럽의 운명이 걸려 있었던 것이다. 문학 비평가 라밀로 마에스투도 《돈키호테, 돈 후안 라 세레스티나》라는 저서 속에서 「지중해의 패자 터키에 대한 레판트 해전의 승리라는 전제 없이는 오늘날 앵글로색슨과 게르만 민족의 여러 사상가의 영광에 빛나는 서구 문명의 출현을 생각할 수가 없다.」라고 말하고 있다.

그러나 이 레판트 해전을 우리가 잊을 수 없는 것은 이러한 역사적 또는 정치적 영향의 크기 때문만은 아니다. 이 해전에 참가한 8천 명의 스페인 장정 중에 미래의 《돈키호테》의 작가가 섞여 있었다는 사실 때문이다. 24세의 세르반테스가 레판트의 한 병졸로서 행동인, 이상에 불타는 정열인의 면목을 여지없이 발휘하고 있기 때문이다.

이러한 세르반테스는 자진해서 12인의 부하를 거느리고 한 척의 함재 단정(艦載短艇)을 위임받았다. 그리고 문자 그대로 사력을 다하여 분전한 끝에 가슴에 두 군데, 왼손에 한 군데 적탄을 맞았는데, 특히 왼손은 그 자신이 쓴 바에 의하면 『오른손의 명예를 더욱 높이기 위해』 평생 쓸 수가 없게 되었다. 그는 즐겨 스스로를 『레판트의 외팔이』라고 일컬었다.

그후 세르반테스는 메시나의 병원에서 요양 생활을 보내다가 1572년 4월 24일에 퇴원, 5월에는 카르데론 데 라바르카의 대표작 《사르메마의 촌장》에 실명으로 등장하는 명장 로페 데 피게로아가 통솔하는 보병 부대에 소속하여 1573년의 튀니스 원정에 참가하고 있다.

1575년 9월 20일, 세르반테스는 1년의 휴가를 받아 나폴리 총독 셋사 공작의 추천장과 다시 스페인 해군의 총사령관 돈 후안 데 아우스토리아가 형인 국왕 페리페 2세에게 보내는, 레판트 해전에서 불구가 된 세르반테스를 중대장으로 임명해 달라고 청원한 추천장을 가지고 나폴리에서 귀국선을 탔다. 동생인 로드리고도 동행했는데 이 갤리 선 『태양』호에 승선했을 때의 세르반테스는 아마도 장래의 희망에 가슴이 부풀었을 것이 틀림없다. 산드로 데 레이바의 지휘하에 다른 작은 두 척의 배와 함께 북으로 향해 리용 만까지 순풍을 맞으면서 항진했다. 오른쪽 뱃전에서는 프랑스의 해안 레 상트 마리드 라 메일이 아득히 바라보였다.

그러던 어느 날 저녁, 멀리 수평선에 3척의 터키 배가 나타났다. 그것은 배교(背敎)한 알바니아 인 아르나우테마미가 지휘하는 해적선이었다. 스페인의 선발 2척은 난바다로 침로(針路)를 바꾸어 하룻밤 내내 도주를 꾀했으나 갤리선 『태양』호는 해적선에 포위되었다. 해적들은 당시의 관례대로 모든 것을 약탈했다. 가스파르 페드로는 자기 부서에서 살해되고 살아남은 스페인 인은 모두 포로가 되었다.

그 가운데는 세르반테스를 비롯하여 동생 로드리고, 후안 바르카르셀이라고 부르는 병사, 그리고 디아스 카릴료 데 케사다와 루이스 데 비에도마의 두 대위 등이 있었다.

9월 하순에 해적은 포획물을 이끌고 알제리아의 노자일 항에 상륙했다. 이때부터 세르반테스의 5개년에 이르는 포로 생활이 시작되었다.

그러나 이 포로로 있던 시기만큼 영웅적이고 고결한 그의 일면을 발휘한 시대는 없다. 세르반테스는 불행에 빠졌을 때 가장 훌륭한 면모를 발휘하는 사나이였다. 그의 소지품을 빼앗은 해적들은 그의 호주머니 안에서 때묻은 두카트 금화보다도 더 값진 것을 발견했다. 국왕 폐하 앞으로 된 추천장이었다. 이것만으로 그를 중요한 인물이라고 생각하기에는 충분했다. 그래서 몸값을 받을 수 있는 『인질』 속에 그를 포함시키게 되었다.

그러나 지하 감옥——그리스도 교도들이 콘스탄티노플에서는 고대의 욕장(浴場)에 갇혀 있었던 데서 『알제르의 욕장』이라고 불리고 있었다——의 세르반테스의 처지는 비참한 것이기는 했으나 동시에 특권도 부여받고 있었다. 고된 육체 노동에 종사하지는 않았으며, 어느 정도까지 자유가 허락되었다. 다만 몸값의 도착이 늦어지면 몸값을 포로의 가족이나 친척에게 독촉을 하게끔 일을 시키기도 하고 다른 사람들과 함께 땔감을 가져오게 하기도 했는데 이러한 것도 결코 쉬운 일은 아니었다.

이러한 포로 생활 동안에 이윽고 세르반테스는 그 동배들 중에서 그 고상한 풍모나 탁월한 정신, 그리고 그의 성격의 특징인 그 대범한 사람됨으로 해서 특별한 신뢰나 존경을 획득하게 되었다. 그가 친해진 사람들 가운데는 터키 인에게 귀를 잘린 중사 나바레테, 라 코레타의 공략전에서 포로가 된 프란시스코 데 메네세스 대위, 리오스 소위, 기사(騎士) 오솔리오 이 카스타네다 등이 있었다.

가장 지독한 고문은 같은 포로들이 잔혹하게 괴롭힘을 당하는 것을 한 마디 말도 못 하는 채 지켜보아야 하는 것이었다. 그리고 이러한 잔학한 고문은 거의 일상 다반사였다.

그러나 이상하게도 세르반테스는 예외였다. 세르반테스가 스스로 후년에 《돈키호테》 전편 중의 〈포로 이야기〉에서 「단지 한 사람, 스페인의 병사로서 사베도라 모(某)라는 사람이 그 사나이의 학대로부터 모면되고 있었습니다. 이 사나이는 몇 년 동안에 걸쳐서 그곳 사람들의 기억에 남을 만한, 더욱이 그것이 모두 자유를 얻기 위해 해낸 것이지만 주인이 그를 때리거나 때리게끔 명령하였거나 험악하게 꾸짖는 일은 단 한 번도 없었습니다. 그리고 그는 여러 가지 일을 했는데 그중의 아주 조그만 일이라도 우리들 모두는 틀림없이 찔려 죽을 것이라고 겁을 먹곤 했는데 그 자신도 그것을 두려워한 적이 한두 번이 아니게 있었습니다.」라고 쓰고 있는데 이것은 아마도 사실이었으리라고 생각한다.

이렇게 혹독한 포로 생활을 보내면서도 세르반테스는 젊었을 때부터 품고 있던 정열——문학에 대한 정열——을 상실하고 있지 않았다. 그리고 동료들 사이에 조그만 문학 그룹을 만들어 『8행시』나 『4행시』 같은 시를 서로 지어서 돌려 가며 읽고 있었다. 안토니오 데 소사 박사라는 같은 포로 동료가 남긴 기록 중에 세르반테스가 자주 성모 마리아나 그밖의 종교적인 시를 짓곤 했었다고 쓰고 있다.

세르반테스는 포로가 된 초기에 도주할 생각을 갖고 실제 행동에 옮겼으나 실패로 끝났다. 여기에 대한 벌로써 세르반테스는 바브 엘 웨드 성벽 밑의 항구 채석장과 요새에서 일을 하게 되었다.

마침 그 무렵, 사로잡힌 그리스도 교도의 속죄를 맡아 보는 호로헤 데 오리바레스 신부의 일단이 알제르에 도착했다. 그 전부터 세르반테스의 형제는 자기들의 몸값을 모으도록 스페인의 가족이나 친지에게 열심히 부탁해 놓고 있었는데 그 결과 동생 로드리고만이 자유의 몸이 될 수 있었다. 이것은 세르반테스가 어설프게 국왕 폐하에게 보내는 추천장을 가지고 있어서 거물로 여겨졌기 때문이었다. 그래서 동생 로드리고가 스페인으로 향해 떠나갈 때 뒤에 남은 세르반테스와 그 동료들은 바렌시아 태수에게 보내는 의뢰장을 부탁했다. 거기에는 두번째의 도주 계획——쌍돛단 배를 장만하여 알제리아의 해안을 따라 배를 준비시켜 주면 기회를 보아 그들 도망자가 승선하겠다는 내용이 자세하게 적혀 있었다. 그러나 이 두번째의 계획도 실패로 끝나고 말았다.

그후 포로들은 다시 한 번 계획을 세우려고 결의했으나 정세는 한층 더 어려워졌다. 『전인류의 살륙자』라고까지 불린 잔학한 핫산 바흐가 새로이 알제르의 태수로 들어앉았기 때문이다. 세르반테스와 동료는 그로부터 얼마 안 되어 그들을 구조하기 위해 파견된 예의 돛단배가 적의 수중에 들어간 것을 알게 되었다. 그리고 승무원의 일부는 알제르로 끌려 왔다. 매수한 사나이가 배신을 한 것이다.

터키 인과 모로 인이 당장 동굴을 습격하여 포로들을 사로잡았다. 이때 세르반테스는 도주 계획을 자기 혼자서 꾸민 일이라고 말한 것으로 전해지고 있다. 태수는 세르반테스를 5백 에스쿠도의 돈으로 소유주로부터 샀다.

세르반테스가 적으로부터 존경을 받고 있었다는 것은 훗날 파레르모우 대주교가 된 아에드 신부가 남긴 기록에 분명히 적혀 있다. 그 속에는「핫산 스스로 이 외팔이 스페인 인에게 감시자를 붙인 이후, 그리스도 교도들도, 그의 선박도, 도시의 구석구석까지 안전해졌다고 생각했다. 그 정도까지 미겔 데 세르반테스의 기지를 두려워하고 있었다.」라고 쓰고 있다.

한편 세르반테스의 가정에서는 그의 몸값을 장만하기 위해 총동원되어 동분서주하고 있었다. 이렇게 해서 가까스로 2백 에스쿠도를 모았으나 세르반테스의 몸값은 5백 에스쿠도가 되어 있었다.

그래서 친척이나 친지, 그리고 공사(公私)의 의연금 따위를 긁어모아 가까스로 트리니다드 수도회의 후안 힐이라는 신부가 알제르로 찾아왔다. 조금만 더 늦었어도 돌이킬 수 없는 지경에 빠질 위험한 순간이었다. 왜냐하면 핫산 바흐는 그 얼마 전에 태수를 다른 인물에게 양보하고 가족과 노예를 모두 데리고 콘스탄티노플을 향해 떠나려던 참이었고 세르반테스도 이미 배에 올라타고 있었던 것이다.

이렇게 해서 실로 위험한 순간에 자유의 몸이 될 수 있었다. 1580년 9월 9일의 일이었다. 이렇게 해서 5년 동안의 고난에 찬 포로 생활을 끝내고 마드리드의 가족에게로 돌아갈 수가 있었다. 그후 아프리카의 오란과 포르투칼 리지보아 등지에 파견되어 근무하다가 마드리드로 돌아왔다.

1583년에는 목인소설(牧人小說) 《라 가라테아》를 탈고했으나 그 무렵 마드리드에서 가족과 함께 가난한 생활을 하고 있었다.

세르반테스는 마드리드나 톨레드 등에서 시간을 보내면서 방황하는 동안에 아나 프란카라는 희극 여배우를 알게 되어 이사벨이라는 딸아이를 낳았다. 아마도 생애에서 단 한 번뿐인 연애라고 할 수 있는 일이었다.

그러는 가운데 그의 처녀작인 《라 가라테아》가 드디어 출판되었는데, 출판 허가는 1584년 6월이었다. 원래 목인소설이라는 것은 16세기 후반에 유행한 산문과 운문으로 씌어진 공상적인 연애소설로서 장황하고 틀에 박힌, 신선미가 없는 것이 태반으로 세르반테스가 평생토록 애착을 보인 《라 가라테아》도 결코 예외는 아니었다.

《라 가라테아》가 출판되었을 무렵 세르반테스는 톨레드의 시골 에스키비아스 태생의 농가의 딸로서 18세나 연하인 카탈리나 데 파라시오스 이 보즈메디아와 결혼을 하였다. 그러나 이 결혼은 결코 행복하지 못했던 것 같다.

그 무렵 다시 세르반테스는 문학에 마음을 돌렸다. 초기의 희곡을 쓰기 시작했고 극장 관계의 사람들과 교제를 시작했다. 2,30편의 희곡을 썼다고 하지만 현재 남아 있는 것은 《알제르의 대우》와 《라 누반시아》 두 편이다. 그러나 세르반테스의 이 노력도 성공을 거두지는 못했다. 또 시기도 나빴다. 마침 스페인 황금 세기의 국민극을 창시한 『자연의 괴물』 로페 데 베가가 화려하게 극단에 등장했던 때였기 때문이다.

세르반테스는 평생 연극에 애착을 가지고 있었다. 그러나 그는 이때 극작의 붓을 버렸다. 1587년 세빌리아로 향해 마드리드를 떠날 때 「나는 붓을 던지고 희곡을 버렸다. 나에게는 달리 할 일이 있었다.」라고 만년에 쓰고 있다. 달리 할 일이란 바로 『징세관(徵稅官)』의 일이었던 것이다. 즉 해군의 양식을 사들이는 말단 관리이다. 원래 스페인에서는 민중의 원망의 대상이었다. 세르반테스는 자신도 《이혼 담당 판사님》이라는 희곡 속의 인물의 입을 빌어 「손에는 무언가 직권을 나타내는 지팡이를 들고 몸집이 작은데다 비쩍 마르고 게다가 심보가 나쁜 빌린 노새를 타고…… 자루를 그놈의 엉덩이에 매달고 한쪽에는 깃과 셔츠를 넣고 다른 한쪽에는 치즈, 빵, 술병을 넣은 가죽 주머니 하나를 넣고, 현재 입고 있는 의복 외에는 별로 추가할 것도 없이 여행길 준비로는 각반과 박차가 한 벌……」이라는 말로 가련한 말단 관리의 모습을 그리고 있다.

1593년에는 어머지 레오노르 데 코르티나스가 마드리드의 집에서 죽었다. 그 다음해 봄, 세르반테스는 직업을 찾으러 수도로 돌아왔고 그라나다 주의 연체 세금을 받아내는 징세관으로 취직이 되었으나 일이 잘못되어 감옥 생활을 4개월간 하였다. 그로부터 6,7년 동안은 세빌리아에서 또는 상 이시드로 사원 앞이라든가 상 니콜라스 사원 앞 등의 거처를 전전하며 몹시 가난하게 살았던 것 같다.

페리페 3세가 마드리드에서 바라드리드로 수도를 옮기자 세르반테스도 1604년 말 일가를 이끌고 피스엘가 강에 면한 아름다운 도시로 옮겨 갔다. 세르반테스가 57세 때 일이다. 이런 비참한 생활 속에서 그의 필생의 걸작《재지가 넘치는 향사(鄕士) 돈키호테 데 라 만차》가 출판된 것이다. 출판 허가는 1604년 9월 26일이고 출판된 것은 1605년 1월이다. 그러나 언제쯤 썼는지는 전혀 알 수가 없다.

이 작품의 성공은 작자도 출판자도 거의 예기치 못했던 기막힌 것이었다. 최초의 1년간에 이곳 저곳의 출판자에 의해 7종이나 출판되는, 당시로서는 경이적인 판매 기록이었다. 그러나 그것이 세르반테스를 풍족하게 만들어 준 것은 결코 아니었다. 당시의 출판법은 불완전했기 때문에 이른바 해적판이 출판되었던 것이다.

돈키호테와 산초 판사는 당장 사람들 사이에 널리 알려지면서 어느새 전설적인 존재가 되었다. 어떤 학생이 만사나레스 강변에서 손에 책을 들고 미친 사람처럼 웃고 있는 것을 당시의 국왕 페리페 3세가 왕궁의 창문을 통해 바라보며「저 사나이는 미치광이인가 아니면《돈키호테》를 읽고 있는가.」라고 말했다는 이야기도 얼마나 단시일 동안에《돈키호테》가 인기를 끌었는가를 말해 주는 에피소드일 것이다.

1609년에 누나 안드레아가 1611년에는 누이동생 막달레나가 죽었는데 세르반테스는 1606년 마드리드가 다시 수도가 된 이래 마드리드의 라 막달레나 거리에서 살고 있었다. 마드리드로 옮긴 이래 아론소 데 라 프리피카시온이라는 삼위일체 수도회의 다리가 불편한 사제가 창시한『성체 신도단(聖體信徒團)』이라는 수도회에 가입했는데 그 회원 가운데는 사라스 바르바딜료, 에스피넬, 케베드 등의 쟁쟁한 문학자가 있었다.

또한 1611년에는 프란시스코 데 실바가 설립한 문학자 단체인 아카데미아 세르바의 회원이 되어 최후의 왕성한 창작 활동을 시작했다. 1613년에는 그때까지 써서 모아 두었던 12편의 단편을 묶은《모범소설집》을 출판했다. 12편 중 5편의 이탈리아풍의 공상적인 작품을 제외하고는 모두 사실주의 작품으로서 근대문학에 있어서 시대적으로나 문학적 가치에 있어서나 제1위의 자리를

차지해야 할 작품이었다. 특히 《린코네테와 코르타딜료》, 그리고 《개의 대화》
는 《라사릴료 데 토르메스》로 시작되는 악인소설에 속하는 걸작이었다.

이어서 다음해인 1614년에는 《파르나소 산의 여행》이라는 장시(長詩)를,
1615년에는 《신작 희극 8편과 막간극 8편》을 출판했는데 『일찍이 상연되지 않
았음』이라는 단서가 붙어 있었다. 희극은 《페드로 데 우르데마라스》 1편을 제
외하고는 모두 세르반테스의 명예를 빛낼 만한 작품은 되지 못하는 것 같다.
그러나 산문으로 씌어진 8편의 막간극은 일찍이 로페 데 루에다가 『파소』라고
일컫는 소극(笑劇)과 견줄 만한 경쾌한 음미에 넘친 사실주의 작품으로서 그
중에서도 《사라만카의 동굴》, 《충실한 파수꾼》은 대표적인 막간극의 걸작
이다.

같은 해 11월, 마침내 《돈키호테》의 후편이 나타났다. 세르반테스가 이 후
편을 언제쯤 쓰기 시작했는지는 알 수가 없지만 58장까지 써나갔을 때 1614년
에 타라고나 시에서 가짜 《돈키호테》의 후편이 출판되었다. 작자는 토르데실
라스 태생의 아론소 페르난데스 데 아벨라네다라는 이름이었는데 이것이 누
구의 익명이었는지는 오늘에 이르기까지 끝내 밝혀지지 않고 있다.

세르반테스는 이 아벨라네다의 가짜 《후편》이 나온 것을 알자 그때까지 사
라고사의 마상(馬上) 시합에 내보낼 생각이었던 주인공 돈키호테를 갑자기 바
르셀로나로 보내기로 하고 59장 이하의 완결을 서두르는가 하면 이따금 작품
속에서 이 누구인지 모를 적에 대한 울분을 토로하기도 했다.

다만 이 가짜 《후편》이 세르반테스를 불쾌하게 만든 덕분에 진짜 《돈키호
테》 후편이 완결되었다는 데서 우리는 아벨라네다에게 감사하지 않으면 안
된다. 만일 그렇지 않았다면 어쩌면 후편은 미완으로 끝났을지도 모르는 일
이다. 왜냐하면 헌사(獻詞)의 마지막 날짜가 1615년 10월 말일인데 세르반테
스는 그로부터 반 년 후에는 이미 이 세상 사람이 아니게 되었기 때문이다.
1616년 4월 23일, 세르반테스는 셰익스피어와 신기하게도 같은 해 같은 달 같
은 날에 죽은 것이다.

그 이듬해에 그가 《돈키호테》 후편에서 선전하고 있는 《페르시레스와 시히
스문다의 고난》이 유작으로 출판되었다. 일종의 가공적인 탐험소설로서 작자
가 말하고 있듯이 대단한 걸작도 아니고 최악의 소설도 아니다. 그러나 문체
는 세르반테스의 여러 작품 중에서 가장 완벽한 면모를 보여 준 작품이기도
하다.

《돈키호테》에 대하여

작자의 이름은 모르더라도 더욱이 그것이 언제쯤의 사람이고 어느 나라 사람이라는 등의 예비 지식은 일체 없더라도 《돈키호테》라고 하면 우선 모르는 사람이 없을 것이다. 그러면서도 실제로 《돈키호테》를 읽은 사람은 우리 나라뿐이 아니라 본국인 스페인에서도 그야말로 그 수가 적다. 실제로 작품은 읽지 않고 어렸을 때 본 그림책이라든가 동화로 본 《돈키호테》를 읽은 아련한 기억만으로 각자의 가슴속에 뭔지 모르게 돈키호테의 이미지를 알고 있는 것이다.

이것이 《돈키호테》 같은, 시대도 국경도 초월한 이를테면 인류의 책이라고도 할 문학 작품이 가지는 숙명이라고 할 수 있는 것인지도 모른다. 즉 돈키호테가 로시난테에 올라타고 풍차와 싸우거나 양떼를 전투 대형으로 이행하기 전의 두 군세라고 생각하여 그 속으로 창을 휘두르며 뛰어 들어가는 저 이미지가 방해가 되어서 새삼 《돈키호테》를 읽기를 거부한다고 해도 좋다.

세르반테스는 《돈키호테》를 쓰는 목적을 아주 명료하게 「기사도(騎士道) 이야기가 속세에서 갖는 권세와 인기를 타도하기 위해서이다.」라고 쓰고 있다. 이 세르반테스가 내건 목적은 사실 성공했다고 할 수 있을 것이다.

물론 《돈키호테》가 세상에 출현했을 무렵에는 기사도 이야기는 이미 시들기 시작하고 있었다.

그러나 민중 사이에서는 아직도 옛날처럼 인기를 지속하고 있었다는 것은 《돈키호테》에 등장하는 마을의 성직자, 이발소의 우두머리, 여인숙의 주인 등을 생각하더라도 명백하다. 그러나 일단 《돈키호테》가 세상에 나타나자 거의 신작의 기사도 이야기는 자취를 감추었다. 이를테면 마지막 쐐기를 박은 것이다.

그러나 《돈키호테》가 기사도 이야기의 단순한 패러디(parody : 풍자적으로 꾸민 익살 시문)로 끝나고 있었다면 이만한 세계적인 명성을 획득할 수는 없었을 것이다. 예를 들면 18세기의 이슬라 신부가 당시의 평범한 설교사들을 야유하여 쓴 《소문난 설교사 헤른디오 데 캄바사 승려, 일명 바보의 전기(傳

記)》처럼 기지에 뛰어난 그 당시의 스페인 인 사이에서만 통용되는 풍자소설에 그치고 말았을 것이다.

그러나 《돈키호테》가 전시대 문학의 패러디에서 출발했다는 점은 결코 간과할 수 없는 중대한 점이다. 알베르 티보데는 라브레의 소설과 세르반테스의 소설을 다음과 같이 논평하고 있다.

「당시 천재의 각인을 찍힌 단 두 개의 소설, 세계 문학에 영원한 생명을 가지고 추가된 작품은 이 라브레의 작품과 세르반테스의 소설이다. 모두 반(反)로마네스크의 소설, 낡은 시대의 소설의 패러디이며 그러한 문학을 향해서 터뜨린 홍소(哄笑)이다.

참된 소설은 소설에 대해서 말하는『논[Non : 아니다]』에 의해서 시작된다. (중략) 전기한 작품에 의해 로망은 비로소 문학에 있어서 《오딧세이》, 《신곡》과 견줄 수 있는 우월한 자리를 차지했다. 호메로스나 단테의 시가 시 분야에서 이것을 능가하는 것이 없는 것처럼 그 형식에 있어서 유니크한 《돈키호테》는 바로 그러했던 것이다.」

세르반테스 자신으로서는 처음에는 아주 짧은 기사도 이야기의 풍자적인 패러디를 쓸 생각이었던 것 같다. 실제로 돈키호테의 종복 산초 판사 같은 인물은 나중에 와서 문득 생각해 낸 것이었다. 무릇 산초 판사가 없는 돈키호테는 결코 완성된 돈키호테는 아니다. 그것이 감흥이 치닫는 대로 명료한 계획도 없이 써나가는 동안에 처음의 의도 같은 것은 어느새 잊어버리고 돈키호테와 산초 판사의 성격을 창조한다는 새로운 주제에 열중하여 마침내는 인생 전체를 포괄하는 대소설로 팽창했다는 것이 실정이 아니었을까라고 생각한다.

라 만차의 어느 마을에 사는 알론소, 키하노라는 이름의 시골 향사가 밤낮 유행하고 있는 기사도 이야기를 읽고 있는 동안에 마침내 정신이 돌아 버려 스스로 기사도 이야기의 주인공이 되어서 이 세상의 부정을 바로잡고 학대받는 사람을 돕기 위해 편력의 여행길에 오른다.

이름도 돈키호테 데 라 만차라고 고치고 조상 전래의 낡아빠진 갑주로 온몸을 감싸고 늙고 야윈 말 로시난테에 올라탄다. 정의를 사랑하고 이상을 위해서는 자기 일신의 위험도 돌아보지 않는다. 오로지 이상만을 추구하는 광인 돈키호테와 어떤 경우에도 현실과 타산을 잊지 않는 욕심도 많고 걸신들린 듯이 잘 먹으며 겁이 많고 꽤 교활한 그러면서도 주인에게는 어디까지나 충실하고 마구 속담을 연발하며 기회 있을 때마다 놀랄 정도의 현명성을 발휘하는, 한마디로 말하면 전형적인 스페인의 농민인 종복 산초 판사의 주종이 돈키호테의 몽상과 이 세상의 산문적인 현실 사이에서 일어나는 충돌이 있을 때마다 우스꽝스럽기 짝이 없고 그러나 본인들에게 있어서는 비통한 실패를 연출한다는 것이 특히 전편의 취향으로 되어 있다.

전후편을 통틀어 에피소드의 연속이며 그 사이에 문학, 정치, 철학, 그밖의 문제에 관한 의견이나 연설이 끼여든다.

특히 전편에서는 『무분별한 호기심』이나 『포로 이야기』 같은, 줄거리와는 거의 관계가 없는 단편이나 이야기가 끼여들고 있다.

소설의 구성면에서 보면 세르반테스의 시대까지에 나타난 『악인소설』, 『목인소설』, 『기사도 이야기』, 기타 이탈리아풍의 소설 등 온갖 문학 양식의 통합이라고도 할 수 있는데 동시에 이것은 새로운 형식 —— 근대 소설의 출발 —— 이었던 것이다.

대개의 경우 이러한 장편 소설에서는 후편은 대개 전편에 미치지 못하거나 실패하는 것이 보통인데 이 점에서도 세르반테스는 예외 중의 예외였다.

《돈키호테》의 세계가 대소설의 수준에 달한 것은 후편에 있어서라고 생각하기 때문이다. 이 세상의 부정을 바로잡고 강한 것을 꺾고 약자를 도우며 더욱이 잇따라 비참한 실패로 끝난다는 돈키호테는 적어도 전편의 세계이다.

후편에서는 이러한 것을 돈키호테 자신이 입에 담기는 하지만 그런 돌팔매질을 당하거나 곤봉 세례를 받은 장면은 거의 자취를 감추고 있다.

산초의 간계로 둘시네아가 마법에 의해 보기 흉한 시골 아가씨로 변형된 것이라고 믿고 나중에 공작 집에서의 치밀한 장난으로 둘시네아의 마법을 푼다는 하나의 주제가 전편(全篇)을 잇는 하나의 실마리가 되고 있다. 또 자기도 편력의 기사로 변장하여 돈키호테와 싸워서 이것을 굴복시키고 고향 마을로 데리고 가려는 삼손 카르라스코의 노력이 또 하나의 실마리로 되고 있다.

여기에다 거의 광적인 공작 부처의 끈질긴 돈키호테와 산초에게 가하는 장난이 거의 전편의 중심을 이루고 있다.

마지막으로 은월(銀月)의 기사로서 삼손 카르라스코가 돈키호테에게 싸움을 걸어 그의 편력 여행에 종지부를 찍는다. 이 사이에 잇따라 에피소드가 끼여드는데 모두 하나의 큰 흐름을 이루고 잡다한 것을 포괄하여 마치 오케스트라처럼 잡다한 대소설을 구성하고 있다.

가령 공작 부인이 산초에게 주인 돈키호테를 어떻게 생각하는가고 묻자 주인은 바보이고 미치광이라고 대답한다. 그렇다면 그 바보이고 광인인 돈키호테를 따라다니고 있는 산초는 더 큰 바보가 아니냐고 공작 부인은 말한다. 그리고 다시 공작 부인은 자문 자답하여 그러한 큰 바보를 섬의 영주로 삼으려는 나는 두 사람보다 더한 바보이며 미치광이가 아닐까 하고 말한다.

그리고 전편과 후편의 가장 큰 차이는 돈키호테도 산초 판사도 전편인 《재지가 넘치는 향사 돈키호테 데 라 만차》가 이미 출판되어 세상에서 인기를 끌고 있다는 것을 잘 알고 있다는 점이 있다. 예를 들면 공작 부인이 지난번에 출판된 돈키호테의 얘기를 읽고 둘시네아를 당신은 지금까지 한 번도 본 적이 없을 뿐만 아리라 그런 분은 세상에 계시지 않는다, 뿐만 아니라 당신이 머릿속에서 만들어 내시고 그러한 얌전함이나 더할나위없는 아름다움을 그리신 것 아닙니까 하고 묻는 대목이 있다. 거기에 대한 돈키호테의 대답은, 거기에 대해서 말씀드릴 것이 있다, 둘시네아는 실제로 존재는 하지만 자기가 이러저러 했으면 좋겠다는 여러 가지 여성이 갖추어야 할 미덕을 덧붙여서 생각하고 있는 것은 사실이라고 대답하는데 여기에는 이미 허구와 현실의 문제 또는 피란델로의 《작자를 찾는 6인의 등장 인물》의 싹조차 엿보인다.

또 산초가 바라타리아 섬의 영주가 되었다가 마지막으로 적의 습격을 받아 호된 꼴을 당한 끝에 한마디 말도 하지 않고 당나귀에게로 간다. 자기가 영주라는 자리를 바라고 있었던 것은 잘못된 생각이었다, 나와 네가 사이좋게 지내고 있던 때가 가장 나에게 어울리는 평화로운 생활이었다면서 눈물을 흘리며 술회하는 장면은 마치 최고조에 달한 오케스트라가 급격히 낮은, 애수가 깃든 쓸쓸한 음조로 바뀌는 것같이 읽는 사람으로 하여금 일순 숙연케 하는 것이 있다.

특히 돈키호테와 산초의 성격은 후편에서 한층 더 세련되고 한층 더 선명해진다. 여기에서는 이미 독립된 단편이나 이야기는 자취를 감춘다. 노래가 우는 마을의 이야기만 하더라도 얼핏 보기에 돈키호테와 무관한 것처럼 보이지만 나중에 가서 돈키호테의 전쟁 반대 연설의 계기를 만드는 복선이 되고 있는 식이다.

싸움에 져서 드디어 편력 기사로서의 편력을 그만둘 각오를 한 이를테면 피날레의 부드럽고 차분한, 더욱이 목인이 되리라는 흐뭇함으로 해서 이미 《돈키호테》를 풍자소설이라든가 단순한 우스개 소설이라는 등의 단견자의 평가는 적어도 후편에서는 용납되지 않는다. 이것이다 하고 붙잡아도 어느새 상대는 다른 곳에서 혀를 날름거리고 있다.

단순하게 보이면서 실은 이중 삼중의 바닥을 가지고 있다. 산초의 짧은 말한 마디에도 그대로 받아들여서 좋을지 어떨지 망설이게 되는 저의조차 느끼게 된다고 해도 결코 과언은 아닐 것이다.

그러나 역시 이 대하소설에서 중심을 이루는 것은 돈키호테와 산초 판사의 두 성격의 창조로서 세르반테스는 셰익스피어와 디불어 성격 묘사의 요령을 알고 있던 극히 드문 작가 중의 한 사람이었다. 두 사람이 주고받는 종잡을 수 없는 우스꽝스러운 대화의 하나하나가 두 사람의 성격을 부각시켜 나간다. 독자는 자기와 친한 사람을 알고 있는 것처럼, 아니 그보다도 더 가까이 돈키호테와 산초를 느낀다. 그 말소리 그 기침소리까지도 들려 오는 것 같은 착각을 느끼게 되는 것이다.

기사의 고매한 이상은 산초의 실제적이고 비속한 물질주의와는 대조적이다. 그러면서도 두 사람은 서로가 서로를 보완하며 똑같이 인간성의 양면을 나타내고 있다.

두 사람 모두 토박이 스페인 인이면서 동시에 그 보편적인 인간성은 나라, 인종, 연령, 성별을 초월하여 모든 사람들에게 친근감과 공감을 자아내게 한다.

또 무엇보다도 우리를 감동시키는 것은 인간의 약점도 인간 세상의 슬픔도 모두 알고 있는 작자 세르반테스의 인간에 대한 애정, 관용, 그리고 신뢰감이라고 생각되는 것이다.

〈끝〉

한국 남북 문학 100선

1	소나기 · 이리도	황순원
2	무녀도 · 역마	김동리
3	사랑손님과 어머니	주요섭
4	삼 대	염상섭
5	표본실의 청개구리	염상섭
6	농 민	이무영
7	을지문덕	안수길
8	고향 없는 사람들	박화성
9	남풍북풍	이호철
10	감자 · 붉은 산	김동인
11	운현궁의 봄	김동인
12	무영탑	현진건
13	고향 · 운수좋은 날	현진건
14	상록수	심 훈
15	물레방아	나도향
16	탁 류	채만식
17	레디 메이드 인생	채만식
18	메밀꽃 필 무렵	이효석
19	동백꽃	김유정
20	날 개	이 상
21	순애보	박계주
22	한밤의 목소리	최상규
23	화요일의 사내들	김병총
24	그날의 초록	천승세
25	이상한 토요일	김문수
26	광상곡	구혜영
27	농 지	유승규
28	메아리 메아리	조정래
29	세화의 성	손장순
30	절망 뒤에 오는 것	전병순
31	청동기	장용학
32	수라도	김정한
33	신과의 약속	한말숙
34	때까치	최일남
35	서울 1964년 겨울	김승옥
36	청산을 기다리며	백시종
37	가사자의 꿈	최창학
38	토비아의 집	김의정
39	비	박경수
40	디데이의 병촌	홍성원
41	핏 들	이동희
42	수난이대	하근찬
43	여름사냥	김주영
44	아테나이의 비명	정을병
45	무 정	이광수
46	흙	이광수
47	유 정 · 꿈	이광수
48	사 랑	이광수
49	단종애사	이광수
50	무 명(단편집)	이광수
51	이차돈의 사	이광수
52	마의 태자	이광수
53	소설 이순신	이광수
54	원효대사	이광수
55	난중일기	이순신
56	만세전	염상섭
57	태평천하	채만식
58	백범일지	김 구

일신서적출판사

121-855 서울시 마포구 신수동 177-3호

TEL (02)703-3001～5 / FAX (02)703-3009

東洋 古典 百選

일신서적출판사
〒121-855 서울시 마포구 신수동 177-3호
TEL (02)703-3001〜5 / FAX (02)703-3009

完譯版　世界　名作100選

54	안네의 일기	안네 프랑크
55	달과 6펜스	서머셋 모옴
56	나 나	에밀 졸라
57	목로주점	에밀 졸라
58	골짜기의 백합(外)	오노레드 발자크
59 60	마의 산 Ⅰ Ⅱ	도스토예프스키
61 62	악 령 Ⅰ Ⅱ	도스토예프스키
63 64	백 치 Ⅰ Ⅱ	도스토예프스키
65 66	돈 키호테 Ⅰ Ⅱ	세르반테스
67	미 성 년	도스토예프스키
68 69 70	몽테크리스토백작 ⅠⅡⅢ	알렉상드르 뒤마
71	인간의 대지(外)	생텍쥐페리
72 73	양철북 Ⅰ Ⅱ	G. 그라스
74 75	삼총사 Ⅰ Ⅱ	알렉상드르 뒤마
76	크리스마스 캐럴	찰스 디킨스
77	수레바퀴 밑에서(外)	헤르만 헤세
78	셰익스피어의 4대 비극	셰익스피어
79 80	쿠오 바디스 Ⅰ Ⅱ	셍키에비치
81	동물농장 · 1984년	조지 오웰
82	도리안 그레이의 초상	오스카 와일드

83	오만과 편견	제인 오스틴
84	설 국	가와바타야스나리
85	일리아드	호메로스
86	오디세이아	호메로스
87	실락원	J. 밀턴
88	나의 라임오렌지나무	바스콘셀로스
89	서부전선 이상없다	E.레마르크
90	주홍글씨	A. 호돈
91 92 93	아라비안 나이트	
94	말테의 수기(外)	R.M. 릴케
95	춘 희	알렉상드르 뒤마
96	사랑의 기술	에리히 프롬
97	타인의 피	시몬느 보브와르
98	전락 · 추방과 왕국	A. 카뮈
99	첫사랑 · 아버지와 아들	
100	아Q정전 · 광인일기	루 쉰
101 102	아메리카의 비극	드라이저
103	어머니	고리키
104		
105 106	암병동 Ⅰ Ⅱ	솔제니친

일신서적출판사

121-110 서울 마포구 신수동 177-3호
공급처 : ☎ 703-3001～6, FAX : 703-3009

돈키호테 Ⅱ

■ 저 자 / 세 르 반 테 스
■ 역 자 / 강 영 운
■ 발행자 / 남   용
■ 발행소 / 一信書籍出版社

주소 : 121-070 서울시 마포구 신수동 177-3
등록 : 1969. 9. 12. No. 10-70
전화 : 영업부 703 - 3001~6
　　　 편집부 703 - 3007~8
　　　 FAX　703 - 3009

대체구좌 / 012245-31-2133577